omnibus

MARIE-PAUL ARMAND

La Poussière des corons
Le Vent de la haine
Le Pain rouge

Préface de Jacques Duquesne

OMNIBUS

ISBN : 2-258-04868-0 N° Editeur : 6604
Dépôt légal : octobre 1997

Sommaire

Préface

J'en ai gardé un souvenir très vif, aigu. Voici une douzaine d'années, j'ai découvert, presque par hasard, le premier roman de Marie-Paul Armand, *La Poussière des corons*. Ce livre attendait, m'attendait, j'imagine, parmi des dizaines d'autres que je recevais chaque semaine, chaque mois, pour mon travail.

On me demande parfois : « Et vous les lisez tous ? » Non, bien sûr. Mes journées tout entières n'y suffiraient pas. Le choix se fait parfois au hasard : on feuillette et l'on est pris par une phrase, une expression, un paragraphe, l'image d'un personnage ; alors, on reprend la lecture, à la première page. Le choix se fait souvent parce que l'on connaît déjà l'auteur, ses livres précédents : pas de surprise, donc, on sait où l'on va. Mais le nom de Marie-Paul Armand m'était inconnu. C'est le mot « coron » qui me retint.

Mon grand-père était mineur. Le sien aussi — je l'ai appris bien plus tard. J'ai donc ouvert ce livre. Et je ne l'ai plus abandonné.

J'ai aimé d'abord sa vérité. La vie que Marie-Paul Armand contait, avec des mots simples — des mots qui peuvent pourtant vous bouleverser, tant ils ont de force —, c'était la vie de dizaines de personnes que j'avais connues, que je connaissais. J'aurais pu m'amuser, presque, à mettre des noms sur certains de ses héros, ou de ses anti-héros : celui-ci ressemblait à l'un de mes cousins, celle-là à une tante tôt disparue, cet autre à un vieil ami de la famille ou à un bonhomme bizarre rencontré dans ma jeunesse. Bref, dans ces livres, je me sentais chez moi.

Marie-Paul Armand — ses lecteurs le savent, et ceux qui

ne la connaissaient pas encore le découvriront ici — se documente avec un soin extrême, une minutie d'archiviste.

Quand elle parle de l'arrivée des mineurs polonais dans le Nord - Pas-de-Calais, après la guerre de 1914-1918, elle précise ainsi, fort justement, que le Comité des Houillères s'intéressait surtout à ceux qui avaient d'abord attaqué le charbon en Westphalie (*La Poussière des corons*).

Quand elle évoque la folie d'un jeune Jean-Louis qui s'inscrit au Rassemblement national populaire, le parti de Marcel Déat, favorable à la collaboration dès 1940, elle va jusqu'à préciser, en note, que ledit parti fut autorisé par l'Oberfeldkommandantur de Lille le 12 juillet 1941 (*Le Vent de la haine*).

Et elle nous fait effectuer une véritable traversée du siècle, sans rien omettre : ni l'apparition de l'automobile, ni la révolution de l'électricité, ni la découverte du cinéma.

Mais jamais, jamais, ce souci de précision n'alourdit le récit, ne détourne des personnages qu'elle a créés. Des personnages de chair et d'os, de cœur et d'esprit, de violence et de haine parfois, auxquels on s'attache parce qu'elle leur donne vie. Ce ne sont pas des grands, des nantis, des puissants. Ce sont les femmes et les hommes du peuple. Vrais. Tels qu'ils sont. Tels qu'ils ont vécu notre époque et l'ont, à leur manière et à leur place, modelée.

Si je viens de placer les femmes avant les hommes, ce n'est pas d'abord par respect des conventions ou volonté de galanterie. C'est que Marie-Paul Armand, tout naturellement, se situe du côté des femmes (y compris dans *Le Pain rouge*, un roman un peu différent puisqu'il se situe à l'époque de la Révolution) et rend aux femmes de sa région, de notre région, l'hommage qu'elles méritent.

J'aime à citer ce propos de l'historien Jules Michelet écrivant au siècle dernier que, dans le Nord, « la femme vaut un homme et souvent mieux ». J'aime à rappeler aussi le cahier de doléances des dames du tiers état de la ville de Dunkerque demandant, à la veille des Etats généraux de 1789, d'être considérées comme des « citoyennes » à part entière, droit de vote compris.

Je sais bien que des historiens ont contesté l'authenticité de ce texte-là : les femmes de cette époque s'étaient dressées avec tant d'ardeur pour réclamer leurs droits que des prêtres, des avocats, des notables mâles de tout acabit décidèrent de fabriquer de faux cahiers de doléances féminins, multipliant les griefs absurdes et les requêtes dérisoires, afin de noyer les textes authentiques dans cette masse, et de les ridiculiser. Il n'empêche : vrai ou faux, ce cahier reflète le climat de l'époque.

Ce qui est certain, en revanche, c'est que dès le XIIIe siècle, en Flandre et en Artois, les dames de la noblesse avaient acquis le droit de « succéder aux fiefs », c'est-à-dire en hériter, alors qu'il n'en était pas question dans les autres provinces de ce qui allait devenir la France, sauf en Aquitaine.

Ce qui est certain aussi — tous les historiens vous le diront — c'est qu'au XVIIIe siècle, en Flandre, en Hainaut, dans l'Artois, les femmes de commerçants et d'artisans avaient acquis le contrôle de l'argent du ménage, ce qui n'était guère le cas dans la France du sud de la Somme et surtout du sud de la Loire.

Ce qui est incontestable, enfin, c'est la part que toutes les femmes prirent au développement économique des deux derniers siècles. Comme ouvrières dans les filatures, les tissages, sur le carreau des mines — et Marie-Paul Armand décrit très bien leur dur et exténuant labeur, dont elles se vengeaient, les dimanches et jours de fête, en se parant de châles chatoyants, de robes pimpantes ou de renards argentés en peaux de lapin. Comme bonnes bourgeoises aussi : combien de dynasties industrielles ont-elles reposé, à l'origine, sur des femmes qui poussaient de l'avant leurs maris et leurs fils, leur prodiguaient discrets conseils et précieux réconforts ? Comme filles et épouses aimantes et bonnes mères de famille, enfin. Ainsi la Madeleine de *La Poussière des corons* qui, pour réconforter sa mère endeuillée, lui crie : « Mais enfin, maman, je suis là ! »

Elles sont là, en effet, et bien là. Non qu'elles brandissent des banderoles féministes. Mais elles savent lutter. Attendre aussi, quand les hommes sont partis à la guerre ou tardent à revenir du travail. Rendre justice à chacun : ainsi, dans *Le Pain rouge*, Marie-Paul Armand ne trace pas de Joseph Le Bon, sanguinaire exécutant de la Terreur révolutionnaire dans la région, un portrait caricatural. Elles savent, enfin, rendre l'espoir à tous : dans ces pages, elles sont nombreuses, épouses, mères, filles, amies, celles qui, dans les pires épreuves, rassurent, répètent qu'il ne faut pas s'inquiéter, argumentent, aident.

Elles sont là surtout pour aimer : fiancé, amant, époux, enfants, parents. Aimer, c'est-à-dire se donner. Et laisser être. Laisser ceux qu'elles aiment suivre leur chemin. Parce qu'elles aiment aussi la liberté.

J'ai longtemps gardé le souvenir d'une scène de *La Poussière des corons* qui n'est pas essentielle au récit, et qui pourtant en dit long. Je viens de la relire avec le même intérêt, le même plaisir, et — peut-on oser le dire ? — une véritable émotion.

Le personnage principal du livre, Madeleine, fille d'un mineur, est encore une enfant. Six ou sept ans peut-être. Sur la place du village, un attroupement s'est formé. Autour d'un montreur d'ours, qui fait tourner, danser, en tirant d'un coup sec sur une chaîne, le grand animal brun dressé sur ses pattes arrière. Et Madeleine (mais, je crois bien, je suis même certain que c'est Marie-Paul qui parle par sa voix, qui se livre ainsi), Madeleine, donc, ne parvient pas à s'en amuser : « Un malaise me saisissait que je n'arrivai pas tout d'abord à définir. Et puis je vis le regard de l'ours (...) et j'eus mal pour lui. Je me rendais confusément compte qu'il était malheureux ainsi enchaîné, privé de sa liberté (...). Je fus incapable de rester là plus longtemps. »

Certains diront que voilà exposés ainsi beaucoup de bons sentiments. Certes. Mais les bons ne sont-ils pas préférables aux mauvais ? Je n'ai jamais tout à fait compris, et je n'ai jamais admis, le snobisme — très parisien — qui fait préférer le scepticisme et la dérision, le désespoir et le calcul, à la bonne foi, la confiance, le courage et l'amour.

Les années que nous traversons montrent que ce sont ces vertus, ces qualités que recherchent à tâtons nos contemporains, las de trop d'aventures, de traîtrises et de désillusions. L'œuvre romanesque, vivante, de Marie-Paul Armand, montre que des femmes et des hommes simples ont su traverser ce siècle, en acceptant les changements, en tentant de les dominer, d'en tirer le meilleur parti en restant eux-mêmes. Libres, forts. Et aimants.

Jacques DUQUESNE.

LA POUSSIÈRE DES CORONS

A Paul, mon grand-père, qui fut mineur ; à Marie, ma grand-mère.

A tous les mineurs et à leur femme.

Remerciements

Je remercie tous ceux qui, mineurs ou femmes de mineurs, m'ont raconté leurs souvenirs. Je remercie ceux qui m'ont fourni de la documentation, et notamment M. Charles Toursel, de Bruay-en-Artois, qui n'a pas hésité à me confier tous les documents qu'il possédait. Son ouvrage, *Bruay-en-Artois et sa région de 1870 à nos jours*, m'a été une source importante de renseignements, et sans lui ce roman n'aurait peut-être pas existé.

Je remercie Adeline Baruy, ma toute première lectrice, ainsi que ceux qui m'ont encouragée.

Je voudrais également exprimer ma reconnaissance à M. Jacques Chabannes, pour ses conseils et sa gentillesse.

Enfin, je tiens à adresser un remerciement particulier à M. Maurice Schumann, de l'Académie française, qui a accepté de lire mon manuscrit et m'a apporté une aide précieuse. Qu'il soit assuré de ma gratitude.

M.-P. A.

Charade à ceux qui vont mourir Egypte noire
Sans pharaon qu'on puisse invoquer à genoux
Profils terribles de la guerre Où sommes-nous
Terrils Terrils ô pyramides sans mémoire

Est-ce Hénin-Liétard ou Noyelles-Godault
Courrières les morts Montigny-en-Gohelle
Noms de grisou Puits de fureur Terres cruelles
Qui portent çà et là des veuves sur leur dos

Louis ARAGON, *Le Roman inachevé.*

PREMIÈRE PARTIE

(1900-1914)

LEUR NUIT SANS ÉTOILES

1

Je suis née, en même temps que le vingtième siècle, le 1er janvier 1900, dans un petit village du Pas-de-Calais. Dans le coron où j'ai vu le jour, tous les hommes étaient mineurs, de père en fils. Mon père n'avait pas échappé à cette règle. Je fus son seul enfant. Il en fut heureux, préférant n'avoir qu'une fille à des fils qui, tôt ou tard, auraient dû prendre le chemin de la mine.

Le travail de mineur était un travail dur, aride, et dangereux. Moi, je n'ai connu que le sort des femmes : l'angoisse, l'incertitude, l'incapacité de savoir si, chaque soir, l'être aimé reviendrait au foyer. Je ne peux que rendre hommage au courage, à l'endurance de ces hommes qui sont descendus dans les entrailles de la terre, bien souvent au péril de leur vie. Ils ont formé une chaîne indestructible, où, à chaque maillon, est venu s'accrocher celui de la génération suivante. Je ne sais pas s'il existe une autre corporation d'ouvriers qui, au fil des années, a pu connaître autant de catastrophes. Le destin qui, dès ma naissance, m'a placée dans ce milieu n'a pas été tendre avec moi.

Dès ma petite enfance, je fus familiarisée avec le dur univers du mineur. Toute petite, encore presque un bébé, je ne reconnaissais pas ce grand homme noir qui revenait le soir chez nous et de qui j'avais peur. Il se lavait dans un coin de la cuisine où nous habitions, à l'abri d'un paravent que ma mère installait uniquement en cette circonstance. Le miracle se renouvelait chaque soir, qui faisait réapparaître, après quelques instants, mon père venant vers moi, sagement installée sur une couverture à même le sol. Il me prenait dans ses bras et me levait jusqu'au plafond, riant de mes cris de joie et de peur.

Notre maison était la dernière du coron. Le coron, c'était, autour de la mine, des longues bandes d'habitations noires et tristes, toutes rigoureusement identiques. La nôtre se situait au bout de la rue ; ensuite venaient les champs. Aussi, en sortant de chez nous, le paysage était très différent selon le côté où l'on regardait. A gauche, l'immensité verdoyante, les arbres, la campagne, où, dès le printemps, chantaient les alouettes ; à droite, la rue étroite et rectiligne avec ses deux rangées de maisons et, au bout, comme seul achèvement possible à ce décor, la masse de la fosse, où travaillaient mon père et tous les hommes du coron.

Mon enfance ne fut pas malheureuse. Bien sûr, nous étions pauvres, et, matériellement, je ne fus pas gâtée. Mais j'étais bien moins à plaindre que certains autres enfants. Ma mère était couturière, et cousait pour les autres femmes. Ce qu'elle gagnait s'ajoutait à la quinzaine de mon père, et nous procurait une relative aisance. De plus, j'étais fille unique. A l'époque, c'était pour mes parents réellement appréciable, car le salaire du père restait le même, qu'il y eût un ou dix enfants à nourrir.

Mes parents m'aimaient, je crois, profondément. Avec cette pudeur particulière aux gens du peuple, ils n'extériorisaient pas leur tendresse. Mais une sorte d'instinct me disait que j'étais aimée, et cela contribua à faire de moi une enfant épanouie et équilibrée.

Je garde de mes toutes premières années un souvenir attendri. Une image me vient à l'esprit, toujours la même : je nous revois le soir, dans la cuisine, après le repas. Mon père, souvent, s'installait près du foyer, avec sa pipe qu'il fumait tranquillement, et se reposait de sa dure journée de travail. Il se penchait vers moi en souriant, me tendait les bras :

— Viens, Madeleine, viens avec papa.

Je trottinais jusqu'à lui, ravie, heureuse. Je grimpais sur ses genoux, me blottissais dans ses bras, me roulant en boule comme un chaton. Près de nous, ma mère, à la lueur de la lampe à pétrole, raccommodait le linge, les « loques de fosse » de mon père, toujours déchirées. Lorsque je repense à cette scène, je retrouve le sentiment de bien-être et de sécurité que j'éprouvais tandis que, la tête appuyée sur la poitrine de mon père, je m'endormais doucement en suçant mon pouce.

Je n'ai pas beaucoup de souvenirs de ma petite enfance. Des images, confuses, me viennent pêle-mêle. Je me revois le soir, dans mon lit, seule dans la chambre que j'occupais, près de celle de mes parents. Dans l'obscurité, les meubles familiers prenaient l'aspect effrayant de monstres, et je sais que j'avais peur. Je me recroquevillais, me blottissais sous les couvertures, fermant les yeux et me persuadant que, si je ne les voyais plus, les monstres ne viendraient pas me saisir.

J'étais très peureuse. Je me souviens, entre autres, de la terreur qu'exerçait sur moi le gros poêle en fonte de la cuisine. Tant que je n'étais pas seule, il ne m'effrayait pas. Mais ma mère devait parfois s'absenter, le plus souvent pour aller remplir ses seaux d'eau, à la pompe située au milieu de la rue. Elle m'installait à la table, avec un jouet quelconque.

— Ne bouge pas, Madeleine, me disait-elle, maman revient tout de suite.

J'obéissais sagement. Mais, dès qu'elle était sortie, le poêle semblait doubler de volume, devenait plus noir, se faisait menaçant. Je n'osais pas le regarder, mais je le savais là, et il m'effrayait. J'ai eu là mes premières terreurs enfantines.

Mon premier souvenir vraiment précis, c'est l'anniversaire de mes cinq ans. Ce matin-là, je m'étais réveillée tôt. Dans mon lit, je m'amusais, comme je le faisais souvent, à repousser de mes pieds, le plus loin possible, la brique que ma mère plaçait toute chaude, chaque soir, entre les draps.

Lorsque ma mère vint me chercher, je me levai, courus jusqu'à la cuisine. Comme c'était aussi le Jour de l'An, mon père était là. Nous avons échangé nos vœux de bonne année en nous embrassant tendrement. Je me sentais heureuse. Dans la chaude atmosphère de la cuisine, nous avons pris notre déjeuner tous les trois. La seule présence de mon père faisait de mon anniversaire une vraie fête. Il était si rarement là pour partager notre repas !

Ensuite, ma mère me donna mon cadeau : une poupée en chiffons qu'elle avait confectionnée avec des restes de tissu. Je me rappelle l'émerveillement qui fut le mien lorsqu'elle me l'offrit. Elle devint ma grande amie, nous fûmes inséparables. Elle dormait avec moi la nuit ; avec elle j'avais moins peur dans l'obscurité. Je la possède encore, elle est bien usée, le tissu est déchiré en de nombreux endroits, mais je ne peux me résoudre à la jeter ; elle est le dernier vestige qui me reste de mon enfance, tout le reste a disparu.

Puis, comme tous les 1er janvier, j'allai, avec les autres enfants de la rue, souhaiter une bonne année dans chaque maison. On nous donna des gâteaux, que les plus gourmands mangèrent sur place. Je ramenai les miens chez moi, je les tendis à mon père :

— Tiens, papa, tu les donneras à Tiennou, demain. Tu lui diras que c'est de ma part.

Tiennou était mon ami, un ami que je n'avais jamais vu. Je le connaissais par les récits de mon père. C'était un des chevaux de la mine, et mon père ne partait jamais au travail sans un sucre pour Tiennou.

— Tiennou, disait-il, est un cheval extraordinaire. Il est habitué à tirer son convoi de douze berlines ; si Jules, le meneur, profite de l'obscurité pour ajouter une treizième berline, il refuse de démarrer. Jules a déjà essayé plusieurs fois, et n'a jamais réussi. Tiennou ne consent à tirer que ses douze wagons, pas un de plus !

Il me plaisait qu'il fût si intelligent. Je l'en aimai davantage. Comme j'aurais voulu le connaître ! A défaut, je me l'imaginai, placide, fort, doux et bon. Sans l'avoir jamais caressé, je connaissais la douceur de son museau, la tiédeur de ses naseaux.

Je voulus que lui aussi prît part à mon anniversaire ; le lendemain, mon père partit au fond de la mine avec, en plus de son « briquet [1] » habituel, un paquet de mes gâteaux pour Tiennou.

Je fus ensuite suffisamment grande pour aider ma mère. J'eus la responsabilité d'un certain nombre de tâches, et j'en éprouvai un sentiment d'importance et de fierté.

Lorsque ma mère avait bien lavé le sol, je puisais, dans la boîte prévue à cet effet, des poignées de sable blanc. J'en saupoudrais toute la surface de la cuisine. Ensuite, je prenais le petit balai que m'avait fabriqué mon père, et je m'amusais à dessiner toutes sortes d'arabesques, plus compliquées les unes que les autres. C'était la coutume, beaucoup de ménagères faisaient de même. Lorsque j'avais fini, je contemplais mon œuvre avec satisfaction. Je restais près de la porte, et je disais à ma mère, qui vidait les seaux d'eau dehors :

— Attends, n'entre pas ! Laisse mes beaux dessins !

Pour me faire plaisir, ma mère attendait un peu. Mais enfin il fallait bien qu'elle rentre. Je suppliais :

— Attends, attends encore un peu !

— Allons, Madeleine, j'ai du travail.

Je regardais mes dessins, et j'aurais voulu toujours les garder intacts. Il m'était une souffrance de savoir qu'ils allaient être piétinés, démolis. En même temps, je me rendais compte que c'était inévitable, et j'étais malheureuse de n'y

1. Le *briquet* est le casse-croûte du mineur.

pouvoir rien changer. Déjà, je découvrais la fragilité des choses éphémères.

J'allais aussi à la pompe, chercher de l'eau dans un broc que je ramenais en marchant à petits pas, attentive à ne pas renverser. J'appris à moudre le café, dans le moulin en bois qu'il fallait tenir bien serré entre les genoux ; je tournais la manivelle, ouvrant de temps en temps le petit tiroir du bas pour y vérifier le café moulu.

Mais les meilleurs moments de mon enfance, c'étaient les jeux. Ce que nous avons pu jouer, nous, les enfants du coron ! Nous n'avions pratiquement pas de jouets ; pourtant, nous n'étions jamais à court d'idées.

A la maison voisine de la nôtre, il y avait quatre enfants. L'aîné, Charles, avait deux ans de plus que moi, et sa sœur Marie avait mon âge. Tous trois, nous étions inséparables. Dès que nous avions fini d'aider à la maison, nous sortions et nous nous attendions mutuellement. Puis nous allions jouer. Dans la rue, dans les sentiers le long des champs, autour des maisons. Mais notre endroit de prédilection était, je crois, le terril. Nous descendions toute la rue, nous passions devant *Chez Tiot Louis*, le cabaret des mineurs, que je considérais avec un mélange de méfiance et de respect : c'était le domaine exclusif des hommes, je n'y étais jamais entrée. Nous contournions la fosse, avec son immense charpente métallique et son chevalement, dont les gigantesques roues m'impressionnaient. Nous arrivions au terril, qui était pour nous une véritable montagne noire. Ce que nous aimions par-dessus tout, c'étaient les glissades. Si nous n'avions pas de planche, nous descendions la pente sur le derrière, ou alors en roulant sur nous-mêmes. C'était très amusant. Ces jours-là, lorsque nous revenions le soir, nous étions aussi noirs que les mineurs qui remontaient du fond !

Marie était mon amie. Lorsque Charles était à l'école, nous jouions toutes les deux, à des jeux de filles. Ma poupée de chiffons excitait sa convoitise, souvent elle me demandait de la lui prêter. Je refusais, je ne voulais pas prêter ce qui représentait pour moi l'équivalent d'un trésor.

Un jour, nous étions assises devant la maison. Je venais encore de refuser, et Marie, qui était vive et emportée, me dit :

— Tiens, la voilà, ta poupée, puisque tu ne veux pas la prêter !

Elle la saisit et la lança au milieu de la rue. Il avait plu ; ma poupée atterrit au beau milieu d'une flaque noire et boueuse. Stupéfaite, je ne bougeai pas tout de suite. Lorsque je compris ce que Marie avait osé faire, je bondis et courus reprendre ma poupée qui, trempée et couverte de boue, n'avait pas fière allure. Je contemplai avec horreur les dégâts, puis, me tournant vers Marie, je dis, en suffoquant d'indignation :

— Oh !... Regarde !... Regarde ce que tu as fait !...

Et je me mis à pleurer, à gros sanglots. Marie, qui n'était pas méchante, regrettait son geste, et essayait de me consoler :

— Allons, ne pleure pas... ne pleure pas, je ne le ferai plus.

Mais je ne pouvais pas m'arrêter. Voyant que je ne me calmais pas, Marie alla chercher ma mère. Elle lui expliqua ce qui s'était passé. Ma mère prit la poupée et me dit :

— Ce n'est pas grave, je vais la laver. Elle redeviendra aussi belle.

Mais, redevenue propre, la poupée ne fut plus jamais comme avant. Elle resta chiffonnée, les couleurs furent ternies par le lavage. J'en eus de la peine très longtemps. Ce fut mon premier vrai chagrin d'enfant.

Il y avait aussi des moments privilégiés pour jouer ; les soirs d'été étaient de ceux-là. Les soirs d'été de mon enfance m'ont laissé au cœur le souvenir impérissable d'une douceur, d'un charme suranné qui jamais plus ne reviendront. La rue elle-même était transformée. Elle s'animait, devenait gaie, toute bruissante, retentissait de cris et de rires.

C'était, le plus souvent, au moment où la chaleur s'estompait progressivement, où une légère brise amenait une fraîcheur bienfaisante. Le temps semblait s'arrêter. Le crépuscule, qui descendait sur le coron, l'enveloppait de douceur. Le soleil couchant nimbait de ses derniers rayons la masse de la fosse, rosissait les briques et mettait des étoiles d'or pourpre dans les roues du chevalement, réussissant, par sa seule magie, à la doter d'un charme étrange et poignant.

Ces soirs-là, tout le monde se trouvait dehors. Les femmes, sur le pas de la porte, parlaient de leurs enfants, de leurs problèmes, échangeaient des recettes, se donnaient des conseils. Les hommes, accroupis dans une attitude acquise au fond, fumaient silencieusement, profitant, de tout leur corps, des derniers rayons du soleil, de la douceur de l'air, de ce dont ils étaient privés au long de leurs heures de travail. Et nous, les enfants, nous jouions, nous courions, nous faisions le tour des maisons, nous poussions des cris, et notre présence trépidante rendait la rue plus jeune, plus humaine, plus gaie.

La vie ne m'a pas gâtée. Quand je regarde en arrière, je revois bien des moments tristes, et même dramatiques. C'est pourquoi il me suffit de penser à ces jours de mon enfance pour me dire que j'ai au moins quelques souvenirs heureux, pleins de jeux, d'amour et de soleil.

2

L'année de mes six ans, pour la première fois de ma vie — et ce ne fut, hélas, pas la dernière —, je connus la faim. Je ne compris pas pourquoi, sur le moment. Ce n'est que bien plus tard que je me suis rendu compte que, simplement, j'étais une victime du milieu dans lequel je vivais.

Cela commença un soir du mois de mars. Dans l'après-midi, ainsi qu'elle le faisait chaque jour, ma mère avait fait chauffer de l'eau et préparé le chaudron pour le bain de mon père. Mais l'heure passait, et mon père ne rentrait pas. Ma mère s'inquiétait, devenait nerveuse, tournait dans la pièce, allait à la porte et regardait dehors. Le moindre retard pouvait être lourd de significations. Mon père le reconnaissait lui-même, quand il disait, en parlant de son travail au fond :

— Chaque jour, je sais que je descends, mais je ne sais jamais si je remonterai.

La nervosité de ma mère finit par me gagner. Sans savoir pourquoi, je commençais à me sentir la gorge sèche, les mains moites. A la fin, n'y tenant plus, ma mère me dit :

— Mets ta pèlerine, Madeleine, et va au-devant de papa. Va jusque *Chez Tiot Louis*, regarde s'il est là.

L'angoisse faisait trembler sa voix. Il était rare que mon père fût en retard ; il rentrait tous les jours à la même heure.

Je sortis. Dans le soir qui tombait, je courus dans la rue. Il faisait froid ; le vent me giflait le visage de ses rafales sèches et brutales. Tout était désert. Ce fut en approchant de *Chez Tiot Louis* que j'entendis le bruit des conversations. J'avançai timidement, collai mon nez à la vitre. A cause de la buée, je ne vis pas grand-chose, mais il me sembla que le café était plein. J'entrevis une masse confuse d'hommes noirs qui parlaient, gesticulaient, criaient fort. Il m'était impossible de savoir si mon père était parmi eux.

Je restai là un bon moment, me demandant que faire, grelottant dans le vent froid. Je ne pensais pas à repartir à la maison, je sentais confusément combien ma mère serait déçue de me voir revenir seule.

Je ne bougeai pas de mon poste d'observation. Enfin, après de longs instants, trois hommes sortirent du café. L'un d'eux me vit. Il me connaissait, il habitait notre rue.

— Madeleine ! Que fais-tu donc ici ?

— J'attends papa. Dites, est-ce qu'il est là ?

Sans me répondre, il rouvrit la porte. Criant pour dominer le tumulte des conversations, il appela :

— Hé ! Jean ! Viens, ta fille est là !

Avec soulagement, je vis mon père s'avancer vers moi. Il se pencha, me prit dans ses bras :

— Madeleine, pourquoi es-tu ici ?

Rassurée, maintenant, je n'avais plus froid. Mon papa me serrait contre lui, tout était bien.

— C'est maman qui m'a dit de venir. Elle s'inquiète.

— Viens, nous allons rentrer.

Il me porta jusqu'à la maison. Ma mère était sur le seuil, et j'entendis son soupir de soulagement lorsqu'elle nous vit arriver.

Nous entrâmes dans la maison, et mon père me déposa à terre. C'est alors que je vis son expression : grave, inhabituelle. Sans savoir pourquoi, mon cœur se serra. Je sentis qu'il y avait quelque chose, et je me fis toute petite dans un coin. Ma mère parla, et sa voix était rauque d'appréhension :

— Jean, que se passe-t-il ?

Mon père s'assit, lui tendit les mains dans un geste d'impuissance et de consolation :

— Louise, il y a eu une catastrophe, à Courrières, à la fosse 2, un coup de grisou. Ils sont tous restés dedans. Les secours sont en train de s'organiser. Il va falloir que j'aille aux nouvelles.

Ma mère était devenue blanche. Deux de ses frères travaillaient à la fosse 2 de Courrières, tous deux dans le même puits. L'un d'eux, Marcel, le plus jeune, me faisait souvent sauter sur ses genoux ; je l'adorais. Elle demanda, et il y avait au fond de ses yeux une angoisse si insoutenable que mon père détourna la tête :

— Est-ce qu'on sait quelque chose ?

— Non, pas encore. J'irai demain, après le travail.

Ils en parlèrent toute la soirée. Mon père raconta ce qu'il avait appris par d'autres mineurs. Je ne comprenais pas, j'étais encore trop petite, mais instinctivement je sentais que c'était grave. Je n'osais pas bouger. La soirée fut très différente des précédentes. Après le repas, mon père ne me prit pas sur ses genoux comme il le faisait les autres soirs. Ma mère me mit au lit tout de suite, me souhaita bonne nuit, m'embrassa, et s'en alla, me laissant seule.

Je fus longue à m'endormir. Je les entendis, longtemps, qui parlaient, et leurs voix n'étaient pas comme d'habitude, elles étaient sourdes, lourdes d'angoisse et de peur. Je ressentais leur inquiétude, sans bien en comprendre la raison. Recroquevillée sous mes couvertures, je serrais ma poupée dans mes bras, cherchant une consolation qui ne venait pas. Toute la soirée, je me sentis très malheureuse. Je m'endormis le cœur gros de sanglots retenus.

Le lendemain et les jours suivants, après son travail, mon père, avec une bicyclette empruntée au chef porion, partit pour Courrières. Il ne revenait que tard dans la soirée, après une attente interminable sur le carreau de la fosse 2. Il rentrait chaque fois profondément las et découragé. En réponse au regard chargé d'angoisse de ma mère, il secouait la tête avec tristesse, avec accablement : il ne savait rien de nouveau, les frères de ma mère étaient encore au fond, beaucoup de mineurs n'avaient pu être remontés ; les équipes de secours étaient inefficaces devant l'ampleur de la catastrophe. Il faudrait faire appel à des sauveteurs allemands. Ma mère soupirait, ne disait rien.

Je la voyais maintenant continuellement triste. Dans la journée, je n'étais plus que rarement seule avec elle. Il y avait toujours l'une ou l'autre de nos voisines qui venait, discutait, essayait de la rassurer. Et, pendant les rares moments où nous n'étions que toutes les deux, elle refusait avec moi toute intimité. Parfois, je m'approchais d'elle. J'aurais voulu la consoler mais je n'osais rien dire. Elle me repoussait, me renvoyait à mes jeux, et son attitude me faisait de la peine.

Elle était sans cesse pâle, crispée, elle ne souriait plus. Je l'entendais souvent soupirer. Je la suivais d'un regard triste, incompréhensif, et, malheureuse de me sentir délaissée, je me croyais moins aimée.

Après plusieurs jours mon père rentra un soir plus tard que de coutume. Il pénétra dans la cuisine d'un pas lourd, le dos courbé sous le poids de la fatigue et du désespoir. Il ne parla pas, mais, à son regard grave, plein d'une tristesse et d'une compassion infinies, ma mère comprit. Je vis sur son visage passer une sorte d'égarement. Elle se jeta dans les bras de mon père et se mit à pleurer. Il la serrait contre lui, impuissant à la consoler :

— Tous les deux, Louise, ils ont été tués, tous les deux...

Elle continua de pleurer, sans pouvoir s'arrêter. Elle se laissa tomber sur une chaise et resta ainsi, la tête dans les mains, le corps secoué de sanglots. Ce fut, pour moi, comme si mon monde basculait. Je me suis précipitée vers ma mère, m'agrippant à sa jupe, et, sans comprendre, effrayée de la voir pleurer, je me suis mise à pleurer avec elle. Elle m'a prise dans ses bras, me serrant contre sa poitrine, et, étroitement enlacées, nous avons mêlé nos larmes.

Ils allèrent à l'enterrement. Comme j'étais trop jeune pour les accompagner, la mère de Charles vint me chercher et m'emmena chez elle. Là, je retrouvai Marie, ma compagne de jeux.

Il faisait un temps affreux, il tombait une sorte de neige fondue absolument glaciale. Nous étions dans la cuisine, près du feu, nous jouions à la poupée. Nous nous amusions à habiller et à déshabiller à tour de rôle ma poupée de chiffons, avec les habits que ma mère confectionnait au fur et à mesure qu'elle avait des restes de tissu. C'était un jeu qui nous passionnait beaucoup. Il nous amusa tout l'après-midi. Et la faculté d'oubli d'un enfant est si grande que je ne pensais plus à la peine de ma mère, ni à ma tristesse des jours précédents. La mère de Marie nous donna, pour goûter, une tartine avec du sucre, que je mangeai de bon appétit.

Et puis, à la fin de l'après-midi, mes parents vinrent me reprendre. Dès leur entrée, je ressentis de nouveau, en voyant leur tristesse, le même accablement douloureux. Il ne m'échappa point que ma mère avait les yeux rougis, et mon cœur d'enfant se serra.

Pendant que nos parents discutaient, Marie me tira le bras :

— Viens, jouons encore.

Je secouai la tête. Il me semblait impossible de jouer alors que ma mère avait pleuré ; toute envie de m'amuser m'avait quittée.

Cette catastrophe, qui avait fait plus de mille morts, avait profondément marqué toute la corporation minière. Une grève générale s'ensuivit. Si j'eus la joie de voir mon père à la maison, elle fut de courte durée. Je compris vite que sa présence n'était pas la même que celle qui, d'habitude, faisait de chaque dimanche une fête. Il n'y avait plus de jours gais, tout le monde me semblait triste, inquiet. Finies, les journées calmes avec ma mère, tout occupées du ménage et de la maison. Supprimées, aussi, les soirées paisibles où tous les trois nous étions réunis autour de la lampe. Maintenant, tous les soirs on me mettait au lit, et de nombreux camarades de mon père envahissaient la maison. Longtemps, avant de m'endormir, je les écoutais. Les mots « danger », « sécurité », « grève » revenaient souvent. Je les entendais sans en comprendre le sens.

Un soir, je me réveillai subitement ; quelque chose m'avait tirée de mon sommeil. J'ouvris les yeux dans l'obscurité. Sans comprendre pourquoi, je me sentais inquiète et étrangement oppressée. Je restai sans bouger, et, après quelques instants, j'entendis le bruit qui m'avait réveillée, un bruit étrange, étouffé, que je n'arrivai pas à définir.

Je sentis une véritable angoisse me serrer la poitrine. Je me redressai dans mon lit, prête à appeler, lorsque je les vis. La porte était entrouverte, et, à la lueur du foyer, je les apercevais clairement. Ils étaient là tous les deux, mon père assis sur une chaise, la tête courbée dans une attitude d'infinie désespérance, et ma mère penchée sur lui.

Elle lui parlait avec tendresse, avec douceur, de la voix qu'elle utilisait envers moi-même pour me consoler lorsque j'avais un gros chagrin. Mon père releva la tête, et je me rendis compte, avec un coup au cœur, qu'il pleurait, et que le bruit qui m'avait réveillée était celui de ses sanglots. Je fus bouleversée, remuée jusqu'aux entrailles par une vague d'émotion si violente que j'eus envie de gémir, à mon tour, et d'ajouter, aux pleurs de mon père, ma plainte d'enfant qui avait mal et qui ne comprenait pas.

Une pudeur m'empêcha d'appeler. Ils se dirigèrent vers leur chambre et je ne les vis plus. Je restai là, seule, solitaire et profondément malheureuse.

Cette scène me fit prendre conscience que mon père, que je croyais fort et invulnérable, pouvait être aussi faible qu'un petit enfant. Cela éveilla en moi une insécurité, une méfiance vis-à-vis du monde extérieur.

La situation se détériorait de plus en plus. J'avais pris l'habitude de faire les courses, pour aider ma mère, et j'allais au ravitaillement à l'épicerie des mineurs, à l'entrée du coron. De jour en jour, je partais avec un peu moins d'argent et je revenais avec un peu moins de marchandises. Nous étions pauvres, et nous avions si peu d'économies qu'elles fondirent très vite. Alors nous fûmes obligés de nous nourrir à crédit. Je partais au magasin sans argent, et ma mère me disait :

— Dis à Mélanie qu'on paiera après la grève.

Mélanie, l'épicière, qui nous connaissait tous, fut d'accord au début. Mais, plus les jours passaient, plus elle s'impatientait, menaçant de ne plus rien nous donner. Nous n'étions pas ses seuls clients, tout le coron allait se ravitailler chez elle, et elle se refusait à nourrir tout le monde, pour rien, trop longtemps. Alors cela devint de plus en plus difficile, le café, le sucre, le beurre manquèrent. Le pain se fit rare, nous devions l'économiser. Et il y eut bien des moments où j'eus faim. Au début, je disais :

— Maman, j'ai faim.

Ma mère soupirait :

— Il n'y a rien à manger pour le moment, Madeleine. Patiente jusqu'à ce soir.

Après avoir reçu plusieurs fois de suite la même réponse, je ne réclamai plus. Mais je n'en souffris pas moins. Je souffris silencieusement, et ce fut dur pour mes six ans.

Ce fut une époque où tous les moyens étaient bons pour récupérer ce qui pouvait ressembler à de la nourriture. Comme c'était le printemps, nous, les enfants du coron, allions à la cueillette des pissenlits qui poussaient dans les champs, dans les prés, tout autour du village. Nos mères en faisaient des salades qui accompagnaient le pain et qui nous donnaient l'illusion d'un repas.

Charles, Marie et moi, un grand sac à la main, nous partions dans la campagne, au hasard des sentiers souvent détrempés.

Un après-midi, nous avons dû aller très loin, car les environs immédiats du village avaient été pillés dès le début. Nous avons marché longtemps, nous avons même reçu plusieurs averses. Ma pèlerine était trempée, et, malgré mon capuchon, j'avais les cheveux mouillés. Marie et Charles ne valaient guère mieux. Nos chaussures à tous les trois n'étaient plus qu'une masse informe de boue et d'argile. Mais nous ramenions chacun un sac rempli de pissenlits, et nous en étions heureux.

En approchant du village, nous avons rencontré d'autres enfants qui, eux aussi, cherchaient des pissenlits. Parmi eux, il y avait Albert Darent, qui avait l'âge de Charles. Nous le connaissions et nous le craignions ; brutal et méchant, il profitait de sa force et n'hésitait pas à battre ceux qui ne voulaient pas faire toutes ses volontés. Contrairement aux autres, il n'avait pas de sac, et se contentait d'observer, les mains dans les poches. Son regard se posa sur nos sacs de pissenlits. Il s'approcha, une lueur inquiétante dans ses petits yeux sournois. Je me raidis, sur la défensive. Il passa près de Charles et de moi, se dirigea vers Marie, qui était un peu en arrière. Il lui ordonna durement :

— Donne-moi ça !

Il lui arracha le sac de pissenlits, la repoussant si violemment qu'elle tomba. Il y eut quelques ricanements parmi les autres garçons. L'indignation me souleva. Je vis Charles poser son sac et se diriger vers lui, blanc de fureur.

Ignorant notre réaction, Albert, avec un sourire triomphant, repartait déjà vers le village, sûr de son impunité. Il commit l'erreur de passer devant moi. Au moment où il arrivait à ma hauteur, presque instinctivement, et bien que mon cœur battît de peur, j'avançai mon pied pour le faire trébucher. Il ne s'y attendait pas. Surpris, il perdit l'équilibre et alla s'étaler de tout son long dans la boue du chemin. Cela s'était passé si rapidement que, sur le moment, personne ne comprit. Un silence plein d'appréhension accueillit sa chute. Comment allait-il réagir ? Nous avions tous peur.

Il se releva, couvert de boue et pâle de colère. Il tourna vers moi un regard où se lisait une telle fureur que j'eus l'impression de me recroqueviller. Il se précipita, le poing levé, dans ma direction, bégayant de rage :

— Att... Attends ! Attends un peu ! Tu v... Tu vas voir !...

Incapable de bouger, tétanisée, je ne pouvais que le regarder. Il s'élança pour me frapper. Charles s'interposa :

— Arrête ! Laisse-la.

Furieux d'être arrêté, il se tourna vers Charles, voulut le repousser ; mais Charles se plaça devant moi, les poings serrés, dans une attitude de défi. Albert se jeta sur lui, et ils se mirent à se battre, se donnant des coups de poing, des coups de pied. Ils perdirent l'équilibre et roulèrent dans la boue.

Marie s'était rapprochée de moi, et, impuissantes, nous assistions à la bataille. Les autres garçons regardaient, silencieux. Ils avaient tellement peur d'Albert qu'ils n'osaient pas encourager Charles, ni l'aider. J'avais envie de pleurer, je criai :

— Arrêtez !

Mais ils ne m'écoutèrent pas. M'entendirent-ils seulement ?

Nous étions tous là, et je sentais un sentiment proche de la détresse m'envahir, lorsqu'une grosse voix nous fit soudain sursauter :

— Eh bien ! Que se passe-t-il, ici ?

Je me retournai. Alphonse, le garde des mines, que nous connaissions bien, était arrivé sans que nous l'eussions entendu.

— Voulez-vous arrêter de vous battre, garnements ? Vous n'avez pas honte ?

Penauds, Charles et Albert se relevèrent. Ils n'étaient pas beaux à voir, avec de la boue et de la terre jusqu'aux cheveux.

— Chenapans ! Vous ne croyez pas que vos parents ont déjà assez de soucis, avec cette grève, sans encore en ajouter ? Allez, rentrez immédiatement chez vous, et que je ne vous y reprenne plus ! Sinon, gare à vous !...

Obéissant, nous avons ramassé nos sacs de pissenlits, et nous sommes repartis vers le village. Albert partit devant nous, en courant, non sans m'avoir jeté auparavant un regard venimeux, chargé d'une violente rancune. De ce jour, il me voua une haine farouche.

Nous avons repris le chemin de la maison. Charles et Marie, tout boueux, appréhendaient les reproches de leur mère, et j'étais peinée pour eux. Mais il n'y avait dans nos cœurs aucun regret. Il nous avait paru naturel que Charles se battît pour me défendre.

La grève s'éternisait. Le simple fait de vivre devint tout simplement dramatique. Nous avions de moins en moins à manger, et donc de plus en plus faim. Ma mère avait les joues pâles, les traits tirés ; mon père, de caractère pourtant doux et paisible, devenait hargneux et impatient. Les conversations entre mineurs étaient violentes.

Il y eut des manifestations. Je pris l'habitude de les voir, par centaines, sur le carreau de la fosse, soudés en une masse noire et hostile. J'entendais dire que les syndicats et les patrons s'affrontaient, que personne ne voulait céder. La révolte grondait sourdement, la haine s'exacerbait. Les compagnies firent appel à l'armée, et Clemenceau envoya la troupe.

Ce fut mon premier contact avec la violence. Il me marqua

profondément, et avec une intensité d'autant plus grande que je n'étais qu'une enfant.

Je me rappellerai toujours ce jour d'avril. Il faisait beau, et nous en avions profité pour aller jouer sur le terril. Nous avons fait des glissades, et puis, comme nous étions suffisamment nombreux, nous avons organisé une partie de cache-cache. Je cherchais un endroit où me cacher, lorsque Charles me prit par la main :

— Viens, allons là-bas.

Il m'entraîna, me fit faire le tour du terril, m'obligeant à grimper de l'autre côté. Nous nous sommes accroupis derrière une berline abandonnée là. D'où nous étions, nous dominions la fosse. Nous voyions, dans la cour et devant les grilles, les mineurs rassemblés une fois de plus. Ils semblaient à bout de patience, et certains d'entre eux discutaient violemment.

Soudain, sans que rien ne pût le laisser prévoir, des chasseurs et des dragons à cheval, arrivant du village, se précipitèrent vers la fosse. Les mineurs reculèrent, en une houle furieuse. Je pouvais sentir leur peur, et leur haine. Emplis d'appréhension, Charles et moi nous faisions tout petits derrière notre chariot.

— C'est la troupe, chuchota Charles.

Je demandai, et ma voix était blanche d'une angoisse vainement réprimée :

— Qu'est-ce qu'ils veulent ?

— Je ne sais pas. Peut-être que les mineurs reprennent leur travail.

La troupe s'était arrêtée, face à la foule des manifestants. Il semblait y avoir une discussion, qui s'envenimait d'instant en instant. Un grondement parcourut les rangs des mineurs, s'enfla, devint une clameur faite d'innombrables cris de protestation. Je n'ai pas vu d'où elle venait, mais, soudain, une brique fut lancée et frappa l'un des hommes à cheval.

Ce fut comme un signal. Les mineurs, laissant éclater leur rage, se mirent, d'un commun accord, à lancer toutes sortes de projectiles sur la troupe. Je vis un des hommes du premier rang tomber, un cheval reçut une pierre en plein poitrail et se cabra, hennissant de peur et de douleur.

Alors, la troupe chargea. Ce fut une mêlée effroyable. Ils

se battirent férocement, le sang gicla, des chevaux tombèrent. Terrorisée, glacée, je découvrais la violence dans toute sa force et sa cruauté. Les yeux écarquillés, je les regardais, et je sentais, irrépressible, monter en moi une longue plainte, un cri de souffrance et d'agonie. Je me suis détournée et, incapable d'en supporter davantage, je me suis enfuie, hoquetant de peur et d'horreur. J'ai dévalé le terril, n'ayant gardé qu'un seul désir conscient : aller le plus loin possible de cette scène de violence et de cauchemar. L'horrible bruit de la bataille, les cris de rage et de douleur, les hennissements des chevaux me poursuivirent longtemps. Ils étaient encore dans mes oreilles alors même que je ne les entendais plus.

J'ai couru interminablement, sans même savoir où j'allais. Une grosse pierre me fit trébucher, et je tombai. Incapable de me relever, je restai là, couchée dans l'herbe. Des spasmes nerveux me secouaient, je tremblais sans pouvoir m'arrêter. Je ne voyais plus rien, je ne pouvais que pleurer, et rien ne pouvait soulager l'intolérable souffrance que j'éprouvais.

A bout de peur et de larmes, je me suis endormie — ou ai-je perdu conscience ? Mon père me trouva là dans la soirée, après m'avoir cherchée partout. Il me ramena à la maison, et ma mère me mit au lit. Je me sentais brûlante, je tremblais convulsivement. Un sentiment d'irréalité me plaçait dans un autre monde, le monde de peur et de haine que je venais de découvrir.

Pendant la nuit, j'eus des cauchemars. Je délirai. Je voyais un immense cheval noir se cabrer, et ses sabots menaçants s'agitaient au-dessus de moi. Je voyais des hommes se battre, tomber, ensanglantés, et je hurlais, je me débattais, je sentais des larmes brûlantes couler de mes yeux grands ouverts, que les mêmes images hantaient sans cesse.

Cela dura toute la nuit. Au matin, j'allais mieux, mais je mis du temps à accepter la réalité de ce que j'avais vu. Cette scène avait détruit ce que mon enfance avait d'insouciant et d'heureux. Elle me laissa pendant longtemps une crainte inavouée de la vie et une gravité inhabituelle pour un enfant de six ans.

Il y avait eu des blessés, parmi les mineurs, ce qui rendit les conditions de vie encore plus difficiles. Il devint impossible de continuer ainsi. La rage au cœur, conscients d'être vaincus, mais poussés par la nécessité de vivre, même mal, et par le besoin impératif de gagner de l'argent, même peu, les mineurs reprirent le chemin du travail. C'était, pour eux, la seule solution. Que pouvaient-ils faire d'autre, ces hommes qui, le ventre vide, voyaient leurs enfants pleurer de faim ?

3

Tout rentra peu à peu dans l'ordre. La satisfaction de pouvoir manger chassa rapidement le souvenir des jours difficiles. Mes cauchemars finirent par s'espacer, et, s'ils ne disparurent jamais tout à fait, ils se firent néanmoins de plus en plus rares.

L'été apporta ses aubes radieuses, ses journées lumineuses et chaudes, ses soirées douces et tièdes. Petit à petit, chez les mineurs meurtris, le souvenir de la catastrophe se fit moins vif. Sans l'oublier, ils en parlèrent moins souvent.

A l'automne, j'entrai à l'école. Ce me fut à la fois un dérivatif et une découverte.

Je me rappelle surtout le mélange de peur et d'excitation que j'éprouvai le premier matin. Je me sentais à la fois pénétrée de mon importance et remplie d'appréhension. Charles et Marie étaient venus me chercher. Nous sommes partis tous les trois, vêtus de notre tablier de satinette noire que ma mère avait cousu, et qu'elle avait égayé, au col et aux poignets, d'un liséré rose pour Marie et moi. Nos nouvelles chaussures de cuir crissaient à chaque pas. J'osais à peine bouger ma tête ; ma mère avait tellement serré mes tresses que le moindre mouvement m'était douloureux.

Nous avons traversé le coron, puis la moitié du village, et nous sommes arrivés sur la place. Charles nous conduisit jusqu'à la grille, puis il nous quitta pour l'école des garçons située de l'autre côté.

Nous sommes entrées. La cour était plantée de marronniers qui en faisaient un univers fastueux, une féerie de pourpre et d'or. Nous foulions aux pieds un épais tapis de feuilles rousses.

Nous avons vite repéré quelques autres filles de mineurs, que nous connaissions et avec qui nous avions déjà joué dans le coron. Nous nous sommes rassemblées, et nous sommes restées sans bouger, sages et graves, jusqu'au coup de sifflet de la directrice. Nous avons alors été rangées par classes. Marie à mes côtés, nous sommes entrées dans notre salle avec notre institutrice. C'était une dame assez âgée à l'air doux et gentil, qui nous dit s'appeler Mme Blanche.

Toute la matinée fut occupée par la distribution de crayons, de cahiers, de livres. La maîtresse nous interrogea ensuite, une à une, nous demandant notre nom, posant des questions sur notre famille, nos parents, notre vie à la maison. Nous étions, pour la plupart, des filles de mineurs. Il y avait aussi quelques filles de commerçants et de cultivateurs.

Une petite fille, pourtant, ne nous ressemblait pas. Alors que nous étions toutes vêtues de la même blouse noire, elle était la seule à avoir un tablier de cotonnade colorée, très joli, qui lui valait bien des regards d'envie et d'admiration. Elle avait des cheveux d'un blond très clair, et je la trouvai jolie. En réponse aux questions de Mme Blanche, elle déclara qu'elle s'appelait Juliette Fontaine, et que son père était le directeur de la mine.

Lorsque vint la récréation, nous étions si peu habituées à l'immobilité que nous avions des fourmillements dans les jambes et dans les mains. Avec joie, nous nous sommes retrouvées dans la cour. La timidité du matin nous avait quittées. Heureuses de nous dépenser, nous avons couru, nous avons joué. Nos cris et nos rires faisaient s'enfuir les oiseaux qui pépiaient dans les marronniers.

Je poursuivais Marie en courant lorsque j'aperçus, dans un coin de la cour, triste et solitaire, Juliette. Elle était appuyée contre le mur, mains derrière le dos. Elle regardait la joyeuse effervescence avec une expression d'envie et de déception. Elle ne semblait connaître personne. Elle était si différente de nous que les autres ne s'y étaient pas trompées, et la laissaient à l'écart. Je me suis dirigée vers elle :

— Veux-tu jouer avec nous ?

Elle m'a regardée avec une sorte d'étonnement, puis un joli sourire a illuminé son visage, creusant des fossettes dans ses joues. Je l'ai prise par la main, je l'ai entraînée vers Marie :

— Marie, Juliette va jouer avec nous.

Marie, bonne fille, accepta. Toutes les trois, nous avons couru, ri et joué jusqu'à la fin de la récréation. Je me sentais attirée par Juliette, j'éprouvais le désir de m'en faire une amie.

Pendant la deuxième partie de la matinée, Mme Blanche nous expliqua ce que nous ferions au long de l'année. Je fus littéralement captivée. J'avais cru, en écoutant ce que m'en disait Charles, que l'école serait ennuyeuse, mais je me mettais à découvrir que, bien au contraire, apprendre m'intéresserait.

A midi, nous sommes sorties. Nous avons retrouvé Charles, qui nous attendait à la grille. Juliette, qui était avec nous, se dirigea vers un grand garçon blond qui semblait l'attendre et me dit, avec fierté :

— C'est mon frère, Henri. Il a onze ans.

Elle le prit par la main et s'éloigna avec lui. Avec Charles et Marie, je revins chez moi.

A la maison, je fus intarissable. Mon père n'était pas là, et je noyai ma mère sous un flot de paroles enthousiastes. Je racontai, pêle-mêle, Mme Blanche, les livres, la classe, Juliette. Lorsqu'il fut l'heure de retourner à l'école, je repartis avec joie et impatience, ayant totalement oublié mon appréhension du matin. Tout l'après-midi, je fus passionnée. Mme Blanche, à la fin, nous raconta une histoire, et elle n'eut pas d'auditrice plus attentive que moi.

Sur le chemin du retour, je ne pus m'empêcher de faire part de mon enthousiasme à Charles et à Marie. Ils furent surpris, ils étaient loin d'aimer l'école à ce point-là.

Lorsque je rentrai, mon père était là. Il m'attendait.

— Alors, ma petite fille, comment s'est passée cette journée ?

De nouveau, je racontai. Mon père me prit sur ses genoux et, toute la soirée, nous avons feuilleté, avec une sorte de respect, page par page, les livres donnés par Mme Blanche. Nous regardions les images, mon père me lisait leur légende. Il avait aussi aimé l'école, mais il avait dû la quitter dès l'âge de onze ans pour aller travailler à la mine. Il aimait toujours lire, et autant que moi, mes livres d'école le captivèrent.

Le lendemain et les autres jours, et tout au long des semaines et des mois qui suivirent, l'école fut pour moi à la fois une habitude et un centre d'intérêt. Elle devint mon second foyer, et j'y passais mes journées avec plaisir. Par tous les temps, je faisais quatre fois par jour le chemin de la maison à l'école. Il y eut bien des fois où je rentrai trempée, ou gelée. Mais c'était sans importance en comparaison de tout ce que l'étude m'apportait. Tous les lundis matin, nous commencions la semaine avec une leçon de morale. J'adorais l'histoire qui la précédait. Elle illustrait toujours un principe du genre : il ne faut jamais mentir, ou la gourmandise est un vilain défaut, ou encore l'union fait la force. Ces principes nous aidaient à mener une vie droite, et à nous bien conduire.

Bientôt je sus lire, écrire, compter. J'appris aussi à parler français, car la langue que nous utilisions entre nous, dans le coron, était le patois. Mes moindres moments de liberté furent occupés par la lecture. A la maison, je me plongeais dans l'unique livre que nous possédions, *L'Almanach du pèlerin*, que mes parents achetaient au colporteur chaque année. Je finissais par le savoir par cœur. En ce temps-là, il n'existait pas d'illustrés pour enfants, tout au moins chez nous. Aussi, le peu que nous avions prenait valeur de relique.

Par la suite, Mme Blanche s'aperçut de ma passion, et, pendant mes années d'école, même lorsque je ne fus plus dans sa classe, elle me prêta des livres. Je les dévorais à une vitesse vertigineuse, avec un plaisir ineffable. La lecture m'était devenue un besoin impérieux, une faim qui exigeait sans cesse d'être assouvie.

Les contes de fées éblouirent l'enfant que j'étais. Ils me tirèrent de ma grisaille, m'apportèrent le merveilleux qui manquait à ma vie. Je m'endormis plus d'une fois en rêvant à Cendrillon, à Blanche-Neige, ou au Petit Chaperon rouge.

Les histoires d'animaux me plaisaient beaucoup aussi. Ma préférée était *la Chèvre de M. Seguin*. Je la trouvais profondément émouvante, et si triste... Je l'ai lue et relue, et, à chaque fois, le sort de la malheureuse Blanquette m'arrachait des larmes.

Je n'ai jamais pu supporter la souffrance des animaux. Ils représentaient pour moi des créatures pures et innocentes qui ne méritaient pas de souffrir. Lorsque je voyais des garçons torturer de pauvres bêtes incapables de se défendre, comme les oiseaux et les grenouilles qu'ils capturaient pour s'amuser, j'en étais véritablement malade. C'est ainsi que je n'ai jamais oublié l'épisode de l'ours.

C'était à la sortie de l'école, un soir du mois de juin. Sur la place du village, nous avions pris l'habitude de voir, de temps en temps, des chanteurs des rues, qui chantaient les airs à la mode que tout le monde reprenait en chœur, des joueurs d'orgue, des montreurs d'animaux savants.

Ce soir-là, Charles nous attendait à la sortie, très excité :

— Venez ! Venez vite ! Il y a un ours, un montreur d'ours !

Nous le suivîmes sans hésiter, attirées par l'alléchante perspective de voir un ours, un véritable ours, que nous n'avions encore jamais vu.

— Vite ! Vite ! Dépêchez-vous ! criait Charles.

Nous courions à sa suite, tout essoufflées, le cœur battant de crainte et d'excitation.

Sur la place du village, un attroupement important nous empêchait de voir quoi que ce fût. Charles, jouant des coudes, se faufila jusqu'au premier rang, suivi de près par Marie et moi.

Alors je pus le voir. Il était énorme, impressionnant. C'était un grand ours brun, dressé sur ses pattes de derrière, qui se dandinait en poussant des grognements que je trouvai terrifiants. Sur le moment, il me fit peur. Dans son nez était passé un anneau, auquel était attachée une chaîne que tenait son maître. Celui-ci lui faisait exécuter toutes sortes de tours :

— Dansez !

— Tournez !

— Saluez !

A chaque injonction, il tirait d'un coup sec sur la chaîne, et l'ours obéissait, tournant gauchement sur lui-même, dansant d'une patte sur l'autre, à la grande joie de tous les spectateurs.

Peu à peu, j'eus moins peur, mais je ne pouvais pas, comme les autres, rire et m'amuser. Un malaise me saisissait, que je n'arrivai pas tout d'abord à définir. Et puis je vis le regard de l'ours, et je compris qu'il me faisait pitié. Je remarquai qu'il sursautait chaque fois que son maître tirait sur la chaîne, et j'eus mal pour lui. Je me rendais confusément compte qu'il était malheureux ainsi enchaîné, privé de sa liberté naturelle, obligé d'exécuter des tours pour amuser les gens, contre sa volonté, contre son instinct. Je sentis quelque chose de douloureux, comme une envie de pleurer, me gonfler la poitrine. Je fus incapable de rester là plus longtemps. Je donnai un coup de coude à Marie, je lui dis :

— Je m'en vais.

Sous son regard étonné et incompréhensif, je partis, comme on fuit. Je courus jusque chez moi, et là, la boule qui m'obstruait la gorge céda en gros sanglots désespérés. A ma mère qui s'inquiétait, je racontai la scène que j'avais vue. J'expliquai maladroitement ce que j'avais ressenti. Elle essaya de me consoler, de me faire comprendre qu'il était inutile de me mettre dans un état pareil, que l'ours n'était peut-être pas si malheureux. Mais rien n'y fit. Je continuai à pleurer sur l'ours.

Je me découvris aussi d'une timidité maladive. En classe, j'avais peur de répondre. Bien souvent, alors que je connaissais parfaitement la réponse, je n'osais pas lever le doigt pour la donner. Je voulais le faire, mais, en même temps, un sentiment proche de l'angoisse, que je ne pouvais m'expliquer, me l'interdisait. Je préférais encore passer pour une ignorante.

Lorsque j'entendais la maîtresse me dire : « Madeleine ! Au tableau ! », une peur subite me nouait la gorge, et, pendant quelques instants, je perdais tous mes moyens. Il n'y avait plus que le vide dans mon esprit. Au début, la maîtresse s'impatientait :

— Alors ? Ça vient ?

Et puis, peu à peu, l'une après l'autre, tout au long de ma scolarité, elles se rendirent compte que je ne le faisais pas exprès, que seule la timidité m'empêchait de répondre. Certaines d'entre elles renoncèrent même complètement à m'interroger, se contentant de mon travail écrit qui, lui, ne posait pas de problème.

Comme je n'osais rien dire, certaines de mes compagnes de classe en profitèrent. J'aimais l'étude, et j'apprenais facilement. J'étais une élève sérieuse, je faisais bien mes devoirs et ne partais jamais pour l'école sans savoir mes leçons. Ainsi, j'étais régulièrement la première de la classe, et la maîtresse me prenait souvent comme aide, pour la seconder dans des petits travaux.

Je me rendis compte que deux ou trois élèves, aussi peu intelligentes que paresseuses, en étaient jalouses. Elles se mirent à me persécuter, me bousculaient dans la cour pour me faire tomber, cachaient mes crayons, cherchant à me discréditer dans l'esprit de la maîtresse pour me faire punir.

Je supportais tout, ne disais jamais rien, et elles recommençaient de plus belle, sûres de leur impunité parce que sachant bien que je ne les dénoncerais pas. Leur persécution finissait par me gâcher la vie, et j'appréhendais leur méchanceté.

Un jour, deux d'entre elles avaient réussi à me prendre mon cahier d'écriture, qui devait être noté à la fin de la semaine. Lorsqu'elles me le rendirent et que je l'ouvris, la page sur laquelle je m'étais tant appliquée était couverte de taches d'encre. C'était tellement méchant que je me mis à pleurer. Marie, près de moi, devant l'état de mon cahier, poussa un cri d'horreur :

— Ooooh !...

La maîtresse, assise à son bureau, attirée par le cri de Marie, leva la tête et vit mes larmes. Elle s'inquiéta :

— Eh bien ! Que se passe-t-il ?

— Oh, Madame, s'exclama Marie, et sa voix vibrait, éclatait d'une indignation qu'elle ne cherchait pas à retenir. Regardez ce qu'elles ont fait au cahier de Madeleine !

La maîtresse se leva, vint jusqu'à nous. Lorsqu'elle vit mon cahier, elle eut le même cri d'horreur que Marie.

— Qui a fait ça ? demanda-t-elle, de la voix que nous savions reconnaître lorsqu'elle était en colère.

Je pleurais, et ne sus pas répondre. Je ne sais pas si j'aurais parlé, mais Marie répliqua vivement :

— C'est Clotilde et Lucienne, Madame. Elles ennuient toujours Madeleine.

— Elles t'ennuient, Madeleine ? me demanda la maîtresse.

Pleurant toujours, je ne pus que hocher la tête.

— Pourquoi ne me l'as-tu pas dit ?

Je ne répondis pas. Ce fut Marie, encore, qui dit pour moi :

— Elle ne veut pas le dire, Madame, mais moi je l'ai bien vu. Elles la bousculent dans la cour, elles la poussent dans l'escalier. Et elles lui cachent ses affaires, pour qu'elle soit punie.

— Madeleine, dit la maîtresse sérieusement, j'exige qu'à l'avenir, si elles t'ennuient encore, tu viennes me le dire. Tu as bien compris ?

Je dis oui, sachant pertinemment que je n'en ferais rien.

La maîtresse se tourna alors vers les deux coupables et les sermonna vertement, essayant de leur faire honte, exigeant leur promesse de ne plus recommencer. Elles furent mises au piquet, avec le bonnet de mauvaise conduite. Il était, avec le bonnet d'âne, la pire des punitions. Elles furent très humiliées, mais, au lieu d'admettre qu'elles étaient punies par leur propre faute, ce fut moi qu'elles rendirent responsable de leur disgrâce.

Le soir même, elles se dissimulèrent à la sortie du village, et me guettèrent sur le chemin du retour. Elles se précipitèrent sur moi comme deux furies, m'arrachèrent mon cartable, le vidèrent dans la boue et piétinèrent tout, livres, cahiers, crayons. Elles me poussèrent et me firent tomber.

Incapable de me défendre, je pleurai, horrifiée par tant d'injustice et de méchanceté. Charles et Marie, qui m'accompagnaient, réagirent avec indignation. Je n'avais jamais vu Charles aussi furieux. Il se jeta sur elles, leur lança des violents coups de pied avec ses gros souliers ferrés, qui leur arrachèrent des hurlements, pendant que Marie leur tirait les cheveux sans douceur. Ensuite ils prirent leurs cartables, et en vidèrent le contenu dans le fossé rempli d'eau.

— Oh ! Je le dirai ! Je le dirai ! hurlait Clotilde, tandis que Lucienne pleurait en frottant ses tibias douloureux.

— Tu peux le dire, répliqua Charles sèchement, nous dirons que c'est toi qui as commencé. Et nous t'avons fait ce que tu as fait à Madeleine. Et si tu recommences, nous recommencerons aussi !

Matées, elles jetèrent à Charles un regard empli de crainte et de haine, et s'enfuirent vers le village. Charles et Marie m'aidèrent à ramasser mes affaires dans la boue. Pleurant toujours, je rentrai chez moi. Mes parents passèrent la soirée à nettoyer du mieux qu'ils purent mes livres et mes cahiers, et ma mère dut laver tous mes vêtements. Mon père se mit en colère :

— Demain, j'irai voir ta maîtresse !

Il tint parole. Le lendemain, à la sortie de l'école, il était là. Il expliqua à l'institutrice ce qui s'était passé. Celle-ci, outrée d'apprendre ce que Clotilde et Lucienne avaient encore fait malgré sa défense, promit de s'en occuper personnellement.

Le lendemain matin, en classe, elle les appela :

— Clotilde ! Lucienne ! Venez ici !

Inquiètes, elles obéirent.

— Savez-vous pourquoi je vous appelle ?

Elles se regardèrent sans répondre.

— Eh bien ! Répondez !

Elles baissèrent la tête et restèrent muettes.

— Je vois que vous n'êtes pas fières de vous ! Je vais donc parler pour vous, et expliquer à vos compagnes ce que vous avez fait.

Elle raconta à toute la classe la scène de l'avant-veille. Ce fut, dans la salle, un murmure horrifié. Tout le monde me regarda avec pitié et sympathie.

— Et maintenant, dit la maîtresse, allez au bureau de la directrice, elle vous attend.

Clotilde et Lucienne devinrent très pâles, et je vis clairement leur peur. Je ne pus m'empêcher d'avoir pitié d'elles. Aller au bureau de la directrice était ce qui pouvait arriver de pire. On n'y allait que si on avait fait quelque chose de grave, et rien que d'y penser suffisait à nous terroriser. Elles sortirent la tête basse, et furent absentes un bon moment. Lorsqu'elles revinrent, nous vîmes toutes qu'elles avaient pleuré. Elles restèrent étonnamment silencieuses tout le reste du jour. A partir de ce moment-là, elles m'ignorèrent complètement. Je fus débarrassée de leur persécution. Je pus vivre sans la crainte perpétuelle de leurs mauvais coups, et le soulagement que j'en ressentis suffit à lui seul à me rendre la vie bien plus agréable. Je partageai de nouveau mes jours entre l'école, la maison, les jeux, l'amitié de Charles et de Marie, la tendresse de mes parents, tout ce qui faisait ma vie.

La mine ne se laissait pas oublier. Elle faisait partie de mon existence, y était étroitement mêlée. J'avais huit ans lorsque je découvris qu'elle pouvait être cruelle et impitoyable.

C'était pendant la semaine qui précédait la Sainte-Barbe, patronne des mineurs, unanimement fêtée le 4 décembre. Mon père, comme beaucoup de mineurs, travaillait plus longtemps pendant la quinzaine précédente. C'était la période des « longues coupes », des heures supplémentaires que tous faisaient pour augmenter leur salaire, afin de pouvoir améliorer l'ordinaire et fêter Sainte-Barbe sans restriction. Nous, les enfants, nous adorions cette fête ; outre les pâtisseries et les bonbons que nous pouvions manger exceptionnellement, il y avait des courses à sac, des mâts de cocagne, et surtout des manèges et des balançoires.

Ce soir-là, en revenant de l'école, je vis le cabriolet du docteur arrêté devant notre porte. Tout de suite, j'eus peur. Je quittai brusquement Marie et Charles et me précipitai dans la maison. Le docteur était penché sur mon père, assis sur une chaise. Ma mère se tenait près de lui, une cuvette et un linge dans les mains.

Je m'approchai. J'eus l'impression de recevoir un coup dans la poitrine. Tout le haut du bras et l'épaule de mon père n'étaient qu'une masse sanglante. La peau était déchirée, le sang coulait. L'horreur me fit pousser un cri :

— Papa ! Oh, papa !

Mon père releva la tête, me vit. Dans son visage encore noir de charbon, la sueur avait creusé des rigoles plus claires. La souffrance que je lus dans ses yeux me fit mal. Ma mère posa la cuvette, vint vers moi, me poussa doucement dehors :

— Va chez Jeanne, va jouer avec Marie. Je viendrai te chercher tout à l'heure.

Jeanne, la mère de Charles, m'accueillit gentiment, essaya de me rassurer. Voir mon père dans cet état m'avait tellement impressionnée que je tremblais.

— Allons, dit Jeanne, ne t'inquiète pas, ce ne sera pas grave.

Pierre, son mari, assis près du feu, m'observait en silence, avec une compréhension mêlée de pitié. Ce fut à lui que je demandai, d'une voix mal assurée :

— Pierre ! Que s'est-il passé ? Qu'a donc fait papa ?

Il secoua la tête, en un geste d'impuissance et d'accablement :

— C'est un accident. Lucas, le nouveau galibot chargé de pousser les wagons, n'est pas encore bien adroit. Il en a fait dérailler un. Il n'a pas su le retenir, et ton père n'a eu que le temps de se jeter sur le côté. Le wagon l'a quand même attrapé à l'épaule et au bras...

— Oh, Pierre ! Toute sa peau est déchirée, et ça saigne !...

— Dame ! Un wagon chargé comme celui-là, ça va chercher dans les cinq cents kilos !

— Tu étais là, Pierre ? Tu l'as vu ?

— Hé oui, on n'a rien pu faire, ça s'est passé si vite ! Mais ne t'en fais pas, petite, ajouta-t-il avec bonté, en voyant mon inquiétude. Dans quelques jours il n'y paraîtra plus. Ce n'est pas si grave, après tout. Quand on pense qu'il aurait pu être écrasé...

C'était la philosophie propre aux mineurs. Ils réagissaient devant les accidents avec une résignation, un fatalisme que je n'ai jamais pu comprendre. Peut-être était-ce la seule réaction possible pour pouvoir continuer à faire ce métier où le danger était présent à chaque instant. Ils le côtoyaient, ils avaient appris à vivre avec lui. Et lorsqu'un accident arrivait, tout en le déplorant, ils n'en étaient pas surpris. C'était tellement dans l'ordre des choses, le contraire eût été surprenant...

A l'époque, je n'étais qu'une enfant, et tout ce que je compris ce jour-là, ce fut que mon père était blessé, qu'il avait mal. Lorsque ma mère vint me reprendre et que je vis, à la maison, mon père couché, les yeux fermés, le bras et l'épaule entourés d'un énorme pansement, je me sentis désorientée. J'allai vers lui. J'aurais voulu le consoler, j'aurais voulu être là, à sa place. Il me semblait anormal que lui fût au lit et blessé alors que moi je n'avais rien. La tristesse et l'incompréhension m'arrachaient des larmes amères.

— Viens, me dit ma mère, laissons-le reposer.

Toute la soirée, dans la cuisine, nous avons parlé à voix basse, et cela accentuait l'irréalité de la situation. Cette nuit-là, je dormis très peu. Je me réveillai souvent, inquiète. Je me rendais compte que je ne pouvais rien faire, et le sentiment de mon impuissance m'était une véritable souffrance.

Le docteur revint chaque jour faire le pansement. Mon père

dut arrêter le travail pendant deux semaines. L'assurance ouvrière ne versait dans ce cas que la moitié du salaire, et ma mère dut coudre davantage pour gagner l'argent qui manquait. Entre les soins à donner à mon père, ses travaux de couture, le ménage, les courses, les repas, la vaisselle, elle ne s'en sortait plus. Je dus manquer l'école pendant plusieurs jours pour pouvoir l'aider. Je faisais les courses, j'allais chercher l'eau à la pompe, j'allais remplir le seau de charbon pour le feu, j'épluchais les légumes, je faisais le café, la vaisselle, je n'arrêtais pas. Mais c'était, pour ma mère, du temps gagné, pendant lequel elle s'installait à sa machine et cousait les vêtements qu'ensuite j'allais livrer.

J'étais fière de me rendre utile mais triste de manquer l'école. Mon père, peu habitué à ne rien faire, tournait en rond et s'impatientait. A la fin de la seconde semaine, bien qu'incomplètement guéri, il n'y tint plus et reprit le chemin de la mine, malgré les recommandations de prudence de ma mère. Mais il ne pouvait plus rester là, assis à la regarder travailler comme une bête de somme. C'était son rôle, à lui, de gagner l'argent de la famille. Rien n'aurait pu l'empêcher de reprendre le travail dès qu'il s'en sentit capable.

De mon côté, je retournai à l'école. Je rattrapai rapidement le retard accumulé pendant mes jours d'absence. Je retrouvai avec plaisir mon goût pour l'étude, mes jeux avec Juliette et Marie aux récréations. Ma vie reprenait son cours normal.

4

Au mois de février, cette année-là, Juliette fut malade. Elle était très enrhumée depuis plusieurs jours. Un matin, elle ne vint pas à l'école. La maîtresse, qui avait reçu une lettre d'excuses, nous apprit qu'elle avait une bronchite :

— Elle manquera sans doute longtemps. Ses parents demandent que les devoirs et les leçons lui soient portés régulièrement. Madeleine, tu t'en chargeras.

Je copiais donc tous les soirs les leçons à apprendre et les devoirs à faire. A la grille de l'école, Henri, son frère, m'attendait, et je lui remettais fidèlement la feuille pour Juliette. J'en profitais pour demander comment elle allait. Lorsqu'il me disait : « Elle ne va pas encore très bien, elle tousse encore beaucoup », j'étais triste, et quand vint le jour où il m'annonça : « Elle va beaucoup mieux, elle s'est levée hier », je fus heureuse. Elle m'était devenue chère, Juliette, elle était, avec Marie, ma meilleure amie.

Lorsqu'elle revint en classe, je la trouvai pâle et amaigrie. Elle avait perdu sa vivacité, elle restait la plupart du temps sans bouger, amorphe, toujours fatiguée. Je m'ingéniais à la distraire. Je voulais voir revenir sa joie de vivre, par tous les moyens je cherchais à ramener le sourire sur son visage.

Un matin, elle me dit :

— Tu sais, Madeleine, mes parents m'ont permis de t'inviter à la maison. Je leur parle tellement de toi ! Et, toute seule, je m'ennuie, rien ne m'intéresse. Alors je voudrais que tu viennes jouer avec moi, le jeudi. Mes parents sont d'accord. Tu veux bien, dis ?

Je fus surprise, sur le moment. Juliette habitait une belle et grande maison, située à l'écart du coron, et ses parents ne la laissaient jamais jouer avec nous. Ils devaient juger que nous n'étions pas, nous les enfants des mineurs, des compagnons de jeux rêvés pour leur fille. Il avait fallu que la santé de Juliette leur donnât bien du souci pour qu'ils acceptassent de faire une exception en ma faveur.

Comme je ne répondais pas, Juliette insistait :

— Tu veux ? Tu veux bien venir chez moi ? Dis oui !

J'acceptai, pour lui faire plaisir. Mais j'étais mal à l'aise. Ma timidité naturelle reprenait le dessus, et la seule idée d'aller dans cette grande maison que je n'avais vue que de loin me paralysait.

Lorsque j'en parlai à ma mère, elle ne refusa pas. Mon père fut plus réticent :

— Qu'est-ce que cela signifie ? grogna-t-il. J'espère que ce n'est pas un moyen trouvé par le directeur pour avoir des renseignements sur nos faits et gestes. Si on t'interroge, ne dis rien, Madeleine, tu entends ? Dis que tu ne sais rien.

Il était, comme tous les mineurs, extrêmement méfiant en

ce qui concernait la direction de la mine. Il n'avait pas tout à fait tort. La compagnie avait à sa solde des rapporteurs, des « espions » qui venaient lui répéter fidèlement les moindres réflexions entendues sur le lieu de travail, dans les cabarets. C'est pourquoi, s'il était mécontent, un mineur n'osait pas se plaindre ouvertement, car les renvois étaient arbitraires. La compagnie était toute-puissante. La hantise de chacun d'eux, c'était qu'on lui rende son livret, en lui disant :

— Si tu n'es pas content ici, va ailleurs !

Car ne plus avoir de travail, c'était être à la rue, puisqu'il fallait rendre le logement ; c'était, à plus ou moins brève échéance, la famine, la misère et la mort.

Aussi, ce ne fut qu'après avoir promis à mon père que je ne dirais pas un mot sur le sujet de la mine et des mineurs que je partis, le jeudi suivant, vers la maison de Juliette.

L'après-midi était ensoleillé. Je traversai le coron parmi les rires et les cris des enfants qui se poursuivaient. J'aurais aimé jouer avec eux comme je le faisais habituellement, mais je ne m'arrêtai pas. J'étais crispée, mal à l'aise dans ma robe et mes chaussures du dimanche que ma mère m'avait fait mettre. Je sortis du coron, pris le chemin qui conduisait chez Juliette. Là, c'était la campagne. Les oiseaux chantaient, l'air était doux, et, dans le soleil, la grande maison me parut moins imposante, plus agréable, plus engageante.

Juliette m'attendait à la grille. Elle m'accueillit avec exubérance, me prit la main, m'entraîna, heureuse, impatiente :

— Viens ! Viens vite !

Je la suivis dans le grand parc. Juliette courait, alors que je marchais avec respect, presque avec crainte, dans les allées soigneusement ratissées. Elle s'impatientait, se retournait :

— Alors, dépêche-toi ! Que fais-tu donc ?

Et je pris conscience, pour la première fois, du fait que nous étions différentes. Je n'aurais pas su l'expliquer clairement, mais je savais que rien ne serait plus pareil. Je venais de découvrir que Juliette était riche, alors que j'étais pauvre. Je compris que, si je me sentais mal à l'aise dans ce parc où elle évoluait avec tant d'aisance, c'est qu'elle y était dans son milieu, et que ce milieu n'était pas le mien.

Ce fut bien pis encore à l'intérieur. Le hall immense

m'impressionna. Il était, à lui seul, presque aussi grand que toute notre maison. Il me glaça. Trop vaste, trop luxueux, il accentua davantage encore ma petitesse, mon insignifiance, mon humilité.

La mère de Juliette apparut. Elle semblait douce, gentille. Sous son regard souriant, l'étau qui m'emprisonnait la poitrine se desserra un peu.

— Ainsi, voilà Madeleine ! Bienvenue chez nous, mon enfant. Nous te remercions d'avoir aidé Juliette pendant sa maladie. Il paraît que tu es une très bonne élève ?

Je ne pus répondre que par un hochement de tête et un sourire. Ma gorge était tellement serrée qu'elle semblait ne pouvoir laisser passer aucune parole.

Voyant que j'étais intimidée, la mère de Juliette n'insista pas.

— Bien, allez jouer ! Tout à l'heure, je vous appellerai pour goûter.

Juliette me prit la main, m'entraîna :

— Viens, allons dans ma chambre.

Nous avons grimpé l'imposant escalier, et Juliette m'ouvrit la porte de sa chambre. Ce me fut un émerveillement. Je n'imaginais pas autrement la chambre d'une princesse, d'une fée. Pas de parquet nu, comme chez nous, mais des tapis épais et moelleux. Des rideaux roses, ravissants, un lit recouvert d'un couvre-lit rose assorti, brodé de petites fleurs. Des meubles charmants, coquets, une armoire, un petit bureau, rien de comparable à l'ameublement lourd et sommaire de ma propre chambre. Des murs tapissés d'un joli papier à fleurs, et non peints à la chaux, comme chez nous. Et les jouets ! Juliette en avait tout un coffre. Elle l'ouvrit, m'invita à approcher :

— Viens, jouons !

Elle les sortit, un à un. Il y en avait quelques-uns que je possédais aussi, comme une balle, une corde à sauter. Mais d'autres me laissèrent muette de respect, notamment un service à café miniature, avec des tasses, des soucoupes, une cafetière, un sucrier, un pot à lait, le tout en vraie porcelaine, décorée et magnifique. Il y avait des livres à colorier et une splendide boîte de couleurs. Et surtout une superbe poupée, avec une véritable tête de porcelaine, des yeux bleus, devant laquelle je restai sans voix, éperdue d'admiration. Comme ma poupée de chiffons semblait misérable, en comparaison !

Juliette me prêta tout. J'osai à peine prendre la poupée, je la tenais avec respect, comme si le fait de toucher une telle merveille était un sacrilège. Nous avons joué à prendre le café, nous avons colorié les livres d'images. Peu à peu, je m'habituai, mais je n'arrivai pas à me débarrasser complètement d'une gêne qui m'empêchait d'être tout à fait à l'aise.

Ensuite la mère de Juliette nous appela :

— Madeleine ! Juliette ! Venez goûter !

Nous avons mangé du gâteau, puis une sorte de crème au chocolat que je trouvai délicieuse et que je n'avais jamais mangée auparavant. Comme cela était différent de mon goûter habituel, une simple tartine !

— Nous avons bien joué, maman, dit Juliette, je voudrais que Madeleine vienne tous les jeudis.

Ses joues étaient roses d'animation, ses yeux brillants. Il y avait longtemps que je ne l'avais vue ainsi. Sa mère dut certainement faire la même remarque. Elle se tourna vers moi en souriant et me dit d'une voix douce :

— Eh bien, c'est d'accord, n'est-ce pas, Madeleine ? Tu viendras tous les jeudis jouer avec Juliette ?

Je dis oui. Je n'aurais pas osé refuser, et je n'avais aucune raison de le faire. C'est ainsi que, tous les jeudis après-midi, je pris l'habitude d'aller chez Juliette. Marie en était un peu jalouse, surtout depuis que je lui avais décrit les jouets. Elle aurait bien voulu être à ma place.

— Quelle chance tu as ! me disait-elle souvent.

Et pourtant je me sentais plus libre, plus heureuse, lorsque je jouais chez moi, ou dans le coron avec les autres enfants.

Petit à petit, je réussis à aller chez Juliette sans l'appréhension du début. Je finis même par y aller avec plaisir, et, curieusement, je ne fus jamais envieuse. J'avais découvert, pour la première fois dans ma vie, un autre monde que le mien, apparemment fait de richesse et de facilité. Mais je savais rester à ma place, et je crois même que je préférais ma vie à celle de Juliette. Je me rendais compte que, malgré sa richesse, et peut-être à cause d'elle, elle était isolée. Moi, j'étais fille unique mais je n'étais jamais seule. Juliette, par contre, n'avait pas d'amis, moi exceptée. Ses parents ne lui permettaient pas de se mêler aux enfants du coron. Il y a eu bien des moments où, les soirs d'été, lorsque je m'amusais avec les autres, je pensais à elle, triste et solitaire dans sa grande maison, au milieu de ses jouets sans vie, et je la plaignais.

Je pris l'habitude de voir son frère, aussi, tous les jeudis. Jamais il ne participa à nos jeux. Il était plus âgé que nous de cinq ans, et nous considérait avec une condescendance amusée et supérieure, vaguement méprisante. Je l'admirais de loin, en silence. Je me sentais, en face de lui, d'une telle insignifiance que je trouvais normale son attitude.

Quant à son père, je le vis très peu. Les rares fois où je le rencontrai, il me salua simplement d'un bonjour pressé. Il ne chercha jamais à me questionner, comme l'avait craint mon père. Je n'avais été invitée que pour tenir compagnie à Juliette.

Ces jeudis après-midi eurent des conséquences auxquelles je ne m'attendais pas. Nous étions, nous les habitants du coron, une grande famille, et ce qui arrivait aux uns concernait les autres. Ainsi, tout le monde fut vite au courant de mes visites chez Juliette, que d'ailleurs je ne cherchais pas à cacher.

Seulement, ce que, dans ma naïveté, je n'avais pas prévu, c'est qu'il y eut des jaloux. J'entendis mes parents en parler, un soir :

— Tu sais, Jean, disait ma mère, certains disent de nous que l'on veut viser haut, que nous cherchons à sortir de notre condition en envoyant Madeleine chez Juliette.

Mon père donna un coup de poing sur la table :

— Et alors ? Ils sont simplement jaloux, grogna-t-il, furieux. Nous ne faisons rien de mal. Je n'en retire aucun bienfait, il est facile de le voir.

— Peut-être devrait-on cesser d'envoyer Madeleine ?

— Rien à faire, dit mon père, qui n'aimait pas décider de sa conduite d'après les réflexions des autres. Si quelqu'un a quelque chose à dire, qu'il vienne me trouver !

Bien entendu, il ne reçut aucune réflexion directement. Mais certains ne se privaient pas pour critiquer derrière son dos. Je pus m'en rendre compte par moi-même. Albert Darent, qui, depuis l'épisode du sac de pissenlits, me lançait des regards meurtriers s'il m'arrivait de le croiser, se mit à me poursuivre de remarques désagréables. Dès qu'il me voyait, il se mettait à crier : « Lèche-cul ! Vendue !... » et autres insultes du même genre. Je n'osais pas répondre. Je passais ma route le plus rapidement possible, en essayant de l'ignorer. Cette attitude, qui n'était due qu'à la timidité et à la peur, pouvait sembler être un aveu de culpabilité. Albert Darent en profitait :

— Regardez ! criait-il aux autres. Elle est moins fière ici que chez les Fontaine !

Ses ricanements m'étaient odieux. Tous les jours, sur le chemin de l'école, j'étais sûre de le rencontrer, et j'appréhendais ses insultes. Il devenait de plus en plus méchant, à la fois enhardi et exaspéré par mon manque de réaction. Il m'invectivait de loin, et quand Charles, bouillant de rage et d'indignation, se précipitait vers lui, il s'empressait de disparaître. Sa méchanceté, sa malveillance auxquelles je me heurtais jour après jour finirent par m'empoisonner l'existence.

Un soir du mois de mars, la maîtresse me retint, après la classe, pour l'aider dans des rangements. Elle m'avait fait prévenir mes parents la veille, afin qu'ils ne s'inquiètent pas de mon retard. De temps en temps, elle me demandait ainsi mon aide, et j'étais à la fois heureuse et fière de la seconder.

Il était très tard lorsque nous eûmes terminé. Je sortis à la nuit tombée. Je me pressai, seule dans les rues faiblement éclairées. Privée de la compagnie de Charles et de Marie rentrés depuis longtemps, je sentais se réveiller en moi mes terreurs enfantines du noir et de l'obscurité. Je courus en traversant le village. A la sortie, je me trouvai privée de toute lumière, car le chemin qui conduisait au coron était sans éclairage.

Je m'avançai bravement, mais j'avais peur. Mon cœur cognait tellement que je sentais ses battements dans ma gorge, dans ma tête, dans mes oreilles. Je fixais, là-bas devant moi, le premier lampadaire, à l'entrée du coron, qui perçait l'obscurité d'une faible lueur jaune, et je m'efforçais de ne pas prêter attention à la panique irraisonnée qui m'envahissait. Je me rapprochais de la lumière et je commençais à me rassurer lorsque je sentis que l'on me saisissait par-derrière.

Je ne hurlai pas, je ne me débattis pas. Je restai immobile, incapable de bouger, pétrifiée de terreur Alors j'entendis sa voix, qui disait :

— Attends un peu, maintenant que je te tiens, tu vas voir ce que tu vas prendre !...

Avec un mélange confus de soulagement et d'une crainte nouvelle, je reconnus la voix d'Albert Darent. M'avait-il attendue ? Sinon, que faisait-il là, à cette heure, dans ce chemin désert ?

Sûr de lui, puisque Charles n'était pas là pour me défendre, il ricanait méchamment. J'essayai de le raisonner. Je dis, et l'angoisse que je ressentais rendait ma voix tellement rauque que je ne la reconnus pas :

— Laisse-moi, Albert, je ne t'ai rien fait, laisse-moi partir.

Il ne prit même pas la peine de me répondre. Toujours derrière moi, il emprisonna mes deux bras derrière mon dos avec une telle violence que mes os craquèrent. Puis il se mit à me bourrer de coups de pied, en grognant des mots pleins d'une haine qui m'atteignait et que je ne comprenais pas :

— Tiens !... Attrape ! Attends ! Tiens... et tiens !...

Sa prise me serrait tellement que je ne pouvais pas bouger. Ses coups de pied me firent si mal que je me mis à pleurer, impuissante et terrifiée. Nous étions seuls, autour de nous c'était l'obscurité, et je me demandai, avec un sentiment de désespoir, ce qu'il allait advenir de moi. Les coups étaient si violents et ma peur devenait si grande que mes jambes furent prises d'un tremblement incoercible, et je tombai. Il se mit alors à me bourrer de coups de pied n'importe où, et sous l'effet de la douleur j'étais bien près de perdre conscience. Ce fut alors que j'entendis le bruit d'un vélo et vis une faible lueur perçant les ténèbres. C'était le miracle auquel je n'osais croire : quelqu'un arrivait, qui allait me sauver. Au même moment, un coup plus douloureux que les autres me fit pousser un cri.

— Que se passe-t-il, ici ?

Je reconnus, à travers une brume de souffrance, la voix d'Henri, le frère de Juliette. Albert Darent, occupé à me battre, ne l'avait pas entendu approcher. Le découvrant subitement près de nous, il voulut s'enfuir. Henri, sautant de son vélo, le rattrapa juste à temps :

— Viens ici, toi, je vais te faire passer le goût de battre des filles sans défense !

Et il se mit à lui donner une raclée à côté de laquelle ce que j'avais reçu n'était qu'enfantillage. Je me relevai avec difficulté, et, en boitant, m'approchai d'eux. La violence avec laquelle Henri battait Albert, sans se soucier des cris d'orfraie qu'il poussait, me fit peur. Je suppliai :

— Laisse-le, Henri ! Arrête, tu vas le blesser !

Il se tourna vers moi, et j'eus l'impression qu'il me reconnaissait seulement à cet instant. Il était venu à mon secours sans savoir que c'était moi ; paradoxalement, l'admiration et la gratitude que je ressentais pour lui n'en furent que plus grandes.

Il saisit Albert par la peau du cou, l'approcha de lui. Dans un murmure encore plus menaçant que des cris, il lui dit :

— Ecoute-moi bien, Darent. J'en ai assez de tes violences. Si tu recommences une seule fois à ennuyer Madeleine, ou quelqu'un d'autre, tu auras affaire à moi. Tu as compris ?

Aussi lâche que brutal, Albert s'empressa d'acquiescer. Son nez saignait, son œil gauche était tuméfié. Lui aussi avait reconnu Henri, le fils du directeur, et il savait ce que son attitude pouvait entraîner de conséquences, pour lui et pour sa famille. Il partit dès qu'Henri le lâcha. Je respirai plus librement.

— Merci, dis-je à Henri, oh merci !

Il s'approcha de moi :

— As-tu mal, Madeleine ? Quelle brute ! Peux-tu marcher ?

J'essayai de faire quelques pas, en boitillant et en grimaçant de douleur.

— Attends, je vais te mettre sur mon vélo et te reconduire chez toi.

— Oh non, ce n'est pas la peine. Ça ira très bien.

— Allons, ne te fais pas prier. Viens. De toute façon, je rentre, moi aussi.

— Alors, simplement jusqu'à ma rue. Ensuite tu continueras ton chemin.

Je grimpai sur le porte-bagages de son vélo, et nous avons fait le reste du chemin ainsi. Je fixais son dos, sa nuque, et une étrange sensation m'envahissait. Je ne sentais presque plus ma douleur. Dans mon cœur se mêlaient la fierté d'avoir été secourue par Henri, la confusion de me trouver assise sur son vélo, et la reconnaissance infinie que j'éprouvais envers lui qui m'avait défendue et sauvée.

Il me déposa à l'entrée de ma rue.

— Tu es sûre que ça va aller, maintenant, Madeleine ?

— Oui, ce n'est plus bien loin. Et, Henri... encore merci !

— Ce n'est rien, bougonna-t-il. Ce sale garnement, si je l'y reprends... Je crois que ça lui servira de leçon !

Il me regarda et me sourit, d'un sourire tellement charmeur que j'eus l'impression de sentir mon cœur bondir vers lui. Il enfourcha sa bicyclette et partit, après un dernier signe de la main. Je restai là, debout, à le regarder s'éloigner dans l'obscurité. Je crois que c'est à cet instant que, sans en prendre clairement conscience, je lui vouai une adoration éperdue.

Lorsque je rentrai chez moi, mes parents furent horrifiés de me voir dans un tel état. Je fus bien obligée de tout leur raconter. Pendant que ma mère soignait mes écorchures et mes bosses, mon père fulminait :

— Cet Albert Darent est un véritable poison. Je connais Jules, son père. Il ne sait plus que faire pour venir à bout de son chenapan de fils. Pourtant, ce n'est pas faute de lui donner des raclées ! Il y a longtemps qu'il t'embête, Madeleine ?

— Oui, et pas seulement moi ! Il cherche toujours à ennuyer quelqu'un.

— Heureusement qu'Henri Fontaine est arrivé ! Maintenant j'espère qu'Albert n'osera plus s'attaquer à toi. De toute façon, il va bientôt venir travailler à la fosse ; cela lui apprendra à vivre !

Lorsque je fus couchée, bien que le moindre mouvement me fût douloureux, j'éprouvais secrètement une étrange exaltation. Cette aventure avait au moins un côté positif : elle avait permis que je fusse remarquée par Henri et, sans pouvoir me l'expliquer, j'en étais heureuse.

Le lendemain, la trace des coups que j'avais reçus arracha à Charles et à Marie de véritables cris d'horreur. Je leur racontai ce qui m'était arrivé. Sans le vouloir, je m'étendis avec enthousiasme sur le rôle d'Henri. Marie m'écoutait, les yeux brillants ; Henri, en tant que fils du directeur de la mine, jouissait d'un certain prestige auprès de nous, les enfants des mineurs.

— Je voudrais bien qu'une telle chose m'arrive, à moi aussi ! Etre défendue par Henri Fontaine ! disait Marie.

Au bout de quelques instants, je remarquai que Charles ne disait rien. Il ne partageait pas notre admiration, il semblait bouder. Je m'étonnai :

— Qu'y a-t-il, Charles ?

Il haussa les épaules, avec une sorte de violence :

— Il n'y a rien. Je ne vois pas ce qu'il y a d'extraordinaire dans le comportement d'Henri. Ce qu'il a fait est normal. Si j'avais été là, j'en aurais fait autant.

Un tel éclat ressemblait si peu à Charles que je le regardai avec surprise. Son attitude me fit de la peine sans que je puisse m'expliquer pourquoi.

A partir de ce moment, chaque jeudi, en allant chez Juliette, je rencontrai Henri qui me souriait, me lançait un désinvolte : « Bonjour, Madeleine ! Ça va ? » auquel je répondais avec une timidité nouvelle. Dès que je le voyais, je sentais mon cœur bondir.

Albert Darent me laissa en paix. Il eut bientôt l'âge de quitter l'école pour prendre le chemin de la mine ; je le vis beaucoup moins souvent. Néanmoins, je n'arrivai jamais à me départir totalement de ma méfiance. Le regard torve qu'il me lançait lorsque je le rencontrais n'augurait, à mon sens, rien de bon.

Peu après, ce fut au tour de Charles de se faire embaucher. Dès qu'il eut douze ans, après son certificat d'études, il entra au criblage. Il était l'aîné de quatre enfants, et son salaire serait le bienvenu. Il en était très fier, il me disait :

— Bientôt, Madeleine, je travaillerai, moi aussi, je gagnerai de l'argent !

Je sentais que mon compagnon de jeux m'échappait. Je protestais :

— Mais, Charles, je ne te verrai plus !

Je ne pouvais pas admettre que sa fierté d'aller travailler pût être plus grande que ma tristesse de ne plus l'avoir près de moi. Sans m'en rendre compte, j'étais jalouse de la mine, qui accaparait son attention et la détournait de moi qui étais, jusque-là, son seul univers.

Je dus prendre l'habitude de faire le chemin de l'école avec la seule compagnie de Marie. Au début, l'absence de Charles créa un grand vide. Les premiers jours, il me manqua tellement que le jeudi je demandai à ma mère la permission d'aller l'attendre à la grille de la fosse. Elle me l'accorda bien volontiers. Je partis, heureuse d'aller voir mon ami et curieuse de savoir ce qu'il pensait de son travail.

La veille, j'avais demandé à mon père s'il voyait Charles en allant à la mine.

— Il est au triage ; il n'est pas encore au fond.

— Qu'est-ce que c'est, le triage ?

— Tout le monde commence par là. Moi aussi, je l'ai fait. Imagine un tapis roulant sur lequel défile tout le charbon qui remonte du fond. Parmi le charbon, il y a des cailloux, qu'il faut enlever. C'est ce que fait Charles, et tous ceux qui sont, comme lui, au triage.

— C'est difficile ?

— C'est dur, surtout au début. C'est juste à côté de l'endroit de sortie des wagons, il faut travailler dans la poussière et dans le bruit, qui est infernal. De plus l'hiver il y fait très froid. Et puis, il faut aller très vite, lancer les pierres dans des grands paniers. Le surveillant inscrit, sur un tableau noir, à côté de chaque nom, le nombre de paniers remplis, pour le salaire.

Je repensais à cette conversation en allant au-devant de Charles. Je savais à peu près en quoi consistait son travail, mais je n'étais absolument pas préparée à le voir tel qu'il m'apparut ce jour-là. Tout d'abord, je ne le reconnus pas. Il était noir de poussière de charbon, et tellement différent du garçon que je connaissais que je restai un instant interdite. Ce fut lui qui m'appela : « Madeleine ! », et il vint vers moi, heureux de me voir.

De près, je le trouvai encore plus changé. La poussière qui maculait son visage le faisait paraître plus vieux, plus dur, et avait tellement irrité ses yeux qu'ils étaient tout rouges. Il remarqua mon expression, voulut parler, mais une quinte de toux l'en empêcha. Je restai là, impuissante, à le regarder, complètement désorientée. Il se racla la gorge :

— Excuse-moi, c'est cette poussière de charbon. Elle entre partout, et je n'y suis pas encore habitué.

Je ne pus que murmurer :

— Oh, Charles ! C'est dur, comme travail ?

— Ce n'est pas facile, mais il faut que je m'habitue. Les autres le font bien, il y a même des filles. Alors, pourquoi n'y arriverais-je pas ?

Nous nous étions mis en marche ; je le regardai de profil, et je sentais en moi monter une admiration pour son courage et son abnégation.

— C'est le début, je ne vais pas encore très vite, et le surveillant est toujours après moi. Mais je vais apprendre, et d'ici peu je ferai mieux que les autres, tu verras !

Il fit un mouvement, et je vis ses mains. Irrépressible, mon cri jaillit, horrifié :

— Oh, Charles ! Tes mains !

Il essaya de les dissimuler derrière son dos, mais je ne le laissai pas faire. Je les saisis dans les miennes, les regardai, emplie de pitié. Meurtries, écorchées, couvertes de griffes et de coupures, elles étaient à la fois noires de charbon et rouges de sang. La peau en était arrachée, un des ongles était cassé en deux. Charles, gêné, voulut les reprendre :

— Allons, Madeleine, laisse-moi. Ce n'est rien, ça va passer. C'est comme ça pour tout le monde, au début.

Je levai les yeux vers lui, le cœur chaviré. Je découvrais avec brutalité combien le travail de mineur est dur, impitoyable, et cela dès les premiers temps. Charles m'était si proche que sa douleur devenait mienne. Je n'étais pas loin de trouver son attitude stoïque. Moi, je ne savais pas être aussi courageuse.

Il m'assura que ce n'était rien, que ça ne faisait pas mal, que dans quelques jours il n'y paraîtrait plus. Il me dit que j'étais sotte de me mettre dans des états pareils pour si peu !

Il avait raison, d'ailleurs. Par la suite, ses mains se cicatrisèrent. Elles se couvrirent de callosités et de durillons qui firent, de ses mains d'enfant, des mains de travailleur, et, avant l'âge, des mains d'homme.

5

Sans heurts, la vie continuait : l'école, que j'aimais toujours autant, les jeudis chez Juliette, les jeux dans le coron, et le travail à la maison pour aider ma mère.

Je ne voyais plus Charles que de loin en loin, il ne participait plus à nos jeux ; la vie s'était chargée de lui ravir son enfance. Je me résignai, obligée d'accepter ce qui était, dans notre milieu de mineurs, inévitable. Mais il me manqua, et les jeux, sans lui, n'eurent plus le même intérêt. Jusqu'alors, il avait toujours été là pour me défendre ardemment dès qu'éclatait une dispute. Privée de sa présence, je ne me sentais plus protégée.

Lorsque, quelques mois plus tard, il descendit au fond, il s'intégra définitivement à la corporation des mineurs. Il était devenu l'un des leurs, il était, à son tour, une « gueule noire ». Les premiers temps, lorsque je le rencontrais, il ne me parlait que de son travail. Il était galibot ; pour commencer, il aidait, comme tous les débutants, un mineur en fin de carrière à reboiser les chantiers affaissés en remplaçant les bois abîmés. Il me disait, avec une fierté naïve et encore bien enfantine :

— Je sais ce que c'est, maintenant, que de travailler au fond. Je suis avec Victor, tu sais, le vieux Victor ? Il m'apprend mon métier. Il est trop vieux pour grimper, alors il me passe les bois et c'est moi qui fais le travail. Et ce n'est pas facile, car je dois en plus faire attention à ma lampe, accrochée à l'épaule, et ne pas perdre mes outils. Il y a aussi les wagonnets qu'il faut savoir éviter en se jetant rapidement sur le côté, sans glisser sur le sol boueux. On ne les entend arriver qu'au bruit, on ne les voit pas, dans le noir ! Mais le plus embêtant, pour moi, ce sont les échardes de bois, elles déchirent mes vêtements et me rentrent dans la peau. Regarde !

Il me montrait les écorchures qui marquaient ses mains, ses poignets, ses avant-bras. Le plus souvent, la poussière de charbon entrait dans les coupures avant qu'elles eussent le temps de se cicatriser et s'incrustait sous la peau. Les plaies finissaient par se refermer, mais le charbon qui restait dedans laissait une trace indélébile, qui à la longue devenait bleue. La mine avait ainsi son tatouage à elle, avec lequel elle marquait ses ouvriers du fond, afin de mieux les assujettir, de leur prouver que, partout où ils allaient, ils ne pouvaient cacher qu'ils lui appartenaient.

— C'est le métier qui rentre, disait Charles, fataliste, répétant une phrase souvent entendue.

Je ne pouvais pas répondre. Pour la première fois depuis que je le connaissais, nous n'étions plus unis par les mêmes préoccupations. Avant, tout ce qui me concernait le touchait, il faisait siens mes propres problèmes. Maintenant, un nouveau centre d'intérêt nous séparait, qui occupait uniquement Charles, et auquel j'étais totalement étrangère. Je voyais Charles devenir plus grave, plus mûr, plus dur aussi. Il utilisait des expressions d'homme, qui lui venaient de ses camarades de travail. Le compagnon de mon enfance changeait, et je n'y pouvais rien. Il ne s'intéressait plus autant à moi ; j'en souffrais. Et l'amitié qui nous liait ne fut plus assez forte pour me retenir sur le chemin qui me menait vers Henri.

Henri était toujours mon héros secret. Lui, il était beau, toujours bien habillé, jamais noirci de charbon. Inconsciemment, j'y étais sensible. Lorsque, en allant chez Juliette, je le rencontrais et qu'il me souriait, le soleil entrait dans mon cœur. Je ne cherchais pas à voir plus loin, ni à m'interroger sur ce que je ressentais pour lui. Je n'étais qu'une enfant, tout était simple. Je l'admirais, et je savais que je lui aurais offert ma vie, sans condition. Le fait qu'il fût avec moi simplement gentil me suffisait, et j'en étais heureuse.

L'année de mes douze ans marqua un tournant dans ma vie. Ce fut, tout d'abord, l'année où je fis ma communion. J'avais suivi les cours de catéchisme, avec le curé de la paroisse. Ils m'avaient beaucoup plu, car M. le Curé avait le don de raconter l'histoire sainte. J'avais aimé David et Goliath, Salomon et sa justice, et l'arche de Noé. Il avait raconté Jésus aussi, sa naissance, sa vie, ses miracles, et son agonie sur la croix. Il m'avait prêté un livre d'histoire sainte que j'avais lu et relu avec beaucoup de plaisir.

Le jour de ma communion, habillée de ma robe blanche et de mon voile, j'étais émue, grave et impressionnée. Je suis allée à l'église avec Marie, et nos parents suivaient, avec leurs beaux habits du dimanche. Il flottait, dans les rues, un air de fête, en même temps que des effluves de cuisine ; je suis bien obligée de l'avouer, la communion, c'était aussi l'alléchante perspective du repas qui suivrait la messe, et les réjouissances qui en découleraient. Chacun chanterait sa chanson, que tout le monde reprendrait en chœur. Les mineurs étaient ainsi, ils aimaient beaucoup s'amuser, faire la fête. C'était pour eux un moyen d'évasion nécessaire, qui leur permettait d'oublier, pendant quelques instants, la dure réalité de leur vie. Il leur fallait de telles étapes au cours de l'existence de tous les jours qui, sans ces quelques réjouissances, serait vite devenue difficilement supportable.

Je passai aussi, cette année-là, mon certificat d'études. J'y allai avec une appréhension qui me mettait une boule dans l'estomac, mais les épreuves me parurent faciles et je me détendis rapidement. Nous eûmes les résultats le soir même. Lorsque je rentrai à la maison, à la question de mes parents : « Alors ?... », je pus répondre, dans une explosion de joie :

— Je suis reçue !

Car, dans notre milieu, le certificat d'études avait son importance. Ceux qui l'obtenaient en concevaient une fierté toute légitime.

L'institutrice convoqua mes parents, et leur expliqua que je pouvais, si je le voulais, m'inscrire au concours d'entrée à l'Ecole normale. Ils me demandèrent si cela me tentait. Cela m'aurait plu d'étudier encore, et d'être, plus tard, institutrice. Mais, d'un autre côté, j'étais effrayée, comme si je sentais confusément que cela n'était pas pour moi, que je ne pouvais pas sortir ainsi de ma condition. Il n'était pas bien vu, parmi les mineurs, que les parents offrent à leurs enfants une instruction très poussée. Et j'étais trop jeune pour réaliser la chance qui m'était offerte. Si j'avais vraiment insisté, mes parents, dans leur incertitude, auraient probablement cédé. Mais je n'ai rien dit, et ma mère a emporté ma décision en déclarant :

— J'ai besoin d'elle, à la maison. Elle m'aidera. Si elle veut exercer un métier, elle sera couturière, comme moi.

J'acceptai cet avis sans révolte. Il fut aussitôt en accord avec quelque chose, en moi, qui me disait que c'était très bien ainsi, que mon devoir était de rester auprès de mes parents, de les aider, et non de chercher à m'élever au-dessus d'eux. Ou alors il m'aurait fallu une volonté, un courage que je ne possédais pas. Et puis j'étais imprégnée par le milieu dans lequel je vivais, et inconsciemment j'en subissais l'influence. Chez nous, les filles restaient à la maison et aidaient au ménage, tandis que les garçons, comme le père, prenaient le chemin de la mine. C'était dans l'ordre immuable des choses. Je ne faisais que le suivre en acceptant la décision de ma mère.

Ainsi, à douze ans, j'appris à laver la maison, à laver le linge. J'ai, de cette façon, découvert très tôt la difficulté de rendre propres des vêtements incrustés de poussière de charbon. Les « loques de fosse » de mon père, le pantalon, la chemise, la blouse avec lesquels il travaillait, transformaient instantanément l'eau dans laquelle on les plongeait en une sorte d'encre d'un noir intense. Il fallait les laisser tremper, puis changer l'eau plusieurs fois avant de passer au lavage proprement dit. Et il fallait, pour cela, aller à la pompe, au milieu de la rue, et c'étaient des va-et-vient pénibles, courbée sous le poids des seaux d'eau. En hiver, quand il faisait très froid, bien que le robinet fût emmailloté de paille, l'eau gelait parfois. Alors nous devions faire couler de l'eau bouillante sur la pompe, jusqu'à ce que la chaleur permît le dégel. Cela nous faisait perdre du temps, sans compter que nous n'étions pas seules, ma mère et moi, à vouloir de l'eau. Les samedis, jours de nettoyage, toutes les femmes de la rue étaient dans le même cas que nous. Il y avait, devant la pompe, une file plus ou moins longue, et c'était une attente supportable l'été mais pénible l'hiver lorsque le froid pinçait. Les conversations allaient bon train, on échangeait des nouvelles, chacune parlait de ses problèmes. Cela aidait à patienter.

J'ai appris à savonner, à rendre le linge propre à force de frotter au savon de Marseille et à la brosse. J'ai fait la connaissance de la « batteuse », ancêtre de nos machines à laver actuelles. Cette batteuse était une grande cuve en bois, dans laquelle trois bâtons, que l'on actionnait à l'aide d'un tourniquet à deux manches, remuaient le linge tantôt dans un sens tantôt dans l'autre.

Après avoir porté une lessiveuse d'eau à ébullition, ma mère et moi, en prenant garde de ne pas nous brûler, nous en versions l'eau dans la batteuse. Prenant chacune un manche du tourniquet, nous poussions à tour de rôle, ma mère dans un sens et moi dans l'autre. J'étais rapidement fatiguée, mais j'essayais d'ignorer les muscles de plus en plus douloureux du dos, du cou et des bras, pour continuer à battre sans arrêter pendant un quart d'heure, cela plusieurs fois de suite. Car, après le linge de mon père, c'était le tour du linge de couleur, puis du linge blanc, draps ou serviettes, puis des lainages. Et il fallait à chaque fois vider l'eau, et recommencer avec une eau propre.

Ensuite, nous devions reprendre les vêtements un par un, vérifier si c'était bien lavé, puis encore frotter au savon et à la brosse dans le cas où ce n'était pas suffisamment propre. J'ai eu, bien souvent, la peau des doigts à vif, à l'endroit, toujours le même, où je frictionnais. C'était si douloureux, à la longue, que j'aurais bien bâclé le travail. Mais ma mère était intransigeante, et peu à peu j'ai appris, à son contact, à devenir comme elle, d'une propreté méticuleuse.

Enfin, il fallait rincer tout le linge, le tordre, et le suspendre pour le faire sécher. L'été, quand il faisait beau, il séchait dehors, sur des fils de fer que mon père avait installés au fond du jardin. Mais, l'hiver, ou quand le temps était pluvieux, nous étions obligées de tendre des cordes dans la cuisine, au-dessus du poêle. Et cela faisait des gouttes d'eau, qui tombaient sur le poêle en grésillant, et une buée qui nous obligeait à évoluer dans une atmosphère humide jusqu'à ce que le linge fût complètement sec.

Cette corvée avait lieu toutes les semaines ; c'est dire si elle revenait vite. J'avais l'impression de sortir d'une lessive pour en retrouver une autre. Je préférais encore le repassage, ou même le nettoyage de la maison. Pourtant, repasser le linge était long et pénible. J'appris à repasser sans un pli, et à juger de la chaleur des lourds fers en fonte en les approchant de ma joue, comme le faisait ma mère. Je restais debout tout l'après-midi ; là encore, les muscles de mon dos, de mon cou, de mon bras droit devenaient rapidement douloureux.

Je découvris ainsi que le travail d'une femme, dans une maison, pouvait être dur et fatigant. Et, comme Charles, je devenais plus grave, je perdais mon insouciance. Moi aussi, je faisais l'apprentissage de la vie.

Les après-midi, alors qu'avant je jouais, j'apprenais maintenant à coudre. Ma mère m'installait à sa machine, et m'en expliquait le fonctionnement. Ce ne fut pas facile, non plus. Il fallait actionner la machine par une pédale, au pied, en appuyant d'avant en arrière, sans jamais arrêter, tout en guidant le tissu sous l'aiguille, sans dévier, et sans se faire pincer les doigts. Ce que j'ai pu souffrir, au début ! Toujours quelque chose n'allait pas : ma couture n'était pas droite, ou bien je tirais trop fort sur mon tissu et il fronçait, ou bien encore mon fil se cassait. J'ai bien souvent retenu mes larmes. Mais, comme je ne voulais pas montrer à ma mère mon découragement, je serrais les dents, et patiemment m'obligeais à recommencer.

Peu à peu, j'appris et je m'habituai. Je devins même relativement habile. A mon tour, je sus coudre sans m'interrompre. La douleur qui irradiait le long de mon dos toujours courbé et de ma jambe droite, celle qui actionnait la pédale, me devint familière.

Je ne me plaignais pas, pourtant. J'étais chez moi, avec ma mère. Il y avait de bons moments. Parfois, l'une de nos voisines venait nous voir. Pour quelques instants, nous arrêtions notre travail, et nous nous faisions une tasse de café. Cela nous permettait de nous détendre. En bavardant, nous savourions notre café, qui nous donnait un nouveau courage pour nous remettre à l'ouvrage.

Et puis, quand mon père rentrait, je l'accueillais avec ma mère. Elle l'aidait à se laver, et je le servais. C'était bon d'être ensemble, tous les trois, et moi, j'éprouvais, là, entre eux, une sorte de plénitude heureuse. Malgré ma fatigue, le soir, j'étais contente d'avoir, par mon travail, aidé ma mère. Elle me disait souvent :

— Comme j'apprécie de t'avoir, Madeleine ! Ton aide me rend la vie beaucoup plus facile.

Ces paroles chassaient ma fatigue, me faisaient oublier la douleur de mon dos, de mes bras. Je me sentais payée, dans ces moments-là, de toute ma peine.

Il y avait pis. Je le vis par mon amie Marie. Elle aussi occupait ses journées à aider sa mère, jusqu'à ce que son père fût blessé.

Ce jour-là, je la vis arriver, complètement affolée. Elle pleurait :

— Madeleine ! On vient de ramener mon père sur un brancard. Il est tombé, il est blessé.

Nous avons couru, ma mère et moi, aux nouvelles. D'autres voisines nous avaient précédées. Devant la porte, c'était tout un attroupement. La solidarité, dans le coron, n'était pas un vain mot.

Le docteur de la compagnie était là. D'après ce que je compris, l'accident avait été causé par une explosion. Pierre, le père de Charles et de Marie, était bowetteur. C'était, parmi le travail au fond, le mieux payé, mais aussi le plus dangereux. Il consistait à creuser dans la roche, au pic et à l'explosif, afin d'atteindre le charbon. Pierre, après avoir placé sa charge d'explosif, avait voulu se reculer et avait glissé sur le sol boueux. L'étroitesse de la voie avait fait qu'il était mal tombé, et il s'était cassé la cheville. Marie et sa mère étaient catastrophées, et, en même temps, étrangement résignées :

— Je le savais, ça devait finir par arriver ! gémissait Jeanne, les larmes aux yeux.

Personne ne la contredisait. Tout le monde savait bien qu'un bowetteur devait avoir une chance extraordinaire pour échapper longtemps au danger. Sans compter qu'un autre danger, plus insidieux mais tout aussi grave, menaçait tous les bowetteurs. En frappant dans la pierre, ils travaillaient dans une poussière continuelle, la silice, qui, analogue à la poudre de ciment, se collait aux poumons et, à la longue, causait des dégâts irrémédiables. Le mineur atteint maigrissait, toussait, crachait, et avait de plus en plus de peine à respirer. « Il a attrapé le coup de bowette », disait-on alors.

Cette maladie, qui fut, par la suite, appelée silicose, était impitoyable. Tout au long de ma vie, j'ai vu mourir des vieux mineurs de ce mal qui les minait à petit feu et finissait par en faire des invalides. La silice qui, au fil des ans, s'était accumulée dans leurs poumons, petit à petit, rendait la respiration si pénible et si difficile qu'elle finissait par devenir une véritable souffrance. Certains, vers la fin, n'arrivaient même plus à parler. Ils tendaient leurs dernières forces dans ce seul but : respirer. Et, une fois que l'on avait entendu le bruit rauque et déchirant de leur respiration, on ne l'oubliait jamais plus.

Pierre, lui non plus, ne devait pas y échapper, plus tard. Quant à l'accident de ce jour-là, il ne toucha pas que lui. Il eut aussi des conséquences directes sur la vie de Marie.

Immobilisé, un mineur n'avait plus que la moitié de son salaire. Pour compenser le manque d'argent, Marie demanda à entrer au triage. Elle en était fière. Elle aussi me disait :

— Je vais travailler, je vais être « cafus [1] ». Grâce à moi, l'argent ne manquera pas.

Pauvre Marie, elle déchanta bien vite ! Le travail était dur pour ses treize ans. Comme Charles, elle eut vite les mains meurtries. Elle dut apprendre à travailler dans la poussière, le bruit et les courants d'air. Je pris l'habitude de la voir quand elle revenait de la mine, le visage noir de charbon, vêtue d'un grand sarrau, la tête emprisonnée dans un grand carré de tissu bleu et blanc qui lui recouvrait les épaules, pour empêcher le charbon de pénétrer dans son cou. En plus, c'était l'hiver. Les cailloux qu'elle devait ramasser étaient froids, mouillés, gelés, et ses mains se couvrirent de crevasses qui éclataient, dans lesquelles entrait la poussière de charbon, et qui ne se refermaient pas. Sa mère les soignait de son mieux, elle y mettait de l'huile, de la graisse. Marie devait aller travailler, malgré tout, et moi je n'étais pas loin de la considérer comme une véritable martyre.

Plus d'une fois, je l'ai vue pleurer, mon amie Marie, sur la douleur insupportable de ses mains gercées. Je la serrais contre moi, j'étais incapable de trouver des mots qui auraient pu la consoler. En existait-il, d'ailleurs ?

---

1. *Cafus* : on nommait ainsi les fillettes et jeunes filles employées au criblage.

C'est pourquoi, en comparaison, je ne me plaignais pas. Je travaillais dur, moi aussi, mais j'étais à la maison. Si j'avais froid, je pouvais me chauffer. Je n'étais pas, huit heures par jour, dans un hangar glacial, avec un surveillant qui hurlait si le travail n'allait pas assez vite à son goût.

Marie perdit là son sourire ; ses joues, qui avaient gardé la rondeur et la douceur de l'enfance, se creusèrent et lui donnèrent, bien trop tôt, un visage d'adulte.

Son martyre, heureusement, ne dura que quelques semaines. Dès que son père recommença à travailler, elle reprit sa place chez elle.

Le travail m'absorbait. Je ne voyais plus Juliette que de loin en loin. Parfois, lorsque nous n'avions pas trop de couture à faire, nous pouvions libérer un après-midi. Ma mère me disait alors :

— Tu peux aller voir Juliette, si tu veux.

Je m'échappais avec plaisir, et Juliette, elle, m'accueillait avec joie. Je pouvais avec elle retrouver ma jeunesse, mon insouciance, mes jeux. Elle était mon amie, et je l'aimais toujours autant. Mais plus je grandissais et plus je m'apercevais combien notre vie était différente. Juliette ne connaissait pas les travaux qui étaient les miens, et elle n'avait aucun mal à conserver une insouciance d'oiseau.

Cela me faisait du bien d'être avec elle ; à son contact je perdais un peu de ma gravité. Mais je savais que cela ne pouvait durer. J'avais appris assez tôt que ma vie était de travailler, et non pas de m'amuser et de rire.

Je ne voyais plus beaucoup Henri, qui était pensionnaire dans une école de Lens.

— Il fait des études, m'avait dit Juliette. Il veut être directeur, comme papa.

J'avais enfermé soigneusement son image dans mon cœur, et je la gardais là, jalousement. Je n'en parlais à personne, c'était mon secret.

Charles, lui, était maintenant galibot rouleur. Il poussait les berlines remplies de charbon jusqu'à l'endroit où les chevaux venaient les chercher et repartait avec sa berline vide, pour la remplir.

— Tu fais ça toute la journée ? lui avais-je demandé.

— Oui, bien sûr. Et il faut aller vite, sinon le chef porion crie, et on n'est pas payé ! Il faut faire attention à ne pas faire dérailler le wagon, il faut éviter les obstacles ; ça n'est pas facile, dans le noir ! Heureusement, à la longue, on connaît le terrain par cœur, le moindre creux, la moindre bosse, et on sait les éviter.

Je me rendais compte que, quel que fût le poste occupé, le travail était toujours difficile. Je découvrais, d'après les récits des autres, que l'important était non seulement de bien travailler, mais de travailler vite. Pour la compagnie, le rendement seul importait. Et je sentais monter en moi, pour tous ces mineurs dont je découvrais le dur labeur, une grande, une immense admiration. J'admirais leur courage, leur endurance, leur acceptation d'un sort qui me paraissait bien peu enviable.

Ils commençaient, cependant, à ne plus tout accepter les yeux fermés. Ainsi, au mois de novembre, cette année-là, à l'époque des « longues coupes », des heures supplémentaires pendant la période du 16 au 30 novembre, qui précédait la Sainte-Barbe, une grève éclata. Les syndicats demandaient la suppression des longues coupes, que les compagnies encourageaient, toujours pour la même raison : cela augmentait le rendement.

Je me souviens de cette grève, j'avais treize ans. Je lisais les tracts que les meneurs distribuaient, sur lesquels il était écrit des phrases du genre : « Plus de longues coupes, huit heures par jour au fond, ça suffit ! » Ou encore : « Camarades, notre sort est-il pire que celui des bagnards ? Même les bagnards ont le droit de travailler au soleil. Mais nous, notre lot est l'obscurité, le manque d'air, la poussière. Luttez pour la suppression des longues coupes, qui nous privent de notre ration quotidienne de lumière ! »

Je ne comprenais que trop bien leur révolte. Pendant toute une quinzaine, les longues coupes maintenaient les ouvriers plus de douze heures au fond chaque jour. Ainsi, ils descendaient alors que la nuit n'était pas encore terminée, et remontaient quand il faisait déjà noir. Cette époque de l'année était pour eux une obscurité perpétuelle. Ils quittaient la nuit pour en retrouver une autre, et ils ne voyaient pas la lumière du jour pendant quatorze jours d'affilée. Ils ne savaient plus ce qu'était le soleil.

Je les approuvais de faire grève. A leur place, cette longue privation de clarté m'aurait été difficile à supporter.

Et ils eurent raison. Cette grève ne dura pas suffisamment longtemps pour devenir dramatique ; commencée le 17 novembre, elle fut terminée le 24. Et le conflit fut réglé à la satisfaction des syndicats : les longues coupes furent supprimées.

Mon père, le premier, en fut soulagé. Il était exténué par le surcroît de travail, et puis il gardait le souvenir de son accident, pendant une période de longues coupes, l'année de mes huit ans.

— Cet accident, expliquait-il souvent, ne se serait pas produit en temps normal. Mais j'étais trop fatigué, et je n'ai pas eu le réflexe de me jeter sur le côté.

Parmi les mineurs, beaucoup, à l'image de mon père, furent heureux de cette décision. Néanmoins, il y en eut quelques-uns pour regretter le double salaire de cette quinzaine-là. Mais les autres eurent tôt fait de les raisonner :

— Oui, un double salaire, mais à quel prix !

Finalement tout le monde fut d'accord. Ce fut, pour eux, une victoire, un autre des progrès grâce auxquels, petit à petit, les mineurs arrivaient à améliorer leur condition.

Une évolution se faisait, pas seulement chez nous. Insensiblement, le monde se mettait à changer. Ainsi, nous prenions l'habitude de voir passer dans le ciel les premiers aéroplanes, de croiser, dans les rues du village, les rares automobiles qui le traversaient dans un tourbillon de poussière et un vacarme infernal qui terrorisaient les chevaux.

Moi aussi, je changeais. Je devenais moins primesautière, plus grave. Ce fut grâce à un livre de contes que je pris conscience du changement qui se faisait en moi, à mon insu. Ce livre était un cadeau de Mme Blanche, et, depuis que je le possédais, je l'avais toujours lu avec le même plaisir. Cette année-là, après l'avoir laissé de côté pendant plusieurs mois, je le repris un jour, savourant à l'avance le plaisir que je savais devoir ressentir à sa lecture.

Mais, à mon grand étonnement, ces contes qui m'avaient

toujours passionnée me parurent sans intérêt, et même puérils. Avec un mélange de surprise et de déception, j'ai refermé le livre. Et j'ai compris alors, de façon définitive, que mon enfance m'avait quittée.

DEUXIÈME PARTIE

(1914-1926)

LA MORT, L'AMOUR, LA VIE

1

J'avais quatorze ans lorsque la guerre fut déclarée.

C'était le premier dimanche d'août. Nous étions occupées, ma mère et moi, à préparer le repas, et mon père était dans le jardin, lorsqu'un roulement de tambour nous a attirées dehors. Le maire du village, Gaston Douhet, un cousin éloigné de mon père, était au milieu de la rue. Tout le monde était sorti des maisons. Pressentant instinctivement une catastrophe, nous nous sommes approchées avec appréhension.

Gaston prit dans sa poche un papier, le déplia. Dans un silence de mort, de sa voix forte, il se mit à lire :

— Ordre de mobilisation générale. Par décret du président de la République...

Je ne me souviens plus du reste, je n'ai plus entendu la suite. Mes oreilles se sont mises à bourdonner, et j'ai eu peur. J'avais, ces derniers temps, si souvent entendu mon père et ses compagnons de travail parler de la guerre, de la mobilisation, que je savais ce que cela voulait dire. J'ai levé les yeux vers ma mère, et je l'ai vue tendue, immobile, atterrée. L'angoisse sculptait son visage et en faisait un masque de suppliciée. C'est quand j'ai vu les autres remuer que j'ai compris que c'était terminé.

— Viens, Madeleine, me dit ma mère.

Nous avons rejoint mon père, qui était resté appuyé à la barrière du jardin. Lui aussi avait un visage grave, tendu, crispé.

— Jean, cria ma mère, au bord des sanglots, tu as entendu ?

— Oui, j'ai entendu. Je m'en doutais, ça devait finir par arriver. Depuis qu'ils ont tué l'archiduc François-Ferdinand...

Il secoua la tête, avec impuissance et accablement. Il regarda ma mère, et ils échangèrent un regard torturé.

— De toute façon, soupira mon père, que pouvons-nous faire ?

Le lendemain 3 août, l'Allemagne déclara la guerre à la France. Trois jours plus tard, mon père et tous ceux qui, comme lui, étaient mobilisés partirent. Nous avions tenu, ma mère et moi, à l'accompagner à la gare. Contrairement à ce que j'avais cru, le départ se faisait dans l'enthousiasme et la bonne humeur. Les soldats criaient, riaient, se bousculaient. Avec de grands gestes et un optimisme contagieux, ils consolaient les femmes qui pleuraient, et disaient :

— Dans deux mois, on sera revenus ! Ça ne va pas durer longtemps !

— On va vite les écraser, les Allemands !

— Pas plus de deux mois ! Vous allez voir !

Ils étaient si sûrs d'eux que nous avons fini par les croire. Pourquoi pas, après tout ? Ils devaient certainement savoir de quoi ils parlaient.

A l'instant du départ, mon père se pencha vers nous, nous prit toutes les deux dans ses bras, nous serra très fort contre lui.

— A bientôt, mes chéries, dit-il d'une voix basse et émue. Je ne serai pas longtemps parti, je reviendrai bientôt. Sois bien sage, hein, Madeleine ?

J'avais la gorge serrée par une terrible envie de pleurer, et je n'ai pas pu répondre. Je n'ai pu que hocher la tête. Il me caressa la joue avec une tendresse infinie, et monta dans le train, avec les autres.

Ils sont partis, le sourire aux lèvres, en chantant. La vue brouillée par les larmes, j'ai regardé le train s'éloigner, longtemps, jusqu'à ce qu'il ne fût plus qu'un minuscule point noir à l'horizon. Lorsqu'il eut complètement disparu, ma mère et moi, serrées l'une contre l'autre, nous sommes rentrées à la maison.

Nous avons dû apprendre à vivre à deux. Au début, l'absence de mon père fut cruelle, difficile à supporter. Nous essayions de nous raisonner, nous nous disions :

— Deux mois, ils ont dit deux mois. Prenons patience, ce sera vite passé.

Mais les mois passèrent, la guerre s'éternisait, et mon père ne revenait pas. Dans le coron, toutes les femmes se trouvaient dans le même cas, chacune d'elles avait un père, un frère ou un mari au front. Rares étaient ceux qui étaient restés. Le père de Charles, pourtant, était de ceux-là. Il boitait depuis qu'il s'était cassé la cheville, et ne fut pas mobilisé.

— C'est une chance, disait ma mère à Jeanne, et je crois qu'elle l'enviait un peu.

Bien souvent, elle me confiait, en parlant de mon père :

— Je souhaiterais qu'il ait été handicapé aussi, quand il a été blessé au bras. Au moins, il ne serait pas parti !

Mais, hélas ! c'était ainsi, et nous n'y pouvions rien.

Nous avons dû apprendre aussi à vivre dans la guerre. Tout fut réquisitionné, à commencer par les chevaux et les voitures. Au début du mois d'octobre, nous avons compris que, contrairement à nos illusions, ça devenait sérieux. Les Allemands occupèrent la région, et prirent possession de la mine. Avec Charles et Marie, je montais en haut du terril. De là, nous les regardions passer, dans des chars à bancs tirés par des chevaux. Ils chantaient, eux aussi, en allant au front, et nous ne les trouvions pas si différents de nos soldats, après tout.

Nous avons vu, du haut de ce terril, des défilés entiers de réfugiés de Belgique, du Nord, du Pas-de-Calais, qui fuyaient, avec ce qu'ils avaient pu emmener. C'était triste à contempler, toutes ces femmes accablées, ces enfants qui pleuraient, et qui allaient vers l'inconnu.

Nous, au moins, nous étions chez nous. Et si mon père nous manquait de plus en plus, malgré tout, peu à peu nous arrivions à nous organiser. Pour les gros travaux, comme bêcher le jardin, ou rentrer le charbon que le livreur déversait dans la rue, devant notre porte, c'était Charles, ou Pierre, qui remplaçait mon père. Ils travaillaient toujours à la mine, mais contre leur volonté maintenant, car c'était pour les Allemands, qui manquaient de charbon pour poursuivre la guerre. Mais que faire d'autre ? Là aussi, nous avons appris à subir.

La guerre fit, peu à peu, partie intégrante de notre vie. Nous voyions des Allemands partout, les écoles se transformaient en hôpitaux, des colonnes d'infanterie, d'artillerie, de ravitaillement traversaient le village, le jour comme la nuit. Et surtout, nous devions supporter les bombardements.

Presque tout de suite, ils commencèrent, et durèrent jusqu'à la fin de la guerre. Ils firent beaucoup de morts, eux aussi. Nous étions toujours en proie à la peur. Pierre et Charles, souvent, nous disaient :

— Avec ces sacrés bombardements, on ne sait jamais, quand on remonte du fond, ce qu'on va retrouver !

Tout le monde fut invité à consolider sa cave. Charles et son père vinrent mettre des soutènements en bois, et protégèrent le soupirail par des sacs de sable. Ils percèrent le mur mitoyen séparant notre cave de la leur ; en cas d'alerte, nous nous y retrouvions tous. Enroulés dans une couverture, à la lueur d'une maigre bougie, nous y avons autant souffert de l'inconfort et du froid que de l'angoisse qui nous taraudait. Ce furent là pour moi les plus durs moments de la guerre.

Un jour, un taube survola le village. Tout le monde se précipita, une fois de plus, dans la cave. Marie et moi, serrées l'une contre l'autre, ne pouvions nous empêcher de trembler. Ma mère était très pâle. Jeanne tenait dans ses bras ses deux plus jeunes enfants, Julien et Georges, qui pleuraient. Nous écoutions, la peur au ventre. Nous entendîmes l'avion revenir, repartir, revenir encore. Enfin, il s'éloigna. Ce fut alors que retentit une formidable déflagration, qui nous fit tous sursauter. Le sol trembla.

— Mon Dieu, murmura ma mère, un obus est tombé...

Les deux garçons, terrorisés, se mirent à sangloter bruyamment.

— Allons, allons, calmez-vous, dit Jeanne d'une voix mal assurée.

Nous guettions les bruits, extrêmement tendus. Mais nous n'entendîmes plus rien. Le taube était parti.

— On dirait que c'est fini, chuchota ma mère.

Avec un mélange de soulagement et d'appréhension, nous remontâmes à l'air libre, sortîmes dans la rue. Les autres faisaient comme nous, et les exclamations fusaient de toutes parts :

— Un obus est tombé tout près !

— C'est à l'autre bout du village !

— Il paraît que c'est derrière la forge...

— Viens, Madeleine, me dit Marie, allons voir.

Nous avons suivi les autres, traversé le village. Et, près de la forge, le spectacle que nous découvrîmes nous figea sur place. Deux maisons s'étaient complètement écroulées, ensevelissant leurs habitants. Dans l'une d'elles vivait Amélie, une couturière. Son mari était au front, et elle était restée seule avec ses trois jeunes enfants. Nous la connaissions bien, ma mère et moi. Nous échangions souvent avec elle des patrons, des modèles de robes. Elle avait été surprise alors qu'elle descendait l'escalier de sa cave avec ses enfants. L'obus, en tombant sur sa maison, l'avait tuée, ainsi que ses deux filles. Son petit garçon, âgé de deux ans, était blessé et hurlait, le bras gauche déchiqueté.

Je restai là, pétrifiée d'horreur, serrant sans m'en rendre compte le bras de Marie. Les sauveteurs s'activaient, déblayaient, et heureusement ne découvrirent pas d'autres victimes. La maison voisine était vide au moment du bombardement. Le médecin, venu lui aussi, pansait le bras de l'enfant, avant de l'emmener à l'hôpital.

Moi, je regardais cette jeune femme et les deux petites filles allongées parmi les débris, et je sentais les larmes couler sur mes joues. Longtemps, j'ai gardé cette vision de cauchemar devant les yeux. J'ai ainsi découvert, à quinze ans, les horreurs et les réalités de la guerre, et cela me fut un véritable traumatisme.

Nous apprîmes par la suite qu'il avait fallu couper le bras de l'enfant. La guerre n'avait pas épargné sa jeune vie, tuant sa mère et ses sœurs, le condamnant à passer le reste de son existence avec un seul bras.

Les Allemands occupaient une grande partie du Nord et du Pas-de-Calais. Sur le front, les combats étaient meurtriers. Dans le secteur de Lorette, ils commencèrent dès février 1915 et durèrent jusqu'en octobre. Souvent, le bruit sourd du canon nous parvenait. Ma mère et moi nous nous regardions, angoissées. Finalement, après plusieurs mois de batailles acharnées, les Alliés réussirent à libérer le plateau, mais ce fut au prix d'énormes pertes.

Nous étions toujours en pays occupé. Les Allemands, qui avaient de plus en plus besoin de charbon, se mirent à libérer des prisonniers de guerre afin qu'ils reviennent travailler dans les mines. Pour la plupart d'entre eux, ce fut contre leur volonté.

Dans les régions non minières, ceux qui n'étaient pas mobilisés furent arrêtés et envoyés dans des camps de travail. Un cousin de Pierre, qui était agriculteur dans l'Avesnois, dut accepter un tel sort pour son fils de seize ans. Le pauvre garçon fut emmené, avec vingt autres, quelque part derrière le front allemand. Là, sous les coups et les injures, dans la boue et dans le froid, il devait transporter le ravitaillement des troupes, enterrer les soldats tués, creuser des tranchées pour l'ennemi, bétonner des abris exposés au feu de l'artillerie alliée. Il ne revint pas. Pierre, un jour, reçut une lettre de son cousin annonçant que son fils venait d'être tué « au service de l'ennemi ».

— C'est une honte, nous dit-il avec révolte, presque en pleurant. Ce n'était qu'un enfant ! Ils osent s'attaquer à des enfants ! Et nous ne saurons jamais comment il est mort. Est-ce de faim, de privations ? A-t-il été tué par un Allemand ? Ou bien par un obus français, pourquoi pas ?

Nous partagions sa révolte, nous aussi. Ainsi, même ceux qui étaient trop jeunes pour être mobilisés devaient participer à la guerre, en travaillant pour l'ennemi, et parfois y laisser leur vie... Comment admettre une telle chose ?

Tout l'été, le canon tonna du côté de Lorette. Les bombardements étaient fréquents, nous obligeant à nous terrer dans la cave. Et toujours, à l'angoisse que nous ressentions pour nous-mêmes, se mêlait une autre angoisse, tout aussi douloureuse : celle que nous éprouvions pour mon père, bien plus exposé que nous.

Nous commencions à manquer de sucre, de beurre, de pain qui, de plus en plus, ressemblait à du pain de campagne. En deux ans, les prix avaient doublé. Les hivers étaient les plus durs moments ; celui de 1916 fut très rigoureux. Le charbon manquait, et nous en avions très peu. Souvent, Marie et moi, nous prenions chacune un sac de toile et nous allions grappiller sur le terril, essayer de trouver des morceaux de charbon encore combustibles. Juliette, parfois, venait avec nous. Depuis que les Allemands occupaient la mine et qu'ils prenaient tout le charbon pour eux, elle était aussi défavorisée que nous. Beaucoup d'autres faisaient de même, et le terril n'était jamais désert. Nous réussissions à ramasser un peu de charbon, qui nous permettait d'avoir chaud un peu plus longtemps. Mais, malgré cela, nous avons plus d'une fois souffert du froid. Et puis, en hiver, la faim se faisait davantage sentir, car il n'y avait plus rien dans les jardins. Aussi, dès les beaux jours, nous semions des légumes, le plus possible de légumes, et la moindre parcelle de terre était précieuse. Ainsi les autres saisons étaient un peu plus faciles à supporter, car nous avions moins froid et moins faim.

Des mesures furent prises pour l'extinction des feux. Dès huit heures le soir, il n'y avait plus d'éclairage dans les rues. On nous fournit des masques contre les gaz toxiques. Il fallut en apprendre le fonctionnement. Nous devions toujours avoir ce masque à portée de la main, aussi bien chez nous que dans la rue, et savoir le mettre rapidement en cas d'alerte. C'était une contrainte de plus.

Mais, pour nous, tout cela était secondaire. Le tourment incessant que nous éprouvions pour mon père nous était un supplice bien plus grand.

Nous étions en 1917. Dans le coron, un des camarades de mon père, parti en même temps que lui, revint. Il avait été blessé et avait dû être amputé du pied gauche. Après avoir été soigné à l'hôpital des mines, il était rentré chez lui. Ma mère et moi, comme beaucoup de gens du coron, nous sommes allées lui rendre visite, lui apporter le réconfort de notre amitié.

Emilienne, sa femme, nous fit entrer dans la chambre. Il était assis dans le lit, encore pâle et bien maigre. Je fus frappée par son regard éteint, douloureux, sans vie, le regard de quelqu'un qui revient de loin et n'arrive pas à oublier. A Emilienne qui nous offrait des chaises, ma mère dit, d'une voix sourde :

— Je crois bien que je préférerais voir Jean revenir tout de suite dans un état semblable, plutôt que de continuer à trembler pour sa vie, jour après jour...

Emilienne hocha la tête, sans un mot. Elle comprenait une telle réaction, elle avait dû éprouver la même. Son mari, qui avait entendu, dit :

— C'est affreux à avouer, mais même moi, j'ai été soulagé. J'ai accepté d'avoir un pied en moins, d'être handicapé pour le reste de ma vie, parce que cela m'a évité de retourner au front...

Il se tut, soupira, reprit :

— Et je n'ai même pas honte de le dire... Mais il faut avoir vécu dans de telles conditions pour comprendre... C'est inimaginable...

— Et savez-vous, coupa Emilienne, que ce n'est pas à cause d'une blessure qu'on a dû lui couper le pied ? Raconte, François...

Alors il raconta. Et, en parlant, il s'animait, ses yeux perdaient leur regard éteint, brillaient d'indignation, de larmes contenues. Il raconta le calvaire de tous ces soldats, terrés dans des tranchées, alors que le thermomètre marquait moins vingt degrés. Ils devaient fractionner le pain à la hache ou à la scie, ils « buvaient » du vin glacé qu'il fallait couper au couteau dans un seau de toile. Les fusils, les mitrailleuses gelaient, et il devenait impossible de s'en servir.

— Nous sommes restés des jours et des jours dans des tranchées remplies de glace. Mes pieds ont gelé. Je ne les sentais plus, j'avais l'impression qu'ils n'étaient plus là. Dans notre compagnie, il y avait un Sénégalais. Les Noirs ne supportent pas le froid, c'est bien connu. On l'a retrouvé un matin, recroquevillé, tout gris. Il était mort pendant la nuit.

— Mon Dieu, c'est affreux, murmura ma mère. Et... dans quelle région vous trouviez-vous exactement ? demanda-t-elle, pensant à mon père qui se trouvait dans l'Est.

— Dans un endroit appelé le Chemin des Dames, quelque part dans l'Aisne. C'était sinistre. Tout était déchiqueté, les arbres avaient été arrachés, la terre n'était faite que de bosses et de trous. Quand est venu le dégel, ça a été pire encore. Nous pataugions dans une boue humide qui détrempait nos souliers. Un jour, il a plu, nous avons eu de l'eau jusqu'aux genoux. Et pas question de sortir du trou, avec les obus qui nous harcelaient sans arrêt !

Il se tut un moment, remua, bougea ses jambes avec une grimace.

— Au bout de plusieurs jours, mes pieds, qui étaient jusqu'alors gelés et insensibles, me firent subitement très mal. Je voulus me déchausser, mais il me fut impossible d'enlever mes chaussures ; je dus les couper. Lorsque je vis mes pieds, j'eus peur : ils étaient violacés, énormes, si gonflés que je ne les reconnus pas. Je souffrais de plus en plus, et fus bientôt incapable de les poser par terre. Je ne pouvais que rester assis, dans la boue. A la fin, c'était tellement insupportable que j'ai cru devenir fou. Le commandant de compagnie me conseilla d'essayer de rejoindre l'infirmerie qui était à environ un kilomètre en arrière. Des camarades m'ont aidé à sortir du trou, et, en rampant sur les genoux, j'avançai dans la boue, lentement, pendant un temps qui me parut interminable, tandis que des obus tombaient partout autour de moi.

Ma mère et moi, silencieuses, atterrées, nous écoutions. Quelles paroles étaient capables de calmer une si grande souffrance, d'effacer de tels souvenirs ? Emilienne, à nos côtés, pleurait, reniflait, se mouchait. Et François continuait :

— A l'infirmerie, ils m'ont évacué sur l'hôpital. Là, ils ont soigné mes pieds ; après quelques jours le pied droit a désenflé, s'est cicatrisé. Mais le gauche est devenu tout noir. Il me faisait si mal que la nuit je me réveillais en hurlant. Un matin, le médecin-major me dit : « Il faut le couper, il n'y a pas d'autre solution, la gangrène s'y met. » Je n'ai pensé, à ce moment-là, qu'à une seule chose : je ne retournerais pas au front !... Maintenant, quand même, je vois mieux les conséquences de cette amputation : comment vais-je vivre, ainsi diminué ?

Emilienne tendit une main vers lui, la posa sur son bras :

— Nous nous débrouillerons, François, dit-elle. L'important, c'est que tu sois revenu...

— Oui, acquiesça ma mère. C'est vrai, François, c'est ça le plus important.

Il hocha la tête et ne répondit pas. Je comprenais ses doutes et son inquiétude : il avait échappé à l'enfer, mais c'était désormais pour une vie amoindrie, brisée. Et une grande pitié me vint pour lui.

Depuis le départ de mon père, nos seules joies avaient été ses lettres. Aux dernières nouvelles, il était toujours dans l'Est, du côté de Verdun. Il souffrait de l'inconfort, du froid, de la faim car le ravitaillement se faisait mal. Il ne se plaignait pas, pourtant, mais disait que seuls notre image et l'espoir farouche de nous retrouver un jour l'aidaient à résister. A notre tour, nous lui écrivions, lui donnant des nouvelles du coron, et lui envoyant tout l'amour que nous avions pour lui.

Ce jour-là, nous venions de relire sa dernière lettre reçue la veille, dans laquelle il disait ne pas pouvoir se débarrasser de la vermine qui infestait les tranchées.

— Mon pauvre Jean, avait gémi ma mère, lui qui se lavait tous les jours...

Nous avons rangé la lettre avec les autres, dans le tiroir du buffet, et nous avons vaqué à nos habituelles occupations. Peu avant midi, ma mère me dit :

— Je vais au jardin, chercher des poireaux pour la soupe. Pendant ce temps, fais chauffer de l'eau.

J'emplis la marmite d'eau, et je venais de la poser sur le feu lorsqu'on frappa à la porte d'entrée. Je criai :

— Oui, entrez !

Mais rien ne bougea. Cela était si peu habituel que je m'inquiétai. Si c'était l'une de nos voisines, elle serait entrée aussitôt. C'était peut-être un Allemand, ou bien... Je n'osai pas penser plus loin. Avec un petit pincement d'appréhension, j'allai ouvrir. Alors je me figeai. Debout, devant moi, tortillant entre ses doigts son chapeau d'un air gêné, se tenait Gaston Douhet, le maire. Je savais ce que cela signifiait, quand il allait rendre visite à quelqu'un, en cette époque cruelle. Nous en avions eu quelques exemples, dans le coron. A chaque fois, nous frémissions de crainte en pensant que cela pouvait nous arriver, à nous aussi.

C'est pourquoi, dès que j'ai vu son expression, j'ai compris. J'ai senti le sang se retirer de mon visage, me tirant douloureusement la peau, en bas des joues. Je dus devenir très pâle. Je croisai son regard empli d'une infinie pitié, et il dut lire dans le mien une telle appréhension, une telle peur d'apprendre, qu'il ne put le supporter et baissa la tête. Alors, avec la sensation d'être écrasée par une fatalité cruelle et impitoyable, je reculai, et il entra. Il me regarda d'un air profondément malheureux, eut un geste fait à la fois d'impuissance et de rage :

— Madeleine... Ta mère est là ?

J'étais, momentanément, hors d'état de répondre. Je perdais pied, je me sentais partir à la dérive. Dans une brume d'irréalité, j'entendis le pas de ma mère, qui revenait du jardin et ouvrait la porte de l'arrière-cuisine. Sa voix, intriguée mais pas encore inquiète, m'arriva :

— Qu'est-ce que c'est, Madeleine ?

A elle non plus, je n'ai pas pu répondre. Ma voix, mes gestes ne m'obéissaient plus. Elle entra dans la cuisine, et en voyant Gaston, elle aussi comprit. Elle s'arrêta, se pétrifia. Comme moi, elle devint pâle. L'horreur et la souffrance qui montèrent dans son regard me firent mal. Elle porta les mains à son visage, et une plainte lui échappa :

— Non... Oh non, pas ça ! Pas ça, NON, PAS ÇA !

Elle regarda Gaston, et il y avait dans ses yeux un égarement, une douleur immense, incommensurable. Elle demanda, d'une voix assourdie :

— C'est Jean, n'est-ce pas ?

Gaston refit le même geste d'impuissance :

— Oui... J'ai reçu la lettre ce matin...

Il tendit un papier qu'il tenait à la main et que je n'avais pas encore remarqué. Ni ma mère ni moi n'étions capables de le prendre. Alors, embarrassé, il le déposa sur la table.

Il fit un pas vers nous, dit, et sa voix était maintenant tout enrouée :

— J'ai de la peine, moi aussi... Nous étions parents, et je l'aimais bien...

Il nous regarda, malheureux, désireux de nous aider et en même temps conscient qu'il ne pouvait rien faire. Nous voyant immobiles, figées, il n'insista pas. Ma mère avait fermé les yeux, comme pour mieux résister aux vagues de souffrance qui l'assaillaient. Il se détourna ; je crus entendre qu'il bougonnait, entre ses dents :

— Quel métier !... Que des corvées, oui !...

Il sortit, laissant sur la table le papier blanc, messager de mort et de désespoir. Alors, brutalement, mon chagrin éclata, mes pleurs coulèrent. Je me suis retrouvée dans les bras de ma mère, étroitement serrée contre sa poitrine, et nous avons sangloté longuement, vaincues par la peine intolérable qui nous déchirait le cœur.

Les autres habitants de la rue avaient compris, en voyant le maire venir chez nous. Une à une, nos voisines vinrent nous voir, pour essayer de nous réconforter, nous dire qu'elles prenaient part à notre peine, ou simplement pour ne rien dire du tout mais pour montrer qu'elles étaient là, que nous pouvions compter sur elles. La solidarité du coron jouait, une fois encore. Du reste, mon père, avec son naturel bon et aimable, était apprécié, et beaucoup pleurèrent en nous rendant visite. Celles qui, comme nous, avaient perdu un être cher pleuraient à la fois sur elles et sur nous.

Ma mère et moi, nous étions abruties de douleur. Nous faisions notre travail, comme chaque jour, mais c'était d'une façon mécanique, repliées sur notre souffrance intérieure. Mon cœur hurlait de désespoir, et je voyais dans les yeux de ma mère le reflet de ma propre agonie. Je savais qu'à un chagrin d'une si grande intensité, il n'était pas de consolation possible.

Le plus dur était pour moi le soir, quand je me retrouvais dans mon lit. Jusqu'alors, mon père avait été absent, mais il était vivant, quelque part. Et tous les soirs, avant de m'endormir, je m'imaginais ce que ce serait quand il reviendrait. Rien qu'en y pensant, je ressentais déjà un peu de la joie qui éclaterait dans mon cœur à son retour. Cela m'avait aidée à mieux supporter la séparation. Mais, maintenant, je n'avais plus cet espoir pour me soutenir, maintenant je savais qu'il ne reviendrait plus. Une profonde détresse me faisait verser des larmes brûlantes, et des sanglots irrépressibles me déchiraient la gorge, que j'étouffais dans mon oreiller. L'impuissance où j'étais de n'y pouvoir rien changer augmentait mon désespoir. Je comprenais, avec une obscure révolte, que, là aussi, je devais admettre et subir. Mais je ne pouvais plus, c'était bien trop dur. Comment accepter l'inacceptable ?

Le monde était devenu tout gris. La mort, en prenant mon père, m'avait meurtrie impitoyablement. C'était ma première grande douleur. Elle était si dure à supporter, pour mes dix-sept ans, que je pensais bien ne jamais souffrir davantage.

2

La guerre continuait, les combats faisaient rage. Il y eut des batailles meurtrières, entre Allemands et Canadiens, sur la crête de Vimy. Cela nous toucha à peine, ma mère et moi. Notre détresse nous isolait du monde extérieur. La guerre nous avait pris ce que nous avions de plus cher. Comment aurait-elle pu encore nous atteindre ?

Peu de temps après, Charles m'annonça qu'il partait, lui aussi. Il s'était engagé.

— Tu comprends, me dit-il, j'en ai assez de travailler pour les Allemands, d'extraire du charbon qu'ils utiliseront contre notre pays. J'ai bientôt dix-neuf ans, je veux me rendre utile, je vais me battre aux côtés des Français, là où est ma place.

Je ne vis qu'une chose : il partait, et la guerre se chargerait de le tuer, comme elle le faisait pour tous les autres. J'ai tendu les mains vers lui, en un geste de supplication :

— Oh, Charles ! Ne fais pas ça ! Tu n'es pas obligé de partir, ne t'en va pas...

Il me regarda, avec un mélange d'étonnement et de reproche :

— Voyons, Madeleine, essaie de comprendre. Je veux faire mon devoir. Tu admettrais que je continue à travailler pour les Allemands, au lieu de me battre pour la France ?

— C'est... c'est moins dangereux...

Il haussa les épaules, d'un air méprisant :

— Ne dis pas des choses pareilles... De toute façon, ma décision est prise. Je me suis engagé, je pars.

— Et tes parents, que disent-ils ?

— Ma mère est comme toi, elle voudrait me garder, au risque de faire de moi un lâche. Mon père, lui, me comprend et m'approuve. Il est assez malheureux de ne pouvoir aller se battre, et de rester ici. Tu ne sais pas ce que c'est, Madeleine, que de travailler pour « eux ».

Non, je ne savais pas ce que c'était. Et je ne pouvais pas comprendre, non plus, cet acharnement à vouloir partir pour se faire tuer. Je l'ai regardé, muette soudain, consciente du fait que nous ne voyions pas les choses sous le même angle, et obligée, encore une fois — une fois de plus —, d'accepter, de subir.

Il partit, quelques jours plus tard. Il vint nous dire au revoir, à ma mère et à moi — ou était-ce adieu ? Il portait la tenue de soldat, ce qui lui donnait un air viril. Il m'embrassa comme un frère, me serrant contre lui. Je sentis sa joue contre la mienne, dure, rugueuse, et je compris qu'il était devenu un homme. Les larmes aux yeux, je l'ai regardé partir, en luttant contre la pensée qui me disait que je ne le reverrais plus, que, comme mon père, lui non plus ne reviendrait pas.

Charles parti, il ne restait que Pierre, son père, pour nous aider dans les gros travaux. A la maison, je faisais pratiquement tout moi-même, maintenant. Ma mère se traînait lamentablement, on eût dit une pitoyable marionnette brisée. La mort de mon père l'avait gravement atteinte. Moi aussi, j'avais une peine immense, qui me donnait parfois envie de hurler, tellement c'était insupportable. Mais je comprenais que, pour ma mère, c'était autre chose. Elle jusqu'alors si active, si dynamique, ne faisait plus rien. Elle avait un regard lointain, qui regardait sans voir, et qui semblait tourné vers l'intérieur, uniquement occupé de sa propre douleur.

Je me confiais à Marie, je lui disais le souci que me causait ma mère. Jeanne, bien souvent, soupirait, et disait :

— Tu ne peux rien faire, ma pauvre Madeleine. Il faut attendre, avoir de la patience. Avec le temps, sa peine sera moins vive.

Juliette, que je voyais plus rarement depuis la guerre, avait compris, elle aussi, mon problème.

— Entoure-la le plus possible de tendresse, me dit-elle. Maintenant, elle n'a plus que toi. C'est toi qui dois la ramener vers la vie.

Mais cela me semblait bien dur. J'étais trop jeune pour une telle épreuve, et moi aussi, j'avais de la peine, moi aussi, j'aurais eu besoin d'être consolée.

Le jour de mes dix-huit ans, je pleurai. Ma mère mêla ses larmes aux miennes :

— Jamais plus, Madeleine, il ne sera là pour te souhaiter ton anniversaire...

Notre souffrance commune nous a rapprochées. A partir de ce jour, nous avons pu parler de mon père, et nos conversations le faisaient revivre. Sur le buffet de la cuisine, ma mère installa sa photo, devant laquelle elle mit un bouquet de fleurs.

Et sur tout cela, il y avait la guerre qui continuait. Cette année-là, les bombardements furent encore plus nombreux et plus violents. Nous avions fini par installer des matelas dans la cave, car nous y passions, de plus en plus souvent, des nuits entières. C'était le plus pénible, je l'ai déjà dit. Julien et Georges, les deux plus jeunes frères de Marie, qui n'étaient encore que des enfants, pleuraient de peur. Quant à nous, ce n'était pas non plus uniquement l'obscurité et le froid qui nous faisaient frissonner.

Ces bombardements durèrent tout le printemps, puis, au début de l'été, diminuèrent d'intensité. Au mois d'août, les Allemands commencèrent à reculer, les villes occupées jusque-là furent libérées. Nous osions à peine espérer. Qu'allait-il se passer ?...

Au mois de septembre, il y eut encore quelques bombardements. Mais ce furent les derniers. A l'époque, nous ne le savions pas, et nous étions, une fois de plus, terrés dans la cave, la peur au ventre. Le petit Georges, à la suite de ces nuits passées dans l'humidité, avait attrapé un refroidissement et toussait. Le lendemain, il avait une forte fièvre et était couché.

J'allai le voir. Il était très rouge, et ne semblait pas nous reconnaître. Marie, qui l'aimait beaucoup, ne quittait pas son chevet :

— Oh, Madeleine, me dit-elle, je suis inquiète. Si ça continue, nous allons appeler le médecin.

Le lendemain, ma mère, à son tour, se plaignit de maux de tête, de frissons, de vertiges. A la fin de l'après-midi, elle avait le teint gris et ne tenait plus debout. Je la forçai à se coucher. Elle me parut avoir beaucoup de fièvre. Toute la nuit, elle toussa, et le matin elle fut incapable de se lever.

Je courus chez Marie.

— Marie, si tu fais venir le docteur pour ton frère, envoie-le chez moi. Ma mère est malade aussi.

Rentrée chez moi, je ne savais que faire. Je fis boire à ma mère un peu d'eau. Avec terreur, je me rendis compte qu'elle ne me reconnaissait plus. Elle délirait, elle appelait mon père :

— Jean ! Où es-tu ? Viens !

Elle me repoussait quand je m'approchais d'elle. Elle me disait :

— Qui es-tu, toi ? Ce n'est pas toi que je veux, c'est Jean. Pourquoi ne vient-il pas ?

Lorsque le docteur arriva, je n'en pouvais plus. Il ausculta ma mère, prit sa température — elle avait quarante et un degrés — et regarda dans sa gorge.

— Oui, c'est encore un cas de cette maudite épidémie qui vient de se déclarer ; beaucoup sont déjà atteints.

Il se tourna vers moi :

— Tu es seule pour la soigner ?

— Oui. S'il le faut, j'irai chercher Jeanne, ou Marie.

Il nous connaissait bien, et ne fit pas d'objection. Il me donna une potion, à administrer toutes les deux heures.

— Surtout, me dit-il, il faut essayer de faire tomber la fièvre. Tu lui mettras des linges humides sur le front, à changer dès qu'ils ne seront plus froids.

Je le remerciai. Il partit, appelé ailleurs par d'autres malades, et je restai seule.

Je fis tremper des mouchoirs dans de l'eau fraîche, je les tordis et en fis des compresses, que je posai sur le front de ma mère. Elle avait les yeux fermés et était maintenant très rouge. La fièvre ne baissait pas. J'étais très inquiète. C'était la première fois que je la voyais malade, et je me sentais impuissante et démunie. Toute la nuit, je la veillai, assise dans le fauteuil près du lit. Je somnolais par moments, et j'étais réveillée par un gémissement ou une quinte de toux. Je lui donnai régulièrement sa potion, changeai les compresses qui, après quelques minutes de contact avec son front, devenaient sèches et brûlantes. Que pouvais-je faire d'autre ?

Le lendemain, Jeanne vint me voir. Elle m'aida à renouveler le lit et à changer ma mère, car elle avait tellement transpiré que sa chemise, l'oreiller et le drap étaient trempés.

— C'est bon signe, dit Jeanne, elle élimine le mal.

— Et Georges, comment va-t-il ?

Elle eut une moue inquiète :

— Pas beaucoup mieux. Il avait déjà, depuis plusieurs jours, un gros rhume. Il a encore beaucoup de fièvre.

Elle m'aida à mettre un peu d'ordre dans la maison, mais ne s'attarda pas. Son enfant avait besoin d'elle.

— Ça ira, Madeleine, tu te débrouilleras ?

— Oui, merci, ne vous inquiétez pas.

— Si tu as besoin de quoi que ce soit, viens nous chercher, ou frappe au mur, nous viendrons.

A midi, je mangeai un morceau de pain, puis je m'installai dans le fauteuil. Ma mère reposait, plus calme semblait-il. La fatigue eut raison de moi, et je m'endormis.

Lorsque je m'éveillai, j'eus la joie de voir que ma mère avait les yeux ouverts. Sa fièvre semblait avoir baissé. Je sautai sur mes pieds :

— Maman, comment vas-tu ? As-tu mal ?

— J'ai encore un peu mal à la tête, et à la gorge...

— C'est l'heure de ta potion.

Je la lui donnai, heureuse de voir qu'elle me reconnaissait, qu'elle allait mieux. Le docteur arriva à ce moment-là, trouva, lui aussi, une amélioration, et dit de continuer la potion jusqu'à sa prochaine visite.

Mais, dans la nuit, la fièvre revint. Ma mère se remit

à délirer, appelant mon père de nouveau, et moi-même. Elle criait :

— Madeleine ! Madeleine ! Où es-tu ? Pourquoi ne réponds-tu pas ?

Je m'approchai du lit, inquiète :

— Je suis là, maman, je suis là.

— Qui es-tu ? C'est Madeleine que je veux.

— Mais c'est moi, maman, je suis Madeleine.

De nouveau, elle me repoussait :

— Tu n'es pas Madeleine. Où est Madeleine ? Va la chercher, je veux la voir.

Si j'insistais, elle se débattait. Elle me faisait peur, j'étais dépassée par cette maladie qui changeait ma mère en une étrangère qui ne me reconnaissait pas. J'ai pleuré, cette nuit-là, au chevet de ma mère, de solitude et d'impuissance. C'était trop, je n'en pouvais plus. N'avait-il pas suffi que mon père fût mort, déjà ?

A l'aube, elle reposait plus calmement. Epuisée, je dormis quelques heures. Dans la matinée, Antoinette, l'une de nos voisines, qui avait appris par Jeanne la maladie de ma mère, vint nous voir. Elle m'aida à faire le ménage, puis à laver ma mère quand celle-ci fut réveillée. J'étais allée vider la cuvette d'eau sale et je revenais dans la cuisine lorsque j'entendis ma mère qui disait :

— Si je pouvais mourir, je le rejoindrais, tu comprends...

Volontairement bourrue, Antoinette la rabroua :

— Louise, tu n'as pas le droit de dire une chose pareille ! Pense à ta fille, tu dois vivre pour elle. Que deviendrait-elle, la pauvrette ?

Je reçus un coup au cœur. D'apprendre, d'abord, que ma mère souhaitait mourir, de réaliser, ensuite, que sans elle je n'aurais plus rien. Alors j'eus peur.

Antoinette partit, puis, vers midi, Jeanne m'apporta à manger, mais je n'avais pas faim. Elle m'apprit que Marie ne quittait pas le chevet de Georges, qui n'allait toujours pas mieux.

Ma mère passa l'après-midi à dormir, et, le soir, lorsque le docteur revint, il la trouva mieux. Elle n'avait plus de fièvre, mais se sentait extrêmement faible.

— C'est normal, lui dit-il. Il faut maintenant reprendre des forces.

Il donna un sirop de vitamines, à cet effet, et me dit, alors que je le reconduisais à la porte :

— Elle est sauvée, je pense. Tant mieux, j'en suis heureux pour toi, Madeleine. Cette maladie est mortelle, elle fait beaucoup de victimes.

Cette nuit-là, ma mère dormit calmement. Pour la première fois depuis sa maladie, je pus prendre une nuit de vrai repos.

Les jours suivants, elle se leva, mais resta complètement anéantie, sans réaction.

— C'est normal, disait le médecin, à qui je faisais part de mon inquiétude. Il y a une asthénie intense qui se prolonge après la guérison.

Mais moi, j'avais peur. Je voyais bien que ma mère ne reprenait pas goût à la vie, et je me souvenais des paroles qu'elle avait dites à Antoinette. Au bout de quelques jours, la voyant toujours pareille, pâle et donnant l'impression de se laisser couler, je ne pus retenir mes larmes. Elle était assise, près du feu, et restait là, des journées entières, les mains croisées sur les genoux, les yeux vagues, regardant droit devant elle, dans le vide.

Je m'approchai, m'agenouillai près d'elle. J'appelai, doucement :

— Maman...

Elle tourna son regard vers moi, avec une sorte de surprise douloureuse :

— Madeleine ! Tu pleures ?

Alors j'ai sangloté, longuement, éperdument. Et, entre mes sanglots, j'essayai de lui parler, de lui expliquer que j'avais besoin d'elle, qu'elle ne devait pas me laisser, qu'elle devait revenir avec moi, parce que c'était déjà assez dur pour moi de n'avoir plus mon père. Je ne sais plus tout ce que j'ai dit, mais mon cri était désespéré :

— Ne pars pas ! Reste avec moi, j'ai tant besoin de toi !

Quand j'ai levé les yeux vers elle, j'ai vu qu'elle pleurait. Les larmes coulaient sur son visage, et semblaient purifier son regard. Il me parut plus clair, il n'était plus tourné vers sa propre souffrance, il semblait délivré d'une obsession. Elle me caressa les cheveux, et murmura, comme pour elle-même :

— Pauvre, pauvre enfant ! Enfermée dans ma détresse, je ne me rendais pas compte. Oui, tu as raison, je ne peux pas te laisser. Jean m'attendra un peu plus longtemps, il comprendra.

Elle me prit contre elle, je la serrai dans mes bras. Et les larmes que nous avons versées ont emmené avec elles tout un monde de destruction et de douleur pour ne laisser que notre amour intact, nous liant l'une à l'autre plus étroitement que jamais.

A partir de ce jour, elle réagit beaucoup mieux, elle se remit à vivre. J'avais eu si peur de la perdre que chacun de mes gestes envers elle ressemblait à une action de grâces. Je veillais à lui éviter toute fatigue, et nous avons puisé dans notre amour mutuel la force de vivre avec l'absence définitive de mon père.

Georges avait été longtemps malade. J'allai le voir. Il allait mieux, mais, comme ma mère, semblait très faible. Marie, qui s'était épuisée à le soigner, me dit :

— Je le sauverai, je ne le laisserai pas mourir. Je lui donnerai mes forces, s'il le faut. Sais-tu, Madeleine, que, quand il avait beaucoup de fièvre, je me suis couchée contre lui pour lui prendre son mal ?

Je ne savais que répondre, devant tant d'abnégation. Marie avait un don de sacrifice que je ne possédais pas. Je la regardai et lui trouvai le teint plombé, les yeux cernés, les traits tirés de fatigue et d'épuisement.

Le lendemain, j'appris sans surprise qu'à son tour elle était malade. Je croisai le médecin alors qu'il sortait de chez elle. Je l'interrogeai. Il baissa la tête, embarrassé :

— Elle est très atteinte... Elle ne semble plus avoir de forces à opposer à la maladie, elle les a usées à soigner son frère.

— Elle va guérir, quand même ?

— Je ne peux rien dire. C'est en ce moment que la maladie est la plus violente.

Je savais que c'était vrai. Des gens mouraient chaque jour, et ces derniers jours il y avait eu encore plus de victimes. C'était une épidémie d'une ampleur qu'on n'avait jamais vue.

Elle était d'autant plus virulente qu'elle s'attaquait à des personnes dont l'organisme était affaibli par les rigueurs de la guerre. J'ai su, par la suite, que cette maladie, qui fut appelée grippe espagnole, fit plus de victimes civiles en quelques mois que la guerre en quatre ans. Si bien que rares furent les foyers qui n'eurent pas à déplorer un décès, causé soit par la guerre, soit par la maladie.

Dans les jours qui suivirent, cependant, l'épidémie, après avoir été plus meurtrière que jamais, sembla régresser. Il n'y eut plus de nouveaux malades. Et, parmi ceux qui étaient atteints, il y eut moins de décès.

J'allai voir Marie. La fièvre l'avait minée. Elle avait un petit visage, translucide, amenuisé. Elle était si faible qu'elle pouvait à peine parler. Elle me tendit une main tremblante :

— Madeleine...

Voir Marie, habituellement vive comme un oiseau, réduite à un tel état de faiblesse était plus que je n'en pouvais supporter.

— Guéris vite, Marie...

Elle dit, dans un souffle :

— Je n'en aurai pas la force. Mais ne sois pas triste, Madeleine. Je donne ma vie sans regrets pourvu que vive Georges.

A ce moment, je me suis rappelé la phrase que nous disait souvent M. le Curé : « Il n'y a pas de plus grande preuve d'amour que de donner sa vie pour ceux qu'on aime. » Alors je n'ai pas pu résister. Je me suis penchée vers Marie, je l'ai embrassée, et, ma joue contre la sienne, j'ai pleuré, sans pouvoir m'arrêter.

Marie fut la dernière victime de l'épidémie. Après elle, il n'y eut plus de décès. Elle mourut, mon amie Marie, pour avoir voulu sauver son petit frère. Sa mort m'a causé un chagrin immense. C'était, avec elle, toute une partie de mon enfance qui s'en allait. Je revoyais, pêle-mêle, nos jeux, sa présence près de moi, à l'école, je me rappelais son amitié, sa loyauté, sa gentillesse. Elle aussi, elle m'était ravie, et la blessure de mon cœur qui saignait depuis la mort de mon père se rouvrit et saigna davantage.

Lorsque, le 11 novembre, l'armistice fut signé, la nouvelle ne nous causa pas la joie tant attendue. Les sirènes se mirent à retentir, et ce n'était pas, cette fois, dans l'annonce d'un bombardement ou d'une alerte. Les cloches de l'église sonnèrent joyeusement, et des drapeaux fleurirent un peu partout.

Mais nous, nous ne pouvions pas nous réjouir. Marie venait de mourir. Mon père ne reviendrait jamais à la maison. Ma mère et moi, debout sur le seuil, nous avons écouté le message de paix des sirènes, nous avons regardé les gens s'embrasser et chanter *la Marseillaise*, et nous sommes restées là, serrées l'une contre l'autre, à la fois soulagées et meurtries, le cœur lourd, les larmes aux yeux.

3

La guerre était terminée, mais elle ne laissait autour d'elle que désastre, ruine et désolation. Pour ceux qui restaient, comme nous, il fallait apprendre à recoller, le mieux possible, les morceaux de notre vie brisée.

Nous n'étions pas les seules à pleurer la mort d'un être cher. Bien peu revinrent de la guerre. Et, parmi eux, nombreux étaient les blessés. Dans notre rue, le fils du vieux Victor, celui qui avait aidé Charles dans ses débuts au fond de la mine, était rentré chez lui bien mal en point. Il avait eu les poumons brûlés par une explosion de gaz toxique, et dépérissait peu à peu. Au bout de quelques mois, il mourut, après d'atroces souffrances. Le désespoir du vieux Victor, qui avait déjà perdu sa femme, et qui se retrouvait seul au monde, fit peine à voir. A lui aussi, la guerre avait détruit sa vie.

Jeanne et Pierre ne se consolaient pas de la mort de Marie. Pierre, de nature plutôt renfermée, ne disait rien, et souffrait à sa manière silencieuse. Il suffisait de voir son regard pour comprendre la blessure qu'il portait en lui. Jeanne, elle, en parlait plus facilement. Elle se plaignait doucement :

— Ma seule fille, disait-elle, je n'en avais qu'une, et elle m'a été enlevée.

Souvent, elle venait chez nous, quand Pierre était au travail. J'aurais voulu la consoler, mais j'étais impuissante devant une telle douleur. Je l'entendis une fois dire à ma mère :

— Je sais, Louise, toi, tu as perdu ton mari, d'accord, c'est dur. Mais perdre un enfant et continuer à vivre alors qu'il n'est plus, c'est l'enfer.

Je ne l'ai plus jamais vue sourire, la mort de Marie avait éteint la lumière dans ses yeux. Elle ne se consola jamais. Une part d'elle-même était morte en même temps que son enfant bien-aimée.

Charles revint de la guerre. Je le trouvai changé, vieilli. Son regard portait la trace des atrocités auxquelles il avait assisté. Il s'y lisait une hantise, une souffrance qui faisaient mal. Il n'en parlait jamais. La seule chose qu'il me dit, ce fut, un jour, cette unique phrase :

— Tu sais, Madeleine, j'ai vu mourir mon ami, le ventre déchiré par l'éclatement d'un obus. C'était affreux.

Au souvenir des souffrances endurées s'ajoutait l'insupportable peine causée par la mort de sa sœur. Il ne l'avait su qu'en rentrant chez lui. Il adorait Marie, et je comprenais facilement le choc qu'il avait pu ressentir en apprenant qu'elle n'était plus. Là aussi, j'étais impuissante à le consoler. Nous ne pouvions que parler d'elle, unis par une même douleur.

L'hiver qui suivit l'armistice fut très dur. Le charbon manquait ; les Allemands, avant de partir, avaient inondé les galeries de la mine afin de les rendre inutilisables. Les mineurs passaient leur temps à réparer et à reconstruire. Mais, en attendant, l'extraction était impossible. Une fois de plus, nous eûmes froid.

Je dormis avec ma mère, et nous nous blottissions l'une contre l'autre pour essayer de nous réchauffer. Mais notre froid était intérieur, aussi. L'absence de mon père, que nous savions irrémédiable, nous glaçait le cœur.

Cet hiver nous sembla interminable. Lorsque le printemps, timidement, pointa le bout de son nez, je n'osai pas y croire. J'avais tellement été meurtrie que j'avais pris l'habitude d'évoluer dans un monde gris et sans joie. Et puis, lorsque les arbres se remirent à reverdir, que les premières jonquilles fleurirent, j'eus l'impression, moi aussi, de sortir d'un long engourdissement. Avec surprise, je me sentis revivre. Je redécouvrais des choses jusque-là oubliées, ou ignorées : la chaleur du soleil sur ma main, le parfum des fleurs, le chant des oiseaux. Je sentais le sang circuler plus vite dans mes veines, et il me prenait parfois l'envie de courir à perdre haleine dans le vent.

Je me trouvais coupable, ensuite. J'avais honte de me sentir si pleine d'énergie alors que mon père, que Marie n'étaient plus. Je ne comprenais pas que, simplement, ma jeunesse reprenait le dessus et se vengeait d'avoir été trop longtemps étouffée.

L'amitié de Marie me manquait, et je me rapprochai de Juliette. Sa nature insouciante me fit du bien, et contribua à me rendre ma gaieté. Elle était l'une des rares privilégiées à n'avoir pas été touchée par la guerre. Son père, son frère étaient revenus sains et saufs. Elle me donna des nouvelles d'Henri, dont je gardais toujours l'image enfouie au plus profond de mon cœur.

— Maintenant, il termine ses études. Il va travailler avec notre père, et puis il envisage de le remplacer.

Son père avait fait l'acquisition d'une automobile, un de ces engins bruyants que nous commencions à voir de plus en plus souvent. Je la vis, en allant chez Juliette, dans le parc. Immobile et silencieuse, elle me parut moins terrifiante. Je n'osai pas m'en approcher, mais Juliette, qui riait de mes craintes, me dit :

— Allons, viens ! Nous allons jouer à voyager !

J'acceptai de monter après qu'elle m'eut assuré ne rien connaître au fonctionnement et promis de ne pas rouler.

— Voyons, me dit Juliette, ne prends pas cet air inquiet !

Elle rit de moi, se mit à faire des pitreries, tourna le volant, actionna la trompe. Peu à peu, je me rassurai. Je trouvai même très agréable le contact du siège en cuir sur lequel je m'appuyais. Une fois de plus, je découvrais le luxe, que, plus âgée, j'étais mieux capable d'apprécier.

Le 1er mai, Charles m'offrit un brin de muguet. Il me le donna avec une gaucherie due à une timidité nouvelle. Je fus ravie. Je dis :

— Oh, merci, Charles ! Comme c'est gentil !

En le regardant, je pris conscience de sa rougeur et de son

air gêné. Je ne les compris pas, sur le moment, pas plus que je ne compris le regard avec lequel il me contemplait. Charles, c'était pour moi un ami d'enfance, c'était comme le frère que je n'avais pas eu ; il ne me venait pas à l'idée qu'il pourrait être autre chose pour moi.

Je rentrai chez moi, montrai le brin de muguet à ma mère :

— Regarde, maman, ce que Charles vient de m'offrir.

Ma mère sourit, et ne dit rien. Et le sourire entendu de ma mère, lui non plus, je ne le compris pas.

Elle avait repris pied dans la vie, ma mère, mais elle n'était plus la même qu'avant. Elle donnait l'impression d'accepter de vivre tout en attendant le moment d'aller rejoindre son mari bien-aimé. Elle semblait avoir surmonté la dure épreuve qui l'avait meurtrie, mais elle était marquée, de façon indélébile. Son regard restait triste, elle avait vieilli, d'autant plus qu'elle s'habillait tout en noir, maintenant. Elle avait perdu beaucoup de son dynamisme, aussi, et se fatiguait vite. C'était moi qui me chargeais de beaucoup de travaux, à la maison. Elle avait quand même repris sa couture, et je l'aidais bien souvent.

Mais elle m'entourait de tant de tendresse que je ne me sentais plus esseulée ; elle reportait sur moi tout l'amour qu'elle ne pouvait plus donner à mon père.

Le dimanche qui suivit, j'allai, comme je le faisais souvent, porter des fleurs sur la tombe de mon amie Marie. Le cimetière côtoyait les champs, et était baigné de soleil. Tout près, une alouette chantait. Plus loin, d'autres oiseaux pépiaient ; dans le village, les cloches de l'église sonnaient. J'ai déposé les fleurs et, pour la première fois depuis la mort de Marie, je n'ai pas ressenti l'amertume, la douloureuse révolte qui me prenaient chaque fois que je pensais à elle. Au contraire, une grande douceur m'est venue, et j'ai eu, avec certitude, l'intuition que Marie était heureuse, là où elle était. Je me suis sentie rassérénée ; c'est en paix avec moi-même que j'ai pris le chemin du retour.

A la grille du cimetière, je m'arrêtai un instant, indécise sur le chemin à prendre pour rentrer chez moi. Il y avait le sentier à travers champs, plus direct, ou alors la route normale.

J'ai hésité, mais il faisait si beau que j'optai pour le chemin le plus long.

Je traversai le village. Sur la place régnait une joyeuse effervescence. La messe se terminait, des gens sortaient de l'église, endimanchés. A la terrasse du café, des hommes buvaient en bavardant joyeusement. Et la lumière blonde du soleil donnait à tout cela un air de fête.

Je pris la route qui conduisait à la sortie du village. Les maisons étaient fleuries, les fenêtres ouvertes laissaient échapper des odeurs de cuisine alléchantes. Un cheval, attelé à une charrette, attendait patiemment, le long du trottoir, que son maître vînt le rejoindre. Je m'approchai et lui caressai le museau. J'aimais bien les chevaux, leur placidité, leurs yeux doux et graves derrière les œillères en cuir. Je lui murmurai quelques paroles, en regrettant de n'avoir pas de morceau de sucre à lui donner.

A ce moment, une automobile surgit, dans un bruit d'enfer. Elle passa tout près du cheval, qui eut peur. Il roula des yeux affolés, et, avec un hennissement terrorisé, se cabra. Je n'eus pas le temps de m'écarter. Le sabot d'une de ses pattes antérieures me heurta violemment l'épaule, et je tombai.

Je restai un moment sur le sol, étourdie. Des femmes sortirent des maisons. L'une d'elles s'exclama :

— Encore une de ces maudites automobiles ! Ce sont de véritables dangers !

Elle vint vers moi, m'aida à me relever tandis que le propriétaire du cheval s'efforçait de le calmer. La douleur de mon épaule me fit grimacer. J'enregistrai machinalement, sans y faire attention, que le conducteur de l'automobile s'était arrêté plus loin. Ce ne fut que lorsqu'il s'approcha de nous que je le reconnus. Mon cœur me sauta à la gorge. C'était Henri.

— Je suis désolé, dit-il, ma voiture a effrayé votre cheval...

De surprise, il s'arrêta en m'apercevant :

— Mais c'est Madeleine ! Comme tu as grandi ! Il y a bien longtemps que je ne t'ai vue. Tu es blessée ?

L'inquiétude fonçait ses yeux. Je le trouvai très beau. Je gardais de lui le souvenir d'un adolescent, et c'était un homme que je retrouvais. Un grand trouble m'envahit et je ne répondis pas.

Il se tourna vers les femmes présentes, qui nous regardaient avec curiosité :

— Si vous n'y voyez pas d'inconvénient, je l'emmène. Je la reconduirai chez elle.

Aucune ne fit d'objection. Qu'auraient-elles pu dire ? Elles avaient reconnu Henri, le fils du directeur de la mine. Elles n'osèrent pas critiquer ouvertement le fait qu'il eût effrayé le cheval, mais leur regard en disait long. Les automobiles, à cause du bruit et de la poussière qu'elles faisaient, étaient mal acceptées. Certains les traitaient d'« engins du diable », et des incidents comme celui que je venais de subir n'étaient pas rares.

— Comme tu es pâle, Madeleine ! Viens.

Il me prit le bras et m'entraîna, avec douceur et sollicitude. Il me fit monter, et je me laissai tomber sur le siège. Une faiblesse me saisissait, et le coup de sabot du cheval n'en était pas la seule cause.

Il monta à son tour, me regarda avec inquiétude :

— Ça va, Madeleine ?

Dans un état second, je le vis déboucher un flacon, verser quelque chose dans un gobelet qu'il me tendit.

— Tiens, bois. C'est le choc, tu as eu peur. Ça ira mieux ensuite.

D'une main qui tremblait, je pris le gobelet et je bus une gorgée. L'alcool me fit tousser, mais m'aida à reprendre pied dans la réalité. Je me sentis mieux.

— Ah, tu vas mieux, dit Henri, d'une voix soulagée. Les couleurs reviennent à tes joues. Comme tu étais pâle !

Il ajouta, plus bas :

— Tu m'as fait peur...

Je croisai son regard, dont l'intensité me fit baisser les yeux. Je remarquai qu'il était vêtu d'un costume clair, à côté duquel ma robe noire paraissait bien triste et bien terne.

— On peut y aller, Madeleine ? Je roulerai lentement. N'aie pas peur.

Je hochai la tête, mais je n'étais pas rassurée. Lorsque la voiture démarra, je fus surprise par les vibrations. Le bruit était tel qu'il aurait fallu crier pour s'entendre. Au bout de quelques instants, pourtant, je m'appuyai au siège et me détendis. L'alcool faisait son effet ; le tremblement nerveux que je sentais en moi s'atténua, puis disparut. Je regardai, autour de moi, le paysage défiler, et c'était une sensation nouvelle, exaltante. La présence d'Henri à mes côtés me troublait. Je me souvenais d'une promenade identique, plusieurs années auparavant, quand il m'avait ramenée sur son vélo. L'attrait qu'il exerçait sur moi était de nouveau là, intact. Et j'avais trop conscience de mon insignifiance pour penser qu'il pourrait être réciproque.

Il se tourna vers moi, et dit :

— Je t'emmène chez moi, Madeleine. Juliette s'occupera de toi. Tu ne peux pas rentrer dans cet état. Inutile d'inquiéter ta mère.

Je ne répondis pas. J'étais étrangement incapable de réagir. En sa présence, je n'étais plus moi-même. Il devait me croire muette : je n'avais encore prononcé aucune parole. J'eus peur de lui paraître stupide. J'aurais voulu être à l'aise et brillante, au moins ne pas montrer qu'il m'intimidait. J'évitais de le regarder, afin qu'il ne lût pas dans mes yeux ce que je voulais lui cacher.

Comme dans un rêve, nous avons traversé le coron, passé devant la mine. Juliette était dans le jardin de sa maison. Elle cueillait des fleurs. Elle me vit et accourut :

— Que se passe-t-il ? Madeleine, qu'y a-t-il ?

Elle me tendit les mains, me fit descendre. Contre elle, je titubai.

— Mon Dieu, Henri, qu'y a-t-il ?

Il le lui expliqua en quelques mots. Son regard inquiet ne me quittait pas, et j'y lisais une douceur, un intérêt que je n'osais pas interpréter.

— Viens, Madeleine, me dit Juliette.

Elle m'emmena dans la maison. En me voyant dans le miroir du hall, je fus horrifiée. J'étais très pâle, des traînées de poussière maculaient mes joues. Mes cheveux étaient décoiffés, des mèches s'étaient échappées et pendaient de mon chignon. Ma robe était grise de poussière, elle aussi. La honte me saisit quand je pensai qu'Henri m'avait vue dans un état aussi lamentable.

Juliette m'emmena dans sa chambre. Elle frictionna doucement mon épaule endolorie avec une pommade. Ce n'était pas grave, je pouvais bouger le bras, je n'avais rien de cassé. Je me lavai le visage, les mains, et me recoiffai. Je brossai ma robe, et je me sentis redevenir moi-même. Je fus capable de sourire à Juliette :

— Merci, lui dis-je d'une voix qui tremblait un peu. Maintenant il faut que je parte. Ma mère va s'inquiéter.

— Attends, je t'accompagne.

Dehors, Henri faisait les cent pas devant le perron. En nous voyant, il se précipita vers nous, ne regardant que moi seule :

— Ça va mieux, Madeleine ?

— Oui, merci, dis-je.

C'étaient les premières paroles que je lui adressais depuis notre rencontre.

— Je reconduis Madeleine chez elle, dit Juliette. Il fait beau, prendre l'air nous fera du bien.

Henri se pencha vers moi, me prit la main :

— Alors, au revoir, Madeleine. Et toutes mes excuses... Si j'avais pu prévoir, j'aurais roulé moins vite. A bientôt, j'espère.

Je retirai ma main, troublée, je murmurai :

— Oui, au revoir, et merci.

Nous sommes parties, Juliette et moi, le laissant là. Je ne me suis pas retournée, mais j'ai senti son regard qui me suivait, longtemps. Juliette babillait, mais je ne l'écoutais pas. Une grande confusion emplissait mon esprit. Il me semblait que l'incident qui s'était produit allait être lourd de conséquences. Et je crois que, à l'exaltation que je ressentais, se mêlait de la peur.

A la maison, où Juliette avait tenu à m'accompagner, nous avons raconté à ma mère ce qui s'était passé, la rassurant en même temps. Ma mère eut peur, après coup. Elle me serra dans ses bras :

— Dire que tu aurais pu être tuée, Madeleine ! Si tu avais reçu le coup de sabot à la tempe...

— Allons, dit Juliette, ne vous tourmentez pas avec ce qui n'est pas arrivé ! Madeleine en sera quitte avec un bleu, voilà tout.

Elle avait raison. J'eus l'épaule marbrée de bleu, les jours suivants, et une douleur à chaque mouvement qui disparut assez rapidement. Mais cela, c'était secondaire. Une autre découverte m'emplissait à la fois de crainte et de ravissement : je venais de comprendre que j'aimais Henri. Après avoir été longtemps enfoui au fond de mon cœur, mon amour pour lui maintenant jaillissait et l'occupait tout entier.

Ce fut le commencement d'une nouvelle période, celle où j'eus l'impression de vivre sur un nuage rose. Après tant de sacrifices et de larmes, c'était si doux de me sentir heureuse que je n'arrivais pas à y croire. Je faisais mon travail habituel, le ménage, la lessive, je passais des heures à la machine à coudre, tout cela dans un état second. Je rêvais tout éveillée, j'avais continuellement l'image d'Henri dans mon cœur.

La semaine suivante, Juliette vint m'inviter à aller chez elle le dimanche après-midi. Elle me glissa à l'oreille, complice :

— Je crois qu'Henri nous emmènera faire un tour en automobile.

Le samedi, je lavai et repassai ma robe des dimanches, je me baignai et me lavai les cheveux plusieurs fois de suite, afin qu'ils fussent doux et brillants. En les brossant devant le miroir de la cuisine, je remarquai que mes joues étaient roses et que mes yeux étincelaient. Pour la première fois, je me trouvai jolie. Mes cheveux châtains s'harmonisaient bien avec mes yeux noisette, mon petit nez court était charmant, ma bouche ni trop grande ni trop petite, et mes dents étaient blanches et brillantes. Je désirais de toutes mes forces qu'Henri me trouvât jolie. Mes mains me désolaient ; elles étaient rêches, à cause des travaux ménagers. Mais je me consolai en me disant que mon travail de couturière me laissait au moins des mains propres et blanches, contrairement à celles qui étaient « cafus » et qui triaient le charbon huit heures par jour.

Le dimanche, je m'habillai et me coiffai avec soin. Au début de l'après-midi, je n'y tenais plus. L'impatience me mettait des picotements dans les mains. Des voisines vinrent rendre visite à ma mère, et se mirent à papoter devant une tasse de café.

— Au revoir, dis-je à ma mère, je vais chez Juliette.

— Ne rentre pas trop tard, Madeleine.

Je promis, et partis sans regrets. Je n'avais pas parlé à ma mère d'Henri, sans m'expliquer au juste pourquoi. Peut-être était-ce parce que je craignais qu'elle ne mît un obstacle à nos rencontres ? Je sentais, obscurément mais avec certitude, que Henri se trouverait souvent sur mon chemin. Autour de moi, la campagne avait revêtu sa parure verte et fleurie de printemps. Le ciel était d'un bleu intense et profond, le soleil était lumineux et chaud, et les oiseaux qui chantaient dans les arbres chantaient aussi dans mon cœur.

Juliette m'attendait, sur le chemin qui menait à sa maison. Elle se précipita au-devant de moi :

— Viens vite, Madeleine ! Henri nous attend. Il veut nous emmener promener en automobile.

Elle me prit la main, m'entraîna. Devant le portail de la maison, Henri, en effet, nous attendait. Avec un chiffon, il était occupé à faire briller la voiture, déjà étincelante. Il se tourna vers moi, me tendit la main, me sourit :

— Bonjour, Madeleine. Comment vas-tu ?

La timidité enrouait ma voix alors que je répondais :

— Bonjour, Henri. Je vais bien, merci...

Je le trouvai encore plus beau. Son sourire était chaleureux, et son regard, lorsqu'il se posait sur moi, ressemblait à une véritable caresse.

— Eh bien, demanda Juliette, partons-nous ?

— Que ces demoiselles prennent place dans mon carrosse ! dit Henri en s'inclinant, et je sentis mon sourire répondre au sien.

Juliette grimpa, et je montai à côté d'elle. Henri tourna la manivelle, mit le moteur en marche. Il nous fit mettre des lunettes de protection.

— Tu vas voir, me dit Juliette, avec ça nous allons ressembler à des gros hiboux !

C'était vrai, et cela nous fit bien rire. En riant encore, nous sommes partis, dans un vacarme et une poussière épouvantables. Nous nous sommes mis à chanter fort pour couvrir le bruit. La proximité d'Henri, dont je n'étais séparée que par Juliette, et dont j'apercevais les mains posées sur le volant en bois, agissait sur moi comme un vin capiteux et me grisait. Nous avons traversé des champs, des bois, quelques villages. Les personnes que nous croisions se jetaient sur le côté ; parfois, les vieux se signaient avec terreur. Cela me faisait rire. Je ne me reconnaissais plus. Moi si posée, si calme, si raisonnable, j'avais subitement envie de sauter hors des sentiers battus et de me saouler de liberté.

Par moments, Henri accélérait. Juliette et moi nous prenions peur. Nous nous cramponnions, nous criions :

— Pas si vite ! Pas si vite !...

Henri riait, et ralentissait, en nous traitant de poltronnes. Je sentais monter en moi un désir irrépressible de vivre, de rire, de m'amuser, d'être insouciante et folle.

Ce ne fut que lorsque Henri eut arrêté la voiture devant le portail que je reconnus la maison. J'étais ivre de grand air, de soleil, de bruit, et de la présence d'Henri auprès de moi. Il m'aida à descendre et je titubai, victime d'un étourdissement. Il me retint contre lui un instant. Le trouble que je ressentis me fit reculer précipitamment. Il m'enveloppa d'un regard à la fois tendre et complice, me fit un sourire lumineux, avant de se détourner et de faire descendre Juliette.

— Ah ! s'exclama-t-elle, quelle promenade ! C'était formidable ! Hein, Madeleine, qu'en penses-tu ?

J'acquiesçai, encore troublée.

— Viens, dit Juliette en me prenant le bras, allons nous rafraîchir. Cette poussière m'a donné soif.

Elle m'emmena dans la cuisine, où nous avons étanché notre soif avec un grand verre d'eau. Puis nous sommes montées dans sa chambre, où nous nous sommes lavé le visage et les mains. Nous nous sommes recoiffées et nous avons brossé notre robe, grise de poussière. Nous avons bavardé et je crois que c'était surtout Juliette qui parlait. Moi, je me contentais d'acquiescer. Mon corps était là, près de Juliette, mais mon esprit était resté dehors, auprès d'Henri.

— Viens, dit Juliette au bout d'un moment, en se levant. Allons voir maman.

Nous avons retrouvé sa mère au salon. Elle était toujours pareille, douce et souriante. Elle nous offrit une tranche de gâteau, une tasse de café. La finesse de la porcelaine me changeait de la grossière faïence que nous utilisions à la maison, et, malgré moi, je ne me sentais pas tout à fait à l'aise. Le fossé qui séparait nos deux mondes existait toujours. Outre le décor dans lequel Juliette vivait, quantité de détails m'obligeaient à ne pas l'oublier. Ainsi, chez elle, il fallait laisser fondre le sucre dans la tasse, et bien mélanger avec une petite cuiller, avant de boire. Alors que nous, dans le coron, nous placions le morceau de sucre dans la bouche et le laissions fondre lentement en buvant le café. C'étaient de petites différences, mais combien révélatrices !

Heureusement, notre amitié était au-dessus de tels détails. Elle m'avait même confié, un jour, que sa mère m'appréciait, me trouvant polie, douce et bien élevée, et sachant « rester à ma place ». Qu'entendait-elle par là ? J'avais préféré ne pas approfondir. Je savais que, pour Juliette, notre différence de milieu ne comptait pas, mais je n'osais m'interroger sur ce sujet concernant Henri.

Juliette racontait notre promenade à sa mère, et lui expliquait que Henri s'amusait à faire peur aux gens :

— Comme si le bruit ne suffisait pas, il donne des coups de trompe à réveiller un sourd ! Nous avons bien ri, n'est-ce pas, Madeleine ?

En souriant, j'acquiesçai. Je sentais encore dans mes cheveux, à mes oreilles, le vent de la course. J'étais un peu étourdie, et je savais que mes joues gardaient une rougeur qui n'était pas due uniquement à la promenade en automobile.

Puis je me levai pour prendre congé. La mère de Juliette m'invita à venir aussi souvent que je le désirais. Sur le moment, cela me fit plaisir. Maintenant, avec le recul, je m'interroge. N'a-t-elle eu aucune intuition, ne s'est-elle jamais doutée que, mise en présence de son fils, je pourrais tomber amoureuse de lui ? Ou alors la différence de milieu l'a rassurée tout de suite. Si un doute est venu l'effleurer, elle aura pensé que je pourrais peut-être lever les yeux jusqu'à Henri, mais que lui ne les abaisserait jamais jusqu'à moi.

— Je vais te raccompagner jusqu'au portail, me dit Juliette.

Comme nous sortions de la maison, Henri rentrait. Nous avons échangé un regard, et ses yeux exprimaient tant de choses que mon cœur se mit à trembler.

— Tu pars, Madeleine ? Eh bien, au revoir. J'espère que la promenade t'a plu ?

— Oui, beaucoup.

— Alors, nous pourrons recommencer. Qu'en penses-tu ?

Je me troublai, et bégayai :

— Heu... oui, oui... bien sûr...

— Alors, c'est d'accord. Nous verrons ça. Juliette te préviendra. N'est-ce pas, Juliette ?

— Oui, bien sûr, acquiesça Juliette.

Il me serra la main, et la garda dans la sienne quelques secondes de plus qu'il n'était nécessaire. Ai-je même rêvé cette légère caresse qu'il me fit sur le poignet ? Je sais seulement que je fus très troublée, et que je retirai ma main en me sentant rougir.

Je sortis ; Juliette m'accompagna jusqu'au portail. Le soleil déclinait, et allongeait les ombres des arbres. Le vent fraîchissait un peu, et la douceur d'un soir d'été s'annonçait.

A la grille, Juliette m'embrassa :

— Au revoir, Madeleine. J'irai te voir dans la semaine.

En m'éloignant, je me retournai pour lui faire signe, puis, heureuse, avec la sensation de marcher sur des nuages, je pris le chemin qui me ramenait à la maison.

En arrivant dans le coron, je vis Charles. Il m'appela :

— Madeleine ! Attends-moi !

Il me rejoignit, un grand sourire aux lèvres. Je l'accueillis en m'efforçant de ne pas lui montrer que sa présence me contrariait. J'aurais préféré rester seule, dans l'univers rose et bleu de mes pensées, alors que Charles m'obligeait à reprendre pied dans la réalité.

— D'où viens-tu, Madeleine ?

— De chez Juliette, dis-je brièvement.

— Moi, je suis allé assister au match de football, m'expliqua-t-il alors que je ne lui demandais rien. Mon père est resté au cabaret avec ses copains, mais j'ai préféré rentrer. Je ne suis pas tranquille si je sais que ma mère est longtemps seule. Avant, il y avait Marie pour lui tenir compagnie, mais maintenant...

La voix lui manqua. Il s'interrompit. J'ai honte de l'avouer, mais je lui en voulus de me ramener vers des choses tristes.

Je dis, assez sèchement :

— Elle n'est pas seule. Quand je suis partie, elle était chez moi, avec ma mère et les autres voisines. Et puis il y a Julien et Georges, quand même !

— Julien et Georges ne restent pas avec elle, ils sont toujours dehors à jouer avec d'autres garnements. Tu sais bien, Madeleine, rien ne peut, pour elle, remplacer Marie...

Oui, je le savais. Et je regrettais que la présence de Charles à mes côtés vînt réveiller en moi une tristesse, un chagrin que je croyais oubliés. Il me venait une culpabilité d'avoir oublié totalement, même pour peu de temps, mon amie Marie.

Je regardai Charles avec rancune. J'étais si heureuse avant sa venue ! Je n'attendis pas d'être arrivée devant chez moi pour le quitter rapidement et le planter là. Son regard surpris et blessé me fit mal, et fit que je me sentis encore plus coupable.

Ma mère m'attendait.

— Alors, tu t'es bien amusée ? me demanda-t-elle.

Je lui racontai la promenade en automobile. Je ne pus m'empêcher de lui parler de ma conversation avec Charles, de mon sentiment de culpabilité. Qu'étais-je, pour oublier ainsi que Marie, que mon père nous avaient quittés à jamais, pour ressentir le besoin de vivre, de m'amuser, sans penser un seul instant à eux ?

Ma mère comprit, et me rassura :

— Tu ne les oublies pas, Madeleine, mais tu continues à vivre, et tu es jeune. Tu dois faire ta vie, c'est dans l'ordre des choses.

Elle parla encore longtemps, elle me dit que je ne devais pas me punir ou me priver d'être heureuse simplement parce que mon père et Marie n'étaient plus.

— Ce n'est pas ce qu'ils auraient souhaité pour toi. Au contraire, ils auraient voulu que tu sois heureuse. Alors, n'aie pas de remords.

J'embrassai ma mère. Elle me serra contre elle, et je me sentis rassérénée.

4

Le lendemain, nous apprîmes que les mineurs s'étaient mis en grève. Nous avions moins de contacts avec la mine, maintenant que mon père n'était plus là. Mais nous habitions toujours dans le coron, nous étions toujours environnées de mineurs, et nos préoccupations demeuraient les mêmes que les leurs.

Depuis 1914, les prix avaient triplé. Les revendications de la grève étaient une augmentation de salaire, et huit heures de travail effectif, y compris la durée de la descente et de la remontée, ainsi que celle du trajet.

— Tu comprends, m'expliqua Charles, lorsque notre travail est terminé, nous devons encore attendre, quelquefois une demi-heure, trois quarts d'heure, avant de remonter, que les wagons soient chargés et que la cage soit libre. Quant aux salaires, beaucoup ne s'en sortent plus, en gagnant la même quinzaine qu'avant la guerre, alors que tout coûte trois fois plus cher.

Je savais qu'il disait la vérité. Mais une grève pouvait mener loin. Je gardais toujours le souvenir effrayé de la grève de 1906, pendant laquelle j'avais, pour la première fois de ma vie, connu la faim, et découvert la haine et la violence. Si celle-ci s'éternisait, il y aurait les mêmes problèmes. Ma mère et moi, pourtant, n'étions plus directement concernées. Pour nous faire vivre, nous avions la pension de veuve de guerre de ma mère et notre travail de couturière. Nous étions loin d'être riches, mais nous étions à l'abri du besoin.

Nous vivions dans de meilleures conditions, aussi. Au lendemain de la guerre, l'électricité avait été installée dans les logements. Au début, nous avions eu du mal à nous y habituer. Le simple fait de tourner l'interrupteur nous déroutait. La brusque clarté qui jaillissait, éclairant les moindres recoins, nous faisait ciller. Cela nous changeait brutalement du halo de douce lumière dispensé par la lampe à pétrole. Maintenant nous n'y faisions même plus attention.

Heureusement, c'était le mois de juin. Il y avait dans les jardins de la salade et des légumes qui furent les bienvenus lorsque les salaires vinrent à manquer. La grève dura vingt jours, et finalement les mineurs obtinrent satisfaction.

Cet été-là fut pour moi merveilleux, enchanteur. La promenade en automobile avec Henri et Juliette fut suivie de beaucoup d'autres. Je voguais en plein ciel, heureuse, insouciante, sans imaginer un seul instant que mon retour sur terre pourrait être douloureux.

Un dimanche de juin, Henri nous emmena au cinéma. C'était la première fois que j'y allais. Assise dans la salle obscure, entre Juliette et Henri, je découvris avec stupeur et ravissement les images de l'écran, qu'un piano accompagnait. On projetait des courts métrages comiques avec Charlot, qui nous amusèrent beaucoup. Je me rappelle le plaisir que je ressentais en regardant le film, accru par la présence d'Henri à côté de moi.

Lorsque ce fut fini, j'ai eu l'impression de sortir d'un rêve. Dehors, la clarté du jour m'a éblouie.

— C'était bien, n'est-ce pas, Madeleine ? Ça t'a plu ? me demanda Juliette.

— C'était merveilleux, dis-je sincèrement.

Moi qui, jusque-là, n'avais vécu que dans le coron, avec pour tout horizon la mine, je découvrais les promenades en automobile, la ville, le cinéma. Je me rendais bien compte que c'était une vie à part, une vie faite pour les riches, dont je ne faisais pas partie. Et le fait de découvrir tout cela grâce à Henri me le rendait encore plus cher. A mon amour pour lui se mêlait une infinie gratitude.

Nous sommes rentrés, ce soir-là, alors que le soleil se couchait. Lorsque Henri a garé la voiture dans le parc de sa maison, je suis restée un instant sans bouger. Par mon immobilité, il me semblait que je retenais plus longtemps le bonheur intense que je ressentais.

— Eh bien, Madeleine, tu rêves ? s'impatienta Juliette.

Avec un sourire, je descendis de la voiture, aidée par Henri dont la proximité me troublait toujours autant. Je me détournai et dis :

— Il est tard, je dois partir.

— Tu ne rentres pas un instant ? proposa Juliette.

— Non, il faut que je parte. Ma mère m'attend.

Ils me raccompagnèrent jusqu'au portail. Henri ne disait rien. Il marchait près de moi, silencieux. De savoir que j'allais le quitter me venait une souffrance qui était presque physique. J'aurais voulu rester près de lui, toujours.

De chaque côté de l'allée, les massifs de roses embaumaient. Leurs senteurs mêlées nous parvenaient, à la fois douces et entêtantes.

— Humm... dit Juliette en respirant profondément, que ça sent bon ! Toutes nos roses sont fleuries. Regarde, Madeleine, celles-ci sont celles que je préfère.

Elle me montra un rosier chargé de fleurs d'un rouge profond, velouté.

— Elles sont belles, n'est-ce pas ?

— Oui, elles sont très belles. Surtout celle-ci, à peine ouverte.

— Elle te plaît ? me demanda Henri qui jusque-là n'avait rien dit. Eh bien, je te l'offre.

Avant que j'aie pu protester, il s'était approché, avait cueilli la rose et me la tendait en souriant. Je la pris, toute rose d'émoi, en murmurant un « merci... » à peine audible.

Une exclamation de Juliette me fit relever la tête :

— Oh, regarde, disait-elle à son frère, ton poignet saigne ! Tu t'es griffé en cueillant la rose !

Henri fit un geste d'insouciance :

— Ce n'est pas grave. Qu'est-ce que cela, si j'ai pu faire plaisir à Madeleine ?

Ces paroles, ainsi que le regard grave avec lequel il les prononça, me troublèrent profondément. Je sentis mes joues devenir brûlantes.

Nous étions arrivés au portail, et ils me dirent au revoir. Juliette m'embrassa, Henri me serra la main. Sa voix chaude, profonde, me parut chargée d'une tendresse nouvelle — ou était-ce une illusion ?

— Au revoir, Madeleine. A bientôt, n'est-ce pas ?

J'acquiesçai d'un signe de tête, trop embarrassée pour répondre. Et je repris le chemin de la maison, la tête en feu, le cœur en tumulte.

Lorsque je suis rentrée, ma mère a dit :

— Oh, la belle rose ! D'où vient-elle ?

J'ai répondu, en baissant les yeux, volontairement évasive :

— Du jardin de Juliette.

Je n'ai pas donné de détails. Je n'ai pas, non plus, parlé à ma mère d'Henri. Je savais qu'elle me raisonnerait, et je ne le voulais pas. Je voulais rêver à mon amour en toute liberté, sans aucune entrave.

J'ai mis la rose dans un vase, que j'ai posé sur ma table de nuit. Et je me suis endormie, ce soir-là, le cœur plein de l'image d'Henri. Je sentais se lever en moi un immense espoir, en même temps qu'un exaltant bonheur auquel je n'osais croire tout à fait.

Un après-midi, j'étais, dans le jardin, occupée à désherber. Ma mère et moi l'entretenions de notre mieux depuis que mon père n'était plus là pour s'en occuper. Je travaillais sans arrêter, et j'y étais depuis peut-être une heure lorsque j'entendis la voix de Charles qui m'appelait, de son jardin :

— Madeleine ! Que fais-tu ?

Je levai la tête, repoussai une mèche de cheveux qui retombait sur mon front en sueur :

— J'enlève les mauvaises herbes, dans les carottes.

— J'ai fini mon travail, je viens t'aider. Je vais « remonter » tes pommes de terre.

Il prit un outil dans l'appentis, enjamba le muret de séparation, et vint me rejoindre.

Nous avons travaillé un bon bout de temps, sans échanger aucune parole, attentifs seulement à mener à bien notre tâche. Sa présence silencieuse, près de moi, me donnait du courage. Je le reconnaissais bien là, mon ami Charles, toujours prêt à rendre service, à m'épargner de la peine. Parfois, le chant d'une alouette nous accompagnait. J'interrompais alors mon travail un instant pour la suivre des yeux, tandis qu'elle montait verticalement dans le ciel, toujours en chantant, jusqu'à devenir un minuscule point noir que je finissais par perdre de vue.

Ma besogne terminée, je suis allée m'asseoir sur le muret tout chaud de soleil. J'ai regardé Charles remonter la terre.

Je l'admirais d'avoir encore tant d'énergie à dépenser après une journée passée à abattre le charbon. Comme s'il avait deviné mes pensées, il se tourna vers moi et sourit :

— C'est agréable, après huit heures de poussière et d'obscurité, de travailler au soleil et de pouvoir respirer l'air pur. Tu ne peux pas savoir comme ça me fait du bien. Je me sens revivre !

Il termina son rang, puis vint s'asseoir près de moi. Avec la fatigue physique nous venaient un alanguissement, une douceur, une satisfaction de rester là, le dos chauffé par le soleil, savourant un instant de repos.

Au bout d'un moment, Charles rompit le silence :

— Madeleine, Madeleine...

Et il se tut. Surprise, je levai les yeux vers lui. Je ne vis que son profil ; il regardait, avec une curieuse obstination, le bout de ses chaussures. Et il y avait sur son visage une expression que je ne lui avais jamais vue, comme un mélange d'embarras et d'espoir.

— Madeleine, reprit-il, avec ce qu'il me parut être un véritable effort, comme on est là, seuls, tous les deux, je voudrais te dire...

Il s'interrompit de nouveau. Sur le moment, je n'ai pas deviné, je n'ai pas compris où il voulait en venir. L'étonnement que je ressentais s'entendit dans ma voix :

— Charles, qu'est-ce qu'il y a ? Que veux-tu dire ?

Il secoua la tête, de plus en plus embarrassé, ne sachant que répondre. Enfin, il dit, en hésitant, toujours sans me regarder :

— Madeleine... je voudrais te dire... te demander... eh bien, voilà... si on se fréquentait, tous les deux ?

Je suis restée muette de stupeur. Je ne m'attendais pas du tout à une telle proposition de la part de Charles. Je n'avais jamais pensé à lui de cette façon-là. Pour moi, Charles était un frère, un ami, rien de plus. Il ne m'était jamais venu à l'esprit, non plus, qu'il pût voir en moi autre chose qu'une amie d'enfance, ou une sœur tendrement chérie.

Mon absence de réaction l'encouragea-t-elle ? Il leva les yeux vers moi, et reprit, avec un mélange de timidité et de passion :

— Je le voudrais tant, Madeleine... Tu comprends, je

t'aime, je crois que je t'aime depuis toujours. Je voudrais tant que tu sois ma femme...

Je le regardai, littéralement abasourdie. Ce qu'il me disait était tellement imprévu que j'avais l'impression de rêver. Il dut lire sur mon visage ma surprise, mon désarroi, me prit la main, et demanda, avec une sorte d'angoisse :

— Tu... tu n'es pas d'accord, Madeleine ?

Je compris que j'allais lui faire mal, et je baissai la tête. Non, ce n'était pas possible. Charles, je l'aimais bien, mais je ne l'aimais pas, pas pour l'épouser en tout cas. Et puis mon cœur était plein de l'image d'un autre. Mais, même si Henri n'avait pas existé, je devais reconnaître que je n'aurais jamais pensé à épouser Charles.

Je le regardai de nouveau, malheureuse. L'espoir et l'inquiétude se mêlaient dans le regard dont il m'enveloppait, avec une intensité qui me fit rougir. J'y lisais aussi l'aveu d'un amour auquel il m'était impossible de répondre. Ma voix tremblait lorsque je dis :

— Mais, Charles... Je... je ne sais pas... Je t'aime bien, mais sans plus... Je ne veux pas t'épouser, Charles...

Je n'ai pas compris combien, à lui, mes paroles ont dû paraître cruelles. Il eut un cri de passion, de douleur, de révolte :

— Mais, Madeleine... Je t'aime tant !

J'eus un geste d'impuissance :

— Charles, je ne peux pas. Comment veux-tu ? Je t'aime beaucoup, comme un frère, mais c'est tout.

Je vis son regard s'éteindre. Il baissa la tête, avec accablement. J'eus pitié de lui. Mais que faire d'autre, aussi ? Je ne l'aimais pas comme il l'aurait voulu, et je n'y pouvais rien.

Je posai ma main sur la sienne :

— Charles, ne sois pas triste... Ce n'est pas ma faute... Tu es toujours mon ami, quand même ?

Il se leva, avec effort, avec lassitude, vieilli soudain :

— Oui, je suis toujours ton ami. Et comme tu le dis, ce n'est pas ta faute. Mais je ne pourrai pas cesser de t'aimer, Madeleine. Tant que tu seras libre, j'espérerai toujours.

Je ne répondis rien, n'ayant plus le courage de le détromper. Mais je savais bien, moi, que je ne l'aimerais jamais. Il serait toujours mon ami d'enfance, un ami très cher, et rien d'autre.

Il repartit chez lui, les épaules basses. J'éprouvais un sentiment de culpabilité qui me mit de mauvaise humeur. Après tout, je n'y pouvais rien, moi, s'il m'aimait. Je n'avais jamais rien fait pour ça. J'essayai de me persuader qu'il se consolerait.

Le soleil se couchait, un brusque coup de vent fit frémir les feuilles des arbres, et je frissonnai. Je rangeai mes outils et rentrai chez moi. Ma mère, dans la cuisine, préparait le repas. Tout en me lavant les mains dans l'arrière-cuisine, je lui racontai ce qui venait de se passer. Je me sentais troublée, mal à l'aise ; j'avais besoin du réconfort maternel.

— Tu ne l'aimes vraiment pas, Madeleine ? me demanda ma mère.

— Non. Je l'aime bien, c'est tout. Je n'ai pas du tout envie de l'épouser, je n'ai jamais pensé à lui comme à un mari.

Ma mère soupira :

— Je ne veux pas te forcer. Il ne faut pas te marier sans amour. Mais, tu sais, c'est un brave garçon, et je crois qu'il t'aime sincèrement.

Je haussai les épaules, en un geste d'impuissance. Je ne voulais pas avouer que mon cœur était pris. Ma mère ne m'aurait pas approuvée, je ne le savais que trop.

— Je n'y peux rien, je ne veux pas me marier avec lui.

Ma mère me serra contre elle :

— De toute façon, tu as bien le temps, tu n'as que dix-neuf ans. Et moi, égoïstement, je préfère te garder le plus longtemps possible.

Et nous n'en avons plus parlé. Charles, non plus, ne me dit plus jamais rien. Mais, à partir de ce jour-là, je me rendis compte, quand je croisais son regard, de l'adoration muette et passionnée qui emplissait ses yeux.

Bientôt, je n'y pensai plus. Mon amour pour Henri emplit de plus en plus ma vie. Tous les dimanches, Juliette venait me chercher, ou bien me donnait rendez-vous, et nous sortions tous les trois. Je me sentais entraînée dans un tourbillon de folie. Je garde de cet été le souvenir d'un bonheur éperdu, insouciant, merveilleux, qui finit par me faire perdre la tête.

Le dernier dimanche de juin, il y eut, comme tous les ans

à la même époque, la ducasse du village. La ducasse, chez nous, c'est la fête foraine, avec les manèges, les balançoires, les jeux, les stands de tir, les concours. Elle a lieu deux fois par an, en juin et en septembre. Je n'y avais plus participé, depuis la mort de mon père. Cette année-là, Juliette me dit :

— Tu viendras à la ducasse, dimanche. Donnons-nous rendez-vous sur la place, à cinq heures. Nous avons des invités à la maison, mais je tâcherai de m'échapper.

Avec un clin d'œil, elle ajouta :

— Et je crois qu'Henri fera la même chose. Il aura certainement envie de te voir !

Le samedi, j'aidai ma mère à nettoyer à fond la maison, à laver les vitres et les rideaux. Nous fîmes de la tarte. Dans les autres maisons, les femmes faisaient toutes de même. La fin de la grève avait ramené les salaires, avec une augmentation, ce qui permettait aux mineurs de faire la fête.

Le dimanche, je m'éveillai le cœur en joie. Le soleil me parut plus gai, les chants des oiseaux plus joyeux.

Je mis ma plus jolie robe, me coiffai avec soin. Puis j'attendis impatiemment qu'il fût l'heure d'aller rejoindre Juliette.

L'après-midi, les inévitables voisines vinrent voir ma mère. Dès qu'elles furent là, je m'échappai. J'étais en avance, mais cela m'était égal. Je fis le tour de la place, regardant les manèges, les baraques de tir. Il y avait un concours de tir à l'arc. Plus loin, c'était un autre concours, celui des pinsons. Leur chant me parvenait, pur et mélodieux. Le gagnant était celui qui chantait le plus longtemps. Je me détournai, assombrie. Je savais que certains propriétaires avaient crevé les yeux de leur pinson, ou collé leurs paupières, non par cruauté, mais parce qu'un oiseau plongé dans l'obscurité chante mieux et plus qu'un autre. Je n'aimais pas penser à ces malheureux que l'on rendait aveugles et qui, en échange, offraient la beauté de leur chant.

Je passai ensuite devant la tente où avaient lieu les combats de coqs. J'entendais les cris des spectateurs, les paris, et j'imaginais les pauvres animaux, dressés à se battre, en train de se déchirer avec les aiguilles qu'on leur avait fixées aux pattes. Le chant d'un coq victorieux me parvint, en même temps que les cris d'enthousiasme de ceux qui avaient parié pour lui. Je trouvais ce divertissement également cruel. Je fis demi-tour et retournai vers les manèges, accueillie par des flots de musique et l'odeur des gaufres et des frites.

Je vis arriver Juliette. Elle était seule.

— Ouf ! me dit-elle, j'ai réussi à m'échapper. Les invités de papa sont d'un ennui !...

Elle me regarda, eut un sourire complice :

— Henri est resté coincé dans une discussion avec eux. Il essaiera de venir nous rejoindre, dès qu'il le pourra.

Bras dessus, bras dessous, nous avons fait le tour de la place. Devant le manège de chevaux de bois, Juliette s'arrêta :

— Je meurs d'envie de monter sur ce manège. Pas toi, Madeleine ?

— Oh si !

— Alors, allons-y !

Nous avons pris d'assaut, chacune, un cheval. Le manège se mit à tourner, de plus en plus vite ; le cheval de Juliette montait pendant que le mien descendait, et cela nous faisait rire. Nous nous amusions comme des folles. Nous avons fait plusieurs tours de manège, et nous riions tellement que nous en avions la respiration coupée. Je voyais la place du village tourner, en un kaléidoscope d'images désordonnées. Lorsque nous sommes descendues, j'avais l'impression de ne plus tenir debout.

— Oh ! Ça tourne ! dit Juliette, en s'accrochant à moi.

Nous avons dû attendre quelques instants, sans bouger, afin de retrouver notre équilibre. Et nous avons encore bien ri.

Nous nous sommes ensuite promenées, nous avons acheté une glace. La poussière, le monde, la musique, le bruit nous étourdissaient.

— Voilà Henri ! cria Juliette.

Je suivis la direction de son regard, et je le vis. Il s'avançait vers nous, plus beau que jamais. Mon cœur manqua un battement.

— Viens vite, Henri ! appela Juliette.

Il s'arrêta devant moi en souriant, prit ma main dans la sienne :

— Bonjour, Madeleine, dit-il avec douceur.

— Bonjour, Henri, répondis-je, presque tout bas.

Nos regards s'attachaient l'un à l'autre. Ce que je voyais dans ses yeux rendit ma respiration plus rapide.

— Viens, dit Juliette, en prenant Henri par le bras, allons au stand de tir.

Tout était différent, maintenant qu'il était là. Sa seule présence, auprès de moi, me procurait un bonheur si intense qu'il m'était presque douloureux.

Au stand de tir, Henri prit une carabine. Je le regardai, avec admiration, viser et tirer. Il y avait des fleurs en papier, ornées d'un ruban doré. Il réussit à en abattre deux. Il en offrit une à Juliette, me tendit l'autre avec un sourire :

— Je te la donne, Madeleine, avec mon cœur si tu le veux.

Je le regardai, incapable de répondre. Avais-je bien compris ? Je n'osais y croire.

Des gens nous bousculèrent, et nous reprîmes notre promenade. J'avais l'impression de flotter, de marcher sur des nuages. Il y avait de plus en plus de monde. Parfois, une bousculade me projetait contre Henri. Je me sentais alors délicieusement troublée.

Je revins sur terre en entendant Juliette me dire :

— Nous devons malheureusement partir, Madeleine. Nos parents nous ont demandé de ne pas nous attarder, par politesse envers nos invités.

Je ne sais plus ce que j'ai balbutié. J'étais incapable de parler de façon cohérente.

— Nous ferons une sortie plus longue la prochaine fois, c'est promis, me dit Henri avec le sourire qu'il avait pour moi et qui me faisait fondre le cœur.

Nous avons gagné, tous les trois, la sortie du village. A l'entrée du coron, ils me quittèrent. Je les regardai partir, et Henri se retourna pour me sourire. Je lui souris en retour, et je sentis monter en moi un chant d'amour, d'allégresse, de bonheur.

Je repris le chemin de la maison. Je serrais dans ma main la fleur en papier, et je me disais :

— Est-ce possible ? A-t-il vraiment dit ça ?

Un reste d'incrédulité m'empêchait de l'admettre. Pourtant, quelque chose en moi me disait que j'avais bien compris, et je sentais mon cœur gonflé à éclater. J'étais heureuse comme je ne l'avais pas été depuis longtemps.

Un appel me ramena sur terre. Quelqu'un criait, avec insistance :

— Madeleine ! Madeleine ! Attends-moi !

Avec effort, je me retournai, abandonnant un instant mes songes bleus. Charles me rejoignait, disant :

— Mais tu rêves, Madeleine ! Ça fait dix fois que je t'appelle !

— Excuse-moi, Charles, je ne t'avais pas entendu.

Il se mit à marcher à mes côtés, alors que je ne désirais qu'être seule.

— J'ai laissé Julien et Georges dans les manèges. Je rentre, le bruit m'abrutit !

Je ne répondis pas. La présence de Charles m'importunait, et j'aurais voulu me débarrasser de lui. Mais comment le lui faire comprendre ? De nouveau, il me rappela :

— Madeleine ? Madeleine, je te parle !

Je sursautai :

— Oh ! pardon. Je n'écoutais pas. Que disais-tu ?

— Je t'ai vue tout à l'heure avec Henri Fontaine. Que faisais-tu donc avec lui ? C'était bien lui, n'est-ce pas ?

Sa question me déplut. Décidément, Charles avait le don, en ce moment, d'assombrir ma joie. Je me tournai vers lui, mécontente :

— C'est le frère de mon amie Juliette. Et puis, qu'est-ce que cela peut te faire ?

Sans que je l'aie voulu, ma voix sonnait comme un défi. Je ne voulais pas qu'il touchât à mon beau rêve, mon secret soigneusement caché. Il soupira, triste soudain :

— Maintenant, je comprends... C'est à cause de lui que tu m'as repoussé ?

L'amertume rendait sa voix rauque, douloureuse. Je compris qu'il était jaloux, et j'eus pitié de lui. Je repris, sur un ton plus doux :

— Non, ce n'est pas à cause de lui. Il n'y est pour rien. Je t'aime comme un frère, c'est tout, et tous les Henri du monde n'y changeraient rien.

Avec violence, il répliqua :

— Je ne te crois pas. Tu as la tête tournée par ce beau monsieur. Avec ses beaux habits et son automobile, il a réussi à t'éblouir. Il n'a aucun mal à être élégant, il est riche, lui, et ne passe pas ses journées au fond de la mine ! Mais fais attention, Madeleine ! Il n'est pas pour toi. Ne lui fais pas confiance. S'il s'intéresse à toi, c'est dans le but de s'amuser. Je ne peux pas supporter cette idée ! Je t'en prie, Madeleine, essaie de te rendre compte...

Je le coupai, brutalement :

— Charles, laisse-moi. Je suis assez grande pour savoir ce que j'ai à faire. Ne t'occupe pas de moi, s'il te plaît.

— Mais, Madeleine, je dois veiller sur toi, je te dis ce que te dirait ton père s'il était encore là...

— Et moi, je veux que tu me laisses tranquille. Tu n'es pas mon père, que je sache, pas même mon frère. Tu n'as aucun droit sur moi.

Ma voix devenait dure, coupante. Charles, l'air malheureux, n'insista pas. Il dut comprendre que c'était inutile. Et moi, je n'avais que faire de ses mises en garde que je n'écoutais pas, que je ne voulais pas écouter. Mon amour pour Henri m'était un ensoleillement, je repoussais farouchement tout ce qui menaçait de l'assombrir.

Il me quitta, ce soir-là, mon ami Charles, en me disant simplement :

— Je serai toujours là pour toi, Madeleine.

Je n'ai même pas répondu. Je n'ai pas compris, alors, ce qu'il voulait dire. Je n'ai compris qu'après, quand j'ai eu besoin de lui. Mais, à l'aube de mon premier amour, il me gênait, et ce fut sans hésiter que je l'écartai de ma route.

Le dimanche suivant, Henri nous emmena à Lens, où avait lieu la ducasse annuelle. Ce fut encore une journée merveilleuse. Nous sommes partis en automobile, au début de l'après-midi.

Nous sommes arrivés à Lens où Henri a garé l'automobile, et nous nous sommes mêlés à la foule. Beaucoup de gens, comme nous, se promenaient. Des cafés, dont les portes étaient ouvertes, nous parvenaient le bruit des conversations, et parfois les rengaines des pianos automatiques. Au coin des rues, des chanteurs, accompagnés de quelques musiciens, interprétaient des chansons dont ils vendaient les partitions aux personnes qui, nombreuses, les écoutaient.

C'était un tel changement, après notre petit village, que je me sentais un peu étourdie. Ravie, grisée, je marchais près d'Henri. Je prenais conscience que j'étais, de plus en plus irrésistiblement, attirée par lui. J'aimais tout de lui, son élégance, sa haute stature virile, ses mains fines et soignées, son beau profil racé, et ses yeux, ses yeux au regard tendre et enchanteur. Je le regardais, et mon cœur était douloureux de tout l'amour que j'éprouvais. J'étais sensible au moindre détail le concernant. Ainsi, j'aimais les cigarettes qu'il fumait, si différentes de celles que fumaient Charles et les hommes du coron. Pour la plupart, les mineurs que je connaissais roulaient leurs cigarettes eux-mêmes, avec du gros tabac brun qu'ils achetaient en paquets. Les cigarettes d'Henri étaient fines, luxueuses, parfumées. Elles apportaient un complément à son charme et à son élégance.

La foule se faisait plus dense de minute en minute. Nous étions arrivés sur la grande place où étaient installés les baraques et les manèges. En comparaison de notre petite ducasse, c'était immense. Il n'y avait pas un seul, mais plusieurs manèges de chevaux, des baraques de tir, des marchands de nougats, de pain d'épice, de glaces. Nous nous sommes arrêtés un instant devant un théâtre de marionnettes. Plus loin, il y avait un montreur d'ours, et j'ai détourné la tête : je ne voulais pas le voir. Henri et Juliette s'arrêtèrent. Je m'écartai et fis quelques pas. Une vieille femme, assise devant une tente, m'interpella :

— Eh bien, belle demoiselle, voulez-vous que je vous dise votre avenir ? Montrez-moi votre main. Vous me donnerez quelques sous, ce que vous voudrez.

J'hésitai. Je tournai la tête, cherchant du regard Juliette et Henri. Ils étaient toujours autour de l'ours. Sans réfléchir davantage, je me décidai, tendis la main gauche :

— D'accord, je veux bien.

La vieille s'en empara, se pencha dessus avec intérêt, fronçant les sourcils. J'attendais, un peu inquiète, avide de savoir. Qu'allait-elle m'annoncer ?

— Je vois qu'il y a eu de la tristesse, autour de toi. La mort n'a pas épargné des gens qui t'étaient proches.

Elle se pencha davantage, suivit du doigt une ligne :

— Mais c'est fini, maintenant. Je vois un amour, un grand amour, qui ne se démentira jamais. Tu connaîtras des difficultés, mais cet amour t'aidera toujours à triompher. Il ensoleillera ta vie... Seulement, ne laisse pas ton cœur s'égarer.

Elle s'arrêta, releva la tête. Henri et Juliette arrivaient.

— Que fais-tu, Madeleine, demanda Juliette. Tu crois aux diseuses de bonne aventure ?

— Donnez-moi votre main, ma petite demoiselle, lui proposa la vieille femme.

— Non merci ! dit Juliette. Je n'y tiens pas. Je préfère ne pas savoir.

Moi, je ne disais rien. Troublée, je donnai quelques pièces à la femme, et je m'éloignai.

— Comme te voilà pensive ! remarqua Juliette. Que t'a-t-elle dit ?

Je secouai la tête sans répondre. Comment interpréter ce que j'avais appris ? Il était rassurant de savoir qu'un grand amour me soutiendrait tout au long de ma vie, et je souhaitais que cet amour fût celui d'Henri.

Devant un marchand de glaces, il nous demanda :

— Que diriez-vous d'une glace ?

— Oh oui, dit Juliette, quelle bonne idée !

Il acheta les glaces, et me tendit la mienne en disant :

— Voici pour toi, Madeleine, ma douce chérie.

Mon cœur fit un bond. Je levai les yeux vers Henri, et son regard intensifia le trouble que je ressentais. Nous sommes restés un long moment ainsi, les yeux dans les yeux, et le temps pour un instant sembla s'arrêter.

Puis nous avons repris notre promenade. Devant le stand du labyrinthe, Juliette s'arrêta :

— On y va ? proposa-t-elle. Qu'en pensez-vous ? C'est amusant !

— D'accord, dit Henri. Tu veux bien, Madeleine ?

Je hochai la tête, avec un sourire. Moi, je voulais bien tout ce qu'il voulait.

Nous sommes entrés, tous les trois.

— Restons ensemble, dit Juliette, sinon nous allons nous perdre.

— Mais non, au contraire, répondit Henri. C'est bien plus amusant si on se sépare.

Il partit à gauche, alors que nous allions à droite. Juliette et moi, nous avons marché, tourné, tant et tant de fois que nous ne savions plus où nous en étions. Nous riions comme deux folles.

— Hou hou ! Henri ! cria Juliette.

Sa voix nous parvint, vers la gauche :

— Oui, je suis là !

— Viens, me dit Juliette, c'est par là.

— Mais non, sa voix venait de la gauche. C'est ce chemin-ci.

— Prends celui-là si tu veux. Moi, je pars par là.

Elle prit le chemin qui était devant nous. Je pris celui de gauche. Il se termina bientôt, et je dus revenir sur mes pas. Je tournai de nouveau à gauche, encore et encore, à tel point que je fus bientôt complètement perdue. J'entendis la voix de Juliette, bien plus loin :

— Hou hou ! Madeleine ! Où es-tu ?

— Je suis perdue ! criai-je, continuant à avancer au hasard.

Au détour d'un chemin, je heurtai Henri, et faillis tomber. Il me retint :

— Enfin, j'en retrouve une ! Ne nous quittons plus, maintenant. Viens, cherchons Juliette.

Il me prit la main, ne la lâcha plus. Je le suivis, et le simple fait de sentir ma main emprisonnée dans la sienne m'était une joie. Je me laissai guider par lui. Nous tournions, revenions sur nos pas, repartions, et nous riions. Nous croisions des gens qui, eux aussi, étaient perdus, s'interpellaient joyeusement d'un bout à l'autre du labyrinthe.

Un moment, nous nous sommes retrouvés seuls tous les deux au bout d'une impasse. Henri s'est arrêté :

— Ouf ! Reposons-nous un instant ! Je n'en peux plus, de tourner ainsi sans arrêt !

Il me regarda, sourit, et ses yeux se firent tendres :

— Madeleine... murmura-t-il.

Il leva la main, me caressa la joue, d'une caresse douce,

légère, qu'il prolongea le long du cou. Je frissonnai, ma respiration se fit haletante. Je me sentais, sous son regard, hypnotisée, incapable de bouger, de réagir.

Il me prit aux épaules, m'attira à lui, doucement :

— Madeleine... Madeleine, ma chérie...

Le bonheur m'oppressait, atteignait une intensité qui le rendait presque insoutenable. Un vertige me saisit, et je fermai les yeux. Je sentis ses lèvres se poser sur mon front, sur mes paupières, descendre jusqu'à ma bouche. Son baiser m'emporta dans un tourbillon, me fit perdre tout contact avec le monde extérieur. J'étais bouleversée. Lorsqu'il me lâcha, je cachai mon visage en feu contre son épaule et m'accrochai à lui, prise d'un étourdissement. Il me serra contre lui, avec tendresse. Sa voix, à mon oreille, murmura :

— Madeleine... Je t'aime, ma douce Madeleine...

Je sentais mon cœur battre jusque dans ma gorge, et les larmes me vinrent aux yeux.

Il me releva le menton, me regarda avec inquiétude :

— Madeleine ? Tu pleures ?...

Je secouai la tête, en souriant :

— Non... c'est que... Oh, Henri, si tu savais...

J'étais incapable d'en dire davantage. Il se pencha, embrassa avec douceur les larmes que je sentais trembler au bord de mes cils. Je fermai les yeux sous ses baisers, heureuse à en mourir.

La voix de Juliette, toute proche, nous fit sursauter :

— Hou hou ! Où êtes-vous ?

Henri releva la tête, me sourit :

— Viens, Madeleine, allons la rejoindre.

Il cria :

— Nous sommes ici !

Me prenant par la main, il m'entraîna. Au tournant suivant, nous avons retrouvé Juliette. Je ne me rappelle plus comment nous avons réussi à sortir, je ne me souviens que de la présence d'Henri près de moi, ma main dans la sienne, et la douceur de ses sourires lorsqu'il tournait la tête vers moi et me regardait.

Dans la voiture, j'étais près de lui. Nous avons fait la route du retour alors que le soleil se couchait. A l'ouest, le ciel était safran, turquoise et rose. Juliette, près de moi, chantait, heureuse et insouciante. Henri et moi, émus et graves, nous étions silencieux.

Comme il était tard, je demandai à Henri de me déposer à l'entrée du coron. J'embrassai Juliette, je les remerciai de cette journée, et je me tournai vers Henri. Il me prit la main, la porta à ses lèvres, l'embrassa longuement. Il dit, tout bas :

— Bonsoir, Madeleine... Fais de beaux rêves. A bientôt, mon amour.

La respiration coupée, je le regardai. J'avais conscience de lui offrir mon cœur dans mes yeux. Il lâcha ma main, remonta en voiture en me souriant.

— Au revoir, Madeleine ! cria Juliette, alors qu'ils démarraient.

Je les regardai partir, le cœur empli de joie, d'amour, de bonheur. Cette journée avait été merveilleuse, telle que je n'aurais jamais osé la rêver. Je suis rentrée chez moi, j'ai raconté à ma mère la ducasse, les manèges, et une fois de plus, sans même le vouloir, instinctivement, j'ai gardé pour moi le secret de mon amour. Je me suis endormie, ce soir-là, en revivant en pensée tout ce qui m'était arrivé. Je me disais que la gitane ne s'était pas trompée, qui avait dit qu'un grand amour ensoleillerait ma vie.

5

J'ai vécu les jours suivants dans une totale euphorie. Je ressentais une telle joie, un tel enthousiasme, que j'avais envie de danser, de chanter, de crier, de faire partager mon bonheur au monde entier. Ce que je n'avais jamais osé espérer, dans mes rêves les plus fous, s'était produit : Henri m'aimait, il me l'avait dit, c'était merveilleux. Par moments, j'avais encore du mal à y croire.

Dans la semaine, Juliette vint me voir :

— Dimanche, nous projetons d'aller au cirque. Tu viens avec nous, Madeleine ?

Je demandai l'autorisation à ma mère, qui me la donna volontiers. Juliette bavarda quelques instants, puis, lorsque j'allai la reconduire, elle me prit à part, et chuchota :

— Je crois qu'Henri est amoureux de toi... Il ne me l'a pas dit, mais je pense avoir bien deviné.

Me voyant rougir, elle sourit, une étincelle complice au fond des yeux :

— Et toi, Madeleine, l'aimes-tu ?

Je sentis ma rougeur s'accentuer et ne répondis pas. Juliette se mit à rire :

— Oh, Madeleine ! Ne prends pas cet air gêné ! Il n'y a rien d'étonnant, après tout, mon frère est si bien, je comprends que tu l'aimes !

Devenue plus grave, elle me serra contre elle :

— Madeleine, je suis ravie. Si tu devenais ma belle-sœur, j'en serais enchantée. Je t'aime déjà comme une sœur.

Nous sommes allés au cirque, le dimanche suivant. J'ai vu, pour la première fois de ma vie, des jongleurs, des équilibristes, des chevaux savants, des clowns. Avec Henri à côté de moi, je croyais rêver. Il me semblait, par moments, que tout cela arrivait à une autre. Henri me faisait découvrir une vie tellement différente de la mienne que j'en étais littéralement éblouie.

Avec moi, il était tendre, amoureux. Nous fîmes beaucoup d'autres sorties. Il me prenait la main, ou bien me serrait contre lui. Juliette, complice, s'éloignait parfois, au hasard d'une promenade, pour nous laisser seuls. Alors, à la faveur de quelques instants de solitude, il m'embrassait, me murmurait des mots d'amour tendres et doux, et moi j'étais au septième ciel. Je l'aimais tellement qu'il me semblait impossible d'aimer davantage. Je vivais dans un monde illuminé de bonheur.

Les seuls instants sombres que je connaissais me venaient de Charles. Lorsque je le voyais, je ne pouvais m'empêcher d'être triste pour lui. Je sentais monter en moi un sentiment confus de culpabilité et de remords, que je m'efforçais de repousser. Charles ne me disait plus rien, se contentant simplement de me suivre d'un regard de chien fidèle, plein d'une adoration muette et désespérée. Malgré moi, cela m'agaçait ; je lui en voulais de déranger mon bonheur.

J'évitais, aussi, de parler d'Henri à ma mère. Je ne le faisais pas par besoin de dissimulation. Simplement, je ne voulais pas le lui dire, sans m'expliquer au juste pourquoi. Je craignais sans doute qu'elle ne m'interdît les sorties, ou que, comme Charles, elle ne voulût s'opposer à mon amour pour Henri. Je refusais qu'elle détruisît mon beau rêve par des mises en garde, par le rappel d'une différence de milieu dont j'étais, au fond de moi, tout à fait consciente. Elle aurait essayé de me faire comprendre qu'entre lui et moi rien n'était possible, et je ne le voulais pas.

Cet été-là fut ensoleillé, chaud, lumineux, empli de promesses. Je vivais chaque semaine dans l'attente du dimanche, sachant qu'alors je retrouverais Henri. J'étais heureuse, et jeune, et insouciante, et folle.

Le dernier dimanche d'août, Henri m'annonça :

— Dimanche prochain, Madeleine, je te dirai au revoir pour plusieurs semaines.

Il me sembla que tout devenait noir. Interdite, je balbutiai :

— Mais... pourquoi ?

— Mes études sont terminées, et je vais aller faire un stage en Allemagne où, paraît-il, les mines sont, techniquement, bien supérieures aux nôtres. Ils sont beaucoup plus mécanisés que nous. Comme, ensuite, je travaillerai avec mon père, j'espère ramener des idées valables pour moderniser ici.

En parlant, il s'échauffait, emporté par l'enthousiasme. Je le sentais s'éloigner de moi, et j'en souffrais. Il vit sans doute mon visage déçu, voulut me consoler :

— Mais ne t'inquiète pas, Madeleine ! Si je pars pour un an, je ne resterai pas absent tout ce temps-là. Je reviendrai, de temps en temps, et nous nous reverrons. Tu ne m'oublieras pas, hein ?

Son regard câlin chassa mes appréhensions, et je lui souris. Mais j'avais le cœur gros malgré tout. Ne plus le voir pendant plusieurs semaines, alors que chaque dimanche était pour moi un enchantement renouvelé, comme cela me semblait dur ! Juliette intervint :

— J'irai te voir, Madeleine, ou tu viendras chez moi. Je te donnerai de ses nouvelles. Allons, ne sois pas triste.

J'ai essayé de lui obéir, mais, au fond de moi, j'avais de la peine. Comment pouvait-il partir, accepter avec insouciance l'idée de me quitter, d'être séparé de moi pendant tout ce temps ? Je me disais que moi, à sa place, je ne le pourrais pas. Je compris, fugitivement, que je n'étais pas son seul univers, et une ombre descendit sur mon amour.

Le dimanche suivant avait lieu, comme chaque année, la ducasse de septembre. Un bal « volant » avait été installé sur la place sous une grande tente rectangulaire. Juliette m'avait dit :

— Demande à ta mère la permission d'aller au bal, Madeleine. Nous irons ensemble.

Ma mère n'avait pas refusé. Au contraire, elle avait dit :

— C'est de ton âge, Madeleine. Il est normal que tu t'amuses...

Et, le dimanche après-midi, je suis allée chercher Juliette. Elle m'attendait, avec Henri. En le voyant si beau, je me dis qu'il allait partir, et mon cœur battit douloureusement. Il prit ma main, embrassa mes doigts :

— Viens, Madeleine, profitons du moment présent, ne pense pas que je pars demain.

Je m'efforçai de faire ce qu'il disait, mais je ne pouvais m'empêcher de sentir, tout au fond de moi, une douleur sourde. Pour la chasser, j'ai, avec Juliette, grimpé sur les manèges, joué aux fléchettes. J'ai même essayé de tirer à la carabine, aidée par Henri dont les bras autour de moi et les mains sur les miennes accéléraient les battements de mon cœur.

Quand vint l'heure du bal, j'avais réussi à m'étourdir, à ne penser qu'à sa présence auprès de moi.

Beaucoup de jeunes étaient là, beaucoup de parents aussi, des mineurs que pour la plupart je connaissais. Je ne vis pas Charles, et j'en fus heureuse. J'aperçus Albert Darent, qui se contenta de me lancer un regard mauvais, avant de se détourner. Je le détestais et le craignais, et j'étais heureuse d'être avec Henri. Au moins, pensai-je, il n'osera pas m'embêter.

L'orchestre se mit à jouer. Henri m'invita à danser. Je crois bien que c'est à partir de ce moment-là que j'ai commencé à perdre la tête.

Henri commanda une bouteille de vin, en emplit trois verres, m'en tendit un :

— Tiens, Madeleine, pour toi.

Je voulus le refuser :

— Non, je ne bois jamais d'alcool.

— Une fois n'est pas coutume. C'est notre dernière soirée, ne refuse pas. Buvons à nos amours.

Je bus une gorgée, reposai le verre. Je me promis de n'y tremper que les lèvres, mais bientôt, après chaque danse, j'eus chaud et soif, et j'en bus à chaque fois. C'était peu, mais cela suffit à me procurer une ivresse qui, jointe à la griserie d'être dans les bras d'Henri, me fit tourner la tête. J'éprouvai bientôt un sentiment d'irréalité, et j'avais l'impression de flotter sur des vagues d'euphorie. C'était si agréable que je continuai de boire, entre les danses, un peu de ce vin qui avait le pouvoir de me rendre si gaie, si légère.

Lorsque Henri m'embrassa, en dansant une valse lente, l'alcool me donna une audace nouvelle et je lui rendis ses baisers avec passion. La danse terminée, il dit :

— On étouffe ici. Viens, Madeleine, allons prendre l'air.

Je n'aperçus pas Juliette, qui dansait probablement plus loin. Par contre, je vis Albert Darent, qui me regardait sortir avec Henri. Dehors, l'air frais accentua mon ivresse, et je trébuchai. Henri passa un bras autour de mes épaules, me serra contre lui, m'emmena derrière la place, là où l'obscurité remplaçait la lumière des lampions. Je me laissai faire. Il m'entraîna dans un chemin que j'étais bien incapable de reconnaître. Nous avons marché un peu, serrés l'un contre l'autre. La soirée était douce, tiède, parfumée. Dans le ciel, les étoiles avaient des scintillements de joyaux. La tête sur l'épaule d'Henri, les yeux fermés, je me laissais guider. Je serais allée ainsi au bout du monde. Je sentais une délicieuse faiblesse m'envahir.

Près d'un arbre, il s'arrêta, me lâcha. Je titubai, m'appuyai contre le tronc. Il rit doucement :

— Oh, Madeleine ! Tu n'es pas ivre, quand même ?

Avec effort, je secouai la tête. Pourtant, qu'était cette impression d'avoir du plomb dans les membres, d'avoir la tête à la fois lourde et légère, les paupières pesantes ? Il mit son veston sur l'herbe :

— Assieds-toi un peu, ça va passer.

Je me suis retrouvée assise sans me rappeler avoir bougé. Il s'assit près de moi, me prit contre lui :

— Madeleine, Madeleine, ma chérie...

Il me murmura des mots tendres, des mots fous. Je fermai les yeux, prise de vertige. Lorsque je les rouvris, j'étais couchée, au creux de son épaule. Penché sur moi, il me regardait. Je vis les étoiles danser dans ses yeux, puis il se pencha davantage et m'embrassa. Sous ses baisers, qui se faisaient de plus en plus passionnés, une vague m'emporta. Lorsqu'il se fit trop ardent, je voulus l'arrêter, mais je n'y parvins pas. Une étrange sensation me paralysait, j'étais sans force et mes gestes, englués par l'ivresse, étaient incapables d'obéir à ma volonté. Et, alors que je voulais le repousser, je ne le pouvais pas.

Il me semblait que je m'enfonçais dans un nuage mou et cotonneux. Soudain, une douleur fulgurante me déchira, perçant la brume dans laquelle je m'enlisais. Les étoiles basculèrent, et, dans ma tête, il y eut un immense éblouissement, brusquement remplacé par l'obscurité totale.

Ce fut mon nom, répété avec insistance, qui me fit reprendre conscience :

— Madeleine ! Madeleine ! Réponds-moi, Madeleine...

Au prix d'un effort intense, j'ouvris les yeux. Je vis le visage d'Henri penché sur moi.

— Oh, Madeleine, comme tu m'as fait peur ! Tu étais si pâle, tu ne bougeais plus.

Péniblement, je me redressai. L'ivresse s'estompait, laissant la place à une migraine qui me serrait douloureusement les tempes. Je compris subitement qu'il venait de se produire quelque chose d'irréparable, et mes larmes se mirent à couler, pressées, chaudes, ininterrompues.

Henri m'aida à me relever, me serra contre lui :

— Madeleine, ne pleure pas. Je te demande pardon, j'ai perdu la tête. J'avais trop bu, moi aussi. Je te promets de ne plus recommencer.

Il ne prononça pas les mots qui auraient pu apaiser ma profonde détresse. Avec un sentiment de désespoir indicible, je demandai :

— Je veux rentrer...

— Viens, Madeleine, je vais te reconduire.

Evitant de retourner vers la place, il m'emmena, par-derrière, jusqu'au coron. De son bras passé autour de ma taille, il me soutenait. Penchée en avant, je marchais machinalement, en état de choc.

Je garde de ce qui suivit un souvenir confus. J'ai dû quitter Henri, j'ai dû rentrer chez moi, mais je m'en souviens à peine. Ce que je sais, c'est que j'étais affreusement malade, ma migraine devenait d'instant en instant plus pénible, et une nausée persistante me soulevait le cœur.

A la maison, tout était calme, ma mère dormait. En titubant, j'ai gagné ma chambre. Au bord de l'évanouissement, je me déshabillai, me couchai. Une fois dans mon lit, l'obscurité m'engloutit, et je perdis conscience.

Je revins à moi avec une horrible sensation de malaise, sans pouvoir la définir exactement. Il faisait grand jour. Les faits de la nuit se mêlaient, dans mon esprit, en un magma qui ne me laissait aucun souvenir précis.

Lorsque je me levai, ma mère s'inquiéta de ma pâleur :

— Madeleine, qu'as-tu ? Tu es malade ?

J'avais l'impression que mes membres étaient en caoutchouc, et des coups de marteau résonnaient dans mon crâne. Je dis, évitant le regard inquiet de ma mère :

— J'ai bu du vin, hier, au bal... Je crois que c'est ça qui m'a rendue malade.

— Du vin ? Oh, Madeleine !...

Elle ne fit pas davantage de reproches, me voyant trop mal en point. Pleine de sollicitude, elle dit :

— Assieds-toi. Je vais te préparer une infusion.

Je m'assis à la table, et fermai les yeux. Mon mal de tête persistait. Je laissai ma mère s'occuper de moi. Sa tendresse me faisait du bien.

Je n'ai pas donné d'autres détails sur la soirée de la veille. Qu'aurais-je pu dire ? Je ne savais plus très bien moi-même ce qui s'était passé. Je préférais laisser mes souvenirs dans l'épais brouillard qui les enveloppait. Je souhaitais oublier, si je le pouvais.

Au cours des jours qui suivirent, peu à peu, je retrouvai mon énergie. Je ne gardai de cette soirée qu'une vague réminiscence, qui me mettait mal à l'aise et que je m'efforçais de repousser.

Septembre s'avançait. Les journées avaient une douceur, un charme qui annonçaient l'automne. Je passais mes dimanches avec ma mère, ou j'allais voir Juliette, parfois. L'absence d'Henri me pesait, et nos sorties me manquaient. Un dimanche où je m'ennuyais, j'accompagnai Charles et Pierre à un match de football. Je m'y ennuyai encore plus. Je me sentais insatisfaite.

Juliette me donna des nouvelles d'Henri :

— Sais-tu, Madeleine, qu'il est enthousiasmé par le travail des mineurs, là-bas ? Il travaille pour le moment dans une mine qui vient d'être modernisée. M. von Gerhardt, le directeur, l'a hébergé chez lui. Sa femme et sa fille le dorlotent, paraît-il. Henri nous l'a écrit, il est ravi !

Il ne parlait pas de moi, dans ses lettres. Insouciante, Juliette ne s'apercevait pas de ma déception. M'avait-il si rapidement oubliée ? Et cette jeune Allemande, la fille du directeur, était-elle mieux que moi ? Lui plaisait-elle davantage ? Le doute me torturait.

Invariablement, je demandais :

— Quand revient-il ?

— Peut-être viendra-t-il nous voir en octobre, disait Juliette, mais seulement pour quelques jours. Ne t'inquiète pas, ajoutait-elle, je te préviendrai.

Et puis, les événements se précipitèrent. Un matin d'octobre, alors que je venais de me lever, ma mère, comme d'habitude, versa le café dans les tasses. Je ne compris pas ce qui m'arriva. Une nausée me tordit l'estomac, une bile amère m'emplit la bouche. Je n'eus que le temps de me lever pour aller vomir. Ma mère, inquiète, m'avait suivie :

— Madeleine, que se passe-t-il ?

Au bord de l'évanouissement, j'étais incapable de répondre. Elle s'effraya de me voir un visage blême, couvert de sueur. Elle m'essuya le front, les joues.

— Ce n'est peut-être qu'une indigestion. Ça va passer.

Je fus, ce jour-là, incapable de boire mon café. Et le

lendemain, ce fut la même chose. Il me suffisait de respirer l'odeur du café pour ressentir aussitôt un dégoût qui me soulevait le cœur. C'était, pour moi, surprenant, car, jusqu'alors, j'aimais bien le café. Je ne pris pas garde au regard inquiet et scrutateur de ma mère.

Le samedi, comme d'habitude, je fis la lessive. J'allai remplir les seaux d'eau à la pompe, je fis plusieurs allers et retours. Je me sentais nauséeuse. Je serrai les dents, me secouai. Je plaçai le linge dans la batteuse, et commençai à battre. Le mouvement de va-et-vient, alors que j'actionnais le tourniquet, contribua à intensifier mon malaise, et je me sentis de plus en plus malade. Une sueur froide mettait sur mon visage, sur tout mon corps, une sorte de pellicule humide et malsaine. Ce travail qui, habituellement, n'était pas facile devenait, là, franchement intolérable.

Bientôt, je dus arrêter. Je me redressai et me forçai à respirer profondément, plusieurs fois de suite. La nausée passa. Je m'obligeai à rincer le linge, à le tordre, sans trop me baisser car le simple fait de me pencher faisait revenir mon envie de vomir.

Je bâclai mon travail. Je sortis avec le linge pour le mettre à sécher. J'étais en train de le pendre sur les fils de fer, luttant contre un malaise grandissant, lorsque j'eus un éblouissement. Il me sembla que la clarté du soleil m'aveuglait, et je vis les piquets devenir flous, s'éloigner. Instinctivement, je tendis les bras pour me retenir à l'un d'eux, et tout devint noir.

Ce fut ma mère qui me trouva, inquiète de ne pas me voir revenir. La fraîcheur d'un linge mouillé avec lequel elle humecta mon front me ranima. J'ouvris les yeux. J'étais couchée dans l'herbe, et ma mère, penchée sur moi, paraissait complètement affolée.

— Madeleine, oh, mon Dieu, Madeleine ! Que se passe-t-il ?

En gémissant, je me redressai :

— Oh, maman... je ne sais pas... Je suis malade. Que m'arrive-t-il ?

Ma mère m'aida à me relever, m'emmena dans la maison, me fit asseoir. Puis, en hésitant, me dit :

— Madeleine, il faut que je te demande... je suis inquiète,

Madeleine... Ton dégoût du café, et tes nausées, depuis plusieurs jours... et ici, ton évanouissement... Cela ressemble beaucoup à... Et pourtant, non, je me dis que c'est impossible... Pas toi, tu n'as pas...

Encore faible, la tête vide, je l'écoutais sans comprendre. Alors elle lâcha d'une seule traite, comme on se jette à l'eau :

— Et ton retard, ce mois-ci... C'est déjà arrivé, mais jamais aussi longtemps... Madeleine, tu présentes tous les symptômes d'une grossesse. Mais c'est impossible, n'est-ce pas ?

Foudroyée, j'étais incapable de répondre. Dans ma naïveté, cette idée ne m'avait même pas effleurée. Un cri silencieux monta en moi : « Non, non, ce n'est pas vrai !... »

Mais il ne franchit pas mes lèvres. Emplie d'horreur, je comprenais soudain qu'une catastrophe m'arrivait, et cela pour un instant d'égarement dont je ne me souvenais même plus avec certitude.

Atterrée, je baissai la tête. Ma mère s'affola :

— Mais enfin, Madeleine, réponds... Ce n'est pas possible ! Comment donc... ?

Sa voix s'étrangla. Elle me regarda, et la peur que je lus dans ses yeux me serra douloureusement le cœur. Tout bas, je dis :

— Je crois que... le soir du bal, ce soir où j'avais bu... Henri m'a emmenée... Je ne sais plus très bien ce qui s'est passé, mais...

Je m'arrêtai. Avec un sentiment d'intense désespoir, je levai les yeux vers elle :

— Oh, maman, pardonne-moi... Il m'avait fait boire, je ne savais plus ce que je faisais...

La gorge nouée, je me tus. J'avais la sensation de vivre un cauchemar. Ma mère gémit :

— Madeleine, comment as-tu pu ?... C'est ma faute, aussi, j'aurais dû te mettre en garde. Je t'ai laissée trop libre, peut-être... Dieu, pourquoi cela, en plus ?... Tout cela ne serait pas arrivé si ton père avait encore été là. Qu'allons-nous faire ?

La tête dans ses bras repliés sur la table, elle se mit à pleurer. Impuissante, je la regardais, et je m'en voulais d'ajouter encore à sa peine, à la tristesse qu'elle portait sans cesse en elle depuis la mort de mon père. J'aurais voulu mourir, je souhaitais n'être pas née.

Les jours suivants, il fallut bien nous rendre à l'évidence. Mes malaises augmentaient, je vomissais tout ce que je mangeais. Je cachais, de mon mieux, tous ces troubles. Ma mère et moi n'en parlions pas autour de nous. Nous vivions dans la terreur que quelqu'un d'autre s'en aperçût.

— Préviens Henri, au moins, me dit ma mère. Il doit savoir, il est responsable, après tout. Il a abusé de toi. L'idéal, ce serait qu'il t'aime assez pour t'épouser, mais...

Je l'espérais, moi aussi, je n'avais plus d'espoir qu'en lui.

J'eus un autre malaise, un jour que Juliette était là. Nous étions seules toutes deux dans le jardin, assises sur le vieux banc de bois, et nous bavardions. Ou plutôt Juliette papotait, et je l'écoutais, m'efforçant de réprimer la nausée que je sentais monter et essayant d'ignorer la sueur froide qui me couvrait le visage. Puis je la vis s'estomper, s'éloigner, et soudain je ne vis plus rien.

Je revins à moi quelques minutes plus tard. Juliette, affolée, me tapotait les joues.

— Madeleine, que se passe-t-il ? Tu m'as fait peur. Qu'as-tu ? Tu es malade ?

Elle était si loin de se douter de la vérité que je me sentis gênée. Mon amie Juliette, pure et gaie comme un rayon de soleil ! Comment allait-elle réagir ?

Je baissai la tête, accablée :

— Je ne peux pas te le dire, Juliette, j'ai trop honte... Si tu savais ! Je suis une fille perdue...

Elle me regarda, incompréhensive d'abord. Puis ses yeux s'agrandirent, reflétèrent un véritable effarement :

— Madeleine ! Tu ne veux pas dire que... ?

Les joues cuisantes de honte, j'étais incapable de répondre. Elle soupira, pleine de pitié, me serra contre elle :

— Comment est-ce possible ? Pas toi, Madeleine ! Dis-moi...

Alors, à mots entrecoupés, je racontai ce dont je me souvenais, le soir du bal.

— C'est Henri le plus coupable, me dit Juliette. Toi, Madeleine, tu as été imprudente, c'est tout. Seulement, il ne faut pas qu'une simple imprudence détruise ta vie. Henri revient, dimanche prochain. Viens chez moi, dans l'après-midi. Tu lui parleras. Il a le droit de savoir, et le devoir de réparer.

Je la regardai, avec reconnaissance, avec un mélange de peur et d'espoir. Pleine de sollicitude, elle me rassura :

— Allons, ne t'inquiète pas ! Henri est amoureux de toi, il t'épousera. Tu deviendras Mme Fontaine, tu seras ma vraie sœur.

J'aurais bien voulu partager son enthousiasme, sa certitude. D'où me venaient ce doute, cette inquiétude secrète que j'essayais de refouler et qui me laissaient une crainte confuse de l'avenir ?

Le dimanche après-midi, je me dirigeai vers la maison de Juliette, le cœur empli d'appréhension et les nerfs noués par une véritable sensation de trac. De loin, j'aperçus Juliette qui, près du portail, m'attendait. Elle me fit signe de me hâter.

— Vite, s'écria-t-elle, Henri est derrière la maison. Allons le rejoindre !

Je m'inquiétai :

— Juliette, lui as-tu dit... ?

— Non. J'ai simplement dit que tu viendrais, c'est tout.

Nous avons contourné la maison, et je me trouvai face à lui, qui venait vers nous. Je m'arrêtai, soudain paralysée par sa présence. Les mots se bloquèrent dans ma gorge.

Il sourit, mais il me parut que ses yeux n'avaient plus cette chaleur, cette douceur que j'aimais. Ou bien était-ce une fausse impression, due à mes nerfs exacerbés ?

— Bonjour, Madeleine... Comment vas-tu ?

Crispée, je pensai qu'il devait me trouver bien laide avec mon visage pâle et tendu, mes traits tirés, mes yeux cernés. Juliette intervint :

— Madeleine doit te parler, Henri. Alors, je vous laisse.

Après une pression amicale sur mon bras, qui était aussi un signe d'encouragement, elle s'échappa, nous laissant seuls. Je sentais croître mon appréhension.

— Viens, Madeleine, dit Henri, faisons quelques pas. Qu'as-tu à me dire ?

Je ne savais pas comment m'y prendre. Je marchais près

de lui, et je le voyais si lointain, si indifférent, que je sentais monter en moi un sentiment proche du désespoir. Toujours silencieusement, nous sommes sortis par la porte de derrière, et nous nous sommes trouvés dans la campagne. Nous avons pris un chemin de terre. Le vent faisait tourbillonner, autour de nous, les feuilles des arbres que l'automne éparpillait partout.

— Eh bien, Madeleine ? Te voilà muette ! As-tu à me dire que tu t'ennuies, loin de moi ?

Je retrouvai, dans son sourire légèrement taquin, dans ses yeux, un peu de la tendresse dont je me souvenais si bien. Un peu rassurée, j'eus un faible sourire, secouai la tête :

— Non, il y a autre chose.

— Quoi donc, Madeleine ?

Tête baissée, je marchais sans répondre. Comme c'était difficile ! Comment trouver les mots pour lui dire... ? J'avais tellement honte que je sentais mes joues devenir brûlantes. Intrigué, il s'arrêta et, d'une main, me souleva le menton, m'obligeant à le regarder :

— Qu'y a-t-il, Madeleine ? Parle, tu m'inquiètes.

Je baissai les yeux. J'étais gênée, et malheureuse. Pourtant, il fallait bien que je lui dise, j'étais venue pour ça. Je pensai à ma mère pour me donner du courage, et, à mots entrecoupés, sans le regarder, j'essayai de parler.

— Eh bien, c'est... Oh, Henri, il faut que je te dise... Je... Oh, mon Dieu, comme c'est difficile !... Je crois que... Tu sais, le soir du bal... je crois que... maintenant... j'attends... un enfant...

A bout de force, je me mis à pleurer. Je ne sais pas ce que j'attendais. Inconsciemment, sans doute, je souhaitais qu'il me prît dans ses bras, qu'il me rassurât, au moins, qu'il me dît de ne pas m'inquiéter. Mais il ne fit rien de tout cela. Il resta là, devant moi, comme foudroyé. Il m'apparut perdu, désorienté, aussi paniqué que moi. Il bégaya :

— Mais, Madeleine, mais... C'est... c'est une véritable catastrophe !

Il se tut, très pâle. Puis, prenant conscience du regard plein d'espoir et d'attente avec lequel je le fixais, il s'affola :

— Mais... que veux-tu que je fasse ?... Je ne peux rien faire...

J'eus un cri de bête blessée :

— Henri, ne m'abandonne pas !

Il haussa les épaules, avec accablement et une sorte de peine :

— Mais, Madeleine, demain, je repars en Allemagne, pour plusieurs mois. C'est prévu, Madeleine, je ne peux pas tout détruire... C'est de mon avenir qu'il s'agit...

Il s'arrêta. Alors, brutalement, je compris que je n'avais aucune place dans ses projets. Je n'avais été pour lui qu'un simple divertissement, qu'il pensait retrouver avec plaisir chaque fois qu'il reviendrait au village. Je gémis, toute dignité oubliée :

— Henri... ne me laisse pas... Que vais-je devenir ?

Avec une sorte de rage, il répliqua :

— Mais, Madeleine, il fallait y penser avant... Après tout, tu savais ce que tu faisais, en sortant avec moi. Que pouvais-je croire ? Ce n'est pas entièrement ma faute si, ce soir-là, j'ai perdu la tête...

La stupeur m'ôta toute réaction. Se pouvait-il qu'il m'eût considérée comme une fille facile, un simple divertissement, alors que pour moi il était tout ?

Sans pitié, il reprit :

— Et maintenant, qu'espères-tu ? Que je t'épouse, peut-être ? Je ne peux pas, c'est impossible, tu dois bien le comprendre. Mes parents n'accepteront jamais que j'épouse la fille d'un de leurs mineurs !

Ce fut comme s'il m'avait giflée. Ainsi, c'était bien cela : il m'avait jugée assez bonne pour lui servir de distraction. J'étais dégrisée. Avec une cruelle lucidité, je me rendais compte que Charles avait raison. Il avait voulu me prévenir, et moi, croyant qu'il parlait par jalousie, je ne l'avais pas écouté.

Je regardai Henri avec un mélange de surprise et d'horreur. Comment avais-je pu me tromper à ce point sur lui ? Je le voyais maintenant tel qu'il était, faible, lâche, sans volonté, égoïste, uniquement occupé de son propre plaisir. Je crois qu'à cet instant ma soudaine lucidité a tué mon amour. Je me rendais cruellement compte que j'avais aimé l'image que je me faisais de lui, et non pas lui-même. Envers celui dont je découvrais maintenant la véritable nature, je n'éprouvais plus que du dégoût.

Meurtrie, révoltée, je lui lançai, hors de moi :

— Lâche ! Tu es un lâche !

Frémissante de douleur et d'indignation, je me détournai. Je m'enfuis en courant. Le vent s'engouffrait dans ma robe, et faillit, à plusieurs reprises, me faire trébucher, mais je n'y pris pas garde. Profondément blessée, je courais, instinctivement, vers le seul refuge au monde qui me restât : les bras de ma mère.

Elle ne déçut pas mon attente. Elle me serra contre elle, me berça doucement, mêlant ses pleurs aux miens. Lorsque je lui eus tout raconté, elle soupira :

— Que pouvons-nous faire ? Il faudrait demander conseil, à Pierre peut-être ?

J'eus un cri de protestation :

— Oh non, maman, non ! Ne parle à personne de... Ne le dis à personne !

Et je me remis à pleurer.

— De toute façon, dit ma mère, si Henri refuse de réparer, que peux-tu faire ? Nous sommes trop dépendantes de sa famille pour exiger quoi que ce soit. Son père, en tant que directeur de la mine, peut nous expulser de ce logement du jour au lendemain. C'est déjà bien beau qu'il nous permette de rester, alors que ton père n'est plus là...

En pensant à mon père, je me sentis encore plus coupable. Moi qui chaque jour déplorais son absence, j'étais maintenant presque heureuse et soulagée qu'il ne fût plus là pour connaître mon état et ma honte. Pour ma mère, même si je souffrais de lui faire de la peine, ce n'était pas la même chose. Une femme, une mère surtout, comprend et pardonne toujours. Mais mon père, lui, n'eût pas compris. Il aurait eu énormément de peine, et j'imaginais le regard, douloureux et plein de reproche informulé, qui aurait été le sien. Maintenant encore, après tout ce temps, ce m'est un soulagement de savoir qu'il est parti avec l'image intacte qu'il se faisait de moi, et je suis heureuse de penser qu'il n'a pas été témoin de ma chute, que cette peine-là, au moins, lui a été épargnée.

Très tôt, le lendemain matin, Juliette accourut :

— Madeleine ! Je suis désolée pour toi, et j'ai honte pour mon frère. Il est gentil, charmant, mais léger et irresponsable. Il est reparti en Allemagne, sans remords, juste un peu ennuyé, c'est tout. J'ai essayé de lui faire entendre raison, mais il ne veut rien savoir. Il dit qu'il regrette ce qui s'est passé, mais qu'il ne peut pas t'épouser.

Une fois de plus, je pensai avec amertume que je n'avais été pour lui qu'une distraction. C'était mon orgueil, maintenant, qui était blessé.

— Il dit, continuait Juliette, que tout ce qu'il peut faire pour toi, c'est te donner de l'argent...

— Ah non ! Je ne veux pas de son argent !

La phrase était sortie, violente, avant même que je ne l'aie pensée. J'avais ma fierté, et même si j'avais été suffisamment naïve pour croire en lui, j'avais découvert ce qu'il valait, et je ne voulais rien lui devoir. Je n'éprouvais plus qu'un intense, un profond mépris.

— Ou alors, reprit Juliette, hésitante, si tu le veux, j'en parlerai à mes parents... Ils accepteront peut-être de t'aider...

Fermement, je l'interrompis :

— Non, Juliette, je t'en prie. Si tu veux me faire plaisir, n'en parle à personne, et surtout pas à tes parents.

— Mais, Madeleine... Je cherche à t'aider ! Que vas-tu devenir, dis-moi ?

Je l'embrassai, émue :

— Tu es gentille, Juliette, mais ne t'inquiète pas. Je me débrouillerai.

Pour la convaincre, j'affichai une assurance que je ne possédais pas. Elle partit, à moitié rassurée, promettant, sur mon insistance, de n'en pas parler à ses parents.

J'ai vécu les jours suivants dans un mélange d'angoisse et de désespoir. A l'humiliation d'avoir été abandonnée par Henri venait s'ajouter une question sans réponse : qu'allais-je devenir ? Bientôt, je ne pourrais plus cacher mon état, et tout le monde me montrerait du doigt. La crainte d'être mal jugée, la honte d'être une fille perdue, d'avoir apporté le déshonneur sur ma famille m'ôtaient tout repos.

Par moments, j'étais littéralement affolée. Pourtant, pas un instant je n'ai envisagé l'avortement. Je savais que, à l'autre bout du village, vivait une vieille femme que l'on disait un peu sorcière et qui, moyennant une somme assez importante, débarrassait les filles qui allaient la voir d'un enfant indésirable. Mais, outre que nous n'étions pas riches, je refusais, avec un instinct farouche et profond, cette solution. Elle représentait, pour moi, un crime, le pire de tous : le meurtre de mon propre enfant.

J'ai pensé à partir, aller cacher ailleurs ma honte... mais où ? Et puis, pouvais-je abandonner ma mère ? Moi partie, l'opprobre retomberait sur elle.

Un soir de la semaine suivante, je pris l'excuse d'aller chercher des poireaux dans le jardin pour dissimuler mes larmes. J'allai tout au bout, m'assis sur le banc. Là, n'en pouvant plus, je me mis à pleurer, la tête dans les bras, à gros sanglots.

Je sursautai lorsque je sentis une main se poser sur mon épaule. Croyant que c'était ma mère, je levai les yeux, et je vis Charles. Je me détournai, incapable d'arrêter de pleurer. Je sentis Charles s'asseoir près de moi, je l'entendis me dire, avec douceur :

— Madeleine ! Madeleine, qu'as-tu ? Pourquoi pleures-tu ?

Je me tournai vers lui, pour lui demander de partir, de me laisser seule. Mais je vis, dans ses yeux, tant de tendresse que je n'en eus pas le courage. Sans savoir comment, je me retrouvai contre lui, serrée contre son épaule, sanglotant désespérément, tandis qu'il me berçait doucement, avec les paroles apaisantes que l'on emploie pour calmer le gros chagrin d'un enfant :

— Là... là... c'est tout, maintenant... Ne pleure plus...

Peu à peu, en effet, je me calmai. Des soupirs tremblés m'échappèrent encore, puis, progressivement, mes sanglots cessèrent. Je demeurai là, tout contre Charles, mon nez dans l'étoffe rugueuse de son veston, et je me sentais bien. J'avais l'impression d'être protégée. Les nuées sombres qui me harcelaient sans répit jusqu'ici semblaient s'éloigner.

— Ça va mieux ?

Je hochai la tête, sans quitter le refuge de son épaule.

— Pourquoi un si gros chagrin, Madeleine ? Tu es malheureuse ? Dis-moi ce qu'il y a. Je ne supporte pas de te voir pleurer.

Je ne sais toujours pas ce qui m'a poussée à parler. Dieu sait que je ne voulais pas le dire, à personne. Mais là, j'ai craqué, vaincue par la bonté et la gentillesse de Charles. A bout de souffrance, la tête enfouie dans son veston, je lui ai confié ma honte et mon tourment. Et cela me faisait du bien de lui parler, car je sentais que lui, au moins, ne me jugerait pas mal.

Lorsque je me tus, il savait tout. L'abandon d'Henri, et mon inquiétude, et mon état de fille perdue et ma honte. Je ne m'étais pas trompée, il n'eut pas un mot de reproche à mon égard. Il me serra davantage contre lui, et je le vis serrer les poings :

— Le salaud, gronda-t-il, le salaud ! Avec quel plaisir j'irais lui casser la figure !

Il y avait tant de haine dans sa voix que j'eus peur. Je me redressai, le regardai :

— Oh, Charles, je t'en prie ! Ne fais pas d'imprudences !

— C'est pour lui, ou pour moi, que tu as peur ?

— Charles ! Pour toi, bien sûr ! Tu serais renvoyé de la mine, tu le sais. Ne prends pas un tel risque pour moi...

Gravement, il me demanda :

— Madeleine, l'aimes-tu encore ?

Ma réponse jaillit, si vibrante de sincérité que je le vis se détendre :

— Oh non ! Si tu savais comme je le méprise !

J'ajoutai, plus bas :

— Et comme je m'en veux...

Il me regarda, ouvrit la bouche pour parler, sembla hésiter, et ne dit rien. Il remua un peu, et je l'entendis déglutir plusieurs fois. Intriguée, je demandai :

— Charles, que se passe-t-il ?

Alors, d'un seul coup, il se décida :

— Madeleine... Tu sais, Madeleine, ce que je t'ai dit, au printemps, c'est toujours valable, si tu le veux...

Devant mon geste de surprise, il continua bien vite :

— Je sais que tu ne m'aimes que comme un frère, mais,

pour moi, ça ne fait rien. Si tu veux, ton enfant aura un père, je dirai qu'il est de moi.

Je ne réussis pas à empêcher ma voix de trembler en lui répondant :

— Mais, Charles... Ce... ce n'est pas possible... Je ne peux pas, plus maintenant... Tu mérites mieux que moi...

Il secoua la tête. Je vis dans ses yeux clairs, posés sur moi, un tel amour, un tel désir de me convaincre que l'émotion me submergea de nouveau :

— C'est toi que j'aime, Madeleine, toi seule. Je t'aimerai quoi qu'il arrive. Et j'aimerai ton enfant, simplement parce qu'il me viendra de toi.

Alors une houle se leva dans ma poitrine, envahit tout, monta jusqu'à ma gorge. C'était un flot libérateur, qui emportait avec lui l'amertume et la peur, pour ne laisser qu'un espoir pur et tout neuf.

Je regardai Charles, avec l'impression d'être éblouie :

— Charles ! Tu... Tu ferais ça, vraiment ?...

— Je t'aime tant, Madeleine ! Et... si tu ne l'aimes plus, lui, je ne perds pas l'espoir, je sais qu'un jour tu m'aimeras.

Je n'ai pas voulu le détromper. Je savais que mon cœur était mort. Je l'aimais comme un frère, comme un ami, et je ne pouvais faire plus. Mais, si cela lui suffisait, c'était très bien ainsi. Maintenant s'ajoutait à ma tendresse pour lui une immense, une éperdue gratitude. Je n'aurais pas trop de toute ma vie pour le remercier.

— Madeleine ?... Tu acceptes ?

— Si tu le veux, oui, Charles...

Il me serra contre lui, avec emportement :

— Merci, Madeleine !

— Ne dis pas ça ! C'est moi qui dois te dire merci, tu le sais bien.

Il mit un doigt sur mes lèvres :

— Tais-toi, nous n'en parlerons plus jamais. C'est d'accord ?

C'est à cet instant précis que j'ai compris, pour la première fois, à quel point il m'aimait.

6

Ce même soir, j'ai raconté à ma mère ce qui s'était passé. Quand je lui ai parlé de la proposition de Charles, j'ai vu des larmes dans ses yeux :

— Mon Dieu, le brave garçon !... Comme il t'aime, Madeleine !

Nous avons parlé, longuement. Ma mère, comme moi, éprouvait envers Charles une reconnaissance infinie. Je me promis, une nouvelle fois, de le rendre heureux, ce serait ma façon de le remercier.

Dans mon lit, pour la première fois depuis bien des jours, l'inquiétude me laissa en paix. Et l'insomnie disparut, elle aussi. D'une façon que je n'aurais jamais osé espérer, une solution s'offrait à mon problème. Je me sentais apaisée, profondément soulagée.

Le lendemain matin, Jeanne, la mère de Charles, vint nous voir. Elle semblait affolée :

— Charles vient de me parler, avant d'aller à la mine. Si je m'attendais à ça ! Est-ce vrai, ce qu'il m'a dit, Madeleine ? J'ai du mal à le croire !

Le cœur serré, je demandai :

— Qu'a-t-il dit, exactement ?

— Eh bien, que... qu'il y a eu une fois où il a perdu la tête... et que maintenant tu es enceinte, et qu'il doit réparer...

Ainsi, même à ses parents, Charles n'avait pas confié mon secret. Il avait dit ce qu'il m'avait promis : que l'enfant était de lui. Je dis, gênée devant le regard douloureux et réprobateur de Jeanne :

— Oui, c'est vrai, Jeanne...

Sa bonté naturelle reprit le dessus, et elle me rassura :

— Eh bien, il t'épousera. Il t'aime, c'est son plus cher désir. Et moi, ajouta-t-elle avec un tremblement dans la voix, j'y gagnerai une fille. Je n'aurais pas choisi pour Charles une autre fille que toi, Madeleine.

Nous avons parlé du mariage qu'il faudrait précipiter.

— Bien sûr, dit Jeanne, les gens vont jaser. Mais qu'y faire ?

— Rien du tout, répliqua ma mère. De toute façon, ils finiront bien par se calmer.

J'ai vu dans son regard qu'elle pensait la même chose que moi : qu'était-ce, un peu de cancans à affronter, à côté de ce qu'aurait été ma vie sans l'intervention de Charles, avec l'étiquette de fille-mère à porter comme une tare ?

En fin d'après-midi, Charles vint, solennellement, faire sa demande à ma mère. Elle le serra contre elle :

— Merci, Charles, pour Madeleine, et pour l'enfant qui va naître.

Il sourit, ému :

— Il ne faut pas me dire merci, Louise. Je ne fais pas un sacrifice en épousant Madeleine. Je l'aime, je suis heureux de l'épouser.

Je n'ai pu m'empêcher de demander :

— Même dans les conditions actuelles, Charles ?

Il me regarda gravement :

— Oui, Madeleine, même ainsi. J'ai même de la reconnaissance pour cet enfant que tu attends, car c'est surtout grâce à lui que tu acceptes de m'épouser. Sans lui, probablement m'aurais-tu encore repoussé...

Je m'approchai de lui, et, timidement, l'embrassai sur la joue. Je rougis lorsqu'il me prit dans ses bras et me serra contre lui. J'eus même un geste pour me dégager. Je ne parvenais pas à penser à Charles autrement que comme à un frère. Comprit-il mon geste de recul ? Il n'insista pas, et me lâcha aussitôt.

Lorsqu'il partit, je le reconduisis jusqu'à la porte. Il me prit aux épaules. Avec appréhension, je levai les yeux vers lui. Il sourit doucement, avec tendresse m'attira et m'embrassa sur les joues, comme un frère. Mon soulagement ne lui échappa pas.

— Bonsoir, Madeleine. Dors bien.

— Bonsoir, Charles. A demain.

Je rentrai chez moi, avec une pointe d'inquiétude au cœur : que se passerait-il, lorsque Charles voudrait m'embrasser comme un fiancé ? Et lorsque nous serions mariés ? Jusque-là, dans mon soulagement, je n'avais pas pensé plus loin. Mais maintenant je m'inquiétais. Je ne savais même pas ce qui se passait lorsqu'on était marié, et je n'osais pas en parler à ma mère. De ces choses-là, on ne parlait pas. La seule expérience que j'avais, c'était un souvenir désagréable et confus dans lequel une douleur déchirante me traversait. Qu'exigerait Charles de moi ? A la pensée qu'il pourrait m'embrasser comme l'avait fait Henri, tout mon être se raidissait. Je ne voulais pas embrasser Charles de cette façon, je n'étais pas amoureuse de lui.

Juliette vint me voir, dans la semaine. Je lui annonçai mon prochain mariage avec Charles. Je lui racontai tout. Elle aussi, comme ma mère, déclara :

— Il doit t'aimer beaucoup. Tu as de la chance, au fond, Madeleine.

Oui, c'était vrai, j'avais de la chance que Charles fût là. A Juliette non plus, je n'ai pas parlé de mes inquiétudes. Qu'aurait-elle pu me dire ? Je savais bien moi-même que je n'avais pas d'exigences à formuler, je devais déjà être heureuse d'être acceptée ainsi par Charles, et je n'avais qu'une chose à faire : être pour lui une femme fidèle et dévouée.

Ma santé ne s'améliorait pas. J'avais encore beaucoup de nausées. Le matin, je ne pouvais plus supporter l'odeur du café. C'était pénible, et je m'effrayais, par moments, de l'état dans lequel j'étais, qui ne me laissait pas oublier qu'en moi un enfant commençait de vivre, sans que je l'eusse voulu.

Charles m'entourait de tendresse. Il venait souvent me voir, et je m'arrangeais toujours pour que nous ne soyons jamais seuls tous les deux. Il semblait se contenter de la situation. Son attitude envers moi était la même qu'avant, sauf que, maintenant, il me tenait les mains, et me parlait avec douceur et amour. Il ne cherchait pas à m'embrasser, à part deux baisers sur les joues lorsqu'il me quittait le soir. J'en étais soulagée.

La nouvelle de mon prochain mariage fit le tour du coron. Nombreuses furent les voisines qui vinrent nous voir, les yeux brillants de curiosité. Elles en furent pour leurs frais. Ma mère, à toutes, déclara simplement :

— Oui, elle va épouser Charles. Il est inutile qu'ils aient de longues fiançailles, ils se connaissent depuis l'enfance.

Charles avait demandé un logement à la Compagnie des mines, car, disait ma mère, quand on est marié, chacun chez soi. Un mineur qui se mariait avait le droit d'avoir sa maison. Il venait de se bâtir des nouvelles constructions, à l'autre bout du coron, où nous nous installâmes. Les jours qui précédèrent le mariage furent occupés par les nombreux préparatifs. Il fallait équiper le logement. C'était une maison claire et agréable, avec deux pièces en bas et deux en haut. Elle me changeait de celle où je vivais avec ma mère, qui était tout en rez-de-chaussée et ne comprenait que trois petites pièces. De plus, elle faisait partie d'un pavillon de deux logements, distant des autres de quelques mètres, ce qui donnait l'impression d'avoir plus d'espace, contrairement aux anciennes maisons qui se succédaient collées les unes aux autres.

Je m'y plus tout de suite. L'électricité y était installée. Tout était neuf et beau. Avec une sorte de fébrilité, je me mis à coudre des rideaux, et je m'appliquai à rendre l'endroit coquet. Cela m'obligeait à réaliser que bientôt je serais mariée, je vivrais avec Charles, je n'aurais plus ma mère avec moi. Je n'arrivais pas à y croire vraiment.

Juliette venait m'aider, de temps en temps. Elle se montrait enthousiaste :

— Je t'envie presque ! disait-elle. Une maison pour toi toute seule : tu te rends compte !

Nous avons meublé les pièces. En bas, un salon et une cuisine. En haut, les chambres. Il fallut acheter un grand lit, et je frémis en le voyant. Devrais-je y dormir avec Charles ? Cela me paraissait quasi impossible.

Les parents de Charles, et ses deux frères, Julien et Georges, lui offrirent un fauteuil : un vrai luxe ! Julien et Georges avaient eux aussi pris le chemin de la mine. Georges, le plus jeune, qui venait d'avoir quatorze ans, était galibot comme Charles à ses débuts. Et il était fier d'être mineur, d'apporter à sa mère, chaque quinzaine, son salaire comme les hommes de la maison.

Mon mariage eut lieu la première semaine de novembre. J'ai vécu toute cette journée avec une continuelle sensation d'irréalité. Dans la jolie robe que m'avait confectionnée ma mère, je me sentais une autre. J'avais l'impression que ce n'était pas vraiment à moi que tout cela arrivait. J'épousai Charles à dix-sept heures. Les mariages se faisaient toujours l'après-midi, chez nous, afin que les mineurs ne perdent pas leur journée de travail.

Par respect envers la mémoire de mon père, et étant donné les circonstances, nous ne fîmes pas de grandes réjouissances. Il y eut simplement un repas, chez Jeanne et Pierre. Les amis et voisins vinrent prendre le café. Ma mère pleura beaucoup, en pensant à mon père. Moi aussi, je pensais à lui. Qu'aurait-il dit, s'il avait encore été là ? Etait-ce mieux qu'il n'y fût plus ?

J'appréhendais le moment où je me retrouverais seule avec Charles. Que se passerait-il alors ? Au fur et à mesure que la soirée s'avançait, je sentais mes mains devenir glacées, et j'avalais convulsivement ma salive pour réprimer la nausée qui montait. J'avais peur.

Les invités commencèrent à s'en aller, les uns après les autres. J'aurais voulu les retenir, j'aurais voulu retenir le temps. Je m'affolais de le voir passer inéluctablement. Lorsque le dernier invité fut parti, nous restâmes encore un peu, en famille. Et puis il fallut bien partir, nous aussi. Ma mère m'embrassa en pleurant :

— Je vais me retrouver toute seule chez moi, maintenant. Viens me voir souvent !

J'aurais beaucoup donné pour pouvoir être encore avec elle, comme avant. Mais cela ne m'était plus permis. Je devais suivre mon mari.

Les parents de Charles nous embrassèrent affectueusement. Nous sommes sortis, Charles et moi, pour aller rejoindre notre maison qui nous attendait. Il faisait nuit, et en marchant près de Charles, dans le coron silencieux, j'avais l'impression de rêver. Je me disais : « Je suis avec Charles, je vais vivre avec lui. » Et je n'arrivais pas à m'en persuader.

En entrant chez nous, l'appréhension me reprit. C'était même plus que cela, c'était un véritable trac. Là, subitement, seule avec lui, dans la pièce que j'avais arrangée moi-même et où je me sentais pourtant étrangère, je venais de me rendre compte qu'il était maintenant mon mari. La nausée que j'avais réprimée toute la soirée revint, violente. J'eus le temps de dire :

— Oh, Charles, je... Excuse-moi !

Et je me précipitai dans le cabinet de toilette, où je me mis à vomir lamentablement.

Lorsque je revins dans la pièce, Charles parut effrayé par mon aspect :

— Madeleine ! Tu es malade ? Mon Dieu, tu es verte !

Voyant que je tremblais, il me prit contre lui et m'entoura de ses bras.

— Viens, tu es glacée. Essaie de te réchauffer un peu.

Lentement, je sentis sa chaleur m'envelopper, et mes frissons se calmèrent.

— Ça va mieux, Madeleine ? demanda-t-il doucement.

— Oui, dis-je tout bas.

Je n'osais pas le regarder. Qu'allait-il dire, maintenant, qu'allait-il faire ? L'inquiétude revenait.

— Va te coucher, Madeleine, dit-il avec douceur, et essaie de dormir.

Je le regardai avec crainte. Il me rassura :

— Ne crains rien, je vais te laisser tranquille. Tu es malade, tu as besoin de sommeil. Il est tard, va dormir.

N'osant encore y croire, je dis :

— Mais... mais toi, Charles ?...

— Ne t'inquiète pas pour moi, Madeleine. Je vais me mettre dans le fauteuil. De toute façon, dans quelques heures je me lève pour la mine.

Le soulagement que je ressentais me donnait des remords. J'insistai :

— Mais... tu ne seras pas bien ?

Il sourit, avec un mélange de tendresse et d'amertume :

— Je peux dormir n'importe où, tu sais. Pendant la guerre, j'ai dormi dans des conditions bien pires. Un fauteuil est un véritable luxe, à côté.

Il me regarda, et je me sentis enveloppée par tout l'amour qu'exprimaient ses yeux.

— Va dormir, Madeleine, va !

Je m'approchai de lui, timidement :

— Bonsoir, Charles.

Il m'embrassa sur le front, me repoussa :

— Dors bien, ma chérie.

Ce petit mot tendre, le premier qu'il utilisait envers moi, me troubla étrangement. Avec un sentiment qui ressemblait à de la culpabilité, je montai l'escalier, entrai dans la chambre. Le grand lit était là, impressionnant. Mais, cette nuit, j'y serais seule, me dis-je avec le même soulagement. Je me déshabillai et, à peine couchée, complètement épuisée, je m'endormis.

Lorsque je m'éveillai, Charles était parti. Il m'avait laissée dormir. Mon cœur se gonfla de reconnaissance pour sa délicatesse. Je me levai, mis la maison en ordre, fis un peu de ménage, et préparai le repas. Ma mère vint me voir :

— Ça va, Madeleine ? Tout va bien ?

J'ai répondu oui, laconiquement. Je ne parlai pas de l'attitude de Charles ; elle ne m'interrogea pas davantage.

— Comme la maison semble vide, sans toi ! Je me sens perdue !

Je souris, un peu absente. Je prenais pied dans ma nouvelle vie, et je ne savais pas encore trop ce qu'elle serait. Si seulement j'avais pu considérer Charles comme un mari ! Mais je ne voyais toujours en lui qu'un ami, le compagnon de mon enfance, de mes jeux. Pourquoi ne pouvais-je l'aimer autrement ? Je me prenais à le regretter. Tout aurait été beaucoup plus facile.

Ma mère partit, après m'avoir fait promettre d'aller la voir. Et j'attendis le retour de Charles, en faisant le tour de ma maison, et en me persuadant que dorénavant j'étais la maîtresse de ces lieux, que là était mon foyer.

Lorsque Charles rentra, j'avais préparé, comme l'avait fait tant de fois ma mère pour mon père, le chaudron pour le bain. Je l'installai dans un coin de la cuisine, derrière le paravent qui avait appartenu à ma mère et qu'elle m'avait donné. Lorsque Charles se fut lavé, je lui servis son repas. Je lui racontai la visite de ma mère. De son côté, il me parla des plaisanteries d'usage de ses camarades de travail envers un jeune marié. Je rougis et ne répondis pas. Comment pourraient-ils se douter, tous les autres, de l'étrange mariage qui était le nôtre ?

Le soir, mon appréhension revint. Je fis la vaisselle pendant que Charles s'occupait du jardin. Quand il rentra, j'étais encore en train de vomir. Mes malaises, qui m'avaient laissée tranquille toute la journée, se réveillaient, en grande partie dus à la nervosité que je ressentais à l'idée que Charles, peut-être...

De nouveau, il s'inquiéta :

— Madeleine ! Tu es encore malade ?

J'eus un geste d'impuissance :

— Ce n'est rien, Charles. Ça m'arrive souvent en ce moment.

Comme la veille, il fit preuve d'un tact exceptionnel :

— Va te coucher, Madeleine, ne crains rien. Tant que tu seras malade, je te laisserai tranquille. N'aie pas peur de moi, je ne te forcerai pas. Je veux que tu viennes vers moi de toi-même. Je ne ferai jamais rien contre ta volonté. Aussi, je ne veux plus te voir ce regard traqué. Je veux que tu sois heureuse, avec moi. Je t'aime, Madeleine !

Il me tendit les mains, prit les miennes :

— Madeleine, ma chérie, tes mains sont glacées ! Va dormir, je me contenterai du fauteuil.

— Mais, Charles, tu ne peux pas toujours...

Il me coupa, avec douceur :

— Ecoute, ne dis rien. Demain, j'irai chercher chez ta mère ton lit de jeune fille et je le mettrai dans l'autre chambre. Je dirai que tes malaises me réveillent la nuit, que cela me gêne parce que j'ai besoin de dormir après les dures journées passées au fond de la mine.

— Oh, Charles ! Tu crois que... ?

— Je la convaincrai, tu verras. Je dormirai dans ton ancien lit tout le temps qu'il faudra. Je serai patient pour te conquérir.

Soulagée pour toutes les nuits à venir, je ne me suis pas rendu compte du sacrifice qu'il s'imposait. Il me sourit, et je n'ai pas su comprendre, non plus, la tristesse infinie de son sourire.

Ainsi débuta notre mariage, sur des bases faussées. Ce n'était pas un vrai mariage, mais à moi il convenait tout à fait. Je m'installai, peu à peu, dans mon état de femme mariée sans l'être. Je m'occupais de la maison, du ménage. Tous les jours, j'époussetais les meubles pour chasser le charbon qui s'infiltrait partout. Tous les jours, je donnais un coup de serpillière au carrelage, et tous les samedis je lavais à grande eau. Je repris l'habitude de laver des vêtements de mineur. Je faisais la vaisselle, les courses, le ménage, la lessive, les repas. Je m'occupais de Charles comme s'il avait été un père, ou un frère. Je ne prenais pas garde au regard plein d'attente et d'espoir que parfois il posait sur moi. Je vivais avec Charles au lieu de vivre avec ma mère, et il n'y avait rien d'autre de changé.

Je m'habituais à notre nouvelle maison. Elle était située de l'autre côté du coron, avec une vue sur la mine différente de celle que j'avais toujours eue. Cela me changea un peu, au début, mais, là aussi, je m'habituai vite. Par contre, nous n'étions pas loin du « mont d'cheines », comme nous l'appelions, le tas de cendres que possédait chaque coron. A cette époque, le service de ramassage des poubelles n'existait pas. La plupart des déchets et les ordures ménagères étaient brûlés dans le poêle. Tous les matins il fallait, avant de l'allumer, vider les cendres au bord de la chaussée. Le cantonnier des mines venait les ramasser et les transportait sur le mont de cendres, en attendant qu'un tombereau, chaque semaine, les emmène au terril. Lorsque le vent soufflait dans notre direction, il nous amenait des nuages de poussière de cendres qui se collait partout, sur les rebords des fenêtres ou sur le linge que je mettais à sécher dehors.

Au cours du mois suivant, mes malaises disparurent peu à peu. Charles dormait dans l'autre chambre, dans mon ancien lit, et je me sentais plus détendue. Je me levais tôt le matin, pour le départ de Charles à la mine. Je lui préparais son « briquet », le traditionnel casse-croûte du mineur. Puis je faisais le ménage, les courses. Souvent, Charles allait me chercher plusieurs seaux d'eau en rentrant du travail, afin de m'éviter, dans mon état, de porter de lourdes charges. Il était avec moi gentil, tendre, plein d'attentions, et moi je ne m'occupais pas de lui autrement que s'il avait été mon frère.

Plusieurs après-midi par semaine, j'allais chez ma mère et je cousais avec elle. Nous continuions ainsi à exercer notre métier de couturière, et je ramenais chez moi les finitions à faire à la main, qui occupaient mes soirées avec Charles. Lui lisait le journal, ou bien me parlait de son travail à la mine. Nos années d'enfance et nos jeux communs nous avaient rendus très proches, et nous nous entendions bien. Il était passionné par son métier, il me racontait les modernisations apportées à la mine après la reconstruction des galeries détruites par les Allemands.

— Il y a l'électricité, maintenant, dans les galeries. C'est fini, l'obscurité complète. Et nos outils aussi sont modernisés ; on commence à utiliser l'électricité pour les machines.

Les premiers jours, tous les soirs, il s'extasiait, en concluant inévitablement :

— C'est beau, tout de même, le progrès !

Puis il s'habitua. Et ce qui l'avait tant enthousiasmé au début lui parut ensuite normal.

Le 1er janvier, j'eus vingt ans. J'étais mariée depuis deux mois, et rien n'était changé entre Charles et moi. Nous vivions comme frère et sœur. Charles ne me disait rien, il semblait se contenter d'une telle existence, et j'en étais satisfaite. Je me tournais entièrement vers l'attente de mon enfant.

Un événement se produisit, dans le courant du mois, qui me fit prendre conscience que mon enfant vivait en moi, et ne me permit plus de l'oublier. C'était un mardi après-midi. J'étais chez ma mère, et je cousais des boutons sur une robe pendant que ma mère était à la machine. Penchée sur mon ouvrage, attentive à faire des petits points, j'ai soudain senti mon enfant bouger. Je n'ai pas compris tout de suite. Je suis restée immobile, retenant ma respiration. Et le doux mouvement a repris. J'ai mis ma main sur mon ventre et je l'ai senti, sous ma paume, remuer doucement. J'ai été bouleversée. Pour la première fois, je réalisai qu'il était vraiment là, et qu'il vivait.

— Que se passe-t-il, Madeleine ? demanda ma mère.

J'ai tourné vers elle un regard émerveillé. Il me sembla qu'en moi une grande clarté se faisait.

— Maman, je... je crois qu'il bouge...

Emue, elle se leva, vint près de moi. Elle posa sa main près de la mienne, sur mon ventre. Et, unies par la même émotion, nous avons guetté ensemble les premiers frémissements de la vie de mon enfant.

A partir de ce jour, je m'intéressai à cet enfant que j'attendais et dont j'avais découvert la réalité. Je me rendis compte avec ravissement que je l'aimais déjà. Au fur et à mesure que les jours passaient et que ma taille s'arrondissait, j'éprouvais une sorte de plénitude heureuse. J'avais hâte qu'il fût là, tout en souhaitant en même temps que durent longtemps ces mois où lui et moi ne faisions qu'un.

Juliette venait souvent me rendre visite. Elle me demandait si j'étais heureuse, et ma réponse affirmative la rassurait. Elle me donnait quelquefois des nouvelles d'Henri, qui était toujours en Allemagne, mais cela ne m'intéressait plus. J'avais rayé Henri une fois pour toutes de mon esprit. Je n'arrivais pas à réaliser que c'était son enfant que j'attendais. En me repoussant, il l'avait rejeté, et ce n'était plus le sien. Ce serait le mien, uniquement.

Un après-midi du mois de février, Juliette et moi bavardions devant une tasse de café. Charles n'allait pas tarder à rentrer. Le chaudron rempli d'eau pour son bain chauffait doucement au bout de la cuisinière. Soudain, la porte s'ouvrit. Georges, le plus jeune frère de Charles, entra, l'air complètement affolé :

— Madeleine ! Viens vite, Charles se bat avec Albert Darent ! Viens, il faut les arrêter !

Suivie de Juliette, je me précipitai hors de la maison. Au bout de la rue, devant le carreau de la fosse, il y avait un attroupement. Je courus derrière Georges, aussi vite que me le permettait mon ventre alourdi. Lorsque j'approchai, les hommes s'écartèrent. Alors je les vis. Ils se battaient comme des brutes. Ils avaient roulé par terre et, dans la poussière, se donnaient des coups avec acharnement. Horrifiée, je criai :

— Charles ! Arrête !

Il ne m'entendit pas, ou, s'il m'entendit, ne m'écouta pas. Avec un sanglot d'impuissance, je regardai autour de moi :

— Mais, dis-je aux autres, arrêtez-les !

L'un d'eux secoua la tête :

— Impossible de les séparer. Laissez-les, il y avait trop longtemps que ça couvait, il fallait que ça explose !

Incompréhensive, je n'osai pas questionner. Que voulait-il dire ? Que s'était-il passé ? Charles, jamais, n'avait fait allusion à Albert Darent en ma présence.

— Oh, dit Juliette, il faut faire quelque chose ! Ils vont se tuer !

J'avais peur pour Charles. Albert Darent était brutal et fort comme un taureau, et il cognait avec une rage aveugle. Je criai de nouveau :

— Oh Charles ! Je t'en supplie, arrête !

Je le vis relever la tête. Rassemblant ses forces, il donna dans la mâchoire de Darent un tel coup que celui-ci tomba dans la poussière et ne bougea plus.

— Eh bien, il a son compte, dit quelqu'un.

Charles se releva, regarda autour de lui :

— J'espère que ça lui servira de leçon, prononça-t-il clairement. Et si quelqu'un s'avise de répéter ses insinuations, il aura affaire à moi.

Il vint vers moi. Son aspect m'effraya. Dans son visage noir de charbon, du sang coulait, au niveau du sourcil gauche, et au coin de la lèvre. Un de ses yeux était enflé.

— Que s'est-il passé ? demandai-je avec des sanglots dans la voix.

— Viens, me dit-il, rentrons à la maison.

Georges et Juliette nous laissèrent seuls. Dans la cuisine, après qu'il se fut lavé, je nettoyai et pansai les plaies de son visage, et appliquai une compresse d'eau froide sur son œil qui gonflait. De nouveau, je demandai :

— Dis-moi, Charles, pourquoi t'es-tu battu ?

— C'est ce salaud, dit Charles, je ne pouvais plus supporter ses insinuations.

— De quoi parles-tu ? Quelles insinuations ?

— Si tu savais... Tous les jours, il ricanait en me voyant, avec un air entendu, il me lançait des réflexions comme : « Alors, bientôt papa ? » Je serrais les poings et ne répondais pas. Aujourd'hui, il m'a dit : « Tu ferais bien de t'assurer qu'il est vraiment de toi, ce gosse. Moi, j'ai une autre idée sur la question. » Alors, Madeleine, j'ai vu rouge, et je me suis jeté sur lui. Tu comprends, je ne peux pas supporter qu'il parle ainsi, qu'il te salisse de cette façon.

Je baissai la tête, malheureuse, incapable de répondre. Ce qu'avait dit Albert Darent était vrai, après tout, et c'était pour moi que Charles s'était battu, pour me défendre comme il le faisait depuis notre enfance.

— Ne crains rien, Madeleine, il ne recommencera pas. Je crois que la leçon lui aura suffi.

Je ressentais une sorte de malaise, qui mit longtemps à me quitter. J'étais triste pour Charles, qui aurait, pensai-je, mérité mieux que moi. Et j'étais pleine de crainte envers Albert Darent, car je me doutais bien que, loin de se tenir tranquille, il chercherait au contraire à se venger de la défaite qu'il avait subie.

Peu après, d'autres difficultés occupèrent nos pensées. Des rumeurs de grève circulèrent de nouveau. Les salaires étaient insuffisants car les prix avaient maintenant quadruplé. De plus, le charbon, augmenté lui aussi, coûtait dix-sept francs le quintal, sans augmentation pour l'ouvrier. Le mécontentement grandissait. Au début du mois de mars, Charles, rentrant du travail, m'annonça :

— Ça y est, la grève est décidée.

Il y eut, comme à chaque fois, d'interminables pourparlers entre les syndicats et les compagnies, personne ne voulant céder. J'avais peur. Chaque grève me remettait en mémoire celle de 1906, et je revoyais les affrontements avec la troupe. Cela m'avait tellement marquée que j'appréhendais que cela pût, de nouveau, mal tourner. Je confiais mes inquiétudes à Charles.

— Mais, Madeleine, disait-il, nous ne pouvons pas continuer ainsi. Nous sommes exploités. Ils ne voient qu'une chose : le rendement, rien que le rendement. Mais nous sommes des êtres humains, pas des machines, quand même !

Devant l'ampleur prise par la grève, qui s'étendit à tout le bassin minier, les compagnies acceptèrent d'augmenter un peu les salaires.

— Nous réclamons un salaire de vingt-huit francs par jour, me dit Charles, et ils nous offrent vingt-quatre francs cinquante. Les syndicats ne cèdent pas.

Il y eut un référendum, le 21 mars. Les mineurs, à une large majorité, se prononcèrent pour la continuation de la grève. Je m'inquiétais chaque jour davantage : où cela allait-il nous mener ? Nos économies s'épuisaient, je voyais arriver avec appréhension le moment où nous n'aurions plus rien. Les autres femmes de mineurs, comme moi, étaient soucieuses. C'était à elles qu'il appartenait de nourrir la famille, mais, sans argent, comment feraient-elles ?

Avec soulagement, nous apprîmes quelques jours plus tard que, les mineurs des bassins du Nord ayant repris le travail, la reprise était décidée aussi dans le Pas-de-Calais. Le 1er avril, la plupart des mineurs défilèrent dans les rues, avec le drapeau syndical et des musiciens qui jouèrent *l'Internationale.*

Je fus soulagée que tout fût rentré dans l'ordre. Cette grève n'avait pas été inutile, néanmoins. Outre l'augmentation des salaires, venait d'être établi le principe de l'allocation familiale, avec un franc par enfant de moins de treize ans. Ce n'était pas grand-chose, mais les mères de familles nombreuses eurent la satisfaction d'avoir un peu plus d'argent pour élever leurs enfants.

J'étais maintenant enceinte de huit mois. Ma mère venait m'aider, pour les gros travaux, car je m'essoufflais vite et avais perdu ma souplesse. Je vivais dans l'attente de mon enfant, et la nuit, seule dans le grand lit, bien souvent j'étais réveillée par les vigoureux coups de pied qu'il me lançait. Germaine, la sage-femme du village, m'avait dit :

— Il semble vigoureux. Tu auras un beau bébé, Madeleine.

J'avais été heureuse de ses paroles. Mon enfant devenait ma principale préoccupation, tout ce qui m'entourait perdait peu à peu de son importance. Je n'existais plus qu'en fonction de lui.

Il naquit le 1er mai 1920. Très tôt le matin, je fus réveillée par une douleur dans les reins, pas très violente, comme une simple colique. J'attendis un instant, et lorsqu'elle se renouvela à plusieurs reprises, je compris que le moment était venu. Je me levai, appelai Charles :

— Charles, va chercher Germaine et maman. Je crois que le bébé arrive.

Il bondit de son lit, affolé :

— Madeleine ! C'est vrai ? Tu crois que...

— Oui, Charles. Habille-toi, et va, s'il te plaît.

Il partit, et sa précipitation me fit sourire. Je m'appliquai à marcher de long en large comme me l'avait prescrit Germaine, en attendant qu'elle arrivât. Les douleurs devenaient de plus en plus fortes, mais elles étaient supportables. Je ressentais, en même temps qu'une sorte de crainte devant l'événement inconnu qui se préparait, une merveilleuse exaltation.

Dès son arrivée, Germaine prit la direction des opérations. Elle me fit marcher, encore, et lorsque la douleur augmenta, elle me fit coucher. Je n'eus bientôt plus conscience du temps qui s'écoulait. Je ne vivais qu'au rythme des contractions, de plus en plus rapprochées. A chaque fois, la souffrance atteignait un palier supérieur, me labourait le ventre, et je me mordais les lèvres pour ne pas crier.

Ce fut long. Il était trois heures de l'après-midi lorsqu'enfin je l'entendis pousser son premier cri. Une sensation merveilleuse, ineffable, gonfla mon cœur.

— C'est un garçon, dit Germaine, un beau gros garçon !

Quand ma mère me l'apporta, tout emmailloté, je le pris contre moi et regardai son petit visage avec un amour infini.

— Maman, dis-je à ma mère — et ma voix était rauque d'émotion contenue —, je voudrais l'appeler Jean...

— Merci, Madeleine, me dit-elle tout bas. Tu ne pouvais pas me faire plus plaisir...

Elle se pencha vers moi, embrassa mon front encore moite de sueur.

Lorsqu'elle se redressa, elle me dit :

— Je vais chercher Charles, maintenant. Il veut te voir. Peut-il entrer ?

Sur ma réponse affirmative, elle arrangea mon oreiller, tira sur les draps, me recoiffa.

— Voilà, j'y vais.

Elle sortit, et peu après il entra. Je le regardai, à la fois heureuse et émue. Pourtant, un petit regret vint me mordiller le cœur. Pourquoi n'était-ce pas son enfant à lui que je venais de mettre au monde, au lieu de celui d'un autre ? L'accepterait-il de la même façon ?

Il s'avança, avec précaution. Tout contre le lit, il s'agenouilla, me prit la main.

— Madeleine, dit-il tout bas, Madeleine... Tu vas bien ?

Je fis oui, de la tête. Il me regardait intensément. Puis il regarda mon enfant qui dormait, au creux de mon bras, comme un petit ange. Et, d'une voix enrouée, il murmura :

— Ton enfant, Madeleine... Il sera le mien.

Mes yeux se remplirent de larmes :

— Merci, Charles, merci pour tout.

— Je t'aime, Madeleine, dit-il avec ferveur. Dorénavant, vous serez deux dans mon cœur.

Heureuse, je fermai les yeux. Une agréable faiblesse m'engourdissait, et il me sembla que les lèvres de Charles se posaient sur mon visage. Je voulus rouvrir les yeux, mais je n'en eus pas la force. La main dans celle de Charles, mon enfant au creux de mon bras, épuisée, je m'endormis.

7

Nous eûmes beaucoup de visites, mon enfant et moi. La plupart des femmes du coron vinrent nous voir et admirer Jean. C'était un bébé adorable, qui dormait la plupart du temps et ne se réveillait que lorsqu'il avait faim. Je le nourrissais, et ces moments étaient une étroite communion entre lui et moi.

Ma mère venait tous les jours s'occuper de la maison, de moi, de Charles. Elle ne se lassait pas de regarder mon fils. Comme moi, elle le trouvait très beau. Il avait un léger duvet blond sur le crâne, et des yeux très clairs, « les yeux de Charles », disaient Pierre et Jeanne. Ils étaient heureux :

— Merci, Madeleine, m'avaient-ils dit, de nous donner un petit-fils.

Je ne pouvais pas voir leur visage attendri sans éprouver un sentiment de culpabilité et de remords. Ils croyaient vraiment que mon enfant était le fils de Charles.

Mai avait apporté avec lui le soleil, et j'allais m'asseoir

au bord du jardin, mon bébé dans les bras. Je restais là, retrouvant peu à peu mes forces, dans un bien-être quasi animal, envahie par une douce torpeur. Dans les champs, les alouettes chantaient de nouveau. Je les regardais monter dans le ciel bleu, et je savourais mon paisible bonheur. Je contemplais mon fils qui dormait contre moi et je m'émerveillais de sa présence. Se pouvait-il qu'un instant d'égarement, de folie et de souffrance ait pu produire cet enfant si beau, que j'aimais déjà plus que ma vie ?

Charles me parla d'une nouvelle grève, mais cette fois-ci je reléguai cette préoccupation au second plan. Beaucoup de mineurs n'étaient pas d'accord, et des bandes de grévistes acharnés parcouraient les cités pour empêcher la reprise du travail. Cela dura une dizaine de jours, puis le travail reprit normalement. Rien n'avait été obtenu, les salaires restèrent ce qu'ils étaient.

— Je l'avais bien dit, expliqua Charles, cette grève était trop proche de la précédente. C'était inutile.

J'acquiesçai machinalement, uniquement occupée par mon enfant. Très vite, je recouvrai mes forces. Jean devenait un bébé bien portant et potelé. Sa naissance n'avait rien changé à notre situation, à Charles et à moi. Il dormait toujours dans l'autre chambre, et moi je dormais dans le grand lit, le berceau de Jean près de moi. Ainsi je pouvais le nourrir, la nuit, sans que cela réveillât Charles.

Dans la journée, je n'avais plus une minute à moi. Aux vêtements de mineur de Charles, mouillés et incrustés de charbon, qu'il fallait laver tous les jours, s'ajoutaient maintenant les langes de Jean. Je passais beaucoup de temps en va-et-vient de la maison à la pompe, car, après avoir préparé le bain de Charles, je devais recommencer pour celui de Jean. Et, en baignant Jean, j'aimais le câliner, lui parler, lui dire des mots tendres, embrasser son petit corps doux et satiné. Il y eut plus d'une fois un repas en retard, mais Charles ne se plaignit jamais. Et moi, je ne me rendais pas compte que je le délaissais. Mon enfant occupait toute ma vie, lui seul était mon univers.

Juliette venait souvent le voir. Elle aussi s'extasiait devant lui. Un jour, elle remarqua :

— Dire qu'il est mon neveu et qu'il restera un étranger pour moi ! Madeleine, je voudrais être sa marraine. Dis, tu veux bien ?

Sur le moment, je ne sus que répondre. Et puis j'acceptai. Après tout, pourquoi pas ? Juliette était ma meilleure amie. A tout le monde, nous expliquerions la chose ainsi. Lorsque j'en parlai à Charles, il ne fit pas d'objection.

— Tu fais ce que tu veux, Madeleine.

Il n'avait pas protesté non plus lorsque j'avais voulu l'appeler Jean. Comme il le disait, il me laissait faire ce que je voulais.

Pour lui faire plaisir, je demandai à son frère Georges d'être parrain. Georges accepta aussitôt, avec une joie touchante. Il avait quatorze ans, et cela lui donnait une importance dont il était fier.

Nous baptisâmes mon fils un dimanche de juin. Je l'avais, pour la circonstance, habillé de blanc, et son visage, sous le petit bonnet de dentelle, était attendrissant de fragilité. A la sortie de l'église, Charles et ses frères lancèrent, selon la coutume, des dragées que les enfants du coron ramassèrent en criant et en se bousculant. Les cloches sonnaient à toute volée, et, mon enfant dans les bras, je sentais mon cœur chanter d'allégresse, de gratitude, de bonheur.

Tout au long de l'été, les jours coulèrent, heureux, agréables. L'après-midi, je prenais mon fils, et j'allais avec lui chez ma mère. Jeanne venait nous rejoindre, et nous étions toutes les trois, béates d'admiration devant lui. Il était notre petit prince.

Ensuite je repartais chez moi, pour préparer le bain de Charles. Il y eut plus d'une fois où, là aussi, je fus en retard. Et Charles prit l'habitude de ne plus rentrer directement, mais d'aller, à la sortie de la mine, boire un ou deux verres de bière *Chez Tiot Louis*, le cabaret des mineurs. Je n'y vis pas d'inconvénient. Tout ce que j'en retirais, c'était de pouvoir rester un peu plus longtemps avec Jean.

Il y eut son premier sourire, qui me fit fondre le cœur. A partir de ce jour, il sourit souvent, tendant ses petits bras potelés avec une expression câline et irrésistible, qui me rappelait celle d'Henri. Lorsqu'il souriait de cette façon-là, ma mère lui aurait donné tout ce qu'il voulait. Et moi, j'avais les yeux tellement fixés sur mon enfant que j'oubliais de voir ce qui se passait autour de moi.

Ce fut pourquoi je tombai des nues lorsque Georges vint me parler de Charles. C'était un jour du mois de septembre, en fin d'après-midi. Charles, après sa journée de travail, était parti aider son père à récolter les pommes de terre de son jardin. J'étais restée chez moi, et je venais de baigner Jean lorsque Georges entra. Je crus qu'il venait voir son filleul, comme il le faisait souvent, et je ne m'étonnai pas. Mais, au bout d'un moment, je remarquai son air gêné. Il se mordait les lèvres, et visiblement cherchait à parler sans pouvoir s'y décider. Intriguée, je demandai :

— Georges, qu'y a-t-il ?

Alors il se lança, d'un seul coup :

— Eh bien, voilà, Madeleine. Il y a déjà un moment que je veux te parler... Je sais bien que ça ne me regarde pas, mais je ne peux plus continuer de le voir ainsi...

Il hésita, s'arrêta. Je le pressai :

— Que veux-tu dire ?

En voyant mon étonnement, il reprit :

— C'est au sujet de Charles. Tu n'as rien remarqué ?

Les yeux ronds, me sentant complètement stupide, je dis :

— Mais... non. Pourquoi, qu'y a-t-il ?

— Eh bien, c'est assez difficile à dire, mais... Je ne comprends pas, il devrait être heureux pourtant, avec toi et Jean, et il a l'air malheureux...

— Il t'a dit quelque chose ?

— Non, non, il ne dit rien, justement. Mais il se traîne. A la mine, il travaille sans enthousiasme. Lui qui ne buvait jamais, il va tous les soirs *Chez Tiot Louis*... Ma mère aussi l'a remarqué, Madeleine, on dirait que plus rien ne l'intéresse. Elle n'ose pas t'en parler, alors j'ai décidé de te le dire. Tu ne m'en veux pas ?

— Mais... tu es sûr que tu ne te fais pas d'idées fausses ?

— Non, je suis sûr de moi. Sais-tu qu'hier, en attendant la cage pour remonter, perdu dans ses pensées, il s'est trop approché. Je l'ai tiré en arrière, en lui disant, pour plaisanter : « Fais attention, tu ne tiens pas à te faire raplatir, quand même ! » Et il m'a répondu, avec un haussement d'épaules désabusé : « Bah ! ça m'est égal... » Si tu avais vu son expression quand il a dit ça ! C'était celle d'un homme qui a perdu l'espoir.

J'éprouvais une intense stupeur. J'étais loin de me douter que Charles pût être malheureux. Il ne me confiait jamais rien. Que se passait-il donc ?

— Il fallait que je te le dise, Madeleine. Bien sûr, ce n'est pas mon problème. Mais si cette situation a un rapport avec toi, et si tu peux faire quelque chose pour que Charles redevienne ce qu'il était, je t'en prie, fais-le.

Avec l'impression d'avoir reçu un coup sur la tête, je promis à Georges de faire ce que je pourrais. Puis, après son départ, je réfléchis. Je cherchai ce qui avait bien pu décourager Charles à ce point. Et je me rendis compte que, depuis la naissance de Jean, je l'avais délaissé de plus en plus. Je ne discutais même plus avec lui comme avant. Quand il me parlait de son travail, de ses problèmes de mineur, j'acquiesçais machinalement. Et il avait fini par ne plus rien me dire. Il rentrait de la mine pour aller au jardin, et ne se plaignait jamais. Je n'avais même pas prêté attention, non plus, à son silence. J'étais, avec mon enfant, dans un monde à nous, d'où Charles avait été exclu dès le début. Et dire que je m'étais promis de le rendre heureux ! Je pris l'engagement de réparer, s'il n'était pas trop tard.

Je préparai un repas soigné, faisant un plat qu'il aimait particulièrement. Lorsqu'il revint, tout était prêt. Pendant qu'il allait se laver les mains dans l'arrière-cuisine, je le regardai avec attention, ce que je n'avais pas fait depuis des mois. Je vis — comment cela avait-il pu m'échapper ? — qu'il traînait les pieds et marchait voûté comme un vieil homme accablé qui n'a plus rien à attendre de la vie. Je remarquai son visage maigre, ses traits tirés, son regard las.

Je le servis, et sa joie lorsqu'il vit que j'avais préparé un repas qu'il aimait me mit les larmes aux yeux. Non, il n'était pas trop tard. Il fallait que je réagisse. Après le repas, je l'interrogeai :

— Quoi de neuf, à la mine, depuis tout ce temps ?

Il leva vers moi un regard surpris. Je pris l'air le plus

naturel possible, et il se mit à me raconter que l'après-midi même il y avait eu la descente d'un cheval au fond.

— Si tu l'avais vu, Madeleine, cette pauvre bête ! On lui a mis des courroies de cuir sous le ventre, on lui a lié les pattes, et on l'a suspendu verticalement. Quand il est arrivé au fond, on l'a amené sur le plat de l'accrochage. Mais là, ce sont des plaques de fer, et avec ses fers aux pattes, il glissait, il tombait. Si tu avais vu son affolement, son incompréhension ! On a été obligé de le tirer de force, jusqu'à l'endroit où il n'y a plus de plaques de fer, et on l'a redressé. Il roulait des yeux effrayés, il tremblait.

— Et ensuite, que s'est-il passé ?

— Nous l'avons emmené avec les autres chevaux. Il lui faudra plusieurs jours pour s'habituer, mais il s'y fera, comme les autres. J'ai toujours admiré leur résignation, et je ne peux pas m'empêcher de les plaindre. C'est vrai, nous, au moins, on remonte. Mais eux, ils passent leur vie au fond, dans le noir, dans la poussière. Ils sont aveugles, à la fin. Ils ne voient plus. Il paraît que si on les remontait, après tout ce temps, ils deviendraient fous. Ça me fait mal au cœur, tu sais ! J'aime bien mon métier, mais ça, c'est la chose la plus difficile à admettre, pour moi.

Pour la première fois depuis de longues semaines, nous avons parlé, toute la soirée. Le lendemain matin, en préparant son briquet, je lui dis :

— Charles, cet après-midi, peux-tu rentrer directement ?

Il me regarda, étonné :

— Pourquoi ?

— Je préfère que tu n'ailles plus *Chez Tiot Louis*. Reviens tout de suite. Ton bain sera prêt. Si tu veux boire une bière, je te la verserai, ici. Tu veux bien, dis ?

Ma voix s'était faite suppliante. Sans se faire prier davantage, il acquiesça :

— D'accord, Madeleine, si tu veux.

Il ouvrit la porte. Pour la première fois depuis longtemps aussi, je me haussai sur la pointe des pieds et l'embrassai sur la joue. Il sursauta, surpris, puis il me sourit, et je vis la joie revenir dans ses yeux.

A partir de ce jour, je m'occupai de lui, je ne le laissai

plus à l'écart. Je lui demandais de tenir Jean pendant que j'étais occupée, je lui racontais ses progrès de bébé. Lui se remettait à me parler de son travail, et je l'écoutais, je m'intéressais à ce qu'il me racontait. Peu à peu, je me rendis compte qu'il retrouvait sa gaieté, sa joie de vivre ; il redevenait le Charles que je connaissais depuis toujours, plein de prévenances et de tendresse, et je me sentais plus proche de lui.

Sans que je m'en rendisse compte, ma tendresse pour lui évoluait. Il y eut un jour où, lorsqu'il me dit bonsoir en m'embrassant sur le front, j'eus envie qu'il me prenne contre lui et me serre dans ses bras. Le rouge aux joues, je me détournai. Que m'arrivait-il ?

Les jours suivants, j'éprouvai plusieurs fois la même impression. Je regardais Charles avec d'autres yeux, je le découvrais. Jusque-là, je le voyais sans le voir. Maintenant, je me prenais à admirer sa haute taille, ses bras musclés, ses yeux clairs, sa mâchoire virile. J'avais envie qu'il se comportât avec moi autrement que comme un frère.

Quand il n'était pas là, il me manquait. J'avais Jean, bien sûr, mais je voulais aussi Charles. Dès qu'il revenait, je me sentais heureuse. Bientôt, je dus me rendre à l'évidence : sans m'en rendre compte, je m'étais mise à aimer Charles j'avais besoin de lui. Notre situation actuelle ne me suffisait plus. Ce fut alors que je compris combien il avait dû souffrir depuis notre mariage.

Je fus heureuse de ma découverte. Je comprenais que l'amour n'était pas forcément une passion, une folie, un coup de foudre. Il pouvait, au contraire, grandir et croître peu à peu, sans qu'on s'en aperçoive, être fait de tendresse, de douceur, de respect. Je prenais conscience que cet amour-là, à mon insu, était venu emplir mon cœur. Et il était bien plus riche, bien plus profond, que l'amour d'adolescente que j'avais cru éprouver pour Henri.

C'était à moi d'aller vers Charles. Il m'attendait, il me l'avait dit, et le moment était venu où sa patience allait être récompensée.

Au mois d'octobre, il y avait son anniversaire. A cette occasion, je confectionnai un repas de fête, mis ma jolie nappe sur la table, et fis un gâteau. Je me fis belle, et, après avoir un peu hésité, je mis la robe que je portais le jour de mon mariage. Lorsqu'il vit tout cela, il s'étonna, à la fois surpris et ému :

— Mais... pourquoi ?

Je m'approchai de lui, rougissante :

— Bon anniversaire, Charles...

Je l'embrassai tendrement sur la joue. Nous avons pris le repas à deux, comme des amoureux. Il semblait se créer entre nous une nouvelle intimité. Dans la maison bien close, avec Jean qui dormait dans la chambre, j'avais vraiment l'impression que nous étions une famille heureuse et unie.

Après le repas, je fis la vaisselle, pendant que Charles fumait tranquillement, dans son fauteuil. Ensuite, le cœur battant, je m'approchai de lui. J'étais un peu intimidée, mais je savais ce que je voulais, et mon amour tout neuf me soutenait. Je m'assis près de Charles, et murmurai doucement :

— Charles, j'ai quelque chose à te dire...

Je vis qu'il était intrigué par l'expression de mon visage, par le sourire mystérieux que je n'arrivais pas à retenir, et peut-être aussi par l'exaltation qui devait se lire dans mes yeux. Je repris, heureuse à l'avance de la joie que j'allais lui apporter :

— Charles, c'est ton anniversaire, aujourd'hui, et je veux t'offrir un cadeau... Tu sais, lorsque tu m'as épousée, j'éprouvais pour toi beaucoup de reconnaissance, et une amitié toute fraternelle. Tu m'as dit, tu t'en souviens, que tu attendrais patiemment que je vienne vers toi. Eh bien, Charles, ce moment est venu. Si tu veux encore de moi, je suis à toi. Voilà ce que je voulais te dire... c'est mon cadeau d'anniversaire.

Je sentais monter en moi une intense émotion. Charles me regarda, et ce fut, dans ses yeux, comme si le soleil se levait. Tout son visage exprima un émerveillement, un ravissement incrédule.

— Madeleine ! C'est vrai ? Oh, Madeleine...

Il se pencha vers moi, me prit les mains, les embrassa, avec emportement, avec passion :

— Oh, Madeleine ! Si tu savais...

Sa voix tremblait de sanglots retenus. Je lui caressai la joue, avec une maladresse qui trahissait mon manque d'habitude. Il m'attira vers lui, avec douceur, et, dans ses bras, je soupirai de bonheur. Là était ma place, je l'avais compris avec certitude. Un grand apaisement me vint. Je fermai les yeux. Lorsqu'il m'embrassa, avec un mélange de timidité et de passion, notre baiser fut une promesse de bonheur.

— Madeleine, demanda-t-il encore d'une voix rauque, tu veux bien ?

— Oui, dis-je tout bas, et la gravité avec laquelle je prononçai ce simple mot lui donna la valeur d'un serment.

Alors il me souleva, m'emporta jusque dans la chambre. Le grand lit nous attendait, accueillant et complice, sur lequel Charles me déposa avec précaution. Et ce soir-là, pour la première fois depuis que nous étions mariés, je devins vraiment sa femme.

Lorsque Jean eut un an, nous fîmes faire sa photo. Je l'ai encore, je l'ai gardée précieusement au long de toutes ces années. Elle le représente à plat ventre sur une fourrure, nu comme on le faisait à l'époque, la tête levée et tournée vers l'objectif qu'il regarde de ses grands yeux clairs, avec un air grave et intéressé. C'était un bébé sage et facile, qui grandissait sans problèmes. Il ne pleurait presque jamais. Je ne l'en aimais que davantage. Mon existence était remplie d'amour, mon amour pour Charles, et mon amour pour mon enfant. J'avais une vie très occupée, le travail ne me laissait pas beaucoup de répit, mais, entre mon mari et mon fils, j'étais heureuse.

Charles était pour moi, maintenant, un mari tendrement aimé. De son côté, il m'entourait sans restriction de tout son amour. Je n'avais qu'un seul regret, c'était que mon enfant ne fût pas aussi le sien.

Peut-être ce regret m'influença-t-il inconsciemment, et, peu à peu, me vint l'idée que l'attitude de Charles envers Jean n'était pas comme je l'aurais voulue. Elle ne me semblait pas spontanée, pas naturelle. C'était difficile à expliquer, c'étaient des petits détails qui me choquaient. Par exemple, il ne prenait jamais Jean de lui-même, il fallait que je le lui donne, alors que Pierre, ou même Georges et Julien, le levaient très haut au-dessus de leur tête pour le faire rire. Et lorsque je le lui mettais dans les bras, il paraissait gêné, incapable de s'en occuper. Puis, quand je le reprenais, il me le rendait avec soulagement et même empressement. J'étais peut-être influencée par la pensée que Jean n'était pas son vrai fils. Je me disais souvent que Charles eût certainement préféré avoir son propre fils.

Cette idée finit par ne plus quitter mon esprit. Je décidai de confier mes craintes à ma mère. Un jour où j'étais chez elle, et où nous étions seules, alors que Jean faisait sa sieste, je lui en parlai :

— Tu n'as rien remarqué, maman, au sujet de l'attitude de Charles envers Jean ?

Ma mère eut l'air sincèrement surpris :

— Non, pourquoi ?

— Eh bien, je ne saurais pas l'expliquer clairement, mais c'est une impression... Tu sais, Jean n'est pas son fils, après tout. Je me dis qu'il ne peut pas l'aimer comme s'il était le sien. Peut-il oublier qu'il est celui d'Henri ?

— C'est ton sentiment de culpabilité, Madeleine, qui te donne de telles idées. Il s'occupe de Jean, il lui parle ?

— Oui, mais avec une sorte de gêne, une réticence que je ne m'explique pas. Avec Jean, il me semble qu'il n'est pas naturel. Quand il le tient, par exemple, il me donne l'impression d'être mal à l'aise.

— Si tu avais vu la maladresse de ton père, quand tu étais bébé et qu'il n'osait même pas te prendre dans ses bras ! C'est pareil pour Charles ! Ça s'arrangera quand Jean grandira, tu verras.

Elle me raisonna longuement, et finit par me rassurer. Charles savait la vérité lorsqu'il m'avait épousée, il l'avait fait en toute connaissance de cause, et il semblait, avec Jean et moi, être parfaitement heureux. Pourquoi me torturer l'esprit, avec ce qui n'était peut-être qu'une fausse idée de ma part ?

Dans les jours qui suivirent, je m'aperçus que Jean commençait à balbutier quelques mots. Pendant l'absence de Charles, je m'exerçai à lui apprendre à dire papa. Très vite, il sut le dire. Ce jour-là, quand Charles rentra de la mine, Jean faisait la sieste. Charles se baigna, prit son repas, puis s'installa dans son fauteuil. Alors j'allai chercher Jean qui était réveillé et qui gazouillait dans sa chambre. Je le ramenai tout chaud encore de sommeil. En m'approchant de Charles, je chuchotai tout bas, à l'oreille de mon fils :

— Pa... pa..., dis Pa... pa !

Le résultat dépassa mes espérances. A Charles, qui relevait la tête et nous regardait, Jean tendit ses petits bras en gigotant pour m'échapper et en bégayant :

— Pa... pa ! Pa... pa !

Charles, étonné et ému, se leva et, à son tour, tendit les bras :

— Oui, mon petit Jean, dit-il, viens avec papa !

Il prit le petit contre lui, puis se tourna vers moi. Je m'approchai. Il mit un bras autour de moi et nous tint un long moment contre son cœur. Alors je me suis sentie en paix avec moi-même. J'ai compris que, dorénavant, nous formerions une vraie famille.

8

L'année suivante vit l'arrivée dans notre coron des premiers Polonais. Ils vinrent en masse, de plus en plus nombreux, attirés par les compagnies françaises qui faisaient des offres de travail aux mineurs étrangers. En Pologne, ils étaient au chômage, car l'économie, en pleine transformation après la guerre, ne pouvait offrir du travail à tous. Beaucoup vinrent aussi d'Allemagne, où une crise économique sévissait. Certains Polonais, déjà émigrés en Westphalie, émigrèrent une nouvelle fois et gagnèrent la France.

En France, on avait besoin de main-d'œuvre pour relancer l'activité économique. Le charbon était, à cette époque, la principale source d'énergie. Le Comité des Houillères s'intéressait surtout aux Polonais des mines de Westphalie, qui savaient ce qu'était le travail d'un mineur de fond.

Une famille vint s'installer dans la maison située en face de la nôtre : le père, la mère et les six enfants, dont l'aînée avait à peu près dix ans et le dernier quelques mois. Ils portaient pour tout bagage quelques misérables baluchons dans lesquels ils avaient entassé toute leur richesse.

Ils se logèrent comme ils purent, avec les meubles que la Compagnie avait mis à leur disposition provisoirement. Ils semblaient perdus, ne parlaient pas un mot de français. Je les aidai beaucoup, dans les premiers temps. J'indiquai à Martha, la mère, l'emplacement de la pompe à eau, de l'épicerie des mineurs. C'était Anna, la fille aînée, qui faisait les courses. Au début, à la boutique de Mélanie l'épicière, elle montrait du doigt ce qu'elle voulait. Progressivement, ils apprirent à parler français. Les enfants surtout, avec l'école, devinrent pratiquement bilingues, car ils continuaient de parler polonais chez eux.

Ils étaient très pauvres, bien plus pauvres que nous. J'ai longtemps vu Anna marcher pieds nus, faute de pouvoir acheter des chaussures. Elle ne possédait, comme ses sœurs, qu'une seule robe, qu'elle mettait sur l'envers pendant les jours de la semaine et sur l'endroit le dimanche seulement.

Leur arrivée fut accueillie avec quelques réticences par les Français. Charles, quelquefois, me disait :

— A la fosse, ils parlent allemand entre eux. Cela ne plaît pas beaucoup. Par moments, nous avons l'impression d'être encore en guerre et d'avoir des Allemands autour de nous.

Leur façon de vivre, aussi, causa beaucoup d'étonnement dans le coron. Chez nous, le mineur français profitait souvent du dimanche et des soirées pour cultiver son jardin. Par contre, je voyais Stephan, le mari de Martha, se reposer après son travail. En dehors de la mine, il ne faisait rien. C'était sa femme qui, en plus du travail de la maison, s'occupait du jardin. Et le dimanche, l'un comme l'autre se reposaient. C'était, pour eux, le « jour du seigneur », le repos dominical, c'était sacré.

Ils ne se nourrissaient pas comme nous. Leur nourriture était à base de charcuterie et de féculents. Peu à peu, ils s'intégrèrent, et finirent par prendre nos habitudes. Malgré tout, ils se groupèrent, et eurent bientôt leurs propres sociétés sportives, culturelles, leurs chorales, leur curé, leur club de football.

Anna fut conquise par Jean. Elle s'occupait beaucoup de ses frères et sœurs, savait s'y prendre avec les enfants. Jean l'adora bientôt. Il lui tendait les bras lorsqu'il la voyait, et bien souvent elle allait le promener.

Il avait deux ans, maintenant, et trottinait allégrement. Il s'intéressait à tout. Je lui parlais beaucoup, et il m'écoutait gravement, essayant de répéter ce que je lui disais. Ma mère et mes beaux-parents étaient fous de lui, Charles et moi également. Ses progrès nous émerveillaient, il était pour nous le centre du monde.

Juliette aussi l'adorait. Il ne se passait pas une semaine sans qu'elle vînt le voir. Il la connaissait bien et poussait des cris de joie quand elle arrivait. Elle me parlait quelquefois d'Henri, me disait qu'il avait prolongé son séjour en Allemagne. Elle soupçonnait fort Gerda von Gerhardt, la fille du directeur, d'en être la cause. Il y avait longtemps que tout ce qui concernait Henri ne me touchait plus. Je finissais même par oublier que mon fils était le sien, je le considérais comme le vrai fils de Charles. Un jour elle m'annonça qu'Henri avait épousé Gerda, en Allemagne :

— C'était à prévoir, Madeleine. Je m'en doutais depuis longtemps. Il nous a écrit qu'il allait venir, avec sa femme. J'espère qu'elle est bien. Tu te rends compte, une Allemande ! Alors qu'il pouvait t'épouser, toi !

Cette année-là aussi, je me fis couper les cheveux. La mode des cheveux courts faisait fureur. Je l'adoptai parce qu'elle était beaucoup plus pratique. C'était une coiffure plus jeune que mon éternel chignon. Les robes, également, changèrent, devinrent plus courtes, et s'arrêtaient au mollet au lieu de descendre jusqu'à la cheville. Nous eûmes beaucoup de travail de couture, ma mère et moi, car nombreuses furent les femmes qui se firent faire une nouvelle robe.

Nous entendions parler de la téléphonie sans fil, des premiers balbutiements de la radiodiffusion. Nous voyions de plus en plus, dans les rues, des automobiles, qui continuaient à effrayer les chevaux. Le progrès se mettait en marche.

Jean grandissait. Il découvrit Noël, les vœux de Nouvel An, il connut la joie d'aller chercher, à Pâques, dans le jardin, les œufs colorés qu'y avaient déposés les cloches. En voyant son émerveillement, je me rappelais ma propre enfance et ma propre joie, et je me disais que, d'une génération à la suivante, c'étaient les mêmes petits bonheurs qui se renouvelaient.

Les années passaient. Charles et moi étions de plus en plus unis, chaque jour vécu ensemble nous rapprochait davantage. Il aimait Jean sans restriction, et le petit l'adorait. Ils jouaient ensemble tous les deux, Charles lui apprenait à jouer au ballon, il le promenait sur ses épaules. Il régnait entre eux une complicité qui me ravissait.

La reconstruction des galeries se terminait. Il fallait maintenant travailler dur pour produire beaucoup. Et la mine, une fois de plus, intervint tragiquement dans ma vie, comme s'il lui était impossible de me laisser vivre longtemps en paix.

C'était un matin du mois de mars, pendant l'année 1925. Le printemps commençait de s'installer. Il était environ huit heures et, comme chaque matin, nous étions occupées à nettoyer le ruisseau devant notre porte. Le cantonnier avait ouvert la vanne, et l'une après l'autre, au fur et à mesure que l'eau descendait la rue, nous lavions les pavés du ruisseau et poussions les saletés qui étaient reprises par la voisine, et ainsi de suite jusqu'au bout de la rue.

Nous étions toutes sur le devant de nos maisons et nous nous affairions joyeusement dans le soleil matinal, pleines de courage et d'entrain. C'est alors que la sirène a retenti. Je me suis immobilisée, et j'ai senti ma peau se hérisser. Malgré la chaleur du soleil dans mon dos, j'ai frissonné. Nous nous sommes toutes regardées. Dans les yeux des autres, j'ai vu l'angoisse que je ressentais.

J'ai confié Jean à Anna, et, comme les autres, j'ai couru en direction de la fosse. C'était l'affolement général, la panique. Nous courions toutes en sachant qu'une catastrophe venait d'arriver, et le fait d'ignorer laquelle rendait notre frayeur encore plus grande.

Nous nous sommes massées devant les grilles. Silencieuses, figées par l'angoisse, nous avons attendu. Jeanne vint me rejoindre. Dans son visage tendu, seuls les yeux vivaient, reflétant une telle peur, une telle anxiété, un tel tourment, que j'eus mal pour elle. Elle, c'était pour son mari et ses trois fils qu'elle tremblait, les quatre êtres aimés qui étaient toute sa vie, maintenant. Certaines, des Polonaises surtout, avaient un chapelet entre les doigts et priaient, tout bas, avec ferveur.

Quelques hommes apparurent. L'un d'eux vint vers la grille :

— Il y a eu un éboulement, dit-il brièvement. L'une des galeries est bloquée. Nous ne savons rien de plus pour l'instant.

Nos questions se pressaient :

— Est-il important ? Y a-t-il des blessés ? Des morts ?

— Nous n'en savons rien. On va aller voir. Ce n'est peut-être pas grave...

Il partit, nous laissant dans le même état d'esprit. Nous savions ce qui s'était passé, mais nous n'étions pas plus avancées. Un éboulement, ça pouvait être grave. Si une galerie entière s'était effondrée, combien de mineurs seraient enfouis dessous ?

Nous attendîmes longtemps, immobiles. Le silence n'était troublé que par les murmures des prières que certaines, inlassables, récitaient. Notre angoisse nous enveloppait.

Enfin, un remous survint. Les premières, contre la grille, annoncèrent :

— En voilà qui remontent !

Je tendis le cou pour voir. Des mineurs, en effet, traversaient la cour vers nous. Je regardai avec avidité. Charles n'était pas parmi eux. Ils sortirent, et leurs femmes se jetèrent frénétiquement sur eux, les palpant, s'assurant qu'ils n'avaient rien, pleurant de soulagement, avec des sanglots bruyants.

Les autres, dont j'étais, reprirent leur attente. Elle fut encore interminable. Et puis, de nouveau, un cri :

— En voilà encore !

Cette fois-ci, ils étaient plus nombreux. J'écarquillais tellement les yeux qu'ils me faisaient mal. Il me sembla voir Charles, et j'eus un vertige. Je n'osai y croire. Ma vue se brouilla de larmes. Je clignai des yeux plusieurs fois, regardai de nouveau, avec un mélange de peur et d'espoir. Oui, c'était bien lui qui s'avançait, au côté de Pierre, avec Julien et Georges. De soulagement, de gratitude, mon cœur sembla éclater. Il vint vers moi et j'allai vers lui. Je me jetai dans ses bras, qu'il referma sur moi :

— Je suis là, Madeleine, je n'ai rien. Ne pleure pas, c'est fini...

Je ne m'étais même pas rendu compte que je pleurais. Et pourtant, les larmes ruisselaient sur mes joues, je ne pouvais plus les arrêter. Je me libérais de la frayeur que j'avais ressentie, et j'éprouvais un tel apaisement que j'en oubliais les autres. Charles était là, tout était bien. C'est à cette peur que je mesurai l'intensité de mon amour.

— Viens, Madeleine, attendons encore. Je veux savoir, pour mes autres camarades.

Je me mouchai, m'essuyai les yeux. Des sanglots tremblaient encore dans ma voix lorsque je demandai :

— Charles, oh Charles... Que s'est-il passé ?

— Il y a eu un éboulement, dans l'une des galeries. Ce n'était pas celle où nous étions, heureusement...

Jeanne vint vers nous, les yeux pleins de larmes. Elle serra Charles dans ses bras. A mon tour, j'embrassai Pierre, Julien et Georges.

— Ils sont tous saufs, dit Jeanne, quel soulagement !

Ensemble, nous avons attendu les autres remontées. Des sauveteurs étaient allés dégager la galerie effondrée, et nous apprîmes que l'éboulement ne s'était produit qu'à l'entrée et ne s'était pas étendu. Trois des mineurs qui se trouvaient là avaient été blessés. Il n'y avait pas de morts.

Les blessés furent amenés sur des brancards. Je les vis, couverts de charbon et de sang. Leurs femmes pleuraient, torturées de les voir dans cet état, mais soulagées quand même qu'ils fussent vivants.

Peu à peu, nous nous sommes dispersés, chacun rentra chez soi. Je m'occupai de Charles, ce soir-là, avec une ferveur et un amour accrus. Le fait d'avoir failli le perdre me le rendait plus précieux.

Une collecte fut organisée, dans le coron, à l'intention des blessés. Tous les mineurs y participèrent, conscients que ce qui venait d'arriver à leurs camarades pouvait, du jour au lendemain, leur arriver aussi. Ils savaient que leur métier n'était qu'un duel continu avec la mort.

J'ai vécu, à partir de ce jour, avec la crainte permanente d'une catastrophe. Chaque soir, quand Charles rentrait, j'étais heureuse et soulagée qu'il fût là. Et chaque matin, quand il partait et m'embrassait, je chassais de toutes mes forces la pensée qui me venait et qui me disait que son baiser était peut-être le dernier.

Lorsque Jean eut six ans, il fut temps, pour lui, d'aller à l'école. Je l'avais gardé avec moi le plus longtemps possible. Il n'avait pas fréquenté la classe enfantine qui était une sorte de garderie pour les moins de six ans. Il avait néanmoins beaucoup de compagnons de jeux, parmi les autres enfants de la rue, et notamment les frères et sœurs d'Anna. Il apprenait d'eux des mots de polonais ; bien souvent, pendant qu'il jouait, je l'entendais parler polonais avec nos petits voisins.

Cette année-là, à la rentrée, le cœur un peu serré, je lui préparai son cartable, l'habillai de la longue blouse grise que je lui avais confectionnée, et qui remplaçait le tablier de satinette noire de mon époque. Anna vint le chercher. Le tenant par la main, elle l'emmena, prenant son rôle très au sérieux. Je les regardai partir, comprenant qu'une page venait de se tourner. Mon enfant grandissait, il connaîtrait d'autres horizons, qui l'éloigneraient de moi. Il était fini, le temps où il était à moi, où c'était moi qui lui apprenais tout ce qu'il savait. Le regret me pinça le cœur, et je rentrai en soupirant.

A midi, il revint, enthousiaste. Le maître était gentil ; il avait reçu un cahier et un crayon, il avait joué aux billes à la récréation. Il me noyait sous un flot de détails joyeux. J'eus mal de voir qu'il s'adaptait si bien dans un monde où je n'étais pas, alors que moi, toute la matinée, je m'étais sentie perdue sans lui et n'avais pensé qu'à lui. Mais aussitôt je me reprochai ce sentiment, me rappelant mon propre enthousiasme lors de ma première journée d'école. Alors je me réjouis avec lui. Le soir, comme mon père l'avait fait avec moi, je regardai avec lui ses livres de classe. Il les montra à Charles avec une naïve fierté :

— Regarde, papa ! Bientôt je saurai lire, moi aussi.

Comme moi à son âge, il aima tout de suite l'école. Il fut très vite le premier de sa classe, et sembla apprendre sans effort. Tout l'intéressait. C'était un enfant vif, intelligent, sensible. J'étais fière de lui.

L'hiver qui suivit fut très rigoureux. Plus d'une fois, la pompe à eau, au milieu de la rue, fut gelée. Dans nos chambres, chaque matin, nous voyions, sur les carreaux des fenêtres, des fleurs de glace. Il y eut d'abondantes chutes de neige, et Jean, avec les enfants du coron, s'en donnait à cœur joie. Ils faisaient des batailles de boules de neige, construisaient des bonshommes que le froid gelait et gardait intacts longtemps. Jean revenait ensuite à la maison, les joues rouges, les yeux brillants, et j'étais heureuse de le voir heureux.

Un jeudi, jour sans école, il était parti jouer avec ses camarades, et je m'affairais à ma lessive, lorsque Anna entra, comme une tornade, l'air hagard et effrayé :

— Madeleine ! Madeleine, venez vite !

Aussitôt, je m'inquiétai :

— Mon Dieu ! Qu'y a-t-il ?

— C'est Jean ! Il est tombé, il ne bouge plus. Vite, venez !

Je cherchai mon châle et, dans mon affolement, ne le trouvai pas. Alors je sortis comme j'étais, en sueur et trempée par l'eau de la lessive. Dans la rue, je suivis Anna. Tout en courant, elle m'expliquait :

— Il y a eu une dispute. Un des enfants a traité mon frère Stanislas de « sale polack » et l'a menacé. Jean a voulu intervenir pour le calmer, mais l'autre l'a repoussé violemment. Jean a glissé sur la neige durcie et est tombé contre le trottoir. Maintenant, il ne bouge plus...

Je savais qu'il y avait souvent des disputes, et même des bagarres, entre enfants français et polonais. « Sale polack » ou « sale boche » était l'injure qui était le plus souvent lancée à la tête des Polonais. Jean, d'un naturel doux et tolérant, était jusque-là resté en dehors des bagarres. Et, pour une fois...

Un groupe d'enfants, debout, silencieux, s'écarta lorsque j'arrivai. Je le vis, allongé sur le dos, étrangement pâle et immobile. Je m'agenouillai près de lui, pris sa tête entre mes mains. Les yeux clos, il semblait sans vie. Je suppliai :

— Jean, Jean, mon chéri... C'est maman. Réponds !...

Il ne réagissait pas, et je m'affolai. Regardant autour de moi, je vis que d'autres femmes étaient sorties et observaient la scène. L'une d'elles me dit :

— Attendez, je vais aller chercher une compresse de vinaigre. Il n'est peut-être qu'évanoui, il a dû se cogner la tête en tombant.

Elle revint avec un linge imbibé de vinaigre, qu'elle me tendit. Doucement, avec précaution, je frottai le front, les joues de Jean. En même temps, je lui parlais, et je ne sais plus ce que je disais. C'étaient des mots d'amour, de tendresse, de supplication. A genoux dans la neige, je ne sentais pas le froid qui traversait mon tablier trempé et me faisait frissonner. J'étais uniquement tendue vers mon enfant, guettant désespérément sur son visage un signe de vie.

Enfin, après un long moment, il soupira et péniblement ouvrit les yeux. Son regard, vague, erra un instant avant de se poser sur moi. Il porta la main sur le côté droit de sa tête :

— Oh maman, j'ai mal... Que s'est-il passé ?

Je le serrai contre moi :

— Ce n'est rien, tu t'es assommé en tombant. Viens, rentrons à la maison.

Me relevant, je le pris dans mes bras. Les femmes et les enfants se dispersèrent. L'un d'eux vint vers moi :

— C'est moi qui l'ai fait tomber. Je vous demande pardon... Je ne l'ai pas fait exprès. Je suis content qu'il soit revenu à lui, j'ai eu si peur...

Moi aussi, j'avais eu peur. J'étais tellement soulagée que je n'eus pas le courage de le gronder. Je dis simplement :

— Que cela te serve de leçon ! A l'avenir, ne recommence plus.

— Oh non, je ne recommencerai pas !

Je rentrai chez moi, mon fils dans mes bras. Je le déshabillai, le couchai. Il était très pâle, tremblait et claquait des dents. J'eus peur pour lui et envoyai Anna chercher le médecin.

Quand il arriva, Jean était très rouge et semblait avoir de la fièvre. Sur le côté droit de sa tête, au-dessus de la tempe, une bosse gonflait, impressionnante, toute bleue.

Le médecin l'ausculta, prit sa température. Je ne pus me retenir de demander, la voix rendue blanche par l'angoisse :

— Est-ce grave ? Pourquoi est-il dans cet état ?

Il fit la moue :

— C'est un état consécutif au choc. Mais je ne pense pas

que ce soit grave. Je vais donner un calmant et je reviendrai demain. D'ici là il devrait aller mieux. S'il y avait quoi que ce soit, envoyez-moi chercher.

Dans la nuit qui suivit, je sentis que je m'enrhumais. Je ne m'en étonnai pas. Je me dis que j'avais certainement pris froid lorsque j'étais sortie dans la neige sans me couvrir. Je pensai que ce serait un simple rhume et n'y fis plus attention.

Mais, après quelques jours, je toussais sans discontinuer ; et j'éprouvais dans la poitrine une brûlure qui allait en empirant. A la fin, j'écoutai Charles qui me disait de faire venir le médecin. Il revint donc pour moi, m'ausculta, et diagnostiqua une bronchite. Il me donna une potion et des cataplasmes à appliquer sur la poitrine.

— Et faites attention à ne pas prendre froid là-dessus, me recommanda-t-il.

La brûlure dans la poitrine était si intolérable que je suivis ses prescriptions à la lettre. La nuit, surtout, j'avais des quintes de toux qui finissaient par m'étouffer, et j'avais l'impression qu'un foyer incandescent avait envahi mes bronches. Je pris régulièrement la potion, et mis, matin et soir, le cataplasme, bien qu'il me piquât horriblement.

Au bout de quelques jours, j'allais mieux. Je toussais, encore, j'avais encore des quintes irrépressibles, mais la brûlure avait disparu. Le médecin m'avait dit :

— C'est en voie de guérison. Continuez le traitement jusqu'à complète disparition de la toux.

Comme je me sentais mieux, je décidai d'arrêter les cataplasmes. C'était fastidieux, désagréable et douloureux, et cela me faisait perdre du temps. Je pris la potion encore une ou deux fois, et puis je l'oubliai. Je continuais de tousser mais n'y faisais pas attention, me disant que la toux finirait bien par disparaître elle aussi.

Un matin, je sortis dans l'air humide, et sentis que je frissonnais. Je fus mal à l'aise toute la matinée. Des tremblements me parcouraient le dos, et il me semblait qu'un poing me comprimait la poitrine. J'essayai de me dire que la bronchite m'avait affaiblie et de ne pas y attacher d'importance.

Toute la journée, je me sentis de plus en plus mal. Vers le soir, j'avais une horrible migraine, en même temps ma tête me paraissait étrangement légère. Je voyais Charles et Jean à travers un brouillard déformant, et parfois j'avais l'impression qu'ils s'éloignaient. Charles me dit :

— Ça ne va pas, Madeleine ? Tu es malade ?

Avec effort, je portai la main à mon front, que je sentis brûlant :

— J'ai mal à la tête. Je vais aller me coucher.

Pendant la nuit, j'eus l'impression que la fièvre me dévorait. J'étais de plus en plus malade, et j'éprouvais une difficulté croissante à respirer. Par moments, je crois bien que je perdis conscience.

Au matin, je fus incapable de me lever. J'entendis vaguement la voix de Charles qui m'appelait, et qui parlait de médecin. Et puis je ne sais plus. Je n'ai plus, ensuite, de souvenir précis. J'étais en proie à la fièvre, roulée dans des vagues brûlantes qui ne me laissaient pas un instant de répit. Un poids énorme s'était installé sur ma poitrine. Instinctivement, j'essayais de le repousser, mais je n'y parvenais pas. J'étais dans un univers où la souffrance me maintenait prisonnière.

Je délirai. J'eus des cauchemars. Je voyais un énorme dragon se poser sur moi, me regardant avec des yeux fulgurants. Avec ses griffes, il me déchirait furieusement la poitrine, et je ressentais une douleur atroce, insupportable.

J'avais aussi quelques brefs instants de lucidité, où, à travers l'écran de ma fièvre, j'entendais la voix de ma mère. Je sentais quelqu'un me redresser et me faire boire quelque chose, j'avais la sensation d'une main caressant mon front brûlant. Mais c'étaient des moments très fugitifs. Je retombais bien vite sous l'emprise de la fièvre.

Un jour pourtant, au bout d'un temps que j'étais incapable d'évaluer, je retrouvai une semi-conscience. Je me sentais encore en proie à la maladie, mais, en même temps, je me rendais compte de l'endroit où j'étais. Je me voyais dans mon lit, et, pour la première fois, la pensée me venait que j'étais très malade, que j'allais probablement mourir, mais elle ne provoquait en moi aucune réaction. J'éprouvais un étrange détachement. Je flottais entre deux mondes, n'arrivant pas à reprendre pied dans le premier ni à entrer dans le second. Il me sembla qu'une grande faiblesse m'engourdissait, et je perdis de nouveau toute notion de la réalité.

Ce fut alors que je rêvai. Etait-ce seulement un rêve, ou, au contraire, ai-je réellement vécu cet instant ? Je fus d'abord plongée dans les ténèbres, et puis, sans transition, je me trouvai enveloppée d'une lumière radieuse, éclatante. J'étais dans un monde merveilleux, paradisiaque, enchanteur, où tout n'était que tendresse, lumière et bonheur. Devant moi s'étendait une grande, une immense prairie, et j'éprouvai soudain une envie irrésistible d'y courir. Je m'aperçus alors qu'il existait une frontière, invisible mais réelle, entre cette prairie et l'endroit où je me trouvais. Et, derrière cette frontière, je vis mon père. Il me regardait, et je voulus aller vers lui. Je fis quelques pas en avant, mais je dus m'arrêter, car des voix m'appelaient :

— Reviens ! Ne pars pas, reviens !

Déchirée entre ces voix qui me tiraient en arrière et mon désir d'aller rejoindre mon père, j'hésitai un instant. Mais l'attrait de ce monde enchanteur que j'apercevais était si fort que je me remis à avancer. Au moment où j'allais franchir la barrière au-delà de laquelle, je le savais, il n'y aurait plus pour moi de retour possible, un cri me retint :

— Maman, maman ! Reviens, maman !

Je m'arrêtai, désespérée, incapable d'avancer davantage, et pourtant le souhaitant avec une telle force qu'elle m'était douloureuse. Dans un geste d'imploration je tendis les mains vers mon père, qui toujours me regardait, et je dis :

— Pourquoi ? Pourquoi ne puis-je pas venir te rejoindre ? Je le désire tant ! Dis, prends-moi avec toi, je t'en prie ! Puis-je venir ?

Il secoua la tête, et toute la tendresse du monde m'enveloppa tandis qu'il me disait, d'une voix douce :

— Pas encore, pas maintenant. Ne t'inquiète pas, tu viendras me rejoindre un jour. Mais plus tard, bien plus tard. Pour le moment, tu dois retourner auprès de ton mari, de ton enfant. Ils ont besoin de toi. Ta place est auprès d'eux. Va les rejoindre, va !

Alors, subitement, tout disparut. Je me retrouvai dans mon lit, extrêmement faible mais lucide. J'ouvris lentement les yeux, et je les vis. Ils étaient de chaque côté du lit, et me tenaient chacun une main. Charles avait la tête penchée, et je ne voyais de lui que ses cheveux, drus et ébouriffés. Jean, lui, avait les yeux fixés sur moi. Il s'écria aussitôt :

— Maman, maman, tu es réveillée ? Tu nous vois, tu nous reconnais ?

A ces mots, Charles releva la tête, et je pus voir qu'il pleurait. Il me regarda, et sur son visage hagard, je lus un espoir fou, incrédule. Et puis, il se jeta tout contre moi, et me serrant, sanglota sans retenue en répétant :

— Enfin, enfin ! Tu es sauvée ! Si tu savais...

Je voulus caresser sa chevelure, mais ma main était encore trop faible.

— Maman, maman, cria Jean, tu restes avec nous, maintenant, dis ? Tu ne partiras plus ? Dis, tu vas rester ?

Je les regardai, tous les deux, mes deux amours. Oui, mon père avait raison, ils avaient besoin de moi. Pour eux, je devais vivre. Je me sentis soudain sereine, apaisée, heureuse. Je souris à mon enfant, et tendrement je dis :

— Oui, je vais rester, c'est promis.

TROISIÈME PARTIE

(1926-1945)

LE CŒUR DÉCHIRÉ

1

Les années qui suivirent furent parmi les plus heureuses, les plus paisibles de ma vie. J'avais eu une congestion pulmonaire et avais failli mourir. J'aurais pu perdre Jean, aussi, si sa chute avait causé une blessure plus grave qu'une simple bosse. Et j'aurais pu perdre Charles dans l'éboulement qui s'était produit à la mine auparavant. Alors, le simple fait que nous soyons tous là, vivants, en bonne santé, et réunis, me paraissait miraculeux.

Nous formions une famille très unie, tous les trois. Jean restait notre seul enfant. J'aurais bien voulu donner à Charles un enfant qui fût de lui, je rêvais parfois d'une petite fille aux boucles blondes... Mais la Nature ne l'a pas voulu, et je me suis assez facilement résignée. Jean me comblait. De son côté, Charles ne m'en parla jamais. J'en conclus qu'il était heureux ainsi. Et, égoïstement, je me disais parfois que ce n'était pas plus mal, car je craignais que, si nous avions un autre enfant, il ne le préférât à Jean.

Nous étions arrivés à oublier totalement qu'il n'était pas son fils, le petit croyait que Charles était son vrai père, et moi je ne pensais plus que bien rarement à Henri. Juliette, qui continuait de nous rendre visite, venait de se marier avec un jeune ingénieur. Elle était folle de son mari, rayonnait de bonheur, et j'étais heureuse pour elle. Sans que je le lui demande, elle me donnait des nouvelles d'Henri. Gerda, sa femme, depuis qu'ils étaient mariés, faisait fausse couche sur fausse couche sans parvenir à mettre au monde un enfant. Je ne prêtais aux récits de Juliette qu'une attention distraite. Ce qui pouvait arriver à Henri ne me concernait plus.

Autour de nous, la vie continuait, plus agréable à mesure que les années passaient. Les prix, qui jusque-là n'avaient fait qu'augmenter, se stabilisaient, alors que dans l'ensemble les salaires continuaient de progresser. Nous vivions mieux. Le charbon se vendait bien, il fallait produire beaucoup, les mineurs ne manquaient pas de travail.

Jean grandissait, adorable et charmant. Il ressemblait à mon père, il avait ses yeux, son air doux et calme. Il avait la même façon que lui de baisser la tête. Il ne me rappelait Henri que lorsqu'il souriait, d'une certaine façon, pour obtenir quelque chose qu'on lui refusait. Juliette l'avait remarqué aussi, et un jour, ne put s'empêcher de me le dire :

— Mon Dieu, Madeleine, il a le sourire de mon frère !

C'était, Dieu merci, sa seule ressemblance avec Henri. Il

travaillait toujours très bien à l'école, et semblait passionné d'apprendre. Il était très intelligent, et je me désolais parfois en pensant qu'il devrait, après le certificat d'études, prendre le chemin de la mine. Il était si fin, si délicat que le métier de mineur ne me semblait pas pour lui. Pourtant, c'était ainsi. En ce temps-là, on était encore mineur de père en fils, et au lendemain du certificat d'études, le garde des mines allait chercher les garçons en âge de travailler et les recrutait d'office. J'appréhendais le moment où cela arriverait.

Ce fut l'année 1930 qui marqua la fin de cette période paisible et douce, et nous apporta le début des difficultés. Ce ne fut pas très net au début, et nous ne nous en sommes pas rendu compte tout de suite. Le charbon, peu à peu, se vendait moins bien ; des mineurs furent mis au chômage partiel, une journée toutes les deux semaines. Les primes de rendement baissèrent progressivement, ce qui faisait que, tout en effectuant le même travail, les ouvriers du fond gagnaient moins. Le mécontentement devint général, et ce fut le début de nombreuses grèves.

Ma tranquillité d'esprit disparut. Je n'aimais pas entendre parler de grève, je gardais toujours la peur de voir dégénérer les manifestations en bagarres.

Quelques années s'écoulèrent encore. Jean eut douze ans et fit sa communion solennelle. Lorsque je le vis, dans son beau costume, orné du brassard blanc, je ne pus m'empêcher de pleurer. Ce jour-là, nous le fîmes photographier. Nous avons organisé un grand repas, où nous avons invité parents et amis, et où nous avons bu, mangé, dansé et chanté. Ce fut la seule fois de ma vie où je vis Charles un peu ivre.

Juliette eut un enfant, un garçon qu'elle prénomma Germain, aussi turbulent et remuant que Jean était calme et grave. Elle qui connaissait maintenant les joies de la maternité compatissait aux malheurs de sa belle-sœur qui, après bientôt huit ans de mariage, avait fait une fois de plus une fausse couche. Cette fois-ci, l'hémorragie qui avait suivi avait été si forte qu'il avait fallu l'opérer d'urgence pour la sauver. Le médecin leur avait annoncé qu'elle ne pourrait pas avoir d'enfant.

— Toutes ces fausses couches, toutes ces souffrances pour rien ! C'est triste, tu sais, Madeleine. J'ai fini par aimer ma belle-sœur, elle est douce, placide et calme. Son désespoir m'a fait mal. Henri, lui aussi, a été très déçu.

Je ne disais rien, qu'aurais-je pu répondre ? Je ne pouvais m'empêcher de penser que c'était peut-être une sorte de punition pour Henri. J'étais triste pour Gerda, qui était innocente et ne connaissait probablement pas la vérité. Mais je ne pouvais pas plaindre Henri.

Et puis vint l'année 1933, et avec elle, les difficultés de toutes sortes se précisèrent.

Ce fut d'abord une aggravation des conditions de travail. Les charbons étrangers vinrent concurrencer le nôtre, et les stocks s'accumulèrent sur les carreaux de fosses. Les compagnies obligèrent les mineurs à chômer un jour par semaine, ce qui donna encore lieu à des réductions de salaire. Ce fut aussi l'époque où commencèrent les brimades, les amendes, les menaces de licenciement.

— Ça devient pénible, disait Charles. Pour le moindre retard, la moindre maladresse, le porion nous colle une amende, et nous ne pouvons rien faire !

Le 26 novembre de cette année-là, la C.G.T. et la C.G.T.U. organisèrent la Marche des Mineurs. Dans tout le bassin, d'importants cortèges se formèrent, se dirigeant vers Arras, Béthune, Douai ou Valenciennes.

Dans le village, ils se rassemblèrent sur le carreau de la fosse, et partirent rejoindre ceux des autres puits. Charles, son père et ses frères y participèrent. Stephan, le père d'Anna, y était aussi. Il portait une pancarte sur laquelle était inscrit : « Du travail et du pain ».

— Pas la peine nous faire venir, disait-il dans son jargon, et nous promettre travail, si après on n'a plus rien !

Avec Jean, je les regardai défiler. Nombreuses étaient les pancartes, qui disaient : « Nous protestons contre la misère dans nos corons et la ruine de nos régions » ou « Contre le chômage » ou encore « Pour la défense des salaires ».

— Ils ont raison, dit Jean. Je ferai comme eux moi aussi. Après tout, ils défendent leur droit à la vie, ils veulent être considérés comme des êtres humains, c'est normal.

Le soir, Charles revint, exténué, fourbu :

— Je ne sais pas si ça servira à quelque chose. C'est la crise, rien ne va plus.

Je sentais l'inquiétude m'étreindre. Comment cela allait-il se terminer ?

Pourtant, il y avait encore de bons moments. Cette même année, au mois de juin, Georges, mon beau-frère, épousa Anna, qu'il avait souvent rencontrée chez moi, et qui était devenue une grande et belle jeune fille. Ma belle-mère me confia :

— Je suis contente qu'il se marie, contrairement à Julien qui, lui, est toujours célibataire. Mais j'aurais préféré qu'il choisisse une fille de chez nous. Je n'ai jamais pensé qu'il pourrait épouser une Polonaise...

Je la raisonnai du mieux que je pus. Je connaissais Anna, elle était douce et maternelle. Qu'elle fût polonaise ne changeait rien à ses qualités. Ma belle-mère hocha la tête, pas entièrement convaincue.

Le mariage eut lieu, par un beau jour de juin. Ils firent un cortège avec un accordéoniste et un violoniste en tête qui, ensuite, firent danser tout le monde. J'aimai beaucoup leur musique, leurs polkas joyeuses et entraînantes. Il y avait toutes sortes de gâteaux, différents des nôtres, et que je trouvai délicieux. Le repas se passa dans la gaieté. A grand renfort de *Na zdrowie* ! [1], ils levaient leurs verres avant de boire. Ce fut un beau mariage, gai, bruyant, chaleureux.

Le mois suivant, un dimanche, nous sommes allés voir, à Douai, le défilé à l'occasion des fêtes de Gayant. Nous avons pris le train. Ma mère, mes beaux-parents, Julien, Georges et Anna nous accompagnèrent. J'étais aussi excitée que Jean à l'idée de voir Gayant et sa famille. Je savais, comme tous ceux de la région, que Gayant était un géant, vénéré par les gens de Douai parce qu'il avait sauvé leur ville. J'avais entendu dire qu'il était haut et impressionnant — vingt et un pieds —, mais je ne l'avais jamais vu.

A la gare de Douai, nous avons suivi le flot de gens qui, comme nous, allaient assister au défilé. Nous nous sommes arrêtés dans une rue et nous avons attendu, debout sur le

1. *Na zdrowie* : A votre santé.

trottoir. La foule, de minute en minute, se faisait plus dense. Des enfants s'impatientaient. Beaucoup demandaient :

— Il arrive bientôt ?

Peu après, nous entendîmes les tambours, qui annonçaient l'arrivée des sapeurs. Suivaient les compagnies d'archers, d'arbalétriers, et bien d'autres que je ne sus pas reconnaître. Ensuite il y eut des sociétés de musique, puis des écoles de la ville. Puis encore des défilés de soldats, dont certains à cheval.

— C'est la garnison de la ville, me dit Charles.

Je regardais tout avec un égal plaisir. Jean me donna un coup de coude :

— Oh, maman, le joli char ! Regarde !

Un char couvert de fleurs s'avançait, tiré par un cheval fleuri lui aussi. Sa magnificence me laissa muette de ravissement. Au sommet, assise sur un coussin de fleurs, une ravissante jeune fille souriait et envoyait, du bout des doigts, des baisers à la foule qui l'acclamait. D'autres chars suivirent, tous plus beaux les uns que les autres. J'étais émerveillée, je n'avais jamais rien vu de tel.

Ensuite, il y eut un creux, et puis, comme une vague, vint, dans un brouhaha, l'annonce de celui que tous attendaient :

— C'est Gayant ! Voilà Gayant !

Je tendis le cou, pour mieux le voir. Grave, majestueux, impressionnant, il avançait lentement. C'était un énorme mannequin vêtu de rouge, qui semblait accueillir les acclamations avec une orgueilleuse placidité. Par la suite, j'eus encore l'occasion de le voir, mais ce ne fut jamais pareil. Je n'ai plus retrouvé, les fois suivantes, l'étonnement, l'admiration, le respect même, que j'éprouvai ce jour-là.

Sa femme, Mme Gayant, le suivait, tout aussi majestueuse et presque aussi grande. Venaient ensuite les enfants : Jacquot, avec un costume de chevalier, sa sœur Fillion, et enfin Binbin, le plus jeune, avec ses yeux un peu louches, ses yeux « berlous » comme nous disions dans notre patois. Cela lui avait valu d'être surnommé par les gens du Nord « Ch'Tiot Tournis ». Il était, Binbin, très populaire et très aimé. En le voyant passer, les enfants hurlaient, les bras tendus :

— Binbin ! Binbin !

Et il allait vers eux, de bonne grâce. Les gens le touchaient, l'embrassaient, car la tradition voulait que le fait d'embrasser Binbin portât bonheur. Nous l'avons touché, nous aussi, quand il est passé près de nous. Dans l'effervescence du moment, comment ne pas y croire ?

Le défilé terminé, nous avons suivi la foule qui se dirigeait vers la place où étaient installés les manèges. Nous nous sommes promenés, nous avons acheté une glace. Jean, encore proche de l'enfance, voulut monter sur les balançoires, puis fit un tour de chevaux de bois.

Nous nous sommes ensuite dirigés lentement vers la sortie. Il faisait chaud, et il y avait de plus en plus de monde. Soudain, j'ai entendu qu'on m'appelait :

— Madeleine ! Madeleine !

Je me suis retournée, et j'ai vu Juliette. Elle venait vers moi. Elle m'embrassa, elle embrassa Jean.

— Bonjour, nous dit-elle. Vous êtes venus voir Gayant ? Nous aussi. Toute la famille est là-bas.

Suivant la direction qu'elle me montrait, je les vis tous. Je reconnus ses parents, et près d'une jeune femme très blonde, je vis Henri. Je ne l'avais pas revu depuis le jour tragique où il m'avait repoussée, et je le trouvai vieilli. Mais je reconnus, avec un pincement au cœur, qu'il avait toujours ce charme trompeur auquel je m'étais laissée prendre. Lui nous avait vus, aussi, mais ce n'était pas moi qu'il regardait. Avec une étrange insistance, il gardait les yeux fixés sur Jean, qu'il détaillait avec une sorte d'avidité. Mal à l'aise, je dis :

— Excuse-moi, Juliette, je dois rejoindre les autres. Nous allons à la gare pour reprendre le train.

— J'irai te voir un de ces jours, me promit-elle.

J'entraînai Jean, en marchant rapidement pour rejoindre les autres qui, dans la foule, n'avaient pas vu Juliette et avaient continué à avancer. Jean n'avait pas remarqué Henri, et je m'en félicitai. Je n'avais pas aimé la façon dont ce dernier avait dévisagé mon fils.

Le lendemain, Juliette vint me rendre visite. J'étais seule lorsqu'elle arriva. Sans préambule, elle me dit :

— Henri a vu Jean, hier.

Une appréhension me noua l'estomac. Je répondis néanmoins calmement :

— Oui, je l'ai remarqué.

— Tu sais, continua Juliette, soudain volubile, il ne l'avait jamais vu. Il a trouvé que c'était un bel enfant. Il m'a posé des tas de questions à son sujet.

— Quelles questions ? dis-je, sur la défensive.

— S'il travaillait bien à l'école, quel métier il exercerait plus tard, s'il était intelligent, et ainsi de suite. Et sais-tu ce qu'il a dit ? Il a soupiré, et il a murmuré : « Dire que je n'ai pas d'enfant, que je n'en aurai jamais maintenant, et que lui, mon propre fils, m'est inaccessible ! »

Je me cabrai :

— C'est sa propre faute ! Tu le sais comme moi, Juliette. Il m'a repoussée, il n'a pas voulu de cet enfant que j'attendais. Il est trop tard, maintenant.

— Oui, je sais bien, soupira Juliette. Il est trop tard, tu as raison.

Après son départ, le malaise que j'éprouvais depuis la veille augmenta. Je n'en parlai pas à Charles, car je n'aurais pas su exprimer clairement ce que je ressentais. J'essayai de me rassurer en me disant que Jean était mon fils et celui de Charles, et qu'Henri n'y pourrait rien changer. Mais je sentais que ça ne s'arrêterait pas là.

J'avais raison. Quelques jours passèrent, et puis Juliette revint me voir, à un moment où, encore une fois, j'étais seule. Elle était avec son fils, qui commençait à marcher et trottinait partout. Elle parla de choses et d'autres, et soudain se décida.

— Madeleine, me dit-elle, j'ai quelque chose à te demander de la part d'Henri.

Tout de suite, je m'inquiétai :

— Qu'est-ce que c'est ?

— Eh bien, voilà... Il voudrait te parler... C'est au sujet de Jean.

— Je m'en doutais... Je le savais... Que veut-il ? Le sais-tu, Juliette ?

— Non, je ne sais rien. Il ne m'a rien dit. Il m'a simplement dit qu'il voulait te voir ; il a une demande à te faire.

Troublée, je murmurai :

— Qu'est-ce que ça peut bien être ? Oh, Juliette, ne peut-il me laisser tranquille ?

Elle haussa les épaules, impuissante :

— Je t'aime bien, Madeleine, mais j'aime bien mon frère aussi. Tu sais que ma belle-sœur ne peut plus avoir d'enfant. Henri ne s'en console pas. Depuis qu'il a vu Jean, il ne pense plus qu'à lui.

— Il n'est plus son fils ! Il n'a pas voulu de lui. Il est trop tard, tu peux le lui dire, Juliette.

Sans le vouloir, je m'énervais. Elle fit un geste d'apaisement :

— Attends de savoir ce qu'il te demande... Il t'attendra demain, devant le portail. Il préfère ne pas venir ici, pour ne pas faire jaser.

— Demain ? Quand ?

— En début d'après-midi. C'est ce qu'il m'a chargée de te transmettre. Il espère que tu viendras. Il a insisté pour que je te dise qu'il ne voyait que l'intérêt de Jean.

En moi, plusieurs sentiments se mêlaient. Révolte, inquiétude, agacement. Jean était mon fils et celui de Charles. Pendant treize ans, Henri s'en était désintéressé, et puis, subitement, il intervenait de nouveau. Pourquoi ? Il m'avait fait suffisamment de mal, j'avais réussi à le rayer de ma vie, et je refusais qu'il vînt, de nouveau, perturber mon existence.

— Que décides-tu, Madeleine ? Tu iras ?

Je secouai la tête :

— Je ne sais pas. Je ne crois pas. Dis-lui de me laisser tranquille. Pour lui, il est trop tard.

— Vas-y, au moins, que tu saches ce qu'il te veut...

— Je ne sais pas, Juliette, je vais réfléchir.

Juliette se leva, prit son fils dans ses bras :

— J'ai rempli mon rôle de messagère. Maintenant, tu feras ce que tu voudras. En tout cas, demain, vers deux heures, il t'attendra.

Sur ces mots, elle m'embrassa et partit. Je restai troublée, torturée par l'indécision. Irais-je, n'irais-je pas ? Je décidai que je n'irais pas. En ne me voyant pas le lendemain, Henri comprendrait que je désirais qu'il me laissât en paix.

Quand Charles revint, je ne lui parlai de rien. J'avais décidé de répondre à la demande d'Henri par le silence et le mépris. Il était inutile que Charles fût tourmenté avec ce problème.

Il avait déjà bien assez d'ennuis à la mine ces temps-ci, avec les amendes et les menaces de déclassement qui pleuvaient.

Je ne dis donc rien, mais, cette nuit-là, je ne dormis pas.

Je compris que je n'aurais pas de paix tant que je ne saurais pas ce qu'Henri voulait. Alors je décidai que j'irais, le lendemain, le retrouver devant le portail de la maison de Juliette.

Ce fut les mains moites et le cœur battant d'appréhension que j'allai au rendez-vous. Henri était appuyé au portail, et m'attendait en fumant une cigarette. Cela me rappela la période où j'avais été amoureuse de lui, et j'éprouvai de l'amertume en pensant combien j'avais été une proie facile, naïve comme je l'étais. Mais maintenant il n'en était plus de même. J'étais beaucoup plus lucide, je savais ce qu'il valait, et, surtout, je ne l'aimais plus.

Il me vit approcher, jeta sa cigarette. Je m'arrêtai à quelques pas de lui, le détaillant froidement. Il avait vieilli, mais n'en était pas moins beau. A l'approche de la quarantaine, de fines rides burinaient son visage, et des cheveux gris argentaient ses tempes. Il me regardait, lui aussi, et je découvris dans son regard une sorte d'inquiétude qui me fit soupirer de soulagement. J'avais eu peur de le trouver arrogant, sûr de lui ; au contraire, je découvrais qu'il était mal à l'aise et semblait embarrassé. Cela me donna du courage pour attaquer. Je fus heureuse d'entendre que ma voix ne tremblait pas lorsque je dis, avec une sorte de brutalité :

— Voilà, je suis venue. Alors, qu'y a-t-il ?

D'une voix douce, presque humble, il répondit :

— Bonjour, Madeleine. Je te remercie d'être venue. Je dois te parler, c'est important...

J'attendais, droite, raide, figée, sans un mot. Il sourit, d'un sourire infiniment triste, et fit un geste d'impuissance :

— Tu ne m'aides pas beaucoup, avec ton attitude de juge. Je te demande, néanmoins, de m'écouter, sinon avec indulgence, du moins objectivement. Je sais bien que cela ne te sera pas facile ; j'ai mal agi envers toi, et tu as tout à fait le droit de m'en vouloir. Je ne l'ai pas compris alors, je le comprends maintenant. Il aura fallu toutes ces années, tous ces espoirs déçus...

Il se tut, baissa la tête. Il parut, un moment, plongé dans ses pensées. J'attendais, toujours digne, sans un geste. Alors il me regarda, et, une supplication dans les yeux, se mit à parler :

— Depuis que j'ai vu Jean, je ne vis plus. Le simple fait de le voir m'a été une révélation. J'ai compris ce que j'avais perdu, en te repoussant, autrefois. Si je pouvais revenir en arrière, combien mon attitude serait différente ! C'est affreux, Madeleine, d'être conscient d'avoir, par ma faute, perdu mon propre fils... Et de me dire que je n'en aurai pas d'autre, maintenant que Gerda...

De nouveau, il se tut. Je refusai de me laisser attendrir. Froidement, je répondis :

— C'est pour me dire cela que tu m'as fait venir ?

Il releva la tête :

— Non, pas pour cela. Je sais bien que Jean est ton fils, et c'est toi uniquement qui décideras. Voilà ce que je veux te demander : Juliette m'a dit que Jean travaille bien à l'école, qu'il est intelligent, qu'il aime étudier. Envisages-tu de le laisser continuer, ou vas-tu lui faire quitter l'école pour la mine ?

J'eus un sursaut de révolte :

— Cela ne te regarde pas. Tu n'as pas à décider de la carrière de mon fils. Si tu voulais t'en occuper toi-même, il fallait y réfléchir avant.

— Je le sais bien, Madeleine. Mais c'est pour Jean que je parle. S'il est doué pour les études, ne penses-tu pas que c'est un crime de l'envoyer travailler au fond de la mine ?

En moi-même, je reconnus que ce qu'il disait était vrai. L'instituteur de Jean m'avait dit pratiquement la même chose. Néanmoins, devant Henri, je refusai d'en convenir. Je dis, simplement :

— Jean a encore une année scolaire à faire. Ensuite, quand il aura quatorze ans, nous verrons.

— Va-t-il continuer ses études, Madeleine ?

Je haussai les épaules, agacée, et me décidai à expliquer :

— Je n'en sais rien encore. C'est très difficile, pour un fils de mineur. Les études coûtent cher. Et puis, être mineur de père en fils, c'est la règle, tu le sais bien. Dans une famille, dès qu'un garçon a quatorze ans, le garde des mines vient le recruter. Si le garçon refuse, la Compagnie licencie son père, ses frères, toute sa famille si besoin est. Tu sais bien que ça se passe de cette façon. Alors, pourquoi me poses-tu une telle question ? Ai-je le choix, dis-moi ?

— Oui, ce choix, je peux te le donner, si tu le veux.

Je le regardai, sceptique :

— Que veux-tu dire ?

— Eh bien... Vois-tu, Madeleine, la seule pensée de Jean travaillant au fond me rend malade. S'il est doué pour les études, il faut l'encourager dans ce sens. Et s'il ne veut pas quitter le milieu de la mine, il peut faire des études d'ingénieur. Alors, voilà à quoi j'ai pensé : quand il aura quatorze ans, il quittera l'école primaire. Confie-le-moi. Je paierai ses études, je m'occuperai de lui...

Violemment, je le coupai :

— Ah non ! Tu n'auras pas mon fils ! Ne cherche pas à me le prendre, sous prétexte que tu viens de t'apercevoir qu'il existe !

Il eut un geste d'apaisement :

— Mais je ne cherche pas à te le prendre. Ce sera toujours ton fils. Si tu veux, je ne lui dirai rien. Nous lui ferons croire que c'est Juliette qui, en tant que marraine, lui paie ses études. Si tu es d'accord, il sera pensionnaire, au lycée où moi-même j'ai fait mes études. Je connais le directeur, il acceptera de le prendre sans problème. C'est mon fils, après tout. Même si je ne le lui dis pas, ce que je te promets, j'aimerais le connaître, l'aimer et me faire aimer de lui. Je voudrais que, par la suite, il puisse travailler avec moi, me seconder, comme je l'ai fait avec mon père. Ne refuse pas, Madeleine...

Je comprenais qu'il avait déjà tout prévu, qu'il espérait mon accord pour enrôler mon fils, le prendre sous sa coupe, lui faire connaître son monde à lui, ce monde de luxe et de facilité si différent de la vie à laquelle Jean était habitué, une vie basée sur un labeur incessant et la sueur quotidienne. Et mon Jean, si pur, si tendre, se laisserait peut-être entraîner, corrompre, préférerait la vie que lui offrirait Henri. Peut-être nous mépriserait-il, Charles et moi ? Je ne pourrais pas le supporter. Je dis avec netteté :

— Non, Henri, je ne veux pas. Tu l'as refusé dès le départ, cet enfant, il est trop tard maintenant.

Il soupira avec découragement :

— Tu es dure, Madeleine. Si tu savais comme je regrette mon attitude d'autrefois... Dans la mesure du possible, je voudrais réparer, donner sa chance à Jean. Je voudrais qu'il puisse être ce qu'il aurait été si je t'avais épousée...

— Mais tu ne m'as pas épousée. Tu m'as laissée tomber, sans te préoccuper de ce que je deviendrais. Et maintenant, parce que tu n'as pas d'enfant, tu viens me réclamer mon fils. C'est trop facile ! Tu n'as aucun droit sur lui, ce n'est plus ton fils, c'est le nôtre, uniquement, à Charles et à moi.

Le reproche que je lus dans ses yeux me fit mal, malgré moi. Mais je refusai de m'apitoyer. Et surtout, je ne voulais pas prendre le risque de perdre Jean.

A voix basse, il supplia :

— Madeleine, je t'en prie, ne dis pas non...

Je ne pus m'empêcher de demander :

— Et ta femme, que dit-elle ? Elle est au courant ?

— Oui, je lui ai tout dit. Elle ne formule aucune objection. Elle est plus compréhensive que toi. Elle qui n'a pas pu me donner d'enfant ne se sent pas le droit de me priver de mon fils, même s'il n'est pas le sien.

— C'est non, Henri. Et je voudrais que tu me laisses tranquille. Tu as failli briser ma vie. Malgré tout, j'ai réussi à être heureuse. Alors, ne viens pas tout détruire à nouveau.

Il soupira, une nouvelle fois, et me demanda :

— C'est ton dernier mot, Madeleine ?

— Oui.

— Je n'irai pas contre ta volonté. Comme tu me l'as fait remarquer très justement, ce n'est plus mon fils, j'ai perdu tout droit sur lui. Pourtant, je pourrais donner des ordres pour qu'il ne soit pas pris à la mine. Mais je ne le ferai pas. J'espère par là te prouver ma bonne volonté, j'espère que tu réfléchiras encore, que tu changeras d'avis. Si jamais tu le fais, pense que je serai là, prêt à faire tout ce que je t'ai dit. D'ici là, ne crains rien, je te laisserai en paix.

— C'est bien vrai ? J'ai ta promesse ?

— Oui.

Je ressentis un immense soulagement. Je pourrais continuer à vivre, heureuse, entre mon mari et mon fils. Je dis simplement :

— Merci.

— Ne me remercie pas. J'espère te prouver ainsi ma bonne foi. Je ne ferai rien contre ta volonté, je le répète. Mais pense à ce que je t'ai dit, Madeleine...

Je n'ai pas répondu. J'étais incapable de lui donner un espoir alors que je savais que je ne changerais pas d'avis. Pourtant, c'était vrai qu'il fallait peut-être laisser sa chance à Jean. Honnêtement, je ne le voyais pas, moi non plus, au fond de la mine. Mais je ne pouvais me résoudre à accepter l'offre d'Henri. De plus, pourquoi perturber Jean ? Il était heureux entre Charles et moi, dans le coron où il avait ses amis. Ce milieu était le sien. Il ignorait jusqu'à l'existence d'Henri, et pour rien au monde je ne lui aurais appris la vérité.

Le soir, j'étais si agitée que Charles s'en aperçut. Il attendit que Jean fût au lit ; alors seulement il m'interrogea :

— Qu'y a-t-il, Madeleine ? Je vois bien que quelque chose te contrarie !

J'hésitai un instant. Nous étions si proches l'un de l'autre que je ne pouvais espérer lui cacher longtemps que j'étais tourmentée. Je me décidai à lui dire la vérité. Je lui racontai tout, et il me fut doux de me libérer de mon inquiétude. Je lui parlai de l'offre d'Henri, lui expliquai mon refus, espérant que Charles m'approuverait et s'indignerait de la démarche d'Henri. Il m'écoutait gravement, en fumant une cigarette. Lorsque je me tus, il resta un moment silencieux et pensif.

— Eh bien, c'est tout ce que tu trouves à dire ? demandai-je avec une sorte d'impatience.

Il leva sur moi un regard grave :

— Je réfléchis, Madeleine. Le problème est sérieux, c'est de Jean qu'il s'agit, de son avenir. C'est à lui qu'il faut penser, avant tout.

— Et tu accepterais de laisser Henri s'immiscer dans sa vie, dans notre vie ?

Il hésita :

— C'est que... tu vois, Madeleine, je pense à Jean. Je ne sais pas s'il faut refuser ce qui est après tout une chance.

Moi je ne pourrai jamais lui donner ce qu'il pourrait obtenir d'Henri...

— Mais comprends donc qu'Henri s'est simplement rabattu sur Jean parce qu'il n'a pas d'enfant ! S'il avait eu un fils, il aurait continué à ignorer le nôtre...

— Sans doute. Mais il n'en est pas moins vrai que, pour Jean, il y a là une chance qu'il ne faut peut-être pas laisser passer, de crainte de le regretter plus tard. Ne crois-tu pas ?

Il vit mon geste de dénégation, mon air farouche et buté.

— Je te laisse décider, Madeleine. Je ne veux pas t'influencer. Cela dit, moi aussi, je préférerais garder Jean avec nous, l'emmener avec moi à la mine, plutôt que de le confier à Henri. Mais je crains que ce ne soit là une réaction purement égoïste.

Je n'ai rien dit, sentant peut-être qu'il avait raison. Nous en sommes restés là, mais je n'étais pas satisfaite. J'aurais voulu que Charles m'approuvât, entièrement. Mais il s'efforçait de voir le problème d'un point de vue objectif, et cela me donnait mauvaise conscience.

Cette nuit-là, je dormis peu. J'essayais, comme Charles, d'être objective, mais je n'y arrivais pas. Je décidai de demander conseil à ma mère.

Le lendemain, j'allai chez elle. Lorsque j'arrivai, Jeanne était là. Elle parlait de Pierre, qui allait prendre sa retraite l'année suivante.

— Il est temps ! disait-elle. Il s'essouffle de plus en plus, et éprouve des difficultés pour respirer. Il dit que ses poumons sont si encrassés qu'ils ne peuvent plus fonctionner normalement.

J'écoutais distraitement, j'attendais de me retrouver seule avec ma mère. Lorsque Jeanne partit enfin, je me lançai :

— Maman, j'ai un conseil à te demander.

Une nouvelle fois, je racontai tout. Lorsque j'eus terminé, comme Charles, elle hésita :

— C'est très difficile de donner un conseil sur un tel problème...

Je m'impatientai :

— Essaie de t'imaginer à ma place. Que ferais-tu ?

Elle me regarda :

— Je crois que je réagirais comme toi. Mais est-ce sage ? Pense que tu condamnes ton fils à être mineur toute sa vie, alors qu'il peut faire de brillantes études.

— Mais je ne veux pas, justement, que cette situation, il la doive à Henri. Je préfère le savoir mineur. Ce n'est pas déshonorant, loin de là. Nous sommes une famille de mineurs. Jean suivra la tradition, voilà tout.

— J'ai une autre idée, Madeleine. Si tu demandais son avis, à Jean ?

Je secouai la tête :

— Non, je ne le ferai pas. Je ne veux pas le mettre devant un tel choix. S'il accepte, j'aurai le cœur brisé. S'il refuse, j'aurai toujours peur qu'un jour il n'en vienne à le regretter. Tandis que là il ne saura pas qu'il pouvait choisir. Il s'attend à aller, comme ses camarades, à la fosse dès le certificat d'études. Il est même déjà fier à l'idée de marcher sur les traces de son père, de son grand-père.

— Oui, qu'il reste dans son milieu. Tu as raison, Madeleine, n'en fais pas un étranger. Il a toujours vécu parmi nous, là est sa vraie place.

Je fus heureuse de voir que l'avis de ma mère rejoignait le mien. En moi s'ancrait une résolution farouche : je garderais mon fils, je le refuserais à Henri.

Quelques jours plus tard, Juliette vint chez moi. Je me doutais bien qu'elle me reprocherait mon attitude. Je ne me trompais pas.

— Henri m'a tout raconté. Comment peux-tu lui refuser ? Ne refuse pas, Madeleine, pense à Jean.

— Et toi, tu ne penses pas qu'Henri exagère un peu ? Après nous avoir ignorés pendant treize années, il se souvient subitement qu'il a un fils !

— Justement ! Il regrette ce qu'il a fait. Ce qu'il voudrait, c'est réparer, dans la mesure du possible. Il ne veut pas que Jean subisse les conséquences de sa lâcheté d'autrefois.

— Jean est mon fils et celui de Charles. Henri n'a rien à y voir.

Elle insista, longuement. Mais plus elle insistait et plus je m'obstinais dans mon refus. A la fin, je lui dis :

— C'est Henri qui t'envoie, en espérant que tu me feras changer d'avis ?

— Non, ce n'est pas lui. C'est moi, parce que je pense à Jean. Et si je les lui payais, moi, ses études ?

— Oh non ! Je te soupçonnerais trop d'être de mèche avec Henri. Laisse-moi, Juliette. Je n'interviens pas dans ta vie, et je te demande de faire de même pour moi.

Elle se leva, à la fois triste et peinée :

— Bien, je ne t'en parlerai plus. J'espère néanmoins que tu changeras d'avis...

Elle me quitta, un peu froidement. Cela m'était égal. Tout ce que je voulais, c'était qu'on me laissât vivre en paix, entre mon mari et mon fils.

2

Un jour de la semaine suivante, Charles rentra du travail avec un œil à moitié fermé et une arcade sourcilière fendue. Je m'affolai :

— Mon Dieu, Charles ! Que s'est-il passé ?

— Ne t'inquiète pas, Madeleine. J'ai dû faire taire Albert Darent, encore une fois. C'est un véritable poison. Je passais en face de *Chez Tiot Louis* quand je l'ai entendu parler de toi. Je me suis approché. Il m'a interpellé, me conseillant de mieux te surveiller. Il racontait à tous les autres que tu avais des rendez-vous avec Henri Fontaine pendant que j'étais à la mine.

— Oh !

— Je n'ai pas pu supporter ses ricanements, ni ses insinuations. Ça a été plus fort que moi. Je lui ai ordonné de retirer ce qu'il venait de dire, et comme il refusait, nous nous sommes battus.

Une fois de plus, j'étais inquiète. Comme je payais cher encore un instant d'égarement ! N'y aurait-il jamais de répit ? Je me méfiais d'Albert Darent. Il était méchant, sournois. Je savais qu'il cherchait à me nuire, depuis l'incident du sac de pissenlits de notre enfance. Il avait la rancune tenace, et j'avais peur de lui.

Je pansai Charles. A Jean qui s'inquiétait de l'état de son père, Charles expliqua qu'il s'était cogné, au fond, contre une berline. Le petit accepta cette explication sans discuter, et devant sa confiance j'eus honte. Si Charles s'était battu, cette fois encore, c'était de ma faute. Quand donc tout cela allait-il finir ?

Anna, le lendemain, raviva mes craintes. Georges lui avait raconté l'incident et le combat entre Charles et Albert, auquel il avait assisté. Après la bataille, Albert Darent s'était relevé. Georges avait entendu qu'il disait, avec un regard haineux pour Charles :

— Je me vengerai !

Anna essaya de me consoler :

— Si ce qu'Albert Darent raconte sur toi est faux, tu n'as rien à te reprocher. Alors que crains-tu ?

Je ne pouvais pas lui dire la vérité. Comment aurait-elle pu se douter que ma vie n'était pas aussi simple qu'elle le paraissait ?

D'autres problèmes, plus généraux, vinrent s'ajouter à nos ennuis personnels. Nous étions en 1934, et les conditions de travail et de vie se dégradaient. Les amendes pleuvaient sur les mineurs, pour un rien, et la paie était réduite. Le charbon ne se vendait plus, le chômage s'installait. Si un mineur n'était pas content, ce qui arrivait souvent, les amendes étant abusives, on lui disait : « Si ça ne te va pas, tu peux aller ailleurs ! » ou encore : « Si tu n'es pas content, tes quatre feuilles sont prêtes. »

Les quatre feuilles, c'était l'avis de licenciement, sans préavis. Aussi, personne n'osait protester trop violemment, mais la révolte couvait.

Avec les prix qui augmentaient et les salaires amputés par les amendes, il devenait de plus en plus difficile de vivre. Mon travail de couturière ne rapportait plus beaucoup ; les gens avaient trop de difficultés pour pouvoir commander des vêtements. Ce fut une époque où nous avions juste le nécessaire pour vivre. Nous ne mangions pas souvent de la viande, en ce temps-là. En préparant le café le matin, j'en prenais un tout petit peu et je remplissais la cafetière pour toute la journée.

Charles me parlait de la tension qui régnait à la mine. Il me disait qu'ils étaient considérés comme des esclaves ; on les faisait travailler dur pour un salaire de plus en plus faible, dans un climat de brimades, de vexations, qui peu à peu devenait intolérable.

Il y eut des réunions syndicales, des manifestations, des menaces de grève. Mais, bien souvent, la compagnie envoyait les gardes mobiles pour dégager les carreaux de fosses. Ces mêmes gardes mobiles relevaient les noms, lors des réunions.

— Ça devient intenable, soupirait Charles. Nous n'avons plus aucune liberté, nous ne voyons aucune issue. Ça va vraiment mal.

Ce fut pendant cette période d'insécurité et de malaise que Jean fit ses débuts à la mine. Avec la crise, on embauchait beaucoup moins, mais il put entrer au triage, en remplacement d'une jeune fille qui avait quitté son emploi pour se marier.

Il partit, le premier matin, avec Charles. Mon cœur se serra en voyant son petit visage pâle et crispé. J'étais aussi contractée que lui. Le soir, quand je le vis revenir, avec son visage encore enfantin tout noirci de charbon, j'eus mal. Je ne le reconnaissais pas, il me semblait étranger. Déjà, il ne m'appartenait plus, la mine me le prenait.

Au début, pour lui et pour moi, ce fut très dur. Ses mains, encore tendres, se couvrirent d'ampoules et saignèrent. Comme c'était l'été, il ne souffrit pas du froid. Mais il eut les yeux rouges, irrités par la poussière de charbon. Peu à peu, la peau de ses mains durcit, des callosités se formèrent. Avec le charbon qui s'incrustait sous les ongles, il eut, à son tour, des mains de mineur.

Il s'habitua, même si ce fut dur. Si un regret me venait parfois quand je me disais que j'aurais pu lui éviter cela, il ne durait jamais bien longtemps. Jean ne se plaignait pas, il acceptait son sort avec fatalisme. Et, quand je le voyais partir, le matin, au côté de Charles, mêlé aux autres hommes de la mine, je me disais que tout était bien ainsi.

Ce fut aussi la période où il y eut le renvoi de nombreux mineurs polonais, à cause du chômage. Ce fut dramatique. Je ne peux pas l'évoquer sans un sentiment de malaise et de honte. Furent visés plus particulièrement ceux qui participaient aux grèves, qui militaient aux syndicats. Stephan, le père d'Anna, fut un de ceux-là. Charles rentra un jour du travail, furieux :

— Stephan vient d'avoir son avis d'expulsion ! Il venait à peine de remonter, il a appris qu'il devait partir, dans les quarante-huit heures, avec toute sa famille !

Je courus en face. Martha pleurait. Stephan, assis sur une chaise, encore en tenue de travail, regardait un papier qu'il tenait dans ses mains d'un air hébété. Ses deux fils, qui travaillaient avec lui à la mine, semblaient atterrés. Les deux plus jeunes pleuraient avec leur mère. C'était un tableau d'une désolation infinie.

Stephan leva sur moi un regard égaré :

— Madeleine ! Nous devoir partir, renvoyés. Où aller ? En Pologne, pas de travail. Quoi faire ?

Je soupirai, essayai de consoler Martha. Anna, prévenue par Georges, accourut :

— Oh, maman, papa ! Ce n'est pas possible !

Elle entoura Martha de ses bras. Je les laissai, consciente de ne pouvoir les aider.

Le lendemain, ils firent leurs bagages. Ils ne pouvaient pas prendre leurs meubles, et essayèrent de les vendre. Ils furent obligés de les céder à un prix dérisoire, alors qu'ils avaient tant besoin d'argent. Il y avait en particulier une belle armoire. Je savais que Martha avait économisé longtemps pour pouvoir l'acheter. Elle avait coûté six mois de travail à Stephan. Ils s'apprêtaient à la liquider au dixième de sa valeur. Je ne pus le supporter. J'allai chercher la boîte en fer-blanc dans laquelle je gardais précieusement nos économies, en prévision des moments difficiles. Je demandai à Martha combien avait coûté son armoire, et lui donnai la même somme :

— Voilà, je l'achète.

Elle me regarda, incrédule d'abord, puis elle comprit. Elle me serra dans ses bras, me remerciant, dans son émotion, en polonais :

— *Dzienkuje*, Madeleine... Oh, *dzienkuje* !

Le soir, Charles m'approuva. Avec l'aide de Georges et de Julien, il transporta l'armoire dans la chambre de Jean. Elle y est encore. Elle me rappelle, si je pouvais l'oublier, cette période difficile et triste, la période noire de l'histoire des mineurs.

Le lendemain matin, Anna et moi nous les avons accompagnés à la gare. Des gardes mobiles surveillaient le départ, et leur présence ressemblait à une menace. Il y eut des scènes déchirantes. Beaucoup de familles étaient là, avec leurs baluchons, et des enfants pleuraient.

Anna voyait partir toute sa famille, et ignorait totalement si elle la reverrait un jour. Elle embrassait sa mère, ses frères, ses sœurs. Stephan la serra contre lui avec une sorte de sanglot silencieux. Je les embrassai, moi aussi, incapable de prononcer un seul mot. Aucune parole ne pouvait leur apporter de consolation.

Partout, autour de nous, c'étaient des adieux émouvants. Lorsque le train arriva, les gardes mobiles durent les obliger à monter, et séparer de force certains d'entre eux qui n'arrivaient pas à se quitter.

Mon cœur saignait pour eux. Je m'imaginais, à leur place, obligée de laisser mon foyer, mes amis, des parents, de partir vers l'inconnu, et je ressentais leur désespoir, leur révolte, leur angoisse.

Je les ai regardés partir, et ils n'ont jamais su — comment l'auraient-ils pu ? — à quel point leur départ m'a marquée. Longtemps après, je pensais encore à eux, et je me demandais ce qu'ils avaient pu devenir. Bien des mois plus tard, Anna reçut une lettre de sa mère. Le train s'était arrêté à la frontière belge, et les avait abandonnés là. Ils avaient réussi à s'installer dans le bassin du Hainaut, où Stephan et ses deux fils travaillaient comme mineurs, dans une mine de charbonnages belges.

Mais pour les autres, tous les autres, je n'ai rien su. Il y eut beaucoup de départs ; chaque semaine, un convoi partait. Cela ne s'arrêta que lorsque les compagnies estimèrent que l'effectif des mineurs était redevenu juste nécessaire.

Dans la maison d'en face, libérée par le départ de Stephan

et Martha, vint s'installer une autre famille. Il y avait cinq enfants. Marcelle, la petite dernière, qui n'avait que quatre ans, devint ma petite amie. Elle était la plupart du temps chez moi et me tenait compagnie. Quand Charles et Jean étaient au travail, sa présence me distrayait. Elle ressemblait à la petite fille que j'aurais aimé avoir.

La vie continuait. Henri, comme il me l'avait promis, me laissait en paix. Je n'entendais plus parler de lui. Seule Juliette, de temps en temps, ne pouvait s'empêcher de parler des études de Jean. Je secouais la tête, et invariablement je répondais :

— Jean s'est bien habitué à son travail de mineur. N'insiste pas, Juliette, je t'en prie.

Elle serrait les lèvres, et je voyais bien qu'elle ne s'avouait pas vaincue. Mais, sûre de moi, je n'y prêtais pas attention.

Vint le moment où Jean, après quelques mois passés au triage, fut admis à descendre au fond. Il devenait, à son tour, une « gueule noire ». A la fin de sa première journée de fond, il rentra, à la fois fatigué et fier de lui. Il me confia, alors qu'il était occupé à se laver :

— Si tu savais, maman, comme j'ai eu peur, quand je suis descendu ! La cage descend à toute vitesse, s'enfonce dans l'obscurité. Ça fait une impression terrible ! L'estomac m'est remonté dans la gorge, je me suis accroché à papa, j'avais l'impression d'avoir des jambes en caoutchouc... Et les autres, autour de moi, discutaient sans paraître remarquer quoi que ce soit !

— C'est parce qu'ils sont habitués. Toi, c'était la première fois que tu descendais.

— Demain, j'aurai un peu moins peur. Et puis, un jour, je n'y ferai même plus attention, comme les autres...

Il se tut un instant, hocha la tête :

— N'empêche que le travail, au fond, est plus dur. Tu sais, je conduis les berlines pleines de charbon à l'endroit où le cheval les reprend. Ça n'est pas facile. C'est juste à ma hauteur quand je suis baissé. Et puis il faut connaître le moindre accident de terrain, pour empêcher la berline de déraper. Je ne les connais pas encore bien... Sur le côté, les billes de soutènement en bois sont quelquefois cassées, il y a des esquilles de bois qui dépassent, qui accrochent au passage. Regarde, j'ai déchiré ma blouse...

— Ce n'est rien, je vais la recoudre.

Je dus plus d'une fois raccommoder ses vêtements de mineur, au début. Peu à peu, là aussi, il s'habitua. Il finit par devenir habile au travail. Il en ressentait une fierté qui se lisait dans ses yeux. Charles et les autres le considéraient comme l'un des leurs ; il avait, comme eux, rejoint la mine, ils faisaient tous partie de la même grande famille.

Pierre, mon beau-père, prit sa retraite. Il la fêta avec ses nombreux amis, heureux de pouvoir se reposer un peu et triste de quitter son travail. C'est une chose que j'ai toujours remarquée, et que je comprends difficilement. La mine était dure avec eux tous, souvent cruelle, parfois meurtrière, et pourtant ils l'aimaient. Pierre, lui, avait été bowetteur, sa santé, peu à peu, s'était délabrée. Il souffrait de douleurs dans les genoux, qui l'empêchaient de se déplacer normalement. Résigné, il me disait :

— Tu comprends, d'avoir travaillé au fond, pendant des années, assis ou couché dans plusieurs centimètres d'eau, ça s'est infiltré dans mes articulations. Il n'y a plus rien à faire, je suis foutu, maintenant.

Ses poumons étaient malades, aussi. Il toussait de plus en plus, s'essoufflait très vite. La mine, après l'avoir assujetti pendant quarante ans de fond, ne le libérait pas encore.

A cause de sa santé, et à cause des conditions de travail de plus en plus pénibles, il était content d'arrêter. Car le climat était toujours aussi tendu. En plus des brimades, des amendes, des menaces, il y avait maintenant le chronométrage. Charles était rentré un soir, furieux :

— Maintenant, la compagnie a trouvé un nouveau moyen de vexation. Il y a un chronométreur qui, dès son arrivée au travail, repère un mineur au hasard et chronomètre tout, du début à la fin. Il se place derrière lui, note le temps qu'il met pour prendre les outils, pour monter le marteau-piqueur, l'heure à laquelle il commence à travailler, tout, vraiment tout. A la fin de la journée, il fait son rapport. Et nous devons accepter ça ! C'est soi-disant pour faire une moyenne de rendement !

Quelques jours plus tard, un mineur refusa de se faire chronométrer. Il fut aussitôt mis à pied. Alors une grève de solidarité fut déclenchée. Les chronométreurs ne furent pourtant pas supprimés. Ils furent simplement remplacés par des « surveillants d'organisation » qui s'occupaient surtout du matériel.

Il y eut beaucoup d'autres grèves qui se généralisèrent cette année-là, dans tout le bassin minier. Il y eut des manifestations. Je me souviens que l'une d'elles appela tous les mineurs à Lens où des trains spéciaux les conduisirent. Jean, Charles et ses frères, avec tous les autres, y participèrent. Ils revinrent révoltés. Il y avait eu des forces de police partout, des gardes mobiles à cheval qui avaient chargé, et la manifestation s'était transformée en émeute. Je secouai la tête, peinée. Des images de bataille surgissaient du fond de ma mémoire, des images qui dataient de mon enfance. Trente ans après, rien n'avait donc changé, la violence était toujours présente.

Comme si tout cela ne suffisait pas, la tragédie intervint une fois de plus dans ma vie.

C'était au début de l'été. Un soir, Charles, qui me parlait de tous ses ennuis au travail, me dit qu'il avait remarqué, avec d'autres, de fortes émanations de grisou à un endroit précis.

— Je l'ai montré au responsable de la sécurité. Il y a une infiltration de gaz qui peut devenir dangereuse. Les souris que nous avons placées comme témoins aux endroits suspects étaient à moitié mortes. Il l'a signalé à l'ingénieur. Sais-tu ce qu'il a répondu ? Qu'il n'y avait pas de quoi s'effrayer, que cela n'était de toute façon pas une raison pour ralentir la production. Le rendement, la production, ils n'ont que ces mots-là à la bouche !

Je savais que c'était la vérité. Pour la compagnie, le rendement était bien plus important que le respect de la vie humaine. Je savais aussi, pour en avoir entendu parler autour de moi depuis mon enfance, que le grisou était très dangereux. Il s'accumulait, et une simple étincelle suffisait pour provoquer une explosion. Dans l'histoire de la mine, de nombreuses catastrophes avaient eu pour cause le grisou, et les mineurs le craignaient avec raison.

Les jours suivants, Charles me dit que rien n'avait été fait. Les mineurs eux-mêmes avaient essayé de colmater, mais c'était insuffisant. Le grisou continuait de s'infiltrer. Je n'étais pas tranquille, d'autant plus que Jean remarquait qu'il avait la tête lourde et les jambes flageolantes.

— Vous devriez refuser de travailler dans de telles conditions. Ne pouvez-vous rien faire ?

Dans un geste d'impuissance, Charles haussa les épaules :

— Que faire, Madeleine ? Faire grève ? Il y en a suffisamment en ce moment. Et puis, une grève, pour être efficace, doit être générale. Là, elle ne serait que partielle. Les mineurs qui travaillent dans les autres galeries ne sont pas concernés.

— Par solidarité, ils feront la grève avec vous.

— Peut-être. Mais c'est difficile. Au premier mot, on nous menace de nous renvoyer. Et si nous sommes renvoyés, que ferons-nous ? Tu sais bien qu'on n'embauche nulle part, en ce moment.

Accablée, j'insistai néanmoins :

— Mais c'est dangereux de continuer à travailler dans de telles conditions. Il faut faire quelque chose, quand même !

— Demain, promit Charles, j'en parlerai au responsable du syndicat. Nous verrons ce que nous pouvons faire.

Mais il n'en eut pas le temps. Le lendemain matin très tôt — ils venaient à peine de descendre — la sirène d'alarme a retenti. J'étais dans la cuisine, où je buvais une tasse de café avant de commencer ma journée de travail. Quand je l'ai entendue, j'ai senti tout mon corps se pétrifier. J'ai posé ma tasse, je me suis précipitée dehors. Partout, les femmes sortaient de leurs maisons. La même appréhension se lisait dans les regards.

Nous avons couru jusqu'à la fosse. Devant la grille, nous avons attendu, immobiles, le cœur serré par la crainte et l'angoisse. Que se passait-il ? Dans la froide grisaille de l'aube, je frissonnais. Les mots « coup de grisou » coururent parmi nous sans que je pusse comprendre d'où ils venaient. Je me souvenais d'une autre attente, dix ans auparavant, et je ressentais les mêmes affres qu'alors, multipliées par deux : en plus de Charles, je craignais maintenant pour mon enfant.

Mes beaux-parents, puis ma mère, vinrent me rejoindre. Anna arriva, elle aussi. Côte à côte, silencieux, nous attendîmes. De nos cœurs, montait la même prière : pourvu que... qu'ils soient sains et saufs, mon Dieu !

Celles du premier rang transmettaient les nouvelles. Une équipe de sauveteurs était descendue. Il y avait effectivement eu une explosion due au grisou, et toute une galerie s'était effondrée. Il fallait attendre avant de connaître les dégâts.

Un mouvement se fit, enfin. Un murmure courut :

— En voilà ! En voilà qui arrivent !

Je me dressai sur la pointe des pieds, tendis le cou pour voir, partagée entre la crainte et l'espoir. Je regardai, regardai encore. Mon mari et mon fils n'étaient pas parmi eux, Georges et Julien non plus. La déception me mit les larmes aux yeux. Ma belle-mère, près de moi, dit, d'une voix éteinte :

— Mon Dieu ! Ils ne sont pas là...

Je secouai la tête, la gorge serrée, incapable de prononcer un mot.

Autour de nous, maintenant, les mineurs remontés avaient rejoint leur femme, leurs enfants ; ils s'embrassaient en pleurant. Des femmes palpaient le visage de leur mari, comme pour s'assurer qu'il était bien là. Au bord des larmes, je les regardais, et je les enviais. Leur angoisse était terminée, la nôtre, au contraire, augmentait à mesure que le temps passait.

L'attente reprit, longue, interminable. Elle dura des heures. J'entendais, derrière moi, mon beau-père respirer de plus en plus difficilement. Plusieurs fois, Jeanne lui dit :

— Va à la maison, Pierre. J'irai te chercher dès qu'il y aura du nouveau.

Mais, à chaque fois, il secoua la tête. Il voulait, comme nous tous, rester sur place, tout en sachant que cela ne changerait rien.

A la fin de l'après-midi seulement, nous apprîmes qu'une partie de la galerie avait pu être déblayée, et qu'un certain nombre de mineurs allaient remonter. Par contre, tout le reste de la galerie était complètement effondré ; il faudrait beaucoup de temps avant de pouvoir libérer ceux qui étaient bloqués dans cette partie. Nous nous regardions, et la même interrogation, le même souhait, se lisaient dans nos yeux.

Un cri se fit, de nouveau :

— Les voilà ! Les voilà !

J'ai essayé de regarder, mais je n'ai pas pu. J'ai fermé les yeux, et les battements de mon cœur étaient si forts qu'ils me causaient une véritable douleur. Avec une impression d'irréalité, j'ai senti que ma mère me serrait le bras ; sa voix me parvint, lointaine, ouatée :

— Madeleine ! Charles est là ! Je le vois !

J'ouvris les yeux, n'osant y croire, et je le vis, moi aussi. Il s'avançait, au côté de Georges. Anna, près de moi, criait frénétiquement « Georges ! Georges ! » en faisant de grands gestes du bras. Ils vinrent vers nous. Charles me serra contre lui avec emportement. Une croûte de sang séché marquait son front. Il murmura, d'une voix étranglée :

— Madeleine, ma chérie ! J'ai bien cru ne jamais te revoir...

Je pleurais, soulagée de voir que Charles était sauf, mais inquiète parce que Jean n'était toujours pas là. Je regardai Charles, questionnai :

— Jean ? Il n'était pas avec toi ?

Il secoua la tête, et dans son regard passa une intense douleur :

— Je ne sais pas où il était. Il devait être au bout de la galerie...

Je me jetai contre lui, torturée :

— Charles ! J'ai peur ! Tu crois que... ?

— Je ne crois rien. Ne t'inquiète pas, Madeleine. Vois, je suis bien remonté, moi, et Georges aussi. Nous allons continuer à déblayer, et nous libérerons les autres.

Ma belle-mère ne se lassait pas d'embrasser Charles, puis Georges, tour à tour, et je vis, dans les yeux de Pierre, des larmes qu'il n'essayait pas de cacher.

— Nous devons repartir, dit Charles, nous allons aider à déblayer. Plus nombreux nous serons, plus vite cela ira.

Je m'accrochai à lui :

— Charles ! Sois prudent ! Je ne veux pas te perdre, maintenant que je t'ai retrouvé.

— Sois sans crainte, Madeleine. Le danger est passé.

Il me serra la main, ajouta :

— Aie confiance. Je te ramènerai Jean.

Avec Georges et les autres, il repartit. Nous reprîmes notre attente. En mon cœur, deux sentiments se mélangeaient : le soulagement de savoir Charles sain et sauf, et l'inquiétude de ne rien savoir pour Jean. Mon enfant, où était-il ? Ne rien pouvoir faire rendait la situation encore plus atroce. Peut-être était-il blessé ? L'anxiété me torturait.

Le soir, on ne savait toujours rien de plus. Le sauvetage s'avérait plus difficile que prévu. L'accès était complètement bouché, il y avait eu un effondrement sur plusieurs mètres. Charles, qui était remonté, expliqua :

— C'est très dur, très malaisé aussi. Il y a parfois d'énormes blocs, il faut y aller avec précaution, de peur de causer un éboulement. Ça prendra beaucoup de temps, je le crains...

J'étais incapable de parler. L'angoisse m'habitait, ne laissant place à aucun autre sentiment.

La nuit fut atroce. Je ne dormis pas. Pour la première fois depuis sa naissance, Jean n'était pas avec nous. Où était-il, et dans quel état ? Je l'imaginais tour à tour vivant et emmuré, ou blessé, ou même peut-être... Je n'osais pas penser plus loin. Je refusais que la mine me le prît. En plus, j'étais consciente de mon impuissance, et c'était une torture de plus.

A l'aube, Charles repartit aider les sauveteurs. Avec ma mère et mes beaux-parents, je repris mon attente, devant les grilles de la fosse. C'était de plus en plus insupportable. Je n'étais plus que tourment, avec cette idée fixe : que mon enfant fût sauvé.

A la fin de la journée, on nous apprit que les sauveteurs n'avaient avancé que de quelques mètres. Les mineurs qui étaient encore au fond étaient tous bloqués derrière cet énorme effondrement ; il fallait tout déblayer avant d'arriver jusqu'à eux. On parlait maintenant de plusieurs jours.

Je faillis m'évanouir. Ma mère essaya de me raisonner, mais sa voix trahissait une anxiété et un tourment égaux aux miens.

La nuit suivante fut encore pire que la précédente. Je pleurai dans les bras de Charles. Lui-même, torturé par l'angoisse, ne pouvait que craindre avec moi. J'ai dû somnoler plusieurs fois, ou perdre conscience, je ne sais plus.

Dès qu'il fit jour, Charles repartit, une nouvelle fois, afin de relayer l'équipe de nuit, et une autre journée s'étira, un lent supplice. A chaque heure qui passait, je pensais toucher le fond de l'angoisse et du désespoir, mais l'heure suivante était encore plus atroce. Je sentais la démence s'emparer de moi. Nous attendîmes encore toute la journée. Le soir, il n'y avait toujours rien de nouveau.

Au cours de la troisième nuit d'attente, je crus bien perdre la raison. Plus le temps passait, plus les chances de les retrouver vivants diminuaient. Au fur et à mesure que les heures s'écoulaient, ma douleur gémissait tout au fond de moi, et les plaintes de ma souffrance emplissaient ma tête, allant en s'amplifiant jusqu'à atteindre un crescendo insoutenable que j'étais seule à entendre et qui peu à peu me rendait folle.

Une autre journée s'écoula. Je ne quittais pas le carreau de la fosse. Derrière la grille, avec d'autres, je guettais fiévreusement le moindre mouvement à l'intérieur. Par moments, ma mère prenait pitié de mon regard traqué, halluciné. Elle me disait :

— Viens, Madeleine, viens chez moi, ou allons chez toi. Ça ne changera rien, de toute façon. Viens...

Mais je refusais farouchement, moi aussi. Je voulais rester là, le plus près possible de l'endroit où se trouvait mon enfant. Il me semblait qu'ainsi je le protégeais, malgré tout. Et surtout, je voulais savoir tout de suite, lorsqu'il y aurait du nouveau. La moindre seconde comptait.

Les équipes de sauveteurs se relayaient continuellement, et avaient réussi à progresser. Le soir, Charles annonça :

— On arrive bientôt à l'endroit où ils sont prisonniers. Ils ont entendu nos coups de pic, et ont répondu en tapant à leur tour. Ils sont vivants !

Je n'eus pas le courage de rectifier : certains étaient vivants, sans doute, mais peut-être pas tous...

— Maintenant que nous savons que nous approchons du but, continuait Charles, nous sommes pris d'un regain d'énergie. Nous commencions à perdre espoir...

Une nuit interminable suivit, et j'essayais de ne pas écouter le hurlement silencieux et continu qui montait en moi. Dès l'aube, je me retrouvai, avec les autres, devant les grilles. C'était la cinquième journée ; je n'en pouvais plus. Je dormais à peine, et ne tenais debout qu'à grand renfort de tasses de café ; je découvrais l'enfer.

Vers le milieu de l'après-midi, alors que je finissais par perdre conscience du monde extérieur pour ne ressentir que mon angoisse, une nouvelle nous parvint :

— Ça y est ! Ils y sont arrivés ! Ils les ont trouvés !

Je n'osais y croire et en même temps j'appréhendais. Qu'avaient-ils trouvé ? Un même frisson nous secoua toutes. Je regardai ma mère et Jeanne, qui étaient près de moi, et dans leurs yeux je vis à la fois la peur et l'espoir.

Nous dûmes attendre encore, longtemps. Soudain, un grand remous se fit :

— Les voilà ! Les premiers remontent !

Avec la sensation de vivre un cauchemar, je regardai. Un premier groupe venait en effet d'apparaître. Soutenus par leurs camarades, ils vacillaient, ils mettaient leurs mains sur leurs yeux pour les protéger de la lumière du jour, cruelle après tout ce temps passé dans l'obscurité. Ils venaient vers nous, et je les dévorais du regard, essayant de voir Jean. Mon cœur se fit très lourd, une infinie désespérance me submergea : Jean n'était pas parmi eux. Des larmes piquèrent mes yeux brûlants, et je serrai les dents de toutes mes forces pour ne pas gémir.

Autour de nous, les premiers rescapés étaient happés par leur famille. J'entendais, avec une impression d'irréalité, les sanglots et les cris hystériques des femmes. Puis un autre cri me parvint :

— Ils remontent les blessés !

Je n'étais plus qu'un brasier que dévorait l'angoisse. Je me mis à trembler sans pouvoir m'en empêcher. A force de regarder fixement l'endroit où ils allaient apparaître, ma vue se brouillait et je n'y voyais plus rien.

Les sauveteurs venaient vers nous, portant des brancards. Ils s'approchèrent. J'avançai, le regard tendu. Alors je le vis. Il était allongé sur un brancard, faible, si faible qu'il pouvait à peine bouger. Son épaule et son bras gauche étaient couverts de sang séché. De sa main valide, il protégeait ses yeux qui étaient pleins de larmes. Ils étaient fixés sur moi et reflétaient encore toute l'horreur qu'il avait vécue.

Je tombai à genoux, pris son visage dans mes mains.

— Mon Jean ! Tu es là...

Il murmura, si bas que je l'entendis à peine :

— Maman...

Puis, dans un soupir, il s'évanouit.

J'eus à peine conscience que ma mère et mes beaux-parents, à côté de moi, pleuraient. Dans les bras de Charles qui était revenu, je laissais, moi aussi, libre cours à mes larmes. Je me débarrassais de toutes ces heures de tension insupportable, et subitement je me sentais faible.

— Viens, me dit Charles, ramenons-le à la maison. Il faut le soigner.

Laissant là mes beaux-parents, qui attendaient encore parce que Julien n'était toujours pas remonté, je rentrai chez moi avec mon mari, ma mère, et mon fils que la mine acceptait de me rendre, blessé et meurtri.

3

Ce n'est que par la suite que je découvris à quel point il était meurtri, bien plus moralement que physiquement. Il avait été blessé à l'épaule et au bras, mais, assura le médecin, ce n'était pas grave, il n'y avait rien de cassé.

— Il est jeune, tout devrait se cicatriser rapidement. A cet âge, la nature a des ressources !

Le médecin parti, je contemplai mon enfant, la gorge serrée. Nettoyé et pansé, il reposait, les yeux clos, le visage plus blanc que l'oreiller. Mon cœur pleurait en le regardant, et, si j'étais soulagée de le retrouver vivant, je souffrais de le voir là, comme un pantin brisé.

— Viens, me dit Charles, laissons-le dormir. Il a besoin de récupérer.

Déchirée, j'obéis. Que pouvais-je faire d'autre, en effet, pour le moment ? Serais-je capable d'effacer toute l'horreur que j'avais vue dans son regard ? Je me penchai, embrassai son front avec douceur et tendresse, et je quittai la chambre.

J'y revins souvent, pourtant. Je n'arrivais pas encore à croire qu'il fût bien vivant. J'avais besoin de le voir, de le regarder dormir. Je venais écouter le bruit de sa respiration, et seulement alors je me rassurais.

Dans la soirée, Charles revint, hagard et bouleversé. Après les blessés avaient été remontés, en dernier, ceux qui avaient été tués. Ils étaient sept en tout ; Julien était parmi eux. Il avait été atrocement brûlé.

— C'est affreux, gémit Charles. Ma mère est comme folle, et mon père, lui, ressemble à quelqu'un qui a reçu un coup sur la tête.

Il s'effondra sur une chaise et se mit à pleurer. Je m'approchai de lui, posai les mains sur ses épaules. J'étais impuissante à le consoler. Je l'aimais bien, Julien, j'avais fini par m'habituer à sa présence silencieuse et discrète. C'était un taciturne. La mine l'avait tué, lui aussi. Quelle cruauté ! Combien il était dur, le métier de mineur, dans son combat inégal, impitoyable, avec la mort !

Je courus chez mes beaux-parents. Georges et Anna étaient là. Des camarades de travail de Julien vinrent, avec leur femme, apporter leur soutien, mais, en face d'un drame aussi atroce, ils étaient impuissants eux aussi.

Dans les bras de Jeanne, je pleurai avec elle. Elle qui avait gardé au cœur, depuis la mort de Marie, une blessure inguérissable, comment allait-elle réagir à ce nouveau coup du sort, qui lui enlevait un autre enfant ? Ses yeux avaient un regard perdu, halluciné. Pierre était complètement hébété. Il secouait la tête avec une sorte d'incrédulité, n'arrivant pas à comprendre, à accepter, à admettre.

Nous avons caché à Jean, le plus longtemps possible, la vérité sur Julien. Il se remettait très lentement et le médecin recommandait beaucoup de calme. Physiquement, sa blessure se cicatrisait bien. Il reprenait des forces. Mais il était atteint moralement. Ses premières paroles, quand il fut capable de parler de l'épreuve qu'il avait subie, furent pour me dire :

— C'était horrible, si tu savais... Tout ce temps dans l'obscurité, sans savoir. Sans savoir si c'était le jour ou la nuit, sans savoir si nous allions être libérés ou si nous finirions par mourir lentement... J'ai cru devenir fou. Vers la fin, nous en étions réduits à manger les carottes des chevaux, et à boire leur urine... Oh, c'était affreux, affreux...

Il sanglotait, et moi j'essayais de le rassurer, avec des paroles dans lesquelles je mettais toute ma tendresse :

— N'y pense plus, mon chéri, c'est fini maintenant. Essaie de ne plus y penser, d'oublier. Tu es sauvé, tu es en sécurité ici, c'est tout, c'est fini...

Mais les mêmes images, toujours, habitaient son regard. Je me rendais compte qu'il n'arrivait pas à s'en libérer. Je voyais au fond de ses yeux une terreur qui me faisait mal et contre laquelle je ne pouvais rien. Malgré mon profond désir de le ramener vers moi, vers nous, vers une vie normale, il restait prisonnier de son monde de ténèbres et de cauchemar.

Le plus dur, c'étaient les nuits. Dès qu'il s'endormait, la même panique le reprenait, qui le transportait de nouveau au fond, où il se trouvait une fois de plus enfoui. Alors il se réveillait en criant, se débattait, m'appelant désespérément.

— Maman ! Maman !

Je courais à lui, le caressais avec douceur, lui murmurant des paroles apaisantes. Peu à peu, il se réveillait complètement, il reconnaissait l'endroit où il se trouvait. En tremblant, il murmurait :

— Je rêvais que j'étais encore là-bas, et j'étouffais, je ne voulais pas mourir...

Il frissonnait. Je le prenais dans mes bras, le berçais avec tendresse, comme s'il était encore mon tout petit bébé. Je l'embrassais et je sentais ses larmes mouiller mes joues. Je serrais les dents de toutes mes forces pour ne pas pleurer avec lui, faisant appel à tout mon amour pour essayer de le consoler. Mais, malgré mes efforts, je n'arrivais pas à vaincre la panique qui se reflétait dans son regard. Charles, à mes côtés, hochait la tête, accablé.

Quelques jours après, il put se lever. Il allait mieux, mais son regard était toujours hanté. Il demanda brusquement :

— Où est Julien ? Tout le monde est venu me voir, sauf lui. Il est blessé, lui aussi ?

Avec précaution, je lui appris la vérité. Son désespoir me

fit peur. Il se mit à pleurer comme un enfant. Affolée, j'essayais de le calmer, et je n'y parvenais pas. Entre ses sanglots, il murmurait des paroles entrecoupées, où je distinguai, pêle-mêle, les mots : mine, impossible, trop dur, cruel... Il se tourna vers moi, et, dans un cri, me dit :

— Maman, je ne peux plus... je ne veux plus y retourner ! J'ai peur, j'ai peur !

Je le serrai dans mes bras, les yeux pleins de larmes. Il n'était qu'un enfant, un adolescent fragile et trop jeune pour une telle épreuve. Moi aussi, j'appréhendais le moment où il devrait reprendre son travail. Le seul fait de penser à l'angoisse qui serait la mienne à tout instant de la journée, lorsqu'il serait au fond, m'était déjà une souffrance. Et puis, je ne supportais plus de voir la peur dans ses yeux.

Le soir même, j'en parlai à Charles. Il essaya de me rassurer :

— C'est normal, après ce qu'il a vécu. Mais il doit réagir. La première fois qu'il redescendra, il aura très peur, c'est certain. Mais ça se passera après une journée ou deux de travail. A mon avis, pour lui, le meilleur moyen de vaincre sa peur du fond, c'est d'y retourner.

Je ne répondis pas. Une autre idée m'était venue, que j'avais repoussée jusque-là. Mais maintenant je comprenais que j'allais l'accepter, car je ne pouvais plus exposer mon fils à un métier aussi dangereux.

Le lendemain, Juliette vint nous voir, Jean et moi.

— Madeleine, s'écria-t-elle en arrivant, je viens d'apprendre ce qui s'est passé ! Jean, comment vas-tu ? Mon Dieu, quand je pense que tu aurais pu y rester !

Elle le serra contre elle, avec une réelle tendresse.

— J'étais partie pour une semaine avec Germain chez mes beaux-parents. Je ne suis rentrée qu'hier, tard dans la soirée. Tu vas mieux, maintenant, tu vas bien ?

Jean ne répondit pas. A sa place, je dis :

— Son épaule est presque guérie...

Juliette me regarda d'un air significatif, puis parla de choses et d'autres. Elle essaya de faire sourire Jean en racontant les dernières espiègleries de son fils. Lorsqu'elle partit, je l'accompagnai jusqu'à la porte. Sur le seuil, seule avec moi, elle chuchota :

— Tu n'as plus le droit, maintenant, de faire mener à Jean une vie aussi dangereuse. Tu l'as compris, n'est-ce pas ? Henri ne vit plus, il a eu si peur, lui aussi ! Il te demande, plus que jamais, d'accepter son offre. Je pense que tu n'auras plus la folie de refuser ?

— Je vais en parler à Jean. Je te donnerai sa réponse.

Après son départ, incapable d'attendre, j'appelai Jean, qui était dans le jardin. S'il fallait, pour lui ramener la paix, faire le sacrifice de me séparer de lui, j'y étais prête.

En choisissant mes mots, j'expliquai à Jean que Juliette, ne voulant pas qu'il continuât le dangereux métier de mineur de fond, s'était offerte, en tant que marraine, à lui permettre de continuer ses études. Tout en parlant, je voyais le regard de Jean s'éclairer, et une sorte d'émerveillement, de délivrance, y apparaître. A la fois heureuse et désespérée, je lui demandai :

— Tu es d'accord ?

Il explosa, littéralement, et pour la première fois depuis la catastrophe meurtrière, je vis ses yeux pétiller d'enthousiasme, de vie, de joie :

— Oh, maman ! C'est formidable ! Je ne retournerai pas au fond ! Si tu savais comme j'en avais peur ! Et puis, continuer mes études, ça a toujours été mon rêve. Je m'étais résigné à ne jamais le réaliser, et maintenant, tu m'apprends que je le pourrai ! C'est merveilleux !

Avec emportement, il me prit dans ses bras, me fit tournoyer. Il exultait. Son allégresse balaya mes dernières hésitations. Vaincue, je décidai d'accepter l'offre d'Henri.

Charles n'y mit aucune opposition. Au contraire, il m'approuva. La joie et l'exubérance de Jean, qui, dès qu'il revint, lui raconta tout, le firent même sourire. Comme moi, il était content de voir notre fils renaître à la vie, après l'abattement des jours précédents. Et, comme moi, il acceptait d'en payer le prix.

Le lendemain matin, Juliette revint. Dès qu'elle parut, Jean lui sauta au cou, l'embrassa, la fit tournoyer, elle aussi, dans toute la cuisine.

— Oh, ma marraine Juliette, dit-il, je t'adore ! Comme

dans les contes, tu es une marraine fée ! D'un coup de baguette magique, tu transformes ma vie ! Tu es merveilleuse !

Juliette, essoufflée, riait.

— Laisse-moi, Jean, laisse-moi, voyons ! Tu es fou !

Après un baiser sonore sur chaque joue, il la lâcha. Elle me regarda, grave, émue :

— Alors, tu as choisi la bonne solution. Merci pour lui, Madeleine, et pour Henri.

Elle se tourna vers Jean :

— Henri, c'est mon frère. Je lui ai parlé de toi, il est prêt à t'aider, lui aussi.

En effet, il s'occupa de tout. Juliette me raconta ce qu'il fit. Il m'était, me dit-elle, profondément reconnaissant de ma décision, et m'en remerciait. Il alla voir le directeur du lycée afin de lui faire accepter Jean, à la rentrée scolaire, à deux mois de là.

— A cause de ton obstination, m'expliqua Juliette, Jean a perdu une année. Mais, heureusement, il est intelligent, et comblera vite ce retard.

Henri prit des mesures, aussi, pour que le retrait de Jean de la mine n'eût pas de conséquences pour Charles, ou pour Georges. Car on avait déjà vu des cas où, dans de telles circonstances, tous les mineurs de la famille étaient licenciés. Il aplanit toutes les difficultés et Juliette me tint fidèlement au courant de tout. Avec discrétion, il n'intervenait pas. Il me laissait Jean entièrement, jusqu'à la rentrée.

Jean, lui, revivait. Il redevenait l'adolescent gai et heureux qu'il aurait toujours dû être. Il avait devant lui un avenir qui, dorénavant, n'était plus sombre. En observant mon fils, je me rendais compte que, même avant la catastrophe, je ne voyais pas dans ses yeux cette lumière, cet enthousiasme qui y étaient maintenant. La mine avait terni son regard, et peu à peu l'avait rendu morose et triste. Même sa façon de se tenir avait changé. Il ne marchait plus voûté, penché en avant ; il s'était redressé, il m'apparaissait, à tous points de vue, libéré.

Ma mère m'approuva, mes beaux-parents également, qui ne se consolaient pas de la mort de Julien. Ce fut à partir de cette époque que j'ai vu, peu à peu, ma belle-mère dépérir. Malgré notre affection, à Charles et à moi, à Georges, Anna et Jean, son petit-fils qu'elle adorait, malgré aussi la présence de Pierre, son mari, elle se laissa mourir de chagrin. A ma mère qui, parfois, essayait de la raisonner, elle répondait doucement :

— Je ne peux plus, Louise, je n'ai plus de forces... Après Marie, Julien maintenant... C'est trop, tu comprends... Je sens bien que je ne m'en remettrai pas... Et, lorsque j'essaie de réagir, je pense que la même chose peut arriver à Georges, à Charles... Comment vivre avec une telle hantise, en plus d'un cœur brisé ?

Elle maigrit, perdit ses forces. Ses cheveux devinrent tout blancs. Elle ne fut plus que l'ombre d'elle-même. Son regard était lointain, il semblait ne plus nous voir, mais au contraire se tourner vers un ailleurs, où l'attendaient ses deux enfants perdus.

L'été passa, l'automne arriva. Le jour de la rentrée, Juliette vint chercher Jean. Henri devait le conduire au lycée. J'embrassai mon fils comme s'il allait m'être ravi. Un instinct, au fond de moi, me commandait de ne pas le laisser partir. Et pourtant, j'acceptais son départ. Il me serra dans ses bras, impressionné lui aussi, triste de me quitter mais malgré tout impatient de commencer sa nouvelle vie. Je le regardai s'en aller avec Juliette, qui l'emmenait vers Henri, et je ne pouvais empêcher mes larmes de couler.

Il me fallut apprendre à vivre sans lui, jour après jour, ne le retrouvant qu'en fin de semaine. Le soir, nous ne fûmes plus que deux, Charles et moi ; la présence, la vivacité de Jean me manquaient beaucoup. Les premiers temps, je ne pouvais pas passer devant sa chambre inoccupée sans pleurer. Où était-il ? Que faisait-il ? Une nouvelle inquiétude, sournoise, venait me torturer : cette autre vie qu'il menait, si différente de la nôtre, n'allait-elle pas me changer mon enfant ?

Lorsqu'il revint pour la première fois, après la longue semaine passée loin de moi, je ne pus m'empêcher de l'embrasser, encore et encore. C'était Henri qui l'avait ramené ; par la fenêtre, j'avais épié leurs adieux. J'avais vu mon fils embrasser Henri avant de descendre de l'automobile. L'un près de l'autre, leur ressemblance m'avait frappée. Jean, d'ailleurs, ne tarit pas d'éloges sur Henri :

— Il est très gentil avec moi, tu sais, maman. Il semble m'aimer beaucoup. Quand marraine Juliette, la semaine dernière, m'a présenté à lui, il m'a regardé intensément, et j'ai remarqué qu'il était ému. Quand j'ai demandé pourquoi à marraine Juliette, elle m'a dit que c'était parce qu'il aurait aimé avoir un fils comme moi et qu'il n'en avait pas eu.

Je m'en suis aperçue tout de suite, Henri l'attirait, lui plaisait. Les rares fois où j'eus l'occasion de les voir ensemble, je notai, avec une pointe de jalousie, la complicité de leurs gestes, de leurs regards. Je fus d'ailleurs incapable de lutter contre l'attirance qui, dès le début, les rapprocha. Il n'est pas vain de parler des liens du sang. Par un instinct obscur et profond, venu du fond des âges, ils se reconnaissaient sans s'être jamais vus. Et je me disais que rien ne les séparerait plus, maintenant qu'ils s'étaient retrouvés.

Peu à peu mon fils se transformait. Il devenait plus raffiné, ses manières étaient plus policées. Ses études le passionnaient, et, moi qui n'avais pas eu la chance de pouvoir continuer les miennes, je lisais ses livres, j'écoutais les explications qu'il me donnait avec un enthousiasme communicatif. Et surtout, avec nous, sa famille, il restait le même, il n'avait pas changé. Sa nouvelle vie ne gâtait pas sa nature simple et affectueuse.

Les semaines me paraissaient longues. Je ressentais notre séparation dans mon corps, comme une douleur physique qui, latente et sourde, ne me quittait pas un instant. Heureusement, ma petite amie Marcelle était là. Elle traversait la rue, et venait souvent passer quelque temps avec moi. Sa présence me faisait du bien.

— Si elle vous ennuie, me disait Catherine, sa mère, n'hésitez pas à la renvoyer !

Je répliquais, avec sincérité :

— Elle ne m'ennuie jamais, bien au contraire !

Elle m'aidait à balayer, à faire le ménage, ou bien, si je cousais, elle s'asseyait près de moi et sagement berçait sa poupée. Je lui apprenais des chansons, je lui racontais des histoires. J'aimais la gravité, l'attention avec lesquelles elle m'écoutait.

Charles, à qui pourtant je ne disais rien, s'était rendu compte de l'ennui que j'avais de Jean. Un jour, sans me prévenir, il revint à la maison avec un poste de T.S.F. Je protestai, à la fois ravie et réticente :

— Oh, Charles ! C'est fou !... C'est bien trop cher, voyons !

— Ne t'inquiète pas. Il est payable à crédit. Et puis, ça te distraira, les jours où Jean n'est pas là.

J'embrassai mon mari avec tendresse. Il était toujours prêt à me faire plaisir, et j'appréciais les attentions dont il m'entourait.

— Merci, Charles, tu es gentil.

— Je veux que tu sois heureuse, Madeleine, je ne supporte pas de te voir triste.

Son cadeau ne fut pas inutile. Avec lui, c'étaient le monde, la musique, la gaieté qui entraient chez moi chaque jour. Je pris l'habitude de le faire marcher chaque fois que j'étais seule. Bientôt, je ne sus plus m'en passer. Le silence me gênait, il me fallait le meubler grâce à mon poste. Je me demandais comment j'avais pu vivre sans lui auparavant.

Jean fut heureux de cet achat. Il s'exclama, dès qu'il l'aperçut :

— Chic alors ! Chez Henri et chez marraine Juliette, il y en a un. Je suis bien content qu'on en ait un, nous aussi !

Il s'adaptait très bien à ses deux modes de vie : la pension, le lycée, et puis la maison en fin de semaine. Il faisait connaissance avec le luxe, l'automobile, il allait chez Juliette et chez Henri, où tout était plus beau que chez nous. Une fois, il me dit :

— Plus tard, moi aussi, j'aurai une belle maison et une belle voiture, comme Henri.

Mais il restait simple, et ne méprisait pas pour autant notre modeste intérieur. Juliette elle-même me dit :

— Il est à l'aise dans toutes les situations. Il est exceptionnel. Ses études s'annoncent brillantes. Henri est de plus en plus fou de lui. Il en est fier ! Gerda ne se montre pas jalouse. Au contraire, elle aime beaucoup Jean, elle aussi.

A de telles phrases, je ne répondais pas. Depuis que mon fils connaissait Henri, je n'étais pas tranquille, tout en étant incapable de m'expliquer pourquoi. J'éprouvais comme un malaise ; une intuition me soufflait que c'était une situation boiteuse, que rien de bon n'en sortirait. Je me secouais pourtant, et m'efforçais de ne voir que les avantages : Jean n'allait plus au fond, il ne risquait plus rien, il continuait des études qui feraient de lui quelqu'un d'important. Il était heureux, et pour moi c'était l'essentiel.

Vint l'année 1936, qui amena un grand changement dans la vie des mineurs. Il était temps, car les conditions de travail devenaient de plus en plus intenables. Charles m'en parlait souvent.

— Nous sommes patients pourtant, et puis ils sont forts, ils comptent sur notre peur d'être licenciés. Mais, si ça continue, ça va déboucher sur une révolution. Nous ne sommes pas des bêtes de somme !

C'est pourquoi la victoire des syndicats fut d'autant plus éclatante. Ils obtinrent, d'abord, une augmentation des salaires, avec cinq jours de travail seulement, soit quarante heures de travail au lieu de quarante-huit. Pour le fond, la semaine de travail fut même fixée à trente-huit heures quarante.

— Et, m'annonça Charles, il y a même un repos de vingt-cinq minutes pour le briquet !

Mais surtout, ce qui nous parut, à tous, presque incroyable, ce furent les congés payés. Jusque-là, les dimanches étaient les seuls jours de repos. Les fêtes légales aussi, comme le 14 juillet ou le 1er janvier, mais, si ces jours tombaient en semaine, ils n'étaient pas rémunérés. Pour la première fois dans l'histoire du monde ouvrier, nous avons appris qu'il y aurait douze jours de vacances payées. Cela nous sembla merveilleux, presque trop beau pour être vrai. Beaucoup restèrent longtemps sceptiques :

— Comment une telle chose peut-elle être possible ? Ne pas travailler, et toucher le salaire quand même ! On n'a jamais vu ça !

Les conditions de travail, elles aussi, redevenaient normales.

— Le système des amendes est supprimé, me dit Charles un jour. Ce n'est pas trop tôt. Et on ne peut plus licencier quelqu'un sans raison. Dorénavant, pour être licencié ou simplement déclassé, il faudra une faute grave.

Cet été-là, pour la première fois de ma vie, je vis la mer. Nous fîmes le voyage en groupe, avec beaucoup d'autres, par le train, jusqu'à Malo-les-Bains. Nous avions à l'époque des billets de congés populaires à tarif réduit, les billets Lagrange. Il y eut des trains spéciaux mis à la disposition des mineurs, et nous pûmes en profiter.

Le parcours se fit dans l'euphorie. Grisés par une véritable sensation de liberté, nous chantions les chansons alors à la mode : *Tout va très bien, madame la Marquise, Le Lycée Papillon* de Ray Ventura et ses Collégiens, ou encore *Quand mon cœur fait boum !* de Charles Trenet.

A l'issue du voyage, nous avons fait connaissance avec la mer, qui me fascina. Si je ferme les yeux, je sens encore le vent du large, j'entends les cris des mouettes. Ce fut, pour moi, une véritable découverte.

Les années suivantes furent, de cette façon, beaucoup plus faciles. Les mineurs travaillaient maintenant avec le respect qui leur était dû. Pour nous, leurs femmes, un grand progrès vint également rendre notre vie plus aisée : ce fut l'installation, dans les maisons, de l'eau courante. Nous n'étions plus obligées de sortir, par tous les temps, pour ramener de l'eau. Finie, l'époque où il fallait revenir courbée sous le poids des seaux.

Ma belle-mère dépérissait près de Pierre malheureux et impuissant à la retenir, Pierre qui avait des ennuis avec ses poumons qui allaient de moins en moins bien.

Moi, j'avais pris l'habitude de ne voir Jean qu'en fin de semaine et pendant les vacances. Charles m'entourait de tant d'amour que j'avais fini par m'y faire, à la longue. C'est pourquoi, lorsque l'orage éclata, je n'étais pas prête à y faire face. Pendant deux ans, je m'étais endormie dans la routine, je m'étais laissée vivre. Et puis, brutalement, l'année 1938 m'apporta ce qui devait être l'une des épreuves les plus douloureuses de ma vie.

4

C'était un samedi. Jean était un peu en retard. Lorsqu'il revint, Charles, qui faisait cette semaine-là le poste de l'après-midi, n'était pas rentré. J'étais donc seule à la maison. Dès que mon fils entra, je vis, à son regard, que quelque chose n'allait pas. Il ne m'embrassa pas comme d'habitude, et je remarquai qu'il avait l'air de quelqu'un qui vient de recevoir un choc.

Tout de suite inquiète, je l'ai interrogé. Si j'avais su me taire, pourtant ! Il ne m'aurait peut-être rien dit. Mais je n'ai vu qu'une chose : mon enfant me paraissait préoccupé, et je voulais effacer le pli qui barrait son front. Alors, sans aucune méfiance, j'ai demandé :

— Quelque chose ne va pas, mon chéri ? Tu sembles inquiet.

Il m'observa un instant, une incertitude dans les yeux. Il hésita, sembla prêt à parler, et finalement se tut. Intriguée, et totalement inconsciente de ce qui allait suivre, j'ai insisté :

— Voyons, qu'y a-t-il ? Tu ne veux pas me le dire ?

Il me regarda de nouveau, semblant peser le pour et le contre. Et puis, il se décida :

— Maman... Je voudrais... je voudrais te demander quelque chose. Mais avant, promets-moi, jure-moi de me dire la vérité.

Là encore, je ne me suis pas doutée un seul instant de ce que cela pouvait être. Je fus même un peu amusée par l'air grave de mon fils, et c'est en souriant que j'ai répondu :

— Je te le promets. Alors, de quoi s'agit-il ?

Il ne le dit pas tout de suite. Il devait sentir, instinctivement, que sa question allait tout détruire. Il respira profondément, et il me sembla qu'il avait pâli. Puis, presque tout bas, il demanda :

— Maman... Est-ce vrai que papa n'est pas mon vrai père... que... que c'est Henri ?

Pétrifiée de stupéfaction, je n'ai pas pu répondre. Dans les secondes qui suivirent, mon cerveau, bloqué, n'a pas su réagir clairement. J'étais anéantie. La première pensée qui m'est venue a été : comment sait-il ?... Et, totalement désorientée à mon tour, je n'ai pas pris garde au regard avec lequel il me fixait, un regard suppliant, plein d'espoir en même temps, qui criait à lui seul son besoin d'être rassuré. Le choc était trop rude. Je n'ai pas pu réfléchir avec cohérence, je n'ai pu que balbutier, avec l'impression de me sentir sombrer :

— Qui... qui te l'a dit ?

De ma vie, je ne me pardonnerai jamais d'avoir prononcé ces paroles. Elles étaient un aveu, alors que Jean espérait un démenti. Si j'avais simplement demandé : « Qui t'a dit ça ? », tout aurait été différent. Mais, sous l'effet de la surprise, j'ai prononcé les premières paroles qui me vinrent à l'esprit, et elles furent fatales. Ensuite, il était trop tard pour les rattraper.

Jean pâlit encore plus, recula d'un pas, murmura :

— Alors... c'est vrai ? C'est donc vrai... Je ne voulais pas le croire...

Je vis sur son visage une véritable souffrance. Une colère monta en moi contre Henri. Il avait trahi mon secret, malgré sa promesse. Je ne pus m'empêcher de demander :

— C'est Henri qui t'a parlé ? C'est lui ?

— Non. Mais peu importe ! Le principal, c'est que c'est vrai ! C'est vrai ! Je ne voulais pas le croire ! Quand il m'a dit ça, j'ai failli lui sauter dessus ! J'ai simplement cru qu'il était jaloux. Mais lui, il ricanait, il semblait si sûr de lui ! Il m'a dit : « Si tu ne me crois pas, demande à ta mère. Elle doit bien le savoir, elle ! »

— Mais... je ne comprends pas, Jean... Qui donc a pu...

Il répéta, sur un ton à la fois incrédule et horrifié :

— Ainsi donc, c'est vrai ! Je comprends maintenant ! Je comprends la sollicitude d'Henri, sa tendresse envers moi. Il le sait, lui ? Dis, il le sait ?

Devant son regard accusateur, je voulus me défendre. Mais, sauvagement, il ordonna :

— Réponds, au moins ! Aie la franchise de dire la vérité ! Il le sait, que je suis son fils ?

Un courant obscur m'emportait, et je ne pouvais lutter contre sa force. Avec un profond sentiment de catastrophe j'acquiesçai d'un signe de tête. Jean eut une sorte de ricanement qui me fit mal, et, impitoyablement, reprit :

— Et papa ? Il sait, lui aussi ? Ou bien il se croit vraiment mon père ? Dis, réponds !

Une horrible souffrance me hachait le cœur. Je ne reconnaissais plus mon fils dans cet adolescent furieux et vengeur qui me parlait durement, qui m'accablait sans pitié :

— Alors, réponds ? Il ne sait rien ?

Torturée, j'ai dit, dans un souffle :

— Si, il est au courant...

— Ah, c'est très bien ! Tout le monde le sait, sauf moi, le principal intéressé !

Un sanglot l'interrompit. Ses yeux reflétèrent une douleur immense. Il eut un geste vers moi, dit, dans une plainte :

— Oh, maman, maman ! Comment as-tu pu faire ça ?...

Anéantie, brisée, je n'ai pas su me défendre. J'ai voulu me rapprocher de lui, essayer de lui expliquer, de lui faire comprendre. Mais lui, meurtri par une révélation trop brutale, ne me le permit pas. Je vis, avec une peine atroce, le recul qu'il eut pour s'éloigner de moi ; je vis son regard se poser sur moi avec une sorte d'horreur, oui, d'horreur — et je crus mourir.

Il reprit, avec rage, avec acharnement :

— Comment as-tu pu faire ça ? Toute cette tromperie ! Jamais plus je n'aurai confiance en toi ! Et jamais je ne te pardonnerai ! Si tu savais comme je t'en veux ! Non, ne m'approche pas ! Ne me touche pas ! Je te déteste !

Je m'arrêtai dans mon élan vers lui, pétrifiée de douleur. J'étais trop bouleversée pour comprendre que seuls la souffrance et le désespoir dictaient son attitude ; il avait mal, et, par une instinctive réaction, il cherchait à faire mal à son tour.

Il me tourna le dos, se dirigea vers la porte. Incapable de le retenir, dans un sursaut de désespoir je criai :

— Jean ! Où vas-tu ?

Il se retourna, d'un mouvement brusque. Je lus dans son regard une véritable haine, et je sentis la vie se retirer de mon cœur meurtri.

— Je m'en vais ! Je ne veux plus te voir ! Je vais rejoindre Henri, puisqu'il est mon vrai père ! Ma place est auprès de lui !

La douleur me crucifiait. Je tendis les mains vers lui, mais il ne vit pas mon geste. Il ouvrait la porte, s'en allait. Abrutie de souffrance, impuissante et désespérée, je n'ai pu que le regarder partir, et, à chaque pas qui l'éloignait de moi, je me sentais mourir un peu.

Lorsque Charles rentra le soir, il me trouva complètement prostrée. Depuis le départ de Jean, je ne faisais que pleurer. Mon équilibre était détruit, mon petit monde venait de s'effondrer. Hagarde, abrutie, je promenais autour de moi un regard incompréhensif, perdu.

A l'entrée de Charles, je ne pus que le regarder à travers mes larmes. En me voyant dans un tel état, en constatant l'absence de Jean, il comprit que quelque chose de grave était arrivé. Je vis ses traits se creuser, et ses yeux clairs, qui ressortaient davantage dans son visage noir de charbon, se charger d'inquiétude. Tout de suite, il s'écria :

— Il est arrivé quelque chose à Jean ?

Je secouai la tête. Lourde de désespoir, une houle emplissait ma gorge et m'empêchait de parler. En deux enjambées, Charles vint à moi, me prit aux épaules. Il me scruta, et je vis dans son regard un mélange d'anxiété, de peur, de tendresse, de pitié.

— Pourquoi es-tu dans cet état ? Que s'est-il passé ?

Il regarda autour de lui, désorienté, et reprit :

— Où est Jean ?

Je baissai la tête, et, dans un gémissement, je dis, très bas :

— Il est parti...

— Parti ? Où cela, parti ? Comment, parti ?

Je me remis à pleurer, à gros sanglots. Charles, que l'intensité de mon désespoir effrayait, essayait de comprendre :

— Calme-toi, je t'en supplie ! Que se passe-t-il ? Où est-il parti ? Et pourquoi pleures-tu ?

Sa tendresse, sa sollicitude me firent pleurer davantage. Je me jetai dans ses bras, et là, sanglotai longuement. Je m'accrochais à lui, heureuse de sentir, dans la tourmente où je me débattais, sa force, sa compréhension, son amour.

Peu à peu, j'arrivai à retrouver un semblant de calme. D'une voix entrecoupée, je lui racontai ce qui s'était passé.

Je dis la violence de Jean, et ses paroles emplies de haine, qui m'avaient fait si mal. J'étais si malheureuse que j'aurais voulu hurler ma peine, ou alors, comme un animal blessé, me réfugier dans un coin et me laisser mourir. Charles, comme moi, ne comprenait pas. Atterré et furieux, il répétait :

— Si je tenais le salaud qui est allé lui raconter ça !

Nous avons cherché, toute la soirée, qui pouvait être responsable de ce gâchis, et nous n'avons pas trouvé. Nous étions seuls, Charles et moi, à connaître la vérité, avec ma mère, Henri et Juliette. Nous tournions en rond, nous nous posions inlassablement la même question : qui donc, mais qui donc ? Ce ne pouvait pas être l'un de nous. C'était un homme, Jean avait parlé d'un homme. Je ne voyais qu'Henri, et pourtant, quelque chose me disait que ce n'était pas lui. Jean, d'ailleurs, avait assuré que ce n'était pas Henri. Alors, qui ? Peut-être le mari de Juliette ?... Mais savait-il la vérité ? Rien n'était moins sûr, Juliette ne lui avait peut-être rien dit. Et puis, pourquoi aurait-il fait ça ? Je me torturais l'esprit, je me rendais malade.

Le lendemain, qui était un dimanche, ma mère vint, comme d'habitude, dîner chez nous. Une nouvelle fois, je racontai ce qui s'était passé. Elle fut, elle aussi, atterrée. Elle voulut essayer de me consoler, et, finalement, se mit à pleurer avec moi. Ma douleur devenait sienne, la même peine était dans nos cœurs. Jean était perdu pour nous, et nous en étions inconsolables. Nous reviendrait-il un jour ?

Je voulais l'espérer. Je me disais que le choc s'atténuerait, ou qu'Henri le raisonnerait, et le renverrait vers moi. Je me disais qu'il était mon enfant, qu'il ne pourrait rester longtemps loin de moi. Mais il ne revint pas.

Dans la semaine, Juliette vint me voir. Henri lui avait tout raconté, et elle me plaignait. Elle non plus ne savait pas qui avait dévoilé la vérité à Jean. Ce ne pouvait être son mari, il n'était au courant de rien, et de toute façon, me dit-elle, il n'aurait pas fait ça. Comme nous, elle s'interrogeait, sans trouver de réponse.

Elle essaya, avec toute son amitié, de me réconforter :

— Prends patience, me conseilla-t-elle. Il faut qu'il accepte ce qu'il vient de découvrir. Le choc a été rude, pour un adolescent sensible comme lui. Comprends-le, Madeleine. Tu es sa mère, il t'avait placée sur un piédestal, et subitement, tout se brise. Il souffre, il est malheureux !

— Oh, Juliette, mon pauvre enfant ! Que puis-je faire, dis-moi ? Je suis si malheureuse, moi aussi !

— Laisse-lui le temps de revenir. Henri m'a dit que, pour le moment, il est totalement buté, il se braque dès qu'on essaie de le raisonner. Tout son équilibre est bouleversé, c'est compréhensible !

Je soupirai, sans répondre. Oui, elle avait raison. Et là encore, c'était moi l'unique responsable. Si Charles avait été le père de Jean, rien de tout cela ne se serait produit. Cette unique faute pesait lourdement sur ma vie. Je m'étais crue sauvée, lorsque Charles m'avait épousée. Comme je m'étais trompée !

Je vécus dès lors amputée d'une partie de moi-même. En moi, un grand vide s'était fait, et j'entendais, au plus profond de mon cœur, une lamentation ininterrompue, qui me disait le mal de mon petit. Je me laissais vivre, je m'engourdissais dans ma souffrance. Charles souffrait avec moi. Il m'entourait de davantage de tendresse, comme pour compenser l'absence de mon enfant. Nous nous rapprochions, pour mieux lutter, à deux, contre la tristesse de notre vie sans lui. Mais rien ne pouvait me consoler du départ de Jean.

A mes beaux-parents, qui croyaient depuis toujours que Jean était le fils de Charles, nous n'avons pas pu dévoiler la vérité. Charles a inventé une histoire de stages qui éloignaient Jean de la maison pendant une période indéterminée. Emmurée dans mon désespoir, j'ai accueilli leur réaction avec indifférence. Je crois, d'ailleurs, qu'ils ont admis l'explication de Charles sans problèmes. Ils étaient suffisamment pris avec leurs propres soucis. La santé de Pierre se dégradait ; quant à Jeanne, plus grand-chose ne l'intéressait

Ma petite amie d'en face, Marcelle, réclama Jean à plusieurs reprises. Elle avait maintenant huit ans ; c'était une jolie petite fille aux boucles blondes. Je me disais que j'aurais aimé avoir une petite fille comme elle, qui m'aurait sauvée de ma neurasthénie. Je reportais sur elle toute ma tendresse inemployée.

Très souvent, elle me disait :

— Et Jean, Madeleine ? Quand revient-il ?

Ses questions m'étaient douloureuses. Je répondais évasivement :

— Dans quelques semaines, sans doute.

Elle soupirait. Presque autant qu'à moi, Jean lui manquait. Elle lui vouait une véritable adoration depuis le jour où il l'avait défendue contre un groupe de garnements qui lui avaient chipé son ballon. Jean avait chassé les gamins, et rendu son ballon à la petite fille en pleurs. Il était, pour elle, un héros. Elle venait toujours à la maison quand il se trouvait là, et le suivait partout avec une fidélité de petit chien. Lui, acceptait sa présence avec une condescendance amusée. Et, depuis que Jean m'avait quittée, comme moi, elle portait un cœur lourd d'une infinie tristesse.

Pour Charles, j'essayai de réagir. Je m'obligeai à croire à un retour possible de Jean. Je savais par Juliette qu'il vivait chez Henri, et qu'il refusait toujours farouchement de revenir chez nous. Pourtant, je voulais croire qu'il me reviendrait. Instinctivement, je sentais que seul cet espoir me permettrait de vivre. Sans lui, je me serais laissée mourir.

Cette épreuve m'avait marquée, vieillie prématurément. J'avais trente-huit ans, et déjà des cheveux blancs.

Mon problème personnel m'occupait tellement que les difficultés extérieures m'étaient secondaires. Pourtant, rien n'allait plus. Le chômage s'aggravait, des grèves éclataient, les prix grimpaient de plus en plus. Charles, bien souvent, ouvrait notre poste de T.S.F. et écoutait les informations, le front soucieux. Moi, je n'y comprenais pas grand-chose. J'entendis parler du rattachement de l'Autriche à l'Allemagne, et des accords de Munich. Dans le coron, tous les hommes en parlaient. L'inquiétude nous gagnait peu à peu.

— Tout cela finira mal, disait Charles en hochant la tête avec pessimisme. Nous aurons la guerre, si ça continue.

Je le regardai avec incrédulité. Comment une chose pareille était-elle possible ? Je me souvenais d'une autre guerre, qui m'avait pris mon père et ne m'avait apporté que tristesse et désolation. Je n'osais pas croire que cela pouvait se reproduire.

L'hiver passa, et je vivais toujours séparée de mon enfant. Juliette venait me voir de temps en temps, et me donnait de ses nouvelles. Rien n'était changé, il ne voulait toujours pas revenir. A ma peine de l'avoir perdu venait s'ajouter une rancune envers Henri. Je me disais que, trop content d'avoir récupéré Jean, il l'approuvait dans son choix de ne plus me revoir. J'avais même pensé à aller lui demander de me rendre mon fils, et j'en avais parlé à Juliette. Elle me l'avait déconseillé. C'était Jean, disait-elle, qui refusait tout dialogue ; il fallait laisser faire le temps. Mais ce m'était de plus en plus dur d'attendre, sans savoir si mon espoir serait un jour réalisé. J'avais peur, aussi, que mon fils ne se mît à préférer la vie que lui faisait Henri, et je me demandais de plus en plus souvent s'il reviendrait un jour.

Charles, qui voyait combien j'étais triste, et à qui je faisais part de mes craintes, me rassurait. Il me disait, invariablement :

— Il reviendra, Madeleine, tu verras, il finira bien par revenir. Il nous aime, malgré tout, et puis, c'est un bon petit.

Ma mère abondait dans ce sens :

— Il a raison, Madeleine. Jean t'aime, ne crains rien. C'est parce qu'il t'aime qu'il n'arrive pas à admettre la réalité. C'est un adolescent, épris d'idéal, et l'image qu'il se faisait de toi a été brutalement détruite. Ce n'est qu'une question de temps.

Mais combien de temps ? me disais-je parfois. C'était interminable, et l'idée que mon enfant me haïssait m'était insupportable. J'avais toujours dans la tête les mots qu'il m'avait jetés avec rancune : « Je te déteste ! » Je me réveillais parfois la nuit, ayant l'impression de les entendre encore.

L'année 1939 arriva, et avec elle les menaces de guerre se précisèrent. Les nouvelles devenaient alarmantes. Notre poste de T.S.F. nous apprit l'entrée des troupes allemandes en Bohême-Moravie, puis, en mai, le pacte d'Acier entre l'Allemagne et l'Italie. Plus les mois passaient, plus les chances de paix diminuaient, et plus l'espoir de voir mon fils me revenir s'amenuisait. Je vivais dans une attente continuelle, basée de plus en plus sur la crainte.

Le 1er septembre, les troupes allemandes envahirent la Pologne. Le 3, l'Angleterre et la France déclarèrent la guerre à l'Allemagne. Je nous revois, Charles et moi, dans notre cuisine, l'oreille collée au poste de T.S.F. Ma mère était là, également. Nous avons écouté l'allocution du président du Conseil Daladier. Et puis, ma mère et moi, les larmes aux yeux, avons échangé un long regard. Charles m'a pris la main, l'a serrée très fort. Tous les trois, écrasés par une fatalité implacable, nous éprouvions le même sentiment d'impuissance désespérée.

Parmi les mineurs, beaucoup ne furent pas mobilisés, car il fallait garder de la main-d'œuvre pour extraire le charbon. Charles fut de ceux-là, et, dans la tristesse de ces jours difficiles, ce me fut un réconfort. Privée de la présence de mon fils, que serais-je devenue sans Charles ? J'avais doublement besoin de lui, et j'étais heureuse de savoir que je n'aurais pas à trembler chaque jour pour sa vie.

Mais je n'eus pas le temps d'être rassérénée bien longtemps. Quelques jours après, une nouvelle inquiétude s'abattit sur moi. Juliette vint m'annoncer que Jean s'était engagé, et était parti pour le front. Bouleversée, je m'effondrai.

— J'aurais préféré ne pas te le dire, mais j'ai voulu que tu le saches avant de l'apprendre par d'autres. De toute façon, il aurait été appelé d'ici peu, tu le sais. Et rien n'a pu le retenir, il était fermement décidé à partir.

— Il n'est même pas venu me voir, me dire adieu ! Comment a-t-il pu ?...

— Il est parti très rapidement, sur un véritable coup de tête. Henri a été mobilisé comme officier. Jean n'a pas hésité, il a demandé à partir avec lui.

Je ne répondis pas. Je savais que chaque jour je tremblerais lorsque j'entendrais frapper à la porte. Je ne me souvenais que trop bien de la façon dont nous avions appris la mort de mon père. Je savais que je vivrais avec une peur constante au fond du cœur, et que je m'efforcerais, sans résultat, de chasser la pensée qui me dirait, bien souvent : « Et si je ne le revoyais plus jamais ? Et si je le perdais définitivement ?... »

Charles réagit mieux que moi :

— Il fait son devoir, Madeleine. Nous ne sommes pas les seuls à avoir un fils à la guerre.

Bien sûr, lui, il était un homme. Il voyait ça d'une façon différente. Moi, je n'étais qu'une mère qui tremblait pour son enfant. En plus, je m'interrogeais sur les motifs qui l'avaient poussé à s'engager. Etait-ce dans le seul but de suivre Henri ? Ou bien était-ce une sorte de fuite devant une réalité qu'il ne pouvait admettre, en ce qui me concernait ? Comment savoir ? Dans le doute qui me rongeait, je me disais que, s'il lui arrivait quelque chose, ce serait encore moi la coupable.

J'écoutais avec une nouvelle attention les informations. J'entendais, autour de moi, discuter les hommes, j'essayais de me rassurer quand ils disaient que rien de bien grave ne se passait. C'était la « drôle de guerre », une guerre pour rire. Nous vivions dans une sorte d'attente. Je voyais, sur les murs, des affiches qui disaient : « Nous vaincrons parce que nous sommes les plus forts. » Certains, les plus optimistes, affirmaient que tout serait bientôt terminé. D'autres restaient dans l'expectative. Et moi, égoïstement, je ne pensais qu'à mon enfant.

Juliette vint m'apporter une lettre de lui qu'elle avait reçue. Il avait écrit à sa marraine, mais pas à moi. Il m'en voulait donc encore ! C'était un mot assez court, dans lequel il disait qu'il était à la frontière, qu'il ne se passait rien d'important. Il se portait bien, Henri également. Il terminait en l'embrassant très fort ainsi que Germain. Pas un mot pour moi, ni pour la famille. Rassurée de savoir qu'il allait bien, j'étais déchirée, en même temps, par une telle indifférence.

Juliette vit ma tristesse :

— Si tu veux, me proposa-t-elle, je ne te montrerai plus ses lettres.

— Si, je préfère les voir. Elles m'apportent la preuve qu'il est en bonne santé. C'est le plus important, après tout.

Elle me laissa l'adresse, et Charles, le soir même, se décida à lui écrire. Il lui donna des nouvelles de nous tous, et lui parla de notre inquiétude. Jean ne répondit jamais. Cela me fit encore plus mal, et je suppliai Charles de ne plus écrire.

Ma mère et mes beaux-parents, comme moi, s'inquiétaient. Ma belle-mère vivait en dehors du monde. Même l'annonce d'une prochaine naissance, au foyer de Georges et d'Anna, n'avait pas réussi à la ramener vers nous. Pierre se désespérait de la voir mourir lentement de chagrin, sans pouvoir la retenir ni l'aider. Ma mère essayait bien de la secouer, de temps en temps, mais Jeanne haussait les épaules, dans un geste empreint d'un complet désespoir :

— Je n'ai plus la force de vivre, Louise, disait-elle dans un souffle.

Moi qui tremblais chaque jour pour Jean, je la comprenais. Je me disais que, si je perdais mon enfant, comme elle je n'aurais plus qu'à me laisser mourir.

Au début du printemps, ma belle-sœur Anna mit au monde un fils. J'allai l'aider chaque jour, tout le temps qu'elle fut alitée. Je faisais son ménage, je préparais le repas de Georges, je lavais les langes du bébé. Je la regardais, dans son lit, heureuse et épanouie, tenant contre elle son enfant qu'elle nourrissait. Je me souvenais, avec une acuité douloureuse, de la naissance de mon propre fils, qui avait choisi de me quitter. Alors je détournais la tête pour cacher mes yeux pleins de larmes.

Georges était très fier de son fils. Il rayonnait :

— As-tu déjà vu un plus bel enfant, Madeleine ?

Je souriais, j'approuvais. La joie et la fierté que je voyais dans leurs yeux, à tous les deux, rendaient encore plus fort mon besoin de Jean.

Charles fut choisi pour être le parrain du petit. Il fut appelé Paul, et le baptême eut lieu le mois suivant. Ma belle-mère, quand elle prit son petit-fils dans ses bras, sembla, pour un instant, s'éveiller de sa tristesse habituelle.

— Je voudrais, me chuchota Anna, que cet enfant puisse la ramener à la vie.

Je le souhaitais aussi. Mais je savais la douleur de Jeanne trop profonde pour être surmontée.

La guerre continuait, et, bientôt, tout changea. En avril, les Allemands envahirent le Danemark et la Norvège, puis, en mai, le Luxembourg, la Hollande et la Belgique. Tout de suite après, ils furent en France. Le mois de mai fut un véritable cauchemar. Chaque jour, une ville tombait, prise par les Allemands. Leur avance semblait inexorable. Nous commencions à entendre l'écho des bombardements, qui réveillaient en moi une terreur que j'avais cru, à tort, oubliée.

Il y eut des files de réfugiés, qui venaient de Belgique, et du nord de la France. Nous les voyions passer, fuyant l'avance allemande, emmenant tout ce qu'ils pouvaient dans des brouettes, des baluchons, des valises. C'était une véritable cohue, qui finissait par gêner la circulation. Ils avançaient péniblement, et beaucoup, de cet exode, ne revinrent pas. En effet, les avions allemands, les Stukas, mitraillèrent et bombardèrent des centaines de réfugiés, ajoutant leur œuvre de mort à une désolation déjà grande.

Nous étions en territoire occupé. Une fois de plus, il fallait subir l'envahisseur. Des nouvelles nous parvenaient, qui nous indignaient et nous effrayaient à la fois : dans des villages voisins, à Courrières, à Oignies, les Allemands avaient incendié les maisons et fusillé une centaine d'habitants.

— Pourquoi ? Mais pourquoi ? demandai-je à Charles, lorsqu'il m'apprit la nouvelle.

— Ils se sont vengés. Ils avaient subi, la veille, une vive résistance de la part de l'armée française.

Je restai incompréhensive. Etait-ce une raison pour massacrer des femmes, des enfants ? Peu à peu, mêlée à notre terreur, une haine de l'ennemi montait dans les esprits.

Nous apprîmes qu'ils avaient conquis Paris, le 14 juin, et puis, le 17 juin, que le gouvernement français avait demandé l'armistice. Ce fut, dans le coron, une explosion de colère. Beaucoup étaient outrés, indignés.

— Nous ne serons pas allemands ! disaient-ils. Jamais ils ne pourront nous obliger à nous avouer vaincus !

J'ai vu, ce jour-là, des vieux qui pleuraient, de ceux qui avaient participé à la Première Guerre. Ils ne comprenaient pas. Et c'était Pétain, un maréchal, un survivant de l'épopée de 1914-1918, qui venait d'annoncer la capitulation ! Ils ressentaient cela comme une véritable trahison.

Le lendemain, de Londres, un général de l'armée française, Charles de Gaulle, appela tous les Français à la résistance. De ce jour, nous écoutâmes tous fidèlement Radio-Londres.

La vie devenait de plus en plus difficile. Nous eûmes des cartes de rationnement. Les avantages acquis sous le Front populaire furent annulés. La semaine de quarante-huit heures fut rétablie, et les mineurs durent travailler un dimanche sur deux.

— Vois-tu, me disait Charles, ils veulent nous faire extraire le plus de charbon possible, pour l'ennemi. Ça ne peut pas aller !

A quelque temps de là, une bombe fut lâchée par un avion allemand sur la fosse 6, à Haillicourt, et déclencha un coup de poussière dans la salle du triage. En un instant, le criblage fut transformé en brasier. Des hommes et des femmes furent brûlés vifs. Parmi les victimes se trouvait un neveu de Jeanne, le fils de son unique frère.

Cette épreuve fut, pour ma belle-mère, le coup de grâce. Je la vis revenir de l'enterrement, le regard perdu, l'air hagard. Elle semblait avoir laissé là ses dernières forces.

Peu de temps après, elle s'alita. Elle avait attrapé une mauvaise toux, et son état empira rapidement. Anna étant occupée avec son bébé, j'allai la soigner. Pierre fit venir le médecin, qui, après l'auscultation, hocha la tête avec tristesse. Il donna une potion à prendre, des ventouses à appliquer. Je le reconduisis à la porte :

— Qu'a-t-elle, exactement, docteur ? Est-ce grave ?

Il me regarda sans répondre, et je lus dans ses yeux son hésitation.

Alors j'insistai :

— Dites-le-moi franchement, je préfère savoir. Est-ce vraiment grave ?

Il soupira :

— Sa maladie par elle-même n'est pas grave, non. C'est son corps qui est usé. Elle ne veut plus vivre et, malheureusement, rien ne peut ramener à la vie quelqu'un qui préfère se laisser mourir.

Je ne répétai pas ces paroles à Pierre. Il était déjà assez perdu, et sa santé, à lui non plus, n'était pas bonne. Il s'essoufflait très vite, il devait marcher lentement, le moindre effort lui était pénible. Je retournai près de ma belle-mère et lui fis boire sa potion. Elle retint mon poignet :

— Madeleine, demanda-t-elle d'une voix rendue rauque par ses accès de toux, qu'a dit le docteur ? Je vais mourir, n'est-ce pas ?

Elle ne me laissa pas le temps de protester par un mensonge. Elle reprit, comme pour elle-même :

— C'est aussi bien, je n'en peux plus. Je vais enfin pouvoir les rejoindre, mes deux enfants. Il y a si longtemps qu'ils m'attendent, Marie surtout... Je vais la retrouver, ma petite fille, après toutes ces années, qui m'ont paru si longues...

Incapable de prononcer un mot, je luttais contre mes larmes. Elle vit mon chagrin :

— Ne pleure pas, Madeleine. Il ne faut pas être triste, je suis heureuse et soulagée de partir. Le seul problème, c'est Pierre, je le sais bien. Il restera seul... Je te le confie, Madeleine, prends bien soin de lui. Il t'aime comme sa fille, et je sais que tu seras bonne avec lui... Va le chercher, et laisse-nous seuls un instant. Ensuite, tu iras demander à Anna qu'elle m'apporte mon petit-fils. J'aurais bien aimé revoir Jean, avant de partir, mais, avec cette guerre... Embrasse-moi, Madeleine, je te remercie d'être une bonne épouse pour mon Charles...

Je me suis penchée vers elle, je l'ai embrassée, avec tendresse, avec désespoir. Elle me serra dans ses bras, un instant, puis me repoussa :

— Va, ma fille, et envoie-moi Pierre.

Je suis sortie de la chambre, suffoquant de chagrin. A Pierre, dans la cuisine, je dis :

— Allez la rejoindre, elle vous demande...

Il se leva, s'approcha, regardant mon visage baigné de larmes. Il tendit vers moi une main, d'un air désemparé :

— Madeleine, murmura-t-il, et mon nom ressemblait à une plainte.

Je me jetai contre lui, et nous nous sommes accrochés l'un à l'autre. Le premier, Pierre s'écarta :

— Je vais la voir, dit-il.

Et je l'entendis ajouter tout bas, dans un souffle :

— Ma Jeanne...

Il eut une sorte de sanglot, et je le regardai, impuissante, se diriger vers la chambre d'une allure titubante, heurtée, l'allure d'un homme malheureux et accablé par le désespoir.

Elle mourut le surlendemain. Elle partit paisible, assurée d'aller rejoindre ses deux enfants qui l'attendaient. Une dernière fois, elle m'avait confié Pierre, et, une dernière fois, avait réclamé Jean. Jean qui, quelque part sur le front, ignorait que sa grand-mère se mourait. Et même s'il l'avait su, qu'aurait-il pu faire ? Aurait-il eu seulement la permission de venir ?

Avec les voisines, je fis la toilette de Jeanne. Lorsqu'elle reposa, les mains jointes, sur le lit, je remarquai la profonde sérénité de son visage. Je ne pus m'empêcher de penser qu'elle avait réellement retrouvé ses enfants dont l'absence cruelle et définitive l'avait menée peu à peu vers la mort.

Les gens du coron défilèrent, venant rendre un dernier hommage à une femme que tous estimaient. Pierre, hébété, semblait être plus désorienté que jamais. Quant à Charles, son désespoir me fit mal. Pour la première fois de ma vie, je le vis s'effondrer et pleurer comme un enfant. Désemparée devant l'explosion d'un chagrin si intense qu'il en était inconsolable, je n'ai pu que m'approcher de lui, lui caresser les cheveux, et pleurer, moi aussi, avec lui.

Toute la famille vint assister à l'enterrement, à l'exception de Jean.

Charles marchait la tête baissée, profondément abattu. Le frère de Jeanne, qui venait de perdre l'un de ses fils, âgé de quatorze ans, à la fosse 6 d'Haillicourt, avait des yeux d'halluciné, et l'attitude d'un homme qui ne parvient pas à réaliser. Pierre, que Georges soutenait, ne valait guère mieux. Il avait le regard désemparé d'un petit enfant.

Presque tout le coron était là. Quelques-uns, des femmes surtout, qui avaient bien connu Jeanne, pleuraient. Ma mère, sa meilleure amie, ne se consolait pas :

— Elle va me manquer, me disait-elle. C'était mon amie, nous nous confiions toutes nos peines, nous étions très proches. Je serai un peu plus seule, dorénavant.

Je protestai :

— Voyons, maman, je suis là !

Elle ne répondit pas, et je savais que je ne l'avais pas convaincue.

Il fallut apprendre à réorganiser notre vie, malgré l'absence de Jeanne. A tour de rôle, Anna et moi allions, un jour sur deux, nous occuper de Pierre, lui faire son ménage, lui préparer son repas. Je lui avais proposé de venir chez nous quelque temps, il pourrait loger dans la chambre de Jean, qui était absent. Mais il avait refusé :

— Non, merci. Tu es gentille de me le proposer, mais je préfère rester chez moi. C'est ici que j'ai vécu avec Jeanne. Si je partais, il me semblerait que je l'abandonne...

Il s'était détourné, essayant, avec une sorte de pudeur désespérée, de me cacher son chagrin.

Un jour du mois de juillet, je vis arriver Juliette, pâle, les yeux rougis, avec un air catastrophé. Tout de suite, elle dit :

— Il fallait que je vienne. Après tout, tu l'as aimé aussi, et moi je l'aimais tant ! C'était mon frère, et, lui mort, une partie de mon enfance meurt aussi.

Je n'osai pas comprendre :

— Juliette ! Que veux-tu dire ? Est-ce que... ?

Elle se laissa tomber sur une chaise, leva vers moi un regard douloureux :

— Henri a été tué le 31 mai, près de Dunkerque. Gerda a reçu l'avis officiel, hier. Elle est comme folle, elle n'arrive pas à réaliser. Et ce sont des Allemands, des hommes de son pays, qui ont tué son mari ! Elle ne fait que pleurer. Et moi, je suis bien malheureuse aussi.

Je posai une main sur son épaule, en un geste de consolation. Je comprenais sa peine ; moi aussi, j'éprouvais une certaine tristesse. Je me souvenais du Henri de ma jeunesse, celui qui m'avait éblouie, séduisant et charmeur, l'espace d'un été.

— Pardonne-moi, dit Juliette, en s'essuyant les yeux. J'ai tant de peine ! C'est mon unique frère, tu comprends.

Je ne pouvais pas répondre. Subitement, ma gorge s'était serrée, une pensée m'était venue : et Jean ? Que lui était-il arrivé, à lui ? Il devait être avec Henri, lorsque celui-ci avait été tué, puisqu'ils étaient partis ensemble. Et si, lui aussi... ? J'eus soudain la gorge sèche.

Juliette se leva, pitoyable.

— Au revoir, Madeleine. Cette guerre est moche ! Et le pire, c'est qu'on ne peut rien faire.

Je l'embrassai avec affection, sans un mot. A quoi bon lui parler de la crainte qui, dorénavant, hanterait chaque instant de ma vie ?

Le soir même, je racontai à Charles la visite de Juliette. Je vis la même pensée inquiète assombrir son regard. J'eus peur, et ne pus m'empêcher de demander, la voix rauque :

— Charles, crois-tu que Jean, lui aussi ?...

Il haussa les épaules avec incertitude :

— Ça ne veut rien dire, Madeleine. Attendons, et espérons.

Il me tendit les bras. Nous nous sommes serrés l'un contre l'autre, essayant de puiser dans notre amour mutuel un peu de courage, de réconfort. Mais nous savions bien que, jour après jour, la peur de recevoir une mauvaise nouvelle nous ferait trembler.

Il fallut vivre ainsi, pourtant. Les jours, les semaines se traînaient, sans aucune nouvelle de Jean. Où était-il ? Je craignais toujours d'apprendre qu'il avait été tué, et, en même temps, je n'en pouvais plus de rester ainsi dans l'incertitude. Douloureuse et insupportable, l'angoisse me consumait le jour, me tenait éveillée la nuit. Je me mis à maigrir.

Cela dura cinq mois, cinq longs mois interminables, avec des alternatives d'espoir et de découragement. A travers les informations contradictoires qui nous parvenaient, nous avons compris qu'il y avait de nombreux prisonniers de guerre, et que pour eux des camps se constituaient. Comment savoir si c'était le cas pour Jean ? Ma mère était aussi inquiète que moi. Charles essayait de nous rassurer.

— Pas de nouvelles, bonnes nouvelles, disait-il avec un enjouement forcé.

Mais il ne parvenait pas à nous convaincre.

Et puis, un matin d'octobre, je reçus une carte de la Croix-Rouge. J'eus peur et hésitai un instant avant de la lire. Enfin je m'y décidai ; ma main tremblait tellement que j'eus du mal à déchiffrer les lettres. Lorsque j'y parvins, je ressentis un soulagement merveilleux : il était écrit que Jean était prisonnier dans un camp en Allemagne.

Je dus m'asseoir, les jambes fauchées par l'émotion. Ma mère arriva juste à ce moment et, apercevant la carte dans mes mains, s'affola :

— Madeleine ! Qu'y a-t-il ?

Sans répondre, je la lui tendis, et elle lut. Elle poussa un immense soupir :

— Enfin ! murmura-t-elle.

Elle me regarda, et sur tout son visage il y avait un grand bonheur.

— Il y a l'adresse du stalag où il est prisonnier, dit-elle. Il faut lui écrire.

Charles, le soir, fut du même avis. Heureux comme des enfants, nous avons passé un long moment à écrire une lettre, pleine d'amour et de tendresse. Mais, au fond de moi, un doute persistait : allait-il répondre, cette fois ?

Je me remis à attendre, chaque matin, avec un nouvel espoir. Plusieurs semaines passèrent, et j'essayai de ne pas me décourager. Puis, au début du mois de décembre, je reçus une lettre.

Fébrilement, j'ouvris l'enveloppe. J'en retirai une feuille d'un format spécial et réglementaire. Avidement, je me mis à lire. Il n'y avait que quelques lignes, dans lesquelles il disait que tout allait bien, qu'il nous aimait et pensait à nous. Et il terminait par cette phrase, adressée à moi seule : « J'ai compris beaucoup de choses, et je te demande pardon pour le mal que je t'ai fait. Je t'aime. »

Je restai là, au milieu de ma cuisine, follement heureuse. Une grande douceur descendait sur moi, une paix profonde m'envahissait, chassant des mois et des mois d'inquiétude, de tourment, de désespoir. Je regardais sans la quitter des yeux cette lettre que je tenais, et ce fut en voyant de grosses larmes tomber sur le papier que je compris que je pleurais.

Sans attendre un instant de plus, je courus jusque chez ma mère, pour lui faire partager ma joie. J'arrivai chez elle essoufflée et radieuse. Sur le moment, elle s'étonna, presque inquiète :

— Madeleine ! Que se passe-t-il ?

Je lui tendis le papier :

— Regarde, maman ! Je viens de le recevoir.

Elle prit la feuille, lut. Je vis se lever, dans ses yeux, une joie identique à la mienne.

— Ma chérie ! Je suis si heureuse pour toi.

Nous nous sommes retrouvées dans les bras l'une de l'autre, et le même bonheur ému était dans nos cœurs.

Le soir même, lorsque Charles rentra, je ne tenais plus

d'impatience et de joie. Dès qu'il croisa mon regard, il comprit qu'il y avait quelque chose. L'allégresse que je ressentais devait se lire dans mes yeux. Il me dit :

— Madeleine ! Qu'y a-t-il ?

Sans un mot, en souriant, je lui tendis l'enveloppe. Il me regarda, incertain. Je lui souris de nouveau, avec un geste d'encouragement. Alors il prit la lettre, et lut. Lentement, il releva la tête. Dans son visage encore noir de charbon, ses yeux clairs brillaient comme des perles. D'une voix enrouée par l'émotion, il dit :

— Enfin, il a compris. Je te le disais bien, Madeleine, que c'est un bon petit.

Oui, il lui avait fallu du temps pour revenir vers moi, mais ce moment était enfin arrivé. Je ne pensais plus à ces jours, ces mois passés pendant lesquels je m'étais torturée. Ils étaient oubliés, balayés par la joie intense et merveilleuse que Je ressentais.

Nous lui avons répondu, et j'ai vécu dorénavant pour ses lettres. Il avait le droit d'écrire deux fois par mois, et nous apprîmes à connaître ces petites feuilles de papier blanc administratif, dans lesquelles il nous racontait sa vie.

Je passai beaucoup de temps à confectionner des colis, que nous pouvions envoyer à raison d'un colis de cinq kilos tous les deux mois et de deux colis d'un kilo par mois. Nos moyens étaient limités, car le rationnement sévissait toujours autant. Alors nous nous privions davantage, et nous le faisions avec joie.

5

Les premiers mois de l'année 1941, les Allemands occupèrent tour à tour la Bulgarie, la Yougoslavie, la Grèce, la Crête.

— Où cela va-t-il s'arrêter ? nous demandions-nous avec angoisse.

En juin, ils attaquèrent l'U.R.S.S. Les journaux ne parlèrent que des victoires allemandes. Leur armée semblait invincible.

Parallèlement, les conditions de travail des mineurs s'aggravaient. Le premier janvier, les compagnies minières avaient décidé que la journée de travail aurait une demi-heure de plus. Il y eut des protestations ; dans quelques fosses, des mineurs arrivèrent une demi-heure en retard, ou cessèrent le travail une demi-heure avant la fin du poste. Des bruits de grève se mirent à courir.

La répression fut immédiate. Quelques jours plus tard, l'ordre fut donné d'arrêter deux ouvriers communistes par fosse. Quarante mineurs furent ainsi arrêtés. Beaucoup furent déportés, et ne revinrent jamais.

Le mois suivant, pour obliger les mineurs à travailler, des troupes allemandes occupèrent les fosses. Le travail reprit, mais le mécontentement grandit. Les salaires avaient été bloqués au premier août de l'année précédente, mais les prix continuaient à augmenter.

Une grève fut alors décidée, réclamant une augmentation des salaires et des rations de pain, de café, de savon. Il devenait, en effet, de plus en plus difficile de se laver, surtout pour les mineurs du fond, qui avaient besoin de savon pour se débarrasser entièrement de la poussière de charbon qui leur collait à la peau, et de la graisse des marteaux-piqueurs.

— Comment peut-on se nettoyer avec un savon qui ressemble à un caillou ? disait Charles. Il ne mousse pas, on dirait de l'argile !

Je pris l'habitude, comme d'autres femmes dans le coron, de remplacer le savon par de la saponaire, que nous allions chercher dans les champs.

Au mois de juin, toutes les fosses du Pas-de-Calais se mirent en grève. La raison en était le manque de nourriture, l'exigence d'un salaire plus élevé. Mais, de manière plus profonde et inavouée, c'était pour les mineurs une façon de montrer leur hostilité envers l'occupant, une sorte de résistance pour ralentir la production. Ils avaient l'impression, en extrayant du charbon pour l'ennemi, de travailler contre leur propre pays, et voulaient, dans la mesure du possible, empêcher cet état de choses.

La riposte des Allemands ne se fit pas attendre. Des affiches ordonnèrent la reprise du travail, avec des menaces pour ceux qui refuseraient ou amèneraient la perturbation. Ils décidèrent que les rations alimentaires seraient proportionnées à l'effort fourni, prenant par là les mineurs à leur propre piège, et ils procédèrent à des arrestations. Nous apprîmes qu'ils en avaient arrêté plus de trois cents dans le bassin. Certains furent déportés, d'autres emprisonnés, quelques-uns fusillés.

La haine et la terreur grandissaient. Moi qui n'aimais pas beaucoup les grèves, sachant combien elles pouvaient être dramatiques, j'étais en proie à l'inquiétude. Je disais à Charles :

— C'est de la folie de faire grève en ce moment ! Déjà en temps ordinaire, ça peut toujours tourner mal, mais ici, en pleine guerre, et en pleine occupation de surcroît !

A quoi Charles répondait invariablement :

— Mais nous ne pouvons pas, non plus, laisser faire ! Ils nous exploiteraient sans pitié, nous feraient mourir à la tâche.

Malgré tout, les salaires furent augmentés, et le travail reprit. Mais les prix augmentant encore plus, l'amélioration fut peu sensible. Nous ne pouvions jamais suivre, car, comme le dirent par la suite les syndicats, « pendant que les salaires montaient par l'escalier, les prix montaient par l'ascenseur ».

Les denrées de base manquaient de plus en plus. Au marché noir, le kilo de beurre, qui valait jusque-là trente à quarante francs, se vendait maintenant jusqu'à cent cinquante francs. Le kilo de pommes de terre était passé de un à six francs. Cela devenait insupportable.

Le café se faisait rare. Dans le coron, les gens torréfiaient des petits pois, des châtaignes, des graines de lupin, pour les mélanger avec le café qui nous était fourni. La saccharine avait remplacé le sucre. Des objets comme le tabac, le savon, le charbon s'échangeaient contre de la viande, du beurre, des œufs. La moindre parcelle de jardin devenait précieuse, et beaucoup se mirent à l'élevage de poules ou de lapins.

Il fallait apprendre à tirer parti de la moindre chose, apprendre à vivre en se privant sur tout. Le charbon manquait également. A l'automne, pour remédier à la pénurie, beaucoup de prisonniers de guerre qui avaient été mineurs furent libérés afin de reprendre leur ancien travail. Mais Jean, lui, ne revint pas.

Nous continuions à recevoir ses lettres, et je confectionnais toujours avec amour des colis que nous lui envoyions. Cette correspondance était le seul lien, combien précieux, entre nous. Peu à peu, au fur et à mesure que nous parvenaient ses courts messages, nous apprenions à connaître sa vie. Il était maintenant dans un commando de la Reichsbahn, dans la banlieue de Munich. Il travaillait dans une gare, à la manutention des marchandises. Sans être bien nourri, il n'était pas maltraité. Il logeait dans un baraquement, grand dortoir meublé de couchettes à double étage. Il ne se plaignait pas. Le plus dur, disait-il, était cette longue séparation qui le tenait éloigné de nous.

Je collectionnais précieusement ses messages. Je passais des soirées à les lire, les relire, jusqu'à les savoir par cœur. Il y avait toujours une phrase pleine d'amour pour moi, comme pour me faire oublier ce qu'il m'avait dit quand il m'avait quittée. Cela me faisait du bien, et en même temps m'était douloureux : plus le temps passait, et plus mon cœur de mère brûlait du désir de le revoir.

Les Etats-Unis entrèrent, à leur tour, dans la guerre. La France tout entière fut occupée.

Nous entendions parler de mesures contre les Juifs. On les obligeait à sortir avec une étoile de David sur leurs vêtements. On leur confisquait leur poste de T.S.F., on leur supprimait leur emploi. Nous n'en connaissions pas, dans le coron, mais des mesures d'une telle injustice nous révoltaient. Etait-ce une faute, d'être juif ? Quel mal avaient-ils donc fait ? Une preuve de plus nous était donnée de la cruauté et de l'oppression qu'exerçaient sur nous les Allemands.

Peu à peu, la résistance s'organisait. Beaucoup de jeunes, voulant échapper au S.T.O., le Service du travail obligatoire dans des camps en Allemagne, prirent le maquis. Dans les mines, les mineurs ralentissaient la production.

— C'est notre charbon, disaient-ils, ce n'est pas possible qu'il puisse profiter aux Allemands !

Ils faisaient dérailler des wagons, ils coupaient les freins en caoutchouc, ils mettaient du sable dans les coussinets des roues. Tous les moyens étaient bons, s'ils pouvaient entraver le rendement.

Au début de l'année 1943, l'armée allemande capitula à Stalingrad. Ce fut le grand tournant de la guerre. A partir de ce moment, tout changea. Les gens prirent conscience que l'armée allemande n'était pas invincible. Contrairement à l'affirmation d'Hitler qui avait dit : « Ni le temps ni les armes ne vaincront l'Allemagne », les Allemands subirent d'autres défaites. Ils furent chassés d'Afrique du Nord, puis l'Italie, à son tour, dut capituler.

L'espoir se levait. Nous nous disions :

— Serait-ce possible de voir enfin la fin de cette guerre ? Serait-ce possible, surtout, de chasser ces Allemands de notre pays ?

Le général de Gaulle, à Alger, constitua le Comité français de Libération nationale. Nous voulions tous croire que la victoire devenait possible. Après le découragement, l'espérance renaissait.

La vie, pourtant, était toujours aussi difficile. Nous manquions, de plus en plus, de choses indispensables. Un matin sur deux, j'allais chez Pierre, qui vieillissait d'une façon alarmante. De gris, ses cheveux étaient devenus blancs. La maladie qui avait attaqué ses poumons le laissait sans forces. Il s'affaiblissait de jour en jour. Il était devenu d'une maigreur quasi squelettique, et seul son regard bleu vivait dans son visage décharné. Il respirait difficilement, et devait faire chaque geste au ralenti.

Bientôt, il ne put que se déplacer très lentement, et fut même incapable de lever les bras. Je dus le raser. Il en était humilié, et en même temps furieux :

— Je ne suis plus bon à rien, disait-il. Qu'est-ce que je fais encore sur cette terre ? Maintenant que Jeanne n'est plus là, à quoi bon rester, surtout dans ces conditions ?

J'essayais de protester :

— Voyons, ne dites pas cela. Nous vous aimons bien. Ne parlez pas ainsi, vous me faites de la peine.

Essoufflé d'avoir parlé, il cherchait sa respiration, et disait :

— Essaie de comprendre, Madeleine. Depuis que Jeanne m'a quitté, le temps me dure d'aller la rejoindre.

Je soupirais. Qu'aurais-je pu répondre ? De mon côté, je me languissais de plus en plus de Jean. Parfois, je pensais que je n'étais pas à plaindre, j'avais mon mari, qui m'aimait, ma mère, à qui je pouvais me confier. Mais quand je voyais Anna, entourée de Georges et de son petit Paul, je ne pouvais m'empêcher de l'envier.

Quelques mois passèrent encore. Nous étions de plus en plus impatients de voir les Allemands s'en aller. Leur présence nous pesait. Ce n'était que brimades, arrestations, déportations, tortures, fusillades. Ils arrêtaient tous les Juifs maintenant, allant même jusqu'à rechercher les enfants dans les écoles. Nous n'étions pas loin de les considérer comme des monstres. Le soir, après le couvre-feu, claquemurés chez nous, nous les entendions défiler dans les rues, et leur chant me glaçait les veines :

Heidi, Heido, Heida,
Heidi, Heido, Heida,
Heidi, Heido, hahahaha,
Heidi, Heido, hahahaha.

Les bombardements n'arrêtaient pas, ils étaient un véritable cauchemar. Ils s'intensifiaient, nous faisant vivre dans une peur continuelle, qui s'ajoutait à toutes celles existant déjà.

Au mois de septembre, des résistants firent sauter, une nuit, les rails du chemin de fer qui partait de la fosse, empêchant ainsi tout transport de charbon. Les Allemands furent furieux, d'autant plus que cela venait juste après un avis interdisant toute action « terroriste ». Ils exigèrent que les coupables se dénoncent, faute de quoi ils menaçaient de prendre dix otages, au hasard, dans le village, et de les fusiller.

Personne ne vint se livrer, et ils mirent leur menace à exécution. Ils affichèrent la liste des dix noms tirés au sort. Ce fut Marcelle qui m'annonça l'atroce nouvelle :

— Madeleine ! Pierre est sur la liste !

Je laissai tomber le tricot que je tenais. Ma mère, qui était chez moi à ce moment-là, soupira :

— Oh, mon Dieu...

Je ne voulus pas le croire. Je secouai Marcelle :

— Voyons, tu t'es trompée ! Où as-tu vu ça ?

— Je ne me suis pas trompée ! Viens voir !

Sanglotant d'appréhension et d'horreur, je l'ai suivie. Et j'ai vu. Sur la liste, son nom était là, le dixième. Il n'y avait aucun doute possible : Pierre Blanchard, mineur retraité, soixante-six ans. Comme une folle je courus jusque chez lui. J'entrai, et m'arrêtai net. Deux Allemands en uniforme étaient là, de chaque côté de la porte, et, sans un mot, attendaient Pierre, qui s'habillait.

Je leur lançai un regard plein de haine et de mépris, et me jetai dans les bras de mon beau-père, en sanglotant sans retenue. Lui, calme et digne, lui qui allait mourir et qui le savait, me consolait, me tapotait le dos, murmurant des paroles apaisantes :

— Allons, ne pleure pas, mon petit. C'est aussi bien ainsi.

Il me repoussa doucement, me regarda gravement, et reprit :

— Ne pleure pas sur moi. Pense aux autres, aux neuf autres, qui vont être fusillés aussi et qui, eux, sont jeunes. Moi, je suis vieux, je suis fini. De toute façon, je n'en avais plus pour longtemps, avec mes poumons foutus... Il vaut mieux que ce soit moi plutôt que Charles, ou Georges, ne crois-tu pas ?

Il me sourit, ses yeux bleus remplis de tendresse :

— Tu vois, c'est très bien ainsi. Cela m'évite une longue agonie, je mourrai plus vite et souffrirai moins longtemps. Il ne faut pas pleurer, Madeleine. Promets-moi de ne pas pleurer. Je vais rejoindre Jeanne, je suis heureux. Qu'était ma vie sans elle, alors que j'étais devenu presque impotent ? Le sort a bien fait de me choisir. — Sa voix s'enroua un peu. — Tu diras adieu de ma part à Charles, et à Georges... et à Jean, et tu embrasseras Paul pour moi.

Il me serra contre lui, avec une douceur et un amour infinis. Je n'étais plus qu'une peine immense, je ne pouvais pas prononcer un mot, je ne pouvais que le regarder, à travers un écran de larmes.

Il se tourna vers les deux Allemands qui, près de la porte, aussi impassibles que des statues, n'avaient pas bougé :

— Messieurs, dit-il, je suis prêt.

Ils l'encadrèrent, et ils sortirent. Debout sur le seuil, je les regardai partir. Dans la rue, tout le monde était dehors, et observait, dans un silence hostile, les deux Allemands qui emmenaient vers la mort un vieil homme aux cheveux blancs, qui marchait la tête haute et s'efforçait de lutter contre l'essoufflement de ses poumons usés.

Malade de douleur, de révolte, d'impuissance, j'ai appuyé ma tête dans mon bras replié contre le mur, et j'ai sangloté éperdument, incapable de vaincre l'atroce souffrance qui me déchirait et me donnait envie de hurler.

Quand Charles revint, le soir, de la mine, il savait déjà tout, et il était comme fou. Il entra dans la cuisine, à la fois accablé et furieux :

— Mon père, ils ont osé emmener mon père ! Un pauvre homme, vieux, malade, qui ne faisait de mal à personne ! Ce sont des assassins, des assassins !

Robert, le père de Marcelle, qui était entré avec Charles, fit un geste d'apaisement :

— Tais-toi, Charles, ne crie pas si fort ! Ça ne sert à rien, et s'ils t'entendaient...

Charles, outré, empli de révolte, me regarda, vit mes yeux rougis, mes lèvres tremblantes :

— Je ne peux pas supporter une telle injustice, une telle cruauté. Je vais chez François, voir ce qu'on peut faire.

François, c'était le délégué du syndicat. Il défendait les intérêts des mineurs et résolvait leurs problèmes, mais devant un problème d'une telle envergure, que pourrait-il faire ?

Charles sortit. Robert, impuissant, me regarda :

— Saloperie de guerre, murmura-t-il.

Il partit à son tour, la tête basse, le dos voûté, et je restai seule, attendant le retour de Charles.

Quand il revint, je vis le découragement dans ses yeux, et je compris qu'il ne pourrait rien faire pour sauver son père.

— J'ai vu François, il revenait du bureau de la Kommandantur. Il était parti demander la libération des otages. Ils ont refusé, et quand il a insisté, ils ont menacé de l'arrêter. Ils l'ont accusé d'être d'accord avec les résistants. « Dites à vos camarades de cesser leurs actes terroristes, et nous ne serons plus obligés de fusiller des otages. C'est vous seuls qui êtes responsables. Vous avez tout à gagner en vous montrant raisonnables. »

J'ai essayé de le consoler. Je lui ai rapporté les dernières paroles de Pierre, et je me suis efforcée de le persuader que cette mort était pour lui une délivrance. Cela, peut-être, apaisa un peu notre peine, mais ne réussit pas à apaiser notre révolte. Et notre haine envers eux, les « boches », comme nous les appelions, ne fit que s'accentuer.

Et pourtant, il y en avait qui collaboraient avec eux. Il y en avait qui acceptaient leur domination, leur cruauté, qui espéraient se faire bien voir en obéissant à leurs exigences, et même en dénonçant leurs camarades. Nous ne pouvions pas comprendre une telle attitude, à un moment où nous aurions dû, au contraire, nous montrer étroitement unis.

Catherine, la mère de Marcelle, m'avait dit :

— Tu sais, Madeleine, la grande Eugénie, qui tient l'épicerie, il paraît qu'elle reçoit des Allemands. Ses voisins ont déjà vu un officier passer la nuit chez elle, à plusieurs reprises. Si Antoine, son pauvre mari qui est prisonnier, savait ça...

Cela, après tout, ne me regardait pas, mais c'était quand même un comportement que je ne pouvais pas admettre. Trahir son mari était déjà mal, mais le faire, en plus, avec des ennemis me paraissait monstrueux. Surtout quand il s'agissait d'un mari bon et doux comme l'Antoine. Nous étions sincèrement indignés.

Et quand, à la Libération, ils lui rasèrent les cheveux, à elle et à d'autres, et la firent défiler dans les rues, il y en eut beaucoup pour trouver que la punition était encore trop faible eu égard à la faute.

L'hiver passa, difficilement. Il faisait froid, et il fallait économiser notre peu de charbon. En vidant les cendres, tous les matins, je les triais et je récupérais les morceaux de charbon qui n'étaient pas complètement brûlés, afin de les utiliser une fois de plus.

Les bombardements ne cessaient pas Le ravitaillement manquait toujours autant. Les prix, au marché noir, atteignaient des sommes astronomiques. Très souvent, nous avions faim.

Ma mère venait fréquemment me voir. La compagnie de Jeanne lui manquait. Nous allions, toutes les deux, rendre visite à Anna. L'insouciance et le babil du petit Paul nous accueillaient et chassaient, pour un instant, nos ennuis.

Nous écoutions toujours Radio-Londres. L'espoir, tour à tour, venait et repartait. Nous connaissions tous, maintenant, l'air « Radio-Paris ment, Radio-Paris ment, Radio-Paris est allemand ». Cette année-là, apparut sur les ondes le *Chant des Partisans*. C'était un chant grave et lent, sur une musique russe et des paroles de Joseph Kessel et Maurice Druon. Il nous parlait des combattants des maquis donnant leur vie pour la liberté. Chaque fois que je l'entendais, je ne pouvais pas m'empêcher de frissonner. Je le trouvais d'une beauté poignante, profonde et tragique.

Tout doucement, malgré la guerre, le printemps s'installa. Avril était là, les arbres étaient redevenus verts, les jonquilles étaient fleuries. J'en mettais chaque jour un bouquet dans la chambre de Jean. C'était ma façon à moi de défier le sort, de me dire que, tant que sa chambre paraîtrait vivante, lui aussi vivrait, et reviendrait.

A cette époque, il y eut tant de bombardements, particulièrement dans la région lilloise, que des mineurs furent envoyés sur place pour déblayer les rues et rechercher, parmi les décombres, morts et blessés. Jusqu'ici, nous avions été épargnés, mais cela allait-il durer ? Nous vivions dans une angoisse constante.

Quelques semaines passèrent encore. J'avais ma mère, j'avais Charles, mais il me manquait mon enfant. Je gardais précieusement ses lettres, je les lisais, les relisais. Je ne vivais que pour son retour.

Et quand, le mardi 6 juin, un cri retentit, se propagea, courut dans tout le coron : « Ils ont débarqué ! Ça y est, ils ont débarqué ! », tout d'abord je n'osai y croire. Et puis, il fallut me rendre à l'évidence : c'était vrai, c'était arrivé. Enfin ! Depuis le temps que nous les attendions, que nous les espérions, ils étaient enfin venus !

— Avec leur aide, me dit Charles, le soir même, nous allons gagner la guerre.

Il régnait partout une grande effervescence. Tout le monde en parlait, c'était le sujet de toutes les conversations. Dans tous les yeux se lisait une joyeuse espérance : après avoir été occupés pendant quatre ans, nous allions enfin être libérés. Le temps de la terreur et de l'oppression allait finir, nous allions de nouveau pouvoir vivre libres !

La menace que cela représentait pour les Allemands les rendit encore plus féroces. Il y eut davantage de fusillades, d'arrestations, de déportations. Un des camarades de travail de Charles, qui, sous des dehors placides, s'occupait activement de résistance, fut arrêté et envoyé dans un camp. Lorsqu'il revint, un an plus tard, il était méconnaissable, décharné, squelettique, avec des orbites enfoncées dans lesquelles ses yeux reflétaient le monde d'horreur qu'il avait connu.

En août, le Comité départemental de Libération décréta la grève générale dans les mines, ce qui envenima les choses. Les Allemands ripostèrent par toute une série d'interdictions : il fut interdit de circuler après dix-huit heures, interdit aussi de rouler à bicyclette. Les patrouilles qui sillonnaient les rues avaient ordre de tirer sur toute silhouette dans la rue, dans les cours ou dans les jardins. Même un rai de lumière filtrant le long d'un rideau le soir, ou une fenêtre entrouverte le jour suffisaient pour déclencher leurs coups de feu. Ces mesures, bien entendu, s'arrêteraient d'elles-mêmes lorsque le travail aurait repris.

Il est inutile de dire que nous n'osions plus bouger. Le soir, nous osions à peine allumer, nous calfeutrions hermétiquement toutes les ouvertures. Ma mère, qui dormait toujours la fenêtre entrouverte, n'écouta pas mes recommandations lorsque je lui dis de tout fermer soigneusement.

— Bah ! me répondit-elle. Je ne les crains pas. Ils ressemblent à des chiens qui mordent parce qu'ils ont peur.

C'était peut-être vrai, mais, quelques jours plus tard, vers six heures du matin, une patrouille allemande qui passait devant chez elle tira quelques balles dans la fenêtre entrouverte, qui heureusement allèrent se loger dans les murs.

— Te rends-tu compte, lui dis-je, que tu aurais pu être tuée ?

Furieuse, elle se résigna à fermer ses fenêtres :

— Nous n'avons plus aucune liberté, fulminait-elle, cela devient intenable. Et nous ne pouvons rien faire !

J'étais tout à fait d'accord avec elle. Ils devenaient de plus en plus cruels. A l'autre bout du coron, une vieille femme avait été tuée, dans sa cour, à sept heures du matin, par un Allemand qui passait sur le trottoir. La peur et la haine que nous éprouvions envers eux ne faisaient que croître.

Des affiches annoncèrent des sanctions sévères. Devant de telles mesures, la reprise du travail fut décidée, et la terreur s'apaisa un peu. Les rues retrouvèrent leur animation, et nous, nous osions de nouveau respirer.

Ensuite, tout alla très vite. L'avance des Alliés les fit fuir. Nous les vîmes partir, d'abord en ordre, puis par petits groupes, et, pour finir, isolés, sur des chevaux de ferme, des bicyclettes ou même tout simplement à pied. Juliette me raconta que l'un d'eux était entré chez elle, l'avait menacée et avait tout fouillé pour trouver un vélo. N'en trouvant pas, il était reparti, furieux, l'accablant d'injures.

Nous les regardions s'enfuir, et nous avions peine à cacher la jubilation que nous ressentions.

Nous fûmes libérés le 1er septembre. Aussi longtemps que je vivrai, je me souviendrai de la joie qui explosa ce jour-là. Ce fut un indescriptible déferlement d'allégresse, d'enthousiasme, de délire. Tous les Allemands s'étaient enfuis. Des motocyclistes anglais entrèrent dans le village. Nous avons couru les voir. Comme nous, ils étaient heureux, souriants. Ils furent littéralement happés, couverts de fleurs par tous les habitants. Des femmes les embrassaient en pleurant.

Des blindés suivirent. Nous les avons regardés passer en les acclamant, en leur adressant des signes d'amitié, de victoire. Eux nous répondaient avec les mêmes signes, et une joie identique à la nôtre se lisait dans leurs yeux, dans leurs sourires. Ils criaient aussi, dans leur langue, des mots que nous ne comprenions pas, mais nous savions que c'étaient les mêmes mots que les nôtres, qui parlaient de liberté retrouvée, de victoire et de joie. Beaucoup agitaient des drapeaux aux couleurs de leur pays, auxquels répondaient des drapeaux français. La pensée de ne plus jamais voir le drapeau ennemi avec sa croix gammée honnie était à elle seule une fête.

Les cloches de l'église se mirent à sonner. La même euphorie était dans tous les cœurs : enfin, la guerre était terminée, il n'y aurait plus de bombardements, nous pourrions de nouveau vivre en paix, avoir de la nourriture, des vêtements. Ceux qui étaient prisonniers en Allemagne depuis plus de quatre ans reviendraient ; mon enfant aussi allait revenir. J'aurais enfin une vie normale, libérée de la crainte de ne jamais le revoir. Les larmes qui coulèrent sur mes joues étaient, pour cette fois, des larmes de soulagement et de bonheur.

6

Un soir du mois de décembre, Charles m'annonça :

— Il y a une réunion, entre les syndicats et la C.G.T. Tous les mineurs du Pas-de-Calais se sont engagés à prélever cinquante kilos de charbon sur les portions des mois de décembre et de janvier. Cela permettra de rassembler environ six mille tonnes de charbon, qui seront distribuées gratuitement aux familles des fusillés et des déportés de la région parisienne. Nous sommes les mieux placés pour le charbon, il est normal que nous fassions un geste d'entraide.

J'approuvai. Maintenant, vainqueurs mais meurtris, nous devions nous relever de nos ruines et essayer de reconstruire notre vie en nous serrant les coudes.

Ce même mois, le 13 décembre 1944, les Houillères du Nord et du Pas-de-Calais furent nationalisées. Tous les mineurs, dans le coron, en discutaient, s'interrogeant sur ce que cela allait leur apporter. L'avis général était que ce serait mieux qu'avant.

— C'est un progrès, m'expliqua Charles, nous ne dépendrons plus des compagnies qui agissaient injustement et licenciaient sans raison.

C'était un inconvénient de plus qui disparaissait. Après tant d'années noires, une clarté s'annonçait, promettait, en plus de la liberté de vivre, la liberté dans le travail. Etait-ce vraiment le début d'un monde meilleur ?

Pour la première fois depuis quatre ans, nous avons passé un Noël calme, heureux. Conformément aux instructions du nouveau gouvernement, un arbre de Noël fut organisé en faveur des enfants des écoles et des enfants de prisonniers, déportés, fusillés et victimes de guerre. Le samedi 30 décembre, il y eut une distribution de brioches et de chocolat pour ceux qui avaient moins de cinq ans. Paul, âgé de quatre ans, reçut une invitation, qui rappelait que Pierre, son grand-père, avait été fusillé par les Allemands.

Il revint, heureux, les mains et les joues barbouillées de chocolat, friandise d'autant plus appréciée qu'elle était rarissime. En le voyant, si insouciant, trop jeune pour comprendre à quoi il devait ce chocolat et ces brioches qu'il serrait contre son cœur, je me promis que je lui raconterais, plus tard, le drame qui avait bouleversé nos vies et la mort injuste et cruelle qu'avait connue son grand-père.

Avec l'année 1945 arrivèrent plusieurs changements. D'abord, des comités de libération se formèrent, et les résistants voulurent rendre justice à leurs camarades arrêtés et déportés. Les dénonciateurs, les indicateurs de la Gestapo furent emprisonnés et jugés. Certains furent fusillés, et, dans le coron, Albert Darent fut de ceux-là. Charles me l'annonça un soir :

— Albert Darent a été fusillé hier par les résistants. Ils ont établi la preuve qu'il a dénoncé plusieurs de leurs camarades, qui ont été arrêtés à cause de lui. Il est responsable de leur mort.

— Ainsi, c'est vrai, il a dénoncé... Quelle horreur ! Comment un Français peut-il, délibérément, envoyer à la mort un autre Français ? Je n'arrive pas à comprendre...

— C'était un sale type, tu le sais. Il salissait tout, il ne pensait qu'à faire du tort aux autres. Dès le début de l'Occupation, il a collaboré avec les Allemands. Sa mort ne fera de peine à personne, je crois bien. C'est un acte de justice, rien d'autre.

J'étais tout à fait d'accord. Je dois même avouer que je ressentais un certain soulagement à l'idée que nous étions débarrassés de lui, et qu'il ne viendrait plus, désormais, démolir ma vie.

Notre poste de T.S.F. nous apprenait le recul des troupes

allemandes en Pologne, en Autriche. Il nous apprit l'exécution de Mussolini, le suicide de Hitler qui, après avoir fait le rêve fou de dominer l'Europe, n'avait pu supporter sa défaite,

Le lundi 7 mai, ce fut la capitulation allemande à Reims. Le lendemain 8 mai, le général de Gaulle adressa un message à la France. Nous l'avons écouté, gravement, religieusement. Nous étions conscients de vivre un grand moment, qui marquait la fin du cataclysme meurtrier qui avait secoué toute l'Europe.

Ce même mois, je votai pour la première fois de ma vie, à l'occasion des élections municipales. L'année précédente, une loi avait décidé le droit de vote pour les femmes. Cela me rendit, je crois bien, plus embarrassée que fière. J'avoue sincèrement que je n'y connaissais rien et que je suivis l'avis de Charles quant au choix du candidat. Ma main trembla lorsque je mis l'enveloppe dans l'urne. Je n'arrivais pas à réaliser vraiment que nous, les femmes, nous devions donner notre avis. La politique, n'était-ce pas plutôt une histoire d'hommes ?

— Pourquoi mêler les femmes à tout cela ? avait dit ma mère, résolument rétrograde. De mon temps, les femmes ne votaient pas, et on ne s'en portait pas plus mal. Je ne voterai pas, je laisse ça aux hommes.

Je n'avais pas répondu. Je la comprenais. Mais il était bien, aussi, de nous faire participer à la vie du pays. Je pressentais obscurément que ce n'était qu'un début à d'autres progrès, que la fin de la guerre marquerait le départ d'une autre ère, plus libérale, plus riche, plus épanouie.

Depuis un mois, les prisonniers de guerre étaient rapatriés. Je vivais dans une attente fébrile, anxieuse et heureuse à la fois : mon enfant allait revenir, d'un jour à l'autre il pouvait être là. Ma mère partageait mon impatience. Charles, plus calme, souriait en disant :

— Bientôt, nous allons pouvoir le serrer dans nos bras, notre grand fils.

Chaque matin, en me levant, je me disais avec une joie tremblante :

— C'est peut-être pour aujourd'hui...

Et ce jour arriva, le mercredi 23 mai. Une journée comme les autres venait de commencer. Charles était parti pour la mine, et, vers sept heures, je vis s'arrêter devant chez moi la voiture d'Etienne, l'unique chauffeur de taxi du village, qui était aussi l'un des rares à avoir le téléphone. Je bondis à la porte, l'ouvris toute grande :

— Etienne ! Que se passe-t-il ?

— Madeleine, vite, habillez-vous ! Jean est à Lens, il est arrivé ce matin à cinq heures ! Il vient de me téléphoner, il nous attend au Centre d'accueil des prisonniers.

Pendant une seconde, un éblouissement m'a figée sur place. Puis je réalisai, et rentrai dans ma cuisine comme une folle, enlevai mon tablier, mis mon manteau, mes chaussures. Je tremblais d'énervement, de joie, et d'un bonheur presque insupportable.

Dans la voiture, j'interrogeai Etienne :

— Qu'a-t-il dit ? Comment va-t-il ?

— Il est arrivé en train, depuis Paris. A Lens, le train n'allait pas plus loin. Il a pensé à me téléphoner, afin qu'on aille le chercher.

— Il a bien fait ! Vite, vite, Etienne ! Mon Dieu, comme vous roulez lentement !

Excitée et impatiente, je trouvais le trajet interminable.

— Voyons, dit Etienne, ne vous énervez pas ! Nous y sommes bientôt.

Il se mit à me raconter les retours de prisonniers qu'il connaissait. Son propre neveu était revenu la semaine précédente. J'écoutais à peine. Tout cela ne me concernait pas. Egoïstement, mon enfant seul m'intéressait.

Il fallut encore traverser la ville de Lens, heureusement calme à cette heure, avant d'atteindre la gare. Là, une grande animation régnait. Etienne arrêta la voiture, descendit. Je le suivis. Je me sentais crispée et inquiète. Dans tout ce monde, comment retrouver Jean ?

Au Centre d'accueil, je les vis. Tous ces hommes en tenue de prisonnier, qui attendaient. Il y avait aussi des femmes, des enfants. Certains s'embrassaient, d'autres pleuraient. De nombreuses personnes, comme nous, essayaient d'avancer dans la cohue, et cela faisait une immense bousculade.

— Je vais aller me renseigner là-bas, au bureau, dit Etienne. Attendez-moi ici.

Il s'enfonça dans la foule. Je me mis un peu à l'écart. C'est alors que je l'entendis. Il criait :

— Maman !

Et le ton avec lequel il disait ce mot en faisait un chant d'amour. Je me retournai, le vis qui venait vers moi. Plus grand que la plupart des hommes présents, plus viril que dans mon souvenir, c'était mon enfant. J'étais bien incapable de faire un geste. Dans la foule, nous n'étions plus que deux. Je retrouvais ses yeux clairs, inchangés, dans lesquels je ne voyais qu'un amour infini. Un étourdissement me vint ; je me sentis vaciller. Je me retrouvai blottie contre sa poitrine, étroitement serrée dans ses bras.

L'émotion me faisait trembler, je riais et pleurais en même temps, et lui, les lèvres dans mes cheveux, d'une voix basse et enrouée, murmurait :

— Maman, maman...

Il se recula, me tenant aux épaules. J'essuyai mes larmes, et le regardai mieux. Comme il avait grandi, comme il avait changé ! Il n'était plus l'adolescent dont j'avais gardé l'image, il était devenu un homme. Les yeux dans les yeux, nous sommes restés ainsi un bon moment, unis par un immense amour.

Une voix nous ramena à la réalité :

— Vous voilà ! Je vous cherchais.

Jean se retourna, reconnut Etienne. Virilement, ils s'embrassèrent.

— Alors, tu es enfin revenu, dit Etienne. Quel effet cela te fait-il, de retrouver la France ?

Jean eut un grand geste, comme pour embrasser le monde. Avec un profond soupir, il murmura :

— Je suis heureux.

Il se tourna vers moi, et ses yeux me disaient tant d'amour...

— Venez, dit Etienne. Partons d'ici.

Nous sommes sortis. Jean me tenait le bras ; mon bonheur était si grand que je ne sentais plus tous ces gens qui me bousculaient.

Dans la voiture, je m'assis près de lui ; durant tout le trajet du retour, je le regardai, détaillant avidement chaque trait de son visage. C'était vrai, il était devenu un homme, et sa tenue de prisonnier accentuait cette impression. Et moi, je n'avais pas pu assister à cette transformation, elle s'était faite sans moi. Ces années qui m'avaient été volées, je savais ne jamais les retrouver. Je soupirai. Jean me prit la main, la serra et me sourit.

— Alors, raconte, disait Etienne. C'était dur, là-bas ?

— Le travail n'était pas facile, avouait Jean, et nous n'étions pas très bien nourris, sans compter les punaises et les blattes dans les paillasses. Mais le plus dur, pour moi, ce fut d'être séparé de ma famille. Surtout au moment des fêtes, particulièrement Noël. Mes seules joies étaient les lettres, les colis. Ce qui rendait ma vie supportable, aussi, c'était l'espoir, auquel je m'accrochais, que je reviendrais un jour.

A la maison, il entra dans la cuisine, s'arrêta un instant. Il regarda autour de lui et eut un long soupir heureux. D'une voix basse et rauque, il dit :

— C'est toute mon enfance que je retrouve, toute ma vie d'avant. Oh maman, si tu savais !...

Les yeux pleins de tendresse, il continua :

— Je m'en veux de n'avoir pas compris plus tôt, de t'avoir fait souffrir. Pardonne-moi. J'avais dix-huit ans, je n'ai pas pu admettre. C'est la façon surtout dont je l'ai appris, qui m'a bouleversé...

Dans un souffle, je dis :

— Mais, Jean, qui donc... ?

Et puis, alors même que je posais cette question, un éclair se fit brusquement dans mon esprit, et je criai :

— Albert Darent ! C'est lui, n'est-ce pas ?

Je ne fus pas surprise de le voir acquiescer. Je crois qu'inconsciemment je l'avais toujours su. Pourquoi, pensai-je, cet acharnement à vouloir me faire du mal ?

— Oui, disait Jean. Il m'a arrêté alors que je revenais, un samedi. Il avait un regard plein d'une joie mauvaise, il ricanait, un mégot au coin des lèvres. Il m'a dévoilé quelque chose que j'étais loin de soupçonner. Mais il l'a présenté comme si toi, sciemment, tu avais trompé papa. Tout ce qu'il me disait était sale, horrible. J'étais horrifié de dégoût. Mais, malgré tout, j'espérais que c'était faux. Et puis, quand tu n'as pas démenti, en moi tout a craqué.

Je tendis une main vers lui :

— Oh Jean, j'aurais voulu t'expliquer, te faire comprendre.

Il dit, avec tristesse, avec regret :

— Je sais bien, mais la révélation avait été trop brutale. La moindre allusion à ton endroit me brûlait comme un fer rouge, je ne voulais plus entendre parler de toi.

Il eut pour moi un regard empli d'une supplication infinie :

— J'ai été dur, intransigeant, je le sais. Je suis parti à la guerre comme on fuit, et peut-être même y ai-je vu un moyen de mourir, de me débarrasser d'une vie qui m'était devenue insupportable. Et pourtant, c'est la guerre qui m'a mûri, qui m'a changé, peu à peu. Je me suis rendu compte que je t'aimais encore, malgré tout, que j'étais incapable de ne pas t'aimer.

Il s'arrêta un instant, et son regard sembla rechercher, au fond de lui, un souvenir à la fois plein de douceur et de souffrance. Plus bas, il reprit :

— C'est Henri, mon père, qui m'a fait comprendre, finalement. Sais-tu comment il est mort, le sais-tu ?

Je secouai la tête, comprenant qu'il y avait eu, avant le retour de mon enfant vers moi, quelque chose de grand, de beau, de douloureux.

— C'était dans un petit village, près de Dunkerque, en mai 40, juste avant que nous soyons capturés et emmenés comme prisonniers. Nous avions ordre de retarder l'avance ennemie. Le village avait été abandonné par ses habitants. Notre régiment s'y est installé, attendant les Allemands. Tout arriva d'un seul coup. Les avions, et les chars blindés. Ils attaquèrent le village, des bombes enflammèrent les maisons. Celle où nous étions, Henri et moi, fut transformée en brasier. Nous sommes sortis en courant. Dehors, les mitrailleuses crépitaient. « Attention ! » a hurlé Henri. En une fraction de seconde, j'ai vu la gueule noire de la mitrailleuse qui, en crachant la mort, se dirigeait vers moi. Je me suis senti repoussé, projeté contre un mur. Je suis tombé, et Henri est tombé sur moi. Après, en relevant la tête, j'ai vu le sang qui s'élargissait en une grande flaque, sur sa poitrine. J'ai compris qu'il s'était jeté sur moi pour me protéger, et qu'il avait reçu les balles à ma place. Les larmes aux yeux, impuissant, je l'ai regardé. Il savait qu'il allait mourir, et moi aussi je le savais. J'ai gémi : pourquoi, mais pourquoi ? Il a essayé de me sourire, a dit : c'est la meilleure chose que j'aie faite de ma vie pour toi, mon fils.

Sa voix s'enroua, et il s'arrêta. Je les imaginais, tous deux à l'abri d'un mur, avec autour d'eux la guerre, la haine, la mort. Et eux deux, dans cet enfer, comme un noyau ensoleillé au milieu des ténèbres, eux deux qu'unissait un amour immense, merveilleux, l'amour dont me parlait M. le Curé, quand j'étais petite : celui qui fait que l'on donne sa vie pour ceux qu'on aime.

— Il a cherché ma main, l'a serrée très fort. « Avant de mourir, m'a-t-il dit, je veux te dire quelque chose, que je dois t'avouer depuis longtemps. Cela concerne ta mère. Ne lui en veux pas, pardonne-lui, elle n'était pas coupable. S'il y eut un coupable, ce fut moi. Attends, laisse-moi t'expliquer... » Et il m'a tout dit, d'une voix de plus en plus faible : les sorties, les promenades en voiture, et puis le soir du bal. Et sa lâcheté, ensuite. Il m'a tout avoué, et toi, dans ce qu'il racontait, peu à peu tu n'étais plus coupable, tu devenais une victime, SA victime. Il m'a parlé de son désir de se racheter, après, de m'offrir des études, et comment tu avais refusé, puis accepté. Quand il a eu terminé, très bas, il a dit : « Fais que ma mort ne soit pas inutile. Pardonne à ta mère et surtout, aime-la. »

De nouveau, il s'arrêta, la gorge nouée par l'émotion. Je luttais contre mes larmes. Ainsi, Henri était mort pour sauver son fils. Cet enfant dont il avait d'abord refusé l'existence, c'était comme s'il lui avait donné la vie une seconde fois.

— Alors, reprenait Jean, devant lui qui allait mourir, j'ai compris, et j'ai eu honte de mon intransigeance. Je lui ai promis de te revenir, et, incapable de parler, il a essayé de me sourire, une dernière fois. Il est mort sous mes yeux, en serrant mes mains dans les siennes... J'ai eu une peine immense, je m'étais attaché à lui, j'avais appris à le connaître, à l'aimer.

— Au moins, dis-je, il est mort en ayant ton amour. Il souffrait tellement de ne pas te connaître, alors que tu étais son fils. Sa mort n'est pas triste. Il aurait choisi de mourir ainsi, pour toi.

— Oui, c'est vrai, dit Jean, mais j'ai de la peine.

De la chaise où il était assis, il leva les yeux vers moi, avec un regard d'enfant désemparé et perdu. J'allai à lui, pris sa tête dans mes mains et la berçai contre ma poitrine, comme s'il était encore mon petit. Il m'entoura de ses bras, je posai ma joue sur ses cheveux. Alors son chagrin creva. Je le serrai davantage contre moi, et le laissai pleurer. Et ses larmes étaient un adieu, une offrande d'amour à ce père qui, après l'avoir renié, avait donné sa vie pour le sauver.

Nous sommes allés chez ma mère, sans attendre. Nous ne voulions pas la laisser plus longtemps en dehors de notre joie. Elle aussi avait souffert de l'éloignement de Jean, elle aussi serait heureuse de son retour.

Dans le coron, nous fûmes arrêtés plus d'une fois : tous ceux qui connaissaient Jean l'interpellaient, venaient lui serrer la main, lui disaient bonjour avec amitié. Certains, parmi les plus vieux, remarquaient :

— Alors, fieu ! Te voilà enfin revenu !

— Oui, enfin ! répondait Jean. Comme ça a été long !

— Ah oui, saleté de guerre ! disaient-ils, et ils crachaient avec hargne.

Nous en profitions pour nous éloigner, avant d'être interpellés par d'autres. En passant devant la maison où avaient vécu Jeanne et Pierre, Jean me serra le bras. Une autre famille s'y était déjà installée ; une maison ne restait pas longtemps inoccupée, dans le coron.

— Je suis triste de penser, dit Jean, que je les ai quittés sans me douter que je ne les reverrais jamais.

Je lui racontai l'adieu de Pierre. J'avais trié, après sa mort, les papiers, les vêtements. J'avais retrouvé, précieusement conservées, les photographies de Jean à un an, de Jean en communiant, et une mèche de ses cheveux de bébé.

— J'étais vraiment leur petit-fils, dit-il. Ils n'ont jamais su ?

— Non, ils n'ont jamais su. Et c'était mieux ainsi, pour eux.

— Oui, approuva-t-il avec gravité. Moi aussi j'aurais préféré ne jamais savoir.

Ma mère, debout sur le seuil de sa maison, nous attendait. Elle avait été prévenue de notre arrivée, les nouvelles allaient vite dans le coron ! Elle nous fit entrer, sans un mot. Je voyais sur son visage tendu l'émotion, tandis qu'elle regardait Jean, d'un regard pareil au mien, plein d'avidité, d'amour et de larmes. Il la prit dans ses bras, et ils restèrent un long moment étroitement embrassés.

— Enfin, dit-elle d'une voix tremblante, tu es revenu. J'avais si peur de mourir avant de te revoir...

— Ne dis pas ça, protesta Jean. De mes grands-parents, je n'ai plus que toi, et j'entends bien te garder longtemps !

Ils se sourirent. Et moi, près d'eux, j'étais heureuse comme je ne l'avais pas été depuis longtemps.

A elle aussi, Jean raconta la mort d'Henri. Nous lui avons dit notre vie sans lui, la mort de Jeanne, celle de Pierre. Il ne se lassait pas de demander des détails, sur eux, sur nous, sur tout. A son tour, il nous parlait de sa vie de prisonnier, et nous l'interrogions, et nous l'écoutions avec émotion.

Ensuite, nous sommes revenus chez nous. Jean a voulu faire un détour par la fosse. Devant la grille, il s'arrêta, regarda la cour, la salle de triage, les immenses roues du chevalement.

— Je me rappelle, dit-il d'une voix sourde, mes jours de travail, là, au fond, et surtout, le cauchemar de l'éboulement, alors que nous étions enfouis vivants. Sais-tu que j'en rêve encore, parfois ? Même la guerre et ses horreurs n'ont pas effacé ce souvenir de mon esprit.

Il se tut un instant, se tourna vers moi :

— Il faut que je te dise..., Henri n'a pas d'enfant. Tout ce qu'il possédait, il me l'a légué. Je l'ai accepté, pas pour moi, mais pour eux.

Du menton, il me désigna la fosse, et, avec elle, tous ceux qui, dans ses entrailles, donnaient leur force, leur sueur, et parfois leur sang.

— Je veux améliorer leur sort, reprit-il, améliorer leurs conditions de travail. Je veux qu'ils puissent descendre au fond sans la crainte de ne pas remonter.

Je lus dans ses yeux une détermination farouche, qui était en même temps une promesse pour l'avenir.

— Je vais reprendre mes études d'ingénieur, et je travaillerai avec eux.

Il me prit le bras, m'entraîna. Moi, je n'avais rien dit. Que pouvais-je dire, d'ailleurs ? Silencieusement, j'approuvais. Mon enfant était devenu un homme, il avait choisi son destin. Il n'aurait plus qu'à le suivre, ensuite, comme chacun d'entre nous.

Devant la porte, quelqu'un nous attendait. En approchant, je reconnus Marcelle. Elle s'avança vers nous :

— Bonjour, Jean, dit-elle timidement. Tu ne me reconnais pas ?

Jean regardait, étonné, cette grande fille qui lui souriait, d'un sourire tremblant. Il fronçait les sourcils, perplexe, puis son visage s'éclaira :

— Marcelle ! Tu es Marcelle !

Il la prit aux épaules et l'embrassa chaleureusement, sur les deux joues, comme un frère :

— Ma petite amie Marcelle ! Comme tu as changé ! Je ne t'aurais pas reconnue !

— J'avais huit ans quand tu es parti, dit Marcelle. J'en ai quatorze, maintenant.

— Tu es presque une jeune fille, et il me semble que tu deviens bien jolie !

C'était une constatation, faite sur un ton d'amitié toute fraternelle. Mais Marcelle rougit et baissa les yeux. Cela aurait du me faire comprendre, déjà ce jour-là. Mais je n'ai rien vu, qu'une timidité de jeune fille.

— A bientôt, dit Jean. On se reverra ?

Elle acquiesça, encore rougissante. Elle s'enfuit jusque chez elle, vive, légère, et il y avait dans son allure quelque chose de nouveau, d'enthousiaste, qui lui donnait une démarche dansante d'elfe.

Jean, avec émotion, a retrouvé sa chambre. Je l'ai laissé refaire connaissance avec ses souvenirs. Je suis allée, dans la cuisine, préparer le repas. J'éprouvais une impatience joyeuse en attendant le retour de Charles, qui était au fond de la mine et ne savait pas encore l'heureuse surprise qui l'attendait chez lui.

Jean descendit de sa chambre avec un air rêveur. La

rencontre avec ses souvenirs, avec son enfance, avait laissé dans ses yeux une nostalgie, une douceur, qui rendaient son regard plus profond, plus tendre.

— Maman, me dit-il, je voudrais aller attendre papa à la fosse. Qu'en penses-tu ?

— C'est une très bonne idée.

Il vint derrière moi, qui étais penchée devant l'évier. Il m'entoura de ses bras, posa sa joue contre la mienne :

— Tu sais, maman, là-haut dans ma chambre, j'ai repensé à ce jour, où je suis parti d'ici... Je n'ai pas oublié ce que je t'ai dit, alors. Rien n'était vrai, sais-tu ? Pardonne-moi si je t'ai fait tant de peine...

— Ce n'est rien, dis-je tout bas. Tu es là, maintenant, rien d'autre ne compte.

Je ne voulais plus penser à ce jour où il m'avait quittée, plein de haine et de rancune. Je ne voulais goûter que le moment présent, alors qu'il était près de moi avec son amour redevenu intact.

Après m'avoir embrassée tendrement, il sortit, et je m'affairai à la préparation du repas. Je mis ma jolie nappe, la vaisselle des grandes occasions. Le retour de mon enfant était une fête.

Quand ils revinrent, tous les deux, je courus à la porte les accueillir. Je les regardai, côte à côte, et je découvris qu'ils se ressemblaient : ils avaient sur le visage le même bonheur, le même sourire heureux, et dans leurs yeux posés sur moi, la même tendresse.

— Tu vois, dit Charles, il est revenu, notre Jean... Tu es contente, Madeleine ?

Oui, j'étais contente. Par son intensité même, mon bonheur m'effrayait. J'avais invité ma mère à venir manger avec nous. Le repas se déroula dans une chaude ambiance familiale. La présence de Jean suffisait à tout rendre plus gai, plus beau, plus chaleureux.

Charles parlait à Jean de la mine, des difficultés. Lorsqu'il avait su que c'était Albert Darent qui avait insinué à Jean la vérité, il avait été comme fou :

— Le salaud ! répétait-il, furieux. Le salaud ! Ça ne m'étonne pas de lui !

Je savais que je ne lui pardonnerais jamais ce qu'il avait fait. Et je ne pouvais m'empêcher d'éprouver un grand soulagement à l'idée que, dorénavant, il ne pourrait plus me nuire.

Lorsque, après le départ de ma mère que Jean reconduisit jusque chez elle, nous nous sommes retrouvés tous les trois, comme avant, les années de séparation, d'inquiétude, furent chassées définitivement par la douceur que je ressentais. Cette nuit-là, dans le grand lit où je dormais avec Charles, plus d'une fois je m'éveillai, savourant une joie, une certitude profondes : dans la chambre voisine, qui était restée si longtemps inoccupée, de nouveau mon enfant dormait.

Je me rendis compte que Jean avait changé. Il était plus mûr, plus grave ; la guerre, la souffrance avaient fait de lui un homme.

Son besoin de réparer le mal qu'il m'avait fait était touchant. Il faisait, à ma place, les gros travaux, portait sur le feu la lessiveuse emplie d'eau pour faire bouillir le linge, préparait le chaudron pour le bain de Charles. Il allait souvent voir ma mère, et avait fait la connaissance de Paul, le fils de Georges et d'Anna. Il en devint littéralement fou. Il le promenait sur ses épaules, jouait avec lui, le faisait rire aux éclats. Il arriva plus d'une fois où je les vis, Jean à quatre pattes sur le sol et Paul à califourchon sur son dos, criant : « Hue dada ! Hue dada ! » Jean se prêtait à tous ses caprices, et Paul, ravi, le menait par le bout du nez.

Marcelle venait souvent. Je remarquai qu'elle regardait Jean avec une sorte d'adoration, mais je ne m'en étonnais pas. Il était si beau, mon fils, si charmeur comme l'avait été Henri à son âge, qu'il me semblait qu'on ne pouvait que l'aimer. En plus il était loyal, franc, sensible et bon. Je ne lui trouvais que des qualités. Je ne pouvais, moi non plus, m'empêcher de le regarder, de l'admirer. Il était grand, plus grand que moi, et je m'interrogeais sur la vie, qui faisait qu'un petit être né de moi, fragile et tendre, pût devenir cet homme auprès duquel c'était moi, maintenant, qui paraissais petite et fragile.

A la fin du mois de juin, Anna mit au monde un autre

fils, qu'elle appela Bernard. Comme pour la naissance de Paul, j'allai l'aider pendant les jours où elle dut garder le lit. Le bébé était blond, comme sa mère, avec de grands yeux bleus. Paul, ravi d'avoir un petit frère, tournait autour du berceau en demandant sans cesse :

— Dis, quand est-ce qu'il sera grand ?

Je souriais à son impatience. Je pensais à Jeanne, à Pierre, qui ne connaîtraient pas cet autre petit-fils. Anna et Georges demandèrent à Jean d'être le parrain de l'enfant. A l'église, je fus frappée par la gravité avec laquelle Jean tenait contre lui le bébé. Je pris conscience que mon fils était maintenant un homme. En le voyant là, le petit Bernard dans les bras, je réalisais que bientôt viendrait le jour où lui aussi se marierait et aurait, à son tour, un enfant.

La guerre se termina au mois d'août, après que les Américains eurent lancé sur Hiroshima et Nagasaki deux bombes atomiques, qui provoquèrent la capitulation du Japon. Ce fut la fin de la deuxième guerre que j'avais connue. Elle aussi avait fait des millions de victimes, elle aussi avait détruit des existences, amené la mort, le désespoir. Et au soulagement que nous ressentions parce que tout était terminé se mêlait, malgré tout, une incompréhension : pourquoi tant de souffrances, de destructions ? N'aurait-on pas pu l'éviter ? Je pensais aux femmes qui avaient perdu leur mari, leur fils. J'avais vu comment ma mère avait vécu, après la mort de mon père. Elle n'avait plus été que la moitié d'elle-même. Pour toutes les femmes dans le même cas, la fin de la guerre n'apportait pas le retour de l'être aimé. Au lieu de se réjouir, elles ne pouvaient que pleurer.

Dans le coron, l'un de ceux qui avaient été dénoncés par Albert Darent revint. Il était réduit à l'état effrayant de squelette, et dans son visage décharné, où la peau se tendait sur les os qui saillaient, les yeux surtout faisaient mal. Ils faisaient penser à ceux d'un animal traqué, qui a été battu à mort, qui s'en souvient et qui ne parvient pas à se débarrasser de sa peur, de son désespoir. Charles, qui avait travaillé à ses côtés au fond de la mine, alla lui rendre visite. Il revint à la fois abattu et révolté :

— Si tu savais tout ce qu'il a subi ! C'est impossible à imaginer. De telles tortures ! Il n'arrive pas à oublier, il a des cauchemars toutes les nuits. Je ne sais pas s'il s'en remettra un jour, il a tellement souffert !

Nous avons pris l'habitude de le voir se promener dans le coron, très lentement, comme un grand malade qui n'ose pas croire de nouveau à la vie. Progressivement, il reprenait des forces. Parfois, son petit-fils, qui avait cinq ans, marchait à son côté, et on se demandait lequel des deux donnait la main à l'autre. Mais, lorsque le regard de l'homme se posait sur l'enfant, un sourire venait dans ses yeux et illuminait de tendresse son visage meurtri. Et l'enfant, comme s'il comprenait instinctivement que son grand-père avait besoin de lui, ne le quittait pas, cherchait, par son babil incessant, à le distraire, à le faire sourire, et y parvenait.

Je n'ai jamais osé, comme le faisaient certains, le questionner sur son année de déportation. Il me semblait qu'il valait mieux laisser ses souvenirs en paix. Le faire parler de tout ce qu'il avait subi n'aurait fait, à mon avis, que réveiller une période qu'il préférait oublier. Lorsque je le croisais, je le regardais avec pitié, compréhension, sympathie. Il était un survivant des camps de la mort, une vivante image d'une des horreurs les plus insupportables de la guerre.

Tout doucement, la vie reprenait. Les mineurs travaillaient avec plus d'enthousiasme depuis que les Allemands étaient partis. On leur demandait de redresser la France, et ils répondaient, dans un même élan. Lorsque je passais en face du cabaret des mineurs, je voyais, chaque semaine, sur la vitre, des affiches différentes. Il y eut celle qui disait : « Mineur ! Le sort de la France est entre tes mains ! » Puis, après, une affiche représentant une paire de bras et disant : « On a besoin de tous vos bras ! » Puis l'image d'une rangée de wagonnets dont les deux premiers étaient barrés, avec la légende suivante : « Chaque jour d'absence, c'est une tonne de travail en moins. » L'économie du pays avait besoin de charbon, et les mineurs étaient conscients de l'importance du rôle qu'ils avaient à jouer.

Pendant cette période, des prisonniers allemands travaillèrent au fond, avant d'être renvoyés chez eux par la suite. Un soir, Charles me dit :

— Demain, en préparant mon briquet, mets une ou deux tartines de plus.

Comme je le regardais sans comprendre, il précisa, avec un air embarrassé :

— Il y a avec moi un prisonnier allemand. Tu sais, il en bave, il travaille dur, et il n'a rien à manger, rien à boire. Je ne peux plus supporter son regard affamé lorsque je mange mon briquet devant lui. Alors, demain, mets une tartine de plus, ce sera pour lui.

J'approuvai, sans répondre. Mon Charles au grand cœur, comme j'étais fière de lui ! Envers les Allemands qui avaient fusillé son père, il n'éprouvait ni haine ni rancune. Il était prêt à aider l'un d'entre eux comme un frère. Emue, je m'approchai de lui, et sans un mot l'embrassai. Il me plaisait qu'il fût charitable envers un ennemi vaincu, qu'il ne profitât pas d'une victoire qui aurait pu le rendre, à son tour, dur et intraitable. Mon amour pour lui devenait chaque jour plus intense, plus profond.

QUATRIÈME PARTIE

(1945-1962)

LE CHEMIN À FINIR

1

Nous avons réappris à vivre sans crainte, dans la liberté retrouvée. Peu à peu, tout se réorganisait. Il fallut du temps avant de pouvoir de nouveau trouver du ravitaillement ; nous eûmes encore, pendant longtemps, des cartes de rationnement.

Il fallait relever l'économie, et, pour cela, il fallait du charbon. Il fut demandé aux mineurs de produire le plus possible.

Ce fut la « bataille du charbon », la période des cent mille tonnes. J'écoutais Charles en discuter avec des camarades de travail. Ils parlaient beaucoup, à cette époque, des « baromètres ». C'étaient des grands panneaux qui, à l'entrée de chaque fosse, indiquaient la production dans toutes les fosses. Ils éveillaient chez les ouvriers une émulation qui augmentait leur ardeur à l'ouvrage. Ce fut une période de travail intense pour tous les mineurs. Il y eut de nombreux dimanches où Charles, comme les autres, dut aller travailler, car il fallait fournir du charbon aux usines, aux cimenteries, à la S.N.C.F.

Des primes furent affectées à celui qui avait donné le meilleur rendement : selon le cas, une bicyclette, une paire de chaussures, ou bien une chemise. Comme on manquait encore de vêtements, ces primes étaient bienvenues. C'est ainsi qu'un soir, à la fin de l'hiver, Charles revint avec des boîtes de thon à l'huile.

— C'est, m'expliqua-t-il, un cadeau du ministère, parce que près de cent mille tonnes ont été extraites par jour.

Il y eut à plusieurs reprises d'autres cadeaux du même genre ; les mineurs, qui se sentaient encouragés, qui voyaient leurs efforts récompensés, travaillaient courageusement.

Au printemps, le statut du mineur apporta pour tous le logement gratuit, l'augmentation des salaires, l'amélioration des congés payés, la gratuité des soins médicaux, et d'autres avantages encore. Charles, comme tous les autres, gardait ce précieux document dans sa poche. Ils en connaissaient par cœur les articles. Avec la Sécurité sociale minière, nous étions maintenant à l'abri des coups durs.

La silicose avait été reconnue comme maladie professionnelle. Les mineurs qui en étaient atteints pouvaient se soigner, et percevaient une indemnité. Je pensais à mon beau-père, Pierre, qui, déjà malade, avait dû continuer à aller travailler, sans jamais se soigner. Je me disais qu'incontestablement un progrès avait été fait, et que les mineurs pouvaient espérer, dorénavant, être considérés comme des êtres humains.

Ainsi, nous essayions tous de vivre mieux, nous espérions en une vie meilleure. Jean, de son côté, avait repris ses études d'ingénieur, et s'intéressait de très près à tout ce qui concernait la vie de la mine. A chaque fin de semaine, il revenait chez nous, discutait interminablement avec Charles et Georges.

— Ce qu'il faudrait, disait Jean, c'est faire quelque chose contre la poussière. Une modernisation est absolument nécessaire.

Le sujet le passionnait. Je savais que, après l'expérience douloureuse qu'il avait subie au fond, alors qu'il avait quatorze ans, et qu'il n'oublierait jamais, il consacrerait toute sa vie à l'amélioration des conditions de travail. Je le regardais avec admiration et tendresse.

Je n'étais pas la seule à le regarder de cette façon. Marcelle, qui allait avoir seize ans, semblait éprouver pour lui la même adoration. Lorsqu'elle le voyait, elle rosissait délicieusement. Je remarquai qu'elle venait plus souvent me rendre visite lorsqu'il était là. Je ne disais rien, mais je m'interrogeais. Aimait-elle réellement mon fils ? Lui semblait, par moments, la découvrir. Je surprenais parfois son regard qui s'attardait sur elle, avec un mélange d'étonnement, de douceur et de gravité. Mais, lorsqu'il s'adressait à elle, c'était toujours avec la même tendresse protectrice et fraternelle, et il me semblait qu'elle aurait bien voulu qu'il cessât de voir en elle une enfant.

Les fils de Georges et d'Anna grandissaient. Le petit Bernard, comme son frère Paul, adorait Jean qui passait des heures à jouer avec eux, quand nous allions leur rendre visite. Ma mère vieillissait. Elle approchait les soixante-dix ans ; si elle était toujours aussi alerte, elle se plaignait néanmoins de rhumatismes et de douleurs dans les membres. Jean, tendrement, se moquait d'elle :

— Allons, lui disait-il, tu dis ça pour te faire plaindre ! Moi, je vois bien que tu as gardé une taille de jeune fille !

Ce qui n'était pas tout à fait faux. Elle restait mince et droite, et malgré ses cheveux blancs, n'avait pas une allure de vieille femme.

Ce fut à cette époque que nous vîmes de nouveau le départ de nombreux Polonais. Cette fois, ils ne furent plus expulsés. Ils étaient rappelés par le gouvernement de leur pays qui, après la guerre, avait besoin de main-d'œuvre. Nombreux furent ceux qui répondirent à cet appel. Anna avait une amie dont le mari, Polonais également, avait choisi de partir. J'allai, avec elle, les accompagner à la gare. Contrairement à un autre départ dont je me souvenais, tout se faisait dans l'enthousiasme. Ceux qui restaient embrassaient ceux qui s'en allaient, et tous se promettaient de s'écrire. Des interpellations joyeuses fusaient, en polonais, et lorsque le train s'ébranla, ils partirent en chantant. Je comprenais leur joie ; ils allaient retrouver leur pays, leur langue, leur manière de vivre. Leur exil était terminé. Pour eux aussi, une nouvelle vie commençait.

Septembre finissait, et les feuilles des arbres peu à peu se teintaient de pourpre. Depuis plusieurs jours, le temps était splendide, doux et ensoleillé, avec un ciel uniformément bleu. Ce matin-là, dès le départ de Charles pour la mine, je fis ma lessive, et je mis le linge à sécher dans le jardin. Les hirondelles passaient au-dessus de ma tête avec de petits cris joyeux. Au loin, la lumière blonde du soleil noyait la campagne dans un poudroiement d'or. Tout était calme, paisible, heureux.

C'était samedi, et, dans l'après-midi, comme à chaque fin de semaine, Jean allait revenir pour passer le dimanche avec nous. Il fallait encore que je lave toute la maison avant son retour, que je prépare le repas et le bain de Charles. Je rentrai, et allais me mettre à laver, lorsque j'entendis Catherine, la mère de Marcelle, qui m'appelait :

— Madeleine !

Sa voix avait un accent suraigu anormal. Je me précipitai dehors. Dans la rue, elle venait vers moi, l'air complètement bouleversé. J'ai compris qu'il était arrivé quelque chose et j'ai senti mon cœur se serrer d'appréhension.

— Madeleine, dit-elle, essoufflée d'avoir couru, il est arrivé un accident à ta mère ! Elle vient d'être renversée par une voiture, en face de la ferme des Lengrand ! Il faut que tu y ailles, vite !

En proie à la panique, sans même prendre le temps de refermer ma porte, j'ai couru jusqu'à la ferme, sans voir personne. Je me rappelais que, la veille, ma mère m'avait dit qu'elle voulait faire, pour dimanche, une tarte aux pommes, car un voisin lui avait donné quelques pommes. Sans doute était-elle allée à la ferme chercher des œufs et du lait.

Dès le tournant, là où la route débouchait sur la campagne, je vis l'attroupement. En m'approchant, j'enregistrai machinalement l'air affolé des gens, la voiture en travers de la route, et plus loin, à la fois dérisoire et pitoyable, le pot à lait en fer-blanc de ma mère, renversé, avec le lait répandu dans la poussière. Un homme que je ne connaissais pas vint vers moi, éperdu, et balbutia :

— Je... je n'ai pas pu l'éviter... Elle a traversé dans le virage, au moment où j'arrivais...

Comme dans un cauchemar, je le bousculai. Et c'était bien un cauchemar que je vivais, alors que les gens s'écartaient, alors que, sans me rendre compte que je marchais, j'avançais vers ma mère que je voyais là, étendue sur le sol, les yeux clos, le visage exsangue. Je me suis retrouvée agenouillée près d'elle, essayant de lui parler, mais ma gorge bloquée était incapable de prononcer une parole. Je soulevai délicatement sa tête, essuyai la poussière qui maculait son front et sa joue. Mes larmes tombaient sur son visage, et je me mordais les lèvres pour réprimer les sanglots que je sentais venir. En même temps, j'éprouvais une sensation d'irréalité, une incrédulité qui me faisaient penser : non, ce n'est pas possible, ça ne peut pas arriver, je vais me réveiller, ça n'est pas vrai...

Une main se posa sur mon épaule, une voix dit :

— Madeleine...

Je levai des yeux égarés. Emile, le fermier, était près de moi :

— Il faut la ramener chez elle et envoyer chercher le docteur. Son pouls bat, faiblement, mais il bat.

Ils soulevèrent avec précaution ma mère toujours sans connaissance, la placèrent sur un brancard pour la transporter. Je courus en avant pour préparer son lit afin de l'y coucher. La journée si belle était devenue cauchemardesque ; la lumière du soleil elle-même n'était plus blonde, elle était maintenant sombre, menaçante.

Ils la couchèrent dans son lit. Je bassinai ses joues, son front, avec du vinaigre. Elle ne réagissait pas.

— Il vaut mieux la laisser au calme, dit quelqu'un. De toute façon, le médecin va arriver, on est allé le prévenir.

Un à un, ils s'en allèrent. Des femmes me dirent :

— Si tu as besoin de quelque chose, Madeleine, n'hésite pas, viens me chercher.

Sans les regarder, j'acquiesçai en silence. Ils partirent tous, et je restai seule avec elle. Le sentiment d'impuissance, de désespoir que je ressentais était intolérable. Je ne pouvais pas admettre ce qui était en train de se passer, c'était trop dur, trop injuste. Instinctivement, je sentais que c'était grave, et j'avais peur.

Soudain, elle eut un soupir et ouvrit les yeux. Aussitôt, elle porta les mains à sa poitrine, gémit :

— J'ai mal...

Je me précipitai, essuyai son front, essayant de la calmer :

— Ne bouge pas, surtout, ne bouge pas. Le docteur va venir, il va te soigner.

Elle me regarda, et je lus dans ses yeux une sorte de détachement, comme une délivrance. Elle me dit :

— C'est la fin, je le sens.

Affolée de douleur, je criai presque :

— Ne dis pas cela, oh non !

— Allons, Madeleine, articula-t-elle d'une voix faible, sois courageuse. Mon heure est arrivée, il faut l'accepter. — Elle s'arrêta un instant, et un sourire d'une rayonnante tendresse la transfigura. — Il est enfin arrivé, le moment où je vais aller rejoindre mon Jean. Il y a si longtemps, si longtemps qu'il m'attend...

Mes larmes coulaient, brûlantes, et tombaient sur les draps, sur elle, sur moi.

— Ne pleure pas, je t'en prie. J'ai fait mon temps, plus que mon temps. Tu as ton mari, ton enfant, tu n'as plus besoin de moi.

— Oh, ne dis pas ça !

Elle ne m'écoutait plus. Les mains crispées sur sa poitrine, en dépit de la souffrance qu'elle devait ressentir, elle avait un regard heureux, lointain, déjà dirigé vers ailleurs. Sa respiration se faisait difficile, saccadée. Un peu de mousse rose apparut au coin de ses lèvres. Tout bas, si bas que je dus me pencher pour entendre, elle dit :

— Ça fait bientôt trente ans... trente ans que j'attends... que le temps me dure d'aller le retrouver... Comme c'était long !

Et, dans un soupir, elle murmura, encore plus bas :

— Madeleine... Jean...

Incapable de repousser la douleur qui m'engloutissait, je m'abattis contre elle, et je pleurai. J'étais redevenue un enfant, un enfant qui a besoin de sa mère, qui ne veut pas qu'elle le quitte, et qui a peur. J'éprouvais un chagrin immense, insupportable.

Je pleurai longtemps, contre elle, le visage dans l'oreiller. Lorsque je relevai la tête et que je la regardai, je vis ce que je savais déjà — elle avait cessé de vivre.

Elle était partie rejoindre mon père, comme elle le souhaitait tant, et ses traits avaient dans la mort une expression douce, sereine, heureuse. Lorsque le médecin arriva, il ne put que constater le décès. Ce n'était plus le vieux médecin qui nous connaissait bien, c'était un nouveau, que la mort de ma mère laissait indifférent. Il palpa le corps, dit, avec une moue :

— Elle a reçu le choc en pleine poitrine. Il y a eu une hémorragie interne, c'est ce qui a causé sa mort.

Il ne s'attarda pas. Il signa des papiers que je ne regardai même pas et s'en alla. Après son départ, des voisines vinrent aux nouvelles. En voyant mes larmes et ma mère qui reposait dans le lit, elles comprirent immédiatement. En femmes de mineurs habituées aux coups durs, elles ne s'apitoyèrent pas inutilement.

Avec leur aide, je lavai ma mère, l'habillai, refis le lit. Nous avons croisé ses mains sur sa poitrine, mis un chapelet entre ses doigts, placé une branche de buis dans un verre au pied du lit, sur une petite table. J'agissais mécaniquement, sans penser à ce que je faisais. Avec une sorte d'incrédulité, je regardais ma mère qui reposait. Je ne réalisais pas. C'était trop brutal. Sans transition, alors que, la guerre terminée, je pouvais espérer mener de nouveau une vie heureuse, la mort me prenait, une fois de plus, un être cher. Et cet être était ma mère. Abrutie de chagrin, je ressentais une sorte d'engourdissement qui me laissait complètement hébétée. Et pourtant je savais que ma souffrance était là, tapie comme une bête prête à bondir, et qu'elle allait me déchirer, me lacérer sans pitié.

Anna arriva ; la nouvelle avait fait le tour du coron. Elle resta près de moi, pour m'aider à recevoir les femmes qui venaient bénir ma mère, lui dire un dernier adieu. Cela dura toute la journée, et je savais que ce serait encore la même chose le lendemain et le jour suivant. A certains moments, la sensation d'irréalité me reprenait, et, à d'autres, je réalisais avec une acuité douloureuse, aiguë, que c'était ma mère qui était là, morte.

Le moment le plus dur fut lorsque Jean arriva, sachant déjà, le visage hagard, incompréhensif :

— Ce n'est pas possible... Que s'est-il passé ?

Je le lui racontai. Il s'effondra, et resta près d'elle, tremblant d'impuissance et de chagrin. Je voyais, à son regard perdu que, comme moi, il n'arrivait pas non plus à admettre.

Charles l'apprit en sortant de la mine, et vint directement, encore noir de charbon. Dès qu'il entra, son regard se posa sur moi, douloureux, plein de compassion, de pitié et d'amour. Sans un mot, il me serra contre lui, et, dans ma détresse, je sentis que sa présence me réconfortait. Lorsque je relevai la tête, je vis que lui aussi pleurait, et ses larmes traçaient deux sillons clairs dans la poussière noire de son visage.

Ce furent des jours pénibles, douloureux. Tous les gens du coron défilèrent, et il fallut les recevoir. Ils parlaient de ma mère, et il fallait leur répondre. Chaque visite ravivait ma peine. Juliette vint me voir aussi. Elle renonça à consoler Jean, qui se murait dans un désespoir farouche.

L'enterrement eut lieu le mardi, par une journée d'automne splendide, et je me demandai comment la nature pouvait ruisseler de lumière alors que mon cœur n'était qu'une pluie de larmes.

J'eus mal, pendant très longtemps. Ce fut la tendresse de Charles qui m'aida à reprendre le dessus. Son amour fut un baume pour mon cœur meurtri. Je me disais aussi que je devais oublier ma propre peine et penser que ma mère était en paix, auprès de mon père qu'elle avait tant aimé. Mais ce ne fut, malgré tout, plus jamais pareil.

Je dus trier ses affaires, et tout emballer, afin de libérer la maison pour d'autres. Ce me fut une épreuve de plus. Chaque vêtement, chaque objet que je rangeais me rappelaient ma mère. Je classai les papiers, et, parmi eux, retrouvai les lettres que mon père nous avait envoyées pendant la guerre. Il fallut également enlever les meubles, que Charles et Georges emportèrent. Je les partageai avec Anna. La maison vide me sembla abandonnée. Je fis le tour des pièces, allai dans le jardin. Je revis le petit mur, là où Charles m'avait dit qu'il m'aimait, là où il m'avait dit aussi qu'il voulait m'épouser. Partout, chaque endroit me parlait de souvenirs, et, quand je quittai la maison définitivement, j'étais consciente d'y laisser une partie de ma vie que je savais ne jamais retrouver.

2

Jean continuait ses études, qui lui plaisaient toujours autant. Quand il revenait, toutes les fins de semaine, il bavardait longuement avec Charles, et les autres mineurs, des problèmes qu'ils rencontraient chaque jour dans leur travail. Ensuite, il me disait :

— Je travaillerai à leurs côtés, avec eux. Je ne serai pas un ingénieur uniquement préoccupé par le rendement. Je serai un ingénieur humain, compréhensif, et je me battrai pour améliorer leurs conditions de travail.

Je ne pouvais que le regarder avec fierté. Je savais que, le jour où il exercerait son métier, les mineurs pourraient compter sur lui.

Je dus prendre l'habitude de vivre sans ma mère. J'avais ramené chez moi sa machine à coudre, et j'étais seule pour faire tous les travaux de couture. Nos conversations me manquaient, et aussi la sensation que j'avais, près d'elle, d'être comprise et aimée sans conditions. Maintenant, il n'existait plus personne dont j'étais l'enfant. Même l'amour de Charles et de Jean était différent ; c'était un amour d'hommes, plus bourru. Je ne pouvais pas, avec eux, discuter de mes petits problèmes de femme, comme je le faisais auparavant avec ma mère qui, toujours, m'écoutait avec patience. Oui, sa présence, sa tendresse me manquèrent énormément, et je découvris que rien ne remplace l'amour maternel.

Peu à peu, les dernières cartes de rationnement disparurent, et nous avons eu l'espérance de trouver de nouveau tout ce dont nous avions besoin. Grâce au charbon, les usines tournaient de nouveau, l'industrie reprenait. Le pays revivait. C'était maintenant, adressé aux mineurs, l'appel aux cent vingt mille tonnes.

Un an s'était écoulé depuis le décès de ma mère lorsque, de nouveau, des bruits de grève circulèrent. Les syndicats n'acceptèrent pas l'éviction du gouvernement des ministres communistes qui eut lieu à cette époque. Une grève fut décidée, en novembre, et dura plus de quinze jours. C'était la première après la guerre, et je me disais avec tristesse que rien n'était changé. Il y avait de nouveau des discussions, des manifestations, et je priais pour qu'il n'y eût pas de violence. Lorsque la grève prit fin, elle n'apporta pas aux mineurs la satisfaction de leurs revendications, mais, pensai-je égoïstement, la menace s'éloignait.

Un nouvel hiver passa, l'année 1948 arriva. Elle devait amener des changements dans notre vie. D'abord, nous apprîmes qu'était créé, dorénavant, un centre de vacances spécialement réservé aux mineurs, à La Napoule. Ceux qui voulaient en faire la demande pouvaient aller passer là-bas leurs congés payés. Tout était prévu, depuis le voyage en train jusqu'à la réservation de la chambre. C'était d'autant plus tentant que ce centre était situé dans le Midi.

— Qu'en dis-tu, Madeleine ? me dit Charles. Nous pourrions y aller, une année. Peut-être quand je serai retraité... ?

J'étais heureuse comme une enfant, moi qui n'avais jamais pris de vacances. Mon imagination, très vive, m'emportait. Je regardais les photos du prospectus que Charles avait ramené de la mine. Je nous voyais, tous les deux, dans ces collines fleuries de mimosa, toutes vibrantes de soleil et du chant des cigales. Seulement, les années ont passé, et ce projet ne s'est jamais réalisé. Nous l'avons toujours reporté à l'année suivante. Et maintenant, il est trop tard.

Cette année-là également fut tourné à Liévin un film de Louis Daquin : *le Point du jour*. Dès sa sortie, nous sommes allés le voir. C'était un film qui montrait le travail des mineurs, leur vie, leurs problèmes. Jean vint avec nous, ainsi que Marcelle et ses parents. Il y avait une séquence où un jeune garçon de quatorze ans, pris dans un éboulement, se trouvait enfoui. Ce passage me rappela cruellement que Jean lui-même avait connu la même situation. Je lui lançai un regard furtif, et je vis, à son visage tendu, que lui aussi se souvenait, et qu'il n'oublierait jamais.

Les mineurs étaient filmés en plein travail, et nous les voyions, accroupis, en train d'abattre du charbon. Certains, dans des passages vraiment étroits, étaient à moitié couchés, dans des positions plus qu'inconfortables.

— C'est vraiment bien filmé, dit Charles. J'ai l'impression d'y être, tellement ça semble réel.

Je crois que ce fut ce jour-là que je découvris ce qu'était le travail de Charles. Je n'étais jamais allée au fond, je n'avais jamais vu ce que cela représentait. Là, les images me montrèrent tout ce que je ne savais pas. J'ouvrais des yeux effarés. Dans un tel boyau, comment pouvait-on respirer ?

A un moment, un des mineurs donna un grand coup de marteau-piqueur, et l'écran fut envahi d'une poussière noire ; et, à travers cette multitude d'infimes particules de charbon, on voyait le mineur qui continuait de travailler. Moi, je sentais cette poussière entrer dans mes narines, dans mes yeux, m'obstruer la gorge, envahir mes poumons. J'éprouvais une sorte de malaise. Comment pouvaient-ils résister, dans ces conditions, jour après jour, pendant toute une vie ? A partir de cet instant, je regardai Charles avec un nouveau respect. J'eus pour lui une admiration qui ne fit qu'augmenter mon amour. Lorsque nous sommes sortis j'ai respiré profondément l'air du soir, et j'ai compris, plus que jamais, l'incessant besoin de soleil, d'air pur et d'évasion qu'éprouvaient les mineurs, après des journées d'un tel travail.

Un matin du mois d'avril, Marcelle entra dans ma cuisine, en larmes :

— Madeleine, tu es au courant ? A Courrières...

J'eus le pressentiment d'une catastrophe. La voix rauque d'inquiétude, je dis :

— Qu'y a-t-il ? Que s'est-il passé ?

Au milieu de ses sanglots, elle m'expliqua :

— A la fosse 4 de Courrières, hier... il y a eu une explosion, au fond... Mon frère aîné y travaille. Ma mère est partie, dès qu'elle a su...

Ainsi, cela recommençait. Ça ne s'arrêterait donc jamais ! Tant de souffrances imméritées... pourquoi ? J'essayai de consoler Marcelle, de lui dire de ne pas désespérer sans savoir, mais ma voix manquait de conviction. Je ne savais que trop bien que la mine ne pardonnait pas, et que, cette fois encore, il y aurait des blessés, et peut-être des morts...

Je vis Catherine le soir. Elle n'avait rien appris, son fils était toujours au fond. Une équipe de sauveteurs travaillait sans relâche. L'inquiétude de son regard était douloureuse à voir. Je la comprenais. Moi aussi, j'avais connu les mêmes affres.

Elle retourna, les jours suivants, attendre devant les grilles de la fosse. Elle dut vivre cinq longs jours dans l'angoisse avant de savoir. Le sixième jour seulement, elle revint avec sur le visage un mélange de soulagement et de souffrance. Son fils avait été remonté avec d'autres. Il avait été brûlé et était soigné à l'hôpital Sainte-Barbe. Il y avait d'autres blessés beaucoup plus graves. Certains, me dit-elle, ne respiraient plus que grâce à un tube de caoutchouc qui conduisait directement l'oxygène à leurs poumons. On disait qu'une équipe de médecins et d'infirmiers était venue spécialement de l'hôpital Foch de Paris.

Les derniers mineurs ne furent remontés qu'après vingt et un jours. Pour survivre, ils avaient rongé l'écorce des boisages, mangé du cheval décomposé, bu leur urine. L'un d'eux avait une montre, qui leur avait permis de compter le temps. Jean, lorsqu'il apprit, fut à la fois profondément peiné, révolté et furieux :

— Cela ne devrait pas se produire. Il faut absolument faire quelque chose pour leur sécurité. J'y consacrerai ma vie, s'il le faut, mais j'y arriverai ! Pense à leur angoisse, maintenant, quand ils retourneront au fond, après une telle épreuve ! Et les seize morts, qui ont été brûlés vifs ! Il faut empêcher de tels accidents, améliorer la sécurité, c'est indispensable !

Il parlait avec une sorte de fureur désespérée. Moi, sceptique, je m'interrogeais. Etait-il possible d'éviter de telles catastrophes ? Depuis mon enfance, j'en avais connu plusieurs. Inconsciemment, je finissais par croire qu'elles étaient inévitables. C'est pourquoi je vivais, avec, au fond de moi, la crainte obscure et inavouée de ne pas voir revenir Charles, jour après jour.

Au début de l'été, Juliette m'annonça son départ. Son mari allait occuper un poste d'ingénieur à Béthune, et elle préparait son déménagement. Elle vint me voir avec son fils Germain, devenu un adolescent mince et grave.

— Je te verrai moins souvent, me dit-elle, mais, dès que je serai installée, tu viendras me rendre visite. Ce n'est pas parce que je vais habiter loin de toi que nous allons nous perdre de vue, n'est-ce pas ?

J'approuvai avec énergie. Elle était mon amie depuis notre enfance, et je l'aimais sincèrement. Elle était aussi la marraine de mon fils, et il y avait entre eux deux un amour fait de tendresse et de complicité. J'avais de la peine de la voir partir.

Pour combler le vide causé par son absence, je me rapprochai davantage de Marcelle, et de Catherine, sa mère. Elles venaient souvent l'après-midi boire une tasse de café, ou c'était moi qui allais chez elles. Nous bavardions de choses et d'autres, et une chaude amitié nous unissait.

Le dimanche, lorsque nous sortions, nous le faisions tous ensemble, Catherine et Robert, Charles et moi, et bien entendu, Marcelle et Jean. Je remarquais, entre les deux jeunes gens, une entente de plus en plus visible. Bien souvent, ils discutaient, en aparté, et le regard que Marcelle levait sur mon fils était révélateur. Quant à lui, il semblait prendre beaucoup de plaisir à sa compagnie. Elle était jolie, vive, intelligente et agréable. Elle allait avoir dix-neuf ans, et j'avais l'impression que, depuis quelque temps, il ne voyait plus en elle seulement une enfant.

Un dimanche du mois de juillet, nous sommes allés tous ensemble à Douai pour les fêtes de Gayant. Nous avons d'abord assisté au défilé, qui produisait toujours sur moi la même impression d'émerveillement, et puis nous sommes allés faire un tour à la fête foraine. Dans une tente, une vieille femme prédisait l'avenir. Marcelle voulut à tout prix y entrer. Elle sortit de là les yeux brillants, les joues roses, avec, sur le visage, un air heureux. Je me revis, à son âge, avec le même espoir de promesses, et je me souvins de la gitane qui m'avait prédit qu'un grand amour ensoleillerait ma vie. Sur le moment, éblouie que j'étais par Henri, j'avais cru qu'il s'agissait de lui, mais, maintenant, je savais ce qu'elle avait voulu dire. Et je regardai, à mes côtés, mon Charles, sûr, tendre et fidèle.

Marcelle et Jean, comme deux jeunes fous, grimpèrent sur les manèges, firent des tours de chevaux de bois, tirèrent à la loterie. Je voyais Jean rire aux éclats, lui toujours grave et réservé, et je me disais que Marcelle était une petite fée, qui arrivait à le dérider et à le faire rire comme un enfant. Je les regardais avec une tendresse amusée, et aussi avec une certaine nostalgie.

Je ne fus pas surprise lorsque, quelques semaines plus tard, un samedi soir, je les vis rentrer, dans la cuisine, émus et souriants. Ils se tenaient par la main, et je sus ce qu'ils allaient me dire. En vérité, je compris même, à ce moment-là, que je l'avais toujours su.

— Maman, me dit Jean, avec une timidité que je ne lui connaissais pas, je voudrais te dire que... Marcelle a accepté d'être ma femme.

Marcelle vint vers moi, le visage rayonnant, et m'embrassa avec affection. Je la serrai tendrement contre moi. Tout bas, elle murmura :

— Oh, je suis si heureuse ! Je l'aime depuis si longtemps...

Jean, à son tour, vint m'embrasser. Ma gorge était nouée par l'émotion. Je parvins à dire, et ma voix était rauque et tremblante :

— Je suis heureuse pour vous, mes enfants. Et toi, Jean, tu ne pouvais pas mieux choisir.

J'étais sincère. Je savais que Marcelle l'aimait profondément. Et moi, je n'aurais pu trouver une bru plus agréable. Je la connaissais depuis son enfance, et depuis ce temps-là nous étions amies. De plus, elle était, elle aussi, fille de mineur.

Jean aurait, près de lui, une compagne qui le comprendrait et qui l'épaulerait dans sa lutte pour défendre les mineurs.

— Où est papa ? demanda Jean.

— Il est dans le jardin, il repique quelques salades.

— Viens, dit Jean en tendant la main à Marcelle, avec un sourire infiniment doux et de l'amour plein les yeux. Allons lui dire, à lui aussi.

Ils sortirent, et je dois avouer que j'eus un pincement au cœur. Je soupirai, à la fois heureuse et triste. Heureuse du bonheur de mon enfant, et triste parce que je n'étais plus la seule femme dans sa vie. Il me faudrait, dorénavant, le partager avec Marcelle. Et mon cœur de mère se serra un peu.

Par bonheur, cela ne dura pas. Au fil des jours, je me rendis compte que l'amour de mon enfant pour moi était demeuré inchangé. Et il venait s'y ajouter l'affection sincère qu'éprouvait Marcelle envers moi. Jean alla demander à Catherine et Robert la main de leur fille, qu'ils lui accordèrent avec des transports de joie. Il y eut, entre eux et nous, une sorte de réunion de famille, où nous avons discuté du mariage de nos enfants. Jean avait encore une année d'études à faire, avant d'obtenir son diplôme d'ingénieur, et ils se marieraient ensuite. La date fut fixée à l'été suivant.

Ce soir-là, lorsque nous fûmes couchés, Charles me dit tout bas :

— Tu es contente, Madeleine ? Il a choisi une bonne petite, qu'en penses-tu ? Il sera heureux, avec elle.

J'approuvai, et me blottis contre lui, ma tête au creux de son épaule. Charles, toujours pareil à lui-même, ne se préoccupait que du bonheur de Jean, et je savais qu'il avait raison. Avec Marcelle, mon enfant serait heureux. Sur cette pensée rassurante, serrée contre Charles, je m'endormis, le cœur en paix.

La nouvelle fit très rapidement le tour du coron. Je ne pouvais pas sortir de chez moi sans être arrêtée, interpellée :

— Alors, Madeleine, c'est vrai ? Ton fils fréquente ? Il va se marier ?

Je souriais, j'acquiesçais. Beaucoup me félicitaient avec

sincérité, me parlaient de Jean, constataient que, malgré des études d'ingénieur qui le hissaient à un niveau supérieur, il restait toujours aussi simple, aussi amical.

A la fin du mois de septembre, je reçus une lettre de Juliette. Son déménagement était terminé, elle était tout à fait installée. Elle me donnait sa nouvelle adresse, et m'invitait, avec insistance, à aller la voir. Je montrai la lettre à Jean, qui me dit :

— Je vais lui écrire pour lui annoncer mes fiançailles avec Marcelle. Et nous irons la voir, comme elle nous le demande. J'irai lui présenter ma fiancée.

Nous lui avons envoyé une longue lettre, à laquelle elle répondit aussitôt en nous invitant de nouveau.

— Allons-y tous ensemble un dimanche, proposa Jean.

Nous avons prévu d'y aller le dimanche suivant, mais notre projet fut reporté car, dans la semaine, une grève éclata. Des bruits de grève et des rumeurs de mécontentement circulaient déjà depuis quelque temps. J'entendais Charles, Georges et les autres se plaindre des conditions de travail, des relations de plus en plus difficiles entre ouvriers et ingénieurs, entre syndicats et patrons. Lorsque j'essayais, timidement, de dire à Charles qu'une grève n'était peut-être pas la solution rêvée, il me répondait invariablement :

— Et quelle autre solution avons-nous, dis-moi, pour défendre nos droits ? Si nous continuons ainsi, nous travaillerons bientôt dans les mêmes conditions qu'avant 1936. Les délégations syndicales ne sont même plus reçues, on ne veut plus écouter nos revendications. Nous ne pouvons pas nous laisser faire, quand même !

Jean lui-même approuvait :

— Ils ont raison, maman, me disait-il. Ils ne veulent pas revenir vingt ans en arrière, il faut les comprendre.

Bien sûr, je comprenais. Mais ma peur de voir de nouveau des bagarres, de la violence, était la plus forte. Alors, je ne disais rien, et j'écoutais. Je les entendais parler du nouveau syndicat, Force Ouvrière, qui était le seul reçu par la direction, bien que représentant une faible minorité de mineurs. Déjà, cela les rendait mécontents. Mais, ce qui déclencha la grève, ce fut les décrets Lacoste, qui s'attaquaient au statut des mineurs et au régime de sécurité sociale minière. Là, je vis Charles furieux.

— C'est incroyable ! Maintenant, ils veulent payer un mineur à la tâche, sans tenir compte des difficultés de travail, de terrain, du toit qui se délabre, de tous les obstacles qu'on peut rencontrer... Un gars qui est faible physiquement, et qui ne sait pas très bien travailler, ne sera même pas payé au barème, s'il doit être payé pour ce qu'il fait ! Ah, je voudrais bien le voir au fond, ce Robert Lacoste, travailler au piqueur pour l'abattage du charbon, et à la hache pour le boisage ! On verrait combien il ferait, et combien il gagnerait ! C'est facile de faire des mètres avec une plume dans un bureau, mais, au fond, c'est autre chose !

Je comprenais, à voir Charles aussi indigné, lui toujours si paisible, que ces décrets étaient inacceptables. Et je les approuvais de faire grève ; ils n'avaient que ce moyen-là pour montrer leur désaccord.

Elle commença le lundi 4 octobre. Au début, tout se passa dans le calme. Il y eut quelques réunions, quelques manifestations, mais elles étaient silencieuses : tout le monde était d'accord, il fallait faire grève.

Je me sentais cependant dans un climat d'insécurité. Plus la grève durait, et plus ma vieille peur revenait. Je n'en parlais pas, je n'osais pas en parler, de crainte de paraître lâche. Mais, du fond de ma mémoire, un souvenir de bataille, de violence et d'affrontement remontait, et ne me laissait pas en paix. J'admirais Marcelle qui, comme Jean, approuvait à fond les mineurs. Avec son père et ses frères, elle avait même participé à une manifestation. J'aurais voulu être comme elle, courageuse. Tandis que, au contraire, je me disais chaque jour, avec inquiétude : comment cela va-t-il finir ?...

Du côté de l'Etat comme du côté des syndicats, personne ne voulait céder. Alors la grève s'éternisait. Quand arriva le mois de novembre, il y avait quatre semaines qu'elle durait, et ça semblait devoir continuer. Dans beaucoup de familles, l'argent manqua.

Anna vint me trouver un jour en pleurant :

— Je ne sais plus quoi faire ! Il n'y a plus un sou à la maison ! Qu'allons-nous devenir ?

— Fais comme moi, dis-je, puise dans tes économies.

Elle me regarda, les yeux pleins de larmes, avec impuissance :

— Mais c'est que justement je n'en ai plus ! J'avais déjà dû en prendre une grande partie pour habiller de neuf les enfants, pour la rentrée des classes. Ils grandissent tellement vite ! Il leur faut chaque année de nouveaux vêtements, de nouvelles chaussures ! Et, depuis le début de la grève, j'ai utilisé ce qui restait. Comment vais-je m'en sortir ?

Je la regardai avec pitié. Je savais que Charles ne laisserait pas les enfants de son frère souffrir de la faim. J'allai chercher, sur la cheminée, la boîte en fer-blanc qui contenait nos économies. J'en donnai une partie à Anna :

— Tiens, prends, c'est pour Paul et Bernard. Je ne veux pas, moi non plus, qu'ils aient faim.

Avec confusion, elle prit l'argent :

— Je te le rendrai, c'est promis. Et je te remercie, du fond du cœur.

Elle vint à moi et m'embrassa avec affection. Je la regardai partir, maintenant rassérénée, et la même pensée occupait toujours mon esprit : où cela allait-il nous mener ?

Anna n'était pas la seule à manquer d'argent. Beaucoup de familles se trouvèrent dans la même situation. Cela devint si dramatique qu'il y eut des mineurs qui organisèrent le ravitaillement. Ils allèrent chez les commerçants, dans les campagnes, et distribuaient ensuite ce qu'ils avaient réussi à obtenir. Certains allèrent faire des collectes aux portes des usines, dans toute la région, et même jusque dans la région parisienne. Ensuite ils ramenaient l'argent, qu'ils distribuaient également.

Il y eut aussi la création des bons Lecœur. C'étaient des bons de cinq francs, distribués dans les mairies, pour le soutien de tous les mineurs grévistes. Tout cela nous aida. Mais la grève ne semblait pas vouloir se terminer. Elle prenait des proportions qui m'inquiétaient.

Ce fut après la quatrième semaine que nous avons vu arriver les C.R.S. Je les regardai, avec appréhension, défiler dans le coron, se masser devant la grille de la fosse, et observer ce qui se passait dans un silence menaçant. Ils empêchaient les réunions, et, me dit Charles, surveillaient toutes les manifestations.

Après six semaines de grève, une dissension se fit parmi les mineurs. La grande majorité était toujours pour la grève, mais certains désiraient reprendre le travail. Ils étaient à bout de forces, à cause du manque d'argent. Ils voulaient de nouveau pouvoir au moins nourrir leurs enfants. Alors les problèmes commencèrent. Des fanatiques, partisans de la grève à outrance, allèrent jusqu'à déposer des charges d'explosifs sous les fenêtres de ceux qui étaient pour la reprise du travail.

— A quoi cela les avance-t-il ? Ça ne va pas arranger les choses, elles sont déjà assez difficiles comme ça !

— Je sais bien, me répondait Charles, et je ne les approuve pas. Mais, pour gagner, il faut que nous soyons tous d'accord !

Pourtant, plus les jours passaient, plus le nombre de ceux qui voulaient retourner au travail augmentait. Les piquets de grève les repoussaient, et empêchaient qui que ce fût de pénétrer. Alors Jules Moch, le ministre de l'Intérieur, envoya la troupe. Et moi, je ne connus plus un seul jour de repos.

Je vis des tanks arriver, cheminer dans le coron silencieux, et se diriger vers la mine. Là, ils enfoncèrent le mur, entrèrent dans le carreau et arrêtèrent les grévistes présents. Partout, sur tous les carreaux de fosses, des mineurs furent arrêtés. Ils furent emmenés et emprisonnés à Béthune. Les manifestations dégénéraient en affrontements. Une fois de plus, la violence était là. Les C.R.S. étaient haïs, les mineurs supportaient difficilement leur présence, d'autant plus qu'ils n'hésitaient pas à frapper.

— Tu te rends compte, Madeleine, me disait Charles, révolté. Tout se passait bien avant qu'ils n'arrivent. Maintenant qu'ils sont là, on se bat sans arrêt. Et tout ça, c'est le « matraqueur [1] » qui en est responsable !

Plus rien n'allait. Les mineurs étaient à bout de patience. La violence s'exacerbait. Je ne dormais plus. Un cauchemar, jusque-là oublié, revenait hanter mes nuits : devant mes yeux

---

1. Jules Moch, qui avait envoyé la troupe et les C.R.S., fut surnommé par les mineurs *le Matraqueur*.

horrifiés, des hommes se battaient, des chevaux tombaient, le sang coulait. Parfois, je disais à Charles :

— Ne serait-ce pas plus raisonnable de reprendre le travail ?

— Alors tout ce que nous avons fait jusqu'ici serait inutile ! Non, nous devons tenir bon !

Peut-être, mais au prix de quelles souffrances ?...

Un matin de cette période troublée, je reçus une lettre de Juliette. C'était un véritable appel à l'aide. Lors d'une manifestation, Bertrand, son mari, avait voulu calmer les mineurs excités par la présence des C.R.S., et avait été blessé.

« Viens, m'écrivait-elle, j'ai besoin de te voir. Bertrand est couché, je suis seule pour le soigner. En plus, ici je ne connais personne. J'ai besoin d'une présence amie, j'ai besoin de toi. Ne refuse pas, je t'en prie. Sinon, je crois que je deviendrai folle. Je suis à moitié morte d'angoisse. Peux-tu venir jeudi ? Je t'attendrai à la gare, il y a un train en début d'après-midi. »

Lorsque je montrai la lettre à Charles, il m'encouragea à y aller. Ce fut ainsi que je me retrouvai, le jeudi après-midi, en gare de Béthune, cherchant des yeux Juliette qui devait m'attendre. Je ne la vis pas. Je descendis du train et, irrésolue, restai sur le quai, dans l'espoir de la voir arriver. Autour de moi, tous les gens se hâtaient vers la sortie. Bientôt, je demeurai seule. Je me mis à marcher de long en large, incertaine sur la conduite à suivre. Valait-il mieux rester là, ou essayer d'aller à sa rencontre ? Mais dans quelle direction ? Je ne savais pas du tout où elle habitait, et je risquais de me perdre. Il me sembla qu'il valait mieux attendre.

Serrant mon sac contre moi, je me remis à faire les cent pas. Un machiniste passa, me lança un regard intrigué. Plus loin, un train démarra, à grands renforts de bruit, de poussière et de fumée. J'attendais toujours. J'essayais de rester calme, de me dire que Juliette avait été retardée, mais je m'inquiétais. Et puis, au moment où je commençais à désespérer, je la vis arriver, échevelée et courant, tout essoufflée. J'allai vers elle. Frénétiquement, elle me serra dans ses bras :

— Comme je suis contente de te voir ! Si tu savais... C'est affreux, affreux ! Toutes ces grèves, ces manifestations, ces bagarres !... Bertrand est blessé, et moi, je ne vis plus !

Un faible sourire monta dans ses yeux et en chassa, pour un instant, l'inquiétude :

— Ta présence me fait du bien, tu es si calme !

Je lui souris sans répondre. Pouvais-je lui dire que ma placidité n'était qu'extérieure, et que mon inquiétude, pour être soigneusement cachée, n'en était pas moins vive que la sienne ?

Elle reprit :

— Pardonne-moi mon retard. J'ai dû faire un détour pour éviter une nouvelle manifestation qui se prépare. Nous allons essayer de l'éviter de nouveau. Il faut nous dépêcher ; Germain est seul à la maison avec Bertrand.

Bras dessus, bras dessous, nous sortîmes de la gare. Tout en marchant, elle m'expliqua qu'elle venait d'apprendre que les mineurs avaient organisé une marche sur Béthune, pour réclamer la libération de leurs camarades prisonniers.

— Viens, me dit-elle, passons par ici. Ce n'est pas très loin, mais il vaut mieux éviter les rues principales.

Elle m'entraîna, marchant très vite. En même temps, elle me racontait son isolement, la façon dont elle s'était trouvée perdue en arrivant dans une ville où elle ne connaissait personne. De nature réservée, elle n'osait pas s'imposer aux autres. Elle se sentait horriblement seule. De plus, les manifestations, qui, jusque-là, ne la touchaient pas directement, avaient valu à son mari d'être blessé.

— Est-ce grave ? demandai-je.

— Non, heureusement. Il a reçu des coups sur la tête. Il a dû rester couché plusieurs jours. Maintenant, il va mieux. Mais je crois qu'il a été traumatisé. Il n'aurait jamais cru que ses propres mineurs puissent se retourner contre lui.

— Ils ne sont plus eux-mêmes, Juliette ! Leurs revendications sont refusées, ils ont l'impression que leur grève devient inutile. De plus, la présence des forces de l'ordre n'arrange rien. Alors, il suffit de très peu de chose pour les rendre furieux.

Elle soupira, ne répondit pas. Je savais que, comme moi, elle se demandait comment tout cela finirait. Nous étions arrivées à un carrefour. Elle s'arrêta :

— Il y a encore cette rue à traverser, et nous y sommes.

Nous nous dirigions vers le carrefour lorsque, en tournant le coin de la rue, nous fûmes rejointes par des groupes de mineurs qui allaient dans la même direction.

— Passons le plus vite possible, dit Juliette, nous prendrons la première rue à gauche.

Les mineurs remontaient la rue vers la place que j'apercevais tout au bout. D'instant en instant, ils devenaient plus nombreux. Ils criaient :

— Tous à la sous-préfecture ! Pour la libération de nos camarades prisonniers !

Juliette me serrait le bras. Je vis sur son visage l'appréhension que je ressentais moi-même. Nous allions dans le même sens que les manifestants, et il y en avait, autour de nous, de plus en plus. Nous étions entraînées par le flot. Vainement Juliette essayait de bifurquer vers la gauche. Il nous était impossible de nous dégager. Sans pouvoir résister, nous nous sommes retrouvées sur la place, au milieu de toute une masse de mineurs farouchement résolus à obtenir satisfaction.

Nous nous serrions l'une contre l'autre. Je vis quelques rares femmes qui manifestaient aux côtés de leurs maris. Soudain, une bousculade se produisit. Je me sentis brutalement poussée vers l'avant. Je m'accrochai à Juliette. Entraînées une fois de plus par la masse, nous ne pouvions que nous laisser emporter. Je voyais autour de moi des visages tendus, résolus, je sentais la foule me forcer à avancer. L'affolement me gagnait, je regardais autour de moi comme une bête prise au piège, et je ne voyais aucune issue. Il y eut, à l'avant, loin devant nous, des cris. Puis un nouveau remous, et une nouvelle bousculade. Une rumeur parcourut les rangs, parvint jusqu'à nous. J'entendis les mots : le sous-préfet, au palais de justice. J'interrogeai quelqu'un, près de moi. Il haussa les épaules, il ne savait rien, lui non plus. Un autre, devant, qui avait entendu ma question, se retourna et expliqua :

— Ils conduisent le sous-préfet au palais de justice ; il a repoussé nos revendications, au sujet de nos camarades prisonniers.

Inévitablement, nous allions dans la même direction. J'échangeai avec Juliette un regard chargé d'angoisse et d'impuissance. La foule, autour de nous, se faisait de plus en plus compacte. Je sentis un sanglot de terreur me monter dans la gorge lorsque je vis, là-bas, devant l'immeuble où arrivaient les premiers manifestants, les casques de nombreux C.R.S. Nous étions tous arrêtés maintenant devant le palais de justice. Sur le moment, je n'ai pas compris ce qui a déclenché la bagarre. Je ne l'ai su qu'après. Les C.R.S. avaient demandé aux mineurs de libérer le sous-préfet, et ceux-ci refusèrent. Alors les C.R.S. foncèrent dans la foule.

A l'arrière, nous eûmes d'abord conscience d'une grande bousculade. Je reçus des coups de coude, ceux qui étaient devant moi reculèrent en me marchant sur les pieds. Et puis j'aperçus les C.R.S. qui, brutalement, entraient dans la foule. Ce fut une mêlée confuse. Il y eut un mouvement de reflux. Certains essayèrent de faire demi-tour et de s'enfuir, d'autres au contraire se portèrent en avant pour empêcher les C.R.S. d'avancer. Nous fûmes violemment heurtées de tous les côtés. Un coup plus brutal que les autres faillit me faire tomber, et je fus séparée de Juliette. J'essayai de me raccrocher à elle, mais une masse de mineurs qui fonçaient vers l'avant me repoussa encore plus loin. J'étais ballottée d'un côté, puis de l'autre, je recevais des coups de coude, des coups de pied. Je faillis perdre mon sac. Et je ne voyais plus Juliette.

Les C.R.S. se mêlaient aux manifestants. Horrifiée, je m'aperçus qu'ils se battaient sauvagement. Des mineurs, matraqués, avaient le visage en sang. J'éprouvai une sensation de terreur animale. Je voulais m'enfuir, et je ne pouvais pas, entourée de cette foule où régnait une violence qui me paralysait d'horreur. J'étais au centre d'un cauchemar vivant. Je fus une fois de plus déportée vers la droite, et me trouvai près d'un mur. A quelques pas, un C.R.S., désarmé, faisait face, impuissant, à plusieurs mineurs qui se mirent à le matraquer sans pitié, avec une violence féroce. D'autres manifestants, alors, repoussèrent leurs camarades, et firent, de leur corps, un rempart pour protéger le C.R.S. qui, blessé, avait, lui aussi, le visage en sang.

— Laissez-le-nous, crièrent les plus acharnés, il paiera pour les autres !

— Reculez, allez-vous-en ! leur dit un mineur plus âgé. N'avez-vous pas honte de vous acharner sur un homme sans défense ? Ce n'est pas cela que nous voulons, la violence n'amènera rien de bon !

Malade d'horreur et de dégoût, je me détournai. Des animaux féroces, voilà ce qu'ils étaient devenus, tous. Comment pouvaient-ils en arriver là ?

Plus loin, la bataille se poursuivait toujours. Des blessés, aussi bien parmi les mineurs que parmi les C.R.S., gisaient sur le sol. Je vis un policier tituber et tomber lourdement, mains en avant. J'aurais voulu me boucher les oreilles pour ne plus entendre les cris, fermer les yeux pour ne plus voir les hommes se battre. Je réussis, en longeant le mur, à m'éloigner de la place. Devant moi, un jeune mineur, qui pouvait avoir dix-huit ou vingt ans, était emmené par ses parents qui le soutenaient et l'aidaient à marcher. Il avait été blessé et pleurait bruyamment. Du sang coulait dans son cou, d'une plaie au cuir chevelu, et ses plaintes me faisaient mal.

Je dus m'arrêter et m'appuyer contre un mur. Je sentis que tout tournait autour de moi. J'eus peur de m'évanouir. Je serrai les dents et fis un effort pour me remettre à marcher. A ce moment, j'entendis mon nom :

— Madeleine ! Madeleine !

Je me retournai. Juliette accourait vers moi, les cheveux dans les yeux, une manche de sa veste arrachée. Je réalisai que mon aspect ne devait pas être plus engageant.

— Madeleine, me dit-elle, je te cherchais partout ! C'est affreux, n'est-ce pas ?

Elle me prit contre elle, et je me rendis compte que je tremblais sans pouvoir me dominer.

— Viens, allons chez moi.

Incapable de m'arrêter de trembler, je la laissai m'entraîner.

Comme une somnambule, je la suivis jusque chez elle. A la porte, Germain nous attendait, le visage inquiet. Il se précipita à notre rencontre :

— Vous voilà enfin ! Je me demandais... Mon Dieu, que vous est-il arrivé ?

— Nous avons été prises dans la manifestation, dit Juliette. Entrons vite ! Germain, va tenir compagnie à ton père. Nous allons essayer de nous rendre un peu plus présentables.

Elle m'emmena dans la cuisine, où je me laissai tomber sur une chaise.

— Si j'avais pu prévoir, je ne t'aurais pas demandé de venir !

Je frissonnais encore nerveusement, je serrais mes mains pour essayer d'arrêter leur tremblement.

— Tu n'es pas responsable. C'est que... vois-tu, la violence me fait peur. J'ai été marquée par une scène semblable, lorsque j'avais six ans, et je ne l'ai jamais oubliée...

— Je sais bien, c'est horrible ! C'est dans une manifestation identique que Bertrand a été blessé. Lui aussi, ça l'a marqué profondément.

Tout en parlant, elle enleva sa veste :

— Elle est toute déchirée. Enlève la tienne, elle est déchirée aussi !

J'ôtai ma veste et vis, sur mon coude, à l'endroit où le tissu avait été arraché, une trace de sang séché.

— Mon Dieu, dit Juliette, tu es blessée ?

Je regardai, avec une sorte d'hébétude, le sang sur mon bras. Je me souvenais, j'avais été projetée contre le mur, et mon coude l'avait heurté violemment.

— Attends, je vais te panser.

Délicatement, elle nettoya le sang. Il y avait une large éraflure, que j'ai gardée longtemps par la suite. Juliette me mit un pansement, brossa ma veste, me tendit un peigne pour me recoiffer. Mes bas aussi étaient déchirés, et mes pieds portaient la trace de nombreux coups. Je me lavai le visage et les mains. Ensuite Juliette fit chauffer de l'eau :

— Tu trembles encore. Je vais te faire une infusion de tilleul, ça te calmera.

Nous avons bu, toutes les deux, une tasse de tilleul chaude et sucrée. Cela me fit du bien, et mon tremblement s'atténua. Il ne disparut pas complètement, pourtant. Il resta intérieur, et s'il ne se remarquait plus, moi je le sentais encore.

Juliette me regarda avec affection :

— Ça va mieux ? Tu as les joues un peu plus roses.

Elle s'arrêta un instant, reprit :

— Ça t'étonne si je ne dors plus ? Nous sommes mal placés, ici : au centre de toutes les manifestations, de toutes les bagarres. Et depuis que Bertrand a été blessé, j'ai peur chaque jour... Viens, allons le voir.

Je la suivis au salon. Son mari était là, dans un fauteuil, le front bandé. Il se leva pour m'accueillir. Je remarquai, dans ses yeux, une sorte de hantise que je ne comprenais que trop bien. Germain, à côté, avait un air malheureux. Son attitude, le regard qu'il posait sur Bertrand, disaient clairement qu'il ne comprenait pas comment on avait pu s'en prendre à son père. Avec l'intransigeance de la jeunesse, il en voulait aux mineurs qui étaient responsables, et, de là, à tous les mineurs. Et ses yeux, quand il me regardait, étaient pleins d'un reproche inavoué.

Nous avons parlé, et Juliette, résolument, a écarté le brûlant sujet de la grève et de ses conséquences. Elle m'interrogea sur Jean, sur Marcelle, sur leur prochain mariage. Elle exigea des détails, me demanda si j'étais satisfaite.

— J'espère, me dit-elle, que je le verrai bientôt, avec sa fiancée.

— Oui, assurai-je, ils viendront te voir.

Elle me parla aussi de Germain, qui avait l'ambition de devenir médecin. Il ne voulait pas entendre parler de mine, de charbon, et encore moins de mineurs. Il se refusait à faire le métier de son père, et, depuis que celui-ci avait été blessé, c'était encore pis.

— Il faut le comprendre, disait Juliette, pour l'excuser.

Oui, bien sûr, je le comprenais. Mais, d'un autre côté, ce n'était pas en fuyant que les problèmes seraient pour autant résolus. Je ne disais rien, mais je préférais de loin, à la réaction de Germain, celle de Jean qui affrontait les difficultés et se tenait aux côtés des mineurs dans les moments de crise, au lieu de se diriger vers un autre métier.

Il fut bientôt l'heure de mon train. Juliette, chaleureusement, m'embrassa :

— Je suis contente que tu sois venue. Bavarder avec toi m'a fait beaucoup de bien. Quand cette grève sera finie, il faudra que tu viennes plus souvent. Et moi, j'irai aussi te voir de temps en temps.

A moi aussi, notre conversation avait été bénéfique. C'était si reposant de parler et d'entendre parler d'autres choses que de la grève, des difficultés, des manifestations, des affrontements.

Nous nous sommes quittées sur la promesse de nous revoir souvent. Germain vint m'accompagner jusqu'à la gare ; seule, j'aurais été bien incapable de retrouver mon chemin. Dans les rues, le calme était revenu ; il n'y avait plus un seul mineur. La troupe et les policiers occupaient plusieurs artères de la ville, mais, heureusement, nous ne les avons vus que de loin.

Germain m'accompagna jusqu'au train. Je l'embrassai affectueusement. J'aurais voulu effacer l'ombre qui, par instants, voilait son regard. Après tout, il était le cousin de mon fils. Mais il était fait, comme Juliette et Henri, pour l'insouciance et non pour les difficultés. Il n'était pas préparé à une vie dure ; il n'avait pas derrière lui, comme Jean, comme moi, toute une lignée d'ancêtres qui, à force de sueur, de sang et de larmes, avaient lutté et réussi à survivre.

Je me retrouvai chez moi avec plaisir. Plus d'une voisine, dans le coron, en voyant mes bas arrachés et salis, ma veste déchirée, m'interrogea. Lorsque j'eus expliqué ce qui m'était arrivé, je fis aussitôt figure d'héroïne. Elles voulurent toutes connaître ce qui s'était passé, et je voyais, dans leurs yeux, un mélange d'admiration et d'envie. La plupart d'entre elles auraient bien voulu se trouver à ma place. Et moi, je me disais : si elles savaient ! Si elles pouvaient savoir combien moi, au contraire, j'aurais mieux aimé rester chez moi !

Marcelle exprima ouvertement son regret de n'avoir pas été là. Je la regardais en souriant avec indulgence. Elle saurait, bien mieux que moi, soutenir Jean lorsqu'il y aurait des problèmes. Elle n'avait peur de rien, elle était prête à se lancer partout, sûre de son bon droit.

A Charles, je racontai tout. Aussitôt ses yeux, graves et compréhensifs, se chargèrent d'inquiétude :

— Madeleine, dit-il, ma chérie ! Tu as dû avoir très peur ?

A lui, je pouvais l'avouer. Il me serra contre lui, soupira :

— Je n'approuve pas cette violence. Elle ne résoudra pas les problèmes.

Ses paroles ressemblaient à celles du mineur que j'avais vu alors que, de son corps, il faisait un rempart pour protéger un adversaire, un C.R.S. blessé. Pourquoi cet avis n'était-il pas celui de tous ?...

Le samedi, comme toutes les semaines, Jean revint, et lui aussi s'inquiéta, lorsqu'il sut. Il me prit contre lui, et ma tête arrivait au niveau de son épaule. Je compris que pour lui j'étais petite et fragile, et une grande douceur me vint quand je me dis que je lui étais précieuse, parce qu'il m'aimait.

Le dimanche qui suivit, Anna et Georges, avec leurs enfants, vinrent dîner chez nous. Jean et Marcelle étaient là. Les hommes se mirent à parler de la grève. Pendant que je faisais la vaisselle avec Anna, je regardais Marcelle qui jouait avec les enfants, Paul et Bernard. Ils avaient un jeu de cubes, et faisaient chacun une pyramide, en empilant les cubes les uns sur les autres. Celui qui réussissait la plus haute pyramide sans faire tomber les cubes avait gagné. Marcelle, avec patience, aidait Bernard, qui n'avait que trois ans et était encore malhabile, à bien placer ses cubes. J'observais sa douceur, sa gentillesse envers le petit garçon. Je me disais qu'elle ferait une bonne mère pour les enfants de mon fils.

Les hommes étaient en pleine discussion. Georges parlait de sa décision de reprendre le travail :

— Chaque jour le nombre des mineurs qui descendent augmente. Il faut admettre que c'est trop long, cette grève. Après sept semaines, qu'avons-nous obtenu ? Rien, à part des bagarres, qui nous retombent dessus.

— Ça, dit Jean, c'est beaucoup à cause des C.R.S. et de la troupe. Et s'ils n'avaient pas arrêté les piquets de grève, personne ne pourrait reprendre le travail, et nous serions plus forts. Tandis que là, si certains recommencent à travailler, ça va démolir tous les efforts consentis jusqu'ici.

— Mais, reprit Georges, ceux-là n'ont plus rien pour vivre. Et combien de temps cela va-t-il encore durer ? J'ai deux enfants, moi aussi, et si la semaine prochaine tout est encore au même point, je redescends, comme eux. Je ne vais pas laisser mes enfants mourir de faim en restant là les bras croisés, quand même !

Anna me confia :

— N'en parle à personne, Madeleine, mais Georges, par moments, en a assez du métier de mineur. Il trouve que c'est trop dur, et des périodes comme celle que l'on vit en ce moment le découragent.

— Mais, Anna, c'est la même chose pour tout le monde !

— Je sais bien, mais c'est vrai que c'est dur, aussi. Cette grève n'arrange pas les choses, tu ne peux pas dire le contraire. Il y a des cas qui deviennent dramatiques. Hier, je suis allée porter un peu de soupe à Lucie, ma voisine, car je sais qu'ils n'ont plus rien. Je l'ai trouvée en train de pleurer, assise devant sa cuisinière vide faute de charbon et de ravitaillement. Elle n'en pouvait plus. Elle ne supporte plus de voir ses enfants se plaindre du froid, de la faim. Et ils sont six ! Son père, qui vit avec eux, et qui est très vieux et malade, ne quitte plus son lit, pour essayer d'avoir moins froid, et grelotte à longueur de journée... Sais-tu ce qu'elle faisait, quand je suis arrivée ? Elle donnait à son bébé un biberon d'eau sucrée parce qu'elle n'a plus de lait. Son mari a décidé de reprendre le travail demain. Peut-on lui en vouloir, dis-moi ?

Je hochai la tête en silence. Oui, c'était vrai, la grève durait trop longtemps.

Chaque jour plus nombreux, les mineurs reprirent le travail. Les plus acharnés résistèrent encore une semaine, puis la reprise fut décidée pour tous. La grève avait duré huit semaines, elle avait été longue et douloureuse. Elle avait apporté la faim, la peur, la violence et les bagarres. Elle avait blessé beaucoup d'entre nous, physiquement ou moralement.

Mais au moins les décrets Lacoste ne furent pas appliqués.

3

Vint le mois de décembre, vint Noël. Nous avons passé un réveillon heureux et paisible, en famille. Cette année, Marcelle était avec nous, ainsi que ses parents. Elle était assise près de Jean, et la façon dont ils se regardaient, dont ils se souriaient, prouvait à elle seule combien ils s'aimaient.

Après le repas, Anna nous annonça, en rougissant, qu'elle attendait un troisième enfant, pour le mois de juin. Tout le monde les félicita chaleureusement, elle et Georges.

— Ça s'arrose ! dit Charles, en sortant la bouteille des grandes occasions.

Anna me chuchota, en confidence :

— J'aimerais bien une fille, cette fois-ci. Après mes deux diables de garçons, elle serait la bienvenue.

Je la comprenais. J'espérais, pour elle, que son vœu deviendrait réalité. Moi aussi, j'avais rêvé autrefois d'une petite fille, à Charles et à moi, qui n'était jamais venue. J'étais heureuse pour Anna, à qui il était donné de réaliser un tel désir.

Le 1er janvier, j'eus quarante-neuf ans. Charles, lui, en avait cinquante et un et n'était plus qu'à quelques années de la retraite. Peu à peu, nous vieillissions, et l'amour qui nous unissait, d'année en année, se faisait plus solide, plus profond. Nous avions toujours été très proches, et il nous suffisait d'échanger un simple regard pour deviner nos pensées respectives. J'étais heureuse de l'avoir, mon Charles, je savais qu'il m'aimait toujours autant, et pas une seule fois je n'avais regretté de l'avoir épousé. Maintenant que Jean allait bientôt nous quitter pour se marier, j'aurais davantage besoin de lui, de sa présence, de son amour.

Les mois passèrent. Jean terminait sa dernière année d'études, Marcelle préparait son trousseau. Le mariage avait été fixé au mois d'août.

— C'est le mois le plus agréable, m'avait dit Marcelle. Ce sera l'été, il fera beau. Et puis c'est l'époque où les enfants sont en vacances. Et moi, je veux du soleil pour mon mariage, beaucoup de soleil.

J'essayais de me souvenir. Avais-je eu du soleil, moi, pour mon mariage ? Je ne savais plus. J'avais dû me marier au mois de novembre, et il faisait déjà froid. Même si je n'avais pas eu de soleil ce jour-là, cela n'avait pas empêché mon mariage d'être heureux, et c'est ce que je dis à Marcelle. Mais elle resta butée sur son idée, comme une enfant :

— Je veux un soleil radieux, disait-elle. — Et elle ajoutait, en riant : — S'il n'y a pas de soleil, je ne me marie pas !

Je souriais de sa jeunesse, de son enthousiasme. Plus les jours passaient, plus elle devenait fébrile.

— Je n'arrive pas à réaliser, me confiait-elle, que je vais vraiment épouser Jean. Je crois que je ne réaliserai qu'après notre mariage !

Elle acheta du tissu blanc, choisit le patron d'un modèle, et m'apporta le tout :

— Tiens, Madeleine ! Mets ton talent de couturière à mon service. C'est pour ma robe de mariée. Mais attention ! Que Jean ne la voie pas, n'est-ce pas ?

Dans les flots de tissu blanc, je taillai, coupai, épinglai. Elle venait très souvent pour le simple plaisir de me voir coudre, et d'essayer la robe. Je la regardais avec tendresse. Elle rayonnait de bonheur, d'espoir, de joie de vivre, d'impatience.

Au début de l'été, nous sommes allés voir une pièce de Simons. Simons était, à l'époque, une célébrité parmi les gens du Nord. Il écrivait des pièces, des sketches, le plus souvent humoristiques, qu'il jouait avec sa partenaire, Line Dariel. Ils tenaient le rôle d'Alphonse et de Zulma, deux époux absolument irrésistibles. Et ces pièces avaient une particularité qui, pour nous, était savoureuse : elles étaient jouées dans notre patois du Nord, et très bien jouées.

Je ne les avais jamais vus sur scène. Je les avais entendus à la radio, j'avais lu les sketches ou les poèmes de Simons dans la revue *Nord-France* que nous recevions chaque semaine. Ce soir-là, je les vis dans deux pièces qui s'appelaient *Les carottes sont cuites* et *Zulma*. Je fus conquise. C'était joué avec tant de naturel et de drôlerie que je fus transportée. Toute la salle, comme moi, était enthousiasmée. Charles et Jean, à mes côtés, riaient de bon cœur. Nous avons passé, grâce à Alphonse et à Zulma, une soirée magnifique. Et à partir de ce jour j'ai eu, dans un coin de mon cœur, une place pour eux, pour leur gentillesse, leur talent, leur don pour émouvoir et faire rire le public. Je ne les ai jamais oubliés. Et je ne fus pas la seule. Dans toute la région, ils étaient énormément appréciés, et très aimés.

A la fin du mois de juin, Anna mit au monde la fille qu'elle souhaitait. Une fois de plus, j'allai l'aider. Le bébé était adorable, une véritable poupée. Elle était toute petite, mais faite à la perfection. Un léger et doux duvet blond couvrait sa tête, et ses petites mains fines avaient des ongles roses. Dès que je la vis, je l'aimai. Elle n'était pas bruyante comme l'avaient été ses frères à leur naissance. Elle reposait dans le berceau, sage et silencieuse.

Les deux garçons, Paul et Bernard, qui avaient neuf et quatre ans, se tenaient de chaque côté du berceau, et la regardaient avec un réel émerveillement. Je leur demandai :

— Vous êtes contents d'avoir une petite sœur ?

— Oh oui ! me répondirent-ils avec une ferveur et une gravité qui me firent sourire.

Anna, en souriant elle aussi, déclara :

— Je crois qu'elle ne tardera pas à les mener par le bout du nez !

Georges était fou de sa fille. Il tint à l'appeler Marie-Jeanne, en souvenir de sa mère et de sa sœur. Son meilleur ami, Alexandre, mineur de fond lui aussi, fut le parrain, et ils demandèrent à Marcelle d'être marraine. Bien entendu, elle fut ravie.

— Quelle jolie petite fille ! me disait-elle. J'aimerais bien en avoir une semblable, plus tard !

Intérieurement, je la remerciai pour ses paroles. Elles venaient de me faire comprendre que, cette petite fille que je n'avais pas eue, Jean pourrait me la donner.

Les jours passèrent ensuite très rapidement. La date du mariage approchait, et il fallait tout prévoir, tout organiser. Charles et Jean s'achetèrent un costume ; je me fis une nouvelle robe. Nous avons entièrement repeint et retapissé la maison ; le repas de noces aurait lieu chez nous. Je dus aussi m'acheter un sac, des gants, des chaussures et un chapeau. Je voulais être belle et élégante pour conduire mon fils à l'autel. J'étais heureuse de le voir se marier, surtout avec Marcelle qui était une bonne petite fille, mais en même temps une nostalgie m'étreignait le cœur, qui me disait que rien, ensuite, ne serait plus jamais pareil.

Jean termina ses études et reçut son diplôme d'ingénieur. Comme nous fûmes heureux, Charles et moi ! Je revois encore la fierté qui brillait dans les yeux clairs de Charles lorsqu'il le félicita :

— Mon grand, lui dit-il, je suis fier de toi !

Jean, lui, était surtout satisfait :

— Maintenant, je vais enfin pouvoir m'occuper activement de tous les problèmes concernant les mineurs.

J'espérais que son enthousiasme ne serait pas refroidi. Il

s'attaquait, me semblait-il, à une tâche ardue et difficile. Je souhaitais de toutes mes forces qu'il réussît.

Le mois de juillet passa très vite, parmi les préparatifs. Un dimanche, nous sommes allés voir Juliette, tous ensemble, afin de l'inviter au mariage. Elle nous accueillit avec joie et nous promit de venir, avec Bertrand et Germain. Elle me dit, confidentiellement :

— Jean a bien choisi. Elle semble être une brave petite, et en plus, elle paraît l'aimer beaucoup.

Puis ce fut le mois d'août. J'étais consciente de vivre les derniers jours avec mon fils. Plus le temps passait, plus je souffrais de me dire que, bientôt, il ne serait plus là.

Le matin du mariage arriva. Comme l'avait souhaité Marcelle, il faisait un soleil radieux. Réveillée très tôt, je sortis dans la lumière blonde de l'aurore. Là-bas, à l'horizon, une brume dorée s'étendait sur les champs. Au-dessus de moi, dans le ciel déjà tout bleu, une alouette montait en chantant. Une onde de gratitude et de joie gonfla mon cœur : c'était aujourd'hui le mariage de mon enfant, et la Nature elle-même était en fête.

Je suis allée, dans le matin ensoleillé, mettre des fleurs sur la tombe de ma mère, et sur celle de mes beaux-parents qui était aussi celle de mon amie Marie et de son frère Julien. Je regrettais qu'ils ne fussent plus avec nous, mais aucune amertume ne se mêlait à mes regrets. J'éprouvais l'étrange certitude que, là où ils étaient, ils nous voyaient, et c'était leur amour que je ressentais dans la chaleur du soleil.

Sereine et heureuse, je revins à la maison. Jean et Charles étaient levés, à leur tour. J'avais tout préparé la veille, si bien que nous n'eûmes pas à nous bousculer. Lorsque je vis Jean habillé de son costume sombre, plus beau que jamais, mon cœur fondit. Il vit les larmes dans mes yeux, et me dit, affectueusement bourru :

— Allons, maman ! Je ne veux pas te voir pleurer aujourd'hui. Ce n'est pas un jour triste, bien au contraire !

Je souris derrière mes larmes. Je m'habillai, moi aussi, avec soin. Quand l'heure arriva, nous sortîmes pour nous rendre au domicile de Marcelle. Dans la rue, une grande partie des habitants du coron était rassemblée pour assister au départ du cortège. Chez elle, Marcelle, revêtue de la robe de mariée que je lui avais confectionnée, nous attendait. Une grande effervescence régnait. Tous les invités étaient là. Il y avait beaucoup de monde, et la maison de Robert et Catherine ressemblait à une immense ruche bruissante.

En voyant Marcelle, Jean s'arrêta et la regarda, émerveillé. Elle leva les yeux vers lui. Un long moment, ils restèrent ainsi, les yeux dans les yeux, sans parler, graves et émus, seuls au monde malgré les gens qui se bousculaient autour d'eux.

Elle était si belle qu'elle en paraissait irréelle. Le voile blanc, qui l'entourait d'un nuage de tulle, rendait ses cheveux plus dorés, son teint plus rose, son regard plus brillant. Autour de son front était la traditionnelle couronne de fleurs d'oranger. Elle venait à Jean intacte, et, en la voyant si radieuse et si pure, je regrettai, une fois de plus, de ne pas être venue ainsi à Charles. Jean continuait à la regarder avec un air d'adoration et des yeux éblouis. Je soupirai. Bien sûr, il pouvait la vénérer, elle n'était qu'à lui seul. Elle ne lui apportait pas, comme je l'avais fait pour Charles, l'enfant d'un autre. Leur vie commençait sur de bien meilleures bases. Au moins, Marcelle ne connaîtrait pas mes problèmes, dus à cette unique et lourde faute dont j'avais toujours subi le poids.

Quand vint l'heure de partir, Jean et moi prîmes la tête du cortège. J'étais émue, mon cœur battait très fort. Des deux côtés de la rue, les habitants du coron nous regardaient passer. Les interpellations fusaient, des cris, des félicitations, et même des réflexions égrillardes qui s'adressaient à Jean. Celui-ci les accueillait avec un sourire amusé, sans répondre. Des enfants faisaient éclater des pétards, en criant « Vif' mariache ! », selon la coutume.

La cérémonie fut belle et émouvante. Lorsque j'entrai dans l'église avec Jean à mon bras, je réalisai que c'était pour aller le donner à une autre. Je dus respirer un bon coup, et j'avançai dans un monde brouillé par mes larmes. Lorsqu'il me lâcha le bras pour aller se placer dans le chœur, à l'endroit où Marcelle viendrait le rejoindre, j'eus la sensation d'un véritable arrachement. Je gagnai ma place en tâtonnant, aveuglée par mes larmes qui maintenant coulaient sur mes joues. J'aperçus, comme en rêve, le visage de Charles, tendu par l'émotion. Je savais que Jean m'avait interdit de pleurer, mais c'était plus fort que moi, je ne pouvais m'en empêcher. Je pleurai pendant toute la messe. Et quand, à la fin, je les vis s'en aller vers la sortie, tous les deux droits, jeunes et beaux, vers leur vie commune où je n'étais pas, je pleurai encore plus.

La journée fut gaie, pourtant. Le repas se déroula dans une chaude ambiance, entrecoupé de chansons et de danses. Je dansai avec Charles, et il y avait si longtemps que cela ne m'était pas arrivé que je me sentais comme intimidée.

— Tu es heureuse, Madeleine ? Il a épousé une brave petite fille, non ?

Oui, elle était bonne et douce, la femme qu'il avait choisie, et le plus important pour moi était qu'elle le rendît heureux.

Je dansai avec Robert, le père de Marcelle, avec Georges, et aussi avec Jean. Il me serra contre lui, me regarda dans les yeux :

— Alors, ma petite maman, ça va mieux ? Tu as osé pleurer, tout à l'heure, malgré ma défense ! Ne crois pas que je ne t'ai pas vue ! Pourquoi m'as-tu désobéi, dis-moi ? Es-tu triste, parce que je me marie ? J'espère bien que non !

Je secouai la tête en souriant, sans répondre. Je ne voulais pas être égoïste. Pourtant, comme il m'était dur, après tant d'années pendant lesquelles je l'avais eu à moi seule, de le laisser partir !...

— Ne crains rien, reprit-il, comme s'il avait deviné mes pensées. Je serai toujours là pour toi. Même marié, je resterai ton fils aimant. Marcelle t'aime sincèrement aussi. Alors, tu vois bien qu'il est ridicule de pleurer !

Ses paroles m'apportèrent une grande douceur. Je fus rassurée. Pourquoi avais-je eu l'impression de le perdre alors que, au contraire, comme il venait de me le dire, j'aurais deux enfants désormais pour me chérir ?... Les réjouissances durèrent une bonne partie de la nuit, et puis, un à un, les invités partirent. Juliette vint me dire au revoir et m'embrassa chaleureusement :

— Sais-tu ce que je souhaite ? Que Germain, plus tard, trouve une jeune fille comme Marcelle. Elle semble avoir toutes les qualités !

Je ne pouvais qu'approuver. Ils furent les derniers à nous quitter, et ils emmenèrent Jean et Marcelle. Bertrand s'était acheté une voiture l'année précédente, une 203 Peugeot ; il l'avait mise à la disposition des mariés, qu'il déposerait dans leur nouveau logement, une maison pour ingénieur que les Houillères avaient accordée à Jean sur sa demande. C'était à quelques kilomètres de chez nous, suffisamment proche pour que nous puissions nous voir souvent. De l'extrémité du coron, on apercevait, au-delà des champs, le terril de la fosse où il travaillerait, et j'étais rassurée de savoir que mon enfant ne serait pas trop éloigné de moi.

Ils m'embrassèrent tous les deux, lui et Marcelle, avec tendresse et amour. Sur le seuil, près de Charles, je les regardai monter dans la voiture et partir. Je les regardai jusqu'à ce que les feux arrière eussent complètement disparu. Puis je rentrai, avec Charles, dans la maison où, dorénavant, nous ne serions plus que deux.

J'éprouvais une étrange sensation, un peu comme s'il me manquait quelque chose. Dans notre cuisine, désemparée, je me suis tournée vers Charles. Il m'a ouvert les bras, sans parler, en un geste silencieux d'amour et de réconfort. Je me suis blottie contre lui, et me suis sentie apaisée. J'ai compris, plus que jamais, ce que m'apportaient sa bonté, sa tendresse, sa compréhension, et j'ai su que son amour, une fois de plus, m'était une nécessité.

Finalement, tout fut facile. L'amitié qui me liait à Marcelle, depuis si longtemps, fit que je ne pus jamais voir en elle une rivale. Au contraire, toutes les deux nous aimions Jean, et ce même amour nous rapprochait, nous rendait complices. Jean lui-même, lorsqu'il nous voyait ensemble, prit l'habitude de nous taquiner gentiment :

— Voilà, disait-il, les deux femmes de ma vie !

Marcelle comme moi, sans aucune jalousie, nous riions. Il y avait place pour nous deux, après tout, dans le cœur de Jean. Et son amour pour sa femme ne diminuait en rien son amour pour moi. Quant à Marcelle, elle était si douce, si gentille, qu'on ne pouvait que l'aimer.

Depuis son enfance, elle m'avait toujours tutoyée ; elle

continua. Simplement, au lieu de m'appeler Madeleine, elle m'appela maman. Je gagnai, à partir du jour où elle fut la femme de Jean, la fille que je n'avais jamais eue.

J'allais souvent l'aider, dans l'installation de la maison où elle vivait avec Jean, mais uniquement quand elle me le demandait. Je ne voulais pas être importune. C'était une grande maison, avec un rez-de-chaussée et deux étages, entourée d'un grand parc. Elle était bien trop grande pour eux seuls.

— Elle ne sera pas trop grande longtemps, disait Jean, une étincelle malicieuse dans les yeux. Nous avons l'intention de la peupler de beaucoup d'enfants !

Je fis des rideaux, des doubles rideaux, je passai des heures à coudre. Ensuite, avec Catherine, je partais, en début d'après-midi, à pied, en empruntant les sentiers à travers champs — les « voyettes », comme nous disions dans notre patois —, et nous arrivions chez Marcelle qui nous attendait. Et nous installions, nous nettoyions, nous frottions. En peu de temps, la maison prit un air habité et pimpant.

Jean était heureux de voir ce que nous faisions. Il parlait très peu de son travail, et répondait évasivement si on l'interrogeait. Une fois, Marcelle me confia :

— Il n'aime pas beaucoup en parler, les débuts sont difficiles. Il est nouveau, et les mineurs sont méfiants. Ils ne le connaissent pas encore suffisamment. Mais ça s'arrangera, à la longue...

Je l'espérais aussi. C'était si important, pour Jean, son métier. Il était impensable qu'il fût déçu.

Je pris l'habitude de voir mon fils marié, de voir une autre femme s'occuper de lui. Chaque dimanche, nous nous réunissions, avec Jean, Marcelle et ses parents, chez l'un ou l'autre à tour de rôle. Nous discutions, nous bavardions. J'aimais voir le bonheur évident de mon fils la façon dont son regard cherchait celui de Marcelle. J'étais heureuse et rassurée de les voir s'aimer autant.

Parfois, Anna et Georges nous tenaient compagnie. Quand ils venaient avec nous, les dimanches où nous allions chez Jean, les deux garçons, Paul et Bernard, passaient leur après-midi dans le parc. Il était si grand, avec des allées et des arbres, si différent de nos petits jardins du coron, qu'il représentait pour eux un vrai paradis. Jean disait :

— Au moins, nos enfants auront de l'espace pour jouer !

Mais lui-même, et moi dans mon enfance, à défaut de parc, nous avions eu tout le coron comme terrain de jeux, le terril, les champs alentour. Nous ne manquions pas d'espace. Et nous n'étions pas malheureux, loin de là.

Marie-Jeanne grandissait. Elle devenait un bébé rose et potelé, toujours souriant. Elle avait les cheveux blonds et les yeux bleus de sa mère. Tous tant que nous étions, nous en étions fous. Georges, surtout, était gâteux devant elle. Lui qui, avec ses fils, était sévère, et même parfois dur, fondait devant son petit bout de fille.

Il m'arrivait d'envier Anna d'avoir pu donner à son mari un tel trésor, qu'il adorait aussi visiblement. Lorsque je voyais mon beau-frère jouer avec sa fille, il me venait, de nouveau, le regret de n'avoir pas donné une fille à mon Charles bien-aimé. C'était un regret douloureux, enfoui au plus profond de moi, dont je ne parlais jamais. Il me serrait le cœur lorsque, parfois, Charles me disait :

— Tu as vu, Madeleine ? Marie-Jeanne a des fossettes quand elle sourit, et je crois bien qu'elle a les yeux de ma sœur. Ne crois-tu pas ?

Alors, je l'observais, essayant de déceler sur son visage, dans son regard, l'ombre d'un regret. Mais je n'y voyais que l'attendrissement qu'il éprouvait envers sa petite nièce. Et, pour un instant, j'étais rassurée.

Au Nouvel An suivant, j'eus cinquante ans.

— Bon anniversaire, maman ! me dit Jean. Te rends-tu compte que tu as un demi-siècle ?

Marcelle et lui m'offrirent, à moi qui adorais lire, des livres de prix. Charles, à son tour, m'embrassa, et je vis son amour rayonner dans ses yeux clairs.

— Joyeux anniversaire, ma chérie, dit-il tout bas. Voilà mon cadeau, j'espère qu'il te plaira.

Dans ses mains calleuses de mineur, il tenait un écrin qu'il me tendit. Je le pris, indécise et ravie :

— Charles ! Qu'est-ce que... ?

J'ouvris l'écrin avec précaution. Sur le velours bleu nuit reposait un pendentif en or, en forme de cœur. Je n'avais jamais possédé un bijou aussi luxueux. Je levai les yeux, émue :

— Oh, Charles !... C'est... c'est trop beau !

D'une voix basse et grave, il dit :

— Laisse-moi te le mettre. Je veux que tu le gardes toujours sur toi, afin qu'il te dise, à chaque moment de ta vie, que mon cœur est à toi depuis toujours.

Avec des doigts maladroits, il m'attacha la chaîne autour du cou. Je prenais, une fois de plus, conscience du fait que Charles m'aimait réellement, profondément, même s'il ne me le disait pas souvent. Son amour était présent, fidèle, dans chacun de ses regards, dans chacun de ses gestes envers moi.

4

Au début du printemps, la mine tua, une fois de plus. Ce fut, cette fois, un accident isolé. Alexandre, le meilleur ami de Georges, qui était le parrain de Marie-Jeanne, fut frappé de plein fouet par une berline, et tué sur le coup. La peine de Georges fut immense. Il aimait Alexandre comme un frère. Sur le moment, il cria sa révolte, son indignation devant tant d'injustice. Et puis, après l'enterrement, il resta sombre, maussade, taciturne. Charles, parfois, essayait de le raisonner, mais il haussait les épaules et secouait la tête, ne voulant rien entendre.

Anna, un jour, me dit :

— Georges m'inquiète, Madeleine. Je ne sais plus que faire. La mort d'Alexandre l'a terriblement frappé. Il part chaque jour au fond avec l'attitude d'un condamné à mort. Après s'être révolté, il semble maintenant tout subir, avec une sorte de fatalisme. Seule sa fille parvient encore à le faire sourire. Quant à moi, c'est à peine s'il s'aperçoit que j'existe. Que puis-je faire, dis-moi, pour l'aider ?

— En as-tu parlé avec lui ?

— Non, je n'ose pas. Son regard hanté me fait peur. Je crains qu'il ne me repousse.

— Aie le courage de lui parler, Anna. Peut-être n'attend-il que ça ? Tu ne dois pas le laisser dans sa solitude, il est malheureux, il a besoin que tu l'aides.

— Oui, dit-elle en soupirant. Tu as raison, je lui parlerai ce soir.

Elle seule pouvait l'aider. Je souhaitais de toutes mes forces qu'elle y parvînt. Je l'aimais bien, moi aussi, Georges, le petit frère pour qui Marie avait donné sa vie. Je me rappelais que, au début de mon mariage avec Charles, c'était lui qui était venu m'ouvrir les yeux, et me dire que Charles était malheureux. Qui sait ce qui se serait passé, sans son intervention ?

Georges, maintenant, était comme Charles à cette époque : il traînait les pieds en marchant et tenait la tête baissée comme un vaincu. Il maigrissait, des rides d'amertume se creusaient autour de sa bouche. Pourtant, entre Anna et ses enfants, il était heureux. Quels souvenirs l'accident d'Alexandre avait-il réveillés en lui ? Et comment, si là était le problème, Anna parviendrait-elle à l'aider ?

Le dimanche suivant, ils vinrent à la maison. Anna, les yeux brillants, me chuchota :

— J'ai longuement discuté avec lui. J'ai fini par comprendre qu'il ne supportait plus la mine. Alors, je crois que nous avons trouvé une solution...

Le petit Bernard, en appelant sa mère, nous interrompit. Je regardai Georges. Il me parut, en effet, moins tourmenté, moins sombre.

Nous avons dîné, et, après le repas, Anna a posé sa main sur celle de son mari :

— Allons, dis-leur, maintenant. Ils doivent savoir, puisque ta décision est prise.

Charles, surpris, a relevé la tête :

— Ta décision ? Quelle décision ?

Georges le regarda bien en face et dit, en détachant ses mots :

— J'ai décidé de quitter la mine.

Charles a sursauté.

— Comment ? Que dis-tu ? Quitter la mine ?

Moi, je n'étais pas surprise. Ainsi, voilà la solution qu'ils avaient trouvée, tous les deux. Si elle était capable de ramener la paix à Georges, pourquoi pas ?

Georges essayait d'expliquer :

— Il y a un bout de temps que j'en ai assez, mais je ne m'en rendais pas clairement compte. Pendant la grande grève, il y a deux ans, j'ai éprouvé le même sentiment que maintenant, mais en moins fort. L'accident qui a coûté la vie à Alexandre m'a ouvert les yeux. Depuis des années, je suis un bagnard, et un bagnard volontaire ! Je subis mon travail, sans chercher à m'en évader. Je ne peux plus continuer, et je ne veux plus...

Charles, encore surpris, objecta :

— Mais, Georges... que veux-tu faire ? Tu n'en as jamais parlé !

— Non, dit Georges, et j'ai eu tort. Tout s'est accumulé, peu à peu.

— Mais, où vas-tu aller ? Ici, tu as ton logement ! Tu vas quitter la mine, alors que maintenant on a obtenu le statut, et la sécurité sociale minière et tous les avantages ?

— Il y a des avantages ailleurs aussi, dit Georges, dans d'autres métiers. Pourquoi ne pas parler, plutôt, des inconvénients ? Et ils ne sont pas minces, tu ne peux pas dire le contraire ! Je ne veux plus être mineur, j'en ai assez, c'est un métier trop dur et trop dangereux. Vois, il a tué notre père à petit feu. As-tu oublié ses souffrances ? Il a tué notre frère Julien, en pleine jeunesse. Et il vient de tuer mon meilleur ami. Et combien d'autres ! Et combien en tuera-t-il encore ? Je ne veux pas exposer mes fils à une mort permanente. Et moi-même, je ne me sens plus le courage de continuer.

Charles regarda son frère comme s'il le découvrait :

— Mais... tu n'as jamais rien dit ! Je ne me doutais pas... Je croyais que, comme moi, tu aimais ton métier ?

— Mais non ! reprit Georges avec violence. Comment pourrais-je l'aimer ? Est-ce que je l'ai choisi ? On ne m'a pas demandé mon avis. A douze ans, on m'a envoyé à la mine, un point c'est tout. Je ne critique pas, à l'époque c'était normal. Mais maintenant, voilà trente ans que j'y suis, et je suis à bout.

— Mais... que vas-tu faire ? Ne crois-tu pas qu'il vaudrait mieux réfléchir encore ?

— C'est tout réfléchi, je ne changerai plus d'avis. Nous avons répondu à une annonce qui demande un couple de gardiens, pour une propriété sur la côte du Nord. Nous verrons bien si nous sommes acceptés. Nous serons logés également ; moi j'aurai l'entretien du jardin, qui est grand, et Anna celui des pièces de la maison. Nous aurons notre petit pavillon, près de la grille d'entrée. Ça me plairait bien, tu sais. Et, au moins, je travaillerai dehors, à l'air pur, et non dans une galerie souterraine comme si j'étais un *fouan* [1] !

Il s'arrêta, regarda Anna. Ils se sourirent, et leur sourire disait leur certitude d'avoir bien choisi, d'avoir pris la bonne décision.

— Eh bien... dit Charles, complètement désorienté, eh bien... si je m'attendais à ça ! Tu vas me manquer si tu pars !

— Alors, viens avec moi. Fais comme moi, pourquoi pas ? Ça ne te tente pas ?

Je vis mon Charles hésiter un instant, puis secouer la tête avec gravité :

— Non, vraiment non ! Je n'ai plus que trois ans à faire pour ma retraite. Pourquoi partirais-je si près de la fin ? Depuis si longtemps, j'exerce ce métier. Il fait partie de ma vie, il me colle à la peau ! Contrairement à toi, il ne me déplaît pas. Il est dur, d'accord, il est dangereux, d'accord, mais aucun métier n'est facile, et le danger existe partout.

— Pas autant, dit Georges. Le métier de mineur est, quand même, le plus dangereux. Et quand je pense qu'il m'a pris, successivement, mon père, mon frère, et mon meilleur ami, je ne suis pas loin de le haïr, c'est plus fort que moi.

Ils discutèrent encore longtemps, chacun défendant son point de vue. Je comprenais que Georges était fermement décidé à partir, et je lui trouvais une ardeur, un enthousiasme qu'il n'avait pas auparavant. Pendant que nous faisions la vaisselle, je dis à Anna :

— Il a l'air transformé ! Je suis heureuse pour toi !

— Nous avons discuté longtemps. Il s'était résigné, et il était malheureux. C'est moi qui lui ai suggéré de changer de

1. *Fouan* : en patois, une taupe.

métier. Et quand j'ai vu l'espoir qui s'est levé dans ses yeux, j'ai compris que j'avais proposé la bonne solution.

Ainsi, ils allaient partir. Ils nous manqueraient, c'était certain. Anna, depuis toutes ces années, était pour moi une sœur. Et les enfants ! J'eus de la peine en pensant que nous ne verrions plus notre petite Marie-Jeanne que nous aimions tant.

Le soir, après leur départ, Charles me demanda :

— Qu'en penses-tu, Madeleine ?

— Ils ont raison, si cela permet à Georges d'être plus heureux.

— Oui, évidemment. Mais nous, nous sommes heureux ici, n'est-ce pas ?

J'ai acquiescé. Oui, nous étions bien, chez nous. Là était notre vie, et je fus contente de voir que l'avis de Charles s'accordait au mien.

Lorsqu'il apprit la décision de Georges, Jean approuva :

— Il a raison, dit-il à Charles qui, lui, n'arrivait pas à comprendre totalement. S'il n'aime pas son métier, s'il en est arrivé à le haïr, pourquoi continuerait-il à l'exercer à contrecœur ? Moi, j'ai réagi de la même façon, après être resté prisonnier cinq jours au fond, lors de l'éboulement... Je ne voulais pas y retourner non plus. Je sais ce qu'il éprouve, et je pense qu'il fait bien de partir pendant qu'il est encore temps pour lui.

Dans la semaine, Anna accourut pour nous montrer la lettre qu'ils avaient reçue, en réponse à leur candidature. Ils devaient se présenter le dimanche suivant, à l'adresse indiquée. D'autres couples s'étaient proposés aussi, et ils sauraient si, oui ou non, ils étaient choisis.

— Oh, dit Anna, nous avons un trac fou, encore plus que lorsque nous avons passé notre certificat d'études !

Je souris devant son inquiétude.

— Voyons, il ne sert à rien d'avoir peur. Georges est un excellent jardinier, et toi, Anna, question ménage et entretien, tu ne crains personne.

— Je le sais bien, soupira-t-elle, pas convaincue. Mais les autres, ceux qui demandent la place également, comment sont-ils ? Peut-être sont-ils mieux que nous ?

Ils partirent le dimanche matin, par le train. Ils avaient mis leurs plus beaux vêtements, et ils étaient touchants dans leur désir de faire bonne impression. Ils nous avaient confié leurs enfants, et nous sommes allés tous ensemble passer la journée chez Jean et Marcelle. En voyant les deux garçons, Paul et Bernard, galoper et jouer dans le parc, je pensai que, si le vœu de Georges se réalisait, ses fils auraient bientôt, autour de leur propre maison, un parc encore plus grand à leur disposition.

Anna m'avait confié la clé de sa maison. Le soir, en attendant leur retour, Charles et moi nous sommes allés coucher les enfants. En baignant et en déshabillant la petite Marie-Jeanne, qui était un beau bébé potelé, je m'efforçai de chasser la tristesse que j'éprouvais en pensant que, bientôt peut-être, elle partirait. Comme son sourire, son gazouillement, ses fossettes et ses yeux bleus nous manqueraient, à Charles et à moi !

Les enfants couchés, nous avons attendu le retour des parents. Lorsqu'ils revinrent, je vis tout de suite, à l'air heureux de Georges, au sourire d'Anna, que tout allait bien pour eux. Contente de leur joie, je questionnai :

— Alors ? Ça s'est bien passé ?

— Ça y est ! explosa Georges. Nous sommes engagés ! Si tu avais vu, Madeleine, la propriété ! Et le pavillon où nous allons habiter ! Il a quatre pièces, il est grand, spacieux, c'est autre chose que notre petite maison ici ! Et l'espace, autour de nous ! C'est immense ! Nous avons tellement l'habitude d'être serrés les uns sur les autres, dans le coron, que là-bas nous allons trouver une énorme différence ! Mais c'est formidable, n'est-ce pas, Anna ?

Anna, qui enlevait son manteau, ses chaussures, sourit de l'enthousiasme de son mari. Elle alla voir ses enfants endormis, et Georges continua ses explications. Je me disais, en regardant l'étincelle qui brillait dans ses yeux, en entendant l'excitation qui faisait vibrer sa voix, qu'il était complètement transformé. Ce n'était plus le Georges abattu, malheureux, des semaines précédentes. C'était un autre homme, pour qui se levait l'espoir d'une vie nouvelle, d'une vie meilleure.

— Nous avons été choisis, disaient-ils, parce que les autres couples ne convenaient pas. Deux étaient trop âgés ; chez un autre la femme ne savait pas faire la cuisine. Et il faut savoir, parce qu'il faut aider quand il y a des réceptions, mais ça n'arrive pas souvent. Les propriétaires ne sont là qu'en été ; le reste du temps ils viennent parfois le dimanche. Je crois que nous serons bien.

Anna revint dans la pièce. Elle aussi avait de la joie dans les yeux. Je regardai Charles, qui souriait à son frère, d'un sourire un peu triste, et je soupirai. Ils étaient contents de s'en aller, et nous, nous ne devions pas être égoïstes. Mais nous avions de la peine de les voir partir.

Ils s'en allèrent le mois suivant, impatients et joyeux comme des enfants. Nous sommes allés les accompagner à la gare. Nous les avons embrassés, les larmes aux yeux, comme si nous n'allions jamais les revoir. Marie-Jeanne, qui allait avoir un an, tendait vers nous ses petits bras en souriant.

— Comment me faire à l'idée de ne plus la voir ? dit Charles avec tristesse.

— Allons donc ! répliqua Georges en donnant une bourrade à son frère. Bientôt Jean te donnera une petite-fille !

— Et puis, vous viendrez nous voir, dit Anna, lorsque nous serons tout à fait installés. Vous viendrez passer un dimanche avec nous de temps en temps.

Lorsque le train s'ébranla, les emportant tous loin de nous, j'ai lutté contre mes larmes. Charles et moi, nous n'étions plus que deux maintenant. Son seul frère venait de partir, et moi, je n'avais ni frère ni sœur. Heureusement, Jean et Marcelle nous restaient.

Ils étaient mariés depuis bientôt un an, et, chaque semaine, j'espérais que Marcelle m'annoncerait enfin qu'elle attendait un enfant. Mais les semaines passaient et mon espoir était toujours déçu. Je n'osais pas poser la question, j'avais peur d'être indiscrète. Par moments, je m'inquiétais : et s'ils n'avaient pas d'enfants ? Charles et moi, nous n'en avions pas eu, alors que j'avais souhaité une petite fille...

Un jour, je fis part de mon inquiétude à Charles, qui sourit :

— Allons, Marcelle est jeune, elle n'a que vingt ans. Elle a tout le temps !...

J'eus envie de dire que, à la naissance de Jean, moi aussi je n'avais que vingt ans. Mais je me retins. Et je continuai à espérer en silence, chaque semaine, une annonce de Marcelle qui ne venait pas.

Jean, de son côté, se donnait à fond à son métier. Le dimanche, avec Charles, il avait des discussions passionnées. Son sujet préféré était, pour le moment, la modernisation. Je l'entendais parler de perforatrices à eau qui, en supprimant les poussières, diminuaient sensiblement les risques de silicose. Il parlait aussi de l'électrification, qui résolvait le problème du bruit des marteaux-piqueurs, mais apportait le danger d'électrocution ou d'explosion que pouvait provoquer une simple étincelle électrique. Et lui, il aurait voulu supprimer tous les risques. Charles, avec philosophie, protestait doucement :

— Ce n'est pas possible, il y aura toujours des risques !

— Mais moi, rétorquait Jean, je voudrais que les mineurs puissent descendre en étant sûrs qu'ils remonteront. Je voudrais que leurs femmes n'aient jamais plus la crainte de ne pas les voir revenir.

Marcelle me chuchota :

— Jean est mieux accepté, mais certains mineurs sont encore réticents. Ils ont du mal à admettre qu'un ingénieur est avec eux, et non contre eux.

J'espérais, de tout mon cœur, qu'il réussirait. Il avait mis tout son espoir dans son métier, et il était profondément sincère. Il était heureux dans sa vie conjugale avec Marcelle, et je voulais qu'il fût heureux, également, dans sa vie professionnelle.

Cet été-là, Jean prit des cours de conduite, et s'acheta une voiture, une 4 CV Renault.

— Bien sûr, dit-il, c'est une petite voiture, mais c'est un début ! Par la suite, quand nous aurons des enfants, nous en achèterons une plus grande !

Dans le parc de sa maison, la voiture, toute neuve, étincelait. Charles et moi, nous regardions, admiratifs et presque intimidés. Jean, fier et heureux comme un enfant, nous fit monter et nous emmena faire un tour.

— C'est formidable, ne trouvez-vous pas ?

Je souriais. Mes souvenirs me reportaient des années en arrière ; je revoyais une autre voiture, celle que conduisait Henri. Maintenant, c'était mon fils qui conduisait, et il me demandait, avec le même regard câlin :

— La promenade te plaît-elle ?

Il me fallait le temps de m'habituer. Près de moi, Charles ne disait rien. C'était la première fois qu'il montait dans une voiture ; il regardait tout avec des yeux d'enfant. Jusque-là, notre seul moyen de locomotion avait été le train. Nous commencions à découvrir qu'une voiture personnelle offrait de nombreux avantages, comme de partir de chez soi au lieu d'aller à pied jusqu'à la gare, et de partir, en plus, à l'heure qui nous convenait.

Aussi, cet été-là, avons-nous fait beaucoup de promenades. Chaque dimanche, Jean nous emmenait. Nous avons assisté à toutes les fêtes des environs, nous sommes allés plusieurs fois au cinéma. Nous avons vu *Les Deux Orphelines* et *Les Misérables*, et j'ai pleuré. Nous sommes allés aussi à Béthune, à Lille, voir des opérettes, et j'ai découvert la magie du théâtre.

Au début de l'automne, tous les quatre, nous avons rendu visite à Georges et Anna, qui nous avaient invités dès le départ de leurs patrons. Nous sommes partis très tôt, à l'aube, et nous sommes arrivés dans le milieu de la matinée. Ils nous attendaient, joyeux et impatients. La propriété dont ils s'occupaient était située dans la forêt du Touquet, au milieu d'autres propriétés du même genre, et je restai stupéfaite devant l'étendue du terrain. On aurait pu y loger facilement la moitié du coron. La maison elle-même était immense. Le pavillon à leur disposition, près de la grille d'entrée, était charmant et coquet. Anna nous fit visiter toutes les pièces, et ses yeux brillaient de bonheur et de fierté. En souriant, je lui dis :

— Tu es heureuse ?

— Oh oui ! Nous sommes si bien, ici ! Regarde comme Georges a bonne mine, maintenant.

Je l'avais déjà remarqué. Mon beau-frère avait le visage hâlé de quelqu'un qui travaille toujours dehors. On lisait dans ses yeux sa certitude heureuse d'avoir trouvé sa voie. Il était très différent du mineur qui, pendant des années, avait subi son métier en silence.

Les enfants poussèrent des cris de joie en voyant les bonbons que je leur apportais. La petite Marie-Jeanne hésita avant de nous reconnaître, et cela me rendit triste. Loin de nous, elle nous oublierait. Comment pouvait-il en être autrement ?

Nous avons passé une bonne journée, bavardant comme des pies. Nous avions tant de choses à nous raconter ! L'après-midi, Anna nous montra, à Marcelle et à moi, l'intérieur de la maison, qu'elle devait tenir propre et impeccable. Il y avait tant de pièces, tant de meubles, que l'on eût dit un château. Je ne pus m'empêcher de remarquer :

— Ma pauvre Anna ! Tu ne dois jamais avoir un instant de répit ! Il y en a, des vitres à nettoyer et des meubles à épousseter !

— Mais non, dit-elle en souriant. Quand la maison est inoccupée, rien ne se salit. Je fais un nettoyage tous les quinze jours, ça suffit !

Nous nous sommes promenés dans le parc. Pour Georges également, son entretien demandait du travail. Il y avait des haies à tailler, des massifs de fleurs à soigner, des pelouses à tondre. Il s'occupait aussi d'un potager, qui était à eux, derrière leur pavillon, et dans lequel il faisait pousser les légumes dont ils avaient besoin.

Ils semblaient heureux de leur sort. Un instant, j'essayai de m'imaginer à leur place, avec Charles. Je n'y parvins pas. J'avais tellement l'habitude de vivre dans le coron, où j'étais née, qu'il m'était impossible de penser à vivre ailleurs. Dans le coron, les maisons étaient proches les unes des autres ; ici, leur pavillon était isolé, entouré seulement d'arbres et de verdure. A la place d'Anna, je me serais sentie seule, et perdue, et désorientée. Il m'aurait manqué la chaleur et l'amitié des autres. Il m'aurait manqué, aussi, l'immuable décor du chevalement de la mine, avec ses deux grandes roues qui, lorsqu'elles tournaient, racontaient la descente et la remontée des hommes, qui depuis toujours faisaient partie de ma vie — les mineurs.

Nous les avons quittés en promettant de revenir souvent, maintenant que Jean avait une voiture. Je fus heureuse, en rentrant, de retrouver ma maison, et Charles exprima tout haut ma pensée lorsqu'il me dit :

— Ce n'est pas mal, là où ils sont. Mais nous, notre vie est ici, et nous y sommes bien, n'est-ce pas, Madeleine ?

J'ai hoché la tête avec gravité. Cette maison était celle où je vivais avec Charles depuis notre mariage, elle gardait tous nos souvenirs, elle faisait partie de notre vie. Et j'étais heureuse que Charles, lui aussi, s'y trouvât bien et n'en voulût pas changer.

Les mois passèrent ; Jean se passionnait toujours pour son métier, et moi j'attendais toujours la venue d'un petit-fils ou d'une petite-fille. Charles, comme moi, tout doucement vieillissait. Ses cheveux devenaient gris, et des rides creusaient son visage. Mais ses yeux étaient toujours les mêmes, clairs, inchangés ; ils gardaient leur jeunesse et leur candeur en dépit des épreuves.

Sa retraite approchait, et il en éprouvait à la fois du soulagement et du regret. Soulagement à l'idée de pouvoir bientôt goûter un repos bien mérité, regret parce qu'il ne participerait plus activement à la vie de la mine, qu'il serait, une fois pour toutes, en dehors. Car, contrairement à son frère Georges, mon Charles aimait son métier et faisait corps avec lui.

Jean nous emmena, au cours de nos sorties du dimanche, rendre visite à sa marraine Juliette. Elle nous accueillit avec joie. Elle s'habituait mieux, maintenant, et semblait heureuse entre son mari et son fils. Ils vinrent également chez Marcelle et Jean, qui les invitèrent et leur montrèrent, avec une fierté touchante, leur maison. Dans le jardin, alors que Jean marchait devant nous avec les autres, et que je suivais en donnant le bras à Juliette, celle-ci me chuchota :

— Regarde, Madeleine ! Regarde Jean. Il a exactement la stature et la démarche de mon frère !...

Je m'aperçus qu'elle disait vrai. Il se tenait droit et fier comme Henri, avait la même taille, les mêmes épaules. A côté de lui, Charles me sembla voûté, tassé sur lui-même, et je regrettai une fois de plus que Jean ne fût pas vraiment son fils.

5

De nouveau, l'hiver fut là. Charles était à quelques mois de la retraite. Egoïstement, je me réjouissais à l'idée qu'il serait bientôt toujours avec moi, qu'il ne descendrait plus chaque jour au fond de la mine. Car, même si je ne voulais pas me l'avouer, la crainte d'un éboulement, d'un coup de grisou, d'une explosion, d'une catastrophe quelconque était tapie au fond de ma conscience. C'était une inquiétude latente, que j'essayais d'ignorer, mais qui, à mon insu, me tendait les nerfs, me mettait aux aguets, sur le qui-vive. Je n'en prenais pas toujours conscience, mais quand, chaque soir, Charles rentrait, avec son amour pour moi dans ses yeux clairs, la joie et le soulagement que je ressentais étaient révélateurs.

A chacun de ses retours, il faisait déjà noir. Je l'attendais dans notre cuisine chaude et intime, où le feu chantait, où tous nos souvenirs vivaient. J'avais fait chauffer l'eau pour son bain, j'avais tiré les doubles rideaux sur la nuit, sur les vitres constellées de gouttes de pluie. J'avais préparé le repas, que nous prenions tous les deux en bavardant de tout et de rien. Même le silence, entre nous, ne me gênait pas : c'était un silence complice qui, loin de nous séparer, nous unissait davantage, riche de tant d'années passées ensemble.

Depuis plusieurs jours, Charles était enrhumé. Ce soir-là, ses quintes de toux m'effrayèrent, tant elles étaient violentes et prolongées. Il vit mon inquiétude, essaya de sourire :

— Ce n'est rien, dit-il, ça va passer !

Après le repas, il voulut absolument fumer, comme d'habitude. J'essayai de l'en dissuader, mais il refusa de m'écouter. Il prit son paquet de tabac gris, se mit à rouler une cigarette, et je voyais les efforts qu'il faisait pour s'empêcher de tousser. Il en tira deux bouffées, et puis dut s'arrêter, car il fut secoué par une quinte de toux tellement forte qu'elle lui arracha des larmes. Lorsqu'il fut calmé, il dut se rendre à l'évidence.

— Il n'y a rien à faire, Madeleine ! La fumée me pique la gorge.

— Tu fumeras lorsque tu iras mieux. Pour le moment, il faut te soigner.

Je lui badigeonnai la gorge, lui appliquai des compresses de vinaigre, lui fis boire du sirop de radis noir. C'étaient, habituellement, les remèdes que nous utilisions, et ils nous réussissaient. Mais, pendant la nuit, il toussa encore beaucoup. Le lendemain matin, il n'allait pas mieux.

Il partit néanmoins travailler. Il avait été habitué, très tôt, à être dur avec lui-même, et n'aurait pas pensé à rester à la maison pour se soigner. Même moi, à ce moment-là, je n'étais pas encore inquiète. Il nous arrivait de nous enrhumer, l'hiver, et Charles, plus que moi, avait la gorge irritable, à cause des poussières de charbon qu'il respirait à longueur de journée. Mais un simple rhume finissait toujours par disparaître, et je n'imaginais pas, cette fois encore, qu'il pût en être autrement.

Pourtant, quand Charles rentra, son état avait empiré. Il avait pris froid alors que, en sueur, il attendait dans un courant d'air glacé l'arrivée de la cage pour remonter. Il frissonnait et toussait encore plus que la veille.

— A chaque fois que je tousse, ça me brûle ici, m'expliqua-t-il en mettant sa main sur sa poitrine.

Je le soignai comme la veille, et, en plus, appliquai sur sa poitrine et sur son dos des cataplasmes de farine de moutarde. Il les garda le plus longtemps possible, et lorsque je les retirai, la peau était si rouge que j'en fus effrayée.

— Cela m'a fait du bien, reconnut-il. Je me sens soulagé.

Il s'endormit paisiblement, mais cela ne dura pas. Pendant la nuit, la toux revint, plus violente. Je lui donnai du sirop, qui ne sembla faire aucun effet. A la fin, il se leva :

— Il est inutile que je reste couché. C'est encore pire quand je suis allongé. J'ai l'impression d'avoir un feu qui me brûle la poitrine.

Je commençais à être inquiète. Lorsqu'il fut l'heure pour lui de se préparer pour se rendre à la mine, je lui suggérai de rester et de se soigner.

— Voyons, Madeleine, je ne suis pas une femmelette ! Ce n'est pas un petit rhume qui m'empêchera d'aller travailler !

Il mit sa veste, prit sa mallette contenant son « briquet ». Je tâtai son front, qui me parut brûlant. J'insistai encore :

— Ce n'est pas prudent, Charles. Tu es malade ! Je t'en prie, n'y va pas.

Il haussa les épaules en souriant :

— Veux-tu que l'on dise de moi que je prends de l'avance sur ma retraite, alors que je n'ai jamais eu un seul jour d'absence ? Allons, Madeleine, je n'ai plus que six mois ; laisse-moi les faire. Ensuite, tu m'auras tout à toi.

Avec un sentiment de catastrophe, je l'ai laissé partir. Toute la journée, j'ai vécu dans l'anxiété. Et lorsqu'il revint, le soir, je compris tout de suite, en le voyant, que j'avais eu raison d'être inquiète.

Il tremblait de fièvre, et semblait ne tenir debout qu'à grand-peine. Il prit son bain, parcouru de frissons, claquant des dents. En dépit de sa résistance, je le fis mettre au lit et prendre sa température. Il avait plus de quarante degrés.

Je lui appliquai des cataplasmes, des compresses d'eau froide sur son front, dans l'espoir de faire baisser la fièvre. Au contraire, elle sembla augmenter. Ses yeux clairs étaient étrangement brillants, et par moments il ne me reconnaissait plus. Ses quintes de toux devenaient si fortes qu'elles lui déchiraient la gorge.

A l'aube, épuisé, il s'endormit un peu, d'un sommeil agité et superficiel. Je m'habillai rapidement, sortis et traversai la rue. En face, à Catherine et à Robert, j'expliquai que Charles était malade.

— Ça ne m'étonne pas, dit Robert. J'avais bien remarqué, hier, qu'il paraissait mal en point.

Je demandai à Catherine d'aller prévenir le médecin et de me l'envoyer le plus vite possible. Puis je rentrai, en proie à l'angoisse.

Charles dormait toujours, et il toussait même en dormant. Il avait deux taches rouges sur les pommettes, et sa respiration était sifflante et difficile. Je le regardais avec tout mon amour, consciente de mon impuissance. Je me sentais mal à l'aise, désorientée : je n'avais jamais vu Charles malade ; pour moi, il était indestructible, il était le roc sur lequel je m'appuyais depuis plus de trente ans. Je n'arrivais pas à admettre qu'il pût être, lui aussi, en proie à la maladie, à la souffrance. Et, de tout mon amour, je l'appelais pour qu'il revînt vers moi. Mais il ne m'entendait pas.

Je fis rapidement le ménage, mis un peu d'ordre dans la maison. Charles se réveilla et se remit à tousser. Je lui soulevai la tête, lui fis boire du sirop. Je vis, avec un sentiment d'angoisse et de souffrance, qu'il ne me reconnaissait pas.

Je restai près de lui, tenant sa main brûlante de fièvre dans les miennes. Lorsque le médecin arriva, j'éprouvai une sorte de délivrance. Lui, au moins, saurait soigner mon Charles.

Il l'ausculta, le palpa, posa son oreille sur sa poitrine, regarda dans sa gorge, dans ses oreilles, avec une petite lampe. Il me demanda gravement :

— Depuis quand est-il ainsi ?

Avec difficulté, je répondis :

— Depuis hier soir, surtout, ça s'est aggravé. Mais avant, il était déjà malade...

Il dit, sévèrement, et sa voix était lourde de reproches :

— Pourquoi ne m'avez-vous pas appelé plus tôt ?

— Je... Il ne l'a pas voulu. Il a même tenu à aller travailler, hier.

— Il est allé travailler dans cet état ! Je comprends, maintenant !

Avec des gestes rageurs, il rangea ses instruments, ferma sa trousse. Puis il me regarda dans les yeux :

— Je ne vous cacherai pas qu'il est très, très malade. Il a une broncho-pneumonie, dans sa forme la plus aiguë. De plus, les poussières de charbon qu'il a respirées pendant toutes ses années de fond contribuent à l'infection et forment un obstacle certain à la guérison. J'espère, néanmoins, qu'il n'est pas trop tard. Je vais essayer de le sortir de là.

Atterrée, je ne répondis pas. Une nouvelle fois je vivais un cauchemar, dans lequel mon Charles, mon amour, mon compagnon de tant d'années, était en danger. Je regardai, en dehors de la réalité, le médecin remplir une feuille, je l'écoutai m'expliquer les soins à donner : les cachets, les sirops, les cataplasmes, les ventouses... J'ai dû dire oui, j'ai dû acquiescer à tout ce qu'il disait, mais je ne m'en souviens plus.

— Je reviendrai ce soir, annonça-t-il en sortant.

Catherine, qui l'avait vu partir, vint aux nouvelles. Elle me trouva prostrée, assise à la table de la cuisine, regardant sans la voir l'ordonnance du docteur.

— Eh bien, Madeleine ? Qu'est-ce qu'il a dit ?

Sans répondre, j'ai levé vers elle un regard qui disait mon désarroi, ma douleur, mon impuissance. Elle comprit. Dans ses yeux vint une grande pitié, et elle dit :

— C'est grave ?

Je hochai affirmativement la tête, incapable d'émettre un seul mot. Dans un geste d'amitié et de réconfort, elle me serra l'épaule :

— Il faut bien le soigner, Madeleine. Il s'en sortira, il est costaud, ton Charles ! Donne-moi la feuille, je vais aller te chercher les médicaments.

Elle prit l'ordonnance et sortit. Comme un automate, je montai l'escalier et retournai voir Charles. Il était toujours dans son monde, où l'isolait la fièvre, et me regarda sans me voir. Ses yeux, qui habituellement se posaient sur moi avec tant d'amour, étaient aujourd'hui atrocement vides. Cela me fit si mal que la carapace dont je m'étais entourée pour résister aux paroles du docteur se brisa subitement, mettant ma douleur à nu et me laissant désarmée. Alors je me suis jetée à genoux près du lit et j'ai pleuré, comme un enfant désespéré. Et, au-delà de mon chagrin, au-delà de mes larmes, je voyais toute notre vie ensemble, je voyais son amour jamais démenti, sa gentillesse envers moi, sa fidélité, sa tendresse immuable au long des jours. Je revoyais les moments douloureux que nous avions vécus, et le réconfort que m'avait apporté sa présence. Je comprenais que, pour la première fois depuis que nous étions mariés, je ne pouvais plus compter que sur moi : c'était à moi d'être forte, c'était à moi de le ramener vers nous, vers la vie. Et je me suis sentie aussi vulnérable et faible qu'un petit enfant.

Catherine revint m'apporter les médicaments, et je commençai aussitôt à soigner mon pauvre amour malade. Je fis dissoudre les cachets, le fis boire, lui donnai des cuillerées de sirop. Je lui mis des cataplasmes, les maintenant sur sa poitrine à l'aide de mes deux mains posées à plat, car il remuait et toussait sans cesse. Je pleurais en le soutenant pendant ses quintes, je fermais les yeux pour refuser l'horreur qui m'envahissait, et j'avais mal pour lui lorsque ensuite, épuisé, il se laissait retomber, haletant et brisé. De toutes mes forces, j'essayais de lui envoyer mon amour, mais je me rendais compte, avec un déchirement douloureux, qu'il n'était même pas conscient de ma présence.

Je passai toute la journée à son chevet, le quittant le moins possible. Lorsque, entre ses accès de toux, il reposait plus calmement et semblait dormir, je restais près de lui, essayant de lui insuffler mes forces, mon énergie, ma santé.

Plusieurs voisines vinrent me voir et me proposer leur aide. Je les remerciai gentiment, mais je voulais être seule pour soigner Charles. L'une d'elles fit mes courses, l'autre s'occupa de mon feu, me prépara un repas auquel je ne touchai pas. Catherine, dans l'après-midi, m'apporta une pleine cafetière et je bus, coup sur coup, deux tasses de café bien fort qui me revigorèrent. Tous ces gestes d'amitié m'étaient doux, m'apprenaient que je n'étais pas seule, que d'autres participaient à mon inquiétude et m'aidaient dans la mesure de leurs moyens.

Vers le soir, Jean et Marcelle, prévenus par Catherine, arrivèrent. Le regard inquiet de mon fils rencontra le mien :

— Maman, dit-il, oh maman ! Que se passe-t-il ?

Je le lui expliquai, et, au fur et à mesure que je parlais, je voyais ses yeux clairs s'assombrir. Marcelle, à ses côtés, ressemblait à une enfant perdue. Lorsque, dans un sanglot, je m'arrêtai de parler, Jean secoua la tête, la releva avec une sorte de défi :

— Nous allons t'aider à le guérir. Il faut qu'il s'en sorte, il le faut !

Derrière moi, ils grimpèrent l'escalier, entrèrent dans la chambre. Dans le lit, Charles, les yeux clos, la respiration sifflante, luttait contre la fièvre. Jean s'approcha, se pencha sur lui :

— Papa ! dit-il d'une voix sourde. C'est moi, Jean.

Les yeux de Charles s'ouvrirent, son regard vague fit un effort, sembla vouloir chercher, par-delà la frontière qui le séparait de nous, celui qui l'appelait. Mais il n'y réussit pas. Ses paupières retombèrent, et de nouveau il ne fut plus là.

Jean me regarda, malheureux.

— Il ne nous reconnaît pas ! Il a beaucoup de fièvre ! Si seulement la fièvre pouvait baisser...

Il resta près de lui, et, avec Marcelle, je redescendis. Elle m'aida à préparer le repas, car ils avaient décidé de rester avec moi.

Le médecin revint, et ausculta Charles de nouveau. Jean et moi, nous le regardions, la même question anxieuse dans les yeux. Il fit une moue :

— Il ne va pas plus mal, mais il ne va pas mieux non plus. Je vais lui faire une piqûre.

Il ordonna de continuer le traitement, et promit de revenir le lendemain matin.

La soirée, pourtant, fut moins triste. Je n'étais plus seule, mes enfants étaient près de moi. Pour la première fois de la journée, en leur présence je mangeai un peu.

Catherine et Robert vinrent nous dire bonsoir. Sans raison, l'air placide de Robert me rassura. Lui ne semblait pas inquiet.

— Allons, me dit-il, il s'en sortira. Je le connais, je travaille avec lui depuis assez longtemps ! Crois-moi, Madeleine, c'est un dur, et il ne se laissera pas abattre !

Je me sentais réconfortée, j'éprouvais, envers eux tous, une gratitude qui me faisait chaud au cœur. Jean et Marcelle occupèrent la chambre de Jean. Moi, de toute façon, je resterais dans le fauteuil, au chevet de Charles, près de lui, attentive à sa lutte pour respirer, pour survivre. Je voulais être là, afin qu'il me vît près de lui dès qu'il retrouverait sa lucidité. C'était mon amour, il était en danger, et je ne voulais pas le quitter un seul instant.

Je lui ai posé un cataplasme, je lui ai fait prendre ses médicaments. Puis, torturée par ses quintes de toux, j'ai pris place dans le fauteuil, et ne lâchai pas sa main. Ainsi, j'avais l'impression que je le retenais près de moi. Il a fini par s'endormir, d'un sommeil moins agité. Je le regardais intensément, détaillant chaque trait de son visage, dont les rides et les cheveux blancs me racontaient le chemin que nous avions parcouru ensemble. Je revoyais le garçon de mon enfance, qui déjà m'aimait et me défendait avec ardeur, puis l'adolescent trop tôt mûri par le travail de la mine, puis le jeune homme qui, amoureux de moi, m'avait acceptée avec l'enfant d'un autre. Je revivais chaque instant de notre vie, et partout, toujours, son amour était présent. Alors, moi qui ne priais jamais, je suppliai Dieu de me laisser mon Charles, de ne pas permettre que, brutalement, tout cet amour me fût enlevé.

J'ai dû sommeiller quelques instants, vaincue par la tension nerveuse et la fatigue. Un murmure m'a réveillée :

— Madeleine...

D'un seul coup, j'ai ouvert les yeux. Charles, le visage tourné vers moi, me regardait. Et cette fois-ci il me voyait !

J'ai sauté sur mes pieds, Je me suis penchée sur lui :

— Charles, oh Charles ! Tu vas mieux ? Comme je suis heureuse !

Son regard était las, lourd de toute la souffrance supportée. Il demanda, dans un souffle :

— Madeleine... J'ai été très malade, n'est-ce pas ?

— Oui, mais, Dieu merci, tu vas mieux ! C'est merveilleux ! Oh, Charles...

Mes lèvres tremblaient, et des larmes de soulagement coulaient sur mon visage. J'ai tâté son front, il n'était plus brûlant ; la fièvre était partie. Je l'embrassai tendrement. Je vis qu'il avait fermé les yeux, de nouveau, et qu'il semblait dormir. Sans faire de bruit, j'ai repris ma place dans le fauteuil. Je sentais une immense joie gonfler mon cœur : Charles allait mieux, Charles allait guérir.

Il dormit paisiblement jusqu'à l'aube. Ce fut une quinte de toux qui le réveilla. Penché en avant, les deux mains comprimant sa poitrine, il toussait violemment, sans pouvoir s'arrêter. Une fois de plus, j'eus mal pour lui. Je lui mis de nouveau un cataplasme, lui fis prendre ses médicaments, boire du sirop. Sa respiration était haletante, et, bien qu'il ne dît rien, je voyais qu'elle lui causait une véritable douleur.

On frappa à la porte. Jean et Marcelle entrèrent. Dès qu'il vit Charles, Jean s'écria :

— Papa ! Tu vas mieux ?

Charles les regarda. Sur son visage fatigué passa un sourire, et dans ses yeux brilla fugitivement une étincelle :

— Que croyais-tu donc ? Espérais-tu déjà être débarrassé de moi ?

Jean, à son tour, sourit franchement :

— Puisque tu plaisantes, c'est que tu vas mieux, en effet ! Je suis bien content, papa !

— Et moi aussi, dit Marcelle. Comme j'ai eu peur !

Moi, je ne disais rien. Je regardais mon Charles revenir à la vie, et je renaissais en même temps que lui. J'éprouvais un bonheur tremblant, je n'osais pas me réjouir trop vite. J'avais eu, moi aussi, tellement peur !

A midi, Charles but un peu de bouillon, puis dormit d'un sommeil paisible et profond. Il n'avait plus de fièvre, mais il toussait encore et semblait très affaibli.

Quand il se réveilla, il se sentait beaucoup mieux. Il insista pour se lever et se mettre dans le fauteuil, disant qu'il en avait assez d'être au lit. J'hésitai :

— Mais, Charles... Est-ce prudent ?

Il soupira, avec un peu d'impatience :

— Allons, Madeleine, ne me dorlote pas comme un bébé ! Tu sais que je n'aime pas ça ! Ce n'est pas en restant au lit que je vais reprendre des forces rapidement !

— Si tu le veux vraiment... dis-je. J'en profiterai pour changer les draps.

Je l'aidai à se lever, à s'installer dans le fauteuil. Il était furieux contre la faiblesse qu'il ressentait. Il appuya sa tête contre le dossier du fauteuil et ferma les yeux un instant. Inquiète, je le regardai. Il rouvrit les yeux et me sourit :

— Ne t'inquiète pas, Madeleine... Ça va aller...

Je mis une couverture sur ses genoux, lui en entourai les jambes :

— Ne prends pas froid, surtout, Charles... Tu sais ce qu'a dit le médecin.

Il me laissait faire en souriant, et je retrouvais son regard aimant posé sur moi.

— Madeleine, ma chérie... dit-il, en tendant la main et en me caressant tendrement les cheveux.

Quelque chose d'intense et de douloureux éclata dans ma poitrine, et j'eus envie de pleurer. Je posai ma joue contre sa main, et avouai, tout bas :

— Oh, Charles, si tu savais... J'ai eu si peur ! J'ai cru que...

Je m'arrêtai, la gorge nouée de sanglots. Il reprit pour moi :

— Tu as cru que j'allais te quitter pour toujours ? Madeleine, ma chérie, cela me serait impossible ! Je t'aime tant que, même si je mourais, je ne te quitterais pas, je serais toujours près de toi, même si tu ne le vois pas... Du plus loin que remontent mes souvenirs, je t'ai toujours aimée. Il m'était impossible d'imaginer ma vie sans toi.

Les larmes à présent coulaient sur mes joues, sur la main de Charles que je tenais contre moi. J'ai levé la tête, lui offrant mon visage bouleversé ; j'ai vu, dans ses yeux posés sur moi, tout ce qu'il venait de me dire ; et j'ai eu envie de le remercier, à genoux, pour cet amour qui avait été présent à chaque jour de ma vie.

Le soir, Jean revint, et fut agréablement surpris de voir Charles assis dans son fauteuil. Robert et Catherine vinrent également lui dire bonsoir. Charles, entouré de toute notre affection, souriait. Robert a donné des nouvelles de la mine et a rapporté à Charles les messages d'amitié de nombreux camarades. Les yeux de Charles brillèrent de joie et d'émotion.

Et puis, la conversation devint générale, Robert et Jean se mirent à discuter, tandis que Catherine me parlait des gens qu'elle avait rencontrés et qui, tous, demandaient des nouvelles de Charles. Je l'écoutais lorsque, soudain, je pris conscience du changement de Charles. Il serrait de toutes ses forces les accoudoirs de son fauteuil et se penchait en avant, la respiration haletante. Son visage était gris, cendré, et de grosses gouttes de sueur perlaient à son front, à ses tempes. Son regard tourné vers moi était un véritable appel à l'aide.

D'un bond, je fus debout, j'allai à lui :

— Mon Dieu, Charles, qu'as-tu ?

Les autres, à leur tour, s'aperçurent que quelque chose n'allait pas.

— Nous l'avons trop fatigué, dit Robert. Recouche-toi, mon vieux, reprit-il en s'adressant à Charles, nous allons te laisser reposer.

Ils partirent aussitôt. Avec Jean, j'aidai Charles à se mettre au lit. Son visage tendu me faisait peur. Il semblait avoir énormément de mal à respirer. Presque plié en deux, il essayait de lutter contre la douleur qui lui comprimait la poitrine.

— Charles, oh mon Dieu ! Que se passe-t-il ?

Il fut incapable de me répondre. Le regard qu'il eut vers moi, à ce moment-là, était déchirant. Il criait au secours, il contenait une immense douleur. Epouvantée, je me tournai vers Jean.

— Je vais chercher le médecin, dit-il. Il ne faut pas perdre un instant.

Il sortit, et je restai près de Charles, avec Marcelle qui semblait aussi effrayée qu'une petite fille. Le visage de Charles était livide, son nez se pinçait, il respirait de plus en plus difficilement. Je lui pris la main. Il me regarda, avec une impuissance pleine de désespoir. Consciente de ne rien pouvoir faire pour apaiser sa douleur, je me sentais devenir folle d'angoisse. Les minutes passaient avec une lenteur impitoyable. Je ne pouvais que regarder mon amour lutter contre sa souffrance et souffrir avec lui.

Lorsque Jean revint avec le médecin, je me tournai vers lui, et toute mon attitude était une supplication. Sans perdre de temps, il se pencha vers Charles, mit sa poitrine à nu, écouta le cœur, les poumons. Je vis son visage devenir grave. Rapidement, il prit une seringue, l'emplit de liquide, fit une piqûre. Puis il se tourna vers moi :

— Apportez un bassin. Il faut que je fasse une saignée.

Avec la sensation d'évoluer dans un cauchemar, j'allai chercher le récipient demandé, le lui apportai. Une saignée, je savais ce que cela voulait dire. Ça ne se pratiquait que dans les cas graves, les cas extrêmes. Que s'était-il donc passé ? Pourquoi ca, maintenant, alors que Charles commençait à aller mieux ?

Je me forçai à ne pas regarder. Jean tenait le bassin ; moi, je n'aurais pas pu. Je serrais les montants du lit et m'y appuyais pour ne pas tomber. Je sentais mes oreilles bourdonner, j'étais au bord de l'évanouissement. Je rassemblai mes forces pour surmonter le malaise que je sentais venir. Etait-il possible que mon Charles fût, de nouveau, en danger de mort ?... Une sueur froide me couvrait le visage. Marcelle s'aperçut de mon état. Sans un mot, elle approcha le fauteuil et m'y fit asseoir. Les jambes en coton, je m'y laissai tomber. Je tremblais nerveusement, la peur me serrait la gorge.

Ce fut Jean qui raccompagna le médecin. Dans un état second, je les entendais parler, et des mots me parvenaient, que mon esprit repoussait : œdème pulmonaire aigu... très grave... considéré comme perdu... repasserai demain matin... Un cri montait, du plus profond de mon être, et explosait silencieusement au-dedans de moi : NON ! NON !... Ce n'était pas possible, ce n'était pas de Charles qu'il parlait, ce ne pouvait pas être de lui.

Marcelle prit le bassin rempli de sang et sortit. Seule avec Charles, je le regardai, les yeux noyés de larmes. La saignée semblait l'avoir soulagé, et son visage était moins gris. Sa respiration, aussi, était moins sifflante. Sous mon regard, il ouvrit les yeux. Dans un effort, il tendit une main vers moi, et murmura, péniblement :

— Madeleine...

Je compris, avec une certitude cruelle, qu'il sentait une force irrésistible l'emporter, et il m'appelait. Cette main tendue, était-ce pour se cramponner à moi, ou était-ce, au contraire, un adieu ?... Je la pris, la serrai de toutes mes forces. Loin, très loin, son regard essayait de me parler, avec une douceur bouleversante, et me disait, en cet ultime instant, son amour. Mon cœur se brisa. Je m'abattis contre lui en sanglotant. Mes larmes trempaient nos mains réunies, et je sentais, avec un instinct sûr et inexplicable, que Charles allait me quitter. Des vagues de souffrance envahirent brutalement mon cœur, le meurtrissant de leurs flots furieux et déchaînés. L'impuissance me ligotait. Je n'étais plus qu'un immense désespoir.

Il voulut parler, me dire quelque chose, et n'y parvint pas. L'effort qu'il fit amena une nouvelle quinte de toux, et elle fut si longue et si douloureuse que je ressentais sa souffrance. Ensuite, les yeux clos, le visage crispé, il employa toutes ses forces à essayer de respirer. En même temps, de ses mains il se griffait la poitrine, comme pour repousser la douleur. Et moi, inutile avec tout mon amour, je ne pouvais pas l'aider.

Jean et Marcelle revinrent dans la chambre. Je levai sur mon fils un regard désemparé. Il vint vers moi, passa un bras autour de mes épaules et, sans un mot, me serra contre lui. Je ne me trompai pas sur la signification de ce geste ; il voulait dire : « Courage ! Je suis avec toi, nous sommes là. » Je serrai les dents pour ne pas hurler ma détresse.

Tous les trois, nous sommes restés à son chevet. Tard dans la soirée, j'ai envoyé Jean et Marcelle se coucher, et je suis restée seule avec lui, mon amour de toute une vie.

Je l'ai regardé. Je l'aimais comme jamais encore je ne l'avais aimé. Sans dire un mot, je lui ai parlé. Je lui ai raconté notre vie ensemble, je lui ai dit mon amour et ma tendresse, je l'ai remercié de m'avoir rendue heureuse. Je lui ai demandé de ne pas me quitter, car sans lui je serais désespérée. J'ai approché le fauteuil du lit, Je me suis penchée et ai posé ma tête près de la sienne, sur l'oreiller. Et je suis restée ainsi, sans bouger, très longtemps.

Les minutes, les heures ont passé. La nuit était uniquement occupée par la respiration de Charles. Par moments, il semblait étouffer. J'avais fermé les yeux, luttant avec lui. J'écoutais sa respiration qui, parfois, semblait s'arrêter, puis reprenait, à chaque fois plus péniblement.

Et puis, il y eut le moment où elle s'arrêta. Et il y eut le silence, un silence atroce, horrible, épais, palpable et menaçant, un silence qui, par son intensité, me disait ce que je redoutais, ce que je refusais de tout mon être. J'entendis un cri aigu, interminable, et je me rendis compte que c'était moi qui hurlais. Je me jetai sur lui, je suppliai :

— Charles ! NON ! NON !

J'eus vaguement conscience que Marcelle et Jean entraient, affolés, dans la chambre. Contre Charles, je sanglotais, à demi folle de douleur et de désespoir. Il était parti, il m'avait laissée, et je pleurais sur tous les jours de ma vie où, dorénavant, je serais seule.

6

Tout se confond ensuite dans mon esprit, tout n'est plus que chaos. Je ne peux pas raconter les heures, les jours qui suivirent. D'abord parce que cela m'est cruel de me les rappeler, ensuite parce qu'il me serait impossible de dire clairement ce que je fis. J'étais dans un brouillard, à la fois anéantie de stupeur et écrasée de douleur. Je vivais et je ne vivais pas. J'agissais mécaniquement, je marchais et parlais, et en même temps j'étais en dehors du monde où continuaient de vivre les autres. L'acuité de ma souffrance m'isolait, dans un univers de ténèbres et de désespoir. Une plainte incessante hurlait en moi, avec tant d'intensité que je m'étonnais qu'elle ne s'entendît pas. J'avais atrocement mal, et je savais qu'à une telle détresse il n'existait aucun apaisement.

Quelques images me sont restées, irréelles et imprécises. Je revois les gens du coron défiler devant le lit de mort de Charles, et je me souviens que certains de ses compagnons, pourtant habitués à être durs, pleuraient, alors que dans leurs regards se lisaient incompréhension et incrédulité.

Je me revois, sanglotant éperdument dans les bras de Georges et d'Anna qui, hébétés, désemparés, ne parvenaient pas à réaliser, eux non plus. Ils avaient été prévenus par un télégramme que leur avait envoyé Jean. Le choc avait été rude.

La douleur de Georges a été profonde, violente. Lorsqu'il a su ce qui s'était passé, il a dit, avec rancune :

— C'est la mine, encore, qui m'a pris le dernier frère qui me restait ! Indirectement, peut-être, mais elle est responsable !

Juliette, prévenue aussi, accourut et pleura avec moi. Et je comprenais qu'elle pleurait à la fois sur Charles et sur moi, car elle n'ignorait pas ce qu'il avait fait pour moi, ce qu'il représentait dans ma vie, et elle savait toute l'étendue de mon chagrin.

Je revois, enfin, comme une horrible image fixée dans mon esprit, le cercueil qui descend dans la terre, et il m'était impossible d'admettre que c'était de Charles qu'il s'agissait. Je refusais, de toutes mes forces, l'atroce réalité.

Après l'enterrement, je me suis retrouvée dans ma maison, et je ne la reconnaissais pas. Ce n'était plus le chaud foyer où j'avais vécu avec Charles ; maintenant je m'y sentais étrangère. Jean et Marcelle s'occupèrent de tout. Moi, je ne pouvais rien entreprendre. Hébétée, amorphe, l'esprit vide, j'étais complètement brisée. J'étais au-delà du chagrin.

Ensuite, je me retrouvai seule. Tous les autres s'en allèrent, vers leur vie qui continuait et que rien n'avait détruit. Anna et Georges, et Juliette, et Catherine et Robert ; Jean et Marcelle me proposèrent de rester, mais je refusai : à quoi bon ?... Il faudrait bien que je m'habitue à être seule ! Ils me proposèrent alors d'aller chez eux, pendant quelque temps, mais, là aussi, je refusai. Je ne voulais pas quitter la maison où j'avais été heureuse avec Charles. Ici, je le retrouvais partout, tous nos souvenirs me parlaient de lui, il était présent dans chaque pièce de la maison. « Je ne te quitterai pas, je serai toujours près de toi, même si tu ne le vois pas... »

Alors ils partirent, inquiets malgré tout, me promettant de revenir dès le lendemain, et tous les autres jours. Et je suis restée seule. Avec la sensation d'évoluer dans un univers hostile et irréel, j'ai fermé la maison, je me suis déshabillée, je me suis couchée. Dans le grand lit où nous avions si longtemps été deux, la réalité brutale et insupportable s'est imposée à moi. La pensée atroce que je m'efforçais de repousser envahit brusquement mon esprit, me rappelant avec cruauté que plus jamais Charles ne serait là, près de moi, et que je serais seule, interminablement, impitoyablement, définitivement seule.

Alors l'espèce d'insensibilité qui suit un grand choc et qui, jusque-là, m'avait aidée à tenir disparut et laissa place à un désespoir brûlant et amer, qui était en même temps un profond refus de ce qui était arrivé. J'eus une violente crise de larmes, première d'une longue série, enfouissant ma tête dans l'oreiller pour étouffer mes sanglots. Et ma révolte était d'autant plus douloureuse qu'elle se savait inutile.

Ce fut la période la plus noire de ma vie. Même les années de guerre, les années de souffrance pendant lesquelles j'avais été séparée de Jean, et les épreuves endurées, n'avaient pas été si atroces à supporter, n'avaient pas eu, surtout, ce caractère cruel et définitif. Charles ne reviendrait pas. Rien n'était plus intolérable que cette pensée.

Tout au long des semaines, des mois qui suivirent, je vécus avec, en moi, une continuelle sensation de vide atroce, de désespérance infinie, de totale impuissance ; avec l'impression de me retrouver dans le néant, de crier sans être entendue, de vivre sans espoir, d'errer sans but, d'être perdue et solitaire dans un monde incompréhensif et indifférent.

Même mes enfants, malgré tout leur amour, ne pouvaient se rendre compte de l'immensité de mon chagrin. Et moi, avec une pudeur instinctive, j'essayais de le leur cacher, réservant pour les moments où j'étais seule mes crises de désespoir.

Pourtant, il m'arrivait parfois de pleurer en leur présence, malgré mes efforts pour me retenir. J'étais deux fois plus malheureuse ensuite parce que je les voyais désolés, et impuissants à me consoler. Jean soupirait, et Marcelle, les yeux pleins de larmes, ne savait que faire. Et c'était ça, je crois, le plus dur : il n'y avait rien à faire, il fallait subir et accepter, et je ne le pouvais pas.

Je n'étais bien nulle part. Par moments, je ne supportais plus de rester chez moi. Alors je sortais, je partais, n'importe où. Le dimanche, Jean et Marcelle venaient me chercher, et j'allais passer la journée chez eux. Mais, même avec eux, tout le jour je me sentais mal à l'aise car je savais que, le soir venu, je devrais retourner dans ma maison où Charles, jamais, ne serait plus. Si c'étaient eux qui venaient, j'appréhendais le moment où ils partiraient, et où je me retrouverais avec ma souffrance.

Juliette vint, à plusieurs reprises, m'apporter sa tendresse, son affection. Avec elle, je parlais de Charles. Comme moi, elle l'avait connu dès son enfance, et elle savait qu'il m'avait aimée inconditionnellement. Elle me disait souvent :

— C'est à cela que tu dois penser, Madeleine, à cet amour immense qu'il avait pour toi.

Je sanglotais :

— Mais cet amour, je l'ai perdu, maintenant.

— Malgré tout, tu l'as eu, pendant de nombreuses années, et tu ne dois pas l'oublier.

Je comprenais bien que je devais raisonner ainsi, mais je ne pouvais pas, pas encore. C'était trop dur.

Anna, de son côté, m'envoyait de longues lettres. Ils ne pouvaient pas venir me voir comme ils l'auraient souhaité, mais ils ne m'oubliaient pas. Georges avait beaucoup de peine. La mort de son frère l'avait marqué, et il sous-entendait que Charles serait encore là s'il avait, comme lui, quitté la mine.

Les moments les plus pénibles étaient le matin et le soir. Le matin, parce que, devant moi, s'étendait une journée interminable, grise et terne, remplie de chagrin. Et le soir, parce que je me retrouvais seule, alors que les gens qui étaient venus me voir dans la journée étaient rentrés chez eux, dans leurs foyers chauds et unis, avec ceux qu'ils aimaient.

La nuit, seule dans le grand lit vide, j'avais des crises de larmes, longues, amères, violentes. Ensuite, à bout de souffrance, épuisée, je m'endormais, pour très peu de temps. Je me réveillais bien vite, écoutant pleurer mon désespoir. J'en ai passé, des heures ainsi, à crier silencieusement vers mon amour perdu. Où était-il ? M'entendait-il ? « Je serai toujours près de toi, même si tu ne le vois pas... »

J'ai passé de longs mois dans cet état d'esprit, en dehors du monde réel, refusant de vivre dans un univers où Charles n'était plus. Il me fallut près de deux ans pour l'admettre. Admettre que je restais seule, et accepter de vivre quand même. Et seulement alors, ce fut plus facile.

Je ne dis pas que je fus consolée, que tout alla mieux. Non, simplement, je cessai de me révolter et de me faire mal inutilement. J'avais enfin compris que je n'y pouvais rien changer. Alors, j'ai essayé de reprendre pied dans la réalité, de recommencer à vivre sans Charles. Mais je savais que rien, jamais, ne serait plus pareil. Charles me manquerait toujours d'une manière insupportable. Privée de sa présence, de la chaude atmosphère que son amour créait autour de moi, j'aurais continuellement froid. Je le savais. Je savais aussi que mon existence sans lui ne serait plus désormais qu'une lamentable survie et une attente incessante du jour où j'irais le rejoindre. Je le savais et je l'acceptai. Alors seulement je pus sortir de mon enfer.

Je me remis à la couture, que j'avais abandonnée. Cela, en même temps, m'occupa et me fit du bien. Je recommençai à m'intéresser à ce qui m'entourait, ce que je n'avais plus fait depuis longtemps parce que tout me semblait sans importance.

Jean fut heureux de me voir revenir à la vie. Il ne me le dit pas, mais je le compris. Je m'apercevais que lui me restait ; il était là, il m'aimait. C'était mon enfant, et il représentait toute ma vie.

C'était un bon fils. Il s'était occupé de tout, après la mort de Charles. J'avais reçu une avalanche de papiers, et, trop perdue dans ma détresse, je n'avais même pas cherché à les comprendre. Jean avait répondu partout, et m'avait donné des explications que je n'avais pas écoutées. C'était principalement pour la retraite. Charles était décédé six mois avant sa retraite normale, et il y avait eu des tas de feuilles à remplir. Je m'étais reposée sur Jean, et il avait tout fait.

Avec Marcelle, ils ne savaient qu'inventer pour me faire plaisir. Un jour, ils m'apportèrent un petit chien. C'était, dans les mains de Marcelle, une petite boule de poils fauve et hirsute.

— C'est pour toi, maman, me dit Jean. En veux-tu ?

Surprise et en même temps réticente, je dis :

— Mais... pourquoi ? D'où vient ce chien ?

— Nous l'avons trouvé hier dans notre jardin, expliqua Marcelle, devant la maison. Il avait été abandonné. J'ai eu pitié de lui, je l'ai ramassé. Et puis, nous avons pensé à te le donner, afin que tu sois moins seule. Tu auras un petit compagnon. Le veux-tu ?

Je n'ai pas dit oui immédiatement. J'ai vu, d'abord, les marques des griffes sur les portes, les traces de boue sur le sol, les poils partout. Voyant mon hésitation, Marcelle me le plaça dans les mains. Jusque-là, il dormait. Dans mes bras, il a ouvert un œil, et, avec une adorable petite langue rose, s'est mis à me lécher. Il était irrésistible.

— Il t'a adoptée, dit Jean. Prends-le, ne refuse pas. Il te tiendra compagnie.

Je l'ai regardé, qui me léchait avec application, et je l'ai aimé tout de suite. J'ai posé ma joue contre sa petite tête ronde et douce, et j'ai dit :

— D'accord, je le garde. Merci à vous deux.

Et je ne l'ai pas regretté. Il a été, dès le début, mon compagnon de tous les instants. Je le baptisai Pompon. Il me suivait partout ; le soir, il se blottissait sur mes genoux et s'y endormait, tandis que je lisais ou cousais. Il me devint indispensable. Jean et Marcelle avaient eu raison : avec lui, je n'étais plus seule. Il y avait un être vivant qui était près de moi, qui avait besoin de moi et qui m'aimait sans conditions. Sans le savoir, ce petit chien m'a aidée, lui aussi, à revivre.

Un nouveau printemps fut là, un autre printemps que Charles ne verrait pas. Je regardais la nature s'éveiller une fois de plus, selon le même rite immuable. Et j'éprouvais comme une sorte d'étonnement de voir qu'autour de moi rien n'était changé, alors que la mort de Charles avait détruit ma vie.

Il faisait beau. Marcelle m'avait invitée à aller passer la journée avec elle. Je me mis en route en fin de matinée, prenant le raccourci à travers champs. Pompon, autour de moi, folâtrait et gambadait comme un petit fou, aboyant et poursuivant les papillons. Son exubérance m'amusait. J'aurais bien aimé être comme lui, sans soucis et heureux de vivre.

Dans le ciel bleu, les alouettes chantaient. Par-dessus les murs des jardins, les branches des lilas ployaient sous le poids de leurs grappes en fleur, et exhalaient, dans l'air tiède, leur ineffable et doux parfum.

En approchant de la maison, je vis Marcelle qui m'attendait, près du portail. Je pressai le pas, et lui fis signe en souriant. Mais elle ne souriait pas. Elle vint au-devant de moi, de l'angoisse plein les yeux :

— Oh maman ! me dit-elle, avec une précipitation fébrile. Il vient d'y avoir un éboulement, ce matin ! Il paraît que des mineurs sont emprisonnés ! Jean est allé aider les sauveteurs. Oh, mon Dieu, comme je suis inquiète !

Un sentiment de catastrophe m'envahit. Encore, pensai-je, encore une fois ! Ça ne finira donc jamais... A Marcelle, qui me regardait comme une enfant affolée et perdue, je dis :

— Allons-y, allons voir. Viens, ne perdons pas de temps.

Je lui ai pris le bras et nous sommes parties, après avoir enfermé dans la maison Pompon dont nous n'avions que faire. Comme s'il avait compris, le chien s'était calmé, et nous regarda partir avec une sorte de supplication dans le regard. Une fois de plus, je me retrouvai devant les grilles de la fosse, au milieu d'autres femmes au visage tendu par l'angoisse.

J'appris que presque tous les mineurs avaient pu remonter. Seuls quelques-uns étaient restés bloqués en bout de galerie. Nous ne pouvions qu'attendre, et nous essayions de voir ce qui se passait. Mais nous ne voyions rien, et nous restions là, dans l'ignorance, avec notre anxiété, notre peur.

Après un long moment, il y eut un cri :

— Ils remontent ! Ils remontent !

En effet, nous les avons vus sortir et se diriger vers nous, plusieurs mineurs qui clignaient des yeux dans le soleil, et dont les regards traduisaient une incrédulité, comme s'ils ne pouvaient pas croire à leur chance d'être vivants, sains et saufs. Et ce fut, autour de nous, des cris de joie, des pleurs, des embrassades, lorsqu'ils eurent rejoint les femmes qui les attendaient. Je les regardais, les larmes aux yeux, en pensant que j'aurais donné n'importe quoi pour pouvoir, comme ces femmes, prendre dans mes mains le visage de mon mari...

A ce moment, Marcelle cria :

— Jean !

Elle se précipita en avant, bousculant tout le monde, et je la suivis. Au-delà des grilles, Jean s'éloignait. Il entendit le cri de sa femme, se retourna, nous vit. Il vint vers nous. Je le regardai avidement : il avait une combinaison, un casque de mineur, et il était noir de charbon.

— Jean ! cria de nouveau Marcelle. Où vas-tu ?

Il s'approcha et ne répondit pas tout de suite. Je sentis un étau d'angoisse me serrer la poitrine. Que se passe-t-il donc ?

— Ce n'est pas fini ? dit Marcelle. Ils ne sont pas tous remontés ?

Mon fils nous regarda, comme s'il voulait savoir ce que nous étions capables d'entendre.

— Eh bien, insista Marcelle, réponds, Jean !

Il soupira :

— Non, ils ne sont pas tous remontés. Il y a encore un adolescent de quatorze ans. Il est coincé, et pour le dégager c'est très difficile. Dès qu'on essaie de déblayer, tout risque de s'effondrer. Je vais tâcher d'aller jusqu'à lui en rampant, et essayer de le libérer de cette façon.

— Jean ! cria Marcelle. Non ! N'y va pas ! C'est trop dangereux !

Je n'intervins pas, mais instinctivement mon cœur avait crié la même chose. Pourtant, je savais que c'était inutile. J'avais compris que Jean avait pris sa décision.

Il regarda Marcelle, puis moi, et ses yeux clairs étaient emplis d'amour, de supplication :

— Essaie de comprendre. Il faut que j'y aille, je ne peux pas faire autrement.

Marcelle dit, dans une plainte :

— Jean ! Oh Jean !...

Un homme, au fond de la cour, l'appela. Jean se tourna vers lui, puis nous regarda de nouveau, malheureux :

— Je descends. Ils ont besoin de moi.

Je le vis se détourner, partir, s'éloigner de moi, de nous. Sa silhouette devenait de plus en plus floue à cause des larmes qui brouillaient ma vue. Marcelle, près de moi, s'effondra sur mon épaule :

— Oh, maman, maman ! gémit-elle. Pourquoi est-il parti ? Comment as-tu pu le laisser partir ?

Je caressai ses cheveux blonds. Comment lui faire comprendre que je n'avais pas accepté, moi non plus, et que, tout comme elle, je craignais qu'il ne fût tué ? Et pourtant, si nous l'avions empêché, il ne nous aurait jamais pardonné. Je soupirai en serrant Marcelle contre moi. Pauvre enfant ! Il lui fallait connaître ces moments atroces et douloureux, où l'on craint pour la vie de l'être aimé... Elle aussi, comme nous toutes, dépendait de la mine.

Nous avons donc attendu, longtemps, soudées l'une à l'autre, dévorées par l'anxiété. Je repoussais l'image qui, de temps en temps, dansait devant mes yeux : Jean rampait jusqu'à l'adolescent, et puis, subitement, tout s'effondrait sur lui. Je secouai la tête pour la chasser, je ne voulais pas penser à une telle chose. Je croyais avoir touché le fond du désespoir lorsque Charles était mort, mais je découvrais que si mon enfant, à son tour, m'était enlevé, ce serait bien pis.

Nous étions de plus en plus inquiètes à mesure que le temps passait. Autour de nous, les femmes, les mineurs s'étaient dispersés. Quelques-uns attendaient encore. Plus loin, les mains accrochées à la grille, une femme en noir attendait, elle aussi, et l'anxiété était tellement visible sur son visage que je me sentis proche d'elle. Etait-elle la mère de cet adolescent, que mon fils était parti sauver au péril de sa vie ?

Serrées l'une contre l'autre, Marcelle et moi ne vivions plus. Nous n'étions plus qu'un bloc d'angoisse.

Enfin, après un temps interminable, nous avons vu un

mouvement se faire, là-bas, au bout de la cour. Et des mineurs sont arrivés, portant un brancard sur lequel gisait un adolescent qui avait le visage en pleurs. Ils s'approchèrent, et la femme en noir qui attendait près de nous se jeta sur l'enfant en sanglotant. L'un des mineurs expliqua :

— Il a été blessé, mais ce n'est pas grave. Il est sauvé, Dieu merci ! Nous avons eu si peur !

Marcelle et moi, nous nous sommes regardées, et la même question se lisait dans nos yeux. Elle s'approcha du mineur le plus âgé, et demanda avec une sorte de crainte :

— Alex, dites-moi... Et Jean ?

L'homme se retourna, nous aperçut. Il sourit à Marcelle, et son visage noir rendit son sourire encore plus lumineux :

— Il arrive, ne craignez rien. Vous pouvez être fière de lui, il a sauvé ce petit. C'est quelqu'un de courageux, votre mari !

Dans les yeux de Marcelle, je vis le soulagement et la fierté que je ressentais moi-même. Elle dit, dans un souffle :

— J'ai eu si peur !

— Le voilà !

Il venait vers nous, avec un sourire radieux. Alors qu'il s'approchait, la mère de l'adolescent se jeta sur lui et l'embrassa en pleurant. Lui, gêné, la repoussait doucement, disant qu'il n'avait fait que son devoir. J'étais fière de mon fils. Il avait rendu un enfant à sa mère ; que pouvait-il y avoir de plus beau ?

Il nous rejoignit, nous prit toutes les deux dans ses bras :

— Alors, demanda-t-il d'une voix rauque, ça va mieux ?

— Oh, Jean, gémit Marcelle. Comme j'ai eu peur, si tu savais !

— Il ne fallait pas avoir peur. Tu le vois bien, je suis là.

Il aperçut mes larmes, me gronda doucement :

— Allons, ma petite maman, ne pleure pas ! Ton grand fils est là, c'est fini maintenant.

Tout bas, je dis, comme un reproche :

— J'ai eu tellement peur, moi aussi. Oh, Jean, fallait-il vraiment que tu y ailles ? Te rends-tu compte que tu as risqué ta vie ?

Il me regarda avec gravité. Ses yeux me parurent plus clairs, comme délivrés d'une hantise.

— Je n'aurais pas pu le laisser. Lorsque j'ai vu son regard plein d'épouvante, j'ai su avec certitude ce qu'il éprouvait, car je l'avais vécu. Je me suis retrouvé à quatorze ans, prisonnier des ténèbres, et j'ai ressenti la même angoisse qu'alors, la même panique impuissante et désespérée. Il m'a été impossible de l'abandonner, comprends-le, c'était lui et moi que je sauvais en même temps.

Je n'ai pu que le serrer contre moi, avec tout mon amour de mère.

— Tu sais, lui murmurai-je, mon Charles serait fier de toi.

Il me regarda dans les yeux, et répliqua, sur un ton de confidence :

— Veux-tu que je te dise ? C'est pour lui aussi que je l'ai fait.

A partir de ce jour, Jean fut accepté totalement par les mineurs. Tous l'admiraient, ils avaient compris qu'il prenait réellement part à leurs difficultés. Il en fut heureux, il les aimait, il voulait améliorer leur vie, leur travail.

— Cet éboulement, expliquait-il, est un accident qui n'aurait pas dû se produire. Nous prévoyons l'installation d'étançons métalliques, ce qui diminuera de beaucoup les risques.

Ce que je voyais, moi, c'était que mon enfant était heureux, passionné par son métier, vivant avec le souvenir constant de Charles, dirigeant toute son existence en fonction de lui. Il n'était pas rare de l'entendre me dire :

— Papa aurait fait ceci... Il aurait approuvé que je fasse cela...

Il m'était doux de voir mon fils réagir ainsi. Je me rassurais : tant que le souvenir de Charles régnerait dans nos cœurs, il ne mourrait jamais tout à fait.

Ma solitude, pourtant, était encore bien dure à supporter. Mon chien était un bon compagnon, mais il ne restait qu'un animal. Il ne pourrait jamais remplacer Charles. Les moments de fêtes, d'anniversaire, étaient douloureux, car je ne pensais alors qu'à lui, à son absence insupportable qui m'empêchait d'éprouver la moindre joie. Lorsque, au cimetière, je fleurissais sa tombe, je sentais trembler, au fond de moi, une révolte incomplètement éteinte.

Les soirées d'hiver, surtout, étaient les plus dures. Elles s'étendaient, interminables. Je m'en plaignis un jour à Catherine, qui dut en parler à Marcelle et à Jean. Là encore, je pus voir combien mon fils était bon pour moi. Le jour de mes cinquante-cinq ans, pour mon anniversaire, il m'offrit un poste de télévision. Devant ma surprise, mon incrédulité, il me dit :

— Ça t'aidera à passer les soirées, lorsqu'elles sont trop longues.

Il m'en montra le fonctionnement, le fit marcher dans la journée. Je ne voulais pas accepter un cadeau aussi coûteux. Mais ils insistèrent, tous les deux. Alors je m'inclinai. Comme Pompon, le poste de télévision fit bientôt partie de ma vie. Et il était vrai qu'il m'aidait à supporter les longues soirées. Bien souvent, d'ailleurs, Catherine et Robert, ou d'autres voisins, venaient me tenir compagnie afin de voir, avec moi, un film ou une émission. Au mois d'avril, nous avons tous regardé le reportage en direct réalisé par Igor Barrère et Pierre Tchernia, au fond du 12 de Lens. Je faisais figure de privilégiée, dans le coron. Rares étaient, à cette époque, ceux qui possédaient déjà la télévision. Grâce à ce somptueux cadeau de mon fils, je fus, il est vrai, beaucoup moins seule. Mais je ne pouvais m'empêcher d'imaginer combien il aurait été merveilleux de regarder toutes ces émissions avec Charles à mes côtés.

7

Je survivais. J'avais surmonté ma détresse, mais il y avait encore des moments où le cafard me prenait, où je me sentais victime d'une injustice insupportable.

Une nouvelle loi fut votée pour les congés payés. Ils furent portés à un jour et demi par mois, au lieu d'un jour. Il y avait eu aussi, à Berck-Plage, à quelques kilomètres du lieu où vivaient Georges et Anna, la création d'un centre de vacances pour les mineurs. Je pensais aux prospectus que Charles m'avait montrés, un jour, en disant : « Quand j'aurai ma retraite, Madeleine, nous irons, qu'en penses-tu ? » Et je ne pouvais pas m'empêcher de pleurer.

De temps en temps, Anna et Georges venaient me voir avec les enfants. Paul, l'aîné, était devenu un bel adolescent. Il avait quitté l'école, et aidait son père dans son travail. Il faisait de petits travaux, parfois, pour les propriétaires voisins, et c'était une vie qui lui plaisait.

— Et au moins, disait Georges, il n'est pas mineur.

En vieillissant, Georges ressemblait de plus en plus à Charles. Quelquefois, il avait tellement les mêmes gestes, les mêmes expressions, que je revoyais Charles, et cela m'était à la fois doux et amer.

Leur second fils, Bernard, était vif et facétieux, heureux de vivre. La petite Marie-Jeanne allait sur ses six ans. Elle était calme et sage, d'une gravité au-dessus de son âge. Ils formaient une famille unie, et j'avais chaud au cœur lorsque je les voyais.

Juliette, aussi, venait me rendre visite, plus souvent depuis que j'étais seule. Son fils avait terminé ses études de médecine, et venait d'ouvrir un cabinet.

— Lorsque je le vois, disait Juliette en souriant, avec sa blouse blanche, son stéthoscope autour du cou et son air sérieux, c'est plus fort que moi, il m'impressionne !

Quand elle venait, elle me faisait du bien. Elle m'apportait sa légèreté, son insouciance, et la continuelle tristesse qui pesait sur mon cœur depuis la mort de Charles était, pour un instant, moins lourde à porter.

Un nouveau problème obscurcissait la vie des mineurs. Les stocks de charbon s'accumulaient : le transport en revenait trop cher. Il était de plus en plus question de fermeture des puits. La crainte du chômage sévissait.

— Le problème, déclarait Jean, soucieux, c'est qu'il y a d'autres sources d'énergie. L'électricité, et le pétrole... Même nous, au fond de la mine, nous utilisons des locomotives Diesel, pour tirer les berlines !

Elles remplaçaient les chevaux, et je repensais, parfois, à Tiennou, le cheval pour qui mon père, chaque jour, emportait un morceau de sucre. Il n'y avait plus de « cafus », non plus. Le charbon, m'avait expliqué Jean, était trié automatiquement. Un détecteur interceptait tout ce qui était étranger à la houille. Je pensais à mon amie Marie, à ses mains gercées sur lesquelles je l'avais vue pleurer tant de fois, quand elle travaillait au criblage.

— Il faut se battre, me disait Jean, contre les projets de fermeture des puits. Les mineurs les acceptent très mal. Il y a dix ans, après la guerre, on les a appelés à l'aide, et maintenant, on cherche à leur faire croire qu'ils sont inutiles !

Ce fut à cette époque qu'un autre problème, plus personnel, rendit celui-là secondaire.

Tout commença, pour moi, un dimanche. Je faisais la vaisselle avec Marcelle, dans sa cuisine. Jean, dans la salle à manger, devant son poste de télévision, regardait les sports. J'essuyais les assiettes que Marcelle lavait lorsque, subitement, elle se mit à pleurer. J'avais déjà remarqué, en arrivant le matin, qu'elle avait les yeux rougis, mais je n'avais rien dit, ne voulant pas être indiscrète. Et là, sans prévenir, elle fondit en larmes, se laissa tomber sur une chaise et continua à pleurer, la tête dans les bras.

Sur le moment, interdite, je ne sus que faire. Je posai mon torchon, m'approchai de Marcelle, caressai ses cheveux :

— Marcelle, ma petite fille... dis-je tout bas. Qu'y a-t-il ? Tu es malheureuse ? Puis-je faire quelque chose ?

Elle releva son visage mouillé de larmes, me regarda avec impuissance :

— Non, oh, non, tu ne peux rien faire... Et moi, je n'en peux plus !

Elle se remit à pleurer. Indécise, malheureuse, je ne comprenais pas.

— Mais... dis-je de nouveau, que se passe-t-il ? C'est à cause de Jean ? de moi ?

Elle secouait la tête en signe de dénégation. Je passai un bras autour de ses épaules, l'attirai à moi :

— Ne veux-tu pas me dire ce qu'il y a ?

Elle hésita un instant, et puis, d'un seul coup, se décida. Les lèvres tremblantes, elle dit :

— Il y a si longtemps que j'attends... Ça va faire sept ans que nous sommes mariés, et nous n'avons toujours pas d'enfant ! Depuis sept ans, chaque mois je suis déçue ! Peut-être suis-je incapable d'en avoir ?...

Son regard, levé vers moi, était un appel au secours. Je ne savais pas quoi dire pour la consoler, pour la rassurer.

— Tu comprends, continua-t-elle, Jean est malheureux, aussi. Il désire avoir beaucoup d'enfants, il me l'a toujours dit. Et maintenant... maintenant, il n'en parle plus !

Elle reprit plus bas :

— Nous sommes allés voir le médecin, tous les deux, il y a un an. Il a confirmé qu'il n'y avait rien d'anormal, qu'il suffisait d'attendre. Mais je n'en peux plus, d'attendre ! C'est toujours en vain !...

Elle enfouit son visage dans ma poitrine et, de nouveau, se mit à pleurer. Je la berçai contre moi, souffrant avec elle de son chagrin. Je la comprenais. Je m'imaginais, à sa place, espérant, chaque mois, avoir la confirmation d'attendre enfin cet enfant tant désiré, et devant faire face, chaque mois, à la même cruelle déception. Je savais ce qu'elle éprouvait. Moi aussi, j'avais souffert de n'avoir pas d'enfant de Charles. Mais moi, j'avais déjà Jean, ce n'était pas pareil. Et, comme Marcelle, je souhaitais que mon fils pût, à son tour, avoir des enfants.

Si le médecin l'avait dit, rien n'était perdu. Je lui recommandai de ne pas se décourager, de ne pas y penser sans cesse, ne pas en faire une obsession. J'étais malheureuse pour elle, et d'autant plus malheureuse que je comprenais que je ne pouvais pas l'aider. Et pourtant, son souhait était aussi le mien.

Ce fut au cours de la nuit qui suivit que l'idée me vint. Une fois de plus je ne dormais pas, et le visage en pleurs de Marcelle revenait constamment me hanter. Je me rappelai alors ce que Marthe, une des femmes du coron que je connaissais bien, m'avait raconté. Son petit-fils, qui n'était qu'un bébé, avait failli mourir d'une méningite. Pendant deux jours, il avait eu beaucoup de fièvre, et sa tête, son cou étaient devenus tout raides. Le médecin, appelé trop tard, avait annoncé que l'enfant était perdu. Le fils de Marthe n'avait pas voulu admettre un tel verdict. Il connaissait une femme qui, disait-il, dans un village voisin, soignait les gens avec un secret, et réussissait des guérisons spectaculaires. Il avait déclaré qu'il allait lui amener immédiatement son enfant. Le médecin avait haussé les épaules, avec l'air de dire : à quoi bon ? Ça ne servira à rien, mais, après tout, si ça peut vous faire plaisir...

Le père avait enveloppé son enfant dans une couverture, et était allé voir cette femme aussitôt. Et elle avait sauvé le bébé. Elle avait dit, en posant les mains sur lui :

— Oui, il y a une menace de méningite, mais, heureusement, il n'est pas encore trop tard. Rentrez chez vous, tuez un pigeon, ouvrez-le en deux et posez-le sur la tête de votre enfant. Faites vite, il est plus que temps !

Il était rentré en catastrophe ; surmontant sa répugnance, il avait suivi ces instructions, sous l'œil effaré et incrédule de sa famille. Le bébé guérit, et survécut, sans aucune séquelle. D'après Marthe, cette femme était extraordinaire, elle faisait de véritables miracles.

Je décidai d'en parler à Marcelle. Peut-être pourrions-nous aller la consulter et lui demander ce qu'elle pouvait faire.

Le lendemain j'allai voir Marthe. Je ne voulus pas donner la véritable raison de ma démarche car, après tout, le secret de Marcelle ne m'appartenait pas. J'inventai que, depuis la mort de Charles, j'avais continuellement des maux de tête qui ne disparaissaient pas, et que j'avais l'intention d'aller voir cette femme, qui peut-être pourrait me soulager. Marthe m'assura que je faisais bien d'y aller. Et elle me donna l'adresse sans difficulté.

Dans la journée, je me rendis chez Marcelle et lui expliquai tout. Elle était seule, Jean était à son travail. Je revois encore l'expression indécise de son visage, à la fois tentée et réticente.

— Mais, interrogeait-elle, pourra-t-elle vraiment faire quelque chose ? Je serai encore plus déçue après, si ça ne marche pas !

— Ça ne coûte rien d'essayer. Parles-en à Jean ce soir, et dites-moi ce que vous aurez décidé.

Je rentrai chez moi, lui laissant un peu d'espoir. J'étais incapable de me l'expliquer clairement, mais je sentais qu'il fallait y aller, que c'était la bonne solution.

Quelques jours plus tard, Jean vint me chercher en voiture avec Marcelle, après son travail :

— Allons-y, me dit-il. Nous nous sommes décidés.

Avec les explications de Marthe, nous avons trouvé facilement. La maison était située tout au bout d'un sentier, à l'écart du village. De chaque côté de la porte, le long des murs, étaient installés des bancs, sur lesquels des gens attendaient. Comme eux, nous nous sommes assis et nous avons attendu. Marcelle, près de moi, avait un visage crispé. Nous avons écouté les gens : ils parlaient de cette femme, et chacun avait une guérison à raconter, qui concernait quelqu'un qu'ils connaissaient. Elle guérissait toutes sortes de maladies, elle soignait les hommes, les femmes, les enfants. Et ses remèdes étaient souvent naturels, basés sur l'utilisation des plantes.

— En plus, expliquait un homme qui revenait pour la quatrième fois, vous ne devez pas lui dire de quoi vous souffrez. C'est elle qui devine, et elle ne se trompe jamais.

Jean, Marcelle et moi, nous nous regardions, à la fois incrédules et émerveillés. Etait-ce possible, un tel don ? Je voulais bien le croire. Je connaissais depuis longtemps les remèdes de bonne femme. Il y avait bien eu, dans mon enfance, la vieille Pélagie, qui guérissait les « feux Saint-Antoine » avec des prières dont elle avait le secret !

Et puis ce fut notre tour. Nous sommes entrés dans une pièce ordinaire, qui devait être sa cuisine. La femme pouvait avoir mon âge, peut-être un peu moins, sans rien de particulier. Simplement, sur son visage, il y avait un grand air de bonté. Elle nous a regardés, tous les trois, et a demandé à Marcelle :

— C'est vous qui voulez me voir, n'est-ce pas ?

— Oui, a dit Marcelle, impressionnée.

— Asseyez-vous, dit-elle en lui montrant une chaise placée juste au milieu de la pièce.

Marcelle s'assit sans quitter Jean des yeux, un peu inquiète.

— Allons, reprit la femme, n'ayez pas peur ! Je suis là pour vous soigner, rien d'autre ! Penchez la tête en avant, s'il vous plaît.

Elle se plaça derrière la chaise et posa sur la nuque de Marcelle ce qui me parut être une médaille. Puis elle ferma les yeux et sembla se concentrer. Le silence était complet, seulement troublé par le tic-tac d'un gros réveil, sur la cheminée.

— Ah, je vois ce que c'est ! Un bébé qui tarde à venir, n'est-ce pas ?

Sa question n'appelait même pas de réponse. C'était plutôt une constatation. Sidérés, nous la regardions. Elle sourit :

— Ne craignez rien, vous n'êtes pas stérile. Simplement il va falloir aider la nature, parfois capricieuse. Comment vous appelez-vous ? Notez votre nom et votre adresse sur ce petit papier.

Marcelle obéit. Pendant ce temps, la femme continua :

— Voilà ce que vous allez faire : vous allez boire, tous les matins à huit heures, un grand verre de lait. Et vous mettrez sous votre oreiller un grain de blé et un grain d'orge.

— C'est tout ? demanda Marcelle, et sa voix trahissait un doute, une surprise.

La femme sourit de nouveau :

— Oui, c'est tout, du moins en ce qui vous concerne. Le reste, c'est moi qui le ferai.

Jean, un peu timidement, a questionné :

— Que ferez-vous ?

Elle l'a regardé, et gravement, a dit :

— Je prierai. Je prierai, monsieur, pour que vous ayez votre enfant. Tous les soirs, je prie pour mes malades, pour leur guérison. Et, voyez-vous, Ils m'écoutent, et Ils acceptent de m'exaucer, ajouta-t-elle en nous montrant, au mur, des images représentant Jésus, la Vierge, et des saints que je ne reconnus pas.

Elle a donné une médaille à Marcelle :

— Tenez, mon petit. Gardez-la toujours sur vous. Et faites ce que je vous ai dit. Tout ira bien.

Toute rose, Marcelle a remercié. Avant de sortir, Jean demanda :

— Combien vous doit-on, madame ?

Elle a secoué la tête, avec son doux sourire :

— Rien, vous ne me devez rien. Je n'accepte pas d'argent.

Parfois, des clients me paient avec des œufs, ou des produits de leur jardin, car je suis veuve. Mais vous, si vous voulez me faire plaisir, venez me présenter votre bébé, lorsqu'il sera né. Je le bénirai.

— C'est promis, dit Marcelle, nous viendrons.

Nous sommes sortis. Marcelle, excitée comme une petite fille, serrait dans sa main la médaille. Jean ne disait rien.

— Elle est formidable, dit Marcelle. Tu ne crois pas, Jean ? Elle a trouvé tout de suite et toute seule.

— Oui, dit Jean, avec un air sceptique. Nous verrons. Qu'en dis-tu, toi, maman ?

J'avais tendance à y croire, moi aussi. Ce que les gens avaient raconté, pendant que nous attendions, ils ne l'avaient pas inventé. Et il était vrai qu'elle avait découvert, sans indication, la raison de notre venue. Alors, pourquoi ne pas lui faire confiance ? Je me disais qu'il y avait là quelque chose que nous ne pouvions pas comprendre, quelque chose qui nous dépassait. Cette femme possédait un don mystérieux, dont elle se servait pour faire le bien, pour venir en aide à son prochain. Elle n'en était que plus admirable.

— Attendons, ajoutai-je simplement, et espérons. L'avenir nous dira si nous avons eu raison d'y croire.

Avait-elle réellement des pouvoirs extraordinaires ? Ou tout était-il basé sur une sorte de suggestion inconsciente ? Je ne saurais le dire. Nous, nous étions des gens simples, et nous y croyions. Mais il ne manquait pas de sceptiques qui, lorsque Marcelle racontait ce qui s'était passé, souriaient ironiquement.

Quelques mois après, elle eut enfin la certitude d'attendre ce bébé tant désiré. Elle exultait, elle rayonnait. Moi aussi, j'étais heureuse. A vrai dire, je n'étais pas surprise. Au fond de moi, je m'y attendais.

Elle eut une grossesse agréable. Au début, elle eut bien quelques nausées, mais ce n'était en rien comparable à mes vomissements, lorsque j'attendais Jean, et ses malaises ne durèrent pas. Au fil des semaines, son ventre s'arrondit, et son visage avait une clarté, une lumière qui le rendaient rayonnant.

Catherine et Robert se réjouissaient avec elle. Ils avaient déjà plusieurs petits-enfants, pourtant, car Marcelle avait des frères plus âgés. Mais, pour eux, Marcelle était leur fille, leur petite dernière, et ils étaient heureux de son bonheur. Catherine venait chez moi avec des pelotes de laine et tricotait des brassières, des chaussons, des petits manteaux, la plupart du temps blancs et bleus.

— Ce sera un garçon, assurait-elle. A la façon dont elle le porte, je le vois. Et je me trompe rarement !

Je souriais et ne répondais pas. Moi, j'aurais bien aimé une petite fille. Mais, quel qu'il fût, cet enfant serait le bienvenu.

Marcelle allait régulièrement aux consultations prénatales, et s'était inscrite à la maternité pour l'accouchement.

— Pourquoi aller en maternité ? avait dit sa mère. Moi, j'ai eu mes quatre enfants chez moi, et je ne m'en portais pas plus mal.

— C'est préférable, disait Marcelle. Dans le coron près de chez moi, une jeune femme est morte lors de l'accouchement, d'une hémorragie que la sage-femme était incapable d'arrêter. En maternité, je serai à l'abri de tels accidents.

L'accouchement était prévu pour le mois d'août. Les dernières semaines, elle devint fébrile et impatiente. Elle prépara une valise, pour la maternité, avec des langes pour le bébé, des serviettes, tout ce qu'il fallait emmener.

En juillet, Robert prit sa retraite. Ils organisèrent une petite réunion de famille, pour fêter cet événement, et insistèrent pour que j'y participe. Je ne le voulais pas, je pensais trop à Charles qui, lui, n'avait pas eu le temps de connaître sa retraite. Mais Jean et Marcelle insistèrent :

— Viens, dit Jean, fais-le au moins pour nous. Je serai plus content si tu es avec nous. Ça ne changera rien, de toute façon, et Catherine et Robert n'y peuvent rien non plus.

Alors je cédai, mais je m'y sentis mal à l'aise, en dépit de mes efforts. Cela m'était douloureux de les voir tous les deux, heureux et satisfaits. Cela leur paraissait normal, de pouvoir enfin se reposer, de goûter une retraite tranquille, ensemble. Ils ne connaissaient pas leur chance. Je ressentais un petit pincement de tristesse, de regret, et, je crois bien, de jalousie aussi. Car la même question sans réponse, toujours, me revenait : pourquoi eux, et pas Charles et moi ?... Je comprenais que je n'accepterais jamais totalement.

Le mois d'août arriva, et nous ne vivions que dans l'attente de la naissance. Tous, nous entourions Marcelle d'attentions, d'amour, de tendresse. Elle nous était deux fois plus précieuse, et deux fois plus aimée. Elle, souriante, épanouie, attendait le moment où elle donnerait la vie. Parfois, elle souriait mystérieusement, puis s'émerveillait :

— Comme il bouge ! Ce sera un bébé remuant !

Elle prenait ma main et la posait sur son ventre. Je sentais un mouvement, le frémissement d'une vie cachée qui nous était déjà chère. Et une profonde joie m'envahissait.

Il naquit le 6 août 1957. C'était un mardi. La journée s'était passée normalement ; en fin d'après-midi, j'étais dans ma cuisine lorsque Pompon aboya, et aussitôt Jean entra, en coup de vent.

— Maman, maman ! cria-t-il, et dans sa voix résonnait une note de triomphe. Ça y est, il est né ! C'est un garçon !

L'émotion me coupa les jambes, et je dus m'asseoir. Jean se précipita sur moi, me serra dans ses bras, avec une exaltation joyeuse :

— Oh, maman ! Comme je suis heureux !

La tête enfouie dans son épaule, en même temps je souriais et je pleurais. Je le regardai :

— Raconte-moi, dis-je d'une voix tremblante. Tout s'est bien passé ? Et Marcelle ?

— Elle a été réveillée à l'aube par les premières douleurs. Je l'ai emmenée aussitôt à la maternité. Il est né cet après-midi, vers quatre heures ! — Il eut un rire tremblé de larmes, ajouta : — Quelle journée j'ai passée ! J'ai dû vieillir de plusieurs années en quelques heures !...

Il prit Pompon, qui sautait autour de lui, le lança en l'air, le rattrapa. Il était heureux comme un gosse.

— Oh, maman ! reprit-il, j'ai un fils, un fils ! C'est merveilleux, n'est-ce pas ? Vite, habille-toi, nous allons le voir. Pendant ce temps, je vais prévenir Catherine et Robert.

Il sortit, comme un tourbillon. Tremblante d'excitation, je

préparai mon manteau, mis mes chaussures. Je mis de l'ordre dans ma cuisine, et je me sentais, moi aussi, impatiente et heureuse.

Jean revint alors que j'enfilais mon manteau. Dans mon énervement, je n'arrivais pas à le boutonner correctement. Mon fils se mit à rire :

— Tu n'es pas mieux que moi, maman ! Si tu m'avais vu, toute la journée, occupé à faire les cent pas dans la salle d'attente ! Heureusement que je ne fume pas, sais-tu, parce que j'en aurais consommé, des cigarettes !

Il me regarda, et ses yeux se firent graves :

— C'est la première fois que je suis complètement heureux depuis... depuis la mort de papa...

J'allai vers lui, le serrai dans mes bras, appuyai ma tête sur son épaule :

— Moi aussi, mon grand, dis-je tout bas, je suis heureuse. Je ne regrette qu'une chose : c'est qu'il ne soit pas là pour se réjouir avec nous.

Une question se fit jour dans mon esprit, que j'avais toujours repoussée au fond de ma conscience. Je me décidai à la poser :

— Dis-moi, Jean... Je voudrais te demander... As-tu dit à Marcelle la vérité concernant ton père ? Sait-elle que Charles ?...

Je vis, dans ses yeux, passer un refus farouche :

— Non, dit-il avec force, non, elle ne sait pas. Je ne lui dirai jamais. Ce secret ne regarde que nous. Je ne sais pas si elle comprendrait, elle est si entière ! Moi-même, j'ai eu tant de mal à comprendre ! Et puis, elle ne pourrait pas s'empêcher d'en parler à sa mère : elle lui raconte tout. Non, maman, elle ne sait pas, et c'est bien mieux ainsi. Elle me croit, comme tout le monde, le fils de Charles. Et c'est ce que je suis. Je me suis toujours senti son fils, je n'ai jamais eu l'impression qu'il n'était pas mon père...

Les larmes aux yeux, je souris à mon enfant. D'une voix basse et rauque, je chuchotai :

— Merci... Merci pour ce que tu viens de me dire.

Nous nous sommes regardés, et nous nous sommes sentis profondément unis.

La porte s'ouvrit. Catherine et Robert entrèrent.

— Alors, demanda Robert, on y va ? J'ai hâte de connaître mon petit-fils !

Ils étaient émus et contents. Notre joie était commune.

Nous sommes sortis de la maison, tous les quatre, impatients d'aller voir ce bébé que nous aimions déjà sans le connaître. J'ai pensé à Charles, mais cette fois-ci sans aucune amertume. Il me semblait qu'il nous voyait et que, là où il était, il souriait.

Dès que j'entrai dans la chambre, la première chose que je vis, ce fut Marcelle, dans son lit, le visage pâle mais le regard brillant d'une radieuse lumière. Et puis, en approchant, je le vis, lui, ce petit bout d'homme à peine éclos et qui, pourtant, tenait déjà une place immense dans nos cœurs. Il était couché dans un petit berceau, tout près de Marcelle, et dormait. Je le regardai intensément, détaillant avec passion son petit visage, ses oreilles parfaites, ses petits poings serrés sur l'oreiller. J'embrassai Marcelle sans un mot, trop émue pour parler. Elle me sourit, murmura :

— Il est beau, n'est-ce pas ?

Catherine et Robert, de chaque côté du berceau, ne se lassaient pas de le regarder, et il y avait dans leurs yeux une douceur, un émerveillement que je partageais.

Jean se pencha, prit délicatement son fils et le déposa dans mes bras. Je pris contre moi l'enfant de mon enfant. Comme une vague, une pure et profonde émotion m'envahit, et je pleurai. Et mes larmes étaient, cette fois-ci, un hymne à la vie.

8

Depuis ce jour, cinq années se sont écoulées. Cet enfant m'a ramenée vers la vie. Grâce à lui, j'ai réappris à aimer, à rire, à jouer. A travers lui, j'ai retrouvé l'enfance de Jean, les premiers sourires, les premiers balbutiements, les premiers pas. Il y a eu le jour où il m'a tendu les bras en m'appelant Mémé, le jour où il est venu vers moi en se dandinant maladroitement sur ses jambes incertaines. Toute ma vie, dorénavant, est basée sur lui. Depuis qu'il est là, elle est beaucoup moins grise. Il en est le petit soleil.

C'est un enfant vif, gai, heureux de vivre, facile à élever, et, en même temps, tendre et sensible. Tout de suite, il a adoré Pompon, et ce fut réciproque. Ils sont de grands amis, des compagnons de jeux inséparables. Ils se roulent par terre ensemble, et le petit rit aux éclats lorsque Pompon, à grands coups de langue, lui lèche le visage.

Jean et Marcelle n'ont pas oublié d'aller présenter leur fils à la femme guérisseur du village voisin, peu après sa naissance. Elle a été heureuse de les voir, a béni l'enfant, et a donné, pour lui, une médaille qu'il porte au cou, avec une fine chaîne.

Moi, de mon côté, je deviens doucement une vieille femme. Je viens d'avoir soixante-deux ans. Mes cheveux sont tout gris, et, lorsque le temps est humide, mes rhumatismes me font souffrir. Cela fait dix ans maintenant que je vis sans Charles, que je vis à moitié. Le temps, peu à peu, a rendu ma peine moins vive, mais elle ne me quitte jamais.

Jean est toujours passionné par son métier. Mais les puits ferment, l'un après l'autre. Il paraît que le charbon français revient trop cher, l'énergie qui nous vient de l'étranger est meilleur marché. Les mineurs le ressentent comme une injure ; il y a encore, disent-ils, beaucoup de charbon à extraire. Et puis, ajoutent-ils, pourquoi fermer au moment où, avec la modernisation, le travail devient plus facile ?... Jean, avec tristesse, m'explique que les travaux de modernisation, justement, coûtent très cher. Il s'y ajoute l'augmentation du coût du matériel et des charges salariales, ce qui pèse lourdement sur le prix de revient du charbon. Alors, je m'interroge et je m'inquiète : avec les mesures de récession qui sont prévues, y aura-t-il de moins en moins de mineurs ?

Pourtant, lorsque je regarde en arrière, et que je compare leur vie à celle de mon père, je peux mesurer les progrès accomplis. Il y a maintenant les congés payés, que mon père n'a jamais connus, les centres de vacances. Nombreux sont ceux, dans le coron, qui ont la télévision, et même une voiture. Leur vie semble moins dure, leur métier moins dangereux. Malgré tout, il y a encore des accidents ; et la silicose, si elle est reconnue comme maladie professionnelle et soignée comme telle, reste la même asphyxie lente, implacable et meurtrière.

Ma vie a été, dès ma naissance, conditionnée par la mine, et je ne peux pas l'imaginer autrement. J'ai toujours vécu au milieu de ces maisons groupées, serrées à l'ombre de l'immense chevalement qui les domine. C'est là que je suis née, c'est là mon pays, c'est là que je mourrai. J'ai toujours vécu, aussi, au milieu des mineurs, et j'ai aimé ce peuple rude, courageux, sincère, pour qui la solidarité, l'amitié ne sont pas de simples mots mais des valeurs réelles, profondes.

C'est au milieu d'eux que je finirai ma vie, dans la petite maison où j'ai été heureuse avec Charles. J'aime leur présence autour de moi. J'ai, aussi, l'affection de mes enfants, qui m'est très douce, l'amour de mon grand fils, de Marcelle et de mon petit-fils. Il va déjà à l'école ; à son tour, il apprendra à lire, à écrire. Il aura sa propre existence, son propre combat à mener. Mais, pour le moment, c'est encore un enfant insouciant, et j'espère qu'il le restera le plus longtemps possible.

Je suis reconnaissante à la vie de me permettre de voir vivre le fils de mon fils. Une tendre complicité nous unit. Souvent, il vient sur mes genoux, se blottit contre moi, et me réclame une histoire. Alors je lui raconte les histoires qui ont enchanté mon enfance, et il m'écoute avec gravité, presque religieusement. Je serre son petit corps chaud contre moi, et je suis heureuse.

Mes dernières années s'écouleront ainsi, douces, paisibles. Et quand le moment sera venu d'aller rejoindre mon cher Charles qui m'a tant aimée, je partirai, sereine, sans aucun regret. Il me tendra les bras, et nous ne ferons plus qu'un, à jamais.

LE VENT DE LA HAINE

A mon père, qui fit partie des F.F.I. et du mouvement de résistance « La Voix du Nord ».

A tous ceux qui ont lutté, souffert ou donné leur vie pour la Liberté.

Remerciements

Je tiens à dire ici ma reconnaissance à tous ceux qui m'ont aidée dans mes recherches, et notamment : M. Pierre Gras, pour sa patience et sa gentillesse ; Mme Hennart qui, arrêtée en 1944 et incarcérée à la prison de Cuincy, puis déportée à Ravensbrück, a accepté de revivre pour moi cette période douloureuse ; Mme Masson dont le père, Gaston Chrétien, fut l'une des nombreuses victimes du massacre d'Ascq, le 1er avril 1944 ; Mlle Balory dont le livre, *Memini*, raconte la nuit du massacre telle qu'elle l'a vécue ; M. François Leclercq, de *La Voix du Nord*, qui a facilité mon accès aux archives.

A tous, un grand merci.

M.-P. A.

PREMIÈRE PARTIE

RÉCIT DE THÉRÈSE

1

Une fois de plus, le cauchemar était là. Je me trouvais, comme d'habitude, assise sur cette inconfortable chaise en métal, et ils étaient autour de moi. Ils me harcelaient sans répit, sans interruption, ils criaient dans mes oreilles, tapaient du poing sur le bureau, s'impatientaient. Recroquevillée sur mon siège, étourdie de fatigue, j'éprouvais une angoisse sans nom, qui peu à peu se muait en terreur. Je serrais les dents pour les empêcher de claquer, et j'étais incapable de répondre à leurs questions. Alors venait l'horrible suite, toujours la même. Ils se mettaient à me frapper ; les coups pleuvaient sur moi, durs, impitoyables, et la douleur me faisait hurler.

C'étaient mes cris qui me réveillaient. Je me retrouvais chaque fois dans mon lit, haletante, en sueur, mais la terreur ne se dissipait pas tout de suite. Il me fallait du temps pour me calmer, pour me rendre compte que ce n'était qu'un mauvais rêve, qu'ils n'étaient plus là, que maintenant j'étais en sécurité et ne craignais plus rien. Mais je savais que ce rêve me poursuivrait jusqu'à la fin de mes jours, qu'il ne me laisserait jamais en paix. Je savais qu'ils avaient détruit mon équilibre, et ma vie.

Avant leur arrivée, j'étais heureuse. Mais ils avaient également anéanti mon bonheur. Et cela, je ne le leur pardonnerais jamais. Antoine et Julie n'ont cessé de me répéter qu'il fallait essayer d'oublier, qu'il n'était pas bon de vivre avec tant de haine dans le cœur. Mais comment le pourrais-je ? Ils avaient introduit l'horreur dans mon existence, une existence jusque-là faite de soleil et de joie. Ils l'avaient transformée en un cauchemar vivant, puis en un sombre désespoir, et enfin en une terne grisaille qui durerait toujours.

Race supérieure, ainsi se nommaient-ils. Supérieure en cruauté, oui, et maudite. Déjà, ceux de la génération précédente avaient tué mon père, en 1916, alors que je n'avais qu'un an. J'étais née neuf mois après son départ à la guerre. Je fus le cadeau d'adieu qu'il avait fait à sa jeune épouse, avant de partir sans savoir qu'il ne reviendrait jamais. Nous ne nous sommes jamais vus, lui et moi. Tout ce que je connais de lui, ce sont quelques photos, sur lesquelles un jeune homme en costume noir, à la moustache effilée et à la silhouette guindée, me regarde gravement de ses yeux clairs que le papier fait paraître glacés. Lorsque ma grand-mère m'a montré ces photos pour la première fois, j'avais quatre ou cinq ans. « C'est ton papa », m'a-t-elle dit. J'ai observé cet étranger sans aucune émotion. Pourtant, que de rêves n'ai-je pas faits, par la suite, sur ce père que je n'ai jamais connu ! Je me disais qu'il m'aurait aimée, et je souffrais de ne connaître de lui que ces images figées.

Quant à ma mère, elle ne vécut pas assez longtemps pour que je puisse me la rappeler. J'avais trois ans lorsqu'elle mourut ; ma mémoire d'enfant n'a gardé aucun souvenir conscient de notre vie commune. Seule une photo, que j'ai souvent regardée avec nostalgie, nous montre réunies : ma mère, assise sur une chaise, et moi, bébé d'un an, sur ses genoux. L'expression triste de son visage m'a toujours frappée et, une fois, je l'ai dit à ma grand-mère. Les larmes aux yeux, elle m'a répondu :

— Après la mort de ton père elle a toujours été triste. Une sorte de langueur s'est emparée d'elle, et elle a donné l'impression de ne plus vouloir vivre. Rien n'y a fait : supplications, remontrances, fortifiants, et même mes tisanes que je lui faisais boire. Rien ne pouvait chasser son désespoir. Aussi, à la fin de la guerre, alors qu'est arrivée cette épidémie de grippe espagnole, elle a été l'une des premières victimes. Toute une nuit, je l'ai disputée à la mort, mais je n'ai pas été la plus forte. J'avais été la seule à lutter ; elle, elle s'est laissée mourir.

Je n'oubliai jamais ces paroles ; par la suite, chaque fois que je regardais le beau visage triste de ma mère, je me sentais malheureuse. Inconsciemment, je lui en voulais : pourquoi n'avait-elle pas trouvé la force de vivre, alors que j'étais là, que j'avais besoin d'elle ? M'aimait-elle donc si peu ?

Un souvenir confus m'est resté du jour de sa mort. J'avais un peu plus de trois ans. Je ne savais pas que ma mère était morte, personne ne me l'avait dit. Mais je vis que mes grands-parents, dont elle était la fille unique, pleuraient ; des gens venaient sans cesse, qui entraient toujours dans la même pièce et en sortaient en chuchotant avec force soupirs. Cela avait fini par me paraître bizarre et, profitant d'un moment où il n'y avait personne, j'étais entrée, toute seule, dans cette pièce. Aussitôt, je m'étais immobilisée. Je revois encore, malgré toutes les années écoulées, la silhouette blanche et gracile allongée sur le lit, les mains jointes, les yeux clos. La lueur des bougies accentuait la pâleur de son visage, et son immobilité glacée m'avait paru étrange. Je restais là à la regarder, fascinée, sans oser bouger. Combien de temps ? Je ne sais pas. Mon grand-père, en entrant, me vit.

— Tu ne dois pas venir ici, Thérèse, me dit-il d'une voix tremblante.

Il me prit par la main, me fit sortir. Je voulais savoir : que se passait-il ? Mais je n'osai pas demander. Je ne compris pas que ma mère était morte et, les jours suivants, je la réclamai en pleurant.

A trois ans, j'étais donc orpheline. Mes grands-parents maternels me recueillirent. Ils m'élevèrent en m'entourant d'une chaude affection. Je fus heureuse avec eux. Ils étaient bons, compréhensifs ; de mon côté, j'étais une enfant sage, peu turbulente, obéissante. Nous nous entendions bien, et, surtout, une agréable complicité me liait à mon grand-père.

Il était bourrelier-sellier, et fabriquait tout ce qui était nécessaire au harnachement des chevaux. Je passais des heures dans son atelier à le regarder travailler, et il m'expliquait patiemment ce qu'il faisait. Je m'amusais à essayer les œillères, les plaçant contre mes tempes et tournant mes yeux dans tous les sens pour juger de la diminution de mon champ de vision. Je demandais :

— Pourquoi met-on des œillères aux chevaux ?

— Pour les empêcher de voir sur les côtés, me répondait mon grand-père, et pour les obliger à regarder devant eux. Cela sert aussi, parfois, si leur maître est sévère, à protéger leurs yeux des coups de fouet.

Je ne comprenais pas comment on pouvait fouetter un cheval. J'en connaissais plusieurs, de braves bêtes, placides et calmes. C'étaient des chevaux de trait ; des percherons gris pommelé, des boulonnais à la robe baie ou alezane. Je les aimais tous. Dès qu'un client de mon grand-père venait, je me glissais dehors pour voir son cheval, que son maître attachait toujours à l'anneau fixé dans le mur de notre maison. A la longue, ils me connaissaient bien, eux aussi. Ils baissaient la tête vers moi et me regardaient de leurs yeux doux et bons. Je les caressais sur le chanfrein, entre les sourcils et les naseaux. Ensuite, je sortais un sucre de la poche de mon tablier et, comme mon grand-père m'avait appris à le faire, je le leur présentais bien à plat sur ma paume. Ils retroussaient la lèvre supérieure, le prenaient délicatement en me chatouillant la main, ce qui me faisait rire. Je leur parlais, leur chuchotais des mots doux. Ils encensaient, pointaient leurs oreilles petites et mobiles, soufflaient doucement par leurs naseaux. Nous étions amis.

Juste à côté de chez nous, il y avait la forge. Là aussi, ils venaient souvent. Je n'aimais pas regarder lorsque Gaspard, le forgeron, leur mettait des fers aux pattes. J'étais persuadée que cela leur était douloureux.

— Ça ne leur fait pas mal du tout, me répétait mon grand-père. Ils ont un sabot, et de la corne, ils ne sentent rien. Tu vois bien, ils se laissent faire sans réagir. S'ils avaient mal, ils se débattraient.

Cela ne me convainquait qu'à moitié. Après une telle opération, je courais donner un sucre au brave cheval qui, selon moi, l'avait bien mérité.

J'ai passé ainsi mon enfance dans un univers fait de cuir et de chevaux. Quelquefois, j'allais à la forge avec mon grand-père. J'observais, avec un mélange de terreur et de fascination, Gaspard qui travaillait le fer rougi, faisant jaillir des gerbes d'étincelles. Longtemps, j'ai cru qu'il avait des pouvoirs extraordinaires, parce qu'il savait commander au fer et au feu.

Nous habitions dans un petit village du Nord, à quelques kilomètres de Lille. La campagne nous entourait, champs uniformément plats à perte de vue. Sur cette longue plaine soufflait sans cesse le vent, brise agréable l'été, rafales violentes et glacées l'hiver.

Très tôt, ma grand-mère me fit partager sa passion de la Nature. De sa mère, elle avait appris à connaître les plantes et à savoir les utiliser comme remèdes à de nombreuses maladies. Le grenier de notre petite maison était rempli de fleurs séchées, qui pendaient en grappes aux poutres ou qui remplissaient des bocaux. Pendant toute la belle saison, ma grand-mère et moi partions dès l'aube. J'aimais ces matins d'été, alors que le soleil levant chassait la brume transparente et nacrée qui s'attardait sur les champs. Nous faisions une provision de racines, de fleurs et de feuilles que la rosée venait tout juste de quitter. Je sus bientôt, moi aussi, les reconnaître et les utiliser. Nous cueillions de l'aubépine et des boutons-d'or, recommandés pour le cœur, des orties et des violettes pour guérir les maux de gorge, et bien d'autres encore. J'apprenais à les découvrir, à les cueillir, à les conserver. Nous revenions à la maison les bras remplis d'une moisson odoriférante.

Parmi les habitants du village, nombreux étaient ceux qui venaient consulter ma grand-mère. Elle avait le don de guérir, et se trompait rarement. Elle était experte également dans l'art de mettre les enfants au monde, et faisait office de sage-femme. Elle s'entendait très bien avec Amédée Ledoux, le médecin, dont la maison était voisine de la nôtre. D'aspect bourru, il possédait cependant un cœur d'or. Lui et ma grand-mère, au lieu de se faire la guerre, unissaient leurs connaissances, et le résultat n'était pas si mauvais que cela.

Contrairement aux enfants que la seule vue du médecin terrorisait, j'aimais beaucoup le docteur Ledoux. Il vivait avec sa sœur, Zoé, une vieille fille qui lui était entièrement dévouée. Il avait été marié mais était resté veuf très jeune. Je n'avais pas connu sa femme. Par ma grand-mère, je savais qu'elle était morte de la tuberculose, malgré les efforts désespérés de son mari pour la sauver. Il ne s'était jamais consolé, jamais remarié. N'ayant pas d'enfant, il reporta sur moi son affection inemployée.

J'avais une amie, Simone, qui me resta fidèle tout au long des années. Aussi loin que remontent mes souvenirs, elle a toujours été là, elle fut pour moi une sœur, tendrement chérie. Elle avait mon âge, et habitait juste en face de chez moi, de l'autre côté de la rue. Joseph, son père, était tailleur et confectionnait des costumes pour hommes ; Sarah, sa mère, couturière, mettait son talent au service des femmes du village. J'aimais entrer dans leur magasin, respirer l'odeur des étoffes. Avec Simone, je fouillais dans les nombreux patrons de robes pour enfants qui s'y trouvaient. Nous choisissions avec ardeur le tissu, ce qui donnait lieu à des discussions animées ; nous voulions être habillées exactement de la même façon. Mais, bien souvent, lorsqu'une couleur me plaisait elle ne convenait pas à Simone, et inversement. Quand enfin nous nous mettions d'accord, nous ne cessions de harceler Sarah pour qu'elle fasse notre vêtement. Nous avions ainsi de nombreux habits identiques, et cela nous enchantait.

J'allais jouer chez elle, ou elle venait chez moi. Lorsque nous eûmes l'âge d'aller à l'école, nous y partions ensemble ; nous étions dans la même classe, assises côte à côte. Le soir, chez l'une ou chez l'autre nous faisions nos devoirs. Nous étions inséparables.

Parfois, nous acceptions la compagnie de Jean-Louis, le fils de Gaspard le forgeron. Plus âgé que nous d'un an, il était aussi plus remuant. Ma grand-mère le traitait de chenapan. Simone et moi, nous ne l'appréciions que modérément ; il essayait toujours de nous entraîner à grimper aux arbres pour chasser les oiseaux, ce que nous n'aimions pas du tout.

L'été, souvent, nous allions dans la ferme d'Antoine, un cousin de mon père qui habitait à l'autre bout du village. Quelquefois, Antoine nous juchait sur son cheval et nous faisait faire le tour de la cour. Assis bien droits sur le dos large et puissant, cramponnés à la crinière de l'animal, nous dominions tout avec fierté, à la fois impressionnés et ravis.

Nous allions aussi dans la campagne, le long des chemins. Nous passions des journées entières dans les champs, à nous promener, à observer les animaux, à cueillir les fleurs. Et lorsque nous rentrions chez nous, le soir, nous rapportions une odeur d'herbe et de grand vent, de soleil et de liberté.

Il y eut une journée d'été que je n'ai jamais oubliée. J'avais neuf ans. C'était un après-midi. Nous nous promenions, Simone et moi, dans le sentier derrière la maison, lorsque Jean-Louis vint nous rejoindre, l'air mystérieux.

— Venez avec moi, nous dit-il, je vais vous montrer quelque chose.

Intriguées, nous l'avons suivi. Il nous conduisit jusqu'à un fossé assez profond, rempli d'eau, sur lequel il se pencha :

— Regardez ! Vous ne remarquez rien ?

Je me penchai à mon tour, secouai la tête :

— Non. Qu'y a-t-il ?

— Eh bien, parle donc ! s'impatienta Simone.

Jean-Louis nous regarda en souriant d'un air supérieur :

— Attendez, vous allez voir ! Ne faites surtout pas de bruit.

Il s'allongea dans l'herbe, scrutant avec attention l'eau du fossé. Silencieuses derrière lui, Simone et moi ne bougions pas. Nous n'entendions que le gazouillement des oiseaux, le trissement des hirondelles, le chant ininterrompu des alouettes. Après un long moment, alors que nous commencions à nous impatienter, Jean-Louis sursauta, plongea sa main dans l'eau, se redressa avec un cri de victoire :

— Ça y est ! J'en ai une !

Les yeux brillants d'excitation, il se remit debout, s'approcha de nous, le poing fermé :

— Regardez, chuchota-t-il.

Il écarta un peu les doigts, et nous pûmes apercevoir, au creux de sa main, une jeune grenouille qui palpitait de terreur. Elle était toute verte, et j'eus le temps de voir ses yeux ronds et cerclés d'or.

— Qu'elle est jolie ! s'écria Simone. Passe-la-moi un instant.

— Non, refusa Jean-Louis en refermant les doigts, tu la laisserais échapper.

Entre le pouce et l'index, il fit passer la tête du petit animal. La pauvre bête, totalement affolée, cherchait à se libérer. Elle me fit pitié.

— Oh, laisse-la partir ! dis-je.

Jean-Louis ne me répondit pas. De sa main libre, il chercha quelque chose dans la poche de son pantalon.

— Je vais vous montrer ce que nous faisons, mes camarades et moi, lorsque nous en attrapons une. Mais il ne faudra pas le répéter, c'est un secret. Normalement, je ne devrais pas vous le dire. Jurez de ne pas en parler. A personne.

Ravies de partager un secret, curieuses de savoir, Simone et moi nous avons juré. Comment aurions-nous pu nous douter de ce qu'il allait faire ?

Satisfait, Jean-Louis déclara, sur un ton de conspirateur :

— Je vais lui mettre des lunettes !

Sous nos regards attentifs et intrigués, il sortit de sa poche deux punaises. Avec rapidité et dextérité, délibérément il les enfonça dans les yeux de la grenouille. L'humeur et le sang coulèrent. La pauvre bête se débattit, pathétique et ridicule avec ces punaises qui lui couvraient les yeux. Je serrais mes poings sur ma bouche, malade d'horreur. Une telle cruauté me dépassait, et j'étais incapable d'articuler un seul mot. Simone, elle, réagit violemment. Elle se mit à frapper Jean-Louis en criant :

— Méchant ! Oh, comme tu es méchant !

Ses yeux noirs lançaient des éclairs. Les poings fermés, elle frappait. Jean-Louis leva les bras pour se protéger, et laissa échapper la grenouille. Je la vis sauter dans l'herbe en bonds désordonnés et disparaître. J'essayai de la trouver, mais je ne la vis nulle part. J'aurais voulu la porter à ma grand-mère, qui peut-être l'aurait soignée, l'aurait débarrassée, tout au moins, de ces atroces punaises qui lui crevaient les yeux. Je pleurais sur ce pauvre petit animal innocent devenu aveugle à cause de la bêtise et de la cruauté d'un garçon qui ne serait plus jamais mon ami. Furieuse, déchaînée, Simone continuait à battre Jean-Louis, qui finit par s'enfuir. Frémissante d'indignation, elle le regarda partir et me dit :

— Dorénavant, je refuse de lui parler et de jouer avec lui, il est bien trop méchant !

C'était aussi mon avis. Longtemps, toutes les deux, nous avons recherché la grenouille, mais en vain. Lorsque je rentrai chez moi, le soir, je n'en parlai pas — j'avais juré. Mais, des semaines durant, le souvenir de cette scène me fut intolérable. Et, à dater de ce jour, je regardai Jean-Louis avec une méfiance qui, si elle s'estompa au long des années, ne disparut jamais tout à fait.

Entre l'affection de mes grands-parents et l'amitié de Simone, le temps s'écoulait, bercé par le rythme des saisons.

J'étais alors en dernière année scolaire, et déjà un trimestre s'était écoulé. Un Noël doux nous avait réunis en famille, avec Antoine, Julie et René, leur petit garçon, qui avait mis avec confiance ses bottes devant la cheminée. Mon grand-père, comme toujours à cette époque, établissait les factures de ses clients ; ensuite, il allait chez chacun d'eux, afin de se faire payer ce qu'ils lui devaient depuis le début de l'année. Il visitait d'abord les clients du village, puis ceux des environs. Il réservait pour cette tournée les premiers jours de janvier.

Une semaine après le Nouvel An, il nous dit :

— Je n'ai plus que deux clients à faire. J'irai les voir cet après-midi. Je terminerai par Gustave, et je lui porterai en même temps le collier qu'il m'a commandé pour son cheval.

Gustave était un fermier qui habitait à quelques kilomètres du village. Dans ces cas-là, mon grand-père empruntait à notre cousin Antoine sa carriole et son cheval. J'aurais bien aimé l'accompagner ; j'adorais ce genre de promenade. Mais il faisait froid et, de plus, je devais aller à l'école. Il partit donc seul.

Lorsque je rentrai de l'école, il n'était pas encore revenu. Ma grand-mère s'efforçait de cacher son inquiétude :

— Sans doute a-t-il été retenu ? Pourtant, il m'avait promis d'être de retour avant l'obscurité. Heureusement, il a pris une lampe. J'espère qu'il ne va plus tarder.

Je fis mes devoirs. La soupe chauffait doucement sur le feu, les pommes de terre cuisaient dans le four, le tic-tac de la grosse horloge scandait les secondes. Une heure passa, et mon grand-père ne rentrait pas.

De plus en plus inquiète, ma grand-mère mit son châle sur ses épaules, sortit sur le seuil, scruta la rue. Elle était obscure et vide. Il gelait à pierre fendre, et dans le ciel glacé des étoiles tremblotaient.

— Je ne le vois pas, murmura-t-elle. Je me demande bien ce qu'il peut faire... A moins qu'il ne soit chez Antoine ? Va voir jusque-là, Thérèse.

Je me chaussai, mis ma pèlerine, mon capuchon. Une sourde angoisse me saisissait également. Ce n'était pas dans les habitudes de mon grand-père de rester parti aussi longtemps. Je ne disais rien, mais j'avais peur.

Dehors, je baissai la tête pour affronter la bise glaciale. Je courus jusqu'à la ferme d'Antoine, située tout au bout de la rue. Je traversai la cour, entrai, essoufflée, dans la cuisine : mon grand-père n'était pas là. La déception m'immobilisa sur le seuil.

— Ferme donc la porte, grommela Antoine.

J'obéis, dans un état second. Julie, près de la table, épluchait des pommes de terre. René, à quatre pattes, jouait avec le chien. Cette scène paisible augmenta mon malaise. La voix sourde, je dis :

— C'est mon grand-père... Il n'est pas rentré.

— Hé ! Je le sais bien ! s'exclama Antoine. Il m'a promis de me ramener ma carriole et mon cheval avant 5 heures, et il est 7 heures ! Il a dû avoir un ennui quelconque. Je vais atteler la jument et partir à sa recherche avec Boris.

Boris était le valet de ferme. Il travaillait chez Antoine depuis si longtemps que je l'avais toujours connu. Il était arrivé un jour, on n'avait jamais bien su comment, de Russie, en proposant ses services au hasard des fermes. Chez Antoine, il s'était plu et était resté. Sans âge, dur à la tâche, efficace et courageux, il ne parlait jamais de lui. Il ne prononçait que les mots nécessaires.

— Retourne chez toi, me conseilla Antoine. Nous irons vous prévenir dès que nous saurons quelque chose.

J'obéis. Je retrouvai ma grand-mère encore plus inquiète et, toutes les deux, nous avons attendu.

Les minutes se succédaient avec lenteur et régularité. Lorsqu'il fut 10 heures, ma grand-mère dit :

— Va te coucher, Thérèse, il est tard.

Je refusai. De toute façon, je n'aurais pas pu dormir. Je restai près de ma grand-mère, et nous essayions de nous rassurer sans y parvenir. Nous guettions le moindre bruit. Mais tout était silencieux.

Une autre heure passa. Je somnolais, les coudes appuyés sur la table. J'eus vaguement conscience que ma grand-mère se levait subitement.

— Les voilà ! murmura-t-elle.

Un courant d'air froid me réveilla tout à fait. J'ouvris les yeux, et retins un cri d'horreur. Antoine et Boris entraient dans la cuisine, portant avec précaution mon grand-père inconscient. D'une blessure à la tempe, le sang avait coulé, poissant les cheveux gris. Ma grand-mère, avec appréhension, demanda :

— Est-ce qu'il... est-ce qu'il est... ?

La peur rendait sa voix rauque et hésitante. Antoine secoua la tête :

— Je ne sais pas. Nous l'avons retrouvé dans cet état. La carriole était renversée dans un fossé et il était couché dessous. Le cheval, retenu par le harnais, attendait près de lui. A-t-il eu peur de quelque chose, et fait un écart ? Ou bien, y a-t-il eu une plaque de verglas ? Je ne comprends pas.

Le premier choc passé, ma grand-mère retrouva sa combativité, ouvrit la porte de sa chambre :

— Mettez-le sur le lit, doucement. Toi, Thérèse, va chercher Amédée. S'il dort, réveille-le. Dis-lui de venir, vite.

En frissonnant à la fois de peur et de froid, je sortis. A la maison voisine, je sonnai, frappai, criai. J'entendis une fenêtre s'ouvrir au premier étage et la voix de Zoé demander :

— Qu'y a-t-il ?

— Zoé, dis-je, ravalant difficilement mes sanglots, c'est moi, Thérèse. Est-ce qu'Amédée peut venir ? C'est pour grand-père, il est blessé et ne bouge plus.

Elle eut une exclamation étouffée :

— Mon Dieu ! Je te l'envoie tout de suite !

Je remerciai et ne m'attardai pas. Je rentrai dans notre cuisine, allai dans la chambre.

Amédée arriva immédiatement, sa trousse noire à la main.

— Eh bien ! Que se passe-t-il ?

A mots entrecoupés, ma grand-mère raconta ce qu'elle savait. Debout à la porte de la chambre, Antoine et Boris répétèrent ce qu'ils nous avaient déjà dit. Sans répondre, Amédée se pencha sur mon grand-père. L'air grave, il observa son visage, toucha du bout des doigts les joues, le nez, et fit la moue. Il prit son stéthoscope, écouta attentivement.

Anxieuses, nous le regardions. Enfin, il releva la tête, et je remarquai qu'il était très pâle. D'une voix basse, enrouée, il dit :

— C'est fini, il n'y a plus rien à faire.

Devant cette sentence cruelle qui tombait, brutale, ma grand-mère sursauta. Sur un ton aigu, anormal, elle s'écria :

— Fini ? Que voulez-vous dire ? Il n'est pas... ?

Amédée la regarda. D'un air infiniment las et triste, il murmura :

— Il nous a quittés, Marianne...

Statufiée, ma grand-mère ne répondit pas. Simplement, elle baissa la tête et se mit à pleurer silencieusement. Son chagrin, pathétique et touchant, me remua profondément.

Amédée, malheureux, posa sa main sur l'épaule de ma grand-mère :

— Moi aussi j'ai de la peine, Marianne. Il était mon ami.

La tête dans les mains, elle sanglota plus fort et ne répondit pas. Amédée soupira, vint vers moi qui me mordais les lèvres pour essayer de taire ma douleur. Il me prit contre lui, dit de son ton bourru :

— Essaie d'être courageuse, mon enfant. Et entoure-la de beaucoup, beaucoup d'amour. Elle n'a plus que toi, maintenant.

2

A la fin de cette année scolaire, je passai et obtins mon certificat d'études, ainsi que Simone.

Je pus quitter l'école et seconder ma grand-mère. Je commençais à connaître les plantes aussi bien qu'elle. Bientôt, elle prit l'habitude de m'emmener lorsqu'on l'appelait pour un accouchement. J'appris ainsi à mettre les enfants au monde.

Jean-Louis, le fils de Gaspard le forgeron, était devenu un adolescent boutonneux. Depuis le jour où, devant nous, il avait crevé les yeux d'une grenouille, nous l'avions laissé à l'écart de nos jeux. Vexé de cet ostracisme, il ne nous adressait plus la parole. Lorsque j'allais dans la forge et qu'il était là, il partait aussitôt avec une sorte de précipitation. J'avais fini par remarquer qu'il semblait toujours se sauver lorsqu'il me voyait. Je n'y faisais pas attention. Les rares fois où il m'arrivait de croiser son regard, j'y lisais une expression que je ne parvenais pas à définir.

Quelques années passèrent ainsi. J'avais Simone et son amitié indéfectible. J'avais ma grand-mère ; toutes deux nous étions unies par une grande tendresse. Nous avions fini par surmonter la tristesse causée par l'absence de mon grand-père, mais nous ne l'oubliions pas. Nous fleurissions régulièrement sa tombe, au cimetière, et très souvent nous parlions de lui.

Les jours s'écoulaient, immuables, et rien ne semblait devoir en modifier le cours. Pourtant, l'année de mes dix-huit ans, plusieurs événements amenèrent des changements importants.

L'un d'eux concerna Simone. Un matin de printemps, alors que je cueillais des jonquilles dans notre jardin, je la vis arriver, essoufflée et mystérieuse. Une secrète excitation faisait étinceler ses yeux. Elle me serra le bras :

— Ecoute, chuchota-t-elle. J'ai quelque chose à te dire.

Elle m'entraîna vers le fond du jardin, fébrile, impatiente :

— Tu seras la première à le savoir... A toi, je ne peux pas le cacher : je suis amoureuse !

Eberluée, les yeux ronds, je balbutiai :

— Amoureuse !... Mais... de qui donc ?

Son regard se fit rêveur. D'une voix changée, tendre et douce, elle murmura :

— De Samuel... Tu sais, le nouveau représentant de papa...

Depuis plusieurs mois, en effet, un jeune homme passait régulièrement pour une maison de tissus, au magasin de Joseph. Je l'avais quelquefois aperçu de loin. Il était brun, avec un air sérieux, un visage grave.

— N'est-ce pas qu'il est bien ? reprit Simone. Je suis tombée amoureuse de lui dès que je l'ai vu. Hier, il a demandé à papa la permission de me courtiser, car il m'aime et souhaite faire de moi sa femme. Il faudra que tu fasses sa connaissance. J'espère que vous vous entendrez bien, tous les deux. Car bien sûr, même lorsque je serai mariée, tu seras toujours mon amie.

Par la suite, je rencontrai Samuel. Il était charmant et courtois. Lorsque je les voyais, tous les deux, qui se regardaient avec le même air de tendresse, je réalisais que moi j'étais seule. Sans en avoir nettement conscience, j'en voulais à ce Samuel : il me volait mon amie. Même lorsqu'il n'était pas là et que nous n'étions que toutes les deux, elle ne me parlait que de lui. Cela m'attendrissait et m'agaçait à la fois. Et le soir, dans mon lit, je soupirais, le cœur douloureux. Moi, personne ne m'aimait...

Je ne devais pas tarder à apprendre, pourtant, que je me trompais. Jean-Louis, de son côté, avait poursuivi ses études. Après avoir passé un concours pour entrer dans l'administration, il travaillait à Lille. Il était devenu très sûr de lui, toujours habillé avec élégance. La démarche fière, les cheveux plaqués en arrière et séparés par une raie au milieu, il avait des allures de séducteur. Sa mère, toujours aussi effacée, le regardait avec orgueil. Gaspard, lui, hésitait entre la satisfaction et le regret :

— C'est un monsieur de la ville, maintenant, disait-il, et une étrange amertume perçait dans sa voix. J'aurais préféré qu'il reste avec nous, et qu'il travaille avec moi à la forge. Mais ça ne lui plaisait pas, ce n'était pas assez bien pour lui...

Un jour de juin, je pris un panier et je m'en allai chez Philomène cueillir des cerises. Philomène était une amie de ma grand-mère. Restée veuve très jeune, sans enfants, elle vivait seule et faisait de l'élevage de volailles. Elle possédait un grand verger, où l'on trouvait toutes sortes de fruits, qu'elle vendait également. Ma grand-mère en faisait des compotes, des confitures et des gelées délicieuses.

Je gagnai le verger en passant devant la basse-cour, puis devant l'enclos des oies, qui accueillirent ma venue avec des cris rauques. Je commençai ma cueillette, choisissant les cerises les plus mûres, gonflées de jus et de sucre. Grimpée sur les premiers barreaux de l'échelle, je m'attaquai d'abord aux branches les plus basses. Le soleil chauffait ma nuque et mes bras nus, le chant des coqs me parvenait, éclatant dans l'air pur, accompagné du gloussement des poules. J'avais protégé ma robe avec un tablier et mis un fichu sur mes cheveux. J'entendis une voix qui, soudain, s'exclamait :

— Oh, la jolie paysanne !

Je me retournai. A quelques pas, Jean-Louis, un panier à la main, me regardait. Vêtu d'un pantalon et d'une légère chemisette, il était comme toujours élégant. Combien il différait du petit garçon qui, dans notre enfance, déchirait ses culottes en grimpant aux arbres !

— Bonjour, dis-je, un peu gênée car il y avait bien longtemps qu'il ne m'avait adressé la parole. Tu viens également cueillir des cerises ?

— Hé oui ! Cela te fera une compagnie, si tu n'y vois pas d'inconvénient ?

— Mais non, pas du tout !

Il prit une autre échelle, l'appliqua contre le tronc d'un arbre voisin. Tout en cueillant les fruits, il se mit à parler de choses et d'autres. Je répondais par monosyllabes, tout étonnée. A quoi était due cette subite amabilité, alors qu'habituellement il me parlait à peine ?

— Ainsi, disait-il, ton amie Simone fréquente ? Quand va-t-elle se marier ?

— Je ne sais pas exactement. Sans doute l'année prochaine.

— N'aimerais-tu pas l'imiter ?

La surprise m'immobilisa. M'appuyant sur une branche, je me tournai vers Jean-Louis. J'aperçus son visage, à travers les feuilles du cerisier, marbré d'ombre et de soleil. Je lus une étrange chaleur dans ses yeux, où dansaient des reflets lumineux.

— Je... euh, non. Pourquoi me dis-tu ça ?

D'une voix basse, pressée, il murmura :

— Parce que... je voudrais bien, moi, t'épouser.

Bouche bée, je ne pus que le regarder. Avec un petit sourire ironique et tendre, il m'observait. Stupéfaite, je bégayai :

— C'est... c'est une blague ? Tu veux te moquer de moi ?

Avec énergie il secoua la tête, sauta sur le sol. En quelques enjambées, il fut près de mon échelle. Il m'attrapa par les hanches, me souleva et me posa devant lui sans me lâcher. Je voulus me dégager, mais il me serra davantage. Les yeux dans les miens, il déclara gravement :

— Je suis amoureux de toi. Tu ne t'en es jamais doutée ? Ce que tu as pu m'impressionner, pendant toutes ces années ! Je te trouvais si belle que je n'osais même plus t'approcher ! Maintenant, je suis moins timide. J'ai une situation ; nous allons nous marier et nous irons vivre à la ville, qu'en penses-tu ?

Effarée, incapable de bouger, je ne répondis pas. Prit-il mon silence pour un acquiescement ? Il se pencha sur moi, murmura :

— Nous serons heureux, tu verras...

Sans que j'aie pu le prévoir, il posa ses lèvres sur les miennes pour m'embrasser. Instinctivement, je rejetai la tête en arrière, le repoussai :

— Mais... laisse-moi ! Je ne veux pas ! Je ne veux pas !

Les bras le long du corps, d'un air abasourdi il balbutia :

— Tu ne veux pas ?... Tu ne veux pas m'épouser ?

— Mais non, je ne veux pas ! Je ne t'aime pas, moi !

Enervée et furieuse, je ramassai mon panier à moitié plein et m'en allai. Je traversai le verger à grands pas, contournai la maison. En passant devant la porte de la cuisine, je criai à Philomène :

— Je pars ! Je reviendrai plus tard !

Je n'écoutai pas sa réponse. Le cœur en tumulte, la tête baissée, je marchai vite, désireuse de retrouver ma maison, qui m'apparaissait comme un refuge. Ce Jean-Louis ! De quel droit se permettait-il ?... Et puis, imaginer que je l'épouserais, et que je le suivrais à la ville ! J'étais une fille de la campagne, et c'était à la campagne que je voulais vivre. Avec quelqu'un que j'aimerais, quelqu'un de doux, de tendre, qui dans son enfance ne s'amusait pas à crever les yeux des grenouilles...

Ma grand-mère, me voyant revenir, s'étonna :

— Que se passe-t-il, Thérèse ? Pourquoi ton panier n'est-il pas rempli ?

Je m'effondrai sur une chaise et, d'une seule traite, la voix tremblante de colère, lui racontai tout. Elle sourit, vint à moi, me caressa les cheveux :

— Allons, calme-toi. Il est inutile de te mettre dans des états pareils. Tu ne veux pas, c'est tout, on n'en parle plus. Je ne te vois pas, moi non plus, à la ville. Ne t'inquiète pas. Calme-toi plutôt. Je vais te faire une infusion de tilleul.

Cette nuit-là, je me tournai et me retournai longtemps dans mon lit. Si je disais non, resterais-je vieille fille, comme Zoé ? Cela valait-il mieux ? Subitement, l'incertitude de l'avenir me causait une profonde angoisse. Devais-je quand même répondre oui à Jean-Louis ? Je finissais par ne plus savoir que faire.

Heureusement pour moi, bientôt cette question ne se posa plus ; à la fin de l'été, Marc entra dans ma vie.

Dès que je le vis, mes hésitations furent balayées. Je compris, sans doute possible, que je n'épouserais jamais Jean-Louis. J'eus l'étrange et absolue certitude que je venais de rencontrer celui qui, de toute éternité, m'était destiné.

Amédée, notre vieux docteur, nous avait annoncé :

— Je vais prendre un assistant, un jeune médecin qui vient tout juste de terminer ses études. Au début, il m'aidera, et puis par la suite il me remplacera. Pour commencer, il fera à ma place les visites à domicile. Je ne suis plus d'un âge à courir les routes par tous les temps, surtout l'hiver.

Ma grand-mère et moi avions accueilli cette nouvelle avec appréhension : comment allait être ce nouveau venu ? Aimable, ou arrogant ? Nous étions habituées à Amédée, qui ne critiquait pas les soins que nous donnions de notre côté avec nos plantes. Il en admettait même, parfois, l'efficacité. Nous avions fini par travailler pratiquement ensemble, unis par une vieille et solide amitié. Cet ordre des choses ainsi établi allait-il être bousculé ?

— Ne craignez rien, avait dit Amédée en réponse à nos hésitations. C'est un garçon charmant.

Il devait arriver début septembre. Quelques jours avant, Zoé lava les rideaux, nettoya à fond la chambre qu'il allait occuper. Ma grand-mère et moi, de notre côté, avions passé tout un après-midi à faire des confitures de prunes, cueillies dans le verger de Philomène. Le lendemain matin, en rangeant les pots de confiture, ma grand-mère me dit :

— Va donc en porter quelques-uns à Zoé.

Je mis plusieurs pots dans un panier. Selon une habitude qui datait de mon enfance, je passai par-derrière, entrai dans la cour de la maison voisine, ouvris la porte de la cuisine :

— Zoé, annonçai-je, grand-mère vous envoie ces...

Je m'arrêtai net. Devant moi, prêts à sortir, se tenaient Amédée et un grand jeune homme vêtu de sombre. Je restai stupide, mon panier à la main, mes yeux dans les siens. Je n'ai vu de lui, cette première fois, que son regard, d'un bleu intense, clair, franc, direct. Je rougis, bégayai :

— Oh... Je... Excusez-moi.

— Ne sois donc pas si intimidée, dit Amédée de sa voix bourrue. C'est Marc, mon assistant. Marc, voici Thérèse, notre jeune voisine dont je vous ai déjà parlé.

Sans quitter mon regard il s'inclina.

— Bonjour, mademoiselle. Je suis enchanté de vous connaître. J'espère que vous accepterez de travailler avec moi comme vous le faites déjà avec votre ami Amédée.

Troublée, surprise, ravie, je balbutiai :

— Je... Oui, oui, bien sûr...

Il sourit, d'un sourire à la fois doux et chaleureux.

— A bientôt, je l'espère. Comme vous le voyez, le devoir m'appelle.

— Je l'emmène dans ma tournée, expliqua Amédée. Avec moi, il fera la connaissance des clients et de leurs maladies. A plus tard, Thérèse !

Ils sortirent et je restai là, immobile, à les regarder partir. Zoé que, dans mon trouble, je n'avais même pas remarquée, me prit le panier des mains :

— Des confitures ! Merci, Thérèse. Comme c'est gentil !

Elle prit un des pots, le retourna :

— Magnifiquement réussie, comme d'habitude. Tu remercieras ta grand-mère.

Elle ouvrit la porte de la cave, rangea les pots sur une étagère. Je ne disais rien. Je sentais la rougeur se retirer lentement de mon visage. Je comprenais que j'étais tombée amoureuse, sans l'avoir prévu un seul instant.

Les jours suivants, je revis Marc et j'appris, peu à peu, à le découvrir. J'admirais son nez droit, ses dents blanches, ses cheveux châtains et bouclés avec, sur le côté gauche, une petite mèche qui était restée blonde depuis son enfance. Lorsque ses yeux croisaient les miens, la même certitude revenait : il était celui que j'attendais.

Petit à petit, par Zoé et par Amédée, j'apprenais des détails le concernant. Sa mère, veuve, habitait Ascq, un petit village des environs, avec son jeune frère âgé de huit ans. Il avait aussi une sœur qui voulait être institutrice et terminait ses études à l'Ecole Normale de Douai. Zoé nous confia également qu'il avait eu la poliomyélite lorsqu'il était enfant, et que de là venait sa vocation de médecin. Je compris mieux, alors, pourquoi sa démarche me paraissait toujours un peu lente, un peu raide, et ce me fut une raison de plus pour l'aimer.

Il nous arrivait souvent d'être ensemble, mais jamais seuls tous les deux. Au fil des jours, des semaines, des liens ténus se tissaient entre nous. Les dimanches et les jours fériés, il allait rendre visite à sa mère. Bien que je ne lui eusse rien dit, ma grand-mère semblait avoir deviné mon secret. Je le voyais à son sourire complice lorsqu'elle nous regardait. Mais elle ne m'en parlait pas. Comme moi, elle attendait.

Au printemps, mon amie Simone épousa Samuel. Je pus me réjouir sans arrière-pensée et sans jalousie de son bonheur ; j'espérais de toutes mes forces que moi aussi, bientôt, je me marierais.

L'été s'installa dans une plénitude verdoyante. Les jours s'étiraient, longs et doux, des aurores blondes aux crépuscules mauves, bercés par le chant des oiseaux, illuminés par un soleil radieux. Et arriva ce soir dont je garde un souvenir nostalgique et merveilleux, ce soir qui changea ma vie.

C'était une fin d'après-midi. Je revenais de chez Philomène, à qui j'avais porté quelques pots de confiture, et j'avais emprunté le chemin qui passe à travers champs. Sur les talus, sur les revers des fossés, de grandes marguerites blanches se balançaient au bout de leur longue tige. Je ne pus résister au plaisir d'en faire un bouquet. Je m'avançai dans les hautes herbes et commençai ma cueillette. Autour de moi, des criquets sautaient en tous sens, affolés. Quelques nuages étiraient paresseusement leur masse laiteuse dans le ciel bleu. Je me sentais en étroite communion avec cet univers dont je faisais partie.

Mon bouquet terminé, je revins sur le chemin et là, je m'immobilisai subitement. Marc arrivait, sur sa bicyclette verte. En me voyant, il freina et mit pied à terre. Il m'adressa un sourire franc, lumineux :

— Bonjour, Thérèse. Vous rentrez chez vous ? Puis-je vous accompagner ?

— Je... Oui, bien sûr.

Je lui souris à mon tour, émerveillée par l'expression de son regard bleu. Tenant son vélo d'une main par le milieu du guidon, il se mit à marcher à côté de moi.

— Quelle belle journée ! dit-il. Je viens de terminer mes visites. A propos, la vieille Mme Druard voudrait que vous lui portiez une nouvelle provision de renoncules, pour ses douleurs rhumatismales. Elle est allergique aux cachets que je lui donne.

J'acquiesçai :

— J'irai dès demain.

Il y eut un silence. Puis, d'une voix changée, grave, il demanda :

— Thérèse... Vous êtes heureuse, dans ce petit village ? Vous ne vous y ennuyez pas ?

Je le regardai, surprise :

— Mais... non, pas du tout ! Au contraire. J'aime ce village, et j'adore cette campagne que vous voyez autour de nous.

Il se tourna vers moi, et je lus tant de tendresse dans ses yeux bleus que je demeurai muette. En hésitant, il reprit :

— Puisque ce village vous plaît... et que vous aimez y vivre... eh bien... vous savez que je vais remplacer Amédée... je veux dire... Pourriez-vous... euh... accepteriez-vous...

Il s'arrêta, appuya son vélo contre le talus, s'approcha de moi qui, immobile, le cœur battant, attendais. D'une seule traite, il se lança :

— Voilà : je vous aime et voudrais vous épouser.

Autour de moi, tout tournoya. Je ne pus que balbutier :

— Oh, Marc...

Et, sans savoir comment, je me retrouvai contre lui, serrée très fort, tandis qu'autour de nous mes marguerites s'éparpillaient. Le visage dans mes cheveux, d'une voix assourdie il demanda :

— Thérèse... Vous voulez bien ?

— Oui, dis-je tout bas, oh oui !

Il releva la tête, me regarda. J'eus un sourire tremblant. Doucement, presque avec dévotion, il se pencha, embrassa les larmes que je sentais perler entre mes cils.

— Thérèse, ma Thérèse, chuchota-t-il. Je t'ai aimée tout de suite, et je sais que je t'aimerai toujours.

— Moi aussi, dis-je en baissant les yeux, rose de confusion.

— Me permets-tu d'en parler à ta grand-mère dès ce soir ? J'ai hâte de lui demander ta main. Viens, allons le lui dire !

Encore étourdie, je ramassai mes fleurs. Il reprit son vélo, et la main dans la main, nous sommes revenus lentement. Nous nous regardions, lisant dans nos yeux le même amour pur et tout neuf, le même émerveillement. Ce fut un de ces moments privilégiés que l'on n'oublie jamais par la suite, quoi qu'il arrive. Nous marchions, unis par le même enchantement, dans la douceur bleutée du crépuscule ; la nature, autour de nous, s'assoupissait après la chaleur de la journée, libérant une odeur de foin coupé. Nous ne doutions pas que notre vie à deux serait à cette image, parfaite, épanouie, tout emplie de beauté et d'amour.

3

Un dimanche, Marc m'emmena chez sa mère. Moi qui n'avais pas connu la mienne, j'aimai tout de suite cette petite femme au visage souriant, aux yeux noisette, qui m'accueillit les bras ouverts.

— Bienvenue, me dit-elle d'une voix douce, à celle que Marc a choisie.

Mon appréhension disparut, et je me sentis tout à fait à

l'aise. Bernadette, la sœur de Marc, qui avait les mêmes yeux noisette que sa mère, m'embrassa sans façon :

— Je vais enfin avoir une sœur, me dit-elle ! J'en suis ravie, moi qui n'avais que deux frères !

Elle m'expliqua qu'elle attendait avec impatience la rentrée, afin de rejoindre son premier poste d'institutrice, à une dizaine de kilomètres de là. Elle adorait les enfants et parlait de son futur métier avec enthousiasme.

Le benjamin de la famille, Etienne, qui n'avait que huit ans, était un enfant timide et doux. Je retrouvai dans son regard le bleu intense des yeux de Marc.

Nous avons passé une journée agréable tous ensemble. La mère de Marc me montra son album de photos, et je regardai avec avidité et attendrissement Marc à tous les âges. Elle me désigna la photo d'un homme brun qui ressemblait à Marc, avec un visage plus sévère.

— C'est mon mari, dit-elle d'une voix douloureuse. Il était vétérinaire. Il est mort alors qu'Etienne n'était encore qu'un bébé. Il a été tué d'un coup de sabot à la tempe, au cours d'un vêlage qui s'avérait difficile.

Cette journée fut suivie de beaucoup d'autres, et je découvris la douceur de faire partie d'une famille.

Au mois de décembre, en cette année 1934, mon amie Simone mit au monde une petite fille, qu'elle prénomma Denise.

Moi, j'attendais avec impatience mon mariage, fixé au mois de mai. Pendant les soirées d'hiver, je brodai mon trousseau. Dès que les premiers beaux jours revinrent, je me sentis prise d'une excitation fébrile. Je courais chez Simone ; j'essayais inlassablement la robe blanche qu'elle cousait pour moi.

Un léger duvet vert, tendre et vaporeux, commençait de poudrer les branches des arbres. Le matin, j'étais de nouveau réveillée par le chant des alouettes. Lorsque j'ouvrais les yeux dans ma chambre remise à neuf, inondée de soleil, je me disais que bientôt nous y serions deux, et mon cœur palpitait d'excitation et d'impatience.

J'épousai Marc le jour de mes vingt ans. Ce fut inoubliable, merveilleux. Les cloches sonnaient, tout le village se pressait dans l'église. Vêtue de ma vaporeuse robe blanche, je remontai la nef au bras d'Antoine, les yeux fixés sur la haute silhouette en costume sombre qui, droite et immobile, là-bas dans le chœur, m'attendait. Comme dans un rêve, je m'avançai vers lui, me plaçai à son côté. Tombant d'un vitrail, un rayon de soleil nous inonda d'une lumière irisée. Marc se tourna vers moi, me regarda. Je n'oublierai jamais ce regard. Il me disait que jamais il ne cesserait de m'aimer, et je sais maintenant qu'il ne mentait pas.

Je vécus toute la journée dans un état second. J'étais si heureuse que tout me paraissait irréel. Il y eut le repas de noces, qui se déroula chez Antoine et Julie, dont la maison était bien plus grande que la nôtre. Tout le monde chanta et dansa. Assise près de Marc, ma main dans la sienne, je n'étais consciente que de sa présence, et le désir que je lisais dans ses yeux éveillait en moi un trouble profond.

Les heures passèrent, à la fois lentes et rapides. Excités par les boissons, des invités lançaient à Marc des plaisanteries égrillardes, qui me faisaient rougir. Et puis, comme la nuit s'avançait, un à un ils commencèrent à partir. La mère de Marc m'embrassa avec tendresse et émotion :

— Je sais que vous êtes une bonne petite fille, Thérèse, et que vous rendrez mon fils heureux.

Mon amie Simone me serra très fort contre elle :

— Je te souhaite d'être aussi heureuse que je le suis moi-même !

Debout près de Marc, je les remerciai, sincèrement touchée. Et vint le moment où nous sommes restés seuls, avec ma grand-mère, Antoine et Julie. Le petit René, qui n'avait pas voulu aller se coucher, s'était endormi, pelotonné sur deux chaises. Ma grand-mère nous poussa dehors, volontairement bourrue :

— Allez, partez, vous deux. Je vais rester pour aider Julie à tout ranger.

Nous ne nous fîmes pas prier. Serrés l'un contre l'autre, en marchant lentement nous avons pris le raccourci à travers champs. La nuit était chaude, douce, parfumée, claire et étoilée. Nous sommes arrivés dans la petite maison où j'avais toujours vécu, qui serait désormais la nôtre. Nous nous sommes retrouvés dans la chambre, aussi oppressés l'un que l'autre. Un étrange émoi envahissait mon corps. Le regard de Marc me donnait le vertige. Avec une sorte de timidité, il s'approcha de moi, ôta de mes cheveux la couronne d'oranger :

— N'aie pas peur, dit-il d'une voix que le désir enrouait. Je t'aime.

— Je n'ai pas peur, répondis-je très bas. Je t'aime aussi.

Alors il me prit dans ses bras, et à partir de ce moment le monde cessa d'exister. Il m'embrassa, tendrement d'abord, puis de plus en plus passionnément. Il me murmura des mots d'amour, des mots fous. Il dénoua mes longs cheveux et y enfouit son visage :

— Thérèse, gémit-il, Thérèse... Comme tu es belle !

Ses mains caressèrent mon corps, éveillant un désir qui me fit frissonner. Je fermai les yeux, le laissant faire. Il me coucha sur le lit, chuchota de nouveau :

— N'aie pas peur, j'irai tout doucement.

Je n'eus pas peur, même lorsque je sentis ses mains me dévêtir et ses lèvres s'égarer sur mon corps nu. Les yeux clos, sous ses caresses je me laissai gagner par un plaisir diffus, qui augmentait d'instant en instant. Il eut, pour m'aimer, pour faire de moi sa femme, tant de douceur et de tendresse que ce fut très beau. Et puis, je l'aimais tellement qu'instinctivement mon corps répondait au sien. J'eus, pourtant, un recul lorsque je sentis une douleur déchirante me traverser. Mais cela ne dura pas. Elle fut bientôt noyée sous un tourbillon de sensations nouvelles et bouleversantes, que je n'avais jamais ressenties. Elles finirent par se réunir en un plaisir fulgurant, intense, qui me fit perdre toute notion de la réalité.

Lorsque je rouvris les yeux, Marc, penché sur moi, me regardait avec un visage rayonnant d'amour :

— Ma Thérèse, ma petite femme chérie, murmura-t-il.

Il posa sur mes yeux, sur mes joues, sur mes lèvres, de petits baisers tendres et doux. Ce qui venait de se passer avait été si merveilleux que je ne pouvais pas parler. Je lui souris timidement.

— Je t'aime, dit-il, je t'aimerai toujours.

Il m'entoura de son bras, je me blottis contre lui, posai une main sur sa poitrine lisse et nue. Nous sommes restés ainsi, sans bouger. Je me sentais profondément heureuse. Avec un soupir comblé, sereine et confiante, je me suis endormie contre mon amour.

Ce fut le début d'un bonheur qui semblait ne devoir jamais finir. Il m'aimait et je l'aimais.

Tous les soirs, nous nous retrouvions, merveilleusement seuls, dans notre chambre. Le grand lit nous attendait, accueillant et complice. Nous nous y aimions avec tendresse, avec passion, et c'était le même plaisir toujours renouvelé, à chaque fois plus intense, plus ardent, plus fou.

Bientôt, j'eus la certitude d'attendre un enfant, et notre bonheur se teinta d'émerveillement. Après les quelques malaises du début, ma grossesse se déroula de façon parfaite. Une plénitude sereine m'habitait tout entière. Je tricotais des chaussons, des brassières, sur lesquels je cousais de petits rubans bleus.

— Ce sera un garçon, disais-je avec assurance.

— Pas du tout, répliquait Marc, ce sera une fille, qui te ressemblera.

Lorsque mon ventre commença à s'arrondir, ma grand-mère m'observa attentivement et déclara :

— A la façon dont tu le portes, je crois bien que ce bébé sera une fille. Crois-moi, je m'y connais.

Mais je refusai de la croire.

Plusieurs jours avant la date prévue pour l'accouchement, nous avons tout préparé, y compris le berceau qui avait été celui de ma mère avant d'être le mien.

Et, le moment venu, ce ne fut pas seulement moi qui donnai la vie, mais nous trois, étroitement unis. Marc me tenait la main, embrassait mon front moite. Ma grand-mère essuyait la sueur de mon visage ; entre deux contractions, elle approchait de mes lèvres un bol d'infusion odorante :

— Bois. Ça atténuera la douleur et ça fera avancer le travail.

J'obéissais docilement. Lorsqu'enfin notre enfant fut là, ce fut Marc qui le recueillit dans ses mains. Il l'éleva très haut, le regardant avec des yeux pleins de larmes. J'entendis un doux vagissement. Je murmurai :

— C'est un garçon, n'est-ce pas ?

Marc se tourna vers moi ; sur son visage ému et heureux, un sourire taquin apparut :

— Non, dit-il, c'est moi qui avais raison : c'est une fille.

Je fus si surprise que je ne répliquai rien. Ma grand-mère lava le bébé, l'emmaillota, me l'apporta :

— C'est une belle petite fille, me dit-elle, profondément émue elle aussi. Mon arrière-petite-fille !

Elle me la plaça dans les bras.

— C'est notre Elisabeth, chuchota Marc, penché sur moi. Vois comme elle est belle !

A cet instant, elle ouvrit les yeux, et j'eus un choc en reconnaissant le bleu intense des yeux de Marc. Elle sembla regarder mon visage, tendit dans ma direction une main minuscule. Ce petit geste innocent fit soudain déferler en moi une vague d'un immense amour qui, je le compris, ne s'éteindrait qu'avec moi. Fille ou garçon, cela n'avait plus aucune importance : c'était mon enfant.

Jean-Louis vivait toujours à Lille et était devenu un citadin à part entière. Je l'apercevais parfois de loin ; il ne venait plus souvent dans notre village. Pourtant, un jour d'automne, je le rencontrai alors que je sortais de la forge, où je venais d'aller saluer Gaspard. Je tenais mon bébé dans les bras, et en le voyant Jean-Louis s'arrêta net :

— Bonjour, Thérèse. C'est ta petite fille ? Elle est belle.

Debout devant lui, je ne savais que dire. Il m'enveloppa d'un long regard :

— Toi aussi tu es belle. La maternité te va bien. Tu es heureuse, cela se voit.

Une amère déception assourdissait sa voix. Je compris que, malgré ses costumes élégants et ses cheveux gominés, il n'était pas heureux, peut-être à cause de moi... Je me sentais mal à l'aise. Je ne pus m'empêcher de murmurer :

— Et toi ? Ça va ?...

Il ne me répondit pas directement. Il m'observa un instant sans rien dire, un douloureux regret au fond des yeux. Puis, tout bas, si bas que je ne fus pas sûre d'avoir bien entendu, il dit :

— J'aurais bien aimé, moi, être l'artisan de ton bonheur. Car je t'aimais sincèrement.

L'arrivée de Gaspard, content de voir son fils, me dispensa

de répondre. J'en profitai pour m'esquiver. Le regard de Jean-Louis m'avait attristée. Mais bientôt, entre Marc et mon enfant, égoïstement je n'y pensai plus.

Cette période de ma vie fut illuminée par un bonheur intense.

Parfois, pourtant, lorsque Marc ouvrait notre poste de T.S.F. et écoutait les informations, il paraissait soucieux. Avec Amédée, il discutait longuement. Ma grand-mère et moi ne les écoutions guère ; c'étaient des conversations d'hommes qui ne nous intéressaient pas. Le nom d'Hitler revenait souvent, et Amédée répétait que celui-là ne nous apporterait rien de bon. Je l'entendais sans y faire attention. Hitler, c'était en Allemagne ; en quoi cela nous concernait-il ? Je ne cherchais même pas à comprendre. Je restais dans mon petit univers tout illuminé d'amour. Je regardais grandir ma fille ; je me disais qu'il allait être temps de lui donner un petit frère ou une petite sœur. Cela me paraissait bien plus important que tous les événements dont Marc et Amédée discutaient.

Leur inquiétude, pourtant, finit par gagner ma grand-mère. Lorsque Hitler annexa l'Autriche, le bruit qu'une guerre pourrait bien éclater se répandit. Avec Zoé, ma grand-mère alla chaque jour à l'église brûler un cierge.

— Dieu nous préserve d'une guerre ! disaient-elles. Nous ne tenons pas à revivre ce que nous avons connu en 14 !

Chamberlain et Daladier, à Munich, réussirent à sauvegarder la paix. Le soulagement fut général. Mais il ne dura pas. Moins d'un an après, Hitler exigea le rattachement de Dantzig à l'Allemagne. De nouveau l'angoisse alimenta les conversations : pourrait-on, cette fois, éviter un conflit armé ?

Mon optimisme m'empêchait de partager l'inquiétude des autres. Je m'obstinais à penser que ces événements, qui après tout nous étaient étrangers, ne viendraient pas bouleverser ma vie. J'avais tort.

4

Le dimanche 3 septembre 1939 au soir, la radio nous apprit que, depuis 17 heures, la France était en guerre. Il y avait déjà eu, deux jours auparavant, l'ordre de mobilisation générale. Mais, malgré tout, nous essayions de nous rassurer.

— La mobilisation n'est pas forcément la guerre, disait Amédée. Rappelez-vous ce qui s'est passé l'an dernier, avec Munich.

De telles paroles ne chassaient pourtant pas notre peur. Même mon optimisme s'effritait. Il laissait la place à une inquiétude latente que je m'efforçais en vain de repousser.

Ce dimanche soir, j'étais dans le jardin avec Elisabeth, savourant la douceur des derniers rayons de soleil. Marc et Amédée, dans la cuisine, écoutaient comme d'habitude les nouvelles à la radio. Soudain, ma grand-mère apparut à la porte, vint vers moi, le visage blanc :

— Thérèse... murmura-t-elle faiblement. C'est la guerre !

Mon premier sentiment a été une incrédulité, un refus de la réalité. J'ai bondi sur mes pieds, oubliant Elisabeth sur le banc. J'ai balbutié :

— Mais... Oh non ! Ce n'est pas vrai !

Marc, à ce moment, est sorti à son tour. Il s'est approché de moi, m'a prise dans ses bras :

— Ça y est, chuchota-t-il dans mes cheveux. La guerre est déclarée. Que Dieu nous protège !

Ne comprenant pas encore bien, éperdue, j'ai serré Marc contre moi. Je me souviens d'avoir pensé égoïstement, à cet instant, que lui au moins ne partirait pas : il avait été réformé, ayant eu la poliomyélite alors qu'il était enfant.

Amédée vint nous rejoindre, avec Zoé qui pleurait. Ce fut un moment dramatique. Nous nous regardions, consternés, impuissants, plus que jamais inquiets de l'avenir. Cette fois, impossible de s'illusionner, la catastrophe était arrivée et il allait falloir y faire face.

Ma fille tira la robe de Zoé :

— Zoé... Pourquoi tu pleures ?

— Viens, dis-je en prenant Elisabeth par la main. Il faut que tu ailles faire dodo, maintenant.

J'entrai dans la maison, laissant les autres discuter et se lamenter. J'avais besoin de calme, de solitude. Dans la chambre, je couchai Elisabeth dans son petit lit, m'assis près d'elle. Comme chaque soir, je lui racontai une histoire.

Inconsciemment, je voulais essayer de croire que notre existence continuait identique à elle-même. En suçant son pouce, Elisabeth s'endormit paisiblement. Je la regardai avec amour. C'était elle qui importait, et non pas ces événements extérieurs qui ressemblaient à un mauvais rêve. Ainsi qu'il le faisait toujours, Marc entra, vint embrasser sa fille endormie. Sans un mot, nous sommes restés là, l'un contre l'autre, les yeux fixés sur notre enfant. C'était le rituel de chaque soir, et apparemment rien n'avait changé. Mais nous savions que notre bonheur ne serait plus le même : déjà l'insouciance était disparue, remplacée par une peur sournoise qui dorénavant ne nous quitterait plus et gâcherait nos moindres instants.

Sans enthousiasme, avec résignation, ceux qui étaient mobilisés s'en allèrent : notre cousin Antoine, que Julie embrassa en pleurant à chaudes larmes ; Jean-Louis, que ses parents virent partir avec un mélange de fierté et d'inquiétude ; et Samuel, le mari de Simone ; ma pauvre amie s'effondra après son départ et j'essayai vainement de la consoler.

Le temps des contraintes commença. Le soir, il fallait éviter que le moindre rai de lumière ne fût visible du ciel, et donc tirer les doubles rideaux et fermer les volets avec soin. En cas d'alerte, nous avions ordre de tout éteindre.

Il y en eut quelques-unes, qui au début nous précipitèrent dans la cave. Avec appréhension, nous attendions, guettant un bruit de moteur. Comme il ne se passait rien, à la longue nous avons fini par ignorer ces alertes inutiles. C'était si désagréable d'être terrés dans la cave ! Mais, l'oreille tendue, nous restions quand même sur nos gardes.

Simone se plaignait de l'absence de son mari ; Julie également : elle devait partager, avec Boris et René, son fils de quatorze ans, le surcroît de travail causé par le départ d'Antoine. Ma belle-sœur Bernadette, en octobre, prit son premier poste d'institutrice. La joie qu'elle éprouvait d'exercer une profession qu'elle aimait était gâchée par les conditions dans lesquelles elle travaillait. Elle se plaignait surtout des alertes qui l'obligeaient à se réfugier avec ses élèves dans les tranchées prévues à cet effet, et qui perturbaient ses cours.

A l'automne, les soldats anglais arrivèrent. Certains furent logés dans le village. Ils furent accueillis avec sympathie et baptisés amicalement « *Tommies* ». J'en rencontrais quelques-uns, parfois, lorsque je sortais. Ils me saluaient toujours courtoisement. L'un d'eux, qui habitait chez Philomène, devint l'ami de ma fille. Il avait toujours pour elle une barre de chocolat qu'elle acceptait avec des cris de joie.

Souvent, ils se réunissaient tous *Chez Eugène*, le café situé sur la place. Ils discutaient entre eux, et plus d'une fois je les entendis chanter le même refrain entraînant. C'était une chanson qui, traduite en français, disait : *Nous irons pendre notre linge sur la ligne Siegfried*, et qui devint vite très populaire.

Leur enthousiasme était communicatif, mais au fond de nous la peur restait tapie. Avec le départ de l'été, le temps avait changé. Plus de soleil, mais au contraire des averses violentes. La pluie fouettait furieusement les vitres. Calfeutrées dans la cuisine avec Elisabeth, ma grand-mère et moi mettions à peine le nez dehors. Un vent de tempête, humide et froid, s'infiltrait partout, arrachait les dernières feuilles des arbres, les faisant tourbillonner sans fin. Lorsqu'il rentrait le soir de sa tournée, Marc était trempé, malgré le ciré dont il s'enveloppait. Je lui préparais des vêtements secs, que je faisais chauffer devant le feu, j'essuyais vigoureusement ses cheveux mouillés. Il se changeait, jouait un instant avec Elisabeth. Dehors, le vent hurlait, s'engouffrait dans les rues que la suppression d'éclairage rendait encore plus noires et lugubres. Et nous, dans notre petite maison, nous nous serrions davantage l'un contre l'autre, pour nous défendre à la fois contre ce temps hostile et contre la peur de l'avenir.

Le 11 novembre, il n'y eut ni défilé, ni cortège. Une gerbe fut simplement déposée au monument aux morts. Amédée, dont le frère avait été tué à Verdun, bougonna que la guerre faisait oublier ceux qui avaient donné leur vie au cours de « l'autre, la vraie ».

Pour Noël, Samuel vint en permission, Antoine également. Mon amie Simone fut folle de joie. Je souriais de son bonheur.

— Tu ne peux pas comprendre, disait-elle sur un ton de reproche. Toi, tu as ton mari tous les jours avec toi !

Amédée en profita pour maugréer une fois de plus :

— Qu'est-ce que vous attendez pour leur rentrer dedans ? déclarait-il à Samuel. Ce n'est pas ça la guerre ! Vous ne faites rien ! Nous, en 14, on se battait !

Il n'avait pas tort, et n'était pas le seul à raisonner ainsi. Il n'arrivait rien de bien important. C'était la « drôle de guerre ».

Nous avons quand même essayé de passer un Noël heureux, sinon insouciant, malgré la situation, malgré le brouillard stagnant et glacial qui s'était installé. La joie d'Elisabeth lorsqu'elle découvrit sa poupée devant la cheminée nous fit chaud au cœur. Nous avons fait un repas chaleureux, en famille. Pour un instant, nous nous sommes efforcés d'oublier nos soucis.

Le premier janvier, nous sommes allés « étrenner » Amédée et Zoé, puis Julie et Antoine. Dans les rues, la neige crissait sous nos pas. Elisabeth, avec son manteau et son bonnet rouges, ressemblait à un petit lutin. Mais nous avons échangé nos vœux avec appréhension : qu'allait nous apporter cette année ?...

Nous essayions de nous rassurer en lisant les journaux, en écoutant la radio : ils étaient unanimes à prédire une victoire sur l'Allemagne. « Le temps travaille pour nous », déclaraient-ils. Certains demeuraient sceptiques. D'autres restaient optimistes.

— Puisque ce sont des ministres ou des militaires qui le prétendent, pourquoi ne pas les croire ? Ils savent certainement de quoi ils parlent.

Nous voulions espérer en une victoire proche, en la fin de la guerre. Vivre dans l'incertitude était tellement pénible !

On nous distribua des masques à gaz. A partir du 26 février, on nous fit mettre les pendules à « l'heure d'été ». Les restrictions commencèrent : le président du Conseil, Paul Reynaud, décida que les pâtisseries, les boucheries fermeraient plusieurs jours par semaine. A vrai dire, cela ne nous gêna pas beaucoup. Il suffisait de prévoir et d'acheter davantage de viande la veille de la fermeture.

Des bruits inquiétants couraient. On nous disait que les Allemands savaient tout ce qui se passait en France, connaissaient à l'avance les mouvements des troupes. Les soldats permissionnaires n'avaient qu'une consigne : « Taisez-vous, méfiez-vous. » On parlait beaucoup d'espions qui glanaient des renseignements pour le compte de l'ennemi. Une affiche montrait un soldat parlant à un civil, avec la légende : « Silence, l'ennemi guette vos confidences. »

Dans cette période troublée, Simone m'annonça, un matin, qu'elle attendait un second enfant. L'effarement m'empêcha de me réjouir pour elle :

— Simone ! Un enfant, dans les conditions actuelles !

— Et alors ? répliqua-t-elle avec un mélange de fierté et de défi. C'est moi qui l'ai voulu. Samuel réagissait comme toi. Mais je suis si souvent séparée de lui ! Attendre un enfant me donne la compensation dont j'ai besoin. Et puis, Denise va avoir six ans. Il est temps qu'elle ait un petit frère ou une petite sœur. Je refuse de me laisser influencer par leur guerre, je veux avoir la vie familiale que j'ai toujours désirée.

Je ne répondis pas, incapable de juger si elle avait tort ou raison.

Bientôt, le printemps fut là. Avril fit reverdir les arbres et fleurir les premières jonquilles. Chaque matin, il faisait jour de plus en plus tôt. Souvent, je me réveillais avant l'aube ; je me levais sans faire de bruit, afin d'allumer le feu et préparer le petit déjeuner pour Marc. J'ouvrais la porte de la cuisine et je restais là, sur le seuil, respirant profondément, cherchant à deviner si le temps allait être beau. Je faisais quelques pas, ayant l'impression d'être seule avec la nature environnante. Tout était encore obscur ; j'écoutais, dans le silence de la campagne endormie, le chant du merle qui annonçait le lever du jour. Puis, peu à peu, alors qu'à l'est une lueur rose éclaircissait le ciel, les autres oiseaux à leur tour saluaient la nouvelle journée. Cela devenait une symphonie étourdissante de pépiements joyeux, sur lesquels venait se greffer, de loin en loin, l'éclatant cocorico des coqs. Enfin, dans la lumière blonde des premiers rayons, s'éveillaient les alouettes et leur chant ininterrompu.

Ces aurores étaient un enchantement. Le petit déjeuner prêt, j'allais réveiller Marc. Ma grand-mère se levait. Ensemble, nous buvions notre café dans la cuisine ensoleillée, en parlant à voix basse parce qu'Elisabeth dormait encore. Puis Marc partait, et je le regardais s'éloigner sur sa bicyclette verte. Souvent, il se retournait pour me faire signe, et je me sentais enveloppée d'un immense amour.

Ensuite, lorsque Elisabeth se réveillait, j'allais dans la chambre, et avec elle je jouais un instant. Ce n'était que rires, petits bavardages, câlins et baisers. Je faisais comme Simone, j'essayais d'oublier la situation extérieure, je refusais, surtout, qu'elle vînt gâcher ma vie. Mais il n'était pas facile d'oublier la guerre. La peur était dans nos esprits, empoisonnant notre existence. Et pourtant, à côté de ce qui se passa par la suite, cette période ressemblait encore au bonheur.

Ce fut le vendredi 10 mai 1940 que tout bascula. Très tôt le matin — il devait être à peine 5 heures — nous avons été réveillés par un bruit d'explosions et par le rugissement des avions. Inquiets, nous sommes sortis, nous avons scruté le ciel. Très haut, des points d'argent se déplaçaient en laissant derrière eux de longs sillages blancs.

— Il se pourrait bien que ce soit des bombardiers allemands, dit Marc, le visage soucieux.

Nous avons branché notre poste de T.S.F. et Marc a guetté les nouvelles. Ma grand-mère allait et venait, soupirant :

— Mon Dieu ! Pourvu que ça ne recommence pas comme en 14 !

Moi, je me suis efforcée de chasser mon angoisse. Je suis allée voir Elisabeth qui m'appelait. Je l'ai prise et l'ai placée dans le grand lit, près de moi, ce dont elle raffolait. J'ai écouté son joyeux babillage, en un effort puéril et désespéré pour oublier cette peur qui était en moi. Ensuite je l'ai levée, lavée, habillée. Je regardais avec appréhension le poste de T.S.F. : qu'allait-il nous apprendre ?

A 8 heures, nous le savions : l'armée allemande avait envahi la Hollande et la Belgique, violant leur neutralité. Les soldats anglais quittèrent en catastrophe notre village ; les forces franco-britanniques avaient l'ordre de se porter au secours de ces pays agressés.

Tout ce vendredi et les jours suivants, nous les avons vus passer au loin, sur la nationale, en direction de la Belgique.

Nous entendions les cliquettements des chenilles des chars et le martèlement des sabots des chevaux. Nos soldats allaient au-devant de l'ennemi, pour se battre et l'empêcher d'avancer.

— Enfin ! disait Amédée avec satisfaction. Cette fois-ci, c'est la guerre, la vraie guerre. Il faut arrêter ce fou d'Hitler une fois pour toutes et en finir avec lui.

Pour lui et pour beaucoup d'autres, la victoire ne faisait aucun doute.

Pourtant, quelques jours après, il fallut déchanter. Sans rien savoir de précis, on entendait parler de la poche de Sedan, de ponts sur la Meuse qui n'avaient pas sauté, des Allemands qui avaient réussi à percer la ligne Maginot. Qu'y avait-il de vrai ? Nous étions de plus en plus inquiets. Venant du nord-est, le grondement du canon arrivait jusqu'à nous. Nos soldats se battaient, mais étaient-ils vainqueurs ? Les journaux, la radio restaient vagues, tout en se montrant optimistes.

Et puis, nous avons vu revenir les troupes, qui avaient reçu un ordre de repli. Sur la même route sont repassés les convois hippomobiles, les chars, les canons, se dirigeant cette fois-ci vers l'ouest.

— C'est mauvais signe, annonça ma grand-mère. S'ils laissent la place aux Allemands, ça va être comme en août 14...

Tout de suite après, ce fut un défilé incessant de réfugiés. Ces gens qui venaient de Belgique fuyaient droit devant eux, espérant échapper à l'avance allemande. Marc, en faisant ses tournées, avait quelquefois fait un bout de chemin avec eux et glané des nouvelles :

— La plupart d'entre eux ignorent où ils vont. Ils n'ont qu'un but : fuir l'ennemi. Ils emportent ce qu'ils peuvent dans des chariots, des brouettes, sur des vélos. « Ne restez pas là, m'ont-ils dit, les Allemands arrivent. »

— Peut-être allons-nous être obligés de partir, nous aussi, dit ma grand-mère. Fuir de nouveau, comme ça s'est déjà produit en 14. A l'époque il valait mieux ne pas se trouver sur leur chemin : ils incendiaient les villages et massacraient leurs habitants.

Prudente, elle commença à empaqueter des objets de première nécessité. Elle enterra, au fond du jardin, sa vaisselle et son argenterie, « au cas où la maison serait pillée pendant notre absence ». Elle agissait avec calme, comme si ce qu'elle prévoyait était une fatalité.

— Il faudra fuir, Thérèse, me répétait-elle. Il vaudra mieux ne pas être là lorsqu'ils arriveront. Je n'ai pas oublié leur cruauté. Et, d'après ce qu'on entend dire, ils n'ont pas changé.

En effet, la radio, les journaux avaient raconté les atrocités commises par les Allemands en Pologne, les villages détruits par les bombes, les populations mitraillées par les avions. Mais je me refusais à croire que cela pût se produire pour nous.

— Et pourquoi pas ? me rétorquait-elle. Je les connais, et je ne me fais aucune illusion.

Elle prépara tout dans les moindres détails, prévoyant que, le cas échéant, nous partirions avec Julie et René, qui possédaient une carriole et un cheval. Les parents de mon amie Simone, eux aussi, réagissaient de la même façon. Et beaucoup d'autres encore. Je dois dire que l'affolement gagnait tout le monde.

Amédée et Zoé s'y refusaient.

— Rien à faire, disait Amédée, je ne fuirai pas. Ils ne m'ont pas eu en 14, et ce ne sont pas eux qui me font peur.

— Vous avez tort, répétait ma grand-mère.

— Et vous donc ! Partir à l'aventure, à votre âge, vous trouvez que c'est prudent ?

— C'est toujours plus prudent que de rester ici. Croyez-moi, il faut les fuir comme la peste.

Boris, lui aussi, refusait de s'en aller. Dans son jargon presque incompréhensible, il avait expliqué à Julie qu'il resterait pour garder la ferme et les animaux. Têtu comme il était, il ne changerait pas d'avis.

Philomène, également, ne voulait pas abandonner toute sa volaille, et secoua la tête avec obstination lorsque ma grand-mère essaya de la convaincre :

— Non, Marianne. Je suis trop vieille pour m'en aller comme ça, au hasard. Et puis, à mon âge, que voulez-vous qu'ils me fassent ?

Mais ils étaient les seuls à raisonner de cette façon. Chaque jour qui passait voyait de nouveaux départs.

Nous avons préparé tout ce que nous voulions emmener, en essayant de ne rien oublier : du linge, des vêtements, de l'argent, des objets de première nécessité, des provisions, des couvertures. Nous travaillions dans une fébrilité qui accentuait notre affolement. Nous finissions par être persuadés que nous n'étions plus en sécurité et qu'il fallait fuir le plus loin possible.

Tous nos préparatifs étaient terminés lorsque, le samedi 18 mai, nous avons entendu des avions allemands qui, dans des hurlements de sirènes, allèrent bombarder Lille. Nous avons vu, au loin, d'épaisses colonnes de fumée obscurcir le ciel.

— Il est temps que nous nous en allions, dit ma grand-mère. La situation devient mauvaise.

Des réfugiés belges, qui avaient passé la nuit dans le village, nous pressaient :

— Ne restez pas ici ! La radio l'a annoncé, ils arrivent ! Ils vont incendier les villages !

Une effervescence inquiète régnait, une angoisse contagieuse se propageait. Une pensée impérative finissait par occuper seule les esprits : les Allemands étaient proches, et il fallait partir avant qu'ils ne soient là.

Nous avons décidé de nous en aller le lendemain à l'aube. J'ai baigné et couché Elisabeth, ce soir-là, avec une poignante nostalgie. Demain soir à cette heure-ci, me disais-je en soupirant, où serions-nous ?

Plus tard, dans le grand lit, Marc et moi nous sommes tournés l'un vers l'autre, cherchant dans notre amour mutuel le réconfort dont nous avions besoin. Nous nous sommes aimés avec une intensité, une passion que la peur et le désespoir exacerbaient. Nous comprenions, au moment où nous étions obligés de le quitter, combien notre foyer nous était cher. Avant de m'endormir, la joue contre l'épaule de Marc, pour notre dernière nuit dans notre chambre — jusqu'à quand ? — je fermai les yeux et priai. Je fis, de toutes mes forces, le vœu que nous puissions revenir bientôt, le plus tôt possible, et que, la guerre finie, nous menions une vie normale et heureuse. Etait-ce un vœu irréalisable ?...

J'avais peur. Nous avions prévu d'aller chez un oncle de Marc, qui habitait au sud de Béthune. Après, on verrait bien... Je n'avais vu qu'une seule fois cet oncle, le jour de mon mariage, et ses réflexions salaces m'avaient fait rougir. Nous rejoindrions là-bas la mère de Marc, qui était partie deux jours auparavant, avec Etienne et Bernadette, ses deux autres enfants ; des voisins avaient proposé de les emmener en voiture. Nous, de notre côté, nous voyagerions avec Julie et René, son fils de quinze ans. Mon amie Simone, enceinte de cinq mois, sa fille et ses parents nous accompagneraient.

Nous avons très peu dormi, nous réveillant souvent, oppressés par l'appréhension. Bien avant l'aube, nous étions debout. Il nous venait, maintenant, une hâte de partir. Puisque nous y étions obligés, autant le faire le plus rapidement possible. J'avais l'impression que plus nous restions, plus l'arrachement serait difficile.

Elisabeth, inconsciente de la gravité de la situation, était enchantée. Intriguée par nos préparatifs, elle nous avait posé des questions, auxquelles nous avions répondu évasivement. Que dire à une enfant de quatre ans ? Elle n'avait retenu qu'une seule chose : nous partions avec le cheval et la carriole, et Denise allait être là aussi. Sur le seuil de la porte, alors que nous faisions un dernier tour dans la maison, vérifiant et bouclant tout, elle trépignait d'impatience. Lorsque Julie et René arrivèrent, elle grimpa dans la carriole où Denise, bientôt, vint la rejoindre avec des cris de joie.

Nous avons fermé la porte à double tour, clos les volets. Amédée et Zoé vinrent nous dire au revoir :

— Ne craignez rien, dirent-ils à ma grand-mère. Nous serons là, et nous surveillerons votre maison.

Les larmes aux yeux, nous les avons embrassés. Qu'allaient-ils devenir, dans le village quasi désert ? Et nous, au hasard des routes, que deviendrions-nous ?...

Ma grand-mère et Simone montèrent dans la carriole, auprès des deux petites filles. Nous avions entassé, dans le fond, tout ce que nous voulions emmener. Sarah, la mère de Simone, poussait devant elle une voiture d'enfant emplie de paquets et prête à déborder. Le jour se levait, le soleil brillait déjà, la journée s'annonçait belle. René prit le cheval par le mors et le fit avancer, donnant ainsi le signal du départ. Machinalement, je me mis en marche, avec Marc et Julie près de moi. Je ne voyais plus la rue, notre rue si familière, ni les maisons que je connaissais par cœur. Les larmes m'aveuglaient. J'entendais, très loin derrière moi, les petites filles rire et babiller dans la carriole. Marc prit ma main, la serra très fort :

— Confiance ! chuchota-t-il. Nous reviendrons.

La tête baissée, je n'ai pas pu répondre. Je luttais pour ne pas éclater en sanglots.

Nous avons rejoint la grand-route. Et notre longue marche commença. Bientôt, partout, autour de nous, devant et derrière nous, arrivèrent d'autres personnes qui, elles aussi, fuyaient l'ennemi, emportant sur des vélos, dans des voitures d'enfants, dans des sacs à dos, des valises, des brouettes même, ce qu'elles avaient de plus précieux. Sous un soleil éclatant, nous avons marché, marché, ne pensant à rien d'autre : avancer, aller plus loin, toujours plus loin. Nous avons traversé des villages à moitié déserts, où quelques habitants compatissants offraient des verres d'eau fraîche qui étaient les bienvenus. Il faisait chaud, et la poussière desséchait la gorge. Simone, que sa grossesse éprouvait beaucoup, soupirait sans rien dire, essuyait son front couvert de sueur. René marchait près du cheval, le guidant par la bride et le rassurant du geste et de la voix. Le pauvre animal, habitué à l'immensité des champs et au calme de sa ferme, était affolé par tant de monde et de bruit. Devant nous, deux enfants, assis sur les ballots d'une charrette, se disputaient et finirent par se battre. Leur mère, excédée, les gifla. Ils se mirent à pleurer bruyamment. Elisabeth et Denise demandèrent à descendre de la carriole. Marc les mit à terre.

— Ça vous fera du bien de vous dégourdir les jambes, leur dit-il.

Elles coururent de côté et d'autre, allèrent cueillir quelques fleurs sur les talus. Comme j'enviais leur insouciance ! Marc s'approcha de moi, entoura mes épaules de son bras. Je lui adressai un pauvre sourire.

— Courage, dit-il. Tant que nous sommes ensemble, il ne faut pas perdre espoir.

Je hochai la tête, faisant un effort pour me montrer optimiste. C'était vrai, après tout. Dans la tourmente qui nous emportait, nous étions ensemble. Il nous restait au moins cela.

A midi, les enfants réclamèrent à manger. Julie sortit d'un panier du pain, du fromage, des œufs, qu'elle avait enveloppés dans des torchons humides. Poussés par le flot ininterrompu de ceux qui étaient derrière nous, nous ne nous sommes même pas arrêtés. Nous avons mangé tout en continuant à avancer. Pour ma part je n'avais pas faim. Je me contentai de grignoter quelques biscuits, bus un verre d'eau. Seules les deux petites filles se montrèrent ravies de la situation. Assises au fond de la carriole, elles organisèrent un pique-nique pour elles deux, ponctué d'exclamations joyeuses et de fous rires.

Et toujours, nous avancions. Après la traversée d'un village dont j'ai oublié le nom, d'autres réfugiés, encore, sont venus nous rejoindre. Avec Marc et René, je marchais à côté du cheval. La tête baissée, abrutie par la chaleur, la poussière, la fatigue, je mettais machinalement un pied devant l'autre, encore et encore. Dans la carriole, les deux petites filles s'étaient endormies, Simone somnolait. Ma grand-mère avait insisté pour marcher un peu et suivait, avec Julie et Sarah. Joseph vint près de nous :

— Avez-vous vu, là-bas ? chuchota-t-il. Ces jeunes gens... Regardez-les.

Je relevai la tête. A quelques mètres de distance, devant nous, marchaient deux jeunes garçons d'environ vingt ans. L'un d'eux poussait une bicyclette.

— Eh bien, dit Marc, qu'y a-t-il ?

Joseph prit un air mystérieux, jeta un coup d'œil autour de lui, se pencha vers nous :

— Méfiez-vous ! Ce sont des espions, des éléments de la Cinquième Colonne.

Il parlait avec une telle conviction que je les regardai davantage. Ils avaient l'air bien inoffensif pourtant. Des réfugiés, comme nous tous.

— Qu'est-ce qui vous fait dire ça ?

— Ils ne sont que deux, et très peu chargés. Je les ai entendus parler : ils ne parlent pas français. Ce sont des étrangers... peut-être des Allemands ? Et puis, regardez : ils portent une couverture rouge. C'est leur signe de ralliement.

Une couverture rouge, en effet, était pliée sur le sac à dos que portait l'un d'eux. Une autre était roulée et fixée sur le porte-bagages de la bicyclette.

— C'est un repère pour les avions allemands. Je le sais. Je vous dis qu'ils sont au service de l'ennemi. Vous ne me croyez pas ?

— Je ne sais pas, dit Marc en haussant les épaules. Comment en être sûr ? Restons loin d'eux et ignorons-les, c'est tout ce que nous pouvons faire pour le moment.

Je ne dis rien, mais cet incident avait réveillé la peur lovée au fond de moi. Des espions, maintenant... Que voulaient-ils ? Qu'allaient-ils faire ? Comme si la situation n'était déjà pas assez difficile !... Tout en marchant, je les observais du coin de l'œil avec inquiétude.

Elisabeth et Denise se réveillèrent, mangèrent quelques biscuits, burent un verre d'eau. Elles descendirent de la carriole, ainsi que Simone qui désirait faire quelques pas. Avec ma grand-mère et Sarah, je pris leur place. Je m'affalai avec soulagement sur le dur banc de bois, étendant mes jambes fatiguées, fermant un instant mes yeux éblouis par le soleil. Je me laissai bercer par le lent mouvement, au rythme du pas du cheval. J'étais épuisée, et m'abandonnai à un assoupissement bienheureux.

Un brusque arrêt me fit ouvrir les yeux. Tout de suite inquiète, je demandai :

— Qu'y a-t-il ? Que se passe-t-il ?

Sur la route, aussi loin que je pouvais voir, la longue file s'était arrêtée. Je n'aperçus plus les jeunes gens à la couverture rouge. Je m'affolai :

— Marc ! Qu'y a-t-il ? Pourquoi s'arrête-t-on ?

Devant nous, derrière nous, l'anxiété gagnait tout le monde. Personne ne comprenait ce qui se passait. On tendait le cou pour voir, mais en vain.

— Restez là, nous dit Marc. Je vais voir ce qui se passe.

— Marc, sois prudent !

Il m'adressa un sourire rassurant, grimpa sur le talus, s'éloigna. Elisabeth me tira par le bras :

— Maman... où il est parti, papa ? Pourquoi on s'arrête ?

— Il va revenir, ne t'inquiète pas.

— Je vais remonter dans la carriole, dit Simone. Je ne me sens pas bien.

Je l'aidai à grimper. Elle s'assit près de moi, posa ses mains sur son ventre.

— Ce n'est pas pour moi que j'ai peur, murmura-t-elle. C'est pour ce bébé que j'attends.

Je la regardai avec une commisération sincère :

— Je te l'ai déjà dit, Simone : ce n'était pas raisonnable de vouloir ce bébé actuellement.

Sur son visage aux traits tirés, une ineffable douceur passa :

— Ne parle pas ainsi. Je suis heureuse de l'attendre, quoi que tu puisses en penser. J'espère que ce sera un garçon. Samuel sera si content d'avoir un fils !

Elle soupira, triste soudain :

— Samuel... Où est-il, en ce moment ? Pour lui aussi, je suis inquiète.

Je posai ma main sur la sienne, en un signe de réconfort et d'amitié ; son chagrin était si visible que je me sentis presque coupable de n'être pas séparée, moi aussi, de mon mari. Profitant de cet arrêt forcé, Elisabeth et Denise jouaient à courir autour de la carriole, s'amusant à passer et à repasser en dessous. Ma grand-mère nous offrit de l'infusion de menthe, qu'elle avait eu la précaution d'emmener dans une bouteille. Cela nous fit du bien et nous désaltéra.

Marc revint, le visage rassuré :

— Ce n'est pas grave. Il y a un carrefour, là-bas, assez loin devant, et une colonne de soldats veut aller vers le nord. Ils ont essayé de passer, mais ils ne peuvent pas remonter à contre-courant, avec nous tous qui occupons la route. Cela a créé un encombrement épouvantable. Finalement, ils vont prendre une autre direction.

L'information courut, de bouche à oreille. Tranquillisés, nous attendîmes patiemment. Puis, de nouveau, la longue marche reprit.

Peu à peu, le soleil baissa, la chaleur devint moins forte, le vent fraîchit, les ombres s'allongèrent. Après la traversée d'un village, où beaucoup de gens déjà avaient fait halte pour la nuit, René nous montra les bâtiments d'une ferme, au bout d'un chemin de terre.

— Si nous nous arrêtions là-bas ? proposa-t-il.

Sa suggestion fut accueillie avec soulagement. Il fit bifurquer le cheval ; quelques instants après nous étions dans la cour de la ferme. D'autres que nous avaient eu la même idée ; il y avait beaucoup de monde. Le hangar était plein de gens qui s'installaient pour la nuit. Nous avons traversé la cour et, contournant les bâtiments, nous nous sommes trouvés derrière, dans un jardin au bout duquel, sous quelques arbres, poussait une herbe épaisse.

René dételа le cheval qui, aussitôt, se mit à brouter. Je me laissai tomber dans l'herbe fraîche, appuyai ma tête contre un tronc d'arbre. Marc vint s'asseoir près de moi. Les petites, infatigables, se mirent à faire des pirouettes et des culbutes. Les yeux clos, je profitais de cet instant de repos, de calme, même s'il n'était qu'illusoire.

Ma grand-mère installa des couvertures, Julie et Sarah sortirent leurs provisions. René revint avec un seau rempli d'eau ; il le présenta au cheval qui but avidement. Simone, assise près de son père, semblait encore plus épuisée que moi.

Nous avons mangé avec appétit, mais la fatigue, par moments, brouillait ma vue. J'avais des étourdissements, je croyais voir les arbres vaciller dans les derniers rayons du soleil. Bientôt, le crépuscule amena une pénombre bleutée. J'eus vaguement conscience que d'autres personnes s'étaient installées plus loin. J'avais de plus en plus de mal à garder mes yeux ouverts. J'entendis, près de moi, Marc rire, gentiment moqueur :

— Si tu ne veux pas t'endormir debout, je crois qu'il vaut mieux que tu ailles te coucher !

— Maman, maman, cria Elisabeth, je pourrai dormir dans la carriole avec Denise ?

J'acquiesçai avec un sourire. Je laissai Marc étendre une couverture à l'abri d'un arbre. J'allai, avec Simone, coucher les deux petites filles dans la carriole. Elles étaient ravies.

— Pour elles, c'est un jeu, constata Simone, de merveilleuses vacances. Pauvres enfants !

Je les embrassai, leur souhaitai bonne nuit. J'embrassai également tous les autres, puis allai m'allonger sur la couche préparée par Marc. Il me couvrit d'une autre couverture, vint s'étendre près de moi. Je me blottis contre lui, posant ma tête sur son épaule. Abrutie de fatigue après la longue marche de la journée, je fermai les yeux, déjà à moitié endormie. De la carriole fusaient des rires étouffés et des gloussements.

Plus loin dans le jardin, parmi les autres réfugiés, un vieillard gémissait. J'entendis, comme une litanie, sa voix chevrotante répéter inlassablement :

— Gisèèèle, je veux rentrer à la maison... Gisèèèle, retournons à la maison ! Gisèèèle...

Cette longue plainte m'accompagna alors que je basculais dans le sommeil.

Ce fut le chant des oiseaux qui me réveilla. Je n'ouvris pas les yeux tout de suite. Un instant, je restai blottie contre Marc, dans une bienheureuse torpeur, l'esprit encore engourdi de sommeil, persuadée que nous étions comme toujours dans notre grand lit, dans notre chambre. Mais brutalement, avec un choc douloureux, la réalité s'imposa à moi. Je me souvins : le départ, la route, et la halte dans ce jardin inconnu. Je me dressai d'un bond et regardai autour de moi.

— Tu es réveillée ? dit Marc en me souriant avec tendresse. Je n'osais pas bouger, je voulais te laisser dormir et reprendre des forces. La journée va être longue, nous avons encore beaucoup de route à faire...

Je fermai les yeux, prise d'un découragement soudain. Recommencer à fuir, encore, jusqu'au domicile de cet oncle que je connaissais à peine... Et ensuite ?

Avec un soupir je me levai, défripai mes vêtements. Ma grand-mère, avec son activité coutumière, allait et venait, pliait les couvertures. Simone et ses parents dormaient encore. Je ne vis pas René ni Julie. Ma grand-mère vint à moi, m'embrassa :

— Bonjour, Thérèse. As-tu bien dormi ? Nous allons manger un peu avant de repartir. Julie est allée traire les vaches qui sont là-bas, dans le pré ; les habitants de cette ferme sont partis eux aussi. Nous aurons du lait frais, avec le pain et les biscuits qui nous restent.

De la carriole, une petite voix me parvint :

— Maman !

Je me hissai à l'intérieur, m'accroupis auprès des deux enfants. Elisabeth me tendit les bras :

— Bonjour, maman !

Je l'embrassai avec tendresse, serrant contre moi son petit

corps tout chaud de sommeil. Denise, à ses côtés, ouvrit les yeux :

— Et ma maman, où est-elle ?

— Chut ! Elle dort encore. Vous allez vous lever sans faire de bruit.

Avec l'aide de Marc, elles descendirent de la carriole. René revint avec de l'eau fraîche, fit boire le cheval, s'occupa de lui. Julie, à son tour, rapporta un seau rempli de lait frais et mousseux. Lorsque tout le monde fut réveillé, nous avons pris notre petit déjeuner en partageant les provisions qui nous restaient. Les deux petites filles mangèrent avec appétit des biscuits trempés dans du lait. Ma grand-mère sortit sa bouteille Thermos et nous bûmes un peu de café. Le soleil commençait à monter dans le ciel et, après la fraîcheur de la nuit, nous accueillions tous sa chaleur avec gratitude. Simone passa la main dans ses cheveux ébouriffés :

— Je ferais bien un peu de toilette, dit-elle. Je me sens sale et chiffonnée.

— Dans la cour, suggéra Julie, il y a une pompe. J'ai vu, tout à l'heure, des personnes qui allaient s'y laver.

Simone se tourna vers moi :

— Viens avec moi, Thérèse. Emmenons les enfants.

— Je viens aussi, dit Marc. J'en profiterai pour me raser.

Il prit son blaireau, sa crème. J'allai chercher, dans la carriole, le savon, les gants et les serviettes que nous avions pensé à emmener. Tous ensemble, nous sommes allés dans la cour. Il y régnait une certaine effervescence. Des personnes qui avaient passé la nuit là se préparaient à s'en aller. D'autres, comme nous, prenaient de l'eau à la pompe. Simone rinça une bassine qu'elle avait trouvée, la remplit. Avec Marc, je la portai dans un coin de la cour, en plein soleil.

— Venez vous laver, les filles !

Il était 8 heures, et il faisait déjà chaud. Elisabeth et Denise se retrouvèrent en petite culotte. Je pris un gant de toilette, fis mousser le savon. Je lavai le visage, les bras et les jambes de ma fille. Simone fit de même pour la sienne. Pendant ce temps, Marc se rasait. Je me rafraîchis également le visage et les mains. Simone se lava, se recoiffa. Les deux petites filles, excitées par la nouveauté, sautèrent à pieds joints dans la bassine ; elles se mirent à s'éclabousser en riant aux éclats. Sur leurs petits corps, les gouttes d'eau brillaient, irisées par le soleil. Quelque part, le chant d'un coq éclata, se mêlant à leurs cris de joie. Marc, près de moi, les regardait en souriant. Pendant un très court instant, dans la lumière dorée de ce matin de printemps, j'eus l'impression d'être en vacances. Mais cela ne dura pas. Je ne pouvais oublier bien longtemps notre situation incertaine, la précarité de notre avenir. Je regrettais de ne plus être une enfant, de ne plus posséder ce don de ne profiter que du moment présent, sans penser à autre chose.

Enfin lavées et coiffées, nous avons rejoint les autres. René avait attelé le cheval, et tout était prêt pour le départ. Ma grand-mère grimpa dans la carriole, avec Simone et les deux petites filles. Et, de nouveau, nous nous sommes mis en route.

Nous sommes sortis de la ferme, mêlés à d'autres, afin de rejoindre la grand-route. Assez loin devant nous, une femme poussait une brouette dans laquelle était assis un vieillard, parmi des paquets et des ballots de linge. Sa voix parvint jusqu'à moi :

— Gisèèèèle... On rentre à la maison ?

Je compris que, la veille au soir, c'était lui que j'avais entendu. Je le regardai. Sous des cheveux blancs comme neige, ses candides yeux bleus s'étonnaient et ne comprenaient pas. La femme, le visage rouge, épuisée par le poids de la brouette, s'arrêtait un instant, posait la brouette par terre, soufflait quelques secondes, la reprenait et repartait. A ce rythme, tout le monde les dépassait. Nous-mêmes, nous fûmes vite à leur hauteur. J'eus pitié d'eux. Nous qui avions une carriole, ne pourrions-nous pas les aider ? Je posai la question à Marc et à René, qui approuvèrent.

— Avez-vous une longue route à faire ? demandai-je à la femme qui, une fois de plus, s'était arrêtée.

Elle essuya son front du dos de la main, soupira :

— Nous allons à La Bassée, chez ma sœur. Nous venons de Lille. Ça fait trois jours que nous sommes partis, et mes bras n'en peuvent plus. C'est mon père, vous comprenez, je ne peux pas le laisser. Il a plus de quatre-vingts ans et ne peut presque plus marcher. C'est le seul moyen que j'aie trouvé pour l'emmener. Nous n'avons rien d'autre, ni vélo, ni voiture.

— Si vous voulez, nous pouvons le mettre dans notre carriole. Cela soulagerait vos bras.

Son visage s'éclaira :

— Vraiment ? Vous feriez ça ? Oh, merci !

Nous avons fait descendre les deux petites filles et, à leur place, Marc et René ont hissé le vieil homme. Il se laissa faire sans comprendre davantage. Je le regardai avec pitié : être obligé, à son âge, de quitter son foyer et de fuir sur les routes, transporté dans une brouette... Je le plaignis sincèrement.

En poussant avec une nouvelle vigueur sa brouette allégée, sa fille m'expliqua :

— Il n'a plus que moi et je n'ai plus que lui. Ma sœur est mariée, elle vient nous voir une ou deux fois par an. Moi, je suis veuve ; depuis la mort de mon mari, je vis avec mon père. Il est aussi doux qu'un enfant. Je lui ai expliqué pourquoi nous devions partir, mais je ne sais pas s'il a compris. Il ne fait que répéter, sans cesse, qu'il veut rentrer à la maison. Malheureusement, je ne peux pas lui donner satisfaction. Moi aussi, je voudrais bien rentrer, mais c'est impossible, n'est-ce pas ?

Avec une compassion sincère, j'acquiesçai. Ce raisonnement était valable pour tout le monde. Il était bien évident que tous, nous aurions préféré rester chez nous. Au lieu de cela, nous devions marcher, droit devant nous, sur des routes inconnues et encombrées, dans une chaleur pénible et une incertitude douloureuse.

Bientôt, Elisabeth et Denise se plaignirent d'avoir mal aux jambes.

— Attendez, dit René. Je vais faire de vous de superbes cavalières !

L'une après l'autre, il les souleva et les jucha sur le dos du cheval. En poussant des cris de ravissement elles s'accrochèrent à sa crinière. Du fond de ma mémoire, un souvenir remonta : bien souvent, Antoine avait agi ainsi avec Simone et moi, lorsque nous allions dans sa ferme. Je me tournai vers mon amie :

— Tu te souviens, Simone ?

Une étincelle brilla fugitivement dans ses yeux las, et elle hocha la tête avec nostalgie :

— Oui, nous aussi, dans notre enfance... Comme c'est loin, déjà !

Et puis, pensai-je, les conditions n'étaient pas aussi dramatiques. Mais je gardai cette réflexion pour moi.

Le vieillard, dans la carriole, avait fini par somnoler. Nous avons traversé des villages, le plus souvent désertés par leurs habitants. Dans l'un d'eux, nous avons eu la chance de voir une boulangerie ouverte. Nous en avons profité pour acheter un pain, car depuis l'avant-veille, nos provisions avaient diminué.

Un peu avant midi, nous sommes arrivés à La Bassée. Notre compagne de route s'arrêta :

— Je vais vous quitter ici, à présent. Je vous remercie de m'avoir aidée. Pouvez-vous remettre mon père dans la brouette ?

Marc et Joseph ont descendu le vieil homme, l'ont installé dans la brouette. Réveillé brutalement, il regardait autour de lui avec égarement :

— Gisèèèèle... On est bientôt à la maison ?

Elle soupira, fit un geste d'impuissance, souleva sa lourde brouette :

— Au revoir, murmura-t-elle. Bonne chance, et merci encore.

Elle se pencha, tira d'un grand sac un paquet de bonbons, me le tendit :

— Tenez, prenez-le... pour vos petites filles.

Elle s'éloigna dans une rue transversale. Le sachet de bonbons à la main, je la regardai partir, petite silhouette noire et courageuse.

— Allons, dit Marc, il faut avancer.

De nouveau, nous nous sommes mêlés à la file ininterrompue. Nous avons traversé la ville. Les rues étaient pleines de monde, mais tous étaient des réfugiés comme nous ; les habitants semblaient avoir fui, eux aussi. Les maisons, portes et volets clos, étaient visiblement inhabitées. Certaines avaient leurs fenêtres brisées, leurs portes enfoncées. De l'une d'elles, au moment où nous passions, sortaient des gens qui, les bras chargés de linge et de vaisselle, empilèrent le tout sur une charrette à bras déjà remplie. Ils ajoutèrent encore sur le dessus une grande horloge.

— Ils sont entrés pour piller, gronda ma grand-mère. Quelle honte !

De la file, devant nous, un vieil homme leur cria :

— N'avez-vous pas vu les affiches ? Il est interdit de piller ! Respectez au moins les biens des autres ! Ça vous ferait plaisir de ne plus rien retrouver chez vous quand vous rentrerez ?

— C'est certainement ce qui se produira, lui répondit l'un des hommes. Nous prévoyons, justement, et nous ne faisons qu'échanger. Ce que l'on va sûrement nous prendre, nous le reprenons ailleurs. Vous n'avez qu'à faire comme nous ! De toute façon, si ce n'est pas nous, ce sera les Allemands. Alors !...

Sans gêne, ils se mirent en route avec leur butin. A part quelques protestations, quelques réflexions : « Voleurs ! Vous devriez avoir honte ! » la réaction générale fut l'indifférence. Moi, j'étais outrée. Et puis, cette scène avait fait surgir dans mon esprit une nouvelle inquiétude : si notre maison, elle aussi, se trouvait pillée ? J'essayais de me rassurer en me disant qu'elle était retirée de la grand-route ; de plus, Amédée et Zoé avaient promis de la surveiller. Mais, après ce que je venais de voir, je n'étais pas tranquille.

A la sortie de la ville, un détachement de soldats surveillait l'incessant défilé et nous arrêtait :

— Où allez-vous ?

— A Béthune.

— Quittez la grand-route. Prenez la route secondaire, celle qui va vers Givenchy. Vous arriverez plus vite, et ce sera plus calme. Vous trouverez des fermes pour vous abriter et vous ravitailler.

— Mais, protesta quelqu'un derrière nous, j'ai vu une affiche qui conseillait de suivre l'itinéraire Béthune-Saint-Pol.

— Ne vous occupez pas des affiches de ce genre. Certaines sont l'œuvre de la Cinquième Colonne, et visent à désorganiser les transports alliés en encombrant les voies principales. Faites ce que nous disons : il faut dégager les routes nationales pour faciliter le passage de nos troupes.

— Bon courage, mes enfants ! leur lança un vieil homme. Moi j'ai fait l'autre guerre, et on les a eus ! J'espère que vous les aurez, vous aussi !

— On ne les craint pas, vous savez ! Nos chars SOMUA sont supérieurs aux leurs. Malheureusement ils en ont beaucoup plus que nous. C'est pour ça que nous avons dû battre en retraite, à Gembloux. Mais cette fois-ci, c'est décidé, nous les aurons !

Suivant leurs conseils, nous avons emprunté une route secondaire. Tout autour de nous, c'était de nouveau la campagne, verdoyante et ensoleillée. Nous avons marché pendant quelques kilomètres ; puis Elisabeth et Denise, qui avaient rejoint Simone dans la carriole, se penchèrent :

— Maman, j'ai faim ! dit la première.

— Je voudrais arrêter, dit l'autre, j'ai besoin de faire pipi.

— On pourrait aussi se restaurer un peu, proposa Marc. Là-bas, dans ce petit chemin, il y a un bouquet d'arbres. Allons-y.

René guida le cheval par la bride et, quittant la route, nous avons pris un chemin de terre où quelques arbres dispensaient une ombre bienfaisante. Nous nous sommes arrêtés là, heureux d'être, pour un instant, à l'abri du soleil et de sa chaleur implacable.

Le cheval, profitant de cette halte, se mit à brouter l'herbe du talus. J'allai près de lui, lui caressai le museau. Il pointa ses fines oreilles et me regarda de ses bons gros yeux.

— Il a sûrement soif, dit René, et je n'ai pas d'eau à lui offrir.

— Tout à l'heure, dis-je, au prochain village, nous essaierons de trouver une pompe.

— Nous allons devoir manger ce qui nous reste, annonça ma grand-mère, du pain et des biscuits. Il y a aussi de l'infusion de menthe. Elle sera tiède, mais ce sera mieux que rien.

Nous nous sommes installés sur une couverture posée dans l'herbe. Au-dessus de nous, les feuilles des arbres, caressées par la brise, bruissaient doucement. Passant à travers elles, les rayons du soleil mettaient partout des taches de lumière dorée. Je levai les yeux et croisai le regard bleu de Marc, posé sur moi avec amour et sollicitude. Je lui souris. Près de moi, Simone s'était allongée et, les yeux au ciel, semblait rêver. Plus loin, dans la prairie qui bordait le talus, Elisabeth et Denise cueillaient des pâquerettes. Elles vinrent vers nous en courant, le visage rose et animé. Je les regardais en souriant, retrouvant l'impression que j'avais déjà éprouvée ce matin même, l'impression illusoire et fausse que nous étions en vacances.

— Tiens, maman, c'est pour toi.

Je pris des mains de ma fille le petit bouquet et l'attirai tendrement contre moi pour la remercier.

Ce fut alors qu'ils arrivèrent. Comme un cauchemar dans cette radieuse journée de printemps, venant semer brutalement le drame, l'horreur et la mort. Nous n'eûmes pas le temps de les voir venir. D'un seul coup, leur grondement emplit le ciel, et ils furent là. Ils foncèrent sur nous en piqué, dans un hurlement terrifiant. Tout se précipita. Près de moi, le cheval hennit avec terreur et roula des yeux fous ; René se jeta à sa tête et le maintint par la bride, le tirant à l'abri des arbres. Marc nous poussa, Elisabeth et moi, dans le fossé. Il se coucha sur nous.

— Ne bougez pas ! cria-t-il.

Le nez dans l'herbe, serrant contre moi Elisabeth qui pleurait de frayeur, je fermai les yeux, en proie à une peur animale, invincible. J'entendis le vacarme des explosions, des cris, des hurlements, des hennissements de chevaux, des pleurs d'enfants, tout cela noyé sous leur vrombissement incessant, qui ne s'éloignait que pour mieux revenir. Plusieurs fois, ils passèrent au-dessus de nous, avant de s'en aller définitivement.

Lorsqu'enfin on ne les entendit plus, je relevai la tête. Je tremblais sans pouvoir m'en empêcher. Elisabeth, le visage maculé de larmes et de poussière, se redressa, hébétée. Marc nous serra toutes les deux dans ses bras avec transport :

— Mes chéries ! Vous n'avez rien ? Vous n'êtes pas blessées ?

Il palpa le petit corps d'Elisabeth, qui se laissa faire passivement, le regard encore plein de terreur. Je la pris contre moi, essayant de la rassurer. Dans un état second, je remarquai, près de nous, les pâquerettes éparpillées dans l'herbe.

Les autres se relevaient également. Ma grand-mère porta la main à son cœur.

— De telles émotions, murmura-t-elle, à mon âge... Ça ne me vaut rien...

Elle s'assura que nous n'avions rien et poussa un long soupir. Le visage gris, elle s'appuya contre la carriole. René finissait de calmer le cheval qui agitait encore la tête avec violence. Mon amie Simone, les mains ouvertes appliquées sur son ventre, assise sur le rebord du fossé, semblait au bord de l'évanouissement. Denise, près d'elle, pleurait. J'enregistrai tout cela machinalement, encore trop terrifiée pour raisonner avec cohérence.

— Dieu merci, nous n'avons rien, constata Julie en brossant de la main sa robe. Nous étions à l'abri des arbres, ils ne nous ont pas vus.

Prise d'un vertige, je me laissai aller contre Marc. Le soulagement qui m'envahit effaça tout autre sentiment : nous étions sains et saufs ! Je serrai avec force mon enfant contre moi.

— Ils se sont surtout acharnés sur les autres, là-bas sur la route, dit Joseph.

Ce fut à ce moment seulement que je pris conscience de ce qui se passait sur la grand-route. Subitement me parvinrent les cris, les gémissements, les pleurs. D'où j'étais, je pouvais apercevoir des charrettes renversées, des corps étendus, d'autres qui, penchés, semblaient se déplacer difficilement. Très loin, vers l'avant, une colonne de fumée noire et serrée s'élevait dans le ciel bleu. J'entendis un chien hurler à la mort et des frissons hérissèrent ma peau. Quelque part, un cheval hennissait de douleur.

Il me parut d'autant plus miraculeux que nous n'ayons rien. Avec des larmes de soulagement, j'embrassai Marc, Elisabeth, ma grand-mère. Je me penchai sur Simone, fus frappée de sa pâleur. Près d'elle, sa mère lui frictionnait les joues et les tempes.

— Allonge-toi, Simone, tu seras mieux.

Elle m'obéit, ferma les yeux. Marc lui prit le pouls :

— Il est faible et irrégulier. Elle a eu peur. Cela n'est pas bon pour l'enfant qu'elle attend. Il faut qu'elle reste allongée et qu'elle se repose quelques instants.

Là-bas, sur la grand-route, se faisaient plus pressants les appels, les plaintes. Marc saisit sa trousse, dit avec détermination :

— Sans doute ont-ils besoin d'un médecin. J'y vais. Viens avec moi, Thérèse, tu m'aideras.

— Je viens aussi, dit ma grand-mère d'un ton sans réplique. Je sais soigner et faire des pansements, je vous serai utile.

Elle sortit une paire de draps tout neufs de la carriole, les tendit à Julie et Sarah :

— Déchirez-moi ça en bandes. J'ai l'impression que nous allons en avoir besoin.

Je recommandai à Elisabeth de rester avec Denise, près de Simone, et je suivis Marc, les jambes encore tremblantes. Alors que nous approchions de la grand-route, l'effroi me fit écarquiller les yeux. Je compris que nous étions partis pour une longue marche vers l'horreur.

5

Le spectacle qui nous apparut était épouvantable. Partout, des chariots renversés, des voitures éventrées, des chevaux tués, des bagages, du linge, des vêtements éparpillés, des corps allongés, immobiles, des blessés couverts de sang qui gémissaient, des enfants qui pleuraient en appelant leurs parents. Dans un fossé, un cheval essayait de se redresser sans y parvenir, en hennissant désespérément. Sur le bord de la route, une jeune femme couverte de sang était étendue sur le dos, les yeux fixes, le regard perdu dans le bleu du ciel. Près d'elle, un petit garçon qui pouvait avoir cinq ans la tirait par la main, hurlant, incompréhensif et terrifié :

— Maman ! Maman !

Marc se pencha sur elle, lui ferma les yeux :

— Il n'y a plus rien à faire, me dit-il. Elle est morte.

Malheureuse, je regardai le petit garçon. Il était blessé, et son bras gauche saignait abondamment. Marc désinfecta la blessure, et je fis un pansement. En même temps, j'essayai de calmer l'enfant, lui parlant doucement :

— Avec qui étais-tu ? Y avait-il d'autres personnes avec toi ?

— Ma maman, répondait-il invariablement. Dites, pourquoi elle ne me répond pas ?

Que pouvais-je dire à ce petit bout d'homme qui refoulait courageusement ses larmes et oubliait sa propre douleur pour ne se préoccuper que de sa mère ?

— Viens avec moi, proposai-je, nous allons essayer de chercher d'autres personnes avec qui tu étais.

Mais il refusa de me suivre. Cramponné à la robe de sa mère, il resta là, petite sentinelle pathétique et désespérée. Je dus le laisser, pour aller en soigner d'autres. Ma grand-mère était venue nous rejoindre, les bras chargés de bandes de drap blanc. Nous avons commencé à nettoyer, panser, en attendant qu'arrivent les secours. Deux jeunes gens étaient allés à bicyclette au village voisin, pour téléphoner à La Bassée et demander de l'aide. Nous, nous avons travaillé sans une seconde de répit. Inlassablement, nous allions d'un blessé à l'autre, dispensant les premiers soins, essayant d'apaiser la douleur dans la mesure de nos faibles moyens. Parfois, nous ne pouvions pas faire grand-chose, comme pour cette jeune fille de quinze ans qui avait un bras arraché. Marc lui fit un garrot pour arrêter le sang, me murmura, tandis qu'elle s'éloignait avec sa mère qui pleurait :

— A l'hôpital, ils devront l'amputer. Pauvre enfant !

Nettoyer le sang, désinfecter, panser, sans cesse, parmi les lamentations, les cris de douleur, les plaintes, les pleurs, et tout cela sous un soleil éclatant qui se riait de nos souffrances. Il fallait grimper sur les talus, contourner les charrettes renversées, pendant que les rescapés essayaient de récupérer leurs affaires éparpillées partout. Je finissais par être hébétée de fatigue, de chaleur, d'horreur. La sueur coulait de mon front dans mes yeux et l'odeur fade du sang me soulevait le cœur.

A un moment, une femme, qui portait un enfant dans les bras, s'approcha de Marc :

— C'est vous, monsieur, qui êtes médecin ?

Marc releva la tête, les yeux las de toute cette souffrance rencontrée :

— Oui. Qu'y a-t-il ?

La jeune mère lui présenta l'enfant, dont elle tenait la tête serrée contre sa poitrine. C'était une toute petite fille d'environ deux ans, les yeux clos, le visage exsangue.

— Soignez-la, je vous en prie. Regardez, elle est blessée, là. Mais ce n'est pas grave, n'est-ce pas ? Elle va vivre ? Dites, elle va vivre ?

Avec horreur, je me rendis compte que le cou de l'enfant avait été presque entièrement sectionné. De la plaie béante, un sang rouge vif s'échappait, en un bouillonnement saccadé, noyant la robe de la jeune mère. Marc soupira, me regarda. Je lus dans ses yeux bleus tant d'impuissance et de tristesse que mon cœur se serra douloureusement. D'une voix basse, lourde de désespoir, il dit :

— Je suis désolé, je ne peux plus rien faire...

Le regard de la mère chavira. Avec un cri hystérique, elle supplia :

— Je vous en prie, je vous en prie, soignez-la !

— Je ne peux pas, dit Marc avec une infinie lassitude. C'est trop tard. On ne peut plus rien faire pour elle.

En sanglotant, la jeune femme se détourna, s'enfuit, le corps de son enfant toujours serré contre elle. Avec compassion, je la regardai partir. La vue brouillée par les larmes, je terminai le pansement que je faisais à un enfant de huit ans, qui avait reçu un éclat d'obus à la jambe. Ses parents le maintenaient tandis qu'il se débattait en hurlant :

— J'ai mal ! J'ai mal !

L'os avait été gravement atteint, et sans doute faudrait-il l'amputer, lui aussi. Pauvres innocents, pensai-je en fixant la bande de tissu, si jeunes et maintenant handicapés pour le restant de leur vie... Combien c'était injuste !

Je continuai mes soins, avec Marc et ma grand-mère ; cela devenait de plus en plus difficile. Par moments, j'avais des vertiges, des taches noires dansaient devant mes yeux. Près de moi, une vieille dame pleurait, agenouillée à côté des cadavres de sa fille et de ses petits-enfants. Elle se plaignait doucement, en une lamentation ininterrompue :

— Pourquoi eux, dites-moi, pourquoi eux ? Si quelqu'un devait mourir, c'était moi. Je suis vieille, et inutile. Pourquoi me laisser vivre ? Maintenant je reste seule... Que vais-je devenir ?...

Un homme vint vers moi :

— N'avez-vous pas vu un petit garçon blond vêtu de bleu ? demanda-t-il avec inquiétude.

J'essuyai d'un revers de main la sueur de mon front :

— Non, je ne l'ai pas vu.

Un cri de sa femme l'attira plus loin. Le bras levé, elle brandissait une sandale :

— Alfred ! Viens voir ! Ici, je viens de trouver sa chaussure. Il ne doit pas être loin ! Mon Dieu, pourvu qu'il ne soit pas...

Je me redressai, contournai une charrette, m'arrêtai : là, sur le revers du fossé, une petite chaussure identique à celle que montrait la femme un instant auparavant. Je me penchai, prête à la ramasser. Mais je suspendis mon geste, emplie d'horreur : un pied déchiqueté et sanglant se trouvait encore à l'intérieur.

Une nausée me secoua. J'eus dans la bouche un goût âcre de fiel. Un instant, je crus que j'allais vomir. Je me forçai à respirer profondément, plusieurs fois de suite. Le malaise passa. Détournant les yeux, je me dirigeai vers un blessé qui, un peu plus loin, geignait sourdement.

Enfin, des ambulances arrivèrent, et, avec elles, des infirmiers, des soldats. Sur des brancards, ils transportèrent les premiers blessés, les emmenèrent à l'hôpital. Plusieurs fois de suite, ils revinrent, repartirent, revinrent encore, jusqu'à ce que toutes les victimes fussent évacuées. Près de Marc, titubante d'épuisement, je les regardai s'éloigner, tellement saturée de fatigue et d'horreur que je n'éprouvais plus rien.

Ma grand-mère vint nous rejoindre. Des traces de sang maculaient son visage pâle aux traits tirés. Avec une bande de drap propre, elle essuya son front, ses joues, ses mains. J'en fis autant.

— Il faudrait de l'eau, dis-je, pour que nous puissions nous laver.

— Nous pouvons toujours changer de robe, proposa ma grand-mère. Dans la carriole, j'ai emmené quelques vêtements de rechange.

Nos robes, en effet, étaient dans un état lamentable :

chiffonnées, poussiéreuses, couvertes de taches, poissées par la sueur, éclaboussées par le sang de tous ceux que nous avions soignés. Le pantalon et la chemise de Marc ne valaient guère mieux.

Nous avons rejoint les autres qui, à l'abri des arbres, nous attendaient. Notre apparence les horrifia. Avec une serviette humide que me tendit Julie, je pus rafraîchir mon visage, mon cou, mes bras. Marc et ma grand-mère firent de même. A l'abri des buissons, nous avons changé de vêtements, abandonnant dans le fossé les autres, inutilisables. Je me recoiffai et me sentis un peu mieux. Mais une nausée continuelle me barbouillait l'estomac, et une douleur sourde me serrait les tempes.

— Veux-tu un morceau de pain ? proposa Sarah.

Je fis un geste de refus ; manger me paraissait impossible. Par contre, je bus un grand verre d'eau ; elle était tiède mais elle me parut délicieuse. Assise dans l'herbe, le dos appuyé à un tronc d'arbre, je regardai, à travers les feuilles, le bleu du ciel, d'où pourtant était venue la mort. Nous ne serions plus en sécurité nulle part : le danger était partout.

Nous avons repris la route et, pendant des kilomètres, un spectacle d'une désolation infinie nous a accompagnés : des véhicules brisés, calcinés, des cadavres de chevaux, que certains avaient dû pousser sur le côté pour pouvoir passer. En bordure des champs, par endroits, la terre fraîchement retournée surmontée d'une croix prouvait que d'autres avaient enterré là leurs morts avant de poursuivre leur route. Couché sur une de ces tombes improvisées, un chien gémissait, le museau entre les pattes, fidèle par-delà la mort. A califourchon sur une autre croix, un petit ours en peluche veillait sur le sommeil éternel d'un petit compagnon qu'il n'avait sans doute jamais quitté. Ces images m'étaient trop douloureuses. Je détournai les yeux pour ne plus les voir.

Assise dans la carriole, je regardai avec attendrissement les deux petites filles qui, couchées sur les ballots de linge, les joues empourprées par la chaleur, dormaient innocemment. Je ne pouvais m'empêcher de penser qu'elles aussi, elles auraient pu être tuées. Et je comprenais à quel point ma petite Elisabeth m'était précieuse.

Ma grand-mère, près de moi, sommeillait, le menton sur sa poitrine, en dodelinant de la tête au rythme du pas du cheval. J'essayai d'en faire autant, afin d'échapper au spectacle que m'offrait la route. Mais ce me fut impossible. Dès que je fermais les yeux, je revoyais, pêle-mêle, le sang, les blessés qui gémissaient, les cadavres parfois horriblement mutilés. Finalement je sautai de la carriole et me décidai à marcher près de Marc, regardant mes pieds, ne pensant qu'à avancer.

Les petites filles se réveillèrent et demandèrent à descendre. Elles se mirent à courir autour de nous ; leur insouciance allégea un peu les sombres pensées qui pesaient sur moi. Doucement, timidement, je commençai à réaliser que nous étions tous sains et saufs, et que cela seul importait. Je m'obligeai à chasser la question qui se faisait jour dans mon esprit et qui disait : oui, mais pour combien de temps ? Peut-être que la prochaine fois... Je levai sur Marc un regard désemparé. Il comprit mon appel, me fit un sourire rassurant, plein d'amour, me prit la main, la serra très fort.

Le soleil peu à peu devenait moins chaud ; de temps en temps le vent nous apportait des bouffées de brise fraîche, annonçant la fin de la journée. Je marchais comme un automate, les yeux toujours fixés sur mes pieds, me forçant à ne pas penser. La fatigue m'abrutissait, et par moments je trébuchais. Un brusque arrêt me fit lever la tête. Devant nous s'étendait une file ininterrompue de gens qui, comme nous, s'étaient immobilisés. Derrière nous, d'autres vinrent nous rejoindre et s'arrêtèrent également.

— Que se passe-t-il ?

— Pourquoi n'avance-t-on plus ?

Personne n'était capable de répondre. Une appréhension apparut sur les visages : ce qui s'était passé était encore trop présent dans les esprits... Comme rien ne bougeait, René prit une décision :

— Je vais passer sur le talus, et aller voir, là-bas à l'avant.

— Reste ici, René, s'écria Julie tout de suite inquiète. Qui sait ce que tu vas trouver ?

— Allons, maman, ne crains rien, je vais revenir.

A grands pas, il s'en alla. D'autres, à bicyclette, ou même à pied, se faufilaient parmi les gens immobiles afin d'avancer malgré tout. Nous, avec notre cheval et notre carriole, nous ne pouvions rien faire d'autre qu'attendre.

Après quelques minutes, René revint :

— C'est bloqué à deux ou trois kilomètres d'ici, m'a-t-on dit. Il y a une passerelle à traverser, et les Anglais en interdisent l'accès.

— Alors, qu'allons-nous faire ?

— Il faut retourner sur nos pas, prendre une autre route.

— Cherchons plutôt un endroit où passer la nuit, proposa Marc qui me voyait chanceler de fatigue. Nous aviserons demain.

Ce fut alors une cohue indescriptible. La nouvelle parcourut les rangs : on ne pouvait pas aller plus loin, la route était bloquée par les Anglais. Certains, découragés, restaient là, sur place, incapables de prendre une décision. D'autres, comme nous, avaient décidé de faire demi-tour. D'autres encore, difficiles à convaincre, voulaient se rendre compte par eux-mêmes. Entre ceux-ci et ceux qui repartaient en sens inverse, ce fut une incroyable mêlée. Quelques-uns, épuisés par la longue marche, la chaleur, la fatigue, finirent par s'énerver. Il y eut des jurons, des échanges de réflexions désagréables. D'autres, amorphes, ne bougeaient pas et bloquaient la route. Un tout jeune enfant, suivi par un chien, courut jusque sous les pattes de notre cheval. Sa mère se précipita derrière lui, le saisit au vol, lui donna quelques tapes sur le derrière. Il se mit à hurler. Le chien, à son tour, aboya ; notre cheval, pris de peur, hennit, prêt à se cabrer. René l'attrapa par le licol, lui parlant doucement pour le calmer.

Enfin, peu à peu tout le monde fit demi-tour. Ce ne fut pas une mince affaire pour nous, à cause du cheval et de la carriole. Avec René à l'avant, Marc et Joseph à l'arrière, il fallut faire plusieurs manœuvres. L'attelage se trouva à un moment en travers de la route ; avec patience les trois hommes firent avancer le cheval, puis reculer, puis avancer de nouveau en amorçant un demi-tour. Enfin ce fut fait et nous avons pu nous remettre en route ; il y eut encore de nombreux arrêts dus à l'encombrement et au fait que nous croisions, par moments, des entêtés qui voulaient passer à tout prix.

Tout cela nous avait fait perdre du temps, et nous ne

désirions plus qu'une chose : nous arrêter pour la nuit. Le soleil, là-bas au-delà des champs, se préparait à se coucher, dans un ciel mauve strié de traînées sanglantes. Un brusque coup de vent me fit frissonner.

— Tu as froid ? demanda Marc.

— Non, il ne fait pas froid. C'est que... je suis tellement fatiguée...

Dès que nous avons vu, sur la droite, une petite route secondaire qui menait à un village, nous n'avons pas hésité. Nous l'avons empruntée. Le village était encore à quelques centaines de mètres lorsque nous avons aperçu les bâtiments d'une ferme. D'un commun accord, nous nous sommes arrêtés.

Comme la veille — Etait-ce seulement la veille ? Cela me semblait si loin ! — la cour et les bâtiments alentour étaient pleins de gens qui allaient et venaient. Certains, assis à même le sol, mangeaient ; d'autres se préparaient pour la nuit ; des enfants se poursuivaient en criant. René guida le cheval dans le fond de la cour, là où il y avait moins de monde. Il le dételа, et le doux animal secoua la tête en soufflant bruyamment.

— Je vais le mener derrière, dit René, et essayer de voir s'il n'y a pas une pâture où je pourrais le mettre. Ensuite, je lui porterai un seau d'eau.

Appuyée contre le mur encore chaud de soleil, je le regardai faire. Marc aida Simone à descendre de la carriole. Elle vint près de moi, essayant courageusement de sourire malgré sa fatigue :

— Je n'ai plus qu'une pensée cohérente : m'allonger et dormir. Les cahots de la carriole m'ont donné mal dans les reins.

Je l'observai avec sollicitude. Une telle épopée n'était certes pas recommandée pour une jeune femme enceinte de cinq mois. Et si elle perdait son bébé ?... Je dis, pour me convaincre autant qu'elle :

— Après une nuit de sommeil, demain tu iras mieux.

J'allai vers ma grand-mère, dont le visage gris et creusé m'inquiétait :

— Ça va ? demandai-je doucement.

Dure avec elle-même, refusant de se plaindre et d'avouer sa fatigue, elle dit :

— Le petit somme que j'ai fait dans la carriole m'a revigorée. Ne t'inquiète pas pour moi, je suis solide.

Elle installa une couverture sur le sol, déballa les vivres qui restaient : du pain, des biscuits, et les bonbons que nous avait offerts notre compagne de route ce matin, il y avait si longtemps ! Julie sortit du fromage, du saucisson, et Sarah des gaufres. Tout fut dévoré avec rapidité. Nous avons surtout bu avidement l'eau fraîche que René allait chercher, comme tous les autres, au robinet de la cuisine.

— Peut-être notre ferme est-elle envahie comme ça aussi, remarqua pensivement Julie en regardant autour d'elle.

— Celle-ci est abandonnée, dit René. Chez nous, Boris est resté, et fait bonne garde.

— Je l'espère. Mais seul contre tant de gens, que pourrait-il faire ?

Le seau d'eau avec lequel René était allé abreuver le cheval était là, près de nous. Je me sentais tellement sale, collante, poisseuse, que j'eus envie de me laver. Ce devint un besoin pressant, irrésistible.

— Marc, chuchotai-je, va remplir le seau à la pompe, s'il te plaît. Je vais faire un brin de toilette.

J'aurais voulu me laver entièrement, mais dans de telles conditions, comment faire ? Je finis par avoir une idée : je demandai à Marc de porter le seau d'eau dans la carriole, je tendis une couverture devant l'ouverture et là, à l'abri des regards indiscrets, je me déshabillai. Je fis mousser le savon avec délices, éliminant de mon corps la sueur, la poussière, la saleté. L'eau était fraîche et, après la chaleur de la journée, je me sentais revivre. Il me semblait que je me lavais, en même temps, de tous les souvenirs qui hantaient mon esprit. Pourrais-je un jour les oublier ?

Enfin, revigorée, je sortis de la carriole. Ma grand-mère voulut en faire autant, puis ce fut au tour de Marc, puis des autres. Pendant ce temps, petit à petit, l'obscurité avait envahi les lieux. Les deux petites filles dormaient debout. René roula une couverture sous son bras :

— A demain, dit-il. Je vais aller dormir près du cheval.

— Quant à nous, dit ma grand-mère, allons voir s'il reste de la place dans le hangar.

Il était presque plein. Un emplacement restait libre près de la porte.

— Installons-nous là.

Nous avons étendu des couvertures sur un lit de paille, et nous nous sommes allongés, le plus silencieusement possible pour ne pas réveiller ceux qui dormaient déjà. Je me couchai sur le dos, laissant reposer mes membres endoloris. Je pris la main de Marc, heureuse de le sentir près de moi, et fermai les yeux. A ma droite, Simone dormait en poussant des petits gémissements plaintifs. Un peu partout dans le hangar, des gens remuaient dans leur sommeil. Quelqu'un toussa. Un enfant pleura en appelant : « maman, maman ». J'étais si fatiguée que je pensais m'endormir immédiatement, et pourtant le sommeil ne venait pas. Je n'osais pas trop bouger pour ne pas réveiller les autres, mais je ne pouvais m'empêcher de me tourner et me retourner sur ma couche inconfortable. Je revoyais, pêle-mêle, les événements de la journée, qui dansaient dans ma tête une sarabande infernale. Impossible de m'en débarrasser ; comment en chasser le souvenir ?

Tout contre moi, Marc chuchota :

— Tu ne dors pas ?

— Non, je n'y arrive pas. Je t'ai réveillé ?

— Non, je ne dors pas non plus. Viens, allons faire un tour dehors.

Avec précaution, sans faire de bruit, nous nous sommes levés, nous sommes sortis. Dehors, Marc me prit la main, m'entraîna. En passant par-derrière, nous avons quitté la ferme. Un sentier partait dans les champs, nous l'avons suivi. Marc mit un bras autour de ma taille, me serrant contre lui. Etroitement enlacés, nous avons marché dans la nuit, heureux de nous retrouver seuls tous les deux. Au-dessus de nous, des milliers d'étoiles scintillaient dans le ciel. De la campagne endormie montait une odeur fraîche de terre et d'herbe que je respirais avec délices ; de temps en temps un frôlement indiquait la présence d'un petit animal nocturne, que nos pas faisaient fuir. Nous avancions en silence, et je me sentais bien. La présence de Marc m'apaisait. Nous étions deux, avec notre amour intact, inchangé, et pour le moment la guerre n'existait plus.

Près d'un bosquet, Marc s'arrêta, me fit face. Appuyée contre le tronc d'un arbre, je le regardai. Je vis les étoiles danser dans ses yeux ; ils exprimaient un mélange d'amour et de désir qui accéléra les battements de mon cœur. Avec douceur, il prit mon visage dans ses mains, se pencha, m'embrassa. Je fermai les yeux, sentant mon corps répondre au sien. Je frissonnai sous ses caresses. Il embrassa mon cou, dénuda mes épaules :

— Thérèse...

Il me fit glisser dans l'herbe, s'allongea sur moi. Le désir me faisait haleter. Les yeux clos, les mains agrippées à ses épaules, je me donnai à lui cette nuit-là comme jamais je ne l'avais fait auparavant ; et lui, avec une passion qu'amplifiait le danger que nous avions couru, m'aima follement, tendrement, longuement. Je sentis le désir croître, croître jusqu'à l'intolérable, puis le plaisir déferla brutalement, intense, violent. Marc étouffa mes cris sous ses baisers.

Ce fut un tel éblouissement que nous sommes restés longtemps, ensuite, sans bouger. Serrés l'un contre l'autre, nous profitions de ce bonheur si merveilleux et si précaire. Un tel amour, une telle plénitude nous unissait que rien, à ce moment-là, ne pouvait nous atteindre.

L'humidité de la nuit nous força à nous relever.

— Viens, dit Marc en caressant mon visage de ses lèvres. Rentrons.

Détendue, apaisée, je l'ai laissé m'emmener. Mes yeux se fermaient et je devais lutter pour les garder ouverts. Dans le hangar, tout était silencieux. Nous nous sommes couchés, blottis l'un contre l'autre. J'ai posé ma tête sur l'épaule de Marc, et je me suis endormie d'un seul coup. Son « Je t'aime » m'a accompagnée dans le sommeil.

A l'aube, le remue-ménage de ceux qui étaient déjà levés nous a réveillés. Nous sommes sortis dans la cour, encore tout engourdis de sommeil. Une légère brume se dissipait, chassée par les premiers rayons du soleil. Une fois de plus, la journée promettait d'être chaude. Je me tournai vers Marc, lui souris. Notre étreinte de la veille laissait dans tout mon corps un alanguissement, un émerveillement fragiles et précieux, que je voulais garder le plus longtemps possible en oubliant la présence de la guerre.

— J'ai faim, dit Denise.

— Moi aussi, maman, j'ai faim, dit Elisabeth.

Sarah ouvrit son dernier paquet de gaufres :

— Nous n'avons presque plus rien.

— Emmenons toujours une provision d'eau fraîche pour le voyage, déclara ma grand-mère. Nous essaierons de trouver du ravitaillement sur la route.

Et, de nouveau, nous sommes partis. Nous avons emprunté une autre route, puisque celle de la veille était barrée : nous sommes retournés sur nos pas puis nous avons bifurqué, à un moment, sur la gauche.

— Nous allons certainement faire un détour qui nous retardera encore, constata Joseph.

— Je le sais bien, répondit Marc en soupirant. Mais comment faire autrement ?

Nous avancions sur une route toujours encombrée. Simone, le visage un peu reposé, marchait à mes côtés. Peu à peu, le charme que m'avait laissé ma nuit avec Marc s'atténuait, chassé par une inquiétude sournoise et de plus en plus tenace : et si les avions revenaient ? Sans pouvoir m'en empêcher, je scrutais le ciel, je redoutais d'entendre le vrombissement terrifiant. Une angoisse constante me crispait.

A l'entrée d'un village, un café était ouvert.

— Allons-y, proposa ma grand-mère. Nous pourrons peut-être boire une tasse de café et obtenir du lait pour les petites.

René a emmené le cheval dans la cour, l'a attaché. Dans le café, de nombreuses tables étaient occupées par des réfugiés comme nous. Nous nous sommes installés à l'une d'elles, encore libre. Le patron se dirigeait vers nous pour prendre notre commande lorsque, brutalement, un jeune garçon est entré en courant dans la salle, l'air affolé :

— Les Allemands ! a-t-il crié, tout essoufflé. Les Allemands arrivent ! Ils sont là, au bout de la rue !

Ce fut un brouhaha d'exclamations horrifiées ou incrédules. Des gens se levèrent avec un regard de bête traquée ; d'autres restèrent immobiles, le visage figé, stupéfié. Le cafetier secoua l'adolescent avec une sorte de fureur :

— Qu'est-ce que tu racontes ? Ce n'est pas vrai ! Qui t'a dit ça ?

— Je les ai vus, je viens de les voir. Ils arrivent ! Si vous ne me croyez pas, sortez, vous verrez bien !

Un des clients, près du comptoir, alla jusqu'à la porte, jeta un coup d'œil à l'extérieur, revint, tout pâle :

— Il dit vrai, souffla-t-il. Ils arrivent, là, tout un régiment...

Le cafetier eut un haut-le-corps, comme s'il avait été frappé. Il chancela, s'appuya à notre table, avec un geste qui exprimait à la fois l'humiliation, la rage, le désespoir :

— Je ne peux pas supporter de voir ça, soupira-t-il. Je suis un poilu de 14, moi. J'ai fait Verdun, et Craonne... J'ai été blessé plusieurs fois... Et tout ça, c'était pour ne plus jamais les revoir... Et ça n'a servi à rien, puisque les voilà de nouveau...

Tout le monde était sorti du café et se pressait dehors. Nous avons suivi, partagés entre la curiosité et la crainte. Sur les trottoirs, les habitants observaient, avec appréhension, ces soldats qui nous envahissaient. Et eux, au milieu de la rue, passaient la tête haute, regardant avec orgueil droit devant eux. En uniforme vert-de-gris, ils défilaient, précédant des voitures hippomobiles, des chars, des tanks. Abasourdie, j'étais incapable de réagir. Nous avions voulu les fuir, et nous nous trouvions quand même face à eux. Fiers, indifférents à cette double haie de regards soupçonneux, ils avançaient. Un officier allait d'un trottoir à l'autre, sortant de ses poches des bonbons, des chocolats, les offrant en souriant aux enfants. Interdits, ceux-ci prenaient les friandises sans même songer à remercier. Un peu avant nous, il y avait un homme avec trois petits garçons. En arrivant près d'eux, l'officier allemand montra ses mains vides :

— Je suis désolé, dit-il en excellent français, sans même une pointe d'accent, je n'ai plus rien, j'ai tout donné.

— N'avez-vous rien d'autre ? répliqua l'homme. Mes enfants ont faim, ils n'ont rien mangé depuis hier matin.

L'Allemand regarda les petits garçons.

— Attendez, leur dit-il.

Il alla à l'un des chars, ouvrit un coffre, sortit un pain noir.

— Voilà pour vos fils, dit-il.

L'homme s'en saisit avidement, prit un couteau dans sa poche et coupa des morceaux qu'il donna à ses enfants. Près de moi, René observait la scène sans rien dire. Se méprenant sur son regard, l'homme coupa un morceau supplémentaire et le lui tendit :

— Tenez, prenez-le si vous avez faim.

René se détourna et déclara d'une voix pleine de mépris :

— Je ne mange pas de pain allemand.

Un instant stupéfait, l'homme haussa les épaules :

— Allons, faut pas être si susceptible ! Ils sont chez nous, alors, autant profiter de ce qu'ils veulent bien nous donner !

Sur ces mots, il mordit dans le quignon de pain. René lui lança un regard de dégoût puis entra dans le café. Je le suivis, lui serrant le bras avec affection. Brave petit gars ! pensai-je.

Le cafetier, qui avait assisté à la scène, vint vers René. Il lui tapa sur l'épaule, les larmes aux yeux :

— Ça c'est bien, mon garçon, ça c'est bien, répétait-il avec émotion. Viens ici, je vais te donner du pain français. Celui-là, tu le refuseras pas, hein ?

Il passa derrière son comptoir, coupa une tartine dans un grand pain blanc. Il la donna à René, qui la prit en souriant ; les yeux dans les yeux, ils se regardaient et se comprenaient.

— Où y a-t-il une boulangerie, dans le village ? demanda ma grand-mère.

— En sortant d'ici, vous prenez la première à droite. Tout au bout d'une ruelle, il y a la boulangerie de ma belle-sœur. Je sais qu'ils n'ont plus beaucoup de pains, mais vous direz que vous venez de ma part. Elle comprendra.

— Merci, murmura simplement ma grand-mère.

Avant de repartir, nous avons demandé du café pour nous et du lait pour les enfants. Le brave homme nous servit et, à la demande de ma grand-mère, remplit la bouteille Thermos de café brûlant. Lorsque Marc voulut payer, il refusa l'argent.

— Rien à faire, dit-il d'un ton catégorique. Entre patriotes, on doit s'entraider.

Il enveloppa René d'un regard chaleureux, sourit à Julie :

— Vous avez là un brave garçon, madame. Vous pouvez en être fière !

Autour de nous, la salle s'était remplie. Toutes les conversations portaient sur l'arrivée des Allemands, et chacun donnait son avis. A la table voisine de la nôtre, une grosse femme disait à son mari :

— Au moins, ils sont corrects. Ils n'ont été ni violents, ni cruels, contrairement à tout ce qu'on nous avait raconté sur eux. Ils ont même été gentils, comme cet officier qui distribuait des bonbons aux enfants...

— C'est vrai, constata Simone avec une pointe d'étonnement dans la voix. Ils ne m'ont pas paru méchants, à moi non plus.

Ma grand-mère nous regarda :

— Méfiez-vous, dit-elle, méfiez-vous d'eux. Lors de la précédente guerre, je les ai vus à l'œuvre pendant quatre ans, je sais ce qu'ils valent. Pourquoi auraient-ils changé ? Les Boches seront toujours les Boches !

Joseph et Marc se concertaient sur la décision à prendre :

— Puisqu'ils sont là, ça ne sert à rien de continuer. Autant retourner chez nous !

— D'autant plus qu'ils risquent, maintenant, de nous empêcher d'avancer !

— Oh oui, dis-je, retournons chez nous !

Les autres partagèrent cet avis. Nous en avions assez d'errer ainsi à l'aventure sur les routes, et la scène de la veille nous avait montré que la mort voyageait avec nous. D'un commun accord, nous avons donc décidé de regagner notre maison. Rentrer, retrouver notre foyer, pouvoir dormir dans notre lit... Cela paraissait merveilleux ! Il me semblait que nous étions partis depuis très longtemps, et non pas seulement depuis quelques jours.

— Nous prendrons des petites routes, suggéra Marc, pour éviter le plus possible de rencontrer des Allemands.

Nous avons serré la main du patron, qui nous a souhaité bonne route. Nous sommes passés chez sa belle-sœur, qui nous a vendu deux gros pains bien frais. Et nous sommes repartis, mais, cette fois, malgré la rencontre des Allemands, malgré le danger toujours présent, nous allions vers un but que nous étions impatients d'atteindre : le retour dans notre foyer.

6

Nous avons avancé presque sans nous arrêter, choisissant les routes secondaires qui avaient également l'avantage d'être moins encombrées. Nous nous sommes relayés pour nous reposer à tour de rôle dans la carriole afin de ne pas perdre de temps, pressés de rentrer. Vers midi, nous avons mangé un morceau de pain et bu un peu d'eau tout en marchant, sans même nous octroyer une petite halte. Nous nous souvenions encore trop bien de la façon dont s'était terminée celle de la veille !

A un moment, nous avons croisé des soldats français. Nous leur avons souri avec sympathie. Ils étaient moins bien habillés et semblaient moins disciplinés que les Allemands, mais combien ils paraissaient plus humains ! Simone les a regardés en pensant à son mari, qui, quelque part, comme eux s'en allait se battre pour essayer de repousser les envahisseurs. J'ai vu dans le regard de Marc, posé sur eux, une nostalgie inavouée. Il ne disait rien, mais je savais qu'il souffrait d'avoir été réformé. Moi, au contraire, j'étais égoïstement satisfaite : ainsi, au moins, nous n'étions pas séparés.

Nous avons marché pendant des heures sous le soleil implacable. A la fin de l'après-midi, nous sommes arrivés dans un village où, à l'entrée, des maisons en ruines et encore fumantes ont attiré notre attention. Tout de suite inquiets, nous avons avancé avec prudence. Que s'était-il passé ? Près de la place, nous avons vu un prêtre sortir d'une maison, accompagné jusqu'au seuil par une femme en larmes. Comme il venait dans notre direction, ma grand-mère lui demanda :

— Que s'est-il donc passé ici ? Pourquoi ces maisons, là-bas, ont-elles été brûlées ?

Le prêtre leva les yeux au ciel, fit un grand geste d'impuissance et de désespoir :

— Un malheur, un grand malheur ! Une compagnie de S.S. est passée par ici ce matin. Ils étaient furieux parce que, ont-ils dit, un peu avant le village, des soldats anglais avaient tué l'un des leurs. Ils ont incendié les fermes, ils ont chassé leurs habitants sur les routes. Ils sont entrés dans les maisons, ils ont fait sortir les hommes et, sous les yeux de leurs femmes, de leurs mères, ils les ont fusillés. Cela a été atroce. Je visite les familles éplorées, essayant de les réconforter. Depuis ce matin, j'ai compté quarante-cinq victimes. Tous des pères de famille, des gens paisibles, parfois des vieillards, quelquefois des jeunes gens de quinze, seize ans... Une abominable tuerie ! Tenez, dans la maison dont je sors, tous les hommes de la famille ont été tués. Seul le plus jeune fils, qui a seize ans, a échappé au massacre, mais il a reçu une balle dans l'épaule. Nous l'avons pansé, mais il faudrait extraire la balle et notre village n'a plus de médecin...

— Je suis médecin, dit Marc. Si ce blessé a besoin de soins, je suis là.

— Ah, mon fils, vous tombez bien ! Venez avec moi, je vais vous conduire à lui.

— Viens aussi, Thérèse, dit Marc en prenant sa trousse.

Les autres, immobiles, horrifiés par le récit du prêtre, n'avaient pas dit un mot. Simone serrait contre elle les deux petites filles. Je suivis Marc, pensant que nous étions de nouveau confrontés à l'horreur.

— Maman, papa ! cria Elisabeth. Où allez-vous ?

— Reste là, répondit Marc, ne bouge pas. Nous allons revenir.

Le prêtre nous précéda dans la maison. A la femme en larmes qui vint au-devant de nous, il dit :

— Ne craignez rien, Andrée, c'est un médecin. Il est là pour Rémi.

Les yeux rougis et gonflés par les pleurs, elle regarda Marc, se détourna, ouvrit une porte. C'était une chambre. A notre entrée, un jeune garçon, couché dans le lit, voulut se redresser. Une crispation de souffrance déforma son visage pâle.

— N'aie pas peur, Rémi, dit la femme. C'est un médecin.

Marc s'approcha du lit :

— Voyons cette blessure. Si la balle est restée, il va falloir l'extraire. Avez-vous de l'alcool très fort, et des linges propres ?

La femme eut un signe de tête affirmatif, sortit, revint avec ce que Marc demandait. Il enleva le pansement taché de sang, mit l'épaule à nu, observa attentivement la blessure.

— Il va falloir que tu sois courageux, mon garçon. Je n'ai rien, malheureusement, pour t'endormir. Tiens, prends ce linge et mords-le de toutes tes forces si tu as trop mal.

Le jeune homme obéit. Marc se pencha, et je ne vis plus que le pauvre visage terrifié du garçon. Comme Marc fouillait dans la plaie pour enlever la balle, il se mit à gémir. Puis, subitement, ses yeux semblèrent s'exorbiter, des gouttes de sueur jaillirent de son front ; il eut un long hurlement étouffé par le linge qu'il serrait si fort entre ses dents que ses mâchoires semblaient soudées. Son corps se cabra, puis se détendit d'un seul coup : il s'était évanoui.

— C'est aussi bien, murmura Marc. Au moins il ne sentira plus la douleur.

Il avait localisé la balle et, avec une pince qu'il enfonça profondément, il la retira. Ensuite il arrosa la blessure d'alcool, et me laissa la place :

— Fais un pansement solide, Thérèse. Avec du repos il s'en sortira.

La femme, près de nous, avait tout regardé sans dire un mot. Je remarquai qu'elle serrait ses poings contre sa bouche.

— C'est votre fils ? demandai-je doucement.

Elle hocha la tête :

— C'est le seul qui me reste, oui, répondit-elle d'une voix enrouée de sanglots. C'est un miracle qu'il n'ait été que blessé. Ils ont tué tous les hommes de la maison, ce matin. Ils les ont fait sortir et, là, en face, au bord du fossé, ils les ont fusillés. Ils ont abattu mon mari, son père de quatre-vingts ans qui vivait avec nous, et mes deux autres fils de dix-sept et dix-neuf ans...

Elle s'arrêta, se mordit les lèvres, retenant visiblement l'explosion d'une détresse insupportable. Les larmes coulaient sur ses joues, et sa douleur était si forte, si intense, que je ne pus trouver aucun mot de consolation. Marc s'approcha d'elle, lui posa une main sur l'épaule :

— Il vous reste celui-là. Soignez-le bien. Il faudra renouveler le pansement tous les jours.

Elle acquiesça en pleurant. Marc désinfecta ses instruments à l'alcool, demanda à se laver les mains. Elle nous conduisit dans la cuisine. Une autre femme était là, plus âgée.

— C'est ma tante, dit-elle, la sœur de ma mère. Elle vit seule, et elle est venue m'aider pour...

Elle ne put continuer, étouffée par les larmes. Nous nous sommes lavé les mains, Marc et moi, puis nous avons pris congé, expliquant que les autres nous attendaient pour continuer notre route.

— Arrangez-vous pour ne pas « les » rencontrer, murmura-t-elle avec terreur, surtout, surtout !

Elle serra la main de Marc, puis la mienne :

— Merci, merci d'être venus soigner mon petit Rémi. Attendez, je vais vous donner des provisions pour la route.

Elle sortit, revint avec un paquet qu'elle me tendit :

— Il y a des biscuits, du pain, du pâté, du fromage. Merci encore. Bonne route, et faites attention.

Elle nous reconduisit jusqu'à la porte, et, après un dernier adieu, nous avons rejoint les autres. Nous leur avons expliqué ce qui s'était passé, et raconté le calvaire de cette pauvre femme.

— Vous voyez ! dit ma grand-mère. Que vous avais-je dit ? N'avais-je pas raison ? En 14 déjà, ils incendiaient, pillaient, tuaient. Croyez-moi, ils n'ont pas changé. Et cela n'augure rien de bon pour l'avenir.

J'ai eu peur, lorsque je l'ai entendue prononcer cette dernière phrase ; quelque chose a tremblé en moi, comme un pressentiment. Pourtant, j'ai chassé cette impression pénible, j'ai essayé de ne pas croire ces paroles pessimistes. Mais je sais, maintenant, qu'elles étaient tristement prophétiques.

En quittant le village, nous avons croisé deux hommes qui portaient le corps d'un vieillard aux cheveux blancs. Nous nous sommes garés sur le côté de la route pour les laisser passer, impressionnés par ce triste spectacle. Marc s'est approché d'eux, leur a demandé s'ils avaient besoin d'aide, leur a proposé ses soins. L'un des deux hommes a eu un mouvement d'épaules désespéré, et j'ai pu voir qu'il pleurait.

— Vous ne pouvez plus rien faire. Il est mort, « ils » l'ont tué ce matin. C'est mon père, voyez-vous, il était parti comme d'habitude mener les vaches en pâture. Ils l'ont abattu lâchement, dans le dos, comme des assassins qu'ils sont. Nous venons de le retrouver dans le pré, étendu près des vaches. Peut-être l'ont-ils interpellé et ont-ils tiré parce qu'il ne répondait pas. Mais il ne pouvait pas leur répondre, il était sourd, il n'entendait rien du tout...

Ils s'éloignèrent, la tête basse, les épaules voûtées, accablés de douleur et d'impuissance. Nous les avons regardés, horrifiés par ce nouveau récit. Qui étaient-« ils » donc ? Des monstres, ne pensant qu'à tuer et détruire ? Ma grand-mère hochait la tête d'un air entendu qui semblait dire : « Cela ne m'étonne pas. » Ces scènes avaient éveillé en moi une autre inquiétude : et si ces S.S. étaient passés dans notre village ? Nous avancions maintenant avec la hantise de les rencontrer, à laquelle s'ajoutait la terreur de voir revenir les avions qui, la veille, nous avaient bombardés.

Lorsque, après trois jours de marche ininterrompue et deux nuits passées dans des granges, au hasard des routes, nous avons aperçu, au loin, les toits de notre village, notre cœur s'est mis à battre de soulagement, d'espoir, d'appréhension. Rien ne semblait avoir bougé depuis notre départ. Mais nous avions vu, au cours de notre exode, tant de maisons endommagées — portes enfoncées, volets arrachés, fenêtres brisées — que notre anxiété allait grandissant au fur et à mesure que nous approchions.

René a pris un raccourci, à travers les champs, un sentier qui nous a menés directement à la ferme. Le cheval, qui reconnaissait les lieux, s'agitait et hennissait doucement. Tout était calme. L'après-midi tirait à sa fin. Dans la lumière languissante des derniers rayons de soleil, les bâtiments familiers étaient toujours là, inchangés. Lorsque nous sommes entrés dans la cour, Boris sortait de l'étable. Les yeux ronds de stupéfaction, il est resté un instant immobile, puis il est venu vers nous, bégayant de joie, riant et pleurant à la fois, nous serrant tour à tour dans ses bras. Les petites filles, qui l'adoraient, sautaient autour de lui, ravies de le retrouver. Allant de l'un à l'autre, il expliquait dans son jargon, qu'il avait d'abord pensé, en nous voyant arriver, que nous étions des réfugiés ; il en était venu qui, chaque nuit, avaient dormi dans la grange ; il les avait hébergés et nourris ; il avait fait bonne garde, rien ne manquait nulle part ; et, ajoutait-il, il était heureux que nous soyons revenus. Son visage ridé resplendissait d'émotion, ses yeux brillaient de larmes.

Nous sommes entrés dans la cuisine, avons étanché notre soif avec de l'eau bien fraîche. Puis, impatients de rentrer chez nous, nous les avons embrassés et nous sommes partis. Dans notre petite rue, là non plus rien n'avait changé. La joie qui m'oppressa lorsque je revis notre maison me fit mal dans la poitrine. J'eus l'impression de rêver. Il me semblait que nous revenions après une longue absence, qui pourtant n'avait duré que huit jours. Alors que nous approchions, Amédée et Zoé, nous ayant aperçus, vinrent au-devant de nous. Avec des exclamations de surprise, ils nous ont serrés dans leurs bras. Gaspard est sorti de la forge avec Mariette, sa femme. A leur tour ils nous ont embrassés chaleureusement.

— Nous sommes rentrés hier, expliqua Gaspard. Nous étions presque à Saint-Pol lorsque nous avons vu les Allemands qui arrivaient, avec des chenilles, des chars, des camions... Nous nous sommes dit : ce n'est pas la peine de continuer, autant rentrer.

— Nous étions inquiets à votre sujet, dit Amédée. Vous n'auriez pas dû partir. Tout a été calme. Les réfugiés se sont contentés de passer sur la grand-route. Lorsqu'ils sont venus jusqu'ici, nous en avons hébergé. Zoé et moi, nous avons bien surveillé votre maison. Tout est en ordre.

Intarissables, nous avons raconté, à tour de rôle, nos aventures, échangé nos impressions. Bientôt, n'y tenant plus, nous avons ouvert notre porte et sommes rentrés chez nous. L'odeur particulière de notre maison m'a assaillie, et je l'ai respirée avec délices, les yeux fermés sur mes larmes : odeur de bois, de cire, de fleurs séchées, l'odeur indéfinissable et pourtant unique de notre foyer. Ma grand-mère, près de moi, a chancelé en portant une main à son cœur. Marc avança une chaise, sur laquelle elle se laissa lourdement tomber. Le visage à la fois crispé et radieux, elle murmura :

— Ce n'est rien. C'est... c'est l'émotion.

Je la comprenais, je ressentais la même chose. C'était si merveilleux d'être de retour ! Serrant Elisabeth contre moi, je levai les yeux vers Marc ; nous nous sommes souri, oubliant pour un instant ce que nous avions vécu au cours des jours précédents. Maintenant, nous étions chez nous, et tout irait beaucoup mieux.

Renouant avec nos habitudes, nous nous sommes lavés longuement, nous libérant de la poussière de la route, de la fatigue, de l'horreur rencontrée. Après notre dramatique errance, notre petite maison nous paraissait un havre de paix et de sécurité, et nous ne pouvions pas comprendre comment nous avions pu la quitter.

Nous étions tellement épuisés que nous avons fait un repas rapide composé de pain, de salade et de fromage que nous fournit Zoé. Nous ne pensions plus qu'à une chose : dormir, cette fois-ci dans notre lit, et non plus n'importe où, sur une couche dure et inconfortable. Nous avons bordé Elisabeth dans son petit lit, retrouvant avec bonheur ce moment privilégié. Lorsque j'ai fermé les volets de notre chambre, la nuit n'était pas tout à fait tombée. Je me suis penchée un instant à la fenêtre, dans la douceur du crépuscule, m'emplissant les yeux de ce paysage familier qui, je le ressentais intensément, faisait partie de ma vie. Maintenant que je le revoyais, je me rendais compte à quel point il m'avait manqué. Autour de la maison, les arbres et les champs étaient verdoyants. Dans le calme du soir, un merle faisait entendre son chant lénifiant. Il régnait une telle paix qu'il était difficile de penser que l'horreur, la guerre, la destruction pouvaient exister. Je me retournai, allai rejoindre Marc qui, déjà couché, m'attendait. Il m'a ouvert les bras, je me suis blottie près de lui avec délices. Et là, dans le lit où il avait fait de moi une femme, où j'avais mis au monde notre enfant, nous nous sommes aimés comme si nous nous retrouvions enfin après avoir été très longtemps séparés.

Petit à petit, au cours des jours suivants, les habitants du village rentrèrent chez eux. Début juin, tout le monde était revenu puisque, de toute façon, les Allemands étaient partout dans la région. Ma belle-mère, avec Bernadette et Etienne, avait elle aussi retrouvé son foyer. Etienne, qui venait d'avoir treize ans, avait été très marqué par l'exode, cette fuite sur les routes et, surtout, les bombardements en piqué des avions allemands. Pendant leur absence, la porte de leur maison avait été forcée et, apparemment, des gens y avaient mangé et dormi. Heureusement rien ne manquait. Un de leurs voisins, par contre, qui s'enorgueillissait de sa cave, n'avait plus retrouvé une bouteille de vin.

Nous écoutions la T.S.F. et nous savions que nous étions vaincus. Nos soldats s'étaient bien battus, mais les Allemands avaient la supériorité, en nombre et en matériel. Après avoir résisté farouchement, seul le manque de munitions avait obligé le général Molinié à signer la reddition. Pour leur bravoure et leur courage, le général allemand Woegner décida de leur accorder les honneurs de la guerre. Après un long défilé devant les troupes allemandes, à Lille, le premier juin, les soldats français déposèrent leurs armes ; prisonniers, ils prirent ensuite le chemin d'une longue captivité. Se dirigeant vers Tournai, ils passèrent sur la grand-route, à l'extrémité de notre village. Dès qu'elle l'apprit, Simone accourut chez moi :

— Thérèse, viens ! Viens avec moi ! Je veux aller voir si Samuel n'est pas parmi eux...

Elle était sans nouvelles de son mari depuis si longtemps qu'elle n'en dormait plus. Son visage reflétait tant d'espoir que je n'eus pas le courage de refuser :

— Bien, allons !

Elle m'entraîna d'un pas précipité. Son énervement me gagnait et, avec elle, j'ai couru jusqu'à la grand-route. Là, en colonne par trois, gardés par des sentinelles allemandes qui allaient et venaient le long de leurs rangs, ils avançaient. Je vis leur visage las, couvert de poussière et de sueur, leurs yeux désabusés. Je vis leur capote déchirée, leurs bandes molletières mal enroulées, leurs pantalons lacérés. Certains avaient un bras en écharpe, d'autres portaient autour de la tête un bandage souillé. Ils paraissaient tous profondément épuisés.

De chaque côté de la route, les habitants étaient sortis de leurs maisons et les regardaient passer avec une sympathie fraternelle et apitoyée. Certains avaient disposé, sur le bord des trottoirs, des seaux remplis d'eau fraîche. Les soldats, sans s'arrêter, remplissaient leur quart et se désaltéraient longuement. Des femmes leur tendaient du pain, du sucre, des fruits. Ils prenaient en remerciant, mangeaient avec une avidité qui montrait à elle seule combien ils étaient affamés. Simone, près de moi, les doigts crispés sur mon bras, les fixait un par un.

— Regarde bien, Thérèse, répétait-elle, essaie de voir si Samuel est là.

— S'il y est, dis-je d'un ton rassurant, il nous cherchera aussi. En traversant le village, il se doutera bien que nous sommes là.

De l'autre côté de la rue, Louis, le patron du café-tabac, offrait à chaque soldat une feuille à cigarette et un peu de tabac. C'était accepté avec autant de gratitude que la nourriture. Quelques femmes scrutaient les visages, donnaient le nom de leur mari, de leur frère, demandaient :

— Le connaissez-vous ? Savez-vous où il se trouve ?

Des signes de dénégation leur répondaient. Sans se décourager, elles posaient à ceux qui suivaient les mêmes questions. S'enhardissant, Simone interrogea, à son tour :

— Et Meyer ? Samuel Meyer, du 73e régiment d'Infanterie ? Quelqu'un le connaît-il ?

Elle répéta la même chose, inlassablement, ne recevant en réponse que des hochements de tête négatifs. Certains la regardaient attentivement, semblant réfléchir, fouiller dans leur mémoire. Pendant une seconde ou deux, elle attendait, palpitante d'espoir. Puis, avec un geste de regret, ils murmuraient :

— Non, je suis désolé.

Lorsqu'ils furent tous passés, les larmes aux yeux elle déclara, d'un ton décidé :

— J'ai entendu quelqu'un dire qu'une autre colonne passerait demain. Je viendrai voir.

Dans le village, de nombreux habitants eurent la même réaction. Gaspard et Mariette nous dirent :

— Demain nous irons, nous aussi, avec vous. Qui sait si Jean-Louis ne sera pas parmi eux ?

Julie, qui était sans nouvelles d'Antoine depuis plus d'un mois, décida de se joindre à nous.

— Je couperai des tartines, dit-elle, je ferai cuire des œufs et je les apporterai.

— Moi aussi, approuvai-je, je prendrai de la nourriture. Et d'autres choses, comme du savon, et des linges propres pour ceux qui sont blessés.

Le soir, dans notre grand lit, blottie contre Marc, j'ai pensé une fois de plus, égoïstement, combien j'étais heureuse d'avoir mon mari près de moi. Je plaignais sincèrement Simone, enceinte de presque six mois et séparée de Samuel dans de telles conditions.

Le lendemain, chargés de tous nos préparatifs, nous sommes allés nous poster sur la grand-route, attendant l'arrivée des nouveaux prisonniers. Des seaux d'eau s'alignaient le long des trottoirs. Beaucoup de gens étaient venus, et pas un n'avait les mains vides.

Lorsqu'ils furent là, comme la veille tout recommença : nous avons distribué nos vivres, posé les mêmes questions, dévisagé les soldats un par un. Nous étions si pressés de leur offrir ce que nous avions apporté que nous donnions tout, tout de suite. Un officier nous conseilla gentiment :

— Attendez ceux de la fin. Gardez quelque chose pour eux. Sinon, ils n'auront plus rien.

Nous avons donc distribué plus modérément. Les Allemands qui encadraient la colonne étaient plus nombreux que la veille, mais ils nous laissaient faire avec indifférence. Vers la fin pourtant, l'un d'eux, un petit homme brun aux yeux méchants, buta contre un seau d'eau qui se renversa. Il en reçut le contenu sur les pieds. Furieux, il le fit rouler à quelques mètres et repoussa brutalement René qui, tout près, tendait du pain et un œuf dur à un soldat. Il se mit à vociférer en allemand. Je crus comprendre qu'il nous rendait responsables de l'incident, et qu'il nous empêchait de continuer à distribuer de la nourriture. René eut un mouvement de révolte, avança d'un pas, comme s'il allait protester. L'Allemand, la tête dressée comme celle d'un coq en colère, posa la main sur la crosse de son pistolet. Mariette prit René par le bras, le fit reculer :

— Laisse, René, je t'en prie. C'est plus sage, crois-moi.

René hésita, puis obéit. L'Allemand eut un ultime regard mauvais, puis se détourna et reprit sa place le long de la colonne. C'étaient les derniers soldats, et nous leur avons donné tout ce qui nous restait. Pas un n'avait pu nous renseigner sur ceux que nous cherchions. Mais nous avions au moins la satisfaction d'avoir un peu allégé leur lourd fardeau, rendu leur longue route un peu moins pénible. Lorsque tous furent passés, René bougonna, regardant Mariette avec rancune :

— Pourquoi m'avez-vous obligé à reculer devant cet Allemand ? Je n'avais pas peur, et je ne voulais pas lui obéir.

— Essaie de ne pas m'en vouloir, René. Je comprends ta réaction, mais tu es jeune et plein de fougue, et surtout, tu ne les connais pas, tu ne sais pas de quoi ils sont capables. J'ai fait ça parce que j'ai pensé à mon frère, tout simplement. Veux-tu que je t'explique ?

— Si vous voulez, dit René d'un ton boudeur.

— Vois-tu, mon frère a été tué dans des circonstances analogues, alors qu'il n'avait que dix-huit ans. C'était en mars 1918, et nous habitions à ce moment-là près de Cambrai. Depuis le début de la guerre, nous voyions passer, chaque année, de nombreux prisonniers de guerre, comme ceux-ci. Un ordre avait été porté à la connaissance de la population : il était interdit de leur parler, et de leur donner de la nourriture. Mon frère n'a pas accepté de se soumettre. Lorsqu'ils sont passés dans la rue, en face de chez nous, nous sommes sortis et il a tendu du pain aux soldats. Malheureusement, un Allemand, l'une des sentinelles, l'a aperçu. Il s'est approché d'un air furieux ; mon frère, affolé, est entré dans la maison. L'Allemand l'y a suivi. Nous, nous étions restés sur le trottoir, pétrifiés de terreur. Nous avons entendu un coup de feu, et l'Allemand est sorti. Nous regardant avec défi, il est allé reprendre sa place auprès des prisonniers. Craignant le pire, nous nous sommes précipités à l'intérieur : mon frère était là, étendu dans le corridor, baignant dans une mare de sang. Il avait été tué. Comprends-tu maintenant ? Quand j'ai vu que l'autre, tout à l'heure, posait la main sur son pistolet, j'ai eu peur pour toi. Crois-moi, il ne faut pas les braver.

René, songeur, ne répondit pas. Sans doute pensait-il à ce

village que nous avions traversé, à ces fermes incendiées, à ces hommes fusillés, et à ce vieillard qui, parce qu'il était sourd, avait été tué d'une balle dans le dos. Maintenant, il allait falloir apprendre à vivre en les supportant, eux qui étaient vainqueurs, et ce ne serait pas facile.

Le 15 juin, une circulaire du *Generalleutnant* Niehoff nous apprit qu'il assumait les fonctions de commandant supérieur de l'administration militaire dans le Nord et le Pas-de-Calais. Cette circulaire était une succession de déclarations qui n'admettaient aucune réplique : « La population doit respecter le calme et l'ordre, et il faut respecter les décisions de l'autorité allemande... Le travail doit être repris immédiatement dans tous les secteurs publics et privés... Tout abandon de poste ou tout refus de travailler sera sérieusement puni. Les magasins seront ouverts immédiatement de 9 heures du matin jusqu'à 18 heures journellement. Il est interdit de stocker des marchandises ou de faire des achats supérieurs aux besoins privés. Toute résistance passive et toute sorte de sabotage seront considérés comme des actes hostiles envers les ressortissants allemands et punis sévèrement. Quiconque se rendra coupable d'attentats contre les Allemands sera puni de la peine de mort. »

Cette circulaire fut la première d'une longue série d'autres, que nous allions apprendre à connaître au fil des mois, des années, nous imposant à tous un régime voisin de la terreur. Le général Niehoff ne tarda pas à représenter pour nous l'Allemand, le « Boche » implacable et cruel. Des échos nous parvenaient : il était hautain, glacé, méprisant, inaccessible à la pitié. Il refusait toute objection, entendait être obéi sans restriction ; pour lui, nous étions les vaincus, nous n'avions que le droit de nous incliner et de nous taire. Très vite, il fut connu par tous, haï et redouté. Le bruit courait qu'il terrorisait non seulement les Français, mais également les Allemands qui étaient sous ses ordres. Et nous étions placés sous la domination d'un tel homme.

Les journaux ne paraissaient plus. Nous écoutions la radio, arrivions à capter des nouvelles. On apprenait que, le 16 juin,

Paul Reynaud avait démissionné, et que le maréchal Pétain consentait à devenir le chef du gouvernement. Certains affirmaient même avoir entendu dire que le général Weygand accepterait un armistice. Beaucoup réagissaient violemment, assurant qu'une telle chose était tout à fait impossible.

Elle ne l'était pourtant pas. Lorsque, le 17 juin à midi trente, nous avons écouté l'allocution prononcée par le maréchal Pétain, nous nous sommes regardés avec incrédulité. Mais il n'y avait aucun doute possible ; nous avons clairement entendu ces mots, dits d'une voix cassée et chevrotante : « C'est le cœur serré que je vous dis aujourd'hui qu'il faut cesser le combat. »

— Ça ne m'étonne pas de lui, dit Amédée. Je me souviens qu'en 1916, déjà, il était partisan de l'armistice.

Notre premier sentiment a été la honte, l'humiliation : ces paroles scellaient notre défaite, signifiaient que nous étions vaincus définitivement. Presque aussitôt, pourtant, vint s'y mêler un lâche soulagement : une telle décision arrêtait la guerre, éloignait la peur, la mort. Mais à quel prix ! Notre fierté de Français regimbait, au plus profond de nous-mêmes une révolte grondait. Devoir nous incliner devant les Allemands, c'était difficile !

Les journaux reparurent à partir du 19 juin, provisoirement groupés sous le titre « Les journaux réunis ». Nous avons ainsi appris que le 22 juin, l'armistice fut signé dans la clairière de Rethondes, là même où, le 11 novembre 1918, la France victorieuse avait dicté ses volontés à l'Allemagne.

— « Ils » prennent leur revanche, commenta ma grand-mère. Et quelle revanche !

Les clauses, en effet, étaient très dures. La France devait, notamment, payer une indemnité de guerre journalière de quatre cents millions de francs. Nos soldats — un million et demi environ — étaient emmenés en captivité en Allemagne pour une période indéterminée.

L'armistice entra en vigueur le mardi 25 juin. Cette journée fut déclarée, par le gouvernement français, journée de deuil national.

— Les Français porteront le deuil dans leur cœur pas seulement aujourd'hui, déclara Amédée, mais tous les jours, tant qu'« ils » seront là.

Et « ils » n'avaient pas l'intention de partir ! Au contraire, ils s'installaient, en pays conquis. Ils occupèrent bientôt toute la région, réquisitionnant dans chaque ville et chaque commune les meilleurs bâtiments pour leur *Kommandantur*, organisant tout, faisant connaître leurs consignes, auxquelles il fallait se soumettre. Nous avions dû, déjà, avancer toutes les horloges d'une heure, afin qu'elles soient à l'heure allemande. Il fallait, aussi, circuler le moins possible dans la journée. Et, bien entendu, ne pas braver leurs interdictions : interdit de se rassembler sur la voie publique ; interdit de circuler sans autorisation après 22 heures ; interdit de garder des armes et des munitions, qu'il fallait remettre à la mairie ; interdit d'avoir une voiture sans l'autorisation de la *Kommandantur* ; interdit d'écouter des émissions de T.S.F. non allemandes ; interdit de colporter des nouvelles hostiles à l'Allemagne ; interdit, interdit, interdit... Il fallait encore être respectueux envers les officiers et les soldats de l'armée allemande.

— Ça recommence, disaient ma grand-mère et Amédée. En 14, c'était la même chose. Il fallait les saluer si on les croisait. Ceux qui ne le faisaient pas se retrouvaient en prison.

Comme si tout cela ne suffisait pas, en juillet, l'Allemagne décida de créer une « zone interdite ». Nous en faisions partie, avec d'autres départements, et toute la région dépendait d'un général von Falkenhausen qui siégeait à Bruxelles.

— Von Falkenhausen ? répétait ma grand-mère. Ça me rappelle qu'en 1915, le commandant en chef s'appelait von Falkenhayn, ou quelque chose comme ça. Je me demande si ce n'est pas le même qui serait revenu ?...

Cette zone interdite, de la frontière belge à la Somme, comprenait douze départements, jusqu'à la Côte-d'Or, les Vosges et le Doubs. La ligne de la Somme représentait une frontière que l'on ne pouvait plus franchir, à moins d'avoir une autorisation spéciale. Tout trafic ferroviaire et routier avec les autres zones fut pratiquement supprimé ; même les liaisons téléphoniques furent coupées. Nous étions ainsi totalement isolés du reste de la France.

Heureusement, nous écoutions Radio-Londres. Chaque jour, après avoir bien calfeutré portes et fenêtres, nous nous groupions autour du poste de T.S.F. L'appel du général de Gaulle, le 18 juin, avait fait lever en nous un espoir qui ne demandait qu'à vivre : « La France a perdu une bataille, mais elle n'a pas perdu la guerre. » Il nous montra que nous ne devions pas nous résigner à être des vaincus, qu'il fallait, au contraire, lutter contre l'occupant dans la mesure de nos moyens. Au fond de nous-mêmes, nous ne demandions que cela.

7

La santé de ma grand-mère me donnait des inquiétudes. Depuis que nous étions rentrés, elle avait parfois des malaises qui, s'ils ne duraient jamais bien longtemps, finirent toutefois par m'alarmer sérieusement. Elle ne disait rien, ne se plaignait pas, mais, d'un seul coup, elle chancelait, devenait très pâle, se laissait tomber sur un siège en se comprimant la poitrine de ses deux mains. Pliée en deux pour résister à la douleur, elle attendait que la crise se passe. Je m'affolais :

— Grand-mère ! Qu'as-tu ?

Incapable de parler, elle me faisait signe de ne pas m'inquiéter. Peu à peu, son visage reprenait quelques couleurs, sa respiration redevenait normale.

— Tu vois, me disait-elle d'une voix essoufflée, c'est déjà passé, ce n'est rien. Que veux-tu, je n'ai plus vingt ans. C'est ma vieille carcasse qui commence à s'user... N'en parle pas à Marc, surtout. Il est inutile de l'inquiéter avec ça, tu sais combien je déteste qu'on me traite en malade.

Oui, je le savais. A vrai dire, je ne me souvenais pas de l'avoir vue malade un jour. Alerte et résistante, elle avait toujours joui d'une excellente santé. J'acceptai de l'écouter jusqu'au jour où l'un de ses malaises se prolongea. Voyant qu'elle restait immobile, les mains crispées sur sa poitrine, les yeux clos, le visage déformé par la souffrance, je m'affolai. Marc n'étant pas à la maison, je courus chez Amédée. Il vint tout de suite. D'un coup d'œil, il comprit. Sortant de sa trousse une petite bouteille, il en versa quelques gouttes dans un verre d'eau, le tendit à ma grand-mère :

— Tenez, Marianne, buvez ça.

Elle obéit. Je vis ses traits se détendre et le soulagement remplacer l'effroi douloureux de son regard.

— Merci, souffla-t-elle. Ça va mieux.

— Dites-moi, c'est la première fois que ça vous arrive ?

Trop inquiète pour me taire, je m'écriai :

— Oh non, ce n'est pas la première fois ! Mais elle refuse d'en parler. Elle m'avait fait promettre de ne pas le dire, mais...

J'avalai ma salive et repris plus bas, d'une voix suppliante :

— Ce n'est pas grave, n'est-ce pas ?

Amédée ne répondit pas tout de suite. Fronçant les sourcils, il referma sa trousse. Puis il bougonna :

— Pas grave, pas grave... Ma chère amie, continua-t-il en regardant ma grand-mère dans les yeux, il faut vous ménager. Votre cœur vous joue des tours, et il ne faut pas prendre ces malaises à la légère. Je crois que vous n'auriez jamais dû partir sur les routes comme vous l'avez fait le mois dernier. Ce genre d'émotions ne vous a rien valu. Restez au calme, et en cas de crise, prenez ces gouttes, dix, pas plus.

Ma grand-mère, ébranlée, acquiesça sans protester. Je reconduisis Amédée à la porte, chuchotai :

— Dites-moi la vérité : ce n'est pas trop grave, quand même ?

Il eut un geste d'impuissance :

— Nnnon, pas vraiment. Mais il faut lui éviter toute fatigue, toute émotion. Essaie de lui faire comprendre, Thérèse, qu'elle doit être raisonnable.

Je revins dans la cuisine. Ma grand-mère, debout devant l'armoire, rangeait le flacon de gouttes. Elle semblait avoir retrouvé toute sa vitalité.

— Que croit-il donc, cet Amédée ? me dit-elle. Me prend-il pour une vieille gâteuse ? Je vais très bien. Si mon cœur est un peu fatigué, ce n'est pas grave. Ce sont ces contrariétés, cette situation, ces Allemands... C'est dur de revivre tout ça... Mais je vais me faire des infusions d'aubépine, et tout rentrera dans l'ordre, tu verras !

J'allai à elle, la serrai contre moi. Je sentis, sous mes

mains, ses frêles épaules ; pour la première fois, elle me sembla très fragile, et je compris que je pouvais la perdre.

— Grand-mère, dis-je tout bas, écoute les conseils d'Amédée. N'en fais pas trop, repose-toi dès que tu te sens fatiguée.

— Allons, Thérèse, tu sais très bien que je ne sais pas rester inactive. Je serai bien plus malheureuse si je ne fais rien.

Elle vit mon inquiétude, eut un sourire rassurant :

— Ne t'en fais pas, je serai raisonnable.

Je décidai d'en parler à Marc.

J'étais ennuyée, aussi, pour Simone. Enceinte de sept mois, elle se désespérait d'être sans nouvelles de son mari. Il n'y avait, en ce mois de juillet, ni courrier ni téléphone. Les journaux reparaissaient, mais ils étaient contrôlés par les Allemands et ne nous apprenaient rien. Ma pauvre amie vivait dans une angoisse que je comprenais et partageais.

— Mon pauvre Samuel, gémissait-elle. Où peut-il être ? Peut-être est-il prisonnier, comme ceux que nous avons vus passer sur la grand-route. Peut-être a-t-il été blessé, ou peut-être même a-t-il été tué ? Comment savoir ? Oh, Thérèse, si tu savais comme ce doute me torture ! Je ne vis plus, je passe mes nuits à imaginer le pire, à pleurer... Et lorsque ma Denise me demande : « Dis, il va revenir quand, mon papa ? » je ne peux même pas lui répondre !

Elle sanglotait, et moi j'essayais de la consoler :

— Allons, Simone, calme-toi. Pourquoi te torturer inutilement ? Tant que tu ne sais rien, garde au moins l'espoir. Il y a, paraît-il, un million et demi de soldats prisonniers. Il y a des chances pour qu'il soit parmi eux. Ne te contrarie pas ainsi, c'est mauvais pour l'enfant que tu portes. Pense à lui, il faut que tu fasses un garçon robuste dont Samuel sera fier quand il reviendra !

Elle faisait un effort, séchait ses larmes, tamponnait ses yeux rougis, m'adressait un pauvre sourire tremblant. Avec compassion, avec tendresse, je l'embrassais, malheureuse de la sentir malheureuse et de ne pas pouvoir l'aider efficacement. Je savais bien, au fond de moi, qu'il était inutile de lui dire de ne pas s'inquiéter. Si j'avais été séparée de Marc, sans nouvelles de lui, mon existence n'aurait été qu'une angoisse incessante, jour après jour. Et toutes les remontrances du monde n'y auraient rien changé.

C'est pourquoi, malgré les conditions de vie de plus en plus difficiles, je ne voulais pas me plaindre. J'avais Marc, sa présence, son amour. J'avais ma petite Elisabeth, et, après avoir connu les incertitudes de l'exode, nous appréciions d'autant plus le fait d'être chez nous.

L'été s'étirait, languissant et chaud. Apparemment, il était semblable à tous les précédents ; mais, pour nous, plus rien n'était pareil. Si la campagne paraissait inchangée et paisible, nous avions perdu la tranquillité de l'esprit.

Comme « ils » l'avaient fait dans toute la région, ils s'étaient installés dans le village. Ils n'étaient pas nombreux, heureusement, mais ils étaient partout, observant et surveillant tout ; même à la messe, le dimanche, il y en avait deux ou trois qui, dans le fond de l'église, imperturbables, assistaient à l'office. Il m'arrivait d'en croiser, quelquefois, dans la rue. Ils étaient courtois et me saluaient. Moi, je baissais rapidement la tête en regardant mes pieds. Cela pouvait passer pour un salut, mais ce n'en était pas un. J'essayais de les ignorer. Je n'étais pas capable de me l'expliquer clairement, mais je sentais, tout au fond de moi, une révolte, un refus de leur présence. Que faisaient-ils dans notre village ? Nous y étions chez nous ; si nous devions les accepter, c'était à contrecœur. Ils étaient les intrus, les indésirables. Ils nous empêchaient de respirer librement ; nous nous sentions, avec eux sans cesse autour de nous, surveillés, espionnés. De plus, au fil des semaines, les affiches annonçant les ordonnances, les avis, les interdictions, se terminant invariablement par des menaces de mort ou d'emprisonnement, entretenaient en nous une peur latente mêlée de ressentiment.

Le 11 juillet, ils interdirent les bals. Quelques jours avant le 14 juillet, nous pûmes lire l'avis suivant : « Sur ordre du Führer, toute manifestation publique, à l'occasion de la fête nationale du 14 juillet, est interdite. Les messes, pour les soldats tués, peuvent être célébrées chaque jour ; elles sont néanmoins interdites le jour de la fête nationale. Il est également interdit de pavoiser. » Interdit, interdit, interdit... Ce mot finissait par nous faire bouillir. Habituellement, le 14 juillet, il y avait dans le village un défilé de notre petite musique municipale. Des drapeaux bleu-blanc-rouge fleurissaient partout : sur la place, à la mairie, et dans les rues, où beaucoup d'habitants, qui en possédaient un, l'accrochaient à une fenêtre du premier étage. Non seulement « ils » nous l'interdisaient, mais en plus ils nous obligeaient à supporter leur drapeau à croix gammée, installé sur leur Kommandantur.

— S'ils pensent, par cette mesure, étouffer nos sentiments patriotiques, ils se trompent, commenta Marc, révolté.

Ma grand-mère, contrariée, grommelait sourdement. Elle possédait un grand drapeau qu'elle plaçait, chaque année, sur le devant de notre maison, dans un emplacement prévu à cet effet.

— Ils ne m'empêcheront pas de célébrer le 14 juillet, gronda-t-elle. Si je ne peux pas mettre un drapeau à l'extérieur, je l'installerai ici, dans cette pièce.

Le 14 juillet au matin, elle alla chercher le drapeau soigneusement enroulé et rangé dans le grenier. Elle le déplia, le plaça sur la cheminée de la salle à manger. Il resta là toute la journée, exprimant mieux que des mots notre désir de ne pas nous laisser dominer, de ne jamais renier, même sous la menace, nos convictions profondes et notre désir de rester Français.

A l'heure où notre T.S.F. diffusait le communiqué de Londres, nous nous groupions autour du poste. Malgré les brouillages causés par les Allemands et destinés à couvrir la voix défendue, l'oreille tendue nous nous efforcions de comprendre, de saisir quelques mots. Nous écoutions attentivement les nouvelles, et nous ressentions à chaque fois se lever en nous un espoir qui ne voulait pas mourir. Nous écoutions aussi les nouvelles de la « zone libre », en ayant l'impression qu'il s'agissait d'un autre monde, pourtant proche mais hélas inaccessible, pour nous qui faisions partie de la « zone interdite ».

Déjà, les premiers signes d'une résistance naissante apparaissaient : c'étaient des câbles sectionnés, qui privaient les Allemands de téléphone, des graffiti hostiles et injurieux sur les murs, des slogans « A bas les boches ». Bien entendu, les Allemands étaient furieux. Des bruits parvenaient à nos oreilles : à Lille, ils avaient arrêté une vieille femme qui avait craché en direction d'une effigie d'Hitler ; ils avaient condamné à plusieurs mois de prison un jeune garçon qui avait refusé de saluer le drapeau hitlérien. Pour empêcher les sabotages, le général Niehoff fit publier une ordonnance — une de plus : « Quiconque endommagera des installations sur la propriété de l'autorité allemande militaire : armes, stocks, câbles ou moyens de communication, sera frappé de la peine de mort. »

Nous avions appris qu'il avait exigé, peu de temps après son arrivée, une liste de vingt otages. Le préfet, Fernand Carles, sommé de fournir vingt noms, avait refusé, ne donnant qu'un seul nom : le sien. Les otages avaient alors été désignés d'office par la Kommandantur, et on disait qu'ils avaient été emprisonnés, répondant sur leur vie de tout acte coupable envers l'occupant.

— Vous voyez, disait ma grand-mère, appuyée par Amédée et Zoé, ils n'ont pas changé. La dernière fois aussi, ils ont fait ça, tout de suite après leur installation.

Des cartes de ravitaillement furent établies : carte de pain, carte de lait, carte de charbon... et d'autres suivirent. Peu à peu, certaines denrées disparurent, devinrent pratiquement introuvables. Le café, par exemple, fut remplacé par des grains d'orge. Le temps des queues interminables était commencé. Heureusement, nous vivions à la campagne, et nous avions les légumes de notre jardin. Avec les pommes de terre, les carottes, les poireaux, ma grand-mère faisait des potages épais et nourrissants.

— En 1917, se rappelait-elle, quand nous n'avions plus de légumes, nous faisions des soupes de feuilles d'orties. Et quoi que vous puissiez en penser, c'était bon. Qui sait si nous ne serons pas obligés d'en revenir là... ?

Avec Philomène et son élevage de volaille, nous avions des œufs ; avec Julie et sa ferme, nous avions du lait. Grâce à elles, ma petite Elisabeth ne souffrit pas de la faim. Des clients de Marc, quelquefois, le payaient en nature. Tout cela nous aida d'une façon précieuse.

Les vacances scolaires approchaient. Etienne, le jeune frère de Marc, devait passer, fin juillet, le certificat d'études primaires. Chaque année, les lauréats de cet examen se promenaient, le soir de l'épreuve et le lendemain, ornés de petites cocardes tricolores et d'insignes « Reçu » ; ils faisaient claquer des pétards, brandissaient joyeusement des petits drapeaux bleu-blanc-rouge. Cette année-là, ces innocentes manifestations furent interdites par les Allemands. Etienne, déçu et révolté, fulmina :

— Ce n'est pas juste ! Depuis toujours, chaque fois que j'ai vu ceux qui ont été reçus se promener ainsi dans les rues, j'ai pensé que moi aussi, j'en ferais autant avec mes camarades de classe. Je m'en faisais une joie, c'était, dans mon esprit, bien plus qu'une récompense. Et ils l'interdisent ! Mais pourquoi ?

Des années après, il en parlait encore. Il n'oublia jamais la frustration qu'il avait ressentie.

Nous eûmes la surprise de revoir Jean-Louis. Un jour où je sortais de chez moi avec Simone, je l'aperçus sur le seuil de la forge, près de son père. Sans réfléchir, j'allai vers lui :

— Jean-Louis ! C'est bien toi ! Mais... que fais-tu là ? Comment as-tu pu revenir ici ?

Il prit un air dégagé :

— Oh, c'est une longue histoire... J'ai réussi à me débrouiller, c'est tout. J'avais été fait prisonnier, lorsque le bruit a couru parmi nous que le gouvernement français, d'accord avec Berlin, allait libérer certains des prisonniers de guerre, pour remettre en marche l'économie du pays. Ils ont mis en congé de captivité, outre des fonctionnaires de l'Administration comme moi, des ouvriers de la S.N.C.F., des mineurs, des agents des Ponts et Chaussées, des employés du gaz et de l'électricité, et aussi des agriculteurs... Pour être choisi, j'ai agi avec habileté : je « leur » ai fait comprendre que j'étais prêt à travailler pour eux, avec eux, s'il le fallait.

De stupéfaction, d'incrédulité, mes yeux s'agrandirent :

— Jean-Louis ! Tu ne parles pas sérieusement ?

Il me regarda avec une ironique commisération :

— Mais si. Il faut être réaliste. Ils sont les vainqueurs, et nous avons tout à gagner en nous montrant raisonnables, c'est la solution la plus sage. Je travaille à la Chambre de Commerce. Je suis, comme tous mes collègues, sous leurs ordres. C'est bien plus facile pour moi d'être avec eux que contre eux. A vrai dire, je n'ai pas beaucoup le choix. Je préfère encore travailler pour eux plutôt que de moisir quelque part dans un camp de prisonniers.

Je préférai ne pas répondre. Son raisonnement me donnait la nausée, me donnait envie de le frapper, comme lorsque, dans notre enfance, il avait crevé les yeux de cette pauvre grenouille... Je me détournai.

— Eh bien, dit Simone durement, puisque tu es si bien que ça avec eux, essaie d'avoir des nouvelles de Samuel. Cela me rendrait un immense service.

— Je peux toujours essayer, dit-il d'un air supérieur, mais je ne promets rien.

Incapable de supporter davantage sa suffisance, je pris Simone par le bras :

— Viens, allons-nous-en.

Je la reconduisis chez elle. Nous avons commenté amèrement la « trahison » de Jean-Louis. Non seulement il n'éprouvait aucune honte à être du côté des « Boches », mais de plus il en paraissait extrêmement satisfait. Le même souvenir revint à Simone :

— Tu te rappelles, Thérèse, le jour où il a enfoncé des punaises dans les yeux de cette pauvre bête... Il est bien comme « eux » : écraser sans pitié les faibles, prendre sans hésiter le parti du plus fort...

Je soupirai. Il m'était impossible de comprendre une telle attitude.

Le lendemain, alors que je passais devant la forge, Gaspard vint vers moi, l'air gêné :

— Thérèse, il faut que je te dise... Essaie de ne pas en vouloir à mon fils, pour ce qu'il t'a dit hier. Tu sais, je ne l'approuve pas, j'ai honte pour lui. Ma pauvre Mariette est tellement contrariée qu'elle n'en dort plus. Elle ne « les » aime pas, elle ! Elle n'a pas oublié comment l'un d'eux a tué son frère en 1918... Elle est très malheureuse, elle n'arrive pas à supporter l'idée que son propre fils pactise avec les boches ! Elle a essayé de lui faire entendre raison, mais il est persuadé que son attitude est la bonne. C'est dur pour nous, Thérèse. C'est notre seul fils, tu comprends...

Des larmes de rage impuissante brouillaient son regard. Malheureuse pour lui, je lui assurai que je comprenais sa révolte, sa douleur. Et c'était vrai. Je le regardai entrer dans sa forge la tête basse, en traînant les pieds comme un vaincu. Nul doute que leur fils serait montré du doigt et blâmé par la majorité du village. Et je savais qu'ils en souffriraient.

Un matin du mois d'août, Sarah, affolée, sanglotante, fit irruption chez nous :

— Thérèse ! cria-t-elle. Viens tout de suite, s'il te plaît ! Viens essayer de calmer Simone ! Je n'y arrive pas !

Elisabeth était assise sur mes genoux et, devant la table de la cuisine, nous écossions des petits pois. Ma grand-mère épluchait des pommes de terre et des carottes. Saisies, nous nous sommes immobilisées :

— Mon Dieu, Sarah, que se passe-t-il ?

— Viens vite, Thérèse. On vient de recevoir un avis : Samuel est mort. Il a été tué le 9 juin, près de Rethel. Simone est comme folle, elle hurle, pleure... c'est affreux !

Avec une exclamation d'horreur, je me levai. Je sentis que j'étais devenue très pâle. Je confiai Elisabeth à ma grand-mère et suivis Sarah silencieusement, comme dans un brouillard. En un mélange confus, des pensées se bousculaient dans ma tête : ma pauvre amie Simone... Samuel, que je ne reverrais jamais... ce petit enfant, qui devait naître le mois prochain et qui ne connaîtrait jamais son père... Je serrai les dents pour résister au chagrin qui m'envahissait.

J'entendis les sanglots de Simone en arrivant dans la cour de sa maison. Je croisai Joseph qui tenait Denise par la main et qui, le visage ravagé, lui disait avec un entrain forcé qui faisait mal :

— Viens, allons chez Thérèse. Tu joueras avec Elisabeth.

Je remarquai vaguement le visage de la petite fille, inquiet, interrogateur. Pressée par Sarah, je ne m'arrêtai pas. J'entrai dans la cuisine. Elle était vide.

— Elle est dans la chambre, murmura Sarah. Elle s'est effondrée après avoir lu la lettre, et nous avons dû l'étendre. Depuis, elle a des crises de larmes... Impossible de la calmer !

Je poussai la porte. Simone, allongée sur le lit, pleurait, visiblement en proie à une crise de désespoir incontrôlable. Elle agitait les jambes, frappait l'oreiller de ses poings fermés, secouait la tête de côté et d'autre, criait et gémissait. Avec un mélange de pitié et de tendresse, je m'approchai d'elle. Je caressai doucement sa chevelure, dis, tout bas :

— Simone... C'est moi, Thérèse...

Sans réagir à ma présence, elle continua de pleurer violemment, et j'eus le sentiment qu'elle ne m'avait pas entendue. Sarah, près de moi, murmura :

— Depuis ce matin, elle est comme ça. Elle nous fait peur ; elle va tomber malade, si ça continue...

Je m'assis sur le lit, posai une main apaisante sur les épaules agitées de spasmes et de soubresauts. Je dis à Sarah :

— La première chose à faire est de la calmer. Allez, je vous prie, demander à ma grand-mère qu'elle prépare une infusion de tilleul, d'aubépine et de coquelicot. Pendant ce temps, je vais essayer de lui parler.

En soupirant, Sarah sortit. Restée seule avec Simone, je me penchai sur elle. Il m'était insupportable de la voir aussi malheureuse, aussi désespérée. Elle était pour moi plus qu'une amie, elle était la sœur que je n'avais jamais eue. Son chagrin me touchait profondément, et je souhaitais l'alléger, tout en sachant que c'était impossible.

— Simone, chuchotai-je en la prenant aux épaules, c'est moi... Calme-toi, je t'en prie... Pense à ton bébé, ma chérie. Là, voilà, c'est tout, calme-toi...

Je parlai d'une voix douce et apaisante, pleine de la tendresse que je ressentais. Je posai ma joue contre la sienne, brûlante et mouillée de larmes. Je restai ainsi, sans bouger, et peu à peu elle se calma. Du fond de son désespoir, elle se rendit compte de ma présence. Je vis son regard devenir moins fixe, vaciller, puis se poser sur mon visage. Dans un geste instinctif de supplication qui me tordit le cœur, elle tendit une main vers moi :

— Thérèse... dit-elle d'une voix à peine audible. Aide-moi, s'il te plaît... Je suis si malheureuse ! Mon Samuel, ils l'ont tué ! Et moi, j'espérais, j'attendais son retour, j'attendais de ses nouvelles, jour après jour... Je priais pour qu'il revienne... Et pendant tout ce temps il était déjà mort ! Oh, Thérèse...

Elle se jeta dans mes bras et se mit à sangloter contre mon épaule. Ce n'était plus un chagrin violent et incontrôlable, c'était l'expression d'une désespérance infinie, d'une résignation amère et insupportable, tellement douloureuses que je me mis à pleurer moi aussi. Désemparée, je cherchai des mots pour la consoler mais, l'esprit vide, je ne trouvai rien. Je ne pus que la bercer contre moi.

Sarah entra, tenant à deux mains un bol rempli d'une infusion odorante. Elle nous a regardées, toutes les deux assises sur le lit, étroitement enlacées, et son visage s'est légèrement détendu.

— Bois ça, mon enfant.

Abattue par sa crise de désespoir, Simone obéit passivement. Sarah ferma les volets de la chambre ; il régna aussitôt dans la pièce une reposante pénombre.

— Couche-toi, dis-je à Simone lorsqu'elle eut fini de boire. Cette infusion va te faire dormir. Cela te fera du bien.

Elle s'allongea, ferma les yeux d'un air épuisé. Je vis des larmes sourdre sous ses paupières. Elle posa une main sur son ventre, dit, très bas :

— Le bébé... Comme il bouge ! Il ne sait pas, lui... Pauvre, pauvre enfant !

Les yeux toujours clos, elle ajouta :

— Thérèse, s'il te plaît... Donne-moi la main. Reste près de moi.

Je pris sa main, m'assis à son chevet. Sarah, de l'autre côté du lit, observait sa fille avec une expression à la fois tendre et soucieuse. Très doucement, je murmurai :

— Dors, Simone, et ne crains rien, nous sommes là. Nous t'aimons, nous ne t'abandonnerons pas.

J'ai croisé le regard de Sarah, et nous nous sommes comprises. Elle avec son amour, moi avec mon amitié, nous aurions, au cours des jours suivants, à entourer Simone de toutes nos forces. Elle allait avoir besoin de nous tous pour surmonter cette douloureuse épreuve.

— Ça recommence, fut le commentaire de ma grand-mère. Maintenant, ce sont les soldats tués. Ça me rappelle fâcheusement la dernière fois, en 1916, lorsque nous avons appris la mort de ton père, Thérèse. Mon Dieu, j'espérais bien ne plus connaître de tels moments ! Ça ne finira donc jamais ?...

Marc secouait la tête avec tristesse. Il était allé ausculter Simone, avait prescrit du repos. Une dangereuse prostration avait remplacé la crise de la matinée. Après la révolte, le désespoir, ma pauvre amie semblait se désintéresser de tout, ne plus avoir le goût de vivre.

Ce soir-là, dans le grand lit, je serrai Marc contre moi avec une passion et un amour accrus. Une fois de plus, je fus heureuse qu'il ne soit pas parti. J'aurais pu me trouver dans la même situation que Simone, et cette pensée m'était insupportable. Imaginer une vie sans Marc était tout simplement impossible.

Je fis des rêves bizarres. Je rêvai que j'étais seule, dans des rues obscures ; j'avais peur d'y rencontrer des Allemands. Mais je m'obstinais, car je cherchais Marc. Je savais qu'il était quelque part, et il fallait que je le trouve. J'arpentais une rue, puis une autre. Soudain, je le voyais arriver, à l'extrémité d'une longue avenue, mais il n'était pas seul. Samuel l'accompagnait. Je voulais courir vers eux et, étrangement, ainsi qu'il arrive parfois dans les rêves, je ne pouvais pas bouger. J'essayais de crier, j'appelais Marc, mais mes cris étaient silencieux et il ne les entendait pas. Alors que je tendais les mains vers lui, je le voyais s'éloigner petit à petit, inexorablement. Samuel l'emmenait, l'entraînait, et bientôt ils disparaissaient tous les deux dans l'obscurité. Moi, je restais là, incapable de bouger, et dans mon rêve je savais que je ne les verrais plus jamais, ni l'un ni l'autre.

Je me réveillai subitement, en sueur, le cœur battant. Tout de suite, je ressentis un énorme soulagement : ce n'était qu'un rêve ! J'écoutai la respiration régulière de Marc, je tendis une main, touchai sa poitrine, chaude et rassurante. Je souris et me blottis contre lui, laissant s'apaiser les battements de mon cœur.

J'allais me rendormir lorsque j'entendis les coups. Quelqu'un frappait avec insistance à la porte d'entrée. Une voix — il me sembla que c'était celle de Sarah — appelait :

— Marianne ! Thérèse ! Ouvrez, vite !

Marc remua, s'éveilla, s'assit dans le lit :

— Que se passe-t-il ?

— N'allume pas, surtout ! Attends de savoir ce qui se passe !

Les coups continuaient, ainsi que les appels, pressants, répétés. Nous sommes sortis de la chambre. Ma grand-mère, dans le couloir, se dirigeait vers la porte d'entrée. Nous avons entendu, clairement cette fois, la voix de Sarah :

— Marianne, ouvrez ! C'est Simone... le bébé...

— Oh, mon Dieu ! s'exclama ma grand-mère.

Elle tira les verrous, ouvrit la porte. Sarah, haletante, entra.

— Venez, vite ! Le bébé arrive !

— Mais... protesta ma grand-mère, la naissance n'est prévue que pour le mois prochain !

— Hé oui, mais je crois bien qu'il vient maintenant ! Ce n'est pas étonnant, après la crise qu'elle a eue hier matin...

— Retournez près d'elle, décida ma grand-mère. Prévoyez des linges propres, de l'eau chaude. Thérèse et moi nous arrivons.

Comme nous le faisions chaque fois qu'une naissance se préparait, nous nous sommes habillées, nous avons pris tout ce qui nous était nécessaire. Ma grand-mère fit une infusion calmante et sédative. D'un ton bourru, elle renvoya Marc se coucher :

— Allez donc au lit, nous n'aurons pas besoin de vous. J'ai mis suffisamment d'enfants au monde pour savoir me débrouiller, et Thérèse m'aidera. S'il y a des complications, n'ayez crainte, on viendra vous chercher. Mais faites-moi confiance, tout se passera bien.

Au moment où nous allions partir, Elisabeth, réveillée par le remue-ménage, entra. En chemise de nuit, clignant des yeux à la lumière de la lampe, à moitié endormie encore, elle demanda :

— Qu'y a-t-il ? Où vas-tu, maman ?

Marc la prit par la main :

— Viens te recoucher, je vais t'expliquer. Vois-tu, Denise va avoir un petit frère ou une petite sœur, et le bébé a choisi cette nuit pour arriver...

Attendrie, je les regardai sortir de la pièce.

— Allons, viens, Thérèse, dit ma grand-mère. Ne perdons pas de temps.

Nous avons traversé la rue rapidement. Avec les Allemands et leur couvre-feu, il fallait éviter de se faire voir ! A la porte, Joseph nous attendait, pâle, fébrile :

— Allez dans la chambre, Sarah est avec elle.

Ma grand-mère posa une main rassurante sur son bras :

— Ne craignez rien, Joseph, tout ira bien.

J'entrai dans la chambre. Je me sentais sûre de moi, je connaissais les gestes à faire pour aider un petit être à venir au monde, et il y avait, aussi, l'expérience de ma grand-mère. Pourtant, une appréhension m'oppressait : cette naissance avait pour moi beaucoup d'importance, car il s'agissait de l'enfant de Simone.

Dans le lit, le visage tiré par la souffrance, elle se mordait les lèvres pour ne pas gémir. Quand elle me vit arriver, son visage s'éclaira faiblement, mais elle ne réussit pas à sourire :

— Thérèse... souffla-t-elle.

Je vins à elle, repoussai les cheveux que la sueur collait sur son front moite :

— Ne t'inquiète pas, Simone, je suis là.

Elle voulut parler. Une contraction l'en empêcha. Elle ferma les yeux :

— J'ai mal...

Ma grand-mère versa l'infusion préparée dans un bol, prit Simone aux épaules, la souleva :

— Tiens, bois ça. Ça calmera la douleur.

Elle obéit, se laissa retomber, comme épuisée. Son regard désemparé, agrandi d'une sorte de terreur, me frappa. Je pris sa main, essayant de lui insuffler mon courage, ma conviction :

— N'aie pas peur, tout va aller très bien. Lors de la naissance de Denise, tout s'est bien passé. Ce sera la même chose cette fois-ci.

Ses yeux s'emplirent de larmes, sa bouche trembla. Elle dit, et la souffrance voilait sa voix, la rendait basse et rauque :

— La dernière fois, tout était différent. Samuel était là, j'étais heureuse. Tandis que maintenant...

Une nouvelle contraction l'interrompit. Elle s'agrippa à ma main, s'arc-bouta pour lutter contre la souffrance. Et le long travail commença. Je suis restée près d'elle tout le temps, l'encourageant de la voix, essuyant avec tendresse la sueur de son visage. Ma grand-mère posait ses mains sur le ventre douloureux et distendu, en un geste doux et apaisant, et calculait la durée des contractions. Sarah, penchée sur sa fille, la regardait et souffrait avec elle. Les minutes, les heures ont passé.

Lorsqu'enfin l'enfant fut là, je le saisis dans mes mains, l'élevai victorieusement. Un rayon de soleil tomba sur lui. Son minuscule visage se chiffonna, et il fit entendre un vagissement désapprobateur. C'était un garçon, un peu petit car il était né un mois trop tôt, mais parfaitement constitué.

— C'est un fils, dis-je avec une émotion intense. Simone, tu as un fils !

Je confiai l'enfant à Sarah qui pleurait. Elle l'emmena pour le laver. Simone, lasse, épuisée, murmura faiblement :

— Un beau petit garçon, dont il aurait été si fier... Il me le disait, il répétait : ce sera un garçon, je le sais...

Sans qu'elle fît un mouvement, les larmes se mirent à couler, abondantes, ininterrompues, sur ses joues d'une pâleur alarmante. Les yeux fixes, elle regardait droit devant elle. Ce chagrin silencieux était beaucoup plus effrayant que ses sanglots bruyants de la veille, plus profond, plus pathétique. Il exprimait une telle désespérance qu'il me fit peur.

Lorsque Sarah revint, avec l'enfant nettoyé et langé, elle le lui mit dans les bras. Alors seulement, Simone sembla revenir à la réalité. Son regard perdit sa fixité, se posa sur le bébé. La tristesse de son visage fut chassée, un instant, par la merveilleuse tendresse qui l'illumina :

— David, chuchota-t-elle. Il s'appellera David. Nous avions choisi le prénom, tous les deux...

Elle leva les yeux vers moi, déchirée :

— Oh, Thérèse ! Je suis heureuse de l'avoir, mais en même

temps je suis si malheureuse ! Samuel n'est plus là, tu comprends, ne sera plus jamais là...

Elle se mordit les lèvres et se remit à pleurer silencieusement. Ma grand-mère secoua la tête avec désapprobation. De nouveau, elle tendit à Simone une infusion, l'obligeant à tout boire jusqu'à la dernière goutte. Ensuite elle lissa ses cheveux emmêlés, lui lava le visage, la recoucha dans le lit en disant avec douceur :

— Dors, maintenant. Quand tu te réveilleras, ça ira mieux, tu verras.

Mais la réalité fut contraire à cette affirmation. Au fil des jours qui suivirent, Simone s'affaiblit progressivement. Marc et Amédée la bourrèrent de vitamines, ma grand-mère lui fit boire des infusions qui, disait-elle, lui rendraient énergie et santé. Ceux qui venaient voir le bébé s'extasiaient sur lui, et exhortaient Simone à reprendre des forces. Elle ne répondait pas, ou acquiesçait avec indifférence, comme si tout cela ne la concernait pas.

— Ça va passer, répondait Marc à mes inquiétudes. Elle doit surmonter le choc dû à la mort de son mari, et l'asthénie qui suit tout accouchement. Il faut lui laisser le temps.

Pour une fois, je ne partageais pas cet optimisme. Je comprenais que mon amie n'avait plus le courage de vivre. Mais j'étais décidée à la sauver, malgré elle s'il le fallait.

Un jour de la semaine suivante, j'allai lui porter quelques fruits, que j'étais allée cueillir dans le verger de Philomène. Je la trouvai encore plus abattue que les jours précédents. Elle réagit à peine à mon arrivée, jeta un regard indifférent sur les fruits, refusa lorsque je lui proposai d'en manger un. Alors un sentiment fait à la fois de pitié et de colère monta en moi. Je m'assis près du lit, ordonnai durement :

— Simone, regarde-moi.

Un peu surprise, elle obéit. Je vis son regard las, ses joues pâles, son expression désabusée. Quelque chose de douloureux gonfla ma poitrine, noua ma gorge. Je ne voulais pas la perdre, je désirais, au contraire, retrouver l'amie que j'avais toujours eue. Je le lui dis, sincèrement, brutalement.

— Simone, il faut que tu réagisses. Tu le peux, si tu le

veux. Seulement, tu te laisses mourir. Je le sais, et je te comprends, même si je ne t'approuve pas. Je sais aussi ce qui te fait peur : tu ne veux pas affronter la vie sans Samuel. Mais, même si cette réaction est compréhensible, elle est mauvaise, parce qu'elle est lâche.

Elle eut un léger sursaut, essaya de protester. Je ne la laissai pas parler. Décidée à la convaincre, je repris, avec ardeur, avec fougue :

— Ecoute-moi. Ce que je dis est vrai, même si tu ne veux pas l'admettre. C'est une réaction d'autant plus lâche que tu n'es pas seule en cause. Sans parler de moi et de tes parents qui t'aimons sincèrement, il y a tes enfants. Tu les as mis au monde, tu les as voulus, tu es responsable d'eux maintenant. Tu n'as pas le droit de les abandonner. Comprends-tu ? Tu n'en as pas le droit. Ils ont besoin de toi, et doublement, puisqu'ils n'ont plus que toi.

Je m'arrêtai subitement, essoufflée d'avoir parlé. Simone pleurait. J'eus peur, un instant, d'avoir été trop franche, trop brutale. Mais je compris aussitôt qu'au contraire, mes paroles avaient réussi à chasser son indifférence, sa résignation.

— Samuel te les a laissés, ils sont une partie de lui-même. Tu dois vivre pour eux. Il te le dirait. Ne les abandonne pas.

Elle pleura longtemps, et c'était la première réaction humaine qu'elle avait depuis la naissance du bébé. Au fur et à mesure que ses larmes coulaient, son visage devenait plus doux, perdait cette expression d'insensibilité glacée qui ne l'avait pas quitté ces derniers jours.

Lorsqu'enfin elle s'est calmée, j'ai vu, dans ses yeux, que ma Simone telle que je l'avais toujours connue était revenue. Je me suis penchée et je l'ai embrassée avec force, avec chaleur, avec une immense tendresse.

— Pardonne-moi de t'avoir parlé ainsi, mais il fallait que je le fasse. Je n'ai pas pu m'en empêcher.

— Je ne t'en veux pas, tu as eu raison. Je ne réfléchissais pas, je me laissais tout simplement aller. Et, comme tu l'as très justement dit, pour mes enfants je n'en ai pas le droit. C'est vrai qu'ils n'ont plus que moi, maintenant que leur père...

Ses yeux de nouveau se remplirent de larmes. A ce moment, dans la pièce voisine, un vagissement s'éleva. La porte s'ouvrit, et Denise entra, tenant contre elle, avec une infinie précaution, le bébé solidement emmailloté. Du seuil de la chambre, sans oser approcher, elle regarda sa mère avec appréhension, remarquant son visage rougi, ses yeux gonflés de pleurs :

— Maman, dit-elle tout bas, l'air complètement perdu.

Ce simple mot contenait un tel appel que Simone tendit les bras avec émotion :

— Viens, Denise, approche.

La petite fille marcha vers le lit à pas lents. Arrivée près de sa mère, elle dit :

— C'est David, il a faim. C'est l'heure de sa tétée. Je peux te le donner ?

— Oui, dit Simone d'une voix étranglée, donne-le-moi.

Elle prit le bébé contre elle. En même temps, elle entoura de son bras sa fille, lui murmura :

— Je suis heureuse de voir que tu t'occupes de ton petit frère. Tu l'aimes bien ?

— Oh oui, maman. Et toi aussi, je t'aime bien. Tu vas bientôt guérir et te lever, dis ?

— Oui, promit Simone d'une voix très, très douce, bientôt.

Elle attira à elle le visage de sa fille, l'embrassa. Rassurée, j'eus un sourire attendri, et sans faire de bruit je sortis de la chambre.

8

A partir de ce jour, elle se remit rapidement. Malgré les restrictions qui se faisaient de plus en plus dures, nous nous efforcions de la gâter, d'autant plus qu'elle nourrissait elle-même son bébé. Julie et René lui fournissaient du lait, des œufs ; j'allais chez Philomène cueillir des paniers de prunes gonflées et sucrées, et je les lui apportais. Parfois, elle avait encore des crises de larmes, et je comprenais qu'elle resterait inconsolable. Mais alors elle regardait ses enfants, et un sourire doux et tendre éclairait son visage. Denise, qui n'avait pourtant que six ans, s'occupait maternellement de son petit frère, le berçant pour qu'il s'endorme et chantonnant pour lui des mélodies enfantines.

Je finis par m'apercevoir qu'Elisabeth, du haut de ses quatre ans, copiait son attitude sur celle de son amie. Elle se promenait partout avec le baigneur que nous lui avions offert au dernier Noël, le serrant contre elle avec précaution, imitant inconsciemment les gestes de Denise envers son petit frère. Chaque fois que Denise s'occupait du bébé, je voyais Elisabeth la regarder avec admiration et envie. Un soir, alors que je venais de la coucher, elle déclara à brûle-pourpoint :

— Maman, je veux un petit frère, moi aussi, comme Denise. S'il te plaît, je peux en avoir un ? Je serai très sage pour l'obtenir, je le promets !

Surprise et en même temps émue, je souris à ma fille. Ses grands yeux, d'un bleu si semblable à ceux de Marc, m'observaient avec une expression suppliante. Je me penchai, baisai son front lisse et doux :

— Pourquoi pas ? Si tu es très sage, peut-être viendra-t-il, en effet ! Mais il faut que tu aies beaucoup de patience, car un petit frère n'arrive pas comme ça, d'un seul coup. En attendant, demande à Denise si elle veut bien partager le sien avec toi.

Elle sembla se satisfaire de cette réponse et acquiesça. Un peu plus tard, lorsque je fus couchée près de Marc, je lui fis part du désir de notre fille. Dans l'obscurité, je le sentis sourire, tandis qu'il caressait mon visage :

— Qu'en penses-tu ? demanda-t-il.

— Si la situation était normale, je dirais oui sans hésiter. Mais, en ce moment, crois-tu que ce soit sage ?

Il eut un long soupir résigné :

— Non, en effet, ce n'est pas sage du tout. Je ne veux pas prendre le risque d'avoir un autre enfant dans les conditions actuelles. Pourtant, continua-t-il d'une voix pensive, j'aimerais bien, moi aussi, avoir un fils, et donner à Elisabeth le petit frère qu'elle réclame...

Il m'entoura de son bras, me serra contre lui :

— Nous le ferons, Thérèse, c'est promis, une fois que la guerre sera finie. Espérons simplement qu'elle ne durera pas trop longtemps...

Je hochai la tête avec conviction. Cette guerre, cette occupation qui nous empêchaient de vivre normalement, d'avoir l'enfant que nous désirions, comme je les haïssais ! Quand donc se termineraient-elles ?...

Malgré notre vif désir, la fin n'en semblait pas très proche. Au contraire, j'avais l'impression qu'« ils » étaient installés dans notre pays pour toujours. Leur présence nous agaçait, nous gênait ; nous les regardions avec méfiance et hostilité. Nous leur avions trouvé un surnom, qui leur convenait tout à fait, étant donné la couleur de leur uniforme : « les Doryphores ». Ce surnom venait, disait-on, des cultivateurs qui se plaignaient des invasions de doryphores dans les champs de pommes de terre, légume dont les Allemands faisaient une grande consommation. Ils furent très vite assimilés à ces insectes nuisibles, et le surnom, une fois trouvé, leur resta.

Il y avait aussi les avis du général Niehoff qui, sans cesse, ordonnaient, interdisaient, menaçaient. Nous entendions parler de soldats anglais qui, depuis le mois de mai, refusant de se rendre, obligés de se cacher, désiraient regagner l'Angleterre. Dans la région, nombreuses étaient les personnes qui les aidaient, leur fournissant des vêtements civils, organisant des filières afin de les renvoyer dans leur pays. Bien entendu, une ordonnance nous apprit qu'il était « interdit d'héberger des militaires anglais, de les cacher ou de les aider », et que « toute contravention serait punie de mort ou de travaux forcés ».

Ces mesures qui visaient à nous terroriser éveillaient en nous un sentiment de révolte. Jusqu'ici, nous n'étions pas personnellement concernés, mais nous savions avec certitude que, si nous étions un jour placés devant un choix à faire, malgré notre peur nous braverions leurs interdictions avec une secrète satisfaction.

Ils nous prenaient tout, réquisitionnant la plupart des denrées pour les envoyer en Allemagne. Cet été-là, nous n'avons pas pu faire nos traditionnelles confitures, car nous n'avions pas de sucre. Ils exigèrent des colombophiles la déclaration de tous leurs pigeons ; ils procédèrent au recensement des chevaux. Ils étaient les vainqueurs, les maîtres, et entendaient bien nous le montrer.

Au cours de cet été, un fait ajouta, à notre méfiance envers eux, le ressentiment et le mépris. La nouvelle fut racontée de bouche à oreille, et fit toute la région. Il y avait, à Lille, un « monument aux fusillés », élevé à la mémoire de cinq patriotes abattus par les Allemands en 1915. Sans doute les nouveaux occupants n'apprécièrent-ils pas ces sculptures qui rappelaient la cruauté de leurs prédécesseurs. Une nuit, ils firent abattre les cinq statues à coups de pioche. Ce geste barbare et sacrilège amena, sur la ville et les environs, une vague de stupeur, de haine, de révolte, de dégoût. Beaucoup parmi les anciens, comme ma grand-mère, Zoé et Amédée, constatèrent :

— Ils ne respectent rien.

Ainsi, malgré la crainte dans laquelle ils voulaient nous faire vivre, devant leurs actes barbares notre révolte grandissait.

Après avoir écrasé la France, occupé Paris, ils dirigeaient maintenant leurs attaques vers l'Angleterre. Tous les jours, au cours de l'été, et encore pendant l'automne, nous avons pu voir passer, haut dans le ciel, des bombardiers en formations serrées, accompagnés de leur bourdonnement menaçant. Nous savions qu'ils allaient attaquer Londres et les villes anglaises. Dans l'une de ses émissions en langue française, Radio-Stuttgart avait annoncé : « L'Angleterre, comme Carthage, sera détruite ! » Après les avoir vus passer, nous guettions leur retour. Lorsque nous les entendions revenir, une heure ou deux après, nous nous précipitions dehors et nous constations avec satisfaction qu'ils étaient sensiblement moins nombreux. Le soir, malgré les brouillages toujours aussi irritants, nous écoutions la B.B.C. L'annonce ne nous surprenait pas : « Aujourd'hui, l'ennemi a encore attaqué Londres et sa banlieue. Nos pilotes ont abattu soixante appareils... » Nous nous regardions sans rien dire, mais nous pensions la même chose : les Anglais, au moins, continuaient la lutte, refusaient de s'avouer vaincus. Et je crois bien que, d'une façon confuse, nous les enviions secrètement.

Et pourtant, malgré tout ça, malgré la guerre, les restrictions, la présence haïe et redoutée des Allemands, il fallait vivre. Début septembre eut lieu la rentrée des classes, et Denise prit le chemin de l'école. Pendant son absence, Elisabeth la remplaçait auprès de David. J'allais souvent voir Simone, ou elle venait chez nous. Le bébé, qui avait les grands yeux noirs de sa mère, était adorable, bien que parfois coléreux. Lorsqu'il se mettait à pleurer, ma fille le prenait contre elle et le berçait jusqu'à ce qu'il fût calmé. Souvent, alors qu'il dormait dans sa voiture d'enfant, elle le promenait inlassablement dans les allées de notre jardin, avec une expression grave et concentrée, éloignant du petit visage innocent les mouches et autres insectes. Lorsqu'elle rentrait de l'école, Denise reprenait ses droits de grande sœur, et Elisabeth lui laissait la place avec un regret visible. Simone souriait, protestait :

— Il ne faut pas trop le dorloter, affirmait-elle, il va devenir capricieux.

Je l'entourais de toute mon amitié, passais beaucoup de temps avec elle. Elle ne se plaignait pas, essayait de cacher sa peine, pour ses enfants. Mais elle avait perdu sa vivacité, et aucune étincelle ne venait jamais plus éclairer ses yeux sombres. Elle était pâle et toujours triste. Lorsqu'elle souriait, c'était d'un sourire doux et mélancolique qui me déchirait le cœur. Elle donnait l'impression de vivre au ralenti. Je l'aidais de toutes mes forces, mais ce que je faisais n'était pas suffisant. Ce qu'elle voulait, je ne pouvais pas le lui donner, personne ne le pouvait.

Je m'occupais beaucoup d'Elisabeth aussi ; je regardais avec elle des livres d'images et je les lui expliquais. Elle était vive et intelligente. Elle n'avait pas abandonné son espoir d'avoir un petit frère. Elle me posait encore la question, de temps en temps, et je lui promettais qu'il viendrait, mais pas tout de suite. Je ne me rendais pas compte de l'intensité de son désir ; un incident me le fit comprendre.

C'était un jour de septembre, en fin d'après-midi. Marc allait bientôt revenir de sa tournée, et dans la cuisine, avec ma grand-mère, je préparais le repas. La porte qui donnait sur le jardin était ouverte, laissant entrer un flot de soleil. J'apercevais Elisabeth qui marchait à pas lents dans une allée, serrant contre elle son baigneur à qui elle semblait confier un secret. Attendrie, je souris à sa petite silhouette qui s'éloignait, auréolée des rayons dorés du soleil. Je continuai à préparer le repas, puis, à un moment, je sortis pour aller chercher quelques branches de persil.

J'aperçus Elisabeth au fond du jardin. Elle était accroupie et regardait quelque chose d'un air attentif. Intriguée, je m'approchai. Ma petite fille était penchée au-dessus des choux et, des deux mains, écartait leurs feuilles avec précaution. Son petit visage reflétait une intense concentration. Elle était si absorbée qu'elle ne m'avait pas entendue arriver. Très doucement, je demandai :

— Elisabeth, que fais-tu donc ?

Elle sursauta, se retourna, me vit. Avec un mélange de timidité et de détermination, elle dit :

— Je cherche mon petit frère, et un jour je le trouverai !

Je ne compris pas tout de suite. Je répétai, stupidement :

— Ton petit frère ?...

Elle hocha la tête avec conviction, sûre d'elle :

— Bien sûr. Grand-mère m'a dit que les petits frères naissent dans les choux. Alors, tous les jours, je regarde si je ne vois pas le mien. Je ne l'ai pas encore trouvé, mais bientôt, il sera là. N'est-ce pas, maman ?

Elle leva vers moi le regard bleu de son père, brillant d'espoir. Un attendrissement douloureux gonfla ma poitrine. Pauvre petite fille ! Je n'eus pas le courage de la détromper. Je m'agenouillai devant elle, la pris contre moi, la serrai dans mes bras :

— Oui, dis-je tout bas, oui, un jour il sera là.

J'étais sincère, en disant ces mots qui ressemblaient à une promesse. La question était, simplement : dans combien de temps ?...

Avec appréhension, avec crainte, nous lisions les affiches allemandes visant à nous faire connaître des avis toujours accompagnés d'interdictions et de menaces. A la fin du mois de septembre, parut une ordonnance portant sur le recensement des juifs. Chaque commune devait ouvrir un registre spécial indiquant leur identité, leur adresse, leur profession ; toute personne juive devait obligatoirement s'y faire inscrire.

— Voilà quelque chose de nouveau ! s'exclama ma grand-mère d'un ton désapprobateur. Ça, ils ne l'ont pas fait la dernière fois. Qu'est-ce que cela cache ?

L'après-midi, lorsque j'allai voir Simone, je les trouvai, elle et sa mère, profondément abattues. Je m'inquiétai :

— Que se passe-t-il ?

Simone me lança un regard de reproche douloureux :

— As-tu lu la nouvelle ordonnance ?

Je lançai étourdiment :

— Oui. Et alors ?

Elle pâlit, balbutia :

— Eh bien, elle nous concerne, mes parents et moi. As-tu oublié que nous sommes juifs ?

Je restai un instant hébétée, et ne sus que répondre. Je le savais, oui, mais je n'y avais jamais attaché d'importance. J'avais même fini par l'oublier, à la longue. Je dis, d'un ton que je voulais rassurant :

— Mais... ce n'est pas grave. Cette ordonnance n'est pas forcément menaçante. De quoi as-tu donc peur ?

Elle secoua la tête, le visage sombre. Sarah fit une moue dubitative, et la crainte emplit ses yeux :

— Nous avons entendu dire que les juifs, en Allemagne, ont été persécutés. A mon avis, ils envisagent de faire la même chose en France, maintenant.

— J'espère bien que non ! Pourquoi penser au pire ?

Simone soupira :

— Nous attendons mon père. Il est allé se présenter au commissariat pour nous trois. Il a emmené nos cartes d'identité. Que va-t-il nous apprendre ?

J'essayai de les rassurer. Je ne voyais dans ce recensement, a priori, aucun danger. Je tentai de raisonner Simone, et elle se détendit un peu. Mais Sarah, le visage fermé, secouait toujours la tête avec obstination.

David, le bébé, s'éveilla de sa sieste. Simone le changea, l'emmaillota de nouveau, le nourrit. Une lumière intérieure, faite de douceur et d'amour maternel, éclairait son visage et le rendait très beau. Ce que je n'étais pas arrivée à faire, David y parvenait : pour un instant, Simone oubliait ses soucis.

Après l'avoir nourri, elle le recoucha. Nous étions occupées à le regarder gazouiller lorsque Joseph revint. Il s'assit lourdement, et je remarquai tout de suite son visage désabusé et las.

— Voilà, soupira-t-il, c'est fait. Ils m'ont demandé nos noms, ont noté notre adresse. Et ils ont mis ce cachet sur nos cartes d'identité.

Il jeta les cartes sur la table. Simone prit la sienne, l'observa. A l'encre rouge, un cachet y avait été apposé, indiquant la mention « Juive ».

— Pourquoi font-ils ça ? Que veulent-ils donc ? demanda-t-elle d'une voix basse, inquiète.

— Je ne sais pas, dit Joseph. Ils veulent savoir qui nous sommes, combien nous sommes. J'ai bien peur que ce ne soit qu'un début.

Ils se regardèrent avec appréhension. Un court silence plana, lourd d'angoisse. Volontairement, je le brisai :

— Arrêtez d'être aussi pessimistes ! Après tout, ce timbre sur vos cartes ne dit que la vérité. Si on appliquait sur ma carte la mention « Française », j'en serais fière ! Et si j'étais à votre place, je le serais tout autant.

— Nous le sommes, Thérèse, répondit doucement Joseph. Nous n'en avons pas honte, ne crois pas cela. Nous sommes inquiets, tout simplement. Cette mesure cache quelque chose. La preuve : regardez...

Il prit sur ses genoux un papier qu'il déroula :

— Voilà ce que je dois mettre sur la vitrine du magasin, avant le 31 octobre au plus tard. Il est inutile de parler des sanctions auxquelles je m'expose si je n'obéis pas.

Les yeux ronds, je regardai. C'était une petite affiche jaune, qui portait, en trois langues, les mots « Entreprise juive ».

— C'est d'abord écrit en allemand, puis en flamand, et enfin en français, commenta tristement Joseph. Ainsi il n'y aura aucun doute, n'est-ce pas ?

Sarah porta les mains à son visage, sans un mot. Simone, qui tenait toujours sa carte d'identité, restait immobile sur sa chaise, droite et figée. Je demandai, avec une sorte d'incrédulité :

— Mais... que veulent-ils donc prouver ?...

— Je l'ignore, dit de nouveau Joseph du même ton las. Je pense qu'ils veulent nous mettre à l'écart, dans un premier temps, et peut-être par la suite nous éliminer... Pourquoi ? Je n'en sais rien non plus.

— Oh non ! Ce n'est pas vrai ! Je suis sûre que ce n'est pas vrai !

Mon cri avait jailli, spontané, douloureux, sincère. Il traduisait tout le refus, toute la révolte que je ressentais.

— Nous verrons bien, soupira Joseph. De toute façon, que faire ? Ils s'y entendent pour nous obliger à nous soumettre. Espérons simplement que ça s'arrêtera là, bien que je n'y croie pas beaucoup.

Je l'ai regardé sans répondre, ne sachant plus que dire. J'étais persuadée, à ce moment-là, que cette ordonnance concernant les juifs resterait la seule. Pourquoi donc les Allemands s'acharneraient-ils contre eux ? C'était ridicule. Ils ne faisaient rien de mal. Je ne partageais pas le pessimisme de Joseph.

J'en parlai avec Marc et ma grand-mère. Celle-ci, forte de ce qu'elle avait déjà vécu lors de la Première Guerre mondiale, disait, comme Joseph, que ça ne pouvait être qu'inquiétant.

— Dieu seul sait ce qu'« ils » ont en tête, mais ce n'est certainement pas quelque chose de bien, assura-t-elle.

Marc était révolté. Comme moi, il s'interrogeait :

— Mais... pourquoi ennuyer les juifs, eux spécialement ? Ils ne font de mal à personne.

— Il ne faut pas chercher à comprendre les Boches, répliqua ma grand-mère avec une sorte de violence. Les otages qu'ils ont pris ne font de mal à personne non plus, et pourtant ils les ont bien emprisonnés !

— Oui, concéda Marc, mais pour ce qui est des otages, ils avaient quand même une raison d'agir ainsi, bien que je ne les approuve pas. C'est en prévision de représailles, si jamais il y a des sabotages ou des attentats contre l'armée allemande. Mais pour les juifs, c'est une répression gratuite. C'est absolument inadmissible !

Ma grand-mère hocha la tête avec une certitude et une résignation douloureuses :

— Je ne voudrais pas faire l'oiseau de mauvais augure, mais, avec eux il faut s'attendre à tout !

Dans le courant du mois d'octobre, ma belle-sœur Bernadette vint nous voir un jeudi, jour où elle n'avait pas classe. Dans le petit village où elle enseignait, distant de quelques kilomètres, les Allemands aussi s'étaient installés. Elle nous avait déjà raconté, avec colère, de quelle façon ils réquisitionnaient les salles de classe, parfois, pendant un jour ou deux, sans en donner la raison et sans s'excuser de perturber les cours. Elle se plaignait de leur arrogance, de leur sans-gêne ; elle ne les aimait pas.

— Nous ne sommes plus chez nous, fulminait-elle. Ce sont eux les maîtres, et ils savent nous le faire comprendre !

Ce jeudi-là, elle semblait encore plus furieuse que d'habitude. A peine était-elle entrée qu'elle éclata :

— Cette affiche, sur la devanture du magasin, chez ton amie Simone ! C'est révoltant, inique !

J'approuvai. Sans réagir aussi violemment, je n'aimais pas, moi non plus, voir cette affiche. Depuis qu'elle était là, quand j'allais rendre visite à Simone je ne passais plus par le magasin, car sa vue m'était trop pénible. Je faisais le tour par-derrière.

— De toute façon, avait dit ma grand-mère à Sarah, ce n'est pas ce bout de papier qui changera quoi que ce soit entre nous. Je vous connais depuis toujours, j'ai vu naître et grandir votre Simone, elle est pour moi une seconde petite-fille. Nous sommes vos amis, quoi qu'il arrive.

— Et ce n'est pas fini ! continua ma belle-sœur, toujours aussi en colère. Sais-tu ce que j'ai lu, dans le *Journal officiel* ? « Ils » interdisent aux juifs l'exercice de toute une série de professions, dont l'enseignement. Ceux qui sont concernés doivent cesser leurs fonctions dans les deux mois, c'est-à-dire avant le 20 décembre. Te rends-tu compte ?

— Mais... comme ça, sans raison ?

— Sans raison, pour toi, peut-être ! Mais pour « eux », la raison est évidente : ce sont des juifs, comprends-tu ?

J'eus un geste d'impuissance :

— Et alors ? Non, je ne comprends pas. Simone est juive, et pour moi ça n'a aucune importance. Je n'y ai même jamais fait attention. Elle est douce, bonne, et je l'aime tendrement. C'est comme Boris, il est russe, et alors ? Ça ne m'empêche pas de l'aimer, c'est un brave homme.

Elle se laissa tomber sur une chaise, baissa la tête :

— Leur idéologie nous dépasse, Thérèse. C'est incompréhensible, et, le pire de tout, c'est qu'ils sont persuadés d'avoir raison...

Elle s'arrêta un instant, reprit plus calmement, avec lassitude :

— Vois-tu, à l'école où je travaille, une de mes collègues est juive. Elle n'est pas mariée, elle a à charge ses deux parents déjà âgés. Dans deux mois, elle va être obligée de cesser son travail. Comment va-t-elle vivre ? Elle est affolée, révoltée, elle ne comprend pas, elle non plus. Elle a toujours exercé sa profession avec amour, elle a toujours été bien notée, les élèves l'adorent. Jusqu'ici, pour être expulsé de l'enseignement, il fallait une faute très grave. Elle, elle n'a rien fait. Alors, pourquoi la renvoyer ? Parce qu'elle est juive ? Mais ça ne cause de tort à personne, ça n'a rien à voir avec son métier. Et il faut qu'elle se soumette à cette injustice sans réagir. Elle doit même se montrer satisfaite parce que, comme elle a plus de quinze ans de service, elle peut faire valoir ses droits à la retraite, et ainsi elle touchera quelque chose... Pour les autres, ils n'ont qu'à mourir de faim !

Elle me regarda, les yeux emplis d'indignation, d'impuissance, de haine :

— Mon Dieu, Thérèse, ces Boches ! Ils sont odieux !...

Ma grand-mère, qui était allée voir Zoé, entra à cet instant. Tout de suite, Bernadette lui répéta ce qu'elle venait de m'apprendre. Ma grand-mère devint pâle, échangea avec moi un long regard. Elle porta une main à son cœur :

— Tu vois, Thérèse, triompha-t-elle amèrement, j'avais raison, ils ne s'arrêteront pas. Jusqu'où iront-ils ?... C'est pire que la dernière fois. Ils agissent de la même façon : ils nous prennent tout, réquisitionnent, menacent, ordonnent, emprisonnent des otages. Et, en plus, ils s'attaquent aux juifs, qui ne leur font rien. Oui, c'est pire...

— Je ne peux plus rester ainsi, à subir toutes leurs décisions sans réagir, soupira ma belle-sœur. J'ai besoin de faire quelque chose, mais quoi ? Je ne me vois pas participant à des sabotages. Et pourtant, si je ne fais rien, je vais devenir folle !...

Elle secoua la tête, changea délibérément de conversation :

— Où est Elisabeth ? Je lui ai apporté un livre d'images.

Je me levai :

— Je vais la chercher, elle est chez Simone. Elle joue avec Denise et l'aide à soigner le bébé.

Je trouvai les deux petites filles dans le jardin. Profitant du temps doux et ensoleillé, elles promenaient le bébé dans sa voiture d'enfant. Je les ramenai toutes les deux. Leurs cris de joie quand elles virent le livre d'images chassèrent un peu nos idées sombres. Elles s'installèrent à la table et se mirent à le feuilleter. Je regardai leurs deux têtes, penchées et attentives, cheveux blonds contre cheveux bruns, et je me dis que ça, au moins, les Allemands ne pourraient pas nous l'enlever : mon amitié pour Simone, l'amitié de ma fille pour Denise. Mais, je m'en rends compte maintenant, ce raisonnement était naïf. Comme le disait très justement ma grand-mère, je ne savais pas encore de quoi ils étaient capables.

Le dimanche qui suivit, je croisai Jean-Louis alors que je sortais pour aller voir Simone. Devant la forge, il observait, d'un air inexpressif, la devanture du magasin sur laquelle l'affiche jaune indiquait « Entreprise juive ». Depuis qu'il m'avait avoué travailler pour les Allemands, je l'avais rencontré une fois ou deux, mais je m'étais contentée de le saluer froidement. Là, je ne pus y tenir. J'allai vers lui et dis brutalement :

— Oui, tu peux regarder cette affiche, c'est l'œuvre de tes amis allemands. Ils s'attaquent aux juifs, maintenant, leur interdisent d'exercer une profession. Tu trouves cela juste ? Tu les approuves ?

Il haussa les épaules sans me regarder :

— Je n'ai pas à juger, ni à approuver. Ce sont eux qui décident, pas moi.

— Mais... quand même, cela te laisse indifférent ? Je ne peux pas le croire ! Simone, c'est aussi ton amie d'enfance, tu ne peux pas avoir oublié nos jeux...

Il eut un soupir impatient, comme s'il ne pouvait en entendre davantage, se tourna vers moi :

— Thérèse, essaie de comprendre. Ils sont les vainqueurs, ils font ce qu'ils veulent. Nous n'avons pas à critiquer, de toute façon ça ne sert à rien. La solution la plus raisonnable, la plus intelligente aussi, c'est de se soumettre. Crois-moi, je commence à les connaître. Il vaut mieux être avec eux que contre eux.

— Jamais ! Et ça, ajoutai-je en montrant l'affiche jaune, ce n'est rien, peut-être ?

— S'ils en ont décidé ainsi, que veux-tu faire ? Ils entendent être obéis et feront ce qu'il faut pour cela. Il vaut mieux le comprendre, et agir en conséquence.

Je le regardai avec mépris :

— Laisse-moi, ne me parle plus. Va les rejoindre, eux. Que viens-tu faire parmi nous ? Nous espionner ?

Une tristesse assombrit ses yeux, et il secoua la tête doucement :

— Non, ne crains rien. Je n'espionne personne. Si je dis qu'il vaut mieux être de leur côté, c'est parce que je pense que c'est la meilleure solution. Mais chacun est libre de raisonner comme il le veut. Mes parents ne m'approuvent pas, je le sais, ils me l'ont dit. Mais ils sont toujours mes parents, et je les aime bien. Et toi aussi, je t'...

Il s'arrêta subitement, se mordit les lèvres, puis brusquement se détourna et entra dans la forge. Je le regardai partir, incapable d'analyser clairement mes sentiments. Je crois que j'éprouvais surtout une grande tristesse mêlée de frustration. Mon ami d'enfance n'existait plus, et je ne pouvais pas admettre les conditions dans lesquelles il m'était enlevé.

Les journaux nous apprirent que le maréchal Pétain avait rencontré Hitler à Montoire. Il avait serré la main du Führer, et déclaré ensuite, pour expliquer son geste : « J'entre aujourd'hui dans la voie de la collaboration. » Comme beaucoup d'autres, Amédée fut outré :

— Lui, le vainqueur de Verdun, agir ainsi ! Cette fois, il va trop loin ! A quoi donc a servi notre dernière guerre si c'est pour en arriver là ? C'est une honte !

— On dit qu'il espère de cette façon atténuer les conséquences de la défaite, fit remarquer Zoé.

— Allons donc ! Les Boches n'en seront que plus satisfaits, et ne se priveront pas pour nous piétiner davantage.

En effet, l'occupation resta aussi rigoureuse. Ils refusèrent de libérer les soldats prisonniers en Allemagne, et continuèrent à interdire tout déplacement entre les deux zones.

De nouveau, par réaction, pour montrer combien l'entrevue de Montoire avait déçu, des graffiti réapparurent sur les murs : « Patience, confiance », « A bas les boches », et de nombreuses croix de Lorraine. Les affiches allemandes étaient lacérées, malgré les demandes répétées du maire de Lille parues dans le journal *Le Grand Echo*.

Nous écoutions toujours Radio-Londres. Elle nous apprit la manifestation des étudiants parisiens qui, le 11 novembre, avaient défilé sur les Champs-Elysées en criant « Vive de Gaulle ! ». Les Allemands avaient tiré sur eux afin de les disperser. On ne savait pas le nombre exact de victimes. Nous nous regardions avec impuissance : ils se montraient de plus en plus féroces. Il nous était impossible d'adopter le point de vue de Jean-Louis, qui approuvait totalement la politique de collaboration ; d'un autre côté, tout acte de résistance impliquait obligatoirement de cruelles représailles. Pourtant, malgré la peur qu'ils entretenaient dans les esprits, d'instinct et du fond du cœur nous étions contre eux.

Un jour du mois de novembre, Julie apprit par la Croix-Rouge qu'Antoine, son mari, était prisonnier dans un stalag en Allemagne. Elle accourut chez nous. Il faisait depuis la veille une sorte de tempête, avec des bourrasques de pluie et de vent. Nous étions calfeutrées dans la cuisine, ma grand-mère et moi, lorsqu'elle entra brutalement, essoufflée et trempée. Incapable de parler, elle nous tendit la carte qu'elle venait de recevoir. Elle riait et pleurait en même temps, et sur ses joues les larmes se mêlaient aux gouttes de pluie.

— Antoine... balbutia-t-elle, Antoine... il est vivant ! J'avais tellement peur, jour après jour... Depuis que Simone a appris la mort de Samuel, je ne vivais plus... Je craignais que, moi aussi... Et puis, regardez : cette carte dit qu'il est vivant, prisonnier mais vivant !...

Heureuse pour elle, je la serrai contre moi, embrassai ses joues mouillées. Je l'aimais bien, Antoine, et je me sentais soulagée qu'il fût sain et sauf. C'était lui qui m'avait conduite à l'autel lorsque j'avais épousé Marc, lui qui avait remplacé le père que je n'avais pas eu.

Ma grand-mère, assise près du feu, porta ses mains à sa poitrine dans un geste que j'avais appris à connaître et à redouter. Je la regardai avec inquiétude. Elle s'en aperçut, eut pour me rassurer un faible sourire :

— Ça va. C'est tout simplement l'émotion... Assieds-toi,

Julie, et sèche tes vêtements. Montre-moi cette carte... Nous allons noter l'adresse, afin de lui écrire.

— René a déjà fait sa lettre, dit Julie en souriant. Il est tellement heureux que son père soit vivant ! Et moi, tout me paraîtra plus facile, maintenant que je sais qu'il vit.

Lorsqu'elle repartit sous la pluie, d'une démarche alerte de jeune fille, elle laissa chez nous un peu de sa joie. Et cette joie que nous ressentions nous disait que tout n'était pas forcément mauvais, que certains bonheurs pouvaient arriver, malgré la guerre, malgré les Allemands. C'était une joie qui chassait les contrariétés, les inquiétudes, les ressentiments. Grâce à elle, notre espoir renaissait.

9

Noël fut à la fois doux et triste. Ma grand-mère installa, comme chaque année, sa crèche et ses santons. J'avais demandé à Simone de coudre, avec des restes de tissu, toute une garde-robe pour le baigneur de ma fille. Sa joie et son ravissement lorsqu'elle découvrit, le matin de Noël, les petits pantalons, les chemises, les barboteuses, nous fit sourire. Elle voulut les essayer tout de suite à son poupon, nous faisant admirer chaque tenue.

— Avec tous ces habits, c'est presque un vrai petit frère ! s'exclama-t-elle, les yeux brillants.

Elle tint à tout emmener chez Julie, où elle exhiba de nouveau chaque petit vêtement. Julie s'était efforcée de préparer un repas de fête. Elle avait tué une de ses volailles et fait une crème aux œufs pour le dessert. Ce fut délicieux. Mais, dans notre réunion familiale, manquait Antoine.

— L'année dernière, il était avec nous, soupira Julie. Pour le Noël prochain, peut-être sera-t-il là ?

Nous lui avions tous envoyé un colis, avec une lettre chaleureuse dans laquelle nous lui souhaitions un joyeux Noël, ainsi qu'un joli dessin qu'avait fait pour lui Elisabeth.

— Je ne me plains pas, disait courageusement Julie. Boris

et René m'aident en attendant son retour. Il est vivant, c'est ce qui importe. Un jour il reviendra, je le sais.

Un jour peut-être, pensais-je, mais quand ?... J'admirais Julie d'afficher une telle certitude. A sa place, j'aurais été tellement inquiète !...

Nous sommes rentrés chez nous un peu avant la tombée de la nuit. Le temps était sombre, le ciel gris et couvert. Quelques flocons de neige voletaient. Il faisait très froid. Je marchais serrée contre Marc, tenant le bras de ma grand-mère. Elisabeth gambadait devant nous, le visage levé vers le ciel, bouche ouverte et langue tirée pour attraper des flocons de neige. Lorsque nous sommes passés devant le café-tabac de Louis, illuminé et bruyant, deux Allemands sont sortis et nous ont croisés. Poliment, ils nous ont salués :

— *Frohe Weihnachten* ! a dit l'un d'eux. Joyeux Noël !

— Joyeux Noël, a répondu Marc d'une voix neutre.

Ma grand-mère a baissé ostensiblement la tête, regardant ses pieds :

— Joyeux Noël, tu parles ! bougonna-t-elle entre ses dents. Il serait bien plus joyeux s'ils n'étaient pas là !

— C'est certain, mais ce n'est pas amusant pour eux non plus, dit Marc. Ils sont loin des leurs, séparés de leur famille. Ils préféreraient certainement être chez eux.

— Eh bien alors, ils n'avaient qu'à y rester, et ne pas nous envahir. S'ils sont ici, c'est qu'ils l'ont bien voulu. Nous n'allons pas les plaindre, quand même ! Eux, ils sont ici en maîtres ; pour Antoine, qui est prisonnier, c'est bien pis !

Marc soupira :

— Oui, vous avez raison. Ne vous énervez pas ainsi, c'est mauvais pour votre cœur.

— Comment faire autrement ! Le simple fait de les voir dans mon village me révolte.

Moi, je ne disais rien, mais je pensais exactement la même chose. Je supportais difficilement leur présence.

Le 1er janvier, nous sommes allés chez ma belle-mère, où nous avons retrouvé Bernadette et Etienne. Nous avons échangé nos vœux de bonne santé, en ajoutant un souhait particulier : que cette année 1941 voie le départ des Allemands et la fin de la guerre. C'était, avant tout, notre désir le plus cher.

Pendant le repas, nous avons parlé de choses et d'autres. Ma belle-sœur, toujours aussi indignée, nous apprit qu'après les vacances de Noël, elle ne retrouverait pas sa collègue juive :

— Elle a reçu, le 18 décembre, une lettre lui indiquant qu'elle devait cesser ses cours à partir du 20. Elle nous a quittés en pleurant. Elle n'a même pas osé annoncer à ses élèves qu'elle ne reviendrait pas. Qu'aurait-elle pu donner comme raison ? Si elle leur avait dit la vérité, ils n'auraient pas compris. Peut-on faire comprendre une injustice pareille à des enfants de sept ou huit ans ?

Etienne, qui était élève au lycée Faidherbe, à Lille, approuva, avec toute la fougue de ses quatorze ans :

— Leurs méthodes sont inadmissibles. Savez-vous qu'ils vont jusqu'à rafler de la main-d'œuvre, maintenant ? Ils veulent des ouvriers pour l'Allemagne, mais les Français ne sont pas fous, ils se méfient de leurs offres de travail. Alors, que font-ils ? Ils adoptent les grands moyens : quelques jours avant Noël, à Lille, ils ont arrêté plus de 300 hommes à la sortie des cinémas, en leur disant qu'ils devraient se présenter « volontairement » à la gare afin de partir pour l'Allemagne. Au cas où ils n'accepteraient pas, leur famille aurait à subir des représailles.

Il s'arrêta un instant, reprit, avec un mélange de violence et de désespoir :

— Personne n'est en sécurité, tant qu'ils seront là. Dans ma classe, il y a un élève qui habite Roubaix. Il m'a raconté que dans sa ville, à la suite d'un attentat, les Allemands ont exigé du maire une liste d'otages. Celui-ci a bien entendu refusé. Eh bien, la Gestapo a arrêté, sur la grand-place et dans les cafés, une trentaine d'hommes. Le père de mon camarade était parmi eux. Quelques jours après, il a été relâché, avec une vingtaine d'autres. Mais ils en ont retenu dix, qui seront fusillés si les attentats se reproduisent... C'est une méthode révoltante, fusiller des innocents ! Depuis, le père de mon camarade n'ose plus sortir ; il a eu si peur, et toute sa famille avec lui !

— Il faut faire quelque chose, s'exclama Bernadette, outrée. On ne peut pas rester indifférent !

— Au lycée, certains distribuent des tracts, disent qu'il

faut, par tous les moyens, les chasser de chez nous. Les murs, les tables se couvrent de croix de Lorraine. Mais ça paraît difficile de les vaincre, ils sont très forts, et surtout ils ne reculent devant rien.

— Faites attention, mes enfants, conseilla ma belle-mère. Ils sont durs et implacables. Evitez de les braver.

Bernadette et Etienne ne répondirent pas, mais ils échangèrent un regard grave, complice et entendu, que je surpris. Que signifiait-il ?...

Lorsque nous avons pris congé, il était un peu plus de 16 heures. Nous n'avions pas voulu partir avant, afin de respecter la recommandation qu'avait faite le général de Gaulle à la B.B.C. : tous les Français devaient évacuer les rues, le 1er janvier de 15 heures à 16 heures, pour « une heure d'espérance ». Pendant cette heure-là, il n'y eut, dans les rues, que les « doryphores ». Si seulement, pensions-nous, cette année nous apportait la joie de leur départ !

Le mois de janvier passa lentement, avec ses journées glaciales, ses chutes de neige, ses gelées. Marc, courageusement, enfourchait chaque matin sa bicyclette et s'en allait visiter ses malades. Nous devions économiser le charbon. Ma grand-mère était allée rechercher, au fond de son armoire, un bonnet de nuit qu'elle mettait pour dormir, à la grande joie d'Elisabeth qui trouvait cela très amusant. Dans notre lit, je me blottissais contre Marc, recherchant sa chaleur, me pelotonnant sous les couvertures comme un petit animal frileux.

A l'épicerie du village, il fallait faire la queue pour faire honorer nos tickets d'alimentation. Je patientais courageusement dans le froid, avec les autres. Nos discussions nous aidaient à trouver le temps moins long. Nous échangions des idées sur la façon d'accommoder les plats avec le peu que nous avions. Celles dont le mari était prisonnier donnaient de leurs nouvelles. Nous parlions de la santé de nos proches, des difficultés présentes. Malgré notre désir, nous n'osions pas critiquer ouvertement les Allemands ; ils n'étaient jamais très loin. La méfiance retenait nos paroles, mais les regards que nous échangions étaient éloquents, et nous nous comprenions à demi-mot.

Vers le milieu du mois, une nuit, il y eut une abondante chute de neige. Lorsque je me levai pour préparer le petit déjeuner, il faisait glacial. Ma grand-mère, toujours matinale, s'activait à bourrer le feu de journaux et de petit bois avant de l'allumer. J'allai l'embrasser, lui demander si elle avait bien dormi, si elle n'avait pas eu trop froid. Jusqu'ici, les hivers précédents, nous faisions du feu dans sa chambre. Maintenant, avec les restrictions, il n'en était plus question. Mais, dure et courageuse, elle ne se plaignait pas.

En serrant les dents pour ne pas grelotter, je sortis les bols de l'armoire, remplis la bouilloire d'eau pour la faire chauffer. Je la posai sur le feu, dans lequel les premières flammes chantaient déjà joyeusement. Ce fut à ce moment-là que tout arriva. Je vis ma grand-mère chanceler, porter les mains à sa poitrine, ouvrir la bouche dans un cri silencieux. Elle s'effondra. Je n'eus que le temps de la retenir pour l'empêcher de tomber. Affolée, je réussis à l'asseoir sur une chaise. La tête sur sa poitrine, elle ne bougeait plus. J'eus très peur. Je pris ses mains, relevai son visage :

— Grand-mère... Grand-mère, réponds-moi !

Aucune réponse, aucun mouvement. Ses yeux étaient clos, ses paupières bleuies, ses narines pincées. J'allai jusqu'à la porte de notre chambre, l'ouvris :

— Marc ! appelai-je d'une voix que l'angoisse étranglait. Viens vite, s'il te plaît. Grand-mère...

En un instant, il fut là. J'étais retournée auprès de ma grand-mère ; agenouillée près d'elle, lui tenant les mains, je l'observais avec une attention suppliante. En moi, un cri montait, enflait, explosait sans pourtant franchir mes lèvres : « Grand-mère, ne me quitte pas ! »...

Marc la redressa, se pencha, posa son oreille sur sa poitrine, tout en lui prenant le pouls. J'attendis, immobile, les yeux fixés sur lui. Je le vis pousser un long soupir :

— Elle vit. Le cœur est faible, mais il bat. Viens, aide-moi à la porter sur son lit.

Nous l'avons allongée sur le lit défait. Comme elle me sembla menue et fragile ! A la lueur de la veilleuse, son visage paraissait cireux, l'ombre s'installait dans le creux des orbites, la bouche s'affaissait. De nouveau, j'eus peur. Je regardai Marc :

— Marc... Elle ne va pas... Dis, qu'a-t-elle ?

Le front soucieux, les sourcils froncés, il répondit brièvement :

— Un malaise cardiaque. Prépare ses gouttes. Je vais stimuler son cœur, essayer de la ranimer.

Je compris qu'il était inquiet. Tandis que j'essayais d'introduire quelques gouttes entre les lèvres serrées, il se mit à masser doucement, savamment, la poitrine immobile. J'observais avec inquiétude, retenant ma respiration. Je regardais le visage de ma grand-mère, sillonné de tant de rides, dont chacune m'était chère. Marc continuait son massage, patiemment, inlassablement. Enfin, après un moment qui me sembla interminable, le visage de ma grand-mère se ranima. Ses paupières battirent et elle ouvrit les yeux. Elle nous vit. Un immense étonnement emplit son regard. Elle voulut se redresser, fit une grimace de douleur, retomba sur l'oreiller :

— Que se passe-t-il ? Pourquoi ?...

— Restez couchée, intima Marc, ne bougez pas. Vous avez eu un malaise. Il faut que je vous ausculte plus soigneusement.

— Ah oui, je me souviens... Cette douleur dans la poitrine, et puis plus rien... Ce n'est pas la première fois que j'ai mal ainsi, mais je n'ai jamais perdu connaissance de cette façon... Dis-moi la vérité, Marc : est-ce grave ? Vais-je mourir ?

Un semblant de sourire détendit les traits de Marc :

— Mais non, vous n'allez pas mourir. Simplement, il faudra éviter de vous fatiguer. Avec du repos et des soins, vous serez vite remise.

— Du repos, soupira ma grand-mère. Je n'aime pas beaucoup cela. Je connais, moi, certaines plantes qui, en infusions... Thérèse, tu me les prépareras.

— Si vous voulez, acquiesça Marc. Mais pour aujourd'hui, restez au lit. Il faut laisser à votre cœur le temps de se remettre.

Elle voulut protester, fit un mouvement pour se redresser. La même grimace de douleur crispa son visage. Vaincue, elle soupira :

— Je crois que tu as raison. Mais c'est bon pour une fois.

Dès que je me sentirai mieux, je me lèverai. Je promets de ne pas forcer, mais je serai incapable de rester au lit bien longtemps.

Marc la regarda, et son visage prit une expression tendre :

— Vous êtes terrible, savez-vous ! Mais je serai là pour vous surveiller et vous empêcher de faire des bêtises, ainsi que Thérèse. Laissez-moi vous ausculter. Il faut que j'écoute votre cœur plus attentivement.

— Je vous laisse, dis-je, je vais aller préparer une infusion d'aubépine.

Je m'occupai du feu, l'attisai, fis chauffer l'eau. En attendant qu'elle fût à ébullition, j'allai dans la chambre d'Elisabeth. Elle était réveillée.

— Maman, je peux me lever ?

— Oui. Viens vite dans la cuisine, il fait plus chaud qu'ici. Il faut que je te dise : grand-mère est malade. Elle doit rester couchée toute la journée. Je compte sur toi pour être très sage et ne pas la fatiguer.

Ma petite fille, à bientôt cinq ans, était très raisonnable. Elle promit d'être sage, s'assit dans son lit, me tendit les bras pour que je la prenne. Je l'emportai hors de la chambre, serrée contre moi. Dans la cuisine, elle demanda :

— Et grand-mère ? Je peux aller lui dire bonjour ?

— Attends un peu. Papa est avec elle. Tu iras après.

Je préparai l'infusion, la sucrai avec une cuillerée de miel. Le sucre, lui aussi, avait pratiquement disparu. Du miel, nous en avions parce que Boris s'occupait de plusieurs ruches, et chaque année Julie nous en vendait quelques pots. Lorsque Marc sortit de la chambre, je l'interrogeai du regard.

— Elle est très fatiguée, dit-il. Je lui ai conseillé de dormir un peu.

— Puis-je lui porter cette infusion ?

— Oui. Ensuite il faudra la laisser reposer.

Je pris ma fille par la main :

— Viens, allons voir grand-mère.

Les traits tirés, le visage las, elle nous regarda avec tendresse tandis que nous nous dirigions vers elle. Elisabeth alla poser un gros baiser sur sa joue. Avec précaution, je la soulevai, lui fis boire l'infusion. Ensuite je la recouchai, bordai le drap :

— Essaie de dormir un peu. Nous ne ferons pas de bruit. Je vais laisser la porte ouverte pour que la chaleur vienne jusqu'ici. Je viendrai voir de temps en temps si tu as besoin de quelque chose. Et ne t'inquiète pas, tu iras très vite mieux.

Elle ne répondit pas. Les yeux clos, elle s'assoupissait déjà. Je mis un doigt sur mes lèvres, souris à Elisabeth et l'entraînai hors de la chambre. Avant de sortir, je me retournai, regardai ma grand-mère. Son corps menu soulevait à peine les couvertures. Elle me parut faible, vulnérable. Mon cœur s'emplit d'amour et de pitié.

Dans la cuisine, j'interrogeai Marc :

— Dis-moi la vérité, Marc. Est-ce très grave ?

Il me regarda tendrement, puis il soupira :

— Insuffisance cardiaque. Elle est fatiguée, et les soucis que nous avons accumulés depuis un an n'ont rien arrangé.

— Je... Qu'est-ce que ça veut dire ? Elle ne va pas mourir, dis-moi ?

Il vit mon regard anxieux, et le bleu de ses yeux s'assombrit :

— Non, pas si elle se ménage et fait attention. Avec du repos et des soins, elle peut vivre encore quelque temps. Mais je ne sais pas combien de temps.

Je sentis mes yeux se remplir de larmes.

— Pardonne-moi, mon petit, mais tu m'as demandé la vérité. Il lui faut beaucoup de soin et de repos. Il faut aussi qu'elle prenne ses gouttes de digitaline régulièrement. Et surtout, il faut l'entourer de beaucoup d'amour, car il est indéniable qu'elle arrive à la fin de sa vie. Aime-la, et montre-le-lui.

Je demandai, et des sanglots enrouaient ma voix :

— Marc... Ce que tu veux me dire, c'est qu'elle peut mourir n'importe quand à partir de maintenant ?

— J'espère qu'elle restera encore un bon bout de temps avec nous. Mais je ne peux pas l'assurer avec certitude. Il faut surtout lui éviter toute fatigue, et aussi toute émotion.

— Oh, Marc...

Je cachai ma tête au creux de son épaule, il me caressa les cheveux. Il savait ce que ma grand-mère représentait pour moi et comprenait mon angoisse. Tous les deux, dorénavant, nous tremblerions pour sa vie.

Ce nous fut un souci de plus. Et même, pour moi, ce souci relégua les autres à l'arrière-plan. Ma grand-mère avait été pendant si longtemps tout mon univers ! Je me mis à l'entourer de soins, guettais avec appréhension le moindre malaise.

Elle-même, malgré son désir de reprendre sa vie active, était obligée d'admettre qu'elle ne le pouvait plus. Elle s'y résignait difficilement. Elle n'acceptait pas d'être, ainsi qu'elle le disait elle-même, un « poids mort et inutile ». Je protestais, je lui affirmais qu'elle se faisait des idées fausses, et qu'elle pouvait bien se reposer un peu après la longue vie de travail qui avait été la sienne.

Son repos forcé la rapprochait d'Elisabeth. L'après-midi, elle se mettait dans le fauteuil, près du feu, et ma petite fille s'installait à ses pieds. Elles se racontaient des histoires, elles découpaient des figurines dans du papier, elles feuilletaient des livres d'images. Je regardais le petit visage éveillé de ma fille auprès du cher visage ridé de ma grand-mère, et je les englobais toutes deux dans un même amour.

Un soir du mois de février, j'avais couché Elisabeth et je venais de porter, à ma grand-mère, une infusion et ses gouttes pour la nuit. Alors que j'allais me retirer, elle retint mon bras :

— Thérèse, ma petite fille... Ecoute-moi.

Surprise et un peu inquiète, j'attendis.

— Puisque nous sommes toutes les deux, là, maintenant, il faut que je te dise... Je n'en ai plus pour longtemps, je le sais. — Elle leva une main pour arrêter ma protestation. — Attends, laisse-moi parler. Il est inutile de feindre. Je sens bien que mon cœur est usé, il est fatigué de battre... Je ne peux pas lui en vouloir, il en a tellement vu, il a tellement souffert... La mort de ma fille unique, ta mère, puis la mort de ton grand-père... A chaque fois, c'est toi qui m'as retenue, c'est pour toi que j'ai continué à vivre. Sache que je t'ai beaucoup aimée, ma Thérèse, et que tu m'as donné bien des satisfactions. Tu as été une bonne petite... Maintenant, je peux te laisser sans remords, tu as un mari qui t'aime sincèrement, une adorable petite fille. Mon temps se termine, il ne sert à rien de le nier. Et, dans un sens, ce n'est pas plus mal ; vois-tu, je n'ai plus le courage de vivre. Avec cette guerre, à mon âge, c'est bien trop dur. J'ai déjà connu tout ça, et recommencer est trop pénible. J'espère simplement qu'elle ne durera pas aussi longtemps que la précédente, et que vous pourrez donner à Elisabeth ce petit frère dont elle rêve, même si je ne suis plus là pour le voir...

Elle s'interrompit, me regarda en souriant avec une infinie tendresse. Moi, j'étais bien incapable de parler. Je pleurais. Je comprenais que ce qu'elle disait était vrai, et je ne pouvais même plus protester. Le fatalisme et la résignation avec lesquels elle accueillait sa fin prochaine anéantissaient en moi toute révolte.

— Ne pleure pas, mon enfant. Va plutôt ouvrir l'armoire, regarde tout en haut. Il y a une boîte en fer. Amène-la-moi. Il faut que je t'explique... Allez, va donc !

Toujours en pleurant, j'obéis. Je trouvai la boîte, la lui apportai. Elle l'ouvrit :

— Il y a là mes bijoux, qui me viennent de ma mère... Une croix en or, un collier et un bracelet en nacre, une broche en argent. Et puis, regarde : toutes mes économies sont là, je les ai amassées petit à petit, au long de ma vie. Tout ça est à toi. Il y a aussi les titres de propriété : cette maison est à toi également. Cela a été fait en même temps que ton contrat de mariage, tu te rappelles ?

J'en avais un vague souvenir, oui. A l'époque, j'allais épouser Marc, je flottais sur un nuage rose, et ces problèmes bassement matériels me paraissaient tout à fait secondaires.

— Voilà, remets tout en place. Tu vois, tout est en ordre, je peux mourir en paix.

— Ne dis pas ça, je t'en prie, ne dis pas ça ! Je t'aime, et je ne veux pas que tu meures !

Je me penchai vers elle, je l'embrassai en sanglotant. D'une main faible, elle caressa mes cheveux :

— Sois raisonnable, Thérèse. J'ai soixante-douze ans, et mon cœur est si fatigué... Mon heure est fixée. Lorsqu'elle viendra, il faudra l'accepter.

Je l'ai encore embrassée, et je suis sortie pour donner libre cours à ma douleur. Je me suis réfugiée dans notre chambre. Marc m'a consolée. Ses baisers ont bu les larmes sur mes joues. Il m'a aimée, tendrement et passionnément. Son amour m'a été un réconfort. Après, je me suis endormie contre lui, à la fois malheureuse et apaisée.

Le printemps arriva, et ma grand-mère parut reprendre quelques forces. Avec mon optimisme naturel, je voulus y voir un heureux présage. Zoé venait souvent lui tenir compagnie. Julie apportait fidèlement les lettres qu'elle recevait d'Antoine, toujours prisonnier en Allemagne. Il avait le droit d'écrire deux fois par mois, au crayon, sur un papier réglementaire que nous commencions à connaître. Elle lui répondait, lui donnait de nos nouvelles, lui envoyait régulièrement des colis.

Les journaux parlaient des victoires allemandes. Ils nous apprirent successivement la conquête de la Bulgarie, de la Yougoslavie, de la Grèce, de la Crète. Les Allemands se disaient invincibles et voulaient nous le faire savoir.

Nous, nous préférions croire de toutes nos forces à la victoire anglaise, même si elle semblait hypothétique et lointaine. Une nuit du début avril, nous avons entendu le passage bruyant et impressionnant de nombreux avions britanniques — 300, avait annoncé la B.B.C. — qui s'en allaient bombarder l'Allemagne. Sur les murs, sur les vitres, sur les poteaux, sur les routes, tracés à la craie, au crayon, au minium, apparaissaient les V de la victoire anglaise et les croix de Lorraine. Ils disaient l'espoir secret que nous portions en nous.

En mai, les occupants inaugurèrent le « théâtre allemand » de Lille : c'était l'opéra qu'ils avaient saisi et réquisitionné pour eux. Là aussi, ils entendaient montrer qu'ils étaient les maîtres. Leur attitude de vainqueurs ravivait l'hostilité. Pour leur prouver que, malgré leurs menaces, le patriotisme était toujours vivant, une manifestation eut lieu, le dimanche 11 mai, jour de la Sainte-Jeanne-d'Arc. Répondant en masse aux appels de la radio de la « France combattante », une foule compacte alla fleurir la statue de l'héroïne. Bien sûr, les représailles ne se firent pas attendre. Dès le lendemain, des affiches annoncèrent la sanction : réquisition de tous les postes de radio dans la ville de Lille et les communes de banlieue. Heureusement pour nous, notre village étant plus éloigné, cette mesure ne nous atteignit pas. Mais la révolte grondait.

Il y eut, ce même mois, une nouvelle en gros caractères dans les journaux. Sur les instances répétées de Pétain, les prisonniers de guerre anciens combattants de 14-18 furent libérés. C'était un « nouveau résultat de la collaboration franco-allemande ». Cela nous laissa sceptiques et, de toute façon, toujours aussi hostiles. Collaboration ? Un mot qui finissait par faire horreur.

A ce sujet, les gens du village considéraient Jean-Louis avec un mélange de mépris, de méfiance et de crainte. Il était « de leur côté », il travaillait avec « eux ». Lorsqu'il venait voir ses parents, nombreux étaient ceux qui, en le croisant, se détournaient ostensiblement pour ne pas le saluer. Il le remarquait et s'en moquait. Mais certains englobaient dans le même ressentiment Gaspard et Mariette. Les pauvres étaient très malheureux : honteux pour leur fils, indignés par la réaction de ceux qui les rendaient responsables, et malgré tout impuissants parce qu'ils n'y pouvaient rien changer.

Mariette était celle qui en souffrait le plus. Elle n'aimait pas les Allemands depuis que l'un d'eux avait tué son jeune frère en mars 1918, simplement parce qu'il voulait donner un morceau de pain à un soldat prisonnier. Pour elle, ils étaient l'ennemi ; elle ne pouvait pas comprendre l'attitude de son fils. Je fus témoin d'un incident qui me montra combien tout cela devait être dur pour elle.

C'était un matin ; nous faisions la queue sous la pluie, en attendant l'ouverture de l'épicerie. Le mauvais temps n'avait pas arrangé notre humeur à toutes, d'autant plus que, lorsque notre tour arriva, nous attendions depuis plusieurs heures. Mariette était juste derrière moi, et une autre femme voulut lui passer devant. Tout naturellement, elle protesta. L'autre la toisa et, d'une voix hargneuse, lança :

— Lorsqu'on a un fils qui s'entend si bien avec les Boches, cela doit certainement donner quelques avantages. Allez donc leur demander ce qui vous manque, et laissez les queues aux malheureuses comme nous !

Frappée de stupeur devant cette attaque imprévue, Mariette ne répondit pas. Elle devint très rouge puis, sans transition, d'une pâleur mortelle. Je ne pus m'empêcher de réagir. Ces paroles étaient si injustes que je m'écriai, outrée :

— Ce n'est pas bien ce que vous dites là, Amélie. Mariette n'est pas responsable du choix de Jean-Louis. Elle est assez malheureuse sans que vous lui fassiez, en plus, des réflexions désagréables.

Derrière moi, deux ou trois autres m'approuvèrent. Amélie baissa les yeux, marmonna quelque chose d'inintelligible qui pouvait passer pour des excuses. Mais je vis, à son visage fermé, qu'elle restait toujours dans le même état d'esprit.

Je revins avec Mariette. Elle ne disait rien. La tête baissée, elle pleurait silencieusement. J'essayai de la consoler. Je lui fis comprendre que tout le monde, dans le village, n'était pas aussi borné que cette Amélie. Je lui dis que nous les aimions beaucoup, elle et Gaspard, que pour nous l'attitude de Jean-Louis ne changeait rien à notre amitié. Mais je ne sais pas si elle m'écouta. Devant la forge, elle me quitta avec un signe de tête désespéré et s'en alla, toujours pleurant.

Je ne racontai pas cette scène à ma grand-mère. Son état restait stationnaire, elle vivait au ralenti ; je ne voulais pas la contrarier inutilement. J'en parlai le soir à Marc qui, comme moi, fut indigné.

— Ce genre de réaction est rare, heureusement, dit-il. Au cours de mes visites, dans le village, les gens me parlent. Le choix de Jean-Louis est bien sûr très critiqué. Mais la grande majorité s'accorde à plaindre Gaspard et Mariette. « Les pauvres, ils ne méritaient pas ça », c'est ce que j'entends le plus souvent. Il n'empêche qu'une méfiance se crée, vis-à-vis d'eux, à cause de leur fils.

Tout ça, pensai-je, c'est encore la faute des Allemands. Après les menaces, les interdictions, les représailles, la peur latente dans laquelle ils nous faisaient vivre, la suppression de notre liberté, maintenant ils réussissaient indirectement à semer la zizanie parmi nous.

En juin, les bombardements alliés commencèrent, apportant l'effroi et la peur. Les sirènes qui, depuis plus d'un an, s'étaient tues, firent entendre, une nuit, leur sinistre avertissement. Réveillés en sursaut, affolés, nous nous sommes levés. Un grondement terrifiant emplissait le ciel, entrecoupé par les détonations de la D.C.A. allemande. Le bruit des explosions nous parvint.

— Qu'est-ce que c'est ? Mon Dieu, qu'est-ce que c'est ?

— Des bombes qui viennent de tomber, dit Marc, probablement sur Lille. Vite, va voir grand-mère. Je vais chercher Elisabeth et nous allons tous descendre à la cave. On ne sait jamais, ils peuvent revenir.

Je sortis de la chambre, m'efforçant de juguler la panique qui m'envahissait. J'entendis Marc essayer de calmer Elisabeth qui pleurait de terreur. J'entrai dans la chambre de ma grand-mère. Elle avait allumé sa veilleuse, était assise sur son lit. De ce geste qui lui était devenu habituel, elle comprimait sa poitrine de ses deux bras.

— Vite, vite, grand-mère ! C'est un bombardement, il faut descendre à la cave.

Elle leva vers moi des yeux emplis d'anxiété :

— Les bombardements maintenant... soupira-t-elle avec lassitude. Je les ai déjà connus, lors de la dernière guerre. Je ne pensais pas les connaître à nouveau... Je n'aurai pas le courage de les supporter encore, mon cœur n'y résistera pas. Descendre à la cave et demeurer là dans l'humidité, à mon âge... Va te mettre à l'abri, avec Marc et Elisabeth ; moi, je reste ici.

— Rien à faire ! Viens avec nous. Tiens, couvre-toi.

Je lui passai sa pèlerine, l'enveloppai d'un châle, avec des gestes précipités et fébriles. Je l'aidai à se lever, l'entraînai, impatiente et inquiète. Le grondement des bombardiers continuait de résonner, ainsi que le bruit sourd des bombes. Je soutins ma grand-mère pour descendre l'escalier de la cave. Elle tremblait, vacillait, s'accrochait à moi. A la lueur de la lampe, son visage était si pâle qu'il me fit peur. Marc vint au-devant de nous :

— Ah, vous voilà ! Venez...

Il entoura ma grand-mère de ses bras, descendit les dernières marches en la portant presque. Il l'installa doucement sur une chaise qu'il avait préparée pour elle. Il lui prit le pouls, le visage attentif. Sur une couverture posée à même le sol, Elisabeth pleurait d'effroi et d'incompréhension. J'allai la rejoindre, m'assis près d'elle, la serrai contre moi pour essayer de la rassurer. Et nous sommes restés là, tous les quatre, terrés comme des animaux.

Sursautant à chaque nouvelle explosion, nous avons attendu, grelottant de froid et de peur. Elisabeth, dans mes bras, avait fini par se rendormir, d'un sommeil entrecoupé de soupirs, son petit visage encore mouillé de ses larmes. Ma grand-mère, assise sur la chaise, le corps penché en avant, ne bougeait pas, recroquevillée sur elle-même. Marc avait recouvert ses épaules d'une autre couverture, et l'enveloppait de ses bras pour essayer de lui communiquer un peu de chaleur.

Enfin l'alerte passa, le silence revint. Nous sommes remontés, ankylosés et hagards, moi portant Elisabeth, Marc soutenant ma grand-mère. J'ai recouché ma petite fille dans son lit, sans qu'elle se réveille. Je l'ai regardée avec attendrissement, avant d'aller rejoindre ma grand-mère dans sa chambre. Elle venait de se remettre au lit, et Marc lui préparait ses gouttes dans un verre d'eau. Le visage crispé, les yeux clos, elle semblait souffrir. Je m'approchai d'elle, pris dans les miennes sa vieille main usée par les travaux :

— Grand-mère, chuchotai-je, comment vas-tu ?

Sans ouvrir les yeux, pour toute réponse elle serra faiblement mes doigts entre les siens. Ce geste, qui voulait me rassurer mais qui traduisait tant d'impuissance, me fit venir les larmes aux yeux. Je regardai Marc, avec un mélange d'inquiétude et d'espoir. Il eut un geste découragé. Il se pencha, souleva le vieux corps si frêle :

— Tenez, buvez ça.

Elle essaya de boire, mais une bonne partie du contenu coula de chaque côté de son menton. Marc fronça les sourcils, son visage prit une expression soucieuse. Il la recoucha avec précaution, se tourna vers moi, chuchota dans mon oreille :

— Son cœur est très faible. Je vais rester près d'elle.

Je saisis le bras de Marc, le serrai de toutes mes forces :

— Marc... que veux-tu dire ?...

— Je suis inquiet, c'est tout. Il faut qu'elle se repose, qu'elle essaie de récupérer. Va te coucher, je vais la surveiller.

— Je serais bien incapable de dormir. Je veux rester près d'elle, moi aussi.

Nous nous sommes installés à son chevet, de chaque côté du lit. Les heures ont passé. Marc, à intervalles réguliers, lui prenait le pouls, hochant la tête sans un mot. Crispée, inquiète, malheureuse, je n'osais pas l'interroger.

Le matin arriva, salué par le chant des oiseaux. Brisée par la fatigue et par l'angoisse, je me levai :

— Je vais aller faire chauffer de l'eau. Une boisson chaude nous fera du bien.

Dans la cuisine, je m'activai avec énergie pour réagir contre la peur qui, insidieusement, s'infiltrait en moi. Je préparai deux infusions, en portai une à Marc. Nous avons bu, proches l'un de l'autre, observant avec une même inquiétude le visage immobile de ma grand-mère. Le liquide chaud réussit à me détendre un peu.

— Je vais aller me raser et m'habiller, dit Marc. Ensuite, j'irai voir le vieil Anatole, il ne va pas très bien. J'ai promis à sa fille de passer ce matin à la première heure.

Le vieil Anatole était le doyen du village. A presque quatre-vingt-onze ans, il connaissait une troisième guerre, et par là même une troisième occupation allemande. Il avait vécu celle de 1870, puis celle de 1914, et enfin celle-ci...

Marc sortit.

Je me rendis aussitôt près de ma grand-mère. J'ai observé avec angoisse le mouvement à peine perceptible de sa respiration. Soulagée, je l'ai laissée dormir et je suis allée, dans la cuisine, me laver et m'habiller. Puis de nouveau je retournai dans la chambre. Dès que j'entrai, je compris que quelque chose avait changé. Pourtant, ma grand-mère n'avait pas bougé, elle était toujours dans la même position. Mais, alors que je m'approchais du lit, j'ai senti quelque chose en moi se contracter. Avec appréhension, j'ai guetté un signe de vie, en vain. J'ai touché sa main, j'ai posé ma tête sur sa poitrine pour écouter les battements de son cœur. Mes oreilles bourdonnaient et je n'entendis rien. Je la regardai, sentant monter en moi, pêle-mêle, une panique, un refus, en même temps qu'un intense désespoir. Je me penchai sur elle, appelai :

— Grand-mère ! Grand-mère...

Elle ne réagit pas. Je compris, en voyant l'immobilité sereine de son visage, qu'elle ne m'entendrait jamais plus. Je compris qu'elle m'avait laissée et que j'avais perdu la seule famille au monde que j'eusse jamais possédée. C'était si insupportable que je refusai de l'admettre. Dans un sursaut de révolte, je courus jusque chez Amédée, frappai, affolée :

— Amédée ! Vite, vite ! Grand-mère...

Il arriva aussitôt, le visage inquiet :

— Eh bien, petite, qu'y a-t-il ?

Je me cramponnai à son bras, dans un geste dérisoire d'appel au secours :

— Oh, Amédée, venez vite... Je crois... je crois qu'elle ne respire plus.

Avec une exclamation étouffée, il me suivit. Zoé vint avec nous. Lorsque j'entrai de nouveau dans la chambre dont j'avais laissé la porte ouverte, je m'arrêtai, les yeux fixés sur ma grand-mère. Hiératique, elle reposait, immobile pour l'éternité.

Amédée s'approcha, prit son poignet, se pencha pour écouter son cœur. En dehors de la réalité, je le regardais, sachant déjà ce qu'il allait dire. Il se redressa, le visage grave, les traits tirés par le chagrin :

— C'est fini...

Zoé joignit les mains, et sans transition se mit à pleurer. Moi hagarde, hébétée, le cœur tordu par une peine atroce, j'entendais au fond de moi les sanglots d'un immense désespoir. Elle était partie, ma grand-mère qui m'avait élevée avec amour et tendresse, mon aïeule bien-aimée qui, après la mort de mon grand-père, n'avait vécu que pour moi. Et je savais que, de ce départ, je ne me consolerais jamais tout à fait.

10

Pendant deux jours, une grande partie des habitants du village vint la bénir et lui dire un dernier au revoir. Presque tout le monde la connaissait et l'aimait : tous ceux qu'elle avait soignés, tous ceux que, au long de sa vie, elle avait mis au monde et qui, maintenant, étaient devenus adultes. Avec émotion, ils me serrèrent la main, m'embrassèrent. Une profonde affliction embrumait leur regard.

— Elle ne va jamais revenir ? me demanda Elisabeth.

Je sentis mes lèvres trembler.

— Non, jamais.

— Alors, allons au ciel avec elle. Comme ça, nous serons encore ensemble.

Incapable de répondre, je caressai la petite tête blonde, sentant une houle de chagrin se lever, prête à déborder. Je m'enfuis pour ne pas pleurer devant elle, laissant à Marc le soin de lui expliquer que c'était impossible. Marc... Dans le chaos où je me retrouvais, il était le roc stable auquel je m'accrochais.

La situation générale ne s'améliorait pas. Il y eut une nouvelle loi instaurant des cartes pour les vêtements et les articles textiles. Comme si nous n'en avions pas déjà assez avec les cartes de ravitaillement ! Les journaux nous apprirent que le 21 juin, l'Allemagne avait envahi l'Union Soviétique. Ils vantaient l'avance foudroyante de la Wehrmacht, prédisaient le prochain triomphe de l'Allemagne nazie.

— Qu'ils ne crient pas trop fort, remarqua Amédée. La Russie, c'est autre chose qu'ici ! Napoléon aussi a essayé de la conquérir, et il s'y est cassé les dents. Lorsque les Boches feront connaissance avec l'hiver russe ils déchanteront bien vite !

Comme pour lui donner raison, à la B.B.C., Maurice Schumann, par « la voix de Londres », affirma que la guerre sur deux fronts était, pour l'Allemagne, un « acte dément ».

Alors nous espérions que cette victoire allemande dont parlaient les journaux serait compromise. Nous l'espérions de plus en plus, car plus le temps passait et plus il nous était difficile de « les » supporter.

Pour réagir contre les croix de Lorraine et les V de la propagande britannique qui étaient apparus voici quelques mois, les Allemands firent de ce V le signe de leur victoire. Sur les murs, des affiches rouges avec un V en noir surmonté d'une croix gammée heurtaient nos regards. Nous détournions la tête pour ne pas les voir. Bien souvent, elles ne restaient pas longtemps intactes. Elles étaient vite lacérées. J'admirais ceux qui réussissaient à les déchirer, sans pour autant oser les imiter. Pour un tel geste, s'ils se faisaient surprendre ils se retrouvaient en prison et risquaient une lourde condamnation.

Il y eut encore, à plusieurs reprises, des bombardements qui nous réveillèrent en pleine nuit et nous obligèrent à nous réfugier à la cave. Blottie contre Marc, Elisabeth dans mes bras, l'oreille tendue j'écoutais le grondement des avions et le fracas des explosions. Je pensais à ma grand-mère ; en de tels moments, j'étais presque soulagée qu'elle n'eût pas à supporter le froid, l'inconfort, la peur. Peut-être était-ce mieux, pour elle, qu'elle ne fût plus là...

Ces bombardements, qui visaient les usines de Fives-Lille, les usines Tudor et Wattignies, faisaient à chaque fois parmi les habitants de nombreux morts et blessés, détruisant des centaines de foyers. Nous qui habitions en pleine campagne, loin d'un centre d'intérêt, pouvions encore nous considérer comme privilégiés. Mais la peur, à chaque fois, était présente.

Au cours de l'été, une nouvelle ordonnance parut à l'encontre des juifs. Les Allemands leur interdisaient, cette fois, de posséder un poste de T.S.F. Ceux qui en possédaient devaient les remettre, avant le premier septembre, contre récépissé, au maire de leur domicile. Les contraventions étant, bien entendu, punies d'amendes et d'emprisonnement.

— Tu te rends compte, me dit Simone, à la fois révoltée et effondrée. Ils nous enlèvent notre poste, maintenant. Mon père dit qu'ils ne s'arrêteront pas là. Il est furieux ; il ne pourra plus écouter la B.B.C., ainsi que nous le faisions tous les jours.

Je ne comprenais toujours pas cet acharnement à vouloir persécuter les juifs. Je ne pus que proposer, comme faible consolation :

— Nous écouterons, Marc et moi, et le lendemain je te répéterai à chaque fois les nouvelles.

Elle me regarda avec un sourire triste :

— C'est gentil, Thérèse, je te remercie. Mais tu sais, ce ne sera pas pareil...

Ma belle-sœur, elle, fut carrément outrée. C'étaient les vacances scolaires, et elle en profitait pour venir souvent, à bicyclette, nous rendre visite. Son indignation était sincère, violente :

— Après leur avoir interdit d'exercer leur métier, maintenant ils leur prennent leur T.S.F. ! Ils leur enlèvent le droit d'écouter les nouvelles — entre nous, même les nouvelles allemandes —, de se distraire, de s'instruire. Mais pourquoi ? Où veulent-ils en venir ?

Nous en discutions entre nous et tous, nous éprouvions la même incompréhension, la même révolte. Ils étaient les maîtres, des maîtres durs et impitoyables, redoutés et haïs, et devant eux nous ne pouvions que nous incliner, la rage au cœur.

Pourtant, comme une timide lueur d'espérance, la résistance s'organisait. Les sabotages se multipliaient, ainsi que les attentats contre l'ennemi. Dans la nuit du 24 au 25 août, deux soldats allemands furent attaqués et mortellement blessés dans la région de Marquette. Immédiatement, un avis émis de Bruxelles par le général von Falkenhausen fut partout affiché : « Si les criminels coupables ne sont pas découverts, des otages, en nombre correspondant à la gravité du crime, seront fusillés après chaque attentat. » Nous apprîmes que le général Niehoff, à Lille, avait ordonné l'emprisonnement de cinquante nouveaux otages qui répondraient de la vie des soldats allemands.

Cette menace ne servit qu'à exciter davantage la résistance. La nuit suivante, un officier fut assassiné à Lille ; d'autres meurtres furent commis en septembre. Les Allemands exécutèrent cinq otages. En réponse, comme un défi, les attentats se multiplièrent : vols d'explosifs, déraillement de trains, destruction de pylônes ; des fils téléphoniques furent cisaillés au faubourg de Fives-Lille. Les représailles furent, cette fois, plus dures encore : vingt otages fusillés à la Citadelle de Lille. Horrifiés, nous avons pu lire leurs noms, en première page du journal *Le Grand Echo*, ces noms qui formaient une affreuse liste noire... Pour justifier ce meurtre, Niehoff déclara qu'il était causé par les vols de dynamite de plus en plus nombreux, ainsi que les attentats des semaines précédentes.

Nous lisions les affiches avec, au fond de nous, une question angoissée : que voulaient-ils encore nous apprendre ? Quel que fût l'avis porté à notre connaissance, nous savions à quoi nous attendre : c'était inévitablement une menace, une interdiction, ou l'annonce d'une exécution d'otages. Ils étaient de plus en plus implacables ; nous les haïssions pour leur férocité, et pour la peur dans laquelle ils nous obligeaient à vivre.

Je me souviens qu'une des affiches rappelait l'interdiction d'aider les aviateurs anglais contraints d'atterrir. Elle était, comme toutes les autres, signée Niehoff. Elle disait que « quiconque aide les membres d'un équipage d'avion anglais à s'enfuir, ou tente seulement de le faire, ou encore leur vient en aide d'une façon quelconque, sera immédiatement traduit devant un tribunal militaire allemand et puni de la peine de mort ». Je me rappelle l'avoir lue, comme toutes les autres, avec appréhension et crainte ; mais pas un instant je n'ai eu le pressentiment que bientôt je serais directement concernée.

Tout commença à la fin du mois de septembre. A partir de là, je n'eus plus un instant de paix. La peur confuse et imprécise que je ressentais depuis le début de l'occupation se mua en une angoisse de tous les instants, qui empoisonna chacune des heures de ma vie.

C'était une journée chaude et ensoleillée, toute dorée par la naissance de l'automne. Assise dans le jardin, je reprisais des vêtements. Simone, près de moi, surveillait les deux petites filles qui guidaient, avec amour et patience, les premiers pas de David. L'après-midi s'étirait paresseusement. Je songeais qu'après l'automne, qui nous dispenserait encore quelques belles journées, viendrait l'hiver, et avec lui le froid, la neige, le gel. Un autre hiver que ma grand-mère n'aurait plus à affronter mais pour lequel nous devrions, nous, rassembler tout notre courage... Verrions-nous un jour la fin de cette occupation détestée ?

En soupirant, je me levai pour préparer une infusion. A ce moment, je vis Zoé qui, de son jardin, venait vers nous.

— Thérèse, me dit-elle avec une sorte de précipitation, ta belle-sœur vient de me téléphoner. Elle voudrait que Marc aille chez elle dès qu'il aura terminé ses visites.

Nous n'avions pas le téléphone, et la plupart des appels se faisaient chez Amédée, qui nous les transmettait. Mais, je ne sais pourquoi, tout de suite je fus inquiète. Ma belle-sœur ne téléphonait jamais. Elle venait toujours elle-même. Que se passait-il donc ?

— Elle est malade ? demandai-je à Zoé. Qu'a-t-elle dit ?

— Elle m'a juste transmis ce message : que Marc y aille après son travail. Elle semblait très pressée et a raccroché aussitôt. Je n'ai pas eu l'impression qu'elle était souffrante. Peut-être appelle-t-elle pour quelqu'un d'autre ?

— Si elle a demandé que Marc aille chez elle, ce n'est pas pour ma belle-mère, ni pour Etienne. Je ne vois pas...

Dans le petit village où elle exerçait son métier d'institutrice, elle vivait seule. Je ne connaissais pas ses amis. Et puis, n'y avait-il pas de médecin sur place ? Je n'avais jamais pensé à le lui demander. Mon pauvre Marc, après sa journée de travail, aurait encore plusieurs kilomètres à parcourir. Car je savais qu'il répondrait sans hésiter à l'appel de sa sœur.

Quand il rentra et que je lui transmis le message, il ne prit même pas le temps de se reposer. Il retint le geste qu'il allait faire pour enlever ses épingles de vélo, reprit sa trousse, se dirigea de nouveau vers la porte :

— J'y vais tout de suite. Ne sais-tu rien de plus, Thérèse ?

— Je ne sais que ce que Zoé m'a répété. Va et reviens vite, Marc. J'ai hâte d'être rassurée.

— Ne crains rien. Si elle a téléphoné elle-même, c'est qu'elle n'est pas si malade ! A tout à l'heure, ma Thérèse.

Il me serra contre lui rapidement, m'enveloppa de son regard bleu. Avec Elisabeth, je le regardai partir dans les rayons du soleil couchant, essayant vainement de chasser cette sourde inquiétude qui était au fond de moi.

Je préparai le repas, avec les légumes du jardin que René venait entretenir régulièrement. Je lavai et déshabillai Elisabeth, lui donnai à manger. Marc ne rentrait pas. Je pris ma fille sur mes genoux, lui racontai une histoire pour distraire mes idées et calmer mon impatience.

Lorsque neuf heures sonnèrent à la grande horloge de ma grand-mère, je me décidai à coucher Elisabeth. Elle réclama son père, qui chaque soir était présent pour la mettre au lit.

— Il est allé chez tante Bernadette et n'est pas encore revenu. Il viendra te dire bonsoir dès qu'il rentrera. Si tu dors, il t'embrassera doucement, sans te réveiller. Mais ne crains rien, il viendra.

Confiante, elle ferma les yeux et s'endormit. Je sortis de la chambre sur la pointe des pieds. J'aurais bien voulu avoir la même sérénité enfantine. Au contraire, plus le temps passait et plus j'étais inquiète.

Dans la cuisine, je m'assis devant le repas préparé, guettant les bruits. La nuit tombait, l'obscurité emplissait la pièce. A la fin, n'y tenant plus, je me levai pour aller fermer les volets. Sur le pas de la porte, je scrutai la rue, le cœur battant d'espoir. Rien. La tête basse, j'allai dans le jardin, m'apprêtai à repousser la grille. Alors soudain il fut là sans que je l'aie entendu arriver. A peine avait-il posé sa bicyclette contre le mur que je me jetai contre lui :

— Marc ! Oh, Marc ! Enfin, c'est toi ! Tu as été bien long...

Il entoura mes épaules de son bras :

— Viens, rentrons.

Surprise par le ton de sa voix, je levai les yeux vers lui. Son visage me parut grave, ses yeux assombris.

— Marc ! Qu'y a-t-il ?

— Rentrons, répéta-t-il.

Une fois à l'intérieur, nous avons tout fermé. Puis, alors que nous étions bien calfeutrés dans la cuisine, tout en mangeant Marc m'expliqua. Et, au fur et à mesure qu'il parlait, grandissait en moi un affolement, mêlé d'appréhension et, aussi, d'une sorte de fierté.

— Bernadette m'a appelé, parce qu'elle avait d'urgence besoin d'un médecin à qui elle pouvait faire une entière confiance. Tout naturellement, elle a pensé à moi. Voici, en résumé, ce qui s'est passé : dans les champs qui entourent son village, il y a quelques nuits un avion anglais a été abattu. Un fermier de ses amis a recueilli le pilote, blessé, et l'a caché dans sa grange. Hier, la blessure s'est aggravée, la fièvre s'est déclarée, et le fermier, affolé, est allé trouver Bernadette qui m'a appelé. Voilà.

— Mais... pourquoi elle ? Il savait pouvoir lui faire confiance ?

Marc eut un long soupir, me regarda :

— Il faut que je te dise, aussi... Bernadette ne me l'a avoué qu'aujourd'hui, mais, avec ce fermier et d'autres encore, elle fait partie, depuis un bon bout de temps, d'un réseau spécialisé dans l'évasion des soldats alliés. Elle en a déjà accompagné plusieurs, m'a-t-elle dit, jusqu'à la première étape ; et d'autres prennent la suite pour les conduire, par d'autres étapes successives, jusqu'à Marseille.

— Au fond, ça ne m'étonne pas de Bernadette. Ce n'est pas dans sa nature de rester à ne rien faire.

— Cette fois-ci, ils se retrouvent avec un blessé sur les bras. La première chose à faire, avant de l'aider à regagner l'Angleterre, c'est de le guérir. Et pour ça, ils ont besoin de moi. Je vais y retourner, demain et les autres jours, jusqu'à ce qu'il soit hors de danger.

— Mais... n'est-ce pas risqué ? Et si vous vous faites prendre ?

— Pour éviter la curiosité des voisins, le fermier agit comme si je venais pour son beau-père, alité depuis longtemps. Il me fait entrer dans la maison, puis dans la chambre, et de là je gagne la grange par-derrière. Personne ne me voit. Il faut être prudent, ils le savent mieux que quiconque.

L'inquiétude que je ressentais me poussa à demander :

— Lorsque cet aviateur sera guéri, ils n'auront plus besoin de toi, n'est-ce pas ?

Il ne répondit pas tout de suite, et mon inquiétude s'accrut. A l'expression de son regard posé sur moi, je sus ce qu'il allait me dire.

— Essaie de comprendre, ma Thérèse. Ce soir, en les aidant, je me suis rendu compte que leur cause était grande, était juste. J'ai demandé à être l'un des leurs.

— Marc ! Non !

Ses yeux se voilèrent d'un tendre reproche :

— J'attendais une réaction plus enthousiaste ! Bernadette, elle, a pleuré de joie et m'a félicité.

Torturée, je dis :

— Je ne suis pas Bernadette ! Marc, as-tu oublié ce qu'ils font, à ceux qui agissent ainsi ? Il y a encore eu une ordonnance à ce sujet, il n'y a pas longtemps...

— Je le sais bien, mais je serais un lâche si leurs menaces me faisaient reculer. Mon premier devoir est de guérir ce soldat. Rien que pour ça, je risque la mort, je le sais aussi. Tu ne voudrais quand même pas que je fasse ce qu'ils ordonnent de faire, dans ces cas-là : courir le dénoncer au service allemand le plus proche ?...

L'indignation me fit sursauter :

— Oh non, bien sûr que non !

— Eh bien, si je ne le fais pas, à leurs yeux je suis déjà coupable. Autant l'être en sauvant la vie de ce garçon, si je le puis, et en me rendant utile chaque fois que l'on aura besoin de moi. Comprends-tu, Thérèse ?

Oui, oh oui, je comprenais. Mais j'avais tellement peur... Ma voix tremblait lorsque je murmurai :

— Essaie de comprendre, toi aussi, Marc... A chaque instant je vais craindre pour toi. Pense à Elisabeth, aussi. Si tu es pris, que deviendra-t-elle ? Que deviendrons-nous, toutes les deux ?

— Justement, c'est à elle aussi que je pense. Elle n'aura pas à rougir de son père. Plus tard, je lui raconterai tout ; elle sera fière de moi.

Je ne disais plus rien, incapable soudain de trouver d'autres arguments. Il reprit, et il y avait au fond de ses yeux bleus une supplication si intense que je me sentis faiblir :

— Je voudrais que tu acceptes ma décision. Elle est prise et ne changera pas, quoi que tu puisses dire. Seulement, j'aimerais que tu me donnes ton accord. Il me serait pénible d'agir en sachant que tu ne m'approuves pas.

Il s'arrêta un instant, puis continua plus bas, d'une voix sourde :

— Vois-tu, pour moi, entrer dans la lutte aux côtés de Bernadette et des autres est très important. J'aurai, ainsi, l'impression d'être utile à mon pays. Puisque je n'ai pas été capable d'être un soldat, laisse-moi au moins me battre de cette façon.

Mon cœur se serra. Je devinais qu'il souffrait d'avoir été réformé, mais égoïstement je me réjouissais de l'avoir près de moi. Je me rendis compte que sa décision était aussi une revanche sur cette douloureuse humiliation. Néanmoins, refusant de me laisser attendrir, je haussai les épaules :

— Un soldat ! Je remercie Dieu que tu ne l'aies pas été ! Où serais-tu maintenant ? Mort, comme Samuel, ou prisonnier en Allemagne, comme Antoine ?

— Eh bien, justement, en n'étant ni mort ni prisonnier, je peux me rendre utile. Et c'est ce que je vais faire.

Le ton avec lequel il prononça ces mots me fit comprendre que sa résolution resterait inébranlable. Et, parce que je l'aimais, je sus que je devais accepter, taire ma peur et le soutenir toujours, de toutes mes forces. De plus je devais bien m'avouer qu'au fond de moi, j'étais fière de lui. Placée dans la même situation, je n'aurais pas agi autrement.

Marc me regardait, son visage exprimant l'espoir et l'attente. Une bouffée d'amour m'emplit toute. Je ravalai mes larmes, esquissai un sourire tremblant :

— Grand-mère t'approuverait, elle qui n'aimait pas les Boches ! Je crois bien que, moi aussi...

Il ne me laissa pas terminer. Il se leva d'un bond, vint à moi, me serra dans ses bras :

— Thérèse ! Je savais bien que tu comprendrais ! Tu verras, tout se passera très bien.

Je n'ai pas répondu. Avec un soupir, j'ai caché ma tête au creux de son épaule pour qu'il ne vît pas, dans mes yeux, mon doute et ma peur.

Les jours suivants, il retourna chaque soir, après ses visites, soigner le parachutiste anglais. Tout le temps que durait son absence, je ne vivais pas. Et s'il se faisait arrêter ? Et si les voisins du fermier, s'apercevant de quelque chose, les dénonçaient ? Je ne respirais que lorsqu'il rentrait. Il revenait avec un grand sourire satisfait, m'ouvrait les bras. Je m'y jetais, fermais les yeux et écoutais son cœur battre contre le mien.

— Ça y est, notre Michael va mieux ! m'annonça-t-il un soir. Je vais pouvoir espacer mes visites. Bientôt il pourra partir. Bernadette ira le remettre entre les mains d'un passeur. Un des leurs, qui travaille à la mairie, l'a pourvu d'une fausse carte d'identité.

— Lorsqu'il sera parti, ils n'auront plus besoin de toi ?

— Un autre cas peut se produire par la suite. Je reste à leur disposition ; chaque fois qu'ils feront appel à moi, je serai là. En tant que médecin, je peux circuler partout librement, à toute heure du jour et de la nuit. C'est un avantage énorme que nous comptons bien exploiter.

Je ne répliquai rien. « Ils » devenaient féroces, arrêtaient, déportaient, fusillaient. C'était une répression impitoyable, qu'ils s'empressaient de faire connaître grâce à leurs affiches. Et je devais enfouir mon angoisse au plus profond de moi, et surtout n'en parler à personne. Marc me l'avait bien recommandé.

— Personne ne doit savoir. Même toi, tu en sais déjà trop. Si je t'en dis le moins possible, ce n'est pas par manque de confiance. C'est parce que moins tu en sauras et moins tu seras vulnérable si un jour je suis arrêté. Si tu es interrogée, il vaut mieux que tu ignores tout. Je préfère que tu restes en dehors. Même ma mère n'est pas au courant, mon jeune frère non plus. Je te demande le secret le plus absolu.

— Même à Simone, je ne dois rien dire ?

— Même à elle. Ni à Amédée, ni aux autres. Je suis sûr qu'ils m'approuveraient, mais un mot de trop est toujours à craindre. S'il parvient aux oreilles de Jean-Louis qui travaille avec les Boches, qui sait ce qui pourrait se produire ?

— Oh, Jean-Louis ne te dénoncerait quand même pas !

— Peut-on savoir ? En tout cas, il vaut mieux ne pas prendre de risque. Pour tout le monde, je continue à exercer mon métier normalement. Le reste doit demeurer secret.

Je m'étais inclinée, mais cela m'était dur de ne pas me confier à mon amie Simone. Depuis notre enfance nous nous disions tout. Plus d'une fois, seule avec elle, je dus me mordre les lèvres pour ne pas parler. Ce m'était une raison de plus de regretter ma grand-mère. A elle, nous n'aurions rien pu cacher et son approbation m'aurait soutenue. Elle m'aurait réconfortée, j'aurais pu lui faire part de cette angoisse que j'avais tant de mal à dissimuler. Peut-être aurait-elle réussi à la chasser...

Un dimanche d'octobre, ma belle-sœur vint nous voir. Elle m'embrassa chaleureusement, une étincelle au fond des yeux :

— Tu peux être fière de ton mari, Thérèse. Il a sauvé la vie de cet aviateur anglais. Bientôt nous pourrons le conduire à l'un des nôtres, qui lui fera passer la ligne de démarcation. Cette fois-ci, Marc viendra avec moi, afin de repérer le chemin. Car il se pourrait bien que par la suite, il me remplace de temps à autre.

Elle vit mon recul, mon regard inquiet :

— Allons, n'aie pas peur, déjà ! Il sera bien temps le moment venu. Que crois-tu donc ? Que je ne tremble pas, de mon côté ? Au contraire, chaque fois que je fais office de convoyeur, je suis obligée de me battre avec ma peur. Mais je le fais parce que, pour moi, c'est important. Pas seulement pour remettre sur la route de la liberté un Anglais qui ne demande qu'à regagner son pays. C'est aussi, c'est surtout parce qu'en agissant ainsi, je ne m'incline pas devant les Boches qui ont la force et qui voudraient nous écraser. Des actions comme la nôtre leur prouvent qu'ils ne sont pas les plus forts, qu'ici ils ne sont pas chez eux, mais chez nous, et que nous ne les accepterons jamais, ni eux ni leur domination.

— Oui, je comprends. Mais pense aux représailles...

— Plus ils menacent et plus nous agirons. Nous ne nous laisserons jamais intimider ! Pour chaque aviateur qui, grâce à nous, rentre sain et sauf dans son pays, nous remportons une immense victoire !

Elle regarda son frère, sourit :

— Maintenant, avec Marc, ce sera encore plus facile. Il peut circuler beaucoup plus librement que nous, et surtout, s'il nous arrive encore de nous retrouver avec un blessé, son aide nous sera précieuse. S'il n'avait pas été là cette fois-ci, je me demande ce que nous aurions fait. Sans doute aurions-nous été obligés d'appeler quelqu'un d'autre, mais qui ? Et puis, comment savoir à qui l'on peut faire confiance ? Avec Marc, aucun problème de ce côté-là. En plus, maintenant, je suis fière et heureuse de le compter parmi nous.

Je posai ma main sur celle de Marc :

— Moi aussi, dis-je, je suis fière de lui.

— Attends, sourit Marc. Jusqu'ici je n'ai encore rien fait.

— Comment ça, tu n'as rien fait ! s'insurgea Bernadette. Tu as sauvé, au péril de la tienne, la vie de ce jeune Anglais. Tu appelles ça ne rien faire ?

— Mais j'espère bien que ce n'est qu'un début.

— Oh oui, nous allons avoir besoin de toi, ne crains rien !

Je demandai, un peu timidement :

— Il y a longtemps, Bernadette, que... tu fais ça ?

Elle se tourna vers moi :

— Tu veux dire, convoyer les aviateurs ? Quelques mois,

oui. Il fallait que j'agisse, je n'en pouvais plus de rester inactive. Un peu avant le printemps, j'en ai parlé à une amie qui m'est très chère et qui habite Lille. Je voulais faire quelque chose, mais je ne savais pas encore quoi. C'est elle équi m'a fait entrer dans son réseau. Elle avait fait partie du Comité de presse de *La Voix du Nord*, tu sais, le journal clandestin — je t'en montrerai quelques feuilles, je les ai cachées chez moi —, et puis elle s'était offerte à convoyer des parachutistes alliés, pensant à juste titre qu'une jeune fille passerait plus facilement inaperçue de la police allemande. Elle m'a fait rencontrer François, qui habite le village où j'enseigne ; j'étais loin de me douter du rôle qu'il jouait. Il assure la liaison de son groupe avec d'autres organismes de résistance, recueille les parachutistes, les cache, et ensuite s'occupe de les renvoyer dans leur pays. Je suis à ses côtés depuis plusieurs mois, et nous formons tous une bonne équipe. Une équipe qui s'enrichit de la venue de Marc, maintenant.

Ils se regardèrent, se sourirent. Une onde de compréhension passa entre eux, dont je me sentis exclue. Je m'efforçai de chasser la jalousie qui s'infiltrait en moi ; en même temps, un ressentiment me vint envers ma belle-sœur : si elle éprouvait la nécessité d'entrer dans la lutte, cela la regardait. Qu'avait-elle besoin d'y entraîner son frère ? Je me sentis soudain incomprise et malheureuse.

Je me mis à vivre dans une angoisse continuelle, d'autant plus dure à supporter qu'elle était cachée. Je ne voulais pas la montrer, à Marc moins qu'à quiconque. Mais je n'arrivais pas à accepter le danger qu'il allait courir.

Lorsqu'à la fin du mois, arriva le jour où il devait conduire l'aviateur anglais à un passeur, il me prévint au dernier moment. Moi, je n'aurais pas osé l'interroger. Je ne disais rien, sachant trop bien que, si j'en parlais, ce serait pour le supplier de n'en rien faire. Ma peur de le perdre anéantissait tout autre sentiment, et me rendait lâche.

Un jour, brutalement, en début d'après-midi, il m'annonça :

— Tout à l'heure, après mes visites, j'irai directement chez François, où Bernadette me rejoindra. Nous conduirons Michael où il faut. Ne t'inquiète pas si je suis en retard.

J'espère être de retour assez vite. Si on te demande quoi que ce soit, je suis parti faire mes visites et tu ne sais pas à quelle heure je rentrerai.

Debout près de la porte, je le regardai sans répondre, incapable de prononcer un seul mot. Ses yeux bleus s'emplirent de tendresse ; il vint à moi, m'entoura de ses bras :

— Allons, mon petit, ne crains rien. Tout se passera bien. Le temps est avec nous : les averses obligeront les Allemands à se mettre à l'abri. A ce soir !

Il me serra contre lui, m'embrassa rapidement et passionnément, et soudain il ne fut plus là. Je courus à la porte. Il enfourchait son vélo et, sans un regard en arrière, s'en allait. Je voyais sa silhouette déformée par mes larmes s'éloigner. Mon cœur hurlait : « Reviens ! Je t'en prie, n'y va pas, reviens ! » Mais ce cri demeurait silencieux. Avec un soupir je rentrai dans la maison.

L'après-midi se déroula, semblable en apparence à tous les autres. Simone vint me voir, avec son fils qui commençait à trottiner partout. Elisabeth s'occupait de lui avec ravissement. Je faisais taire ma crainte, mais plus les heures passaient et plus je me sentais crispée. Simone finit par s'en apercevoir :

— Qu'y a-t-il, Thérèse ? Tu n'es pas bien ?

Je passai une main sur mon front :

— Je... Ce n'est rien. J'ai un peu mal à la tête, c'est tout.

— Peut-être as-tu pris froid ? C'est ce temps aussi, cette pluie et ce vent. Cela annonce l'hiver, déjà. Ce sera encore plus pénible car à la faim, à la peur, s'ajoutera le froid.

J'acquiesçai tout en pensant que, dorénavant, l'anxiété, bien plus que le froid, me ferait grelotter.

Simone partie, je préparai le repas. Je fis une soupe aux légumes, je fis manger Elisabeth, puis je la couchai. Je regardais l'heure tellement souvent que les aiguilles de l'horloge finissaient par me sembler immobiles. Le soir tomba. Je sortis pour fermer les volets, dans l'obscurité humide des bourrasques pluvieuses. Zoé, à côté, faisait de même.

— Marc n'est pas rentré ? me demanda-t-elle.

— Non, pas encore. J'espère qu'il ne tardera pas.

Ma voix tremblait, dévoilant la peur que je ressentais.

— Sans doute a-t-il été retenu. Je sais ce que c'est, j'ai connu ça avec Amédée !

Elle frissonna, resserra son châle autour d'elle :

— Brrr ! Il fait froid. A demain, Thérèse !

Je rentrai dans la maison. J'attendis longtemps. J'étais tellement crispée que mon esprit se bloquait. J'essayais de me raisonner et n'y parvenais pas. Je restais assise sur une chaise près du feu, les mains serrées sur mes genoux, sans bouger. Je guettais avidement le moindre bruit, le corps tellement tendu qu'il en devenait douloureux.

Enfin je crus entendre un chuintement. Je dressai l'oreille, partagée entre l'espoir et la crainte de me tromper. Déjà, mon cœur cognait comme un fou, à coups sourds. Etait-ce le bruit d'un vélo, ou simplement la pluie ? Et puis, le grincement de la grille me parvint. Marc ! Je bondis sur mes pieds, sortis dans le jardin. Il avait rangé son vélo et, ruisselant de pluie, il venait vers moi. Je me jetai contre lui, il m'enlaça et m'entraîna doucement à l'abri de la maison :

— Voilà, c'est tout, je suis là. Tout s'est très bien passé. Allons, calme-toi, tu vois bien que je suis revenu ! Attention, tu vas être toute mouillée, je suis trempé !

Cela m'était égal ; rien d'autre ne comptait que cette certitude merveilleuse ; il était sain et sauf ! La tête contre son épaule, le visage mouillé de pluie et de larmes, je pleurais de soulagement.

11

J'appris à vivre au jour le jour, m'efforçant de ne pas penser à l'avenir. La nuit, je me réveillais souvent et je me blottissais contre Marc, savourant cette certitude fragile et éphémère : pour le moment, il était là, près de moi. Mais une inquiétude sournoise demeurait à la limite de ma conscience.

Marc ne m'avait donné aucun détail, se contentant de m'assurer que tout s'était bien passé. Pour le moment, on n'avait plus besoin de lui ; si cela se produisait, Bernadette le contacterait. Je voulais espérer, sans y croire vraiment, que cela n'arriverait pas. La peur que je ressentais annihilait tout autre sentiment. S'il se faisait prendre, il serait fusillé, les ordonnances ne le disaient que trop. Depuis les exécutions d'otages, en septembre, nous avions compris que les représailles seraient impitoyables. « Ils » avaient commencé, et nous avaient ainsi montré de quoi ils étaient capables.

Le jour de la Toussaint arriva, lugubre et froid. Avec Marc et Elisabeth, j'allai me recueillir quelques instants sur la tombe de ma grand-mère. Malgré la guerre, malgré les restrictions, le cimetière était fleuri. Mais les manifestations et les dépôts de couronnes par les anciens combattants ou par les sociétés avaient été interdits. Le 11 novembre également, « ils » interdirent le défilé et la remise des gerbes devant le monument aux morts.

Par moments, je comprenais la réaction de Marc et de Bernadette. En agissant comme ils le faisaient, ils donnaient la preuve qu'ils n'acceptaient pas les Allemands ni leur domination. Mais il fallait braver leurs menaces, aussi, et posséder pour cela un courage que je n'avais pas.

Vers le milieu du mois, Jean-Louis vint rendre visite à ses parents. Comme beaucoup de gens dans le village, je m'arrangeais pour l'éviter. Il s'obstinait à travailler avec les Allemands, et personne n'acceptait une telle décision. Etant « de leur côté », il devenait à son tour l'ennemi dont il fallait se méfier.

Le lendemain de sa visite, j'allai porter à Mariette quelques pommes que m'avait données Philomène. Je passai par-derrière et entrai directement dans la cuisine, comme je le faisais depuis toujours. Je m'arrêtai, interdite. Mariette, assise à la table, le visage dans les mains, pleurait. Gaspard était penché sur elle, l'air torturé. Il se retourna, me vit :

— Ah, c'est toi ! Entre, Thérèse.

J'avançai, posai mes pommes sur la table. Mariette, avec un effort visible, s'arrêta de pleurer, essuya ses joues, soupira.

— Des pommes... dit-elle d'une voix tremblante. Merci, Thérèse.

— Tu le vois bien, gronda Gaspard, le ton bourru. Tout le monde n'est pas contre nous !

Je les regardai l'un après l'autre :

— Que se passe-t-il ?

Mariette baissa la tête avec une sorte de honte, comme un enfant fautif. D'un geste agacé, Gaspard haussa les épaules :

— C'est à cause de Jean-Louis, tu sais bien. Mariette n'accepte pas son choix, ni l'ostracisme auquel certains nous condamnent. Elle entend des réflexions qui lui font très mal. Je lui dis de ne pas y faire attention, mais c'est que c'est dur, aussi. C'est notre fils, Thérèse, notre seul fils ! Hier, il m'a annoncé qu'il admire depuis longtemps les idées de Marcel Déat, et qu'il s'était inscrit au R.N.P. [1] ! Notre fils, un collaborateur ! C'est une honte ! Elle, ajouta-t-il en montrant Mariette, ça la détruit ; et moi je suis outré, je ne peux pas l'admettre.

— Oui, approuvai-je tristement, je ne comprends pas, moi non plus, comment il peut réagir ainsi.

Je les regardai, impuissante à les aider : Gaspard, les yeux pleins de colère, son grand corps bouillant d'une indignation impossible à réprimer ; Mariette, toujours assise à la table, tassée sur elle-même, recroquevillée dans une attitude de vaincue. Je l'observai avec pitié et remarquai que ses cheveux devenaient gris, que deux rides profondes marquaient les plis de sa bouche. Et c'était le souci que lui donnait son fils qui en était responsable, bien plus que les circonstances pénibles dans lesquelles nous vivions.

En repartant chez moi, je soupirais intérieurement. Chacun de nous avait son propre sujet d'inquiétude. Pour Mariette, c'était l'attitude de son fils ; pour moi, c'était le danger qui planait sur Marc. Pour Simone et ses parents, ce fut, une fois de plus, l'acharnement de l'occupant à persécuter les juifs.

Une nouvelle ordonnance parut le 14 novembre, décrétée par le *Feldkommandant* Weyland de Lille. Elle interdisait aux juifs de fréquenter les hôtels, cafés et restaurants, de pénétrer dans les jardins publics, les piscines, de se servir des bancs publics dans les rues et les squares.

— Ils vont finir par tout nous interdire, commenta Joseph. Bientôt nous ne pourrons plus rien faire.

---

1. R.N.P. : Rassemblement National Populaire : parti populaire créé en 1936 par le socialiste Marcel Déat qui passa à la collaboration dès 1940. Autorisé par l'O.F.K. 670 de Lille le 12 juillet 1941.

— Cette fois-ci, remarqua Simone dans une vaine tentative de consolation, leur ordonnance ne nous touche pas beaucoup. Nous n'allons pratiquement jamais dans les lieux qu'ils citent, depuis le début de la guerre et surtout depuis que Samuel n'est plus là...

— Nous, non, rugit Joseph, mais les autres, tous les autres, partout, et principalement dans les villes...

Témoin de la scène, je ne savais pas quoi dire. J'étais venue rechercher Elisabeth, qui jouait avec Denise et son petit frère David. Les deux petites filles faisaient rouler une balle jusqu'au bébé qui l'attrapait avec des cris de joie. Je regardais les deux enfants de Simone ; inconscients de ce qui se tramait autour d'eux, ils riaient. Je poussai un long soupir. Pourquoi cette menace au-dessus de leur tête ? Pourquoi ne pouvaient-ils pas avoir une enfance libre, telle que nous l'avions eue, Simone et moi ?

— Pourquoi ? dis-je tout haut.

— Qui peut répondre à cette question, dit tristement Joseph. Pourquoi nous ? C'est comme pour les francs-maçons : ils ont été déclarés hors la loi, et maintenant Pétain exige la publication de leur nom dans le *Journal officiel.* — Il secoua la tête avec une expression désabusée et fataliste. — Ça ne s'arrêtera pas là, et ça n'amènera rien de bon pour nous. Tu verras, Thérèse.

Je n'osai pas, comme la dernière fois, m'insurger contre cette affirmation pessimiste. L'air soucieux de Sarah, l'angoisse de Joseph m'impressionnaient désagréablement. Comme eux, je ne pouvais m'empêcher de m'interroger : quand donc cette persécution cesserait-elle ? Elle était d'autant plus implacable que devant elle, nous étions totalement impuissants.

Décembre amena des brouillards glacés, des pluies froides et pénétrantes. Le nombre de malades augmenta. Marc n'eut plus une seconde à lui. Elisabeth attrapa un mauvais rhume, avec de la fièvre, et dut rester couchée plusieurs jours. Je la soignai avec des infusions, du sirop de radis noir, en plus des cachets que Marc réussissait à se procurer. Lorsqu'elle fut mieux, je me sentis infiniment soulagée.

La radio et les journaux, depuis plusieurs mois, vantaient les victoires allemandes en Russie : villes capturées, soldats russes vaincus et faits prisonniers par milliers. Mais la B.B.C. retransmettait des récits sur la sauvagerie de la nature et des combats : l'hiver commençait. Comment les Allemands allaient-ils supporter les conditions climatiques impitoyables qui, en 1812, avaient anéanti la Grande Armée ?... Cela, apparemment, ne semblait pas perturber Hitler qui, le 11 décembre, déclara la guerre aux U.S.A. Le conflit devenait mondial. Pour nous, un nouvel espoir se levait : l'Allemagne aurait maintenant contre elle une autre grande puissance. Peut-être serait-elle vaincue plus facilement et surtout, plus rapidement ?...

L'année 1942 arriva ; c'était la troisième année de guerre, et nous voulions espérer qu'elle serait la dernière. Les restrictions étaient de plus en plus dures. Il fallait faire la queue pendant des heures à l'épicerie du village. Heureusement, grâce à sa ferme, Julie nous fournissait du lait, du beurre, des œufs, parfois des légumes. Honnête, elle nous les vendait au prix normal, sans profiter des circonstances pour pratiquer, comme certains le faisaient, des prix exorbitants. Elle envoyait également, à intervalles réguliers, des colis à Antoine, toujours prisonnier en Allemagne. Il travaillait dans une ferme ; dans ses lettres, il ne se plaignait pas de son état : c'était un travail qu'il connaissait bien et qui lui convenait. Mais il avouait que sa femme et son fils lui manquaient, et qu'il ne vivait que dans l'espoir de revenir un jour.

L'hiver fut très froid. Il gela pratiquement sans discontinuer. Je mis les gros édredons de ma grand-mère sur nos lits. Enfouie là-dessous, serrée contre Marc, j'avais l'impression d'être dans un cocon doux et chaud. Mais le matin, lorsque je me levais, le froid m'enveloppait, me pinçait, me faisait grelotter et claquer des dents. Des fleurs de givre et de glace ornaient les vitres des chambres. Je ne réveillais jamais Elisabeth avant d'avoir allumé le feu, et je le faisais le plus tard possible ; il fallait économiser le charbon au maximum.

Il me semblait que le printemps n'arriverait jamais. Au fur

et à mesure que les jours passaient, nous l'attendions avec une impatience croissante. Il amènerait le soleil et sa chaleur, qui nous serait offerte gratuitement et qui, elle au moins, ne nous serait pas rationnée !

Vers la fin du mois de février, il neigea. La couche fut si épaisse qu'Elisabeth et Denise, en poussant des cris de plaisir, s'en allèrent dans le jardin construire un bonhomme de neige. Avec Simone, par la fenêtre je les regardais, souriant de leur joie. Chaudement emmitouflées, les joues rouges de froid et d'animation, elles prenaient des paquets de neige dans leurs bras et les tassaient maladroitement les uns sur les autres. Simone, près de moi, était ce jour-là profondément abattue. Elle avait encore des moments de cafard depuis la mort de son mari. De plus, il y avait eu, la veille, une ordonnance signée Niehoff, annonçant d'autres mesures anti-juives. Il leur était interdit de circuler entre vingt heures et six heures, et aussi de déménager. Cette discrimination injustifiée et continuelle finissait par les miner, elle et ses parents. Nous n'avions déjà pas beaucoup de liberté, et chaque ordonnance leur en enlevait un peu plus.

J'étais de plus en plus inquiète pour Marc. Dès que les beaux jours revinrent, les parachutages se firent plus nombreux. Ma belle-sœur venait plus souvent. Elle arrivait en bicyclette, la plupart du temps en fin d'après-midi. Elle disait à Marc :

— Demain, on a besoin de toi. Sois chez François à telle heure.

Et le lendemain, Marc s'en allait, après m'avoir serrée très fort contre lui. Je ne demandais rien, sachant que, fidèle à sa décision, il ne me donnerait aucun détail. Je ne disais rien, non plus, cachant ma peur sous un sourire tremblant. Je le regardais partir et je restais seule avec Elisabeth. La longue attente commençait, je comptais les heures, je tournais en rond, incapable de m'occuper, l'esprit uniquement fixé sur un seul but : le retour de Marc. Lorsqu'il rentrait, le soulagement me mettait les larmes aux yeux, et je me sentais subitement faible. Il s'en apercevait, me prenait dans ses bras, baisait mes larmes :

— Ma sotte Thérèse ! disait-il tendrement. As-tu donc eu si peur ? Je suis là, tu vois bien !

Les jambes en coton, j'acquiesçais machinalement en m'accrochant à lui. Il se moquait gentiment de mes inquiétudes, il souriait :

— Il n'y a rien à craindre ! Tu le vois bien, je reviens sain et sauf !

Je le sentais en proie à une profonde exaltation. Je la comprenais, sans pourtant parvenir à la partager. Chez moi, la peur était la plus forte. Et lorsque, à chaque retour, il me répétait en riant : « Je suis là, c'est tout, je suis revenu ! » je serrais les lèvres pour ne pas prononcer l'horrible petite phrase qui résonnait en moi : « Cette fois-ci, oui, mais... les prochaines fois ? »

Le printemps vint enfin. Avril fit réapparaître les bourgeons et fleurir les jonquilles de notre jardin. J'allais pouvoir recommencer ma cueillette de plantes qui, poussant librement dans la nature, avaient, comme le soleil, le mérite de n'être pas rationnées. Fidèle aux enseignements de ma grand-mère, je les faisais sécher, les classais soigneusement, et m'en servais pour soulager de nombreux maux, ou pour boire en infusions. Elles remplaçaient le café, qui n'était plus qu'un lointain souvenir.

Mais, si nous étions soulagés de ne plus souffrir du froid, nous vivions toujours dans la terreur de l'occupant. Leurs affiches se succédaient sur les murs. Le 22 avril, l'une d'elles, signée du préfet Fernand Carles, était un « Appel à la population ». Elle rapportait que, deux jours auparavant, un soldat allemand avait été abattu de quatre balles de revolver à Lille, place des Reigneaux. Elle promettait une prime de cent mille francs à la personne qui aiderait à découvrir le criminel. Ce genre de chantage commençait à être courant chez les Allemands. En échange d'une dénonciation, ils s'engageaient à verser de l'argent ou même à libérer, dans la famille du délateur, un soldat prisonnier.

Cette méthode ne remporta pas de succès, et le coupable ne fut pas arrêté. Nous avons appris, dix jours après, l'exécution de dix otages et la déportation de cinquante autres. Leur cruauté impitoyable continuait, et notre haine grandissait.

Ce même mois, Pierre Laval remplaça l'amiral Darlan à

la tête du gouvernement. Considéré comme l'homme des Allemands, il ne s'opposa pas à leurs mesures. Ce fut ainsi que parut cette ordonnance, la huitième contre les juifs, qui provoqua chez nous un remous de stupeur, d'indignation, de colère.

C'était au mois de juin. Avec Elisabeth, j'étais allée chez Julie qui avait pu me fournir des œufs. Nous revenions lentement dans le matin ensoleillé et peuplé de chants d'oiseaux ; nous étions contentes : pour le déjeuner, une bonne omelette accompagnerait une salade du jardin.

C'est en traversant la place que je l'ai aperçue. Une nouvelle affiche, qui venait visiblement d'être collée, sur le panneau d'affichage contre le mur de la mairie. Je me suis approchée avec appréhension : que voulaient-ils encore ?

Je ne sais plus les termes exacts, je les ai oubliés. Mais je ne me souviens que trop bien de la mesure qui était annoncée. Il était interdit aux juifs de plus de six ans de paraître en public sans un signe distinctif ; ce signe était une étoile en tissu jaune qui devait porter en caractères noirs l'inscription « Juif ». Elle devait être cousue de façon visible sur le côté gauche de la poitrine. Les infractions étant, comme d'habitude, punies d'emprisonnement, d'amende, ou d'internement dans un camp.

Les lettres se sont mises à danser devant mes yeux. Tout de suite, j'ai pensé à Simone. J'ai ressenti son humiliation. Pour moi, pour nous tous dans le village, qui savions depuis toujours que Simone et ses parents étaient juifs, cette mesure ne changeait rien du tout. Mais eux, comment allaient-ils l'accepter ?

Chez moi, j'ai préparé le repas, à la fois malheureuse et indignée. Lorsque Marc est rentré, je le lui ai dit, explosant littéralement. Il savait, lui aussi, et comme moi il était furieux. Au cours de ses visites, dans la matinée, beaucoup lui en avaient parlé. Personne n'approuvait une mesure aussi inique ; certains la trouvaient franchement ridicule.

— Elle ne servira qu'à rendre les Allemands encore plus impopulaires, conclut Marc.

Dès qu'il fut reparti, je n'y tins plus. J'emmenai Elisabeth, qui adorait s'occuper de David, et j'allai voir Simone. Je passai par-derrière, mais en traversant la rue j'eus le temps de voir cette affichette jaune, apposée sur la vitrine de leur magasin : « Entreprise juive ». Après leur magasin, c'était eux qu'il fallait ainsi marquer. Et ensuite ?...

Je frappai, entrai dans la cuisine. Assise sur une chaise, près de la table, mon amie cousait. A ses pieds, sur une couverture, le petit David jouait avec ses cubes. A bientôt deux ans, c'était un enfant éveillé et intelligent. Ma fille s'accroupit à ses côtés et se mit à jouer avec lui.

— Bonjour, me dit Simone d'une voix douce. Assieds-toi.

Je pris place en face d'elle. Mes yeux se posèrent sur son ouvrage ; avec un serrement de cœur, je vis ce qu'elle faisait. Sur une veste noire qui lui appartenait, elle cousait à petits points serrés une étoile jaune.

— Simone ! Oh, mon Dieu, Simone ! J'ai lu leur ordonnance, ce matin. C'est affreux, c'est...

Elle leva sur moi un regard triste et grave, poussa dans ma direction d'autres étoiles identiques à celle qu'elle cousait.

— Mon père est allé les chercher à la mairie. On nous en a fourni trois par personne, contre des points de notre carte de textile. Nous devrons tous en porter, même Denise. Seul David n'y est pas obligé, car il n'a pas six ans ! Mais je crois que je vais en coudre une aussi sur ses vêtements, parce qu'il est juif comme nous et que nous en sommes fiers. Nous sommes tous de la même famille, nous porterons donc le même signe.

Je pris une étoile de tissu, l'observai. De la grandeur d'une main, d'un jaune qui serait visible de loin sur n'importe quel vêtement, elle avait six pointes ; noirs étaient les contours, et noire aussi l'inscription « Juif » qui en occupait le centre.

— Vois-tu, cela ne me fait rien de la porter, reprit Simone. Ça revient à dire à tout le monde : « Oui, je suis juive. » Mais tout le monde, dans le village, le sait déjà. Alors, qu'est-ce que ça change ?

— Oui, c'est vrai, approuvai-je, ravie de voir qu'elle raisonnait de la même façon que moi. Mais, quand même, pourquoi vous obliger à porter ça ? C'est ridicule !

Joseph, qui était entré, regardait pensivement sa fille faire les derniers points.

— Pas du tout, dit-il, ce n'est pas ridicule. Pour « eux », c'est très pratique, au contraire. Les juifs, ainsi, deviennent repérables, et d'autant plus faciles à arrêter. Ici, nous sommes dans un petit village, où tout le monde nous connaît. Mais dans les villes, on ne sait pas si les gens sont juifs ou non. Maintenant, on le saura. Je peux parier que, dans les rafles, seront arrêtés de préférence ceux qui portent une étoile. Et puis, ainsi, nous ne risquons pas de leur désobéir et d'aller dans les lieux qui nous sont interdits. Cela dit, ils visent aussi, sans doute, à nous humilier, en nous marquant comme un vulgaire troupeau, comme des pestiférés...

Je me levai d'un bond, embrassai ce brave homme qui avait un peu remplacé le père que je n'avais pas eu :

— Ils sont bêtes ! Pour moi, pour nous tous, ça ne change rien.

Il eut un sourire plein de tendresse et d'amertume :

— Merci, Thérèse. Je souhaite simplement que tout le monde réagisse comme toi.

Apparemment, dans le village, cela ne changea rien, en effet. Les jours suivants, une certaine curiosité amena les gens à regarder l'étoile et à commenter. Lorsque nous faisions la queue, Simone et moi, nombreuses étaient celles qui se penchaient sur l'insigne en tissu, en constatant :

— Ainsi donc, c'est ça, l'étoile qu'« ils » vous obligent à porter ? A quoi cela les avance-t-il ?

Suivaient inévitablement des réflexions désobligeantes sur les Allemands et le gouvernement de Vichy. Comme l'avait dit Marc, cette mesure ne leur servit qu'à être critiqués davantage. Et puis, après quelques jours, la curiosité passa et plus personne ne fit attention à l'étoile jaune cousue sur les vêtements de mon amie.

Pourtant, un incident, quelques jours plus tard, nous démontra que tout n'était pas aussi simple. C'était un vendredi après-midi. Il faisait beau et chaud. Simone et moi, nous étions allées cueillir des fraises chez Philomène. Pour revenir, nous sommes passées par le sentier à travers champs, qui débouchait tout en haut de notre rue. Il était un peu plus de 5 heures, et Simone me dit :

— Denise va être rentrée de l'école. Elle sera contente d'avoir des fraises pour son goûter.

Soudain, des cris ont attiré notre attention. Au bout du chemin, juste avant la rue, deux garçons de huit à dix ans avaient arrêté une petite fille et tournaient autour d'elle en criant des injures. Et cette petite fille était Denise ! La tête penchée, les bras relevés, elle essayait de se protéger le visage. L'un des garçons lui décocha sournoisement un coup de pied dans les tibias, tandis que l'autre, passant derrière elle, se mit à lui tirer les cheveux. A travers les sanglots de la pauvre enfant, j'entendis les insultes qu'ils lançaient méchamment :

— Youpine ! Sale youpine !

L'indignation me fit bondir. D'un pas rapide, je me dirigeai vers eux, attrapai le plus grand par le bras :

— Chenapans ! Voulez-vous arrêter immédiatement ! N'avez-vous pas honte ?

Saisis, ils s'arrêtèrent subitement, me regardèrent. Je les connaissais. C'étaient les fils d'un fermier que ma grand-mère avait soigné régulièrement pour des crises d'asthme. Avec moi, elle les avait mis au monde. Eux aussi me reconnurent. Haussant les épaules avec embarras, l'aîné déclara, sur un ton maussade :

— On ne faisait rien de mal. On s'amusait.

— Drôle d'amusement, dis-je, furieuse. S'attaquer à une fille sans défense ! Filez, et que je ne vous voie plus !

Ils s'enfuirent en courant. Je me tournai vers Denise. Simone, penchée sur elle, essuyait tendrement les larmes de son visage et essayait d'apaiser ses sanglots. Les tresses à moitié dénouées, les chaussettes salies et déchirées, l'enfant en pleurs frottait ses tibias douloureux.

— Oh, maman, maman ! Ils m'ont fait mal !

— Que s'est-il passé ? demanda Simone d'une voix blanche.

Denise ravala un gros sanglot, renifla :

— Ils m'attendaient, là au coin. Quand je suis arrivée, ils se sont jetés sur moi et m'ont entraînée ici.

— Ce sont les gamins de la ferme Héruel, dis-je.

— Je les ai reconnus, dit brièvement Simone. Ne crains

rien, continua-t-elle en s'adressant à Denise, grand-père ira les trouver et leur tirer les oreilles. A l'avenir, ils n'oseront plus t'embêter.

Ayant remis un peu d'ordre dans la tenue de sa fille, elle reprit son panier de fraises. J'ai fait de même et nous nous sommes remises en route, tenant chacune Denise par la main. L'enfant marchait la tête penchée, le visage préoccupé, visiblement en proie à une intense réflexion. Soudain, elle releva la tête, regarda sa mère bien en face :

— Pourquoi ont-ils fait ça ? Pourquoi m'ont-ils appelée youpine ? Ils ont dit, lorsque je suis arrivée : « Regarde-la, cette sale youpine, avec son étoile ! »

Simone, interloquée, fut incapable de répondre tout de suite. La petite insista :

— Pourquoi ? C'est à cause de ça, n'est-ce pas ? dit-elle en montrant son étoile. Je ne veux plus la mettre. Avant, je ne l'avais pas et ils me laissaient tranquille.

Simone se mordit les lèvres, et je lus dans ses yeux une impuissance amère. Que dire ? Comment expliquer à une enfant de sept ans et demi cette injustice que nous-mêmes ne parvenions pas à admettre ? Inquiète devant le mutisme de sa mère, Denise répéta :

— Tu veux bien la découdre, maman ? Depuis que j'ai ça sur ma blouse, à l'école tout le monde me regarde. Ça me gêne. Et aujourd'hui...

Son petit menton trembla. Elle s'interrompit, leva vers sa mère des yeux pleins de larmes où l'interrogation faisait mal. Avec désespoir, Simone secoua la tête :

— Non, je ne peux pas la découdre. On n'a pas le droit de l'enlever.

— Mais... pourquoi ?

— Parce que, si nous l'enlevons, des gens vont nous arrêter et nous emmener en prison.

— Pourquoi ? Ce sont les bandits, les voleurs qui vont en prison. Moi, je n'ai rien fait ! Dis, maman, je n'ai rien fait ?

— Non, tu n'as rien fait.

La voix de Simone était basse, proche des sanglots, tremblante d'une souffrance trop lourde.

— Alors, pourquoi ? demanda de nouveau Denise, le front plissé.

Simone eut un soupir découragé, s'accroupit, prit sa fille aux épaules. Le visage contre le sien, elle murmura :

— Pourquoi ? Je n'en sais rien moi-même. C'est comme ça, c'est tout. Quelqu'un l'a décidé, et nous devons lui obéir.

Les petits sourcils se froncèrent, dans un désir éperdu de comprendre :

— Mais à l'école les autres enfants n'ont pas d'étoile. Pourquoi n'en ont-ils pas ?

— C'est parce qu'ils ne sont pas juifs.

— Alors, comment fait-on pour ne pas être juif ? Je ne veux plus être juive, je ne veux plus que les autres enfants se moquent de moi et soient méchants.

Sur le visage de mon amie, deux larmes coulèrent :

— On ne peut pas, ma Denise, dit-elle très bas. Nous sommes juifs, et nous devons le rester. Mais ne t'inquiète pas, ces garnements ne t'ennuieront plus. Grand-père ira les trouver, promit-elle à nouveau.

Elle embrassa son enfant, se releva, me regarda avec un sourire malheureux :

— Le seul de la famille à être tranquille, constata-t-elle, c'est David, parce qu'il est trop petit pour se rendre compte.

Je ne pus que lui serrer le bras, en un geste silencieux de réconfort. Nous sommes arrivées chez elle, et je suis entrée afin de reprendre Elisabeth que j'avais laissée, avec David, à la garde de Sarah. Simone raconta à ses parents ce qui s'était passé. Sarah écouta sans un mot, les larmes aux yeux. Elle serra contre elle sa petite-fille et lui caressa tendrement les cheveux. Joseph, indigné et malheureux, hochait la tête avec un accablement désespéré. Et moi, là au milieu d'eux, avec mon amitié sincère et inutile, je ne pouvais pas les aider.

Le petit David fit diversion en tendant la main vers le panier de fraises avec des cris perçants. Un faible sourire éclaira le visage de Simone :

— Il veut des fraises... Je vais lui en donner un peu, mais il faut auparavant que je les lave et ôte les queues. Viens, Denise, je vais te nettoyer et te recoiffer ; ensuite tu pourras en manger aussi, pour ton goûter.

Je pris congé, en les embrassant tous chaleureusement :

— Courage ! essayai-je de dire. C'est un dur moment à passer, mais cette guerre ne durera pas toujours.

Je sortis avec Elisabeth qui portait mon panier de fraises et en profitait pour picorer dedans. Joseph me raccompagna jusqu'à la grille. Avec ses cheveux gris, sa moustache tombante, ses épaules courbées, il n'était plus qu'un vieil homme abattu. Il me fit pitié.

— Il faut essayer de ne pas prendre cet incident au tragique, dis-je doucement. Ces chenapans ne sont qu'une minorité, et peut-être ne savaient-ils même pas ce qu'ils disaient. Si vous voulez, j'irai les raisonner, je les connais bien. Ils ne sont pas méchants.

Il poussa un long soupir découragé :

— Ce n'est pas la peine, j'irai moi-même. Mais ils ne sont pas responsables, eux. Sans doute ont-ils répété des mots qu'ils avaient entendus ailleurs. Et où les ont-ils entendus ? C'est ça, comprends-tu, le plus grave. Certains réagissent ainsi que les Allemands l'espèrent : ils voient en nous des indésirables.

— Ce sont des imbéciles, dis-je avec violence, et il ne faut pas tenir compte de leur avis.

— Peut-être, soupira-t-il. Mais il n'empêche qu'un incident comme celui d'aujourd'hui est difficile à supporter, d'autant plus que c'est une enfant qui en fait les frais. C'est si injuste !

Nous étions arrivés à la grille ; il se tourna vers moi :

— J'ai de plus en plus l'impression que tout ça finira mal, assura-t-il amèrement, avec une conviction douloureuse.

La gorge serrée, je n'ai rien répondu. J'ai simplement souhaité, très fort, qu'il se trompe. Mais hélas il ne se trompait pas.

L'incident parut oublié et ne se renouvela pas. Denise, après quelques jours de crainte, se rassura : plus personne ne vint l'ennuyer. Elle nous raconta même que sa maîtresse d'école, probablement mise au courant, avait encouragé les élèves à ne pas faire attention à l'étoile et à se comporter envers Denise comme avant. Elle avait traité de lâches ceux qui s'attaquaient à une petite fille qui n'avait plus de papa parce qu'il était mort pour la France. Après ce petit discours, Denise fit presque figure d'héroïne ; les élèves de sa classe, spontanément, étaient toutes venues l'embrasser.

Le dimanche suivant, nous sommes allés chez ma belle-mère ; Bernadette et Etienne étaient présents. Je leur ai raconté cet incident, et nous avons longuement discuté. Bernadette a chaleureusement approuvé l'institutrice de Denise, disant qu'à sa place elle aurait réagi de la même façon.

— Dans ma classe au lycée, expliqua Etienne, il y a quatre élèves juifs. Ils sont arrivés un matin, tous les quatre, avec cette étoile cousue sur le côté gauche de leur poitrine. Au lieu de se joindre à nous comme d'habitude, ils se sont mis dans le fond de la cour, nous jetant des regards anxieux. A la fin, voyant qu'ils n'approchaient pas, nous nous sommes concertés et nous sommes allés les rejoindre. « Eh bien, les gars, ai-je demandé, pourquoi donc restez-vous dans ce coin ? » — « C'est à cause de l'étoile, m'a répondu l'un d'eux. On se demande comment vous allez réagir. » — « Nous étions déjà de bons camarades avant, non ? Et vous n'avez pas changé parce que vous portez maintenant une étoile. Allez, venez avec nous ! » Leur soulagement a été visible. Lorsque nous sommes arrivés à la porte de la classe, tous les élèves leur ont serré la main. Un seul s'y est refusé, mais de sa part cela ne nous a pas étonnés : son père est connu pour être un collabo, son frère aîné s'est engagé dans la L.V.F. et est allé combattre sur le front russe aux côtés des Allemands l'automne dernier. Finalement, dans la classe, c'est celui-là qui est mis à l'écart et à qui va notre mépris. Et non pas les quatre juifs avec leur étoile.

— Et les professeurs ? interrogea Bernadette. Comment réagissent-ils ?

— La plupart ont choisi d'ignorer l'étoile et font comme s'ils ne la voyaient pas. Certains, que cette mesure révolte visiblement, ont assuré aux élèves concernés qu'ils ne feraient aucune distinction entre eux et les autres. En général, personne n'apprécie cette ridicule obligation ; on la trouve de très mauvais goût.

— Bien fait pour les Boches ! gronda ma belle-sœur. Quand donc serons-nous débarrassés d'eux et de leur domination insupportable ?

Cette question était celle que nous nous posions tous, de plus en plus.

Parfois, il m'arrivait de rêver à ce que serait une vie sans eux, une vie libre, sans restrictions, sans interdictions de toutes sortes, sans menaces, sans annonces de déportations et de fusillades, sans peur enfin. J'appréhendais les jours où ma belle-sœur venait pour annoncer à Marc qu'« on » avait besoin de lui. Lorsqu'elle arrivait, même pour une simple visite, pour dire bonjour et embrasser Elisabeth, mon cœur bondissait de crainte. Je finissais par souhaiter qu'elle ne vienne plus. Quand Marc partait, pour des missions dont il me cachait la nature et, peut-être, la gravité, je ne vivais plus. J'aurais voulu le retenir et je ne le faisais pas. Ce n'était pas souvent, heureusement. Mais, tandis que j'attendais son retour, l'angoisse me minait silencieusement et faisait naître, sur mon visage, des rides d'anxiété qui s'incrustaient davantage à chaque fois.

Un jour, vers la fin du mois de juin, j'allai chez Julie chercher le beurre qu'elle parvenait à me fournir plus ou moins régulièrement. Lorsque j'arrivai, je la trouvai en pleine effervescence. Elle lisait un journal qu'elle me mit sous le nez :

— Regarde, Thérèse, regarde là, c'est écrit : la relève des prisonniers. Le président Laval demande des travailleurs pour l'Allemagne. Pour trois ouvriers qui partiront, un soldat sera libéré. Et vois, là, ce qu'il dit : « Le Führer vient de décider la libération d'un nombre important de prisonniers agriculteurs qui pourront revenir en France dès votre arrivée en Allemagne. » Alors, comprends-tu à quoi j'ai pensé ? Si Antoine pouvait revenir ! Ce serait merveilleux !

Surprise, je pris le journal, lus quelques passages : « Ouvriers de France, c'est à vous que des prisonniers devront leur liberté... La femme qui verra son mari revenir éprouvera une émotion pleine de reconnaissance pour les inconnus qui, en s'en allant librement là-bas, auront fait rentrer nos prisonniers ici... C'est la relève qui commence. »

Avec fébrilité, Julie me prit le journal des mains :

— Je vais lui écrire, le mettre au courant, lui dire qu'il demande à revenir. Avec un peu de chance, qui sait ?... Je ne vais vivre que dans ce nouvel espoir, maintenant. Comme

René serait content de revoir son père ! Avec Boris il fait ce qu'il peut, mais le travail est trop lourd pour eux deux. Oh, je crois que je vais aller mettre un cierge à saint Antoine, à l'église !

Je lui souris, l'embrassai en souhaitant que cette mesure lui ramène son mari. Mais, en même temps, mon espoir se teintait d'incrédulité : c'était si surprenant, une nouvelle qui pouvait apporter quelque chose de bien ! Jusqu'ici, elles avaient toujours annoncé des choses désagréables...

Le soir, je fis part de mes doutes à Marc.

— S'il y en a beaucoup qui répondent à l'appel, ça peut marcher, me dit-il. Ils font ça surtout parce que l'Allemagne a besoin de bras. Avec les troupes sur le front russe, le Reich se trouve démuni en hommes. Espérons pour Antoine qu'il soit admis à revenir. Pourquoi pas ?

Beaucoup, néanmoins, restèrent dans l'expectative : « attendons, nous verrons », disaient-ils. Ce qui avait surtout choqué dans le discours de Laval, c'est qu'il avait déclaré nettement : « Je souhaite la victoire de l'Allemagne. »

— Comment peut-on être Français et proférer de telles paroles ! s'indigna Amédée. Il est impossible de faire confiance à un homme pareil !

Tout au long de l'été, nous avons pu voir des affiches qui annonçaient : « Femmes françaises, envoyez vos fils, vos maris, vos fiancés relever pour un temps en Allemagne les fils, les maris, les fiancés de vos sœurs » ; « La relève commence ». L'image représentait un soldat qui, libéré, serrait dans ses bras sa femme et sa fillette. Sur d'autres, une jeune femme tenait son enfant dans les bras avec la légende : « Finis les mauvais jours, papa travaille en Allemagne ». Ces affiches entretenaient l'espoir dans le cœur de Julie.

— Il va revenir, me répétait-elle. Mon Antoine va revenir.

En juillet, d'autres mesures frappèrent encore les juifs. Une ordonnance leur interdit de fréquenter les lieux publics, les salles de spectacle, et ne les autorisait à faire leurs achats dans les magasins que de quinze heures à seize heures. Comme les queues commençaient très tôt le matin, bien avant l'ouverture des magasins, en fin de matinée les denrées étaient épuisées. Simone ne vint plus faire la queue avec moi. En plus de mes tickets d'alimentation, je prenais les siens et ceux de sa famille. Je les donnais à Florentine, l'épicière, qui n'était pas dupe mais qui me servait sans commentaire ; les mesures antisémites la révoltaient elle aussi.

L'administration des P.T.T. vint chez Joseph et confisqua le téléphone, en leur précisant bien qu'il leur était interdit également d'aller téléphoner à la poste, dans un café ou chez un particulier. Les pauvres gens acquiescèrent avec résignation. Une sorte d'hébétude avait remplacé chez eux la révolte. Ils courbaient le dos dans l'attente de la prochaine ordonnance, se demandant quelle nouvelle interdiction elle allait leur apporter. Joseph surtout semblait complètement désabusé. Ses cheveux blanchissaient, sa haute taille se voûtait ; il ressemblait tout à fait à l'idée que je me faisais d'un patriarche biblique.

On entendait dire que, pour le port de l'étoile, la répression était féroce. Les Allemands arrêtaient ceux qui la cachaient sous une écharpe, ou encore ceux qui la fixaient avec une épingle au lieu de la coudre. Dans le village, les soldats allemands que je croisais de temps à autre, lorsque j'étais avec Simone, regardaient son étoile sans faire de commentaires. Comment savoir ce qu'ils pensaient ? Louis, le patron du café-tabac, chez qui ils allaient souvent se désaltérer, les connaissait bien. Il disait que, même parmi eux, il y en avait qui n'appréciaient pas les mesures anti-juives. Il soutenait que la plupart d'entre eux étaient de braves bougres. Certains lui avaient montré la photo de leur femme, de leurs enfants, en se plaignant d'être séparés d'eux. Ils souhaitaient la fin de la guerre pour pouvoir aller les retrouver. Lorsque je l'entendais parler ainsi, je demeurais sceptique. Je pensais, je ne sais pourquoi, à la phrase que ma grand-mère avait dite, tout au début de la guerre : « Ne vous fiez pas à eux, les Boches seront toujours les Boches. » Et je me méfiais.

12

En août, il y eut un débarquement, à Dieppe, de soldats canadiens. Il se solda par un échec. Le bilan était lourd : plus de mille soldats tués, deux mille prisonniers. Les journaux vantèrent la victoire allemande par de grosses manchettes : « Un deuxième Dunkerque », « Le fiasco de Dieppe a détruit le reste de prestige anglo-saxon dans le monde ». Seront-ils toujours invincibles ? pensions-nous avec angoisse. Leur domination devenait de plus en plus pesante.

C'était l'été, il faisait beau et chaud. Les journées étaient ensoleillées, égayées de chants d'oiseaux, bruissantes du bourdonnement des abeilles. L'après-midi, assise sur le banc dans notre jardin, avec Simone je regardais nos enfants jouer. Nous essayions d'oublier les conditions extérieures pour jouir de ces instants doux et privilégiés, mais c'était difficile. Nous ne parvenions plus à être détendues, nous vivions toujours dans la crainte et l'appréhension.

Le Grand Echo annonça qu'un premier train de prisonniers libérés au titre de la Relève était arrivé à Compiègne. Après une étape par Maubeuge, il fut accueilli le mercredi 12 août en gare de Lille par le préfet Carles.

Julie me montra l'article, les yeux brillants de joie :

— Bientôt ce sera le tour d'Antoine. Il me l'a écrit. Dans sa dernière lettre, il dit qu'il espère faire partie d'un prochain convoi.

Avec le mois de septembre, les soirées devinrent plus fraîches, les jours plus courts. Un après-midi, avec Simone et les enfants j'allai chez Julie voir si elle n'avait pas quelques œufs à nous vendre.

— Je viens justement d'en ramasser quelques-uns, nous dit-elle. Ils sont tout frais.

Avec empressement et gratitude, nous avons mis les œufs dans notre panier.

— Où est René ? demandai-je.

— Il est dans l'étable, avec Boris. La Noiraude s'apprête à vêler. Ils devront probablement passer une partie de la nuit auprès d'elle.

Elle se tourna vers les deux petites filles, leur fit un sourire mystérieux et complice :

— Un petit veau va naître cette nuit. Demain matin vous pourrez venir le voir.

Les deux enfants sautèrent d'excitation et de joie :

— Oh oui, oh oui ! Demain matin ? Nous pourrons venir, n'est-ce pas, maman ?

— Nous verrons, hésita Simone. Peut-être.

— Vous m'accompagnerez lorsque je viendrai chercher mon lait, dis-je.

Le lendemain était un vendredi ; c'était le jour où je me ravitaillais en lait. C'était un accord tacite entre Julie et moi : une ou deux fois par semaine, je venais chez elle très tôt le matin, tout de suite après la traite des vaches. Je payais en argent liquide, ou bien Marc, qui fumait peu, donnait en échange des cigarettes pour envoyer à Antoine toujours prisonnier en Allemagne. Elisabeth réussissait ainsi à avoir un bol de lait pour son petit déjeuner.

Je n'oublierai jamais ce qui se passa ce lendemain 11 septembre. Cette matinée qui devait être pour les petites filles source de découverte et de joie, se transforma en drame d'une façon aussi brutale qu'imprévue.

Le jour était à peine levé lorsque j'ouvris les yeux et vis, dans la pénombre, une petite silhouette près de mon lit :

— Elisabeth ! Que fais-tu là ?

— Je suis réveillée. Maman, dit-elle d'une voix pressante, on peut aller voir le petit veau maintenant ?

Je souris malgré moi, amusée par son impatience :

— Attends un peu. Pas encore, il est beaucoup trop tôt !

— Mmmm... grogna Marc en se retournant. Que se passe-t-il ?

— Papa, papa, nous allons aller voir le petit veau. Il doit être né. Tu viens avec nous ?

— Il n'en est pas question, dit Marc en repoussant les couvertures. Moi, je dois aller travailler.

Elisabeth me tira par la main :

— Viens, maman, lève-toi, s'il te plaît. Je voudrais m'habiller, et ensuite aller chercher Denise.

— A cette heure-ci, Denise dort certainement encore, objectai-je en m'asseyant dans le lit et en bâillant.

— Oh non, je suis sûre qu'elle est réveillée aussi !

Avec un soupir résigné, je me levai. L'enthousiasme de ma fille me rappelait le mien. A son âge, je me faisais une joie, moi aussi, de tels événements ; je me souvenais encore de mon émerveillement lorsque, avec Simone, j'allais voir chez Antoine les poussins nouveau-nés.

Pendant que Marc se rasait, je m'habillai. Puis je m'occupai d'Elisabeth. Je m'apprêtais à la coiffer lorsque la grille grinça. Des petits pas retentirent dans la cour, on frappa à la porte et la tête de Denise apparut :

— Je suis prête, dit-elle, aussi impatiente que ma fille. Quand va-t-on voir le petit veau ? Maman ne vient pas, elle s'occupe de David. Je peux y aller avec vous ?

Je lui souris :

— Entre, et attends quelques instants. Nous finissons de nous préparer, et nous y allons.

— Dépêche-toi, maman, s'il te plaît, dit Elisabeth.

— Reste tranquille, grondai-je. Tu bouges tellement que je n'arrive pas à te coiffer. Le veau ne se sauvera pas. Ce n'est pas la peine d'être si pressé !

Je finis ses tresses, pendant qu'elle trépignait d'impatience Ensuite, je fis chauffer l'infusion d'orge grillé qui remplaçait le café, en bus une tasse avec Marc. Je lui montrai, en souriant, les deux petites filles qui, près de la porte, patientaient difficilement sans me quitter des yeux :

— Je vais y aller, dis-je, je ne veux pas les faire attendre plus longtemps. A tout à l'heure !

Je me levai :

— Venez, les enfants.

Je passai devant elles ; sautillant de joie, elles me suivirent dans le couloir. J'ouvris la porte d'entrée, et m'immobilisai brusquement. Là, en face, de l'autre côté de la rue, deux longues voitures noires étaient arrêtées. Un agent de police se tenait devant la porte du magasin de Joseph, un autre faisait les cent pas sur la chaussée. Avant même que je comprenne ce qui se passait, je vis Simone sortir de sa maison, tenant son petit garçon de deux ans dans ses bras. Elle portait un tailleur noir et gardait la tête baissée. Un homme l'accompagnait, qui ouvrit la portière d'une des voitures. Elle se pencha pour y pénétrer lorsque, réagissant subitement à la stupeur qui me paralysait, je criai :

— Simone !

Elle releva la tête, me regarda. Oh, ce regard ! Je n'ai jamais pu l'oublier, il hante encore mes nuits. Il contenait un monde de désespoir, d'incompréhensions, d'impuissance, et en même temps il me disait adieu. Je voulus aller vers elle. Un des agents me barra la route, stoppant brutalement mon élan.

— Arrêtez. Vous ne pouvez pas avancer. Cela ne vous concerne pas. Rentrez chez vous.

Désorientée, je restai là, pendant que Joseph puis Sarah, à leur tour, sortaient de la maison, portant chacun une valise, escortés par un autre gardien. Le premier poussa Simone dans l'auto. A ce moment-là, derrière moi, une petite voix cria :

— Maman, maman ! Où vas-tu ? Attends-moi !

Et Denise passa près de moi en courant pour aller rejoindre sa mère et son petit frère. Elle ne pouvait pas savoir vers quoi elle allait, elle qui n'avait pas huit ans. Le souvenir de cet instant ne me laissera jamais en paix. Je me dis que j'aurais dû prévoir, essayer de la retenir, rentrer immédiatement et l'enfermer dans la maison, avant même qu'elle n'appelle. Mais tout s'est déroulé si vite, de façon si inattendue, que j'ai été dépassée par les événements. La petite fille a rejoint sa mère, et j'ai très nettement vu les épaules de Simone se courber comme si elle recevait un coup. Elles sont montées toutes deux dans la voiture, avec le petit garçon qui jetait autour de lui des regards étonnés. Deux des hommes poussèrent Sarah et Joseph dans l'autre voiture. Le policier qui m'avait empêchée de bouger alla rejoindre son compagnon et, avec les deux autres, ils s'engouffrèrent à l'avant des automobiles. Les portières claquèrent.

— La *Feldgendarmerie*, dit Marc, arrivé près de moi sans que je l'aie entendu. Où les emmènent-ils ?

L'inquiétude étranglait sa voix. Alors que les voitures démarraient, je regardais, avec une émotion intense, Simone et ses deux enfants assis à l'arrière. Elle tourna la tête dans ma direction. Des larmes coulaient sur ses joues. Nous avons échangé un ultime regard. Le visage désespéré, elle me fit un petit signe d'adieu, pathétique et déchirant. Les automobiles prirent de la vitesse et s'éloignèrent dans l'aube grise, les emportant hors de ma vie, eux qui depuis toujours en avaient fait partie.

Je m'aperçus que je tremblais. Marc passa un bras autour de mes épaules :

— Viens, dit-il. Rentrons.

La rue était vide et, à part nous, il n'y avait pas eu de témoins. Le ventre noué par une atroce envie de hurler, je me mordais les lèvres pour ne pas éclater en sanglots. La petite voix d'Elisabeth me parvint à travers un brouillard, inquiète, chargée d'incompréhension :

— Où elle est partie, Denise ? Elle va revenir ?

Le même tremblement incoercible continuait de me parcourir. Marc m'enveloppa de ses bras, me serra contre lui, sans parvenir à chasser le froid qui s'était installé en moi et me glaçait.

— Je l'espère, répondit-il à sa fille.

— Mais quand ? insista-t-elle. Quand va-t-elle revenir ?

— Je ne sais pas, dit-il avec un soupir. Je souhaite que ce soit bientôt.

Mais c'était un espoir fallacieux. Ils ne revinrent jamais.

Je n'ai plus revu l'amie de mon enfance, et je n'ai jamais pu m'en consoler. Longtemps, longtemps, ma petite fille réclama sa compagne de jeux et le petit garçon qu'elle avait aimé comme un frère. Que pouvais-je dire ? Ses six ans étaient-ils capables de comprendre ? Nous, déjà, nous ne comprenions pas. Ils n'avaient rien fait, et ils avaient été arrêtés. Ils n'avaient pas bravé les interdictions, n'étaient coupables d'aucun sabotage, d'aucun acte répréhensible. Ils s'étaient contentés de vivre sans faire de tort à personne. Et des hommes étaient venus, et les avaient emmenés.

Dans tout le village, il y eut une réaction de stupeur, d'incompréhension, d'effarement, d'indignation. Tout le monde les connaissait, savait qu'ils étaient braves et inoffensifs. Les Allemands furent davantage critiqués, et davantage haïs. Mais cela ne me rendit pas mon amie, et je ne pouvais pas regarder le magasin fermé et abandonné sans avoir les larmes aux yeux.

Nous apprîmes, au cours des jours qui suivirent, que les juifs avaient ainsi été arrêtés partout. Etienne ne revit plus les quatre élèves de sa classe qui portaient une étoile. Tous les juifs de la région avaient été appréhendés et emmenés dans des camps parce que, d'après les dires des Allemands, ils représentaient un danger pour la force occupante. Un danger, Simone et ses vieux parents ! Et les deux petits enfants, qui ne savaient même pas ce que le mot juif signifiait ! Cela aurait pu être risible, si ce n'avait été aussi dramatique.

Sans Simone, je me retrouvai seule et désorientée. Depuis toujours, elle avait été intimement liée à ma vie. Il ne s'était jamais passé une journée sans que nous ne soyons ensemble. Et, naïvement, j'avais cru que cela continuerait toujours ainsi. Dans ma tête résonnait la voix de ma grand-mère : « Méfiez-vous des Boches, nous avait-elle dit, vous ne savez pas de quoi ils sont capables. » Amèrement, je reconnaissais qu'elle avait eu raison.

Un matin de la semaine suivante, alors que je sortais de chez moi pour aller, une fois de plus, faire la queue afin d'obtenir un peu de ravitaillement, je rencontrai Jean-Louis qui venait rendre visite à ses parents. Je le saluai rapidement et voulus passer sans m'arrêter, mais il me retint :

— Thérèse... dit-il d'une voix sourde.

Contrariée, je levai vers lui un regard interrogateur :

— Qu'y a-t-il ?

D'un geste du menton, il me montra, de l'autre côté de la rue, le magasin fermé :

— Ils ont été arrêtés, eux aussi ?

D'une voix que je ne me connaissais pas, dure, coupante, je dis :

— Tu dois bien le savoir, non ?

Il me sembla qu'il avait pâli. Tout bas, si bas que je compris à peine, il murmura :

— Je ne pensais pas qu'« ils » iraient jusque-là...

Je le regardai froidement et déclarai d'un ton sec :

— Puisque tu es si bien avec « eux », essaie donc de savoir où ils les ont emmenés. Nous n'avons aucune nouvelle...

Ma voix se brisa. Je me mordis les lèvres pour ne pas pleurer devant lui. Je vis dans ses yeux une compassion qui me surprit. Il me parut soudain plus proche, et un instant je crus retrouver le compagnon de mon enfance. J'en profitai pour demander ce que je n'arrivais pas à comprendre et que lui, peut-être, pourrait m'expliquer :

— Jean-Louis, pourquoi font-ils ça ? Arrêter des innocents ?

Aussitôt, son visage se ferma. Il baissa les yeux :

— Pour eux, ils sont coupables : ils sont juifs.

— Mais ce n'est pas une faute ! Ils n'ont rien fait, aucun sabotage, aucune insulte, rien ! Ils ont toujours respecté les ordres, se sont soumis à toutes les interdictions. Et les enfants, sont-ils coupables aussi, même le petit de deux ans ?

— A leurs yeux, oui.

Je reculai d'un pas, le regardai avec une horreur que je ne dissimulai pas :

— Comment peux-tu être de leur côté, accepter des choses pareilles sans révolte ? C'est inconcevable !

Il secoua la tête, serra les lèvres :

— Je n'ai pas à juger. S'ils agissent ainsi, c'est qu'ils s'estiment en droit de le faire. Je te l'ai déjà dit, je suis de leur côté parce qu'ils sont les plus forts, et qu'il vaut toujours mieux être du côté du plus fort.

Je dis avec dégoût :

— C'est une attitude de lâche.

Ma réflexion parut l'atteindre. Un instant, son regard vacilla. Puis il haussa les épaules :

— Peut-être, mais c'est ainsi que je raisonne... Et c'est bien mieux, crois-moi. Si tout le monde réagissait ainsi, ce serait plus facile.

J'eus un sursaut d'indignation :

— Pour eux, tu veux dire ! Mais nous ne tenons pas à leur faciliter la tâche, au contraire ! Ils sont odieux, et nous n'avons qu'un désir : les chasser hors de chez nous !

Je me tus subitement. Emportée par ma colère, je prononçais des paroles qu'il valait mieux taire. Furieuse contre moi-même et contre lui, je lui lançai un regard noir, grommelai :

— Allons, laisse-moi passer, je n'ai pas de temps à perdre.

Et je m'éloignai rapidement. A mon mécontentement se mêlait une profonde tristesse : il était bien mort, le compagnon de mon enfance, celui qui avait partagé nos jeux, à Simone et à moi. Par son attitude, il piétinait tous nos souvenirs. A l'amertume que je ressentais, je devinais combien Mariette et Gaspard, ses pauvres parents, devaient souffrir.

Les bombardements avaient repris. La nuit, réveillés en sursaut par les sirènes et le grondement des avions : nous nous levions avec précipitation. Marc courait chercher Elisabeth, l'enveloppait d'une couverture, et nous nous précipitions à la cave. Là, dans le froid, l'inconfort et l'humidité, nous attendions la fin de l'alerte. Un de ces bombardements, en octobre, dura longtemps et fut très meurtrier. Nous entendions le bruit lointain des explosions et le hurlement terrifiant des avions. Les jours suivants, les journaux nous apprirent que plus de cent appareils s'étaient acharnés sur les ateliers de Fives-Lille, réussissant à mettre hors de service la centrale thermique, au prix de trop nombreuses vies humaines.

Grâce à la Relève, ainsi que l'espérait Julie, Antoine fut libéré. Avec un cousin qui possédait une camionnette, Julie et René allèrent le chercher à la gare de Lille et le ramenèrent.

Je me rendis à la ferme, heureuse à l'idée de le revoir. Lorsque j'arrivai, des voisins et des amis étaient là. Tous entouraient Antoine et le fêtaient, contents de son retour. Lui, debout au milieu de la cuisine, semblait à peine croire au bonheur d'être revenu. Lorsqu'il me vit, son visage s'éclaira. Il m'ouvrit tout grand les bras :

— Thérèse, mon petit !

Je l'embrassai avec une affection sincère. Ces deux années passées loin de nous l'avaient changé. Des rides marquaient son front et sa bouche, des cheveux gris argentaient ses tempes.

— Antoine... murmurai-je. Comme ça fait du bien de te revoir !

Nous nous sommes regardés un instant, émus tous les deux. Il me sourit, les yeux humides :

— Et Marc, il va bien ?

— Oui, merci.

Il se pencha vers Elisabeth qui, près de moi, ne bougeait pas, intimidée par cet homme dont elle se souvenait à peine :

— Eh bien, tu ne me reconnais pas ? Comme tu as grandi ! Allez, embrasse ton vieux cousin Antoine !

Elle posa un baiser mouillé sur la joue mal rasée. Il se redressa, me regarda avec gravité :

— Il s'est passé pas mal d'événements, pendant mon absence. J'ai de la peine en sachant que je ne reverrai pas ta grand-mère... Et Julie m'a appris, pour Simone et ses parents... — Il secoua la tête avec une incompréhension peinée. — Ils ont été arrêtés ?

— Des feldgendarmes sont venus et les ont emmenés, dis-je, les yeux pleins de larmes. J'étais là. Je les ai vus.

Le visage triste, il ne répondit pas. Lui aussi, il connaissait Simone depuis toujours. Dans notre enfance, combien de fois nous avait-il promenées sur le dos du cheval, riant de nos cris de peur ?...

Julie vint vers nous, le visage radieux, se pendit au bras de son mari :

— Tu vois, Thérèse, il est revenu ! Je savais qu'il reviendrait !

René s'approcha de son père avec un sourire heureux. D'un geste paternel et protecteur, Antoine lui mit une main sur l'épaule.

— Je suis fier de mon grand fils, me confia-t-il. Avec Boris il a fait marcher la ferme en mon absence. Lui aussi, je l'ai trouvé changé. As-tu vu ? Il n'a que dix-sept ans, et il est déjà aussi grand que moi !

— Alors, Antoine ? cria un des hommes présents. Raconte-nous ce que tu faisais, là-bas ?

— Oui, raconte, dit un autre. Comment était-ce ?

Antoine haussa les épaules :

— Que voulez-vous savoir ? J'étais dans une ferme. J'y faisais le travail que j'aurais fait ici. Les propriétaires étaient déjà âgés ; deux autres camarades et moi-même, nous remplacions leurs deux fils partis se battre en Russie. C'étaient de braves gens, qui maudissaient cette guerre qui les obligeait à trembler chaque jour pour leurs enfants. Ils se montraient bons envers nous, essayant d'adoucir notre sort dans la mesure de leurs moyens.

— En somme, tu n'étais pas trop malheureux ?

— Malheureux, non, pas spécialement. Le plus dur, c'était d'être loin de chez moi, séparé de Julie et de René. Et de vous tous ! Si vous saviez comme ça fait du bien de revenir, de retrouver sa maison, et surtout, d'entendre de nouveau parler français autour de soi !

— Pourtant, ici aussi il y a des Allemands, tu sais, et tout n'est pas facile !

Ils se mirent à discuter tous ensemble, relatant à Antoine les interdictions, les menaces, expliquant ce qui s'était passé dans le village depuis son départ. Je les laissai, allai voir Julie :

— Je pars, lui dis-je. Je reviendrai ce soir ou demain avec Marc.

Je pris ses mains dans les miennes, les serrai très fort :

— Comme je suis heureuse pour toi qu'il soit revenu !

Elle enveloppa la haute silhouette de son mari d'un regard tendre :

— Moi aussi, dit-elle très bas, je suis heureuse.

Lorsque je sortis de la ferme, tenant Elisabeth par la main, je réalisai que depuis bien longtemps je n'avais éprouvé pareille joie. Avec la guerre et l'occupation, nous avions perdu l'habitude des événements heureux.

Le 8 novembre, les Américains débarquèrent au Maroc et en Algérie. Le 11 novembre à l'aube, les Allemands franchirent la ligne de démarcation et envahirent la zone libre. C'était non seulement contraire aux conventions de l'armistice, mais en plus le choix de la date fut considéré par beaucoup comme une provocation. Ils attaquèrent Toulon. La flotte française, selon les ordres de l'amiral Darlan, n'eut que le temps de se saborder afin que nos navires de guerre ne tombent pas aux mains de l'ennemi.

Maintenant, toute la France était occupée. Nous ne rêvions

que de nous débarrasser d'eux, et au contraire ils nous envahissaient davantage. Nous étions inquiets et furieux : retrouverions-nous un jour notre liberté ?...

L'automne passa, le quatrième hiver de guerre s'installa, apportant pluie, froid et brouillard. Je soignai les rhumes et les maladies des gens du village avec les plantes de ma grand-mère, bien utiles lorsque les médicaments manquaient. Marc lui-même disait parfois à ses patients : « Allez voir ma femme, elle vous donnera ce qu'il faut. » La vie continuait, jour après jour, cahin-caha. Les restrictions étaient de plus en plus dures. Simone me manquait toujours autant ; Elisabeth, de temps en temps, réclamait encore Denise et David. Amédée et Zoé vieillissaient, se plaignaient amèrement de cette guerre qui s'éternisait. Antoine et Julie, par contre, étaient encore dans le ravissement d'être réunis. Eux ne se plaignaient pas, et bien souvent leur vue me remonta le moral. Moi, je ne vivais que pour mon mari et mon enfant. Tant que nous étions ensemble, tous les trois, je me disais que je devais m'estimer heureuse. Cela seul importait ; le reste n'était que secondaire.

Le premier janvier, ma belle-sœur me montra le journal clandestin *La Voix du Nord*, que lui passaient des amis résistants. « Que 1943 soit l'année de notre libération, disait-il, c'est le vœu le plus cher et le plus ardent que nous formulons... » Je hochai la tête. Oui, c'était notre vœu à tous, mais serait-il réalisé ?

— Nous ferons ce qu'il faut pour cela, assura ma belle-sœur d'un air combatif.

Elle échangea un regard entendu avec Marc. Je ne dis rien, mais mon cœur se serra.

Le 2 février, les troupes allemandes durent capituler à Stalingrad. Cette nouvelle fut accueillie avec joie et soulagement. Enfin, « ils » avaient été battus quelque part, eux qui se vantaient d'être invincibles et toujours victorieux ! Comme nous l'espérions, les rigueurs de l'hiver russe avaient eu raison de leur armée. Ils avaient connu une défaite, ils pouvaient en connaître d'autres... Nous le souhaitions ardemment.

Ce même mois, sur ordre des Allemands, le gouvernement de Vichy institua le S.T.O., service de travail obligatoire. Le système de la Relève n'avait pas donné le nombre de travailleurs espéré, loin de là. Le Reich avait besoin d'ouvriers et il entendait bien s'en procurer. Les jeunes gens nés en 1920, 21 et 22 reçurent une convocation. Beaucoup n'y répondirent pas. D'autres allèrent rejoindre le « maquis », d'autres encore essayèrent d'obtenir une dispense. Dans le village, quelques-uns vinrent voir Marc et lui demandèrent une attestation de complaisance, qu'il leur donna volontiers. Il ne tenait pas à voir partir nos jeunes gens pour l'Allemagne. Je l'approuvai.

Un soir du mois de mars, il rentra de ses visites plus tard que de coutume.

— Je reviens de chez François, dit-il d'un ton bref.

Tout de suite, j'eus peur. Que s'était-il passé ? Je serrai mes mains l'une contre l'autre, n'osant l'interroger. Son visage prit une expression tendre, et il me sourit :

— Ne crains rien, nous avons simplement discuté. Viens, assieds-toi, il faut que je te parle.

Il me regarda avec, dans ses yeux bleus, une gravité qui m'impressionna. Oppressée, j'obéis et attendis.

— Il va falloir que tu sois courageuse. A partir de maintenant, de temps en temps je devrai m'absenter la nuit.

Je sursautai :

— La nuit ? Pourquoi ?

— Je vais t'expliquer. François fait partie d'un groupe de résistance en contact avec l'O.C.M.[1]. Il est chargé de la réception des parachutages. Avec le printemps, ils vont être plus nombreux, aussi bien en hommes qu'en matériel. Pour chacun d'eux, il a besoin d'une équipe de huit à dix hommes. J'ai décidé d'en faire partie.

— Marc !

J'avais crié son nom, comme une plainte. Il eut un sourire d'apaisement :

— Allons, ne crains rien, il n'y a là aucun danger. Une fois que nous aurons reçu le message annonçant la date, il

1. O.C.M. : Organisation Civile et Militaire, mouvement de résistance créé fin 1940 à Paris, implanté dans la région de Lille avec Eugène d'Hallendre et Paul Lisfranc.

nous suffira de baliser le terrain avec des lampes, recueillir les hommes et les armes, enfouir les parachutes. C'est François qui se charge de ventiler les armes et de cacher les parachutistes. Il doit aussi leur fournir des renseignements sur le trafic ferroviaire, les bases militaires de la région, afin de communiquer aux alliés les mouvements des aviateurs allemands. Nanti de ces renseignements, notre parachutiste repartira suivant la filière habituelle, et mon rôle, comme celui de Bernadette, se bornera à le reconduire jusqu'à la première étape. Tout sera prévu, organisé, et il n'y a aucun danger, je t'assure.

Je le regardai avec scepticisme, déchirée. Il sourit de nouveau :

— Il faut que je le fasse, comprends-le. Depuis qu'ils sont venus me chercher pour soigner cet aviateur blessé, je suis l'un des leurs. En outre, comme je suis médecin, plus que les autres je peux sortir la nuit. Si je suis arrêté, je peux toujours prétexter un malade urgent, ou un accouchement. C'est un avantage, crois-moi. Et puis, avec les explosifs et les munitions que nous recevons, des équipes de sabotage pourront agir sur place ; des bombardements pourront ainsi être évités, ce qui sauvera bien des vies humaines.

— Mais, Marc... si vous vous faites prendre ?

Il eut un geste fataliste :

— C'est un risque à courir, mais il ne doit pas nous arrêter. Nous devons agir, au contraire, pour chasser les Allemands de notre pays. Et nous devons y parvenir !

Je revis, en un éclair, ce matin de septembre où deux voitures noires emmenaient Simone et sa famille. Oui, il fallait réagir, empêcher de telles choses, ne pas rester indifférent. Je comprenais qu'il avait raison. Les objections moururent sur mes lèvres. Je me levai, allai à lui, posai ma tête contre son épaule :

— C'est vrai, dis-je tout bas. Et je suis fière de toi. Mais, je t'en prie, sois prudent !

Je fermai les yeux, sentant la peur qui déjà se lovait en moi, sachant que je devrais vivre avec elle, jour après jour.

La peur... Elle fut là, en effet, chaque fois qu'il dut partir. La date prévue pour les parachutages ou l'arrivée d'agents venus de Londres était annoncée par la B.B.C. Avec Marc, j'écoutais, le cœur battant. A chaque émission, les messages étaient nombreux et variés : « Les revenants seront au château ce soir », « Le petit navire prépare la traversée », « La mésange a quitté sa cage »... Pour ce genre de manœuvre, toujours était choisi, dans le mois, le jour de la pleine lune. Parfois, la phrase était négative, ce qui signifiait que l'opération était annulée ou remise à plus tard. Dans ces cas-là, je soupirais avec un lâche soulagement : pour cette fois, Marc ne partirait pas...

Lorsqu'il s'en allait, il prenait sa trousse de médecin et enfourchait sa bicyclette, comme si un malade l'avait appelé. Avant de sortir, il me serrait très fort contre lui, il embrassait tendrement Elisabeth. Il savait, comme moi, qu'il pouvait ne pas revenir. Mais cette crainte, nous la taisions soigneusement. Après un dernier baiser, je le laissais partir sans un mot, retenant le « Sois prudent » qui me montait aux lèvres. A quoi bon lui répéter ce genre de conseils ? Il était conscient des dangers qu'il courait. Je voulais me comporter en épouse courageuse et fière de son mari.

Je vivais, ensuite, des heures d'une insupportable angoisse. Seule dans le lit, couchée dans l'obscurité, je ne dormais pas. J'observais, sur le mur de la chambre, les raies qu'y mettait la lune passant au travers des volets. J'essayais d'imaginer Marc avec ses compagnons, guettant dans la fraîcheur de la nuit le ronronnement d'un avion ; envoyant les signaux lumineux lorsqu'enfin il arrivait ; se précipitant silencieusement dès qu'apparaissaient dans le ciel les parachutes apportant les hommes ou les munitions attendus ; enfouissant en hâte, dans le sol, les larges corolles de soie, recueillant les colis, veillant bien à ne laisser aucune trace. En vivant en pensée ce qu'il vivait, j'arrivais à comprendre l'enthousiasme qu'il devait ressentir. L'opération réussie, c'était une victoire remportée, prélude à beaucoup d'autres...

Mais comme c'était long ! Plus le temps passait, plus je m'inquiétais. Je guettais avidement le bruit de son retour.

Il rentrait avant l'aube et je courais à lui, pleurant de soulagement. Il se moquait gentiment de moi, me reprochait de m'inquiéter, me traitait de petite sotte. Il me racontait le succès de l'opération en se déshabillant, puis venait me rejoindre dans le lit. Là, je me blottissais aussitôt contre lui. Alors il me faisait l'amour, et dans le tourbillon qui nous emportait j'oubliais que j'avais eu peur de le perdre.

En mars, les Allemands supprimèrent la ligne de démarcation qui, depuis plus de trois ans, coupait la France en deux. L'unité nationale était ainsi rétablie, mais hélas sous la domination allemande. Il n'y eut rien de changé pour nous. Le joug de l'ennemi était toujours aussi pesant, et nous aspirions de plus en plus à en être délivrés.

Lentement, trop lentement à notre gré, des nouvelles arrivaient, annonçant les revers de l'armée allemande. En mai, ils furent chassés d'Afrique du Nord. En juillet, les alliés débarquèrent en Sicile.

Nous vivions dans un espoir qui devenait impatience. La Résistance, me répétaient Marc et Bernadette, était de mieux en mieux organisée. Je n'osais pas leur répondre que la répression, elle, était de plus en plus féroce.

Le printemps fit place à l'été, un été chaud, doré et lumineux. Avec Elisabeth, j'allais cueillir des fruits dans le verger de Philomène. Souvent aussi, j'allais voir Julie et Antoine. Leur placide bonheur me faisait du bien. Ils vivaient au jour le jour, sans s'inquiéter du lendemain. Antoine possédait cette sagesse qu'ont ceux qui vivent en contact étroit avec la terre, au rythme de la nature et des saisons. J'aimais sa démarche lente et calme, ses gestes mesurés, l'équilibre que je sentais en lui. Lorsque, en sa présence, je me plaignais des Allemands et de leur domination implacable, il secouait la tête avec une sorte de reproche :

— Ils ne sont pas tous pareils, Thérèse, affirmait-il. Tu ne vois qu'un aspect de la situation, et je reconnais qu'il n'est pas à leur avantage. Mais crois-moi, j'ai été prisonnier pendant deux ans, et les gens chez qui j'ai vécu étaient de braves gens. Ils n'aimaient pas Hitler et sa soif de pouvoir, et la guerre qui avait éloigné d'eux leurs fils. Mais ils n'osaient pas trop le dire parce que, là-bas aussi, les ennemis du régime sont impitoyablement traqués. Pour eux non plus ce n'est pas facile, crois-moi.

Je ne répondais pas. A vrai dire, je ne le croyais pas vraiment. Ce que j'avais vu depuis le début de la guerre m'avait durcie, et je préférais ajouter foi aux affirmations de ma grand-mère que les événements, jusqu'ici, avaient pleinement justifiées.

Une nuit de juillet, Marc dut s'absenter pour une opération de parachutage. Je me préparai, une fois de plus, à subir cette attente éprouvante à laquelle je ne m'habituais pas. La nuit était chaude et, au bout d'un moment, je me levai. Pour calmer mon impatience, je marchai de long en large dans la chambre. J'allai à la fenêtre, entrouvris les volets, observai le ciel constellé d'étoiles. Je soupirai, me remis à faire les cent pas. Je me sentais agitée. C'était la cinquième opération de ce genre depuis le début du printemps, et mon angoisse était à chaque fois plus insupportable. J'allai dans la chambre d'Elisabeth, me penchai au-dessus d'elle, l'observai avec tendresse. Avec l'innocence de l'enfance, elle dormait profondément. Je détaillai son petit visage, ses lèvres entrouvertes, ses cils serrés qui formaient une ombre sur ses joues dorées par le soleil de l'été. Elle ne savait pas, elle, où se trouvait son père en ce moment. Bienheureuse ignorance ! Je soupirai et quittai sa chambre sur la pointe des pieds.

Je m'allongeai sur mon lit, me tournant et me retournant sans arrêt. Le temps passait avec une lenteur désespérante. Quelque part, un coq chanta. Plus loin, un autre lui répondit. Je me dressai subitement, le cœur battant. M'étais-je endormie quelques instants ? L'aube allait bientôt poindre, et Marc n'était toujours pas là. Je regardai le gros réveil, posé sur la table de nuit. Quatre heures ! Les autres fois, à cette heure-là il était rentré. Ce retard n'était pas normal. Une panique monta en moi, violente, irrépressible. Glacée, je me mis à trembler.

Je restai assise sur le lit, observant avec angoisse l'aube naissante qui, peu à peu, s'insinuait par les volets entrebâillés. J'essayais d'écouter les bruits, mais je n'entendais rien d'autre que les battements de mon cœur qui résonnaient dans mes oreilles. Lorsque me parvint le grincement de la grille, j'eus peur de m'être trompée. Je me levai, courus à la porte de la cuisine. Et là, je me heurtai à Marc qui rentrait. J'eus un étourdissement, je chancelai.

— Allons, allons, dit-il d'une voix bourrue. A-t-on idée de se mettre dans des états pareils !

Il me porta à moitié jusqu'au lit. Je me laissai faire, abrutie de soulagement et de bonheur. Il me força à m'allonger, s'assit près de moi :

— Alors, ça va mieux ?

Son regard bleu m'enveloppa tendrement. Je tendis les mains vers lui :

— Pourquoi rentres-tu seulement maintenant ? J'ai eu si peur !

D'une pression rassurante, il enferma mes mains dans les siennes :

— Il n'y a rien eu de grave. Simplement, l'avion est arrivé en retard. Et puis, il y avait de la brume au sol, ce qui fait que le pilote n'a pas vu nos signaux. Il a survolé l'endroit plusieurs fois, s'éloignant, revenant. Nous avons dû allumer des lampes supplémentaires, les agiter le plus haut possible, au bout de nos bras. Il a fini par les voir et a parachuté les containers que François attendait. Il a fallu ensuite les démonter pour en retirer les armes et les explosifs, les dissimuler provisoirement et aller cacher les armes chez François. Tout cela, avec le retard de l'avion, a pris du temps. Mais il n'y avait pas de quoi t'inquiéter, tu vois bien !

— Oh, Marc ! J'imaginais le pire... Si tu n'étais pas rentré... Je ne savais même pas où aller me renseigner. J'ignore où habite ce François.

— Il vaut mieux que tu l'ignores. Ainsi, si je ne reviens pas, tu ne seras pas tentée d'aller chez lui. Reste en dehors de tout ça, c'est beaucoup mieux pour toi.

— Mais, Marc... pourquoi ? N'as-tu pas confiance en moi ?

— Ce n'est pas une question de confiance. Il faut envisager le cas où je serais arrêté. Dans ce cas-là, s'« ils » t'interrogent, il vaut mieux que tu ne saches rien. Moi qui connais beaucoup de choses, j'espère être capable de me taire. Je suis médecin, je sais que la douleur a des limites. François affirme qu'ils torturent ceux qu'ils arrêtent afin de les faire parler. Personne ne peut connaître ses propres réactions sous la torture. Dans le groupe, nous avons une règle à respecter : si l'un de nous est arrêté, il doit essayer de tenir au moins quarante-huit heures, afin de laisser aux autres le temps nécessaire pour se cacher.

Il vit dans mon regard la crainte que ses paroles faisaient naître. Il me sourit :

— C'est simplement une éventualité à envisager, mais elle ne se produira pas. Ils ne nous auront pas. Nous gagnerons, tu verras, nous gagnerons !

Il se pencha, me prit dans ses bras. Mon amour pour lui déferla comme une vague puissante et irrésistible. J'avais eu si peur qu'il ne revienne pas que, maintenant, j'éprouvais un intense besoin physique de lui. Je murmurai d'une voix pressante :

— Marc... aime-moi.

Il me fit basculer sous lui, m'embrassa longuement. Je répondis à ses caresses avec une ardeur que je ne me connaissais pas. Il ôta ses vêtements avec une hâte fébrile, se coucha sur moi. Ses mains sur ma peau nue exacerbèrent le désir brûlant que je ressentais. Nos corps, soudés l'un à l'autre, se prirent et se reprirent sans cesse, avec fièvre, avec frénésie, avec passion. Le même plaisir nous emporta.

Après, il a écarté de mon visage mes cheveux, a baisé doucement mon front humide de sueur :

— Ma Thérèse, je t'aime.

J'ai posé ma tête contre son épaule, avec un soupir comblé. Epuisés et détendus, nous nous sommes endormis dans les bras l'un de l'autre. Avant de fermer les yeux, j'ai vu, par l'entrebâillement des volets, qu'une aurore radieuse avait remplacé la nuit. Je me souviens d'avoir souri tandis qu'un sommeil heureux m'envahissait.

13

En septembre, nous apprîmes la capitulation de l'Italie, le débarquement des Américains à Salerne, la libération de la

Corse par les troupes françaises. Nous guettions avec une avidité impatiente de telles nouvelles, avec toujours le même espoir de voir l'Allemagne bientôt vaincue.

L'été s'achevait, avec des journées blondes et dorées ; les feuilles des arbres déjà se teintaient de pourpre. Dans le jardin, Elisabeth et moi nous nous asseyions sur le banc pour profiter du soleil. Simone me manquait, et nos longues conversations, et la douceur de notre amitié, et le joyeux babil de ses enfants. Un an s'était écoulé depuis qu'elle avait été emmenée, et je ne parvenais pas à m'y faire. Le chagrin et la révolte ressentis alors étaient toujours là, intenses et présents.

En attendant la rentrée scolaire, Elisabeth s'ennuyait. Privée de son inséparable compagne de jeux, elle tournait comme une âme en peine. Souvent, je la conduisais chez Antoine et Julie, afin de la divertir un peu. Elle aidait Julie à ramasser les œufs, à donner à manger aux poules, aux lapins, aux cochons. Parfois, ma belle-sœur venait et s'occupait d'elle. Elle la faisait lire, écrire, lui apportait des albums à colorier. Elle évitait soigneusement de me parler de son activité de résistante, et je ne l'interrogeais pas davantage. Au fond de moi tremblait toujours une rancune inavouée : je me disais que, à cause d'elle, Marc s'était engagé dans une lutte qui mettait sa vie en danger.

A la fin du mois, je dus me rendre à l'évidence : j'attendais un enfant. Déjà, au cours des deux mois précédents, des malaises m'avaient alarmée. Je les avais soigneusement cachés à Marc, et j'avais voulu les ignorer. Mais plus le temps passait, plus je reconnaissais les symptômes déjà éprouvés lorsque j'attendais Elisabeth. Lorsque je n'eus plus aucun doute, la joie qui déferla subitement en moi me surprit. J'avais tellement critiqué Simone, lorsqu'elle avait voulu son second enfant malgré la guerre, que je pensais bien ne pas l'imiter. Et pourtant, je ne ressentais qu'une exaltation merveilleuse. En dépit des circonstances dans lesquelles nous vivions, et qui étaient loin d'être idéales pour mettre un enfant au monde, je devais m'avouer que j'étais heureuse de cette grossesse que, pourtant, nous n'avions pas provoquée volontairement.

Pour donner à Elisabeth ce petit frère qu'elle avait tant de fois réclamé, nous voulions attendre la fin de la guerre. Mais la guerre s'éternisait, et Elisabeth avait déjà sept ans... Tout compte fait, cet enfant était le bienvenu.

Je décidai d'en parler à Marc le soir même. Je me demandai ce que serait sa réaction. Serait-il heureux, ou contrarié, ou les deux à la fois ? Elisabeth, en tout cas, serait ravie. Je ne pus retenir un sourire : je savais avec certitude à quel moment cet enfant avait été conçu. C'était cette nuit où j'avais attendu Marc jusqu'à l'aube et où, dès son retour, nous nous étions aimés avec une folle passion, oubliant dans notre emportement nos précautions habituelles...

Le soir, lorsque nous fûmes couchés, je me blottis contre Marc et lui chuchotai mon secret à l'oreille. Il bondit, s'assit dans le lit, s'écria :

— Thérèse ! Tu en es sûre ?

— Je crois bien, oui, dis-je en souriant, le cœur battant très fort. N'es-tu pas content ?

Il ne répondit pas, tint à m'ausculter. Je le laissai faire, regardant avec amour son visage grave. Lorsqu'il eut terminé, ses yeux croisèrent les miens. J'y lus un mélange de bonheur et d'inquiétude.

— Oui, dit-il d'une voix basse et rauque, tu es enceinte de deux mois. Je ne sais pas s'il faut se réjouir. Un enfant, dans les conditions présentes...

— C'est exactement ce que j'ai dit à Simone lorsqu'elle attendait David, dis-je doucement. Je comprends maintenant ce qu'elle ressentait. Malgré la guerre, malgré l'occupation, malgré tout, je suis contente. Ce sera un fils et, lorsqu'il naîtra, je souhaite que nous soyons de nouveau libres.

— Que Dieu t'entende, ma chérie, dit-il en me prenant dans ses bras.

Je me serrai contre lui, murmurai :

— Marc... tu es content quand même, dis ?

Il hésita une seconde, puis il eut un grand sourire, franc, joyeux, lumineux.

— Oui, dit-il avec conviction. Tant pis si ce n'est pas raisonnable, mais je suis heureux !

D'un commun accord, nous avons décidé de n'en pas parler

et de garder encore pour nous notre merveilleux secret. Il serait temps de le révéler dans un mois ou deux. Sans vouloir me l'avouer, j'avais peur d'entendre des réflexions pessimistes qui terniraient mon bonheur. Nous ne l'avons pas dit tout de suite à Elisabeth non plus ; elle n'aurait pu s'empêcher de claironner partout la nouvelle. En outre, plus tard nous le lui dirions et mieux ce serait pour elle : nous étions en septembre, et le bébé ne naîtrait qu'en mars. Comprendrait-elle cette longue attente ?

Seuls Zoé et Amédée furent mis au courant par un malaise que j'eus en leur présence. J'étais allée leur porter quelques pommes et quelques poires cueillies chez Philomène ; tandis que je discutais avec eux, un vertige brouilla ma vue et fit bourdonner mes oreilles. Je n'eus que le temps de m'asseoir. Je sentis une sueur glacée couvrir mon visage ; j'eus peur de m'évanouir. Affolée, Zoé trempa un linge dans de l'eau froide et me frictionna le visage. Encore faible, je me redressai. Amédée m'observait avec l'œil perçant du médecin qui a derrière lui une longue expérience :

— Toi, ma fille, tu attends un enfant.

Ce n'était pas une question, c'était une constatation, l'énoncé d'une évidence. J'acquiesçai, sentant une rougeur me monter aux joues :

— Oui. Je ne l'ai encore dit à personne. Ne l'ébruitez pas pour le moment, je vous prie.

— D'accord. Tu l'annonceras toi-même quand tu le jugeras bon.

— Comme Elisabeth va être contente ! dit Zoé avec un sourire attendri.

Ils me félicitèrent, me donnèrent des conseils pour ma santé. Contrairement à ce que je craignais, ils ne blâmèrent pas mon inconscience. Je sortis de chez eux rassérénée : ils étaient de véritables amis, et je savais pouvoir compter sur eux. Depuis la mort de ma grand-mère, ils se comportaient envers moi comme des grands-parents. Cet enfant que j'attendais, c'était un peu pour eux comme un petit-fils qui viendrait illuminer leurs dernières années.

Marc était avec moi plein de prévenances ; il m'empêchait de faire de gros efforts, m'entourait d'attentions qui me ravissaient. J'avais l'impression d'être aimée doublement, pour moi et pour ce petit être que j'attendais. Je retrouvais avec émerveillement la sensation d'être unique et précieuse.

Au cours de ces jours, une idée m'effleura l'esprit, dont j'eus honte mais qui me tenta terriblement : j'eus envie de me servir de ma grossesse pour empêcher Marc de continuer à risquer sa vie avec ce François que je ne connaissais pas. Mais une dignité me retint. C'était là une sorte de chantage auquel je ne voulais pas m'abaisser. Alors je serrai les lèvres et me tus courageusement. Et cette attitude fière, je la regretterai toute ma vie. Car je sais, maintenant, combien j'ai eu tort.

Vint ce jour d'octobre où mon existence bascula. En début d'après-midi, Marc déclara :

— Ce soir après mes visites, je vais chez François.

Il me l'annonçait toujours au dernier moment. J'ai ressenti la même insupportable angoisse me tordre l'estomac. En même temps, un grand froid m'envahit. Ma grossesse me rendait plus fragile, et j'eus peur d'avoir un malaise. Je balbutiai :

— Tu rentreras tard ?

— Je ne pense pas. Vers 10 heures, peut-être. En tout cas pas après minuit.

Il vit mon visage anxieux, vint à moi en souriant :

— Allons, ne te mets pas dans des états pareils. Ce que je vais faire ce soir, je l'ai déjà fait plusieurs fois. Je dois conduire deux aviateurs anglais à notre lieu habituel de rendez-vous. Je commence à connaître la route par cœur, ça devient de la routine. Notre itinéraire est sans danger. Je t'assure que tu n'as pas à avoir peur.

Ses paroles ne me rassurèrent pas. Mais, fidèle à la ligne de conduite que je m'étais fixée, je ravalai mes protestations et essayai de me montrer courageuse. Je battis des paupières pour chasser les larmes qui emplissaient mes yeux ; je ne voulais pas qu'il me vît pleurer. Il me prit dans ses bras, me serra très fort :

— A ce soir, ma Thérèse. Je reviendrai le plus vite possible.

J'acquiesçai sans répondre, prête à éclater en sanglots. Je le regardai enfourcher son vélo et s'éloigner rapidement. Il se retourna, me fit un grand geste du bras auquel je répondis par un pauvre petit sourire crispé. Les larmes brouillaient ma vue. Malheureuse, je rentrai dans la maison.

Elisabeth était à l'école. Solitaire, je tournai en rond, incapable de m'occuper. Puis, comme cette inaction me rendait nerveuse, je montai au grenier. Là, je me mis à trier les plantes que j'avais cueillies au cours de l'été. Je les classai, les étiquetai, en préparai des sachets pour les malades que je soignais. Ensuite, je pris des fleurs et des feuilles de renoncule destinées à Philomène que les rhumatismes faisaient souffrir, surtout lorsque le temps était humide. J'allai les lui porter et revins avec un plein panier de pommes. Je fis une compote pour le dessert.

Elisabeth rentra de l'école et son babillage parvint à me distraire un peu. Je la surveillai pendant qu'elle s'appliquait sur sa page d'écriture. Le soir arriva et je fermai soigneusement la porte et les volets avant d'allumer. Les ordres étaient stricts en ce qui concernait l'occultation des lumières ; ceux qui passaient outre se voyaient menacés d'amendes ou de coupure de courant durant plusieurs jours.

Je lavai et déshabillai Elisabeth. Puis je mis le couvert, versai dans les assiettes le potage aux légumes.

— On n'attend pas papa pour manger ? me demanda ma fille.

— Non, il est allé voir un malade qui habite loin, et il rentrera plus tard.

Ce n'était pas la première fois que Marc était ainsi absent, que ce fût pour un malade ou pour François. Elisabeth accepta donc mon explication et mangea de bon appétit. Moi, je m'obligeai à avaler quelques cuillerées de potage. L'appréhension que je ressentais fit revenir le malaise habituel depuis le début de ma grossesse : sueur glacée, nausée, bourdonnement d'oreilles. Heureusement, il se dissipa assez vite et Elisabeth, occupée à manger, ne s'en aperçut pas.

Après le repas, je la couchai et restai près d'elle un long moment. Je l'écoutai me raconter les péripéties de sa journée d'école ; éveillée et intelligente, elle était une bonne élève.

Elle s'était fait deux ou trois amies, mais aucune ne remplaçait Denise, qu'elle n'oubliait pas. Tandis qu'elle parlait, je regardais son petit visage animé, ses cheveux blonds, ses yeux d'un bleu intense, si semblables à ceux de Marc. Je me demandai comment serait cet autre enfant que j'attendais et qui naîtrait dans six mois. Un instant, j'eus envie de le dire à Elisabeth ; mais je me retins. Je voulais, pour le lui annoncer, que Marc fût là, avec moi. Nous le lui dirions ensemble le lendemain ou un autre soir.

Lorsqu'elle fut endormie, je retournai dans la cuisine. Il était un peu plus de 9 heures, et je me mis à attendre. « Je rentrerai vers 10 heures », avait dit Marc. J'espérais qu'il ne serait pas trop en retard. Pour m'occuper, je reprisai un peu de linge. Mais l'aiguille tremblait entre mes mains, et je me piquai le doigt plusieurs fois. Avec un soupir, j'abandonnai. J'essayai de lire, mais je ne parvins pas à fixer mon attention. Finalement, assise devant la table, les nerfs tendus, je guettai les bruits.

Les minutes succédèrent aux minutes. Dix heures sonnèrent. J'avais froid. Je me pelotonnai dans le fauteuil de ma grand-mère, essayant de me détendre. Dehors, il se mit à pleuvoir. J'écoutais la pluie tomber, en un doux chuchotement. Je pensai que Marc allait être trempé. Comme il tardait à revenir ! Une heure s'écoula, puis une autre. Grelottant de froid et d'angoisse, recroquevillée sur moi-même, j'attendais de tout mon être. « Pas plus tard que minuit », avait-il escompté. Mais minuit venait de sonner. Je chassai les pensées pessimistes qui se bousculaient dans mon esprit. Je m'obligeai à me dire que ce n'était probablement qu'un simple retard. Cela s'était déjà produit, en juillet, lors d'une opération de parachutage. Pourquoi pas cette fois-ci ?

Je dormis par intermittence. Plusieurs fois, brutalement, je me réveillai en sursaut. A part le bruit de la pluie, tout était silencieux. L'horloge sonnait les quarts d'heure, les demi-heures, les heures. Au fur et à mesure que le temps passait, mon espoir s'amenuisait, ma peur grandissait.

Lorsque, au petit matin, j'ai entendu les premiers chants des coqs, j'ai compris qu'il s'était passé quelque chose de grave. Un froid glacial a envahi tout mon corps. Marc ! Avait-il été arrêté ? Peut-être avait-il été pris dans une embuscade, blessé, ou tué ?...

Je me suis secouée, j'ai essayé de réagir. J'ai allumé le feu, fait bouillir de l'eau, je me suis lavée et habillée. Dans le miroir, j'ai vu mon reflet et j'ai été stupéfaite. Mon visage avait un air hagard et mes yeux, brûlants à force d'être secs, étaient rouges de fatigue.

Il fallait que je sache, je ne pouvais pas rester ainsi dans l'incertitude. C'était insupportable. Je ne savais pas où habitait François, mais je pouvais me rendre chez Bernadette. Serait-elle chez elle ? Et surtout, pourrait-elle me renseigner ? Je décidai d'y aller dès qu'Elisabeth serait partie à l'école.

Une faible lueur grise m'annonça que le jour se levait. Je sortis afin d'ouvrir les volets. Il ne pleuvait plus, mais le temps était humide et froid. Je frissonnai. Je scrutai la rue, souhaitant désespérément voir arriver Marc. Que n'aurais-je donné, à cet instant, pour apercevoir sa silhouette ! Mais la rue était cruellement déserte. Déçue et malheureuse, je rentrai et allai réveiller Elisabeth. Je l'habillai, lui donnai son petit déjeuner. Elle regarda autour d'elle avec étonnement :

— Papa n'est pas là ?

Mes lèvres tremblèrent.

— Non, dis-je avec un frémissement dans la voix. Il a dû s'absenter.

— Ce midi, il sera là ?

Je fis un effort pour affirmer :

— Oui, sans doute.

Que lui dire d'autre ? Je ne pouvais que garder pour moi l'angoisse qui me tordait le ventre et me glaçait les mains. Je me fis une infusion calmante ; je m'obligeai à la boire, mais j'étais trop contractée pour en percevoir l'effet bienfaisant.

Son petit cartable à la main, Elisabeth partit pour l'école. Restée seule, j'hésitai. Si j'allais chez Bernadette maintenant, elle serait en classe, avec ses élèves. A moins que, comme Marc, elle ne fût pas rentrée ? Devait-elle aussi participer à l'expédition de la veille ? Je ne savais plus si Marc me l'avait dit ; la fatigue et l'anxiété me brouillaient les idées. Une panique, subitement, m'emportait : si Marc ne revenait pas, qu'allais-je faire ? Je ne pouvais me confier à personne, il m'avait bien recommandé de n'en pas parler. Si des malades venaient réclamer ses soins, que leur dirais-je ? J'étais complètement perdue, je n'étais pas capable de faire autre chose qu'attendre. Avidement, je surveillais la rue.

C'est ainsi que je les vis arriver. Une Traction avant Citroën noire s'arrêta, et ils en descendirent. Deux hommes en imperméable foncé, le visage dissimulé sous un chapeau de feutre. En un instant, je compris tout. Je sentis ma peau se hérisser, un grand frisson me parcourut.

Des coups ébranlèrent la porte. Un voile noir passa devant mes yeux, un vertige me fit vaciller. Je me retins à la table. Dans un sursaut de fierté désespéré, je tentai de me reprendre. Je ne voulais pas leur montrer ma frayeur. Je respirai à fond plusieurs fois de suite. Puis, calme en apparence mais le cœur battant violemment, j'allai ouvrir la porte.

— Madame, dit l'un des deux hommes. Police allemande !

Il sortit de sa poche une petite plaque de bronze qu'il me mit sous les yeux. Dans mon trouble, j'enregistrai machinalement l'inscription qui y était gravée : *Geheime Staats Polizei*. Je réussis à me composer un visage surpris :

— Que se passe-t-il ?

Je fus satisfaite de constater que ma voix était ferme et ne dévoilait rien du frémissement intérieur qui me secouait. Sans répondre, ils me repoussèrent, entrèrent, fermèrent la porte, avancèrent. Je les suivis, inquiète, effarée, n'osant interroger davantage. Dans la cuisine, ils regardèrent autour d'eux. Puis, toujours en silence, ils se mirent à perquisitionner. Avec la rapidité et l'efficacité d'une longue habitude, ils ouvrirent les placards, vidèrent les tiroirs, fouillèrent minutieusement partout. Ils passèrent dans la chambre de ma grand-mère, sortirent tous les vêtements de l'armoire à glace. Sur un rayon, une petite boîte plate attira leur attention. Ils soulevèrent le couvercle, jetèrent un coup d'œil sur son contenu :

— A qui appartiennent ces décorations ?

— Ce sont les médailles militaires de mon grand-père et la croix de guerre de mon père. Il a été tué à Verdun.

Ma voix était sourde, chargée d'une rancune, d'une révolte qui chassaient ma peur. De quel droit touchaient-ils à ces souvenirs ? Il y avait aussi les quelques lettres que mon père avait envoyées à ma mère. Sur l'une d'elles notamment, heureux d'apprendre ma naissance, il déplorait d'être séparé de ce bébé qu'il était avide de connaître. Je n'avais jamais pu lire cette lettre sans émotion. Eux, avec une brutalité qui me parut sacrilège, déplièrent les feuillets, parcoururent avec impatience les phrases emplies d'amour et de tendresse. Ce n'était pas ce qu'ils cherchaient ; ils jetèrent dédaigneusement le tout sur le lit. Tout en haut de l'armoire, ils trouvèrent le coffret où ma grand-mère rangeait ses bijoux, ses économies et les papiers importants. Ils renversèrent son contenu, se penchèrent sur les papiers qu'ils lurent attentivement, avant de les repousser avec un grognement de déception. Debout sur le seuil, impuissante, je les regardais, sentant bouillonner en moi une indignation grandissante. En plus, je savais qu'ils mettaient un tel désordre pour rien : ils ne trouveraient aucun document compromettant. Marc prenait la sage précaution de ne jamais rien laisser chez nous. Même les numéros de *La Voix du Nord* que nous prêtait Bernadette, il ne les gardait pas ; il les lui rendait aussitôt.

Ils passèrent devant moi, entrèrent dans la chambre d'Elisabeth. Ils ouvrirent les tiroirs de la commode, bousculèrent les chemises, les chaussettes, les robes. Voir leurs mains impatientes et brutales toucher de cette façon les petits vêtements de ma fille fut plus que je n'en pouvais supporter. Je détournai les yeux, regardai, par la fenêtre, le ciel gris et maussade. Machinalement, je remarquai qu'il s'était remis à pleuvoir.

Ils m'entraînèrent dans la pièce voisine, qui était notre chambre, à Marc et à moi. Là aussi, ils fouillèrent toute l'armoire. Ils s'approchèrent de l'étagère sur laquelle Marc rangeait ses livres de médecine.

— A qui sont ces livres ?

— A mon mari. Il est médecin.

En disant cela, ma voix s'étrangla, et la peur revint, plus violente. Je ne leur apprenais probablement rien en précisant le métier qu'exerçait Marc. Ils devaient le connaître, s'ils l'avaient arrêté comme je le redoutais de plus en plus.

Ils prirent les livres un par un, les feuilletèrent, les secouèrent en les tenant par le dos de la couverture. De l'un d'eux, un papier tomba en tournoyant, vint atterrir au milieu de la chambre. J'eus le temps de voir qu'il s'agissait d'un schéma médical. L'un des deux hommes ramassa la feuille, l'observa, puis avec une moue la remit en place.

En sortant de la chambre, ils virent l'étroit escalier qui menait au grenier.

— Qu'est-ce que c'est, là-haut ?

— Le grenier.

— Venez avec nous.

Ils me firent monter d'abord, me suivirent. Ils regardèrent, sur les étagères, accrochées aux poutres, toutes les plantes que je faisais sécher.

— Que faites-vous avec tout ça ?

— Ce sont des plantes. Elles me servent à soigner les malades.

Je répondais brièvement. Leurs questions étaient froides, presque indifférentes, dénuées de méchanceté. Je me disais que, comme ils n'avaient rien trouvé, ils allaient partir et me laisser tranquille. Ce en quoi je me trompais. Dès que nous fûmes de nouveau en bas, celui qui m'avait montré sa plaque de bronze ordonna :

— Préparez-vous. Vous allez venir avec nous.

Mon cœur bondit d'affolement. Je balbutiai :

— Avec vous ? Où ça ? Pourquoi ?

— Nous devons procéder à une vérification. Allons, dépêchez-vous.

Je m'efforçai de ne pas trembler. Pas devant eux. Je mis mes chaussures, allai décrocher mon manteau. Pendant ce temps, l'autre policier avait tourné le bouton du poste de T.S.F. Un flot de paroles en sortit brutalement, qui me fit sursauter.

— Il est sur Radio-Paris, constata-t-il.

Par prudence, chaque fois que nous avions écouté Londres, Marc et moi nous remettions le poste sur Paris. Nous avions fait de même la veille. Comme nous avions eu raison !

Je fermai mon manteau, pris mon sac. Je faisais ces gestes comme si je vivais un cauchemar. La fatigue de ma nuit d'insomnie et le choc produit par l'arrivée des deux Allemands me mettaient dans un état étrange, comme si j'étais hors de la réalité. Mais la peur que je ressentais, elle, était bien réelle.

Ils m'entraînèrent dehors. L'un d'eux ouvrit la porte arrière de la Citroën, pendant que l'autre allait s'installer au volant.

— Thérèse ! Mon Dieu, Thérèse, que se passe-t-il ?

Je me retournai. Sur le pas de sa porte, l'air affolé, ses doux yeux gris pleins d'effarement et d'incompréhension, Zoé nous regardait. La tendresse que je devinai derrière son angoisse fit basculer la barrière qui retenait le flot de mes sentiments. Les larmes me vinrent aux yeux. Elle fit un pas vers moi :

— Thérèse ! Où vas-tu ? Pourquoi t'emmènent-ils ?

Je ne le savais pas moi-même. Je jetai un regard au policier qui tenait toujours la portière de la voiture, espérant qu'il allait répondre. Mais il ne dit rien. Le visage mécontent, il ordonna d'une voix brève :

— Montez.

Je regardai Zoé, fis un geste d'impuissance. D'une voix rauque de sanglots, je dis :

— Zoé... Je ne sais pas quand je reviendrai. Lorsque Elisabeth rentrera de l'école, voulez-vous vous occuper d'elle ?

Elle acquiesça aussitôt :

— Bien sûr, ne t'inquiète pas, je prendrai soin d'elle. Elle restera chez nous en attendant ton retour.

Je n'eus même pas le temps de remercier. Avec impatience, l'Allemand me poussa à l'intérieur de la voiture, prit place à côté de moi, claqua la portière. L'auto démarra. Je me tournai, jetai un coup d'œil par la vitre arrière. Je vis Zoé toujours à la même place et, près d'elle, Amédée qui était venu la rejoindre. Tous les deux, pétrifiés, immobiles, regardaient s'éloigner l'auto qui m'emmenait.

Nous avons traversé le village. Un voile de larmes obscurcissait ma vue, et les rues, les maisons que je connaissais si bien m'apparaissaient toutes floues. J'ai compris alors ce qu'avait pu ressentir Simone dans les mêmes conditions, un an auparavant. Comme elle avait dû sans doute le faire, je m'interrogeais : reviendrais-je un jour ?...

Mon estomac se révulsa, tordu par une nausée, me rappelant cet enfant que j'attendais. Pour lui, il fallait que je sois forte. Pour Elisabeth aussi. La pauvre petite, du jour au lendemain, allait se retrouver privée de son père, de sa mère. Quelle explication Zoé pourrait-elle bien lui fournir ? Je ne me faisais plus d'illusions, je savais que Marc était certainement déjà entre leurs mains. Le meilleur moyen de le sauver, s'ils m'interrogeaient, était de tout nier, en bloc. Cela ne me serait pas difficile, je savais si peu de chose ! Cette résolution m'apporta un certain apaisement.

Je remarquai que nous arrivions à Lille. La voiture prit la direction de La Madeleine, suivit un long boulevard. Bien qu'intérieurement contractée, je m'efforçai de paraître calme. Je regardais les rues, les passants, les appartements, sans les voir. Le conducteur freina, amorça un virage. J'aperçus un panneau : rue François-de-Badts. Lorsque la Traction ralentit et pénétra dans la cour d'un grand immeuble, je serrai mes mains l'une contre l'autre. J'avais peur, mais j'étais bien déterminée à leur résister jusqu'au bout.

Ils m'ont fait descendre de la voiture, entrer dans l'immeuble. J'étais tellement tendue que je n'ai rien vu. Je me souviens seulement que nous avons pris l'ascenseur, puis nous avons suivi un couloir et là, un homme est venu vers nous.

— Par ici, madame, m'a-t-il dit.

Il a ouvert une porte, m'a fait entrer. Dans mon dos, j'ai entendu la clef tourner dans la serrure. J'étais seule, et enfermée. Je regardai autour de moi. Je me trouvais dans une petite pièce aux murs peints en blanc. A ma droite, un placard, blanc également ; à ma gauche un lavabo surmonté d'un miroir ; dans un coin, un seau vide et quelques balais. Un vasistas en verre opaque, placé très haut, dispensait une lumière grise. Je m'approchai du lavabo, jetai un coup d'œil dans le miroir. J'eus l'impression d'y voir une étrangère, un reflet de moi tellement vieilli qu'il en était méconnaissable. Je secouai la tête pour chasser le malaise qui s'annonçait. Je posai mon sac par terre, fis couler de l'eau froide sur mes poignets. Je mouillai mon mouchoir, le passai sur mon front, sur mes tempes. Le froid me donna un coup de fouet et je me sentis mieux.

Je me mis à marcher de long en large, autant pour me réchauffer que pour chasser l'angoisse qui me crispait. En même temps, je m'interrogeais. Qu'allaient-ils me faire ? me demander ? J'étais toujours résolue à tout nier, à dire que je ne savais rien, ce qui, d'ailleurs, n'était pas tout à fait faux. J'étais beaucoup plus inquiète pour Marc ; il risquait la peine de mort, je ne le savais que trop.

Ils me laissèrent dans cette pièce un temps que je trouvai interminable. Je marchais, m'arrêtais, tournais en rond. J'entendais des portes s'ouvrir, se refermer. A un moment, des vociférations, des cris me parvinrent. Interrogeaient-ils quelqu'un ? Que faisaient-ils pour faire parler ceux qui s'obstinaient à se taire ? J'eus très peur, soudain.

La matinée s'avançait, et j'étais toujours là. M'avaient-ils oubliée ? Une sensation de faim tirailla mon estomac. Depuis la veille à midi je n'avais rien mangé, à part quelques cuillerées de potage le soir et une tasse d'infusion ce matin. Je fis de nouveau couler de l'eau, en bus plusieurs gorgées dans mes mains réunies en coupe. Je me détournai du miroir pour ne plus voir mon visage gris, tiré par les cernes, et mes yeux que l'inquiétude assombrissait.

Midi sonna à l'église de La Madeleine. J'étais dans ce réduit depuis bientôt deux heures. L'attente nouait mes nerfs. J'entendais des bruits de voix, des pas dans le couloir qui passaient devant ma porte sans s'arrêter. Je finissais par souhaiter que l'on vînt me chercher, tout en le redoutant. Je pensai à Elisabeth, qui devait être rentrée de l'école. Comment avait-elle réagi à l'absence de ses parents, elle qui ne nous avait jamais quittés ? Heureusement, je pouvais compter sur Amédée et Zoé. Avec eux, elle serait en sécurité jusqu'à mon retour... si je revenais. J'avais quitté le village ce matin même, et il me semblait qu'il appartenait déjà à un autre monde.

Le temps s'étirait lamentablement. La station debout me donnait des vertiges, la fatigue me brouillait les idées. En moi, la faim le disputait au désir de dormir. Appuyée contre le mur, je glissais dans une irrésistible torpeur.

Lorsque la porte s'ouvrit, je sursautai. En un instant, je redevins lucide, sur mes gardes. Une frayeur subite fondit sur moi, et je serrai mes mains sur mon sac pour les empêcher de trembler.

Le policier qui, tout à l'heure, m'avait fait entrer, ordonna :

— Venez avec moi.

Il m'emmena dans un bureau. Une table en occupait le centre. Près d'elle, dans un fauteuil, un autre Allemand fumait avec nonchalance une cigarette. Tandis que j'avançais, il m'observa d'un regard qui me fit froid dans le dos.

— Asseyez-vous, dit celui qui m'accompagnait.

J'obéis. Il prit place derrière la table, repoussa des papiers, sortit d'un tiroir plusieurs feuillets imprimés. L'odeur d'un cigare posé sur un cendrier, devant moi, me donna un haut-le-cœur. J'avalai ma salive et enfonçai de toutes mes forces mes ongles dans mes paumes, afin de combattre la nausée : je refusais d'être malade devant eux.

— Votre nom ? prénom ? date de naissance ? adresse ?

A chaque interrogation, je répondais sans les regarder, les yeux fixés sur les feuillets. Ma voix était enrouée de fatigue et d'une peur que je voulais leur cacher.

— Prénom des enfants ? Profession de votre mari ? Avez-vous des frères ? des sœurs ?

Les questions se succédaient, sèches, rapides. Il m'interrogea sur mes parents, et je dus expliquer la mort de mon père. Je leur jetai un rapide coup d'œil. Aucune émotion sur leurs visages figés.

— Connaissez-vous Bernadette Serrières ?

— Bien entendu. C'est ma belle-sœur.

— Connaissez-vous François Brévart ?

En un éclair, mon esprit réagit. Etait-ce là le François dont Marc me parlait ? Je répondis sans hésiter :

— Non, je ne le connais pas.

Ce qui était l'exacte vérité. Mais l'Allemand releva la tête, fronçant les sourcils. D'une voix dure, il ordonna :

— Ne mentez pas. Votre mari a été arrêté chez lui, hier, avec sa sœur et deux aviateurs anglais. Vous voyez bien qu'il est inutile de nier.

L'autre qui, jusque-là, n'avait rien dit, se leva, vint à moi, me mit quelques feuilles sous les yeux :

— A qui ces papiers étaient-ils destinés ?

Je regardai, vis des plans annotés d'indications. Je ne savais rien, et je commençais à me rendre compte avec terreur qu'ils ne me croiraient pas.

— Répondez ! Nous avons trouvé ces renseignements sur

eux, ainsi que des explosifs dissimulés dans la grange. D'où viennent-ils ? Pour qui étaient-ils là ?

— Et les aviateurs anglais ? Chez qui les conduisaient-ils ? Répondez !

— Nous avons trouvé des journaux clandestins chez votre belle-sœur. Qui les lui a fournis ?

— Répondez !

La tête baissée, je ne disais rien, incapable de prononcer une parole. Le premier était venu rejoindre son acolyte et, de chaque côté de ma chaise, ils se penchaient sur moi, criaient dans mes oreilles, m'assourdissant, me terrorisant. C'étaient toujours les mêmes questions qui revenaient. Ils hurlaient « Répondez ! » en tapant du poing sur le bureau. Malade d'angoisse et d'épuisement, obstinément muette, je me recroquevillais de plus en plus sur ma chaise.

Cela dura longtemps, très longtemps. De temps à autre, celui qui m'avait amenée se versait de grands verres d'alcool qu'il buvait goulûment. Il s'énervait, transpirait. Ses vociférations m'envoyaient dans le visage une haleine chargée d'une odeur de Pernod qui me soulevait le cœur. Barbouillée de nausée, étourdie, exténuée, je finissais par ne plus comprendre le sens de leurs questions.

Soudain, l'un d'eux m'attrapa les cheveux, me tirant brutalement la tête en arrière. Je croisai son regard menaçant et plein d'une rage meurtrière :

— Répondez ! Méfiez-vous, nous saurons bien vous faire parler !

Je rassemblai les lambeaux d'un courage que je sentais vaciller, le regardai sans baisser les yeux, réussis à répondre d'une voix nette :

— Je ne sais rien.

— Vous mentez !

Le hurlement vrilla ma tête. La gifle, que je n'avais pas vue venir, me déporta violemment, et je faillis tomber de ma chaise. Des larmes de douleur emplirent mes yeux. Un cri monta silencieusement en moi : « Marc ! » Je me retins pour ne pas pleurer. En même temps, je ressentais pour eux un mépris brûlant : frapper une femme sans défense, combien c'était lâche !

Ils reprirent leurs questions :

— D'où venaient ces explosifs ? A qui étaient-ils destinés ? Chez qui devaient aller les aviateurs anglais ? Qui avait fourni les plans ? les renseignements ?...

Ma joue cuisait. Le sang battait avec force dans mon visage. Ivre de fatigue, de douleur, de désespoir, je secouai la tête sans répondre. Si j'avais essayé de dire ne serait-ce qu'un seul mot, j'aurais éclaté en sanglots.

— *Ach !* Vous ne voulez pas parler ! Attendez !

Je vis l'un d'eux se saisir d'une matraque. Les coups se mirent à pleuvoir, drus, serrés, ininterrompus, sur ma tête, mes épaules, mon dos, m'arrachant des cris. De nouveau, l'autre me tira les cheveux en arrière, hurla dans ma figure :

— Répondez ! Où allaient-ils, hier, lorsque nous les avons arrêtés ?

Des larmes de souffrance, de rage, d'humiliation, noyaient mes yeux. Totalement abrutie, je dis dans un souffle :

— Je ne sais pas.

Magistrale, violente, une double gifle me jeta à bas de mon siège. A moitié assommée, je restai à l'endroit où j'étais tombée, sans pouvoir réagir. A travers le brouillard cotonneux qui m'enveloppait, je réalisai qu'ils me bourraient de coups de pied, dans les reins, dans le ventre. La douleur ne m'atteignait plus. Je me souviens d'avoir pensé, dans un sursaut d'angoisse : « Mon Dieu, mon enfant ! » et d'avoir essayé de mettre mes mains devant mon ventre, dans un geste de protection dérisoire. Et puis je ne sais plus. Je me suis évanouie.

Lorsque je repris conscience, j'étais de nouveau dans le réduit où j'avais passé toute la matinée. J'ouvris les yeux avec effort. Il faisait sombre. Quelle heure pouvait-il bien être ? J'étais couchée sur le dos. De grands coups sourds résonnaient dans mon crâne, des élancements transperçaient mon corps. J'essayai de m'asseoir. J'y parvins difficilement, et je faillis m'évanouir à nouveau. Tout tourna autour de moi. Je fermai les yeux et posai mon front sur mes genoux repliés, baissant la tête au maximum pour faire cesser le vertige. Au bout d'un long moment, il passa. En m'accrochant au lavabo, je réussis à me mettre debout. Je titubais. Mon visage m'apparut dans le miroir, livide et effrayant. Mes paupières étaient gonflées, une de mes joues bleuie et tuméfiée ; du sang séché maculait une de mes narines. Prenant appui sur le lavabo, je fis couler de l'eau ; j'y trempai mon mouchoir et le pressai longuement sur mes yeux, mes joues, mes tempes. Mes idées s'éclaircirent et la douleur s'atténua un peu.

Incapable de rester debout, je m'assis dos au mur, les jambes repliées contre moi. Jointe à tout ce que j'avais subi, la tension nerveuse me faisait grelotter. Mon dos, mes épaules cuisaient à l'endroit des coups reçus. Des contractions parcouraient mon ventre. Je ne pus m'empêcher d'avoir peur pour l'enfant que j'attendais.

L'obscurité envahissait la petite pièce. J'eus le temps de réfléchir, et je dus admettre que ma situation n'était guère brillante. Ils ne m'avaient pas crue lorsque je leur avais affirmé ne rien savoir ; bien plus, ils m'avaient frappée pour que je parle. Qu'allait-il se passer, maintenant ? Recommenceraient-ils ? Et Marc ? Où était-il ? L'avaient-ils battu, lui aussi ? J'étais profondément inquiète. Qu'allions-nous devenir, tous les deux ? Paradoxalement, la peur que j'avais éprouvée ce matin m'avait quittée ; devant ces bourreaux capables de se mettre à deux pour torturer une femme, je savais que je ne tremblerais plus. Plus forte que ma peur était maintenant la haine que j'éprouvais pour eux.

Le froid du sol m'obligea à me relever. Je me forçai à faire quelques pas, m'accrochant au mur, au lavabo, au placard, pliée en deux comme une très vieille femme. Dans mon corps, la souffrance se réveilla. Je serrai les dents, continuai à marcher. Peu à peu, je réussis à me tenir droite et à avancer sans prendre appui. Mais ma démarche resta chancelante, à cause des coups reçus, à cause aussi des vertiges qui par moments m'étourdissaient : je n'avais rien mangé depuis bientôt deux jours.

Soudain, la porte s'ouvrit. L'un des deux policiers qui étaient venus m'arrêter le matin même était sur le seuil. Ma poitrine se serra d'appréhension : que me voulait-il ?

— Venez avec moi.

Je le suivis en concentrant tous mes efforts sur un seul

but : marcher droit. Derrière lui, je longeai le couloir ; il me fit entrer dans l'ascenseur, où je dus m'appuyer contre la paroi. Au rez-de-chaussée, il m'ouvrit la porte, sortit avec moi. Dans la cour, une Traction noire attendait, un chauffeur à son volant. Il me fit monter, prit place à côté de moi. La voiture démarra. Assise sur le siège confortable, hébétée par la souffrance, le manque de sommeil, le jeûne, je sombrai dans une semi-inconscience.

La voiture sortit de la ville. Des champs apparurent, que le crépuscule noyait d'ombre. Bientôt, j'aperçus un mur de brique, de longs bâtiments bas et sombres, vers lesquels nous nous dirigions. C'était, je le compris bien vite, la prison de Loos. Et c'était là qu'ils m'emmenaient.

14

La voiture s'arrêta devant une lourde porte en fer, hérissée de rivets. De chaque côté, une sentinelle coiffée d'un casque et armée d'une mitraillette montait la garde. Dans le soir qui tombait, c'était un spectacle sinistre, qui me fit frissonner. Le chauffeur donna trois coups de klaxon. Le pont-levis s'abaissa. La voiture le franchit, avança de quelques mètres. J'entendis, derrière nous, la porte se refermer avec fracas, et je frissonnai de nouveau.

Ils me firent descendre. Je titubai, dans un état complet d'hébétude. Ils m'encadrèrent. Je rassemblai toutes mes forces pour marcher sans vaciller. Les bras repliés sur mon sac serré contre moi, j'avançais avec l'impression que j'allais m'effondrer à chaque pas. Par un effort de volonté si intense qu'il me mit en sueur, je parvins à les accompagner sans faiblir.

Nous avons passé deux grilles, puis nous sommes entrés dans un hall qui, je l'appris plus tard, s'appelait la « Rotonde ». Il était immense, sombre, froid, lugubre, surmonté d'une voûte vitrée dont la hauteur accentuait les bruits. Ils m'ont emmenée dans un bureau. J'ai dû donner mon sac, signer l'inventaire de son contenu ; deux surveillantes m'ont déshabillée et fouillée, palpant soigneusement tous mes vêtements, avant de me donner l'ordre de me rhabiller. J'ai reçu deux couvertures, une gamelle, un quart, une cuillère. Rendue stupide par tous les événements de la journée, je ne raisonnais plus. Je me laissais mener comme un pantin. A bout de forces et de résistance, je n'avais plus qu'une seule idée lucide : surtout, ne pas tomber.

J'ai suivi la surveillante allemande de service, qui sans un mot m'a fait longer des couloirs, grimper un escalier en fer. En serrant les dents, j'ai essayé de monter aussi rapidement qu'elle, mais je n'y suis pas arrivée. En haut de l'escalier, elle s'est retournée, a jeté impatiemment :

— *Los ! Los ! Schneller !* [1]

Et s'est remise à marcher à pas rapides. Je ne l'ai rejointe que lorsqu'elle s'est arrêtée devant une porte parmi celles qui s'alignaient dans le mur blanchi à la chaux. Elle l'a ouverte et machinalement je suis entrée. Derrière moi, la clef a tourné deux fois dans la serrure, le verrou a claqué bruyamment. J'étais seule, dans une cellule envahie par l'obscurité.

Un brouillard noir m'a enveloppée. J'ai deviné, dans la pénombre, les contours d'une paillasse. Lâchant gamelle, cuillère et couvertures, je me suis laissée tomber dessus, ivre d'épuisement. Et, pour la deuxième fois de la journée, j'ai perdu conscience.

Je fus ramenée à la réalité de façon brutale. Des petites tapes sèches et dures martelaient mes joues, on me secouait, on hurlait dans mes oreilles :

— *Auf ! Stehen Sie auf ! Ziehen Sie sich aus !* [2]

J'ouvris les yeux, vis, penchée sur moi, une imposante surveillante allemande qui criait des mots que je ne comprenais pas. Péniblement, je réussis à m'asseoir. Ma tête tournait, je voyais tout basculer. Une autre surveillante entra, portant un seau de soupe.

— Il faut lui donner votre manteau, votre robe et vos chaussures, me dit-elle en français. Pour la nuit, vous ne devez garder que vos sous-vêtements.

---

1. Allons ! Allons ! Plus vite !
2. Debout ! Levez-vous ! Déshabillez-vous !

J'obéis machinalement. L'irascible Allemande sortit, mes vêtements dans les bras, qu'elle déposa dans le couloir. L'autre prit ma gamelle, la remplit de soupe, me la tendit :

— Tenez ! Vous devez avoir faim.

Elle sortit à son tour ; la porte claqua, le verrou grinça. Assise sur la paillasse, ma gamelle dans les mains, j'essayais de reprendre pied dans la réalité. Les tiraillements de mon estomac me rappelèrent qu'effectivement j'avais faim. Je bus la soupe ; elle était tiède et grasse, mais elle me fit du bien.

Je me rendis compte que je grelottais. Mon corps était meurtri par tous les coups reçus ; en plus, je me sentais très faible. Luttant contre un vertige grandissant, je me penchai, ramassai les couvertures, m'en couvris du mieux que je pus. Recroquevillée sur la couche humide et inconfortable, je tentai en vain de me réchauffer. Des frissons incoercibles me faisaient trembler. J'avais froid et chaud en même temps. Dans ma tête enfiévrée se bousculaient les images de la journée : je les voyais lorsqu'ils étaient venus m'arrêter, je me retrouvais dans leur bureau, je revivais l'instant atroce où ils m'avaient frappée. Les yeux ouverts dans l'obscurité, au bord de l'inconscience, je ne parvenais pas à m'endormir.

J'essayai de changer de position, me tournai de l'autre côté, face au mur. Une contraction me poignarda le ventre, me pliant en deux. Terrorisée, haletante, je ne bougeai plus. Peu à peu, la douleur disparut. Je demeurai immobile, n'osant plus faire un mouvement. Avec précaution, je passai mes mains sur mon ventre, palpant doucement. Je le sentis dur, tendu à l'extrême. De nouveau, j'eus peur pour mon enfant. Si je le perdais, ils en seraient directement responsables. Mais je ne voulais pas le perdre ! Brûlantes, des larmes de haine et de révolte impuissante roulèrent sur mes joues.

Un étau enserrait ma tête et me faisait mal à hurler. La fièvre me consumait. Je sombrai dans un sommeil agité, entrecoupé de cauchemars. Par moments, je me réveillais. Des bruits me faisaient sursauter : des gémissements, des cris, des appels d'autres prisonnières ; des coups frappés contre les tuyauteries pour communiquer d'une cellule à l'autre, et qui cognaient dans mon crâne douloureux. Par moments, aussi, claquaient les verrous ; la porte s'ouvrait, un jet lumineux balayait la cellule ; je finis par comprendre, à travers ma fièvre, que c'était la surveillante de nuit qui faisait sa ronde.

Au petit matin je m'endormis d'un sommeil lourd. Lorsque j'en émergeai, je regardai avec étonnement les murs de ma cellule : j'avais oublié l'endroit où je me trouvais. Bien vite, la pénible réalité s'abattit sur moi, et je me sentis accablée. Sans bouger, j'observai tout ce que, la veille, je n'avais pas vu : face à moi, la porte épaisse, brune, bardée de fer et percée d'un judas ; à gauche, la planche des W.C. et un lavabo ; à droite, une table rabattue contre le mur ; des murs blanchis à la chaux, un sol de ciment gris et fendillé. Un jour sale pénétrait par la fenêtre étroite garnie de barreaux rapprochés.

Avec une grimace de souffrance, je m'assis sur ma paillasse. J'avais le corps entièrement courbatu, mais ma fièvre avait disparu. Les quelques heures pendant lesquelles j'avais dormi m'avaient revigorée. Je me sentais plus forte, habitée par une détermination farouche : je refusais de me laisser abattre par eux.

Avec précaution, je me levai ; je frissonnai en posant mes pieds nus sur le ciment. J'allai au lavabo, fis couler de l'eau, en aspergeai mon visage, mes mains. Le froid humide de la cellule glaçait mes épaules, mes bras nus. Je revins me recroqueviller sur la paillasse, m'enveloppant dans les couvertures. Je remarquai, sur l'une d'elles, des traces brunes qui ressemblaient fort à du sang séché. Au fond de moi, une crainte de nouveau s'agita.

J'entendis, dans le couloir, des verrous grincer, des portes claquer, des ordres hurlés d'une voix gutturale. Le bruit se rapprocha, ma porte s'ouvrit. Une surveillante me tendit mes vêtements, surmontés d'une boule de pain. Une autre versa dans ma gamelle un liquide noirâtre. Sans m'avoir jeté un regard, elles sortirent. Je m'habillai rapidement puis, assise sur ma paillasse, bus le contenu de ma gamelle. C'était loin d'être bon, mais ça avait au moins le mérite d'être chaud. Je pris ensuite le pain, en détachai des morceaux que je mangeai avec satisfaction, bien qu'il fût gris et coriace. Je savais que je devais prendre des forces, pour moi d'abord, afin de leur résister s'ils m'interrogeaient encore, mais aussi pour l'enfant que j'attendais. Je n'avais pas ressenti d'autres contractions, et cela me rassurait un peu ; mais une douleur sournoise me barrait le ventre, qui restait dur et crispé.

Je me mis à marcher, faisant interminablement le tour de ma cellule. Mon dos et mes épaules restaient sensibles là où la matraque avait frappé. Lorsque j'étais fatiguée de marcher, je m'asseyais un instant, mais jamais bien longtemps : l'immobilité mettait dans ma tête des questions angoissantes. Combien de temps resterais-je en prison ? Où pouvait être Marc ? Ne rien savoir de lui était insupportable. La solitude me pesait, ma petite Elisabeth me manquait. Je souhaitais que, grâce à Zoé et Amédée, elle ne se sentît pas abandonnée. Mais sans aucun doute nous réclamait-elle, Marc et moi. Que pouvaient lui dire mes pauvres amis ?

Pour m'empêcher de penser, j'occupai mon esprit à des passe-temps terre à terre mais efficaces, comme compter le nombre de briques que la chaux laissait apparaître, le nombre de fentes que comportait le sol en ciment, ou essayer de découvrir un sens aux dessins qu'elles représentaient.

La journée s'étira. Une à une, les heures passèrent, lentes, mornes, silencieuses. Je sursautais lorsque le judas, de temps en temps, s'ouvrait. Avant qu'il ne se refermât bruyamment, un œil m'observait avec méfiance. Je m'efforçais de l'ignorer.

Par la lucarne je vis le jour décliner. Le ciel gris que j'apercevais s'assombrit progressivement jusqu'à devenir noir. De nouveau il y eut la distribution de la soupe, la remise des vêtements dans le couloir. De nouveau la nuit arriva. J'eus beaucoup de mal à m'endormir. Les couvertures ne me protégeaient qu'imparfaitement du froid, l'angoisse me tenait éveillée. Lorsqu'enfin le sommeil me prit, j'y trouvai le soulagement d'un refuge.

Le lendemain, une journée commença, identique à la précédente. Je me sentais un peu plus en forme, avec des idées plus claires, mais dans mon ventre contracté restait présente la même douleur sourde.

L'inactivité me pesait. Comme la veille, je marchais d'un mur à l'autre, essayant de ne penser à rien. Mais des images me revenaient : je me revoyais, avec Marc et Elisabeth, au temps de notre bonheur. Même après, lorsqu'il y avait eu la guerre, nous étions quand même heureux parce que nous étions ensemble. Je m'en rendais compte maintenant, et je ne désirais qu'une chose : que nous soyons de nouveau réunis. Etait-ce un souhait impossible ?...

Vers la fin de la matinée, subitement, la porte de ma cellule s'ouvrit. Je m'immobilisai, dans un sursaut d'appréhension. Avec stupeur, je vis entrer Jean-Louis. Derrière lui, la surveillante allemande referma la porte, s'y adossa, croisa les bras. Ahurie, je balbutiai :

— Jean-Louis !... Mais comment... ?

Il vint à moi, me prit aux épaules :

— Thérèse ! Je viens d'apprendre... Ainsi donc, c'est vrai ! Ils t'ont arrêtée, toi ! Mais pourquoi ?

Je le regardai, partagée entre la joie de le revoir et la méfiance qu'il m'inspirait. Sa présence ici ne cachait-elle pas un piège ? En une fraction de seconde, ma décision fut prise : je ne lui dirais rien de plus que ce que j'avais dit hier aux deux Allemands. Je jetai un coup d'œil à la surveillante qui nous observait.

— Tu peux parler, elle ne comprend pas le français. Pour quel motif t'ont-ils emprisonnée ?

— Je ne sais pas, dis-je en soutenant son regard. Je n'y comprends rien.

— Mais enfin... que s'est-il passé ? Raconte-moi.

— Eh bien, c'est très simple : avant-hier matin, ils sont venus m'arrêter. Marc était parti, la veille, pour ses visites, comme d'habitude, et il n'était pas rentré. J'étais très inquiète. Ils m'ont conduite à La Madeleine, où ils m'ont interrogée — et battue — puis ici. Depuis rien. Je ne sais même pas où est Marc.

— Il est ici, il a été arrêté également. Je vais essayer d'obtenir des renseignements à son sujet, et je vais voir si je peux faire quelque chose... Qui t'a interrogée ?

Je haussai les épaules dans un geste d'ignorance. Je ne connaissais pas leurs noms. Du mieux que je pus, je m'efforçai de les décrire. Mais je me souvenais très mal : la peur, la fatigue, la souffrance avaient brouillé les images. Pourtant, quand je parlai des verres de Pernod que se versait l'un d'eux, Jean-Louis dit d'un air entendu :

— C'est le commissaire Kohlz. L'autre, c'est probablement Schraeder, ou Haebner. Il se trouve que je connais bien Kohlz. Je lui ai rendu quelques petits services. Il m'est arrivé aussi de servir d'interprète à son collègue Paarman. Mais pour que je puisse t'aider, il faut que tu me dises, très sincèrement, de quoi ils t'accusent, et si réellement tu es innocente.

Avec une indignation qui n'était pas feinte, je m'exclamai :

— Mais bien sûr que je suis innocente ! Je n'ai rien fait, je ne comprends pas ce qui a pu se passer. Il doit s'agir d'une erreur.

— Je vais me renseigner. Ne crains rien, je te tiendrai au courant.

Il s'approcha de moi, caressa tendrement ma joue du bout des doigts :

— Thérèse... dit-il avec douceur. Je vais essayer de te sortir de là.

Une émotion passa entre nous. Pendant un bref instant, notre enfance commune nous rendit très proches, nous enveloppant dans des souvenirs emplis d'insouciance et de soleil. Il se détourna, jeta sèchement à la surveillante quelques mots en allemand. Le charme fut rompu. Je me souvins brutalement qu'il était un collaborateur, un de ceux qui s'étaient mis à la solde des Allemands et travaillaient pour eux. La méfiance revint. Avec un mélange d'espoir et de rancune, je le regardai partir.

Restée seule, je réfléchis, cherchant ce qu'il pourrait bien faire pour moi. Avait-il donc tant de poids auprès d'eux ? Je ne savais que penser, j'échafaudais une hypothèse après l'autre. Mille suppositions bouillonnaient dans ma tête, je me sentais très agitée.

J'étais toujours dans le même état d'esprit lorsque, en début d'après-midi, la porte s'ouvrit de nouveau. Une surveillante ordonna :

— *Kommen Sie mit mir*[1] *!*

Du geste, elle me fit signe de la suivre. Avec appréhension, j'obéis. Elle m'emmena le long du couloir, me fit descendre l'escalier en fer. Bientôt, je reconnus le hall, la Rotonde dont

1. Venez avec moi !

je gardais un souvenir embrumé. Mon accompagnatrice me conduisit à un policier allemand qui, près de la grille, attendait. Ils échangèrent quelques mots. Le policier se tourna vers moi :

— *Kommen Sie heraus !*

Je me retrouvai dehors, clignant des yeux dans le soleil. C'était une belle journée d'automne, douce et dorée. Je respirai profondément : après l'atmosphère confinée de ma cellule, l'air pur était délicieux. Mon gardien ouvrit la porte d'une Traction noire qui attendait. Je m'assis derrière le chauffeur. En moi s'infiltrait peu à peu une peur sournoise, insistante. Où m'emmenaient-ils ? Je n'osai pas questionner. Comprenaient-ils le français seulement ?

La lourde porte de fer s'ouvrit. La voiture traversa des jardins, franchit un pont de bois. Puis la campagne apparut, alanguie sous le pâle soleil qui la nimbait. Son immensité donnait une impression de liberté dont la privation, déjà, m'était douloureuse. Pendant quelques secondes, étourdie, je fermai les yeux. De toutes mes forces, je m'obligeai à refouler les larmes que je sentais sourdre sous mes paupières : ne pas pleurer, surtout. Pas devant eux.

Lorsque je regardai de nouveau, je vis que nous étions arrivés à Lille. La voiture longea la rue Nationale, prit le boulevard Carnot. J'aperçus le grand théâtre, sur lequel des drapeaux étalaient orgueilleusement la croix gammée détestée. Sur les trottoirs, des promeneurs flânaient, apparemment heureux et détendus. Je les observai avec envie. A un carrefour, à cause de la circulation le chauffeur dut s'arrêter. Nous étions près d'un café ; à la terrasse, profitant de la douceur de cette journée, des jeunes gens de style zazou et des jeunes filles élégantes et maquillées riaient et parlaient fort. Certaines se contorsionnaient en tapant les mesures d'une rengaine dont quelques bribes me parvinrent. Devant leur insouciance et leur gaieté, j'éprouvai un étonnement incrédule. Mon propre sort ne m'apparut que plus accablant.

Puis la voiture prit la direction de La Madeleine. Alors j'ai compris, et j'ai eu peur. Instinctivement, je me suis recroquevillée sur moi-même. Je me rappelais ce qui s'était passé l'avant-veille ; la même scène allait-elle se reproduire ? Allaient-ils encore m'interroger, crier, me gifler, me battre ?...

J'ai revu le même immeuble, le même ascenseur, le même couloir. Celui que Jean-Louis appelait Kohlz, et dont je gardais un souvenir terrifiant, m'a fait entrer dans le bureau que je connaissais déjà. J'ai rassemblé toutes mes forces, tout mon courage, me préparant à résister à leurs coups, à leur violence. Mais c'était une autre sorte de torture qu'ils m'avaient réservée, à laquelle je ne m'attendais pas.

Il m'a fait asseoir, m'a regardée avec un air de fausse bonhomie qui m'a aussitôt mise sur la défensive.

— Peut-être serez-vous plus coopérative aujourd'hui. Vous avez tout intérêt à dire ce que vous savez. Vous allez comprendre pourquoi.

Il est sorti dans le couloir, a ouvert une porte voisine, a lancé un ordre bref. Puis il est revenu dans le bureau, a pris place derrière la table, un sourire de satisfaction mauvaise sur le visage.

Tout de suite après, un homme est entré, menottes aux poignets, soutenu par un gardien. Le visage tuméfié, marbré de coups, les lèvres éclatées, un œil à moitié fermé, il ne tenait debout qu'à grand-peine. Il m'a regardée, et j'ai reçu un choc violent en plein cœur. C'était Marc. Instinctivement, j'ai voulu bondir, courir à lui, mais Kohlz, d'une poigne brutale, m'en a empêchée :

— Restez à votre place ! a-t-il aboyé, féroce.

Impuissante, malheureuse, je me suis tournée vers Marc avec désespoir. Mon pauvre amour, que lui avaient-ils donc fait pour le mettre dans un état pareil ! Son visage portait la trace de tant de coups qu'il en était devenu méconnaissable. Il vacillait, et sans le gardien qui le maintenait par le bras il serait probablement tombé. Le long de sa jambe gauche, plus maigre et plus faible depuis la poliomyélite qu'il avait eue dans son enfance, le pantalon était taché de sang. Seul son regard bleu demeurait inchangé, indomptable et indompté. Il était posé sur moi avec tant d'amour que mon cœur chavira.

— Alors ? me dit Kohlz avec une jubilation horrible. Allez-vous parler maintenant, ou voulez-vous qu'on l'abîme un peu plus ? Nous pouvons aussi vous mettre dans le même état. Que préférez-vous ? Nous avons beaucoup de moyens pour rafraîchir les mémoires, savez-vous ?

Je frémis. Sans répondre, je le fixai avec horreur, avec dégoût, avec haine. J'entendis la voix de Marc, éraillée, à peine compréhensible :

— Laissez-la tranquille. Elle ne sait rien.

Kohlz se leva, tapant du poing sur la table, le visage cramoisi :

— Dehors ! hurla-t-il. Je n'ai pas d'ordres à recevoir de vous ! Je ferai ce qui me plaît !

Le gardien ouvrit la porte, entraînant Marc qui se retourna et me regarda une dernière fois, avec une intensité désespérée. Et je compris, avec un serrement de cœur, que ce regard était un adieu.

Les yeux noyés de larmes, je ne voyais plus rien. La voix de Kohlz me parvint, doucereuse :

— Son cas est très grave. Il mérite la peine de mort. Mais si vous nous dites ce que vous savez, nous n'irons pas jusque-là. Son sort dépend de vous, maintenant. Dites-nous d'où venaient les explosifs et à qui ils étaient destinés. Et où conduisait-il les aviateurs anglais ?

Insidieusement, ses paroles traversaient mon chagrin, parvenaient jusqu'à mon cerveau. Pendant un instant très court, j'ai regretté de ne rien savoir. A ce moment-là, bouleversée comme je l'étais, pour sauver mon amour j'aurais peut-être parlé. Et je me dis, maintenant, qu'il a sans doute eu raison de me tenir à l'écart, dans l'ignorance des actes et des noms. Car, si je l'avais sauvé au prix de la vie des autres, peut-être ne me l'aurait-il pas pardonné. De plus, très probablement, ce chantage n'était qu'un piège. J'ai su depuis que ce genre de promesses leur était habituel, mais qu'ils ne les tenaient jamais.

— Répondez, insistait Kohlz.

J'ai eu un long soupir, j'ai dit avec sincérité, en le regardant bien en face :

— Je ne connais pas la réponse à vos questions. Je ne suis au courant de rien, de rien !

J'ai entendu ma voix se briser et, d'un seul coup, malgré mon désir de ne pas pleurer devant lui, je me suis effondrée. La tête dans les mains, j'ai éclaté en sanglots, incapable de m'arrêter, en proie à une sorte de crise de nerfs bruyante et désespérée. J'ai pleuré longtemps, longtemps, sur Marc, sur moi, sur notre amour menacé, sur notre bonheur perdu que nous ne retrouverions peut-être jamais. La tension des jours précédents lâchait subitement, me laissant faible et anéantie, sans force aucune.

Enfin je me suis calmée. J'ai relevé la tête, essuyé de mes mains les larmes sur mes joues. Kohlz avait disparu. Adossé à la porte, bras croisés, un policier allemand au faciès de boxeur me surveillait d'un œil froid et indifférent. J'ai détourné la tête ; j'avais honte de cet instant de faiblesse. J'ai observé le papier peint sur le mur en face de moi, regardant sans les voir les petites fleurs bleues aux contours estompés. J'avais l'esprit vide. Tassée sur ma chaise, je restais là dans une sorte de torpeur indifférente, qui chassait ma peur et ne me laissait qu'une résignation amère et fataliste.

Au bout d'un temps que je fus incapable d'évaluer, la porte s'ouvrit. L'Allemand qui m'avait amenée était sur le seuil :

— *Kommen Sie heraus !*

Les jambes flageolantes, je me levai et le suivis. De nouveau le couloir, l'ascenseur, la cour, la voiture. De nouveau la traversée de Lille, l'arrivée à la prison, la lourde porte en fer, les grilles... Je me retrouvai dans ma cellule. Lorsque vint la nuit, je me recroquevillai sur la dure paillasse, enveloppée des couvertures dont l'odeur fade me soulevait le cœur. Complètement brisée, je m'endormis d'un seul coup.

Je m'éveillai avant l'aube. Tout était silencieux. De la lucarne tombait une faible clarté. J'avais l'esprit reposé. Mon engourdissement de la veille avait disparu. Mais, dans mon ventre dur et contracté, la douleur sourde était toujours présente.

Ma troisième journée de prisonnière commença, de la même façon que les précédentes : bruits dans le couloir, vociférations allemandes, verrous qui claquent, porte qui s'ouvre, vêtements à saisir en même temps que le pain, gamelle à tendre pour qu'on la remplît de cet incertain jus noirâtre. Et les heures, longues, interminables, à tourner en rond, avec toujours la même image dans la tête : Marc, tel qu'il m'était apparu la veille, meurtri, torturé, blessé. J'avais souffert de le voir ainsi. Je comprenais que j'allais peut-être le perdre, et je me rendais compte que je ne l'avais jamais autant aimé.

En fin de matinée, la porte s'ouvrit. Comme la veille Jean-Louis entra. Il se superposa brutalement à la vision douloureuse que je gardais de Marc. L'air de contentement qu'il affichait me fit mal.

— Thérèse... Comment vas-tu ?

Je montrai d'un geste la cellule :

— Comment veux-tu que j'aille, dans un endroit pareil ?

Il me regarda, les yeux brillants :

— Tu ne vas plus y rester longtemps. Je suis venu te dire : j'ai parlé à Kohlz, j'ai réussi à le convaincre que tu ne sais rien. Car c'est vrai, n'est-ce pas ? Tu ne sais rien ?

Je lui lançai un coup d'œil soupçonneux. Etait-ce une autre manière de m'extorquer des aveux ? Je dis, d'une voix dure et sèche :

— Non, je ne sais rien.

— Tu vas bientôt être libérée. Peut-être aujourd'hui, au plus tard demain.

Je ressentais un mélange d'incrédulité et de soulagement ; je ne parvenais pas à me réjouir totalement. Je demandai, d'une voix hésitante :

— Et... et Marc ?

Il détourna la tête, fuyant mon regard :

— Pour lui, c'est plus grave. Je ne peux rien promettre. Il est beaucoup plus coupable que toi.

Je ne répondis pas. Il s'attendait peut-être à ce que je le remercie, à ce que j'éprouve au moins un peu de joie, de reconnaissance. J'en étais incapable. Je le laissai sortir sans un mot de plus, me demandant ce que je ferais d'une liberté où Marc ne serait pas.

Dans l'après-midi, de nouveau les verrous grincèrent, la clef tourna dans la serrure, une surveillante allemande apparut. Elle me fit signe de prendre les couvertures, la gamelle, la cuillère. Elle m'emmena dans le bureau où, à mon arrivée, j'avais été déshabillée et fouillée. On me rendit mon sac, on me fit signer un registre. Je m'aperçus que mes mains tremblaient. Je voulais rester froide et indifférente devant eux, mais mon émotion était la plus forte : allais-je vraiment quitter cet endroit horrible, et pouvoir retourner chez moi ?...

Dans la Rotonde, j'eus un geste de recul. Kohlz était là, devant la porte du bureau des entrées.

— Venez un instant, me dit-il.

J'obéis avec crainte. Dans le bureau, il prit une feuille, me la tendit :

— Je veux bien croire à votre innocence. J'accepte de vous remettre en liberté. Vous allez signer ce papier et promettre de ne rien faire qui puisse nuire aux autorités et à l'armée allemande. Bien entendu, je vous conseille de ne raconter à personne ce que vous avez vu et entendu pendant ces quelques jours. Si vous parlez, vous serez remise en prison. Vous avez bien compris ?

Abasourdie, j'ai hoché la tête, j'ai signé, je me suis retrouvée dans la Rotonde. A la grille, Jean-Louis attendait.

— Viens, dit-il, je vais te reconduire.

Il me fit monter dans une voiture, prit le volant. Les yeux pleins de larmes, je ne parvenais pas à réaliser que, bientôt, je reverrais mon village, ma maison, et, surtout, ma petite Elisabeth. Comme j'avais hâte de la serrer dans mes bras ! J'en éprouvai un tel désir que, subitement, je crus avoir mal.

La lourde porte en fer s'ouvrit, la voiture s'élança ; je revis les arbres, les champs dorés sous le soleil. Jean-Louis se tourna vers moi, aperçut les larmes qui lentement coulaient sur mes joues :

— C'est fini maintenant. Bientôt, ce ne sera plus qu'un mauvais souvenir.

Je le regardai. Son visage avait une expression de tendresse qui n'était pas feinte. Je dis, d'une toute petite voix :

— Jean-Louis... Comment peux-tu être avec eux ?

Une ombre passa dans ses yeux :

— Tu me poses toujours la même question, Thérèse.

— C'est que... je n'arrive pas à comprendre. Ce sont des brutes. Ils m'ont frappée, ils m'ont... — Je me mordis les lèvres, ravalant un sanglot. — Et Marc, l'as-tu vu ? As-tu vu comment ils l'ont arrangé ?

— Ecoute, je ne veux pas les défendre, mais dès qu'on leur résiste ils deviennent fous. Eux aussi, ils ont leurs épreuves. Les Anglais bombardent leurs villes, tuant leurs femmes et leurs enfants. Ceux qui les aident deviennent automatiquement leurs ennemis. Pour eux, les Français qui agissent ainsi sont des traîtres. Essaie de comprendre leur raisonnement : nous avons signé avec eux un traité d'armistice, nous devons donc en accepter les conséquences et nous plier à leurs exigences. C'est logique.

— Est-ce une raison pour torturer ceux qu'ils arrêtent ?

— Ils veulent les faire parler, et tous les moyens leur sont bons. Ceux qu'ils arrêtent n'ont que ce qu'ils méritent, après tout. Ils n'ont qu'à ne pas leur désobéir.

L'indignation me fit sursauter :

— Jean-Louis ! Tu te rends compte de ce que tu dis ? Il y a des cas où... Regarde, par exemple : lorsqu'on est venu chercher Marc, pour soigner un aviateur anglais blessé, que devait-il faire ? Courir le dénoncer ? C'est ce que tu aurais fait, toi ?

— Non, quand même pas, je ne suis pas un délateur. Mais j'aurais refusé de le soigner, par exemple, et conseillé d'aller chercher un autre médecin, que sais-je ? Quelqu'un qui accepte, dans un cas pareil, doit être conscient des risques auxquels il s'expose. S'il se fait prendre, tant pis pour lui.

— Ainsi, c'est ce que tu penses ?

— Oui.

Il me parut inutile d'insister. Nous ne nous comprendrions jamais. Néanmoins, je posai la question qui s'agitait confusément en moi depuis trois jours :

— Est-ce que tu sais pourquoi Marc a été arrêté ? A-t-il été dénoncé ? Que s'est-il passé ?

— Eh bien, à vrai dire, ce n'était pas lui qu'ils cherchaient personnellement. D'après ce que j'ai compris, François Brévart était en relation avec d'autres groupes. Une femme qui faisait partie de l'un d'eux se chargeait des messages, avec sa fille de dix-neuf ans. Elles ont été arrêtées alors qu'elles avaient un message sur elles, et bien sûr ils ont voulu savoir à qui il était destiné. Dans l'espoir de sauver sa fille, la mère a parlé. Ils avaient menacé de la violer, puis de la tuer. Alors, elle a donné le nom et l'adresse de François. Ils sont allés aussitôt chez lui pour l'arrêter. Ils y ont trouvé ton mari et ta belle-sœur qui s'apprêtaient à partir avec les aviateurs anglais. Bien entendu, ils ont emmené tout le monde.

Je restai sans voix. Ainsi, l'arrestation de Marc était due à une terrible fatalité ! S'ils étaient arrivés chez François un peu plus tôt, ou un peu plus tard, Marc serait encore en liberté. François, lui, n'aurait pas parlé... Et cette femme, qui avait dénoncé un camarade pour sauver son enfant, pouvais-je la condamner ? Moi-même j'avais été tentée de parler, et si je n'avais pas tout ignoré, peut-être l'aurais-je fait en échange de la vie de Marc... Je soupirai, triste et accablée.

La voix de Jean-Louis me tira de mes pensées :

— Regarde, nous arrivons.

Je levai les yeux, pris conscience de l'endroit où nous étions. Je vis les toits de notre village, et tout autour les champs et les arbres. Sous le ciel d'un bleu pâle, les couleurs de l'automne flamboyaient. Une intense émotion serra ma poitrine. La voiture quitta la grand-route, s'engagea dans notre rue, ralentit, s'arrêta devant ma maison. Je regardai avec l'impression de rêver. Rien n'était changé, et pourtant rien ne serait plus jamais pareil. Bouleversée, j'essayai d'ouvrir la portière sans y parvenir.

— Attends, dit Jean-Louis, j'y vais.

Il fit le tour de la voiture, m'aida à descendre. Un éblouissement me fit chanceler. Jean-Louis me retint. Je dus m'accrocher à lui quelques instants, faible soudain. Les battements de mon cœur résonnaient dans mes oreilles. A travers eux, très loin, j'entendis une voix s'exclamer :

— Thérèse ! C'est toi ? Tu es revenue !

J'ouvris les yeux. Zoé se précipitait vers moi, me prenait le bras avec une agitation inquiète.

— Mon Dieu, comme tu es pâle ! Viens, entre.

Je m'appuyai sur elle, luttant contre le vertige qui faisait tout tourner autour de moi. Comme une aveugle, je me laissai guider. J'eus vaguement conscience qu'elle m'entraînait, me faisait asseoir. J'entendis qu'Amédée disait quelque chose de son ton bourru mais je ne compris pas les paroles. Une main frictionna mon front et mes joues avec un linge froid. Je sentis le sang se remettre à circuler dans mon visage douloureux à force d'être tendu. Je soupirai, me redressai :

— Pardonnez-moi, dis-je d'une voix faible. Toutes ces émotions...

Je levai les yeux vers eux, avec un pauvre sourire. Ils me regardaient tous les deux, leurs bons vieux visages emplis de sollicitude et de tendresse. Jean-Louis avait disparu. Je me rendis compte que je me trouvais dans la cuisine de Zoé.

— Je veux rentrer chez moi, murmurai-je. Où est Elisabeth ?

— Elisabeth est à l'école. Elle va bien. Et nous n'allons pas te laisser seule chez toi dans l'état où tu es. Tu vas rester ici, avec nous, au moins jusqu'à demain.

— C'est que... je voudrais me laver, me changer aussi.

— Tu feras tout ça ici, je vais tout préparer. J'irai chercher ton linge et te l'apporterai. Je vais m'occuper de toi, laisse-toi faire.

J'acquiesçai avec un lâche soulagement. Je ne me sentais pas le courage de me retrouver seule dans ma maison où je savais que Marc ne rentrerait pas. Et il m'était doux de m'abandonner, de laisser Zoé prendre soin de moi comme si je n'étais qu'une enfant. J'avais besoin de me sentir entourée, et la présence de mes vieux amis m'était un précieux réconfort.

Zoé mit à chauffer de l'eau dans un grand chaudron, prépara du linge de rechange et des serviettes. Elle m'obligea à boire un bol de lait bouillant qu'elle s'était procuré chez Julie le matin même. Peu à peu, près du feu qu'elle avait activé, je me sentis mieux. Le froid qui m'avait glacée et dont j'avais souffert au cours des jours précédents me quitta, bientôt remplacé par un agréable bien-être. Alors, je pus enfin répondre aux questions que je lisais dans leurs yeux et qu'ils n'osaient pas me poser.

Avec une émotion douloureuse, je racontai tout, sans rien omettre. Amédée bondit d'indignation, Zoé pleura. Je leur parlai de la dernière menace de Kohlz, avant mon départ, et les suppliai de ne répéter mon récit à personne. Ils promirent, et je sus que je pouvais leur faire confiance.

— Les lâches ! répétait Amédée, les lâches ! Frapper une femme sans défense ! Et nous ne pouvons rien faire, rien dire ! Ils le savent bien, et ils en profitent ! Les lâches !

L'eau fut bientôt suffisamment chaude ; Zoé posa le chaudron devant le feu, à l'abri d'un paravent. Je m'y plongeai avec délices, frottant énergiquement la peau de tout mon corps qui, me semblait-il, avait gardé l'odeur fade et écœurante des couvertures de la prison. Je vis, sur mes bras, sur mes épaules, de nombreuses marques bleuâtres, là où ils m'avaient frappée. Dans quelques jours, elles auraient disparu ; mais leur souvenir, lui, ne s'en irait jamais. Pour terminer, je me lavai les cheveux plusieurs fois et les rinçai avec soin. Enfin, séchée, rhabillée avec du linge frais et propre, je poussai un soupir de satisfaction.

— J'aime mieux te voir ainsi, déclara Zoé avec un sourire. Tu ressembles de nouveau à toi-même. Elisabeth va bientôt rentrer de l'école. Si elle t'avait vue telle que tu étais à ton arrivée, elle aurait été effrayée par ton aspect.

Je me mis à attendre avec impatience le retour de mon enfant. Tous les jours, me raconta Zoé, elle nous réclamait, Marc et moi. Amédée était allé chercher son petit lit, et elle dormait dans la chambre de Zoé. Bien souvent, elle se réveillait la nuit en pleurant et en m'appelant. J'écoutais parler Zoé sans répondre, la gorge nouée, les larmes aux yeux.

Amédée m'expliqua que, en l'absence de Marc, il avait essayé de le remplacer. Mais il se faisait vieux et se fatiguait très vite. Personne, dans le village, n'avait compris l'arrestation de Marc ; tout le monde, me dit-il, réclamait son retour.

Et puis, cinq heures sonnèrent. Des cris d'enfants dans la rue annoncèrent la sortie de l'école. J'avais le cœur qui palpitait, qui tremblait d'une joie impatiente, intense, presque douloureuse. Assise sur ma chaise, je fixais la porte sans pouvoir bouger.

La grille du jardin grinça, des petits pas coururent dans l'allée. La porte de la cuisine s'ouvrit toute grande, et sur le seuil une petite silhouette s'immobilisa. Pendant quelques secondes — une éternité — le temps resta suspendu. Puis un cri éclata, vibrant d'une allégresse incrédule et émerveillée :

— Maman !

D'un élan elle se jeta dans mes bras. Je la serrai contre moi, fermant les yeux sur mes larmes.

— Maman, maman, tu es revenue ! Tu es revenue ! Comme je suis contente !

Elle entoura mon cou de ses petits bras, elle pressa très fort sa joue contre la mienne, elle se lova sur mes genoux, se blottit contre ma poitrine. J'embrassai ses cheveux, son visage, ses mains, éprouvant à la retrouver une joie physique, viscérale. Elle leva vers moi le regard bleu de son père :

— Maman... Tu ne vas pas repartir, n'est-ce pas ? Tu vas rester avec moi ?

— Oui, mon petit, ne crains rien, je vais rester maintenant.

— Et papa ? Quand va-t-il revenir, lui ?

— Je ne sais pas. Peut-être bientôt.

— J'ai bien travaillé à l'école, il sera content. Regarde, j'ai eu une image aujourd'hui.

Zoé prépara le repas ; tous les quatre nous avons mangé. Devant Elisabeth, nous avons évité de parler de sujets pénibles. Ils m'ont donné des nouvelles du village, Elisabeth a raconté ses journées d'école. Son insouciance allégeait le poids qui m'oppressait la poitrine.

Après le repas, je l'ai lavée, coiffée, préparée pour la nuit ; j'éprouvais, en accomplissant ces gestes familiers, le plaisir ineffable d'une douce habitude retrouvée. Ensuite, j'allai la coucher dans son petit lit, installé dans la chambre de Zoé. La tête sur l'oreiller, le drap remonté jusqu'au menton, elle me sourit. Je me penchai, embrassai tendrement son front :

— Dors bien, ma chérie. Demain, nous retournerons chez nous.

— Papa sera là ?

— Pas encore. Plus tard, peut-être.

— Quand ?

J'hésitai. Que répondre ? Son regard me fixait, plein d'une attente grave et confiante. D'une petite voix douloureuse, elle demanda :

— Maman, pourquoi étais-tu partie ? Et papa, pourquoi ne revient-il pas ?

Je me rendis compte, alors, de l'angoisse que notre arrestation avait pu provoquer dans l'esprit d'une enfant de sept ans. Je pris une longue inspiration.

— Des hommes sont venus nous chercher, des Allemands. Ils nous ont emmenés.

— Comme ceux qui ont emmené Denise et David ?

— Oui.

— Mais... pourquoi ? Tu n'avais rien fait ?

— Non, je n'ai rien fait, et c'est pour ça qu'ils m'ont permis de revenir.

— Et papa, alors ? Qu'a-t-il fait ?

— Vois-tu, il est médecin, et il a soigné un ennemi des Allemands qui était blessé, alors qu'ils avaient défendu de le faire. Ils ont été très en colère et ils l'ont arrêté.

— Alors, ils sont méchants ! N'est-ce pas, maman, qu'ils sont méchants ?

Je les revis, alors qu'ils me frappaient et hurlaient dans mes oreilles ; je revécus l'instant où, alors que j'étais par terre, à moitié inconsciente, ils m'avaient bourrée de coups de pied ; je me rappelai Marc tenant à peine debout, torturé, méconnaissable, et l'air de jubilation sadique avec lequel Kohlz m'observait. Toute la souffrance éprouvée au cours des trois jours précédents fondit sur moi, me submergea. Méchants ?... Des bourreaux cruels, oui, et impitoyables, durs et prêts à tout pour parvenir à leurs fins. Je répondis à ma fille, et j'eus conscience de la haine qui alourdissait ma voix :

— Oh oui, ils sont méchants.

Avec sérieux, elle joignit ses petites mains :

— Je vais dire une prière pour que papa revienne. Les autres soirs, Zoé me la faisait dire pour que vous reveniez tous les deux. Maintenant, tu es là. Bientôt ce sera le tour de papa.

Emue, je l'embrassai, caressai ses cheveux, lui souhaitai une bonne nuit. Dans la cuisine, Amédée lisait le journal, Zoé reprisait une paire de chaussettes. Elle leva les yeux, me regardant par-dessus ses lunettes ainsi que le faisait souvent ma grand-mère :

— Toi, tu n'en peux plus. Tu vas aller te coucher à ton tour.

Elle se leva, prit une brique qu'elle avait mise à chauffer :

— Viens, ton lit est prêt.

Je ne discutai pas. Elle avait raison, je me sentais profondément épuisée. Je dis bonsoir à Amédée et je la suivis.

— Tu vas dormir dans la petite chambre que Marc occupait avant de t'épouser. J'ai mis des draps propres et le gros édredon de plumes. Tu n'auras pas froid.

Elle mit la brique tout au fond du lit. Mes paupières étaient lourdes de fatigue et se fermaient toutes seules. Elle me couvrit, me borda, posa un baiser sur mon front. A demi endormie, je me laissai faire comme une enfant.

— Dors bien, murmura-t-elle.

Je l'entendis sortir de la chambre, fermer la porte avec précaution. Comme le matelas était confortable, après la dure paillasse de la prison ! J'avais l'impression de flotter sur un océan de douceur. Je me tournai, me couchai sur le côté. Dans le mouvement que je fis, une douleur brutale me transperça le ventre. Je le tâtai, le sentis toujours aussi contracté. Je décidai que, le lendemain, j'en parlerais à Amédée. Sur cette pensée, je m'endormis.

Une sensation étrange m'éveilla. D'abord désorientée, je cherchai où je me trouvais. Puis je me souvins : j'étais chez Zoé et Amédée. Je restai un instant immobile, essayant de discerner ce qu'il y avait d'anormal. Et subitement, je compris : je sentais un liquide chaud et visqueux couler entre mes cuisses.

Affolée, le cœur battant à grands coups sourds, j'allumai la veilleuse, repoussai les couvertures. Sur le drap, une tache de sang d'un rouge sombre s'élargissait lentement. Je gémis :

— Oh non, non ! Pas ça, en plus !

Et je me mis à sangloter, incapable de me dominer. Alertée par le bruit, Zoé entra :

— Thérèse, mon enfant ! Que se passe-t-il ?

D'un seul regard, elle vit tout : le lit ouvert, le drap ensanglanté, et moi, assise au milieu comme une épave, pleurant avec désespoir.

— Mon Dieu ! s'écria-t-elle. Je vais chercher Amédée.

Il arriva, en pyjama, avec l'air ahuri de quelqu'un qu'on vient d'arracher au sommeil. Il comprit tout de suite. Son regard s'emplit de tristesse et de pitié. Il vint à moi, me repoussa doucement, me fit coucher sur le dos. Je fermai les yeux, et mes larmes brûlantes coulèrent le long de mes tempes, se perdirent dans mes cheveux. Je sentis vaguement qu'Amédée m'auscultait avec précaution, j'entendis sa voix prononcer des paroles qui me crucifiaient :

— Le col est ouvert. C'est une fausse couche. Zoé, apporte une cuvette et des linges.

J'entendis, plus loin encore, Zoé dire à Elisabeth :

— Viens, ne reste pas là. Ta maman est malade, mais nous allons la soigner, ne crains rien, elle va guérir.

Les minutes qui suivirent furent un long cauchemar. Le visage et les cheveux noyés de pleurs, je fus impuissante à retenir la précieuse petite vie qui s'en allait de mon corps, et je perdis l'enfant que j'attendais. Ce fut bien plus insupportable que tout ce que j'avais subi auparavant. C'était une souffrance intolérable qui, je le savais, me consumerait jusqu'à mon dernier souffle. Je ne doutai pas un seul instant que leurs coups de pied en fussent responsables. Lorsque je me retrouvai lavée, nettoyée, vide et faible, je pleurai de nouveau longuement sur ce petit être qu'ils avaient tué. Et mes larmes libérèrent en moi un flot de haine brûlante, dont l'intensité me fit peur.

15

Je demeurai plusieurs jours prostrée, en proie à un morne désespoir. Amédée et Zoé me soignèrent avec dévouement. J'acceptais leur sollicitude avec reconnaissance, mais je me laissais faire passivement. Seule ma petite Elisabeth mettait dans mon univers sans joie un peu de soleil et de gaieté.

Ce fut à cette époque que les cauchemars commencèrent. Toujours la même scène revenait : j'étais dans le bureau de Kohlz, recroquevillée sur la chaise, et penchés sur moi ils criaient dans mes oreilles. Puis ils me frappaient brutalement et je me retrouvais par terre. Alors, le ventre criblé de coups de pied, je hurlais... et je me réveillais.

J'ouvrais des yeux hagards, pleins d'une terreur qui ne parvenait pas à se dissiper. Je comprimais à deux mains les battements fous de mon cœur. Lorsqu'enfin je me calmais, après de longues minutes, je passais mes paumes sur mon ventre vide, dans lequel ne vivait plus mon enfant. Mon chagrin explosait ; mes larmes coulaient, des sanglots silencieux me secouaient. Après, je ne parvenais plus à me rendormir. Je restais immobile, perdue et solitaire dans le grand lit, en proie à un désespoir qu'égalait seule la haine que j'éprouvais pour eux.

Le matin me trouvait pantelante, brisée. Pendant plus de huit jours, je demeurai chez Zoé et Amédée, avant de retourner chez moi. Si je le fis, ce fut surtout parce qu'Elisabeth m'y entraîna. Moi, dans l'état où j'étais, je n'avais pas l'énergie de prendre une décision.

Beaucoup de mes amis, ayant appris mon retour, vinrent me voir. Antoine et Julie, avec René ; Gaspard et Mariette ; d'autres encore. Cela m'était douloureux ; ils me demandaient des détails, m'interrogeaient sur le prochain retour de Marc. Je disais que je ne savais rien, que j'avais été arrêtée à la suite d'une erreur. Je me méfiais de Kohlz et de ses représailles si je dévoilais ce que j'avais subi, non seulement pour moi mais aussi pour Marc qui était encore entre leurs mains. Et puis, je ne voulais pas étaler devant eux la peine insupportable que j'éprouvais, et l'angoisse constante où j'étais du sort de Marc. Qu'auraient-ils pu y changer, de toute façon ?

Lorsque j'eus repris quelques forces, j'allai rendre visite à ma belle-mère. Elle m'accueillit les larmes aux yeux, heureuse et émue de me revoir :

— Ma pauvre enfant ! répétait-elle en m'embrassant. Ma pauvre enfant ! J'ai eu leur visite, moi aussi...

Elle me raconta. Le jour même où ils m'avaient emmenée, ils étaient venus perquisitionner chez elle. Ils lui avaient appris l'arrestation de Marc et de Bernadette, et furieux de ne rien trouver, ils étaient repartis en la menaçant. Depuis, elle était dans l'ignorance la plus complète. L'inquiétude lui ôtait le repos, ridait son visage, creusait des cernes sous ses yeux.

— Racontez-moi, mon enfant. Que vous est-il arrivé ? Avez-vous pu voir Bernadette, Marc ? Où sont-ils ?

J'hésitai un instant. Avais-je le devoir de lui cacher la vérité ? Je ne le pensai pas. Il s'agissait de ses enfants, elle avait le droit de savoir. Et puis, avec elle, il me serait doux de m'épancher, de déposer pour un instant mon fardeau dans ses bras maternels. Alors je racontai tout. Je ne lui cachai pas l'état dans lequel j'avais vu Marc, ni comment ils m'avaient battue, ni les tragiques conséquences pour l'enfant que j'avais perdu. Et, en racontant, je ne pouvais m'empêcher de pleurer. Lorsque je terminai mon récit, elle vint à moi, m'entoura de ses bras. J'ai posé ma tête contre sa poitrine en sanglotant ; elle a embrassé mes cheveux et silencieusement a mêlé ses larmes aux miennes.

Lorsque nous nous sommes séparées, j'ai senti qu'un nouveau lien nous unissait. Elle m'a regardée, m'a serré la main en déclarant d'un ton farouche :

— Il ne faut pas perdre espoir. Je veux croire qu'ils seront libérés. Et cet enfant que vous avez perdu, vous le referez bien vite.

Je n'ai pas voulu la détromper. Un tel souhait me paraissait malheureusement utopique. Je savais que les conditions dans lesquelles Marc avait été arrêté ne plaidaient guère en sa faveur. J'avais vu Kohlz, aussi, et sa férocité implacable. Un tel homme ne pardonnerait jamais ce qu'il considérait comme un crime envers l'autorité allemande. Alors j'avais peur, peur pour la vie de Marc. Mais cela, je le gardai pour moi.

Les jours se traînèrent lamentablement, l'un après l'autre. Meurtrie par la perte de mon enfant, en proie à une inquiétude continuelle pour Marc, je menais une existence difficile. Antoine et Julie m'exhortaient à l'espoir, mais ils ne connaissaient pas la vérité.

— Si c'est une erreur, me disaient-ils, ils finiront bien par s'en apercevoir, et ils le relâcheront.

Je ne répondais pas. Je ne parvenais pas à m'habituer à l'absence de Marc. Même dans les moments pénibles comme les jours d'exode, alors que nous avions tout quitté, il avait toujours été là. Depuis le début de l'occupation allemande, la vie était dure, parfois douloureuse, mais la présence de Marc auprès de moi m'aidait à tout accepter. Loin de lui, je me sentais déséquilibrée, malheureuse. Tout ce dont je me plaignais auparavant — les restrictions, la queue pour le ravitaillement, les menaces et les interdictions — me paraissait maintenant tout à fait secondaire. Je n'écoutais plus Radio-Londres, je ne m'intéressais même plus à l'issue de la guerre. Moi qui avais souhaité avec tant de force le départ des

Allemands, je songeais que je voulais bien continuer à les supporter, pourvu que Marc revînt.

Heureusement, j'avais Elisabeth. Je me rapprochai d'elle. Sa présence m'apportait la seule chaleur de mon existence. Tous les soirs, elle récitait fidèlement sa prière pour le retour de son père. Il lui manquait énormément, à elle aussi.

Un dimanche de début novembre, je rencontrai Jean-Louis en sortant du cimetière, où j'étais allée porter quelques dahlias sur la tombe de ma grand-mère. Il m'arrêta :

— Thérèse... je suis venu pour te voir. Comment vas-tu ?

Il m'observait avec un intérêt affectueux. Je ne l'avais pas revu depuis qu'il m'avait ramenée de Loos, une quinzaine de jours auparavant.

— Ça va, merci, dis-je brièvement. Je suis surtout très inquiète pour Marc.

— Justement, c'est pour lui aussi que je voulais te voir. J'ai réussi à me lier avec un gardien, celui qui assure le service de nuit. Je lui ai dit que ton mari était mon ancien voisin, ce qui n'est pas tout à fait faux, et il m'a permis d'aller le voir.

— Tu l'as vu ? Comment va-t-il ?

Sans m'en rendre compte, avec fébrilité j'avais agrippé son bras, le serrais de toutes mes forces. Il me regarda avec une pitié douloureuse :

— Lorsque je l'ai vu, il était en mauvais état ; il venait d'être battu.

— Encore ! Mon Dieu ! Déjà, quand Kohlz nous a mis en présence...

Ma voix s'étrangla, je portai mes mains à ma gorge. Marc, mon pauvre amour...

— Il m'avait fait promettre de ne pas te le dire. Il leur tient tête avec courage, mais, résultat, ils s'acharnent davantage sur lui.

Je me retenais pour ne pas pleurer alors que j'avais envie de hurler ma haine, ma révolte et la souffrance insupportable de mon impuissance.

— Je lui ai promis d'aller le revoir et de lui donner de tes nouvelles. Si tu le désires, tu peux lui écrire une lettre et me la confier. Je la lui remettrai. Si tu veux un conseil, dis-lui de leur donner les renseignements qu'ils lui demandent.

Je le regardai sans cacher ma suspicion :

— S'il le fait, cela suffira-t-il à le sauver ?

— Sincèrement, je ne sais pas. Ce qui est sûr, c'est que cela lui évitera de nouvelles tortures.

Même à ce prix, je savais qu'il ne parlerait pas. Et, au fond de moi-même, j'étais fière de lui, de son courage et de sa ténacité à les braver. Je l'aimais et l'admirais davantage, tout en souffrant de sa propre douleur. Et je me refusais à suivre le conseil de Jean-Louis. Etait-ce un autre moyen de faire parler Marc ?

— Je ne peux pas lui dire ça, dis-je d'un ton net. Il ne m'écouterait pas, de toute façon.

Il haussa les épaules, l'air mécontent :

— Comme tu veux.

— Dans ce cas, tu ne lui porteras pas de lettre ?

— Mais si, tu n'as qu'à la faire tout de suite et me la donner. Je suis chez mes parents jusqu'à ce soir.

— D'accord. J'irai te la porter. Et, Jean-Louis... merci.

Je rentrai, fort agitée. J'allai rechercher Elisabeth qui, enrhumée, était restée chez Zoé et Amédée. Je la trouvai plongée dans une partie de dominos avec Amédée, pendant que Zoé reprisait selon son habitude. Je dis, essoufflée :

— Jean-Louis est venu chez ses parents. Je viens de le voir. Il m'a proposé de porter une lettre à Marc.

Elisabeth leva des yeux pleins d'espoir. Abandonnant son jeu, elle vint à moi :

— Une lettre à papa ? Moi aussi, je peux lui écrire ?

— Oui, tu pourras lui mettre quelques mots, cela lui fera plaisir. Viens, allons chez nous.

Je me tournai vers mes vieux amis, qui n'avaient encore rien dit.

— Fais attention à ce que tu écris, conseilla Amédée d'une voix prudente. Qui sait si cette offre n'est pas un piège ? Ne raconte rien qui puisse lui nuire. Donne-lui simplement de tes nouvelles, assure-le de notre amitié, à Zoé et à moi, dis-lui que nous espérons tous son retour.

— Oui, merci.

Dans notre petite maison qui sans lui ne parvenait pas à retrouver sa chaleur et son intimité, nous nous sommes attablées, Elisabeth et moi, devant une feuille blanche. J'hésitai longuement avant d'écrire. J'avais envie de lui crier que je l'aimais, qu'il me manquait atrocement et que je ne vivais que dans l'espoir de son retour Mais cette lettre, peut-être Jean-Louis la lirait-il ? Je ne pouvais y mettre mon cœur à nu, ni parler de choses trop personnelles. Pour cette raison et aussi pour ne pas l'attrister, je décidai de cacher à Marc la perte de notre enfant. Il fallait au contraire que ma lettre lui apporte réconfort et courage.

Je fis plusieurs brouillons. Enfin, je recopiai le texte définitif. Je lui donnai des nouvelles de tous nos amis, et lui annonçai que ses malades le réclamaient. Je terminai en l'assurant très fort de notre amour. Alors que je traçais les derniers mots, une larme glissa le long de ma joue et fit une tache sur le papier.

Au dos, Elisabeth fit un dessin : un couple marchait dans la campagne, tenant une enfant par la main. Les trois personnages arboraient un sourire radieux. Elle mit une légende : papa, maman et moi. En dessous, elle écrivit quelques lignes : « Mon petit papa chéri, j'espère que tu reviendras très vite. Je t'aime fort. Je te fais plein de gros baisers. Ta Lisou. » Lisou était le petit nom tendre qu'il lui donnait, et elle n'était Lisou que pour lui.

Je pliai la feuille en quatre, puis en huit, et la portai à Jean-Louis. Il sortait de chez lui alors que j'arrivais. Il prit ma lettre, la rangea soigneusement dans son portefeuille.

— Je vais la lui donner, et essayer de t'apporter peut-être une réponse. — Il vit mon mouvement de surprise et de joie, secoua la tête en signe de dénégation. — Attends, ne te réjouis pas trop vite. Je ne promets rien. Transmettre une lettre à un prisonnier est strictement interdit. J'ai réussi à amadouer le gardien de nuit, mais nous devons être prudents. Si je me fais prendre, moi comme lui nous serons sévèrement punis. Et tu sais comme moi qu'ils ne sont pas tendres !

Je ne pus m'empêcher de demander :

— Mais alors... pourquoi le fais-tu ?

Il se pencha, me regarda avec tendresse, caressa ma joue du bout des doigts, comme cet autre jour, dans ma cellule :

— Je le fais pour toi. Dans la mesure de mes moyens, j'essaie de t'aider. Je n'aime pas te voir malheureuse.

Gênée, je me détournai. Tout bas, je murmurai :

— Merci, Jean-Louis, pour Marc et pour moi.

Il se redressa, affermit sa voix :

— Dès que j'aurai du nouveau, je viendrai. Dans la semaine, probablement. Toi, de ton côté, sois prudente. Ils t'ont relâchée, mais ils te surveillent à ton insu.

Je le fixai froidement :

— Je n'ai rien à cacher. Je ne suis au courant de rien, je le leur ai déjà dit.

— Je sais. Mais sois prudente.

Je revins chez moi avec, pour la première fois depuis l'arrestation de Marc, un tout petit peu de soleil au cœur. Demain ou après-demain, il aurait ma lettre, il aurait de nos nouvelles. Cela lui donnerait du courage pour supporter ses bourreaux. Car je savais, pour l'avoir moi-même connu, ce qu'il subissait.

Le jeudi qui suivit, j'allai chez ma belle-mère avec Elisabeth. La pauvre femme fut heureuse de nous voir.

— Je me sens si seule me confia-t-elle, si désemparée ! Heureusement qu'il me reste Etienne ! Je ne sais pas ce que je ferais s'il n'était pas là...

Je lui parlai de Jean-Louis, et de la lettre que je lui avais remise pour Marc. Son regard s'éclaira un instant :

— Si seulement nous pouvions avoir des nouvelles ! C'est terrible de ne rien savoir ! Que deviennent-ils, tous les deux ?

Je me rendis compte avec confusion que je pensais beaucoup moins à ma belle-sœur. Seul le sort de Marc m'importait. C'était peut-être égoïste, mais vis-à-vis de Bernadette je ne pouvais me départir d'une sourde rancune : c'était elle qui avait entraîné Marc. Sans elle, il serait encore avec nous. Pour cela, je lui en voulais. Au fond de moi, j'en avais honte, mais je ne pouvais m'en empêcher.

— Je pense que Jean-Louis me le dira, assurai-je. Il m'a promis de revenir me voir dès qu'il aura appris quelque chose.

— Ne pouvons-nous rien faire ? Je suis terriblement inquiète. Ma voisine a une amie qui habite Annappes et dont le mari a été arrêté, lui aussi. Elle m'a parlé d'un avocat qu'elle est allée voir pour lui demander d'assurer la défense de son mari. Il s'appelle, m'a-t-elle dit, maître Quembre. Il est l'un des rares avocats français à plaider dans les tribunaux allemands. Il y parvient, paraît-il, parfaitement, et son aide est précieuse. Ne pourrions-nous aller le voir, nous aussi ? J'ai son adresse.

Avocat... défense... Ces mots me faisaient peur. Ils sous-entendaient que Marc allait être jugé, et ensuite ?... Acquitté ? Cela me paraissait bien improbable. Condamné ? Plutôt, oui. Et quelle peine serait la sienne ? Kohlz me l'avait dit : il mérite la mort. Un bon avocat parviendrait-il à le sauver ? On disait que les jugements n'étaient que simulacres, que le sort des prisonniers était fixé à l'avance : déportation ou fusillade. Les acquittements étaient rarissimes. Dans le cas de Marc, je savais qu'il n'y fallait pas compter : ils l'avaient pratiquement pris en flagrant délit, avec deux aviateurs anglais pourvus de renseignements militaires. De plus ils avaient trouvé des armes et des explosifs. Dans un cas pareil, la culpabilité ne faisait aucun doute. Je soupirai :

— Oui, un bon avocat. Peut-être... Il faut essayer, mettre toutes les chances de notre côté. Je vais en parler à Jean-Louis, il doit connaître ce maître Quembre. Peut-être parviendra-t-il à nous arranger une entrevue ?

Je rentrai chez moi un peu moins abattue. Dans mon cœur, une nouvelle impatience frémissait. Agir, faire quelque chose pour aider Marc. Aller voir cet avocat, le supplier d'assurer sa défense. Minimiser la responsabilité de Marc, la réduire à un simple devoir humain : avoir apporté son aide à un aviateur blessé. Essayer de faire comprendre aux Allemands que, pour un médecin, la nationalité n'avait pas d'importance. Mais... le comprendraient-ils ? En tout cas, il fallait essayer, ma belle-mère avait raison. Je m'endormis, ce soir-là, avec au fond de moi quelque chose qui palpitait et qui ressemblait à un timide espoir.

Le lendemain, Jean-Louis vint me voir. J'étais allée à l'épicerie, où j'avais fait la queue pendant plus de deux heures. J'avais également dû subir de nombreuses questions sur le retour éventuel de Marc. Je m'étais résignée à dire une partie de la vérité : Marc avait été appelé pour soigner un aviateur anglais, et il avait été arrêté pour cette raison. La réaction générale avait été une forte indignation vis-à-vis des Allemands et une chaleureuse approbation de l'attitude de Marc.

Je rencontrai Jean-Louis dans la rue, alors que je revenais, luttant contre les bourrasques de vent qui emportaient les feuilles en tourbillons incessants et fous.

— Jean-Louis ! Entre. As-tu des nouvelles ?

Sans répondre, il me suivit dans ma cuisine. Je me tournai vers lui, vis son regard grave, son geste de dénégation. Une crainte sournoise me serra l'estomac :

— Qu'y a-t-il ? As-tu vu Marc ?

— Ils l'ont changé de cellule, ils l'ont mis au rez-de-chaussée. Ce sont d'autres gardiens, ils sont très durs. Je n'ai pas pu l'approcher, et encore moins lui donner ta lettre. Tiens, je te la rends, je ne peux plus la garder, c'est trop compromettant.

Il me tendit le papier plié en huit, tel que je lui avais remis. Je ressentis une déception si atroce que des larmes emplirent mes yeux. Il posa le papier sur la table, me regarda avec sollicitude :

— Allons, ne sois pas déçue. Je ne le perds pas de vue. Par Kohlz, je vais essayer de savoir la date à laquelle il passera en jugement. Je te la ferai connaître. Normalement, à l'issue du jugement, un prisonnier peut avoir la possibilité de s'entretenir avec sa famille si elle en fait la demande. J'essaierai de t'obtenir la permission.

Revoir Marc, même dans des conditions aussi douloureuses... Mon cœur se gonfla. Timidement, je dis :

— Pourrais-je amener Elisabeth ? Et ma belle-mère ?

— Oui, pourquoi pas ? J'essaierai d'arranger ça. Compte sur moi.

— Puisque nous parlons de jugement, il faut un avocat. Ma belle-mère m'a parlé de maître Quembre. Le connais-tu ? Pourrait-il défendre Marc ?

Il fronça les sourcils, secoua la tête :

— Je suis désolé de te décevoir là aussi, Thérèse. Ce n'est pas possible. J'ai vu son dossier, il porte comme motif d'inculpation « espionnage militaire ». Ce qui exclut totalement le concours d'un avocat français. Seul un Allemand, dans ce cas, peut assurer la défense.

— Un Allemand ! Mais il ne se mettra pas du côté de Marc contre ses propres compatriotes !

— Peut-être pas, mais il peut le défendre efficacement. Certains sont intègres.

J'eus une moue sceptique, proche des larmes :

— Je n'y crois pas. Mon Dieu, qu'allons-nous devenir ?

Il posa une main sur mon épaule, en une pression amicale :

— Allons, ne t'inquiète pas inutilement. Laisse-moi faire. Toi, ne fais rien de ton côté. A leurs yeux, tu es suspecte, et c'est déjà bien beau qu'ils t'aient relâchée. N'attire pas leur attention à nouveau, ça risquerait de se retourner contre Marc. Je vais m'en occuper. Tu peux me faire confiance.

Ce qu'il disait n'était pas dépourvu de bon sens, et dans l'état de déroute où je me trouvais j'ai accepté de me fier à lui. Ai-je eu tort ? Que pouvais-je faire d'autre ? C'était vrai qu'à leurs yeux j'étais suspecte. Jean-Louis travaillait à leurs côtés depuis longtemps, il les connaissait et était bien placé pour m'aider. Moi qui lui avais tant reproché d'être avec eux, je n'éprouvais aucun scrupule à accepter son appui dans le cas présent, puisqu'il s'agissait de Marc.

Il me quitta en réitérant ses promesses. Après son départ, je rangeai la lettre inutile. Lorsque Elisabeth rentra de l'école, ses premières paroles furent, comme chaque jour :

— Et papa ? Jean-Louis est-il venu ? L'a-t-il vu ?

Je l'attirai à moi, lui racontai la visite de Jean-Louis. Je vis son petit visage s'assombrir :

— Alors, il n'a pas eu mon dessin ?

— Non. Mais peut-être pourrons-nous aller le voir. Jean-Louis nous préviendra.

— Et ensuite ? Il reviendra ici, avec nous ?

J'eus un geste d'impuissance :

— Je ne sais pas.

Elle soupira longuement :

— Je voudrais tant qu'il revienne !

— Moi aussi, ma petite enfant, je le voudrais.

Je posai ma joue sur ses cheveux, elle se blottit contre moi. Toutes les deux, nous sommes restées ainsi un long moment, unies par la même préoccupation douloureuse envers celui que nous aimions.

J'attendais le retour de Jean-Louis avec un mélange d'appréhension et d'espoir. Je vivais dans une incertitude pénible. Les nuits, surtout, étaient ma hantise. Dans le lit trop grand pour moi seule, je me tournais et me retournais, en proie à une insomnie tenace. Je pensais à Marc, et une angoisse sourde, lancinante, me tenait éveillée des heures entières. Lorsqu'enfin je m'endormais, mon sommeil était agité, peuplé de cauchemars. La scène que je m'efforçais d'oublier lorsque j'étais consciente revenait presque chaque nuit : ils hurlaient, me frappaient, et je me réveillais, en sueur et terrifiée.

Je me rendis compte que je maigrissais. Les jours que j'avais passés en prison, la perte de mon enfant et la tension dans laquelle je vivais avaient altéré ma santé. Dans le miroir de la cuisine, je me voyais des traits tirés, des yeux hagards. Amédée me prescrivit un sirop de vitamines. Julie, inquiète, s'efforça de me fournir davantage de lait et d'œufs. J'acceptais leurs attentions avec un sourire désabusé. Je connaissais le remède qui me ramènerait le goût de vivre : c'était le retour de Marc. Mais l'obtiendrais-je jamais ?

Je rapportai à ma belle-mère les paroles de Jean-Louis.

— Un avocat allemand ! s'exclama-t-elle d'un air outragé. Alors, nous ne pouvons rien faire ?

— Jean-Louis m'a promis de faire ce qu'il pourrait. Il est sur place et a accès aux différents services, il peut agir beaucoup plus efficacement que nous.

Elle me lança un regard rapide, baissa les yeux :

— Thérèse, je suis désolée de vous poser cette question, mais... peut-on vraiment faire confiance à ce Jean-Louis ? Après tout, c'est un collaborateur. Il travaille avec les Boches, est avec eux depuis le début. Pourquoi, maintenant, nous aiderait-il ?

— Il le fait pour moi. Nous nous connaissons depuis toujours, notre amitié est sincère. Je n'ai pas cru devoir refuser son offre. Je crois qu'il peut nous être utile.

— Oui... espérons-le, dit-elle, et sa voix trahissait le doute qu'elle ressentait.

Etienne, de son côté, avec toute la fougue de ses seize ans, essaya de se renseigner. Tout ce qu'il apprit, ce fut la confirmation de ce que m'avait dit Jean-Louis : dans une inculpation d'espionnage militaire, seul un avocat allemand pouvait assurer la défense. Quelquefois, il n'y avait même pas d'avocat du tout. Les jugements étaient faits d'avance, et la justice allemande particulièrement expéditive. Il arrivait pourtant que des condamnations à mort fussent transformées en travaux forcés. Tous les condamnés à mort avaient le droit de transmettre un recours en grâce au Führer ; mais bien souvent les Allemands ne se donnaient même pas la peine d'envoyer les dossiers à Berlin.

— Et même s'ils les envoyaient, conclut Etienne avec indignation, vous imaginez Hitler, ce fou sanguinaire, acceptant de gracier quelqu'un qui a osé se rebeller contre l'autorité allemande ?

Ni ma belle-mère ni moi n'avons répondu. Nous avons échangé un long regard impuissant et malheureux. Ces paroles rendaient encore plus profonde la peur qui ne nous quittait pas.

La semaine suivante, Jean-Louis revint. Il entra dans ma cuisine alors que, mélancolique, j'épluchais des légumes de notre jardin pour faire une soupe. En le voyant, je laissai tomber mon couteau :

— Jean-Louis ! Alors ?...

— Ils vont le juger après-demain.

— Après-demain ? Déjà ?

— Je viens de l'apprendre, je n'ai pas pu te prévenir plus tôt. Ça se passe boulevard de la Liberté, à Lille. Tu peux y aller, si tu veux. Tu ne pourras pas assister à la séance, mais tu pourras le voir après. Je me suis occupé des convocations : une pour toi, une pour ta belle-mère. Vous les donnerez à l'entrée.

— Et Elisabeth ? Elle pourra venir ?

— Non. Pas d'enfants. De toute façon ce serait pénible pour elle, car il faudra certainement attendre longtemps.

— Je... A quelle heure est-ce prévu ?

— Dans la matinée, je ne sais pas exactement. Il n'est pas le seul, il y en a beaucoup d'autres. Tout dépendra de la durée des séances. Si tu le désires, je viendrai te chercher vers 8 heures. Nous passerons prendre ta belle-mère. Préviens-la.

— Je te remercie, Jean-Louis.

Il me tendit les convocations, eut un sourire amer :

— Tu vois, c'est quelquefois utile de travailler pour eux. Ça peut faciliter les choses.

Je ne répondis pas. Il ouvrit la porte.

— Après-demain, 8 heures. Sois prête.

— Ne crains rien, je serai à l'heure. Et encore merci.

Après son départ, je me couvris chaudement, pris la bicyclette de Marc et me rendis chez ma belle-mère, coupant à travers champs pour aller plus vite. Les sentiers étaient boueux, la violence du vent me coupait le souffle et m'arrachait des larmes. J'arrivai rouge et essoufflée. En reprenant haleine, je lui fis part de ce que je venais d'apprendre. Elle joignit les mains ; je vis la peur dans son regard :

— Bien, murmura-t-elle. Je serai prête.

— Voici votre convocation. Je ne peux pas m'attarder davantage, Elisabeth est à l'école, il faut que je sois rentrée pour 5 heures.

Je me levai. Elle m'ouvrit les bras, eut une sorte de sanglot mal réprimé :

— Mon pauvre enfant, que vont-ils lui faire ?

Je l'embrassai, la serrai fort contre moi. Graves, douloureux, nos regards s'accrochèrent, habités par la même interrogation angoissée.

Dès mon retour, j'allai prévenir Zoé et Amédée. Je leur expliquai que Jean-Louis viendrait me chercher, et leur demandai de garder Elisabeth pendant mon absence.

— Nous nous occuperons de ta fille, promit Zoé.

— En tout cas, reprit Amédée, dis à ton mari que nous sommes fiers de lui. A sa place, je n'aurais pas agi autrement. C'est un garçon bien que tu as épousé, sais-tu, Thérèse ?

— Oui, je le sais, dis-je d'une voix enrouée de larmes. Mais... si cela doit lui coûter la vie ?...

Je ne pus continuer, luttant contre les sanglots qui m'étouffaient.

— Allons, allons, dit Amédée de son ton bourru, en me tapotant l'épaule, ne désespère pas.

— Aie confiance, intima Zoé. Ils t'ont relâchée ! Ils ne seront peut-être pas trop sévères avec lui.

Je les quittai sur un pauvre petit sourire crispé, bien peu convaincue par leurs encouragements.

J'étais à peine rentrée qu'Elisabeth revint de l'école. Lorsque je lui appris qu'elle ne pourrait aller voir son père comme elle l'espérait tant, elle fut très déçue. Son petit visage s'allongea, sa lèvre s'avança en une moue boudeuse :

— Pourquoi ? Je peux y aller, je suis grande, je serai sage.

— Je le sais bien, mais Jean-Louis n'a pas eu de convocation pour toi. Ce n'est rien, tu n'as qu'à écrire une petite lettre, et faire un dessin, je les donnerai à papa pour toi.

Elle acquiesça, un peu consolée. Elle recopia sur une nouvelle feuille la lettre qu'elle avait déjà écrite et que Jean-Louis n'avait pu transmettre. Elle refit le même dessin, avec beaucoup d'application. Elle me le tendit fièrement ; en voyant son petit visage confiant, je souhaitai contre toute espérance que ce père qu'elle aimait tant lui fût rendu.

Cette nuit-là, je ne dormis que pour faire des cauchemars. Dans l'un d'eux, je voyais Marc s'éloigner en me tournant le dos. Et je savais que ce vers quoi il allait, c'était la mort. Je l'appelais, mais il ne me répondait pas. Il continuait à avancer inexorablement. Je tendais les bras vers lui, impuissante à l'arrêter. Et puis, subitement Simone arrivait près de moi ; j'entendais sa voix qui me disait : « Pleure, ma pauvre Thérèse, tu peux pleurer. J'ai connu ça, moi aussi, quand Samuel a été tué. C'est atroce, je le sais... » A ce moment-là, plus loin, j'aperçus Kohlz qui observait la scène avec un rictus diabolique. Il vit mon regard horrifié et se mit à ricaner, un ricanement mauvais, horrible, affreux à entendre. Je hurlai : Non, non !... et je me réveillai.

La tête en feu, je dus laisser passer plusieurs secondes avant de reprendre pied dans la réalité. Progressivement je me calmai, mais une crainte obscure demeura : et si ce rêve était un mauvais présage ? Glacée, je ne parvins pas à me rendormir.

La journée qui suivit fut un long supplice. J'avais peur. Je ne parvenais pas à m'occuper. J'allai rendre visite à Julie et à Antoine, dont le bon sens et l'équilibre, habituellement, m'apaisaient. Mais je fus imperméable à leurs paroles de réconfort. Le soir, je couchai Elisabeth et me retrouvai dans le grand lit, seule avec mon angoisse.

Je ne dormis pas. Dès que je sommeillais un peu, je me réveillais en sursaut, regardant l'heure, appréhendant la journée qui allait arriver. Une journée comme les autres pour tant de gens, et pourtant infiniment dangereuse pour moi parce qu'elle pouvait briser ma vie.

Je finis par me lever, bien avant l'aube. Je me lavai et m'habillai avec soin ; même dans les conditions présentes, je voulais être belle pour Marc.

A 7 heures, je réveillai Elisabeth. Ensemble nous avons bu un bol de lait que j'avais ramené de chez Julie la veille. Puis, un peu avant 8 heures, je la conduisis chez Amédée et Zoé. Avant de me quitter, elle s'accrocha à moi, approcha ses lèvres de mon oreille :

— Dis à papa que je l'aime fort, fort, fort ! Et que je veux qu'il revienne !

— Oui, c'est promis, dis-je d'une voix rauque.

J'embrassai mes vieux amis, puis je rentrai chez moi. A 8 heures, Jean-Louis arriva. Je montai dans la voiture, trop crispée pour parler.

— Détends-toi, conseilla-t-il. Ça ne changera rien de te mettre dans un état pareil.

— Je le sais bien, mais c'est plus fort que moi. J'ai très peur.

Il hocha la tête avec sollicitude, ne répondit pas. En silence, nous sommes arrivés au domicile de ma belle-mère. Elle était prête. Elle monta sans un mot, salua Jean-Louis, m'embrassa la joue, me serra le bras. J'avais l'esprit vide, les genoux tremblants, les mains glacées. Avec une appréhension qui me comprimait la poitrine jusqu'à la douleur, je m'en allais au-devant du verdict que me réservait le destin. Qu'allait-il être ?...

16

Jean-Louis gara la voiture devant un grand immeuble, boulevard de la Liberté. Je descendis, luttant contre une pénible impression : cela me rappelait fâcheusement mon arrestation. Ma belle-mère, près de moi, regardait autour d'elle, l'air méfiant. Jean-Louis nous prit par le bras :

— Venez avec moi. Par ici.

Il nous fit entrer. A la porte, un gardien consulta nos convocations avant de nous laisser passer. Jean-Louis échangea avec lui quelques mots en allemand, puis se tourna vers nous :

— Venez, nous dit-il, suivez-moi.

Derrière lui, nous avons grimpé un escalier. En haut, dans un grand couloir, il nous arrêta.

— Attendez là. Je viendrai vous prévenir quand le moment sera venu. Ayez de la patience, ça risque d'être long.

Je m'appuyai contre le mur, en proie à un sourd malaise. Je remarquai que d'autres personnes, des femmes surtout, attendaient aussi. Certaines parlaient entre elles, et je les écoutai machinalement.

— Les peines de mort sont parfois commuées en travaux forcés à perpétuité, disait l'une d'elles.

C'était ce qu'Etienne nous avait dit ; mais, des travaux forcés à perpétuité, était-ce mieux ? Je me le demandai.

— A perpétuité... cela ne signifierait que quelques mois, disait une autre. La guerre va bientôt finir, et tous les prisonniers seront libérés, vous allez voir ! Aussi vrai que je vous parle !

Combien j'enviais un tel optimisme ! Où donc était le mien ? Balayé par toutes ces épreuves, il n'existait plus. Serrée contre ma belle-mère, le ventre noué par l'angoisse, je ne bougeais pas, je ne disais rien.

Le temps passa, une heure, deux heures, peut-être plus. Par intermittence, un gardien faisait entrer une ou plusieurs personnes dans une pièce, au fond du couloir. Après quelques instants, ces mêmes personnes ressortaient, bien souvent en pleurant à chaudes larmes. Je finis par comprendre que dans cette pièce avaient lieu les entretiens avec les prisonniers. Je sentais mon cœur battre avec un affolement grandissant. Près de moi, ma belle-mère, muette et immobile, poussait de temps en temps un long soupir.

Brusquement, Jean-Louis fut là, devant nous. Je ne l'avais pas vu arriver. Je levai vers lui des yeux effrayés.

— Ça y est, annonça-t-il, on le juge en ce moment. Vous

allez bientôt pouvoir le voir. Préparez-vous. Le gardien vous fera entrer dans la pièce du fond.

Ma poitrine frémit, mon cœur s'agita ; sur des jambes flageolantes, je fis quelques pas. J'avais tellement peur que je ne réfléchissais même plus.

Lorsque la porte s'ouvrit, prise de panique je fus soudain incapable de bouger. Jean-Louis nous poussa légèrement :

— Allez-y, c'est à vous.

Ce fut ma belle-mère qui m'entraîna. Le gardien nous suivit, ferma la porte, s'y adossa. Nous étions dans une grande pièce vide, et je ne vis qu'une chose : là, en face de nous, une autre porte, au-delà de laquelle se jouait le sort de Marc.

Nous dûmes attendre de nouveau plusieurs longues minutes. Puis, accompagné par un gardien, il entra. En un éclair, je vis sa pâleur, ses traits tirés, mais aussi son regard plein d'amour. Le coiffeur de la prison lui avait coupé les cheveux très court, ce qui lui donnait l'air d'un adolescent. Il fit un pas vers moi, et un élan me jeta dans ses bras. Blottie contre sa poitrine, je retrouvai la chaleur de son étreinte, la douceur de son épaule, et c'était à la fois exquis et douloureux. En sanglotant, je pris son visage entre mes mains, embrassai ses joues, son menton, ses lèvres :

— Marc... Oh, Marc !

Sans me lâcher, il releva la tête, tendit un bras à sa mère, la prit contre lui. Elle aussi pleurait. Il nous tint toutes les deux étroitement serrées.

— Je vous aime tant, chuchota-t-il. Tu vas bien, Thérèse ? Kohlz m'a appris qu'il t'avait relâchée. J'en ai été heureux. Et ma Lisou, que devient-elle ?

— Elle ne cesse de réclamer ton retour. Tiens, elle t'a fait un dessin et écrit quelques mots.

Je sortis la lettre de mon sac. Il déplia la feuille, lut, et son regard s'embruma.

— Ma pauvre petite enfant... soupira-t-il. Embrasse-la bien fort pour moi.

Ma belle-mère, d'une voix tremblante, posa la question que je taisais lâchement :

— Marc... Qu'ont-ils dit ?

Il nous regarda, l'une après l'autre, d'un regard qui contenait tant d'amour, de supplication et de douleur que je compris. Tout au fond de moi, quelque chose se brisa.

— Soyez courageuses, et pardonnez-moi la peine que je vais vous faire. Je viens d'être condamné à mort.

Je le savais. Inconsciemment, je le savais déjà. Je me sentis écrasée par une fatalité aveugle, contre laquelle il était impossible de lutter. Sans m'en rendre compte, je m'agrippai à Marc, sanglotai en mouillant sa chemise de mes larmes. Ma belle-mère, le visage déformé par le chagrin, murmura :

— Mon grand garçon... Ce n'est pas possible !

— Je veux que vous soyez courageuses. Je n'ai pas peur de la mort. Mon seul regret est de vous laisser, je vous aime tant ! Tu diras à ma Lisou de ne pas être triste. Au contraire, qu'elle soit fière de son papa ! Je mourrai en bon Français. Tu lui parleras souvent de moi, n'est-ce pas, pour qu'elle ne m'oublie pas. Et aussi à ce petit enfant que tu attends et que je ne connaîtrai jamais... Aimez-le, toutes les deux, aimez-le très fort pour moi qui l'aurais tant aimé... Si c'est un fils, comme je l'espère, appelle-le Marc comme moi. Ainsi, malgré eux, un autre Marc Serrières vivra !

Son visage irradiait une telle tendresse, une telle fierté, un tel espoir, que je n'ai pas pu avouer que cet enfant n'existerait jamais. Je n'ai pas eu le courage d'éteindre l'étincelle qui brillait dans ses yeux, j'ai préféré lui laisser croire qu'un fils lui survivrait. Ma belle-mère aussi se tut, qui pourtant n'ignorait rien.

— Pardonne-moi de te laisser seule, ma Thérèse. Sache que je t'aime, que je n'ai jamais aimé que toi. Toi aussi, maman, pardonne-moi si je te rends malheureuse. Embrasse Etienne pour moi. Et Bernadette, que devient-elle ? Elle a été arrêtée en même temps que moi...

— Je ne sais rien, soupira ma belle-mère, je n'ai aucune nouvelle. Ils vont la juger, elle aussi ?

— Probablement.

— C'est terminé ! dit une voix rude. Allez, venez !

Le gardien s'approcha, répéta :

— Allons, c'est terminé !

Je gémis :

— Déjà ? Oh, mon Dieu !

Marc me serra très fort contre lui, plongea son regard bleu dans le mien :

— Courage, ma chérie.

Il caressa mes cheveux, le visage empreint de tendresse et de désespoir :

— Je t'aime. Adieu, mon amour.

Il posa un baiser sur mes larmes. Il se tourna vers sa mère, l'embrassa :

— Adieu, maman. Je te confie Thérèse.

— C'est tout, maintenant ! Allez !

Le gardien, qui s'impatientait, tira Marc brutalement en arrière, d'un geste sec lui mit les menottes. Je tendis les mains, mais l'autre l'entraînait impitoyablement vers la sortie. Marc se retourna, me regarda — un long regard éperdu, plein d'un amour infini, qu'un sourire complice vint subitement éclairer :

— N'oublie pas : appelle-le Marc !

J'acquiesçai machinalement, rendue à moitié inconsciente par la douleur qui me tailladait le cœur. A travers mes larmes, je le vis partir, droit et fier, libre malgré les menottes qui enserraient ses poignets. Jusqu'au dernier moment, nos yeux ne se quittèrent pas, criant notre amour. Nous savions, l'un comme l'autre, que nous nous voyions pour la dernière fois. Lorsque la porte se referma, je compris que c'était fini. J'eus un long gémissement, me retrouvai dans les bras de ma belle-mère, pleurant avec elle.

L'autre gardien nous poussa dehors. Au prix d'un effort intense, je réussis à me calmer. Au fond de moi, une petite voix me soutenait, qui disait : sois courageuse. Marc lui-même l'était, qui allait sans crainte vers la mort, en se souciant uniquement de nous. Même si c'était très dur, il fallait que je sois digne de lui.

Dans le couloir, Jean-Louis vint au-devant de nous.

— Ne vous désespérez pas trop vite, dit-il en voyant nos larmes, l'avocat lui a fait signer un recours en grâce, qui sera transmis à Berlin. Essayez de garder confiance.

J'ai secoué la tête sans répondre. J'ai pris le bras de ma belle-mère et nous avons suivi Jean-Louis, muettes et accablées. Dehors, nous avons cligné des yeux, surprises de voir que pour d'autres la vie continuait. Le vent avait chassé les nuages et un soleil goguenard brillait. Sur le boulevard, des gens se promenaient ; je me surpris à les envier, eux dont l'existence n'était pas brisée. Ma belle-mère et moi, serrées l'une contre l'autre, la tête basse, la démarche chancelante, nous avons rejoint la voiture où Jean-Louis nous attendait. Avec une cruelle lucidité, je me suis rendu compte que nous marchions à petits pas, comme deux vieilles femmes.

Jean-Louis prit le volant. Assises l'une près de l'autre, complètement prostrées, nous ne disions plus un mot. Dans ma tête défilaient les images de la matinée, et le dernier regard de Marc. Comment admettre que je ne le reverrais jamais ?...

Jean-Louis nous déposa devant ma porte. Il prit ma main, me regarda avec amitié et compassion :

— Si j'apprends quoi que ce soit, je te le ferai savoir. Au revoir, Thérèse.

— Au revoir et merci.

J'entrai avec ma belle-mère. Je regardai les lieux que j'avais quittés le matin même. J'étais alors en proie à l'angoisse, mais, en même temps, subsistait un léger espoir. Maintenant, cet espoir n'existait plus. Je savais que Marc ne reviendrait pas. Hébétée, hagarde, je me sentais étrangère dans ce foyer où, dorénavant, je devrais apprendre à vivre seule.

La porte s'ouvrit. Elisabeth entra, suivie de Zoé et d'Amédée. Elle se précipita vers moi en courant :

— Maman, maman ! Tu as vu papa ? Il va revenir ?

Je n'ai pas pu répondre tout de suite. J'ai croisé le regard d'Amédée, et en voyant l'expression du mien il a compris. Son bon vieux visage s'est crispé, les coins de sa moustache ont tremblé légèrement.

— Maman, maman, insista Elisabeth en s'agrippant à moi, tu as vu papa ?

Je me laissai tomber sur une chaise, pris mon enfant sur mes genoux :

— Oui, je l'ai vu, dis-je d'une voix qui frémissait douloureusement. Il a dit merci pour ton dessin, et il t'embrasse très fort.

Elle joignit les mains. Ses yeux bleus exprimèrent une

prière intense. En hésitant comme si elle avait peur de la réponse, elle demanda :

— Et... il va revenir ?

Je la serrai contre moi :

— Pas pour l'instant, mon tout petit, dis-je très bas.

Une moue gonfla sa bouche, les coins de ses lèvres s'abaissèrent, de grosses larmes se mirent à couler sur ses joues.

— Il ne va jamais revenir ? Il y a si longtemps qu'il est parti !...

Pouvais-je lui dire la vérité ? Fallait-il, au contraire, la laisser vivre dans l'illusion du retour de son père, alors que je savais que ce retour n'aurait jamais lieu ? Dans l'incertitude, je décidai d'attendre un peu. Il serait toujours assez tôt pour le faire.

Je relevai la tête. Ma belle-mère expliquait à Zoé et à Amédée les événements de la matinée.

— Bien sûr il y a le recours en grâce, disait-elle, mais je ne sais pas si on peut compter là-dessus. Quant à Bernadette, je n'ai aucune nouvelle, je vais essayer de me renseigner de mon côté. Thérèse fait confiance à Jean-Louis, mais à mon avis il ne dit que ce qu'il veut bien dire.

Elle surprit mon regard, eut un sourire gêné :

— Pardonnez-moi, mon enfant, mais cet individu ne m'inspire pas confiance.

Je haussai les épaules avec indifférence. Que pourrait-elle faire de plus, elle qui ne les connaissait pas, alors que Jean-Louis travaillait avec eux depuis plus de trois ans ?

J'embrassai ma petite fille et essayai de la consoler. Elle renifla plusieurs fois, sécha ses larmes. J'eus conscience qu'elle gardait en elle, comme un poids trop lourd, la même question informulée. Mais ce qu'elle désirait entendre, je ne pouvais pas le lui dire. Ce mensonge était au-dessus de mes forces.

Ce soir-là, lorsque je me couchai dans le grand lit froid et humide, je compris brutalement que ma solitude ne faisait que commencer. Un désespoir brûlant me mit les larmes aux yeux, auquel se mêlaient étroitement révolte, impuissance, et haine envers ceux qui, après avoir provoqué la perte de mon enfant, allaient maintenant tuer mon mari.

Décembre fut là. Il y eut des brouillards, des gelées, et même quelques faibles chutes de neige. Les jours passaient et je voyais arriver Noël avec appréhension. L'année dernière, Marc était présent ; malgré la guerre et notre existence difficile, je m'estimais heureuse : nous étions ensemble, chez nous, avec notre enfant. Mais cette année il n'était plus là ; notre second enfant ne verrait jamais le jour, me laissant au cœur une blessure inguérissable. Mon unique réconfort était Elisabeth.

Je vivais comme un automate, répondant machinalement à tous ceux qui essayaient de me réconforter. Ma belle-mère était entrée en contact avec la femme d'un résistant qui habitait Annappes. Incarcéré également à la prison de Loos, celui-ci réussissait à communiquer avec elle par l'entremise d'un jeune Français qui s'était fait engager comme gardien à la prison. Ainsi, il assurait secrètement les liaisons entre les détenus et leur famille. Par lui, elle avait appris que Marc avait été transféré dans le quartier des condamnés à mort, où il était étroitement surveillé. Sa cellule était éclairée jour et nuit, le judas toujours ouvert ; il était impossible d'arriver jusqu'à lui. Ces douloureuses nouvelles ne firent que nous accabler davantage. Je me demandais ce que faisait Jean-Louis. Il n'était toujours pas revenu me voir. Sans doute n'avait-il rien de nouveau à m'apprendre...

Par moments, je doutais de lui. Pouvais-je vraiment lui faire confiance ? La réflexion de ma belle-mère avait semé en moi le doute. Pourtant, c'était grâce à lui, m'avait-il dit, que j'avais été libérée. Mais lui aussi avait désiré m'épouser, et je l'avais repoussé. S'il m'aimait encore, peut-être était-il jaloux de Marc ? Dans ce cas, il ne tenterait rien pour le sauver... Je ne savais que penser. D'un autre côté, toute seule, j'étais encore plus démunie. J'avais peur aussi, je n'osais rien entreprendre ; je ne tenais pas à me retrouver de nouveau entre leurs mains. J'avais malheureusement appris, à mes dépens, qu'ils étaient les plus forts.

J'en étais là, vivant au jour le jour dans une incertitude angoissante, lorsque Jean-Louis revint. En le voyant entrer dans ma cuisine, mon cœur eut un grand bond affolé. Je portai mes mains à ma poitrine. Il s'approcha de moi, me regarda avec des yeux pleins de douceur et de pitié :

— Je t'apporte des nouvelles, Thérèse, mais elles ne sont pas bonnes. Je suis désolé.

Je me rendis compte que je le fixais avec un regard traqué. Avec crainte, je balbutiai :

— Que... que veux-tu dire ?

— Son recours en grâce a été rejeté. J'ai appris aujourd'hui qu'ils vont le fusiller la semaine prochaine.

Une chape noire, lourde et visqueuse, tomba sur moi. Je dus lutter pour ne pas m'évanouir. Je vacillai, m'accrochai à la table, m'affalai lourdement sur une chaise. Une plainte m'échappa, une sorte de gémissement ininterrompu. Jean-Louis me secoua l'épaule :

— Thérèse, je t'en prie ! Mon Dieu, je n'aurais pas dû te le dire...

Je levai vers lui des yeux désespérés :

— C'est certain ? Ainsi, il n'y a plus rien à faire ?

Il secoua la tête doucement, avec une tristesse sincère :

— Hélas, j'ai bien peur que non.

Je m'y attendais. Mais, mise brutalement en face de la réalité, je m'affolais, m'insurgeais, éperdue et horrifiée. Je me souviens que j'ai ressenti, à ce moment, une souffrance si insupportable que j'ai souhaité mourir, moi aussi. Je venais de comprendre que j'allais perdre le seul amour de ma vie, et je ne pouvais pas l'accepter.

Ils l'ont fusillé au fort de Bondues, quelques jours avant Noël, avec d'autres résistants. Ils lui ont permis d'écrire une lettre, que j'ai gardée précieusement, comme un dernier souvenir. Il m'arrive encore de la relire, bien que je la sache par cœur. Il y a des endroits où l'écriture n'est plus visible, parce que tant de mes larmes sont tombées sur le papier...

Je sais qu'il est allé à la mort droit et fier, je sais que sa dernière pensée a été pour moi et notre enfant, et aussi pour ce petit être dont il ne savait pas qu'il ne verrait jamais le jour. Il a ajouté quelques lignes pour Elisabeth : « Ma Lisou, ton papa te demande de bien penser à lui, de ne pas l'oublier, et de bien aimer ta maman. Embrasse-la très fort pour moi et console-la si tu vois qu'elle a de la peine. »

J'ai fait lire cet ultime message à Elisabeth. Il lui était destiné et je n'avais pas le droit de le lui cacher. Les sourcils froncés par l'attention, elle a déchiffré les paroles en formant les mots avec ses lèvres. Lorsqu'elle a compris qu'elle ne reverrait jamais plus ce père qu'elle adorait, elle a levé vers moi son regard bleu si semblable au sien :

— Maman... a-t-elle gémi, d'une toute petite voix.

Elle s'est jetée contre moi, j'ai refermé mes bras sur elle. Une peine immense m'étouffait. Des sanglots silencieux secouaient le corps de ma fille. Ensemble, nous avons pleuré, unies par la même insupportable détresse.

Le désespoir de ma belle-mère a été tout aussi intense. Elle adorait son fils aîné, dont elle était très fière. De plus, elle venait d'apprendre que Bernadette, jugée et condamnée aux travaux forcés, avait été déportée dans un camp en Allemagne. Il ne restait près d'elle qu'Etienne qui, courageusement, s'efforçait d'oublier sa propre peine pour réconforter sa mère.

Mais comment apporter une consolation dans de telles conditions ? Il y a des cas où les mots sont impuissants, où la douleur est la plus forte. Dans le village, tout le monde était gentil avec moi. Mais la moindre parole d'amitié me mettait les larmes aux yeux. Ma peine était trop vive pour pouvoir être apaisée.

Nous avons passé un Noël sinistre. Toute joie était disparue de notre vie. Nos jours étaient mornes et désespérés. Le soir, lorsque je couchais Elisabeth, elle m'entourait de ses bras et pleurait dans mon cou. Et moi, je ne pouvais que pleurer avec elle. Ensuite, dans le grand lit où Marc ne viendrait plus jamais me rejoindre, je restais longtemps éveillée, malheureuse et solitaire. Mon corps, qui s'affolait de n'être plus aimé, ne comprenait pas et réclamait sa part de plaisir et de tendresse ; mon esprit, qui se souvenait des heures de bonheur, me les rappelait et me disait que jamais plus elles ne reviendraient ; et mon cœur, dans l'insupportable désert où il se retrouvait, hurlait sa détresse à n'en plus finir... « Sois courageuse », m'avait dit Marc. Mais je devais bien avouer que je n'y parvenais pas. Comment arriverais-je à vivre privée de sa présence ? Sans lui, je n'étais plus rien.

Je faisais toujours le même cauchemar, dans lequel Kohlz et son acolyte me battaient. Je me réveillais affolée, tremblant de peur et de haine. Parfois, un autre rêve succédait à celui-là, avant même que je me réveille : je venais de recevoir leurs coups et je gisais à terre, évanouie. Alors Marc arrivait et me prenait avec douceur dans ses bras. « Je suis là, me disait-il, ne crains plus rien, je suis revenu. » Je me blottissais contre lui, et j'éprouvais un sentiment de sécurité mêlé d'un bonheur ineffable. Et toujours le rêve se terminait là. J'ouvrais les yeux, me retrouvais seule dans le lit, prenant conscience de la place vide près de moi. Le changement était si brutal que des sanglots me déchiraient ; je m'efforçais d'étouffer mes cris de souffrance et de révolte dans l'oreiller, de peur qu'Elisabeth ne m'entendît.

L'année 1944 commença avec un temps couvert et pluvieux, en harmonie avec la grise désespérance de ma vie. Seule avec Elisabeth, j'allai présenter mes vœux à Zoé et Amédée, puis à Julie et Antoine. Ils me souhaitèrent une bonne santé et beaucoup de courage. Je ne pus m'empêcher de pleurer. Ensuite j'allai passer la journée chez ma belle-mère. Etienne était là, penché sur des journaux.

— Cette année verra la fin de la guerre, me dit-il. Vous verrez, Thérèse, nous allons redevenir libres !

Je ne répondis pas. Depuis que Marc n'était plus là, tout m'était égal. Enfermée dans mon cocon de souffrance, je n'écoutais même plus les nouvelles. Comme Elisabeth, comme ma belle-mère, je traînais un cœur lourd d'une tristesse inconsolable.

Je rentrai avant la tombée de la nuit. Je n'eus pas le courage de rester chez moi, où chaque pièce vide criait l'absence de Marc. Toute la maison me paraissait hostile. Je pris Elisabeth par la main, m'en allai chez Gaspard et Mariette. A eux aussi, malgré les circonstances, je devais souhaiter une bonne année, ainsi que nous l'avions toujours fait chaque premier janvier. Lorsque j'arrivai, Gaspard et Jean-Louis étaient penchés sur un objet que Gaspard s'empressa de dissimuler. Près d'eux, Mariette pleurait silencieusement. Je les embrassai tous et leur présentai mes vœux d'une voix tremblante. Mariette m'invita à m'asseoir, installa Elisabeth devant des livres d'images qui avaient appartenu à Jean-Louis. Celui-ci, en face de moi, ne me quittait pas des yeux, une expression intense et douloureuse sur le visage. Il regarda mes vêtements noirs, soupira :

— Comment vas-tu, Thérèse ? Je pense souvent à toi. As-tu appris que Kohlz a été tué, il y a huit jours ?

— Kohlz ? fis-je, surprise. Non, je ne le savais pas. Comment a-t-il été tué ?

— Il a été fusillé par des résistants F.T.P., dans une rue de Lille.

Ainsi, l'horrible bourreau n'était plus... La satisfaction que je ressentis me montra à quel point je le haïssais. Je pensai puérilement que cela ne lui avait pas porté chance, d'envoyer Marc — et tant d'autres — à la mort.

— Et moi, ajouta Jean-Louis, je vais bientôt partir.

— Tu vas partir ? Où donc ?

— Je me suis engagé dans la Waffen S.S.

La Waffen S.S. ! Je me souvins d'avoir vu des affiches de propagande, sans y avoir attaché d'importance. Gaspard baissa la tête, murmura sourdement :

— Quelle honte ! Mon fils à la Waffen S.S. !

Jean-Louis se tourna vers lui avec violence.

— Tu préfères que je reste ? Et continuer à recevoir d'autres messages comme celui-ci ? Montre-lui donc, à Thérèse !

Comme Gaspard ne bougeait pas, il prit lui-même, sur le meuble, une feuille de papier qu'il déplia. Il en tomba un petit objet noir, qu'il mit sous mes yeux. Je vis qu'il s'agissait d'un cercueil miniature ; sur le papier, en lettres majuscules était écrit : « Préviens ton fils : Mort aux traîtres ! » Mariette se remit à pleurer. Je la regardai avec pitié, dis à Jean-Louis sur un ton de reproche :

— A quoi voulais-tu t'attendre ? Nous n'aimons pas les Allemands, et ceux qui sont avec eux non plus.

Il eut un geste impatient :

— Ils ne comprennent rien ! A la Waffen S.S., je reste français et je lutte pour la France, quoi qu'ils puissent en penser ! Et si je pars, peut-être cesseront-ils de persécuter mes parents ! Les pauvres n'y sont pour rien, ils pourraient au moins comprendre ça !

Je hochai la tête avec scepticisme, jetai un coup d'œil à Gaspard. Il gardait le front penché, on eût dit qu'il n'osait plus lever les yeux. Lui aussi me fit pitié.

Lorsque je pris congé, Jean-Louis me reconduisit jusqu'à la porte. Là, il se pencha vers moi, prit ma main. Une bourrasque de vent humide nous enveloppa. Je frissonnai.

— Thérèse, dit-il tout bas, je ne sais pas si je reviendrai. Je sais que ce n'est peut-être pas le moment de te le dire, mais... je voudrais que tu saches... Quoi que tu puisses penser de moi, j'éprouve au moins un sentiment sincère : je t'aime, je t'ai toujours aimée. Je n'ai jamais souhaité te voir malheureuse... Si jamais je ne reviens pas, pense quelquefois à moi avec tendresse. Tu veux bien ?

Sa voix avait des inflexions tendres qui m'émurent. Les yeux dans les siens, gravement, j'acquiesçai. Il eut un sourire timide :

— Merci, Thérèse. Adieu.

Il se pencha un peu plus, passa un doigt sur ma joue en une douce caresse, tapota légèrement la tête d'Elisabeth :

— Veille bien sur ta maman, ma chérie, et aime-la très fort. Elle a besoin de toi, sais-tu ?

Il me regarda de nouveau avec intensité. Très vite, il prit mon visage entre ses mains, posa un baiser sur mes lèvres, murmura :

— Adieu, Thérèse. Ne m'oublie pas.

Puis s'éloigna à grands pas et entra dans la maison. Troublée, je revins chez moi, où la solitude glacée de nouveau m'enserra de toutes parts. Le prochain départ de Jean-Louis me rendait triste. Peu à peu, tous ceux qui avaient fait partie de ma vie, et qui m'aimaient, s'en allaient. Qu'allait-il me rester ?...

Lorsque j'embrassai Elisabeth dans son petit lit, ce soir-là, de ses bras noués autour de mon cou elle me retint :

— Maman, demanda-t-elle avec gravité, tu aimes Jean-Louis ?

— Eh bien... oui, je l'aime bien. Pourquoi ?

— Tu l'aimes mieux que papa ?

— Oh non, bien sûr que non ! Que vas-tu chercher là ? Jean-Louis, je l'aime bien comme j'aime Amédée, ou Antoine, ou tonton Etienne. Mais papa, lui, je l'aime plus que tout.

Un sanglot difficilement réprimé fit trembler ma voix. Elisabeth ferma les yeux, le visage apaisé.

— Moi aussi, dit-elle tout bas, je l'aime plus que tout.

Bien qu'il ne fût plus là, il restait vivant dans notre cœur. Tous les soirs, avant de me coucher, je relisais sa dernière lettre, et les larmes coulaient sur mes joues. Sans lui, je menais une existence d'automate. Je sombrais dans une sorte de léthargie qui m'engourdissait l'esprit. La dépression me guettait.

Ce fut Amédée qui m'aida. Depuis l'arrestation de Marc, il le remplaçait du mieux qu'il pouvait. Mais il se faisait vieux, et se plaignait d'être bien souvent fatigué. Il vint me voir, un soir :

— Toi, me dit-il, tu files un mauvais coton. Tu as besoin de t'occuper. Dès demain, tu vas venir avec moi faire mes visites. Tu me serviras d'assistante. Ce travail te sera salutaire, tu verras. C'est ce qui m'a permis de remonter la pente après la mort de ma femme.

J'acceptai. Je sentais au fond de moi qu'il avait raison, que je ne devais pas rester inoccupée. J'expliquai à Elisabeth que j'allais travailler avec Amédée le lendemain :

— Si je ne suis pas rentrée lorsque tu reviendras de l'école, tu iras m'attendre chez Zoé.

Elle approuva avec sérieux :

— Je comprends. Tu remplaces un peu papa, parce qu'il n'est plus là ?

Ainsi commença mon association avec Amédée. Tous les deux, nous allions visiter les malades. Il ne gardait que les plus atteints et me laissait les autres. Je savais soigner une bronchite ou une crise de foie, je connaissais les vertus des plantes. Les gens du village étaient habitués à moi et personne n'y trouva à redire. Nous parcourions les rues à pied, luttant contre le froid glacial qui nous piquait le visage. Cela me procurait une saine fatigue ; le soir, je m'endormais comme une masse, et mes cauchemars s'espaçaient. Je rêvais souvent de Marc, d'une vie de nouveau heureuse avec lui. Lorsque je m'éveillais, je trouvais l'oreiller trempé de mes larmes. Je comprenais alors que je ne me consolerais jamais.

J'occupais ma vie ainsi, le travail dans la journée, et ma petite fille le soir. Une révolte parfois me saisissait, lorsque je réalisais que telle serait désormais mon existence. Une révolte et un profond désespoir.

Un jour du mois de février, Amédée fut appelé à soigner un des soldats allemands qui habitaient dans le village ; ce dernier avait glissé sur le sol gelé et s'était malencontreusement foulé la cheville. Là, je refusai de l'accompagner.

— Allons, dit Amédée, Marc lui-même ne t'approuverait pas. Ce soldat n'a rien à voir avec ce qui s'est passé. Et puis, un médecin doit soulager toutes les douleurs, sans s'occuper du reste.

Mais je demeurai inébranlable. Aucun raisonnement ne pouvait me convaincre. Je les englobais tous dans la même haine, une haine vivace qui ne s'éteindrait qu'avec moi. Avant leur arrivée, je menais une vie paisible et heureuse ; j'avais ma grand-mère, j'avais une amie d'enfance que je chérissais comme une sœur, un mari qui m'aimait tendrement. A cause d'eux, je n'avais plus rien. Ma grand-mère n'avait pas résisté à la dureté de l'occupation ; puis ils avaient emmené mon amie, provoqué la mort du bébé que j'attendais, fusillé mon mari. Ils avaient détruit ma vie. Jamais je ne le leur pardonnerais.

17

Le dernier dimanche de mars, très tôt le matin, mon beau-frère Etienne arriva chez moi fort agité :

— Thérèse ! Nous avons besoin de vous !

Je notai son visage hagard, ses yeux affolés :

— Qu'y a-t-il ?

— C'est maman, elle est très malade.

— Mon Dieu ! Qu'a-t-elle ?

— Elle traînait une mauvaise grippe depuis plusieurs jours et refusait de se soigner correctement. Hier, subitement, elle a eu des frissons et de la fièvre. En fin d'après-midi, elle avait 40 °C. Je me suis affolé. J'ai appelé le docteur. Il a diagnostiqué une broncho-pneumonie. Il y a des soins à donner, des ventouses et des cataplasmes à mettre, et je suis incapable de le faire correctement. C'est pour ça que je viens vous trouver. Est-ce que vous pourriez venir passer quelques jours chez nous pour la soigner ? Vous vous y connaissez, et puis nous n'avons que vous. Acceptez-vous ? S'il vous plaît...

Je ne pouvais pas refuser. Depuis la mort de Marc, la santé de ma belle-mère se détériorait. A ma dernière visite, qui remontait à une dizaine de jours, j'avais remarqué son teint gris, ses traits tirés, sa lassitude. Si elle avait dû s'aliter, nul doute qu'Etienne, en dépit de ses dix-sept ans, ne se trouvât désemparé.

— Je viens, dis-je à Etienne. Retourne auprès d'elle, ne la laisse pas seule.

— Une voisine la garde en mon absence. C'est vrai ? Vous allez venir ?

— Oui, ne crains rien. Je prépare tout et j'arrive.

Le soulagement éclaira son regard :

— Oh merci, merci, Thérèse !

Il posa un baiser sonore sur ma joue, reprit son vélo et s'en alla. Je préparai du linge, des plantes ; je pris du thym, du coquelicot, de la mauve et de la violette, de l'ail et de l'oignon. J'en fis un paquet que je mis dans un grand sac. Puis j'allai chercher Elisabeth, qui n'était pas encore levée. Je la pris dans mes bras, l'amenai dans la cuisine :

— Ma chérie, il va falloir que tu sois raisonnable. Grand-mère Henriette est malade, et je vais aller la soigner.

— Je peux venir aussi ?

— Non, ce n'est pas possible. Je vais probablement rester près d'elle plusieurs jours. Toi, il faut que tu ailles à l'école. Et puis, je préfère que tu ne viennes pas, à cause de la contagion. Je ne veux pas que tu tombes malade à ton tour.

Son petit menton trembla, ses yeux s'emplirent de larmes :

— Alors, tu vas encore t'en aller ? Et si tu ne reviens jamais, comme papa ?

Elle leva vers moi un regard que l'inquiétude assombrissait. Je l'embrassai avec tendresse, tentai de la rassurer :

— Ne crains rien, je reviendrai. Je vais simplement chez grand-mère Henriette, elle a besoin de moi, comprends-tu ? Toi, tu iras chez Zoé et Amédée jusqu'à mon retour. Tu seras sage, n'est-ce pas ?

Je vis qu'elle ravalait un sanglot. Le cœur gros, elle acquiesça courageusement. Je la serrai contre moi avec amour :

— C'est bien. Tu es une brave petite fille.

Je la confiai à Zoé et Amédée puis m'en allai, empruntant les chemins à travers champs que je connaissais bien.

Lorsque j'arrivai, Etienne m'attendait.

— Ah, vous voilà ! Je suis très inquiet. Elle a beaucoup de fièvre et ne répond pas lorsque je lui parle.

J'entrai dans la cuisine, posai mon bagage sur la table, montai tout de suite voir ma belle-mère. Couchée sur le dos, les yeux clos, elle respirait difficilement. Je posai ma main sur son front. Il était sec et brûlant. Elle ne réagit pas à ma présence. Je compris qu'elle était inconsciente. Je fronçai les sourcils :

— Qu'a dit le docteur ?

Il me montra une bouteille, sur la table de chevet :

— Il a donné ça, pour la toux. Il a prescrit des cataplasmes, des ventouses, des enveloppements sinapisés. C'est pour ça que j'ai besoin de vous. Moi, je ne...

Il s'interrompit, me regarda sans cacher son inquiétude. Je posai une main sur son bras :

— Ne t'inquiète pas, je vais la soigner.

— Dites-moi... elle va guérir, n'est-ce pas ?

Je compris subitement que, pour lui non plus, ce n'était pas facile. Il n'avait pratiquement jamais connu son père, mort alors qu'il n'était qu'un bébé ; les Allemands venaient de fusiller son frère aîné et de déporter sa sœur. Il ne lui restait que sa mère, et elle était gravement malade.

— Oui, je vais la sortir de là.

J'eus fort à faire. Ce fut une lutte constante, sans un instant de répit, surtout au début. Je m'appliquai d'abord à faire tomber la fièvre, j'alternais les cataplasmes et les ventouses. Pendant plusieurs jours, je ne quittai pas son chevet. La nuit, je dormais dans la chambre voisine, qui avait été celle de Bernadette. Chaque matin, le docteur passait, approuvait mes soins, ordonnait de les continuer. Le deuxième jour, la fièvre tomba. Une sorte de léthargie la remplaça. Lorsqu'il rentrait du lycée le soir, Etienne tournait en rond, malheureux. Pour lui, ma belle-mère essayait de lutter, de reprendre des forces. Le plus pénible était la toux. De longues quintes la déchiraient, violentes, douloureuses, la laissant complètement épuisée. Je lui donnais à boire des infusions que je préparais avec les plantes de ma grand-mère et que je sucrais avec le miel que j'avais amené. Très progressivement, elle se mit à aller mieux. Le cinquième jour, elle comprit, comme moi, qu'elle allait guérir.

— Allons, soupira-t-elle, ce ne sera pas pour cette fois-ci. Ce serait si facile, pourtant...

Je vis son regard las, où se lisait une sorte de regret.

— Ne parlez pas ainsi, dis-je d'un ton brusque. Pensez à Etienne. Il n'a plus que vous.

— Oui, Etienne... C'est bien pour lui, en effet... C'est si difficile de vivre, depuis que Marc... Et ma petite fille, que devient-elle ? Cette angoisse me mine.

Un sanglot l'étouffa, qui dégénéra en une quinte de toux. Lorsqu'elle fut calmée, elle insista pour se lever. Appuyée sur moi, elle fit quelques pas dans la chambre, s'assit dans le fauteuil. Lorsque Etienne rentra du lycée, ce soir-là, sa joie de voir sa mère debout nous émut, elle et moi. Nous avons échangé un regard entendu : pour lui, elle devait guérir.

Le lendemain et le jour suivant, elle tint à descendre au rez-de-chaussée, refusant de rester alitée plus longtemps.

— Ce lit m'affaiblit, assura-t-elle. Si je veux reprendre des forces, il vaut mieux que je reste levée.

Dans la cuisine, je mis près du feu un fauteuil où elle s'installa. Le médecin fut satisfait de l'amélioration, espaça les cataplasmes et les ventouses. Seule la toux persistait, toujours aussi violente. Mais je savais qu'elle ne résisterait pas longtemps à mes infusions et au miel.

Le samedi matin, après que je l'eus aidée à se lever, elle me dit :

— Demain vous pourrez retourner chez vous, ma petite

Thérèse. Elisabeth doit s'ennuyer de vous, cela va faire une semaine que vous êtes ici. Je vais mieux, je vais savoir me débrouiller seule.

Je la regardai, un peu sceptique :

— Vous sentez-vous suffisamment bien ?

— Oui, tout à fait. Ça ira. De plus, ce soir commencent les vacances scolaires, et Etienne sera avec moi tout le temps. Vous voyez que vous pouvez me quitter sans remords.

Je me laissai convaincre. Moi aussi j'avais envie de retrouver Elisabeth. Je décidai de repartir le lendemain matin, assez tôt pour aller, avec Elisabeth, faire bénir à l'église le bouquet de buis traditionnel, ainsi que nous le faisions chaque année au dimanche des Rameaux. Nous ne pouvions pas prévoir qu'un événement dramatique m'en empêcherait, qui allait plonger le village entier dans l'horreur et le désespoir.

La journée se passa normalement. Le soir, je mis un dernier cataplasme à ma belle-mère, lui fis boire une infusion, l'aidai à se coucher. Je restai un instant près d'elle, attendant qu'elle fût endormie. Elle me regarda avec tendresse, prit ma main entre les siennes :

— Merci, Thérèse.

— Et de quoi donc ?

— De m'avoir soignée avec dévouement et de vous montrer bonne envers moi. Savez-vous que je vous considère comme ma fille ? Vous voulez bien l'être, n'est-ce pas ? Ils m'ont pris la mienne, ainsi que mon grand fils...

Je me penchai, l'embrassai avec sincérité et émotion :

— Oui, je veux bien être votre fille.

Elle me retint contre elle un instant, caressa mes cheveux :

— Merci, mon enfant.

Une onde de tendresse nous enveloppa. Moi qui n'avais plus ma grand-mère, qui n'avais jamais connu ma mère, j'étais heureuse d'avoir celle de Marc. Depuis qu'il avait été fusillé, nous nous étions rapprochées l'une de l'autre, liées par le même chagrin.

— Bonne nuit, dis-je tout bas. Dormez maintenant, il se fait tard. Je laisse la porte entrouverte. Si vous avez besoin de quelque chose, n'hésitez pas à appeler.

Je redescendis au rez-de-chaussée. Dans la cuisine, avec Etienne je bus le restant de l'infusion. Ses yeux, bleus comme ceux de Marc, me regardèrent avec amitié :

— Toute la semaine, Thérèse, je vous ai observée. Et savez-vous ce que j'ai conclu ?

— Non. Quoi donc ?

— J'ai découvert que rendre la santé aux malades est quelque chose de très beau. Alors j'ai décidé que plus tard je serais médecin, comme Marc. Qu'en pensez-vous ?

J'eus un sourire ému :

— C'est une bonne décision. Je suis sûre que Marc t'approuverait.

— Et ainsi, maman sera fière de moi. Je n'ai pas le droit de la décevoir maintenant qu'elle n'a plus que moi.

Je me levai, l'embrassai avec affection. Derrière lui, je montai l'escalier sur la pointe des pieds, lui souhaitai une bonne nuit. C'est au moment d'entrer dans ma chambre que nous avons entendu le bruit sourd d'une explosion.

— Encore une ! a dit Etienne. Ça vient certainement de la voie ferrée. C'est la troisième cette semaine. Ces sabotages répétés vont finir par rendre les Allemands furieux.

Je hochai la tête :

— C'est vrai qu'il n'est pas bon de les braver.

— L'abbé Gilleron ne cesse de le répéter, dans ses sermons, et d'inciter tout le monde à la prudence. Mais...

Avec un gémissement, ma belle-mère se retourna dans son lit. Je mis un doigt sur mes lèvres. Par la porte entrouverte, je jetai un coup d'œil. Elle dormait. Je chuchotai à Etienne :

— Ne la réveillons pas. Bonne nuit. A demain.

J'entrai dans la chambre de Bernadette, me déshabillai, me couchai. Je remontai mon réveil, en remarquant qu'il était déjà 11 heures. Fatiguée, je m'endormis aussitôt.

Je dormais profondément, lorsque des bruits me parvinrent à travers mon sommeil, et finirent par me réveiller. J'ouvris les yeux, l'esprit encore engourdi. J'écoutai. J'entendis tout d'abord des cris, des exclamations, qui se rapprochaient d'instant en instant ; puis des bottes qui martelaient le pavé, des coups dans les portes des maisons, des vitres qui se brisaient avec fracas, des hurlements, des vociférations, et enfin plusieurs détonations brutales qui me firent sursauter.

Complètement réveillée, je me levai, affolée, le cœur battant. Je m'enveloppai d'un châle, sortis dans le couloir. Je me heurtai à Etienne en pyjama, effrayé. La voix de ma belle-mère arriva jusqu'à nous, tremblante de peur :

— Thérèse ! Etienne ! Que se passe-t-il ?

Suivie d'Etienne, j'entrai dans sa chambre :

— Je ne sais pas. Ne bougez pas. N'allumez pas non plus. Je vais essayer de voir.

Je m'approchai de la fenêtre, écartai légèrement le double rideau. La lune diffusait une pâle clarté. A l'extrémité de la rue, des soldats allemands armés, casqués, vêtus de noir s'agitaient en tous sens, enfonçaient les portes, cassaient les vitres à coups de crosse, tiraient sur les habitations tout en lançant des ordres et des sommations d'une voix gutturale.

— Ce sont des S.S., murmura Etienne qui, près de moi, observait la scène. Que cherchent-ils ?

Trois d'entre eux sortirent d'une maison située au coin de la rue, poussant un homme qu'ils obligèrent à marcher vite, en le frappant sans ménagement, à coups de pied, du plat de la main, avec la crosse de leur fusil. Deux autres, en face, emmenaient un vieillard à la démarche chancelante ; sur le seuil, une femme aux cheveux gris et au visage en larmes — sa femme, sans doute — tendait les mains dans un geste suppliant. Leurs compagnons avançaient dans la rue, entrant dans toutes les maisons, ressortant à chaque fois avec des hommes qu'ils emmenaient en frappant et en criant. De l'une d'elles, je les vis expulser un homme et son fils, guère plus âgé qu'Etienne ; le père avait reçu un coup de crosse et du sang coulait sur son front.

— Ils recherchent sans doute les responsables de l'explosion, dis-je d'une voix rauque. J'ai bien l'impression qu'ils procèdent à une rafle et qu'ils arrêtent tous les hommes du village.

— Dans ce cas, dit Etienne, s'ils viennent ici je n'ai rien à craindre. Je n'ai rien fait.

Je le regardai, conseillai gravement :

— Etienne, cache-toi. Il ne faut pas qu'ils te trouvent. Même si tu n'as rien fait, il vaut mieux que tu ne tombes pas entre leurs mains. Crois-moi.

Il eut un geste de révolte :

— Mais non, je ne me cacherai pas comme un criminel. Je n'ai pas peur, je suis innocent.

— Crois-moi, Etienne, insistai-je d'un ton suppliant. Moi aussi j'étais innocente, et pourtant ils m'ont arrêtée et gardée en prison trois jours. Je t'en supplie, Etienne, fais ce que je te dis. Vite, ils arrivent !

Ma belle-mère, qui jusque-là n'avait rien dit, joignit sa prière à la mienne :

— Fais-le pour moi, Etienne. Ils m'ont déjà pris mes deux autres enfants, ça suffit, tu ne crois pas ?

Dehors, le vacarme continuait, se rapprochait dangereusement. Une fusillade crépita, très près. Des cris, des jurons lancés en allemand retentirent. Hésitant, Etienne nous regarda, l'une après l'autre. Je le pris par la main :

— Viens. Pense à ta mère.

— Où me cacher ? S'ils fouillent la maison, ils me trouveront.

— Va te cacher dans la remise, au fond du jardin, dit ma belle-mère avec décision. Ils n'iront pas jusque-là. Et restes-y jusqu'à ce que Thérèse aille te rechercher.

— Vite, suppliai-je, dépêche-toi !

Il prit sa mère aux épaules, la serra contre lui. Rapidement, il sortit de la chambre, descendit l'escalier. Je le suivis. En bas, je décrochai son pardessus du portemanteau, le lui mis sur les épaules.

— Prends ça, il ne fait pas chaud dehors. J'irai te prévenir lorsqu'il n'y aura plus de danger.

Il sortit par la porte de derrière. Je le vis courir dans le jardin, entrer dans la petite cabane en bois, s'y dissimuler. Je refermai soigneusement la porte, remontai au premier étage. Dans la chambre d'Etienne, je refis le lit, lissai les couvertures, étalai l'édredon sur le tout. Il fallait donner l'impression que personne n'avait dormi ici. Puis je retournai auprès de ma belle-mère. Elle s'était levée et, par la fenêtre, observait la rue.

— Vous êtes debout ? Quelle imprudence ! Vous risquez d'avoir froid.

Elle se tourna vivement vers moi :

— Ça y est ? Il est caché ?

— Oui.

— Pourvu qu'ils ne le trouvent pas !

— Je ne crois pas. De toute façon il est préférable de ne pas leur ouvrir. Peut-être ainsi n'entreront-ils pas.

Elle me scruta :

— Vous les craignez, n'est-ce pas ?

— Oui, beaucoup. Ils sont capables de tout, ma grand-mère me le disait assez. Je sais maintenant qu'elle avait raison.

— Je crois que...

Des coups ébranlèrent la porte, nous faisant sursauter. Des ordres furieux éclatèrent, hurlés en allemand. Ma belle-mère me lança un coup d'œil effrayé. Dominant ma peur, je lui fis signe de ne pas bouger. En tremblant, elle recula jusqu'au lit, s'y laissa tomber, la tête dans les mains. En bas, la porte résonnait de coups de plus en plus pressés, les hurlements s'amplifiaient, devenaient clameurs. Une rafale crépita de nouveau. Avec horreur, nous les entendîmes enfoncer la porte qui claqua violemment contre le mur, puis le bruit de leurs bottes envahit le vestibule.

— Mon Dieu ! souffla ma belle-mère. Ils sont entrés !

— Ne bougez pas, dis-je tout bas.

En tremblant — je sentais mes genoux s'entrechoquer — je sortis de la chambre, allai sur le palier. Du haut de l'escalier, je vis deux soldats entrer dans la cuisine, où ils se mirent à renverser les meubles et tirer dans les vitres. Le bruit des carreaux brisés se mêla à leurs ricanements. Un officier les suivait plus calmement. Il portait une tunique noire, avec les signes des S.S. aux revers de son col, et un calot sur lequel était dessinée une tête de mort. Il leva les yeux, me vit :

— Descendez, ordonna-t-il en français.

J'obéis, en m'appuyant au mur pour ne pas tomber. Je sentais la peau de mon visage se tendre sur mes pommettes, j'avais conscience de la terreur qui emplissait mes yeux. Qu'allaient-ils me faire ? A mi-chemin dans l'escalier, je m'arrêtai, incapable d'aller plus loin. De la cuisine, des bruits de vaisselle cassée et piétinée me parvenaient. Allaient-ils tout détruire ?

— Où est Monsieur ? me demanda l'officier.

Pendant un instant, mes lèvres ne m'obéirent pas. J'avais

si peur que je crus que je n'allais pas pouvoir répondre. Je dus faire un effort immense pour dire, d'une voix blanche :

— Il n'y a que ma belle-mère et moi. Son mari est mort, le mien aussi.

Alors que je prononçais ces mots, un flot de haine m'envahit, faillit me faire suffoquer. Ils avaient tué Marc, n'était-ce pas suffisant ? Ne me laisseraient-ils jamais en paix ? L'officier me regarda un instant avec attention, cherchant à voir si je mentais. Puis il lança un ordre bref, en allemand, aux deux soldats qui sortaient de la cuisine. Avec effroi, je les vis s'engager dans l'escalier. Ils passèrent devant moi, l'arme au poing, et leur haleine chargée d'alcool me donna la nausée. Je les vis entrer dans ma chambre. Rapidement, je m'en allai retrouver ma belle-mère. Assise sur son lit, raidie par l'angoisse, d'un regard que la peur rendait fixe, elle observait avec appréhension les soldats qui, dans les chambres voisines, arrachaient les couvertures, ouvraient les portes des armoires, tiraient dans les murs. Ils entrèrent, ricanèrent en nous voyant. Ils fouillèrent dans la penderie, jetèrent les vêtements par terre, regardèrent sous le lit. L'un d'eux balaya de la main les statuettes en plâtre qui se trouvaient sur la cheminée. Elles tombèrent et se brisèrent. Ils s'esclaffèrent et en piétinèrent les morceaux. Terrorisées, ma belle-mère et moi, serrées l'une contre l'autre, n'osions pas bouger.

L'officier, qui était allé fouiller de son côté, apparut à la porte de la chambre. Il donna un ordre aux deux soldats, qui sortirent. Il nous regarda, agita le doigt dans un geste de menace :

— Nous partons. Mais vous, ne bougez pas d'ici. Et laissez la porte ouverte.

Ils s'en allèrent. Je fus si soulagée, après la peur que j'avais éprouvée, que je me sentis prise d'un vertige. Ma belle-mère chuchota, d'un ton incrédule :

— Ils sont partis ? Ils sont vraiment partis ?

— Oui.

— Donnez-moi mon peignoir. Je veux me lever, aller voir ce qu'ils ont cassé. Qu'ont-ils fait dans la cuisine ?

— Je ne sais pas s'il est prudent d'y aller.

— Allons, aidez-moi. Ne comprenez-vous pas qu'il faut que j'aille voir ? Rester ici sans savoir est bien pire.

Je l'aidai à descendre. Au rez-de-chaussée, je repoussai la porte d'entrée qui laissait passer un courant d'air froid. Je ne pus la fermer à clé : ils avaient fait sauter la serrure. J'entendis, venant de la rue, d'autres vociférations, des sifflements de balles, des coups dans les portes, dans les fenêtres, des bruits de verre brisé. Je frissonnai, rejoignis ma belle-mère dans la cuisine. Le spectacle m'arracha un cri. Ils avaient renversé la table, les chaises, ils avaient jeté par terre le contenu des placards. Les débris des vitres cassées jonchaient le sol. Ma belle-mère chancela, se retint à mon bras :

— Venez, lui dis-je doucement. Vous êtes encore faible, il faut vous ménager. Allez vous recoucher. Je vais remettre de l'ordre. Puis, lorsque le calme sera revenu, j'irai chercher Etienne. Il doit être transi et fou d'inquiétude.

Elle était sans force pour protester. Je la soutins pour monter l'escalier, la couchai dans son lit, la bordai soigneusement. Elle se laissait faire, le visage exsangue, les yeux clos.

— Reposez-vous un instant. Je vais revenir.

Je ramassai les vêtements qui gisaient sur le plancher, les remis dans la penderie. Puis je redescendis. Dans la cuisine, je redressai la table, les chaises, balayai le carrelage, récupérai les objets qu'ils n'avaient pas cassés. Je m'activai, et cela m'aidait à oublier la frayeur qui refusait de me quitter. Je regardai les vitres brisées, soupirai : il allait falloir les remplacer.

Lorsque j'eus fini, j'écoutai : dans la rue, le vacarme s'était atténué. De loin en loin, encore, retentissaient des salves isolées, des clameurs assourdies. Derrière moi, la porte du jardin s'ouvrit. D'un bond, je me retournai.

— Etienne ! C'est toi ! Tu m'as fait peur ! Pourquoi reviens-tu déjà ?

Le visage rouge de froid, il regarda autour de lui :

— Qu'ont-ils fait ? Je n'en pouvais plus de rester là-bas, sans savoir. Je les ai entendus tirer partout. J'ai eu peur pour vous. Vous n'avez rien ? Et maman ?

— Ils ne nous ont rien fait, rassure-toi. Ils se sont contentés de fouiller, et de démolir un peu.

Il eut de nouveau un regard significatif alentour :

— Oui, je vois ça. Quel intérêt peuvent-ils trouver à tout casser ainsi ?

La voix de ma belle-mère nous parvint, faible, inquiète :

— Etienne ! C'est toi ?

— Oui, répondit-il. J'arrive !

Je posai une main sur son bras :

— Etienne ! Crois-tu que ce soit prudent ? Il vaudrait mieux que tu te caches encore. Et s'ils revenaient ?

— Ah non alors ! D'abord ils ne reviendront pas, et ensuite ça ne me plaît pas du tout, moi, de me cacher et de vous laisser seules face à eux.

Il se dégagea, s'apprêta à monter l'escalier. Juste à ce moment, des pas lourds résonnèrent dehors, la porte s'ouvrit d'une violente poussée, et deux autres S.S. entrèrent. Tout de suite, ils virent Etienne, se précipitèrent sur lui en criant. Le visage grimaçant de fureur et de haine, les yeux exorbités et fous, ils le secouèrent, le poussèrent vers la sortie :

— *Raus ! Raus !*

Ahuri, Etienne n'eut pas le temps de réagir. Comme il n'avançait pas assez vite à leur gré, ils se mirent à le frapper avec la crosse de leur revolver. Le pauvre garçon ne put retenir un cri de douleur. Alertée par le bruit, ma belle-mère apparut en haut de l'escalier :

— Etienne, que se passe-t-il ? Mon Dieu ! Etienne !...

Sur le seuil, mon beau-frère se retourna. Il échangea avec sa mère un regard torturé. Elle cria :

— Etienne ! Non ! Laissez-le ! Laissez-le...

Sa voix mourut dans un sanglot. Elle descendit l'escalier à toute vitesse, sortit derrière eux, tira Etienne vers elle, l'empêchant d'avancer, folle de douleur et de révolte :

— Etienne...

Un des S.S. se retourna, la repoussa. Elle refusa de lâcher prise, s'accrochant à son fils. Alors l'Allemand la frappa, d'un coup de crosse en plein front. Elle tomba. Horrifiée, j'allai vers elle, écrasant sous mes pieds les débris de vitres et de bois qui parsemaient le trottoir. Je l'aidai à se relever. Sur son visage, le sang coulait. Dans un geste de supplication et de désespoir, elle tendit les bras vers les deux S.S. qui s'éloignaient avec son enfant :

— Etienne ! Oh, mon Dieu ! Ils l'emmènent...

Elle se mit à gémir, une lamentation continuelle, une plainte sourde qui lui montait des entrailles et qui était insupportable à entendre. Impuissante à la calmer, hébétée, je la serrai contre moi.

— Venez, il faut rentrer.

Dans le vestibule, une quinte de toux la plia en deux. Elle toussa longtemps, avec de longs halètements. Lorsqu'enfin elle se calma, elle avait les yeux rouges, le visage en sueur. Je dus la soutenir, la porter presque jusqu'à son lit. Je crus qu'elle n'arriverait jamais à monter l'escalier. Lorsqu'elle fut couchée, je lavai le sang sur son visage, mis un pansement. Les yeux ouverts droit devant elle, elle ne voyait rien, ne parlait pas. La fixité de son regard me fit peur. Elle sortait à peine d'une broncho-pneumonie, et ce qu'elle venait de subir m'inquiétait. Comment allait-elle s'en remettre ?

— N'ayez pas peur, dis-je d'une voix que je voulais rassurante. Sans doute ont-ils emmené tous les hommes du village comme otages. Ils les libéreront dès qu'ils auront trouvé les responsables de l'attentat.

Elle tourna vers moi des yeux éteints, sans espoir :

— Et s'ils ne les trouvent pas ? C'est gentil de me dire ça, Thérèse, mais vous n'y croyez pas vous-même.

Je ne pus protester. Je savais bien que c'était vrai. Je m'assis près d'elle sans répondre. Muettes, accablées, nous avons attendu sans oser bouger. Nous entendions encore des cris, des rafales de mitraillettes, des bruits de pas précipités de temps à autre. Ma belle-mère avait joint les mains, ses lèvres remuaient silencieusement. Je compris qu'elle priait. Moi, j'en étais bien incapable. Je me sentais sans illusion. Seule vivait en moi la haine que j'éprouvais pour eux.

Quelques minutes s'étaient écoulées lorsque, un peu partout, retentirent des coups de sifflet. Ma belle-mère releva la tête :

— Que se passe-t-il encore ?

— Je ne sais pas. Je vais regarder.

Je m'approchai de la fenêtre, jetai un coup d'œil prudent. D'abord, je ne vis rien. La rue était déserte. Puis un homme arriva en courant, titubant, l'air hagard et affolé. Il passa sous la fenêtre et s'éloigna en zigzaguant. J'allai laisser retomber le rideau sans comprendre, lorsqu'une autre silhouette apparut au bout de la rue. J'eus peur de me tromper, regardai mieux :

aucun doute, c'était Etienne. Il courait lui aussi, bouche ouverte, yeux égarés, le pardessus grand ouvert volant au vent. Je me retournai, dis à ma belle-mère d'une voix enrouée :

— C'est Etienne. Il revient.

Elle me regarda, interdite. Puis elle porta les mains à son visage, et dans ses yeux monta un espoir tremblant. Elle balbutia, inquiète encore :

— Il revient ? Seul ? Ils l'ont libéré ?

— Il semble que oui.

La porte d'entrée s'ouvrit. Une voix haletante cria :

— C'est moi ! Maman, c'est moi !

Une cavalcade dans l'escalier précéda l'entrée d'un véritable tourbillon. Il s'abattit sur le lit, essoufflé, hoquetant, serrant contre lui les frêles épaules de sa mère qui, tout en lui caressant doucement les cheveux, pleurait silencieusement.

— Mon petit... dit-elle tout bas. J'ai eu si peur... J'ai bien cru te perdre, toi aussi. Raconte : ils t'ont libéré ?

Il hocha la tête, nous regarda avec, au fond des yeux, un reste de frayeur.

— Je ne sais pas ce qui s'est passé. Ils m'obligeaient à aller avec eux lorsque, en arrivant à proximité de la gare, des coups de sifflet ont retenti. Mes deux gardiens se sont arrêtés puis, brutalement, sans un mot d'explication sont partis en courant, me laissant là. Après un instant de flottement, je n'ai plus hésité et je suis revenu ici le plus vite possible. J'ai croisé d'autres S.S. qui couraient en direction de la voie ferrée. Quelques femmes, sur le seuil de leur maison, attendaient le retour de leur mari. Elles m'ont interrogé. Mais je n'ai pas pu leur répondre. Qu'ont-ils fait des autres ? Qu'allaient-ils faire de moi ? Je n'en sais rien.

— Rien de bon, certainement, dis-je avec une moue pessimiste.

— En tout cas, le calme semble revenu, constata ma belle-mère. Seraient-ils partis ?

On n'entendait plus rien, en effet. Ma belle-mère ferma les yeux. J'observai son visage tiré avec une sollicitude inquiète. Déjà affaiblie par la maladie, elle semblait maintenant complètement exténuée. Elle serra la main d'Etienne dans la sienne, chuchota :

— Mon petit, reste auprès de moi.

Vaincue par l'épuisement, elle s'endormit. Sans faire de bruit, je mis de l'ordre dans la chambre, ramassai les débris des statuettes qu'ils avaient cassées. Je regardai Etienne, assis sur le lit. Il avait une bosse au front, du sang séché maculait la racine de ses cheveux.

— Attends, dis-je, je vais soigner ça. Ils t'ont beaucoup frappé ?

Il toucha son front, eut une grimace :

— Aïe ! Les brutes ! Le pire, c'est quand je les ai vus frapper maman. A-t-elle eu très mal ?

— Elle avait bien trop peur pour toi pour ressentir la douleur. Ne bouge pas, je vais chercher de l'eau.

J'allai dans la cuisine, pris un récipient que je remplis d'eau froide, un linge propre, et remontai. Je tamponnai avec précaution le front et les épaules d'Etienne, là où il avait reçu les coups. Je pansai la plaie de son cuir chevelu.

— Merci, Thérèse, murmura-t-il. Je me sens mieux.

Un élan de tendresse me porta vers lui. Je me rendis compte que je l'aimais autant que s'il avait été mon propre frère.

— Tu peux aller te recoucher, lui dis-je doucement. Pour ma part, je serais incapable de me rendormir. Je vais m'installer ici, dans le fauteuil. Peut-être arriverai-je à sommeiller un peu.

— Vous n'aurez pas froid ?

— Je m'envelopperai dans une couverture. Toi, va te coucher, tu en as besoin. Tu es tout pâle.

Il vint à moi, me prit aux épaules, m'embrassa gauchement :

— Merci, Thérèse, répéta-t-il, pour ma mère et pour moi, mais surtout pour elle. Qu'aurait-elle fait, seule ici, lorsqu'ils m'ont emmené ? Merci d'avoir été là.

— Je n'ai pas choisi, je me suis trouvée là, c'est tout. J'aurais certainement préféré ne pas connaître ces minutes horribles. Ils me terrifient, sais-tu ? Je les crains et je les hais.

Nous pensions, à ce moment-là, en être quittes pour quelques vitres brisées, une porte endommagée, et la grande peur que nous avions éprouvée. Nous ne savions pas encore que la réalité dépassait en horreur tout ce que nous pouvions imaginer.

18

Le matin, progressivement, nous avons su ce qui s'était passé. Ce fut Etienne lui-même qui nous apprit les premières nouvelles. Dès qu'il fit jour il s'habilla, décida de sortir. Ma belle-mère, fort ébranlée par la nuit vécue, était restée au lit. Elle le supplia :

— Etienne, reste ici, je t'en prie ! Ce n'est pas prudent. Et s'ils étaient encore là ?

— Ne crains rien, je ferai attention. Mais il faut que je sache.

Après son départ, la voisine vint nous voir. Chez elle aussi, des S.S. étaient entrés, avaient fouillé partout, avaient tiré dans les murs. Elle était veuve, vivait seule ; son fils était marié et habitait Lille. Ils étaient repartis bredouilles, en emportant pour se venger le réveille-matin et la montre en argent de son mari qu'elle gardait en souvenir.

— Je ne sais pas ce qu'ils ont fait des hommes qu'ils ont emmenés, nous dit-elle. Germaine, ma voisine, n'a pas encore vu revenir son mari. Elle n'ose pas aller voir, elle attend dans l'angoisse. Le bruit court qu'ils en auraient tué quelques-uns, y compris le curé et le vicaire. N'avez-vous pas remarqué ? On n'a pas entendu les cloches, pour la messe de 6 heures. Il paraît aussi que d'autres sont restés à la gare, gardés par les Allemands en otages. Comment savoir avec certitude ?

— Etienne est allé jusqu'à la gare, dis-je. Par lui, nous apprendrons bientôt ce qui s'est passé exactement.

Je ne me doutais pas de l'étendue du désastre. Lorsqu'Etienne revint, il était blanc et tremblait de tous ses membres. Il fut longtemps avant de pouvoir parler avec cohérence ; ce ne fut qu'après avoir bu un peu d'alcool, que ma belle-mère gardait pour les cas graves, qu'un semblant de couleur revint à ses joues.

— C'est affreux ! hoqueta-t-il. Ils les ont tués, tous, tous...

— Tous ! Comment ça, tous ? Que veux-tu dire ?

— Je n'ai pas pu aller sur place me rendre compte ; le passage à niveau est gardé par des S.S. et ils nous interdisent d'approcher. Mais j'ai vu... Il y a des gendarmes, avec quelques hommes du village, qui ramènent tous ceux qu'ils ont tués. Ils les transportent sur des charrettes à bras, et les conduisent à l'école. Au passage, des femmes, sur le seuil de leur maison, essaient de voir s'il s'agit de leur mari, de leur fils. L'un d'eux m'a dit que plus de quatre-vingts hommes ont été massacrés... Ils m'emmenaient pour me tuer, moi aussi. Ces coups de sifflet m'ont sauvé la vie.

— Mais pourquoi tuer des innocents aussi aveuglément ?

Etienne haussa les épaules sans répondre. Je dis, d'une voix assourdie par la haine :

— Ils n'ont pas besoin d'avoir une raison. Tout leur est bon pour tuer. Ce sont des brutes.

Petit à petit, nous avons appris la vérité. L'explosion que nous avions entendue la veille vers 22 h 45 avait fait dérailler un train venant de Baisieux et roulant vers Ascq. Ce train transportait des troupes de Waffen S.S. et des munitions en direction de la Normandie. Il n'y avait eu aucun blessé, mais les S.S., se jugeant bafoués dans leur honneur, décidèrent de se venger. Sous prétexte de rechercher les « terroristes » responsables de l'attentat, le lieutenant qui commandait le convoi envoya ses hommes dans le village, avec l'ordre de lui amener tous les habitants masculins de dix-sept à cinquante ans. Ce fut une fouille de toutes les maisons, qui donna lieu à des scènes de violence et d'horreur. Nous en avions eu un aperçu lorsqu'ils étaient venus chez nous. Partout, ils avaient emmené les hommes, même les plus âgés, les arrachant à leur femme et à leurs enfants, sachant très bien à quel sort ils les destinaient. Certains avaient fait croire à leurs victimes qu'il s'agissait simplement d'un travail à effectuer sur la voie ferrée, pour mieux cacher leurs intentions.

Ils amenèrent ceux de la première rafle — vingt-cinq environ près du train. Ils les obligèrent à monter puis, un à un, les firent descendre et les tuèrent sans pitié. Ils recommencèrent avec un deuxième, puis un troisième groupe, obligeant ceux qu'ils allaient fusiller à marcher le long de la voie ferrée, où ils trébuchèrent sur les cadavres de leurs camarades. Pendant le même temps, les autres, dans les rues, enfonçaient les maisons, pillaient, frappaient et emmenaient toujours hommes et jeunes gens. Plusieurs S.S., place de l'Eglise, envahirent le presbytère. Ils massacrèrent l'abbé Gilleron, curé du village, ainsi que le père et le fils d'une famille sinistrée d'Hellemmes qui avait trouvé refuge à cet endroit. Ils assassinèrent sauvagement le vicaire, l'abbé Cousin, qui avait courageusement essayé de protéger un de ses voisins qu'ils battaient à coups de pied et de crosse de fusil. Là, ils s'acharnèrent sur le pauvre prêtre, lui brisèrent les bras, les jambes, lui défoncèrent la poitrine et le crâne. Son cadavre fut l'un des plus mutilés.

Ils s'apprêtaient à fusiller un quatrième groupe de quarante-huit hommes lorsque des coups de sifflet avaient retenti, mettant fin au massacre. C'étaient des policiers de la Feldgendarmerie de Lille qui intervenaient, prévenus par la gare de Lille, elle-même alertée par le cheminot de service, Elie Derache, qui avait téléphoné plusieurs fois. Ces mêmes coups de sifflet avaient libéré Etienne des deux brutes qui l'emmenaient.

En début d'après-midi, nous savions le nombre exact de victimes : quatre-vingt-six. Quatre-vingt-six hommes innocents, vieillards ou jeunes gens, enlevés sans discernement à leur famille, massacrés sans pitié. Les corps avaient été conduits à l'école primaire. Des ambulances étaient venues de Lille et de Roubaix, et avaient emmené les blessés, une dizaine environ. Le cardinal Liénart, évêque de Lille, prévenu dès l'aube, vint se recueillir devant les victimes. Horrifié et impuissant, il ne put que prier pour elles.

Dans l'après-midi, les familles et les amis allèrent à leur tour rendre un dernier hommage à ceux qu'ils avaient connus et aimés. Etienne décida d'y aller. Ma belle-mère, trop faible pour pouvoir se déplacer, renonça à l'accompagner. Je restai près d'elle.

Il revint en pleurant à chaudes larmes, hoquetant d'horreur, d'indignation, de souffrance :

— Je les ai vus ! C'est affreux ! Ce sont tous des habitants du village que nous connaissons depuis toujours ! Ils sont alignés côte à côte, sur un lit de paille. Ils sont mutilés, certains ont été horriblement battus avant d'être fusillés. Et j'ai vu Jean, mon ami Jean...

— Ils l'ont tué, lui aussi ? dit ma belle-mère dans un cri d'effroi. Mais il n'a même pas seize ans !

— Oh maman, ils l'ont tué, avec son père ! Ceux qui ont ramené leurs cadavres m'ont dit qu'ils les avaient trouvés mains enlacées jusque dans la mort. Son père est tellement défiguré qu'il a fallu dissimuler ses traits. Et Jean... Je n'ai pas pu supporter de le voir ainsi, rigide et glacé, lui toujours si souriant, si enjoué. Il était mon ami, nous étions ensemble au lycée. Pourquoi l'avoir tué, lui, le plus doux, le plus aimable de nous tous ? — Il releva la tête, me fixa de ses yeux pleins de larmes. — Oh, Thérèse ! Ce sont des assassins !

— Ne le savais-tu pas ? Ils ont tué Marc, déjà...

— Oui, mais... pardonnez-moi, Thérèse, ils avaient une raison pour le faire. S'ils l'ont tué, c'est parce qu'il avait enfreint leurs interdictions. Tandis que là... Jean n'a rien fait, rien du tout ! Ils l'ont fusillé alors qu'il était innocent, comme tous les autres ! C'est révoltant, c'est monstrueux, c'est... Oh, mon Dieu !

Il se remit à pleurer, avec des sanglots d'enfant.

— Je sais ce que tu ressens, dis-je. Moi aussi, j'ai connu ça lorsqu'ils ont emmené mon amie Simone, avec ses parents et ses deux petits enfants. Elle non plus, tu sais, elle n'avait rien fait.

Le lendemain matin, un avis du *Generalleutnant* Bertram, qui remplaçait depuis quelques mois Niehoff à l'O.F.K. 670 de Lille, ajouta à l'indignation générale. Il interdisait toute circulation dans les localités entre 20 heures et 6 heures, à cause des attentats répétés contre les voies ferrées. Il y était dit notamment : « dans la nuit du 1er au 2 avril 1944, sur le territoire de la commune d'Ascq, des coups de feu ont été tirés sur un train militaire, la troupe a répondu par les armes et un nombre considérable d'habitants ont trouvé la mort ». Cette façon de cacher les crimes commis révolta tout le monde. D'autant plus que, le mardi soir, Radio-Paris signala dans ses informations que « 86 terroristes avaient été exécutés à Ascq, près de Lille ». Ce mensonge fit bouillir d'indignation Etienne.

— C'est honteux, fulmina-t-il. Il n'y avait aucun « terroriste » parmi les victimes. Tous étaient innocents !

Personne ne s'y laissa tromper. De village en village, la nouvelle du massacre se répandit, des tracts circulèrent, les journaux clandestins apprirent à ceux qui l'ignoraient encore la triste vérité. Tout le monde connut ainsi les conditions de l'épouvantable tuerie, et comment les assassins avaient pillé partout : ils avaient détroussé les cadavres de ceux qu'ils venaient d'abattre, arrachant alliances et montres ; dans le village ils avaient volé des vivres, des boissons, de l'argent, des bijoux, des vêtements, et ils avaient pris un plaisir sadique à tout saccager. Des ordres de grève furent lancés dans les usines et ateliers de Lille et des environs pour cesser le travail le mercredi 5 avril, jour des funérailles.

Ma belle-mère, qui se sentait suffisamment bien, décida d'assister aux obsèques. Elle connaissait tous ceux qui avaient été tués. Je résolus de l'accompagner. Notre présence était la seule manière de montrer notre protestation envers ce lâche assassinat, notre ardente indignation et notre sympathie envers les familles éprouvées.

Il y eut une foule immense. Alors que nous nous dirigions vers la place, nous voyions arriver de partout des groupes de gens de plus en plus compacts. Beaucoup venaient de Lille et des villages voisins, à pied ou à bicyclette. Etienne et moi soutenions ma belle-mère de part et d'autre. Nous n'avons pas pu approcher de l'église à cause du monde qui, déjà, occupait les lieux. Un cordon de policiers — français, heureusement ! — canalisait la foule tout autour de la place et dans les rues avoisinantes. Forcés de nous arrêter, nous sommes restés sur le trottoir qui menait à la rue Faidherbe. Nous avons attendu. Serrés les uns contre les autres, sous le ciel gris et nuageux, nous nous taisions. Et le profond silence de toute cette foule était, lui aussi, une marque de respect et de douleur.

Nous savions que dans l'église, où seules les familles des massacrés avaient été admises, officiait le cardinal Liénart. En tendant le cou, je pus apercevoir, par-delà les têtes, de l'autre côté de la place, les cercueils alignés sous leurs draperies mortuaires. Ce spectacle douloureux et sinistre me glaça.

L'attente se prolongeait. Près de moi, ma belle-mère pesait de plus en plus lourdement à mon bras. Inquiète, je me penchai vers elle :

— Etes-vous fatiguée ? Voulez-vous que nous partions ?

Elle releva la tête avec énergie :

— Non, je resterai jusqu'au bout.

De toute façon, serrés comme nous l'étions, il nous aurait été très difficile de nous en aller. Nous avons donc continué à attendre patiemment et silencieusement.

Un mouvement dans la foule nous a indiqué la sortie de l'église et le départ du convoi. Sur le silence devenu plus intense, le glas se mit à sonner. Un frisson me parcourut, je sentis la peau de mes bras se hérisser. A côté de moi, ma belle-mère se raidit. Une larme glissa sur sa joue livide et tomba sur ma main. Lentement, très lentement, le cortège funèbre apparut. Après avoir fait le tour de la place, il avançait devant la foule immobile et grave. Des quêteurs bénévoles passaient entre les rangs : « Pour les orphelins s'il vous plaît. » Toutes les mains déposaient une offrande.

En tête du cortège, des porteurs de gerbes arrivaient. Au milieu des fleurs, des rubans ornés d'inscriptions résumaient en quelques mots la douleur de toute une famille : « A notre père chéri », « A mon époux regretté », « A mon fils », « A notre frère ». Ma belle-mère eut un sanglot étouffé. Une souffrance gonfla ma poitrine, monta jusqu'à ma gorge. A travers un voile de larmes, je regardai arriver les chars. Le glas sonnait toujours, scandé par le pas lent des chevaux résonnant sur les pavés. Deux par deux, ils tiraient de longues prolonges portant chacune plusieurs cercueils, qu'un drap noir et des fleurs recouvraient. Ils passèrent devant nous, en un défilé interminable qui disait, mieux que des mots, qu'ils emmenaient au cimetière une grande partie des hommes du village.

Le maire suivait, accompagné du conseil municipal. Sur son visage tendu et douloureux se lisait une intense émotion : il avait failli, lui aussi, faire partie des victimes. Il était dans le dernier peloton lorsque les coups de sifflet l'avaient sauvé in extremis.

Venaient ensuite les familles, femmes, enfants, frères et sœurs des fusillés. Sous leur voile de deuil, les femmes pleuraient. Je vis une petite fille qui sanglotait, accrochée à la main d'une sœur aînée elle-même en larmes. Leur visible détresse réveilla la mienne, toujours présente depuis la mort de Marc. Elle éclata, me submergea. A mon tour, sur elles et sur moi, sur les êtres chéris qu'elles pleuraient aujourd'hui et sur celui que je ne cesserais jamais de pleurer, je laissai couler mes larmes.

Après le passage du cortège, progressivement la foule se dispersa. Seules les familles des victimes étaient admises au cimetière. Nous sommes donc revenus chez nous. Parmi les groupes de personnes qui nous entouraient, des réflexions s'entendaient, toujours les mêmes : « Quel grand malheur ! », « Quelle tristesse ! », « C'est impensable, un massacre pareil ! », « Ce sont des sauvages », « des brutes, des barbares »...

Des monstres, me disais-je, cruels et impitoyables. Un souvenir me revenait en mémoire : ce petit village que nous avions traversé, lors de notre retour d'exode. Là aussi ils avaient tué des hommes innocents, sans raison valable. Dans le bouleversement qui régnait à l'époque, on en avait beaucoup moins parlé, mais ça avait existé, je l'avais vu. Nous avions eu des échos, par la suite, de la « route sanglante des S.S. de la division *Totenkopf* ». C'était ce qui avait fait dire à ma grand-mère : « Je les reconnais bien là, ils n'ont pas changé : tuer, incendier, piller, ça, ils savent le faire. » Cette fois-ci, ils venaient de massacrer quatre-vingt-six hommes innocents, de seize à soixante-douze ans, y compris les deux prêtres du village qui ne connaissaient que la charité et le pardon. Comme moi, ceux qui avaient vécu cette nuit d'horreur savaient qu'ils ne pourraient jamais oublier.

Je rentrai chez moi le lendemain, laissant ma belle-mère à la garde d'Etienne. Bien qu'encore faible, elle allait cependant beaucoup mieux. J'éprouvai, en retrouvant ma petite Elisabeth, une joie pure et profonde qui fit reculer mon chagrin et ma haine. Je la serrai contre moi avec un amour éperdu. Si claire, si innocente, si tendre... Elle aussi était une victime de ces Allemands que je haïssais et qui lui avaient tué son papa.

Amédée et Zoé avaient appris le massacre, et avaient eu peur pour moi. Ils m'interrogèrent. Je dus leur raconter en détail les événements tels que je les avais vécus. Comme tout le monde, ils furent horrifiés.

— Mais pourquoi les résistants ont-ils placé leurs explosifs si près du village ? objecta Amédée. Alors qu'il y a des kilomètres et des kilomètres de voie ferrée en pleine campagne !

Je soupirai tristement :

— Oui, je sais, c'est ce que beaucoup disent à Ascq. Certains assurent que les résistants ont une part de responsabilité. Mais il faut dire à leur décharge que jamais ils n'auraient pu prévoir une réaction aussi cruelle !

— Les Allemands n'en sont d'ailleurs pas fiers, dit Amédée. Il paraît que le général Bertram est très ennuyé. Les journaux ne relatent rien ; il le leur a interdit. Il essaie de minimiser ce meurtre, mais il doit bien se rendre compte qu'il n'y arrivera pas. Cela tombe mal : ça ne va pas très fort pour eux en ce moment. Ils veulent éviter d'attirer l'attention sur ce crime.

Mais leurs efforts en ce sens furent vains. Au fur et à mesure que les jours passèrent, l'indignation alla en grandissant. Toute la région du Nord, et même toute la France, connut les véritables circonstances du massacre. Ascq reçut des marques de sympathie venant du pays entier. Des subventions furent accordées pour les familles éprouvées et pour les orphelins. Des dons furent envoyés de la part de tous, des ouvriers offrirent une journée de salaire, des quêtes furent organisées.

Des tracts continuaient de circuler, appelant à la vengeance, soulignant la nécessité de s'unir pour pouvoir lutter contre un ennemi sans pitié. Ils disaient : « Allemands = Assassins : le même nombre de lettres, la même initiale », ou encore : « Verser des larmes ? Nous ne le pouvons pas. Notre haine à l'égard des assassins est trop forte, mais elle arme nos bras pour venger nos martyrs ! » Dans une émission radiophonique à la B.B.C., Maurice Schumann déclara, le 15 avril : « Que manquait-il au martyre de la France ? Un Lidice[1] ? Elle l'a. C'est le village d'Ascq, aux environs de Lille, dont la population mâle a été massacrée par un détachement de S.S... » Un autre appel, au mois de mai, adressé directement aux cheminots, leur demandait de venger leurs camarades fusillés : parmi les 86 victimes, il y avait 22 agents de la S.N.C.F. De nombreux tracts rappelaient aussi le massacre de Katyn, en Pologne : « A Katyn comme à Ascq ce sont les mêmes criminels. »

Moi, je le savais déjà ; ces déclarations ne m'apprenaient rien. Mais, autour de moi, les gens du village prenaient conscience du fait que, maintenant, personne n'était à l'abri de leur sauvagerie. Ce qui s'était produit à Ascq pouvait se reproduire n'importe où. Plus que jamais, la haine et la terreur occupaient les esprits.

Les bombardements reprirent, apportant frayeur et larmes. La nuit du 9 au 10 avril, une semaine après le massacre d'Ascq, la R.A.F. s'acharna particulièrement sur la gare de Lille-Délivrance, centre de triage et important point stratégique pour toute la région. Les sirènes nous arrachèrent à notre sommeil. Hébétée, je courus chercher Elisabeth, l'enveloppai dans une couverture, me munis d'une lampe et me réfugiai avec elle à la cave. Seules avec notre peur, nous avons attendu la fin de l'alerte, étroitement serrées l'une contre l'autre. Les explosions se succédaient, nombreuses, rapides, incessantes. A chacune d'elles, Elisabeth sursautait et enfouissait son visage dans ma poitrine, sans un cri, sans une larme. Courageusement, elle taisait sa peur, mais je la sentais trembler contre moi. Je la berçai doucement, et je pensais aux autres bombardements où Marc était avec nous. C'était bien plus dur maintenant, alors que nous n'avions plus sa présence pour nous rassurer. En entendant les bombes tomber sans interruption, je souhaitai que l'une d'elles vînt nous ensevelir

---

1. Lidice : village tchèque où, en juin 1942, tous les hommes furent massacrés par les Allemands.

et nous tuer, mettant fin à une vie qui, sans Marc et dans de telles conditions, n'était qu'une longue souffrance.

Mais nous fûmes épargnées. Les bombes — plus de 2 200 — avaient fait plus de 500 morts et presque autant de blessés. Elles étaient tombées sur Lille et les villages environnants, y compris la prison de Loos qui fut en partie détruite ; environ 200 prisonniers en profitèrent pour s'évader. Si seulement cela s'était produit à l'époque où Marc s'y trouvait ! pensai-je avec regret.

Le mois suivant, il y eut un autre bombardement aussi terrifiant. Une alerte eut lieu déjà dans l'après-midi, mais fut de courte durée. Avant minuit, cela recommença. De nouveau, je me précipitai avec Elisabeth à la cave. Pendant presque une heure, des vagues successives de bombardiers survolèrent la région, mêlant leur vrombissement terrifiant au fracas des explosions. Lorsqu'enfin ce fut fini, nous sommes remontées, hagardes, encore tremblantes d'effroi. Je dus prendre Elisabeth dans mon lit pour finir la nuit, et son petit corps, blotti contre moi, mit longtemps avant de se détendre. Près d'elle, les yeux ouverts dans l'obscurité, je ne parvenais pas à me rendormir. Je pleurais silencieusement sur l'absence insupportable de Marc, encore plus cruelle dans de tels moments.

Lille et sa banlieue avaient encore été durement touchées. Plus de 2 300 torpilles et bombes explosives avaient détruit et incendié des milliers d'habitations, fait des centaines de morts et de blessés. La D.C.A. allemande avait réussi à abattre plusieurs avions ; deux avaient explosé en plein vol. On en retrouva des débris jusqu'aux alentours du village.

A la fin du mois de mai, ma belle-mère m'annonça :

— Il paraît que les Allemands ont arrêté sept résistants responsables de l'attentat qui a fait dérailler le convoi des S.S. Ils en profitent pour claironner partout que ce sont ces sept résistants qui sont à l'origine du massacre.

Une telle attitude nous révolta, une fois de plus. Rejeter la faute sur d'autres, cela leur ressemblait bien. De plus j'étais sceptique : ces prisonniers étaient-ils les vrais coupables de l'attentat ? On disait qu'ils avaient avoué. Mais je savais que cela ne prouvait rien. Je connaissais leurs méthodes, je les avais vus à l'œuvre : pour obtenir des aveux, ils étaient capables de tout.

Ces sept résistants furent condamnés à mort. En l'apprenant, la consternation fut générale. Dans Ascq une pétition circula, demandant la grâce des prisonniers. Elle fut signée par les veuves, les filles, les mères, les sœurs des victimes du massacre, et envoyée à la *Feldkommandantur.*

— Ils la refuseront, dis-je avec assurance. Ils tiennent leurs responsables, ils ne vont pas les laisser repartir !

— Non, mais ils pourront au moins ne pas les fusiller, répondit ma belle-mère. Ce qui s'est passé le 1er avril ne plaide guère en leur faveur. Ils ont là une occasion de se racheter.

Je hochai la tête avec doute. Un geste de clémence de leur part me paraissait totalement impossible.

Pourtant, une effervescence régnait dans les esprits, une impatience se faisait jour : nous savions que les Allemands avaient subi de nombreuses défaites, et nous attendions l'arrivée des Américains. Ce fut Amédée qui me l'annonça, le 6 juin au matin. Il accourut chez moi, ses yeux bleus brillants d'excitation :

— Thérèse ? As-tu entendu ? A la B.B.C. ?

Il bégayait de joie et d'émotion. Moi je ne savais encore rien : depuis que Marc n'était plus là, je n'écoutais plus la radio. Je fis un geste d'ignorance. Il me prit les mains, les broya dans les siennes, dit fièrement :

— Ça y est, ils viennent de l'annoncer : les Américains ont débarqué. Ils arrivent, ils sont en France ! Ils vont chasser les Boches de notre pays !

— C'est vrai ? dis-je d'une voix tremblante. Enfin !...

Amédée se pencha sur Elisabeth, la regarda gravement :

— Bientôt, nous serons libres ! Et ton papa ne sera pas mort pour rien.

Elisabeth me lança un regard incertain. Que comprenait-elle, à huit ans ? Des larmes montèrent dans ses yeux : toute allusion à son père provoquait cette réaction, et bien souvent elle pleurait en parlant de lui. Je laissai à Amédée le soin de lui expliquer. Je me sentais trop troublée, en proie à des sentiments contradictoires. L'annonce du débarquement me rendait heureuse, mais je ne pouvais me réjouir qu'incomplètement : Marc n'était plus là. Sans lui, aucune joie ne réussissait à m'atteindre.

Parallèlement, il fallait empêcher l'arrivée des renforts allemands vers la Normandie. Alors les bombardements reprirent, pendant plusieurs jours successifs, nous faisant vivre des nuits de cauchemar. Nous tremblions en écoutant les explosions se succéder, pendant des minutes qui nous paraissaient interminables. Les journaux nous apprirent les dégâts : des quartiers entiers de Lille furent détruits, multipliant morts et blessés. Les avions, pour être à l'abri de la D.C.A., avaient volé de plus en plus haut, au détriment de toute précision. Les bombes, très puissantes, avaient littéralement soufflé des immeubles entiers.

Les Allemands tentèrent de profiter des conséquences des bombardements pour recruter des volontaires. Des affiches disaient : « Les victimes des raids terroristes anglo-américains crient vengeance. Français, vengez vos morts, défendez vos familles : venez grossir les rangs de la division française de la Waffen S.S. » Nous nous demandions qui pouvait répondre à de tels appels. Depuis le massacre d'Ascq, la Waffen S.S. avait une réputation désastreuse. Parfois, je pensais à Jean-Louis, qui en faisait partie. Qu'était-il devenu ? J'avais posé la question, un jour, à ses parents. Mariette avait serré les lèvres sans répondre ; Gaspard, en baissant la tête, l'air malheureux et torturé, m'avait dit :

— Je préfère ne pas parler de lui, Thérèse. La pensée que mon fils, où qu'il se trouve, pourrait se comporter comme ces assassins l'ont fait à Ascq est en train de me détruire.

Je n'avais pas insisté, émue par leur visible tourment. Eux aussi avaient une croix à porter.

Le 16 juin, une grande affiche encadrée de noir nous apprit que les résistants responsables de l'attentat du 1er avril avaient été fusillés au fort de Seclin neuf jours auparavant. Les Allemands annoncèrent également cette exécution dans les journaux, sous-entendant qu'ainsi l'affaire était classée, puisqu'ils avaient puni ceux qu'ils considéraient comme coupables. Leur attitude de nouveau nous indigna. Le cardinal Liénart adressa au général Bertram une protestation violente, dans laquelle il annonçait avec force que le seul moyen de rétablir la justice était la punition des VRAIS coupables. Il ne reçut jamais de réponse.

Indifférent aux événements, l'été s'installa glorieusement. Je contemplais la campagne verdoyante en me disant que jamais plus je n'irais m'y promener avec Marc. La nuit, quand je ne dormais pas, je me mettais à la fenêtre, essayant de rafraîchir mon visage en feu. Marc me manquerait toujours. Mais je ne souhaitais plus, maintenant, mourir à mon tour ; au contraire, il fallait que je vive pour Elisabeth, qui sans moi se retrouverait seule au monde ; il fallait que je l'élève dans le souvenir de ce père qu'elle avait perdu et qui nous avait tant aimées. Un jour, quand elle serait assez grande pour comprendre, je lui raconterais les événements tels qu'ils s'étaient produits ; je lui révélerais comment, en plus de son père, ils l'avaient aussi privée de ce petit frère qu'elle avait tant réclamé... Ces motivations me donnaient la force de vivre.

Au fur et à mesure que l'été s'avançait, le découragement se mêlait à l'impatience. Que devenait l'avance des Américains ? Ils semblaient piétiner sur place ; nous nous interrogions avec incertitude. Nous en avions tellement assez de supporter les Allemands, de voir leur uniforme vert-de-gris partout, nous craignions tellement leurs représailles et leur cruauté, que le désir de les voir partir finissait par nous oppresser. On racontait que le massacre d'Ascq n'était pas un fait isolé ; on racontait que dans d'autres régions, dans le Centre et ailleurs, ils incendiaient des villages, des églises, ils assassinaient les habitants. Nous savions qu'ils en étaient tout à fait capables, et nous avions peur. Nous ne pourrions respirer librement que lorsqu'ils auraient définitivement quitté notre pays.

Mais pour le moment ils étaient encore là, toujours aussi implacables. Ils continuaient à arrêter, emprisonner, fusiller, déporter. Pour répliquer aux bombardements anglo-américains, ils envoyaient vers l'Angleterre leurs V1, sorte de petits avions sans pilote dirigés à distance, que l'on pouvait assimiler à une bombe volante. Ils avaient installé une rampe de lancement dans la région. Parfois, la nuit, nous entendions passer ces engins bizarres que nous savions repérer à leur vrombissement particulier.

En août, les événements se précipitèrent. Après avoir réussi la percée d'Avranches, les alliés libérèrent la Normandie, continuant leur avance vers le Nord. Lorsque nous apprîmes la libération de Paris le 25 août, notre impatience devint une hâte fébrile. Ce même jour, à Ascq, des F.F.I. qui traversaient le village en camionnette jetèrent dans la rue le corps d'un S.S. français. Etait-ce une vengeance ? Une punition ? En l'apprenant, Gaspard et Mariette se demandèrent avec angoisse si ce S.S. n'était pas Jean-Louis. Renseignements pris, il s'avéra que ce n'était pas lui. Mariette joignit les mains, les yeux pleins de larmes :

— Dieu soit loué, répéta-t-elle, il ne s'agit pas de Jean-Louis !

Gaspard baissa un front têtu :

— Même si ce n'est pas lui cette fois-ci, répliqua-t-il, ce genre de mésaventure pourrait lui arriver !

Mariette tourna vers moi un regard torturé :

— En plus de la honte, maintenant, il va falloir vivre avec cette hantise. Comment faire ? Comment comprendre les gens qui voient dans mon fils un assassin ? Pour moi, il est toujours le bébé que j'ai mis au monde, le seul enfant que j'aie jamais tenu dans mes bras...

Je la comprenais, parce que j'éprouvais un peu la même chose. Moi non plus je ne voyais pas en Jean-Louis un S.S. Il était toujours le petit garçon qui avait grandi en même temps que moi. Comment l'assimiler à ces Allemands haïs ? C'était impossible.

Les derniers jours du mois virent enfin leur départ. Sur la grand-route, à l'extrémité du village, ils passaient sans interruption. Des camions, des chars, hérissés de feuilles, chargés de bagages et de soldats armés et méfiants ; parfois des colonnes à pied, accompagnant des chariots hippomobiles ;

parfois aussi des groupes isolés, marchant, ou roulant à bicyclette. Je ne pouvais m'empêcher de comparer leur fuite désordonnée à leur arrivée orgueilleuse en mai 40. Combien ils étaient différents de ceux qui nous avaient envahis, altiers et méprisants ! Ils avaient perdu leur allure de conquérants, mais ils n'en étaient pas moins dangereux. Aussi, malgré le bonheur que nous ressentions à les voir partir, nous n'osions pas nous réjouir devant eux ; leur propre débâcle les rendait hargneux.

De plus, ils étaient harcelés dans leur retraite par les F.F.I. qui multipliaient embuscades et sabotages. Ce qui donna malheureusement lieu à de sanglantes représailles. Furieux d'être arrêtés ou retardés, ils emmenaient avec eux des otages, ou bien se vengeaient en tuant sans discernement, aussi bien des résistants que de paisibles habitants.

Le jeudi matin, je pris un panier et me rendis chez Philomène, qui m'avait invitée à aller cueillir des prunes et des poires de son verger. Afin d'aller plus vite, je laissai Elisabeth chez Antoine et Julie. Comme je devais m'en féliciter par la suite ! Ma vieille amie habitait à l'écart du village, dans une ancienne ferme où elle élevait encore poussins, poulets, oies et canards. Je pris le chemin qui coupait à travers champs. Plus loin, sur la grand-route, j'aperçus un convoi allemand, un de plus. Il me sembla voir plusieurs motocyclistes suivis d'un camion. Je les observai un instant. Ils s'éloignaient. Un bosquet les dissimula à ma vue. Ce fut alors que j'entendis les coups de feu. « Encore une attaque de résistants », pensai-je. Je pressai le pas, peu rassurée.

Je trouvai Philomène dans sa cuisine. Elle était occupée à plumer une volaille, qu'elle tenait au-dessus d'une bassine d'eau bouillante afin d'arracher plus facilement plumes et duvet. Je lui montrai mon panier :

— Ne vous dérangez pas pour moi, je vais cueillir les prunes. Voulez-vous que je vous cueille toutes celles qui sont mûres ? Ainsi vous les aurez si vous désirez les vendre.

— Oui, merci, Thérèse. Ça me rendra service. Je ne suis plus d'un âge à grimper aux arbres.

— Je vous les apporterai au fur et à mesure.

Je traversai la cour, contournai les anciens bâtiments de ferme, longeai le jardin et gagnai le verger. Coquette, la chienne de Philomène, m'avait suivie. Elle s'allongea dans l'herbe et m'observa de ses yeux dorés. Je travaillais machinalement, cueillant les prunes violettes et gonflées, les plaçant dans le panier avec douceur pour ne pas les écraser. Des images emplissaient ma tête : je me revoyais dans ce même verger le jour où Jean-Louis m'avait dit qu'il m'aimait et qu'il désirait m'épouser. Je l'avais repoussé, et ensuite j'avais rencontré Marc. Une poignante nostalgie me serra le cœur. J'étais jeune alors, heureuse et insouciante, j'avais devant moi une vie pleine de promesses. Maintenant plus rien de tout cela n'existait ; des bourreaux étaient venus et avaient fait de mon bonheur un tas de cendres.

Je soupirai. Perdue dans mes pensées, je n'avais pas vu que Coquette, subitement, était repartie en courant. Ses aboiements me parvinrent, menaçants et furieux. Je pris soudain conscience d'un bruit de moteur, là-bas dans la cour. Je jetai un coup d'œil, mais ne vis rien. Tout de suite inquiète, je descendis de mon échelle, fis quelques pas. Les aboiements de Coquette s'amplifiaient, devenaient de véritables protestations de rage. Alors quelque chose claqua, comme un coup de feu, et la chienne se tut.

Dans le silence revenu, j'entendis très nettement des exclamations brèves, gutturales ; mon corps entier fut parcouru d'un frisson. J'avais déjà entendu des vociférations semblables : c'était à Ascq, le 1er avril. En une fraction de seconde, je revécus la nuit d'horreur. Que se passait-il, cette fois-ci ? Peut-être Philomène avait-elle besoin d'aide ?

Essayant d'ignorer ma peur, j'avançai prudemment, je traversai le jardin, atteignis l'une des dépendances. Je m'appuyai contre le mur, tremblant d'appréhension et de terreur. Je les entendais. A travers les battements sourds et désordonnés de mon cœur, leurs voix m'arrivaient. C'étaient des questions. Ils disaient :

— Où sont les terroristes ?

— Répondez ! Où sont-ils ?

La voix de Philomène, froide, calme, répliquait :

— Je ne sais pas de quoi vous parlez.

La réponse fut jetée, furieuse, sur un ton agacé et impatient :

— Les terroristes, les bandits qui viennent de tirer sur nous, là-bas dans le petit bois. Nous les avons vus s'enfuir par ici. Où sont-ils ?

— Je n'en sais rien.

Avec précaution, pas à pas, le dos collé au mur, j'avançai. Arrivée à l'extrémité, je jetai un coup d'œil dans la cour. Ce que je vis me glaça d'effroi. Une dizaine de S.S. étaient là, parmi leurs motos garées n'importe où. Ils entouraient Philomène qui, bras croisés dans une attitude méprisante, leur faisait face. A quelques mètres, la chienne gisait dans une mare de sang. Avait-elle voulu défendre sa maîtresse en danger, payant sa fidélité de sa vie ?

A ce moment, de la grange située juste en face, sortirent deux S.S. portant un poste émetteur.

— Et ça ? hurla le sous-officier. Qu'est-ce que c'est ? A qui appartient-il ? Avouez !

La même réponse tomba, sur un ton de défi :

— Je n'en sais rien.

— Ah, tu ne sais rien ? Nous allons te faire parler !

Il lança un ordre. Quatre ou cinq soldats se jetèrent sur la frêle petite silhouette aux cheveux gris et se mirent à la frapper. Les autres, tout autour, ricanaient méchamment. Je m'aperçus que je transpirais de frayeur, de dégoût, de haine, de révolte. Eperdue, je regardai autour de moi. Que pouvais-je faire ?

Ils continuaient à crier sur elle, à l'invectiver, à la battre. Ils se la lancèrent de l'un à l'autre, à coups de poing, à coups de pied. Elle titubait, tournoyait sur elle-même, et cela les faisait rire. Je vis du sang sur son visage, dans ses cheveux. C'était horrible. L'un d'eux lui lança un coup de botte si violent que son pauvre corps parut se disloquer. Le choc l'envoya rouler plus loin. Elle tomba près de sa chienne et ne bougea plus.

Le sous-officier la repoussa dédaigneusement du bout du pied :

— Fouillez partout ! ordonna-t-il avec un geste circulaire.

Les soldats s'égaillèrent dans toutes les directions. J'eus peur qu'ils ne me trouvent. Trébuchant, hoquetant de terreur, je repartis sur mes pas, traversai le verger sans rien voir autour de moi, mue par un seul instinct : fuir, fuir le plus loin possible. Il fallait que j'aille prévenir quelqu'un, trouver de l'aide. Je sortis du verger par-derrière, courus à travers les champs récemment moissonnés. Mon pied se coinça dans un sillon. Je m'affalai sur les genoux. La tête penchée, les cheveux dans les yeux, je luttai contre l'évanouissement. Une nausée me secoua et je me mis à vomir une bile amère et brûlante, pendant que des larmes coulaient sur mon visage. Lorsque les vomissements cessèrent, je me relevai, en sueur et glacée. Je me remis à fuir vers le village. Un bourdonnement sourd emplissait ma tête. Soudain, une rafale de mitraillette crépita, des coups de feu éclatèrent. Puis des vrombissements retentirent sur la route. Tout en courant, je regardai derrière moi. Je les vis s'en aller sur leurs motos, sinistres et noirs comme la mort qu'ils semaient. S'ils partaient, je pouvais retourner auprès de Philomène. Je fis demi-tour, m'arrêtai : je venais d'apercevoir les premières flammes. Ils avaient mis le feu à sa maison.

Avec Antoine, Julie, Amédée et d'autres, j'y suis retournée aussitôt, mais il était trop tard. Philomène était morte. Ils l'avaient abattue d'une rafale de mitraillette. Nous avons réussi à éteindre le feu, mais une partie de l'habitation était détruite. Affolés par les flammes, les canards, les oies, les poules caquetaient en un vacarme infernal. Lorsque nous eûmes remis un peu d'ordre, nous avons pieusement allongé Philomène sur son lit ; avec Julie je fis sa toilette funèbre. Elle gardait dans la mort la calme dignité dont elle avait fait preuve face à ses bourreaux. Je la regardai, les yeux pleins de larmes ; elle avait été une amie de ma grand-mère, et toujours elle s'était montrée bonne envers moi. Bien des fois, les œufs, les volailles et les fruits qu'elle nous avait fournis nous avaient aidés à ne pas avoir faim.

Antoine hocha la tête en découvrant le poste émetteur :

— Qui aurait pu penser que sa grange servait aux résistants ? C'était une brave, et nous ne nous en doutions pas.

— Ça lui a coûté la vie, dis-je avec rancune. Avec quelle cruauté ils l'ont tuée ! Ne viens pas me dire que ce sont des hommes ! Ils sont pires que des bêtes sauvages. Ils ont bien raison, tu sais, ceux qui disent : « Allemands = Assassins. »

Antoine me regarda. Son visage prit une expression apitoyée. Il posa une main sur mon épaule :

— Je te répète que tu as tort de raisonner ainsi. Tous les Allemands ne sont pas des S.S., ni des nazis. Crois-moi.

— Après tout ce que j'ai vu, je ne peux pas te croire. Je ne connais que ceux-là. Pourquoi en existerait-il d'autres ?

Doucement, il dit :

— Peut-être comprendras-tu un jour que j'ai raison.

Dans un geste de révolte, je lui montrai, par la porte entrouverte, Philomène sur son lit de mort :

— Comment veux-tu que je comprenne, après ça ? *Ça et tout le reste !*

Un sanglot enroua ma voix. A la fois furieuse et malheureuse, je me détournai, incapable d'écouter plus longtemps Antoine et ses paroles d'apaisement.

Dans la nuit qui suivit, des explosions lointaines retentirent, ravivant notre angoisse. Le massacre d'Ascq était toujours présent dans nos esprits, et nous avions peur de le voir se renouveler. Si ces explosions étaient encore un attentat contre eux, qui sait à quelles cruelles représailles ils se livreraient pour se venger ? L'appréhension me tint éveillée de longues heures. L'appréhension et la scène à laquelle j'avais assisté, dans la cour de Philomène.

Le lendemain, nous apprîmes que c'était les Allemands eux-mêmes qui avaient fait sauter, avant leur départ, des dépôts de munitions ainsi que les installations des aéroports de Lesquin, Bondues et Ronchin. Ils fuyaient, et d'autant plus rapidement que les armées alliées seraient bientôt là. Le bruit courait que les Anglais étaient à Douai, à Arras, que les Américains se dirigeaient vers Tournai pour couper la route aux Allemands. Les derniers groupes en déroute passaient, à pied, à bicyclette, avec des chariots tirés par des chevaux. Zoé, impatiente, avait sorti son drapeau bleu-blanc-rouge afin de l'installer sur la façade de sa maison.

— Attends, lui conseilla Amédée. Attends qu'ils soient tous partis. Tant qu'ils sont encore là, il y a du danger.

Le samedi eut lieu l'enterrement de Philomène. Presque tout le village y assista. Ceux qui l'avaient connue étaient venus lui dire un dernier adieu. Moi aussi j'y allai, et je ne pus m'empêcher de pleurer. Je venais de perdre une amie de plus, elle aussi bonne et inoffensive, elle aussi victime de la barbarie nazie.

Ce fut le dimanche 3 septembre que nous fûmes libérés. Je me trouvais chez ma belle-mère, à Ascq. Le petit village se remettait à peine de la tragédie vécue cinq mois auparavant. Je vis que, déjà, certains habitants avaient installé aux fenêtres leur drapeau tricolore.

— N'est-ce pas imprudent ? demandai-je à ma belle-mère, me rappelant les conseils d'Amédée.

— Il n'y a plus rien à craindre, maintenant, assura Etienne tout excité. Ce matin, au carrefour Castelain, des blindés britanniques sont passés, en avant-garde. Ils ont pris la direction de Tournai. D'autres vont suivre, probablement.

Ils arrivèrent, dès le début de l'après-midi. Ce fut un long défilé. Nous sommes allés jusqu'à la grand-route pour les regarder passer. Sur des chars blindés, sur des camions, des jeunes « *Tommies* » au visage hilare nous saluaient en réponse à nos acclamations, faisant de leurs doigts écartés le V de la victoire. Je les voyais à travers mes larmes. Déchirée, je ne pouvais pas les applaudir comme tant d'autres le faisaient. Il manquait Marc à mes côtés.

Une vieille femme, près de moi, s'exclama :

— C'est la seconde fois que je les vois en libérateurs ! Les braves garçons ! Cette fois-ci encore, ils ont chassé les Boches !

Mais, hélas, ils ne pouvaient pas effacer le souvenir des atrocités commises, qui longtemps encore empoisonnerait les esprits. Les femmes dont les maris, les fils avaient été massacrés le 1er avril, comment auraient-elles pu se réjouir ? Ma belle-mère, à mes côtés, regardait le défilé, avec sur le visage un mélange de soulagement et de souffrance. Les Allemands avaient tué son fils aîné, avaient envoyé sa fille dans un camp de concentration ; comment pourrait-elle oublier ?

Debout dans les camions militaires, les *Tommies* continuaient de nous adresser de grands signes joyeux. A l'arrière d'un de ces camions, sale, hirsute, visiblement épuisé, prostré dans une attitude de vaincu, indifférent à l'allégresse générale, un jeune soldat allemand courbait la tête. J'entendis Etienne crier :

— Tiens, ils ont fait un prisonnier ! Hou, hou !

D'autres huées s'élevèrent à l'adresse du prisonnier qui affectait de les ignorer. A quelques mètres de nous, une femme lança, d'une voix chargée de rancune :

— Assassin !

Il avait plu la veille ; elle se baissa, ramassa une poignée de terre et de boue mêlées. De toute la force de sa haine, elle la lança à la figure du soldat, qui sursauta. Il releva la tête. Je vis son regard, effaré et incompréhensif.

— Elle se venge comme elle peut, murmura ma belle-mère. Les S.S. lui ont tué son mari et son fils.

Etienne dit, d'un ton réprobateur :

— Celui-ci n'est pas responsable. Pourquoi s'en prendre à lui ? Il ignore probablement tout du massacre.

Moi, je la comprenais. Cette haine qui brûlait en elle, qui flambait dans ses yeux, je la ressentais. Qu'importait que celui-ci ne fût pas responsable ! Où étaient les vrais coupables ? Pour moi ils l'étaient tous.

Ce soir-là, lorsque je rentrai chez moi, je remarquai que, dans le village, toutes les maisons arboraient fièrement le drapeau tricolore. Une atmosphère de liesse régnait : enfin, « ils » étaient partis, nous pouvions respirer, libérés de leur joug odieux.

J'allai au grenier rechercher le drapeau de ma grand-mère ; je sortis et le plaçai bien en évidence au-dessus de la porte. Et puis, seule dans ma maison avec ma petite fille, je fis le bilan de ces quatre années : elles m'avaient fait connaître la peur, la cruauté, la haine, le désespoir. Je me retrouvais, à vingt-neuf ans, veuve, meurtrie, la haine au cœur. Il ne me restait qu'Elisabeth, et je savais que je ne vivrais plus que pour elle.

DEUXIÈME PARTIE

RÉCIT D'ÉLISABETH

1

Jusqu'à l'âge de dix-neuf ans, conditionnée par les récits de ma mère, j'ai été persuadée que les Allemands constituaient *la* race maudite par excellence, capables seulement de semer la mort et la désolation partout où ils passaient. Cette conviction se trouvait confirmée par mes propres souvenirs. Le drame de mon enfance fut la disparition de mon père et, ma mère me l'a assez répété, c'étaient « eux » les responsables. Avant, j'étais heureuse et équilibrée ; la guerre ne m'atteignait pas. Il y avait eu l'exode, en mai 40, mais je n'avais que quatre ans et m'en souviens à peine. Ce que je revois très bien, par contre, c'est l'enlèvement de mon amie Denise. Je l'aimais, elle était la sœur que je n'avais pas. Pendant mes six premières années, je l'ai eue à mes côtés, compagne fidèle de mes jeux. Elle possédait même une richesse irremplaçable, pour laquelle bien souvent je l'ai enviée : un petit frère. Un adorable petit bout d'homme qui m'émerveillait. Il nous aimait toutes les deux sans distinction : pour lui, nous étions ses deux grandes sœurs.

Un jour, ils sont partis. C'était un matin très tôt. Nous étions sorties parce que nous allions voir un veau nouveau-né chez Antoine et Julie. Et puis, je les ai vus monter dans une voiture et s'en aller. Je suis restée interdite, malheureuse sans comprendre : pourquoi m'abandonnaient-ils ? Mon cœur d'enfant a eu mal, et longtemps j'ai attendu leur retour. A l'heure actuelle je n'ai toujours pas compris : au nom de quelle idéologie barbare m'ont-ils été enlevés, pauvres victimes d'un gigantesque holocauste ?

De ce jour j'ai commencé à regarder les Allemands avec crainte. Mes parents m'ayant expliqué qu'ils avaient emmené Denise, je me mis à avoir peur : peut-être un jour m'enlèveraient-ils, moi aussi ? Je ne confiais cette inquiétude à personne, je la gardais secrète, et elle empoisonnait ma vie. Lorsque je croisais un des Allemands installés dans le village, je m'appliquais à passer le plus loin possible de lui. Grand-mère et mes parents, ainsi qu'Amédée et Zoé, m'avaient bien recommandé de ne jamais leur adresser la parole. Ce conseil de prudence se joignait à mes craintes enfantines ; les Allemands devenaient pour moi des sortes d'ogres dangereux : que faisaient-ils de ceux qu'ils emmenaient, puisqu'on ne les revoyait jamais ?

Un jour, j'éprouvai une véritable terreur. Je revenais de l'école, un après-midi. J'avais sept ans. J'avais obtenu une grande image en récompense de mon travail et je courais, pressée de la faire admirer à mes parents. En tournant le coin de notre rue, je m'engouffrai littéralement dans les jambes d'un Allemand qui venait en sens inverse. Je faillis tomber. Il me retint. Je levai les yeux vers lui, vis son uniforme, éprouvai une panique intense : qu'allait-il me faire ? Tétanisée, je ne pouvais pas bouger. Il me lâcha, eut un large sourire :

— *Ach !* Jolie petite fille ! Tenez, j'ai un cadeau pour vous !

Il sortit de sa poche ce qui me sembla être une barre de chocolat, l'approcha de moi. La frayeur me donna des ailes. Rapide comme l'éclair, je le contournai et me lançai dans une fuite éperdue. Jamais je n'avais couru aussi vite. Je m'attendais à chaque instant à être rattrapée et saisie. J'arrivai chez moi hors d'haleine, le cœur battant sauvagement. Avant d'entrer, je jetai un regard par-dessus mon épaule. Le soulagement rendit mes jambes faibles : il n'était plus là. J'avais eu si peur que pendant quelque temps j'en eus des cauchemars. Je rêvais que j'étais poursuivie et je courais désespérément. Mais je ne revis jamais l'Allemand, et la terreur comme les cauchemars finirent par disparaître. Cependant, une méfiance demeura toujours au fond de moi.

Lorsque mon père me fut enlevé, cette méfiance devint

angoisse. S'ils étaient capables de me prendre mon père, ils étaient très puissants. Car il était indestructible, il était pour moi un être merveilleux et bon. Il soignait les malades ; parfois, il faisait reculer la mort. Et surtout, il m'aimait. Oh oui, comme il m'aimait ! Je me souviens de ses retours, chaque soir, alors que je courais vers lui. Il posait sa trousse, me prenait sous les épaules, me levait très haut, jusqu'à lui. Mes yeux bleus dans ses yeux bleus, je le regardais, enivrée et heureuse. Il m'appelait sa Lisou, son trésor, son amour de petite fille. Il était mon héros. Je l'adorais, je n'envisageais pas ma vie sans lui. Je prévoyais de l'épouser, plus tard, afin de ne jamais le quitter. Lorsque je le lui disais, il riait, et je me sentais fière. Le bonheur se nourrissait de sa présence.

Un matin, subitement, il n'a plus été là. Je n'ai pas été inquiète tout de suite ; il lui arrivait souvent de s'absenter pour des malades. Le midi, quand je suis revenue de l'école, ma mère aussi était partie. Zoé m'attendait devant la porte de la maison :

— Viens chez nous, me dit-elle. Ta maman n'est pas là, tu resteras avec nous en attendant qu'elle revienne.

J'ai cru, tout d'abord, qu'il s'agissait d'une absence de quelques heures. Amédée et Zoé, peut-être, le croyaient aussi. Mais le soir, lorsque Amédée revint avec mon lit qu'il installa dans la chambre de Zoé, je me mis à avoir peur. Jamais mes parents ne m'avaient quittée. Que se passait-il ?

Zoé vit mon regard incompréhensif et perdu :

— Ne crains rien, c'est juste en attendant. Bientôt tu pourras retourner chez toi.

— Quand ? Où sont papa et maman ?

Elle hésita un instant, une expression douloureuse et indécise sur son bon vieux visage, puis écarta les bras en signe d'impuissance. Amédée se laissa tomber sur une chaise, remonta ses lunettes sur son front :

— Il faut le lui dire, Zoé. Elle est assez grande pour comprendre.

Elle se tourna vers lui :

— Lui dire quoi ? Nous ne savons rien de précis.

Sans lui répondre, il me tendit les bras :

— Viens, Elisabeth. Ecoute-moi.

Je m'approchai. Il m'attira contre ses genoux, me prit aux épaules. Debout devant lui, j'attendais avec appréhension, impressionnée par son regard grave.

— Vois-tu, nous ne savons pas exactement ce qui s'est passé. Simplement, nous avons vu, ce matin, des Allemands venir et emmener ta maman. Avant de partir, elle t'a confiée à nous. Sans doute aussi ont-ils arrêté ton papa.

J'ai senti une immense angoisse monter, me balayer la poitrine. D'une voix étranglée, j'ai balbutié :

— Mais... pourquoi ?

Lui aussi a eu un geste d'impuissance :

— On n'en sait rien. Mais ne t'inquiète pas, ajouta-t-il d'un ton qui se voulait rassurant, ils reviendront.

J'ai essayé de le croire. Je me suis raidie pour ne pas pleurer. Le soir, en me couchant, Zoé m'a conseillé de dire une prière pour le retour de mes parents. J'ai obéi avec ferveur. Et puis, solitaire et malheureuse dans mon petit lit, je suis restée éveillée très longtemps, écoutant Zoé qui ronflait doucement. Je luttais contre mon angoisse : et s'ils ne revenaient pas ? Denise, elle, n'était jamais revenue... Petit à petit, la digue qui retenait le flot de mon chagrin se désagrégea. Alors, d'un seul coup, des vagues furieuses m'assaillirent et le désespoir m'emporta, par saccades douloureuses. Silencieusement, je me mis à pleurer, et je m'endormis au milieu de mes larmes.

Quelques jours après, en rentrant de l'école, je retrouvai ma mère. J'explosai littéralement de joie. J'attendis que mon père, lui aussi, me fût rendu. Mais le temps passa sans apporter son retour. L'espoir s'amenuisait, la peur grandissait. Et vint ce jour où, en pleurant, ma mère m'apprit que je ne le reverrais jamais : « ils » l'avaient fusillé. Avant de mourir, il nous avait écrit une lettre, et je lus les quelques lignes qui m'étaient destinées. J'ai ressenti un chagrin si intense, si violent, que j'ai cru ne pas pouvoir le supporter. Ma mère et moi, nous avons compris que nous devions unir nos forces, et puiser dans notre amour mutuel le courage de vivre sans lui.

Ce ne fut pas facile. Je m'accrochai à elle, qui seule me restait. Lorsque, quelques mois plus tard, elle dut s'absenter pour aller soigner ma grand-mère Henriette, j'eus peur de nouveau. Si, cette fois, elle ne revenait pas ?... Mais elle revint, bouleversée par le massacre qui s'était produit pendant son séjour. Tout le monde en parla avec horreur et indignation. A ceux qui ne pouvaient admettre une telle cruauté, ma mère disait invariablement, avec un sombre fatalisme :

— Je finis par ne plus m'étonner. D'eux, il faut s'attendre à tout. Ce ne sont pas des hommes, ce sont des brutes, des monstres.

Ces paroles entraient dans mon jeune esprit et s'y gravaient. Et je les approuvais, elles disaient la vérité : n'avaient-ils pas tué mon père ?

La fin de la guerre fut douloureuse. Je me souviens des bombardements qui nous obligeaient à passer de longues heures à la cave et qui me terrorisaient. Serrée contre ma mère, je fermais les yeux en tremblant. Lorsqu'enfin tout fut terminé, je compris que nous allions pouvoir vivre en sécurité. Mais je ressentais confusément que, pour nous, c'était trop tard, puisque mon père n'était plus là.

Après la Libération, son corps nous fut rendu. Comme tous ceux qui avaient été fusillés au fort de Bondues, il avait été enterré sur place. Il fut exhumé et réenterré dans notre caveau de famille. Nous pouvions ainsi, ma mère et moi, aller nous recueillir sur sa tombe, que nous fleurissions régulièrement. Pour ma part, je la regardais toujours avec une incompréhension douloureuse : je n'arrivais pas à admettre que mon père était là-dessous, c'était trop insupportable et trop injuste.

En mai 1945, ma tante Bernadette, qu'« ils » avaient déportée, revint de Ravensbrück. Je me souvenais d'elle comme d'une jeune fille toujours aimable, enjouée, souriante et optimiste. Bien souvent elle m'avait apporté des livres d'images, m'avait raconté des histoires et des contes de fées ; elle avait un don pour s'occuper des jeunes enfants. Lorsque je la revis, elle avait tellement changé que je ne la reconnus pas. J'ai été horrifiée par ce fantôme squelettique aux joues caves, aux yeux transparents et immenses dans un visage blafard et décharné. Je la regardais avec circonspection, presque avec crainte : mes neuf ans ne comprenaient pas une aussi horrible transformation.

Dans les jours qui suivirent son retour, elle resta des heures entières dans un fauteuil, immobile, en proie à un morne accablement, avec un étrange regard absent. Elle donnait l'impression de n'avoir plus de forces pour vivre. J'avais demandé à ma mère :

— Pourquoi Tatie Bernadette est-elle toujours ainsi ?

— Elle a beaucoup souffert, me dit ma mère, le visage sombre. Elle a besoin d'oublier. Il faut lui laisser le temps.

Ma grand-mère la dorlotait, l'entourait de tendresse et de soins constants. Elle se laissait faire avec une passivité qu'accentuait sa faiblesse. Son regard ne s'animait qu'à la vue de la nourriture, prenait alors une expression avide qui m'effrayait. Aux repas, elle ramassait du bout du doigt, inlassablement, les miettes de pain qui jonchaient la table ; puis elle suçait son doigt avec application, et recommençait. Ma grand-mère l'observait sans rien dire, le visage torturé.

Une fois, un dimanche, j'étais seule avec elles deux. Ma mère était allée au cimetière avec Etienne. Ma grand-mère s'affairait à la confection du repas. Ma tante Bernadette, assise dans le fauteuil, la regardait sans paraître la voir, avec l'air absent qu'elle avait toujours. Ayant fini de passer les légumes pour la soupe, ma grand-mère posa sur la table son passe-purée. Bernadette tendit un bras, se saisit de l'appareil et, du bout du doigt, avec la même application attentive, se mit à recueillir les légumes qui y adhéraient encore. Ma grand-mère se retourna, la vit. Incapable de se dominer, elle éclata en sanglots :

— Bernadette ! cria-t-elle. Mon enfant, je t'en prie, *ne fais plus ça* ! Je ne peux plus le supporter...

Ma pauvre tante leva des yeux hagards, regarda son doigt comme si elle le découvrait, parut se rendre compte de ce qu'elle faisait. Pour la première fois depuis son retour, son visage exprima quelque chose, un mélange de confusion et de désespoir. D'une voix basse et rauque, elle murmura :

— Oh maman, pardonne-moi ! Je ne le fais pas exprès, c'est plus fort que moi. C'est que j'ai eu tellement faim, tu comprends, tellement faim...

— Mon pauvre petit... soupira ma grand-mère.

Elle prit contre sa poitrine le visage amaigri de son enfant, le berça contre elle un long moment. Bernadette ferma les yeux. Je vis, sous ses paupières, sourdre des larmes, qui se mirent à couler sur ses joues creuses.

A dater de ce jour, elle commença à reprendre pied dans la réalité. Elle se mit à regarder autour d'elle, comme étonnée d'être encore en vie. Petit à petit, très lentement, elle émergea du monde d'horreur et de désespoir qu'elle avait connu. Etienne, surtout, l'y aida beaucoup, avec l'exubérance de ses dix-huit ans.

Par bribes d'abord, puis de façon plus continue, elle raconta, se libérant en même temps des souvenirs qui la hantaient jusque dans son sommeil. D'une voix uniforme, le regard fixé droit devant elle sur des scènes de cauchemar que nous ne pouvions même pas imaginer, elle parlait comme pour elle-même. Et nous, le cœur serré, nous l'écoutions.

— Le plus dur, disait-elle, c'était la faim. Il y avait aussi le froid, la saleté, la cruauté des S.S. et des surveillantes, le travail épuisant. J'étais dans le bloc des « N.N. » — *Nacht und Nebel* — où les prisonnières n'avaient le droit de recevoir ni lettres ni colis. Chaque journée était un supplice renouvelé : nous étions réveillées dès 3 h 30 du matin par la sirène, et à 4 heures nous devions être dans la cour pour l'appel. C'était interminable, c'était une torture de plus, surtout lorsqu'il faisait froid. Nous étions pieds nus, vêtues seulement de l'uniforme du camp. Il fallait rester au garde-à-vous durant des heures ; nous grelottions, dans la neige, la pluie, le vent. Parfois, certaines d'entre nous tombaient, évanouies. Elles étaient aussitôt rouées de coups. Je ne sais pas comment j'ai pu tenir jusqu'au bout. Je crois que je mettais toutes mes forces dans cette pensée : « ils ont déjà eu mon frère, ça suffit amplement ; moi, ils ne m'auront pas ».

Elle s'arrêtait, semblait réfléchir quelques instants. Nous attendions, respectant son silence.

— Le camp était entouré de marais qu'il fallait assécher. Nous devions entrer dans la vase jusqu'aux genoux, jusqu'à la taille parfois. Pendant douze heures, tous les jours, nous travaillions sous la surveillance des S.S. qui nous injuriaient et nous battaient. Certains d'entre eux avaient des chiens qu'ils avaient rendus, par je ne sais quel dressage, aussi cruels qu'eux-mêmes. Parfois, pour s'amuser, ils les lançaient sur nous. Celles qui étaient ainsi attaquées tombaient dans la vase, qui souvent se teintait de sang. Les S.S. s'esclaffaient, c'était un spectacle qui les amusait beaucoup.

— Cela ne m'étonne pas, approuvait ma mère. Ce sont des monstres qui se repaissent des souffrances qu'ils aiment provoquer.

— Sous-alimentées comme nous l'étions, nous ne pouvions pas tenir longtemps. Parfois, ils n'attendaient même pas que les mauvais traitements finissent par nous tuer. Ils nous triaient, le matin, éliminant d'office celles qui étaient vieilles ou qui semblaient à bout de forces. Ils les emmenaient dans des camions, et nous ne les revoyions jamais. Personne n'ignorait leur destination : c'était la chambre à gaz.

Des larmes coulaient sur ses joues, surtout lorsqu'elle parlait de sa meilleure amie, qu'elle avait retrouvée là-bas.

— Marthe, je la connaissais depuis si longtemps ! C'était elle qui m'avait fait entrer dans la Résistance. Elle avait fait partie du comité de presse de *La Voix du Nord* clandestine, et s'était proposée pour convoyer des aviateurs alliés. Elle avait été arrêtée presque en même temps que moi. Nous nous sommes retrouvées là-bas, et notre amitié nous a aidées à tenir. Elle aussi voulait s'en sortir. Et puis, une nuit de janvier, elle est morte et je me suis retrouvée seule. J'ai cru que, sans elle, je ne résisterais pas. Le travail, les privations, les mauvais traitements... Nous étions sales, nous avions des poux, il y avait le typhus, la dysenterie... Lorsque le camp fut libéré, je crois qu'il était temps : j'étais arrivée au bout de mes forces.

Doucement, presque tristement, elle concluait :

— Maintenant, je dois apprendre à revivre, à mener de nouveau une existence normale. Mais comment oublier ? Comment, surtout, retrouver ma confiance d'avant ? Je n'y arriverai jamais.

Ma grand-mère la prenait contre elle, la grondait tendrement :

— Ne dis pas ça. Avec le temps, tu vas te remettre. Même si tu n'oublies pas complètement, le souvenir s'estompera. Tu verras...

Bernadette fermait les yeux, avec une infinie lassitude :

— Tu dis ça, mais tu ne peux pas savoir, tu n'as pas vécu comme moi ces longs mois d'horreur.

— Mais maintenant c'est fini, insistait Etienne. Tourne-toi vers l'avenir, ne pense plus au passé.

Elle soupirait :

— Mais je suis tellement meurtrie...

Et elle passait une main amaigrie sur ses yeux, comme pour effacer les visions de cauchemar qui s'y étaient imprimées et dont elle ne parvenait pas à se débarrasser.

René, le fils d'Antoine, après avoir fait partie des F.F.I., s'était engagé en septembre 1944 dans le 43e régiment d'infanterie de Lille. A partir du mois de mai 45, il partit en déplacement en Allemagne.

— C'est à leur tour d'être vaincus et occupés, disait ma mère avec une satisfaction hargneuse. Au moins, ils verront ce que c'est.

Lorsqu'il revint, après plusieurs mois d'occupation, lui aussi raconta. Il nous dit ce qu'il avait vu, et dans ces récits, les victimes cette fois étaient des Allemands. Etait-ce les mêmes que ceux dont parlaient ma mère et Bernadette ? Je ne comprenais pas : qui fallait-il croire ?

— Les villes ne sont que ruines, expliquait René. J'ai vu une population terrorisée, vivant dans des caves, manquant de tout. Nous étions les maîtres, nous pouvions faire ce que nous voulions. Certains ne s'en privaient pas, raflaient tout ce qui leur faisait envie. Il y avait avec nous un Noir, un Sénégalais, un véritable géant. Dans la rue, il arrêtait toutes les personnes que nous croisions, en leur demandant l'heure. Et il s'empressait de confisquer leur montre. Il s'est bientôt retrouvé propriétaire d'un nombre impressionnant de montres !

Il s'interrompait un instant, son regard se faisait grave :

— Il y en avait un autre, dont le père avait été fusillé avec d'autres otages à la Citadelle de Lille. Lui, il en voulait à tous les Allemands, et ne pensait qu'à se venger, sur n'importe qui. Un jour où nous roulions sur une route, en pleine campagne, nous étions, lui et moi, à l'arrière du camion. Il a aperçu, dans un champ, une vieille femme qui travaillait, courbée vers la terre. Il a pris son fusil et l'a visée, prêt à tirer. Je n'ai eu que le temps de détourner l'arme. Il était furieux. J'ai essayé de le raisonner, mais sa haine le rendait imperméable à toute explication.

— La haine est dangereuse, disait Antoine, et il regardait ma mère.

Moi, j'écoutais. J'écoutais René parler des détresses qu'il avait rencontrées, des femmes et des enfants qui pleuraient de faim, de froid, de peur. Malgré mon extrême jeunesse, une vérité se faisait jour dans mon esprit : la douleur n'avait pas de patrie, elle était la même partout.

Pendant les années qui ont suivi, j'ai beaucoup admiré ma mère. Elle a été très courageuse. Restée seule pour m'élever, elle a suivi des cours et obtenu un diplôme d'infirmière. Elle savait soigner les gens, elle savait aussi mettre les enfants au monde. Elle devint, comme l'avait été sa grand-mère avant elle, la sage-femme du village.

Un nouveau médecin vint s'installer et remplacer Amédée. Amédée, lui, mourut peu de temps après la guerre. Sa dernière parole fut : « Elise... » Lorsque je demandai à ma mère qui était cette Elise que je n'avais jamais vue, elle répondit :

— C'était sa femme. Elle est morte toute jeune, au début de leur mariage, de tuberculose. Il l'adorait et n'a rien pu faire pour la sauver. Il n'a jamais réussi à s'en consoler.

Six mois après, Zoé mourut à son tour ; privée de son frère, elle errait sans but, comme une âme en peine. J'eus beaucoup de chagrin de perdre mes vieux amis. Je les aimais bien, ils étaient pour moi de véritables grands-parents.

Comme ma mère l'avait fait avant moi, j'allais caresser les chevaux devant la forge de Gaspard. Je le regardais travailler avec admiration. Sombre et taciturne, il parlait très peu. Seul un sourire fugace éclairait son visage lorsqu'il m'apercevait. Sa femme, Mariette, était si grise et si effacée qu'elle donnait l'impression de vouloir passer inaperçue. Ma mère disait que cette attitude était due à leur fils, Jean-Louis. Après s'être engagé dans la Waffen S.S., il avait été tué quelque part sur le front de l'Est. Ils n'en parlaient jamais. A leur douleur se mêlait trop de honte.

Le soir de mon douzième anniversaire, ma mère m'attira à elle :

— Tu es une grande fille maintenant. Je vais te confier une chose que je ne t'ai jamais dite. Peut-être comprendras-tu mieux pourquoi je hais les Allemands et ne pourrai jamais leur pardonner.

Elle me raconta alors que, lorsqu'ils étaient venus la chercher pour l'emmener en prison, elle attendait ce petit frère que j'avais tant réclamé. Elle me raconta tout, sans exception, et comment elle l'avait perdu la nuit de son retour. Son récit fit se lever en moi une révolte tellement douloureuse que je me mis à pleurer. Ce jour-là, oui, je compris sa haine et je la partageai. Je ne l'en aimai que davantage. Je la pris contre moi et embrassai les larmes qui coulaient sur son visage. Avec exaltation, je me jurai de l'entourer toujours de tant de tendresse et d'amour qu'elle finirait par ne plus souffrir de l'absence de ce petit enfant mort avant d'être né. Je me fis le serment de n'être pour elle qu'une source de joie et de bonheur ; ce ne serait qu'une juste compensation à tout ce qu'elle avait souffert. Je me fis ce vœu, et me jurai de lui rester fidèle, quoi qu'il arrive.

Je vécus pendant des années avec cet unique but. Je m'efforçai d'être sage, de ne jamais lui déplaire. Cela ne m'était pas difficile ; je l'aimais et je l'admirais. Nous vivions étroitement unies, presque en vase clos. Parfois, lorsque nous allions chez ma grand-mère Henriette ou chez Antoine et Julie, nous étions ensuite heureuses de nous retrouver toutes les deux. Notre entente était parfaite.

Mon adolescence s'écoula sans heurts. Je n'avais pas d'amie de mon âge, ce qui me rapprocha encore de ma mère. Le temps passa. Ma tante Bernadette, petit à petit, parvint à mener une vie normale. Elle reprit son travail, puis rencontra un jeune collègue qui s'éprit d'elle et l'épousa. Mon oncle Etienne, lui, se lança avec enthousiasme dans des études de médecine. Quant à moi, après l'école primaire, j'allai au lycée Fénelon à Lille. Je prenais l'autobus le matin et revenais le soir. A ma mère, je racontais tout : mes petits problèmes, mes joies, mes amitiés. Elle m'écoutait toujours avec attention, et son intérêt me stimulait. Elle m'interrogeait sur mon avenir : que désirais-je faire, quel métier aimerais-je exercer ? L'histoire me passionnait ; je décidai de faire des études d'histoire. Pour le reste, j'étais bien avec elle, je ne voyais pas plus loin. Il m'arrivait parfois de penser qu'un jour je me marierais, mais c'était un événement très lointain. J'étais une jeune fille sage, je ne m'intéressais pas aux garçons.

— Dans la famille, disait ma mère, particulièrement lorsqu'on lui reprochait de rester seule, nous sommes les femmes d'un seul amour.

Alors j'attendais d'aimer, en me disant que ce serait pour toute ma vie. Cela me convenait, c'était tout à fait dans mon tempérament. Avec confiance, j'espérais la venue de celui qui m'était destiné, sans me douter un seul instant du bouleversement qu'elle allait provoquer.

2

Je commençais ma première année d'études universitaires. Je prévoyais de faire une licence d'histoire, peut-être dans le but d'enseigner par la suite ; je ne le savais pas encore avec certitude. Ma tante Bernadette me le conseillait vivement : l'enseignement, disait-elle, était un métier passionnant, qui apportait beaucoup de satisfactions. Je répondais que je verrais bien. Pour le moment, je ne m'intéressais qu'à mes études, qui me plaisaient beaucoup.

J'avais une amie, Martine, qui habitait Lille et suivait les mêmes cours que moi. Nous nous entendions bien. Ce jour-là, nous avions des notes à rassembler pour un exposé, et nous avons décidé d'aller travailler à la Bibliothèque Universitaire. Nous nous sommes installées à l'une des longues tables. Notre tâche nous absorbait tellement que nous avons à peine remarqué les deux étudiants qui, peu après, prirent place en face de nous. C'est leur discussion qui a fini par attirer notre attention. Ils parlaient avec un léger accent, et je compris qu'ils devaient être étrangers. Je les regardai mieux. L'un était un géant blond aux yeux bleus, l'autre avait de chaleureux yeux bruns et des cheveux châtains. Il me plut d'emblée.

— C'est cette phrase, disait le premier, « monter sur ses grands chevaux ». Que signifie-t-elle ? Je ne trouve pas.

— Demandons aux jeunes filles qui sont à notre table, conseilla l'autre, une étincelle malicieuse dans le regard. Elles sont Françaises, elles sauront nous renseigner.

Le géant tourna les yeux vers nous, vit que nous l'observions, devint ponceau. Son compagnon se mit à rire.

— Je suis désolé, dit-il. Nous sommes deux pauvres étudiants étrangers et nous essayons de comprendre toutes les subtilités de la langue française. Nous aimerions connaître le sens et l'origine de l'expression « monter sur ses grands chevaux ».

J'ai trouvé qu'il s'exprimait bien. Il parlait d'une voix lente et mélodieuse qui, elle aussi, me plut. Ai-je donc été sous le charme dès le début ? Une sorte de timidité m'a empêchée de répondre. C'est Martine qui a dit :

— D'après ce que je sais, ça doit signifier « se mettre en colère ».

— Ah merci ! s'exclama le géant en notant l'explication. Et quelle en est l'origine ? Pourquoi « grands chevaux » ?

Martine me regarda, les yeux ronds :

— Ça... Tu le sais, toi, Elisabeth ?

Non, je ne le savais pas. J'eus un geste d'excuse. Les yeux bruns me sourirent avec une touche d'ironie :

— Alors là, si vous, vous ne pouvez pas nous renseigner... qu'allons-nous devenir ?

— Attendez, dit Martine, nous allons regarder dans les dictionnaires.

Nous avons sorti les encyclopédies de leurs étagères, nous avons cherché avec eux. Nous n'avons rien trouvé. Nous avons avancé plusieurs explications, aussi stupides les unes que les autres, et nous avons ri. Finalement, nous nous sommes retrouvés tous les quatre au café du coin, devant un chocolat chaud.

— Je m'appelle Knut, disait le géant blond, je suis Suédois. J'ai passé l'an dernier une licence de français, et je viens faire un stage d'un an dans votre pays. Ensuite je retournerai enseigner votre langue chez moi.

— Je m'appelle Axel, disait son compagnon en m'enveloppant de son regard chaleureux, et je suis en France exactement pour les mêmes raisons. Nous partageons la même chambre, Knut et moi. Nous aimons beaucoup la langue française, et aussi la cuisine française, n'est-ce pas, Knut ?

— C'est vrai. Acceptez-vous de nous accompagner au restaurant universitaire, ce soir ?

J'hésitai un instant. Tous les jours, je rentrais chez moi assez tôt pour prendre le repas avec ma mère. L'habitude était si bien ancrée que j'ai failli refuser l'invitation de Knut. Mais j'ai croisé le regard d'Axel, et j'ai dit oui.

Ce fut le début de notre amitié. Tous les quatre, nous devînmes inséparables. Ils venaient nous attendre à la sortie de nos cours, et nous prenions nos repas ensemble. Nous formions un groupe exubérant, nous riions de tout et de rien. Au fil des jours, insensiblement, Knut le géant placide se rapprocha de Martine, qui était vive et primesautière. Et moi, sans bien m'en rendre compte, je tombai tout doucement amoureuse d'Axel.

Je crois que ce qui m'a attirée vers lui, surtout, ce fut sa joie de vivre. Depuis toujours, avec ma mère, je n'avais mené qu'une existence calme, presque terne, basée sur le regret de mon père ; toute gaieté sans lui nous eût paru presque sacrilège. Je ne connaissais pas les parties de plaisir, les explosions d'enthousiasme, les fous rires ; Axel me les fit découvrir. Avec lui, la vie pétillait, m'emportait sur des vagues d'insouciance que ma jeunesse accueillait avec ardeur.

Il y avait aussi les moments de tendresse, lorsque nous nous taisions et que nos regards parlaient pour nous. Alors un courant très fort nous unissait, nous isolait des autres. Les yeux d'Axel devenaient graves, son visage revêtait une expression qui faisait palpiter mon cœur. Dans ces moments-là, lorsque Martine ou Knut nous interpellait, nous avions bien du mal à reprendre pied dans la réalité.

Je mourais d'envie de me confier à ma mère. Nous étions si proches que je ne voulais rien lui cacher. Et pourtant, je ne le faisais pas. A plusieurs reprises, je faillis lui parler, mais, au dernier moment, quelque chose m'arrêta. Je ne savais pas quoi exactement. Peut-être voulais-je garder pour moi, le plus longtemps possible, ce secret si fragile ; peut-être aussi craignais-je de lui avouer un bonheur dont elle était exclue...

Ce fut notre première séparation, lors des vacances de Noël, qui me fit comprendre à quel point j'aimais Axel. Sans lui, les journées me parurent vides, mornes. Je me rendis compte que lui seul donnait un sens à ma vie. Je passai Noël et Nouvel An en ne pensant qu'à lui ; pour la première fois, je me sentais hors du cocon familial. Lorsque mon oncle Etienne me taquina sur mon air rêveur, ma grand-mère eut un sourire complice. Ma mère posa sur moi un regard intrigué, mais ne dit rien.

Lorsque je le revis, à la rentrée de janvier, je n'eus plus aucun doute. Je sortais d'un cours avec Martine. Accompagné de Knut, il attendait sur le trottoir. Il vint vers nous, ne regardant que moi seule. En moi, inattendue, irrépressible, une houle se leva, m'inondant d'un bonheur intense. Je sus alors qu'il m'était devenu indispensable.

Je vécus des jours euphoriques. Sa présence me grisait. Dès le matin, la journée s'annonçait lumineuse, parce que j'allais le voir. Et puis, la façon dont il me regardait me faisait frémir délicieusement ; elle me disait que mon amour était partagé.

Vers la fin du mois, un soir, je me retrouvai seule avec lui. Martine, qui souffrait d'un gros rhume, n'était pas venue aux cours. Knut, pour une raison que j'ai oubliée, n'était pas là non plus. Tous les deux, nous sommes allés boire notre inévitable chocolat chaud. J'étais assise près de lui, et nous nous regardions. Privés de la présence de nos amis, nous ne savions que dire. Une timidité nous paralysait. J'ai bu mon chocolat, j'ai reposé la tasse sur la soucoupe, j'ai soupiré :

— Bon, eh bien... il faut que je parte...

L'expression de ses yeux bruns m'a arrêtée. Je suis restée immobile, tournée vers lui. Je l'ai vu nettement hésiter, puis, d'un seul élan, il a murmuré, avec cet accent particulier qui me troublait :

— Elisabeth, attends. Je dois te dire...

Emue, le cœur tremblant, j'ai attendu. Il a pris ma main et, des étoiles plein les yeux, s'est mis à parler sans s'arrêter :

— Elisabeth, je suis très amoureux de toi. Je crois que je t'aime depuis le jour où je t'ai rencontrée, mais je m'en suis aperçu pendant les vacances de Noël. Tu m'as manqué, j'ai compris que je ne pouvais pas vivre sans toi. Tout me paraissait sans intérêt ; je te comparais aux filles de mon pays et elles me semblaient gauches, lourdes, sans grâce. Toi, tu es fine, tu es belle... tu es celle que j'aime. Je t'aime sincèrement, tu sais. Ce n'est pas... comment dites-vous en français ?... un béguin d'étudiant. C'est un amour vrai, profond, qui durera autant que moi-même. Et si tu n'as pas peur de joindre ton destin au mien... l'an prochain, à la rentrée, je serai professeur. Accepterais-tu de m'épouser et de me suivre dans mon pays ?

Je l'ai regardé, éblouie. Il m'aimait, il voulait m'épouser ! A la joie que j'ai ressentie, j'ai compris que je ne souhaitais rien d'autre. J'étais, moi aussi, irrémédiablement amoureuse. En rougissant, j'ai dit tout bas :

— Oui, je veux bien, Axel.

Il a murmuré, d'une voix rauque :

— Elisabeth !...

Il a pris mon visage dans ses mains, a baisé mes paupières. Puis, les doigts enlacés, joue contre joue, nous sommes restés un long moment sans bouger, savourant le même émerveillement. Autour de nous, aux autres tables, tout le monde s'agitait, riait, parlait fort. Le brouhaha des conversations ne nous atteignait pas. Nous étions en dehors, seuls avec notre immense bonheur.

— Nous serons heureux, je te le promets, reprenait Axel. Aux prochaines vacances, si tu le veux, je te présenterai à ma mère. Elle t'aimera, elle est douce et bonne.

Le fait qu'il parlât de sa mère me fit penser à la mienne. Une inquiétude m'assombrit un instant. Que dirait-elle, lorsque je lui apprendrais que, bientôt, je la quitterais ? Comment l'accepterait-elle, elle qui ne vivait que pour moi ? Je soupirai :

— La Suède... Comme c'est loin !

Axel s'écarta de moi, me fixa avec étonnement :

— Qui te parle de Suède ? C'est Knut qui est Suédois ! Moi, je suis Allemand.

Ce fut comme si je recevais un coup sur la tête. J'ai

sursauté si violemment que mon coude a renversé, sur la table, ma tasse et ma soucoupe. J'ai balbutié, d'une voix blanche :

— Allemand ? Tu... tu es Allemand ?

— Mais oui ! Je croyais que tu le savais. Mais... enfin, que se passe-t-il ? Elisabeth ! Elisabeth, que fais-tu ?

J'étais debout, je rassemblais mon sac, mon écharpe, mes gants, je traversais le café, je courais sur le trottoir, je m'enfuyais. Derrière moi, j'entendais la voix d'Axel, qui appelait :

— Elisabeth ! Attends ! Reviens !

Je courus encore plus vite. Les poumons en feu, l'esprit en tumulte, le cœur battant comme un fou, j'arrivai à l'arrêt où, habituellement, je prenais mon bus. Justement, l'un d'entre eux démarrait. Je l'attrapai au vol. Alors qu'il prenait de la vitesse, à travers les vitres j'aperçus Axel qui arrivait, cheveux au vent, l'air affolé. Il me regarda avec une expression égarée, fit un geste d'appel dans ma direction. Les larmes aux yeux, je me détournai.

Je trouvai une place assise, m'efforçai de me calmer, de réfléchir. Le choc de la révélation s'atténuait un peu, mais l'horreur restait. Allemand... il était Allemand ! Comme ceux qui avaient fusillé mon père, qui m'avaient privée de mon petit frère, qui avaient brisé notre vie, à ma mère et à moi ! Je ne pouvais pas l'aimer, c'était impossible. Il fallait que je le chasse de mon cœur.

Je soupirai. Ce ne serait pas facile. Je revoyais l'air avec lequel il m'avait regardée, tandis que l'autobus m'emportait. Il n'avait rien compris, et pour cause. Mais je me sentais incapable de lui expliquer. Ma réaction avait été violente, mais instinctive. Je n'avais pensé qu'à fuir, loin de lui et de tout ce qu'il me rappelait : j'avais trop souvent entendu les récits de ma mère et ce qu'elle disait sur les Allemands... En même temps, une sorte de ressentiment m'envahissait : comment avais-je pu me laisser piéger ainsi ? Jamais il n'avait dit qu'il était Allemand, ou alors je n'avais pas fait attention. Je l'ignorais complètement. Je le croyais Suédois, comme Knut. D'ailleurs, son prénom : Axel... C'était typiquement suédois, pour moi. Je l'avais trouvé très romantique, et j'avais même pensé à un autre Suédois, Axel de Fersen, qui avait aimé Marie-Antoinette...

Oh, pourquoi fallait-il qu'il fût Allemand ? Une souffrance aiguë me tordit le cœur. Je ne fis rien pour empêcher mes larmes de couler. Elles inondèrent mon visage, amères et brûlantes. Que pouvais-je faire d'autre que pleurer sur cet amour qui, à peine éclos, se trouvait déjà condamné ?

Je ne dînai pas ce soir-là. Je prétextai un violent mal de tête et allai me coucher. Ma mère m'apporta des cachets, me fit boire une de ses inévitables infusions. J'avalai le tout docilement, sans aucune illusion : il faudrait bien autre chose pour me guérir...

Le lendemain était un samedi. Je n'avais pas de cours. Je restai à la maison, essayant de retrouver mon équilibre. L'âme blessée, le cœur endolori, je me laissai dorloter par ma mère. En la voyant aux petits soins pour moi, pleine d'amour et de dévouement, je ne pouvais m'empêcher de penser que ma décision était la bonne. Jamais je n'oserais lui avouer que j'aimais un Allemand. Cela lui ferait trop de mal. Je me rappelai que je m'étais promis de ne jamais lui faire de peine ; le moment était venu de tenir ma promesse.

Ce fut plus difficile que je ne le pensais. Dès la semaine suivante, je le revis. Avec Knut, il nous attendait fidèlement, Martine et moi, à la sortie de nos cours. Son regard se posa tout de suite sur moi, à la fois inquiet et tout empli d'amour. Je baissai les yeux, déchirée. Mon cœur souffrait, brûlait de répondre à son appel. Mais ma raison, froidement, me disait qu'il était de cette race que ma mère m'avait appris à haïr, et que rien n'était possible entre nous. Délibérément, je me détournai :

— Excusez-moi, dis-je très vite, aujourd'hui je ne peux pas rester. Ma mère m'attend. A demain !

Je les plantai là tous les trois et partis d'un pas rapide, sans un regard en arrière. Dans le bus qui me ramenait chez moi, je m'aperçus que je tremblais. Je serrai farouchement les poings : il fallait que je sois forte, et j'y arriverais, coûte que coûte.

A la maison, ma mère n'était pas encore rentrée. Dans ma chambre, je me débarrassai de mon sac et de mes livres, puis allai dans le salon. Je pris l'album de photos, le feuilletai lentement, m'arrêtai devant un instantané nous représentant, mon père et moi : debout dans le soleil, il me portait sur ses épaules et souriait. Sur mon visage d'enfant, la joie éclatait. Nous avions, lui et moi, le même air heureux ; il était facile de voir que nous nous adorions. J'allai ensuite dans la chambre de ma mère, ouvris le tiroir de la table de nuit. Là se trouvait la dernière lettre de mon père. Je la dépliai, relus les mots qui m'étaient adressés : « Ma Lisou, ton papa te demande de ne pas l'oublier, et de bien aimer ta maman... » Ma vue se brouilla. Une larme tomba sur le papier, se mêlant à la trace de tant d'autres... Avec détermination, je séchai mes yeux, rangeai la lettre, refermai le tiroir. Ma résolution se faisait plus forte : jamais je ne trahirais la mémoire de mon père.

Je dus m'évertuer à le fuir. Je me rendais compte qu'il ne comprenait pas, je voyais bien son regard blessé, malheureux. Je détournai les yeux, de peur de me laisser attendrir. Je n'avais pas cessé de l'aimer. Et j'en voulais à cet amour que la raison ne parvenait pas à étouffer.

Dès la sortie des cours, je laissais Martine avec eux et je me sauvais. Je prenais le bus, je rentrais chez moi, je m'enfermais dans ma chambre et travaillais jusqu'à l'abrutissement. Mes joues se creusaient, mes yeux se cernaient de mauve, mon cœur devenait lourd comme une pierre. J'étais de plus en plus malheureuse, mais je m'obstinais dans ma décision.

— Tu travailles trop, disait ma mère avec sollicitude.

Je la regardais sans répondre. Un flot de tendresse m'envahissait, envers elle que je refusais de meurtrir davantage. Je me réfugiais dans son amour maternel. Il m'avait suffi pendant si longtemps ; pourquoi ne me suffirait-il plus maintenant ?...

Martine n'avait pas été sans se rendre compte de ma nouvelle attitude. Un jour, entre deux cours, elle m'interrogea. J'hésitai : pouvais-je me confier à elle ? Je décidai que oui : elle était mon amie et m'aimait sincèrement. Elle connaissait les conditions de la mort de mon père. Pour elle aussi, il était un héros. Je ne doutai pas un seul instant de sa compréhension. Et puis, ce serait doux de partager mon tourment : il était si lourd pour moi seule !

Je lui expliquai pourquoi j'agissais ainsi. Elle me fixa, effarée, presque scandalisée :

— Elisabeth ! Mais... rends-toi compte, tu es injuste ! Tu ne peux pas rendre ce garçon responsable de crimes que d'autres ont commis !

Je fus déçue et vexée de voir qu'elle ne me comprenait pas. Elle ajouta :

— Moi, il me fait pitié, tu sais. Il a un air si malheureux ! Il souffre, c'est visible. Il m'a demandé si je savais la raison de tes fuites continuelles. J'ai dit que je l'ignorais.

— Promets-moi que tu ne lui diras rien.

— Non, je ne dirai rien. Mais je persiste à penser que tu as tort d'agir ainsi.

Pourtant je continuai à le fuir, le désespoir au cœur. Lorsque je l'apercevais, une intense émotion me bouleversait. Sans même le regarder, je prenais conscience de l'expression douloureuse de son visage, de son regard tendu vers moi comme un appel. Je me dépêchais de lui tourner le dos, de m'en aller. Chaque fois que je m'éloignais ainsi, un instinct profond me criait de faire demi-tour et de le rejoindre. Mais je refusais de l'écouter. Et je m'épuisais dans une lutte de plus en plus dure.

Cela dura un mois et demi, presque deux. Mars arriva, ennuageant les arbres d'un léger tulle vert, amenant avec lui une langueur qui me faisait faiblir. Je finissais par être obligée de me l'avouer : Axel me manquait, sa présence me manquait, la joie qu'il avait apportée dans ma vie me manquait. J'étais malheureuse, et apparemment lui l'était aussi. Ma décision était-elle la bonne, finalement ? Pourtant, je ne pouvais pas renier le passé, faire comme si rien n'avait existé...

Et puis vint ce jour où tout changea. C'était à la fin du mois. Je sortais de mon dernier cours avec Martine. Sur le trottoir, il n'y avait que Knut. Une désespérance me serra le cœur : Axel avait-il abandonné ? C'était ce que je voulais, et pourtant j'eus mal. Je lançai un rapide au revoir, m'éloignai vers l'arrêt de mon bus. Je marchais vite. L'air était doux, des oiseaux chantaient ; le printemps serait bientôt là. Pour moi, sans Axel dans ma vie, il n'apporterait que tristesse et regrets.

J'arrivai au bout de la rue, à l'endroit où elle débouchait sur le boulevard. Une silhouette soudain se dressa devant moi. Je m'arrêtai net, le cœur dans la gorge. C'était Axel. Droit, déterminé, à la fois fier et suppliant, il dit :

— Elisabeth, il faut que je te parle. Ça ne peut pas continuer ainsi. Pourquoi m'évites-tu ? Que se passe-t-il ?

Affolée, je ne pensai qu'à une chose : le fuir une fois de plus. D'un mouvement brusque, sans regarder où j'allais, je me détournai et m'élançai sur la chaussée. Un hurlement de freins me vrilla l'oreille. Je vis se précipiter sur moi un autobus énorme et terrifiant, j'aperçus en un éclair le visage épouvanté du chauffeur. Je compris que j'allais être heurtée, renversée, écrasée. Tout se passa très vite. Une main solide me tira brutalement en arrière. Avec un halètement, le monstre de ferraille passa à quelques centimètres de mes pieds, me frôla dans un dernier crissement de freins. Sans savoir comment, je me retrouvai le nez dans l'épaule d'Axel, serrée contre lui qui murmurait d'une voix étranglée :

— *Mein Liebling... Mein Schatz... Warum ?...*

Les yeux clos, prise de vertige, je m'accrochai à lui. Je le laissai me bercer, me dire des mots doux dans sa langue maternelle. J'avais oublié le monde extérieur, il n'y avait plus que nous deux. Blottie dans ses bras, je me sentais tellement bien que je ne faisais plus un mouvement. L'amour que j'avais essayé d'étouffer revenait en force, balayant ma résolution, me laissant pantelante et vaincue.

Ce fut lui qui s'écarta. Il me prit doucement le menton, me relevant le visage. Ses yeux bruns plongèrent dans les miens, doux et graves :

— Elisabeth, dit-il, je t'aime. Je ne veux pas te perdre. Qu'y a-t-il ? Viens, explique-moi.

Il m'entraîna. Je me laissai faire. Je marchais à ses côtés comme dans un rêve, toute révolte abolie. Derrière le palais des Beaux-Arts, le square était désert. Il prit place sur un banc, me fit asseoir à côté de lui, m'entoura de son bras. D'elle-même, ma tête vint se nicher au creux de son épaule. Je ne me posais plus aucune question. J'avais compris que, pour moi, le bonheur sans lui n'existerait jamais.

— Elisabeth, dit-il d'une voix basse et pressante, que s'est-il passé ? J'ai été si malheureux ! Je n'ai rien compris. Nous étions dans ce café, tu venais de me dire que tu voulais bien m'épouser. Et puis, d'un seul coup, tu t'es enfuie, sans explication. Qu'y a-t-il, *mein Liebling ?*

Je poussai un long soupir. Il fallait que je le lui dise, que j'essaie de lui faire comprendre, que je lui demande de me pardonner une attitude qui, maintenant, me paraissait aussi injuste que cruelle. Pas un seul instant, je n'ai pensé à le repousser de nouveau, à sacrifier notre avenir à un passé douloureux. Une éclatante certitude m'habitait : notre amour effaçait tout.

Sans le regarder, ma tête toujours sur son épaule, j'ai tout raconté, tout ce dont je me souvenais et tout ce que m'avaient appris les récits de ma mère. J'ai parlé de mon père, de mon petit frère tué avant d'être né, de mon amie d'enfance enlevée un matin de septembre, du massacre où mon oncle Etienne avait failli trouver la mort, de ma tante Bernadette lorsqu'elle était revenue, véritable squelette vivant, de Ravensbrück. J'ai essayé de lui expliquer que, dans mon esprit, le mot « allemand » avait toujours été lié à ces événements, à la destruction et à la mort.

Il m'a écoutée sans m'interrompre. Lorsque je me suis tue, à son tour il a soupiré :

— Toutes ces souffrances, je les déplore. J'ai honte de penser que des hommes de mon pays ont pu se conduire de cette façon. Crois-moi, *Liebling*, ils ne sont pas tous ainsi. Ma mère m'a raconté beaucoup de choses, elle aussi. De nombreux Allemands étaient contre le nazisme. Seulement, ils ne pouvaient rien dire ; Hitler n'était pas tendre avec ceux qui ne l'aimaient pas. Il fallait se méfier : il y avait la police secrète, il y avait les Jeunesses Hitlériennes qui n'hésitaient pas à dénoncer au Parti ceux qui leur paraissaient suspects. Mes parents se sont tus, mais ils prévoyaient le désastre. Lorsque j'étais enfant, j'ai assisté, moi aussi, à des scènes comme celle où tu as vu partir ton amie. Pires, même. J'ai vu, dans notre rue, des nazis briser les vitrines des commerçants juifs, piller leur magasin ; j'ai vu, un matin, des policiers emmener notre médecin, un brave homme que j'aimais bien. Ce jour-là, ma mère s'est signée et a pleuré. A mon père, elle a dit : « Nous allons vers des temps difficiles, Helmut. » En serrant les poings d'impuissance, il a répondu : « Ça me fait trop mal de voir ça et de ne rien pouvoir faire. »

Immobile, je le laissai parler. Une clarté en moi doucement grandissait : comme moi, il avait souffert de l'horreur nazie. Il n'était pas du côté des bourreaux ; je pouvais l'aimer sans restriction.

— Mon père a été une victime, lui aussi. Pas de la même façon que le tien, mais il a connu de longues souffrances qui l'ont finalement mené à la mort. Je l'aimais, il était le modèle que je me donnais, pour son courage, sa force tranquille, sa bonté naturelle. Lorsqu'il a dû partir, au début de la guerre, j'avais sept ans. J'ai pleuré lorsqu'il m'a serré dans ses bras, je me suis agrippé à lui, je ne voulais pas qu'il s'en aille. « Je te confie ta mère jusqu'à mon retour, m'a-t-il dit. Sois un homme pour la protéger. » J'ai appris le courage, ce jour-là, et j'en ai eu besoin au cours des années qui ont suivi.

Je l'imaginai, petit bout d'homme dans la tourmente. Une tendresse m'amollissait. A travers ses paroles, je le découvrais, et il me devenait encore plus cher.

— Je suis resté seul avec ma mère, et ça a été plus difficile d'année en année. Au début, nous avions régulièrement des nouvelles de mon père. Il a même eu quelques permissions, qu'il venait passer avec nous. Je me rappelle ma joie lorsqu'il arrivait, mon déchirement lorsqu'il repartait. Il était en France, à Cherbourg, avec la 6e armée. Et puis, un ordre les a envoyés vers l'Est : Hitler avait décidé d'envahir la Russie.

Sa voix prit des inflexions douloureuses. Blottie contre lui, je ne bougeais pas. J'écoutais intensément.

— Stalingrad... Tu as entendu parler de Stalingrad ? Beaucoup ignorent la somme de souffrances qui se cache derrière ce mot. La capitulation de la 6e armée, qui a réjoui les ennemis du Reich, a été pour les soldats allemands une... comment dites-vous en français ?... une descente aux enfers. C'est mon père lui-même qui nous a raconté. Il est revenu de Russie en février 46, épuisé, malade, en haillons. Nous avions été sans nouvelles de lui pendant longtemps, avant d'apprendre qu'il avait été fait prisonnier et emmené en Sibérie. Seul le désir de nous revoir l'a aidé à tenir. Mais il n'est revenu que pour mourir.

Il resta silencieux un instant, plongé très loin dans ses souvenirs. Autour de nous, le soir tombait, le square se parait d'ombre bleue. Mais, pour nous, le temps n'existait pas. Le récit d'Axel m'était nécessaire ; il me faisait comprendre combien j'avais été sotte de le repousser sans rien savoir de lui.

— Ma mère et moi, nous avions dû quitter Cologne où nous habitions jusqu'alors ; les bombardements de mai 42 avaient totalement détruit notre immeuble. Nous nous étions réfugiés chez ses parents, à Berlin. C'est là que mon père est venu nous rejoindre. Son organisme était détruit, ses poumons atteints. Ma mère l'a soigné avec acharnement, avec désespoir. Elle avait compris qu'elle ne pourrait rien faire. Au bout de quelques mois, il est mort.

Il se racla la gorge, déglutit avec effort. Je ressentais son émotion, son chagrin toujours vivant. Sans un mot, je serrai sa main entre les miennes.

— J'avais treize ans, continua-t-il, la voix sourde. Pendant les mois qui ont précédé sa mort, j'ai passé tous mes moments libres auprès de lui. Je souffrais de le voir souffrir. Je l'écoutais me raconter inlassablement les moments atroces qu'il avait vécus. Le froid, d'abord. Surtout le froid. Le thermomètre marquait – 28 °C. Les soldats marchaient dans un désert de neige, luttant contre le vent glacial de la steppe. Il me racontait que, s'ils écartaient les doigts, des crevasses s'ouvraient aussitôt et saignaient. Il y avait aussi la nourriture gelée, le pain dur comme une pierre, qu'ils devaient réchauffer au-dessus de quelques flammes pour le rendre mangeable. Cela leur donnait des diarrhées épouvantables. Et la saleté, aussi. Ils étaient couverts de vermine, la peau rongée par les poux. Et ils devaient tenir, tenir jusqu'au bout : Hitler interdisait la capitulation.

Il haussa les épaules, soupira :

— Dans sa folie, il leur demandait l'impossible. A bout de forces, ils ont dû déposer les armes. Assiégés par les Russes, ils n'étaient plus ravitaillés par la *Luftwaffe* qui ne parvenait plus jusqu'à eux. Quelque cent mille hommes ont été ainsi emmenés en captivité. Le voyage a été un autre supplice. Des soldats épuisés tombaient pour ne plus se relever. Les gardes russes les laissaient là, et leur parcours était jalonné de corps raidis, gelés, vite recouverts par la neige. Et, au bout de ce parcours, il y avait la captivité... Mon père en est revenu au dernier stade de l'épuisement. J'ai haï Hitler, qui pour moi était le seul responsable. Mon père, lui, n'avait que la haine de la guerre. Il me l'a fait partager. Il est mort en la maudissant.

Il se tut. Dans l'obscurité naissante, je vis la tristesse et la gravité de son visage. Il me regarda, eut un sourire tendre :

— Nous avons connu, chacun de notre côté, le même chagrin. Maintenant, il faut essayer de l'oublier, et d'être heureux ensemble. Veux-tu, *mein Liebling* ?

J'acquiesçai. Notre double explication avait chassé tous les nuages. Pareillement meurtris dans notre enfance, nous nous ressemblions. Une nouvelle compréhension nous unissait. Un long moment, nous nous sommes regardés. Mes yeux dans les siens, je ne faisais pas un mouvement. Il leva une main jusqu'à mon visage et le caressa :

— *Mein Liebling*, chuchota-t-il. *Ich liebe dich...*

— Moi aussi, Axel, je t'aime, dis-je très bas.

Alors, doucement, avec une sorte de tendresse éblouie, il m'embrassa. Etourdie de bonheur, je fermai les yeux.

3

Tout recommença, mieux qu'avant. Notre quatuor se reforma. Mis au courant, Martine et Knut nous félicitèrent. Mon amie me chuchota :

— Tu as enfin adopté une attitude intelligente ! Il était temps !

Nous reprîmes nos conversations à quatre, nos fous rires, nos promenades. Avec Axel à mes côtés, tout m'était source de joie. Me priver volontairement de ce bonheur tout simple avait été une stupidité, je m'en rendais compte. Parfois, nous nous retrouvions rien que tous les deux, et c'était un enivrement délicieux. Nous apprenions à nous connaître ; nous nous découvrions des goûts communs, des affinités qui nous ravissaient. Plus les jours passaient, plus nous nous sentions sûrs de nous, de notre amour, et du bonheur que nous saurions construire à deux.

Je resplendissais. Ma mère m'observait, disait :

— Le printemps semble te réussir, Elisabeth. Mais... est-ce seulement le printemps ?

Elle souriait, attendant des confidences qui ne venaient pas. Pourtant, je savais bien que je devrais le lui dire. Mais je remettais sans cesse au lendemain : j'avais peur de sa réaction.

Le premier dimanche d'avril, une cérémonie eut lieu à Ascq, comme chaque année, à la mémoire des victimes du massacre. Ma grand-mère Henriette nous avait invitées, ma mère et moi, à aller passer la journée chez elle. Avec Etienne, nous nous sommes rendues au cimetière. Il y avait énormément de monde : le maire et les familles des victimes, ainsi que l'harmonie municipale, les enfants des écoles, les délégations des sociétés. Devant les tombes des fusillés, le maire se recueillit et déposa une couronne.

— Votre présence, déclara-t-il, affirme que dix années n'ont pas rayé du martyrologe la nuit du 1er au 2 avril 1944. Cette nuit est à inscrire au compte sanglant des douleurs nationales, et ne pourra jamais être inscrite dans le compte du pardon...

Je regardai ma mère. Elle écoutait, le visage tendu, les lèvres serrées, les yeux fixes. Je me revis telle que j'étais avant, alors que j'épousais entièrement ses propres convictions et que, pour moi aussi, tous les Allemands étaient des assassins. Je me rappelai ma détresse d'enfant, quand j'avais appris qu'ils avaient tué mon père. Le passé, d'un seul coup, remonta à ma mémoire et me submergea. Une douleur rendit mon cœur pesant.

Le maire termina son discours, déplorant que les Allemands auteurs du massacre, bien que condamnés à mort lors du procès en août 1949, aient eu la vie sauve à la suite de remises et de pourvois. Je savais que ma mère le déplorait encore plus :

— C'est une honte, disait-elle souvent. Ils ne se sont pas gênés pour tuer les nôtres. Pourquoi leur faire grâce maintenant ? Une telle faiblesse me révolte !

La sonnerie « Aux morts » me glaça les veines. Ensuite vint le long appel des noms des victimes — 86 noms — auxquels furent ajoutés les sept résistants fusillés le 7 juin 1944. « Tous ces morts, pensai-je avec accablement, quelle tristesse ! Comment les gens d'ici pourraient-ils aimer les Allemands ? » Je les comprenais, mais je ne les approuvais plus. Je savais maintenant que, comme le disait notre cousin Antoine, tous les Allemands n'étaient pas des nazis. Axel me l'avait prouvé par ses récits. Mais ma mère, elle, n'était pas de cet avis. Pour elle, ils étaient tous pareils. La cérémonie de ce jour, en me remettant en mémoire toutes les souffrances passées, me faisait comprendre combien était fallacieux mon espoir : faire admettre à ma mère que j'aimais un Allemand...

Je pris la résolution d'aller me confier à Antoine. Il était objectif ; j'aimais sa nature posée et équilibrée. Il saurait me conseiller et, peut-être, m'aider à convaincre ma mère. Dans une lutte que je prévoyais âpre, j'aurais besoin d'un allié tel que lui.

Je profitai des vacances de Pâques pour aller le voir. Axel était reparti chez sa mère. Il m'avait promis qu'il lui parlerait de nous. Je m'étais engagée à faire la même chose. Mais ce serait beaucoup moins facile pour moi. Pourtant, le déchirement que j'avais ressenti lorsqu'il s'en était allé m'avait prouvé à quel point je tenais à lui. J'attendais son retour avec impatience.

Je me rendis un jour chez Antoine sous le prétexte d'aller chercher des œufs. Je fus heureuse de le trouver seul dans la grange. En me voyant, il posa sa fourche :

— Elisabeth ! Quel bon vent t'amène ?

J'embrassai sa joue tannée par le grand air. Avec un peu de gêne, je dis :

— Antoine, j'ai besoin de toi, de tes conseils.

— Qu'y a-t-il donc ? dit-il en souriant.

J'hésitai. Par où commencer ? Je regardai les yeux clairs d'Antoine, qui m'observaient avec indulgence et un tendre intérêt. Son expression de bonté me mit en confiance. Je me décidai :

— Antoine... Je suis amoureuse.

— C'est donc ça ! Je me disais aussi !... Cette étincelle dans ton regard, cet air heureux sur ton visage... Que dit ta mère ?

— Eh bien, justement, elle ne sait rien encore. Il y a un problème.

Ses yeux se firent attentifs. Avec ardeur, j'expliquai :

— Nous sommes tombés amoureux l'un de l'autre, nous sommes sûrs de nous, nous voulons nous marier. Il s'appelle Axel. Il est venu pour un an en France, puis il retournera dans son pays enseigner le français. Voilà le problème : il est Allemand.

La bouche d'Antoine s'arrondit, émit un long sifflement :

— Allemand ! répéta-t-il. Ta mère risque de ne pas apprécier !

— Je le sais bien, dis-je avec tristesse. C'est pourquoi je n'ose pas lui parler. Elle risque de repousser Axel dès mes premiers mots.

— Ce serait ridicule. Ton Axel n'était qu'un enfant lors de la guerre. Mais, de sa part c'est aussi une réaction à laquelle il faut s'attendre.

Je ne le savais que trop. Moi-même, j'avais réagi ainsi. L'amour m'avait sauvée. Mais elle, étroitement enfermée dans sa haine, prendrait-elle conscience de son erreur ?...

— Antoine, dis-je, la voix suppliante, si elle n'accepte pas, puis-je compter sur toi ? Pourras-tu essayer de lui faire comprendre ? Vois-tu, je crois que je ne pourrai pas renoncer à Axel. Je suis déchirée, Antoine.

— J'essaierai, mon enfant, je te le promets. Mais, tu sais, elle ne m'a jamais écouté. Toi, si tu es sûre de toi, ne renonce pas à Axel. Tu serais malheureuse, et tu en voudrais à ta mère. Je n'espère qu'une chose : que son amour pour toi réussisse à éteindre sa haine.

Je l'embrassai de nouveau :

— Merci, Antoine. Je suis heureuse de voir que tu ne blâmes pas mon choix.

— Hé non, pourquoi donc ? L'amour frappe où il veut, et tu n'en es pas responsable. C'est stupide de généraliser. Il y a des braves gens chez les Allemands comme partout, je l'ai bien vu lorsque j'étais prisonnier.

Ses paroles m'apaisèrent. Je ne serais pas seule dans le conflit qui ne manquerait pas de m'opposer à ma mère. Elle n'avait rien oublié, rien pardonné. Je me rendais compte du choc que j'allais lui causer.

Les vacances de Pâques se terminèrent sans que je me décide à lui parler. Chaque fois que je voulus le faire, je n'y parvins pas. Au dernier moment, quelque chose me retenait : une lâcheté, une appréhension, une peur de lui faire du mal, une crainte de voir mon amour brutalement refusé. Le dernier dimanche, j'étais toujours au même point. Je m'inquiétais : que dirais-je à Axel le lendemain ?

J'étais tellement perturbée que je demandai conseil à ma grand-mère Henriette. Nous étions chez elle comme tous les dimanches. Je profitai d'un moment où ma mère s'était rendue au cimetière avec Etienne. Légèrement souffrante, ma grand-mère était restée dans son fauteuil, et j'avais insisté pour lui tenir compagnie. Je m'agenouillai près d'elle et, comme à Antoine, je confiai mon secret. Elle resta silencieuse un long moment, me caressant les cheveux d'un air pensif.

— Grand-mère, suppliai-je, dis quelque chose !

— Que puis-je te dire, ma petite-fille ?... Tu es sûre de l'aimer vraiment ?

— Oh oui ! dis-je avec ferveur.

Elle sourit :

— A voir la façon dont tes yeux brillent, je ne peux que te croire. Tant mieux. Ton amour t'aidera à surmonter les difficultés que tu pourras rencontrer. Mais je pense à ta mère... Tu es toute sa vie, et elle souffrira lorsque tu la quitteras pour te marier. Alors, en plus, un Allemand... Tu vois, je crois qu'elle ne pourra pas l'admettre.

— Justement, c'est ça qui me fait peur. Que pourrais-je faire pour la convaincre ?

Avec scepticisme, elle secoua la tête :

— Je ne sais pas. Ce ne sera pas facile. Essaie de la comprendre : elle n'a connu comme Allemands que les policiers de la Gestapo, ou les S.S. qui sont venus emmener Etienne. Elle ne veut pas imaginer qu'il peut en exister d'autres. Moi aussi, j'ai tendance à faire le même raisonnement : ils ont fusillé mon fils aîné, ils ont mis ma fille dans un état lamentable. Ils ont failli tuer mon second fils, et lorsque j'ai essayé de les en empêcher, l'un d'eux m'a donné un coup de crosse. Que peut-on penser d'un soldat capable de frapper une mère ? C'est cette image que je garde d'eux, et elle n'est pas bonne. C'est pourquoi je ne suis pas capable de te conseiller utilement. C'est un gros problème, ma petite-fille.

Elle lut sur mon visage mon inquiétude, mon désarroi :

— Ecoute, reprit-elle avec vivacité, il me vient une idée. J'aimerais voir ce jeune homme. Je sais assez bien juger les êtres. Je te dirai ce que je pense de lui, et s'il vaut la peine que tu te heurtes à ta mère. Peux-tu me l'amener, un prochain jour ?

— Veux-tu mercredi ? L'après-midi, nous n'avons pas de cours.

— D'accord, je vous attendrai.

Le retour de ma mère et d'Etienne mit fin à notre conversation. Avec un regard de connivence, ma grand-mère serra ma main.

Le lendemain, je retrouvai Axel. Dans notre square, serrée contre lui sur notre banc habituel, je l'écoutai. Sa mère, me dit-il, était prête à m'accueillir : pouvais-je prévoir un prochain voyage en Allemagne, afin d'aller faire sa connaissance ? Je baissai la tête, assombrie. Axel s'inquiéta :

— *Was passiert, mein Liebling ?*

Je soupirai :

— Axel, je suis désolée, je n'ai pas encore eu le courage de parler à maman.

Il me releva le menton, posa un baiser sur mes lèvres :

— Je comprends. Si elle ne m'aime pas parce que je suis Allemand, j'essaierai de la faire changer d'avis. Je lui parlerai, je lui dirai tellement que je t'aime et que je veux te rendre heureuse, qu'elle finira bien par m'accepter. Ne crois-tu pas ?

Je soupirai de nouveau :

— Je ne sais pas. Tu ne te rends pas compte de la haine qui lui bloque l'esprit, des souvenirs qui empoisonnent sa vie. Moi, j'ai vécu avec eux pendant des années, je devine comment elle réagira. Violemment et négativement, je le crains.

Une ombre passa dans ses yeux bruns. D'une voix mal assurée, il dit :

— Alors que faire ? Je ne veux pas lui faire de mal, mais je ne veux pas non plus renoncer à toi.

— Moi non plus, Axel, je ne veux pas renoncer à toi. Je lui parlerai, je te le promets. Mais auparavant, je vais t'emmener chez ma grand-mère. Elle désire te connaître. Acceptes-tu ?

— Avec plaisir. *Eine Grossmutter...* dit-il d'un ton rêveur. Je l'aimerai. Moi, depuis longtemps, je n'en ai plus.

Le mercredi, nous avons pris le bus en début d'après-midi. Grand-mère Henriette nous attendait. Lorsque j'entrai, ma main dans celle d'Axel, je me sentais un peu inquiète : comment allait-elle l'accueillir ? Un sourire chaleureux aux lèvres, il s'inclina, lui baisa la main, plongea ses yeux bruns dans les yeux noisette qui le détaillaient hardiment.

— Grand-mère, bafouillai-je, je te présente Axel.

— Bienvenue à vous, dit-elle, puisque Elisabeth vous aime.

Le sourire d'Axel s'agrandit :

— Moi aussi, je l'aime. Et je vous aimerai aussi, si vous le permettez.

— Entrez, asseyez-vous, dit ma grand-mère sans répondre directement.

Elle nous offrit des gâteaux secs, interrogea Axel sur ses études bientôt terminées, son futur métier, le poste qu'il comptait obtenir à la rentrée. Lui, il parla de sa mère, de son père, raconta Stalingrad, expliqua que son seul désir était de me rendre heureuse. Le temps passa très vite. Je voyais que ma grand-mère, comme moi, était conquise par le charme et la sincérité d'Axel. Lorsque nous prîmes congé, elle me retint un instant contre elle, me chuchota à l'oreille, tandis qu'Axel mettait son manteau :

— Il serait stupide de lui reprocher une nationalité dont il n'est pas responsable. Il n'a rien de commun avec les Allemands dont je me souviens. Et surtout, il t'adore, cela crève les yeux.

Ses paroles me firent un immense plaisir. Je l'embrassai avec emportement et reconnaissance.

— Merci, chuchotai-je, merci de l'avoir adopté.

Axel s'inclina devant elle, lui prit la main, se pencha :

— Me permettez-vous de vous embrasser ? demanda-t-il. Je voudrais que vous soyez aussi un peu ma grand-mère...

— Avec plaisir, mon garçon.

Elle tendit son visage et lui, doucement, presque respectueusement, posa deux baisers sur les joues un peu fanées.

— Vous êtes un brave garçon, dit-elle, Elisabeth a bien choisi. J'espère que vous reviendrez me voir. N'est-ce pas, Elisabeth ?

— Oui, nous reviendrons. Au revoir, grand-mère.

Debout sur le seuil, elle nous regarda partir avec un sourire attendri. La main dans celle d'Axel, je me sentais légère et heureuse.

— Je crois que tu as fait sa conquête, avouai-je à Axel. Cela m'encourage : dès ce soir, je parlerai à ma mère. Puisse-t-elle réagir de la même façon !

— Je le souhaite, dit gravement Axel. Je voudrais t'épouser cet été. Après tout, il y a presque un an que nous nous connaissons. Je ne tiens pas à ce que nous soyons séparés l'an prochain. Auras-tu peur de me suivre en Allemagne ?

— Non, Axel ! Avec toi, tout me sera facile. Mais j'ai besoin de l'acceptation de ma mère, à tout point de vue. Je ne suis pas majeure, je n'ai que dix-neuf ans. Son autorisation m'est nécessaire pour me marier.

Non seulement son autorisation, pensai-je, mais aussi son approbation. Mon bonheur était lié à sa décision. Si elle acceptait, tout serait merveilleux. Si elle refusait... Il me faudrait attendre deux ans avant de pouvoir épouser Axel. Mais, passerais-je outre à son refus ? Des années vécues en communion étroite nous avaient rendues si proches que je ne pourrais pas être heureuse en la sachant malheureuse. Mes remords empoisonneraient ma vie. D'un autre côté, si je renonçais à Axel pour elle, je serais désespérée et, ainsi que me l'avait dit Antoine, je lui en voudrais. Mais, me disais-je pour me rassurer, puisqu'elle m'aimait, elle ne s'opposerait pas à mon bonheur...

Ce soir-là, après un dernier baiser, je quittai Axel, à la fois soutenue par mon amour et crispée par l'inquiétude. De la réponse de ma mère dépendait tout mon avenir.

RÉCIT DE THÉRÈSE

Jamais je n'aurais imaginé que la vie me réservait encore une épreuve aussi douloureuse, qui ferait resurgir le passé dans toute sa violence. Depuis que les Allemands avaient fui notre pays en septembre 1944, je ne voulais plus entendre parler d'eux. Je les espérais sortis de mon existence à tout jamais ; ils y avaient fait suffisamment de mal. Je repoussais tout ce qui pouvait me les rappeler, à tel point que lorsqu'Elisabeth avait appris l'allemand, au lycée, je lui avais ordonné une fois pour toutes de ne jamais prononcer un mot de cette langue devant moi. L'oubli m'était impossible, le pardon également. Lorsque je fleurissais la tombe de Marc, un sourd désespoir se mêlait à une haine toujours vivace.

J'avais vécu toutes ces années pour Elisabeth. Elle était le seul but de mon existence. Parfois, il m'arrivait de penser qu'un jour elle se marierait avec un garçon de chez nous, qu'elle aurait des enfants que je câlinerais. Ce serait, pour moi, une autre forme de bonheur. Car le seul bonheur, le vrai, s'en était allé en même temps que Marc.

Je ne disais rien, mais j'avais remarqué chez ma fille un rayonnement qui ne me trompait pas ; par moments, son regard se faisait rêveur, un émoi rosissait ses joues. J'attendais qu'elle se confie, sachant bien qu'elle finirait par le faire.

En effet, elle vint à moi un soir du mois d'avril, alors que je me préparais à aller me coucher. Elle avait un air à la fois radieux et inquiet, comme lorsque, dans son enfance, elle m'apportait un cadeau sans savoir si j'allais l'apprécier. Elle s'approcha de moi qui étais assise dans le fauteuil. Elle prit place à mes pieds, posa sa tête sur mes genoux :

— Maman, dit-elle tout bas, j'ai à te parler...

Je détaillai avec attendrissement la courbe de ses joues, son profil encore enfantin : mon bébé d'hier, déjà devenue femme... Comme le temps avait passé vite ! Et pourtant, si elle était amoureuse, il n'y avait rien là de surprenant. J'avais son âge, moi aussi, lorsque je m'étais éprise de Marc.

— Maman, reprit-elle, j'ai rencontré un garçon, et nous nous aimons. Il a vingt-trois ans, il va travailler l'an prochain comme professeur de français. Je n'ai plus qu'une ambition : devenir sa femme. Maman, je t'en prie, ne dis pas non !

Sa véhémence me fit sourire :

— Pourquoi dirais-je non, s'il est bien et s'il t'aime sincèrement ? Je ne demande qu'à le connaître.

— Je l'amènerai, dit-elle, si tu veux bien ? Regarde ! C'est lui. Comment le trouves-tu ?

Elle sortit de sa poche une photo. Je la pris, le cœur un peu serré à l'idée de découvrir les traits de celui qui m'enlèverait mon enfant. Ce que je vis me rassura : un jeune homme au visage sympathique, au sourire franc, aux yeux lumineux. Immobile et muette, Elisabeth m'observait avec inquiétude.

— Il semble gentil, commentai-je, il a un regard direct. Comment s'appelle-t-il ?

Machinalement, je retournai la photo. Quelques mots y étaient tracés : « Pour mon Elisabeth, avec tout mon amour, Axel. »

— Axel ? dis-je, intriguée. C'est son prénom ? Il n'est pas français ?

Elle releva la tête, me fixa avec un mélange de supplication et de défi :

— Non, il n'est pas français. J'ai même cru, au début, qu'il était suédois. Mais il n'est pas suédois non plus. Il est allemand.

Un choc, comme un poing dans l'estomac, me coupa la respiration. En même temps, tout mon être se révolta : pas un Allemand, pas ma petite fille, non ! En quelques secondes, la barrière que j'opposais à mes souvenirs vola en éclats. Tout déferla brutalement : je me revis dans leur bureau, alors qu'ils me frappaient pour me faire parler ; je me retrouvai, avec ma belle-mère, dans la rue obscure tandis qu'ils emmenaient Etienne en vociférant ; je revécus la scène où, malade d'horreur et de dégoût, je les avais vus battre sauvagement Philomène. Avec les souvenirs revinrent la peur, la haine, la douleur et le désespoir, détruisant le fragile équilibre que j'avais si difficilement réussi à atteindre. Je portai les mains à mon visage, balbutiai :

— Oh non, Elisabeth, non ! Ce n'est pas possible...

Elle supplia :

— Maman, je t'en prie ! Ne prends pas cet air affolé ! Il est gentil, tu sais, et il n'a rien fait. Je l'aime, maman, je l'aime !

Le passé reprenait possession de mon esprit. Les Allemands, je les haïssais. Ils avaient tué mon mari, tué mon second enfant. Ils ne m'avaient laissé qu'un seul trésor : ma fille. Et il faudrait maintenant la donner à l'un des leurs ? Jamais !

— Mais quand donc me laisseront-ils en paix ? dis-je dans un gémissement. Elisabeth, abandonne cette idée : toi, la femme d'un Allemand ! Pense à ton père, pense à moi. Je n'accepterai jamais.

Ses yeux bleus — les yeux de Marc — eurent une expression égarée. Elle joignit les mains :

— Oh, maman, je t'en prie ! Essaie de comprendre... Je l'aime, et il est innocent de tout ce qui s'est passé. Je t'en prie... Veux-tu donc me rendre malheureuse ?

Je vis l'angoisse de son regard, la souffrance de son visage. Mais elle me demandait une chose impossible, contre laquelle tout en moi se rebellait. Je me levai, incapable d'en supporter davantage :

— Je ne peux pas, Elisabeth. Je ne te laisserai jamais épouser un Allemand, un de ce peuple maudit qui a tué ton père et brisé ma vie.

D'une démarche raide, je traversai la pièce, ouvris la porte de ma chambre. Elisabeth, aux pieds du fauteuil, n'avait pas bougé. Elle eut un cri, un appel, pathétique et implorant :

— Maman !...

La main sur la poignée de la porte, je m'arrêtai, la regardai. J'eus mal de sa souffrance, dont j'étais responsable. J'eus envie d'aller à elle, de la prendre dans mes bras, de la consoler. Consciente de ne pas pouvoir répondre au regard plein d'attente et d'espoir qu'elle posait sur moi, je me détournai :

— Non, Elisabeth, ne me demande plus ça. Tu me tortures.

Malheureuse, déchirée, mais inflexible, j'entrai dans ma

chambre et refermai la porte derrière moi. Pendant un court instant de lucidité, je me rendis compte que je venais d'être dure avec mon enfant. Mais je me rassurai en pensant que peut-être l'amour qu'elle croyait éprouver ne serait qu'un simple engouement. Dans deux mois, cet Axel retournerait en Allemagne ; d'après ce que j'avais compris, il allait y occuper un poste d'enseignant à la rentrée, donc il ne reviendrait plus en France. Elle ne le verrait plus, finirait par l'oublier. Ainsi tout rentrerait dans l'ordre.

Sur la table de nuit, la photo de Marc me souriait dans son cadre. Je la pris, l'observai longuement :

— Marc... Que lui dirais-tu, toi ? Moi, je ne peux pas dire oui, c'est au-dessus de mes forces. Accepter serait pour moi une lâcheté ; j'aurais l'impression que tu mourrais une seconde fois. Jamais je ne pourrai donner ta fille à un Allemand.

Le lendemain, je me levai à l'aube. Dans le miroir, je me vis des traits tirés, des yeux creusés, un teint blafard. J'étais habillée et prête à partir faire ma tournée de piqûres lorsque Elisabeth se leva. Elle aussi avait une mine brouillée, des paupières gonflées. Elle m'embrassa, me regarda avec inquiétude et espoir :

— Maman, as-tu réfléchi ? Je ne peux pas croire que ta décision soit définitive.

Je serrai les lèvres avec exaspération. Je ne voulais plus entendre parler de cet Allemand. Pour moi le problème était réglé une fois pour toutes. Il fallait qu'Elisabeth le comprît.

— Je suis désolée, Elisabeth, je ne changerai pas d'avis ; autant que tu le saches tout de suite. Je voudrais que tu ne m'en parles plus, s'il te plaît. Cela ne sert qu'à me faire mal.

Avec véhémence, avec révolte, elle s'écria :

— Mais... et moi ? Je ne veux pas être malheureuse ! Et sans lui, je le serai ! Comprends-moi, maman, je ne peux pas renoncer à lui.

Je l'observai un instant. Je la vis frémissante d'ardeur et de passion. Pour un Allemand ! Un sentiment de rancune se mêla à ma souffrance.

— Si tu ne peux pas renoncer à lui, dis-je froidement, alors attends d'avoir vingt et un ans et va le rejoindre. Mais ce sera contre ma volonté. Je l'ai déjà dit, et je le répète : je ne te donnerai jamais mon assentiment.

Ses yeux bleus s'emplirent de larmes. Elle fit un geste de supplication :

— Comment peux-tu réagir ainsi, simplement parce qu'il est allemand ? Pardonne-moi de te dire ça, mais dès qu'il s'agit d'eux, tu fais montre d'un parti pris révoltant !

— Ils sont les seuls responsables. Ils ont fait ce qu'il fallait pour ça ! Avant, je n'avais rien contre eux.

— Mais ils ne sont pas tous comme ceux que tu as connus ! Comprends-le ! Si seulement tu acceptais de voir Axel, tu t'en rendrais compte !

J'eus un sursaut d'indignation :

— Ah non ! Pas d'Allemand ici, jamais plus ! La seule fois où ils sont venus a amplement suffi !...

Ma voix se brisa. Avec force, l'image s'imposa à mon esprit : ils entraient, fouillaient partout, puis m'emmenaient avec eux... Je me secouai. Malgré les années, le souvenir restait intact.

— Maman, il n'est pas comme eux ! Grand-mère Henriette l'a bien vu, elle. Au moins, elle a accepté de le rencontrer, et elle a compris.

Une colère me saisit :

— Tu l'as emmené chez grand-mère Henriette ! Et elle a accepté un Allemand dans sa maison ! Et tout ça sans m'en parler !... Eh bien, libre à elle d'agir ainsi. Mais elle me déçoit. Ne compte pas sur moi pour l'imiter.

— Oh maman, je t'en prie...

Je secouai la tête avec une détermination inébranlable :

— Non, Elisabeth, n'insiste pas. Ça ne servira à rien, crois-moi. Je te demande de ne plus m'en parler. Je ne te laisserai jamais épouser un Allemand. Il y a assez de braves garçons chez nous !

Je pris mon sac, enfilai ma veste :

— Je pars, mes malades m'attendent. A tout à l'heure.

Je vis son regard de reproche. En soupirant, je dis :

— Essaie de ne pas m'en vouloir. Rappelle-toi, plutôt, tout ce que je t'ai raconté. Et comprends qu'il m'est impossible d'agir autrement.

Je partis comme on fuit. Cette discussion ne mènerait à rien ; il était inutile de la prolonger.

Elle ne m'en parla plus, ainsi que je le lui avais demandé. Mais je compris vite qu'elle n'avait pas perdu l'espoir de me fléchir. Le problème demeurait entre nous, mais nous nous efforcions de l'ignorer. Pourtant, je savais qu'elle continuait de voir Axel. Mais je prenais patience, attendant son retour définitif en Allemagne. Alors elle me resterait, de nouveau toute à moi. Je m'obstinais à ne pas voir son regard, dans lequel la tendresse se mêlait à une inconsciente supplication.

Une dizaine de jours plus tard, Antoine vint m'apporter des pommes de terre. Direct comme à son habitude, il alla droit au but :

— Elisabeth m'a parlé, me dit-il.

Un cri d'indignation m'échappa :

— A toi aussi ! Mais alors, elle essaie de circonvenir tout le monde, et derrière mon dos ! Que t'a-t-elle dit ?

— Elle m'a fait part de son désir d'épouser un jeune étudiant allemand dont elle est tombée amoureuse. Thérèse, essaie de me croire, je te l'ai déjà dit bien souvent : chez les Allemands aussi, il y a des braves gens. Si ce garçon est bien, s'il l'aime sincèrement, pourquoi refuser ?

— Parce qu'il est allemand, justement.

Il me regarda avec une commisération infinie :

— Il n'a pas choisi d'être allemand. Et toi, tu ne peux pas le juger sur ce seul critère, sans même le connaître. Il vaut peut-être beaucoup mieux que certains Français. Chez nous également, il y a des lâches et des assassins. Que crois-tu donc ? S'il y avait eu un Hitler en France, tu aurais vu des Français agir comme certains nazis. Il y a bien eu des collaborateurs. Tiens, je n'ai qu'à te citer ton ami, là... Comment s'appelait-il, déjà ? Le fils de Gaspard...

— Jean-Louis ?

— Oui, Jean-Louis. Il s'est bien engagé dans les S.S., non ? Et pourtant il était français. Alors ?

Je ne répliquai rien. Jean-Louis... Pouvais-je comparer mon ami d'enfance à ces brutes démoniaques que j'avais vues à l'œuvre à Ascq et dans la cour de Philomène ? Apparemment, il n'y avait rien de commun entre eux. Et pourtant, un vieux souvenir surgit de mon enfance : Jean-Louis, le petit garçon qui crevait les yeux des grenouilles... Existait-il également un fond de cruauté en lui ? Je restai songeuse.

— Ton attitude est injuste. Rappelle-toi ce qu'a dit le cardinal Liénart, quelque temps après la guerre : « Nous ne devons pas faire payer à des Allemands innocents les crimes qui ont été commis par des Allemands coupables. » Et c'est ce que tu fais. Prends conscience de ton erreur, Thérèse...

Je relevai la tête, agacée, le fixai froidement :

— Tu vois ça de l'extérieur, Antoine. Tu ne peux pas juger. Tu n'as pas souffert ce que j'ai souffert. Pourquoi faut-il que de nouveau un Allemand vienne empoisonner ma vie ? Je ne demande que la paix. Ne puis-je l'obtenir ?

— Pour obtenir la paix, il ne faut pas agir comme tu le fais. Toi, tu te laisses dominer par la haine. Tu as tort. La haine n'amène rien de bon.

— Que devrais-je faire ? dis-je avec violence. Donner ma bénédiction à Elisabeth pour qu'elle épouse cet Allemand ? Jamais ! Je le lui ai dit. Si elle y tient tant que ça, qu'elle attende d'avoir vingt et un ans ! Et pourtant, continuai-je, la voix brisée, si elle fait ça, je ne m'en remettrai pas. Je crois que je préférerais...

Je m'arrêtai subitement. J'avais failli dire : « Je crois que je préférerais la voir morte. » Un effroi me traversa. Comment pouvais-je proférer de telles paroles ? Je baissai la tête. Si Elisabeth se décidait à suivre cet Axel jusqu'en Allemagne, ce serait pour moi une sorte de mort.

— Je la connais assez pour penser qu'elle ne le fera pas, dit Antoine avec gravité. Elle t'aime trop, et elle est capable de sacrifier son bonheur pour ne pas te faire souffrir. Mais, par ton entêtement, tu auras rendu deux êtres malheureux.

— Je saurai consoler Elisabeth. Quant à cet Allemand, s'il est malheureux, tant pis pour lui. Ont-ils eu pitié de moi ?

Antoine secoua la tête avec découragement :

— Mais ce garçon n'a rien fait ! Il n'était qu'un enfant quand tout cela est arrivé. Comment peux-tu être aussi butée, ma pauvre Thérèse ? Il est impossible de te raisonner. Je plains Elisabeth. Pour elle, je souhaite que tu reviennes à de meilleurs sentiments.

Je haussai les épaules sans répondre, le regardai partir avec rancune. Cela lui était facile de parler ainsi. Moi, je ne le pouvais pas. Je n'avais rien oublié, ni mes souffrances physiques, ni la longue torture morale que j'avais vécue après la mort de Marc. Renier le passé m'était impossible.

Les semaines passèrent, et je m'obstinais dans mon attitude. Je voyais Elisabeth devenir plus fébrile, plus inquiète. Je lisais toujours dans son regard ce mélange de reproche et d'espoir qui me faisait mal malgré moi. Mais je savais que je ne céderais pas.

Ma belle-mère, comme Antoine, avait essayé de me fléchir. Dès les premiers mots, je l'avais arrêtée. Malgré tout, elle avait voulu insister. Alors, violemment, je lui avais reproché de piétiner la mémoire de son fils. Son visage avait pris une expression peinée, et depuis elle évitait soigneusement le sujet. J'avais compris que je l'avais blessée ; elle se montrait avec moi beaucoup plus distante. Je n'y pouvais rien. Je n'appréciais pas, moi non plus, la complicité que je devinais entre elle et Elisabeth. J'étais sûre qu'elle continuait à recevoir cet Axel que je ne pouvais m'empêcher de haïr, et dont j'attendais le départ en Allemagne comme une délivrance.

Vers le milieu du mois de juin, un soir, après le repas, Elisabeth me dit brusquement :

— Maman... Axel repart en Allemagne, la semaine prochaine.

Je m'arrêtai de débarrasser la table, frappée par le ton angoissé de sa voix. J'avais déjà remarqué qu'elle n'avait presque rien mangé, m'observant avec une sorte de crainte. J'eus pitié de son air malheureux, mais en même temps je ressentis un lâche soulagement : une fois cet Allemand enfin reparti dans son pays, tout rentrerait dans l'ordre.

Je ne dis rien. Elle continua, avec hésitation :

— Maman... C'est très important pour moi. Je l'aime vraiment. Essaie de l'accepter, je t'en prie.

Instantanément, je me durcis :

— Non, Elisabeth. Je t'ai déjà dit non. Ma réponse n'a pas changé et ne changera pas.

— Oh, maman !... Si tu le connaissais, je suis sûre que tu l'aimerais aussi. Il est franc, loyal, doux et bon.

— Tu en juges ainsi parce que tu l'aimes. Mais moi je ne

pourrais pas. Chaque fois qu'il serait devant moi, je reverrais les autres, ceux qui m'ont frappée, ceux qui ont fusillé ton père, ceux qui ont tué Philomène. Je le sais, il me sera impossible de l'accepter. Ce n'est pas la peine d'insister.

— Mais moi, maman, moi ? Pense à moi, si tu m'aimes ! Pour moi, ne peux-tu faire un effort ?

Lentement, je secouai la tête :

— Je considère ton amour pour cet Allemand comme un égarement incompréhensible. Je suis persuadée qu'il n'est pas de bonheur pour toi avec lui. Laisse-le repartir en Allemagne et oublie-le. C'est la solution la plus sage pour tout le monde, crois-moi.

Elle bondit sur ses pieds, me jeta avec violence :

— Oh !... Tu ne comprends rien, rien !...

Elle traversa la cuisine en courant, ouvrit la porte de sa chambre, la claqua derrière elle. Je l'entendis se jeter sur son lit et sangloter bruyamment. J'eus envie d'aller la rejoindre. Mais je compris que cela ne servirait à rien. Le cœur lourd, je ramassai les couverts et me mis à laver la vaisselle.

En plein milieu de la nuit, des cris me réveillèrent. Je m'assis sur mon lit et écoutai. Des pleurs me parvinrent, qui provenaient de la chambre d'Elisabeth. Je crus entendre un gémissement, comme un appel :

— Maman !

Je me levai, allai dans sa chambre. Parmi les couvertures et les draps épars, Elisabeth ouvrait des yeux affolés, que des traces de sommeil embrumaient encore. Elle me vit, me tendit les bras :

— Maman !

Je m'assis près d'elle, la serrai contre moi. Il faisait chaud, pourtant elle tremblait. Je m'inquiétai :

— Elisabeth ! Qu'y a-t-il ?

Elle cacha son visage dans mon épaule, soupira plusieurs fois de suite. Enfin, tout bas, elle dit :

— C'est un cauchemar, un cauchemar affreux. Je te voyais par terre, immobile et couverte de sang, et des hommes en noir te frappaient. Et moi, je ne savais pas si tu étais morte. Et puis les hommes disparaissaient, et je voyais papa. Il était debout près de toi, et lui aussi était couvert de sang. Il ne me disait rien, mais il me regardait avec tristesse, avec reproche... Ah, c'était affreux ! Quel horrible rêve !

— Calme-toi, ce n'est qu'un cauchemar. Moi aussi, il m'arrive d'en faire de semblables.

Je restai près d'elle jusqu'à ce qu'elle se rendorme. Je la regardai avec tendresse. Elle était toujours ma petite fille, mon bébé. Comment laisser un Allemand me la ravir ? C'était inacceptable.

Le lendemain matin, je sentis son regard se poser sur moi à diverses reprises, avec déchirement. Elle donnait l'impression de vouloir parler et de ne pouvoir s'y résoudre. Finalement, elle avoua :

— Je suis malheureuse, maman. Je ne sais plus quoi faire. Depuis mon rêve de cette nuit, je crois que je comprends mieux ce que tu as souffert. Tu gisais par terre, couverte de sang, et ça paraissait tellement réel... Est-ce ainsi que ça s'est passé, pour toi ?

Le souvenir amena des larmes dans mes yeux. Je me mordis les lèvres :

— Je n'étais peut-être pas couverte de sang, mais j'étais par terre, oui, et ils me frappaient.

— Je me demande si j'ai le droit de passer outre à ta volonté. Cela te rendrait malheureuse, n'est-ce pas ? Et je me suis promis, un jour, de ne jamais te faire de mal si je pouvais l'éviter. Oh, mon Dieu, que faire ?...

Elle leva sur moi un regard torturé. Son chagrin m'émut. Pourtant, je refusai de céder. Je dis, plus durement que je ne l'aurais voulu :

— C'est à toi de savoir si tu préfères un Allemand à ta mère.

Elle me fixa, éperdue

— Toi ou lui, c'est ça ?

— Oui, c'est ça.

— Tu ne te rends pas compte de ce que tu me demandes !

Elle prit sa veste, sortit, courut jusqu'à l'arrêt du bus. Je ne fis pas un geste pour la retenir. Je savais que, comme tous les matins, elle s'en allait rejoindre Axel à Lille. Mais je prenais patience, ce n'était plus qu'une question de jours.

Je fis ma tournée habituelle, l'esprit ailleurs. Je me sentais contrariée, mal à l'aise. J'en voulais au destin de s'acharner ainsi sur moi, à cet Allemand de s'être fait aimer de ma fille. Je n'en voulais pas à Elisabeth ; elle n'était qu'une victime, comme moi.

Lorsque je rentrai, le soir, j'avais chaud et j'étais lasse. Dans la cuisine, je me versai un verre d'eau fraîche. Ce fut alors que j'entendis parler Elisabeth. Elle était dans le couloir, et je compris qu'elle téléphonait. Malgré moi, je tendis l'oreille. Une bouffée de révolte et d'appréhension monta jusqu'à mon visage : elle s'adressait à Axel. Que disait-elle ?

— Je le sais bien, Axel, moi aussi je suis malheureuse. Je n'arrive pas à supporter l'idée de ne plus te voir. Mais pour le moment, je ne peux rien faire d'autre.

Il y eut un silence. Sans doute plaidait-il sa cause, au bout du fil... Une souffrance aiguë, insupportable, me transperça. J'écoutai avec angoisse.

— Oui, moi aussi je t'aime. Ce sera très dur d'être séparés, mais cela nous aidera à voir clair. Ce sera une sorte d'épreuve. Tu m'écriras, je t'écrirai... Après, nous verrons.

Elle s'interrompit pour écouter la réponse. Un sanglot lui échappa :

— Moi aussi je suis sûre de moi. Mais que faire d'autre ? Je suis déchirée entre toi et elle. Je ne veux pas la faire souffrir, et je ne veux pas te perdre.

Un silence, de nouveau. Puis la voix d'Elisabeth, tremblante, suppliante :

— Non, non, je ne peux pas. Essaie de ne pas m'en vouloir, s'il te plaît...

Elle se tut un instant ; puis elle murmura, d'une voix brisée :

— Oui... Au revoir, Axel...

J'entendis le déclic de l'appareil. Elle avait raccroché. Les mains crispées sur mon verre d'eau, je n'avais pas bougé. Elle entra dans la cuisine, me vit :

— Ah, tu es là ! C'était Axel qui téléphonait. Il repart en Allemagne demain. Je ne sais pas quand je le reverrai.

Elle ravala un sanglot. Des larmes coulaient sur ses joues. Ses yeux bleus, si semblables à ceux de son père, se posèrent sur moi avec reproche et désespoir :

— Oh maman, je suis si malheureuse !

Sans un mot, j'allai à elle, l'attirai contre moi. Elle eut un geste de recul, puis se laissa faire. Les larmes aux yeux, je caressai ses cheveux. Il m'était douloureux de la voir souffrir, mais il ne me venait pas à l'idée de changer d'avis. Au contraire, j'espérais que dorénavant, avec le retour d'Axel en Allemagne, le problème se résoudrait de lui-même.

Elle ne mangea rien ce soir-là. Elle ne parla pas, répondit à peine aux questions que je lui posai. Elle resta uniquement concentrée sur son chagrin, le regard absent et douloureux. Je ne la brusquai pas. Je savais que je devais attendre que sa souffrance allât en s'atténuant.

Lorsqu'elle partit se coucher, elle me souhaita une bonne nuit sans m'embrasser et se réfugia dans sa chambre. Je restai là, avec tout mon amour inutile. J'éprouvais un malaise sourd. Pourtant, je triomphais de l'épreuve, puisque cet Allemand partait et qu'elle me restait. Mais cette victoire ne m'apportait aucune joie.

Elle fut malheureuse, très malheureuse. Je le voyais mais je n'osais pas faire un geste vers elle ; au fond de moi je me sentais coupable. C'était un sentiment mal défini, que je repoussais et que je refusais d'écouter. Mais je constatais son visage sombre et triste. Lorsque je lui parlais, elle sursautait, me regardait comme si elle me découvrait, avec des yeux inexpressifs qui me faisaient mal. Elle me répondait du bout des lèvres, ou haussait les épaules avec une indifférence désespérée. La nuit, je l'entendais sangloter, longuement, violemment, et je l'écoutais, déchirée. Tout mon être n'aspirait qu'à courir vers elle, la prendre dans mes bras et la consoler. Mais là encore je n'osais pas. Et, les yeux ouverts dans l'obscurité, j'attendais que s'apaisent ses sanglots.

Elle se mit à maigrir. Son visage devint pâle ; il avait l'expression figée d'un masque. Elle ne mangeait plus. Aux repas, elle repoussait l'assiette que je plaçais devant elle, disant d'une voix sourde :

— Je n'ai pas faim.

Si j'insistais, elle essayait de se forcer, avalait une ou deux bouchées. Mais, bien vite, elle s'arrêtait, secouait la tête avec lassitude :

— Ça ne passe pas.

Je souffrais de la voir ainsi, et pourtant, je me refusais à admettre la réalité de son chagrin. Je me répétais que ce n'était qu'une question de temps ; une fois qu'elle aurait oublié cet Axel, elle retrouverait sa joie de vivre.

Une semaine se traîna ainsi, longue, interminable. Elle vivait comme une étrangère à mes côtés. Elle s'enfermait des heures entières dans sa chambre, ou bien s'en allait rendre visite à ma belle-mère. Ces fois-là, lorsqu'elle revenait, je devinais un frémissement sous le masque glacé de son visage. A ses paupières gonflées, je comprenais qu'elle avait pleuré. Je ne disais rien. Avec patience, j'attendais, sûre que le temps serait mon allié.

Un matin de la semaine suivante, en partant faire ma tournée de piqûres, je croisai Anselme, le facteur, devant la poste.

— Tenez, Thérèse, me dit-il. Je vais vous donner votre courrier tout de suite. Cela soulagera un peu ma lourde sacoche.

Je pris les lettres qu'il me tendait et m'éloignai en remerciant. Je leur jetai un regard rapide, et mon cœur me sauta à la gorge : il y avait une lettre d'Allemagne pour Elisabeth. Je ne doutai pas un seul instant qu'elle vînt de cet Axel ; ainsi, il s'obstinait à la poursuivre ! Je la mis dans mon sac avec les autres. Toute la matinée, je sentis sa présence brûlante, et je refoulais au fond de ma conscience la question que je me posais : donnerais-je cette lettre à Elisabeth ?...

Lorsque je rentrai, à midi, elle n'était pas là. Un petit mot sur la table de la cuisine m'annonça qu'elle était partie passer la journée chez ma belle-mère. J'eus un mouvement d'humeur : elle y allait de plus en plus souvent. Etait-ce pour s'épancher, pour se plaindre de moi ? Cela ne servait qu'à l'entretenir dans ses regrets, qui ne pouvaient être que stériles. De mon côté, bien que ma nature se révoltât devant cette indélicatesse, je pris la décision de ne pas donner la lettre d'Axel à Elisabeth. Si je voulais qu'elle l'oublie, c'était la meilleure solution.

Elle rentra le soir, le visage très pâle. Ses yeux me parurent moins absents, moins hagards que les jours précédents. Je lui trouvai même un air résolu qui me surprit. Je me rassurai en me disant qu'elle avait commencé à surmonter son chagrin. Lorsqu'elle partit se coucher, elle m'embrassa, contrairement aux autres soirs, avec une chaleur qui elle aussi m'étonna. Elle voulut même me dire quelque chose, eut une hésitation, et finalement se détourna sans un mot. Le cœur plein d'un amour que je retenais, je la regardai entrer dans sa chambre. J'espérais que ma petite fille enfin me revenait...

Cette nuit-là, pour la première fois depuis longtemps, je dormis d'un sommeil lourd, sans rêves. Pourtant, avant l'aube, je m'éveillai. Tout de suite, j'eus une impression étrange, qui me glaça. J'écoutai. Tout était silencieux. Et c'était ce silence, justement, qui me causait un malaise. Il était épais, lourd, inquiétant. Saisie d'un pressentiment, je me précipitai dans la chambre d'Elisabeth.

En la voyant dans son lit, j'éprouvai un profond soulagement. Je compris que j'avais eu peur de trouver la chambre vide, peur qu'elle ne m'ait quittée pour aller rejoindre cet Allemand... Quelque chose, pourtant, attira mon attention. Elle semblait tellement rigide, tellement immobile... Respirait-elle ?

Inquiète soudain, je m'approchai. Son visage était si pâle... Je touchai sa main : comme elle était froide ! Affolée, j'allumai la lampe. Un tube de comprimés roula sur le sol : des somnifères... Alors je compris. Je me retins pour ne pas hurler. Je me jetai sur elle en sanglotant. Qu'avait-elle fait ? Je mis mon oreille contre sa poitrine, écoutai. Dans mon bouleversement, je n'entendis rien. Je courus chercher un miroir, le plaçai sous ses narines. Je le fixai, égarée. Ce fut le moment le plus long de ma vie. Lorsque je vis une fine buée se déposer sur la surface polie, je me mis à trembler d'un espoir féroce. Vite, vite, il était encore temps ! Avec des gestes saccadés, je courus au téléphone, formai le numéro d'Etienne. Il décrocha immédiatement. Je bégayais tellement qu'il ne comprit pas, au début, ce que je lui disais. Lorsqu'il eut enfin saisi, il cria : « J'arrive ! » et raccrocha aussitôt.

Je retournai auprès d'Elisabeth, pleurant de terreur et d'affolement. Je me mis à frictionner ses membres pour tenter de la réchauffer. Je me rappelai subitement que j'avais de l'huile camphrée et lui en fis une piqûre. Puis je ne sus plus que faire. Heureusement, Etienne arriva.

Un regard sur Elisabeth lui suffit pour comprendre. Il souleva une de ses paupières, fronça les sourcils :

— Je vais lui faire un lavage d'estomac, afin d'éliminer le poison de son organisme. Il n'y a pas de temps à perdre. Aidez-moi, Thérèse.

Je soutins mon enfant tandis qu'il essayait de la sauver. Rapide, efficace, il travaillait en fronçant les sourcils, le visage sombre. L'opération terminée, avec tendresse il recoucha sa nièce.

— Elle s'en sortira, je pense. Je vais lui faire une injection de tanin.

Je tremblais encore. Je demandai, d'une étrange voix chevrotante que je ne reconnus pas :

— Etienne... Elle est sauvée ?

Il releva la tête, me fixa.

— Oui, ça ira maintenant. Remerciez le ciel de vous être réveillée à temps...

Il regarda Elisabeth, et son visage se rembrunit :

— Je n'aurais jamais cru qu'elle en viendrait là, dit-il tout bas. Elle est venue me trouver, hier, m'a demandé des somnifères. Si j'avais pu me douter ! J'ai ma part de responsabilité, je n'ai pas compris...

Il se tourna vers moi avec une expression de reproche :

— Vous aussi, Thérèse, vous avez votre part de responsabilité. J'ai bien peur que votre intransigeance ne soit à l'origine de cet acte désespéré. Elisabeth m'a parlé de cet Allemand qu'elle aime. Ma mère affirme qu'il est très bien et qu'on ne peut rien lui reprocher. Sa nationalité, il ne l'a pas choisie. Pour Elisabeth, je vous demande de remettre votre décision en question. Il est cruel de la rendre malheureuse pour cette seule raison, de la pousser à de telles extrémités. Comprenez-vous ?

Incapable de répondre, je pleurais. Il posa une main sur mon épaule :

— Je vous laisse. Je reviendrai dans la matinée.

— Etienne... merci.

Sa voix s'enroua :

— C'est la fille de mon frère, et je l'aime. Je voudrais la voir heureuse. Pensez-y, Thérèse.

J'acquiesçai en le reconduisant jusqu'à la porte. Une grande confusion était en moi. Je retournai dans la chambre d'Elisabeth, m'assis à son chevet. Elle dormait et sa respiration était régulière. Son visage reprenait une teinte rosée, il n'avait plus cet aspect bleuâtre qui m'avait tant effrayée. Mon enfant, ma petite fille... Mon amour pour elle m'étouffa subitement. Elle était tout ce qui me restait de Marc, et j'avais failli la perdre. Je réfléchis longuement. Etait-ce vrai que mon intransigeance était responsable ? Aimait-elle donc cet Allemand au point de ne pouvoir envisager de vivre sans lui ? Je me rappelai ce que m'avait souvent répété ma grand-mère : « Dans la famille, disait-elle volontiers, nous sommes les femmes d'un seul amour. » Cela avait été vrai pour elle, pour ma mère, pour moi. Pourquoi ne le serait-ce pas pour Elisabeth ?... Et moi, je n'avais rien compris. J'avais cru qu'elle oublierait ce garçon, alors qu'au contraire elle refusait une existence où il ne serait pas. Incapable de choisir entre lui et moi, fallait-il qu'elle fût désorientée et désespérée pour avoir voulu mourir ! Son baiser, hier soir, que j'avais pris pour un rapprochement, était au contraire un adieu. Non, vraiment, je n'avais rien compris.

Un long combat se fit en moi, dont je sortis vaincue. Je sus que, pour voir mon enfant heureuse, j'accepterais de céder, même si cela devait me briser le cœur. Alors, une fois ma décision prise, je n'hésitai plus.

J'allai chercher la lettre dans mon sac. D'une main ferme je l'ouvris, sortis plusieurs feuillets. Sur le premier une adresse et un numéro de téléphone étaient inscrits. J'allai dans le couloir. Je décrochai le combiné, donnai le numéro. Il fallut attendre longtemps. Je tremblais d'appréhension, mes mains devenaient moites.

Il y eut plusieurs sonneries, puis, enfin, là-bas en Allemagne, quelqu'un décrocha. Une voix féminine posa une question que je ne compris pas. Je pris une longue inspiration, soufflai :

— Axel... Puis-je parler à Axel ?

— Axel ? *Ja, ja. Bleiben Sie am Apparat !* [1]

De nouveau j'attendis. Je me mordais les lèvres, une sueur me mouillait le front. Avec mon mouchoir, je m'essuyai le visage. Mon cœur cognait dans ma poitrine, mes tempes battaient. Une pensée fugitive me vint : pardon, Marc, je ne peux pas faire autrement...

— *Ich bin Axel* [2].

Je sursautai. En fermant les yeux, je me lançai :

— Je... je suis la mère d'Elisabeth...

Il eut une exclamation de surprise :

— La mère d'Elisabeth !... Que se passe-t-il ?

La voix était grave, intriguée, en même temps sympathique et chaleureuse. Un léger accent la teintait, qui était loin d'être déplaisant. Mes doigts se crispèrent sur l'appareil. Je dis :

— Elle a voulu mourir, cette nuit. Elle a avalé des somnifères. Sans vous, elle est trop malheureuse. Je l'ai compris et j'ai changé d'avis. Si vous voulez... si vous voulez vous pouvez venir la voir, cela faciliterait sa guérison.

— Des somnifères ! *Mein Gott !* Est-elle hors de danger ?

— Oui, elle dort.

— Je peux venir ? Vous voulez bien ?

Ma voix trembla :

— Oui.

— *Ach, ich komme gleich !* [3]... Je prends le prochain train, je serai à Lille dans la fin de la matinée ou le début de l'après-midi.

— A la gare, il y a un service d'autocars qui dessert notre village.

— Oui, je sais. Ne vous inquiétez pas pour moi, je me débrouillerai. — Il se racla la gorge, murmura, d'un ton à la fois ému et angoissé : — Merci de m'avoir appelé.

Il raccrocha. Je retournai voir Elisabeth. Elle dormait toujours. Je remarquai son visage amaigri, les cernes mauves qui entouraient ses yeux, le pli amer et désabusé de la bouche... Mentalement, je lui demandai de me pardonner et de vivre, dorénavant, pour cet Axel qui allait venir la retrouver.

---

1. Ne quittez pas.
2. Je suis Axel.
3. J'arrive.

Un peu plus tard, ma belle-mère arriva :

— Etienne m'a appris... Comme j'ai eu peur ! Moi non plus, je ne me suis pas doutée... Elle venait me voir, me parler, elle se plaignait doucement d'être malheureuse. J'essayais de lui donner de l'espoir... Mais jamais elle ne m'a confié cet horrible projet ! Il est possible qu'elle ait agi sur une impulsion, brusquement. Elle n'avait peut-être rien prémédité !

Je ne sus que répondre. Ce geste auquel je l'avais acculée révélait une immense détresse. Je devais maintenant réparer. Je racontai à ma belle-mère que j'avais prévenu Axel ; il était concerné et avait le droit de savoir. Lorsqu'elle comprit qu'il accourait vers ma petite fille, elle soupira de soulagement :

— Vous avez bien agi, mon enfant. Je vous remercie. Votre attitude me prouve que vous avez un cœur. J'en avais douté, ces derniers temps. Pardonnez-moi.

Les larmes aux yeux, elle regarda longuement Elisabeth endormie. En posant une main sur mon bras, elle chuchota :

— Vous ne regretterez pas votre décision, vous verrez.

Je retins un geste de doute ; je ne voulais pas voir si loin. Pour le moment, je m'accrochais à un seul but : le retour de mon enfant à la vie.

Je profitai de la présence de ma belle-mère pour aller faire ma tournée de piqûres. Je ne m'attardai pas, pressée de rentrer. J'enregistrai machinalement la clarté du soleil, le bleu du ciel, le chant joyeux des oiseaux. Je frissonnai en pensant à ce qu'aurait été ma vie si Elisabeth n'avait pu être sauvée. Horrifiée, je me rappelai que j'avais dit à Antoine : « Je préférerais la voir morte. » Je me rendais compte maintenant à quel point ces paroles étaient odieuses et mensongères...

A mon retour, ma belle-mère m'accueillit en souriant :

— Etienne est passé. Tout va bien, a-t-il dit. Il y a quelques minutes, elle a remué, a murmuré des paroles incompréhensibles. Je crois qu'elle ne tardera pas à se réveiller.

Elle m'embrassa avec tendresse :

— Je vous laisse. Puis-je revenir cet après-midi ?

— Bien sûr, dis-je avec élan. Nous vous attendrons.

Elle s'en alla, et je m'installai au chevet de ma fille. Par moments, elle soupirait, remuait la tête. Je la regardais avidement. Elle porta une main à son front, ses yeux s'ouvrirent. D'abord vague, son regard bleu fit le tour de la chambre, se posa sur moi. Il flotta un instant puis, d'un seul coup, je vis la conscience y revenir. Ses paupières s'abaissèrent, deux larmes coulèrent sur ses joues. Très bas, elle murmura :

— Mon Dieu... Il va falloir recommencer...

Torturée, je m'interrogeai. Que voulait-elle dire ? Faisait-elle allusion à son geste désespéré, ou bien parlait-elle de recommencer à vivre ?... Je n'attendis pas. Je me penchai vers elle, dis d'une voix pressante :

— Ne crains plus rien, Elisabeth. Tu seras heureuse, avec ton Axel si tu le veux. Je lui ai téléphoné. J'ai eu si peur ! Il va venir.

Elle ouvrit des yeux éberlués. L'air égaré, elle bégaya :

— Tu... tu as... quoi ? Il va venir ?... Ici ?...

— Oui, dis-je sans hésitation.

Pourtant, en prononçant ce simple mot, j'eus l'impression de piétiner mon cœur et mes souvenirs. Elisabeth joignit les mains. Un éblouissement incrédule éclaira son visage. Je lui expliquai qu'Axel serait là probablement en début d'après-midi. Je voulus lui laver le visage, la recoiffer, lui mettre une chemise de nuit plus coquette. Elle se laissait faire, encore engourdie, avec des gestes languissants et heureux. Lorsque j'eus terminé, elle se recoucha avec un soupir épuisé.

— Je n'ose pas y croire. J'ai l'impression de rêver... C'est vrai ?

— Oui, c'est vrai.

Elle eut un sourire émerveillé, ferma les yeux. Elle s'endormit de nouveau, d'un sommeil apaisé. Je sortis de la chambre sans faire de bruit. Je tremblais, une légère faiblesse m'étourdissait. Je réalisai aussi que j'avais faim. Je mangeai rapidement, puis je préparai un repas froid pour ce jeune homme qui allait arriver et qui, probablement, n'avait pas pensé à manger dans son affolement. Ensuite j'attendis. J'allais régulièrement voir Elisabeth, qui dormait toujours ; et, chaque fois que j'entendais un autobus s'arrêter au coin de la rue, je sortais sur le seuil.

C'est ainsi que je le vis arriver. Dans la lumière dorée du soleil, il courait. C'était un jeune homme élancé, à la démarche souple, aux larges épaules, au visage ouvert. Si je n'avais pas su qu'il était Allemand, je l'aurais trouvé extrêmement sympathique. Il m'aperçut, vint vers moi, s'arrêta tout essoufflé :

— Elisabeth... demanda-t-il tout de suite. Comment va-t-elle ?

Ses yeux bruns m'interrogeaient avec inquiétude.

— Elle va bien, dis-je. Elle dort. Entrez.

Je dus faire un effort pour reculer et le laisser passer. Mais je l'avais décidé ainsi et ne pouvais plus revenir en arrière. Lui ne vit rien. Il entra, attendit.

— Venez.

Je le précédai, ouvris la porte de la chambre d'Elisabeth. Il y pénétra avec moi. Ma fille dormait toujours. Axel, lentement, s'approcha du lit. Ses yeux, fixés sur Elisabeth, reflétaient un immense amour. Il la regardait, longuement, intensément. Il se pencha et, avec douceur, avec précaution, il prit une de ses mains dans les siennes. D'une voix rauque, tout emplie de tendresse, il murmura :

— Elisabeth... Elisabeth, *mein Liebling... Ich bin hier.*

Il s'agenouilla près du lit, porta la main de ma fille à ses lèvres, la maintint contre sa joue. Sous son regard, Elisabeth remua. Ses cils frémirent. Elle ouvrit les yeux. Tout de suite, elle l'aperçut. Ce fut, sur son visage, comme une aube resplendissante. Elle dit, dans un souffle :

— Axel...

Sur la main qu'il tenait toujours contre sa joue, il posa un baiser. Profondément ému, il dit :

— Elisabeth, *mein Liebling...* Je suis là, tout ira bien maintenant.

Elle eut un long soupir heureux. Elle tourna la tête vers moi qui ne disais rien, comme pour quêter une confirmation. Avec un sourire, je hochai la tête sans un mot, la gorge nouée par une forte envie de pleurer. Axel leva les yeux vers moi. D'un ton vibrant de sincérité il déclara.

— Je la rendrai heureuse, je vous le promets.

— Je vous crois, dis-je tout bas.

Ils se sourirent. A la façon dont il la regardait, je vis qu'il l'aimait vraiment. En moi s'agita un sentiment confus de culpabilité, de honte, de remords. Là, près d'eux, je pris subitement conscience que, par mon intransigeance, j'avais failli gâcher leur vie et perdre ma propre enfant. « La haine est destructrice », m'avait répété Antoine, et je ne l'avais pas écouté. Pourquoi était-ce donc si difficile ?

Les yeux dans les yeux, ils ne s'occupaient plus que d'eux-mêmes. Je les laissai, allai dans ma chambre. Je pris dans mes mains la photo de Marc, la regardai longuement. Oui, sa fille était sauvée, mais moi ? Je me sentais apaisée et en même temps déchirée. Je venais d'accepter Axel, de comprendre qu'il était injuste de l'englober dans ma haine. Mais il ne fallait pas m'en demander plus pour l'instant. Je faisais ce sacrifice pour l'amour de mon enfant, et pourtant au fond de moi rien n'était changé. Avec un soupir, je reposai la photo sur la table de nuit, retournai dans la chambre d'Elisabeth. Axel était assis sur le bord du lit ; ils se tenaient les mains et ils se regardaient, extasiés. Ma fille avait un air serein et heureux. Seule une lassitude, sur son visage, rappelait qu'elle avait failli mourir. Elle leva vers moi ses yeux bleus qui scintillaient comme des étoiles.

— Tu verras, maman, dit-elle, nous serons heureux. J'irai vivre avec Axel en Allemagne, mais nous viendrons souvent ; et toi, tu viendras nous voir aussi, n'est-ce pas ?

Je les regardai, si visiblement épris l'un de l'autre, si jeunes et si confiants. Devant leur amour, je ne pouvais que m'incliner.

— Oui, dis-je, les yeux pleins de larmes, oui, j'irai vous voir.

Tout à leur bonheur, ils ne virent pas que je mentais. Pour eux, tout était facile. Mais moi je n'étais pas encore prête. Le temps était encore lointain, s'il arrivait jamais, où je pourrais, non pas oublier, car il me serait bien impossible de le faire, mais seulement pardonner. J'avais trop souffert. Peut-être leur amour parviendrait-il, à la longue, à vaincre mes souvenirs, à éteindre cette haine qui depuis tant d'années brûlait en moi ?... De toutes mes forces je voulais l'espérer.

LE PAIN ROUGE

A Jeannine Balland,
grâce à qui un rêve est devenu réalité.
Avec ma gratitude et mon amitié.

Remerciements

Je tiens à remercier ici ceux qui m'ont aidée dans mes recherches de documentation, et notamment : MM. les historiens Jean-Paul Bertaud, André Castelot, Bernard Coussée, Pierre Pierrard, qui ont accepté, avec une grande gentillesse, de me renseigner sur des détails précis ; le personnel des archives de Lille et de Cambrai, ainsi que Mlle Monique Mestayer, archiviste municipal de la ville de Douai ; Me Reisenthel, pour son explication concernant les défenseurs officieux et les procès pendant la Terreur ; M. Augustin Dutilleul, qui a bien voulu me confier son travail sur l'histoire de son village pendant la Révolution ; et enfin — et surtout — M. Alexandre Libert, qui a participé à mes recherches, m'a fourni de nombreux renseignements, et a répondu avec une patience inlassable à toutes mes questions.

Je voudrais également exprimer ma reconnaissance à M. Michel Hubert, pour l'appui qu'il apporte à chacun de mes livres avec une efficacité et une gentillesse remarquables.

M.-P. A.

Prologue

Maintenant, l'ordre est revenu. Nous pouvons respirer sans crainte, agir et circuler librement, vivre enfin. Notre petit village s'épanouit de nouveau. Mais il aura fallu de longues années de souffrance, de peur, de détresse. Etait-il vraiment nécessaire de verser tant de larmes et de sang ?

Maintenant, mon père est propriétaire de la ferme qu'il habite, des champs qu'il cultive. Avant, rien ne lui appartenait. Il a la sécurité, davantage de liberté et de richesse. On ne lui enlève plus, au moment de la moisson, la part du seigneur et de l'Eglise. Il n'est plus là, le décimateur qui prélevait une gerbe sur dix dans tous les champs. Ils ne sont plus là non plus, les officiers du seigneur, bailli ou lieutenant, qui obligeaient tout le monde à se servir du moulin banal[1] en échange d'une taxe, prélevaient des redevances sur les céréales destinées au marché, défendaient les biens du seigneur et punissaient la moindre incartade.

Est-ce la naissance d'un nouveau monde, plus libre, plus juste, plus riche ? Pour le moment, ce que nous éprouvons surtout est un immense soulagement. Elles sont enfin terminées, les années noires qui, lorsque je regarde en arrière, me font l'effet d'un interminable cauchemar. Aucun d'entre nous, je crois, n'aurait pu imaginer un bouleversement pareil, fait de violence, de haine, de terreur, où des hommes se sont comportés comme des bêtes sauvages, et où de nombreux innocents ont laissé leur vie...

Je ne saurais dire avec exactitude à quel moment cela a commencé. Je pense que tout est venu insidieusement, avant

1. Banalité : droit qu'avait le seigneur de posséder un moulin, en vertu duquel le vassal devait payer une taxe pour moudre son grain. Il était obligatoire de se servir de ce moulin (moulin banal).

d'exploser brutalement, comme un long travail souterrain précède l'éruption d'un volcan. Cette accumulation a atteint son paroxysme en 1788, lorsque le mauvais temps a détruit les récoltes et augmenté le mécontentement qui couvait.

Cette année-là, je venais d'avoir dix-huit ans. Je vivais depuis toujours dans la ferme où j'étais née et que mon père louait au seigneur du village. On appelait notre maison « la cense du château ». Comme les autres habitations, elle avait des murs de torchis, un toit de chaume, un sol de terre battue. Mais c'était notre foyer, et nous l'aimions bien. Tous les neuf ans, le seigneur renouvelait le bail de la location pour neuf autres années. Je n'en prenais pas pleinement conscience à l'époque mais je me rends compte aujourd'hui que notre vie était précaire. Si le seigneur avait changé d'avis, il aurait très bien pu, à la fin d'un bail, renvoyer mon père, et nous nous serions tous retrouvés dehors, mes parents, mes deux frères et moi.

Nous étions pauvres, c'est vrai. Mais nous ne manquions pas du nécessaire. Je ne me trouvais pas malheureuse, mes parents non plus. Nous étions habitués à vivre dans un régime fondé sur des lois bien plus anciennes que nous, qui établissaient un ordre social immuable et auxquelles nous nous pliions sans penser un seul instant qu'elles pourraient changer.

Notre village, que l'on nommait alors paroisse, comptait environ neuf cents habitants. Le centre en était l'église. Là avaient lieu tous les événements importants, là se réunissait l'assemblée paroissiale, composée du mayeur et des échevins, dont mon père faisait partie. Autour de l'église se trouvaient le cimetière et la place plantée d'arbres. Tout près, le presbytère où vivait notre curé, l'abbé Souliez, avec sa servante Adèle. Agés l'un et l'autre, ils étaient depuis si longtemps dans le village qu'ils semblaient en avoir toujours fait partie.

Mais la construction principale était le château. Dominant notre modeste ferme, il était situé un peu à l'écart et entouré d'un large fossé. On y accédait par un pont très long. Depuis ma plus tendre enfance, il me fascinait. Les murs de grès et de brique, les hautes fenêtres encadrées de pierres blanches et garnies de meneaux, la tour carrée placée à gauche de la façade, la terrasse et les jardins bien entretenus, tout m'enchantait. J'enviais le seigneur et sa famille, qui vivaient dans une aussi belle demeure.

Le seigneur... tout-puissant, hautain, mais juste. J'avais l'honneur d'être sa filleule, car j'étais née le même jour que sa fille Amélie. Il avait offert, lors de mon baptême, une croix en or que je gardais précieusement. Tous les habitants du village le respectaient. Pour tous, il était « Monsieur le comte ».

Sa femme, la comtesse Adélaïde, était exquise et frivole. Aimable avec tout le monde, de caractère léger et insouciant, elle ne pensait qu'aux bijoux, aux parfums, aux toilettes. Elle me faisait souvent appeler lorsqu'elle voulait faire rectifier une robe, car j'étais habile à coudre et à broder. Elle me recevait dans sa chambre ou dans son boudoir. Les premières fois, j'avais été très intimidée, impressionnée par la richesse et la beauté du château. Les boiseries, les tableaux, les hauts miroirs encadrés de dorures, les bergères, le lit à baldaquin, m'avaient surprise et ravie. Peu à peu, je m'y étais habituée. L'amabilité de la comtesse et la nature primesautière d'Amélie m'avaient aidée à me sentir plus à l'aise.

Il y avait aussi Adrien, le fils du comte. Agé de vingt-quatre ans, il était beau comme un jeune dieu. Je crois bien que les filles du village étaient plus ou moins amoureuses de lui. Il faisait l'admiration de toutes lorsqu'il chevauchait son grand hongre noir, mince et élégant, ses cheveux bruns et poudrés noués sur la nuque par un ruban de soie. Il avait hérité du caractère rieur et insouciant de sa mère, séduisait et brisait les cœurs sans remords. Dès qu'un joli minois lui plaisait, il poursuivait la pauvre fille de ses assiduités, jusqu'à ce qu'elle lui eût cédé. Ensuite il l'abandonnait sans s'occuper de ce qu'elle pouvait devenir. Pour cette attitude, je le méprisais un peu, et je me méfiais de lui. Je lui montrais toujours beaucoup de froideur quand je le rencontrais lors de mes visites au château.

Le comte et sa famille étaient aimés de la plupart des gens du village. Seul, Sylvain Busquet les haïssait. Sylvain était un peu plus âgé que mon frère aîné Nicolas. Sa haine datait d'un événement dramatique de son enfance qui l'avait profondément marqué. A l'époque, le seigneur était le père du comte actuel et se comportait, m'avaient raconté mes parents, avec arrogance et dureté. Il possédait de nombreux pigeons, et tout le monde savait qu'il était expressément défendu de toucher aux pigeons du seigneur. Le père de Sylvain, fermier, se plaignait que ces volatiles venaient dans ses champs picorer et détruire les semences. Il avait dû recommencer plusieurs fois les semailles, et pour finir n'avait presque rien récolté. A la fin, excédé, il avait tiré sur les pigeons. C'était une faute très grave, que le seigneur n'avait pas pardonnée, d'autant plus qu'il s'agissait d'une récidive. En effet, l'année précédente, ce paysan au caractère emporté avait chassé les lapins qui rongeaient son blé ; il ne fallait pas, non plus, attaquer le gibier, qui était la seule propriété du seigneur. Le braconnier avait été condamné à la punition prévue dans ce cas, et fut envoyé aux galères. Sylvain avait alors huit ans. Il avait vu partir son père entre deux gardes de la maréchaussée de Douai et n'avait jamais oublié. Sa rancune envers le comte s'était transformée en haine, dans laquelle il englobait tous les nobles.

Mes deux frères et mon père s'occupaient des travaux des champs, avec Louis, le valet de charrue, qui était depuis toujours chez nous et que je considérais un peu comme un grand-père. De mon côté, j'aidais ma mère, je trayais les vaches, barattais le lait, faisais le beurre que je mettais dans de longs pots de grès cylindriques, pétrissais le pain, donnais à manger aux lapins, aux poules, aux cochons. Le soir, lorsque mon travail était terminé, je prenais mon rouet et filais le lin, que mon père cultivait et faisait rouir dans le marais. Ou bien je brodais des nappes d'autel et des ornements d'église pour notre curé, qui les accueillait toujours avec joie et reconnaissance.

Pendant ces soirées, surtout l'hiver, nous nous groupions tous, à la lueur du *crasset*, la lampe à huile, autour de la cheminée où brûlait la tourbe extraite du marais. Bien souvent, nos voisins les plus proches venaient nous tenir compagnie. C'étaient Justin le charron, avec ses deux fils Blaise et Germain ; et aussi Gaston le savetier, avec Mélanie, sa femme, et Jean-Marie, leur petit garçon. Tandis que les femmes filaient, cousaient ou bavardaient, les hommes fumaient, jouaient aux cartes, au tric-trac ou aux dés. Dans la douce chaleur de la pièce, nous nous reposions des fatigues de la journée ; le brouhaha des conversations finissait par endormir Jean-Marie, pelotonné sur les genoux de sa mère. Et c'était bon d'être là, tous ensemble, unis par une chaude intimité.

Notre paroisse dépendait de la châtellenie de Lille et du bailliage de Douai. Elle était située entre Cambrai et Douai, qui était la ville la plus proche. Les jours de marché, j'accompagnais ma mère ou un de mes frères pour aller y vendre les produits de notre ferme. Ma sœur aînée y habitait avec son mari, clerc de notaire, et ses enfants. Nous allions souvent leur rendre visite. J'aimais la ville de Douai, ceinte de ses remparts, et dont l'agitation les jours de marché me changeait du calme de notre village. Elle possédait une université, un parlement, des abbayes et des couvents, de très jolies églises et un beffroi dont le carillon au son cristallin me ravissait.

Nous allions aussi, de temps à autre, à Cambrai, où résidait ma tante Séraphine. C'était la sœur cadette de ma mère, à qui elle était restée très attachée. Mariée à oncle Aimé, coiffeur-perruquier de son état, toujours jovial et aimable comme l'indiquait son nom, elle habitait non loin de la grand-place et nous accueillait toujours avec plaisir. Des cinq enfants qu'elle avait eus, il ne lui restait que la dernière, Gabrielle, une fillette douce et timide. C'étaient des gens simples et bons ; j'appréciais leur compagnie, et l'atmosphère chaleureuse qui régnait chez eux. Cambrai était aussi une ville agréable, et rien, à l'époque, ne laissait prévoir les destructions qui allaient s'y produire dans un tourbillon d'horreur et de sang.

PREMIÈRE PARTIE

L'ESPOIR

1

C'était en juillet 1788, le 13 exactement. La journée avait commencé normalement. Dans la matinée, j'étais allée donner du grain aux poules. Habituellement, cela me plaisait beaucoup. J'aimais les voir se précipiter vers moi, gloussant et caquetant, et m'entourer d'un cercle impatient pendant que le coq, plus loin, observait la scène d'un œil distant. Mais ce jour-là, je les avais trouvées fort agitées. Elles se serrèrent autour de moi avec tant de précipitation qu'elles grimpèrent les unes sur les autres, et quelques-unes me griffèrent de leur bec. Je dus faire de grands gestes pour les chasser.

— Elles sont énervées, constata ma mère. Les vaches, ce matin, m'ont paru bizarres aussi. Elles n'ont cessé de meugler et de battre l'air avec leur queue. Elles doivent sentir quelque chose.

Nous fûmes bientôt fixées. En fin de matinée, le temps jusque-là calme changea subitement. Le ciel se couvrit, devint si sombre que dans la maison nous ne voyions plus rien. Le vent se mit à souffler, en rafales de plus en plus fortes. Un seau d'eau que nous avions placé devant la porte se renversa et roula à travers toute la cour. De grosses gouttes de pluie commencèrent à tomber. Dans la semi-obscurité qui régnait, ma mère et moi nous efforcions de préparer le repas, attentives au bruit du vent et de la pluie. Soudain, il y eut un éclair, puis un coup de tonnerre assourdissant.

— Ah ! dit ma mère en se signant, c'est un orage. Viens près de la cheminée, Mathilde.

J'obéis machinalement. Ma mère avait peur de l'orage. Elle disait qu'au cas où la foudre tomberait sur la maison, seule la cheminée serait épargnée, et elle nous invitait à nous tenir à cet endroit tant que le tonnerre grondait.

Nous étions là, sans bouger, lorsque la porte s'ouvrit. Mon père, mes frères et Louis, le valet de charrue, entrèrent, chassés des champs par la pluie. Ils secouèrent leurs sabots, enlevèrent leur sarrau de toile grise complètement trempé.

— C'est qu'il pleut ! s'écria mon père en ôtant son bonnet de coton bleu.

Un autre coup de tonnerre fit trembler la maison. Ma mère frissonna, se serra contre mon père.

— Jean-Baptiste, j'ai peur !

— Allons, dit mon père de sa grosse voix placide, ce n'est rien. Ça va passer.

Mais le vent soufflait avec une violence accrue. Un crépitement soudain se fit entendre, avec tant de force qu'il couvrait le bruit du vent. Mon frère François alla à la fenêtre.

— Mais il grêle ! s'écria-t-il.

Je le suivis. Une couche d'énormes grêlons, plus gros que des pois, recouvrait le sol tandis que d'autres continuaient à tomber, denses et serrés. Un coup de vent en projeta une partie vers la maison. Ils cinglèrent la vitre. Je reculai.

— Ne restez pas près de la fenêtre, dit ma mère. Heureusement, nous avons un buis des Rameaux pour nous protéger de la foudre.

Impressionnée, je rejoignis les autres. Ma mère tenait dans sa main sa croix d'argent et priait. Mon père s'agitait et se grattait la tête, signe qu'il était inquiet. Nous attendions tous, l'oreille tendue, satisfaits malgré tout d'être à l'abri. Maintenant, les coups de tonnerre se succédaient, la grêle tombait toujours, le vent hurlait d'une manière sinistre, emportait les grêlons en de véritables tourbillons blancs, faisait vibrer la porte, s'engouffrait par-dessous. L'obscurité était presque complète. Tout le monde se taisait.

Soudain, on entendit un craquement épouvantable dehors, suivi de beuglements affolés.

— C'est à l'étable ! s'exclama mon père. Il faut que j'aille voir.

— Jean-Baptiste, non ! cria ma mère. Tu ne peux pas sortir dans cette tempête !

Sans l'écouter, il ouvrit la porte. Un vent furieux la rabattit contre le mur, entra dans la maison en même temps qu'une bourrasque de pluie et de grêle mêlées. Mon père fit un pas en arrière, repoussa la porte qu'il referma avec difficulté.

— Eh bien ! bougonna-t-il entre ses dents, jamais vu ça !

Nous n'eûmes d'autre ressource qu'attendre. Cela dura encore de longues minutes. Puis, peu à peu, les rafales de vent se firent moins brutales, les coups de tonnerre s'espacèrent, le ciel devint moins sombre. Mais la pluie continua de tomber, uniforme et lancinante.

— Ça s'éclaircit un peu, dit mon père. Je vais aller voir.

Il sortit, suivi de mes frères et de Louis. Sur le seuil, avec ma mère, je regardai. Un spectacle désolant s'offrait à nous. La terre détrempée de la cour n'était qu'un cloaque de boue ; les fossés, devant la maison, débordaient. Des branches d'arbres étaient tombées sur la route. Et, surtout, notre étable n'avait plus de toit, le vent l'avait emporté.

— C'est le craquement que nous avons entendu, s'écria ma mère.

— Il va falloir réparer le plus vite possible, dit mon père en secouant la tête avec désolation, les vaches ne sont plus à l'abri.

Dans le courant de la journée, nous pûmes nous rendre compte de l'étendue des dégâts. Parmi les maisons du village, beaucoup étaient endommagées. Le moulin, situé à l'écart, sur une butte, avait deux ailes brisées, et Léonard, le meunier, se plaignait bruyamment. Le long des routes, des branches d'arbres avaient été cassées ; certains même, à moitié déracinés, étaient tombés en travers du chemin. Et partout, dans les champs, c'était une véritable dévastation : les blés presque mûrs avaient été écrasés, les colzas, déjà amoncelés en meules, avaient été éparpillés et jetés au loin, les précieuses tiges de lin avaient été arrachées ou brisées.

— Toute ma récolte est perdue, se lamenta mon père.

— Tout, peut-être pas, rectifia mon frère Nicolas, mais une grande partie, c'est sûr.

C'était une catastrophe, car il faudrait donner, comme

chaque année, un huitième de la récolte pour la dîme — ceci pour les champs qui appartenaient à l'abbaye d'Anchin —, un autre huitième pour le champart — ceci pour les champs appartenant au seigneur. Cela faisait un quart de la récolte qui était enlevé à mon père. Lorsqu'elle avait été bonne, c'était supportable, mais dans le cas où presque tout avait été détruit...

— Nous n'aurons presque rien, répéta mon père avec inquiétude.

— Le plus urgent, pour le moment, est de réparer le toit de l'étable, déclara Nicolas. Et d'essayer de récupérer, si on le peut, nos meules de colza.

Sous la pluie qui ne cessait pas, ils s'activèrent avec courage. Pendant que mes frères allaient aux champs, mon père et Louis s'occupèrent de l'étable. Dans le village, tout le monde avait quelque chose à réparer. Cette tempête avait été un véritable ouragan.

La réfection n'était pas terminée lorsque, le lendemain, le lieutenant passa pour requérir, sur ordre du seigneur, tous les hommes disponibles afin de remettre en état les routes endommagées et encombrées par les arbres abattus.

— Mais, objecta mon père, il pleut toujours dans mon étable !

Malgré tout, il fallut obéir. C'était le système de la corvée : dans le cas où la brigade de paroissiens habituellement désignés pour la réfection des chemins ne suffisait pas, les hommes du village devaient fournir gratuitement leurs bras, leurs outils, voire parfois leurs chevaux et leurs voitures. Bien souvent, ils obéissaient en grommelant ; car pendant ce temps ils ne travaillaient pas pour eux.

Mon père et mes frères durent s'acquitter de cette corvée avant de reprendre leur besogne interrompue. Malgré leurs efforts, la pluie qui tomba sans discontinuer pendant des jours et des jours abîma le peu de blé qui restait et gâta complètement les fourrages. Mon père affirma avec accablement :

— Je crois que nous allons avoir des jours difficiles.

La vie continua cependant, le beau temps revint, l'automne fut doux et ensoleillé. Les tâches habituelles nous occupaient pendant la semaine ; le dimanche, c'était le repos hebdomadaire. Ce jour-là, nous allions à la messe. Je m'habillais avec soin. Je mettais mes chaussures de cuir à boucles, que m'avait fabriquées Gaston le savetier et que je graissais avec du suif. Je revêtais mon juste de serge bleu, ma jupe de même couleur, mon tablier rouge, je me coiffais de mon bonnet de mousseline orné de bavolets. J'écoutais la messe avec recueillement, observant l'abbé Souliez qui officiait, le clerc Alexandre qui l'aidait et chantait les cantiques. C'était Alexandre qui sonnait les angélus, les messes et les offices, lui qui assistait notre curé dans l'administration des sacrements, lui aussi qui apprenait à lire et à écrire aux enfants du village. Je me souvenais de ces années d'école de mon enfance, dans la pièce humide et mal éclairée réservée à cet effet, meublée de quelques tables formées de planches et de tréteaux. C'était pourtant là que mes frères et moi avions reçu notre instruction en même temps que notre enseignement religieux. Notre alphabet s'appelait *Croix de Jésus*, et Alexandre nous enseignait le catéchisme, nous faisait réciter les prières, nous recommandait d'être soumis et déférents envers nos parents : il fallait les aimer, les respecter, toujours leur obéir, et ne pas les abandonner, plus tard, dans leur vieillesse. Il nous apprenait aussi les bonnes manières et la civilité, nous obligeait à venir en classe avec des mains et des ongles propres. Je l'aimais autant que notre vieux curé, et je crois que lui aussi m'aimait bien.

Chaque dimanche après-midi, sur la place du village, les hommes disputaient de nombreuses parties, de paume, de billon, de crosse, de javelot. D'autres se réunissaient chez Ignace le cabaretier pour jouer aux dés ou aux cartes en buvant des pots de bière que Joséphine, sa femme, notait à la craie sur une planche.

J'assistais aux jeux de plein air, ou bien je me promenais avec Pauline, la fille aînée de Florent le journalier. Agée de vingt ans, elle avait de nombreux frères et sœurs, dont le plus jeune n'était encore qu'un bébé. Ils étaient très pauvres, parmi les plus pauvres du village. Un journalier, à l'époque, se louait à la journée, et était payé de la même façon. Mon père embauchait souvent, pour les travaux des champs, Florent, sa femme Suzanne et même leurs grands enfants. Mais l'hiver, pour eux, était très dur ; il y avait alors beaucoup moins de travail. Depuis longtemps, je soupçonnais Pauline d'être amoureuse de mon frère aîné Nicolas. Elle n'en disait rien, mais je la surprenais souvent qui l'observait d'un regard qui ne me trompait pas.

Un matin de septembre, la comtesse Adélaïde me fit appeler. Je me lavai le visage et les mains, me recoiffai, mis mon bonnet des dimanches et mes chaussures de cuir. Dans le boudoir, en compagnie d'Amélie qui ne cessait de bavarder, je fis le travail que l'on attendait de moi : rétrécir une robe trop large, coudre des rubans sur une autre, raccourcir une jupe... Pendant ce temps, Amélie me montrait ses nouvelles toilettes, m'expliquait que la saison de la chasse allait bientôt commencer, virevoltait dans la pièce, m'étourdissait. L'insouciance lui allait bien. Comme sa vie me paraissait facile et agréable, à moi qui ne faisais que travailler du matin au soir !

Après l'avoir quittée, alors que je traversais la cour du château, je rencontrai Adrien qui sortait des écuries. Il m'aperçut, vint vers moi :

— Mais c'est Mathilde, la petite Mathilde de Jean-Baptiste ! Il y a bien longtemps que je ne t'ai vue. Bonjour, Mathilde.

Il se plaça devant moi, me barrant le passage. Beau, sûr de lui, superbe dans sa tenue d'équitation, il me dédiait un sourire éclatant. Mais son regard me jaugeait d'une façon qui me déplut. Je reculai, prenant conscience de ma gaucherie face à son aisance.

— Je vais bien, merci, monsieur Adrien. Mais je dois partir, l'ouvrage m'attend.

— Allons, dit-il en avançant d'un pas, nous pouvons bien bavarder un peu. Sais-tu que je te trouve jolie ?

Je reculai de nouveau, embarrassée :

— Laissez-moi, monsieur Adrien. Je n'ai pas le temps. Il faut que je rentre.

Son sourire s'agrandit, se fit ironique :

— Aurais-tu peur de moi, petite Mathilde ? Attends, ne pars pas. Ecoute-moi, plutôt.

Il m'attrapa par les poignets, voulut m'attirer vers lui. De toutes mes forces je résistai, lui arrachai mes mains que je cachai dans mon tablier. D'abord pour lui montrer que je ne voulais pas céder, mais aussi parce que j'avais honte de mes mains calleuses de paysanne, rougies par les travaux de la ferme et des champs. Je fis un écart, le contournai, me mis à courir. Son rire me poursuivit :

— Ha, ha, ha ! tu as beau me fuir, je saurai bien te retrouver, va !

Je continuai à courir sans répondre, à la fois troublée et furieuse. En moi, des sentiments contradictoires s'agitaient tumultueusement. Au fond, c'était flatteur de recevoir des compliments d'un aussi grand seigneur ; mais je savais qu'il passait son temps à séduire de pauvres filles, et je me jurai de ne jamais être une de ses victimes.

Au loin, dans les champs, Pauline glanait avec sa mère et ses sœurs. Quand la moisson était terminée, dès que le messier en avait donné l'autorisation, elles ramassaient les grains pour se nourrir, ainsi que le chaume qui leur servirait à se chauffer. Seuls les pauvres étaient autorisés à glaner. La liste, dressée par le mayeur et les échevins en accord avec le curé, était publiée chaque année le dernier dimanche de juillet, à l'issue de la messe et des vêpres.

Pauline et sa mère me saluèrent de loin. Je les regardai, m'interrogeant sur ce douloureux contraste : d'un côté, Amélie, que je venais de quitter, dont le sujet d'inquiétude était ses robes à retoucher ; de l'autre, une famille qui ne possédait rien, et dont le souci majeur était d'avoir suffisamment à manger pour pouvoir survivre. Etait-ce donc cela que dénonçait Sylvain Busquet quand il disait que ça ne pouvait plus durer ? Mais, selon mes parents et les plus anciens du village, c'était ainsi depuis toujours. Comment cet ordre établi depuis si longtemps pourrait-il subitement changer ? Cela me paraissait bien improbable.

En octobre, un accident arriva à mon père. C'était à la fin de la journée. Ma mère était à l'étable, et je lavais la salade qui, avec une épaisse soupe aux herbes, du pain et du fromage, formerait notre repas du soir. J'entendis, dans la cour, le pas du cheval et des voix d'hommes ; mon père et mes frères revenaient des champs. Je remplissais d'eau la cuvette qui leur servirait à se débarbouiller, lorsque mon frère François entra brutalement :

— Vite, Mathilde ! cria-t-il, prépare le lit. Notre père est blessé.

Avec affolement, je vis mon père, le visage livide, soutenu par Nicolas et Louis. Rapidement, j'ouvris la porte de la chambre, courus au lit, repoussai la couverture et la courtepointe. Péniblement, mon frère et Louis y conduisirent mon père et l'aidèrent à se coucher. Les traits crispés, il respirait bruyamment. Ma mère arriva, ne perdit pas de temps :

— François, va chercher Pierre-Antoine, ordonna-t-elle. Dis-lui de venir tout de suite.

Chirurgien-accoucheur, Pierre-Antoine était le médecin de notre village. Son naturel doux et pondéré, ses mains fines et habiles qui savaient calmer la douleur le faisaient aimer de tout le monde.

François sortit précipitamment. Dans la grande pièce, tout en se lavant le visage et les bras, Louis m'expliqua ce qui s'était passé. Sur le chemin du retour, une roue du chariot s'était enfoncée dans une ornière profonde et remplie de boue. En la poussant pour l'extraire, mon père avait glissé et était tombé. La roue lui avait écrasé la hanche.

Quelques instants plus tard, Pierre-Antoine entra, précédé de François, et disparut aussitôt dans la chambre. Lorsqu'il revint, il nous rassura :

— Il n'a rien de cassé. Sa hanche a reçu un choc violent, et de plus il s'est fait une vilaine entorse. Il faut qu'il reste immobile. Avec du repos ça devrait se rétablir assez vite.

Mais, le lendemain, mon père décida qu'il se lèverait. Luttant contre la douleur, il essaya de se mettre debout. Il ne put faire un pas et dut s'avouer vaincu. Alors il resta près du feu, assis sur le banc, pestant contre son inactivité forcée. Les gens du village, ayant appris son accident, vinrent le voir : Justin le charron et Gaston le savetier, nos plus proches voisins, l'abbé Souliez également, ainsi qu'Alexandre le clerc, et Sylvain Busquet, toujours prêt à la révolte.

— Ce n'est pas la peine de chercher trop loin, déclara celui-ci avec assurance. Je sais à quoi est dû votre accident. C'est encore une conséquence de ces privilèges féodaux qu'il faudrait supprimer une fois pour toutes !

— Comment ça ? interrogea mon père.

— Réfléchissez un peu. Vous avez glissé en essayant de dégager votre charrette embourbée. La cause en est donc la boue. Et pourquoi y avait-il tant de boue ?

— Parce qu'il a plu, pardi ! répondit mon père sans comprendre.

Assise dans un coin de la pièce, occupée à éplucher les légumes, je ne disais rien, me doutant de ce qui allait suivre.

— Bien sûr, il a plu. Pourtant, la boue a séché, sauf dans les chemins. Et pourquoi ? Parce que M. le comte — il appuya hargneusement sur « monsieur » — a planté des arbres partout, pour son profit, et si serrés que leurs branches ne laissent plus passer le soleil. Ça lui rapporte, et nous, tant pis si ça nous gêne. Il y en a le long de tous les chemins, et lorsqu'ils bordent nos champs, ils font tellement d'ombre que c'est toute une bande de terre où l'on ne récolte rien. C'est vrai, n'est-ce pas ? Et bien entendu, nous n'avons pas le droit d'y toucher. Si nous prenions la liberté de scier une seule branche, nous serions immédiatement punis. Avouez que je dis la vérité... Nous n'avons que le droit de nous taire ! Tout supporter, et nous taire !

Le naturel placide de mon père s'effrayait d'une semblable violence. Il secouait la tête en signe de désapprobation.

— Enfin ! termina Sylvain furieux, en se tournant vers moi. Dis-le-lui, toi, Mathilde, que j'ai raison !

Je posai la pomme de terre que je venais de peler.

— Et même si tu as raison, Sylvain, à quoi cela servira-t-il de t'énerver ainsi ? Il est vrai que, s'il y avait moins d'arbres le long des chemins, ils ne seraient pas si boueux. Mais le seigneur, en plantant ses arbres, use du droit qui lui est accordé, c'est normal. Que pouvons-nous y faire ?

Il se leva en grommelant d'un air mécontent.

— Il faudra bien faire quelque chose, pourtant. Vous verrez ce que je vous dis !

Il sortit en bougonnant toujours.

— Il m'inquiète, avoua mon père. Je sais bien que Jacques-Léonard a été condamné aux galères et que ça l'a marqué. Qu'il fasse attention, lui aussi. Ses propos risquent d'arriver aux oreilles du bailli !

Là-dessus, il se leva et fit le tour de la table en clopinant.

— Il faut que je m'entraîne à marcher. Demain, je retourne au travail. Je ne peux pas rester ici à ne rien faire.

Dès le lendemain, il repartit aux champs, malgré la désapprobation de ma mère. Je le vis s'en aller en boitant, serrant les dents contre la douleur. Je le regardai avec un mélange d'admiration et de pitié, pendant que tout au fond de moi l'écho de la voix de Sylvain répétait : « Tout supporter et nous taire... Il faut que ça change. » Et je commençai à me demander s'il n'avait pas raison.

Tout au long de l'automne, le seigneur et ses invités s'adonnèrent au plaisir de la chasse. Je les voyais parfois, galopant au loin dans les champs, précédés de la meute des chiens. Il m'arrivait de les envier. Le travail de la ferme ne me laissait pas de répit, je ne pouvais m'empêcher de penser qu'il devait être agréable de mener une vie insouciante et gaie.

Puis l'hiver arriva et fut très rigoureux. Trois fois par semaine, j'allais avec ma mère ou l'un de mes frères vendre nos produits laitiers et nos légumes au marché de Douai. Je me couvrais chaudement, et pourtant, malgré mes vêtements de laine, mon grand mantelet à capuche et mes galoches à semelles de bois, il m'arrivait bien souvent d'être complètement gelée. Avant de reprendre la route du retour, j'allais me réchauffer quelques instants chez ma sœur Marie-Henriette, qui habitait rue de Bellain. J'en profitais pour embrasser et câliner ses trois enfants : Philippe, l'aîné, âgé de six ans, Angélique, plus jeune d'une année, et surtout, la petite Marie-Josèphe, un adorable bébé plein de fossettes.

La récolte de l'été avait été très mauvaise, à cause de l'ouragan de grêle. Nous vivions dans l'incertitude. Quand Louis, notre valet de charrue, et Florent, le journalier que mon père embauchait parfois, venaient battre le blé au fléau dans la grange, ils déclaraient que beaucoup de grains étaient pourris ou à moitié germés, et qu'ils ne se conserveraient pas. Mon père faisait la grimace et se grattait la tête sans répondre. Je voyais bien qu'il était inquiet.

Un dimanche de février 1789, à l'issue de la messe, M. le curé remonta en chaire, un papier à la main. Cela signifiait qu'il avait un avis à nous lire. Nous nous fîmes tous attentifs.

— Mes bien chers frères, un édit royal du 24 janvier fixe l'ouverture des états généraux au 27 avril prochain. Selon cet édit, chaque paroisse doit fournir ses cahiers contenant doléances et plaintes. Il faudra donc que vous vous réunissiez et que vous choisissiez des délégués ; ceux-ci se rendront ensuite à Douai pour procéder à l'élection des députés qui nous représenteront aux états généraux. Je souhaite, mes chers enfants, que ce soit l'aube d'une vie meilleure, et je vais prier le Seigneur en ce sens. Je vous invite tous à en faire autant. Amen.

Alors que nous sortions de l'église, nous nous regardions avec une surprise qui n'osait pas encore être joyeuse, et des questions fusaient de toutes parts :

— Des doléances ?

— Des délégués ?

— Qu'est-ce que ça signifie ?

Sur la place, tout le monde se rassembla autour du mayeur :

— Augustin, explique-nous.

Augustin leva la main pour demander le silence.

— Ça veut dire que notre bon roi Louis, soucieux d'améliorer la vie de ses sujets, veut connaître leurs désirs. Il faudra donc noter sur un cahier ce que nous aimerions voir disparaître, dans une mesure raisonnable bien entendu. Ce doit être des vœux communs, non des souhaits isolés. Nous devrons nous réunir afin d'en discuter, et ensuite rédiger le cahier qui représentera notre paroisse

Tout le monde se mit à parler en même temps avec animation. Sylvain Busquet frappa sur l'épaule de mon père. Il jubilait.

— Enfin on nous demande notre avis ! Eh bien nous allons le donner, n'est-ce pas ? Vous, Jean-Baptiste, vous devriez dénoncer le droit de plantis. Rappelez-vous votre accident, à l'automne. C'était ça, la cause. Ah, nous allons lui raconter, à notre roi ! Il ne se doute pas de tout ce qui nous empoisonne la vie. C'est le moment ou jamais d'en parler et de lui demander que ça change. Depuis le temps que je le dis !

— Hum, hum... dit mon père avec scepticisme. Aurons-nous vraiment le droit d'écrire nos réclamations ?

— Mais oui, intervint mon frère François avec enthousiasme. Augustin l'a dit. Père, vous qui êtes échevin et qui faites partie de l'assemblée paroissiale, vous serez présent aux réunions. Nous comptons sur vous pour nous défendre.

Une effervescence heureuse, mêlée d'un reste d'incrédulité, régna toute la journée. Les hommes se retrouvèrent au cabaret d'Ignace, et nous entendîmes longtemps le brouhaha de leurs discussions. Le sujet alimenta toutes les conversations. Le soir à la veillée, nous en parlions sans cesse.

— Moi, disait Justin le charron qui avait deux fils, je voudrais l'abolition du droit d'aînesse. Mes deux fils sont égaux dans mon affection, pourquoi l'un devrait-il hériter de tout alors que l'autre n'aurait rien ?

Très vite, les principaux sujets de plaintes apparurent. Mon père nous rapportait le résultat des débats.

— Il faut penser à tout, mais ne mettre que les demandes d'ordre général. Nous demandons de continuer à être exemptés de la taille et de la gabelle, mais il faut aussi supprimer la dîme, ou au moins la diminuer. Nous voudrions moins d'impôts sur les produits comme la bière, l'huile à brûler, les chandelles, la cire, et également ne plus payer tant de droits pour circuler. Ou alors que tout le monde paie, les nobles et les ecclésiastiques comme les autres !

Il était vrai qu'il y avait de nombreux droits de péage, pour traverser un pont par exemple, qu'il fallait acquitter sous peine de rebrousser chemin.

— Sylvain insiste pour demander qu'il n'y ait plus de punitions si sévères — les galères — pour un simple délit de chasse. Beaucoup se plaignent de la banalité du moulin, et offrent de racheter ce droit au seigneur.

— Et le droit de plantis ? interrogeaient mes frères. Il faut en parler aussi.

— Nous le faisons, acquiesçait mon père. Nous demandons sa suppression ; de même pour la corvée. Nous protestons contre le gibier et les pigeons du seigneur qui dévastent tout. Certains souhaiteraient encore que chaque paroisse ait le droit d'élire le mayeur et les échevins. Bref, nous essayons de faire pour le mieux. C'est Pierre-Antoine, notre médecin, qui va rédiger tout ça. C'est lui aussi, avec Augustin, qui nous représentera à Douai pour élire nos députés aux états généraux.

— Et tu crois, Jean-Baptiste, que ces demandes vont être écoutées ? demanda ma mère qui était d'un naturel méfiant. Ce serait trop beau !

Mon père eut un geste d'ignorance.

— Je n'en sais rien, mais je suppose que oui. Notre roi ne demanderait pas une telle chose s'il n'avait pas l'intention d'y donner suite. Je pense qu'il désire réellement rendre notre vie meilleure. Et j'espère qu'il en sera ainsi.

Pourtant, malgré la rédaction du cahier de doléances, malgré l'élection des députés aux états généraux, les difficultés se précisèrent. En mars, une gelée longue et sévère retarda l'arrivée du printemps. La terre, qui habituellement à cette époque se parait de verdure, ne montrait qu'un sol triste et nu, propre à décourager tous les cultivateurs. De plus, à cause de la mauvaise récolte de l'année précédente, le grain commençait à manquer. Mon père et tous ceux qui faisaient les marchés furent invités à les approvisionner sous peine de réquisition. Les gens murmuraient. A Douai, nous racontait ma sœur, beaucoup menaçaient de piller les marchands et tournaient leur colère contre les négociants en blé, qu'ils accusaient d'accaparement. On entendait parler de bandes qui envahissaient les fermes et se faisaient remettre du grain, de gré ou de force.

En dépit de ces événements peu rassurants, le printemps finit par arriver, les pousses vertes percèrent la terre. Nous savions qu'au mois de mai aurait lieu, avec un peu de retard, l'ouverture des états généraux. Répondraient-ils à notre attente ?

Un matin d'avril, je sortis très tôt pour mener les vaches en pâture sur les terrains que nous laissions en jachère une année sur trois. Alors que j'étais sur le chemin du retour, j'entendis le galop d'un cheval derrière moi. Je me retournai et je vis Adrien sur son grand hongre noir. Il s'arrêta près de moi, se pencha :

— Bonjour, Mathilde. Quel plaisir de te rencontrer !

Séduisant, charmeur, sûr de lui, il ne changeait pas. Je me sentis rougir.

— Bien le bonjour, monsieur Adrien.

Ne voulant pas rester plus longtemps seule avec lui, je me remis à avancer.

— Hé là, attends un peu, ne pars pas ! J'ai beaucoup de choses à te dire.

Sans répondre, je doublai le pas.

— Mathilde ! Ah mais, ça alors !

Il lança son cheval, arriva à ma hauteur ; avant que j'aie eu le temps de comprendre, il se pencha, m'attrapa par la taille et me hissa jusqu'à lui. Je me retrouvai assise, appuyée contre sa poitrine, prisonnière entre ses bras. Ma colère m'aida à lutter contre le trouble qui m'envahissait. Je me tordis pour lui échapper.

— Laissez-moi, monsieur Adrien, je ne veux pas. Laissez-moi !

Il se contenta de rire, fit prendre de la vitesse à son cheval. Je m'affolai. Je voyais les arbres défiler de chaque côté du chemin. Le vent sifflait à mes oreilles. Mon bonnet s'envola. Les cheveux dans les yeux, je me cramponnais pour ne pas tomber. J'avais peur. Peur de cette folle chevauchée, et peur de lui. Où m'emmenait-il ?

Soudain, notre monture se cabra. Je faillis tomber. Adrien me retint contre lui, me troublant davantage. Nous étions arrêtés. Devant nous, barrant le chemin de sa large silhouette, l'air menaçant, une fourche entre les mains, se tenait Sylvain Busquet. Il gronda :

— Laissez-la. Pourquoi l'emmenez-vous ? Je vous ai vu, et je ne vous laisserai pas faire.

J'essayais de calmer les battements désordonnés de mon cœur. Je vis Adrien froncer les sourcils.

— Mets-toi sur le côté, ordonna-t-il durement. Veux-tu donc te faire renverser par mon cheval ?

— Je ne bougerai pas. Passez-moi sur le corps, vous avez tous les droits. A vous, on ne dira rien. Mais attention, ça va se terminer, tout ça. Vous rirez beaucoup moins, vous verrez ! Pour l'instant, je vous prie de libérer Mathilde.

Adrien haussa les épaules et répliqua ironiquement :

— Eh bien, demandons-lui son avis. Mathilde, désires-tu partir ou rester avec moi ?

D'une voix étranglée, je dis :

— Je veux partir, monsieur Adrien.

Sans insister davantage, il écarta les bras qui me retenaient. Je me laissai glisser sur le sol, essayant de rassembler mes cheveux pour me donner une contenance. Sylvain recula le long de la haie.

— Allez-y, maintenant. Et à l'avenir, laissez-la tranquille.

En prenant le galop, Adrien lança, sur un ton à la fois moqueur et méprisant :

— Je n'ai pas d'ordre à recevoir de toi, manant !

Les poings crispés de fureur, Sylvain s'approcha de moi.

— Tu n'as rien, Mathilde ? Ça va ?

— Oui, ça va, dis-je encore bouleversée. Je te remercie pour ton intervention. Je ne sais pas ce qu'il avait l'intention de faire.

Un éclair de colère brilla dans ses yeux :

— Oh, mais je le devine, moi ! Méfie-toi de lui. — Il cracha par terre avec hargne. — Tous pareils, occupés de leur propre plaisir, bougonna-t-il entre ses dents.

— Merci, Sylvain, répétai-je. Ça va aller, maintenant. Je suis presque arrivée.

Le visage sombre, il me regarda partir. Je me sentais encore perturbée et faisais des efforts pour me calmer. Je n'avais pas aimé la façon dont Adrien m'avait enlevée, et j'étais reconnaissante à Sylvain de m'avoir libérée. Mais le trouble que j'éprouvais mit longtemps à se dissiper.

La situation générale se dégrada. Le blé vint à manquer, provoquant un peu partout des soulèvements populaires, et même des émeutes. Dès la fin du mois d'avril elles commencèrent, puis se propagèrent. A Lille, à Douai, à Cambrai, des boulangeries furent pillées par les gens affamés. Les feuilles publiques venant de Paris relataient les troubles agraires se produisant un peu partout, causés par la disette et le manque de pain ; des châteaux étaient incendiés, des abbayes saccagées.

Chaque semaine, en allant vendre le grain à Douai, mon père et mes frères n'étaient pas rassurés. Quelquefois, des femmes s'attroupaient sur les marchés et s'emparaient du blé au prix qu'elles avaient elles-mêmes fixé. Une insécurité de plus en plus grande se faisait jour. Une révolte sourde couvait.

Dans le village, Florent le journalier et sa famille étaient ceux qui souffraient le plus. Très pauvres, ne possédant rien, ils n'avaient aucune provision de grain et se nourrissaient essentiellement des pommes de terre de leur jardin. Leur dernier enfant, Philibert, âgé de deux ans, venait de tomber malade. Ma mère m'envoya leur porter des œufs et un pot de lait. Leur masure était située à l'autre bout du village, près du marais, non loin des piliers de haute justice, gibet où l'on pendait les assassins. Mon père racontait qu'avant ma naissance on y avait pendu un homme qui, ayant appris que sa femme le trompait, l'avait tuée dans une crise de folie. On avait laissé le corps se balancer sur la potence plusieurs jours, à la merci des corbeaux qui venaient le dépecer. Puis on l'avait enterré au pied du gibet. Je n'aimais pas ces piliers sinistres dont la vue me glaçait ; quand je passais près d'eux, je m'appliquais à ne pas les regarder.

Pauline et sa mère accueillirent mes présents avec gratitude. Elles firent chauffer un peu de lait, que l'enfant but avidement. Je notai avec compassion ses joues pâles, ses mains maigres, son air abattu. Suzanne observait son fils avec une expression soucieuse.

— J'espère qu'il va aller mieux. Merci pour le lait, Mathilde. Pierre-Antoine dit qu'il n'en boit pas assez, mais...

Elle s'arrêta. Je compris qu'ils étaient trop pauvres pour acheter du lait tous les jours, et me promis d'en parler à ma mère. Peut-être pourrions-nous les aider ? Je prononçai quelques paroles d'encouragement et les quittai.

Sur la route du retour, alors que je passais en face du cabaret d'Ignace, je vis Sylvain Busquet qui, au milieu d'un groupe d'hommes, gesticulait et parlait fort.

— Eux, ils se pavanent dans leurs richesses, disait-il, et nous, nous n'avons qu'à mourir de faim. Mais nous ne devons plus nous laisser faire. Puisqu'ils ont tout, et nous rien, il faut les obliger à partager !

Les autres approuvèrent, dans un brouhaha d'exclamations. Je passai rapidement. La virulence de Sylvain me déplaisait. Pourtant, après ce que je venais de voir chez Florent, je devais avouer qu'il n'avait pas tout à fait tort. Mais j'étais loin de m'attendre à ce qui arriva quelques jours plus tard.

Cet après-midi-là, la comtesse Adélaïde m'avait fait appeler, comme elle le faisait parfois. Elle me reçut dans son salon ; devant la grande glace posée sur la cheminée de marbre, elle essayait une robe.

— Mathilde, je voudrais que tu raccourcisses cette robe d'une dizaine de lignes[1]. Elle est trop longue. Fais ça tout de suite, j'aimerais la porter demain.

Je m'agenouillai, commençai à replier le bas de la robe et à mettre des épingles. Amélie arriva.

— Mathilde, pendant que tu es là, reprise-moi ce fichu. Regarde, il est déchiré, là.

— Bien, mademoiselle Amélie.

Elle prit place dans une bergère et se mit à parler des futilités qui occupaient sa vie.

— Mère, me prêterez-vous votre broche en argent ? Je la porterais sur ce fichu.

Elle s'interrompit. Un brouhaha, dehors, s'élevait, bientôt suivi d'un bruit de vitre brisée.

— Que se passe-t-il ?

Elle se leva, alla à la fenêtre, se pencha :

— Mon Dieu ! Mère, venez !

La comtesse la rejoignit. Des vociférations se faisaient entendre, des cris, des appels.

— Je ne comprends pas, dit la comtesse. Que font-ils là ? Que veulent-ils ?

Elle se tourna vers moi.

— Mathilde, es-tu au courant ? Viens voir !

Intriguée, j'obéis. Sur la terrasse, devant la façade du château, se tenait un groupe d'une dizaine d'hommes, immobiles, menaçants. A leur tête, Sylvain Busquet ; près de lui, Florent, Guislain le maréchal-ferrant, Mathurin le tisserand, d'autres encore. Le visage mécontent, ils criaient :

— Montrez-vous, là-dedans, ou nous enfonçons tout !

— Nos enfants ont faim !

— Du grain, donnez-nous du grain !

— Vos réserves sont pleines, et nous, nous n'avons rien !

Ils semblaient furieux, à bout de patience, prêts à toutes

1. La ligne était une mesure de longueur et valait 2,3 mm.

les violences. Près de moi, Amélie, la main sur la bouche, observait la scène avec une expression horrifiée. La comtesse, les sourcils froncés, semblait hésiter entre la colère et la peur.

Dehors, il y eut un remous, et ils reculèrent. Je vis le comte s'avancer vers eux. Il leur fit face, sans arrogance, avec un calme imposant. Adrien vint le rejoindre et se tint à ses côtés, les bras croisés, la tête levée, son air d'éternelle moquerie sur le visage. Les hommes s'agitèrent avec impatience, murmurèrent. Le comte leva la main.

— Que représente ceci ? Que désirez-vous ?

— Nous voulons du blé, lança Sylvain Busquet d'un ton comminatoire. La plupart des habitants du village n'ont plus de pain. Vous, vous en avez trop. Si vous ne nous donnez pas satisfaction, nous nous servirons par la force.

Le bailli arriva en courant, armé d'un fusil.

— Monsieur le comte ! dit-il avec affolement. Que signifie cet attroupement ? Voulez-vous que je les disperse ?

Un mouvement se fit de nouveau parmi les hommes ; un sourd grondement s'éleva. Le comte étendit une main apaisante.

— Non, Mathieu, laissez. Vous auriez dû me prévenir que certains de mes villageois n'avaient plus de pain. Demain vous ferez distribuer à chaque foyer nécessiteux une rasière de blé.

Le bailli ouvrit la bouche pour protester. D'un geste, le comte lui imposa silence :

— Que cela soit fait. Je n'y reviendrai pas.

Il se tourna vers le groupe d'hommes.

— Dorénavant, si vous avez un problème que je puisse résoudre, venez me trouver. Je vous promets de vous aider. Mais plus de menaces, c'est inutile.

Certains baissèrent la tête et piétinèrent le sol avec embarras. D'autres commencèrent à se détourner et à partir. Finalement, ils se dispersèrent et s'en allèrent, paraissant à la fois honteux et satisfaits. J'entendis la voix de Sylvain Busquet qui leur disait, en les suivant, avec un accent de triomphe :

— Hein, vous avez vu, comme nous avons bien fait de venir ? Il a eu peur, il nous a donné ce que nous demandions. Ah, je vous l'avais dit, mes amis...

Avec un sentiment d'effroi et de surprise mêlés, je les regardai s'éloigner. Je connaissais la violence de Sylvain, mais je n'aurais jamais pensé qu'il pût ainsi s'attaquer ouvertement à notre seigneur. Des émeutes se produisaient ailleurs, je le savais, mais je croyais naïvement notre village à l'abri. Et là, derrière Sylvain, cette révolte de gens paisibles que je connaissais depuis toujours, contre le comte qui représentait, pour la majorité d'entre nous, l'intouchable... Ce fut à ce moment-là que je compris que quelque chose était en train de changer.

— Mon Dieu, gémit la comtesse, je me sens mal... Amélie, aide-moi à m'asseoir.

Elle s'appuya sur sa fille, puis s'affala dans une bergère, les yeux clos. Amélie lui fit respirer un flacon qui ramena des couleurs à ses joues pâles.

— Mère, ne vous mettez pas dans un état pareil !

— Ces hommes... je n'aurais jamais cru... Tu le savais, Mathilde ?

Je secouai la tête avec force.

— Non, madame la comtesse, je ne savais rien. J'ai été très surprise. Je n'aurais jamais cru, moi non plus, qu'ils oseraient...

Je me tus. J'avais déjà entendu Sylvain, pourtant, et j'avais vu la pauvreté de Florent. Je pouvais comprendre plus facilement que la comtesse qui, dans son cocon d'insouciance et de facilité, ne se doutait pas un instant des problèmes de certains d'entre nous.

— Laisse-nous, Mathilde. Tu reviendras demain.

— Bien, madame la comtesse.

Lorsque je racontai la scène à mes parents, ils furent horrifiés. Pour eux, le comte était tout-puissant, il représentait le roi dans notre village. Comment pouvait-on se permettre d'aller le braver ? Un seigneur si bon, dirent-ils, qu'il ne punissait même pas ceux qui le menaçaient ! Bien au contraire, avec une mansuétude admirable, il leur donnait du grain, pris dans ses propres réserves. On ne pouvait que s'extasier devant tant de bienveillance.

Sylvain Busquet, lui, se vanta partout d'avoir fait peur au comte, répétant à qui voulait l'entendre que ce n'était qu'un début et que, dorénavant, nous n'aurions qu'à oser réclamer pour obtenir satisfaction. De grands changements se préparaient, assurait-il, et ils seraient à notre avantage.

2

L'ouverture des états généraux, en mai, permettait tous les espoirs. Nos députés, élus à Douai — le marquis d'Aoust pour la noblesse, le chanoine Breuwart pour le clergé, et l'avocat Merlin pour le tiers état —, parleraient de nos cahiers de doléances, de nos plaintes et de nos souhaits, nous n'en doutions pas.

Un jour du mois de mai, je partis avec ma mère pour Cambrai rendre visite à ma tante Séraphine dont c'était l'anniversaire. Ma mère mit dans un panier quelques petits gâteaux qu'elle avait faits la veille et qu'elle enveloppa soigneusement.

— Je suis sûre que ça lui fera plaisir, me dit-elle. La dernière fois, Séraphine se plaignait que le prix du pain avait doublé, sans compter qu'elle avait dû passer plusieurs heures à la porte du boulanger avant de pouvoir en obtenir deux livres pour six sols.

Nous fîmes la route à pied, prenant les raccourcis à travers champs. Il faisait beau, les alouettes chantaient, les oiseaux gazouillaient dans les arbres. La campagne s'étirait languissamment sous le soleil et, parfois, les paysans qui travaillaient sur leurs terres nous saluaient de loin. A côté de ma mère, je marchais d'un pas vif, heureuse de sentir la brise caresser mon visage, appréciant cette promenade qui était une halte agréable dans mon travail de tous les jours.

A Cambrai, le beau temps avait attiré du monde dans les rues ; beaucoup de gens flânaient. Des enfants, qui étaient allés chasser des hannetons sur les arbres des remparts, passaient en criant : « *Bruants, bruants ! A Bruant pour un épingue !* » Un vendeur de moulins de papier, dont les ailes colorées tournoyaient joyeusement dans le vent, nous croisa, accompagné de son habituelle litanie : « Pleurez, pleurez, petits enfants, vous aurez des moulins à vent ! » Sur la place Saint-Martin, un marchand de sable s'arrêtait devant les cabarets, répétant la même question qu'il criait lui aussi d'une voix forte : « *Faut-y du sab ! Faut-y du sab !* » Je regardai avec amusement sa charrette que tirait un chien guilleret à la queue en panache ; se tenant sagement entre les brancards, il obéissait au moindre geste de son maître. Je ne pus m'empêcher de le caresser lorsque je passai près de lui.

Plus loin, des badauds observaient un homme qui, devant sa porte, chargeait des sacs sur une carriole attelée d'un cheval. Ma mère et moi, nous nous apprêtions à les contourner pour passer, lorsque quelqu'un lança :

— Qui nous dit que ces sacs contiennent bien du seigle, Boutry ?

— Oui, dit un autre, et si c'était du blé ?

En un instant, le marchand fut entouré. D'autres passants s'arrêtèrent. D'un seul coup, ma mère et moi fûmes cernées de toutes parts ; nous essayions en vain de nous dégager. Le mot magique avait été prononcé : du blé ! Il volait de bouche en bouche, amenant toujours davantage de monde. Les commentaires se faisaient plus bruyants, les suppositions se croisaient :

— C'est du blé qu'on envoie ailleurs !

— Pendant ce temps-là, nous, nous mourons de faim !

Une petite foule maintenant s'agglutinait autour du marchand. Impossible de reculer, on nous poussait de partout. Je jetai un coup d'œil à ma mère ; le visage crispé et mécontent, elle donnait des coups de coude à droite, à gauche, dans l'espoir de se frayer un passage vers l'extérieur. Mais elle n'y parvenait pas, trop de personnes se pressaient autour de nous, et le nombre grandissait de minute en minute.

— Allons, reculez, dit le nommé Boutry d'une voix apaisante. Ce n'est que du seigle, je vous assure. Libérez ma charrette, je dois aller livrer.

Après un court instant d'hésitation, les remarques reprirent de plus belle :

— Qui nous prouve que tu dis la vérité ?

— C'est vrai, montre-nous que c'est vraiment du seigle !

— Allez, ouvre ces sacs, que nous voyions ce qu'ils contiennent !

La foule se faisait houleuse. Plusieurs femmes, parmi celles qui m'entouraient, se portèrent en avant, prononçant des menaces qu'elles hurlaient d'une voix aiguë et vulgaire. Le marchand les regarda, puis, avec un geste d'impuissance, céda. Il dénoua l'un des sacs, prit une poignée de grain qu'il montra à tout le monde.

— Regardez, vous voyez bien que je ne mens pas.

Un silence désappointé se fit, mais il ne dura pas longtemps. Derrière moi, une mégère cria dans mon oreille :

— Et les autres sacs ? Il faut les ouvrir tous !

— Et pas seulement les ouvrir, renchérit une autre, il faut aussi les vider. Qui nous dit qu'il n'y a pas de blé en dessous ?

— Mais oui ! Ce seigle cache peut-être du blé.

— Ça ne serait pas surprenant ! On sait bien que les marchands de grain sont tous des accapareurs, n'est-ce pas, Boutry ?

— Mais on ne te laissera pas faire !

D'un seul élan elles se jetèrent sur la charrette, prirent les sacs, les culbutèrent sur le sol, les éventrèrent. Le seigle brun coula dans la poussière ; elles le foulèrent aux pieds pour ouvrir d'autres sacs, qu'elles vidèrent à leur tour.

Le pauvre marchand allait de l'une à l'autre, essayant de les empêcher. Mais seul contre toutes, il ne pouvait rien faire. Il essayait de refermer ses sacs, pataugeant lui aussi dans les grains qui s'amoncelaient sur le sol.

Pendant ce temps, le bruit s'était répandu en ville, et le nombre de manifestants grossissait, augmenté sans cesse par de nouveaux curieux. Je commençai à avoir peur.

Un homme — j'appris plus tard que c'était le prévôt — arriva avec plusieurs échevins. Ils essayèrent de calmer la foule, voulurent parler. Leurs propos furent aussitôt couverts par d'innombrables protestations de colère. A ce moment, des tambours et des trompettes retentirent ; l'infanterie et la cavalerie approchaient, envoyées afin de rétablir l'ordre.

Un mouvement de crainte parcourut les rangs. Le prévôt en profita pour passer aux menaces, ordonnant aux manifestants de se disperser. Certains commencèrent à obéir mais d'autres, furieux, ramassèrent des pierres qu'ils lancèrent dans les fenêtres du pauvre Boutry, brisant les vitres.

Malgré tout, la force armée avait dû impressionner les émeutiers, qui s'éloignèrent peu à peu. Je respirai de soulagement et je pus enfin, avec ma mère, rejoindre le logement de ma tante, après un dernier regard apitoyé au marchand qui, devant sa façade mutilée, s'efforçait de ramasser son grain éparpillé.

Ma tante fut effarée par notre récit. Pourtant, tout n'était pas terminé. Les troupes avaient regagné leurs quartiers, mais les émeutiers s'étaient regroupés. Des cris nous parvinrent :

— Chez Delimal, l'accapareur !

Ma tante se pencha à la fenêtre. Je la rejoignis et les vis passer, houleux, violents, menaçants. Un homme semblait les mener, suivi de nombreuses femmes qui vociféraient. Je ne pus retenir un profond soupir :

— Pourquoi font-ils ça ?

— Sans doute ont-ils faim, dit ma tante, et ils protestent de cette façon. Ils essaient aussi de se procurer du blé.

Et ils sont trop aveuglés par la fureur pour comprendre que la violence ne résoudra rien, pensai-je. Nous entendîmes, venant d'une rue voisine, des cris de colère, des coups sourds, des bruits de vitres brisées.

— Mais quand vont-ils s'arrêter ? demanda ma mère avec terreur.

Nous l'apprîmes par la suite. Ils passèrent l'après-midi à attaquer les marchands de grain de la ville, puis le couvent de Saint-Lazare et l'abbaye de Prémy, dans laquelle ils pénétrèrent de force. Ils s'emparèrent de sacs de blé qu'ils emmenèrent à l'hôtel de ville, exigeant une distribution immédiate.

Nous les vîmes de loin, sur la grand-place, alors que nous repartions. Surveillés par la troupe et les échevins, ils se partageaient le blé, qu'ils achetaient à un prix fixé par eux.

— Vite, dit ma mère, allons-nous-en.

Nous n'étions pas rassurées, et nous marchions rapidement. L'aspect de la ville était bien différent maintenant ; plus de promeneurs qui flânaient, mais quelques rares passants qui s'empressaient de rejoindre leur domicile, et des patrouilles qui parcouraient les rues.

— Et si nous sommes arrêtées ? m'inquiétai-je. Ou bien, si on ne nous laisse pas sortir de la ville ?

A la porte de Selles, parmi les hommes de garde, l'un d'eux nous reconnut ; il nous avait vues à l'aller. Nous pûmes lui expliquer que nous voulions rentrer chez nous, après une visite à une parente. On nous obligea à donner le nom et l'adresse de cette parente mais on nous laissa passer.

Sur le chemin du retour, j'eus tout le loisir d'apprécier le calme de la campagne. Dans l'après-midi finissant, après leur journée de travail, les paysans rentraient chez eux. Il régnait partout une bonne odeur d'herbe, de grand vent, de verdure. Je respirais à pleins poumons, chassant de mes souvenirs la scène désagréable à laquelle, bien malgré nous, nous avions été mêlées. Je regardais le soleil se coucher sur les champs, je laissais la nature exercer sur moi son effet lénifiant. Lorsque j'arrivai chez nous, j'avais retrouvé mon calme.

En entendant notre récit, mon père fronça les sourcils.

— Tout cela n'amènera rien de bon, assura-t-il en se grattant la tête. Il faudra faire attention ; s'ils se décident à aller piller dans les campagnes, qu'allons-nous devenir ?

Ma tante nous expliqua, lors d'une de ses visites, ce qui s'était passé après notre départ. Dès le lendemain matin, alors que l'angélus venait à peine de sonner, les émeutiers s'étaient de nouveau rassemblés. Ils s'étaient emparés, chez un maréchal-ferrant, d'outils qu'ils utilisèrent comme des armes. Ils se rendirent chez Delimal, enfoncèrent la porte, brisèrent tout dans la maison, lancèrent la vaisselle par les fenêtres, et emmenèrent les réserves de grain. Ensuite, ils pillèrent de nouveau le couvent de Saint-Lazare et l'abbaye de Prémy. Comme la veille, ils amenèrent le blé sur la grand-place et le vendirent au plus bas prix, sous l'œil imperturbable des fantassins et des dragons à cheval envoyés pour surveiller.

— Mais, objecta mon père, ces soldats — l'infanterie et la cavalerie — ne pouvaient-ils pas empêcher les manifestants d'agir ainsi ?

Ma tante fit un signe d'approbation.

— Cette remarque, Jean-Baptiste, beaucoup l'ont faite aussi. Mais il paraît que le lieutenant Desgaudières avait reçu l'ordre de ne pas tirer ; il ne fallait pas d'effusion de sang.

C'est pourquoi la troupe n'a pas bougé, ni chez Boutry, ni chez Delimal. Des témoins ont même vu, au couvent de Saint-Lazare, des soldats aider de leur baïonnette les pillards à desceller les pierres du mur de clôture. Et cela sous les yeux de leur chef qui n'intervenait pas. Comment voulez-vous que l'ordre soit respecté dans ces conditions ?

— A la moindre occasion, dit ma mère, ils recommenceront.

— Non, des mesures ont été prises. Tardivement, peut-être, mais elles sont sévères. Le marché au grain va être protégé et, pour éviter les pillages, les réserves des négociants seront déposées dans les magasins des subsistances militaires. Et puis, surtout, les meneurs ont été retrouvés et arrêtés. Il y avait ce vaurien que nous connaissons tous sous le nom de Milord, et personne n'en a été étonné. Il y avait aussi une certaine Caroline Beaumé, qui s'était emparée d'un marteau à bras chez le maréchal-ferrant pour aller enfoncer la porte de Delimal, disant qu'elle l'aurait mort ou vif. Et d'autres femmes encore. Tous ont été jugés.

Et leurs punitions étaient loin d'être légères : Caroline Beaumé fut condamnée à être pendue sur la grand-place. Prétextant son état de grossesse, elle réussit à faire reporter l'exécution. Milord — Amand-Fidèle Lefebvre — fut condamné à être fouetté nu et flétri sur l'épaule avec un fer chaud, à baiser les clous de la potence, et à être conduit aux galères comme forçat à perpétuité. Les autres femmes furent exposées au carcan sur un échafaud dressé sur la grand-place, avec un écriteau portant les mots « Perturbatrice du repos public », avant d'être enfermées dans une maison de force.

— Cela, quand même, conclut ma tante, fera réfléchir les autres.

Pourtant, les soulèvements continuaient. Peu de temps après, des paysans pillaient l'abbaye de Vaucelles, d'autres dévastaient le château d'Esnes, d'autres encore attaquaient le château de Walincourt. La peur gagnait les campagnes.

Le souci majeur était la moisson prochaine. On commençait à craindre que les grains fussent pillés avant d'être parvenus à maturité, ou encore enlevés au lendemain de la moisson par des groupes d'affamés. En juin, le bailliage de Douai ordonna à chaque paroisse d'organiser sa propre protection ;

des gardes villageoises devaient être créées en enrôlant les habitants de dix-huit à soixante ans capables de porter les armes.

Peu à peu, sans que l'on pût deviner d'où ils venaient, des propos alarmants se mirent à circuler dans la région. Pendant le mois de juillet, ils répandirent partout la conviction que des bandes de brigands s'attaquaient aux villes et aux villages, incendiant et détruisant tout sur leur passage.

L'avant-dernière semaine de juillet, j'allai comme d'habitude le vendredi à Douai, avec ma mère, vendre nos légumes et nos produits laitiers au marché de la rue des Foulons. Une grande effervescence régnait dans la ville. De nombreux habitants se pressaient sur les remparts et scrutaient la campagne environnante, visiblement inquiets.

— On dit que les Bretons arrivent pour piller, nous annonça ma sœur, affolée, en serrant contre elle ses enfants. Il paraît qu'ils sont armés de faux et sont redoutables.

Sur le chemin du retour, ma mère et moi pressions le pas pour rentrer plus vite, regardant autour de nous avec angoisse. Il n'y avait rien pourtant ; la campagne verte et ensoleillée semblait paisible. Malgré tout, nous ne fûmes rassurées qu'en arrivant au village. Mis au courant, mon père distribua des armes à mes frères et à Louis notre valet : faux, fourches, râteaux, louchets. Le soir, il barricada la porte et les fenêtres, vérifiant avec soin leur fermeture. Louis, qui habituellement dormait dans la grange, vint dormir dans la chambre de mes frères, sur une paillasse que ma mère installa par terre.

Le lendemain et les jours suivants, le bruit de l'approche de ces bandits ne fit que croître. Dans le village, c'était l'unique sujet de conversation. Thomas, le colporteur, qui arriva dans la matinée avec sa charrette tirée par un âne, confirma nos craintes. Ces derniers jours il avait entendu dire, partout où il était passé, qu'une armée de trente mille Bretons se dirigeait vers notre région. Ils ravageaient les campagnes et les villages, mettant tout à feu et à sang. Nous étions tous autour de lui, posant des questions, demandant des détails. Pour une fois, personne ne pensait à s'intéresser au contenu de la charrette qui, habituellement, nous ravissait : du taffetas, des bas de soie, des mouchoirs des Indes, des boucles d'argent, des bourses, des tabatières, des almanachs, ainsi que toutes sortes de remèdes contre de nombreux maux. Nous étions bien trop inquiets.

— Trente mille ! s'exclama mon père. Fichtre, ils sont nombreux !

— Mon Dieu ! dit ma mère en se signant.

Mélanie, la femme de Gaston le savetier, qui était enceinte de sept mois, prit son petit garçon contre elle.

— Jean-Marie, ne t'éloigne pas de la maison. Reste toujours près de ton père ou près de moi.

C'était elle qui, de nous tous, semblait la plus anxieuse. Sa grossesse lui donnait un teint blafard. Les larmes aux yeux, elle se mordait les lèvres avec nervosité.

— Que ferons-nous s'ils arrivent ? interrogea-t-elle d'un ton désespéré.

— Ils ne viendront peut-être pas, dit son mari, d'une voix qui se voulait rassurante. Et si cela se produit, eh bien, nous nous défendrons.

Tout le monde prépara ses armes. Les hommes aiguisèrent leur faux, leur couteau. Et nous, les femmes, nous sentions lentement la panique monter.

Le lendemain dimanche, à la messe, nous fîmes brûler des cierges. L'abbé Souliez, du haut de sa chaire, nous exhorta au calme, nous demandant de ne pas céder à l'affolement. Mais ses paroles ne furent pas écoutées : la peur était la plus forte.

Nous vivions tellement dans l'attente d'une catastrophe que nous fûmes à peine surpris lorsque, le mardi soir, le tocsin se mit à sonner. Nous venions de nous attabler pour le souper[1] et mon père, après avoir prononcé le bénédicité, coupait le pain. En entendant la cloche, il s'arrêta net. Je sentis un grand froid envahir tout mon corps.

— Il se passe quelque chose de grave, dit mon père en posant le couteau. Allons voir.

Tout le monde s'était rassemblé sur la place. Nous nous questionnions mutuellement, sans obtenir de réponse précise.

— Que se passe-t-il ?

---

1. Le souper est, dans le Nord, le repas du soir. Le matin, c'est le déjeuner ; à midi, le dîner.

— Ce tocsin... si c'était les Bretons ?

Augustin, le mayeur, nous attendait.

— Vite ! disait-il. Que tout le monde prenne les armes ! Un homme est passé voici quelques instants ; il parcourt tous les villages pour prévenir que ces fameux brigands arrivent. Vous, les femmes, enfermez-vous. Nous allons faire une haie de défense autour du village.

Ce fut une cohue indescriptible. Tout le monde repartit en courant en tous sens. Ma mère, en suivant mon père et mes frères, leur répétait :

— N'y allez pas ! Ils vont vous tuer !

— Allons, Rose, laisse-nous, ordonna mon père. Nous devons nous défendre. Si nous ne le faisons pas, qui le fera ?

A la maison, ils prirent les armes préparées depuis plusieurs jours. Avant de sortir, mon père nous regarda, me serra l'épaule dans un geste de réconfort.

— Soyez courageuses, dit-il tout bas.

Puis il se détourna et partit rejoindre mes frères et Louis qui, avec d'autres, s'en allaient déjà sur la route. Tous étaient armés avec ce qu'ils avaient pu trouver : fusils, fourches, haches, fléaux, bâtons.

Mélanie arriva, suivie de son fils.

— Puis-je rester avec vous ? J'ai trop peur toute seule... Jean-Marie, tais-toi !

Le petit garçon pleurait. Je crus que ses larmes étaient dues à la peur et je voulus le rassurer. Mais il secoua la tête en reniflant.

— Je n'ai pas peur, assura-t-il.

— Bien au contraire ! s'exclama sa mère d'un ton mécontent. Il pleure parce qu'il n'a pas pu accompagner son père ; il avait pris un marteau et voulait affronter les bandits avec les hommes ! A huit ans !

Je souris au petit garçon. Mélanie haussa les épaules.

— Peut-être considère-t-il ça comme un jeu... et Gaston qui était fier de lui ! « Dommage que tu ne sois pas plus vieux de quelques années », lui a-t-il dit. Mais moi, que je puisse trembler pour leur vie, il ne le comprend pas !

Pendant ce temps, ma mère s'affairait. Elle avait fait chauffer de l'huile, rempli plusieurs seaux de cendres brûlantes.

— M. le curé a proposé aux femmes de se réfugier à l'église. Nous allons y aller, décida-t-elle. Nous pourrons nous y enfermer, et monter dans le clocher. Si par malheur, malgré nos hommes, ces brigands parviennent dans le village, nous nous défendrons nous aussi : nous leur jetterons de l'huile chaude et des cendres. Mathilde, prends ces deux seaux et fais attention à ne pas te brûler.

En marchant le plus vite possible, suivies de Mélanie essoufflée, nous sommes arrivées à l'église. A l'intérieur, beaucoup de femmes étaient déjà là. Elles parlaient haut et fort. Leurs voix, que la peur rendait stridentes, résonnaient sous les voûtes. Notre curé, près du chœur, essayait de les calmer et leur conseillait de prier.

— Allons dans le clocher, dit ma mère.

Derrière elle, je montai l'escalier en colimaçon, gênée par le poids et la chaleur des seaux de cendres. Tout en haut, d'autres femmes nous avaient précédées. Pauline, sa mère et ses sœurs avaient apporté dans leurs tabliers de grosses pierres.

— C'est pour les assommer s'ils viennent jusqu'ici ! expliquèrent-elles.

Nous avons posé nos cendres et notre huile bouillante dans son chaudron.

— C'est une bonne idée d'avoir amené tout ça, dit une des femmes. J'ai eu tellement peur que je n'ai pensé à rien.

— Mais de toute façon, cela servira-t-il à quelque chose ? déclara une autre. S'ils sont aussi nombreux qu'on le dit, ce ne sont pas quelques cendres et un peu d'huile qui les arrêteront.

— Mon Dieu ! s'affola Mélanie, les mains serrées sur son ventre. Que vont-ils nous faire ? Il paraît qu'ils tuent sans pitié.

Elle pâlit, chancela, dut s'appuyer contre le mur. Ma mère la soutint, lui tapota les joues.

— Ils ne viendront peut-être pas jusqu'ici, hasarda-t-elle. Mais, s'ils viennent, nous nous défendrons avant de mourir.

— Moi, dit Jean-Marie en se campant devant sa mère, je défendrai maman contre les bandits !

Son air crâne nous fit sourire. Mélanie elle-même se détendit un peu.

— Vois-tu quelque chose, Joséphine ? demanda quelqu'un.

Devant l'une des ouvertures, Joséphine, la femme d'Ignace le cabaretier, observait les environs.

— Non, ils ne sont pas encore là.

Avec Pauline, je contournai la grosse cloche. J'allai près de Joséphine, et je regardai. Je vis la campagne, sous le soleil couchant : les champs verdoyants, les arbres, les bois, les routes et les chemins. De nombreuses silhouettes avançaient vers l'horizon, en groupes disséminés, parcourant les champs, fouillant les bosquets. C'étaient les hommes de notre village, mais nulle part il n'y avait trace de cette armée de trente mille Bretons qui nous avait été signalée.

Nous attendîmes longtemps. La peur nous crispait, nous surveillions sans cesse l'horizon. A force de le fixer, les yeux me piquaient et ma vue se brouillait. Peu à peu, les cendres refroidissaient, l'obscurité envahissait notre refuge. Lorsqu'il fit trop noir pour distinguer quelque chose dehors et continuer de faire le guet, nous descendîmes dans l'église. A la lueur des bougies, l'abbé Souliez et les femmes présentes priaient. Notre curé se tourna vers nous.

— Nos prières ont peut-être été entendues. Je ne pense pas qu'ils viendront maintenant. Attendons encore quelques instants, puis vous pourrez rentrer chez vous. Nos hommes vont revenir.

Ils revinrent, en effet, les uns après les autres, chassés par l'obscurité. Ils étaient unanimes : de quelque côté qu'ils fussent allés, pas l'ombre d'un bandit.

— Malgré tout, dit Augustin, restons prudents. Ils sont peut-être passés par un autre endroit, mais ils peuvent aussi arriver maintenant. Je demande des volontaires pour monter la garde autour du village, cette nuit et les nuits prochaines.

De nombreux hommes se proposèrent spontanément. Parmi eux, mon père et mes frères. Ma mère fit un geste suppliant.

— Jean-Baptiste...

Mais devant le regard de mon père, elle laissa retomber son bras. Elle ne pouvait pas toujours le supplier de ne rien faire. Il fallait bien assurer la défense du village, et mon père, qui était échevin, avait plus de responsabilité que les autres habitants.

Laissant les hommes organiser les tours de garde, nous

sommes allées nous coucher, ma mère et moi, ramenant nos seaux de cendres maintenant froides et notre huile. Les sentiments que nous éprouvions étaient mitigés : soulagement de nous retrouver sains et saufs, tempéré par l'inquiétude d'un éventuel retour des brigands. Mais la nuit fut calme.

Le lendemain matin très tôt, on tambourina à la porte. Il ne faisait pas encore jour. Ma mère et moi, d'un seul élan, fûmes debout, tout de suite inquiètes. La voix affolée du petit Jean-Marie nous parvint :

— Venez vite ! Maman m'a envoyé vous chercher.

Ma mère ouvrit la porte, il entra, en chemise de nuit.

— Maman n'est pas bien. Elle vous demande de venir, elle est toute seule.

— Ton père n'est pas là ?

— Non, il est parti à minuit. C'était son tour de monter la garde, il devait remplacer Ignace.

— J'arrive, dit ma mère. Va la rassurer.

Le petit garçon partit en courant. Ma mère se tourna vers moi :

— Habille-toi aussi, Mathilde. Va chercher Pierre-Antoine et amène-le chez Mélanie. Il nous dira si c'est le bébé. Il ne devait naître qu'en septembre, mais peut-être que la peur d'hier a précipité l'accouchement.

J'obéis. Dans la pâle lueur de l'aube naissante, je courus chez Pierre-Antoine. Je frappai à la porte. Une fenêtre s'ouvrit, une voix ensommeillée me parvint. C'était Marguerite, la vieille servante.

— Eh bien, qu'y a-t-il donc ?

— C'est moi, Mathilde. Je viens demander si Pierre-Antoine peut aller voir Mélanie. Elle n'est pas bien, elle croit que le bébé est en route.

— Allons bon ! ronchonna-t-elle avec humeur. Je vais devoir le réveiller. Il n'aura pas dormi beaucoup. Il a monté la garde jusqu'à minuit, et s'est couché bien après. Il va venir, Mathilde, donne-lui quelques minutes.

Elle ferma la fenêtre. Je connaissais ses manières brusques, mais je savais qu'elle avait une excellente nature. Je retournai chez Mélanie. Dans la grande salle, assis sur un banc, Jean-Marie paraissait prêt à pleurer. Je pris place près de lui.

— Allons, ne crains rien. Ta maman va aller mieux. Pierre-Antoine arrive, il va la soigner.

Ma mère sortit de la chambre, une expression inquiète sur le visage.

— Il me semble bien que c'est le bébé.

Jean-Marie ouvrit de grands yeux apeurés.

— Qu'est-ce qu'elle a, ma maman ? Tout à l'heure, quand je me suis réveillé, elle criait qu'elle avait mal...

— Va chercher ton père, et dis-lui de venir tout de suite.

Le petit garçon obéit. Presque aussitôt, Pierre-Antoine arriva, sa trousse de chirurgien à la main. Il écouta attentivement les explications de ma mère, puis entra dans la chambre.

— Nous prendrons Jean-Marie avec nous, me dit ma mère. Il nous aidera à la ferme, ça le distraira un peu. Pour le moment, allumons le feu.

Je m'activai, balayai les cendres, fis flamber un nouveau feu, mis de l'eau dans la marmite d'airain suspendue dans la cheminée. Pierre-Antoine revint, le visage grave.

— L'accouchement est en route. Mais le bébé ne se présente pas normalement. Il est placé complètement en travers. Pour Jean-Marie, c'était la même chose ; ça a été très dur.

La porte s'ouvrit. Jean-Marie et Gaston entrèrent. Les yeux pleins d'angoisse du savetier interrogèrent Pierre-Antoine. Le médecin lui répéta ce qu'il venait de nous dire. Gaston le regarda avec une expression suppliante.

— Mais vous la sauverez, n'est-ce pas ?

Nous savions tous qu'il aimait profondément sa jeune femme. A plus de quarante ans, il l'avait épousée alors qu'elle n'en avait que vingt-quatre. Trois ans plus tard, Jean-Marie était né.

— Je ferai ce que je pourrai, Gaston. Mais je ne vous cache pas que ce ne sera pas facile. Nous aurons les mêmes difficultés que pour l'accouchement précédent, sans compter qu'elle a maintenant huit ans de plus.

Gaston baissa la tête. Pierre-Antoine lui tapota l'épaule.

— Allons, pas de découragement ! Ne la laissez pas seule. Je passerai régulièrement. Si vous remarquez quoi que ce soit d'anormal, n'hésitez pas à m'appeler immédiatement.

— Nous viendrons aussi, dit ma mère. Pour le moment, nous emmenons Jean-Marie à la ferme.

Chez nous, les hommes étaient rentrés de leur garde de nuit et prenaient leur déjeuner : de larges tartines beurrées qu'ils trempaient dans des bols de lait chaud. Ils écoutèrent nos explications et hochèrent la tête sans répondre. Mon père regarda le petit visage crispé de Jean-Marie avec sympathie.

— Tu vas manger, et ensuite tu conduiras les vaches au marais.

— Et ces Bretons ? demandai-je. Doit-on encore les craindre ?

Mon frère Nicolas haussa les épaules :

— Je viens de voir Sylvain et Augustin. Il paraît que certains auraient fait courir exprès cette fausse rumeur, on ne sait dans quel but. Est-ce pour affoler les gens, pour semer le désordre ? Comme s'il n'y en avait pas déjà assez ! Nous allons rester vigilants, mais le danger semble écarté.

Ils partirent, emmenant Jean-Marie. Plusieurs fois dans la journée, à tour de rôle avec ma mère, je me rendis chez Mélanie. Elle souffrait beaucoup. De nombreuses femmes du village venaient la voir, chacune donnant des conseils différents. Nous étions toutes inquiètes.

La journée du lendemain passa, et le bébé n'arrivait toujours pas. Mélanie s'épuisait, son visage se creusait. Dans la soirée, alors que je venais de lui faire boire un peu d'eau, elle se laissa retomber en murmurant :

— S'il faut encore passer toute une nuit dans ces conditions, je crois bien que je n'y survivrai pas.

Le lendemain à l'aube, lorsque j'arrivai, Pierre-Antoine était près du lit et tenait le poignet de Mélanie entre ses doigts :

— Son cœur est très faible, disait-il. Le travail n'avance plus, l'enfant reste bloqué. Si je la laisse ainsi, ils vont mourir tous les deux. Je vais tenter une césarienne.

Gaston acquiesça, trop effondré pour réagir.

— Mathilde, va chercher ta mère, reprit Pierre-Antoine, dis-lui de venir. Elle m'aidera.

Lorsque je la prévins, ma mère s'en alla sans perdre un instant. Tandis que les hommes étaient aux champs, je m'acquittai de mes tâches habituelles. La matinée s'avança, et ma mère ne revint pas. A la fin, j'étais si inquiète que je décidai d'aller la rejoindre.

Devant l'atelier de Gaston, j'hésitai un instant. Puis j'entrai. J'entendis un murmure de voix, le bruit d'un sanglot. La porte de la chambre s'ouvrit. Pierre-Antoine en sortit, les manches retroussées jusqu'aux coudes, les mains et les avant-bras tachés de sang.

— Ah, tu es là, Mathilde. Donne-moi une cuvette d'eau et du savon.

J'obéis, n'osant rien demander. Tout en se lavant, Pierre-Antoine expliqua, le visage sombre :

— Il était trop tard, le bébé était mort. C'était une petite fille. — Il secoua la tête avec tristesse. — Quant à Mélanie, elle dort, mais elle est dans un tel état d'épuisement que je crains beaucoup pour elle aussi.

Il s'essuya, baissa ses manches, se dirigea vers la porte d'entrée.

— Je vais aller prévenir M. le curé, pour l'enfant. On l'enterrera demain.

J'avançai jusqu'au seuil de la chambre. Ma mère avait refait le lit, mis des draps propres. Le visage exsangue, le nez pincé, les paupières bleuies, Mélanie reposait sans un mouvement. Près d'elle, posé sur une chaise et emmailloté, un minuscule bébé gisait, les yeux clos. A genoux près du lit, Gaston, l'air hébété, pleurait doucement.

— Une petite fille... Elle savait que j'en désirais une, elle espérait me la donner...

Avec une immense pitié, je regardai cet homme de cinquante ans qui pleurait, aussi désemparé qu'un petit enfant.

Bientôt, Mélanie s'agita dans son sommeil. Deux taches rouges marquèrent son visage jusque-là livide. En proie à une fièvre qui semblait augmenter d'instant en instant, elle faisait rouler sa tête de côté et d'autre sur l'oreiller, sourde à nos appels. Au fur et à mesure que les heures passèrent, son état empira. Malgré les supplications affolées de Gaston, Pierre-Antoine fut impuissant.

Elle mourut au crépuscule, sans avoir repris connaissance. Le lendemain, on les enterra ensemble dans le même cercueil, la toute petite fille dans les bras de sa mère. A l'église, lorsque l'abbé Souliez rappela la bonté de Mélanie, parla de cet homme malheureux et de ce petit garçon qui restaient seuls, beaucoup laissèrent couler leurs larmes.

A partir de ce jour, Gaston montra toujours un visage triste. Ses cheveux blanchirent, son dos se voûta. Il passait toutes ses journées dans son atelier, penché sur les sabots et les galoches qu'il fabriquait. Jean-Marie, malgré son jeune âge, oubliait sa propre peine pour essayer de réconforter son père. Gaston nous confiait :

— Pour lui, j'essaie de résister. C'est lui qui me retient, car il me prend souvent l'envie d'en finir avec une existence qui me pèse.

Nous protestions, nous essayions de le raisonner. Mais je voyais bien que nos exhortations ne l'atteignaient pas.

3

Les troubles, cependant, continuaient. On entendait toujours parler de groupes d'agités qui parcouraient les campagnes, attaquaient les châteaux et les abbayes. La nouvelle de la prise de la Bastille avait donné lieu, à Douai, à des réjouissances. Lorsque nous y allions, les jours de marché, nous rencontrions de nombreux habitants qui arboraient fièrement la cocarde tricolore. Mais, comme le grain manquait toujours, la peur des pillages restait présente. Afin de lutter contre ces brigandages, une garde nationale fut créée à Douai le 28 juillet. Elle comprenait huit compagnies de cent hommes, chargés de réprimer les troubles et de surveiller les marchés. Nous prîmes l'habitude de les voir, avec leur habit bleu orné de parements écarlates et de pattes blanches, et leur culotte jaune. Leur présence nous rassurait lorsque nous allions vendre nos produits et notre grain à Douai.

Ma sœur nous raconta qu'une émeute avait eu lieu, quelques jours avant la mort de Mélanie. Toute une foule s'était rendue au domicile de Vanlerberghe, un négociant en grain, en l'accusant d'accaparement. Il avait été traîné de son domicile à l'hôtel de ville, et de là à la prison. Des détachements de la garde nationale et une compagnie de chasseurs à cheval, accourus pour rétablir l'ordre, n'avaient pas pu arrêter cette foule furieuse. Après quelques jours, Vanlerberghe avait été libéré, un arrêt du Parlement attestant son innocence. Mais afin de prévenir le retour de semblables violences, un autre arrêt fut publié contenant des mesures sévères. Pour plus d'intimidation, une potence fut dressée sur le grand marché. Chaque fois que nous allions de la rue des Foulons, où nous vendions nos produits laitiers, à la rue de Bellain où habitait ma sœur, nous passions à proximité de la place. Et nous détournions la tête pour ne pas voir la sinistre silhouette, qui nous dominait d'un air menaçant.

Le dimanche 9 août, à la fin de la messe, une nouvelle fois l'abbé Souliez remonta en chaire :

— Mes bien chers frères, je crois que voici la réponse à vos cahiers de doléances. Remerciez le Seigneur notre Dieu ; vos souhaits ont été écoutés. L'Assemblée nationale a décidé, depuis le 4 août, la suppression des droits féodaux.

Pendant quelques secondes, un silence plein de stupeur régna. Nous ne comprenions pas bien ce que cela signifiait — ou plutôt nous n'osions pas comprendre. Puis, dans un brouhaha plein d'excitation, tout le monde se dirigea vers la sortie. La voix forte de Sylvain Busquet dominait les autres :

— Pour une bonne nouvelle, c'est une bonne nouvelle !

Dehors, sous les grands arbres, de petits groupes se formèrent. On s'interrogeait. Certains demandaient :

— Abolition des droits féodaux, ça veut dire quoi ?

— Le seigneur n'a plus de privilèges, s'écria Sylvain Busquet d'un ton triomphant. Il n'a plus le droit d'envoyer aux galères un paysan qui tire sur ses pigeons, il n'a plus le droit de planter des arbres partout s'ils nous gênent, et il cessera bientôt de se prélasser dans sa richesse pendant que d'autres se crèvent au travail pour lui.

Il lança un regard haineux au comte qui, devant l'église, montait dans sa calèche avec sa femme, son fils et sa fille.

— Il est moins fier maintenant, regardez-le !

— Tais-toi, Sylvain, dit sa mère, une petite femme vieillie avant l'âge, usée par la vie dure qu'elle avait menée pour s'occuper seule de sa ferme et élever son enfant. Je n'aime pas t'entendre parler ainsi.

— Vous, mère, vous êtes trop bonne, répliqua-t-il violemment. Le père du comte a brisé votre vie et vous voudriez que je le plaigne ! Il est enfin terminé, le temps de l'injustice !

— Alors, on ne va plus payer la dîme ? demanda quelqu'un.

— Ni la taxe pour faire moudre notre grain au moulin ? dit un autre.

— On pourra chasser les pigeons s'ils mangent nos récoltes ?

Le mayeur, Augustin, leva la main :

— Mes amis, attendez ! Des directives vont nous parvenir. Une nouvelle législation va être votée, et ce sera elle qui nous régira. Il est bien évident que nous ne pouvons pas agir à tort et à travers, même si ce n'est plus le comte qui décide.

Ils se mirent à discuter tous en même temps. Sylvain était celui qui criait le plus fort, avec des grands gestes. Je m'éloignai un peu, fis quelques pas le long du cimetière. J'essayais de comprendre. Cette abolition des droits féodaux faciliterait certainement notre vie à tous : plus de corvées, plus de taxes, plus de terrages. Mais comment des privilèges solidement établis depuis plusieurs siècles pouvaient-ils du jour au lendemain être supprimés ? Et puis, pour le comte et sa famille, qu'est-ce que cela signifierait ? Je les aimais bien, malgré tout, et je devinais que leur existence serait beaucoup plus difficile maintenant. A chacun son tour, dirait Sylvain, ce n'était qu'un juste retour des choses. Je soupirai.

Blaise, le fils aîné de Justin le charron, était là, assis sur le mur qui bordait le cimetière. Avec une expression indéfinissable, il regardait les autres discuter et s'énerver. Je m'assis près de lui.

— Pourquoi n'es-tu pas avec eux ?

Il haussa les épaules.

— Je préfère être à l'écart.

Je ne répliquai rien. Je comprenais ce qu'il voulait dire. Je le connaissais depuis toujours ; il avait l'âge de mon frère aîné Nicolas. Dans notre enfance, un dimanche de carême, alors que nous parcourions le village et les champs armés de *bouhours*[1] selon la coutume, nous nous étions arrêtés à un

1. Les *bouhours* étaient des brandons ; le premier dimanche de carême était le *béhourdis*, jour des Brandons.

carrefour pour allumer un feu de paille et d'herbes sèches. Le feu avait flambé si vite que Blaise, penché sur les fagots, s'était relevé trop tard. Les flammes lui avaient brûlé tout le côté gauche du visage, de la tempe jusqu'au bas du cou. Il s'était roulé sur le sol en se tordant de douleur, et ses hurlements avaient résonné dans mes oreilles pendant des années. Les brûlures avaient été si profondes qu'il fut très malade et faillit mourir. Mais il guérit, et son visage garda un côté ravagé, où la peau rosâtre semblait se froisser et se crevasser. A la longue, je n'y faisais plus attention. Dans le village, nous avions pris l'habitude de le voir ainsi, et nous oubliions qu'il pouvait en souffrir. Cet accident l'avait rendu taciturne, méfiant. Souvent, il se tenait à l'écart des autres, comme un paria, se condamnant lui-même à un isolement que personne n'eût songé à lui imposer.

Je levai les yeux vers lui. Il regardait dans le vide avec un air triste et pensif. Je voyais son profil intact, et je le trouvai beau. En même temps, je le sentais malheureux et, je ne sais pourquoi, j'avais envie de le consoler. J'hésitai, ne sachant comment faire. Puis, timidement, je posai une main sur son bras. Il tressaillit.

— Tu sais, dis-je doucement, tu as tort de réagir ainsi. Est-ce toujours à cause de ce vieil accident ? Nous t'aimons bien, et il y a longtemps que nous ne remarquons plus la trace de tes brûlures.

Mes mots étaient maladroits. Il se leva brutalement, gronda d'une voix sourde :

— Je hais la pitié. Je n'en veux pas, encore moins de toi !

Et il s'éloigna à grands pas. Interdite, je le regardai partir sans comprendre. Pauline vint s'asseoir à côté de moi :

— Qu'as-tu donc dit à Blaise ? On aurait cru qu'il s'enfuyait.

— Je voulais lui faire comprendre qu'il a tort de toujours se mettre à l'écart de nous tous. Je lui ai affirmé que nous ne faisions plus attention à son visage brûlé. Je crois que je n'aurais pas dû lui parler ainsi. Il a cru que j'agissais par pitié, et il m'a crié qu'il ne la supportait pas.

Pauline secoua la tête avec tristesse :

— Il a toujours été bizarre depuis cet accident. Mais ça

ne doit pas être facile de vivre avec un visage à moitié démoli, ajouta-t-elle d'un ton songeur.

Elle se tut, observa un instant les groupes sur la place qui, peu à peu, se disséminaient. Au milieu d'eux, Sylvain parlait toujours haut et fort, promettant à tout le monde des lendemains meilleurs.

— Des lendemains meilleurs... répéta-t-elle avec amertume. Je n'y crois pas, moi. Comment mes parents pourraient-ils arriver à posséder quelque chose, eux qui n'ont jamais rien eu ?

— Le fait de ne plus payer de taxes, ne serait-ce qu'au moulin, va quand même vous faciliter la vie, comme à nous tous.

Elle fit une moue qui exprimait le doute.

— Oui, peut-être. Mais il y aura autre chose. Une vie meilleure, ça n'est pas possible.

— Et pourquoi pas ?

Elle se tourna vers moi, et je fus frappée par la résignation et la gravité de son regard.

— Je n'ai que vingt ans, dit-elle d'une voix basse, et j'ai l'impression d'en avoir le double. Depuis ma naissance, je n'ai connu que la pauvreté, la hantise de la faim, la peur du lendemain. Avec ma mère, je me suis souvent demandé comment nous allions pouvoir nourrir mes frères et mes sœurs. Mon père est journalier, il n'a que ses bras pour vivre. C'est un métier très dur, et ingrat. Et ce sera toujours ainsi. Comment veux-tu que ça puisse changer ? C'est impossible, je te le dis.

Comme pour contredire son affirmation, l'écho de la voix de Sylvain nous parvint :

— ... une ère nouvelle, M. le curé l'a bien dit. Ceci n'est qu'un début. Il n'y aura plus de riches ni de pauvres, nous serons plus libres, plus heureux...

Le 26 août 1789, l'Assemblée vota la Déclaration des droits de l'homme et du citoyen. Le dimanche qui suivit, à la sortie de la messe, Augustin, le mayeur, nous en lut les nombreux articles. La Déclaration commençait ainsi : « Les hommes naissent et demeurent libres et égaux en droits... » Le texte fut affiché au portail de l'église, et tous ceux qui savaient lire se groupèrent pour en répéter inlassablement les termes aux autres. Sylvain de nouveau jubilait :

— Nous sommes tous égaux. Et nous n'avons plus à nous soumettre aux ordres de M. le comte ou de son bailli. Voilà une déclaration qui ne va pas lui plaire !

— Sylvain, supplia sa mère comme elle le faisait chaque fois, tais-toi !

— Mais maintenant, je peux dire ce que je veux. C'est écrit là. — Il tapa du plat de la main sur le portail de l'église. — « *Article XI : Tout citoyen peut parier librement.* » Ecoutez donc, mère : « *La libre communication des pensées et des opinions est un des droits les plus précieux de l'homme.* » Et si je pense que je suis l'égal du comte, j'ai le droit de le dire.

La pauvre femme secoua la tête d'un air désorienté.

— Nous, nous sommes des paysans, et lui, c'est le seigneur. Comment se pourrait-il... ?

— Mais ça, coupa Sylvain, c'était avant. Maintenant, ce ne sera plus ainsi. Maintenant, nous serons tous égaux.

Je vis le doute dans les yeux de ceux qui écoutaient. Les inégalités sociales auxquelles nous étions habitués avaient fini par nous paraître normales. Il fallait nous laisser le temps de nous accoutumer à un changement qui bouleversait des règles établies depuis toujours.

Pourtant, en apparence, rien n'était changé. Il fallait, comme auparavant, assurer notre travail et aller vendre nos produits au marché de Douai trois fois par semaine. En même temps, nous vivions dans l'expectative, attendant le nouveau régime qui remplacerait l'« ancien », le régime féodal aboli.

La moisson avait été assez bonne, et nous espérions que les émeutes ne seraient plus à craindre. Néanmoins, la méfiance régnait toujours. Une lettre du roi, lue en chaire par notre curé, nous avait appris que des gens mal intentionnés avaient « semé des faux bruits dans les campagnes, afin d'y répandre l'alarme et d'engager les habitants à prendre les armes ». C'était ce qui s'était produit dans notre village, la veille de la mort de Mélanie. Celui qui avait fait courir ce bruit avait été arrêté et mis en prison.

A Douai, par mesure de sûreté, la foire de Saint-Rémy, à

laquelle nous nous rendions chaque année en octobre, fut supprimée. Le conseil général de la commune avait pris cette décision car, disait l'avis placardé sur les murs, « dans les étrangers peuvent se glisser des personnes suspectes qui troubleraient la tranquillité publique ».

Pourtant, malgré ces précautions, il fut question d'une conspiration contre l'Etat, et toute la ville de Douai en fut secouée. Très excitée, ma sœur nous raconta cette affaire lorsque, avec ma mère, j'allai la voir après notre marché, le premier mardi de novembre.

— Connaissez-vous M. Mellez, qui est professeur de médecine à l'université ? Une aventure extraordinaire est arrivée à sa fille Rosalie. Et le pire, c'est que je me suis trouvée près d'elle peu de temps auparavant. Quand je pense que ça aurait pu m'arriver aussi !

— Que s'est-il passé ? s'inquiéta ma mère. Il me semblait bien que tout le monde discutait beaucoup, ce matin, au marché.

— On ne parle que de ça depuis deux jours. Samedi soir, j'étais allée à confesse à l'église Saint-Pierre, entre six heures et demie et sept heures. Alors que je terminais mes prières, je me souviens d'avoir aperçu deux hommes vêtus de longs manteaux, mais dans l'obscurité qui régnait je ne les ai pas bien vus. Je suis sortie peu de temps après eux, et je me suis trouvée, au portail, près de Mlle Mellez. Elle s'est dirigée vers le cimetière et moi, j'ai pris la rue Saint-Christophe pour revenir ici. Je n'y pensais plus lorsque, à partir de minuit et demi, des patrouilles ont sillonné la ville, et le lendemain nous avons appris que ces deux hommes étaient des conspirateurs.

— Des conspirateurs ? s'affola ma mère.

— Mlle Mellez les avait entendus chuchoter des phrases du genre : « Il y aurait du danger d'être surpris... Si nous pouvions rejoindre Cambrai... les portes sont fermées... Il y aurait du péril... » et finalement ils ont dit : « Tâchons de gagner les remparts. » C'est alors qu'ils sont sortis, et elle les a suivis dans le but de les dénoncer à la garde des remparts et de les faire arrêter.

— Elle ne manque pas de courage, dis-je avec admiration.

— C'est vrai, approuva ma sœur, surtout quand on sait ce

qui s'est passé après. Elle est arrivée, derrière eux, jusqu'à la rue des Carmes. Devant l'église, l'un des hommes l'a aperçue et est venu vers elle, l'épée à la main. Il a voulu la frapper, mais elle a saisi la lame de l'épée en appelant au secours. L'homme, qui a sans doute eu peur d'être surpris, a pris la fuite avec son compagnon. Il avait laissé tomber des papiers qu'elle a ramassés et ramenés chez elle. Il paraît qu'il s'agit d'un complot contre le duc d'Orléans. Le capitaine Hubert, qui commande la garde nationale, est parti immédiatement à Paris afin de prévenir l'Assemblée nationale et le roi. Jusqu'ici, il ne semble pas qu'on ait retrouvé les mystérieux individus. Je tremble encore quand je pense qu'ils sont passés si près de moi !

— Dans l'église, dit ma mère, tu ne risquais rien. Y avait-il d'autres personnes ?

— Oui, mais après, dans les rues noires... ils auraient pu être là. Maintenant tout le monde a peur. On ne sait même pas s'ils sont encore dans la ville ou s'ils ont réussi à sortir.

D'autres nouvelles nous parvenaient, que nous accueillions avec un espoir mitigé d'une sorte de méfiance instinctive. Mon père résumait l'opinion générale en disant :

— Si tout se met à changer, il faut que ce soit en mieux ; sinon, c'est inutile.

Un décret fut voté par l'Assemblée nationale, mettant les biens du clergé à la disposition de la nation. Ils devaient servir de garantie à un papier-monnaie, l'assignat, nouvellement créé. Certains approuvèrent, beaucoup réservèrent leur jugement, attendant de voir ce que cela allait nous apporter.

Quelques jours avant Noël, j'allai au presbytère rendre une nappe d'autel que j'avais reprisée. Je pris en même temps de la paille que je mis dans un sac, afin de garnir le sol de la crèche que j'avais installée comme chaque année dans l'église avec Adèle. La vieille femme m'accueillit avec reconnaissance, déplia la nappe soigneusement repassée, la regarda.

— Tu travailles comme une fée, Mathilde. Je te remercie, pour moi et pour M. le curé. Si tu n'étais pas là, il ferait la messe avec des ornements troués ! Je n'ai plus d'assez bons yeux pour coudre et raccommoder.

Je souris.

— Si ce n'était pas moi, quelqu'un d'autre le ferait. Vous savez bien qu'on ne laisserait pas les nappes d'autel déchirées. M. le curé n'est pas là ?

Elle leva les yeux au ciel.

— Il est toujours à courir les rues, à son âge, pour aller voir l'un et l'autre ! Il rentre bien souvent trempé, ou gelé, et il écoute mes remontrances en grelottant, mais avec cette lumière dans les yeux qu'il a parfois, tu sais, Mathilde. Et il me dit doucement : « Je fais mon travail, ma bonne Adèle. Je vais voir les malades, je m'efforce de réconforter ceux qui souffrent. » Je sais qu'il va souvent chez Gaston, depuis la mort de Mélanie, il essaie de le consoler. Le pauvre homme a du mal à s'en remettre.

J'acquiesçai d'un signe de tête. Après avoir bavardé quelques instants avec Adèle, je repris mon sac de paille et me rendis à l'église. Là, je m'agenouillai devant la crèche, commençai à y disposer la paille. Un pâle soleil hivernal jouait dans les vitraux, faisant danser des reflets colorés sur les murs. Il faisait froid. Je m'absorbai dans ma tâche, appréciant le calme du lieu. Lorsque j'entendis la porte s'ouvrir, je me retournai, surprise. C'était Sylvain Busquet. Il s'avança vers moi.

— Il me semblait bien t'avoir vue entrer. J'étais chez Ignace, en face.

Il s'arrêta près de moi.

— Que fais-tu donc ?

— Tu le vois bien, j'arrange la crèche.

Il ne répondit pas et me regarda d'un air pensif. Un long moment s'écoula ainsi. Puis, presque pour lui-même, d'une voix sourde, il murmura :

— Je ne crois plus à ces choses. Je n'y crois plus depuis le jour où les gardes ont emmené mon père. J'avais huit ans alors. Jamais plus ma mère n'a installé la crèche chez nous, et pour moi, depuis, c'est comme si Noël n'existait plus.

Je levai les yeux vers lui. Son regard triste semblait fixer dans le vide, très loin, des souvenirs douloureux et toujours présents. Je ne dis rien, consciente de découvrir un Sylvain que personne ne connaissait, qui mettait à nu, pour un instant, la blessure de son enfance. Pour la première fois, je compris sa haine, sa révolte, et sa violence due à une indignation trop longtemps réprimée. Je fis un geste vers lui. Il sursauta, me regarda. Instantanément, il redevint le Sylvain habituel, vindicatif, rageur, insolent.

— Et toi, tu y crois, à tout ça ? demanda-t-il avec un geste méprisant.

— Pourquoi n'y croirais-je pas ? dis-je doucement. C'est ce qu'on m'a toujours appris. Et puis, j'aime Noël, c'est une jolie fête.

— Pas moi, gronda-t-il, le visage assombri.

— Alors, pourquoi viens-tu à la messe de minuit chaque année, si tu n'aimes pas ?

Il haussa les épaules avec colère :

— Je le fais pour ma mère. Elle ne comprendrait pas que je ne l'accompagne pas. Mais s'il ne tenait qu'à moi... — Il regarda autour de lui. — Ah non, je n'y viendrais pas, c'est sûr !

Il se tourna vers le chœur, eut un ricanement qui ressemblait à un sanglot :

— Dieu ! s'exclama-t-il avec rancune. Crois-tu donc que Dieu existe ? C'est une bonne blague, pour les pauvres gens crédules. Quand je pense qu'Alexandre continue de seriner ça aux enfants, comme il l'a fait pour nous !

Je me redressai, offusquée.

— Sylvain, arrête de blasphémer !

Il me fit face, le visage furieux.

— Pourquoi ? Parce que je dis que Dieu n'existe pas ? Mais s'il existait, crois-tu donc qu'il permettrait qu'on enlève un père à son enfant, simplement parce qu'il a voulu chasser les pigeons qui mangeaient ses semences ?

Sa violence me fit peur. Je reculai.

— Je ne peux pas répondre à ça, Sylvain, dis-je tristement. Laisse-moi terminer la crèche, je dois rentrer à la ferme, ma mère m'attend.

Il fit un effort pour se calmer, se détourna en grommelant. J'entendis quelques bribes de paroles :

— ... stupidités... Ça aussi, il faut que ça change...

Il s'en alla d'un pas rapide. J'entendis le vantail claquer

brutalement. Je soupirai et terminai mon travail. Mais je n'y prenais plus aucun plaisir. A cause des propos de Sylvain, les personnages de la crèche avaient perdu leur magie et n'étaient plus que des accessoires sans vie.

La messe de minuit se passa normalement, dans les prières et les chants. Le comte était là, dans son bel habit blanc brodé d'argent, avec sa femme et sa fille, vêtues de ravissantes toilettes. Et Adrien, aussi, avec son air moqueur. Il me vit, me fit un clin d'œil. Je baissai la tête en rougissant. Je l'évitais autant que je pouvais. Lorsqu'il m'arrivait de le rencontrer, je m'esquivais le plus vite possible. Lui me regardait avec une expression malicieuse dans les yeux. Son expression disait clairement : « Tu as beau me fuir, tu ne m'échapperas pas toujours. » Mais j'étais bien déterminée à ne pas lui donner satisfaction.

Quelques jours après, l'Assemblée nationale supprima les circonscriptions de l'Ancien Régime et en créa d'autres. Nous apprîmes ainsi qu'il n'y aurait plus ni provinces ni bailliages, mais des départements, qui seraient eux-mêmes divisés en districts, cantons et communes. C'était ainsi qu'il faudrait appeler notre village dorénavant : commune, et non plus paroisse. Le mayeur, les échevins, le lieutenant n'existeraient plus. Ils seraient remplacés par un maire, assisté de cinq officiers municipaux et de douze notables, non plus nommés par le seigneur, mais élus pour deux ans par les citoyens actifs du village.

Les citoyens actifs étaient les seuls à pouvoir voter. C'étaient les hommes qui payaient un impôt direct égal à la valeur de trois journées de travail ; les citoyens passifs étant, par opposition, ceux qui étaient trop pauvres pour s'acquitter de cet impôt, comme Florent le journalier, ou encore ceux qui étaient continuellement en service, comme Louis notre valet de charrue.

Quant à ceux qui se présentaient pour être élus maire, officier municipal ou notable, ils devaient verser un impôt équivalent à dix journées de travail.

Le jour des élections, fixé au 9 février, fut annoncé en chaire par l'abbé Souliez le dimanche précédent ; des affiches furent posées sur le portail de l'église. Toute la journée, le village fut en ébullition. C'était la première fois que les habitants pouvaient choisir ceux qu'ils désiraient comme représentants.

Les élections eurent lieu dans l'église, sous la présidence de M. le curé. Le matin, Pierre-Antoine, notre médecin, fut élu maire. Ce choix ne me surprit pas. Je connaissais Pierre-Antoine. Je savais que sa modération, son dévouement, son sens de la justice, le faisaient apprécier de tout le monde. L'après-midi, Ambroise, le tailleur, fut élu procureur ; il serait chargé de veiller à l'application des lois.

Le lendemain, ce fut le tour des officiers municipaux, et enfin des notables. Parmi eux, furent choisis mon père, Augustin l'ancien mayeur, et Sylvain Busquet. Ce dernier, nous rapporta mon père, s'était présenté d'abord comme maire, ensuite comme officier municipal, mais n'avait pas obtenu suffisamment de voix. Là aussi, je compris. La violence de Sylvain effrayait, et beaucoup se méfiaient de lui. Pour terminer, Ignace fut chargé des fonctions de secrétaire-greffier ; il noterait les comptes rendus des séances.

Cette nouvelle municipalité, qui portait le nom de conseil général, était tout à fait indépendante, affranchie de toute tutelle seigneuriale. Le dimanche suivant, à l'issue de la messe, tous les élus prêtèrent le serment qui leur était demandé : ils jurèrent d'être fidèles à la nation, à la loi et au roi, et de maintenir, de tous leurs pouvoirs, la Constitution du royaume. Ce moment fut important pour tous. Nous étions conscients qu'une ère nouvelle se préparait, où nous aurions davantage de responsabilités. Il semblait bien terminé, le temps où nous étions condamnés à tout subir sans pouvoir réagir. Tout doucement, l'optimisme l'emportait sur la crainte.

Petit à petit, les changements apparurent. Le premier souci de notre maire fut de faire abattre, au marais, les piliers de haute justice, cette potence lugubre que je n'aimais pas voir lorsque j'allais chez Pauline. Elle-même, ainsi que ses parents, furent soulagés et heureux de cette décision.

— Je respire mieux depuis qu'elle n'est plus là, me dit-elle. Elle semblait toujours nous menacer, et il y avait des moments où sa vue me donnait des frissons. Elle était sinistre, particulièrement au crépuscule. Je ne pouvais pas m'empêcher, en la regardant, d'imaginer un corps s'y balancer.

Elle fit une grimace, reprit plus gaiement :

— Je crois que les seuls déçus, ce sont mes petits frères. Ils s'amusaient à y grimper, malgré notre défense.

Il y en eut certains pour s'inquiéter, comme ma mère qui demanda, le soir même :

— Mais, Jean-Baptiste, si on enlève ce gibet, que fera-t-on s'il y a un assassin condamné à mort ?

— Il ne sera plus jugé par le seigneur, dit mon père. Tout ce qui, avant, constituait les privilèges féodaux n'existe plus ; la justice du seigneur non plus. S'il y a un assassin, il sera transféré à Douai, et jugé là-bas, par un tribunal.

Ma mère soupira, rassurée.

— Ah bon, il sera quand même condamné. C'est tout juste si je ne voyais pas les criminels courir librement.

— Non, c'est un autre régime que l'on met en place, voilà tout, et il faut espérer qu'il sera meilleur pour nous.

Un autre changement concerna le lieu des assemblées municipales. Avant, tout se passait dans l'église. Dorénavant, il faudrait une salle spéciale, uniquement réservée à cet effet. Une pièce fut louée à Ignace, derrière son cabaret. Lorsque mon père nous l'annonça, ma mère laissa éclater son humeur :

— Près du cabaret, c'est ce qui s'appelle un bon choix ! Ça va inciter les hommes à boire à chaque réunion. Ça fait peut-être les affaires d'Ignace, mais pas les miennes ! Tu entends, Jean-Baptiste ? Ne te laisse pas entraîner à boire !

— Mais non, dit mon père en haussant les épaules. C'est provisoire, de toute façon. Nous essaierons de trouver une salle plus indépendante par la suite.

Le garde du seigneur fut remplacé par un garde champêtre. A partir de la somme offerte pour les gages d'une année, les candidats proposèrent, chacun à leur tour, une somme inférieure. Fut nommé celui qui, le dernier, donna le prix le plus bas. Ce fut Guislain, le maréchal-ferrant. Dorénavant, il annoncerait les nouvelles dans le village, ainsi que les dates des réunions municipales.

D'autres changements, plus généraux, intervinrent encore. Douai fut désignée comme chef-lieu du département du Nord par l'Assemblée nationale. La même Assemblée confisqua les biens de l'Eglise au profit de la nation. Un autre décret suivit, en avril, selon lequel la dîme serait perçue comme par le passé, mais cette fois au bénéfice de l'Etat. Lorsque Pierre-Antoine nous lut cet avis, la réaction fut violente. Tout le monde se récria : il n'en était pas question !

— A qui veux-tu faire admettre ça, Pierre-Antoine ? cria quelqu'un. Pas à nous, en tout cas ! Moi, je refuse.

— Moi aussi, dit un autre.

Pierre-Antoine leva les mains pour obtenir un silence relatif, sur lequel un bourdonnement de mécontentement continua de régner.

— Mes amis, les impôts vont changer, et la dîme va être supprimée, c'est certain. Pour cette année, elle est maintenue, mais elle n'ira plus enrichir des abbayes, elle sera versée à la nation.

Les remarques reprirent de plus belle :

— Que ce soit pour l'Eglise ou pour l'Etat, pour moi ça ne change rien, puisque je devrai toujours payer !

— Et puis, il ne faut pas nous prendre pour des imbéciles ! Je refuse de payer ! Ce n'est pas la peine de tout changer, si c'est pour nous laisser les principaux inconvénients.

Ils étaient tous furieux. Même mon père, si placide, fronçait les sourcils et secouait la tête en répétant :

— Ah, mais non ! Ah, mais non !

Pierre-Antoine ne réussissait plus à se faire entendre. Certains s'en prenaient à lui et l'invectivaient :

— Si c'est tout ce que tu sais faire, depuis que tu es maire, on regrette d'avoir voté pour toi !

Vainement, il essayait de leur expliquer qu'il n'y pouvait rien, qu'il ne faisait que porter à leur connaissance un avis qu'il avait reçu. Je ne sais pas s'ils comprirent. Les discussions houleuses durèrent longtemps, et lorsque tout le monde se sépara, ce fut sur cette décision unanime :

— On ne paiera pas !

4

A mesure que le printemps avançait, nos préoccupations concernaient surtout la moisson. Nous nous souvenions de la peur qui avait parcouru la campagne l'année précédente, au sujet des brigands qui pillaient et détruisaient tout. Nous craignions aussi les émeutes qui éclataient, parfois pour un rien. Au moment de la précédente récolte, de nombreux mendiants avaient envahi les villages, afin de glaner dans les champs au détriment des pauvres ; ils en avaient profité pour voler parmi les gerbes et les javelles. Il fallait éviter que cela se reproduisît.

Les blés mûrissaient, les avoines et les orges balançaient leurs épis duveteux sous le soleil, le bleu des fleurs de lin ravissait les regards. La moisson promettait d'être belle, à condition que le temps restât clément. Le gibier faisait moins de dégâts ; depuis l'abolition des privilèges féodaux, le paysan avait le droit de tuer les lièvres ou autres animaux qu'il surprenait sur ses terres. Personne ne s'en privait. Cela fournissait de plus matière à un bon repas, et ce n'était pas négligeable.

Notre village avait retrouvé un calme relatif. En comparaison, Douai nous paraissait agitée. Ma sœur nous racontait les nombreux défilés de la garde nationale et de la garnison au son des tambours. Des fêtes étaient organisées, les places publiques, l'hôtel de ville et les casernes ornés de feuillages ; on demandait aux habitants de participer à l'illumination de la ville en plaçant des lampes aux fenêtres. Beaucoup appréciaient ces nouvelles réjouissances et se déclaraient patriotes, applaudissant aux défilés, criant « Vive la nation ! » ou « Vive le roi ! » Ils regardaient avec suspicion ceux dont l'ardeur paraissait trop tiède.

Un mardi, à la fin du mois de mai, nous avions fini notre marché, ma mère et moi, et nous nous rendions chez ma sœur. Alors que nous remontions la rue de la Mairie, à la hauteur de l'hôtel de ville un groupe de femmes nous barra le passage.

— N'avez-vous donc point de cocarde ? nous dit l'une d'elles, une imposante matrone aux allures de mégère. Ne savez-vous pas qu'elle est obligatoire ?

Elles arboraient toutes, fièrement, d'énormes nœuds tricolores sur leur bonnet ou sur le côté gauche de leur poitrine. Elles avaient un air décidé et belliqueux qui m'inquiéta. Ma mère voulut faire preuve de fermeté.

— Nous revenons de notre marché et nous rentrons chez nous. Laissez-nous passer, s'il vous plaît.

— Pas avant de vous avoir fourni une cocarde ! Chaque passant doit en porter une.

— Ecoutez... commença ma mère, qui ne voulait pas céder.

La femme rapprocha son visage des nôtres, fronça les sourcils, demanda d'un air à la fois doucereux et menaçant :

— Seriez-vous mauvaises patriotes ?

J'eus peur. Je tirai ma mère par le bras. Mais elles nous entouraient et nous ne pouvions pas bouger.

— Répondez ! insista une autre.

— Pas du tout, dit ma mère avec hauteur, je suis aussi bonne patriote que vous.

— Eh bien, dans ce cas, vous ne refuserez pas de porter la cocarde. Seuls les mauvais patriotes refusent, et ceux-là, on sait comment les traiter ! ricana-t-elle avec un clin d'œil appuyé à ses compagnes, qui approuvèrent en s'esclaffant.

Nous n'osions plus rien dire. Elles nous entraînèrent dans une boutique, à quelques pas de là, nous poussèrent à l'intérieur, entrèrent avec nous.

— Catherine, annonça celle qui semblait être la meneuse, on t'amène des clientes. Elles désirent acheter une cocarde.

La marchande prit un air entendu, nous regarda ironiquement.

— Grâce à toi, Marie-Madeleine, je vais faire fortune !

Elle posa sur le comptoir deux énormes nœuds d'un ruban bleu-blanc-rouge aux couleurs vives.

— Ce sera dix sous.

Ma mère avait horreur qu'on l'obligeât à agir contre sa volonté, mais elle n'osait pas se révolter ouvertement, comprenant bien que nous étions inférieures en nombre et en force.

— N'y a-t-il pas un modèle plus petit ? demanda-t-elle.

— Comment ? dit celle qui s'appelait Marie-Madeleine. On est patriote ou on ne l'est pas ! Si on l'est on est fier de le montrer et on met la plus grosse cocarde qu'on puisse trouver. N'est-ce pas, vous autres ?

— Ça, c'est bien vrai !

— Tu as raison, Marie-Madeleine !

— Allez, venez ici !

Cette dernière injonction s'adressait à nous. Une des femmes fixa une cocarde à mon bonnet, une autre fit de même pour ma mère. Il fallut payer. Ma mère, les lèvres pincées, tendit l'argent. En nous tapant sur l'épaule avec une jovialité voulue, elles nous poussèrent dehors.

— Voilà de bonnes patriotes, et qu'on vous voie toujours ainsi, dorénavant !

Elles nous laissèrent partir, se groupant pour barrer le passage à de nouvelles victimes. Ma mère marchait d'un pas rapide, muette, blanche de colère. Je ne disais rien non plus, ne pouvant m'empêcher de trouver ridicule cette énorme cocarde sur notre bonnet.

Chez ma sœur, ma mère éclata enfin :

— Regarde, Marie-Henriette, ce qu'on m'a forcée à faire ; est-ce ça, la nouvelle liberté ?

— Je sais, dit ma sœur sans surprise. C'est un nouveau décret selon lequel tout le monde doit porter la cocarde. Moi-même, j'ai dû en acheter une. Hier, Casimir s'est fait arrêter lui aussi en allant à son travail. On lui en a vendu une de force. Ces femmes passent leur temps à ça. Il y a quelques jours, elles ont abordé le prévôt de Saint-Amé. Elles lui ont fait ôter son bonnet, y ont attaché une cocarde, puis le lui ont remis en criant « Vive la nation ! » Et ceux qui assistaient à cette scène riaient !

J'ôtai mon bonnet.

— Je vais la mettre sur mon corsage ; ce sera moins voyant.

— C'est une bonne idée, approuva ma mère.

Nous fîmes le trajet du retour ainsi affublées. A la maison, après notre récit, mon père se gratta la tête d'un air dubitatif.

— Il vaut peut-être mieux obéir à ce décret, conclut-il. Ici, dans le village, ce n'est pas nécessaire, mais lorsque nous irons à Douai, nous porterons la cocarde.

Le mois de juin avançait, et bientôt ce fut la Saint-Jean. Malgré les changements qui se produisaient, nous restions fidèles aux traditions. Le jour du 24 juin, je me levai avant l'aurore dans l'intention d'aller cueillir les herbes magiques. Lorsque je sortis de la maison, il faisait encore sombre, mais une légère lueur, au loin, annonçait l'arrivée du jour.

Je partis vers les champs, respirant à fond l'odeur profonde de la terre et des herbes emperlées de rosée. Après l'agitation des mois précédents, j'appréciai le calme de la campagne encore endormie. Quelque part, un merle se mit à chanter. Je m'arrêtai et, dans la clarté naissante de l'aube, je cherchai à le localiser. Je finis par l'apercevoir, tout en haut d'un grand arbre. Je demeurai immobile un long moment, l'écoutant avec ravissement. Puis j'avançai le long des haies, essayant de repérer dans les herbes les touffes de mélilot. Je parvins à en trouver suffisamment pour remplir le petit sac de toile que j'avais emmené. J'étais contente de ma récolte. Ces herbes étaient pour nous très précieuses : jusqu'à l'année suivante, nous les porterions à la ceinture afin de nous protéger des maléfices. De plus, mon père en plaçait toujours quelques-unes dans la grange ; elles étaient censées éloigner les risques d'incendie, les rats et les souris.

Ma provision terminée, je revins lentement vers le village. A l'horizon, au-delà des champs, le ciel se striait de rose et d'or, annonçant l'arrivée du soleil. Se détachant sur cette féerie, Adrien galopait, ne faisant qu'un avec son cheval. Je le contemplai, cherchant à analyser les sentiments qu'il m'inspirait. Admiration, méfiance, et quelque chose d'autre que je me refusais à approfondir. Je ne sais comment il m'aperçut, mais dès qu'il me vit il fit bifurquer son cheval et se dirigea vers moi. Je jetai un coup d'œil alentour, espérant lui échapper, mais je n'avais aucune chance. En quelques secondes il fut là. D'un bond souple, il sauta sur le sol, s'approcha.

— Que fais-tu là, si tôt ?

Furieuse de me sentir rougir, je lui montrai mon sac.

— Je cueillais le mélilot...

— Les herbes de la Saint-Jean ! On dit qu'elles sont magiques.

— Oui, en effet.

Seule avec lui, je me sentais mal à l'aise. Je voulus faire un pas en avant, mais il se tenait devant moi et, de plus, son cheval barrait le chemin. Adrien devina mon mouvement de fuite, m'arrêta d'un geste.

— Attends, ne pars pas. Pour une fois que je te vois seule... Dis-moi, au sujet des herbes, n'en connais-tu pas qui rendraient les filles moins cruelles ?

Je ne pus m'empêcher de sourire :

— Pourtant, il me semble qu'elles ne doivent pas se montrer souvent cruelles avec vous !

Son regard pétilla, se fit ensorceleur.

— En général, non. Mais il y en a une qui semble me fuir, et qui pourtant me plaît beaucoup. — Il se rapprocha de moi. — Pourquoi fais-tu cela, Mathilde ?

Je reculai, essayant d'ignorer les battements accélérés de mon cœur.

— Je ne comprends pas, monsieur Adrien. Je ne fais rien. Laissez-moi partir.

Il m'observa avec un sourire ironique, sûr de lui.

— As-tu donc si peur de moi ? Je vais te montrer que tu as tort.

Il était tout contre moi. Je sentais la chaleur de son corps, je respirais son odeur virile, mon trouble grandissait. Il se pencha, d'une main me releva le menton, plongea ses yeux dans les miens.

— Aussi fière que belle... Ça ne me déplaît pas, au contraire. Je n'aime pas les conquêtes faciles.

Son regard me tenait prisonnière. Paralysée, incapable de réagir, j'étais dans un état second. Il se pencha davantage, et je compris qu'il allait m'embrasser. Mon cœur s'arrêta de battre.

Je fus sauvée par le cheval. Las d'attendre, il avança la tête et poussa, de son museau, l'épaule d'Adrien. Le charme fut rompu. Adrien se redressa, se retourna.

— Allons, Sultan, sois sage. Va plus loin.

Il revint de nouveau vers moi, mais je m'étais reprise. J'avais reculé de quelques pas, et une colère salutaire chassait maintenant mon trouble ; comment avais-je pu agir ainsi ?

— Viens, Mathilde. Ne t'éloigne pas.

Juste à ce moment, j'aperçus, à l'autre bout du chemin, Noémie, la fille d'Ignace le cabaretier. C'était une grande fille rousse et sans grâce, qui avait à peu près mon âge. Je ne l'aimais pas beaucoup, et je crois que c'était réciproque. Lors de nos années d'école, Alexandre, le clerc, s'était toujours plaint de sa mauvaise volonté et de sa paresse. Elle n'avait pas changé en grandissant. Pourtant, cette fois, je fus heureuse de la voir. Je l'appelai :

— Hou, hou ! Noémie !

Elle tourna la tête vers nous, eut un sourire, s'avança aussitôt avec un empressement qui était dû à Adrien, qu'elle admirait beaucoup. Ce dernier, mécontent, prit son cheval par la bride, sauta en selle.

— Tu essaies de te débarrasser de moi, mais tu n'y parviendras pas toujours. Comme je te l'ai dit, j'aime les conquêtes difficiles. La tienne n'en aura que plus de prix.

Avec désapprobation, je secouai la tête.

— Je ne veux pas, monsieur Adrien. Je vous demande de me laisser tranquille. Si vous cherchez à conquérir quelqu'un, occupez-vous plutôt de Noémie, je sais qu'elle en sera flattée et ravie.

Il reprit son expression ironique, se tourna vers Noémie, la regarda venir vers nous.

— Cette grande haquenée rousse ? Merci bien, elle ne me plaît pas. C'est toi que je veux, Mathilde, pas une autre. Je mettrai le temps qu'il faudra, mais j'y arriverai !

Son cheval s'élança dans un tourbillon de poussière. Noémie s'arrêta près de moi, essoufflée.

— Pourquoi s'en va-t-il ? Que faisiez-vous donc, tous les deux ?

— Oh, rien, dis-je d'un air dégagé. Nous discutions des herbes de la Saint-Jean.

Elle me toisa d'un œil soupçonneux.

— Etant donné la réputation d'Adrien de Bryars, cela m'étonnerait. Ne cherchait-il pas plutôt à te séduire ?

Son expression sournoise et jalouse m'agaça. Je répliquai avec humeur :

— Et quand cela serait ? J'ai bien l'intention de ne pas me laisser faire. Je ne tiens pas à augmenter le nombre de ses conquêtes. Je ne suis pas un simple jouet qu'on prend et qu'on laisse dès qu'il a cessé de plaire.

Elle me gratifia d'un regard méprisant.

— Tu es bien bête. Moi, j'agirais autrement. Et j'en profiterais pour me faire offrir des bijoux et des tas d'autres choses.

Je haussai les épaules.

— Libre à toi !

Je vis, à la manière dont elle m'observait, qu'elle se demandait si j'étais sincère. Je la laissai en disant que je devais rentrer. Le jour, maintenant, était complètement levé. Une brume légère, annonciatrice de beau temps, tamisait le soleil et noyait la masse des arbres dans un halo nacré. Alors que j'approchais de notre ferme, je vis mon frère François venir au-devant de moi.

— Que faisais-tu donc, Mathilde ? As-tu les herbes ?

Je lui montrai mon sac. Je ressentais une impression désagréable, à cause de mon attitude envers Adrien — j'avais failli succomber à son charme — et, ensuite, à cause de la jalousie que j'avais devinée chez Noémie. Alors, à mon frère François, je racontai tout. Je savais qu'il me comprendrait ; il n'avait que deux ans de plus que moi, et nous avions toujours été très proches. Il me regarda avec tendresse et sollicitude.

— Fais attention à toi, petite sœur. Ne tombe pas dans ses filets.

— Je n'en ai pas l'intention. Mais il faudra que je me méfie, dorénavant. Je ne veux plus le rencontrer.

Il posa une main amicale sur mon épaule.

— Tu as bien fait de me parler. A partir de maintenant, je serai ton défenseur, ton chevalier, comme dans nos jeux, tu te souviens ?

Il me regarda, me sourit. La chaude complicité de notre enfance fut là, de nouveau, entre nous. Son affection chassa mon malaise. Avec reconnaissance, je me serrai contre lui ; il m'entoura de son bras. Ainsi enlacés, nous revînmes chez nous.

La journée se déroula selon le rite habituel. Les enfants du village commencèrent, dès le matin, leur quête de porte en porte, réclamant à chaque habitant un peu de bois. Ils vinrent chez nous, précédés de leur chant qu'ils braillaient à tue-tête :

Saint Jean est quéu dins l'iau
Saint Pierre l'a rassaqué
Un tiot morciau d'bos pou'l'récauffer
I trenne[1].

Je vis parmi eux Jean-Marie. Les joues rouges, les yeux brillants, l'air excité, il ressemblait aux autres enfants, heureux de recueillir la plus grande quantité de combustible pour le bûcher nécessaire à la fête. Mon père leur donna des tiges de colza et des plantes d'œillette séchées, qui avaient la propriété de s'enflammer facilement. Je leur fis cadeau également d'un vieux balai hors d'usage. Ils accueillirent joyeusement nos dons, et m'expliquèrent avec fierté qu'ils avaient déjà beaucoup de bois ; Justin le charron leur avait donné les nombreux déchets de son atelier.

Toute la journée, l'image d'Adrien et de ses yeux charmeurs fut devant moi. Elle ne se dissipa que le soir quand, avec les autres, j'allai empiler les fagots et les combustibles ramassés par les enfants, en une haute pyramide qui constituait le bûcher traditionnel. Lorsqu'il fut terminé, M. le curé vint solennellement le bénir avant d'y mettre le feu. Une pluie d'étincelles jaillit, des flammes hautes et claires firent crépiter le bois. Mon père y plongea une branche de noyer qu'il retira aussitôt : ce serait le talisman qui protégerait notre bétail des maladies. Les autres fermiers l'imitèrent. Ils se pliaient à cette tradition chaque année, depuis que, l'année de ma naissance, une épizootie avait provoqué la mort de toutes les bêtes à cornes de la région.

Mon frère François me tira par la main.

— Viens, Mathilde, les danses vont commencer.

Avec François d'un côté et Pauline de l'autre, j'entrai dans la ronde. Nous nous mîmes à tourner autour du brasier, au son de la pochette et du tambourin dont jouaient quelques

1. Saint Jean est tombé dans l'eau / Saint Pierre l'a retiré / Un petit morceau de bois pour le réchauffer / Il tremble.

habitants du village un peu musiciens. C'étaient des airs connus, que nous reprenions en chœur : *Dodinette dodinon, Sur le pont d'Avignon, Savez-vous planter des choux*. J'apercevais, à la lueur des flammes, les visages de ceux que je connaissais depuis toujours ; je vis Sylvain qui, pour une fois, semblait heureux et chantait aussi fort que les autres.

Soudain, Pauline poussa un cri. Un pétard lancé avec adresse venait d'éclater près de nous. D'autres explosèrent un peu plus loin. J'entendis un rire et me retournai. Jean-Marie, hilare, nous regardait. Il s'enfuit. Par jeu, je le poursuivis. Il se réfugia près de son père. Celui-ci, le visage grave, regardait les danseurs avec nostalgie.

— Les autres années, me dit-il, j'étais dans la ronde avec Mélanie.

Il s'arrêta, eut un sourire malheureux. Jean-Marie, qui se cachait derrière son père, me lança un coup d'œil malicieux.

— Tu as eu peur de mes pétards, hein, Mathilde ?

— Oui, j'ai eu peur, et Pauline aussi.

Avec un rire satisfait, il courut de nouveau vers les danseurs. Gaston soupira :

— Je suis heureux que lui, au moins, retrouve le goût de vivre.

Des cris me parvinrent :

— Mathilde, viens danser.

Gaston releva la tête.

— Oui, vas-y. Va t'amuser, c'est de ton âge.

J'obéis, heureuse de retrouver les chants et la lueur des flammes. Je rentrai dans la ronde. Une « course » commençait, une farandole échevelée, pendant laquelle nous tournions à toute vitesse autour du feu. Je m'accrochais solidement à la main de mes voisins afin de ne pas tomber, et les images défilaient à une allure qui me donnait le vertige. Lorsque la course s'acheva, nous étions tous essoufflés et ravis. Nous fîmes une pause. J'étais avec Pauline et mes frères lorsque Sylvain et Noémie vinrent nous rejoindre.

— Je vais sauter au-dessus des flammes, dit Sylvain. Qui vient avec moi ? Toi, Mathilde ?

— Pourquoi moi ? Prends quelqu'un d'autre.

— Mais si c'est pour me marier, je préfère que ce soit avec toi.

Je le regardai avec attention, surprise par ses yeux brillants et son expression allègre.

— Qu'as-tu, Sylvain ? Tu as bu ?

— Mais non, je n'ai pas bu. Réponds à ma question.

Je haussai les épaules.

— Je ne sais pas ce qui te prend. Bien sûr que non, je ne veux pas me marier. Et pas avec toi.

— Alors, je vais me contenter de sauter pour obtenir du bonheur toute l'année.

Il s'élança, passa à travers les flammes, salué par les applaudissements et les vivats. Mon frère Nicolas l'imita, puis François. Germain, le second fils de Justin le charron, vint vers nous.

— Vous ne savez pas où est Blaise ? Je le cherche.

— Je ne l'ai pas vu de la soirée, dis-je. Il s'obstine encore à se tenir à l'écart. Pourtant, nous l'accueillerions avec plaisir.

— Parle pour toi, lança Noémie d'une voix dure. Moi, je préfère qu'il ne soit pas là. A la lueur des flammes, son visage brûlé me ferait penser à un démon. Ça gâcherait toute notre fête !

— Noémie ! m'écriai-je avec reproche. Comment peux-tu parler ainsi ?

— Tu as tort, Noémie, dit Pauline de sa voix douce. Blaise est gentil, moi je l'aime bien.

Germain regarda Noémie d'un air désapprobateur.

— Je comprends pourquoi mon frère ne veut pas se joindre à nous. C'est pour ne pas entendre de réflexions de ce genre, ça lui ferait trop mal.

La musique reprenait. Sylvain nous prit par la main, nous entraîna tous.

— Venez dans la ronde.

La danse et les chants me firent oublier que, pendant un instant, j'avais eu l'intention de me mettre à la recherche de Blaise. De nouveau, je tournai avec les autres autour du bûcher qui, peu à peu, se faisait moins ardent. Parfois, l'un de nous quittait la ronde, sautait au-dessus des flammes, et reprenait sa place parmi les cris et les félicitations. J'aperçus mes parents qui, avec Justin, Louis, Gaston et d'autres, nous regardaient. Ils me sourirent. Sans raison précise, je me sentis heureuse ; j'aurais voulu que ce moment durât toujours.

Alors que nous chantions *Giroflée, Girofla* en balançant nos bras et en scandant la mesure avec nos pieds, une main tira Pauline en arrière, une petite voix affolée appela :

— Pauline, viens !

Je me retournai. Berthe, une des sœurs de Pauline, âgée d'environ dix ans, était là, avec Jean-Marie. Tous deux semblaient effrayés.

— Eh bien, qu'y a-t-il ? demanda Pauline.

Berthe bégaya, prête à pleurer :

— Philibert est tombé dans le fossé, là-bas.

Elle montra du doigt un endroit vague, plongé dans l'obscurité.

— Quoi ? s'affola Pauline. Vite, conduisez-moi.

Elle quitta la ronde, courut derrière les enfants. Effarée, je la suivis. Haletante, Berthe expliquait :

— On jouait à courir... Et Philibert voulait jouer avec nous... Il faisait sombre, et il n'a pas vu le fossé... Il est tombé dedans... Oh, Pauline, il ne va pas se noyer, dis ?

Elle sanglotait nerveusement, levait vers sa sœur des yeux suppliants. Celle-ci ordonna :

— Montrez-moi où il est tombé.

Je vis qu'elle tremblait. Moi-même, je me sentais frissonner. Je savais qu'on pouvait aisément se noyer dans les fossés, qui étaient larges et profonds. En approchant, nous n'avons d'abord rien vu. Puis nous avons entendu des pleurs d'enfant mêlés de hoquets. En courant, nous sommes arrivés devant le fossé.

— C'est là, dit Berthe.

Dans l'eau, près du bord, une haute et large silhouette pataugeait, tenant un enfant qui geignait.

— Ah, voilà quelqu'un ! Prenez-le. Avec lui je n'arrive pas à remonter.

A la voix, je reconnus Blaise. Il s'approcha du bord et tendit l'enfant. Pauline le prit, le serra contre elle sans souci de l'eau qui dégoulinait, l'embrassa avec emportement.

— Philibert ! Tu vas bien ?

Le petit pleurait et grelottait. En s'accrochant aux herbes du talus, Blaise sortit du fossé.

— Il n'a rien, je suis arrivé juste à temps. Je me promenais, par là, lorsque je l'ai entendu tomber.

Pauline se tourna vers lui, souriant à travers ses larmes :

— Oh, Blaise, merci ! Sans toi, il se serait noyé.

Il prit un air gêné :

— Je... je me suis trouvé là, c'est tout.

Elle fit un pas en avant, se haussa sur la pointe des pieds, posa un baiser sur la joue brûlée de Blaise. Je le vis rougir violemment. Il me lança un regard torturé.

— Je vais aller me changer... Je ruisselle !

Il partit comme s'il fuyait. Pauline considéra l'enfant qui tremblait dans ses bras.

— Lui aussi, il faut le changer. Je cours jusqu'à la maison. Berthe, va prévenir maman.

Là-bas, le bûcher avait fini de brûler ; il ne restait plus que des cendres rougeoyantes. Mais une grande animation régnait, car Berthe et Jean-Marie avaient tout raconté. J'aperçus Blaise, très entouré et félicité, et je compris, à son expression, qu'il aurait préféré être ailleurs. Sauvage et fier... Je le considérai d'un œil nouveau. Il croisa mon regard, détourna la tête, comme pour me dissimuler son visage brûlé. Quand donc comprendrait-il que cela, pour moi et pour beaucoup d'autres, ne changeait rien ? Bien plus importants étaient sa nature droite et courageuse, ses yeux clairs, limpides comme une source vive. L'événement de ce soir prouvait sa bravoure ; pour tout le village, il était un héros. Quant à moi, à partir de ce jour de la Saint-Jean, à mon affection pour lui se mêla une profonde admiration.

5

Le dimanche suivant, à l'issue de la messe, Pierre-Antoine, notre nouveau maire, nous réunit sur la place pour nous apprendre le dernier décret de l'Assemblée nationale : dorénavant, les titres de noblesse étaient abolis ; les armoiries et les livrées devraient disparaître.

Il y eut un flottement, pendant lequel on se demanda ce que cela signifiait. Florent le journalier, qui était de compréhension plutôt lente, posa la question que beaucoup taisaient :

— Ça veut dire quoi ?

Comme d'habitude, Sylvain Busquet fut le premier à réagir :

— C'est encore une bonne nouvelle ! Maintenant, M. Clément de Bryars n'est pas plus comte que moi. Regardez-le s'en aller, il n'est pas fier. A chacun son tour de rire !

D'un geste ironique il montra la calèche du comte qui s'éloignait.

— Et les armoiries sur les portières de sa voiture, il faudra qu'il les enlève.

Avec sa modération habituelle, Pierre-Antoine intervint :

— N'exagérons pas, Sylvain. Laissons le comte se débrouiller avec ce décret, ça le concerne.

Instantanément, Sylvain réagit :

— Commencez déjà par ne plus l'appeler comte, comme vous venez de le faire, Pierre-Antoine. Il n'a plus droit à ce titre.

— Il ne faut plus l'appeler comte ? demanda quelqu'un.

— Non, dit Sylvain en jubilant, puisqu'il ne l'est plus.

— Mais alors, objecta quelqu'un d'autre, s'il n'est plus comte, qu'est-il donc ?

— Il n'est plus qu'un citoyen, comme vous et moi.

Pierre-Antoine regarda la feuille qu'il tenait entre les mains.

— Oui, c'est ça, admit-il.

Des murmures s'élevèrent un peu partout.

— Comment peut-il ne plus être comte ? Il l'a toujours été.

— C'est comme si notre curé n'était plus curé !

— Alors, comment faut-il l'appeler ?

— Il faudra l'appeler tout simplement monsieur, ou M. de Bryars, déclara Pierre-Antoine.

— Allons, remarqua mon père, je n'y arriverai pas. Je lui ai toujours dit M. le comte et je continuerai. J'en ai bien trop l'habitude.

La discussion s'envenima. Certains étaient de l'avis de Sylvain. Beaucoup d'autres, plus conservateurs, exprimaient leur désaccord. Près de mon frère François, j'écoutais et ne disais rien.

— Pourquoi ce décret ? lui demandai-je. Pour nous, ça ne change rien.

— Pour nous, non, dit pensivement François. Mais pour le comte... — Il s'interrompit avec un sourire. — Tu vois, j'ai dit le comte, c'est l'habitude... Eh bien, pour lui, je suppose que c'est grave. Je ne comprends pas ; pourquoi le dépouiller ainsi ? Il y a eu l'abolition des droits féodaux, et ça, pour nous, c'était utile. Et c'était amplement suffisant.

Je pensai à Adrien. Cela signifiait-il qu'il ne serait jamais comte comme il était en droit de l'espérer ? Malgré sa nature insouciante, cela le toucherait-il ? Les discussions continuaient, toujours aussi vives.

— Alors, il n'y a plus de noblesse ? criait quelqu'un.

— Comment le roi peut-il permettre une chose pareille ? demandait un autre.

Je regardai mon frère François.

— D'où vient cette décision de l'Assemblée ? Nous n'avons pas demandé ça, dans nos cahiers de doléances.

Sourcils froncés, François secoua la tête.

— Non, nous n'avons pas demandé ça. Nous n'y aurions même pas pensé. Je ne sais pas pourquoi ils ont voté ce décret, ni ce qu'ils cherchent. J'espère simplement qu'ils n'exagéreront pas. S'ils éliminent tout ce à quoi nous sommes habitués, nous n'allons plus nous y retrouver.

C'était bien ce que je pensais, moi aussi. Et pourtant, ce n'était qu'un commencement.

Pierre-Antoine avait reçu des ordres pour recruter des volontaires, afin de former une garde nationale dans le village. Un registre fut ouvert pour relever les noms des citoyens actifs qui se présenteraient. A la fin du mois de juin, il n'y avait que deux gardes nationaux : Sylvain Busquet et Eloi, l'un des fermiers. Leur rôle était de faire régner l'ordre et de faire respecter la Constitution. Beaucoup refusèrent de s'inscrire, malgré le décret qui menaça d'ôter aux notables et aux électeurs l'exercice de leurs droits. Cette garde leur paraissait inutile.

— Dans notre village, pas besoin de surveillants ! Nous sommes assez grands pour faire régner l'ordre nous-mêmes.

Une autre raison était qu'il fallait payer l'équipement imposé aux gardes nationaux : habit bleu roi à doublure blanche et revers écarlates, épaulettes jaunes, culotte blanche ; chaque bouton portait l'inscription « District de Douai » ; sur l'un des revers était inscrit, en lettres jaunes, « Constitution », sur l'autre, « Liberté ». Je dus admettre que Sylvain avait fière allure dans cet uniforme flambant neuf qu'il mit pour le 14 juillet. Ce jour-là, une fête eut lieu pour commémorer la prise de la Bastille. Cela commença par une messe solennelle et chantée, à laquelle nous assistâmes tous. Après la messe, nous nous réunîmes sur la place, où Ambroise, notre procureur, prononça un discours. Puis Pierre-Antoine nous fit la lecture du serment civique, dans lequel il était demandé d'« être fidèle à la nation, à la loi et au roi, de maintenir la Constitution du royaume, de prêter main forte à l'exécution des ordonnances de justice et à celles des décrets de l'Assemblée nationale acceptés et sanctionnés par le roi ». Les deux gardes nationaux, avec gravité, répondirent :

— Nous le jurons.

Puis tout le monde, en chœur, répéta :

— Nous le jurons.

Ensuite nous fîmes une procession, que fermait Sylvain avec le drapeau tricolore. Enfin, nous retournâmes dans l'église où, après avoir chanté le *Te Deum*, notre curé nous bénit tous. Un peu déroutés par cette fête à laquelle nous n'étions pas habitués, nous rentrâmes chez nous, contents malgré tout.

Le lundi suivant, comme chaque semaine, je fis le beurre. J'en remplis plusieurs pots de grès et les portai au château. Rosalie, la cuisinière, m'accueillit, toujours alerte malgré son embonpoint.

— Comment vas-tu, Mathilde ? Et comment ça va, au village ?

— Bien, merci.

— Ici, on ne peut pas dire que ce soit la joie ! M. le comte — n'en déplaise à ceux de l'Assemblée, pour moi c'est toujours M. le comte — s'enferme des journées entières dans son bureau, fait ses comptes, compulse ses papiers. Il se fait du souci, je le vois bien. Aux repas, il ne mange presque plus rien, que c'en est presque vexant pour moi, avec la bonne cuisine que je leur fais ! Mme la comtesse ne cesse de lui répéter que ça finira par s'arranger, mais je crois qu'elle ne se rend pas compte ; sa nature insouciante la rend trop optimiste. Moi, je trouve aussi que c'est inquiétant. J'en parlais l'autre jour avec Polycarpe, le jardinier. Si ça tourne mal pour eux, qu'allons-nous devenir, lui et moi ? Nous sommes à leur service depuis si longtemps. Et puis, nous les aimons bien, ce sont de bons maîtres.

Un soupir souleva son énorme poitrine. Je ne trouvai pas de mots pour la rassurer. Il était vrai que l'incertitude de l'avenir pouvait paraître inquiétante. Brutalement, tout changeait, et nous ne savions plus vers quoi nous allions.

En quittant Rosalie, alors que je traversais la cour du château, je vis le comte — moi aussi je l'appelais toujours ainsi — sortir des écuries. Il semblait d'humeur sombre. Les sourcils froncés, il marchait vite. Pourtant, lorsqu'il m'aperçut, son visage s'éclaira d'un sourire. Il vint vers moi.

— Mais c'est ma charmante petite filleule ! Comment vas-tu, Mathilde ?

J'esquissai une révérence.

— Bien, monsieur mon parrain, je vous remercie.

— Dis-moi, c'est ton anniversaire aujourd'hui ! Je le sais, parce que c'est aussi celui de ma fille. Vous êtes nées le même jour, toutes les deux.

— Oui, j'ai vingt ans depuis ce matin.

Il eut un sourire empreint de nostalgie.

— Vingt ans... Où sont donc les miens ?

Un court instant, son regard se perdit au loin, se fit pensif. Comme pour lui-même, il dit, plus bas :

— J'en ai cinquante-cinq maintenant, et les soucis me font vieillir doublement.

Il soupira, revint à moi, me sourit avec gentillesse. Il sortit de son gousset une pièce d'or, me la tendit.

— Tiens, Mathilde, voilà pour toi. Joyeux anniversaire, ma petite filleule.

En rougissant de confusion, je pris la pièce.

— Merci, monsieur mon parrain. Merci beaucoup.

Il me frappa amicalement l'épaule.

— Tu t'achèteras un joli cadeau. Ou bien, tu la mettras avec tes économies. Au revoir, mon enfant.

En le regardant s'éloigner vers son château, je remarquai que sa haute silhouette élégante commençait à se voûter. Je repris le chemin de la ferme, serrant dans ma main le louis d'or. Avec un sourire heureux, je réfléchis que j'en possédais vingt maintenant ; depuis ma naissance, chaque année le comte m'en avait offert un. Je mettrais celui-ci avec les autres, dans le mouchoir que je gardais précieusement tout au fond de l'armoire de ma chambre. C'était pour moi une véritable fortune, que mes parents, si pauvres qu'ils fussent, avaient toujours respectée. « Cela t'appartient, me disaient-ils. Ça te sera utile plus tard. »

Quelquefois, le soir avant de m'endormir, je dénouais le mouchoir et, à la lueur d'une bougie, je regardais les pièces luire doucement. Je les caressais, heureuse de les posséder, rêvant à ce qu'elles pourraient me procurer. Je pensais alors combien il devait être agréable d'être riche, et il m'arrivait d'envier le comte et sa famille. Mais ce soir-là, lorsque je rangeai le louis, pour la première fois je ne les enviai plus.

Un nouveau décret fut voté par l'Assemblée nationale, déclarant qu'il y aurait dorénavant un évêché par département, une paroisse par commune, et que les évêques et les curés seraient nommés par le peuple. C'était la Constitution civile du clergé.

— C'est une hérésie, déclara l'abbé Souliez. Je ne me soumettrai qu'à Dieu, et aux décisions de mes supérieurs ecclésiastiques.

Un autre décret, en août, décida que les citoyens actifs et leurs fils âgés d'au moins dix-huit ans devaient faire partie de la garde nationale. Il se heurta à l'inertie et à la mauvaise volonté des habitants du village.

— Nous sommes concernés tous les trois, dit mon père à mes deux frères. Mais cela ne me tente pas du tout. D'abord, pourquoi faire les frais de trois uniformes ? Et puis, à quoi nous serviront-ils ? Ils nous ennuient, à la fin, avec leur garde nationale ! Elle est peut-être nécessaire dans les villes, à cause des émeutes, mais ici, dans le village, c'est inutile.

Comme beaucoup partageaient cet avis, Pierre-Antoine attendit en vain d'autres inscriptions dans son registre.

Le dimanche 15 août eut lieu. comme chaque année à cette date, la procession habituelle. Tôt le matin, j'allai avec ma mère et Adèle garnir la chapelle Notre-Dame ; la veille, nous avions tout nettoyé, lavé la statue, mis sous le socle un napperon brodé. Quelques heures avant la procession, nous y étions retournées pour orner la façade et les côtés avec des branchages et des fleurs que Polycarpe, le jardinier du château, nous fournissait à cet effet, de la part du comte et de sa femme.

La messe nous réunit tous dans l'église, joyeux et endimanchés. Alors que nous priions et chantions en chœur, je pensai que, pour un instant, nous pouvions nous croire revenus à l'époque où aucun trouble ne perturbait notre vie, où notre existence s'écoulait, immuable et sereine. Car sereins, nous ne l'étions plus. Les changements nous dépassaient. Après l'enthousiasme provoqué par l'abolition des droits féodaux, l'année précédente, nous ne comprenions plus, maintenant, l'acharnement mis à dépouiller l'Eglise et la noblesse. On entendait dire, sans savoir si c'était exact, qu'à Paris le roi n'avait plus aucune autorité et qu'il était pratiquement prisonnier. Cela ne nous rassurait pas ; si l'on ne respectait plus la royauté, bientôt on ne respecterait plus rien. Les valeurs sur lesquelles nous nous appuyions depuis si longtemps se lézardaient, et la crainte de l'avenir reprenait insidieusement possession de nos esprits.

A la sortie de la messe, il y eut un remous ; Sylvain Busquet s'interposa brutalement lorsque le comte et sa famille voulurent prendre la tête de la procession comme ils le faisaient depuis toujours.

— Maintenant, c'est un droit que vous n'avez plus, monsieur de Bryars, articula-t-il avec une jubilation qu'il ne cachait pas. C'est au maire et au conseil général de la commune d'ouvrir la marche.

Pendant une fraction de seconde, Clément de Bryars hésita. Je le vis serrer les mâchoires, et je compris qu'il devait regretter le temps où il aurait répondu vertement à une telle réflexion. Ce genre d'affront eût même été, à une époque pas très lointaine, impensable. Pierre-Antoine se fit apaisant :

— Laisse donc, Sylvain, nous ferons comme d'habitude.

Sylvain se rebiffa, comme s'il avait été frappé.

— Mais non ! Les temps ont changé. Si nous savions nous soumettre aux anciennes traditions, il faut aussi savoir accepter les changements. N'est-ce pas, monsieur de Bryars ?

Avec une expression belliqueuse et insolente, il attendit la réaction du comte. Tout le monde restait figé, et cette scène était si aberrante qu'elle en paraissait irréelle. Derrière nous, bloqué dans l'église, le reste de l'assistance se pressait, ne comprenant pas pourquoi on n'avançait plus. Parmi eux, le curé attendait, avec le saint sacrement. Et sur tout cela, les cloches carillonnaient joyeusement, le soleil inondait de lumière la place et nos habits de fête. Pâle de colère et d'humiliation, le comte recula.

— Il faut savoir accepter, c'est vrai. Allez-y, nous suivrons.

Le visage crispé par une violente indignation, la comtesse s'écria :

— Clément, vous n'allez quand même pas obéir à ce paysan !

Le comte se tourna vers elle ; je vis son sourire triste, empli d'amertume et de résignation. D'une voix sourde, il dit :

— Ce n'est pas à lui que j'obéis, Adélaïde. C'est à ceux qui, maintenant, hélas, gouvernent la France au nom de notre roi.

Il entraîna sa famille en arrière, laissant la place à Sylvain. Celui-ci s'avança d'une allure victorieuse, imité par le maire et les notables qui, pour la plupart, semblaient gênés. Et, pour la première fois depuis des temps immémoriaux, des personnes autres que le seigneur et sa famille ouvrirent la procession. On se mit lentement en route, chantant les cantiques. J'avançais comme dans un rêve, près de Pauline, de Noémie et d'autres jeunes filles. Nous étions toutes vêtues de blanc et nous portions un grand cierge. Là-bas, devant moi, je voyais le comte marcher le dos courbé. A ses côtés, Adrien gardait la tête haute. Tout à l'heure, après l'altercation avec Sylvain, il avait suivi son père en haussant les épaules et en souriant. Je me demandai s'il était aussi insouciant qu'il le paraissait, ou si, au contraire, il cachait sous une apparence désinvolte des sentiments plus profonds. J'avais vu des larmes dans les yeux de la comtesse, que je savais pourtant futile. Une scène comme celle qui venait de se produire ne pouvait laisser indifférent. Je restai distraite pendant toute la procession.

Comme les autres fois, l'attitude de Sylvain eut ses partisans et ses détracteurs. Dès que la procession fut terminée, des groupes se formèrent, les hommes se retrouvèrent au cabaret d'Ignace. Les discussions se firent vives. Beaucoup n'approuvaient pas Sylvain.

— Il n'avait pas besoin d'humilier publiquement le comte. Ce n'est pas bien de sa part.

— Il pouvait le laisser à la tête de la procession. Ça ne gênait personne.

Je ne disais rien, mais je comprenais que la façon d'agir de Sylvain répondait à un profond sentiment de revanche. D'autres, par contre, lui donnaient raison :

— Après tout, il n'a fait que remettre le comte à sa place. Pourquoi ce dernier occuperait-il un rang auquel il n'a plus droit ?

— C'est vrai, il en a profité assez longtemps.

— Il était furieux, mais il a été obligé de s'incliner.

— S'il veut continuer comme par le passé, avec Sylvain il n'a pas fini de se faire rabrouer !

Mais le comte ne donna plus à personne l'occasion de l'humilier. A partir de ce jour, jamais plus il ne vint se joindre à nous.

Un mardi après-midi, je fis avec ma sœur et ses enfants une promenade dans les rues de Douai. La journée était ensoleillée, beaucoup de gens flânaient. Nos pas nous conduisirent jusqu'à la porte Saint-Eloi, puis le long des remparts. Mon neveu Philippe, qui avait huit ans, admira longuement les soldats de la garnison et leur uniforme. Alors que nous revenions, un attroupement sur la grand-place attira notre attention. Ma sœur fronça les sourcils.

— Ah ! je n'y pensais plus. Nous aurions dû revenir par un autre chemin.

— Qu'y a-t-il ? demandai-je, inquiète.

— C'est une exposition au carcan. Je l'avais oublié. Pourtant, la petite cloche a sonné ce matin pour l'annoncer.

Je regardai. Sur un échafaud, une jeune fille était attachée à un poteau, les mains nouées derrière le dos. Un collier de fer lui encerclait le cou et la liait étroitement au poteau. Au-dessus de sa tête, un écriteau portait, en grosses lettres, son nom, son adresse, sa profession, ainsi que la condamnation : deux ans de détention pour vol.

— Sa patronne l'a surprise alors qu'elle dissimulait sous sa jupe un mouchoir brodé, m'expliqua ma sœur. Vois où ça l'a menée maintenant. Elle doit bien regretter son acte. Pauvre enfant, je la plains.

Je compris ce qu'elle voulait dire. Tout autour de l'échafaud, la foule se pressait. Des femmes insultaient la jeune fille, des hommes lui criaient des réflexions obscènes. Des garnements lui jetaient des cailloux, des pierres, des ordures. Quelques-uns, avec une fronde, lui envoyaient des projectiles divers. Lorsqu'ils faisaient mouche, des cris et des applaudissements éclataient. Les gardes, de chaque côté de l'échafaud, ne faisaient rien pour les en empêcher. Au contraire, je vis même l'un d'eux rire lorsqu'une tomate pourrie, envoyée avec force, s'écrasa contre le poteau, aspergeant la condamnée.

Elle était couverte de détritus, de boue. D'une entaille qu'elle avait au front, faite sans doute par une pierre qu'on lui avait lancée, le sang coulait le long de sa joue et se perdait dans son cou. Les yeux levés vers le ciel, une expression désespérée sur le visage, elle pleurait.

— Pourquoi tout le monde crie après elle ? demanda Angélique. Qu'est-ce qu'elle a fait ?

Ma sœur serra ses enfants contre elle.

— Que cela ne vous arrive jamais ! Voyez-vous, elle a pris quelque chose qui ne lui appartenait pas, et elle est punie de cette façon. C'est pour ça qu'il ne faut jamais voler, comprenez-vous ?

Ils acquiescèrent gravement. Alors que nous nous éloignions de la place, une dernière fois je me retournai. Autour de l'échafaud, la foule semblait encore plus compacte. Des huées, des sifflements retentissaient. Le supplice de la pauvre fille continuait.

— Deux heures dans des conditions pareilles, murmura ma sœur, ça doit être infernal.

J'approuvai. Je m'imaginai à la place de la condamnée. Je chassai vite cette pensée. Pour me rassurer, je me dis que, puisque je ne faisais rien de mal, je ne connaîtrais jamais ce genre de situation.

Au mois de novembre, selon la décision de l'Assemblée nationale sur la constitution des municipalités, il fallut renouveler la moitié des officiers municipaux et des notables. Ils furent tous convoqués dans l'arrière-salle du cabaret d'Ignace, lieu de réunion de l'assemblée municipale. Mon père nous expliqua qu'ils avaient, chacun à leur tour, tiré au sort un billet ; il était blanc pour les restants, noir pour les sortants. Sylvain, par exemple, avait tiré un billet blanc, il était donc maintenu dans ses fonctions. En revanche, le sort avait voulu que le billet de mon père fût noir.

— Alors, tu ne fais plus partie des notables ? s'inquiéta ma mère.

— Non, à moins que je ne sois réélu dimanche prochain. Tu as entendu Pierre-Antoine : tous les citoyens actifs doivent se réunir à l'église et procéder à l'élection de deux officiers municipaux et de six notables.

Le ton léger de mon père ne me trompait pas. Il attachait une grande importance au rôle qu'il jouait dans le conseil général de la commune, et je savais que si les autres ne votaient plus pour lui, il serait à la fois déçu et contrarié. Mais heureusement, à sa grande satisfaction, il fut réélu.

L'hiver passa lentement. Le temps, bien souvent, resta très humide. Un brouillard glacial et pénétrant régnait chaque matin et ne se dissipait que tard dans la journée, sauf du côté du marais où il stagnait en permanence. Pierre-Antoine y voyait la cause de nombreuses maladies.

Les veillées nous réunirent de nouveau au coin du feu. Justin le charron, Blaise et Germain tenaient compagnie à mon père et à mes frères, discutaient, jouaient aux cartes. Ma mère et moi, nous préparions la filasse — la fibre textile du lin destinée à être filée. J'aimais ce travail lent qui occupait mes mains pendant que, l'esprit libre, j'écoutais les hommes parler. Je disposais une poignée de fibres sur mes genoux, liant l'une des extrémités à ma ceinture. Puis je triais les longues mèches, pincée par pincée, les déployant en éventail. Lorsque j'avais terminé, je prenais une quenouille et je les enroulais autour de ce bâton court et noueux. Je les liais d'un ruban que j'entrecroisais du sommet jusqu'à la base. Enfin, je plantais la quenouille sur le rouet, dans le trou prévu à cet effet, pour le filage qui aurait lieu par la suite.

Souvent, Jean-Marie m'aidait à disposer les fibres en éventail. Ou bien, lorsque ma mère filait, il restait près d'elle avec un bol d'eau, dans lequel il plongeait ses doigts pour mouiller le lin et le rendre plus souple. Il n'avait que neuf ans, et il souffrait toujours de l'absence de sa mère. Gaston seul s'occupait de lui, et on devinait chez l'enfant, habillé et nourri n'importe comment, le déchirant besoin d'une tendresse maternelle. Ma mère et moi, dans la mesure du possible, nous lui apportions la chaleur et les attentions qui lui manquaient. Il accueillait nos interventions avec une gratitude touchante. Malgré son jeune âge, il s'inquiétait de toujours voir son père abattu et triste. Il essayait de le distraire, et se désolait de n'y point parvenir. De plus, depuis le début de l'hiver, Gaston s'était mis à tousser. Il refusait de se soigner, accusant l'humidité et le mauvais temps. Ma mère lui donnait du sirop contre la toux qu'elle fabriquait elle-même, avec des *rémolas*, sortes de gros radis noirs, et du sucre candi. Mais je le soupçonnais de ne pas le boire. L'état de sa santé ne le préoccupait guère. A vrai dire, plus rien ne parvenait à l'intéresser.

DEUXIÈME PARTIE

LA DÉSILLUSION

1

Alors que nous ne désirions que la paix, l'année 1791 nous apporta de nombreux changements, dont certains furent mal accueillis, car ils bouleversaient notre vie, nos habitudes, allant même à l'encontre de nos désirs.

D'abord, Pierre-Antoine nous apprit que l'Assemblée constituante avait supprimé définitivement les anciens impôts. Dans le village, comme presque partout, les paysans avaient refusé de payer la dîme. L'Etat manquait d'argent et avait décidé de créer une contribution foncière, qui tiendrait compte du revenu net. Après réflexion, cela nous parut plus juste, d'autant que personne n'en serait exempté. Bien au contraire, les riches paieraient davantage que les pauvres. C'était si surprenant que nous avions peine à y croire.

La seconde nouvelle nous prit au dépourvu, nous stupéfia et nous désola. Cela commença à la fin du mois de janvier. Un dimanche, après la messe, Pierre-Antoine, entouré du conseil général de la commune, nous rassembla tous sur la place. Il tenait un papier à la main, et, en voyant son air sombre, nous commencions à avoir peur : était-ce une mauvaise nouvelle ?

— Mes amis ! s'écria-t-il. Ecoutez bien tous !

Le silence se fit.

— Monsieur le curé, c'est à vous que ceci s'adresse. Venez près de moi, s'il vous plaît.

L'abbé Souliez s'avança, de la démarche claudicante à laquelle nous étions habitués. « Mes rhumatismes », disait-il souvent, comme pour s'excuser. Je regardai ses cheveux blancs, son visage ridé empreint de douceur et de bonté. Comme tout le monde dans le village, je l'aimais beaucoup.

— Monsieur le curé, reprit Pierre-Antoine, je dois lire le serment que l'Assemblée impose à tous les prêtres, sous peine d'être démis de leurs fonctions. Le voici : « Je jure de veiller avec soin sur les fidèles de la paroisse qui m'est confiée, d'être fidèle à la nation, à la loi, au roi, et de maintenir de tout mon pouvoir la Constitution civile du clergé décrétée par l'Assemblée nationale et acceptée par le roi. » Que décidez-vous, monsieur le curé ? Désirez-vous un délai de réflexion ?

Il y eut plusieurs secondes d'un silence intense, lourd, poignant. Dans le matin humide, nous attendions, ignorant le froid qui peu à peu pénétrait nos vêtements. Le temps sembla suspendu, nous laissant tous figés, immobiles. L'abbé Souliez leva vers Pierre-Antoine ses yeux clairs d'enfant, sourit avec une infinie tristesse.

— Je n'ai pas besoin de réfléchir. Ma décision est prise

et restera la même. Je l'ai déjà dit, je ne suis pas d'accord avec leur Constitution. Pourquoi devrais-je lui prêter serment ? Dans le texte que vous venez de me lire, je n'approuve que la première partie. Je pense que cela ne suffit pas. En l'occurrence, ma réponse est non.

Pierre-Antoine hocha la tête :

— Je m'y attendais. Mais il faut que je vous prévienne : je dois transmettre votre décision au directoire du district. Attendez-vous à des représailles. On risque de ne plus vous permettre d'exercer le culte.

Le curé fit un geste d'impuissance, regarda le ciel avec candeur.

— Nous verrons bien, mon enfant. Je suis dans la main de Dieu, comme nous tous. Je me soumettrai à Sa volonté.

— Nous sommes avec vous, monsieur le curé, cria Justin le charron.

Les autres l'approuvèrent. Avec un sourire très doux, le vieil homme leva la main, comme pour une bénédiction.

— Merci, mes enfants, merci à tous. Je n'ai jamais douté de vous. Je vous connais — et je vous aime.

Alors, tout le monde parla en même temps. On entoura le curé et Adèle, sa servante, en leur prodiguant des paroles d'encouragement. On discuta avec inquiétude et indignation ; ainsi, on nous prendrait notre curé ? Mais nous ne nous laisserions pas faire, nous l'aimions bien, il était depuis si longtemps parmi nous ! Il y en eut bien quelques-uns pour sous-entendre que le problème serait résolu si l'abbé Souliez acceptait de prêter le serment qu'on lui demandait. Mais ils furent hués par les autres : si M. le curé jugeait qu'il devait refuser, il était libre. C'était une affaire entre sa conscience et lui, ça ne regardait personne d'autre.

Et finalement, ce fut un prêtre ému qui regagna son presbytère, souriant avec gratitude à ceux qui le réconfortaient.

— Mes chers enfants, même s'il doit être cause de problèmes, ce serment m'aura au moins montré que vous tenez à moi.

— Ils ont fait la même chose à Douai, avec les curés de chaque paroisse, nous apprit ma sœur. Certains ont accepté.

Le nôtre, à Saint-Pierre, a refusé. C'est-à-dire que, comme il est député du clergé, il a d'abord prêté serment à l'Assemblée nationale, à Paris, en ajoutant une clause selon laquelle les décrets ne concernaient que les objets temporels ou civils. L'Assemblée n'a pas accepté cette restriction. Alors il a déclaré qu'il ne prêterait pas le serment imposé. Sans doute va-t-il être obligé de cesser ses fonctions et de quitter son presbytère. Et par qui sera-t-il remplacé ? Ça ne nous plaît pas beaucoup, mais que pouvons-nous y faire ?

Que pouvions-nous faire, en effet ? Tout se désorganisait, et nous n'y comprenions rien. Comme l'avait dit mon frère François, l'abolition des droits féodaux suffisait amplement. Ce qui avait suivi, la nouvelle municipalité, les nouveaux impôts, c'étaient des mesures nécessaires et nous les acceptions. Mais, en revanche, d'autres décisions ne laissaient pas de nous inquiéter : ainsi, le comte n'était plus comte, et on voulait maintenant nous enlever notre curé ! Nous commencions à nous sentir désorientés, et la méfiance s'infiltrait dans nos esprits.

Un après-midi de début mars, j'allai avec ma mère rendre visite à sa sœur à Cambrai. Nous nous voyions toujours avec plaisir ; j'aimais bien ma jeune cousine Gabrielle, qui allait faire sa première communion le mois suivant. On se demandait néanmoins si, à ce sujet, tout se passerait normalement ; à Cambrai comme ailleurs, le serment imposé aux prêtres avait été parfois accepté, souvent refusé.

Ma tante n'était pas seule. Thérèse, sa filleule, que nous connaissions pour l'avoir déjà rencontrée chez elle, était là, avec son petit garçon. La jeune femme paraissait accablée ; un pli inquiet marquait sa bouche, ses yeux gonflés gardaient la trace des larmes. En nous voyant arriver, elle se leva avec un sourire confus.

— Au revoir, marraine.

Ma tante enveloppa quelques pâtisseries dans une serviette de toile, qu'elle donna au petit garçon. Celui-ci eut un mouvement pour s'en saisir, s'arrêta, leva un visage interrogateur vers sa mère.

— Prends donc, lui dit-elle avec un soupir. Et dis merci.

Le petit remercia d'une voix fluette, serrant le paquet contre son cœur. Je les regardai sortir, notant avec pitié la mine défaite de la mère, la pâleur et la maigreur de son fils. Ma tante nous embrassa, heureuse de nous voir.

— Pauvre Thérèse ! Je la plains de tout mon cœur. Elle est plus malheureuse chaque jour.

— Toujours son mari ? interrogea ma mère.

Ma tante hocha la tête avec un air entendu.

— Eh oui, son mari. Elle s'est laissée prendre à ses belles paroles. Je me souviens de son désespoir lorsque son père s'était opposé à son mariage. Lui, il avait vu ce qu'il valait, son beau Noël ! Il avait deviné qu'avec lui sa fille serait malheureuse. Et il ne s'est pas trompé. Mais elle ne voulait rien entendre. C'est vrai qu'il est joli garçon, vous l'avez déjà vu ?

J'acquiesçai sans chaleur. En effet. je l'avais aperçu une fois ou deux avec sa femme, et sans aucun doute il était séduisant. Grand, une figure agréable, d'abondants cheveux bruns retenus sur la nuque par un ruban, des yeux de velours. Il était conscient de son charme et en usait. Pourtant, quelque chose en lui m'avait rebutée ; une certaine veulerie dans le regard, dans les traits du visage, et aussi les coups d'œil appuyés qu'il m'avait lancés derrière le dos de sa femme, en homme sûr de plaire. Je comprenais les réticences du père de Thérèse ; moi non plus, je n'aurais jamais fait confiance à un tel homme.

— Il était ouvrier tapissier chez maître Dangremont, expliquait ma tante, mais il s'est fait renvoyer, à cause de sa paresse et des propos qu'il tenait. Lorsqu'il exerçait son travail chez des nobles ou des gens riches, il ne cachait pas son envie, clamait bien haut que c'était injuste et que tous les hommes devraient être égaux. A force de recevoir des plaintes de la part de ses clients, maître Dangremont n'a pas hésité : il a préféré se séparer d'un ouvrier qui devenait gênant. La pauvre Thérèse s'est retrouvée avec un mari qui ne travaillait plus, et un enfant qui pleurait de faim. Heureusement que son père est encore là pour leur fournir un repas de temps en temps ! Moi aussi, je l'aide comme je peux. L'enfant, surtout, me fait pitié.

— Ce Noël... il n'a pas retrouvé de travail ? demanda ma mère.

Ma tante fit une moue.

— Il n'a pas cherché avec beaucoup d'ardeur. Et sa réputation l'avait précédé. Non, il n'a pas réussi à se faire embaucher. Finalement, à force de supplications, Thérèse l'a décidé à faire comme ceux qui sont sans ressources : s'inscrire à l'atelier de charité. Mais là aussi, maintenant, il y a un problème. C'est pour ça qu'elle pleurait, tout à l'heure.

Je savais que les ateliers de charité avaient été créés, au mois d'octobre dernier, pour donner du travail à ceux qui n'en avaient pas.

— En ce moment, continuait ma tante, on envoie les ouvriers de l'atelier remblayer et paver la rue Cantimpré, qui est boueuse et trop en pente. Ils touchent dix patars par jour. Noël a trouvé que ce n'était pas suffisant. Mardi dernier, il a entraîné ses camarades à l'hôtel de ville, exigeant du conseil général de la commune douze patars au lieu de dix. Le procureur de la commune a refusé, disant que ceux qui n'étaient pas satisfaits pouvaient quitter l'atelier. Cela a failli tourner à l'émeute, mais le maire a appelé la troupe qui a dispersé les mécontents. Depuis, Noël n'attend que le moment de recommencer ; il se vante auprès de ses camarades qu'il parviendra à faire augmenter leur salaire tout en diminuant leurs heures de travail. Et la pauvre Thérèse est de plus en plus inquiète. Je la comprends, et je la plains. Avec un mari pareil, que peut-elle faire ?

Ma tante me regarda, me sourit.

— Fais attention, Mathilde ; lorsque le moment sera venu de prendre un mari, choisis bien. C'est très important, tu sais.

J'approuvai, cherchant mentalement, parmi les jeunes gens que je connaissais, celui que j'aimerais avoir comme mari. Quels étaient ceux qui comptaient pour moi ? Adrien de Bryars ?... Non, même si la barrière sociale qui nous séparait n'existait pas, je n'aurais pas voulu l'épouser : trop insouciant, trop volage. Je désirais un mari sur lequel je pourrais m'appuyer. Sylvain Busquet ?... Non plus. Sa violence, son penchant à la révolte, me déplaisaient et me faisaient peur. Alors, qui ?... Et puis, soudain, je trouvai. Blaise ! Avec étonnement, je découvris que c'était lui que je choisirais.

Je ne confiai cette découverte à personne. Je ne pensais pas être amoureuse de Blaise ; et pourtant, quand j'imaginais un mari à mes côtés, la présence de Blaise semblait la seule possible. Mais lui, voudrait-il de moi ?

A dater de ce jour, je me mis à l'observer. Je remarquai, petit à petit, des détails auxquels je n'avais pas prêté attention. Ainsi, il semblait toujours gêné en ma présence, et la plupart du temps s'en allait lorsque j'arrivais. Je me dis que cette attitude était peut-être due à son visage brûlé. S'il avait su combien cela était sans importance ! Je le lui avais déjà dit, mais il n'avait pas semblé me croire. Je me rendis compte aussi que bien souvent, pendant les veillées par exemple, je sentais son regard posé sur moi ; lorsque je relevais la tête et croisais ses yeux, il se détournait aussitôt. Qu'est-ce que cela signifiait ? Je ne pouvais en parler et je m'interrogeais. Mais je possédais une patience solide, héritée d'ancêtres qui, toujours, avaient vécu au rythme lent de la terre et des saisons. Alors j'attendais.

L'horreur, brutalement, intervint dans notre vie, reléguant mes états d'âme au second plan. Ce fut inattendu, et d'autant plus affreux que jamais nous n'avions été confrontés à une telle atrocité.

C'était un mardi. Comme je le faisais parfois après le marché de la matinée, j'étais restée chez ma sœur dans l'intention de passer l'après-midi avec elle.

— Nous en profiterons pour aller acheter du tissu, me dit-elle. J'ai décidé de me faire une jupe pour assister à la communion de Gabrielle, le mois prochain.

Lors du repas de midi, Casimir, mon beau-frère, me parut soucieux.

— N'as-tu rien remarqué dans les rues, Mathilde, ce matin ? me demanda-t-il. Pas d'attroupements ?

— Non, tout m'a paru normal. Y a-t-il quelque chose à craindre ?

Mon beau-frère fit un geste d'ignorance.

— J'espère que non. Simplement, hier, des manifestants sont allés trouver le maire et les officiers municipaux. C'était encore, d'après ce que j'ai entendu dire, pour une histoire de grain. Ils ont obtenu que le blé ne soit pas chargé sur les bateaux, mais vendu sur le marché ce matin. Et puis, ils ont soulevé la question des goulottes.

— Qu'est-ce que c'est ? demanda ma sœur.

— Les goulottes sont des conduits de bois qu'utilisent les négociants en grain. Elles permettent de verser le blé, ou toute autre céréale, directement du grenier au bateau amarré sur la rivière. Tous les manifestants — des citoyens, des soldats, des gardes nationaux — en ont exigé la suppression, pour éviter la vente du blé hors de Douai. Certains ont même assuré que ce mode de chargement permettait aux marchands de remplir leur bateau en fraude, la nuit, sans aucun témoin. Tout le monde était d'accord : « Le blé ne doit pas sortir, nous ne voulons pas en manquer. » Il paraît que le conseil municipal a décidé de donner l'ordre à tous les propriétaires d'ôter leurs goulottes.

— C'est terrible, constata ma sœur. Depuis l'année dernière, cette crainte de manquer de pain est toujours là.

— Mais maintenant, objectai-je timidement, si ces goulottes sont supprimées, tout devrait rentrer dans l'ordre ?

— En principe oui, approuva mon beau-frère. Mais sait-on jamais ? Quand les esprits sont excités, il est parfois bien difficile de les calmer. — Il nous regarda avec tendresse. — Si vous sortez cet après-midi, soyez prudentes.

Lorsqu'il fut parti à son travail, et les deux plus grands enfants à l'école, ma sœur confia la petite Marie-Josèphe à une voisine, puis elle me prit le bras avec enthousiasme.

— Viens, allons faire nos achats. Si j'ai suffisamment d'argent, peut-être m'achèterai-je aussi un nouveau bonnet ? Qu'en penses-tu ?

Dans les rues, tout semblait calme. Pourtant, je regardais autour de moi avec un peu d'appréhension ; je me souvenais de cette journée où, avec ma mère, je m'étais trouvée au centre d'une émeute, à Cambrai. Ma nature calme répugnait à ce genre de violences. Mais je savais que ma sœur, au contraire, volontiers téméraire et de caractère belliqueux, n'hésiterait pas à prendre part à une manifestation si elle l'estimait justifiée.

Elle m'entraîna rue Saint-Jacques, dans une boutique à la

vitrine surmontée d'un cintre de pierre en anse de panier. Elle entra, se fit présenter plusieurs sortes de tissus, hésita longuement entre du basin orange et de la serge bleue.

— Qu'en penses-tu, Mathilde ?

— Prends la serge. Le basin est plus léger, c'est bon pour l'été.

— Oui, tu as raison. Nous ne serons qu'en avril.

La marchande mesura le tissu, le plia soigneusement. En sortant de la boutique, son paquet sous le bras, ma sœur me dit :

— Je crois qu'il me reste assez d'argent pour un bonnet. Allons voir rue de la Mairie. Je connais un endroit où ils sont beaux et pas trop chers.

Bras dessus bras dessous, nous avancions d'un pas rapide. Ma sœur babillait avec excitation :

— Avec cette jupe bleue, je mettrai mon juste rouge des dimanches, il est encore tout neuf. Mon mantelet ira encore, lui aussi. Et toi, Mathilde, que mettras-tu ?

Je ne répondis pas, soudain tendue. A mesure que nous approchions de la rue de Bellain, un bruit sourd, comme un grondement, nous parvenait. Je serrai le bras de ma sœur. Elle aussi avait entendu. Le visage inquiet, elle écoutait. Plus nous avancions, plus la rumeur nous arrivait distinctement. Des cris dominaient, et je pus comprendre certains d'entre eux :

— A mort !

— A la lanterne !

Je frissonnai, m'arrêtai. Sans doute y avait-il, quelque part devant nous, une manifestation, et je ne voulais pas m'y trouver mêlée.

— Il faut aller voir ce qui se passe, dit ma sœur.

— Non, Marie-Henriette, je t'en prie !

Elle me lança un regard de mépris qui me vexa.

— Ne me dis pas que tu as peur ? Allons, viens !

Je ne pus que la suivre, serrant les lèvres avec appréhension. Elle avait toujours été ainsi, hardie, intrépide, et je me souvenais que, dans notre enfance, elle entraînait mes frères derrière elle à travers bois et fourrés, pendant que moi, sur mes petites jambes, je m'efforçais de les suivre en me griffant aux ronces et en pleurant. Comme autrefois, son air décidé me fit comprendre que toute objection serait inutile. Autour de nous, les autres promeneurs faisaient de même ; ils se dirigeaient vers l'endroit d'où provenaient les cris.

D'une rue transversale, soudain, les manifestants débouchèrent. Toute une foule qui criait, vociférait, se bousculait. Je vis, pêle-mêle, des soldats, des gardes nationaux, des hommes, des femmes, des visages furieux et excités. Les premiers tenaient fermement un homme en costume de garde national qu'ils poussaient, frappaient, tiraient par les cheveux, par la veste en maints endroits déchirée, le houspillant, le huant :

— A mort ! A mort !

— Pendons-le !

— A la lanterne !

Hagard, à moitié assommé, le pauvre homme ne se défendait plus. Son visage portait la trace de nombreux coups, et je compris qu'il avait été battu. Ma sœur poussa une exclamation affolée :

— Mais c'est Jean-Pierre Derbaix ! Que veulent-ils lui faire ?

— Qui est-ce ?

— C'est un ami de Casimir, ils sont du même âge. Il tient une imprimerie, *Au missel d'or*, rue des Ecoles. Jean-Pierre... si gentil, si serviable ! Il doit s'agir d'une erreur.

Ils passaient devant nous, se poussant les uns les autres, grondant comme des fauves en colère. J'eus peur. Je tirai ma sœur par le bras.

— Viens, Marie-Henriette.

Elle se tourna vers moi avec indignation.

— Ah, non ! Il faut que je sache. Ils ne vont quand même pas le pendre !

Sans écouter mes protestations, elle m'entraîna dans la mêlée, jouant des coudes pour avancer plus vite.

— Je voudrais bien savoir ce qu'il a fait, répéta-t-elle.

Devant nous, un homme se retourna.

— Vous n'êtes pas au courant ? C'est à cause de Nicolon.

— Le marchand de grain qui habite rue du Vieux-Gouvernement ?

— Celui-là même ! Il a protesté contre les ouvriers municipaux qui abattaient les goulottes. Il paraît qu'avec ses fils il a aussi insulté les gardes nationaux. Il y a eu un attroupement, la situation s'est envenimée. Finalement, les gens qui étaient là se sont mis en colère, se sont emparés de Nicolon et après l'avoir battu l'ont traîné jusqu'à la maison commune.

— Je ne vois pas, dit ma sœur, pourquoi c'est Derbaix que l'on emmène.

— M. Bonnaire, le maire, a ordonné d'enfermer Nicolon dans la prison. Et c'est Derbaix, capitaine de la garde nationale, qui était chargé d'en surveiller l'entrée avec plusieurs de ses compagnons. Des soldats ont voulu forcer la porte. Ils se sont battus, et Derbaix a réussi à s'enfuir jusque chez Damse, qui est perruquier, rue des Blancs-Mouchons.

Ma sœur approuva de la tête.

— Oui, je le connais. Et alors ?

— Eh bien, après avoir fouillé la maison, on a retrouvé Derbaix dans le grenier. Et maintenant, on le conduit à la lanterne du Dauphin.

Le Dauphin était un édifice communal, sur la grand-place ; il devait son nom à une hôtellerie qui, autrefois, en occupait l'emplacement.

— Mais, répéta ma sœur, ils sont fous ! Il n'est pas coupable.

L'homme haussa les épaules de mauvaise grâce.

— C'est sa faute, après tout. Il a défendu Nicolon, et la fureur de la foule s'est retournée contre lui.

Excédée, ma sœur protesta :

— Il ne faisait que son devoir, puisqu'il est capitaine de la garde nationale.

L'homme lui lança un regard soupçonneux.

— Que voulez-vous que j'y fasse, moi ? Et puis, pourquoi le défendez-vous ainsi ? Allez donc leur dire ça, à eux !

D'un geste du menton, il montra la foule qui, devant nous, entraînait toujours le malheureux. Ils venaient d'arriver sur la grand-place, entouraient le réverbère situé devant le Dauphin. Les mêmes cris retentirent à nouveau, plus nombreux :

— A mort !

— A la lanterne !

Ma sœur s'affola.

— Ce n'est pas possible ! Ils ne peuvent pas le pendre, c'est un crime ! Et sa femme qui attend un enfant !

Elle fonça vers l'avant, bousculant les personnes qui barraient le passage. Je la suivis, peu rassurée, n'essayant plus de la retenir. Pourtant, je savais bien que son indignation était inutile.

Derrière elle, j'arrivai dans les premiers rangs. Les yeux écarquillés, je regardai. Des émeutiers, parmi les plus acharnés, aidés de quelques soldats, arrachaient l'habit de Derbaix. Une manche de sa veste résista. Ils tirèrent avec tant de violence, lui retournant complètement le bras, que celui-ci cassa. On entendit un craquement sourd. Le pauvre capitaine ne put retenir un cri.

Son visage était tuméfié, ses cheveux en désordre ; du sang maculait son front. Il avait un air hagard, perdu. Les gens autour de moi me heurtaient, m'écrasaient, criaient avec une haine qui me faisait peur.

Deux hommes descendirent la lanterne ; un autre s'approcha de Derbaix et lui mit une corde autour du cou. Le malheureux, de son bras valide, fit un geste pour la retirer. Il reçut plusieurs coups en échange. Cette scène était si odieuse qu'oubliant ma peur, à mon tour je m'insurgeai. Près de moi, un garde national observait et ne bougeait pas. Plusieurs de ses camarades, plus loin, restaient eux aussi impassibles. Je ne pus m'empêcher de lui dire :

— C'est votre capitaine. Pourquoi ne le défendez-vous pas ?

Sous le regard torve et menaçant dont il me toisa, je regrettai ma question. Mais ma sœur, à son tour, s'avança.

— Laissez-le ! hurla-t-elle plus fort que les autres qui, excités par la vue de la corde, scandaient de plus belle : « A mort ! A mort ! » Libérez-le, il est innocent. Je le connais, c'est un brave homme !

Quelques protestations identiques, çà et là, lui firent écho :

— Relâchez-le !

— C'est vrai, il n'a rien fait.

— C'est un bon citoyen, ce n'est pas lui le coupable.

Elles furent aussitôt couvertes par des huées et des sifflements. Devant nous, un soldat se retourna, se pencha vers nous avec une expression féroce, nous envoyant dans la figure une haleine chargée d'alcool :

— Vous le défendez ? Vous voulez donc connaître le même sort ?

De ses mains tendues, il fit mine d'entourer le cou de ma sœur. Celle-ci recula, effrayée. Le soldat ricana méchamment.

— On est moins fière, hein ? On a peur d'avoir la corde autour de son joli cou ?

L'impuissance mit des larmes dans les yeux de ma sœur. Je vis plusieurs manifestants tirer Derbaix vers la lanterne. Des femmes crièrent :

— Non ! Non !

Un officier d'artillerie s'élança, seul. De son sabre, il essaya de couper la corde. Mais il fut repoussé, roué de coups, accablé d'injures. Plusieurs soldats remontèrent la lanterne, et le corps du malheureux Derbaix se balança dans le vide, agité de soubresauts. Sa bouche s'ouvrit, son visage devint violacé. Une nausée me tordit l'estomac. Je fermai les yeux pour ne plus le voir. Sur mes jambes soudain devenues faibles, je chancelai.

Une vocifération unanime parcourut la foule, saluant la mort de Derbaix. Je regardai de nouveau, et je vis qu'on le descendait. Je sentis des larmes couler sur mes joues. Ma sœur s'accrocha à moi en sanglotant.

— Mathilde, c'est horrible, ce sont des monstres. Vois donc ce qu'ils lui font maintenant !

Sur le cadavre, plusieurs soldats s'acharnaient. L'un d'eux lui planta son épée dans la poitrine, d'autres lui donnèrent des coups de pied, d'autres encore le percèrent de leur baïonnette. Celui qui nous avait menacées s'avança, avec son sabre lui ouvrit le ventre, y plongea la lame avec laquelle il retira des entrailles, qu'il montra d'un geste circulaire. Je poussai un cri d'horreur. Ma sœur cacha son visage dans ses mains.

— Viens, Marie-Henriette, dis-je d'une voix tremblante. Je t'en supplie, partons d'ici.

Je la pris par le bras et, avec difficulté, je réussis à nous frayer un chemin vers l'extérieur. Quelques femmes, le visage livide, nous imitaient. Mais la plupart des manifestants rejoignaient les soldats autour du cadavre. Dans un dernier regard, je vis qu'ils arrachaient ses vêtements, s'en allaient en le traînant, entièrement nu, et en criant à tue-tête : « Vive la nation ! » Les soldats, hilares, brandissaient leur chapeau au bout de leur baïonnette. Une nausée de nouveau me secoua, mon estomac se révulsa ; je crus que j'allais vomir là, sur la place. En respirant à fond plusieurs fois, je parvins à chasser le malaise qui m'inondait d'une sueur froide.

— Vite, dit ma sœur d'une voix faible. Rentrons, je ne me sens pas bien.

Il nous fallut un bon moment pour nous remettre. Ma sœur, en état de choc, secouait la tête et répétait sans cesse :

— Pauvre Jean-Pierre ! Pendre ainsi un innocent et s'acharner sur lui de cette façon... Nous sommes entourés de fous dangereux. Mathilde, qu'allons-nous devenir ?

Moi non plus, je ne parvenais pas à ôter de mon esprit la scène horrible. Des images revenaient, s'imposaient avec force : le visage du malheureux, son expression égarée quand on lui avait passé la corde autour du cou, les rictus de haine de ses bourreaux, et l'espèce de plaisir morbide qu'ils avaient pris, ensuite, à le percer de coups et à le traîner dans les rues comme s'il s'agissait d'une victoire, alors qu'ils avaient été pires que des bêtes sauvages. Ma sœur avait raison : voir des gens agir de cette façon n'était guère rassurant pour l'avenir.

— Quand je vais raconter ça à Casimir, se lamentait-elle. Jean-Pierre était son ami, il l'aimait bien...

Elle jeta un regard au paquet de serge bleue qui gisait dans un coin.

— Je ne pourrai jamais me faire cette jupe. Chaque fois que je verrai ce tissu, je repenserai à ce qui s'est passé.

Les enfants, qui rentraient de l'école, nous changèrent heureusement les idées. Je regardai leurs joues roses, leurs yeux candides, et leur innocence me fit du bien.

Lorsque je repartis, je fis le trajet du retour avec Edmond. Il avait le même âge que ma sœur, habitait notre village et travaillait à Douai. Je le connaissais depuis toujours. Il s'était marié l'année précédente et sa femme, tout récemment, avait mis au monde une petite fille. Il était garçon coiffeur chez le perruquier où, justement, Derbaix avait voulu se réfugier dans l'après-midi. Je ne pus m'empêcher de l'interroger.

— C'est arrivé d'un seul coup, raconta-t-il. Nous travaillions tranquillement lorsque Derbaix est entré, complètement affolé. « Ils sont tous après moi, a-t-il dit. Vite, il faut me cacher. » Mon patron est resté calme et n'a pas hésité : « Va dans le grenier. Je dirai que je ne t'ai pas vu. » A peine était-il monté qu'ils sont entrés, furieux. « Il est ici, nous savons qu'il est ici ! Où se cache-t-il ? » Nous avons essayé de protester, mais ils nous ont bousculés, sont allés partout, ont tout fouillé. Ils l'ont retrouvé dans le grenier. Ils l'ont battu, et les cris du malheureux nous ont fait frémir. Quelques-uns l'avaient saisi et s'apprêtaient à le lancer par la fenêtre, mais les autres ont protesté : « Non ! Il faut le pendre ! A la lanterne ! » Alors ils l'ont emmené, sans que maître Damse et moi n'ayons rien pu faire. Et tout ça devant une bonne cinquantaine de gardes nationaux ! C'est encore une belle invention ! Ils sont là pour maintenir l'ordre, et pas un n'a levé le petit doigt pour porter secours à leur compagnon. C'est révoltant, des choses pareilles !

A mon tour, je racontai ce que j'avais vu, butant sur les mots :

— Comment des hommes peuvent-ils agir ainsi envers l'un de leurs semblables, innocent en plus ?

— Je suppose qu'ils étaient fous furieux. Ils ont peur de manquer de grain, ils en perdent la raison. Ils se sont excités progressivement, et leur colère s'est fixée sur Nicolon. Comme il a été mis en prison, ils se sont sentis frustrés dans leur désir de vengeance. C'est ainsi qu'ils ont tourné leur rage contre Derbaix. Il leur fallait une victime, et ce fut lui.

— Mais c'est injuste, il n'avait rien fait !

— Ils étaient bien trop aveuglés pour s'en rendre compte. Ils se sont emparés de lui parce qu'il leur défendait l'accès de la prison. C'eût été un autre, il aurait également fait l'affaire.

Lorsque je fis le même récit chez moi, je vis sur les visages de mes parents et de mes frères la stupéfaction, l'incrédulité, l'horreur. Leur nature calme et posée ne parvenait pas à imaginer une telle violence, une telle cruauté. L'agitation de Sylvain Busquet paraissait, en comparaison, bien innocente.

— C'est effrayant, déclara ma mère. Rappelle-toi, Mathilde, ce qui s'est passé il y a deux ans à Cambrai. Nous avions déjà eu peur. Mais ils n'avaient fait que piller et lancer des pierres dans les vitres. Maintenant, ils ont tué un homme !

Ils sont de plus en plus dangereux. Et cette folie meurtrière, quand s'arrêtera-t-elle ?

Je la regardai sans répondre, tandis qu'une désagréable impression faisait courir un frisson le long de mon dos, le sentiment que ma mère ne se trompait pas et que des scènes comme celle-là n'étaient que les prémices d'un bouleversement encore plus grand.

Ils recommencèrent le surlendemain. Malgré les patrouilles qui sillonnaient les rues, les émeutiers se regroupèrent. Avec des gardes nationaux, ils se rendirent à la prison et réclamèrent Nicolon. « Nicolon est coupable, il doit périr. » « Allons le pendre ! » Malgré la troupe qui en défendait l'entrée, ils réussirent à enfoncer la porte, entraînèrent le pauvre négociant déjà presque agonisant à la suite des coups reçus l'avant-veille. Devant le Dauphin, ils lui passèrent la corde au cou, l'élevèrent et le firent danser comme un pantin au bout d'une ficelle, au milieu des acclamations de la foule, tandis que des gardes nationaux, sur leur tambour, jouaient le *Ah ça ira*. A la fin, la corde cassa. Les soldats, malgré tout, protégèrent le corps de la fureur des émeutiers et le firent transporter à l'Oratoire.

En apprenant ces deux meurtres, l'Assemblée nationale accusa la municipalité d'incapacité et lança un ordre d'arrestation. Le maire et ses collègues s'enfuirent à Tournai ; par ordre de l'Assemblée, huit commissaires furent nommés par le directoire du département du Nord afin de les remplacer. Quant aux soldats, les régiments compromis dans l'émeute furent eux aussi remplacés. La ville de Douai, épouvantée par l'horreur des scènes produites, sembla se replier sur elle-même. Et, pour un moment, le calme revint.

2

Indifférent à la sauvagerie des hommes, le printemps petit à petit mettait dans l'air une douceur nouvelle, poudrait de vert les arbres et les buissons, ramenait le chant agréable des merles. Le lilas qui se trouvait dans la cour de notre ferme offrait ses bourgeons tendres et vernissés. Chaque jour, je les observais, notant la façon dont ils s'ouvraient progressivement. Je les prenais entre mes doigts, séparais délicatement les feuilles fragiles, serrées les unes contre les autres. Je découvrais qu'elles cachaient soigneusement, comme une promesse, de minuscules grappes vert pâle qui deviendraient ces fleurs odorantes, d'un blanc neigeux, que j'aimais respirer.

Notre village, lui aussi, semblait calme. Même Sylvain Busquet se tenait tranquille. Mais c'était un calme qui ne me rassurait pas, comme si je sentais, tout au fond de moi, qu'il n'allait pas durer. Notre curé disait encore les messes, faisait les baptêmes et les enterrements ; mais nous savions qu'il ne pourrait continuer bien longtemps, puisqu'il avait refusé de prêter serment. Il faisait partie des prêtres réfractaires, contrairement aux constitutionnels, ceux qui s'étaient soumis. Ceux-là seuls avaient le droit d'exercer, et on nous avait annoncé que l'un d'eux viendrait s'installer dans notre paroisse ; mais nous n'en voulions pas. Cependant, nous étions conscients que chaque journée n'était qu'un nouveau sursis. Quant au comte, nous ne le voyions pratiquement plus. C'est à peine si j'apercevais Adrien de loin en loin, quelquefois. Cela me convenait tout à fait. Lorsque la comtesse Adélaïde me faisait appeler pour un travail de couture, elle me parlait très peu. Se méfiait-elle de moi ? Je n'interrogeais pas, bien entendu, me contentant de faire ce qu'elle m'ordonnait. Je constatais, pourtant, qu'elle n'avait plus cet air insouciant que je lui avais toujours vu.

Et moi, je m'intéressais à Blaise. J'aimais les rares fois où ses yeux croisaient les miens. J'avais l'impression alors de plonger dans une source rafraîchissante, et je me sentais bien, épanouie, heureuse sans raison. Lorsque je lui parlais, il semblait toujours se replier sur lui-même, et j'attendais l'occasion qui me permettrait de lui faire comprendre, une fois pour toutes, combien son visage brûlé m'importait peu.

Un jour du mois d'avril, j'allai avec ma mère et mon frère François à Cambrai, chez ma tante Séraphine. Nous lui apportions des provisions — lait, beurre, œufs, farine — pour le repas qui aurait lieu bientôt, à l'occasion de la communion de Gabrielle.

La ville paraissait calme, et cela nous tranquillisa un peu. C'était toujours avec un sentiment de crainte, maintenant, que nous allions à Douai ou à Cambrai. Alors que nous traversions la grand-place, une femme nous croisa. Pâle, habillée de noir, elle marchait la tête baissée et ne nous vit pas. Je la reconnus tout de suite.

— Avez-vous vu ? dis-je à ma mère. C'est Thérèse.

Ma mère se retourna, observa un instant la frêle silhouette qui s'éloignait. Son regard s'emplit de pitié.

— Thérèse, la filleule de Séraphine ? Elle est en deuil. Que s'est-il passé ?

Chez ma tante, ma mère lui posa la question. Mon frère François intervint :

— Je vais vous laisser discuter entre femmes, et rejoindre oncle Aimé dans sa boutique. Je dois lui demander de me couper les cheveux. Il faut que je sois beau pour la communion de ma cousine, n'est-ce pas ?

Il sortit. Ma tante rangea les provisions, nous inondant de remerciements affectueux.

— Je ferai de la tarte. Nous ne serons pas nombreux — juste la famille — mais le repas sera bon ; c'est mon unique fille. Et puis, c'est une chance qu'elle puisse faire sa communion avec l'abbé Férez. Il a refusé de prêter serment, comme bien d'autres. Il va certainement être obligé de partir. Un homme si dévoué, que nous admirons tous ! Il a prédit, dans un de ses sermons, que les autels seraient renversés et que les prêtres seraient mis à mort ou obligés de s'exiler. Il a assuré aussi que le sang coulerait jusque « sur le seuil de nos maisons ». Cela, bien entendu, nous a inquiétés. Les hommes du club des Jacobins s'acharnent contre lui. Un jour, en pleine messe, plusieurs d'entre eux ont envahi l'église et ont tiré en l'air, semant la panique. Heureusement, quelques officiers sont intervenus et ont réussi à ramener le calme. Mais que veulent donc ces Jacobins ? Il paraît qu'ils ont protesté contre la sonnerie des cloches et l'usage de l'encens. Ne peut-on laisser les curés faire leur travail en paix ? Je ne sais pas si l'abbé Férez a raison, mais je crois que l'avenir est bien sombre. Quoi qu'il en soit, j'espère que la communion de Gabrielle se passera bien. On va finir par avoir peur de tout, si ça continue !

— Qu'est-il arrivé à Thérèse ? reprit ma mère. Nous l'avons croisée en venant ici.

Ma tante soupira.

— Thérèse a perdu son mari.

— Que s'est-il donc passé ?

Ma tante secoua la tête avec désapprobation.

— Il a recommencé. Mardi dernier, il a entraîné tous ses camarades et les ouvriers de l'atelier de charité à l'hôtel commun [1], pour réclamer une augmentation de salaire et deux heures de travail en moins par jour. Ils étaient environ deux cents, armés de pelles, de pioches, de boulons de fer qu'ils avaient arrachés aux roues de leurs brouettes. Ils ont envahi le vestibule, et Noël a réussi à se faire introduire devant le conseil général de la commune. Pendant qu'il parlementait, la troupe et la garde nationale, appelées à l'aide, sont arrivées. Des dragons, puis la milice, sont venus à la rescousse. Les émeutiers ont pris peur et se sont dispersés. Noël, lui, a été arrêté et conduit à la prison.

— Pauvre Thérèse ! intervint ma mère. J'imagine ce qu'elle a pu ressentir.

— Ce n'est pas fini ! Avec l'aide de quelques-uns de ses compagnons, il a réussi à s'évader. Il est allé, m'a dit Thérèse, se réfugier chez son beau-père ; son domicile était surveillé. Il a décidé de partir le soir même chez un oncle, dans un village à quelques lieues de Cambrai. Il a embrassé sa femme et son fils, et il est sorti. C'était la dernière fois que Thérèse le voyait.

— Des soldats ont tiré sur lui ?

— Non, pas du tout. Il avait prévu de sortir par la porte Notre-Dame, mais elle était déjà fermée. Alors il est revenu sur le rempart, a franchi le parapet, descendu le talus extérieur pour arriver au pont-levis. Il espérait sans doute l'atteindre à l'aide des chaînes, puis traverser les fortifications et gagner la campagne. Mais une pluie fine rendait le talus glissant. On

1. Hôtel commun, maison commune : on appelait ainsi l'hôtel de ville.

suppose qu'il a perdu l'équilibre. Il est tombé dans le fossé profond et il s'est noyé. On l'a retrouvé le lendemain.

— Mon Dieu, pauvre Thérèse, répéta ma mère. Elle reste seule, avec son petit garçon. Que va-t-elle devenir ?

— Elle va quitter sa mansarde de la rue Cantimpré et retourner chez son père. Elle n'a plus que lui, sa mère est morte depuis longtemps. Que peut-elle faire d'autre ?

— Se retrouver veuve, à son âge... Elle est encore si jeune !

— Elle paie très cher l'erreur qu'elle a faite en épousant un homme qui ne valait rien. J'essaie de l'aider, du mieux que je peux. Mais les temps sont si durs. Son père est portefaix, il n'est pas riche non plus, sans compter qu'il ne rajeunit pas. Surtout, j'essaie de la réconforter, malgré tout elle l'aimait, son Noël.

Je pensais, moi, à Blaise. Avec lui, je savais que je choisissais bien : il était sûr, solide, loyal, courageux. Il l'avait prouvé lorsqu'il avait sauvé le petit Philibert de la noyade. Je me faisais de plus en plus à l'idée qu'il serait mon mari, et je commençais à avoir l'impression que je ne lui étais pas indifférente, bien qu'il n'en laissât rien voir. C'était une intuition et j'étais moi-même surprise du plaisir qu'elle me procurait.

Lorsque mon frère François revint, les cheveux lavés et coupés, nous prîmes congé, nous donnant rendez-vous pour le jour de la communion, heureux à la perspective de nous retrouver en famille tout un dimanche.

Tout avait bien commencé. Tôt le matin, mon père avait attelé la carriole, et nous étions arrivés joyeux, endimanchés, avec un cadeau pour Gabrielle — une croix en or qu'offrit le parrain, mon frère Nicolas. L'enfant fut ravie. Elle passa le bijou autour de son cou, s'admira longuement. Toute de blanc vêtue, elle était très jolie. Ma sœur portait une jupe que je lui avais déjà vue ; je savais qu'elle n'avait pas eu le courage de toucher au tissu bleu qui lui rappelait un souvenir atroce. Ses enfants regardaient avec des yeux brillants de convoitise la longue table où s'alignaient assiettes et couverts, pensant déjà au bon repas et aux desserts qui nous attendaient.

L'heure de la messe approchait et nous partîmes d'un pas

allègre, bavardant gaiement. Beaucoup de gens, comme nous, se dirigeaient vers l'église de Sainte-Croix, accompagnant des enfants en habits de communiants. Dans l'air vif du matin, les cloches sonnaient, un soleil chaleureux brillait, participant à la fête, provoquant un enthousiasme contagieux. Nous nous sentions en harmonie avec cette belle journée, et des sourires heureux fleurissaient sur tous les visages.

Comme nous arrivions à l'église, ma tante fronça les sourcils.

— Que font-ils donc, ceux-là ? Regarde, Aimé.

Dans le cimetière situé en face, un attroupement se formait. Je jetai un coup d'œil et je compris tout de suite. Des hommes, des femmes, bien différents de ceux qui se rendaient à la messe, arboraient une mine menaçante. En un éclair, je revis les émeutes précédentes. L'angoisse s'empara de moi. Instinctivement, je me rapprochai de mes frères.

— Ce sont encore ces Jacobins, dit mon oncle Aimé d'une voix brève. Ne peuvent-ils nous laisser en paix, au moins aujourd'hui ?

— Au contraire, grommela ma tante, ils le font exprès. Et là, devant eux, n'est-ce pas Fénaux, le boucher ?

Au premier rang de l'attroupement, en effet, un homme paradait. Les manches retroussées sur des avant-bras formidables, il brandissait un battoir de boucher. Je vis alors que les autres, eux aussi, s'étaient munis de projectiles divers. Ils criaient tous, insultaient les gens et les communiants qui passaient devant eux.

— A bas les fanatiques !

— A bas les calotins !

— Férez ! Où est-il ?

— Qu'il vienne ! hurlait le gros homme, dominant la voix de ses compagnons. Qu'il vienne donc, s'il l'ose ! Et vous verrez, mes amis, je vous donnerai de la chair de curé en pâté !

Je lui lançai un regard de dégoût. Mon oncle Aimé nous poussa vers l'église.

— Oui, c'est bien Fénaux. Parmi les révolutionnaires, il est l'un des pires. Ne restons pas là, entrons.

A l'intérieur, de chaque côté de la nef, les gens s'installaient. Gabrielle alla rejoindre les communiantes, à l'avant. Avec ma sœur, je suivis ma tante et ma mère, tandis que les hommes allaient se placer de l'autre côté. Les enfants de chœur allumaient les cierges, préparaient le nécessaire pour la messe. L'église peu à peu se remplissait. Parfois, se mêlant au son des cloches, des vociférations nous arrivaient par vagues furieuses :

— A bas Férez !

— Férez ! Férez ! Où est-il donc ?

Venant de la sacristie, un prêtre apparut dans le chœur. J'aimai tout de suite son visage doux, sa physionomie affable et souriante, son regard vif et décidé. Comme nous, il avait entendu les cris. Il s'avança vers l'allée centrale. Ma tante se pencha vers nous :

— C'est l'abbé Férez, souffla-t-elle.

— Mes chers amis, annonça-t-il d'une voix forte, je suis certain que vous souhaitez, comme moi, pouvoir prier dans le calme. Je crois bien que, là-dehors, certaines personnes voudraient qu'il en soit autrement. Je ne peux pas accepter que l'on manque ainsi de respect à la maison du Seigneur. Je vais aller leur parler.

D'un pas ferme, il se dirigea vers le portail. Des cris nous parvinrent à nouveau, plus violents. Un homme sortit des rangs, s'arrêta devant l'abbé.

— Monsieur le curé, n'y allez pas. Ils vont vous tuer.

L'abbé sourit :

— Mes amis, laissez-moi. Ne craignez rien.

Une femme intervint :

— Je vous en prie, monsieur le curé, écoutez-nous ; nous ne tenons pas à ce que vous soyez écharpé !

Les cris continuaient, plus proches maintenant :

— Férez ! Férez !

Le vieil homme lissa sa soutane, redressa sa haute taille.

— N'entendez-vous pas ? Ils m'appellent. Ils sont devant l'entrée, je dois y aller. N'ayez pas peur. Priez, pendant ce temps. Notre Seigneur Jésus-Christ n'a-t-il pas, lui aussi, affronté ses bourreaux ?

Il se remit à marcher vers le portail grand ouvert, où se pressait une foule grondante. En le voyant arriver, ils redoublèrent de fureur et de rage, tandis que le dénommé Fénaux ricanait odieusement :

— De la chair à pâté !

Dans la nef, l'homme qui s'était interposé fit signe aux autres.

— Venez, suivons-le. Nous le protégerons.

Il fut aussitôt approuvé. Derrière l'abbé, dans un élan unanime, tous les occupants de l'église se groupèrent. Ma tante nous poussa.

— Allons-y aussi.

Prises dans le flot, nous suivîmes. Je n'étais pas rassurée. J'apercevais dehors, au-delà des hommes qui me précédaient, les faces grimaçantes des émeutiers, et parmi elles le visage rougeaud et haineux du boucher. L'abbé Férez alla jusqu'à eux, s'arrêta. Nous tous, derrière, nous nous taisions et attendions, l'oreille tendue. Peu à peu, le silence se fit. Puis la voix du curé nous parvint :

— Pourquoi cette colère ? disait-il. Vous êtes tous des enfants de Dieu et, à ce titre, vous êtes mes enfants. Je vous suis entièrement dévoué. Je vous demande de ne pas vous laisser aller à une violence qui ne peut être que néfaste. Avez-vous oublié ce que l'on vous a appris ? Vous devriez pourtant toujours y penser, et l'appliquer sans cesse, jour après jour : « Aimez-vous les uns les autres... »

Un flottement se faisait parmi les enragés. Je me haussai sur la pointe des pieds, j'essayai de voir. Quelques-uns paraissaient confus, d'autres abandonnaient leurs projectiles. Le boucher rugit :

— Vous n'allez quand même pas vous laisser prendre à ses paroles ?

L'abbé Férez avança de quelques pas, lui fit face.

— Si vous êtes venu pour frapper, allez-y. Prenez-moi comme victime. Je donne volontiers ma vie pour le salut de mes paroissiens. Mais laissez-les en paix, eux et leurs enfants. C'est aujourd'hui le jour de leur première communion. Pourquoi leur gâcher ce moment ? Avez-vous donc oublié la vôtre ?

Plusieurs voix grommelèrent :

— Allons, viens, Fénaux. Laissons-les.

Et ils commencèrent à se disperser, n'écoutant plus les protestations furieuses du boucher, qui finit par lancer haineusement :

— Vous ne perdez rien pour attendre, espèce de calotin ! Ce n'est que partie remise ! On finira bien par vous avoir !

Un mouvement, dans les rangs qui nous précédaient, nous fit reculer. L'abbé Férez revenait. Il passa au milieu de nous, souriant aux félicitations, hochant doucement la tête :

— Merci, mes chers enfants. Veuillez regagner vos places, maintenant. Nous allons pouvoir commencer.

Je poussai un soupir de soulagement, regardant le vieux curé avec admiration. Grâce à lui, le danger semblait être écarté. Comment donc avait-il fait pour tenir tête à cette foule en colère, et réussir à la disperser ?

La messe se déroula normalement. A la sortie, nous eûmes un instant de crainte. Mais les émeutiers étaient partis, et nous pûmes rentrer tranquillement. Cela nous fit du bien de nous retrouver tous ensemble, dans une chaude atmosphère familiale, après la peur et la contrariété que nous avions éprouvées.

Nous fîmes honneur au repas, tout en écoutant les hommes discuter de la situation et des événements.

— Nous finissons par ne plus savoir où nous allons, disait mon oncle Aimé. Il n'y a plus aucun ordre, ce ne sont que troubles, attaques, émeutes. Cette révolution a assez duré, à mon avis. Il faudrait y mettre fin une fois pour toutes.

— Mais comment ? objecta mon père. Le roi ne gouverne plus, on dit qu'il n'a pas l'autorité nécessaire. Ces messieurs de l'Assemblée nationale veulent peut-être bien faire, mais moi je dis que leurs décisions sèment la pagaille.

Mon oncle approuva d'un hochement de tête.

— Tu n'as pas tort, Jean-Baptiste. Je leur reproche, moi, de ne pas penser aux conséquences de leurs actes. Ainsi, par exemple, ils confisquent les biens du clergé ; à Cambrai, comme ailleurs, ils ont supprimé les chapitres de chanoines. Seulement, tous les ans, les chanoines de Notre-Dame accordaient aux sœurs de charité six à sept cents rasières de blé à distribuer aux pauvres. Cela n'a plus lieu, maintenant, ce qui augmente le nombre des affamés. C'est peut-être aussi la cause de ces émeutes qui n'en finissent pas.

— Je crois, dit mon beau-frère qui était royaliste, que la situation va s'aggraver. Mirabeau vient de mourir, et sa mort n'arrangera pas les choses. Lui, au moins, essayait de maintenir la royauté. Maintenant qu'il n'est plus là, je prévois des jours difficiles, je plains notre bon Louis XVI.

— Des jours difficiles, me dit ma sœur, nous en avons eu assez. Je n'arrive pas à oublier cette émeute. Je revois toujours le visage de ce pauvre Jean-Pierre. Cela a horrifié une bonne partie des habitants de Douai. Dans les jours qui ont suivi, plus personne n'osait sortir, les rues étaient pratiquement vides. On ne s'aventurait hors de chez soi que lorsque c'était vraiment indispensable.

Ma tante apporta plusieurs tartes qu'elle posa sur la table, à la grande joie des enfants.

— Goûtez donc ceci, et oubliez tous ces problèmes pour quelques instants.

Ils obéirent, mais reprirent leur discussion dès la fin du repas. Après avoir desservi, nous les femmes avons fait la vaisselle, tandis que les enfants jouaient sagement dans la chambre de Gabrielle. Puis l'heure des vêpres nous ramena, de nouveau, à l'église. Nous ne vîmes plus aucun manifestant, et la cérémonie ne fut pas troublée. A la fin, alors que nous sortions, l'abbé Férez vint parmi ses paroissiens, serra la main des parents, caressa la joue des filles et des garçons qui se pressaient autour de lui. Je pus voir combien il était aimé. Il se pencha vers Gabrielle, lui sourit.

— C'était un beau jour, n'est-ce pas, mon enfant ? Remercie Notre Seigneur, et ne l'oublie jamais, quoi qu'il arrive.

Rose d'émoi, ma petite cousine acquiesça. Il se détourna pour parler à d'autres. Ma tante le regarda avec sympathie et regret.

— Comment accepter sans révolte qu'il nous soit enlevé ? Ça fait trente ans qu'il est parmi nous.

Jamais, jusqu'ici, nous n'avions été confrontés à une telle épreuve. Nous en revenions toujours à la même question : pourquoi voulait-on nous enlever notre curé ? Nous ne parvenions pas à trouver de réponse satisfaisante. Mais une chose était certaine, nous n'étions pas d'accord. Je pensai aux paroles de mon oncle Aimé : « Ils agissent sans réfléchir aux conséquences. » Je trouvais cela tout à fait vrai. Comment accepter de telles décisions sans protester ? Malgré notre nature placide, je savais que, pour conserver le curé que nous aimions, nous serions bien capables, nous aussi, de nous révolter.

Le mois d'avril avait ramené des journées plus longues et plus chaudes. Jean-Marie, notre petit voisin, cueillait sur les talus des primevères qu'il m'apportait avec un sourire.

— C'est pour toi, Mathilde, des coucous. Je sais que tu les aimes.

Je l'embrassais pour le remercier. Je prenais le bouquet doré, que je plaçais tout de suite dans une cruche remplie d'eau. L'enfant retournait bien vite auprès de son père. Lorsque le temps était beau, Gaston s'installait à la porte de son atelier, une paire de sabots sur les genoux, qu'il creusait et finissait avec un ciseau spécial. Avec le printemps, il toussait moins, mais Pierre-Antoine, lorsqu'il venait le voir, prenait un air soucieux. Il lui conseillait de se mettre au soleil le plus souvent possible.

Un après-midi, vers la fin du mois, Blaise vint rapporter la brouette que mon père lui avait donnée à réparer. J'étais seule à la maison. Mon père et mes frères travaillaient aux champs, ma mère était allée acheter du sucre à l'épicerie qui jouxtait le cabaret d'Ignace. Je me trouvais dans la cour lorsqu'il arriva. Penchée sur le puits, je venais de retirer un seau d'eau. Je m'apprêtais à le soulever, mais, en voyant Blaise, je ne sais ce qui se passa. Troublée sans doute, je fis un faux mouvement, trébuchai, faillis tomber. En un éclair, il fut près de moi.

— Attends, c'est trop lourd pour toi. Je vais t'aider. Faut-il le porter dans la maison ?

— Je... euh... oui.

Il prit le lourd récipient sans difficulté. J'admirai sa force, sa haute taille, ses larges épaules. Il surprit mon regard, détourna la tête avec gêne. Le sot ! pensai-je avec tendresse, le grand sot ! Je le suivis à l'intérieur. Il posa le seau près de l'âtre, s'essuya les mains à son pantalon.

— Je vais partir maintenant. Faut-il mettre la brouette dans la grange ?

— Oui, c'est sa place habituelle. Attends, je vais avec toi.

Dans la grange obscure, une timidité inconnue me saisit. Blaise rangea la brouette, évitant de me regarder. Je m'éclaircis la gorge.

— Dis-moi, Blaise, n'est-ce pas ton anniversaire aujourd'hui ?

Il me lança un coup d'œil circonspect.

— Oui, c'est vrai.

Une impulsion me poussa vers lui. Je me haussai sur la pointe des pieds, posai un baiser sur la joue tournée vers moi — la joue intacte. Il sursauta, rougit, recula.

— Bon anniversaire, Blaise.

— Euh... merci.

— Quel âge as-tu maintenant ? Le même âge que Nicolas, je crois ? Vingt-six ans ?

— Oui, nous sommes nés la même année.

Il me faisait face, dans la semi-obscurité. La rougeur lentement s'effaçait de son visage. Une hardiesse subite me fit insister :

— Et tu ne penses pas à te marier, dis-moi ?

Il se figea, comme si j'avais dit une incongruité. Je vis dans ses yeux que je l'avais blessé. Une expression amère tordit sa bouche.

— Ne te moque pas de moi, s'il te plaît. Tu sais très bien que je ne me marierai jamais.

Je m'efforçai de prendre un ton léger, bien que mon cœur battît sourdement.

— Ah non ? Et pourquoi donc ?

Il me fixa un instant sans répondre, puis tourna délibérément vers moi sa joue brûlée.

— Et ça ? N'est-ce pas une raison suffisante ?

Je ne pus m'empêcher de sourire.

— Blaise, tu es bête ! On n'y fait même plus attention, je t'assure.

Avec une sorte de hargne, il riposta :

— C'est ton avis, mais ce n'est pas le mien. Tu ne sais pas, toi, combien j'en ai souffert. Dans mon enfance, déjà, lorsque les autres me rejetaient... Il y avait des moments où je ne pouvais plus supporter les regards apitoyés. Et après, ça a été encore pire, lorsque j'ai commencé à grandir et que j'ai vu les filles se détourner de moi avec dégoût.

— Tu te fais des idées.

— Mais non ! reprit-il violemment. Je m'en aperçois bien moi-même, chaque matin quand je me rase. Comment pourrais-je imposer à une femme la vue d'un tel visage, jour après jour ? Et n'essaie pas de me dire que j'ai tort. J'ai suffisamment entendu Noémie clamer partout que ma figure brûlée lui faisait peur.

Je protestai avec force :

— Noémie est une idiote. Et toi, tu es un sot de la croire. Elle est la seule à raisonner ainsi. Prends Pauline, par exemple. Elle t'aime bien et elle t'admire, surtout depuis que tu as repêché son petit frère dans le fossé.

Un léger sourire détendit ses traits, son regard se perdit dans le vague.

— Pauline... Oui, elle est mignonne et gentille...

Je fus surprise de ressentir la pointe aiguë d'une jalousie brûlante. Je dis, très vite :

— Moi aussi, tu sais, je pense comme elle.

Ses yeux revinrent à moi, s'emplirent de doute ; son visage se ferma. Il se détourna.

— Laisse-moi, Mathilde. Je ne supporte pas la pitié, je te l'ai déjà dit.

— Mais, Blaise, ce n'est pas de la pitié !

La voix de ma mère, dehors, arriva jusqu'à nous :

— Mathilde, où es-tu ?

Blaise se dirigea vers la porte.

— Viens, dit-il, ta mère te cherche.

Il partit comme on fuit, me laissant là. Je l'entendis parler à ma mère, pendant qu'au fond de moi une résolution grandissait : si je me mariais un jour, je voulais que ce fût avec lui. Je me promis d'y arriver, coûte que coûte.

3

La persécution religieuse continuait. Ma sœur nous apprit qu'à Douai, le nombre des paroisses avait été réduit de six à trois. Les églises Notre-Dame, Saint-Albin et Saint-Nicolas étaient supprimées ; seules restaient Saint-Jacques, Saint-Pierre et Saint-Amé.

— Et, bien sûr, nous n'avons plus notre curé. C'était le chanoine Breuwart, mais il a refusé de prêter serment. Alors ils l'ont remplacé par l'abbé Plumecocq qui, lui, est assermenté. Il était curé de Saint-Albin, mais comme Saint-Albin a été supprimée... Depuis son arrivée, je ne vais plus à la messe de bon cœur, et de nombreuses personnes font comme moi. On n'aime pas beaucoup les prêtres constitutionnels, d'autant plus que le pape ne les approuve pas.

C'était vrai. Pie VI avait condamné, au mois de mars, la Constitution civile du clergé comme hérétique. Il venait de frapper de censure ses adhérents, tout en exhortant les fidèles à supporter courageusement les persécutions qu'ils ne manqueraient pas de subir. Notre curé l'avait annoncé du haut de sa chaire, lors d'un sermon, disant que c'était là une preuve qu'il avait bien agi. Mais, bien entendu, lui non plus ne fut pas épargné.

Un matin du mois de mai, la cloche de l'église nous appela tous sur la place. Pierre-Antoine nous y attendait, l'air grave et triste, un papier dans les mains. Lorsque nous fûmes réunis autour de lui, il leva le bras pour nous faire taire.

— Mes amis, je dois vous lire un avis que je viens de recevoir. — Il se tourna vers l'abbé Souliez. — Il vous concerne, monsieur le curé : vous devez libérer le presbytère pour lundi prochain, afin de permettre l'installation de l'abbé Daubère, prêtre assermenté, qui viendra vous remplacer. C'est lui qui, à partir de cette date, assurera le service du culte dans notre village. Je suis désolé, monsieur le curé, mais ce sont les ordres.

Le silence devint pesant. Nous étions tous abasourdis. Nous savions qu'une telle chose allait arriver ; pourtant, elle nous surprenait et, surtout, nous révoltait par son injustice. Une fugitive expression de souffrance crispa le visage de l'abbé Souliez, mais il se reprit bien vite. Il eut un sourire résigné, leva vers Pierre-Antoine son regard limpide.

— Ne t'inquiète pas, mon enfant, j'obéirai. C'est dur d'être chassé ainsi de ce lieu où j'ai toujours vécu, mais nous devons accepter sans révolte les épreuves que Dieu nous envoie.

Joséphine, la femme d'Ignace le cabaretier, réagit la première :

— Mais nous n'allons pas laisser faire ça ! Qu'en pensez-vous, vous autres ?

Des répliques jaillirent, se groupèrent en un chœur de protestations :

— Nous ne voulons pas d'un autre curé !

— Ils pourraient nous demander notre avis, au moins !

— N'obéissez pas, monsieur le curé ! Nous vous soutiendrons.

L'abbé Souliez leva les deux bras, secouant doucement sa tête aux cheveux blancs.

— Allons, mes enfants, je vous en prie, écoutez-moi. Il ne sert à rien de se révolter, vous avez entendu Pierre-Antoine : il faut obéir. Je savais à quoi m'attendre, puisque j'ai refusé leur serment. Quant à vous, si vous voulez me faire plaisir, accueillez avec amabilité ce nouveau prêtre qui va arriver. Sans doute est-il plein de bonnes intentions. Et puis, dites-vous que vous y gagnerez peut-être au change : il doit être plus jeune que moi, et travaillera donc avec davantage d'énergie. Moi, je me fais vieux, je deviens lent, et mes rhumatismes...

Une nuée de nouvelles protestations couvrit sa voix :

— Nous n'avons pas besoin d'un curé plus jeune.

— On vous connaît depuis toujours. Que ferons-nous d'un nouveau venu, qui sera pour tout le monde un étranger ?

Alexandre le clerc s'interposa :

— Moi, monsieur le curé, je suis avec vous. Je refuse de me mettre au service de l'autre.

A ce moment, une question domina le tumulte :

— Et d'abord, monsieur le curé, si vous partez, avez-vous un endroit où aller ?

Un silence plein d'attente se fit. L'abbé Souliez parut, un instant, décontenancé. Il eut un geste d'ignorance, douloureux et pathétique, baissa la tête.

— Non, avoua-t-il tout bas.

Ignace se tourna vers Pierre-Antoine.

— Tu vois bien, on a raison. Il ne peut pas partir. On ne va quand même pas le mettre à la rue.

— Sans compter qu'il n'est pas seul, s'écria ma mère. Avez-vous pensé à Adèle ?

La pauvre femme, derrière le curé qu'elle avait servi toute sa vie, ne disait rien. Le regard traqué, le teint gris, elle semblait étrangère à la scène qui se déroulait.

— Pourtant, il faut qu'ils partent, intervint Sylvain Busquet, qui jusqu'ici n'avait rien dit. Il n'est pas question de désobéir aux ordres.

— Oh, toi... commença Ignace.

L'abbé Souliez de nouveau leva les bras.

— Ne vous disputez pas. Il n'a jamais été dans mes intentions de semer le désordre. Bien sûr, je partirai. Ne vous inquiétez pas pour moi. Je me débrouillerai.

Ambroise, le tailleur, qui était procureur de la commune, s'avança.

— Si vous voulez, monsieur le curé, vous pouvez loger chez moi. Adèle également. Je vis seul, depuis que ma femme est morte et que mes enfants sont mariés. Il y a de la place.

Le vieil homme en soutane le regarda, incertain. Il me parut frêle, vulnérable, et je ressentis envers lui un immense élan de tendresse et de pitié.

— Je ne sais si...

— Allons, n'hésitez pas, affirma Ambroise de sa voix bourrue. Ça me rendra service, au contraire. J'y gagne une servante, et je vous assure que ma maison en a bien besoin !

Son bon visage se plissa dans un rire silencieux, et cela détendit un peu l'atmosphère. L'abbé Souliez s'inclina.

— J'accepte. Merci, mon enfant. Venez donc, Adèle, nous allons commencer notre déménagement.

Mon père leva la main.

— Mes fils et moi, nous pouvons vous aider, monsieur le curé, s'il y a des meubles ou des choses lourdes à porter.

Justin le charron se proposa également :

— Moi aussi, je peux venir, avec Blaise et Germain.

Les yeux humides, notre vieux curé nous sourit.

— Merci, mes enfants. Je ne refuse pas. Votre affection me réchauffe le cœur. Soyez bénis, tous.

De sa démarche claudicante, il se dirigea vers le presbytère, suivi d'Adèle qui semblait avoir reçu un coup sur la tête et demeurait anormalement muette. Tout le monde parlait en même temps, et il ressortait des conversations que c'était une honte, mettre ainsi un vieil homme dehors, ces messieurs de l'Assemblée devenaient complètement fous, et tout ça finirait mal. Et ce nouveau curé qu'on allait nous imposer ? Qui était-il ? Nous ne voulions pas de lui ! Mon père se gratta la tête.

— Ça ne va pas aller tout seul, j'en ai peur. Aimé avait raison, l'autre jour : on dirait que là-bas, à Paris, ils font tout pour inciter les gens à la révolte.

Chacun retourna à son travail, commentant passionnément la nouvelle. J'entendis Sylvain Busquet dire d'une voix forte à un groupe d'hommes :

— Mais enfin, pourquoi le plaignez-vous ? Il est responsable de ce qui lui arrive, après tout. S'il tenait à rester dans son presbytère, il n'avait qu'à prêter serment.

Je le regardai avec désapprobation. Il était depuis le début un ardent révolutionnaire, ne sortait jamais sans sa cocarde tricolore, était toujours volontaire lorsqu'il s'agissait de porter à Douai le compte rendu des séances du conseil général. Il n'admettait aucune critique sur ces messieurs de l'Assemblée qui, disait-il, travaillaient à reconstruire un pays où les injustices seraient supprimées et où régneraient la liberté et l'égalité pour tous. Si nous l'avions cru à un certain moment, nous ne le croyions plus maintenant. Comment faire confiance à des dirigeants qui n'hésitaient pas à chasser de chez lui un vieux prêtre inoffensif ?

Dans le milieu de l'après-midi, ma mère me dit :

— Va donc jusqu'au presbytère, voir si Adèle a besoin d'aide. Elle voulait commencer à empaqueter le linge et les vêtements.

Les hommes avaient fixé le déménagement à dimanche après-midi, puisque le presbytère devait être libéré lundi. Nous étions jeudi. Il restait deux jours à Adèle et à notre curé pour placer dans des caisses tout ce qu'ils voulaient emporter.

Je me dirigeai vers la place. Assis sur le seuil de son atelier, Gaston clouait une paire de galoches. Près de lui,

Jean-Marie lui passait les clous un à un et le regardait travailler avec attention. Il me sourit lorsque j'arrivai à sa hauteur.

— Tu vois, Mathilde, j'aide papa. Moi aussi, je serai sabotier, plus tard. Papa dit que je suis assez grand pour commencer à apprendre. J'aurai bientôt onze ans, tu sais !

Je souris à la naïve satisfaction qu'exprimait son visage enfantin. Plus loin, Justin le charron et ses deux fils faisaient chauffer le bandage d'une roue. Ils avaient installé un feu de copeaux au milieu de la rue, et avec de longues tenailles maintenaient le grand cercle métallique au-dessus des flammes. Peu à peu, il rougissait. Je savais qu'il fallait attendre qu'il fût rouge vif pour l'ajuster autour de la roue. Je passai avec précaution le plus loin possible. Les copeaux de bois répandaient une chaleur intense. Je jetai un coup d'œil à Blaise. Les traits crispés sous l'effort, le visage luisant de sueur, il ne fit pas attention à moi. Je pensai que l'apprentissage du métier de charron n'avait pas dû être facile pour lui : après l'accident qui lui avait brûlé la joue, il avait gardé pendant longtemps une terreur du feu. Je me dis que c'était une preuve supplémentaire de son courage.

J'arrivai près de l'église dont les vitraux brillaient au soleil. Pour moi, notre curé y était indissolublement lié. Depuis ma naissance, je l'y avais toujours vu. Il me paraissait anormal qu'un autre vînt prendre sa place. Devant le presbytère, un groupe de femmes jacassait autour de Joséphine. Lorsque j'approchai, celle-ci m'interpella :

— Tu viens voir Adèle ?

— Je viens lui proposer de l'aider.

— Ne t'attends pas à ce qu'elle accepte. Elle nous a toutes envoyées promener en disant qu'elle voulait rester seule.

J'hésitai. Je faillis repartir, puis je me dis qu'Adèle avait besoin de sympathie et que, peut-être, ma visite lui ferait plaisir.

— Je vais quand même entrer quelques instants.

— Comme tu veux, dit Joséphine en haussant les épaules avec indifférence.

Je la vis se pencher vers ses compagnes, avec une mine de conspiratrice :

— Alors, c'est bien compris ? demanda-t-elle sur un ton de confidence. Dimanche, à la sortie de la messe, nous en parlerons à toutes les autres. Celles qui seront d'accord nous suivront...

Je n'entendis pas la suite. Je traversai le petit jardin, frappai à la porte de la cuisine. Aucune réponse. Je frappai de nouveau, plus fort. Toujours rien. Inquiète, je tournai la poignée, entrai. Il n'y avait personne. J'appelai :

— Adèle !

Le silence me fit peur. J'entendis, dehors, un chien aboyer puis, plus loin, un coq chanter. Contre la fenêtre, une mouche se mit à bourdonner. La pièce était rangée, la table nettoyée. Je criai :

— Adèle ! Où êtes-vous ?

Comme rien ne bougeait, j'allais sortir, lorsque la porte qui donnait sur le couloir s'ouvrit. Adèle apparut, le visage morne.

— Ah, c'est toi, Mathilde ! J'étais dans ma chambre. Je vide les armoires, j'empaquette mes affaires...

Elle avala avec difficulté, se mordit les lèvres. Je la trouvai vieillie, ratatinée. Les traits tirés, le regard fixe, elle triturait sa vieille jupe de toile grise d'un geste machinal. Je vis que ses yeux étaient rougis et gonflés.

— Voulez-vous que je vous aide ?

Elle me regarda avec gratitude mais secoua la tête.

— Non, merci, Mathilde. Tu es gentille, mais je préfère travailler seule. Vois-tu, c'est un véritable crève-cœur, pour moi, de tout emballer en pensant qu'il faut partir. Alors, j'aime mieux le faire sans témoin.

— Mais... aurez-vous terminé pour dimanche ?

Elle eut une sorte de rire douloureux, qui se termina en sanglot :

— Oh oui, et même avant ! Nous ne possédons pas grand-chose, ce sera vite fait.

— Et M. le curé ?

Du bras, elle montra l'église, dans un geste empreint à la fois de tendresse et de ressentiment.

— Lui, il prépare l'église, il range, astique les calices et les ciboires, met de l'ordre dans la sacristie. Il veut que tout soit prêt pour l'arrivée de *l'autre*, lundi. Je te demande un peu ! Il est trop bon.

Ses petits yeux noirs habituellement vifs reflétèrent une immense détresse.

— Pour nous, c'est dur, Mathilde. Etre chassés de cette façon, comme des vauriens, après plus de quarante ans. Jamais je n'aurais pu imaginer une chose pareille, jamais.

Elle se mit à pleurer sans bruit, sans un mouvement, laissant les larmes couler sur son visage ridé. Avec tendresse, avec douceur, avec pitié, j'entourai les frêles épaules de mon bras, la serrai contre moi.

— Je sais, tout le village est révolté. Nous non plus, nous n'acceptons pas.

Je la laissai, le cœur lourd, consciente de mon impuissance. Dehors, la douce chaleur du soleil me surprit. Le désespoir d'Adèle m'avait glacée, et j'avais froid. Je soupirai tristement. Devant l'entrée, Joséphine et les autres n'étaient plus là. De l'autre côté de la place, venant du cabaret d'Ignace, les échos d'une discussion me parvinrent. Je contournai l'église, soudain accablée. Dimanche, pour la dernière fois, l'abbé Souliez y célébrerait la messe. Et ensuite ? Une fidélité instinctive à notre vieux curé me faisait comprendre que, s'il fallait assister aux offices de l'autre, je ne le ferais qu'avec répugnance. Des souvenirs me revenaient, en foule : le jour de ma première communion, les processions, les prières, les messes de minuit avec leur magie particulière. Et, par-dessus tout, l'abbé Souliez, sa bonté, son dévouement, son amour pour nous tous, et ses yeux bleus au candide regard d'enfant. Je trébuchai sur un caillou, manquai de me tordre le pied. Je ne distinguais plus rien ; les larmes brouillaient ma vue.

Le dimanche, lorsque les cloches de l'église nous appelèrent à la messe, nous eûmes le cœur serré. Il faisait un temps splendide. Le soleil éclaboussait d'or tout le village, les coqs chantaient, une brise légère apportait des odeurs grisantes de liberté. Une aussi belle journée aurait dû nous réjouir et ne faisait que rendre notre tristesse plus douloureuse.

Dans l'église, au lieu des conciliabules ordinaires, un silence grave et lourd régnait. On n'entendait que le son des cloches ou, parfois, le bruit des chaussures qui raclaient les dalles de pierre. Lorsque l'abbé Souliez arriva, revêtu de l'aube et de la chasuble habituelles, d'un seul mouvement tout le monde se leva. La messe commença, et nous la suivîmes avec recueillement. Au moment où notre curé monta en chaire, un frisson parcourut les rangs. Assis, silencieux, les yeux fixés sur lui, nous attendions, devinant que dans ce dernier sermon il allait nous faire ses adieux.

— Mes enfants, mes chers enfants, merci d'être tous là aujourd'hui. Votre présence me prouve votre affection. Cela ne m'étonne pas. Je vous connais, je sais combien vous êtes capables de fidélité. Ce que je dois vous dire maintenant, avant de partir, c'est que les quarante années que j'ai passées parmi vous ont été douces à mon cœur. J'ai partagé vos joies et vos peines ; il y en a beaucoup, parmi vous, que j'ai vus naître, que j'ai baptisés et mariés ; ensuite, ce sont leurs enfants que j'ai baptisés. J'avais la prétention de croire que, si Notre Seigneur me laissait vivre assez longtemps, j'aurais peut-être aussi l'immense bonheur de les marier... Mais...

Sa voix s'enroua. On entendit des hommes remuer, des femmes renifler. Nous étions tous très émus.

— Mais il en a été décidé autrement. Bien que cela me brise le cœur, je ne peux rien faire d'autre qu'obéir. Je vous demande de le comprendre, de l'admettre, je vous demande aussi de chasser de votre esprit les sentiments de révolte qui pourraient s'y installer. Je voudrais encore que vous accueilliez avec gentillesse le nouveau prêtre qui arrive demain. Je sais que vous lui reprochez d'avoir prêté serment, mais, je vous en prie, ne le condamnez pas sur ce simple fait. N'oubliez pas que Notre Seigneur Jésus-Christ a dit : « Ne jugez pas, si vous ne voulez pas être jugés. » Comportez-vous avec ce jeune curé comme vous l'avez toujours fait avec moi. N'éprouvez pas de rancune envers lui, comprenez que ce n'est pas lui qui me chasse. Il n'est responsable de rien. On l'envoie ici sans qu'il l'ait demandé ; lui aussi obéit aux ordres.

Un mouvement général parcourut les rangs, beaucoup de visages exprimèrent leur mécontentement, un léger murmure de désapprobation se fit entendre. L'abbé Souliez s'en aperçut, reprit ses exhortations, fit appel à notre bon cœur, assura qu'il serait déçu si nous ne lui obéissions pas. Puis il conclut :

— Je serai parmi vous, vous me trouverez chez Ambroise, que je remercie ici encore pour son hospitalité. Même si on ne me permet plus d'exercer mes fonctions de prêtre, je serai toujours à votre disposition quoi qu'il arrive. Ne l'oubliez pas. Et maintenant, mes enfants, prions ensemble pour la dernière fois.

Il descendit de la chaire, entonna le *Credo* que nous reprîmes tous en chœur. La messe se termina dans une émotion grandissante, et lorsque, après l'*Ite missa est*, le vieux curé aux cheveux blancs nous bénit de ses mains tremblantes, je sentis des larmes picoter mes paupières.

A la sortie, sur la place, des groupes se formèrent. Joséphine et Marie-Catherine, la femme de Mathurin le tisserand, nous firent signe :

— Venez, nous avons quelque chose à vous dire.

Avec ma mère, je m'approchai. Pauline et Suzanne nous suivirent.

— C'est important, déclara Joséphine d'une voix basse et excitée. D'abord, une question : vous ne voulez pas d'un autre curé ?

— Bien sûr que non, assura ma mère. Mais que peut-on faire ? Il arrive demain.

Joséphine prit un air triomphant.

— Justement, nous autres, nous refusons d'écouter les conseils de sagesse de notre curé ; il est trop bon, il accepte tout, mais nous ne sommes pas obligées de faire comme lui. Alors, demain matin, lorsque l'autre arrivera, nous l'attendrons à l'entrée du village. Nous lui dirons que nous ne voulons pas de lui, qu'il doit repartir d'où il vient. Et s'il refuse, nous le chasserons. Qu'en pensez-vous ?

— Mais peut-on vraiment faire ça ?

— Bien sûr ! J'en ai parlé à Ignace, il m'a approuvée. Cet autre curé, personne n'en veut. On ne le laissera pas passer, c'est tout. Que pourra-t-il faire, seul contre nous toutes ? Il sera bien forcé de rebrousser chemin. Ce qu'il faut, c'est que nous soyons assez nombreuses. Etes-vous d'accord ?

J'hésitai, regardai ma mère. Suzanne, qui était de tempérament plus vindicatif, s'exclama tout de suite, avec enthousiasme :

— Bien sûr. N'est-ce pas, Pauline ?

— Oui, certainement. Et toi, Mathilde ?

Un souffle belliqueux me poussa à répondre :

— Je viendrai. Comptez sur moi.

— Vers quelle heure arrive-t-il ? interrogea ma mère.

— Pierre-Antoine l'attend pour dix heures à la maison commune, afin de lui donner les clefs du presbytère. Il faudra y aller un peu avant. Donnons-nous rendez-vous à dix heures moins le quart au plus tard.

— Avez-vous prévenu M. le curé ?

Joséphine leva une main.

— Surtout pas ! Il serait capable de nous en empêcher. Il ne faut rien lui dire. Laissons-le déménager comme prévu. Si l'autre se voit chassé, il comprendra qu'il est indésirable, et ne reviendra sans doute pas. Alors notre curé pourra reprendre sa place.

Ce plan me paraissait trop simple et trop beau pour réussir, mais je ne dis rien. Un besoin d'agir, subitement, me prenait. Joséphine avait au moins raison sur ce point : puisque nous n'étions pas d'accord, il fallait le montrer, au lieu de se résigner tristement en se lamentant.

— Je vais aller en recruter d'autres. A demain donc. Nous nous retrouverons à l'entrée du village.

Le soir, lorsque mon père et mes frères eurent terminé le déménagement, ils revinrent profondément attristés.

— Notre pauvre curé ! soupira mon père. Il fait pitié.

— Tout est en ordre maintenant pour accueillir l'autre, annonça mon frère Nicolas. Si seulement il pouvait ne pas venir, celui-là !

Mes yeux croisèrent ceux de ma mère ; nous ne pûmes réprimer un sourire complice. Mon père nous observa avec suspicion.

— Qu'y a-t-il donc ? Vous avez l'air de mijoter quelque chose, toutes les deux.

Alors ma mère, en leur faisant promettre de ne rien dire, répéta l'offre de Joséphine. Ils se mirent à rire.

— Ah, s'exclama Nicolas, cette Joséphine ! Elle n'en fait jamais d'autres !

— Je plains ce pauvre homme, dit François. Seul contre une armée de harpies, il ne fera pas le poids.

Mon père reprit son sérieux.

— Il n'empêche que je n'aime pas beaucoup vous voir mêlées à ce genre de manifestation.

— Mais nous ne ferons rien de mal, protesta ma mère. Nous lui dirons simplement que nous ne voulons pas de lui. N'est-ce pas la vérité ?

A mon tour, j'intervins :

— Ne craignez rien, père. Nous en avons vu d'autres, comme cette émeute à Cambrai, il y a deux ans, et cette année, en mars dernier, à Douai. Ceci n'est rien, à côté. Et nous trouvons, comme Joséphine, qu'il faut agir.

Avec un sourire où je lus de la satisfaction et de la fierté, mon père nous regarda, l'une après l'autre.

— Oui, vous avez raison. C'est vrai qu'ils commencent à exagérer, à l'Assemblée nationale. Il est bon de leur montrer notre désaccord. Mais, quand même, ne soyez pas trop méchantes avec ce pauvre prêtre : comme l'a dit l'abbé Souliez, il ne fait qu'obéir aux ordres.

— Si je ne devais pas aller aux champs, dit mon frère Nicolas, je vous accompagnerais bien. J'aimerais voir ça.

Ma mère fit un geste de dénégation.

— C'est une affaire de femmes. Nous vous raconterons.

Le lendemain, nous étions une trentaine à attendre, non loin de l'endroit où, auparavant, se dressaient les piliers de haute justice que Pierre-Antoine avait fait abattre. Un soleil éclatant brillait, rendait la campagne alentour radieuse et épanouie. Nous bavardions, de plus en plus agitées à mesure que le temps passait. Il résultait des conversations que les pères ou les maris mis au courant la veille avaient déclaré qu'ils ne voulaient pas se mêler de cette affaire et qu'ils s'en lavaient les mains. Mais ils avaient eu l'air d'approuver, et cela nous renforça dans notre décision.

Au premier rang, Joséphine surveillait la route bordée d'arbres. Les autres discutaient. Je racontais à Pauline comment mon frère Nicolas avait, l'avant-veille, soigné Bijou, notre cheval, qui boitait : un caillou tranchant s'était enfoncé dans un de ses sabots.

— Il n'a pas son pareil pour s'occuper des animaux. Je ne sais pas comment il fait. La dernière fois que notre

Noiraude a vêlé, elle se débattait, donnait des coups de patte, empêchait mon père et Louis de l'approcher. Nicolas est arrivé, s'est penché sur elle, l'a caressée, lui a parlé. Instantanément elle s'est calmée.

Pauline m'écoutait, les yeux brillants. Une pensée que j'avais déjà eue plusieurs fois me vint de nouveau : elle aimait mon frère en secret. Etait-ce réciproque ? Rien ne permettait de l'affirmer. Je me surpris à le souhaiter ; l'idée d'avoir Pauline comme belle-sœur me plaisait.

Un cri nous fit sursauter :

— Le voilà !

Les conversations s'arrêtèrent. On se groupa autour de Joséphine, on tendit le cou pour voir. Là-bas, sur la route poussiéreuse, amorçant le dernier virage, une silhouette noire avançait vers nous. Comme les autres, je l'observai. C'était un tout jeune curé, et, à mesure qu'il approchait, je détaillai sa figure douce et timide, sa petite taille, son apparence frêle, sa maigreur sous la soutane élimée. Il marchait la tête baissée, portant un gros sac qui paraissait trop lourd pour lui. A un moment, il s'arrêta, le posa sur le sol, s'épongea le front. Alors il nous vit. Il reprit son sac et se remit en marche d'un pas plus rapide. Il arrivait plein de bonne volonté, un sourire aux lèvres, croyant peut-être que nous étions là pour lui souhaiter la bienvenue. A notre expression, il ne tarda pas à se rendre compte qu'il se trompait. Son regard se fit hésitant, alla de l'une à l'autre, son sourire trembla, puis s'éteignit. Il ralentit, s'arrêta à une dizaine de pieds[1], nous regarda. Il ouvrit la bouche, voulut dire quelque chose. Joséphine ne lui en laissa pas le temps. Hardiment, elle s'avança.

— Nous ne voulons pas de vous ici. Nous avons déjà un curé, et nous désirons le garder. Quant à vous, retournez là où vous étiez.

Le petit prêtre rougit, pâlit, se troubla. Puis il se reprit, fit un pas en avant.

— Voyons, ce n'est pas possible. Je suis attendu par votre maire. Laissez-moi passer, je vous prie.

Joséphine croisa les bras sur sa robuste poitrine, redressa

1. Le pied était à l'époque une mesure de longueur, de l'ordre de 0,32 m.

sa haute taille. Derrière elle, en un accord silencieux, les rangs se resserrèrent.

— On vous dit de partir, et vous partirez. Préférez-vous être chassé ?

Elle le toisa avec hostilité. Comme elle le dominait d'une bonne tête, il n'en parut que plus faible. Pourtant, il ne voulut pas céder. Avec obstination, il répéta :

— Votre maire m'attend. Je dois y aller.

Comme nous ne bougions pas, il grimpa sur le talus, voulut nous contourner. Joséphine s'élança.

— Vous ne passerez pas !

Elle le prit aux épaules, l'obligea à faire demi-tour, avec vigueur le poussa dans le dos. Rouge de colère et de honte, il protesta :

— Mais... mais... arrêtez, voyons !

Il voulut se retourner, mais Marie-Catherine, venant prêter main forte à Joséphine, lui donna une violente bourrade qui le propulsa vers l'avant.

— Puisqu'on vous dit de vous en aller ! s'exclama-t-elle avec humeur.

Le pauvre prêtre trébucha, manqua de tomber. Je vis l'affolement se peindre sur son visage. D'une voix ridicule de fausset, il s'écria :

— Ça ne se passera pas ainsi ! J'écrirai à M. Primat, l'évêque du département, et je préviendrai le procureur syndic.

— Faites ce que vous voulez, mais partez d'ici, dit Joséphine en le talonnant. Allez, bon vent, apostat !

— Voleur ! Intrus !

Assistées de deux ou trois autres femmes, Joséphine et Marie-Catherine le poussèrent énergiquement. Houspillé, insulté, chassé, le petit prêtre ne put que s'enfuir. Je le vis partir, le dos rond, la tête basse, et, un court instant, je ressentis envers lui quelque chose qui ressemblait à de la pitié.

Joséphine se tourna vers nous, triomphante.

— Nous voilà débarrassées de lui ! Qu'espérait-il donc ? Ce n'est pas un petit merdeux comme lui qui va faire la loi ici, quand même !

Ma mère objecta :

— Mais... as-tu entendu ce qu'il a dit ? Il va aller se plaindre à l'évêque.

Joséphine eut un geste de mépris vers la silhouette qui, là-bas, s'éloignait.

— Pfft ! Il n'osera pas le faire. Et quand bien même... L'évêque est un apostat, lui aussi. Il n'y en a pas un qui arrive à la cheville de notre curé. Nous nous battrons pour lui, c'est moi qui vous le dis ! En tout cas, aujourd'hui, nous avons gagné.

Elle nous regarda avec un large sourire :

— Venez, allons prévenir Pierre-Antoine, ainsi que M. le curé.

Heureuses à l'idée d'annoncer à l'abbé Souliez que son remplaçant ne viendrait pas, nous partîmes avec enthousiasme vers la place du village, tout en commentant la scène qui venait de se produire. A la porte de la maison commune, Pierre-Antoine attendait, les bras croisés. En nous voyant, il s'inquiéta :

— Eh bien, que se passe-t-il ?

Joséphine, fièrement, le lui expliqua. Il fronça les sourcils, secoua la tête avec doute.

— Je sais bien que vous l'avez fait pour notre curé, mais vous avez agi sans réfléchir. Nous risquons d'avoir des réprimandes de la part du district. L'abbé Daubère va certainement les prévenir.

Joséphine haussa les épaules.

— Bah, vous êtes trop pessimiste. Pour le moment, nous gardons notre curé, c'est le plus important. Allons le lui dire.

Alors que nous nous dirigions vers le domicile d'Ambroise, l'abbé Souliez vint à notre rencontre, fort agité.

— Mes enfants, qu'avez-vous fait ? On vient de me prévenir. Pourquoi avez-vous agi ainsi, après ce que je vous ai demandé hier ?

Il nous regardait avec tant de reproche que Joséphine elle-même prit un air confus. Mais elle lui fit face, et déclara avec douceur :

— Nous l'avons fait parce que nous vous aimons. Parce que nous ne voulons que vous, et pas un autre. Et nous ne le regrettons pas, quoi que vous puissiez dire.

Le vieux curé nous adressa un sourire ému.

— Votre fidélité me touche profondément, mais, quand

même, vous n'auriez pas dû. Avez-vous pensé aux conséquences, maintenant ?

— Non. Nous avons chassé l'autre, c'est tout.

— Mais le procureur syndic n'acceptera pas que ses ordres soient bafoués de cette façon.

— C'est ce que Pierre-Antoine vient de nous dire. On verra bien.

— Il a raison, bien sûr. Ce nouveau prêtre reviendra. Et si ce n'est pas lui, ce sera un autre.

Joséphine balaya l'objection d'un mouvement insouciant.

— Ce n'est pas certain. En attendant, vous continuerez votre service, à la satisfaction de tous.

Seul Sylvain Busquet fut mécontent, nous traitant de folles et d'irresponsables. Ce qui le fâchait le plus, je crois, c'était de voir que nous faisions peu de cas des ordres du district, dont les administrateurs, pour lui, avaient toujours raison. Il nous arrêta le lendemain, ma mère et moi, alors que nous partions pour le marché.

— Ils essaient de vous bâtir un pays plus libre, nous dit-il. Et vous, vous détruisez tous leurs efforts.

— Ils ont une façon bizarre de s'y prendre, riposta ma mère. Et je regrette de te dire, Sylvain, que, pour beaucoup d'entre nous, nous ne sommes pas d'accord avec leurs méthodes.

— Mais ce n'est pas facile pour eux ! Ils font de leur mieux. Il faut leur faire confiance, tout simplement.

— S'ils veulent qu'on leur fasse confiance, dit ma mère froidement, ils n'ont qu'à agir autrement, et ne pas nous enlever notre curé. Qu'a-t-il à voir avec la révolution ? Ils ont déjà confisqué les biens des abbayes, ils ont supprimé les titres de noblesse. Ça suffit, non ?

Elle refusa d'écouter les objurgations de Sylvain, et je l'imitai. Il resta seul à remâcher sa hargne et sa colère.

Le récit de ce que nous avions fait s'étendit aux villages voisins, et amusa tout le monde. Cet épisode fut considéré comme une bonne farce, et personne ne songea à plaindre le prêtre que nous avions chassé ; les curés assermentés n'étaient pas appréciés. Nous apprîmes que, dans d'autres endroits, des scènes semblables s'étaient produites, pires encore ; certains curés avaient été chassés à coups de pierre. L'un d'eux, assailli par plusieurs femmes, avait même eu sa soutane déchirée.

L'abbé Souliez reprit provisoirement ses fonctions. Il demeura néanmoins chez Ambroise, se refusant à regagner le presbytère car, disait-il, ce n'était que partie remise et un autre curé y viendrait de toute façon.

— Nous ferons comme avec l'autre, déclarait Joséphine. Nous le chasserons encore. Ils finiront bien par comprendre.

Pourtant, le dimanche suivant, dans l'église, en regardant une fois de plus officier notre vieux curé, nous ne pouvions nous empêcher d'éprouver un sentiment de victoire. La puérilité de cette réaction nous apparut lorsque, à la sortie de la messe, Pierre-Antoine nous réunit sur la place :

— Mes amis, j'ai reçu une lettre du directoire de Douai. Une plainte de l'abbé Daubère, appuyée par l'évêque, leur est parvenue. Ils désirent d'abord connaître les noms de celles qui l'ont chassé, afin de les convoquer au tribunal du district, les interroger et les juger. Je ne...

Des exclamations horrifiées couvrirent sa voix. Un remous se fit. Je surpris le regard de Blaise, posé sur moi avec inquiétude. Soudain affolée, je me serrai contre ma mère. Je vis, derrière Pierre-Antoine, Sylvain Busquet qui ricanait, et les visages des autres, contrariés, mécontents, désapprobateurs. Pierre-Antoine leva les bras, dans un geste d'apaisement :

— Ecoutez-moi. J'ai répondu qu'elles avaient agi à mon insu, et que j'ignorais totalement qui elles sont. Je pense que vous serez d'accord avec moi et que personne parmi vous n'ira les dénoncer.

Un murmure d'acquiescement s'éleva. Sylvain Busquet lui-même eut un signe d'assentiment. Pierre-Antoine sourit, satisfait :

— C'est bien, mes amis. Je n'en attendais pas moins de vous. Mais ce n'est pas tout. Dans la même lettre, ils m'annoncent que dimanche prochain 12 juin, l'abbé Daubère arrivera dans notre village comme curé constitutionnel, et ce, sous la protection de l'armée. Il sera donc accompagné de dix soldats de troupe de ligne, actuellement en garnison à Douai, et d'un sergent. Ils veilleront à ce que l'installation se passe sans problème. Ces soldats resteront le temps nécessaire pour assurer le calme et réprimer les troubles qui pourraient se produire. Il nous est demandé de leur procurer un logement.

Cette fois, ce fut une explosion de protestations violentes :

— Des soldats ? Ici, chez nous ? Nous ne voulons pas d'eux !

— Et en plus, il faudrait les loger !

Chacun prenait son voisin à témoin, afin de lui faire partager sa propre indignation. J'aperçus l'abbé Souliez qui secouait la tête avec un sourire résigné et une expression qui signifiait clairement : « il fallait s'y attendre ». J'échangeai avec ma mère un regard de désolation et d'inquiétude.

— Alors, ce que nous avons fait lundi dernier n'a servi à rien, murmura-t-elle amèrement.

— C'est le moins qu'on puisse dire, constata mon père. Au moins, ils s'y entendent pour riposter, au directoire !

Pierre-Antoine leva de nouveau la main pour faire cesser les exclamations de mécontentement. Lorsqu'un silence relatif fut revenu, il reprit, d'une voix qui se voulait convaincante :

— Mes amis, comprenez-moi bien : il s'agit d'un ordre. Nous n'avons pas à dire si oui ou non nous sommes d'accord, on ne nous demande pas notre avis. Il faut obéir.

Des grommellements sourds répondirent. Nous venions de comprendre que Pierre-Antoine avait raison, et nous étions tous furieux.

— Une dernière chose : ceux qui ont de la place et qui peuvent loger chez eux un soldat, que ce soit dans une chambre ou dans une grange, viendront me le dire. Essayez de faire un effort ; si personne ne se propose, ils ne se gêneront pas pour réquisitionner eux-mêmes une pièce pour dormir. Cela m'étonnerait qu'ils acceptent de coucher à la belle étoile.

— Ça alors, c'est fort ! s'écria Ignace. Et après, on viendra nous dire qu'on nous prépare un monde plus libre !

Sylvain Busquet fit un pas en avant :

— J'ai une grange assez grande, dit-il. Je peux en loger plusieurs.

Ignace se tourna vers lui avec colère :

— Toi, Sylvain, tu deviens un peu trop lèche-cul. Permets-moi de te dire que ça ne nous plaît pas, à nous.

Pierre-Antoine s'interposa, avec son sens de la justice habituel :

— Ne vous disputez pas. Sylvain a raison. Comprenez qu'il est plus intelligent de se soumettre aux ordres. Nous n'avons pas le choix.

Eloi, qui avec Sylvain était garde national, proposa à son tour :

— Moi aussi, je peux en prendre quelques-uns dans ma grange.

— Bien, approuva Pierre-Antoine, cela suffira peut-être. Je suppose qu'un ou deux soldats, avec le sergent, dormiront au presbytère, pour assurer la garde. Et je compte sur vous pour bien vous comporter. De votre attitude dépendra la durée de leur séjour. Alors, soyez raisonnables.

Au lieu de nous séparer, nous nous mîmes à discuter entre nous, bouillant d'indignation. Joséphine vint nous rejoindre, le regard toujours aussi belliqueux :

— Ils croient gagner, mais ils se trompent.

— Que veux-tu dire ? demanda ma mère. Nous ne pouvons plus rien faire, maintenant.

Joséphine prit un air entendu :

— Pour le moment, peut-être. Mais attendez que ces soldats soient partis. Vous verrez, je sais ce que je dis ! Et d'abord, mettons-nous tous d'accord pour dimanche prochain ; si ce nouveau curé prétend dire la messe, nous n'irons pas. Ils ne peuvent pas nous forcer.

— Non, je ne crois pas, dit ma mère avec un sourire de connivence. Joséphine, tu es terrible !

— Je défends notre curé, tout simplement, et tout le monde m'approuve. C'est pour cela qu'il faut nous unir contre cet abbé Daubère. Un constitutionnel, ça ne peut pas être un bon curé. Déjà, il faudra commencer par ne jamais aller à ses messes. Et puis, après le départ des soldats, je propose qu'on lui rende la vie impossible, de telle sorte qu'il finira par s'en aller de lui-même.

— Que pourrions-nous donc faire ? s'étonna ma mère.

— Je ne sais pas encore, mais, ne vous inquiétez pas, je trouverai.

Noémie me poussa du coude :

— Ça va être amusant, ces soldats dans notre village, dix jeunes gens d'un seul coup ! Ils mettront de l'animation. Pierre-Antoine a demandé à mon père de leur payer une tournée, le jour de leur arrivée, sur le compte de la municipalité. J'espère qu'ils viendront souvent au cabaret. Je les servirai avec plaisir.

Son visage pointu, piqueté d'éphélides, exprimait une excitation qui me parut déplacée. Je la regardai avec réprobation :

— Noémie, comment peux-tu réagir ainsi ? Ils viennent parce qu'ils sont envoyés, eux aussi, ils ne viennent pas pour s'amuser.

Elle haussa une épaule, me toisa avec mépris :

— Oh, toi, si on t'écoutait ! Sainte nitouche, va !

Pauline me tira par le bras, m'entraîna plus loin :

— Viens, laisse-la.

Lentement, nous fîmes quelques pas le long du cimetière.

— Elle ne me plaît pas, cette Noémie, affirma Pauline avec sérieux. J'ai déjà vu comment elle t'observe, et ça ne me dit rien qui vaille. Elle semble jalouse de toi, et je suis sûre que, si elle en avait l'occasion, elle serait ravie de te faire du tort. Ne lui fais pas confiance, Mathilde ; méfie-toi d'elle, crois-moi.

Je fis un geste d'insouciance. Pourtant, plus tard, je devais me souvenir de ces paroles.

Dans la semaine, en allant à Douai, je racontai à ma sœur les dernières nouvelles, essayant de lui faire comprendre à quel point nous étions outrés par des mesures que nous considérions comme des provocations. Ma sœur eut une moue d'incertitude :

— Vous serez certainement obligés d'accepter un autre curé, comme tout le monde. Ici, à Douai, c'est ce qui se passe. Si tu avais vu la fête qui a eu lieu, en avril, lors de la visite de l'évêque ! Il est arrivé un soir, il était peut-être huit heures. Les cloches sonnaient, toute la ville était illuminée, il y a eu un défilé avec les responsables du directoire, les commissaires municipaux, les notables, les gardes nationaux avec leur musique. Les acclamations n'arrêtaient pas : « Vive

M. Primat ! Vive notre évêque ! » C'est bien dommage, mais tout le monde n'agit pas comme vous. Quand tu affirmes que les prêtres constitutionnels ne sont pas appréciés, j'ai presque envie de te répondre que tu te trompes.

— Oh non, je ne me trompe pas. Dimanche, à la messe de l'abbé Daubère, il n'y aura personne.

— Eh bien, ça n'a pas été le cas pour M. Primat. Le lendemain de son arrivée, il a fait la messe en grande pompe à Saint-Pierre. Moi, je n'y suis pas allée mais j'ai su que l'église était pleine. Et pourtant, lui aussi, il a prêté serment.

— Mais il est évêque, alors les gens sont sans doute allés voir par curiosité. Peut-être aussi y avait-il beaucoup de ses anciens paroissiens. N'était-il pas curé ici à Saint-Jacques ?

— Si, depuis cinq ans. Il était aimé de tout le monde, et lorsqu'il a accepté le serment ses paroissiens ont été très déçus.

— Alors, tu vois bien, eux non plus n'apprécient pas.

— Non. Et pourtant, ces acclamations, lors de sa venue...

— Ce ne sont pas forcément les mêmes, ce sont d'autres, qui approuvent la révolution et tout ce qui s'y rattache.

— Oui, peut-être. Je crois néanmoins que, dans les villages, les gens sont plus conservateurs. J'ai appris que l'évêque était allé dans les communes qui entourent les remparts de Douai, pour y administrer la confirmation. Il paraît qu'il n'y a pas rencontré le même enthousiasme, loin de là.

Son regard se fit grave et triste :

— Ceux que je plains le plus, ce sont les prêtres qui, pour rester fidèles à l'idéal de leur religion, ont refusé de prêter serment, comme ce pauvre abbé Souliez. Je l'ai toujours connu, moi aussi ; il m'a baptisée, m'a fait faire ma première communion, m'a mariée à Casimir. Ce n'est pas juste qu'il soit chassé de son presbytère. Vous avez bien raison de le défendre. Et si j'habitais encore chez nos parents, je me joindrais à vous sans hésiter.

Le dimanche 12 juin se leva, salué par une pluie maussade et persistante. Ma mère observa le ciel gris, les nuages plombés.

— C'est aussi bien, commenta-t-elle avec satisfaction. Avec un temps pareil, nous aurons une excuse pour ne pas mettre le nez dehors.

Car nous nous étions tous donné le mot ; chacun devait se calfeutrer chez soi, afin que l'abbé Daubère trouve à son arrivée le village vide. Nous savions qu'il serait là à dix heures ; Pierre-Antoine l'attendrait et le conduirait, cette fois-ci sous bonne escorte, au presbytère. Notre vieux curé avait donné les clefs de l'église, et avait annoncé qu'il ne dirait pas la messe puisqu'il laissait la place au nouvel arrivant. Nous l'avions averti de notre refus d'y assister, et Alexandre le clerc avait déclaré une nouvelle fois qu'il n'accepterait pas de se mettre au service de l'autre. L'abbé Souliez avait essayé de nous faire changer d'avis, mais personne ne l'avait écouté. J'avais bien vu qu'il était ému et touché par notre fidélité.

De toute la matinée, personne ne sortit. Les maisons demeurèrent closes. Nous étions crispés, nous tendions l'oreille, avides de savoir ce qui allait se passer. Un peu après dix heures enfin, les cloches de l'église se mirent à sonner. Ma mère nous regarda :

— Ça y est. Le nouveau curé veut dire sa messe.

La sonnerie se poursuivit longtemps, insistante, ininterrompue. Nous l'ignorions obstinément. Quand enfin elle s'arrêta, mon père poussa un long soupir :

— Je serais curieux de voir comment se débrouille ce petit curé. Si tout le village nous a imités, il doit faire la messe dans une église vide.

— Il y aura au moins les soldats, remarqua mon frère Nicolas.

— Je me demande, dit pensivement mon père, si Sylvain ne va pas y aller.

Ma mère prit un air offusqué.

— Il ne ferait pas ça à l'abbé Souliez.

— Ce n'est pas ce qui le gênerait. Vois-tu, Rose, Sylvain a pris parti pour la révolution, dès le début. Pour lui, l'Ancien Régime était mauvais, puisqu'il a condamné — d'une façon disproportionnée, il faut bien l'admettre — son père aux galères. Le pauvre Jacques-Léonard est mort, quelque part sur un navire de la flotte royale, et Sylvain n'a jamais pardonné. Alors, il est prêt à accepter n'importe quel autre régime, surtout quand celui-ci s'attaque aux anciens dirigeants. Et c'est ce qu'il fait. Il le fait même à fond, allant jusqu'à approuver des décisions que nous autres jugeons insensées. Il souhaite se faire bien voir des responsables du directoire. A chaque réunion du conseil général, il est plein de zèle, toujours prêt à appliquer les décrets. Heureusement, Pierre-Antoine est plus modéré. Mais dans un cas comme celui-ci, Sylvain n'hésitera pas à se mettre avec les autres contre nous tous. Et je ne crois pas que des considérations sentimentales, comme celle de trahir notre bon vieux curé, l'arrêteront.

— Eh bien, nous ne nous cacherons pas pour lui dire notre façon de penser, affirma ma mère avec indignation.

— Sans compter que, s'il agit ainsi, dit mon frère François, il sera le seul.

Ce fut presque vrai. A la messe comme aux vêpres, outre les soldats, le petit prêtre eut à peine dix personnes : Sylvain Busquet, qui y avait entraîné ses deux domestiques et sa vieille mère ; et Eloi, sa femme et ses enfants. Les autres, tous les autres, étaient restés fidèles au curé qui, depuis toujours, avait partagé leur vie.

Le lendemain, nous reprîmes nos occupations comme si rien ne s'était passé. Dans l'après-midi, je croisai deux soldats alors que je me rendais à l'épicerie. Ils me dévisagèrent effrontément, avec un intérêt non dissimulé. Je baissai les yeux et passai rapidement. Leur présence me déplaisait. Nous n'avions pas besoin d'étrangers parmi nous.

A l'épicerie, Joséphine servait plusieurs clientes. J'attendis tout en observant, par la porte de communication entrouverte, d'autres soldats dans le cabaret. Assis à une table, ils jouaient aux dés, riaient et parlaient fort. Ignace, au comptoir, essuyait des verres. Je vis Noémie qui leur servait de la bière. Son visage habituellement maussade était rose et animé. Un des soldats lui lança une plaisanterie et elle rit, d'un rire aigu que je trouvai agaçant. Joséphine grommela :

— C'est comme ça depuis ce matin. Ils ne font que paresser, boire et jouer. De temps en temps, ils vont se promener, sous prétexte de vérifier que tout est calme. Je me demande combien de temps on va devoir les supporter !

Lorsque vint mon tour, elle me servit puis, avec un sourire entendu, m'annonça :

— Ce nouveau curé, sais-tu ce qu'il a fait ? Ce matin, il

est venu nous voir. Pour faire la paix, disait-il, et apprendre à se connaître. Inutile de préciser que je l'ai proprement envoyé promener. Il insistait, disant qu'il avait été déçu de voir l'église pratiquement vide hier. Il a demandé à Ignace de fermer son cabaret pendant la messe. « Avec l'abbé Souliez, lui a répondu Ignace, c'était toujours fermé puisque ma famille et moi assistions à toutes les messes. Maintenant, c'est une autre affaire. Ça ne regarde que nous, vous n'avez rien à y voir. » Il est parti en disant qu'il reviendrait. Il prévoyait de rendre visite à tous les habitants, les uns après les autres. Il va aller chez toi aussi, ça ne tardera pas. Préviens ta mère, et surtout, ne vous laissez pas amadouer par ses belles paroles.

Son indignation me fit sourire :

— Non, ne craignez rien.

Elle hocha la tête d'un air furieux :

— Un traître, un apostat, un voleur, voilà ce qu'il est. Je le lui ai dit. Je lui ai dit aussi qu'on ne l'accepterait jamais, et qu'il ferait mieux de s'en aller tout de suite.

Marie Busquet, la mère de Sylvain, entra à ce moment. Joséphine serra les lèvres et se tut. En sortant, je saluai la vieille femme, regardant sa frêle silhouette avec pitié et sympathie. A cause de son fils, nous la laissions à l'écart de nos conversations. Sans doute en souffrait-elle, mais elle ne disait rien. Tout en m'éloignant, j'entendis la voix de Joséphine :

— Je n'aurais jamais cru ça de vous, Marie, aller à la messe de ce renégat. Et notre bon curé, qu'en faites-vous ?

La réponse me parvint sous la forme d'un bredouillis inintelligible où dominait le nom de Sylvain. Je savais qu'il se montrait envers elle si autoritaire qu'elle n'osait pas lui désobéir. Il l'obligeait même à porter continuellement une cocarde tricolore, qui tranchait de façon choquante sur ses vêtements noirs.

A la maison, je rapportai à ma mère les paroles de Joséphine. Son visage prit une expression résolue :

— Si ce prêtre vient ici, je saurai comment l'accueillir, moi aussi. Celui qui me fera oublier notre curé n'est pas encore né !

Quelques jours passèrent, dans un calme qui n'était qu'apparent. L'abbé Daubère continuait de se rendre dans chaque foyer, essayant de se faire accepter. Derrière son dos, chaque visite était abondamment commentée, et tout le monde était bien d'accord : on ne voudrait jamais d'un curé autre que le nôtre. Repoussé de partout, le petit prêtre insistait pourtant, et je commençai à trouver qu'il ne manquait pas de courage.

— Du courage ! rétorqua Joséphine avec humeur, lorsque je lui fis la remarque. Dis plutôt que c'est le désir de supplanter l'abbé Souliez.

La situation la rendait irritable. C'était à elle qu'incombait le soin de faire les repas pour les soldats et le nouveau curé. Elle n'osait s'insurger, mais obéissait à contrecœur. De plus, la présence des soldats dans le cabaret l'agaçait. Là non plus, elle ne pouvait rien dire. A mesure que les jours passaient, pour lutter contre l'ennui, ils se mirent à boire et à agir inconsidérément. En jouant aux fléchettes dans le cabaret, ils abîmèrent le mur blanchi à la chaux. Lors d'une promenade dans le village, ils tordirent le cou à une des poules de Barthélemy, le fermier qui habitait de l'autre côté de la place. Ils la ramenèrent à Joséphine en lui ordonnant de la préparer pour le repas du soir. Barthélemy, qui était d'un naturel coléreux, alla protester ; le sergent essaya d'arranger les choses, remboursa le prix de la poule. Une autre fois, Ignace chassa de son cabaret un soldat qui avait manqué de respect à Noémie. L'avis unanime fut quc cela n'était guère surprenant ; elle se montrait si aguichante avec eux que ça devait finir par arriver.

Le vendredi, tôt le matin, j'allai conduire les vaches au marais. Puis je revins lentement, regardant le jour gris se lever. Depuis dimanche, il ne pleuvait plus, mais le ciel restait couvert et un vent chargé d'humidité soufflait en bourrasques. Un peu avant l'entrée du village, je me trouvai soudain nez à nez avec deux soldats. Je reconnus ceux qui m'avaient dévisagée plusieurs jours auparavant. Ils se tenaient devant moi et me barraient le passage, ricanant d'une manière déplaisante.

— Quelle charmante rencontre !

— Ainsi, c'est toi la sainte nitouche dont Noémie nous a parlé ? Viens donc nous dire bonjour.

Leur expression m'inquiéta. Je voulus m'esquiver en passant sur le côté, mais l'un d'eux m'attrapa par le bras :

— Attends, donc, ne te sauve pas, tu dois d'abord t'acquitter du droit de péage : un baiser. N'est-ce pas, Victor ?

— Bonne idée, approuva l'autre avec un rire stupide. Un baiser, un pour chacun.

Je pris peur. Le premier me maintenait toujours, et je ne parvenais pas à me dégager. Je me mis à lui donner des coups de pied. Le second, alors, me saisit l'autre bras qu'il tordit dans mon dos. J'étais immobilisée, coincée entre les deux. Des larmes de rage me vinrent aux yeux :

— Lâchez-moi !

Celui qui se trouvait devant moi se pencha, la bouche hilare. Il arracha mon bonnet qu'il jeta au loin :

— Ouh, les beaux cheveux, blonds comme un champ de blé !

— Allez, belle enfant, rien qu'un petit baiser, et on te laisse passer. Promis.

Son haleine sentait la bière et le tabac. Je détournai la tête, écœurée. Il m'attrapa brutalement le menton, se pencha davantage, déjà victorieux. De toutes mes forces, je lui crachai en plein visage. Surpris, il eut un mouvement de recul, me lâcha pour porter la main à sa joue.

— Ah ben, ça alors ! dit-il en me regardant avec des yeux ronds.

Son camarade eut un instant de flottement. J'en profitai pour me libérer d'un coup sec. Je m'enfuis à toute vitesse, craignant qu'ils ne me poursuivent. Ce fut alors que je vis Blaise. Là-bas, sur le chemin qui conduisait au moulin, il marchait, un sac de blé sur l'épaule. Je l'appelai frénétiquement :

— Blaise ! Blaise !

Il se retourna, m'aperçut, s'arrêta, posa son sac de blé. Son regard se porta au-delà de moi. Il fronça les sourcils, puis, sans hésiter, d'une démarche rapide et décidée, il vint vers moi. Je jetai un coup d'œil par-dessus mon épaule. Les deux soldats qui, comme je le redoutais, me poursuivaient, s'étaient arrêtés en voyant Blaise. Ils hésitèrent un instant, puis l'un d'eux haussa les épaules, et ils firent demi-tour. Je continuai à courir, le cœur battant, encore affolée. Arrivée devant Blaise, sans réfléchir je me jetai contre lui, enfouis ma tête contre sa poitrine. Instinctivement, il referma ses bras sur moi. Je haletais, je tremblais. Je me mis à pleurer nerveusement :

— Oh, Blaise... ces soldats... ils voulaient... Si tu n'avais pas été là...

Il ne disait rien, se contentant de me tenir contre lui. Je sentais son menton posé sur mes cheveux, et j'étais si bien que j'aurais voulu ne jamais bouger. Mes sanglots s'atténuèrent.

— Ça va mieux ? demanda Blaise doucement.

J'acquiesçai d'un signe de tête. Je le regardai. Ses yeux clairs croisèrent les miens avec une expression qui rendit mes jambes faibles. Pendant un instant, nous sommes restés ainsi, les yeux dans les yeux, et le monde extérieur n'existait plus. Le temps même était aboli. Puis, avec un effort visible, il se redressa, laissa retomber les bras qui m'entouraient. La sensation de chaleur et de réconfort disparut. Je frissonnai.

Là-bas, sur le chemin, les soldats s'éloignaient. Blaise les observa un instant :

— Que voulaient-ils, dis-moi ?

Je me mordis les lèvres, refoulant les larmes qui revenaient :

— Ils... Ils m'avaient arrêtée... Ils exigeaient un baiser pour me laisser passer...

Le regard clair s'assombrit :

— Ils deviennent vraiment pénibles. Je vais aller parler à leur sergent.

— Ce n'est pas la peine. Mon père le fera sans doute, ou un de mes frères. Mais c'est gentil de le proposer. Et... merci, Blaise. Merci d'avoir été là.

— Pourquoi me remercier ? Je n'ai rien fait.

— Tu es venu vers moi, ça a suffi à les faire fuir. Qui sait ce qui se serait passé s'ils m'avaient rattrapée ? Ils devaient être furieux, surtout le plus grand des deux ; je venais de lui cracher au visage.

— Eh bien, dit-il avec un sourire amusé, tu vois bien que tu sais te défendre.

Je souris faiblement :

— Oui, peut-être... Mais j'ai aussi eu besoin de toi, tu l'as bien vu.

Nos regards s'accrochèrent de nouveau. Quelque chose passa entre nous, si intense que je demeurai immobile, tendue vers lui. Mais, une fois de plus, il se détourna :

— Je m'en vais maintenant, il faut que j'aille porter ce blé au moulin. Au revoir, Mathilde.

— Au revoir, Blaise, et encore merci.

Je le regardai s'éloigner, alors que j'aurais tant voulu le retenir. Il ramassa le sac laissé sur le chemin, le chargea sur son épaule, se dirigea vers le moulin. Je le voyais de profil — son profil intact. Quel dommage, pensai-je tristement, cette joue brûlée ! Pas pour moi, je n'y attachais pas d'importance, mais pour lui, s'il en souffrait comme je le soupçonnais. Je m'apercevais que, de plus en plus, j'étais attirée vers lui. Je finis par me dire que je devais certainement l'aimer depuis longtemps sans m'en rendre compte.

Je rentrai à la maison. A la porte, je croisai mon père et mes frères qui partaient aux champs avec Louis.

— Nous n'avons pas le temps de vous écouter, disait mon père à quelqu'un qui était à l'intérieur et que je ne voyais pas. Nous avons du travail, nous !

Mon frère François me souffla à l'oreille :

— Le nouveau curé... Il est là.

Ils s'en allèrent et j'entrai, remettant à plus tard le récit que je voulais leur faire. Sur le banc près de la cheminée, l'abbé Daubère était assis. Il parlait à ma mère, qui lavait bruyamment les bols du déjeuner. Il se tourna vers moi :

— Bonjour, mon enfant. Comment vous appelez-vous ?

J'hésitai, le regardai. Il me parut encore plus frêle que dans mon souvenir. J'éprouvai envers lui des sentiments contradictoires : une sorte de sympathie apitoyée à laquelle se mêlait une sourde rancune parce qu'il voulait prendre la place de notre curé. Ma mère répondit pour moi, d'une voix brève :

— On la nomme Mathilde.

Et elle ajouta, en posant avec force un bol sur la table :

— Mais je ne vois pas en quoi cela vous concerne.

Le petit prêtre, patiemment, expliqua :

— Vous êtes mes paroissiens, et il faut que je vous connaisse tous. Je veux...

Ma mère le coupa sèchement :

— On a déjà l'abbé Souliez qui nous connaît très bien. On n'a pas besoin de quelqu'un d'autre.

— Mais j'ai été envoyé ici comme nouveau curé, et je

m'acquitterai de ma tâche le mieux possible. Pourquoi me compliquer les choses ? Je n'ai rien contre l'abbé Souliez. Ce n'est pas moi qui ai décidé de l'expulser. Ne pouvez-vous le comprendre ?

Ma mère le toisa :

— Ce que je comprends, c'est que notre curé est resté fidèle à sa religion. Et ce n'est pas pour un renégat comme vous qu'on va l'abandonner.

— Je ne vous demande pas de l'abandonner. Je vous demande d'accepter mes nouvelles fonctions. Viendrez-vous à la messe, dimanche ?

— C'est vous qui la ferez ?

— Bien sûr, ce sera moi. Je suis là pour ça.

— Alors, certainement pas ! dit ma mère d'un ton catégorique.

Elle lui tourna le dos, se mit à essuyer les bols avec une ardeur qui prouvait son mécontentement. Le jeune prêtre soupira, se leva, m'observa un instant :

— Vous, mon enfant, vous paraissez gentille. Essayez donc de faire comprendre à votre mère...

Un ordre cinglant l'interrompit :

— Laissez ma fille tranquille. Je n'ai besoin de personne pour me dicter ce que j'ai à faire. Et j'ai du travail. Je ne peux pas passer ma journée à discuter.

Elle prit un seau vide, sortit pour aller le remplir au puits. L'abbé Daubère, le regard triste, alla jusqu'à la porte :

— Réfléchissez, lança-t-il à ma mère. Cette attitude ne vous mènera à rien. Il faudra bien que vous admettiez, tôt ou tard...

Penchée sur le puits, ma mère haussa les épaules sans se retourner. Il s'adressa à moi, qui n'avais encore rien dit :

— Et vous, mon enfant ? Que pensez-vous de tout cela ?

Malgré sa déception, ses yeux exprimaient une attente pleine d'espoir. Je secouai lentement la tête :

— Il vaudrait mieux que vous compreniez tout de suite la chose suivante : nous ne pourrons pas vous accepter. Ce n'est pas dirigé spécialement contre vous, ce serait pareil avec un autre. La raison est simple ; cela fait quarante ans que nous avons notre curé, nous l'aimons bien, nous voulons le garder. C'est tout.

Il voulut me répondre. Ma mère, qui revenait avec le seau rempli d'eau, s'interposa :

— Mathilde, ne reste donc pas là à ne rien faire. Va ramasser les œufs.

Devant une mauvaise volonté aussi évidente, le petit prêtre comprit qu'il était inutile d'insister. Il se détourna, l'air accablé :

— Eh bien, au revoir, et bonne journée.

— C'est ça, bonne journée ! jeta ma mère en entrant dans la maison.

Je le regardai traverser la cour de la ferme, sans pouvoir m'empêcher de le plaindre. Il marchait la tête penchée, et il me parut à la fois vulnérable et démuni. J'allai rejoindre ma mère :

— Le pauvre, il me fait pitié. Pourquoi vous montrer si dure avec lui, mère ?

— Je n'ai pas été dure. J'ai dit ce que je pensais, tout simplement. Si ça ne lui a pas plu, tant pis. Voudrais-tu l'accueillir les bras grands ouverts, et accepter d'assister à sa messe ?

— Bien sûr que non. Mais quand même, il semblait si malheureux en s'en allant...

— Eh bien, il n'avait qu'à ne pas venir. On le lui avait pourtant fait comprendre, en le chassant lundi dernier. Il ne faut pas le plaindre. Toi, Mathilde, ton bon cœur te perdra. Pense plutôt aux inconvénients que nous supportons à cause de lui : notre vieux curé expulsé, et maintenant ces soldats dans le village.

— En parlant de soldats... commençai-je, et je racontai l'incident.

Le mécontentement de ma mère se transforma en colère :

— Ah, vraiment, c'est de mieux en mieux ! Et ils sont là pour maintenir la tranquillité ! Il faut absolument faire quelque chose. C'est plus qu'assez.

Lorsque l'angélus, à midi, ramena mon père des champs, il fut du même avis. Il s'en alla trouver Pierre-Antoine. Celui-ci, qui avait reçu d'autres plaintes, décida de se rendre à Douai avec Ambroise, le procureur de la commune, pour demander que les soldats soient rappelés.

— Il suffit de prendre patience encore quelques jours, conclut mon père. Si Pierre-Antoine obtient l'autorisation, ils partiront aussitôt.

A Douai, Ambroise et Pierre-Antoine surent se montrer persuasifs. Ils affirmèrent que notre village était redevenu très tranquille, que le nouveau curé était maintenant bien installé, et que la présence des soldats ne se justifiait plus. Ils revinrent avec un ordre à l'intention du sergent, lui intimant de rejoindre, avec ses hommes, pour le dimanche soir, leur régiment à Douai.

Au nom de la municipalité, Pierre-Antoine décida de leur offrir une tournée de bière et d'eau-de-vie au cabaret d'Ignace. Le dimanche dans l'après-midi, nous étions nombreux, sur la place, à assister à leur départ. A mesure qu'ils s'éloignaient, notre soulagement se faisait plus vif. Nous nous sentions libérés. A la porte du presbytère, le petit prêtre, lui aussi, les regardait partir. J'eus une pensée pour lui, qui restait sans protection, pratiquement seul contre tout le village. Le matin même, nous n'avions pas assisté à sa messe ; seules s'y trouvaient les dix personnes de la semaine précédente. Pauline, près de moi, eut une réflexion identique :

— Ce pauvre abbé Daubère ! Comment va-t-il se débrouiller, maintenant ?

Adèle, qui parlait avec ma mère, l'entendit, se retourna :

— Ça alors, vous allez le plaindre, peut-être ? Alors qu'à cause de lui nous avons dû partir ? Savez-vous qu'il a eu le toupet de venir me proposer d'aller lui tenir son ménage ? « Vous retrouverez ainsi votre ancien logement », a-t-il osé me dire. Je l'ai reçu à ma façon, je vous prie de le croire. Je sais qu'il est allé le demander à d'autres, lors de ses visites dans le village. Aucune n'a accepté, et c'est tant mieux. De plus, après sa tournée, qu'il a terminée hier, il est revenu voir M. le curé, pour se plaindre que personne ne voulait assister à ses messes. Il lui a dit : « Allez leur parler, vous, ils vous écouteront. » — « Oh non, ils ne m'écouteront pas, a répondu M. le curé. Je leur ai déjà parlé, avant votre arrivée, leur conseillant de bien vous accueillir. Cela me désole de voir qu'ils ne m'obéissent pas, mais, d'un autre côté, je dois vous avouer que leur fidélité réchauffe mon vieux cœur. » Il a vu qu'il n'était pas soutenu, alors il est parti. Eh bien, moi, j'affirme qu'il n'a que ce qu'il mérite, il a voulu venir, alors maintenant, qu'il se débrouille !

Après le départ des soldats, Joséphine s'empressa de déclarer que, puisqu'elle n'avait plus leurs repas à préparer, elle ne ferait plus ceux de l'abbé Daubère. Pierre-Antoine essaya de la raisonner, expliquant qu'il n'était pas charitable de laisser qui que ce soit mourir de faim. Elle ne voulut pas céder. Sylvain Busquet intervint :

— N'insistez pas, Pierre-Antoine. L'abbé Daubère viendra prendre ses repas chez moi. Je préviendrai ma mère.

— Sylvain, dit Joséphine avec mépris, tu me dégoûtes. Tu ferais n'importe quoi pour te faire bien voir par ceux du directoire.

Sylvain engloba ceux qui l'entouraient d'un regard circulaire :

— Et vous tous, que faites-vous donc ? Croyez-vous que ce soit mieux ? Vous créez des difficultés à ceux qui travaillent pour vous. Vous ne comprenez même pas que votre attitude n'est pas habile.

— Si être habile signifie piétiner notre bon curé pour le remplacer par le premier venu, renégat de surcroît, déclara Joséphine avec hauteur, alors je préfère ne pas l'être.

Une discussion s'ensuivit. Sylvain essaya de défendre son point de vue, parlant une fois de plus d'un monde nouveau d'égalité et de liberté, qui ne pourrait pas se faire sans sacrifices. Mais les autres protestèrent :

— Pourquoi sacrifier des innocents comme notre curé ? Tu ne nous feras pas admettre que c'est bien et juste.

Avec Pauline, je m'éloignai.

— Je me demande comment Sylvain peut encore croire à ce qu'il dit, avoua-t-elle pensivement. Si cela continue, je vais finir par regretter l'ancien temps, celui d'avant leur révolution. Nous nous trouvions malheureux, nous voulions que cela change. Mais maintenant, est-ce mieux ? Regarde-les se disputer ! Rappelle-toi, avant, comme les dimanches étaient calmes : on allait à la messe, aux vêpres, on se réunissait, on bavardait, on se promenait, on regardait les hommes faire des concours d'arbalète, jouer au javelot, à la crosse, au jeu de paume. Tout ça n'existe plus. Et puis, toutes leurs mesures... Ils ont commencé par s'attaquer au comte, maintenant c'est à notre curé. Et ensuite, ce sera le tour de qui ? Pourquoi pas le nôtre ?

Je hochai la tête avec doute, trouvant les paroles de Pauline exagérées.

4

La semaine qui suivit fut, elle aussi, fertile en événements. Le mercredi 22 juin 1791, Pierre-Antoine nous apprit que le roi s'était enfui. Sans comprendre, nous nous interrogions. Quelles conséquences ce départ aurait-il ? Le roi était-il donc si malheureux, si bafoué, qu'il avait préféré abandonner son peuple et son royaume, lui qu'on disait si bon et si soucieux du bien-être de ses sujets ? Ou bien son impuissance l'avait-elle découragé ? A moins qu'il n'ait été enlevé ? Ma sœur, à Douai, nous dit que les partisans de la révolution rendaient responsables les nobles, les prêtres, les ministres et La Fayette. Nous ne savions que croire.

Trois jours après, une seconde nouvelle nous parvint : « Le roi avait été arrêté à Varennes et ramené à Paris. » Il était enfermé aux Tuileries. Une inquiétude nous agita : en quoi cet événement changerait-il nos vies ?

— Pas en bien, certainement, me confia Rosalie lorsque j'allai porter le beurre au château, le lundi suivant. M. le comte est très contrarié. Il passe ses journées dans son bureau, avec M. Adrien. Celui-là, il a complètement changé ! Lui qui aimait tant courir à droite et à gauche, il ne sort pratiquement plus. Une promenade à cheval le matin à l'aube, et puis c'est tout. La situation n'est pas gaie pour eux, ils s'en rendent compte. Il paraît que beaucoup de nobles sont déjà partis à l'étranger, comme a voulu le faire le roi. Mme la comtesse, l'autre jour, a posé la question. Sa sœur habite à Anvers. « Pourquoi n'irions-nous pas chez elle quelque temps ? a-t-elle dit. Nous y serions à l'abri, au cas où les événements s'aggraveraient. » Le comte l'a regardée sévèrement : « Apprenez, Adélaïde, que je ne quitterai pas mon château. Jamais un Bryars n'a été lâche, et ce n'est pas moi qui commencerai. Si certains agissent ainsi, cela les regarde. Moi, je resterai, et je serai digne de mes ancêtres. Et puis, ce n'est pas au moment où notre roi est en difficulté qu'il faut l'abandonner. » C'est bien triste, tout ça, Mathilde. Je suis de plus en plus inquiète.

Il était vrai que nous vivions dans une pénible incertitude. Nous ne pouvions pas ignorer les événements qui se produisaient et qui rejaillissaient sur notre petit village. Pour le moment, dans notre existence de tous les jours, le problème était la présence de ce curé assermenté dont nous ne voulions pas. Il perturbait nos habitudes, et cela finissait par nous agacer. Ainsi, nous n'allions plus à la messe, puisque nous refusions d'assister à la sienne. Depuis qu'il était là, chaque dimanche nous restions chez nous, sourds à l'appel des cloches. Et il nous venait un regret de ces dimanches où, le cœur joyeux, nous nous dirigions tous vers l'église, traversant le village ensoleillé, nous saluant et bavardant amicalement. A ce regret se mêlait une rancune tenace contre ce prêtre qui s'incrustait contre notre volonté. Un jour où il s'était plaint à Joséphine de l'absence des paroissiens à la messe, elle lui avait suggéré de laisser officier l'abbé Souliez, assurant que dans ce cas l'église serait pleine. Il avait rejeté la proposition : dire la messe faisait partie des devoirs de sa charge et il ne s'y déroberait pas.

L'abbé Souliez, de son côté, souffrait de l'inaction qui lui était imposée. Lui qui, toute sa vie, avait célébré l'office divin chaque dimanche se sentait frustré. Dans la chambre qu'il occupait chez Ambroise, il avait installé une sorte d'autel pour y dire la messe et y prier en solitaire. Ainsi, nous annonça Adèle, il pouvait rendre grâces au Seigneur, mais il lui manquait notre présence autour de lui.

Ce fut Joséphine qui eut l'idée. Elle regarda Adèle qui soupirait, puis eut un large sourire qui illumina son visage rond :

— Pourquoi ne pas assister à la messe que M. le curé célèbre tout seul chaque dimanche ? Il faudrait trouver une salle assez grande, qui ne servirait qu'à ça, et l'installer.

Félicité, la femme de Barthélemy, proposa sa grange :

— Elle est vaste et claire, bien sèche. Je la nettoierai, je balaierai le sol. Elle peut contenir beaucoup de monde.

L'offre fut acceptée. Il fallut ensuite la soumettre à notre curé. Adèle s'en chargea. L'ennui qu'il éprouvait depuis qu'il avait été expulsé du presbytère fit qu'il accueillit cette suggestion avec joie, heureux de retrouver tous ses fidèles dans la prière.

Barthélemy installa une table recouverte d'une nappe blanche. Adèle se rendit à l'église, prit un ciboire et des hosties. Et, le dimanche suivant, lorsque les cloches sonnèrent, comme avant les habitants du village sortirent de leur maison et se dirigèrent vers la place. Mais ce ne fut pas l'église qui nous accueillit. Si le petit prêtre nous vit, il dut déchanter bien vite. Tout le monde entra dans la cour de la ferme, chez Barthélemy, puis dans sa grange. Et là, avec émotion, dans un silence recueilli, chacun d'entre nous écouta notre curé. Sous les cheveux blancs, le vieux visage rayonnait de tendresse. Nous nous sentions profondément unis, en paix avec nous-mêmes.

A la sortie, Sylvain Busquet vint vers nous. Furieux, il apostropha Pierre-Antoine :

— Vous rendez-vous compte de la façon dont vous agissez ? Au lieu de faire respecter les ordres, vous permettez au contraire qu'ils soient ridiculisés ! L'abbé Souliez n'a pas à dire la messe, il y a un nouveau curé pour ça, maintenant.

— Ecoute, Sylvain, tu sais ce que je pense, moi comme les autres. Si l'abbé Souliez veut faire la messe, de quel droit l'empêcherais-je ?

— Mais il n'a pas prêté serment !

— Il est un bon curé, il l'a toujours été. Si tu veux le trahir et rejoindre l'autre, libre à toi. Mais ne t'attends pas à ce que l'on t'imite.

Ceux qui entouraient Pierre-Antoine l'approuvèrent. Seul contre tous, Sylvain n'insista pas. Je le vis s'éloigner d'un air mécontent.

Nous en étions là lorsque, au mois de juillet, le beau-père de Mathurin, déjà malade depuis longtemps, mourut. La nouvelle courut dans le village, et Guislain, le maréchal-ferrant, qui faisait office de garde champêtre, passa dans les rues pour l'annoncer au son du tambour.

Aussitôt, j'accompagnai ma mère chez Marie-Catherine, pour l'assurer de notre sympathie et rendre hommage à son vieux père que nous aimions bien. L'abbé Souliez, que Mathurin était allé chercher, priait au chevet du mort. Je regardai le vieil homme qui reposait, calme et majestueux, sur son lit. Des images de mon enfance me revenaient à l'esprit ; bien souvent, nous venions lui apporter des baguettes de sureau, qu'avec habileté il taillait pour nous faire une sorte de flûte. Je le revoyais, penché sur le mince morceau de bois, pendant que nous, garçons et filles, l'entourions en l'observant avec attention, silencieux et admiratifs. Avec lui, cette partie de mon enfance s'en allait.

Marie-Catherine nous reconduisit jusqu'à la porte. Alors que nous sortions, l'abbé Daubère arrivait. Il s'arrêta en nous voyant, bredouilla :

— J'ai appris... euh, je venais pour...

Marie-Catherine le fixa sans aménité :

— On n'a pas besoin de vous. M. le curé est là.

Le petit prêtre rougit, s'agita :

— Mais... mes devoirs... c'est à moi qu'il incombe, maintenant, de... Et la messe d'enterrement, demain ?

Marie-Catherine croisa les bras, prit un ton catégorique :

— Comprenez-moi bien, c'est notre curé qui fera l'enterrement. Mon père me l'a fait promettre il y a quelques jours, et j'ai promis. Ils s'estimaient beaucoup, tous les deux, et ce n'est pas un petit prêtre de rien du tout qui empêchera ce qu'on a décidé.

L'abbé Daubère nous regarda, l'une après l'autre, comme pour nous appeler à l'aide :

— Mais... mais... bégaya-t-il de nouveau.

Mathurin vint à la rescousse :

— Laissez-nous tranquilles. Puisqu'on vous dit qu'on n'a pas besoin de vous !

Ils barraient l'entrée tous les deux, décidés, inébranlables. Le jeune abbé hésita encore un instant. Puis il écarta les bras dans un geste d'impuissance, eut un sourire navré, et s'en alla. Une nouvelle fois, je ne pus m'empêcher de le plaindre.

Marie-Catherine dut éprouver un sentiment analogue. Elle le regarda partir, et dans ses yeux la pitié se mêlait au ressentiment.

Le lendemain, l'enterrement fut fait par l'abbé Souliez ; le petit prêtre ne se montra pas. Il avait dû comprendre que sa présence était indésirée.

A partir de ce jour, il commença à abandonner la lutte. Il continuait de sonner les cloches chaque dimanche, mais nous nous rendions fidèlement dans la grange de Barthélemy assister à la messe de l'abbé Souliez. Dès qu'il sortait dans le village, il était ignoré par les habitants, poursuivi par les garnements. Un jour, en passant devant le cabaret d'Ignace, il reçut le contenu d'un baquet d'eau sale remplie de détritus que Joséphine jetait dehors. Aux reproches du petit prêtre, elle répondit en grommelant qu'elle ne l'avait pas vu, et que s'il ne s'était pas trouvé là — et dans notre village où personne ne voulait de lui — cela ne serait pas arrivé. Il comprit définitivement le 15 août lorsque, à la procession, il se retrouva seul avec sa dizaine de personnes habituelles, dont Sylvain Busquet. Alors il renonça. Le lendemain, il alla trouver Pierre-Antoine et lui annonça qu'il donnait sa démission. Il envoya une lettre au procureur syndic, et s'en alla un matin, salué par les « Bon débarras ! » de ceux qui le regardaient partir. A nous tous, qui nous réjouissions, et à ceux qui le pressaient de regagner son presbytère, l'abbé Souliez déclara :

— Pour le moment, je reste où je suis. Ne craignez rien, je reprendrai avec joie mes fonctions, et nous referons la messe dans l'église. Mais ce ne sera peut-être que provisoire : qui sait si un autre prêtre, plus âgé et plus expérimenté, ne sera pas envoyé de nouveau ? Dans ce cas il faudrait que je déménage encore ! Je suis trop vieux pour ces va-et-vient continuels.

— En tout cas, dit Joséphine, résumant l'avis de tout le monde, pour le moment on a gagné. Et, s'ils en envoient un autre, on recommencera.

Le vieil homme au regard d'enfant nous sourit avec affection :

— Vous êtes terribles, mais je vous aime bien. Malgré tout, je veux entendre en confession ceux et celles d'entre vous qui ont agi de façon peu charitable envers ce pauvre abbé Daubère.

Joséphine répondit de nouveau pour nous toutes :

— C'est d'accord ! Nous, on veut bien tout ce que vous voudrez : on est si heureux que vous soyez de nouveau notre curé !

— Ne vous réjouissez pas trop vite, nous dit ma sœur lorsque nous lui apprîmes notre victoire. Ça m'étonnerait qu'ils vous laissent tranquilles. A Douai, tous les religieux viennent d'être expulsés, les moines ont été envoyés dans d'autres maisons de leur ordre. Quand on pense que certains étaient ici depuis plusieurs siècles, comme les Dominicains... Et les églises ! On vide celles qui sont fermées, on transporte leur mobilier dans les autres. J'ai appris que l'église Saint-Albin avait été louée à Pétronille, la fermière chez qui je vais chercher mon lait. C'est elle-même qui me l'a dit. Elle va s'en servir pour y enfermer ses récoltes.

— Quel sacrilège ! dit ma mère avec horreur. Une église transformée en réserve de foin !

— Et on ne peut rien dire ! Si on fait une réflexion, comme celle que vous venez de faire, tout de suite on passe pour être antipatriote et même aristocrate ! Ces Jacobins sont partout, surveillent tout, et voudraient forcer tout le monde à être révolutionnaire. Comme si on pouvait l'être lorsque des choses pareilles se produisent !

Ma tante Séraphine, à Cambrai, nous dit à peu près la même chose :

— Ici, il y a le club des *Amis de la Constitution.* Ils recherchent les gens qui, d'après eux, ne sont pas suffisamment révolutionnaires, et les accusent d'agir à l'encontre des lois. Bien souvent à tort, d'ailleurs, comme le prouve leur intervention, au mois de juin, lors de l'enterrement d'une des sœurs de Sainte-Agnès. Savez-vous ce qu'ils ont fait ? Ils ont obligé le fossoyeur du cimetière Notre-Dame à déterrer le cercueil et à l'ouvrir, parce qu'ils s'étaient persuadés que la sœur avait déjà été enterrée illégalement dans le caveau de la chapelle, à Sainte-Agnès, et que le cercueil mis dans le cimetière ne contenait que des pierres ou de la terre. Ils y sont allés alors qu'il était plus de dix heures du soir, avec le maire, les députés, des gardes nationaux, portant des torches et au son d'un tambour. Bien entendu, lorsque Nick, le fossoyeur, a ouvert le cercueil, tous ont pu voir que la sœur s'y trouvait bien. Juste à ce moment, un terrible orage a éclaté, et ils ont dû s'enfuir sous de véritables trombes d'eau. C'est un membre du club qui l'a raconté à Aimé, le lendemain, en venant se faire coiffer. Il en riait comme d'une bonne farce.

— Que dit Aimé, dans un cas comme celui-là ?

— Que peut-il dire ? S'il n'approuve pas suffisamment, ils le regardent d'un air soupçonneux et lui demandent si, des fois, il ne serait pas un aristocrate. Alors on ne peut que se taire, et faire semblant d'être d'accord avec eux. Ici aussi, les religieux ont été chassés de leurs couvents, leurs biens mis à la disposition de la nation. Ils sont traités de fanatiques et d'ennemis des lois. Tout comme les prêtres réfractaires, alors qu'ils veulent simplement rester fidèles à leur religion. Pour plaire à ces messieurs de la révolution, il faudrait tout bafouer ! C'est pourquoi je vous le dis : même si vous avez réussi à vous débarrasser de votre nouveau curé, on ne vous permettra pas de garder l'ancien.

— Que pourraient-ils donc faire ? demanda ma mère. Ils ne vont quand même pas venir l'enlever ?

— Pourquoi pas ? Ils ont bien expulsé les moines de leur monastère. Je les crois capables de n'importe quoi.

Pourtant, les jours s'écoulaient et rien ne se produisait. Au début, nous étions inquiets ; puis, peu à peu, nous avons commencé à nous rassurer. Nous avions repris l'habitude d'assister à la messe dans l'église, où notre curé officiait comme si rien ne s'était passé. Sylvain Busquet essayait bien parfois de protester, disant qu'un prêtre réfractaire n'avait plus le droit d'exercer, mais il se faisait régulièrement rabrouer. Pour nous tous, notre curé était redevenu notre curé, et cela nous suffisait. Seul le presbytère demeurait inoccupé, rappelant, si nous avions voulu l'oublier, que tout n'était plus tout à fait comme avant.

L'été finissait. La moisson terminée, ce fut le moment du glanage. Puis vint la fête du saint de notre paroisse, au mois de septembre. Il y eut la procession habituelle, faite par notre vieux curé, et tout le monde y assista. L'après-midi, après les vêpres on se retrouva sur la place, pour les bavardages entre femmes, les discussions au cabaret d'Ignace, et les jeux. Pauline me prit par le bras :

— Regarde, Mathilde, ça, c'est un dimanche comme ceux d'avant. Crois-tu que l'ordre soit, enfin, revenu ?

— Je le voudrais bien. Mais n'oublie pas que notre curé n'a pas prêté serment. Aux yeux de l'Assemblée, il est illégal. Mon père et mes frères disent que ça ne va pas durer.

— Crois-tu que, là-bas à Paris, ils s'occupent d'un petit village de rien du tout comme le nôtre ?

— Je ne sais pas : pourtant, oui, certainement, puisqu'ils ont envoyé un autre prêtre, avec des soldats pour imposer sa présence.

— Mais maintenant, ils ont bien vu que nous n'en voulions pas. Alors peut-être vont-ils nous laisser tranquilles ?

Je souris à ce raisonnement naïf. Eulalie, la jeune sœur de Pauline, nous appela :

— Venez, nous allons jouer à colin-maillard !

Avec Pauline, je rejoignis les autres. Colin-maillard était un jeu qui plaisait à tous. On bandait les yeux de quelqu'un, qui devait alors, sans rien voir, attraper quelqu'un d'autre, et deviner de qui il s'agissait, simplement en palpant son visage, ses vêtements. Parmi les cris et les rires, les parties se succédèrent. Il y eut un moment où Pauline, le bandeau sur les yeux, attrapa Nicolas. Je la regardai passer les mains sur le visage de mon frère, silencieux et parfaitement immobile, et je devinai, à la douceur de ses gestes, qu'elle savait de qui il s'agissait. Mais elle faisait durer l'attente, prolongeant ses caresses le long des joues, du nez, des lèvres. Je ne pus m'empêcher de sourire. Et c'est alors que je pensai à Blaise.

Il n'était pas parmi nous. Je l'avais remarqué depuis le début, et cela ne m'avait pas étonnée. Je savais qu'il ne participait jamais à nos jeux. Mais là, subitement, j'eus envie de sa présence. Comme j'étais sûre qu'il ne viendrait pas, je me mis à sa recherche. Je m'éloignai subrepticement, je contournai l'église. Je n'eus pas à aller bien loin. Dans l'allée qui longeait le cimetière, il était là, le dos appuyé au mur de l'église. Il regardait dans le vide, droit devant lui, tellement abîmé dans ses réflexions qu'il ne m'entendit pas arriver. Il sursauta lorsque je m'arrêtai près de lui, me jeta un coup d'œil et, bien vite, regarda de nouveau ailleurs.

— Blaise, demandai-je doucement, pourquoi ne viens-tu pas avec nous ?

Il fit un pas qui l'éloigna de moi, haussa les épaules, dit amèrement :

— Pour jouer à colin-maillard ? Rien qu'en tâtant ma joue brûlée, on devinerait tout de suite qui je suis.

Je compris que ma question était maladroite. Je repris, plus doucement encore :

— Tout simplement pour être avec nous. J'aimerais bien, moi, que tu sois là.

Il répliqua durement :

— Ce n'est pas l'avis de tout le monde. J'ai déjà entendu Noémie dire...

Je tapai du pied avec impatience :

— Ah, arrête de toujours citer Noémie ! Il n'y a qu'elle à dire des stupidités de ce genre. Et personne ne l'approuve, tu le sais très bien. Ignore-la, tout simplement.

Il avoua sourdement :

— Je ne peux pas, Mathilde. L'idée de recevoir une de ses remarques désagréables me paralyse, d'autant plus que je me dis qu'elle n'a pas tort. Non, je préfère rester ici.

— Et que fais-tu donc, là, tout seul, à l'écart ?

Il fit un geste vague :

— Je réfléchis.

— A voir ta mine, tes réflexions ne doivent pas être bien gaies !

Avec l'ombre d'un sourire, il me regarda :

— C'est vrai, mais la situation n'est pas gaie, elle non plus.

— Et c'est encore plus triste de s'isoler quand les autres s'amusent, n'est-ce pas ?

Des cris d'enthousiasme, des acclamations arrivèrent jusqu'à nous. Il soupira :

— Oui, moi aussi, j'aimerais bien, parfois, rire et m'amuser. Mais c'est impossible.

Tendrement, avec une audace dont je ne me serais pas crue

capable, je levai la main et caressai sa joue meurtrie. Il eut un violent recul, repoussa ma main, dit d'une voix rauque :

— Non, pas ça... Laisse-moi, Mathilde. Ne vois-tu pas que ce que tu fais est cruel ?

D'un geste brusque il se détourna, s'en alla précipitamment. Surprise, peinée, je l'appelai :

— Blaise ! Voyons, Blaise, reviens !

Pour toute réponse, il doubla le pas. Tristement, je le regardai s'éloigner, cherchant ce qui avait bien pu provoquer une telle réaction. Découragée, je m'appuyai contre le mur. Comment lui faire comprendre que moi, je l'aimais malgré son visage brûlé ? Dès que j'essayais, il me fuyait, et je me rendais compte que plus il me fuyait, plus je le voulais. Je soupirai longuement. Ce ne serait pas facile. Et puis, peut-être ne m'aimait-il pas ?

— Ah, tu es là, Mathilde ! Je cherchais mon frère. Etait-il avec toi ?

Germain, arrivé sans que je l'aie entendu, m'observait avec sympathie. C'était le meilleur ami de mon frère François, et bien souvent nous avions joué ensemble, dans notre enfance. J'eus un sourire désolé :

— Oui, il était avec moi, mais je crois bien l'avoir fait fuir.

— Tu lui as demandé de venir se joindre à nous ?

— Oui. Il ne fallait pas ?

— Non. Il en meurt d'envie, mais il ne le fera pas.

— Mais pourquoi, à la fin ? A cause de sa brûlure ? Je lui ai dit que ça n'avait pas d'importance, pour nous.

Le visage grave, Germain dit, lentement :

— Mais ça en a beaucoup pour lui. Tu ne peux pas savoir, Mathilde, le nombre de fois où je l'ai trouvé, dans notre enfance et même encore après, en train de pleurer tout seul dans un coin, pendant que tous les autres s'amusaient. On le considère plus ou moins comme un original, alors qu'en réalité il souffre.

Le cœur serré, je murmurai :

— J'avais remarqué qu'il se tenait toujours à l'écart. Mais je ne me doutais pas que c'était si grave pour lui. Il m'a dit, récemment, qu'il ne se marierait jamais. Il prétend que pas une fille ne voudrait de lui. Mais c'est idiot. Moi, je...

Je me tus subitement. Germain m'observa avec intérêt :

— Veux-tu dire que tu l'accepterais, toi, pour mari ?

J'hésitai un instant. Mais je vis sur son visage une sollicitude sincère qui me décida :

— Eh bien oui. Même s'il considère cela comme impossible, j'ai découvert il y a peu de temps que je l'aimais. Que m'importe sa joue brûlée, ça n'enlève rien à ses qualités. J'ai essayé de le lui faire comprendre, mais il se referme et répète qu'il ne supporte pas la pitié. Comment puis-je faire, dis-moi ? A moins que lui ne m'aime pas...

Germain secoua la tête avec un sourire taquin :

— Alors là, je pense plutôt le contraire.

— Il te l'a dit ?

— Non, je crois qu'il ne l'avouerait jamais, même à moi. Mais la nuit — tu sais, nous dormons dans la même chambre — eh bien, il m'est arrivé de l'entendre murmurer ton prénom, dans son sommeil. Et j'ai déjà vu, aussi, la façon dont il te regarde quand tu ne le vois pas. L'expression de ses yeux ne me trompe pas.

— Es-tu sûr, Germain ?

— Oui. Je crois même qu'il t'aime depuis toujours, et je vais te dire pourquoi. Te souviens-tu de ce jour de notre enfance où, dans ta grange, nous avons joué au mariage ? Blaise et toi, vous étiez les mariés, et moi, je faisais le curé. J'avais mis, en guise de soutane, une vieille jupe noire de ma mère. Rappelle-toi...

Lentement, un souvenir remonta du fond de ma mémoire. Je nous revis, Blaise et moi, côte à côte, graves et silencieux, tandis que Germain, prenant son rôle au sérieux, nous déclarait mari et femme...

— Oui, je me souviens. Je devais avoir huit ans. Je l'avais oublié. Mais ce n'était qu'un jeu.

— Pour Blaise, c'était plus sérieux. Il avait douze ans, et sais-tu ce qu'il m'a dit, le soir même ? Il m'a dit : « N'en parle à personne, c'est un secret, mais plus tard, j'épouserai Mathilde. » Je me suis moqué de lui, répliquant que d'ici là on verrait bien. Il m'a regardé avec reproche et, gravement, il a montré le crucifix au mur. « Je jure devant Dieu que c'est elle qui sera ma femme, et si ce n'est pas elle, ce ne sera personne d'autre. » Il semblait si convaincu qu'il m'a impressionné, et je n'ai plus rien dit. Et puis, quelque temps après, est arrivé cet horrible accident. Alors, il n'en a plus jamais parlé.

Je me haussai sur la pointe des pieds, posai un baiser sur sa joue :

— Merci, Germain.

Il me sourit avec affection :

— Ne me remercie pas. Je dis ce que je pense, simplement. Si tu veux, je vais essayer de lui parler, lui demander s'il t'aime. Je te rapporterai sa réponse. Veux-tu ?

— Oh oui, je veux bien ! Ainsi, j'aurai au moins une certitude.

— Hé, vous deux, que faites-vous là ? Venez donc avec nous.

Mon frère François nous appelait.

— J'arrive ! cria Germain, et il le rejoignit en courant.

Je le suivis plus calmement. Je me mêlai de nouveau aux autres, et je me sentais pleine d'espoir et d'enthousiasme. Avec Germain, j'avais maintenant un allié. Et, si Blaise m'aimait, je saurais bien le convaincre. L'avenir me paraissait soudain plus clair, plus beau, plus lumineux.

A la fin du mois de septembre, l'Assemblée constituante ordonna la libération de tous ceux qui avaient été incarcérés, bannis ou condamnés aux galères pour faits d'émeute ou de révolte depuis le 1er mai 1788. Sylvain Busquet eut une approbation mêlée de regret :

— C'est bien, leur décision, mais elle arrive trop tard pour mon père. Si tout ça s'était produit vingt ans plus tôt, il aurait pu revenir. Tandis qu'il est mort comme un forçat, un criminel, alors qu'il était bon et brave...

Son regard reflétait une nostalgie poignante, le regret d'avoir été privé de ce père qu'il aimait et qu'un régime trop dur lui avait ravi. Dans les rares moments où il laissait voir sa tristesse et son amertume, je comprenais mieux sa révolte.

Le 1er octobre 1791, l'Assemblée législative succéda à la Constituante. L'un de ses premiers décrets concerna la liberté de la culture des terres : l'obligation des jachères était supprimée, les clôtures autorisées. Mon père exprima sa satisfaction, disant que les récoltes seraient plus abondantes puisqu'on ne laisserait plus les terres en friche une fois tous les trois ans. Mais d'autres décrets suivirent, s'attaquant aux émigrés, puis aux prêtres réfractaires, les obligeant à prêter serment. Notre curé refusa une nouvelle fois, et tout en lui donnant raison, nous craignions pour lui des représailles.

5

Bientôt, l'hiver fut là. Avec les mauvais jours, notre village sembla se replier sur lui-même, vivre dans une sorte d'attente inquiète. Nous ne voyions plus le comte ni sa famille, qui se confinaient dans leur château. Une satisfaction néanmoins nous restait, nous avions toujours notre curé, et ce serait lui qui ferait, cette année encore, la messe de minuit à Noël.

J'avais revu Germain. Il avait essayé d'interroger Blaise, mais celui-ci avait détourné la conversation sans avouer quoi que ce fût. Devant ma déception, il me promit d'essayer encore. Je me demandai que faire. Les veillées avaient repris et, lorsque Blaise venait chez nous avec son père et son frère, il s'installait à la table, jouait aux cartes ou discutait en évitant soigneusement de me regarder. Cela me décourageait et m'agaçait à la fois.

Gaston venait aussi, de temps en temps, avec son fils Jean-Marie. Depuis la mort de sa femme, le savetier avait tellement vieilli qu'on avait du mal à croire que deux années seulement s'étaient écoulées. Il avait aussi maigri, à tel point qu'il flottait dans ses vêtements. Et depuis plus d'un an, il toussait, d'une toux persistante qui ne le quittait pas. Nous avions fini par nous y habituer, comme si elle faisait partie de lui-même, sans en comprendre la gravité. Nous le comprîmes subitement un matin où Jean-Marie, affolé, vint nous chercher.

C'était dans les premiers jours de décembre. Nous venions de nous lever, et dehors il faisait encore obscur. Ma mère faisait chauffer le lait pour le déjeuner, et je disposais des bols sur la table, lorsqu'on frappa à la porte. En même temps, la voix de Jean-Marie nous parvint, mêlée de sanglots :

— Vite !... Venez... C'est papa !... Il est malade...

Rapidement, j'allai à la porte. Jean-Marie me tomba littéralement dans les bras. Il pleurait et, malgré ses onze ans, n'était plus qu'un tout petit garçon terrifié :

— Mathilde ! Viens vite. Papa crache du sang !

— Du sang ! répéta ma mère sur un ton à la fois incrédule et horrifié. Voyons, raconte clairement.

Jean-Marie leva vers elle un visage hagard. En essayant de maîtriser ses sanglots, il expliqua :

— Je l'ai entendu tousser. Ça lui arrive souvent, mais là, ça n'en finissait pas. Et puis, il toussait avec un bruit bizarre, comme s'il crachait en même temps. Alors, je suis allé dans sa chambre et je l'ai vu penché sur une cuvette, il y avait du sang. — Ses lèvres tremblèrent, il faillit se remettre à pleurer. — J'ai eu peur, et je suis venu vous chercher.

— J'y vais, dit ma mère avec décision. Viens avec moi, Mathilde, et prends ce sirop que j'ai fait avant-hier. Toi, Jean-Marie, va chercher Pierre-Antoine ; je crois qu'on aura besoin de lui.

Je suivis ma mère jusqu'à la maison voisine. Dès l'entrée, nous entendîmes les quintes de toux. La porte de la chambre était ouverte. J'aperçus Gaston, le corps penché hors du lit, les mains crispées sur sa poitrine. Il toussait, et chaque quinte amenait un sang rouge vif qui emplissait la cuvette posée sur le sol. Affolée, je le regardai, remarquai sa maigreur, son visage blafard, parcheminé, où la peau se tendait sur les os. Du sang tachait son menton, sa chemise de nuit, avait éclaboussé le drap. Ma mère alla près de lui, le soutint. Les quintes commençaient à s'espacer, puis peu à peu elles se calmèrent. Gaston s'essuya les lèvres d'un revers de main, s'adossa à l'oreiller, encore tremblant. Les yeux fermés, il était si pâle, avec sa bouche sanglante, qu'il me fit peur.

— Apporte une cuillère, Mathilde, et vous, Gaston, essayez de vous asseoir.

Gaston ne réagit pas. Seule sa respiration, rauque et difficile, signalait qu'il était vivant. Les yeux enfoncés dans les orbites creusées étaient clos, le nez pincé, le visage livide, marqué de deux taches rouges aux pommettes. Il ne sembla pas entendre ma mère. Elle essaya de lui soulever la tête pour lui faire boire un peu de sirop, mais ne put y parvenir. Il retomba, inerte, et avec un geste d'impuissance elle abandonna.

Pierre-Antoine arriva, suivi par Jean-Marie dont les yeux agrandis trahissaient l'inquiétude. Le petit garçon vint se réfugier près de nous. Je l'entourai de mon bras, et il se serra contre moi. Je le sentis trembler. Je lui frictionnai le dos pour le réchauffer, mais je savais que ce n'était pas uniquement le froid qui le faisait frissonner.

Notre médecin prit la lampe à huile, l'approcha du lit. Il souleva les paupières de Gaston, fit une moue, se pencha, colla son oreille sur sa poitrine. Un long moment s'écoula ainsi, puis Pierre-Antoine se releva. L'air grave, il nous regarda :

— Je crois que le mieux est de le laisser reposer. Cette crise l'a complètement épuisé. Il est inutile que je fasse une saignée, il a déjà perdu assez de sang comme ça. Il faudra lui donner du sirop, du miel, lui faire manger des plats sains et nourrissants. Mais...

Il nous entraîna hors de la chambre, ferma soigneusement la porte. Dans la pièce voisine, il se tourna vers Jean-Marie :

— Dis-moi, cela s'est-il déjà produit avant aujourd'hui ?

Le petit garçon semblait proche des larmes.

— Je ne sais pas, dit-il en ravalant ses sanglots. Je ne crois pas, ou alors je ne m'en suis pas rendu compte. Papa ne me dit rien, il ne se plaint jamais. Dites, c'est grave ?

Pierre-Antoine hésita, observa l'enfant un instant, puis se décida :

— Il vaut mieux que je te dise la vérité. Oui, c'est grave. Tu es grand maintenant, tu devras veiller sur lui ; il faut qu'il prenne les remèdes que je vais lui donner, et qu'il se nourrisse convenablement. Vous pourrez vous charger de ses repas, Rose ?

— Oui, dit ma mère. Il a toujours refusé qu'on s'occupe de lui ; maintenant, il faudra bien qu'il l'accepte. Depuis la mort de Mélanie, il s'est laissé aller, et on n'a jamais réussi à l'aider.

— Il a surtout laissé sa santé se détériorer. Je lui ai dit de se soigner, dès qu'il a commencé à tousser, mais moi non plus il ne m'a pas écouté. Ce qui n'était au début qu'un rhume s'est aggravé, à cause de l'humidité, des exhalaisons du marais, de son état de faiblesse aussi. Et maintenant... — il baissa la voix — maintenant je ne peux plus rien pour lui. Il souffre de phtisie, et il en est au stade final. On ne peut qu'essayer d'adoucir ses derniers instants. Surveille-le bien, Jean-Marie, et s'il se produit une autre crise, viens me chercher sans tarder. Compris ?

Les yeux remplis de crainte, le petit garçon acquiesça. Pierre-Antoine retourna voir le malade, revint :

— Il dort. Je repasserai dans la matinée.

Il sortit. Ma mère regarda Jean-Marie :

— Mathilde va rester ici pour le moment, avec toi. Tu allumeras le feu, Mathilde. Je vais rapporter du lait et du miel. Quand Gaston se réveillera, on lui en donnera un bol. Et toi aussi, petit, tu vas en boire un. Tu en as besoin, ajouta-t-elle en regardant les membres frêles avec un air significatif.

Avec son énergie coutumière, ma mère prit la situation en main. Dans les jours qui suivirent, elle prépara, avec nos repas, ceux de Gaston et de Jean-Marie, que le petit garçon venait chercher régulièrement. Lorsqu'il put se lever, Gaston essaya bien de protester, mais ma mère le rabroua. Il voulut discuter, mais l'effort qu'il fit amena une quinte de toux qui le laissa essoufflé et sans voix. Alors il abandonna, avec dans les yeux une expression d'impuissance amère et douloureuse qui me fit mal. Malgré la nourriture que nous lui préparions et les remèdes que Jean-Marie lui donnait fidèlement, il s'affaiblissait de jour en jour. Il passait ses journées frileusement recroquevillé près du feu, conscient de son état de faiblesse. C'était Jean-Marie qui, sous ses directives, terminait les galoches qu'il avait commencées. Lui n'en avait plus la force.

Un matin où j'étais venue apporter le lait, je le trouvai plus abattu que de coutume. Il envoya Jean-Marie chercher du sucre à l'épicerie, puis se tourna vers moi :

— C'est un bon petit, et je m'inquiète pour lui. Que va-t-il devenir quand je ne serai plus là ?

J'essayai de protester :

— Allons, taisez-vous. Pourquoi penser à ça ?

Il me regarda avec reproche :

— Cette pensée m'empêche de dormir, nuit après nuit : que va-t-il devenir ? Depuis la mort de sa mère, il n'a plus que moi. Et après ? Je ne me fais pas d'illusions, je sais que je n'en ai plus pour longtemps. Pour moi c'est aussi bien ; vivre sans Mélanie, c'est trop dur, je ne peux plus. Mais il y a mon petit. Je voulais lui apprendre le métier de savetier. Il est vif, intelligent, courageux, travailleur. Je suis inquiet, Mathilde.

— Nous nous occuperons de lui. J'en parlerai à mes parents.

— Tu me le promets, Mathilde ?

— Oui, ne craignez rien.

— Merci, mon enfant. Ta promesse me rassure. Ainsi, je pourrai partir tranquille.

Je n'eus pas le courage de protester de nouveau. Je regardai avec pitié son visage diaphane, ses mains calleuses d'ouvrier devenues d'une maigreur squelettique. J'eus l'intuition qu'il attendait la mort comme une amie qui le délivrerait d'une existence devenue pour lui un véritable fardeau.

A l'approche de Noël, le temps changea, devint froid et sec. Les nuits étaient glaciales, et chaque matin le soleil brillait sur une campagne étincelante de givre. Avec la disparition de l'humidité, la maladie de Gaston connut un léger répit. L'abbé Souliez venait souvent le voir, et à lui aussi il avait fait promettre de s'occuper de Jean-Marie.

La messe de Noël eut lieu, par une nuit froide et piquante. Emmitouflés dans nos vêtements d'hiver, nous regardions et écoutions notre vieux curé qui, aidé d'Alexandre le clerc, nous racontait, comme chaque année, la naissance de Jésus. Et nous essayions d'ignorer la crainte sournoise qui nous disait que c'était peut-être la dernière fois.

Après la messe, nous avions prévu de nous réunir chez Gaston, pour une veillée entre voisins. Gaston lui-même nous l'avait demandé, ainsi qu'à Justin et ses fils, et nous n'avions pas refusé. Il savait qu'il vivait son dernier Noël, et il voulait le passer entouré de ses amis.

Ma mère et moi, nous avions préparé des *quignoles*, sortes

de brioches que l'on coupait en tranches et que l'on mangeait tartinées de beurre, de miel ou de confiture. En arrivant chez Gaston, qui nous attendait blotti près du feu, ma mère déballa toutes ses provisions.

Mon père remarqua :

— Et le vin ? Où est-il donc ?

— Il est resté à la maison, je l'ai oublié, avoua ma mère. François, va le chercher.

François se leva, entraîna avec lui Blaise et Germain qui venaient d'entrer :

— Venez avec moi. Nous irons voir le nouveau-né de notre Blandine. Vous ne le connaissez pas encore. Il a trois jours !

Blandine, une de nos vaches, avait mis au monde l'avant-veille un veau, aux grands yeux étonnés et au museau rose et duveteux. A la moindre occasion, j'allais le voir.

— Attendez-moi, dis-je, je vais avec vous.

Dans l'étable, Blandine dormait, son petit blotti contre elle.

Elle leva vers nous ses bons gros yeux, meugla doucement. Je m'approchai, me penchai, caressai la tête du veau endormi. Il ne se réveilla pas. François expliquait à Blaise et à Germain que la naissance avait été difficile. Blaise, à son tour, gratta amicalement le dos du veau. Derrière lui, Germain me fit un clin d'œil complice, donna un coup de coude à mon frère :

— Viens, François, allons chercher ce vin.

Il l'entraîna hors de l'étable, et je me retrouvai seule avec Blaise. A la lueur tremblante de la lampe, je l'observai, penché sur le veau qu'il caressait avec douceur. Il leva vers moi ses yeux limpides comme une source, et je souris :

— Sais-tu ce que je croyais, lorsque j'étais petite ? Mes parents m'avaient raconté une légende, selon laquelle les animaux pouvaient parler la nuit de Noël. J'y croyais si fort que je venais leur poser des questions, et j'attendais qu'ils me répondent. Mais, bien sûr, ils ne l'ont jamais fait.

Il se releva. Une étincelle malicieuse brilla dans son regard :

— Cette nuit, alors, ils pourraient parler. Pourquoi pas ?

— Je n'y crois plus, maintenant. C'est une légende bonne à faire rêver les enfants, c'est tout. Mais je me souviens que j'étais déçue, quand nos vaches et notre cheval restaient obstinément muets.

Les yeux dans les miens, il eut un sourire tendre. J'avais conscience que mon attitude tendue vers lui était un appel. Un court instant, pendant lequel mon cœur s'arrêta de battre, il pencha son visage vers le mien. Mais subitement il se détourna :

— Allons, viens, dit-il d'une voix sourde. Sortons.

Déçue, le cœur en tumulte, je le suivis. Dehors, le froid me surprit. Dans le ciel pur et glacé, les étoiles scintillaient. Je respirai profondément. Encore troublée, j'avançai sans regarder où je mettais les pieds, et je glissai sur le sol gelé. Je perdis l'équilibre, tendis le bras au hasard, m'accrochai instinctivement à Blaise, me retrouvai contre lui. Pour m'empêcher de tomber, il me retint d'une poigne solide. Le nez contre son épaule, je ne bougeai pas. Je sentis son cœur battre à coups désordonnés, et cela m'enhardit. Sans m'éloigner de lui, je relevai la tête, le regardai. L'expression de ses yeux chassa les doutes que j'aurais pu avoir. D'un seul élan, je dis :

— Te souviens-tu, Blaise, de cette fois où nous avons joué à nous marier ?

Il se raidit imperceptiblement, mais ne bougea pas.

— Oui. Et alors ? Ce n'était qu'un jeu.

Une fraction de seconde, j'hésitai. Puis je me lançai dans un flot de paroles ininterrompues :

— Mais ça pourrait devenir une réalité, si nous le voulons tous les deux. Moi, je le voudrais tant, Blaise ! Je sais bien que je ne devrais pas te le dire, mais tu es tellement buté que ça risque de durer éternellement. Ce serait dommage, avoue-le. A moins que tu ne veuilles pas de moi...

Il me repoussa, se détourna :

— Ne te moque pas de moi, Mathilde. Pas toi. Je ne pourrai pas le supporter.

— Mais je ne me moque pas de toi ! Je suis sincère. Ne comprends-tu donc pas ? Que puis-je faire pour que tu l'admettes ? Je t'aime, Blaise, je t'aime !

Mon cri était si spontané qu'il parvint à le convaincre. Je vis le doute quitter ses yeux. Une expression très douce envahit son visage. Très bas, comme s'il ne pouvait encore croire à ce qu'il avait entendu, il dit :

— C'est vrai ? C'est vrai, Mathilde ? Mais ce n'est pas possible...

Tendrement, je murmurai :

— Mais si, c'est possible. Et c'est vrai. Je ne mentirais pas alors que c'est la nuit de Noël. C'est toi que je voudrais épouser, Blaise, toi seul. Et si tu ne veux pas de moi, pour cette stupide raison que je ne veux plus entendre, eh bien... je ne me marierai pas.

Il me regarda, encore incrédule, et il y eut dans ses yeux un tel amour, que je demeurai immobile, le cœur tremblant. Puis, d'un seul coup, avec une exclamation qui ressemblait à un sanglot, il me saisit, me serra très fort contre lui, avec une sorte de frénésie couvrit mon visage de baisers. La tête renversée au creux de son épaule, je me laissai faire, éblouie et heureuse. Je voyais les étoiles tournoyer, et dans les bras de Blaise je me sentais bien, protégée, aimée. J'eus un soupir comblé. Une nouvelle fois, il demanda, la voix rauque :

— C'est vrai, Mathilde, c'est bien vrai ? Tu m'aimes, malgré ma joue brûlée ?

Je posai ma main sur ses lèvres :

— Chut ! Je ne veux plus t'entendre dire ça. Comprends une fois pour toutes que je n'y attache aucune importance. Et on n'en parlera plus jamais, d'accord ?

Il embrassa le bout de mes doigts, me regarda longuement. Une intense émotion passa dans ses yeux. Avec douceur, il dit :

— D'accord, on n'en parlera plus. Et merci, Mathilde. Pour moi, tu sais, c'est merveilleux. Je n'aurais jamais osé croire...

— Eh bien, tu avais tort. — Je lui pris la main. — Viens, allons rejoindre les autres, ils doivent se demander où nous sommes passés. Nous allons leur dire, n'est-ce pas ?

Il approuva, avec un sourire complice et un air heureux qui le rajeunissaient. J'ai senti à ce moment-là, entre nous, une entente profonde, qui ne nous a jamais fait défaut par la suite et qui dure encore maintenant. Il m'a entourée de son bras ; serrés l'un contre l'autre, nous nous sommes dirigés vers la maison de Gaston et vers l'avenir qui, dorénavant, nous appartenait.

Ce fut une nuit de Noël inoubliable. Blaise annonça tout de suite à mes parents qu'il m'aimait, leur demanda la permission de me courtiser et de m'épouser. Après un instant de surprise, ils donnèrent leur accord. Avec son solide bon sens de paysan, mon père avait compris que les qualités de Blaise feraient de lui un bon mari. Il le connaissait depuis toujours et l'appréciait. Ma mère, émue, eut une exclamation de regret :

— Ainsi, je vais perdre ma seconde fille.

— Oh, mère, je ne serai pas loin !

Elle secoua la tête avec un sourire un peu triste :

— Je sais bien, mais ce ne sera plus pareil.

Mes frères me félicitèrent. Germain m'embrassa fraternellement :

— Bravo, Mathilde ! J'avais raison, tu vois, quand je disais qu'il t'aimait !

La réaction de Justin me toucha beaucoup :

— Je suis bien content, Mathilde, bien content. Je craignais tant qu'il refuse de se marier. Je suis heureux qu'il le fasse, surtout avec toi. Je t'aime bien, tu es une brave fille. Et puis, je me fais vieux, et j'espère connaître mes petits-enfants avant de mourir.

Je rougis en pensant aux enfants de Blaise que je porterais, que je mettrais au monde. J'avais bien l'intention d'en avoir plusieurs.

— Attends encore un peu, Justin ! dit mon père. Le mariage ne se fera pas avant la moisson. Quand elle sera terminée, il faudra en fixer la date.

Je souhaitai que notre curé soit encore là, je tenais à ce qu'il me marie. Je l'imaginai, en chaire, lors des messes qui précéderaient le grand jour, dire de sa voix grave : « Il y a promesse de mariage entre Mathilde Bassart et Blaise Desbourg. » Une chaude émotion m'envahit, et je cherchai le regard de Blaise, qui me sourit.

— Je te félicite, mon enfant, me dit Gaston, et je suis heureux pour toi. Je te souhaite beaucoup de bonheur. Je le fais maintenant car, vois-tu, si tes épousailles ont lieu après la moisson, je ne serai plus là pour les voir...

Dans son visage décharné, ses yeux me fixaient avec une expression affectueuse. Je serrai sa main, ne trouvant pas de mots pour protester. Egoïstement, je ressentais un tel bonheur que même les paroles de Gaston ne parvenaient pas à m'attrister.

Les jours suivants, la nouvelle parcourut le village. Il y en eut certains pour s'étonner que j'aie choisi Blaise, avec son visage meurtri. Noémie fut la plus désagréable. Elle me toisa avec son mépris habituel, déclarant d'une voix dure :

— Toi, alors, tu fais vraiment tout en dépit du bon sens. Déjà, tu n'as pas voulu d'Adrien de Bryars quand il te tournait autour, et maintenant tu vas te marier avec le garçon le plus laid du village !

Depuis la nuit de Noël, je vivais dans une euphorie qui me rendait imperméable aux critiques. Aussi, la réflexion de Noémie ne me vexa pas. Je répondis doucement :

— Pour moi, il n'est pas laid. Et puis, je l'aime. Mais ça, je ne crois pas que tu puisses le comprendre.

Et je m'en allai, ignorant le regard mauvais qu'elle me lança. Quant à Sylvain Busquet, il me parut désorienté :

— Il paraît que tu vas épouser Blaise ? Je ne comprends pas... Rien ne le laissait prévoir... Je n'aurais jamais pensé... Pourquoi lui, Mathilde ?

Avec une joyeuse certitude, je dis ce que je disais à tous ceux qui me posaient cette question :

— Tout simplement parce que nous nous aimons. C'est une raison suffisante, non ?

Sylvain me regarda sans répondre, avec sur le visage une expression que je ne parvins pas à définir. Puis brutalement, il me tourna le dos et s'éloigna. Sur le moment, je ne m'attardai pas à analyser sa réaction. Je ne l'ai comprise que bien après, lors de circonstances dramatiques que j'aurais préféré ne jamais connaître.

Pauline me serra dans ses bras :

— Comme je suis heureuse pour toi, Mathilde ! J'aime bien Blaise, c'est un brave garçon. — Elle ajouta, avec une nostalgie teintée d'une pointe d'envie : — Moi aussi, j'aimerais bien me marier...

Notre vieux curé me bénit avec tendresse :

— Si Dieu le permet, Mathilde, je te marierai, et je serai heureux de le faire. Permets-moi de te dire que tu as bien choisi, mon enfant. Blaise a des qualités réelles et solides, il sera un bon compagnon pour toi tout au long de ta vie. Et surtout, je crois qu'il t'aime profondément. C'est le plus important, Mathilde.

Je souris :

— Je sais, monsieur le curé. Je vous remercie.

Ma sœur, elle aussi, approuva :

— Tu seras heureuse avec lui, Mathilde. Ses yeux sont clairs et francs, et lorsqu'ils se posent sur toi, ils disent mieux que des mots combien il t'aime.

C'était le genre de paroles que je ne me lassais pas d'entendre.

Le bonheur que je ressentais m'éloignait des événements extérieurs. Je faisais mon travail en chantant, j'avais envie de rire et de danser : j'aimais et j'étais aimée, bientôt je me marierais avec Blaise. Que pouvais-je souhaiter de plus ?

Pourtant, dès le début de cette année 1792, le prix du pain et des denrées alimentaires, notamment le sucre, avait encore augmenté. On parlait de nouveau d'émeutes. Dans les villes, des attroupements empêchaient l'exportation du blé. La récolte avait été abondante dans notre région, mais insuffisante dans le Centre et le Midi. Des bateaux chargés de blé à destination de Sète, de Marseille, avaient été pillés en plusieurs endroits. Le bruit courait que ces transports vers d'autres régions étaient responsables du prix élevé du pain, et qu'il fallait donc les faire cesser.

Mon beau-frère Casimir, lui, affirmait que la crise du pain comme celle du sucre étaient dues à la baisse des assignats. Ces billets, créés par l'Assemblée constituante, étaient au départ des coupures de deux cents et cinquante livres. Depuis quelques mois avaient été mises en circulation les coupures de cinq livres. Au moment de la fuite du roi, les assignats avaient baissé jusqu'au quart de leur valeur. Pour leur paye, les ouvriers n'en voulaient plus, et exigeaient des écus comme avant. Bientôt, pour chaque objet ou pour chaque denrée, il y eut deux prix : l'un en espèces, l'autre en assignats. J'entendais souvent mon père grommeler contre « cette invention qui ne servait qu'à perturber le système financier, et dont on se serait bien passé ». Des banques avaient créé des

« billets de confiance », que l'on pouvait échanger contre les assignats. De l'avis de mon père, cela ne faisait qu'augmenter la pagaille. Je l'écoutais d'une oreille distraite. Je n'étais occupée que de Blaise.

En février, un événement douloureux, dans notre village, vint nous attrister, bien que nous le sachions inéluctable. Gaston, dont la maladie s'aggravait, s'affaiblissait de jour en jour. Il ne quittait plus son lit, touchait à peine aux repas que nous lui apportions. Pierre-Antoine avouait son impuissance. Jean-Marie, conscient de la gravité du mal qui lentement minait son père, s'accrochait à lui et refusait de le quitter.

Un matin, alors que j'apportais le lait pour leur déjeuner, je vis le petit garçon sortir de l'atelier et venir vers moi en pleurant :

— Mathilde ! Viens vite, j'ai peur. Papa ne bouge plus.

Il me prit la main, m'entraîna, affolé et sanglotant :

— Il a toussé toute la nuit. Et puis, là, il venait de s'endormir. Mais je me suis penché sur lui, et j'ai vu qu'il ne respirait plus. — Il leva vers moi un regard où se mêlaient supplication et terreur. — Il n'est pas mort, dis, Mathilde ?

Je pris un ton rassurant :

— Mais non, peut-être dort-il tout simplement.

Pourtant, je franchis le seuil de la petite maison avec appréhension. Je posai la cruche de lait sur la table, j'écoutai. Le lourd silence m'impressionna. Jean-Marie me tira le bras :

— Viens dans la chambre.

Je le suivis. Dans le lit, Gaston reposait sur le dos, immobile. J'approchai lentement. Ses yeux grands ouverts fixaient l'éternité, et son visage exprimait une telle paix que je n'eus aucun doute. Il était parti rejoindre sa jeune femme.

Jean-Marie m'observait avec angoisse. Je le pris contre moi :

— Il faut prévenir ma mère, et aller chercher Pierre-Antoine.

Le petit garçon comprit. Peut-être, au fond de lui, savait-il déjà la vérité. Sa bouche se crispa. Tout bas, il dit :

— Alors, je n'ai plus de papa...

Cette réflexion, et le ton douloureux avec lequel il la prononça, amenèrent des larmes dans mes yeux. Je le regardai avec pitié et affection.

— Viens, Jean-Marie.

Il s'éloigna de moi, se planta près du lit, à la fois résolu et désespéré :

— Je veux rester près de mon papa, pendant qu'il est encore là. Demain il sera enterré, et je ne le verrai plus jamais. Laisse-moi, s'il te plaît.

Il se détourna et se mit à pleurer. J'hésitai, fis un geste vers lui, bouleversée par ce chagrin d'enfant que j'étais impuissante à apaiser. Puis je décidai de le laisser seul comme il me le demandait.

La mort de Gaston attrista tout le village. Il était l'un des nôtres et nous l'aimions bien. Notre curé dit la messe d'enterrement, déplorant ce décès qui rendait un enfant orphelin. Mes frères, avec Blaise et Germain, portèrent le cercueil dans le cimetière, et nous suivîmes pour nous recueillir autour de la tombe où se trouvaient, déjà, Mélanie et cette petite fille qui n'avait pas vécu.

Lorsque nous fûmes de retour chez nous, avec Jean-Marie que nous avions emmené, ma mère prit mon père à part :

— Que va devenir cet enfant, Jean-Baptiste ?

Mon père baissa la voix :

— J'ai promis à Gaston de m'en occuper et je tiendrai ma promesse. La Table des Pauvres va se réunir à son sujet. J'en demanderai la charge.

La Table des Pauvres était une organisation qui, comme son nom l'indiquait, secourait les pauvres et s'occupait également des orphelins. Dans ce dernier cas, elle confiait l'enfant, avec une certaine somme destinée à son entretien, à une famille qui s'engageait, en échange, à le loger, le nourrir, le blanchir et l'instruire. Si plusieurs personnes étaient intéressées, il se passait alors la criée au rabais. Chacun, à partir de la somme fixée, devait offrir un prix à chaque fois inférieur, et c'était à celui qui, le dernier, avait offert le prix le plus bas que l'on remettait l'enfant.

Lorsque la réunion eut lieu, mon père baissa systématiquement la somme jusqu'à ce que les autres abandonnent en disant que ce n'était plus assez payé. Et Jean-Marie lui fut confié pour un an, car dans un tel cas la Table des Pauvres se réunissait tous les ans. Il revint avec l'enfant, la main amicalement posée sur son épaule :

— L'année prochaine, on recommencera de la même façon. Maintenant, nous sommes ta nouvelle famille, mon garçon. J'espère que tu seras bien avec nous. Nous prendrons bien soin de toi, ne crains rien. Et tu nous seras utile à la ferme, d'autant plus que Mathilde va bientôt se marier et s'en aller.

Le petit garçon acquiesça, encore triste mais déjà plein de bonne volonté. A partir de ce jour, il vécut avec nous, partageant notre travail, nos difficultés et nos espoirs, et bientôt je le considérai comme un jeune frère.

Les biens du clergé, qui avaient été confisqués au profit de l'Etat, furent mis en vente. Mon père, qui cultivait les terres de l'abbaye d'Anchin, se porta acquéreur. Dans le village, les fermiers qui étaient dans le même cas l'imitèrent.

— Vous comprenez, disait Sylvain Busquet, il faut en profiter. C'est une occasion qui nous est donnée de posséder enfin les terres que nous cultivons. Ainsi, tout le produit en sera pour nous. Vous voyez bien que j'avais raison quand je vous disais que le nouveau régime serait à notre avantage.

Ils se mirent d'accord, et le jour de l'adjudication, chacun d'eux acheta uniquement les terres qu'il entretenait depuis toujours ; ce qui leur permit de les obtenir au plus bas prix, après une enchère très faible que personne ne s'occupa de relever. Ce fut là une des premières mesures qui permirent aux paysans de devenir propriétaires. Cela avait tellement d'importance pour eux qu'ils ne permettaient à personne d'augmenter les prix de vente. Ma tante, à Cambrai, nous raconta que plusieurs séances s'étaient mal terminées, parce qu'un ou deux bourgeois, venus avec l'intention d'acheter, s'étaient permis d'enchérir. Les fermiers intéressés les avaient injuriés, empoignés et expulsés de la salle. Il avait fallu reporter la séance et la fois suivante, les bourgeois n'étaient plus là ; les paysans, victorieux, avaient pu enfin obtenir les terres qu'ils convoitaient.

Les biens des émigrés, eux aussi, furent déclarés biens nationaux. Depuis l'arrestation du roi, au mois de juin précédent, l'émigration s'était intensifiée, surtout chez les nobles. Rosalie, la cuisinière du château, me confia que le comte s'était félicité de n'être pas parti, car alors tout ce qui, depuis plusieurs siècles, appartenait à sa famille, aurait été purement et simplement confisqué.

Et moi, je me laissais porter par un optimisme débordant. J'aimais Blaise, je le voyais tous les jours, et j'adorais l'expression de ses yeux lorsqu'il me regardait. J'étais heureuse. Je ne craignais plus rien, maintenant ; j'avais la certitude que notre amour me protégerait quoi qu'il puisse arriver.

6

Le 20 avril 1792, l'Assemblée législative déclara la guerre au roi de Bohême et de Hongrie. Lorsque, dans notre petit village, Pierre-Antoine nous apprit cette nouvelle décision, chacun exprima sa stupeur, son incompréhension, son désaccord.

— Une guerre, dans les conditions actuelles ?

— Dans quel but ?

— Ce n'est pas ça qui va ramener l'ordre.

Nous craignions surtout les changements qui ne manqueraient pas d'en découler, et qui sans aucun doute perturberaient notre existence. Mais les jours passèrent et, apparemment, rien ne changea. Alors, pour un instant, nous fûmes rassurés.

Vers la fin du mois, nous eûmes la surprise, un jour où nous allions faire notre marché à Douai, de voir sur la grand-place un arbre sans rameaux, peint en bleu, blanc et rouge. Ma sœur nous expliqua qu'il avait été planté la veille, en grande pompe, avec un cortège composé des responsables municipaux et de la garde nationale. Tous les citoyens qui étaient musiciens avaient été invités à se placer dans le Grand Balcon et à y jouer pour ceux qui désiraient danser autour de l'arbre. Le soir, l'hôtel commun et le Dauphin avaient été brillamment illuminés, et les habitants de Douai avaient été vivement engagés à faire de même. C'était l'« arbre de la liberté ».

Chaque village, bientôt, dut avoir son arbre. Chez nous, beaucoup sourirent avec ironie :

— Est-ce une nouvelle mode ?

— A quoi sert-elle ?

— Même si elle n'est pas utile, au moins elle ne fera de tort à personne !

Sylvain Busquet, indigné, expliqua qu'un tel arbre était le symbole de la liberté qui dorénavant allait régner partout, et qu'il fallait sans tarder en planter un sur la place de notre village. Il insista auprès de Pierre-Antoine, qui ne vit aucun inconvénient à accepter. Ils décidèrent de fixer la date au jour de la Saint-Jean, lors de la fête qui chaque année nous réunissait tous. Il fut prévu que notre curé, après avoir mis le feu au traditionnel bûcher, bénirait l'arbre pour qu'il devienne grand et fort. Mais un événement très triste vint anéantir nos prévisions.

C'était un matin, dans les premiers jours du mois de mai. Il faisait beau. Mon père et mes frères venaient de partir aux champs. Clignant des yeux dans le soleil, je donnais à manger aux poules, tandis que Jean-Marie nourrissait les cochons. A l'intérieur de la maison, ma mère faisait cuire le pain, et une alléchante odeur de pâte chaude venait jusqu'à nous. Je me sentais jeune, pleine d'énergie et d'enthousiasme, dans quelques mois j'allais épouser Blaise ; la situation générale finirait bien par s'arranger ; l'ère de la liberté, dont parlait Sylvain Busquet, était proche.

Le tambour de Guislain, le garde champêtre, me fit interrompre ma tâche. Ma mère sortit de la maison. Nous avons couru jusqu'à la rue où, déjà, plusieurs personnes entouraient Guislain. Blaise était là, avec son père et son frère.

Guislain lisait. C'était un arrêté du directoire du département du Nord. Très long, il commençait par un véritable réquisitoire contre les prêtres insermentés, affirmant qu'ils compromettaient d'une manière inquiétante la tranquillité publique, qu'ils fomentaient des troubles, divisaient les familles et les amis. Ils étaient accusés de « fanatisme » et de « manœuvres coupables ». A la fois outrés et inquiets, nous nous taisions. Il y eut ensuite neuf interminables articles, selon lesquels les curés n'ayant pas prêté serment à la Constitution devaient se rendre à Cambrai dans les vingt-quatre heures, et déclarer auparavant à leur municipalité la route qu'ils emprunteraient ainsi que l'adresse où ils comptaient loger. S'ils n'obéissaient pas, ils y seraient transférés « sous bonne et sûre garde ». Lorsque Guislain arrêta de lire, nous nous sommes tous regardés, consternés ; ainsi, on nous enlevait notre bon vieux curé ! Cette fois-ci, on ne se contentait pas de l'expulser du presbytère, on lui ôtait le droit de résider dans notre village.

A la consternation succéda l'indignation. De l'avis de tout le monde, cet arrêté n'était qu'un ramassis de stupidités et de fausses affirmations. Notre curé, troubler l'ordre public, lui si bon, si doux, si aimable avec tous ! Il fallait vraiment ne pas le connaître pour soutenir de pareilles inepties.

— Viens, dit ma mère. Allons voir Pierre-Antoine. Peut-être peut-on faire quelque chose pour empêcher ça ?

Avec Blaise, je la suivis. Les autres nous accompagnèrent, commentant avec une juste colère cette nouvelle décision.

— Celle-ci est encore pire que les précédentes, disait Germain. Ne vont-ils jamais s'arrêter ?

— On pensait qu'ils étaient fous, déclara sombrement Justin, mais je dis, moi, qu'ils deviennent enragés. En quoi un vieux curé comme le nôtre peut-il les gêner ?

— C'est toujours à cause de cette histoire de serment, affirma ma mère. Ils veulent le punir.

Sur la place, un attroupement se formait devant la maison commune, autour de Pierre-Antoine. Près de lui, l'abbé Souliez, le visage pâle, essayait de calmer les nombreuses protestations de ses paroissiens :

— Mes enfants, mes chers enfants, répétait-il d'une voix brisée. Il est inutile de vous révolter. Nous ne pouvons rien y faire. C'est un ordre — un de plus — et il faut l'accepter.

— Est-ce vrai, Pierre-Antoine ? demanda ma mère. N'y a-t-il rien à faire ?

— On pourrait trouver une solution, suggéra Joséphine. Rappelez-vous, quand ce petit curé est venu et qu'on l'a chassé. Il doit bien exister un moyen. N'obéissez pas, monsieur le curé.

— Comment ça ? intervint Sylvain Busquet. Cet arrêté ne souffre pas de refus. Il faut obéir.

— Toi, Sylvain, dit Ignace, quand on voudra ton avis, on te le demandera.

— Mais enfin, s'énerva Sylvain, quand comprendrez-vous que vous créez vous-mêmes le désordre, en agissant comme vous le faites ? Le directoire entend être obéi, il...

Ignace gronda, menaçant :

— Tu sais ce que je lui dis, à ton directoire ?

Le vieux prêtre étendit les bras :

— Mes enfants, s'il vous plaît, ne vous querellez pas. Pas à cause de moi. Sinon vous allez rendre vraies leurs affirmations, selon lesquelles les curés comme moi sont des sujets de discorde. Ne vous inquiétez pas. Je vais me soumettre à leurs ordres. Je partirai demain.

— Pourquoi n'essayez-vous pas de rester ? insista Joséphine. Ils vous oublieraient peut-être.

Le vieil homme lui sourit :

— Non. Joséphine, ne crois pas cela. As-tu entendu l'article 3 ? Si je n'obéis pas, ils me feront conduire à Cambrai sous escorte. Je ne tiens pas à ce que l'on vienne m'arrêter comme un voleur ou un misérable. Je partirai de moi-même, je préfère cela.

La nature rebelle de Joséphine la poussa à s'obstiner :

— Et si on vous cachait ? Ils ne vous trouveraient pas.

L'abbé Souliez secoua doucement la tête :

— Non, je ne veux compromettre personne, ni vous exposer à des perquisitions ou des représailles.

— Ou alors, proposa Marie-Catherine, vous déclarez à Pierre-Antoine que vous partez, vous faites semblant de vous éloigner un peu, et vous revenez. Eux, là-bas, ils recevront le procès-verbal leur annonçant que vous êtes parti, et ils penseront que vous êtes quelque part sur la route. Ils ne viendront pas ici.

— Non, mes enfants, n'insistez pas. Je ne veux pas me cacher comme un criminel. Je n'ai rien fait, j'ai la conscience pure envers Dieu et envers moi-même. Je ne crains rien.

Joséphine se tourna vers Pierre-Antoine :

— Dites quelque chose ! Allez-vous le laisser partir, à son âge ?

Pierre-Antoine ouvrit les bras dans un geste désolé :

— L'âge n'y fait rien, ma pauvre Joséphine. Et je suis bien triste car je ne vois pas le moyen de passer outre. Ils n'accepteront pas qu'on leur désobéisse. Rappelle-toi, quand ils ont envoyé des soldats, pour l'installation de l'autre curé. Ils feront la même chose, et cette fois-ci, ce sera pour emmener le nôtre.

L'abbé Souliez leva la main :

— Qu'on l'admette une fois pour toutes, je partirai demain matin. Maintenant, je vais tout mettre en ordre et préparer mes affaires. Et aussi essayer de consoler ma pauvre Adèle, qui s'est enfermée dans sa chambre et ne cesse de pleurer.

— Elle restera chez moi, dit Ambroise, et je m'occuperai d'elle.

D'une voix enrouée, Alexandre le clerc demanda :

— Mais... monsieur le curé, avez-vous un endroit où vous pourrez loger, à Cambrai ?

Le regard d'enfant vacilla un peu :

— Non, mais...

Ma mère proposa spontanément :

— Vous pouvez aller chez ma sœur Séraphine, monsieur le curé. Elle vous accueillera volontiers.

— Merci, mon enfant, dit doucement l'abbé Souliez. Ton offre me touche. J'espère que ma présence ne sera pas une gêne et, surtout, ne les compromettra pas.

Joséphine, qui grommelait tout bas, s'interposa de nouveau :

— C'est de la folie, monsieur le curé. Vous ne pouvez pas partir ainsi, tout quitter. Et comment allez-vous vous rendre à Cambrai ? Vous n'allez quand même pas faire la route à pied !

— Pourquoi pas ? Je mettrai le temps qu'il faudra, mais j'y arriverai. Dieu me donnera la force nécessaire.

— Non, monsieur le curé, protesta ma mère, on ne vous laissera pas faire ça. Nous attellerons la carriole, et Jean-Baptiste ou l'un de mes fils vous conduira.

— Merci, j'accepte de grand cœur. Je vous dirai adieu demain matin, mais dès maintenant je veux que vous sachiez que je vous aime tous, et que je ne vous oublierai pas. Même si je ne suis plus parmi vous, continuez à prier. Quant à moi, où que je me trouve, je demanderai chaque jour à Notre Seigneur de vous protéger et de guider vos actions.

Il se détourna, traversa la place, de la démarche claudicante à laquelle nous étions habitués. Ses épaules voûtées et ses cheveux blancs inspiraient respect et compassion. Un vieil homme inoffensif, qui ne savait qu'aimer et pardonner, comment ceux du directoire pouvaient- ils le persécuter ainsi ?

— Pourquoi l'envoyer à Cambrai ? murmura Blaise, près de moi.

— Ils veulent avoir tous les prêtres là-bas, dit Justin, et connaître leur domicile. C'est pour savoir où les trouver, si jamais ils décident de les arrêter.

— Les arrêter ? répéta ma mère, horrifiée. Mais où les conduiraient-ils ?

— En prison, j'en ai bien peur.

— Oh, Justin, quand même pas !

— Alors, cherchez une autre explication à ce décret. Pourquoi rassembler tous les prêtres réfractaires à Cambrai ?

Ma mère haussa les épaules avec impuissance :

— Je ne sais pas. On comprend de moins en moins leurs décisions.

Chacun retourna chez soi. Sylvain Busquet, devant nous, s'en allait avec sa mère. La vieille femme pleurait, et son fils l'apostrophait durement :

— Vous n'allez pas vous mettre dans des états pareils pour lui ! S'il avait accepté de prêter serment, on n'en serait pas là. Les autres m'énervent, quand ils disent que ceux du directoire sèment le désordre. C'est leur désobéissance, plutôt, qui amène les troubles. Si tout le monde acceptait les décisions sans protester, ça irait beaucoup mieux, je vous l'affirme !

— Mais, Sylvain, bredouillait la pauvre mère, notre curé, quand même !

— Mais c'est sa faute ! Quand comprendrez-vous ça ? Il refuse de se soumettre au nouveau régime, tant pis pour lui. Allez, venez, nous avons assez perdu de temps. Avec tout ça, l'ouvrage n'avance pas.

Ils s'éloignèrent vers leur ferme. Ma mère soupira :

— Ce Sylvain, comment peut-il être aussi dur ?

A midi, quand mon père et mes frères revinrent des champs avec Louis, ma mère leur raconta tout. Eux aussi furent indignés. Mon père se gratta la tête :

— Voilà qu'ils nous enlèvent notre curé, maintenant ! Mais pourquoi donc ? Il a toujours été là.

Nous nous regardions, incapables de répondre à cette question.

Le lendemain, mon père attela la carriole ; mon frère Nicolas allait conduire notre curé à Cambrai. Sur la place et le long des rues qui menaient à la sortie du village, il y avait beaucoup de monde. Tous ceux qui aimaient l'abbé Souliez étaient venus le voir pour la dernière fois. Nicolas arrêta la carriole devant la maison d'Ambroise. Là aussi, de nombreuses personnes attendaient en commentant tristement. La révolte de la veille avait fait place à une résignation à laquelle se mêlait une peine sincère et profonde.

Notre curé sortit, traînant deux grands sacs. Derrière lui venait Adèle, en larmes, hoquetant comme un enfant. De tout le village, elle était celle qui l'aimait le plus, qui pendant quarante ans l'avait soigné, soutenu, aidé ; elle connaissait, mieux que nous, son dévouement inlassable, sa bonté, son amour envers les autres. Elle ne parvenait pas à comprendre et ne pouvait que pleurer.

Nicolas mit les sacs dans la carriole. Notre curé, avant de monter, tint à dire un adieu particulier à chacun d'entre nous. Il avait le visage très pâle, mais en s'adressant à ceux qu'il aimait depuis toujours, ses yeux candides étaient emplis de tendresse. Il embrassait les enfants, faisait des recommandations à leur mère, exhortait tout le monde à se bien conduire et à ne pas oublier Dieu. De nombreuses femmes pleuraient. Près de Blaise, qui m'entourait de son bras, je me sentais la gorge serrée.

Devant Sylvain Busquet, il s'arrêta :

— Toi, Sylvain, que j'ai baptisé, ne laisse pas ton cœur devenir dur comme une pierre. Je sais qu'il y a, au fond de toi, beaucoup de bon. Ne l'étouffe pas. Je vais prier Notre Seigneur pour que tu redeviennes pareil au gentil petit garçon que j'ai connu, toujours souriant et prêt à rendre service. Te souviens-tu de lui ?

— Ce petit garçon-là n'existe plus, monsieur le curé, dit Sylvain d'une voix sourde. Il est mort le jour où il a vu son père s'en aller entre deux gendarmes.

Le vieux prêtre posa une main sur la tête de Sylvain :

— Je maintiens, moi, qu'il est encore là. Ta rancune et ta haine, Sylvain, l'ont écrasé. Mais il peut revenir. Il suffit d'apprendre à pardonner. Je prierai pour que tu parviennes à le faire.

Sylvain ne répondit pas, mais secoua la tête avec obstination. L'abbé Souliez continua ses adieux, donnant de tendres conseils à tout le monde. Lorsqu'il fut face à Blaise et à moi, il nous regarda avec affection :

— Mes chers petits, je n'aurai pas la joie de vous marier, comme j'espérais le faire. Cela me fait beaucoup de peine. Mais si je suis toujours à Cambrai à cette date, venez me voir. Je vous bénirai. Et même si ce n'est pas moi qui vous marie, que votre union soit longue et heureuse. Aimez-vous bien, et élevez les enfants que vous aurez dans l'amour de Notre Seigneur. Je prierai dans ce sens. Que Dieu vous protège !

Du doigt, il traça un signe de croix sur mon front, puis sur celui de Blaise qui inclina la tête. Profondément émue, je retenais mes larmes. Il embrassa ma mère, qui sanglotait. Il bénit mon père, mon frère François, Louis et Jean-Marie, à qui il caressa la joue avec douceur en lui recommandant de toujours bien aimer sa nouvelle famille. Il termina ses adieux avec les mêmes paroles pour tout le monde, des paroles d'amour, de pardon et de paix. Une nouvelle fois, je me demandai comment on pouvait accuser un homme si bon de semer la discorde et d'avoir des « desseins criminels », comme il était dit dans ce décret que Guislain nous avait lu la veille. C'était tout simplement aberrant.

Joséphine, en larmes, arriva et se jeta sans façon sur notre curé, le serra contre son ample poitrine, l'embrassant en lui assurant qu'elle ne l'oublierait pas. Avec un doux sourire, il lui conseilla de s'efforcer à la tolérance, qualité qui lui avait fait défaut lors de la venue de l'abbé Daubère. Elle pleurait trop pour pouvoir répondre.

Enfin, il monta dans la carriole ; Nicolas prit les rênes et fit avancer le cheval. Tout le monde suivit jusqu'à la sortie du village. Là, les enfants, pendant un moment encore, coururent derrière la charrette. Nous, immobiles, nous la regardions emmener le vieux curé que nous aimions, sans pouvoir réaliser que nous devrions, dorénavant, vivre sans sa présence qui, jamais, ne nous avait fait défaut. A mesure que la carriole s'éloignait, nous criions des messages, le cœur lourd de chagrin :

— Au revoir, monsieur le curé !

— On ne vous oubliera pas !

— Qui sait ? Peut-être reviendrez-vous ?

— On vous aime bien !

— Adieu !

Longtemps, j'ai gardé le souvenir de cette image : le vieux prêtre aux cheveux blancs, debout à l'arrière du chariot, tourné vers nous, le visage désespéré, la main levée en une ultime bénédiction, tandis que tous, nous lui faisions des gestes d'adieu en pleurant. Lorsque la carriole disparut à l'horizon, nous avons fait demi-tour et nous sommes rentrés chez nous, dans notre village qui, pour la première fois depuis qu'il existait, se trouvait sans curé.

— Et alors, qu'allons-nous faire, maintenant ?

Ce fut la question que tout le monde se posa lorsqu'on se retrouva sur la place.

— Que va-t-il se passer s'il y a un enterrement ? demanda Joséphine à Pierre-Antoine.

Notre maire fit un signe d'ignorance :

— Je suppose que le district va envoyer un autre prêtre.

— Mais ce sera un prêtre assermenté ?

— Sans aucun doute.

Elle secoua la tête d'un air farouche :

— Dans ce cas, ils peuvent le garder. Nous ne voulons pas d'un jureur.

— Et pourtant, ce sont les seuls qui restent, maintenant. Je suppose que, dans l'immédiat, le curé constitutionnel d'un des villages voisins viendra faire les enterrements, s'il y en a. Pour les mariages et les baptêmes...

— Je refuse de faire baptiser mon enfant par un apostat, déclara catégoriquement Marie-Catherine, qui devait accoucher sous peu.

Blaise serra ma main qu'il tenait dans la sienne.

— Et pour nous ? demanda-t-il. Nous devons nous marier à l'automne.

— Mes amis, dit Pierre-Antoine avec impuissance, je n'en sais pas plus que vous. Pour le moment, je ne peux vous répondre. Attendons, nous verrons bien.

Il y en eut beaucoup qui s'éloignèrent en maugréant. Ceux qui ne disaient rien n'étaient pas moins soucieux. Nous nous sentions tous désorientés : notre village sans curé, jamais on n'avait vu ça. Je fis part de mon anxiété à Blaise :

— Peut-être ne pourrons-nous même pas nous marier...

Ses yeux clairs me regardèrent avec amour :

— Oh si, nous nous marierons ! Je trouverai bien un moyen. Puisque tu as accepté d'être ma femme, je ne te laisserai pas échapper, ne crains rien.

Il semblait si sûr de lui que je fus rassurée. Pourtant, cette situation, à laquelle nous n'avions jamais été confrontés, ne laissait pas de nous inquiéter. A notre chagrin d'avoir perdu notre vieux curé venait s'ajouter une rancune envers ce régime qui nous l'enlevait d'une façon que nous jugions tout à fait arbitraire et injuste.

Quelques jours plus tard, je dus aller au château pour des travaux de couture. Dans le boudoir, tandis que je reprisais, la comtesse Adélaïde se lamentait :

— Quelle époque, mon Dieu, quelle époque ! Maintenant, voilà ce pauvre curé expulsé du village. Et nous, qu'allons-nous devenir ? Je ne cesse de répéter à Clément qu'il serait plus sage de partir. Mais il ne veut rien entendre. Pourtant, ma sœur est prête à nous recevoir, elle nous l'a écrit. Elle dit que beaucoup des nôtres sont déjà arrivés aux Pays-Bas, et depuis pas mal de temps. Clément, lui, a des idées d'un autre âge : rester fidèle au roi. Mais le roi se soucie-t-il de nous ? Ce n'est pas lui qui nous sauvera. Il aura déjà bien de la chance s'il arrive à s'en sortir lui-même. Depuis qu'il a été ramené de Varennes, il est pratiquement prisonnier. Clément dit qu'il a fait une grosse erreur en voulant s'enfuir, et il en profite pour ajouter que nous n'en ferons pas autant. En plus, il tient à son château, il ne veut pas l'abandonner. Il est vrai que, avec ces nouvelles lois sur les émigrés, si nous partions il serait aussitôt confisqué. Mais après tout, ce n'est qu'un tas de pierres, et notre vie est quand même plus précieuse. Mon fils Adrien dit que cela ne durera pas, que l'ordre reviendra. Il affirme que la guerre avec l'Autriche pourra peut-être aider au rétablissement du roi ; François II n'est-il pas le neveu de Marie-Antoinette ? — De sa main baguée, elle fit un geste d'ignorance. — Je n'y comprends rien, mais la situation empire de jour en jour et je suis inquiète, Mathilde.

La tête penchée sur mon ouvrage, je cousais en silence. Assise dans une bergère, Amélie brodait avec une mélancolie qui n'était pas dans son caractère. Je me pressais pour terminer mon travail, afin d'échapper aux lamentations de la comtesse. Sans doute avait-elle des raisons de se plaindre, mais notre curé était dans une situation bien plus triste. Et pourtant, jamais il n'avait proféré un mot de protestation ni de reproche.

— Que dit-on dans le village ?

Je répondis, sans me compromettre :

— Le départ de notre curé nous a désolés. Et moi, je m'inquiète ; je dois me marier à l'automne. Comment vais-je pouvoir le faire si nous n'avons plus de curé ?

Amélie retrouva un peu de sa vivacité :

— C'est vrai, Mathilde ? Tu vas te marier ? Avec qui ?

Je me sentis devenir toute rose :

— Avec Blaise, le fils du charron. Nous nous connaissons depuis toujours, et nous nous aimons.

Amélie planta l'aiguille dans sa broderie, murmura, l'air rêveur :

— Comme tu as de la chance ! J'ai le même âge que toi, et je me demande si je me marierai un jour. Presque tous nos amis sont partis à l'étranger, nous ne sortons plus, nous menons une vie retirée. Non, ce n'est vraiment pas gai. Et mon père qui s'obstine à ne pas quitter son château ! Si seulement nous allions chez ma tante, nous serions libres, nous aurions des fêtes, des bals, tout ce que nous avions avant. Tandis qu'ici !

Les larmes aux yeux, elle se leva, sortit rapidement de la pièce. La comtesse Adélaïde soupira :

— Pauvre enfant... Ah, si Clément n'était pas aussi têtu !

Je fis un dernier point, posai mon ouvrage :

— Voilà, madame la comtesse, j'ai terminé. Si vous le permettez, je vais m'en aller.

Elle eut un sourire nostalgique :

— Madame la comtesse, répéta-t-elle douloureusement. Tu ne dois plus m'appeler ainsi, Mathilde, je te l'ai déjà dit. Puisque ces hommes stupides ont supprimé les titres de noblesse...

— Je le sais bien, madame la comt... euh... je ne le fais pas exprès, c'est l'habitude.

Elle prit les vêtements reprisés, les observa :

— C'est bien, mon enfant, je te remercie. Tu peux partir, je n'ai plus besoin de toi pour le moment.

Je fis une légère révérence, ouvris la porte :

— Au revoir, madame la...

Je me tus, serrai les lèvres. Emportée par mon élan, j'avais encore failli lui donner ce titre auquel elle n'avait plus droit. Je compris quelle humiliation cela devait être pour elle, et je la plaignis un peu. Il me revint en mémoire cet incident, le jour de la procession du 15 août, lorsque Sylvain Busquet s'était interposé et avait empêché le comte et sa famille de se mettre en tête. La comtesse Adélaïde en avait pleuré. Pour eux non plus ce ne devait pas être facile.

— Alors, Mathilde, tu rêves ?

Je sursautai. Dans le couloir, Adrien venait au-devant de moi. Il y avait bien longtemps que je ne l'avais vu. Il était toujours aussi beau et aussi élégant, mais il avait perdu cet air frondeur qui semblait faire partie de lui-même. Il me sembla vieilli. Des rides barraient son front, sa bouche avait un pli soucieux. S'il avait changé, moi aussi. Je me souvenais de l'époque où ses assiduités me troublaient malgré moi. Cela me fit sourire. Maintenant j'avais l'amour de Blaise, et j'étais sûre de moi.

— C'est ton prochain mariage qui te rend songeuse ? Amélie vient de me dire... Ah, Mathilde !

Il me regarda, un regret au fond des yeux :

— J'avais formé le projet de te conquérir, Mathilde... Mais les derniers événements ont tellement perturbé notre vie qu'ils ont réduit ce projet à néant. Après tout, peut-être est-ce aussi bien pour toi ! Je te souhaite d'être heureuse avec ton charron. T'aime-t-il, au moins ?

Je répondis fièrement, sans hésiter :

— Oui, monsieur Adrien.

— Eh bien, dis-lui qu'il aura bien de la chance de t'avoir pour femme. Ce serait stupide de l'envier, et pourtant...

Il laissa sa phrase en suspens, m'observant avec une expression que je ne parvins pas à définir. Tristesse ? Regret ? Jalousie ? Je préférai m'éloigner :

— Au revoir, monsieur Adrien. Ma mère m'attend à la ferme.

Il s'inclina légèrement :

— Au revoir, Mathilde. Sois heureuse.

Avec soulagement, je me retrouvai dehors. Cette courte conversation m'avait déconcertée et laissé un sentiment de malaise. Je m'empressai de le chasser en me disant qu'Adrien de Bryars était sorti définitivement de ma vie. J'allais bientôt me marier, et je n'aurais plus jamais affaire à lui. Mais en raisonnant ainsi je me trompais.

7

Le printemps finissait. Juin s'épanouissait sous un soleil radieux. Dans la cour de notre ferme, le lilas en fleur s'alourdissait de grappes blanches et parfumées. La moisson s'annonçait belle et mon père était satisfait. Quant à moi, la perspective d'être bientôt la femme de Blaise ne cessait de me ravir. Lorsque, parfois, nous nous trouvions seuls, il me serrait contre lui, et je me blottissais avec délices contre sa poitrine. Il m'enveloppait de ses bras, et c'était un refuge qui, je le savais, me protégerait de tout mal. J'étais si petite par rapport à lui que ma tête arrivait tout juste au niveau de son épaule. Il se penchait vers moi, et je plongeais mes yeux dans les siens. Leur expression faisait vibrer mon cœur. Quelquefois, il m'embrassait, avec un mélange de respect et de passion. Alors, je m'accrochais à lui, emportée par un tourbillon grisant et fou. A cause de sa joue brûlée, il avait cru que je ne pourrais jamais l'accepter. Maintenant qu'il avait la preuve du contraire, une gratitude émerveillée se mêlait à son amour pour moi. Le lien qui nous unissait devenait de plus en plus fort chaque jour. Nous attendions avec impatience le moment où enfin nous serions mariés.

Notre village était toujours sans curé. Sans lui, il ne vivait plus qu'à moitié ; plus de messes, plus de vêpres, plus de processions... Les dimanches paraissaient vides et inoccupés. L'église et le presbytère étaient devenus inutiles et silencieux. Le directoire du district ne se pressait pas de nous envoyer un autre prêtre assermenté, après la façon dont nous avions traité le précédent, et cela nous arrangeait. Ma mère et moi étions allées deux ou trois fois à Cambrai rendre visite à ma tante Séraphine. Chaque fois, nous y avions retrouvé notre curé qui occupait une chambre sous les combles et passait son temps à prier ; ou bien, il racontait l'histoire sainte à ma cousine Gabrielle, qui l'écoutait avec ferveur. Une solide amitié était née entre le vieil homme et l'enfant. La tendresse qui les unissait aidait notre curé à supporter sa réclusion. Ces rencontres avaient été, pour lui comme pour nous, profondément émouvantes. Nous lui avions donné des nouvelles de tout le monde, et, lorsque nous l'avions quitté, son sourire était rayonnant et ses yeux pleins de larmes.

Un autre sujet d'inquiétude était la guerre. Dès le mois d'avril, plusieurs corps d'armée s'étaient dirigés vers les Pays-Bas, sous la direction de La Fayette et de Rochambeau. Le général Dillion, avec trois mille hommes, était allé jusqu'à Tournai. A Baisieux, face aux Autrichiens, ils furent pris de panique et abandonnèrent leur artillerie. Devant Mons, Biron, avec sept à huit mille hommes, avait dû se replier sur Valenciennes. Casimir, le mari de ma sœur, lisait de nombreux renseignements dans *Le Journal de la guerre*, et nous les transmettait. Notre inquiétude grandissait ; les ennemis approchaient, ils étaient à Anchin, à Flines, à Pont-à-Marcq. Il y avait des batailles à Tourcoing, à Maubeuge. Et si les Autrichiens venaient jusqu'à notre village ? On disait, aussi, que le général Dillion avait été tué par ses soldats parce qu'il envisageait de se replier. L'un d'eux lui avait tiré une balle dans la cuisse. Puis il avait été ramené à Lille, où d'autres soldats sillonnaient la ville. A la porte de Fives, plusieurs d'entre eux tuèrent le général blessé, tirèrent son cadavre de la voiture et le brûlèrent sur la grand-place. De telles nouvelles nous laissaient incrédules et horrifiés. Que se passait-il donc, pour qu'un tel événement pût se produire : un général français massacré par ses propres soldats ?

— Tiennent-ils donc à faciliter le travail de l'ennemi ? s'insurgea mon beau-frère, outré.

Mon père se gratta la tête avec désapprobation :

— On a déjà eu des moments difficiles, mais jamais on n'a vécu une période aussi troublée.

Il y avait eu les émeutes, les pillages, puis les mesures contre les nobles, contre les prêtres, et maintenant la guerre avec la menace d'une invasion. Comment croire encore Sylvain Busquet lorsqu'il parlait d'une ère nouvelle basée sur la liberté ? Plus personne ne voulait l'écouter.

L'existence continuait malgré tout, et le fait de vaquer chaque jour à nos tâches habituelles nous apportait une stabilité qui nous rassurait. Donner à manger aux bêtes, faire le pain, le beurre, travailler aux champs, là au moins rien n'était changé. Jean-Marie vivait toujours avec nous. Malgré ses onze ans, il travaillait comme un grand, infatigable et courageux. Il avait envers moi des attentions touchantes. Ainsi, lorsqu'il allait aux champs avec mon père et mes frères, il ne revenait jamais sans un bouquet de fleurs sauvages qu'il m'offrait avec un sourire heureux. Je l'embrassais pour le remercier, mettais les fleurs dans un pot de grès que je plaçais sur la potière. Je m'étais profondément attachée à cet enfant. J'avais l'impression qu'il avait toujours vécu parmi nous.

Un jour, ma mère l'envoya chercher de l'huile à brûler et du sel à l'épicerie.

— En même temps, lui dit-elle, tu peux prendre un de ces sucres d'orge que Joséphine fabrique et que tu aimes bien.

Le visage de Jean-Marie s'éclaira, et il partit en courant. Lorsqu'il revint, je mettais le couvert et ma mère, penchée au-dessus de la marmite, surveillait la soupe. Le petit garçon entra lentement, posa le sel et la bouteille d'huile sur la table, me regarda d'un air incertain. Je vis ses lèvres trembler, puis ses yeux se remplirent de larmes et, dans un élan soudain, il se jeta contre moi en sanglotant :

— Oh, Mathilde ! Dis-moi, est-ce vrai que je suis un mendiant, un pauvre, et que je n'ai plus le droit d'avoir des sucres d'orge ?

Interloquée, j'essayai de comprendre. Ma mère se retourna :

— Allons, qu'est-ce que c'est que cette histoire ?

Je m'assis sur le banc, attirai l'enfant près de moi :

— Raconte-moi. Que s'est-il passé ?

Il renifla, leva la tête. Ses yeux contenaient un tel désarroi que je me sentis remuée.

— C'est Noémie. A l'épicerie, c'est elle qui m'a servi. Quand j'ai demandé un sucre d'orge, elle s'est moquée de moi. Elle a ri, tu sais bien, Mathilde, comme elle rit toujours...

J'acquiesçai. Oui, je connaissais le rire perçant de Noémie, et savais qu'il pouvait être blessant comme une insulte. Souvent, elle s'en servait pour appuyer une réflexion ironique ou désagréable. Je demandai doucement :

— Pourquoi s'est-elle moquée de toi ? Qu'a-t-elle dit ?

Le petit garçon baissa les yeux, hésita. Puis, tout bas, il expliqua :

— Elle a dit que je n'aurais pas de sucre d'orge parce que je n'étais qu'un pauvre qui vivait de la charité des autres, et que l'argent qu'on avait donné pour moi à Jean-Baptiste n'était certainement pas pour acheter des bonbons.

Ma mère posa brutalement sa cuillère de bois sur la table :

— Cette Noémie ! s'écria-t-elle, furieuse. De quoi se mêle-t-elle ? Dire des stupidités pareilles à cet enfant ! Elle n'est bonne qu'à semer la zizanie. Je vais aller lui dire ma façon de penser, et tout de suite encore !

Emportée par son indignation, elle sortit de la pièce. Je l'entendis traverser la cour d'un pas pressé. Jean-Marie se tourna vers moi :

— Ce qu'a dit Noémie, est-ce vrai, Mathilde ?

Je le serrai contre moi avec tendresse :

— Non, ce n'est pas vrai. Il est exact que la Table des Pauvres a donné une somme à mon père pour ta nourriture et tes vêtements, mais Noémie est tout à fait injuste de te traiter de mendiant. Tu travailles chez nous, au même titre que Louis, et ce travail te donne le droit d'être récompensé. Si ma mère décide de t'offrir un sucre d'orge, Noémie n'a rien à y voir.

L'enfant leva vers moi des yeux graves et encore inquiets. Je l'embrassai affectueusement :

— Tu veux que je te dise ? Tu ne seras jamais un pauvre, ni un mendiant, puisque tu fais partie de notre famille. Pour moi, tu es mon petit frère.

Un lent sourire vint éclairer son visage. Spontanément, il posa un baiser sur ma joue :

— Merci, Mathilde, je te crois.

Ma mère rentra à cet instant, encore essoufflée. Elle tendit un sucre d'orge à Jean-Marie :

— Tiens, mon enfant. J'ai parlé à Noémie, elle ne te dira plus ce genre de sottise. Elle a cru que tu demandais ce bonbon de toi-même, sans autorisation, c'est pour ça qu'elle n'a pas voulu te le donner. — Elle me regarda d'un air entendu. — Je lui ai dit que ce n'était pas une raison pour faire des réflexions fausses et méchantes.

Consolé, le petit garçon se mit à sucer la friandise avec délectation. Il me tira le bras, me chuchota à l'oreille :

— Noémie, je ne l'aime pas. Mais toi, Mathilde, je t'aime bien.

Je lui souris, passai une main amicale dans ses cheveux. Les hommes, dans la cour, revenaient des champs. Jean-Marie sortit en courant, pour aller abreuver et nourrir le cheval, tâche qui lui revenait habituellement et dont il aimait s'acquitter.

Le jour de la Saint-Jean arriva et un arbre de la liberté fut planté sur la place de notre village par Pierre-Antoine entouré des officiers municipaux et des notables. On l'orna de rubans tricolores. L'absence de notre curé nous fut, ce jour-là, encore plus douloureuse. C'était toujours lui qui, en cette occasion, mettait le feu au bûcher préparé par les enfants. Cette tradition, brutalement, n'existait plus. Alexandre le clerc le remplaça et, malgré tout, chacun essaya de se divertir. Il y eut de la musique, des danses et des chants. Nous les jeunes, nous fîmes plusieurs rondes autour du bûcher. La main dans celle de Blaise, je me sentais heureuse. Il était terminé, le temps où il se tenait à l'écart, amer et désespéré, quand les autres s'amusaient. J'avais bien l'intention de le faire participer à toutes nos réjouissances. Et la façon dont ce grand garçon m'obéissait m'attendrissait secrètement. Avec lui, je sautai au-dessus des flammes, ce qui nous garantissait un mariage heureux. Je retombai de l'autre côté, essoufflée et rieuse, le cœur battant d'une peur rétrospective. Pour un instant, comme chaque fois que j'étais avec Blaise, je faisais abstraction de tout ce qui n'était pas nous. Et je voulais fermer les yeux aux difficultés qui, de plus en plus, s'immisçaient dans notre vie.

Pour notre mariage, j'étais inquiète. Nous ne voulions pas qu'il fût béni par un curé constitutionnel. Une idée nous était venue : puisque notre curé était à Cambrai, nous irions le voir, Blaise et moi, et lui demander de nous marier. Ce ne serait pas le mariage auquel j'avais rêvé, au son joyeux des cloches, dans notre église en fête, mais au moins il serait célébré par notre curé. Mais, cette fois encore, les événements allaient empêcher la réalisation de notre projet.

Les décrets se succédaient. Au début du mois de juillet, une loi rendit obligatoire le port de la cocarde tricolore. La persécution religieuse continuait et un arrêté expulsa les religieuses de leur couvent. Ma sœur protesta vigoureusement :

— Ici à Douai, nous dit-elle, nous n'avons plus d'enseignement primaire. Que va faire Angélique ? Elle allait à l'école des sœurs de Notre-Dame. Il paraît que des maîtresses vont être nommées, mais quand ? Ces déclarations de l'Assemblée ne font que détruire ce qui existe sans rien mettre en échange.

Dans notre village, l'enseignement était également menacé. L'année précédente, un décret avait obligé les maîtres d'école à prêter serment, eux aussi. Alexandre avait refusé. Il continuait malgré tout à remplir ses fonctions, mais Sylvain Busquet ne faisait que répéter qu'il agissait illégalement.

— Gayant vient d'être supprimé, poursuivait ma sœur. L'an dernier, un décret avait décidé la dissolution de toutes les corporations. Et maintenant, on fait disparaître notre bon géant, que nous aimons tant ! Depuis toujours il ornait le défilé annuel en juillet. La municipalité a donné comme prétexte que le mannequin d'osier est abîmé et ses vêtements délabrés. Il faudrait tout réparer et cela, paraît-il, revient trop cher. Mais Casimir affirme que ce n'est pas là la vraie raison. Deux ou trois Jacobins lui ont dit que sa haute taille représentait une insulte à l'égalité. Ça a toujours été ainsi et ça n'a jamais gêné qui que ce soit ! Il paraît que dans le défilé il va être remplacé par une déesse de la liberté en chair et en os, au sommet d'un char. Et elle, là-haut, ne va-t-elle pas dominer les autres ?

— Il est vrai que ça ne s'améliore pas, approuva ma mère. Des suppressions, des obligations de serment, et pour ceux qui n'obéissent pas, des expulsions ! Et on appelle ça la liberté !

C'était cela, surtout, que nous reprochions aux nouveaux responsables : des grands mots pleins d'idéal, et des actes qui les contredisaient totalement.

Le 11 juillet 1792, l'Assemblée législative émit le décret suivant : « Des troupes nombreuses s'avancent vers nos frontières. Tous les ennemis de la liberté s'arment contre notre Constitution. Citoyens, la patrie est en danger. » Lorsque nous l'apprîmes, plusieurs jours plus tard, nous fûmes affolés. Devant l'imminence du danger, Pierre-Antoine décida de réunir officiers municipaux et notables, en une séance de délibération exceptionnelle, afin d'étudier la loi du 8 juillet qui fixait les mesures à prendre. Une surveillance permanente du village fut organisée. Les habitants furent de nouveau sollicités pour s'inscrire sur la liste de la garde nationale. Eloi et Sylvain, qui en étaient les seuls membres, furent désignés pour monter la garde, veiller à ce que tout habitant porte sa cocarde tricolore et à ce que personne ne passe sur le territoire de la commune sans passeport. Et tous les hommes en état de prendre les armes étaient invités à se porter volontaires pour aller compléter l'armée de ligne.

— Défendre la patrie, c'est bien beau, grommela mon père. Mais si nous partons aux frontières, qui fera la moisson ?

Même Sylvain Busquet déclara qu'il ne pouvait abandonner sa ferme. J'eus peur que Blaise, saisi d'un élan patriotique, ne répondît à cet appel. J'allai l'interroger avec angoisse. Son sourire me rassura :

— Je serais un bien mauvais soldat, Mathilde. Je ne sais même pas tirer ! Et puis, crois-tu donc que j'irais me faire tuer maintenant que tu vas être ma femme ? Ah non alors ! Et tant pis si l'on me traite de mauvais patriote !

Il ne fut pas le seul à réagir ainsi. Personne, dans le village, n'alla s'inscrire comme volontaire. Si certains en émirent le désir, leur mère ou leur femme les arrêta bien vite. Dans leur majorité, les hommes du village étaient de paisibles habitants que le métier de soldat n'avait jamais tentés.

Chaque jour, avec inquiétude, nous nous mîmes à guetter les nouvelles. On apprenait que les ennemis occupaient Orchies, Bavai, attaquaient Longwy, menaçaient la ville de Lille. Des bruits couraient, selon lesquels ces Autrichiens étaient d'horribles barbares qui commettaient des atrocités sans nombre. Pour essayer de nous rassurer, mon père disait :

— Ils ne viendront peut-être pas jusque chez nous. Et puis, il ne faut pas toujours croire les bruits qui courent. Rappelez-vous, il y a trois ans, cette histoire de Bretons qui allaient arriver et piller partout. Finalement, c'était faux.

— Mais cette fois-ci, ce n'est pas la même chose, soupirait ma mère. La guerre, elle, est bien réelle, et il est vrai que les ennemis se rapprochent de plus en plus.

— Mais nos soldats sauront les arrêter. Ils sont bien dirigés ; La Fayette, Rochambeau, Dumouriez sont de bons généraux.

Nous l'espérions, sans pour autant en être certains.

Et, comme toujours, nous cherchions dans la pérennité de nos travaux journaliers la sécurité qui nous manquait. Le mois d'août était arrivé, la moisson commencée. Il faisait une chaleur accablante. Dans les champs, sous un soleil brûlant, avec ma mère, Pauline et Suzanne, je liais, en gerbes, le blé que les hommes avaient fauché. Malgré mon chapeau de paille, j'avais la tête en feu, la sueur me coulait dans les yeux. Mais nous accueillions chaque jour cette occupation avec reconnaissance ; elle nous permettait de ne pas penser à la situation générale toujours aussi instable. Et puis, à la fin de la journée, je me lavais à l'eau fraîche et, après le repas du soir, j'allais retrouver Blaise. Ou bien, il venait chez nous. Sur le banc adossé au mur de notre ferme, nous restions assis, côte à côte, la main dans la main. Parfois, mes parents, mes frères, ou Jean-Marie nous tenaient compagnie. Nous laissions la douceur du soir descendre lentement sur nous, nous regardions l'obscurité remplacer peu à peu la glorieuse clarté du soleil couchant. Les bruits s'estompaient, la campagne s'assoupissait. Il nous venait, après la fatigue de la journée, une langueur qui nous apaisait et peu à peu nous engourdissait. Ma tête posée sur l'épaule de Blaise, je me sentais bien. Autour de nous, tout était calme et on pouvait imaginer, en ces instants privilégiés, que les événements douloureux comme la guerre ou la révolution n'existaient pas.

Mais ils ne se laissaient pas oublier bien longtemps. Et ils étaient à chaque fois plus inquiétants. Ce fut ainsi que Pierre-Antoine nous apprit, vers le milieu du mois, qu'une émeute avait eu lieu à Paris. Le palais des Tuileries avait été envahi par la foule, le roi et sa famille avaient été emmenés au Temple où ils étaient désormais prisonniers. L'Assemblée avait décidé de le suspendre de ses fonctions et de le remplacer par un conseil exécutif provisoire. Lorsque Pierre-Antoine s'arrêta de lire, il y eut un instant de silence stupéfait. Nous cherchions ce que cela pouvait bien signifier. Que se passait-il donc, là-bas à Paris ? Comment pouvait-on s'attaquer directement au roi, et surtout le mettre en prison ? Qu'avait-il fait pour mériter un tel traitement ? Déjà, en juin, la foule avait forcé les portes des Tuileries et l'avait injurié. Ignace, le premier, résuma l'avis général :

— Se conduire de cette façon avec notre bon roi ! Il n'y a plus aucun respect.

Comme d'habitude, après un avis que nous avions du mal à comprendre, tout le monde questionna en même temps :

— Alors, si le roi est prisonnier, qui va gouverner ?

— Un conseil exécutif provisoire ?

— Qu'est-ce que ça veut dire ?

— Et notre roi ? Que vont-ils faire de lui ?

Les commentaires furent nombreux. La réaction principale était l'indignation et, tout de suite après, l'inquiétude.

— Ça va aller de mal en pis, vous allez voir, soupira Ignace. Que peut-on attendre de ces scélérats qui mettent notre roi en prison ?

Bien entendu, Sylvain Busquet fut d'un avis contraire. Le visage mécontent, il protesta :

— Attention, Ignace, ce ne sont pas des scélérats. S'ils jugent que le roi n'est pas capable de gouverner, moi je dis qu'ils ont raison.

Eloi approuva :

— Ça, c'est vrai. Tout le monde sait que le roi est faible. Et c'est sa faiblesse qui nous a amenés là où nous sommes maintenant.

Les autres ripostèrent, la discussion se fit plus vive. Serrée contre Blaise qui ne disait rien, je constatais que ce nouveau régime avait amené la dissension parmi nous, qui étions si unis auparavant.

De nombreux décrets suivirent. Les biens des émigrés furent mis en vente, et je pensai que le comte, malgré tout, devait se féliciter de n'être pas parti pour garder son château. Dans le but de permettre à tous de devenir propriétaires, même aux plus pauvres, l'Assemblée décida que ces biens seraient divisés en petites parcelles, qui pourraient être payées en rente annuelle. Une autre décision concerna les biens communaux qui devaient, après la récolte, être « partagés entre tous les citoyens par tête d'habitant de tout âge et de tout sexe ». Dans notre village, le marais, par exemple, était un bien communal. Chacun de nous, de manière équitable, en recevrait une part. Pauline me raconta que son père était satisfait :

— Pour la première fois de sa vie, il va posséder un terrain ! Il dit que la révolution a quand même du bon, et qu'il commence à comprendre ce que Sylvain veut dire quand il parle d'égalité.

Une loi décida que les avis, après avoir été lus et publiés au son de caisse dans tout le village, seraient affichés dans une grille apposée contre le mur de la maison commune, et non plus sur le portail de l'église.

— Elle va finir par servir à quoi, notre église ? grommela ma mère. Plus d'avis, plus de messes... Dans quel but veulent-ils la rendre inutile ?

Et puis, pour illustrer cette égalité qu'on nous promettait, et supprimer les distinctions qui existaient entre les différentes classes sociales, un décret nous apprit qu'il fallait remplacer dorénavant les appellations de monsieur et madame par citoyen et citoyenne. Beaucoup haussèrent les épaules :

— Dans le village, c'est inutile, puisque nous nous appelons tous par notre prénom.

Lorsque j'allai porter le beurre au château, Rosalie, la cuisinière, avec humeur me fit part de son désaccord :

— On n'a jamais vu ça ! Déjà, j'ai dû apprendre à dire madame au lieu de madame la comtesse, maintenant, il faudrait que je lui dise citoyenne. Là, je refuse.

Je hochai la tête en une approbation muette. Moi aussi, je me trouvais bien incapable de nommer la comtesse « citoyenne ». Cela ne servirait qu'à l'humilier inutilement. Je n'oserais pas, et je ne le voulais pas non plus. Elle s'était toujours montrée aimable avec moi, et je n'avais rien à lui reprocher. Ce raisonnement était valable aussi pour le comte. Il était mon parrain et je l'aimais bien, même s'il ne fallait pas le dire pour ne pas être traité d'« aristocrate ».

Le lundi 2 septembre, je me rendis avec ma mère chez ma tante Séraphine à Cambrai, comme nous le faisions de temps à autre. Nous savions y retrouver notre curé, et nous partions nanties de nombreux messages d'amitié. Adèle, surtout, qui semblait dépérir depuis qu'il n'était plus là, nous pressait de recommandations :

— Est-ce qu'il boit toujours sa tisane, le soir, avant de se coucher ? Demandez-lui comment il va, et si ses rhumatismes ne le font pas trop souffrir. Dites-lui que je pense bien à lui. Si mes jambes n'étaient pas si vieilles, j'irais le voir avec vous !

Nous lui avions promis de l'emmener lorsque nous irions avec la carriole, tous ensemble, le jour de mon mariage, afin que notre curé nous bénît, Blaise et moi. Elle ne vivait que dans cette attente.

En allant à Cambrai cet après-midi-là, ma mère et moi nous étions inquiètes. Nous avions appris, quelques jours avant, que les prêtres non assermentés devaient sortir du royaume dans la quinzaine qui suivait. Ceux qui désobéissaient seraient déportés en Guyane. Une exception, néanmoins, était faite pour les sexagénaires et les infirmes. Notre curé, qui avait soixante-dix ans, était dans ce cas. C'est pourquoi nous allions chez ma tante, pour avoir des nouvelles qui, nous l'espérions, nous rassureraient. Ce fut le contraire qui se produisit.

Ma tante nous accueillit, effondrée. Près d'elle, ma cousine Gabrielle pleurait. Notre curé n'était pas là.

— Que se passe-t-il ? demanda ma mère, aussitôt affolée.

— Rose, si tu savais ! explosa ma tante. Ils sont venus arrêter ce pauvre abbé Souliez.

Je me sentis glacée. Ma mère eut un air hagard, répéta bêtement :

— L'arrêter !

Ma tante eut un geste de désespoir :

— Mon Dieu, quelles heures nous avons vécues ! C'est arrivé dans la nuit de mercredi. Carra, l'un des chefs des Jacobins de Paris, est arrivé à Cambrai dans la soirée. Il revenait de Valenciennes où il était allé, paraît-il, abattre la statue de Louis XV. Il a fait battre la générale et a réuni ainsi un grand nombre de patriotes. Ils ont décidé de procéder à l'arrestation de tous les prêtres réfractaires qui — ce sont leurs propres paroles — commettent des actes affreux de fanatisme. Ils ont fait éclairer la ville, sont allés chercher à la municipalité la liste de tous les prêtres, et ont appelé les patriotes à la rescousse. Ça a duré toute la nuit, et toute la journée du lendemain. Ils sont venus ici vers minuit.

Elle porta les mains à son visage, ses yeux s'emplirent de larmes.

— C'était affreux ! Nous étions tous couchés, mais nous ne dormions pas ; sans savoir exactement ce qui se passait, nous entendions des cris, des hurlements, des bribes de musique, et nous étions inquiets. Vers minuit, donc, les cris se sont rapprochés. C'étaient des blasphèmes, des insultes, des menaces. « A mort les fanatiques ! » « A la lanterne ! ». J'étais terrorisée. Aimé, près de moi, me faisait signe de ne pas bouger. Mais ils se sont arrêtés devant chez nous, ont donné de grands coups dans la porte, en menaçant de l'enfoncer. Aimé est allé leur ouvrir. Je l'ai suivi en tremblant. Ils sont entrés en vociférant, exigeant qu'on leur remette « le fanatique ». Des gardes nationaux, des hommes armés de piques à l'air menaçant, coiffés d'un bonnet rouge. Il y avait avec eux deux officiers municipaux revêtus de leur écharpe. Aimé connaissait l'un d'eux, qui vient souvent se faire coiffer ici. Il a dit qu'ils allaient conduire l'abbé Souliez à l'hôtel commun, « de la part du peuple-roi et de la municipalité ». J'étais dans un coin de la pièce, n'osant pas bouger, avec Gabrielle serrée contre moi.

Elle eut un regard de pitié envers la fillette :

— Pauvre enfant ! L'abbé Souliez était devenu son grand ami. — Elle soupira, sa voix fléchit. — Un homme si bon ! Comment est-ce possible ? Ils l'ont réclamé à grands cris, et Aimé a demandé pourquoi ils voulaient l'emmener. « Ça ne te regarde pas, a dit un garde national en brandissant un fusil. Dis-lui de venir tout de suite, sinon nous fouillons tout et nous saurons bien le trouver. » A ce moment, l'abbé Souliez, alerté par le bruit, est arrivé. Il avait juste pris le temps de passer une robe de chambre. Il a fait face à cette meute avec un calme que j'ai admiré, et avec ce regard, tu sais, Rose, ce regard limpide et pur qui n'appartient qu'à lui. Il leur a dit : « Si c'est moi que vous cherchez, messieurs, je suis à votre disposition. » Alors ils l'ont emmené comme il était, en robe de chambre, sans même lui permettre de s'habiller, et sans qu'on puisse lui dire adieu. Il s'est retourné vers nous et, avec un sourire que je ne pourrai jamais oublier, il nous a bénis. « Merci à vous, et que Dieu vous protège. » Les vociférations qui avaient repris ont couvert sa voix. Ils sont sortis...

Elle s'arrêta, se mordit les lèvres. Gabrielle, de nouveau, pleurait.

— Je l'aimais bien, bégaya-t-elle. Il était gentil et doux. Il me racontait de belles histoires, il me disait de toujours faire le bien. Pourquoi l'ont-ils arrêté ?

Ma tante reprit sourdement :

— Nous l'avons vu partir dans la rue, entouré d'hommes et de gardes nationaux avec des piques, des sabres, des fusils, comme un malfaiteur dangereux, lui, pauvre vieillard incapable de se défendre. Ils l'ont emmené en le poussant parce qu'il ne marchait pas assez vite, en l'insultant, en criant « A la lanterne », en chantant *Ça ira* et *La Marseillaise*. Il y en avait même quelques-uns qui jouaient du violon et qui dansaient. Et nous, sur le pas de notre porte, nous n'avons pu que les regarder partir sans rien pouvoir faire.

Ma mère réagit enfin :

— Notre pauvre curé ! Qu'ont-ils fait de lui ?

— Nous avons appris le lendemain que tous les prêtres arrêtés avaient été emprisonnés au Carré de Paille, la caserne de la rue des Anglaises. Pour adoucir leur sort, la municipalité — qui à mon avis avait dû s'incliner de mauvaise grâce devant les Jacobins — leur permettait de se faire apporter ce qu'ils désiraient. Alors je suis allée donner à notre pauvre abbé de la nourriture et ses vêtements ; il était toujours en robe de chambre ! Les sentinelles ne m'ont pas laissée entrer, la plupart m'ont fait des réflexions désobligeantes. Mais l'un des gardes m'a promis de tout remettre à l'abbé Souliez dès qu'il aurait tout fouillé. L'a-t-il fait ? Je l'ignore.

Elle soupira, nous regarda avec une expression d'impuissance et de révolte mêlées.

— Des canons étaient braqués sur la caserne, comme si ces prêtres étaient des criminels dangereux. Le lendemain dans l'après-midi, la municipalité, avec une escorte de gardes nationaux, les a transférés à l'abbaye de Saint-Aubert. Il y a bien eu quelques protestations, plusieurs citoyens ont demandé de les libérer, mais ils se sont fait insulter. Hier, M. Caudron, le maire, avec le conseil de la commune, est allé parler aux prêtres. Il leur a dit qu'ils étaient libres de sortir mais que, selon le décret de déportation hors du royaume, ils devaient avoir quitté le pays dans les quinze jours. Exception faite pour les sexagénaires et les infirmes qui seront rassemblés dans une maison spéciale.

— Oui, dis-je d'une voix étranglée, c'est le décret que nous a lu Pierre-Antoine, et qu'il a affiché au mur de la maison commune.

— Alors, où est notre curé ? s'inquiéta ma mère.

Ma tante fit un signe d'ignorance :

— Justement, on n'en sait rien. Je suis allée à l'abbaye de Saint-Aubert. Les hommes qui étaient de garde ont refusé de me répondre. Ils m'ont traitée de fanatique et de contre-révolutionnaire. Ils avaient un air si mauvais que je n'ai pas osé insister. Aimé va essayer de se renseigner parmi ses clients. L'un d'eux a entendu dire que tous les prêtres âgés seraient mis dans un couvent à Douai ou à Arras.

— Autant dire qu'ils seront en prison, bougonna ma mère.

Après la stupeur venait l'indignation, une indignation d'autant plus brûlante que s'y ajoutaient impuissance et chagrin. Nous ne pûmes que commenter le récit de ma tante, sans trouver aucun apaisement. Et, dans notre village, lorsque nous apprîmes aux autres ce qui s'était passé, la réaction fut la même. Les exclamations furent toutes de révolte et d'incompréhension :

— En prison, notre curé !

— Mais ce sont les malfaiteurs qu'on met en prison !

— Lui, il n'a jamais fait que le bien !

— Quel est ce régime qui met en prison des innocents ?

Et des regards lourds de sens se dirigeaient vers Sylvain Busquet qui, pour une fois, ne trouvait rien à dire.

Au cours des jours suivants, nous apprîmes avec horreur que de très nombreux prisonniers — on parlait de plus de mille —, des prêtres surtout, avaient été massacrés dans des prisons parisiennes, à l'abbaye des Prés, aux Carmes, à la Salpêtrière. On disait qu'une amie de la reine, Mme de Lamballe, avait été assassinée, et que ses meurtriers avaient promené sa tête au bout d'une pique. La peur s'insinuait de nouveau. Et s'il se produisait la même chose à Douai, à Arras ? Notre curé allait-il être tué, lui aussi ?...

Ce fut à ce moment que l'Assemblée législative décréta une amnistie générale envers les citoyens qui, depuis le 14 juillet 1789, avaient été condamnés pour violation des lois relatives à la libre circulation des grains. La même amnistie était étendue aux crimes et délits relatifs à la propriété. Notre révolte fut encore plus grande ; ainsi, des émeutiers, des malfaiteurs, des délinquants, allaient être relâchés, et à la première occasion ils recommenceraient, tandis que notre curé, lui, qui avait toujours prêché le bien et la vertu, était emprisonné. Mon père, en se grattant la tête une fois de plus, constata :

— Notre roi en prison, notre curé en prison, et des

bandits libérés, c'est le monde à l'envers. Dans des conditions pareilles, l'ordre n'est pas près de revenir.

Ma mère, mes frères et moi, nous nous regardions avec crainte, sans rien dire. Nous n'essayions même plus de protester ; ce raisonnement était aussi le nôtre.

8

Ce mois de septembre 1792 fut fertile en événements de toutes sortes, qui contribuèrent à nous désorienter davantage.

Nous ne savions toujours rien au sujet de notre curé, et nous étions inquiets. Adèle, surtout, n'en dormait plus. Jusqu'ici, nous lui donnions de ses nouvelles lorsque nous revenions de Cambrai, et malgré tout, elle savait que chez ma tante Séraphine il était bien nourri et bien logé. Elle qui l'avait toujours soigné ne pouvait accepter que, peut-être, il pût souffrir ou être malade sans recevoir aucun réconfort. Et cette angoisse la minait.

Les nouvelles de la guerre n'étaient pas bonnes. Les Autrichiens avaient pris Longwy et Verdun, ils occupaient Lannoy, Roubaix et Tourcoing. Toujours la même inquiétude nous taraudait : viendraient-ils jusque chez nous ? Des mesures avaient été prises pour la défense de la patrie. L'ordre avait été donné de ne conserver qu'une cloche par église, et de descendre les autres pour les convertir en numéraire. A Douai, de toutes les maisons religieuses avaient été enlevés les cuivres transportés à l'arsenal, les plombs pour en faire des balles, et les fers qui, dans les ateliers d'armuriers, seraient transformés en piques. Lorsqu'une des deux cloches de notre église fut descendue pour être envoyée à l'hôtel des monnaies de Lille, nous eûmes le cœur serré. La guerre, déjà, nous enlevait quelque chose. Et là aussi, ce n'était qu'un début.

Heureusement, j'avais Blaise, Blaise et ses yeux clairs emplis d'amour lorsqu'ils se posaient sur moi, et cela seul suffisait à embellir ma vie. Pourtant, une question venait parfois m'assombrir : qui allait bénir notre mariage, maintenant que notre curé n'était plus à Cambrai ?

— Peu importe, disait Blaise. L'essentiel est que nous soyons mariés.

Ces paroles, qui se voulaient rassurantes, ne parvenaient pas à me convaincre. Pour que notre mariage fût heureux, il fallait qu'il fût béni, et je ne voulais pas d'un prêtre assermenté.

Ce fut un événement imprévu et triste qui, contre toute attente, nous fit entrevoir une solution. Adèle, dont la santé déclinait de plus en plus, avait fini par s'aliter. Dès que je le pouvais, j'allais la voir, lui tenir compagnie, lui porter du lait, qui était la seule nourriture qu'elle pût encore avaler. Dans la chambre qu'elle occupait chez Ambroise, elle m'accueillait avec un sourire pitoyable. Elle me remerciait de lui donner un peu de mon temps, elle geignait doucement :

— Je n'en peux plus, Mathilde. Tout ce qui était ma vie, depuis toujours, n'existe plus. Cette église et ce presbytère vides, ça me tue à petit feu. Et notre curé, enfermé je ne sais où, dans quelles conditions ? L'emprisonner, lui, un saint homme... Ça me dépasse, je ne peux pas comprendre...

Je cherchais des mots pour la consoler, et je n'en trouvais pas. Je regardais son visage émacié, ses cheveux blancs, je l'écoutais me raconter des bribes de souvenirs qui, tous, parlaient de ce curé pour qui elle avait vécu :

— Lorsque je suis entrée à son service, j'étais désespérée. Je venais de perdre mon mari et mon petit enfant. Il m'a pour ainsi dire recueillie, sauvée. Quand il est venu s'installer ici, je l'ai suivi, et je ne l'ai jamais quitté. Il avait réussi à me réconcilier avec Dieu. Un saint homme, vraiment, Mathilde, je n'ai pas peur de le dire...

Parfois, elle pleurait, me faisait part de son désespoir :

— Je ne peux plus vivre ainsi. Quand je pense que dans trois mois ce sera Noël, et qu'il n'y aura pas de messe de minuit ! Je préfère ne pas voir ça, Mathilde. J'espère bien mourir avant.

Et c'était ce qu'elle faisait ; elle se laissait mourir, ne parvenant plus à trouver sa place dans un monde où ce qui avait été l'essence même de sa vie s'écroulait. A Joséphine, qui bien souvent tentait de la secouer, elle répondait par un regard pathétique et poignant, qui faisait comprendre, mieux que des mots, qu'il était inutile d'insister.

Un soir, vers le milieu du mois, alors que je lui apportais un bol de lait pour son souper, je la trouvai encore plus pâle que de coutume. Sa faiblesse m'alarma. Mais ses yeux avaient une gravité, une lucidité qui m'impressionnèrent. Elle me prit la main et déclara nettement :

— Mathilde, mon enfant, je sens que je ne verrai pas se lever un autre jour, et c'est aussi bien ainsi.

Elle parlait avec une certitude si sereine qu'elle me fit partager sa conviction. Je ne pensai même pas à protester. Je la regardai avec tendresse, pauvre vieille femme qui, par fidélité, par amour, se mourait de l'absence de notre curé.

— Mathilde, écoute-moi. Je voudrais un prêtre, mais pas ce jureur du village voisin. Je sais bien qu'il fera mon enterrement, hélas ! on ne peut pas faire autrement. Mais pour m'aider à partir, je veux un vrai curé, un fidèle. J'avais espéré que ce serait le nôtre, tu vois, Mathilde. Avec lui, tout aurait été facile. Ambroise m'a parlé d'un de ses cousins qui habite Hordain, et dont le neveu est prêtre. Il s'est caché pour échapper à ces fameux décrets. Demande à Ambroise s'il peut aller le chercher, dis-lui qu'il fasse vite, il ne reste plus tellement de temps.

Je promis, allai trouver Ambroise. Il discutait avec Joséphine qui venait d'arriver. J'expliquai la demande d'Adèle.

— C'est vrai, approuva Ambroise, Albert a été ordonné prêtre l'an dernier, à Mons, par Mgr de Rohan. Il a refusé le fameux serment, et pour échapper à la déportation, il a décidé de se cacher. Si je vais chez mon cousin, je pense qu'il saura où le trouver. Dans ce cas, je le ramènerai.

— C'est ce que j'avais suggéré à notre curé ; se dissimuler quelque part le temps de se faire oublier, dit Joséphine. Mais lui, il a voulu obéir et se rendre à Cambrai. Il est bien avancé maintenant !

— Ce prêtre dont je parle est jeune, objecta Ambroise. Et il faut l'être pour mener la vie errante qui va être la sienne ; se cacher sans cesse, changer constamment de domicile pour ne pas être repéré, dormir dans des granges, sillonner les chemins pour répondre aux appels des villageois, comme celui d'Adèle aujourd'hui. Notre curé était trop âgé pour tout ça. Je vais partir tout de suite, je serai de retour d'ici une heure ou deux.

Avec Joséphine, je retournai au chevet d'Adèle. La vieille femme, les yeux clos, ne réagit pas à notre présence. Elle était si immobile que, pendant un court instant, j'eus peur qu'elle ne fût morte. Puis je vis que ses lèvres remuaient et que ses doigts égrenaient un vieux chapelet. Joséphine mit un doigt sur ses lèvres et s'assit près du lit. Je chuchotai :

— Je vais aller chercher ma mère. Adèle l'aime beaucoup aussi. Je pense qu'elle sera heureuse de l'avoir près d'elle.

Chez moi, je prévins tout le monde. Ma mère, qui préparait le repas du soir, posa la salade qu'elle lavait :

— J'y vais, dit-elle à mon père et à mes frères. Si nous tardons à revenir et que vous ayez faim, mangez du pain et du fromage.

En traversant le village, nous fûmes arrêtées plus d'une fois :

— Où courez-vous ainsi ? Que se passe-t-il ?

Nous expliquions qu'Adèle se sentait mourir, que nous nous rendions à son chevet, et qu'Ambroise était allé chercher le prêtre qu'elle réclamait.

— Nous irons la voir, nous promettait-on.

Nous avions rejoint Joséphine et, près d'Adèle, nous attendions. La vieille femme semblait s'être assoupie. De temps à autre, quelqu'un arrivait pour prendre des nouvelles, regardait la malade avec commisération, chuchotait quelques remarques, proposait des remèdes. Pierre-Antoine vint et confirma l'impression d'Adèle : elle ne vivrait sans doute pas jusqu'au lendemain matin. Peu à peu, le soir tombait, et je pensai que l'obscurité serait propice au jeune prêtre qui désirait passer inaperçu.

Lorsque la nuit fut complète, et que les visiteurs furent repartis chez eux, Adèle remua puis ouvrit les yeux. D'une main faible, elle me fit un signe. Je m'approchai. La lueur de la lampe à huile accusait les méplats de son visage, creusait les orbites, en accentuait les ombres. Mais le regard, fixé sur moi, brillait d'une nouvelle énergie.

— Mathilde, mon petit... Ce prêtre, va-t-il venir ?

— Ne craignez rien, Ambroise est allé le chercher.

— Dans cette armoire, là, tu trouveras un christ en argent, une statue de la Vierge et des chandeliers. Place-les sur la commode. Il y a mon missel aussi. Donne-le-moi.

Je trouvai ce qu'elle me demandait. Il y avait encore une nappe blanche que Joséphine installa avant de placer le christ et la statue, puis les flambeaux qu'elle alluma. Adèle regarda cette sorte d'autel avec reconnaissance, et des larmes coulèrent sur son visage ridé :

— Merci, mes amies, merci. Ces objets sacrés me rappellent notre pauvre curé. Il m'avait promis que, si je mourais avant lui, il serait près de moi aux derniers instants. Et je l'avais cru, je comptais sur sa présence. Vous savez comme moi qu'il tenait toujours ses promesses. Je n'aurais jamais pensé que...

Des pas, dehors, l'interrompirent. Ambroise et son compagnon arrivaient. Lorsque le jeune curé entra dans la chambre, je fus surprise de le voir habillé en *mulquinier*[1]. Il portait une culotte et une veste de velours marron, des guêtres de toile bleue, des grosses bottines munies de clous. Il avait noué, autour de son cou, un foulard rouge. Il posa le gros bâton qu'il tenait à la main, se débarrassa de son sac à dos, ôta le large chapeau qui lui cachait le visage :

— Je suis l'abbé Lemaire, dit-il avec un doux sourire. Ne faites pas attention à mon accoutrement. Pour échapper aux patriotes, je me fais passer pour un marchand de toile.

Il sortit de son sac ce qui était nécessaire à l'administration des derniers sacrements, disposa le tout sur la commode, près du christ en argent, enleva sa veste, déplia une soutane et une aube qu'il passa au-dessus de ses vêtements. Puis il se pencha vers Adèle :

— Ne craignez rien, lui dit-il avec bonté. Nous allons prier ensemble afin que le Seigneur vous accueille dans Son royaume. Désirez-vous que je vous entende en confession ?

La vieille femme fit un signe affirmatif. Le prêtre se tourna vers nous :

— Laissez-nous seuls, je vous prie.

Dans la grande salle, nous attendîmes en silence, oppressés par l'idée qu'Adèle, qui était parmi nous depuis si longtemps, allait nous quitter à son tour. De temps en temps, Joséphine faisait des réflexions à voix basse : il faudrait prévenir le

1. Un mulquinier était un fabricant de toile de lin très fine, genre batiste, linon et dentelle.

curé constitutionnel du village voisin. Mais, au moins, Adèle aurait eu un vrai prêtre pour l'aider dans ses derniers instants.

Ce fut à ce moment que l'idée me vint. Je regardai Ambroise :

— Ce jeune prêtre, pourrait-il venir nous bénir, Blaise et moi, lorsque nous nous marierons ?

Ambroise approuva d'un hochement de tête :

— Certainement. Il suffit de le lui demander. Il m'a dit, tout à l'heure, qu'il se rend à tour de rôle dans de nombreux villages, le dimanche, pour faire la messe en secret dans des granges.

— Pourquoi ne viendrait-il pas chez nous ? suggéra Joséphine. La grange de Barthélemy reprendrait ses fonctions.

— Et puis, dit ma mère, il pourrait baptiser le dernier fils de Mathurin, qui est né la semaine dernière.

— Oui, approuva Ambroise, nous allons lui parler de tout ça.

Malgré la tristesse du moment, je ressentais une heureuse satisfaction ; notre mariage, à Blaise et à moi, serait valable puisqu'il serait béni par un prêtre resté fidèle à sa foi, comme le nôtre.

De la chambre, des bribes de paroles nous parvenaient, prononcées par la voix douce et apaisante de l'abbé Lemaire. Après de longues minutes, la porte s'ouvrit. Le jeune prêtre vint vers nous, ému et grave :

— C'est fini, dit-il d'une voix sourde. Elle vient d'aller rejoindre Notre Seigneur, pieusement, après s'être confessée.

Avec une exclamation, Joséphine se dirigea vers le lit. Nous la suivîmes. Adèle, les yeux clos, les mains jointes, le visage apaisé, avait quitté notre village, qui avait été le sien pendant quarante ans. J'avais conscience qu'une page venait de se tourner définitivement ; le temps où notre curé et sa servante occupaient le presbytère, dans un ordre qui nous paraissait alors immuable, était bien fini. Et il ne reviendrait plus jamais.

L'enterrement eut lieu le lendemain. Le curé constitutionnel vint, du village voisin, dire la messe. C'était un gros homme, au visage coloré, à la voix forte. Nous lui avions dit qu'Adèle s'était éteinte pendant son sommeil, et qu'on s'était aperçu de son décès le matin seulement. Il crut bon de le signaler à l'offertoire, lorsqu'il recommanda l'âme de la défunte à nos prières, en ajoutant qu'elle était morte sans avoir reçu les derniers sacrements. Personne ne réagit, mais les regards entendus que nous échangions étaient clairs ; tout le monde savait que l'abbé Lemaire était venu, et qu'il reviendrait pour dire la messe, baptiser le fils de Mathurin, me marier à Blaise. C'était comme un espoir qui doucement refleurissait.

Le 20 septembre 1792, Dumouriez, qui le mois précédent avait reçu le commandement de l'armée du Nord, battit les Prussiens à Valmy. Cette victoire nous rassura ; elle arrêta l'invasion prussienne. Néanmoins, nous restions inquiets ; les Autrichiens, eux, étaient toujours dans la région.

A cette époque, une loi fut votée, qui supprimait la distinction entre citoyens actifs et passifs. Toujours le souci d'égalité, le même qui avait fait abolir les différentes classes lors des enterrements : tout le monde devait être enterré de la même façon. Maintenant, chaque citoyen pouvait voter et Louis, notre valet, qui ne disait jamais rien, ne put s'empêcher d'approuver :

— Enfin quelque chose qui me concerne ! Je pourrai participer à la vie du village et donner, moi aussi, mon avis. Grâce à eux, je n'aurai plus l'impression d'être ravalé au rang de nos bêtes. Pour une fois, ils font quelque chose de bien, ça, on ne peut pas dire le contraire.

Une autre loi décida que les registres d'état civil ne seraient plus tenus par les curés mais par des officiers publics, et ne reconnaissait plus que le mariage civil. Lorsque Pierre-Antoine nous l'apprit, en expliquant que ce serait le secrétaire greffier qui tiendrait les registres, je regardai Blaise avec crainte : que signifiait cette loi pour nous, qui allions nous marier le mois prochain ?

— Viens, me dit Blaise. Allons interroger Pierre-Antoine.

Lorsqu'il nous vit arriver, notre maire sourit :

— Vous serez les premiers à inaugurer ce nouveau système.

— Mais ça veut dire quoi, au juste ? demandai-je avec méfiance. Serons-nous vraiment mariés ?

Ceux qui nous entouraient approuvèrent ma question, en ajoutèrent d'autres ; depuis toujours, c'était le curé qui avait noté, dans les registres, les baptêmes, les mariages, les enterrements.

— Les registres seront tenus par la municipalité, dit Pierre-Antoine. A part ça, rien ne sera changé, les actes seront toujours aussi valables. Je suppose que cette loi a été votée pour corriger l'anarchie qui règne dans l'état civil depuis le départ des prêtres réfractaires. — Il s'adressa à Mathurin qui comme les autres écoutait. — Toi, tu ne veux pas faire baptiser ton fils par un jureur. Et si c'est un prêtre réfractaire qui le fait, ce sera en cachette et ce ne sera pas noté dans le registre. C'est pour éviter ce genre de choses que l'on donne cette responsabilité aux municipalités.

— Et pour Blaise et moi, alors ? insistai-je avec inquiétude. Que va-t-il se passer ?

— Pour vous deux, c'est très simple, vous viendrez à la maison commune et je vous marierai.

— Mais nous voulons la bénédiction d'un prêtre. L'abbé Lemaire nous a promis de venir.

— Je sais. La bénédiction peut se faire avant ou après, cela ne me gêne en rien. L'important, pour moi, c'est que votre mariage soit inscrit dans le registre. Le reste ne me regarde pas.

— Dans un sens, remarqua Blaise, cette loi tombe bien ; qui aurait noté notre mariage, puisque notre curé n'est plus là ?

— Il aurait fallu faire appel au curé constitutionnel, qui est venu pour l'enterrement d'Adèle.

— Ah non, je ne veux pas de lui ! dis-je spontanément. Je préfère être mariée par vous, Pierre-Antoine.

Il nous sourit avec affection :

— Vous serez mes premiers mariés. Il faudra fixer la date et l'heure exactes. J'afficherai la publication huit jours auparavant. Vous choisirez vos témoins, qui doivent avoir plus de vingt et un ans mais qui, dorénavant, pourront aussi être des femmes. Ne vous inquiétez pas, nous aurons l'occasion de reparler de tout ça.

Je levai les yeux vers Blaise, lui souris. Malgré l'absence de notre curé, nous serions légalement unis, et c'était ce qui importait.

Le 21 septembre, la Convention remplaça l'Assemblée législative. Son premier souci fut de proclamer l'abolition de la royauté et l'avènement de la république. Lorsque, quelques jours plus tard, la nouvelle parvint dans notre village, elle fut accueillie avec incompréhension.

— Alors, nous n'avons plus de roi ?

— Mais c'est impossible, il y a toujours eu un roi !

— De toute façon, il est en prison, ma pauvre Joséphine. Alors il ne sert plus à grand-chose.

— S'il n'est plus là, qui va le remplacer ?

— Vous l'avez pourtant bien entendu, dit Sylvain Busquet d'une voix forte : la république !

— La république ? Qu'est-ce que c'est ?

Sylvain prit un air important :

— C'est un régime basé sur l'égalité. Ce n'est plus un monarque qui gouverne, mais des hommes soucieux d'améliorer le sort de leurs semblables, de les faire participer à la vie du pays. C'est un changement considérable, un réel progrès.

Il reçut en réponse des grognements peu convaincus. Je le vis ouvrir la bouche pour reprendre ses explications, mais il fut arrêté par Ignace :

— Cette république, elle va nous rendre notre curé ?

Sylvain hésita, ne sut que répondre.

— Parce qu'alors, continua Ignace, si elle approuve des abominations pareilles, moi je dis qu'elle ne vaut rien.

Avec la modération qui le caractérisait, Pierre-Antoine conseilla :

— Attendons, mes amis. Nous verrons bien.

— Nous verrons bien, nous verrons bien, grommela Ignace. Tu ne sais dire que ça, toi. Mais ce qu'on voit, jusqu'ici, c'est que tout va de travers.

Sylvain ne put s'empêcher d'intervenir de nouveau :

— Il faut quand même avouer...

Ignace l'interrompit brusquement :

— Oh toi, Sylvain, tais-toi. Tu promets toujours des merveilles. Moi, cette république, je n'y crois pas.

D'un air désabusé, il s'éloigna. Dans nos esprits, maintenant, la crainte l'emportait sur l'espoir.

Cependant, la guerre continuait. Les Autrichiens avançaient. A la fin du mois de septembre, le duc Albert de Saxe et ses troupes étaient arrivés jusqu'aux remparts de Lille. La municipalité, sommée de se rendre, avait refusé. Mon beau-frère, qui se tenait au courant des événements, disait son approbation. La ville était continuellement bombardée, de nombreuses maisons avaient brûlé, les rues étaient devenues impraticables. On entendait dire que les soldats ennemis se répandaient dans la campagne environnante et se livraient au brigandage. De nouveau, nous avions peur.

Lorsque nous allions à Douai vendre nos produits au marché, nous voyions de nombreux soldats partout ; les impasses et les rues secondaires étaient remplies de chevaux attachés aux murs. Le général Marassé se trouvait au camp de Dorignies. Le pont était supprimé, ainsi que celui de Lambres. A sept cents toises des fortifications, les arbres avaient été abattus. La ville de Douai prévoyait sa défense.

Au bout de quatre jours, devant la résistance héroïque de Lille, et inquiets aussi de la défaite des Prussiens à Valmy, les Autrichiens levèrent le siège. Cette décision eut pour conséquence l'abandon de Marchiennes et d'Orchies par les troupes ennemies. La municipalité de Douai arrêta l'inondation des faubourgs et fit afficher un avis : « Les jours d'alarme sont passés. »

Le dernier jour du mois, je fus appelée au château pour des travaux de couture. Amélie m'attendait dans sa chambre. Sur une bergère, de nombreuses robes s'étageaient. D'autres vêtements jonchaient le lit et même le parquet. Plusieurs sacs de cuir, à moitié remplis, étaient posés dans un coin. Amélie m'accueillit dans ce désordre :

— Mathilde, j'ai besoin de toi.

Elle prit les robes qui couvraient la bergère, une à une me les montra :

— Il faut que tu fasses des reprises. Vois, ici, l'ourlet est décousu. Sur celle-ci, la couture a craqué sous le bras. Là, par contre, la dentelle est déchirée...

Je me mis à travailler. Amélie regarda autour d'elle, soupira, se laissa tomber sur le lit. Elle fit un geste circulaire :

— Tu ne te demandes pas pourquoi il y a un tel fouillis ? D'après toi, qu'est-ce qu'il signifie ?

Je levai les yeux de mon ouvrage :

— Je ne sais pas, mademoiselle Amélie. On dirait que vous allez partir en voyage.

Elle mit un doigt sur ses lèvres, se pencha vers moi avec une mine de conspiratrice :

— A toi je peux bien le dire ; je t'aime bien et je sais que je peux te faire confiance Mais promets-moi de ne pas le répéter, tout au moins jusqu'à demain.

Son air important me fit sourire :

— Je promets.

— Nous nous en allons demain, ma mère et moi, chez ma tante, aux Pays-Bas. Mon père ne veut pas bouger de son château, mais il s'est décidé quand même à nous laisser partir toutes les deux. Depuis que le roi est en prison, il a réfléchi. Comme le dit ma mère : « Pour le moment, c'est le roi, après ce sera nous. » Elle refuse de rester ici plus longtemps, et je la comprends. Le mois dernier, nous sommes allées à Douai essayer des robes chez notre couturière. Lorsque nous sommes sorties de chez elle, des badauds qui observaient notre voiture ont crié : « Les voilà, ces sales aristocrates ! A mort ! A la lanterne ! » et des insultes que je n'oserais pas répéter. Nous avons eu peur. Denis, notre cocher, nous a ouvert la portière, et nous nous sommes dépêchées de monter. A ce moment, un gamin a lancé une pierre. Ça les a déchaînés, ils ont entouré le carrosse, s'agrippant aux portières, hurlant des injures. J'étais là, sur les coussins, à côté de ma mère prête à s'évanouir, et je voyais leurs visages grimaçants à travers les vitres. C'était horrible ! Nous n'avons dû notre salut qu'à Denis, qui du haut de son siège les a menacés de son fouet et a réussi à faire avancer les chevaux. Ils l'ont insulté aussi, bien entendu, le traitant de traître et d'aristocrate. Nous sommes revenues ici en tremblant de frayeur. Ma mère a mis plusieurs jours à s'en remettre, et depuis, nous n'osons plus sortir. Elle a dit à mon père : « Clément, votre obstination vous perdra. Je vais écrire à ma sœur, et je partirai dès que possible. » Alors, je prépare mes bagages et j'ai besoin de toi pour recoudre mes robes. Je ne veux pas arriver là-bas avec des vêtements déchirés. De quoi aurais-je l'air ?

Je cousais en silence, écoutant Amélie bavarder. L'attaque

qu'elle venait de me raconter ne me surprenait pas ; les nobles étaient pourchassés par les révolutionnaires, et la plupart d'entre eux avaient déjà émigré, soit dans les Pays-Bas autrichiens, soit en Angleterre.

— Mais, mademoiselle Amélie, votre père n'a-t-il pas peur des représailles ? Les parents d'émigrés sont suspects, il y a eu un décret à ce sujet récemment.

— Oui, nous le savons. Mais mon père et Adrien disent que nous ne serons pas émigrées, nous serons simplement en visite chez une parente. Et puis, nous reviendrons quand la situation s'arrangera.

Elle fit une moue, demeura pensive quelques instants, puis se leva, courut à l'armoire, sortit un coffret à bijoux :

— Puisque tu vas te marier bientôt, j'ai quelque chose pour toi. C'est mon cadeau.

Elle prit des pendants d'oreilles en or, me les tendit.

— Oh non, mademoiselle Amélie, je ne peux pas accepter. C'est trop beau.

Elle tapa impatiemment du pied :

— C'est le cadeau que je t'offre pour ton mariage, avec tous mes vœux de bonheur. Et, en même temps, c'est mon cadeau d'adieu. Qui sait, Mathilde, si nous nous reverrons ?

Elle me regarda avec émotion, les bijoux dans sa main tendue. Je compris que son présent était surtout un geste d'amitié, et je n'osai plus protester.

— Prends-les, insista-t-elle. Tu les mettras le jour de ton mariage, pour être encore plus belle. Ainsi, tu penseras un peu à moi.

Je vis qu'elle était sincère. Alors j'acceptai, rougissante et émue moi aussi.

— Merci, mademoiselle Amélie. C'est un très beau cadeau. Je le garderai toujours précieusement.

En faisant cette promesse, j'étais persuadée de la tenir. Et pourtant, ces bijoux, je ne les ai plus. Les événements dramatiques qui ont suivi ont obligé ceux qui m'aimaient à s'en séparer, dans une tentative désespérée pour me sauver la vie.

Elles partirent dans la nuit du lendemain. Quelques jours plus tard, le comte reçut une lettre : elles étaient bien arrivées, mais le voyage avait été long ; elles avaient dû faire plusieurs détours dus à la présence des soldats aux frontières. Rosalie me l'apprit un lundi où je portais, comme d'habitude, les pots de beurre.

— Maintenant, ils ne sont plus que deux, le comte et M. Adrien, toujours enfermés dans leur bureau, sans jamais sortir. Ils devraient partir, eux aussi. Mais le comte ne veut rien entendre. Et Adrien refuse de le quitter. Cette obstination risque de leur coûter cher, j'en ai bien peur. Moi, je dis comme Mme la comtesse : puisqu'il n'y a plus de roi, bientôt, il n'y aura plus de nobles non plus. Ils les mettront en prison également. Et alors, que vais-je devenir ?

Je ne savais que répondre. Il était vrai que nous ne savions plus où nous en étions : le presbytère vide, le château à moitié abandonné... L'inquiétude et l'appréhension grandissaient. Je ne trouvais de joie que dans la pensée de mon prochain mariage avec Blaise.

9

Le mois d'octobre s'épanouissait dans une splendeur dorée, avec cette douce lumière particulière à l'automne. Je frémissais d'impatience, attendant la date de mon mariage, fixée au 27. Blaise et moi avions choisi nos frères comme témoins, François pour moi, Germain pour lui. L'abbé Lemaire avait promis de venir dire une messe et nous bénir le matin très tôt. Il continuait sa vie errante, allant de village en village, instruisant les enfants, confessant les paroissiens, visitant les malades, baptisant les nouveau-nés. Il était venu plusieurs fois célébrer la messe le dimanche, à cinq heures du matin, dans la grange de Barthélemy. Prévenus, nous étions tous présents, sauf les irréductibles comme Sylvain Busquet et Eloi qui l'approuvait toujours.

Malgré l'époque troublée, j'étais heureuse. J'allais bientôt vivre avec Blaise. Justin m'avait dit :

— Je vous laisserai la grande chambre qui était la nôtre,

à Léontine et à moi. J'irai dormir à la place de Blaise, dans la chambre de Germain.

Il se réjouissait de voir son fils aîné se marier ; ainsi qu'il aimait à le répéter, il se faisait vieux et il voulait connaître ses petits-enfants avant de mourir. Je crois bien que, dans le village, tout le monde était content pour moi. Seule, Noémie critiquait :

— C'est insensé ! Se marier en pleine révolution, alors que c'est la guerre, en plus.

Et elle secouait sa tête rousse avec dédain. Pauline me disait :

— Ne l'écoute pas, Mathilde. Elle est jalouse.

— Je ne l'écoute pas non plus, répondais-je avec insouciance.

Et il était vrai que ses réflexions acerbes ne m'atteignaient pas, pas plus que les remarques déplaisantes qu'elle faisait sur la joue meurtrie de Blaise. Il y avait longtemps que je ne voyais plus les traces de brûlures ; quant à lui, depuis qu'il savait que je l'aimais, il n'en souffrait plus. Le lien qui nous unissait était toujours aussi fort, et lorsque nous étions ensemble nous nous sentions invincibles. Je savais que j'avais bien choisi, et qu'avec lui je serais heureuse.

Puis le temps changea. Une pluie froide se mit à tomber pendant plusieurs jours sans discontinuer. Ce fut par ce temps affreux qu'eut lieu, à Cambrai, une journée d'horreur qui, dès qu'elle fut connue, terrorisa toute la région : une vingtaine d'hommes qui se disaient gendarmes nationaux tout en se vantant d'être des coupe-têtes, venus de Paris, entrèrent dans la ville dans le but de la « purger de ses impuretés ». Ma tante Séraphine nous raconta ce qu'elle avait vu.

— C'était encore pire que lors de l'arrestation de l'abbé Souliez. Cette fois, c'étaient des assassins, des vrais bandits, suivis d'une populace en guenilles. Ils criaient qu'ils allaient travailler comme à Paris, et c'est bien ce qu'ils ont fait ! Ce qu'ils entendaient par « impuretés », c'étaient les signes de religion et de noblesse. Alors, ils ont parcouru les rues en brisant les armes de France et les blasons, en démolissant les statues des saints, en renversant les petits calvaires. Ils sont passés dans notre rue, et je vous assure que j'ai eu peur. Dans la maison en face, au-dessus de la porte, il y a une niche qui abrite une statue en bois de saint Joseph. Ils se sont acharnés sur elle avec fureur, en hurlant des menaces contre ceux qui habitaient dans une maison « entachée de fanatisme ». Regardez, on voit encore la trace de leurs balles. J'ai craint un instant qu'ils n'enfoncent la porte, tellement ils m'ont paru furieux. Puis ils se sont éloignés en criant « A bas les aristocrates ! A bas les calotins ! » Nous avons appris plus tard qu'ils étaient allés piller l'église Saint-Sépulcre. Ils ont enfoncé le tabernacle, jeté les hosties, déchiré les aubes et les chasubles qu'ils ont trouvées dans la sacristie, volé les vases en argent. Et ce n'était qu'un début ! Ce qu'ils ont fait ensuite était bien pire !

Elle s'interrompit, les yeux encore emplis d'horreur. Assise près d'elle, devant un livre qu'elle ne lisait pas, Gabrielle se taisait et écoutait. Elle n'allait plus à l'école puisque les sœurs qui l'instruisaient avaient été expulsées de leur couvent. Pendant son séjour, l'abbé Souliez les avait quelque peu remplacées en lui faisant faire des exercices d'écriture et en lui inculquant ses connaissances. Maintenant, livrée à elle-même, elle lisait beaucoup. Ma tante l'observa d'un air soucieux :

— Gabrielle les a vus, elle aussi. Ça l'a tellement marquée que, depuis, toutes les nuits elle fait des cauchemars. C'était vraiment épouvantable, surtout quand ils sont revenus en traînant le corps de ce vieillard qu'ils avaient tué...

— Comment ? s'écria ma mère. Ils ont tué quelqu'un ?

— Mais oui, c'était ce procureur, Canonne d'Hezecque. Ils étaient allés le chercher à la prison où il se trouvait depuis plusieurs jours ; il a, paraît-il, ruiné pas mal d'artisans. Il est vrai que c'était une canaille, tout le monde le dit, mais il ne méritait pas une mort aussi affreuse. Ils l'ont tué à coups de sabre et de baïonnette, et puis ils l'ont traîné jusqu'à la porte Saint-Sépulcre. Nous les avons vus passer dans la rue, tirant le cadavre par les pieds ; il était couvert de sang et de boue. Ils chantaient l'hymne des morts, accompagnés par deux ou trois violons. C'était sinistre. J'ai toujours devant les yeux cette scène horrible, avec la pluie qui tombait à torrents... Je ne pourrai jamais l'oublier.

— Ça me fait penser à cette émeute, à Douai, dis-je, au cours de laquelle le pauvre Derbaix a été pendu à la lanterne du Dauphin. J'étais là, avec Marie-Henriette.

— Mais ici, ce n'était pas un moment de colère, ils cherchaient vraiment à tuer. Ils en avaient l'intention déjà en arrivant puisqu'ils l'avaient annoncé. « On vient travailler comme à Paris », disaient-ils. J'ai compris, après, ce qu'ils entendaient par là, car ce n'est pas tout. Ils sont allés à la Citadelle, ont exigé des canons et de la poudre. Le commandant a refusé. Ils l'ont assassiné, et ils ont décapité un officier qui essayait de le défendre. Ils ont promené sa tête au bout d'une pique, comme cela s'était produit à Paris pour Mme de Lamballe. Mais Dieu merci, je ne l'ai pas vu ; ils ne sont pas venus par ici.

— C'est vraiment l'anarchie, dit ma mère d'une voix blanche. Laisser agir de tels bandits sans rien dire... Ne pouvait-on pas les arrêter ? Que faisaient les soldats, les gardes nationaux ?

— Justement, ils ne faisaient rien, et c'est peut-être ça le plus terrible. Il paraît que la garde nationale a fait une timide apparition sur la place. Mais c'est tout. Par contre, M. Caudron, le maire, a essayé de les raisonner. Il a bien failli y laisser la vie. On raconte que deux des coupe-têtes l'ont menacé de leur sabre ; ils étaient prêts à frapper, lorsque quelques-uns de ceux qui les accompagnaient ont crié : « Vive le citoyen Caudron ! C'est un honnête homme. » Et c'est ce qui l'a sauvé. Si quelqu'un avait crié « A mort ! », il aurait été tué. Dans des cas pareils, une vie humaine ne tient qu'à un fil. Aussi, je vous l'avoue, je n'ose plus sortir. Ils sont partis le lendemain en promettant de revenir pour « civiliser la ville ». Nous avons la terreur de les voir de nouveau. Ils ont pris la route de Douai. Il faut se méfier ; ils sont dans la région.

Cette affirmation n'était pas pour nous rassurer. Nous avons vécu les jours suivants dans la crainte. Lorsque nous allions à Douai pour notre marché, pour faire la route nous nous groupions avec d'autres fermiers. Pierre-Antoine demanda des volontaires pour monter la garde, de peur que ces bandits n'arrivent dans notre village. Quelque temps après, nous apprîmes qu'en effet ils étaient venus à Douai. Ils avaient parcouru les rues, brisé à coups de marteau les statues des comtes de Flandre qui ornaient la façade de l'hôtel de ville, et saccagé les églises. Ils voulurent recommencer un autre jour, mais trouvèrent les portes fermées. Ils furent alors désarmés et conduits sur la grand-place, au milieu du bataillon formé par la garnison. On les enrôla dans l'armée du Nord. Bien plus tard, le bruit courut qu'ils avaient tous été tués par les Autrichiens qui, sans le savoir, avaient ainsi fait acte de justice.

Dans cette période difficile, j'avais néanmoins une source de joie : mon prochain mariage avec Blaise. Lorsque j'étais avec lui, j'oubliais tout ce qui n'était pas nous. Et j'étais bien décidée à construire un foyer heureux en dépit de toutes ces atrocités, me persuadant que les événements ne m'atteindraient pas personnellement ; dans notre petit village, nous nous tenions tranquilles, que pourrait-il nous arriver ?

C'est dans cet état d'euphorie que j'accueillis l'aube du 27 octobre. Au petit matin je me levai, je revêtis la jupe rouge et le tablier bleu que m'avait confectionnés ma sœur, je coiffai soigneusement mes cheveux que j'avais lavés la veille, je mis un bonnet de dentelle, et n'oubliai pas les pendants d'oreille en or d'Amélie. Je m'admirai dans un miroir qu'elle m'avait donné un jour, fus heureuse de me trouver jolie.

Lorsque je sortis de ma chambre, mes parents et mes frères, déjà prêts, m'attendaient. Jean-Marie me contempla avec des yeux admiratifs :

— Comme tu es belle !

— C'est vrai, dit mon père d'une voix enrouée. Tu es superbe, ma fille !

— Allons-y, dit mon frère Nicolas. Il va être l'heure de la messe. L'abbé Lemaire nous attend.

Dehors, il faisait nuit noire ; il était encore très tôt. Le vent soufflait en bourrasques humides. Au bras de mon frère Nicolas, je marchais dans les rues détrempées, soulevant ma jupe pour qu'elle ne traîne pas dans la boue. A cet instant, j'eus un sentiment de regret : si les circonstances avaient été normales, je me serais rendue à l'église en plein jour, au bras du comte qui était mon parrain. Les cloches m'auraient accueillie en sonnant joyeusement, le village aurait été en fête. Notre curé au bon sourire et au regard d'enfant nous aurait mariés, Blaise et moi, comme il l'avait fait pour ma sœur et Casimir. Au lieu de cela, nous devions nous rendre, en cachette et dans l'obscurité, à une messe clandestine dans une grange, sans sonnerie de cloches, sans acclamations, presque comme si nous faisions une action malhonnête. Pendant quelques secondes, cette pensée rendit mon cœur pesant.

Mais cette tristesse s'évapora d'un seul coup lorsque je pénétrai dans la grange de Barthélemy. Elle était brillamment illuminée, et presque tout le village s'y trouvait. Je fus accueillie par des cris enthousiastes :

— La voilà !

— Blaise, ta femme arrive !

— Vive la mariée !

Puis je vis Blaise qui me regardait, et tout le reste disparut. Les yeux dans les yeux, nous fûmes, pendant un moment magique, seuls au monde. Il était au premier rang, debout devant une table recouverte d'une nappe blanche et de tout ce qui était nécessaire à la célébration d'une messe. Près de lui, un siège vide m'attendait. De l'autre côté de la table, revêtu de ses vêtements de prêtre, l'abbé Lemaire me souriait. Il me fit signe d'avancer et j'allai me placer près de Blaise.

Tout, ensuite, fut à la fois étrange et merveilleux. Dans cette grange éclairée par des bougies et des torches, le jeune prêtre dit sa messe. Dehors, il s'était mis à pleuvoir. Une averse violente cinglait le toit de chaume. Et moi, près de Blaise, je me sentais en sécurité. Le sermon de l'abbé Lemaire nous émut tous ; il parla de notre vieux curé, nous incita à prier pour lui, puis offrit à Dieu le nouveau foyer que Blaise et moi allions créer. Lorsqu'à la fin il nous bénit, j'inclinai la tête avec ferveur.

Ensuite, il nous fit signer l'acte de mariage qu'il avait noté sur une feuille volante.

— Je ne peux pas me promener avec un registre, expliqua-t-il, mais je note tout sur des feuilles que je garde précieusement. Il y aura ainsi une trace de votre mariage pour l'église.

Emue, je le remerciai. Grâce à lui, en dépit des événements qui bouleversaient l'ordre établi, je serais régulièrement et vraiment mariée. Je signai, ainsi que Blaise et nos témoins. Puis l'abbé Lemaire nous quitta ; il voulait regagner son village avant le lever du jour. Nous l'avons regardé partir avec gratitude. Et nous sommes revenus chez nous, pour attendre la cérémonie qui aurait lieu à la maison commune à dix heures. Dans l'intervalle, ma sœur arriva, avec son mari et ses enfants, puis, un peu après neuf heures, les invités, parmi lesquels ma tante Séraphine, mon oncle Aimé et Gabrielle. Dans notre grande salle préparée pour le repas de noces, des acclamations joyeuses retentissaient, mêlées de réflexions gaillardes. Pour une journée, le monde était bien décidé à s'amuser en oubliant les perturbations dues à la révolution.

A dix heures, nous étions devant Pierre-Antoine qui, séparé de nous par un bureau, le torse barré par une écharpe tricolore, se tenait debout avec gravité. Près de lui, Ignace, assis devant le registre qu'il était allé chercher à l'église, attendait d'exercer ses fonctions de secrétaire greffier en notant notre mariage. Pierre-Antoine s'éclaircit la voix et commença :

— Aujourd'hui, 27 octobre 1792, moi, Pierre-Antoine Valin, maire de cette commune, ai l'honneur de célébrer l'union de Blaise Desbourg et Mathilde Bassart, lesquels entendent vivre en légitime mariage et se présentent aujourd'hui à la municipalité pour y être autorisés par les lois de l'Etat.

Il prit un papier et nous lut quelques articles d'une nouvelle « loi du mariage et du divorce », que je n'écoutai pas. Pourquoi parler de divorce, alors que nous étions bien décidés à vivre toujours ensemble, Blaise et moi ? J'entendis Pierre-Antoine conclure :

— Tout mariage peut donc être brisé par consentement mutuel, à partir du moment où les époux ne s'entendent plus. Bien évidemment, mes enfants, j'espère de tout cœur que cette clause ne vous concernera jamais. Je vous souhaite d'être très heureux ensemble, et vous déclare mari et femme. Pour confirmer mes paroles, je vais vous demander de signer ce registre, ainsi que vos témoins.

François et Germain s'avancèrent. Blaise signa, me passa la plume. Je la trempai dans l'encre, et j'étais si intimidée que je fis, sur la page, un énorme pâté. Je rougis de confusion mais les autres se mirent à rire.

— Au moins, il est baptisé, ton registre, Pierre-Antoine ! s'esclaffa Ignace.

J'écrivis mon nom avec application, puis Germain et François m'imitèrent. Pierre-Antoine fit le tour du bureau :

— Tous mes vœux de bonheur, mes enfants. Blaise, me permets-tu d'embrasser ta femme ?

Blaise eut un sourire d'assentiment. Comme dans un rêve, je laissai Pierre-Antoine déposer deux baisers affectueux sur mes joues. Ta femme, avait-il dit à Blaise. Cette appellation, mieux que tout le reste, me fit comprendre que maintenant j'étais mariée. Cela me fit un effet bizarre, troublant et excitant à la fois.

Ignace voulut m'embrasser aussi, puis mon père, mes frères, et tous les invités. Je souriais à tous, je les remerciais de leurs souhaits de bonheur.

— Tu es radieuse, me dit Pauline. Sois heureuse, Mathilde.

— Merci, mon amie. J'espère que ton tour arrivera bientôt.

— Qui sait ? Je le voudrais bien, moi aussi.

Son regard alla chercher, de l'autre côté de la salle, mon frère Nicolas. Le désir que j'y lus me confirma ce que j'avais déjà soupçonné ; elle était amoureuse de lui. Mais d'autres vinrent me féliciter et, égoïstement, je ne pensai plus à Pauline. Je me laissai emporter par le tourbillon de gaieté qui faisait de moi la reine de cette journée.

— Venez chez moi, cria Ignace. J'offre à boire. C'est ma tournée.

Tout le monde afflua vers la sortie. Le temps s'était éclairci. Il ne pleuvait plus. Sur la place, des enfants firent éclater des pétards. Des vivats, des cris retentirent :

— Vive la mariée !

Pendant que nous nous rendions au cabaret d'Ignace, les quelques musiciens de notre village nous accompagnèrent au son de leurs violons et de leurs flûtes. Je marchais en tenant le bras de Blaise, le cœur en fête. Dans le cabaret, on s'entassa, on but, on chanta. Noémie, avec Joséphine et

Ignace, servait les boissons. La bouche pincée et le visage maussade, elle me lança un regard jaloux. Comme certains me répétaient leurs vœux de bonheur, elle me dit hargneusement :

— Il a plu ce matin, c'est un mauvais présage. Ton mariage ne sera pas heureux.

Interdite, je ne sus que répondre. Blaise passa un bras autour de mes épaules et répliqua calmement :

— Ça, c'est notre affaire, Noémie, pas la tienne.

Elle haussa les épaules avec rage et se détourna. Je décidai qu'elle ne gâcherait pas ma joie et je pris le parti d'oublier sa remarque désagréable.

Le repas eut lieu chez nous. Il fut copieux et très gai. Avec ma mère, la veille, j'avais tué et plumé des poules, j'avais fait des tartes. Les plats se succédèrent, entrecoupés de chants et d'épithalames. Jean-Marie m'émut profondément en récitant un poème qu'il avait fait lui-même, dans lequel il disait qu'il m'aimait et demandait à Blaise de me rendre heureuse. Les larmes aux yeux, je l'embrassai. Puis on dansa, et je n'eus pas un instant de répit. Tous les hommes présents voulurent m'inviter, les uns après les autres. Dès que je commençais une danse avec Blaise, quelqu'un venait nous interrompre :

— Tu l'as pour toute la vie, maintenant, Blaise, alors tu peux bien me la laisser un peu.

Essoufflée, je virevoltais, riais. Malgré les circonstances, mon mariage était réussi. Tout le monde s'amusait.

Les réjouissances se poursuivirent jusqu'à une heure avancée de la nuit. Puis, après avoir embrassé mes parents, mes frères, Louis et Jean-Marie qui courageusement s'efforça de ne pas pleurer, je suivis Blaise chez lui. Justin et Germain nous accompagnèrent et, dans la petite maison, nous souhaitèrent encore une fois beaucoup de bonheur. Ensuite ils se retirèrent et je restai seule avec Blaise, qui m'emmena dans la chambre.

Ma mère était venue la nettoyer la veille, avait mis des draps propres au lit, dont le bois de noyer luisait doucement dans l'ombre. Dans le ciel maintenant dégagé, la lune brillait, et sa lueur diffuse dessinait les contours des meubles, argentait les cheveux de Blaise, dont je voyais briller les yeux. Haletants, nous nous regardions. Mon cœur battait très fort, d'attente et de désir. Blaise tendit les bras, m'attira à lui, murmura d'une voix rauque :

— Comme tu es belle, Mathilde...

Je levai la tête vers lui, et il m'embrassa. Doucement, il me coucha sur le gros édredon de plumes d'oie qui garnissait le lit. Je répondis à son baiser avec passion, caressai sa nuque de mes mains. Mon corps se tendait vers lui avec impatience.

D'abord maladroit et timide, il s'enhardit, encouragé par ma réaction. Les yeux fermés, avec une totale confiance, je le laissai me caresser. Il se révéla un amant tendre et ardent, et le lien qui nous unissait déjà se consolida davantage cette nuit-là. Lorsque je m'endormis dans ses bras, apaisée et heureuse, ma tête posée au creux de son épaule, je savais que rien désormais ne pourrait nous séparer.

Une nouvelle vie commença pour moi, ma vie de femme mariée. Je vivais dans la petite maison que je tenais propre, avec « mes trois hommes », comme je les appelai bientôt. Chaque jour, j'allais voir mes parents, j'allais encore aider ma mère à traire les vaches et à nourrir les poules. Puis je revenais, je préparais de bons repas pour mes trois hommes, qui les appréciaient sans restriction. Un jour où j'avais fait une tarte, Germain en reprit plusieurs fois et en ramassa jusqu'aux miettes.

— Fameuse, ta tarte, Mathilde ! approuva-t-il en claquant la langue. Sais-tu que je suis bien content d'avoir une belle-sœur ? Je regrette que Blaise ne t'ait pas épousée plus tôt.

— Si c'est uniquement pour ma cuisine que tu m'apprécies, dis-je malicieusement, une autre ferait aussi bien l'affaire.

Il me lança un regard coquin :

— Qui sait ? Peut-être que je t'aime bien aussi ? Sans vouloir te flatter, je trouve que Blaise a bien choisi. Dommage que tu n'aies pas une jeune sœur. Qui vais-je épouser, moi, maintenant ?

Il prit un air de désolation comique en poussant de gros soupirs. Je me mis à rire. Je m'apercevais que je m'entendais bien avec Germain. Il était mon cadet de quelques mois, et nous nous amusions de tout comme des enfants. Quand il le voulait, il était irrésistible de drôlerie, et bien souvent nous avions des fous rires à n'en plus finir. Blaise considérait notre complicité d'un œil indulgent ; il avait le bon sens de n'être pas jaloux. Il était sûr de moi comme j'étais sûre de lui. A mesure que les jours passaient, notre accord se faisait de plus en plus profond.

Je me passionnais aussi pour son travail. Souvent, j'allais l'observer dans l'atelier, tandis qu'avec Germain il aidait Justin. Je les regardais construire une roue, admirant leur dextérité et leur savoir. J'apprenais qu'il était nécessaire d'utiliser différents bois : l'orme pour le moyeu afin qu'il ne se fende pas, le chêne pour les rais à cause de sa résistance, et le frêne pour les jantes qui devaient être solides et flexibles. Lorsque la roue était terminée, il fallait procéder à l'embattage. C'était une opération qui me fascinait. Blaise et Germain faisaient chauffer au rouge un bandage puis, au moyen de grosses tenailles, ils encerclaient la roue tout en maniant rapidement marteau et levier pour placer régulièrement le métal sur le bois. Justin, ensuite, versait de l'eau sur le fer brûlant qui, en rétrécissant, enserrait bien la roue. Pour chacune de ces différentes phases, il fallait agir avec promptitude et précision. Justin surveillait le travail de ses fils d'un œil critique, en même temps qu'il m'expliquait :

— Vois-tu, Mathilde, il est important que l'embattage soit bien réussi. Si le bandage est trop grand, il ne serrera pas la roue et se déjantera aussitôt ; s'il est trop petit, par contre, il risque de la gauchir ou même de la briser.

J'approuvais avec sérieux. Je découvrais le métier de charron, et je l'admirais. Il demandait force, justesse, compétence. Blaise, qui en plus de ces qualités était patient et calme, s'en tirait à merveille.

Une nouvelle satisfaisante nous parvint ; l'armée du Nord, sous les ordres de Dumouriez, avait remporté le 6 novembre la bataille de Jemmapes. Les jours suivants, les Français s'étaient emparés de Mons, Tournai, Gand, Bruxelles. Les ennemis reculaient devant nos soldats vainqueurs. Pouvait-on espérer de nouveau la paix ?

A l'intérieur de notre pays, la situation n'était guère brillante, mais pour le moment elle n'empirait pas. Une sorte de torpeur semblait engourdir notre village, d'autant plus que l'hiver fut précoce cette année-là. Dès le mois de novembre, il fit très froid, et même il neigea. Lorsque nous sortions, nous pataugions dans une boue glacée. Le soir, nous avions repris nos veillées. Lorsque nous les passions chez mes parents, comme avant je préparais les quenouilles de lin à filer. Ou bien, je jouais aux cartes avec Germain ; nous faisions d'interminables parties de piquet. Tous ensemble nous parlions, nous discutions de la situation. On disait que le roi allait être jugé, qu'il y aurait un procès. De quoi était-il accusé ? Et puis, comment pouvait-on se permettre de juger notre roi ? Certains sous-entendaient qu'il serait peut-être condamné à mort. Cette idée était tellement impensable que nous la repoussions avec horreur.

Heureusement, pour Blaise et pour moi, il y avait les nuits, où nous nous retrouvions avec ardeur, où nous nous aimions avec passion. Ensuite, blottis sous l'édredon de plumes, nous nous endormions, souffles et membres mêlés. J'éprouvais, pendant ces instants privilégiés, un bonheur si intense qu'il en était presque insoutenable.

Mais lorsque vint Noël, pour la première fois notre village n'eut pas de messe de minuit. L'église resta obscure et silencieuse. Plus de cloches sonnant joyeusement, plus de paroissiens le long des rues pour répondre à leur appel, plus de curé pour fêter avec nous la naissance du Christ. Nous ne fûmes pourtant pas abandonnés complètement ; le lendemain, à quatre heures du matin, l'abbé Lemaire vint clandestinement dire une messe dans la grange de Barthélemy. Il nous avait prévenus, et nous étions tous là, piétinant dans le bâtiment glacial. Mais nous ne sentions pas le froid. Nous chantions des cantiques de Noël, nous retrouvions un peu de la joie et de la douceur des noëls précédents. En même temps, nous ressentions avec une acuité déchirante l'absence de notre curé, et plus d'une fois, au cours de cette messe, nous fûmes nombreux à avoir les larmes aux yeux.

Alors que nous revenions chez nous, ma mère constata amèrement :

— Etre obligé de se cacher pour fêter Noël, quelle tristesse ! Je me demande comment sera celui de l'an prochain. Si seulement notre curé nous était rendu, si notre roi revenait sur le trône...

Mon père hocha la tête avec désolation :

— Un tel souhait me semble irréalisable, ma pauvre Rose. Je crois que maintenant, il ne faut plus rêver. Ne nous plaignons pas encore trop, grâce à l'abbé Lemaire nous avons eu une messe.

— Moi, je trouve que c'est bien malheureux, rétorqua ma mère avec humeur. Notre curé enlevé, le presbytère vide, l'église inutile... Je me demande comment ça pourrait être pire.

Nous ne le voyions pas, nous non plus. Mais la suite des événements allait se charger de nous le démontrer.

10

L'année 1793 débuta par un temps froid et sombre qui n'était pas pour améliorer nos pensées pessimistes. La situation générale nous inquiétait. Les assignats continuaient à perdre de leur valeur, tandis que les prix montaient sans cesse. Le désordre régnait partout. Depuis que les bois avaient été déclarés biens nationaux, ils étaient littéralement pillés par des citoyens soucieux de se chauffer sans rien dépenser. Beaucoup de châteaux, abandonnés par leur propriétaire, étaient victimes de vols importants et de dilapidations. Peut-être dans le but d'y mettre fin, les biens de tous les émigrés furent mis en vente. Une loi venait de déclarer que les émigrés étaient bannis à perpétuité du territoire français et considérés comme morts civilement. Par contre, leurs père, mère, femme ou enfants restés en France étaient consignés dans leur municipalité respective. Lorsque le comte avait appris cette décision, il avait fait répondre qu'il n'était pas dans ses intentions de partir et de laisser son château à la république.

Des mesures nous indignaient, bien que devant elles nous fussions impuissants. Le 6 janvier, jour de l'Epiphanie, les administrateurs du district de Douai envoyèrent des troupes dans les villages environnants, afin d'empêcher les habitants de fêter les rois. Ces hommes ne vinrent pas jusque chez nous, mais nous eûmes par la suite quelques échos de leurs interventions. Ils avaient sillonné les campagnes, faisant cesser les divertissements d'usage, s'emparant des tartes, tout en injuriant le roi et sa famille. Ainsi, cette fête, qui avait toujours eu lieu et qui était bien innocente, était maintenant interdite. Nous finissions par comprendre que tout ce qui avait un rapport avec la religion ou la royauté serait peu à peu supprimé.

Un jour de la fin du mois, dans l'après-midi, la cloche de l'église nous appela tous sur la place du village. Pierre-Antoine nous y attendait. Tout de suite, en voyant l'expression de son visage, je compris qu'il allait nous annoncer une nouvelle grave et triste. Lorsque nous fûmes tous regroupés, il dit d'une voix sourde :

— Mes amis, j'ai à vous apprendre un événement tragique. Notre roi Louis XVI a été guillotiné avant-hier lundi.

Pendant plusieurs secondes, personne ne réagit. Nous étions tous abasourdis. Nous avions entendu parler de ce nouvel instrument qui remplaçait la potence et qui tranchait les têtes. Qu'il servît pour les assassins ou les voleurs de grand chemin, cela se comprenait. Mais notre roi ! Comment avaient-ils osé le faire monter à l'échafaud, comme un criminel ? Ce fut Sylvain Busquet qui brisa le silence :

— Il fallait s'y attendre. Je trouve que c'est une bonne nouvelle. Le tyran Capet est mort. Place à la liberté !

Pierre-Antoine répliqua tristement :

— Il était trop bon pour qu'on le traite de tyran.

— Oh, lui, c'était un incapable, reprit Sylvain avec mépris. Son régime, par contre, était dur et injuste. Favoriser les nobles, écraser les pauvres... — Devant notre mutisme consterné, il s'énerva, haussa la voix. — Je sais ce que je dis, et vous le savez aussi. Souvenez-vous, tous, de mon père. Maintenant, de telles choses ne se produiront plus.

Ignace s'ébroua, comme s'il avait reçu un coup sur la tête :

— Ce n'était peut-être pas la peine d'en arriver là. Moi je dis que c'est un crime.

— Pas du tout, s'insurgea Sylvain, il a été légalement jugé. S'il a été condamné à mort, c'est qu'il la méritait.

— Ils ont voulu se débarrasser de lui. Et ils ont trouvé ce moyen-là pour l'assassiner. Je ne crois pas me tromper en disant que ça n'amènera rien de bon pour nous.

— Mais au contraire, s'écria Sylvain, vous ne comprenez jamais rien, vous autres !

Je m'attendais à ce qu'Ignace répliquât vertement, selon son habitude. Mais il ne dit rien. Il se contenta de regarder Sylvain avec un mélange d'irritation et de pitié, puis, en soupirant lourdement, il se détourna et s'en alla à pas lents. Cette fois, il n'y eut pas de discussion animée. L'air abattu, chacun retourna à son travail. Incompréhension, stupeur, indignation se bousculaient dans nos esprits. Et puis, sans le dire, nous partagions l'avis d'Ignace ; cette mort nous laissait entrevoir des lendemains inquiétants.

Elle commença par déclencher, de la part des pays d'Europe, une formidable coalition. La Convention déclara la guerre aux rois — « les autres tyrans » — d'Angleterre et d'Espagne. Nous fûmes à la fois consternés et révoltés ; nous avions déjà contre nous l'Autriche et la Prusse. Nos soldats avaient réussi à repousser l'invasion, et nous ne voulions pas la voir revenir. C'était peut-être ce qui allait se produire maintenant. Une rancune nous venait contre cette Convention qui faisait tout de travers ; comment aurions-nous pu l'approuver alors que, après avoir voté la mort du roi, elle prenait, en déclarant la guerre à l'Europe, une décision qui menaçait notre sécurité ?

Le lundi suivant, j'allai au château, porter à Rosalie les pots de beurre que je continuais à faire avec ma mère. Selon son habitude, Rosalie me noya sous un flot de paroles et de lamentations : qu'allions-nous devenir, maintenant que ces sauvages, là-bas à Paris, avaient assassiné notre roi ? Il avait été trop bon, et voilà comment il était récompensé. Je partageais son inquiétude et je ne savais que dire pour la rassurer.

Alors que je m'en allais, je croisai le comte dans la cour. Son visage, que les soucis marquaient de rides, s'éclaira à ma vue. Il me sourit. Je m'approchai de lui :

— Bonjour, monsieur mon parrain.

— Mathilde, mon enfant, comment vas-tu ? Es-tu heureuse, depuis ton mariage ?

Je sentis une rougeur envahir mon visage :

— Oui, très.

Il m'observa avec tendresse et nostalgie :

— Je suis content pour toi, mon enfant. Les temps sont si durs...

Il soupira. Je m'enquis timidement :

— Mme la comtesse va bien ? Et Mlle Amélie ?

— Aux dernières nouvelles, elles allaient bien. Elles nous pressent d'aller les rejoindre, Adrien et moi. Mais je ne peux pas abandonner mon château, il est dans ma famille depuis tant de générations, j'aurais l'impression de trahir mes ancêtres. Mon fils me comprend, et j'en suis heureux. Comme il a changé ! Je ne le reconnais plus. Lui qui passait son temps à folâtrer et ne pensait qu'à son bon plaisir, cette révolution lui aura au moins apporté du plomb dans la cervelle. Mais je crois bien que je le préférerais encore insouciant, et ne pas connaître cette situation qui devient de plus en plus grave. Ils ont fait guillotiner notre roi, c'est la fin d'un monde, je ne me fais pas d'illusions. Jamais plus ce ne sera comme avant.

Il releva la tête, essaya de sourire, me caressa la joue :

— Mais je ne veux pas t'attrister. Sois heureuse, mon enfant, avec ton jeune mari. Adieu.

Il s'éloigna et je revins chez moi à pas lents. Heureuse, oui, je l'étais, avec Blaise. Mais j'avais de plus en plus peur que les événements ne finissent, d'une façon ou d'une autre, par perturber notre bonheur.

Pourtant, lorsque je sus que j'attendais un enfant je fus rassérénée. Je le confiai à Blaise un soir, alors que nous étions couchés. D'abord, il ne réagit pas, et je me demandai si la nouvelle lui avait déplu. Un peu inquiète, je dis :

— N'es-tu pas content ?

Lentement, il se tourna vers moi. Dans l'obscurité, je ne pouvais le voir, mais j'entendis l'émotion qui enrouait sa voix alors qu'il me disait, très bas :

— Mathilde, tu ne peux pas savoir... Un enfant, un fils, c'est un cadeau merveilleux ! Merci, Mathilde.

Il m'entoura de ses bras et enfouit son visage dans mes cheveux. Je sentis son corps trembler. Je demandai avec douceur :

— Blaise, qu'y a-t-il ?

— C'est trop de bonheur, Mathilde. A cause de ma joue brûlée, je m'étais résigné à ne jamais me marier, et encore moins à avoir des enfants, et toi, tu me donnes tout. Je t'en aimerais encore plus, si c'était possible.

Au cours des jours suivants, je l'annonçai autour de moi. On me félicita beaucoup, les femmes me donnèrent des conseils à suivre pour avoir une grossesse et un accouchement faciles. La réaction de Justin m'émut. Ses yeux s'embuèrent, sa moustache trembla :

— C'est une bonne nouvelle, Mathilde, je te remercie, ma fille. J'ai toujours souhaité connaître mes petits-enfants avant de mourir.

— Allons, cessez de dire ça, et ne parlez plus de mourir, dis-je avec une sévérité voulue. Vous n'êtes pas vieux, père Justin, vous connaîtrez tous nos enfants, je l'espère bien, et ceux de Germain aussi.

Mais le plus touchant était Blaise. Il me regardait avec adoration, m'entourait d'attentions, se comportait envers moi comme si j'étais devenue subitement très fragile. Et dans le cocon de gratitude et d'amour qu'il tissait autour de moi, je m'épanouissais pleinement.

Le 24 février, la Convention vota la réquisition de trois cent mille hommes, à prendre parmi les célibataires ou veufs sans enfants de dix-huit à quarante ans. Le général Marassé demanda, pour le Nord, des soldats à raison du quart de la garde nationale de chaque commune. Un avis arriva dans notre village, selon lequel il fallait fournir dix citoyens, soit volontairement, soit par tirage au sort. Personne ne fut volontaire et, lorsque Pierre-Antoine parla d'un prochain tirage pour désigner les dix hommes demandés, il se heurta à une vive opposition :

— Ah, mais non, ça ne va pas recommencer !

— Ils nous embêtent avec leur guerre. Nous, on ne l'a pas voulue.

— On a déjà dû donner des bottes de foin, de paille, de l'avoine, du blé, des pommes de terre, cria Barthélemy de sa voix forte. Et maintenant, il faudrait donner nos garçons ?

— Allons, un effort, dit Pierre-Antoine. Il faut pourtant répondre à cette réquisition.

— Comment, un effort ? C'est facile à dire. Vas-y donc, toi. Après tout, tu es veuf sans enfants.

Pierre-Antoine eut un sourire plein d'amertume :

— Mais j'ai dépassé l'âge de quarante ans depuis longtemps.

— Moi, intervint mon père, je ne veux pas que mes fils partent à la guerre. Je ne tiens pas à ce qu'ils se fassent tuer, et puis j'ai besoin d'eux à la ferme. Je préfère encore payer pour qu'ils soient remplacés, si jamais ils tirent un mauvais numéro.

— Moi aussi, cria Justin. Je ne suis pas riche, mais je préfère payer pour Germain.

— De toute façon, dit Nicolas, nous n'avons qu'à refuser de tirer. Je ne suis pas un soldat, mon métier n'est pas de me battre ni de tuer.

Tous ceux qui étaient concernés l'approuvèrent, même Sylvain Busquet. Pierre-Antoine écarta les bras :

— Puisque c'est ainsi, ne bougeons pas pour l'instant. Mais nous serons certainement rappelés à l'ordre d'ici peu.

Cette réaction ne fut pas particulière à notre village. La demande de réquisition fut, en général, mal accueillie. A Douai, il y eut même une sorte d'émeute, comme je pus m'en rendre compte, un jour où nous étions allés chez ma sœur.

C'était un dimanche de la mi-mars. Ma sœur nous avait invités, Blaise et moi, à partager leur repas et à passer la journée avec eux. Blaise s'entendait bien avec Casimir, et lorsqu'ils étaient ensemble leurs discussions n'en finissaient pas. Mon beau-frère, qui était royaliste, ne parvenait pas à accepter la mort du roi et nous promettait les pires malheurs. Il répétait encore ses sombres prédictions, ce jour-là, après le repas, lorsque ma sœur eut un mouvement d'humeur :

— Tu deviens pénible, mon pauvre mari. Je ne veux plus t'écouter. Discutez tant que vous voulez, moi je vais aller faire un tour. Viens-tu, Mathilde ? Nous emmènerons les enfants.

J'acceptai. Laissant les hommes à leur conversation, je suivis ma sœur et ses enfants dans les rues. J'étais enceinte de cinq mois, et je commençais à m'alourdir.

— Cela te fera du bien de marcher, dit ma sœur en me prenant le bras. Lors de mes grossesses, j'ai toujours fait beaucoup d'exercice. Cela donne un accouchement facile.

Il faisait frais, mais beau. Un soleil déjà printanier brillait, parfois caché par de gros nuages que poussait un vent vivifiant. Devant nous, Philippe et Angélique couraient. Marie-Josèphe, plus calme, me tenait sagement la main et trottinait près de nous.

— Je m'inquiète pour ces enfants, soupira ma sœur. Sais-tu ce qu'ils apprennent à l'école, maintenant ? On leur fait réciter par cœur les articles de la Constitution.

— Qui donc leur fait l'école ?

— Ces instituteurs et ces institutrices nommés par la municipalité, ils inculquent aux enfants des idées révolutionnaires. La semaine dernière, Angélique, en entendant Casimir parler de la reine qui est en prison et qui, paraît-il, est bien à plaindre, a répondu que ce n'était plus la reine, mais la femme Capet, et qu'elle n'avait que ce qu'elle méritait. La première réaction de Casimir a été de sévir. Et puis, il s'est rendu compte que cette enfant répétait simplement ce que lui avait dit son institutrice. Casimir a essayé de lui expliquer son propre point de vue, mais je ne sais pas si elle a compris. Elle n'a pas encore dix ans, elle croit innocemment tout ce qu'elle entend à l'école. — Elle baissa la voix. — Il ne faut pas le dire, de peur de passer pour contre-révolutionnaire, mais moi je le dis ; sur ce plan-là, c'était bien mieux avant. Les sœurs chez qui elle allait en classe lui apprenaient la piété, la bonté, la charité. Maintenant, c'est tout le contraire.

Je hochai la tête avec compréhension, en pensant à Alexandre le clerc qui, dans notre village, continuait d'instruire les enfants alors qu'il n'avait pas prêté le serment imposé aux maîtres d'école. Il était, ne cessait de répéter Sylvain Busquet, en situation irrégulière. Mais si on l'empêchait d'exercer, répliquait Pierre-Antoine, les enfants seraient sans maître. Alors, pour le moment, la situation restait la même.

Comme nous arrivions à la hauteur de l'église Saint-Jacques, des cris nous parvinrent, des applaudissements, des sifflements, des huées :

— A bas ! A bas !

Je m'arrêtai, tout de suite inquiète :

— Que se passe-t-il ?

— C'est dans l'église, dit ma sœur. Il doit y avoir un tirage au sort pour le recrutement. Le fils de notre voisin a reçu une convocation. Il a dit qu'il irait, mais qu'il refuserait de tirer.

Elle s'approcha du portail, m'entraînant avec elle. Je lançai un coup d'œil à l'intérieur. Je vis une tribune, dans laquelle un officier municipal essayait de se faire entendre. Il y avait beaucoup d'hommes et de jeunes gens. Près du dernier pilier, un groupe bruyant protestait, des garçons criaient et sifflaient entre leurs doigts. L'un d'eux s'écria :

— Il n'y a plus de liberté. Si on nous force à tirer, nous ne sommes plus libres !

Près de lui, un autre approuva :

— Dans ce cas, que représente l'arbre de la liberté ? Rien du tout, il ne reste plus qu'à l'abattre.

D'autres cris se firent entendre. Le désordre augmenta. Près de l'entrée, un homme leva sa canne :

— Taisez-vous donc, tas de jean-foutre ! Au lieu d'aboyer contre les orateurs, laissez-les parler, vous ferez vos observations après.

D'autres jeunes gens vinrent se joindre au groupe contestataire. Ils hurlèrent tous ensemble :

— Nous ne voulons pas tirer ! Nous ne tirerons pas !

Je vis un homme, qui se trouvait près de la tribune, traverser l'église et s'avancer vers eux. Il avait revêtu une écharpe tricolore. Il se mit à apostropher les émeutiers. Un autre, en uniforme de garde national, vint à nous :

— Que faites-vous là ? Allons, circulez. Le recrutement ne concerne pas les femmes.

— Viens, dis-je à ma sœur. Partons.

Il était inutile de rester davantage. Cette scène m'avait montré que, à Douai comme dans notre village, les hommes étaient réticents à partir faire la guerre. Dans ce cas, pourquoi les obliger ? Pourquoi, surtout, déclarer une guerre alors que personne ne voulait la faire ? Je pensai naïvement que si cette opposition était la même partout, les responsables seraient peut-être obligés de s'incliner.

Comme si cela ne suffisait pas, les mesures se succédaient, plus menaçantes les unes que les autres. Une loi nous apprit le bannissement à perpétuité des émigrés : ceux qui s'avisaient de rentrer en France seraient arrêtés et punis de mort dans les vingt-quatre heures. Une autre loi prévoyait une peine de six ans de fers contre les personnes qui cacheraient des prêtres réfractaires. Je pensai à l'abbé Lemaire, qui continuait d'exercer le culte en secret, au péril de sa vie. Non seulement lui-même était en danger, mais aussi ceux qui l'aidaient à se cacher. J'étais inquiète. Il m'avait promis de venir baptiser mon enfant dès qu'il serait né. J'avais confiance en lui, je savais qu'il viendrait. Mais ce qui s'était produit pour notre curé m'avait rendue méfiante. D'autant plus qu'une récompense de cent livres était promise à ceux qui feraient arrêter des prêtres en cas de déportation.

— Il ne se fera pas prendre, me dit Blaise lorsque je lui fis part de mes craintes. Il est très prudent, ne reste jamais au même endroit, ne loge que chez des gens en qui il a une entière confiance. Et puis, sous son déguisement, personne ne peut le reconnaître.

Mais il était si facile de l'arrêter ! Il venait, de temps à autre, dire la messe dans notre village. Les jours où il était là, tout le monde le savait. Il nous prévenait toujours quelques jours avant. S'il avait pris la fantaisie à Sylvain Busquet, par exemple, de le dénoncer, rien n'aurait pu le sauver. A chaque messe à laquelle j'assistais, je n'étais pas tranquille.

D'autre part, une surveillance s'exerçait, de plus en plus dure. Il fallait un passeport pour se déplacer, et ce mois-là il fut défendu aux habitants de Douai de sortir de la ville sans permission de la municipalité. Mieux encore, un décret obligea les propriétaires et locataires à apposer une pancarte à l'extérieur de leur maison, sur laquelle devaient être notés les noms, prénoms, âges et professions des habitants. Ma sœur dut obéir, comme les autres. Et puis, il y eut la création d'un comité de surveillance, dont les membres avaient pour but de rechercher les suspects à travers toute la ville, afin de dresser des listes et de procéder à leur arrestation.

— On n'ose plus rien faire, me confia ma sœur. Il faut faire attention à nos propos, à notre attitude. Si, pour une raison ou pour une autre, quelque chose ne plaît pas à ces messieurs du comité, nous risquons de nous retrouver en prison.

C'était d'autant plus inquiétant que ceux qui étaient chargés de déceler les suspects s'acquittaient de leur mission avec un peu trop de zèle. Ainsi, à Cambrai, un cousin de mon oncle Aimé, qui venait d'être malade, fut déclaré suspect : on lui dit que, s'il avait été malade, c'était parce qu'il avait peur, et que, s'il avait peur, c'était qu'il n'était pas patriote. Un tel raisonnement était aberrant et aurait même prêté à rire, mais malheureusement ceux qui tenaient de tels propos ne plaisantaient pas. Alors de nouveau nous nous insurgions ; à ce rythme-là, on allait se retrouver en prison sans avoir rien fait. Il ne leur suffisait pas d'avoir arrêté les curés ; ils allaient maintenant s'attaquer à de paisibles citoyens.

— Pour ne pas être suspect, déclara ma sœur, c'est très simple, il faut porter une cocarde tricolore, être contre les prêtres, contre les nobles, et pour la révolution. Il faut être d'accord avec leurs décrets et les approuver en tout.

Quelques semaines plus tard, de nombreux habitants de Douai furent arrêtés et emprisonnés aux Ecossais. Beaucoup d'entre eux ne savaient même pas le motif de leur incarcération.

En comparaison, notre petit village nous paraissait reposant. Là, nous nous connaissions tous, personne n'était suspect, personne ne serait dénoncé. Nous pouvions vivre sans être talonnés par la crainte de déplaire et d'être arrêtés sans raison.

Là-dessus, la guerre continuait. Les soldats français avaient conquis les Pays-Bas. Mais, le 5 mars, les Autrichiens reprirent Liège, et le 18, Dumouriez fut battu à Neerwinden. Quelques jours après, les Pays-Bas furent évacués, ce qui rendit inutile la levée demandée par le général Marassé. Ceux qui y avaient répondu furent renvoyés dans leurs foyers. Cela rassura ceux qui ne voulaient pas partir, mais c'était inquiétant ; puisque les soldats ennemis étaient vainqueurs, peut-être allaient-ils envahir de nouveau notre pays ? Nous apprîmes, sans en connaître les raisons, que Dumouriez, qui jusque-là nous avait vaillamment défendus, était passé à l'ennemi. Nous fûmes tous consternés. Cambrai, sa ville natale, qui l'avait accueilli sous les fleurs et les salves d'artillerie quelques mois auparavant, le traita d'infâme scélérat, de traître insigne, de monstre, de criminel. Le conseil général de la commune décida qu'il serait fait une pétition à la Convention, afin que sa maison natale fût rasée. Une cérémonie eut lieu, nous raconta ma tante, au cours de laquelle furent plantés, aux portes de la ville, des poteaux portant cette inscription : « La commune de Cambrai frémit d'avoir vu naître dans son sein l'infâme et le scélérat Dumouriez. Passants, partagez son horreur. Traîtres, tremblez ! » Je vis ce panneau un jour où je me rendais à Cambrai avec Blaise. Je m'arrêtai, lus l'inscription. Je ne ressentis que désarroi ; pourquoi nos généraux nous abandonnaient-ils ? Après La Fayette, qui était passé aux Prussiens l'année précédente, c'était maintenant Dumouriez.

Ainsi que nous le craignions, les Autrichiens bientôt revinrent en France. Douai fut, une nouvelle fois, en état de siège. L'inondation fut rétablie, des troupes en grand nombre logèrent dans les couvents et les collèges non vendus. Les églises Saint-Jacques, Saint-Albin, Saint-Nicolas et Notre-Dame servirent d'écuries. Des boucheries militaires furent installées dans l'abbaye des Prés.

— Nous savons que nous sommes en guerre, fulmina ma sœur, et que cette situation excuse beaucoup de choses. Mais les églises transformées en écuries, c'est un peu fort ! Je suis passée hier devant Notre-Dame, quelle tristesse ! Il n'y a plus rien à l'intérieur, ni tableaux, ni statues, tout a été enlevé. On a accroché des mangeoires aux murailles, et les chevaux sont parqués là, dans l'église. Ça dépasse l'entendement ! Et on ne peut rien dire, bien entendu. Il faut faire semblant d'être d'accord avec eux qui ne respectent rien, si on ne veut pas se retrouver sur la liste des suspects.

Je n'étais pas loin d'être horrifiée, moi aussi. Je le fus encore plus lorsque, au début du mois de mai, la guillotine fut installée sur la grand-place, pour l'exécution de huit émigrés. Les émigrés, affirmait le Département, étaient les ennemis de la révolution ; ils ne cherchaient qu'à « rétablir les dîmes, les terrages, tous les droits de l'exécrable féodalité, et ils voulaient replonger le peuple dans le plus affreux esclavage ». Avec les prêtres réfractaires, qui « fanatisaient les esprits et prêchaient la discorde », ils étaient les plus à craindre. Cette fois-ci, c'étaient un évêque et des officiers qui avaient été arrêtés à Liège, lorsque les soldats français y étaient arrivés en vainqueurs. Ils avaient été ramenés à Douai, jugés et condamnés. Ils furent guillotinés le dimanche 5 mai à dix heures du matin, en présence de la garde nationale et de Lazare Carnot qui visitait les forteresses défendant le Nord et se trouvait alors à Douai. Il y en eut qui assistèrent à cette exécution en vociférant et applaudissant mais, nous dit ma sœur, la plupart des habitants furent plongés dans la stupeur. Le bourreau lui-même, un jeune homme de vingt ans qui débutait, actionna le couperet si maladroitement qu'il dut s'y reprendre à deux fois pour chaque condamné.

Nous comprîmes, à partir de ce jour, que d'honnêtes citoyens pouvaient être guillotinés au même titre que des criminels. Alors, peu à peu, tout le monde se mit à avoir peur.

Le pays manquait d'argent. En juin, la Convention décida de créer un emprunt forcé, qui s'appliquerait uniquement aux revenus annuels supérieurs à mille livres. Pour une fois, dans notre village, personne ne protesta. En effet, aucun d'entre nous n'était concerné. Nous étions trop pauvres pour gagner une somme pareille en un an.

La naissance de mon enfant approchait, et je me refermai égoïstement sur mon bonheur. Lâchement, je prenais l'excuse de ma grossesse avancée pour ne plus quitter notre village. Je ne me déplaçais plus que lourdement, d'une démarche bancale de canard. Je vivais au ralenti, je regardais mes trois hommes travailler, ou bien je m'installais sur le banc, dans le jardin, à l'ombre d'un tilleul que Justin avait planté. Les oiseaux chantaient, les insectes bourdonnaient, ivres de soleil et de lumière. Engourdie par la chaleur, je tricotais des vêtements pour mon enfant. Je le sentais remuer sans cesse, et la nuit, bien souvent, ses coups de pied me réveillaient. Mon ventre était si énorme que Pierre-Antoine avait cru, à un moment, que j'attendais des jumeaux. Il disait maintenant qu'il n'en était rien ; simplement, j'allais avoir un gros bébé. Blaise m'entourait d'attentions et d'amour. Il avait hâte, répétait-il, de connaître son fils.

— Comment sais-tu que ce sera un garçon ? objectais-je parfois. Ce peut aussi être une fille.

— Non, affirmait-il, têtu. Ce sera un fils.

Il avait raison, ce fut un fils. Il naquit le 14 juillet 1793.

Lorsque ma mère me l'apporta, tout emmailloté, je vis ses yeux clos, son visage pur et lisse comme un pétale, ses mains parfaites et nacrées. Je le pris contre moi, bouleversée, ravie, émerveillée. Il dormait. Je remarquai avec attendrissement qu'il avait une fossette au menton, comme Blaise. Je soupirai avec bonheur.

Une aube radieuse teintait la pièce de rose. Ma mère remettait de l'ordre, tirait les draps, lissait l'édredon. Elle me recoiffa, me lava le visage à l'eau fraîche. Un coup fut frappé à la porte :

— Peut-on venir ? dit la voix de Germain.

Ma mère ouvrit. Mes trois hommes entrèrent, empruntés et rayonnants. Tout de suite, les yeux de Blaise croisèrent les miens. Ce que j'y lus me gonfla le cœur : amour, gratitude, émotion. Il vint à moi, caressa mes cheveux d'un geste maladroit et touchant, se pencha sur son fils :

— Il est beau, n'est-ce pas, Mathilde ?

J'acquiesçai avec orgueil. Germain posa un doigt sur le nez du bébé, qui fit une petite grimace comique.

— C'est mon filleul, il ne peut être que beau. As-tu vu, Mathilde ? Il me connaît déjà. Regarde !

Il mit le doigt au creux de la petite main, qui se referma sur lui. Il la secoua avec douceur :

— Nous serons amis, tous les deux, n'est-ce pas ? Blaise, sais-tu que je t'envie ?

Justin, près du lit, contemplait mon fils et ne disait rien. Je lui souris :

— Vous voilà bien silencieux, père Justin. Etes-vous content ?

Son regard fut une réponse éloquente. Tout bas, il murmura, la voix tremblante :

— Merci, Mathilde... Merci de me donner cette joie.

Mon père, mes frères et Jean-Marie vinrent à leur tour. Le petit garçon m'offrit un bouquet de fleurs des champs. Il observa un instant le bébé au creux de mon bras, demanda timidement :

— Est-ce qu'il pourra être mon petit frère ? Je le voudrais bien, tu sais...

Heureuse, je les laissai s'extasier sur mon enfant. Pierre-Antoine revint dans la pièce, dit d'un ton réprobateur :

— Allons, il faut la laisser reposer maintenant.

Ma mère prit mon fils, le déposa avec précaution dans le berceau fabriqué par Justin, qui avait été celui de Blaise et de Germain. Il ne se réveilla pas.

— Ce petit aura un heureux caractère, affirma Pierre-Antoine. Tu l'as bien réussi, Mathilde.

J'eus un sourire las. Une grande fatigue, subitement, m'envahissait. Je fermai les yeux, les entendis chuchoter, sortir de la chambre. Je m'endormis.

La journée fut belle et chaude. C'était un dimanche, et c'était le 14 juillet. Une fête patriotique était organisée, avec un défilé jusqu'à l'arbre de la liberté. C'était la mode, et ce genre de défilé remplaçait les processions d'antan, qui venaient d'être supprimées par la Convention. De mon lit, j'écoutai la musique et les hymnes républicains que nous commencions à connaître. Je me sentais bien, heureuse, comblée. Je regardais mon enfant dormir près de moi, innocent, fragile, confiant. Pour lui, il fallait préparer un monde meilleur. Et c'était ce qui était en train de se faire, je le comprenais maintenant. Sylvain Busquet avait raison. Il ne fallait pas s'arrêter aux troubles ni aux inconvénients, ils ne dureraient pas. Les changements qui se produisaient étaient tellement importants qu'ils ne pouvaient se faire sans heurts. Mais après, tout serait mieux. Rassurée, je m'endormis de nouveau.

La nouvelle de la naissance fit le tour du village. Tous vinrent me rendre visite et admirer le bébé. Seule Noémie ne vint pas.

— Elle est jalouse, me dit Pauline lorsque je lui en fis la remarque. Je te l'ai déjà dit.

— Mais de quoi peut-elle être jalouse ? Elle a assez critiqué Blaise à cause de sa joue brûlée.

— Tu es aimée et elle ne l'est pas, tu as un fils superbe et elle n'est pas près d'en avoir un. Elle est peu sérieuse, de plus c'est une véritable chipie. Pas un garçon du village ne voudrait l'épouser.

— Elle n'a qu'à faire un effort pour changer. Moi je n'y peux rien.

— Toi, non, mais elle considère ton bonheur comme une insulte. Je la comprends un peu ; il m'arrive parfois de t'envier. Oh, pas méchamment, parce que je t'aime bien. Mais il y a des moments où je voudrais, moi aussi, être mariée, avoir un enfant, être aimée surtout. Sinon, ma vie, c'est quoi ? Trimer, du matin au soir, jour après jour, sans jamais arrêter. Et il y a cette révolution, en plus, qui bouleverse tout, et cette guerre. C'est pour ça que tu as de la chance, Mathilde, d'avoir construit ton bonheur malgré tout. Au moins, tu as quelque chose de stable à quoi te raccrocher dans cette tourmente.

Après son départ, je réfléchis ; Pauline avait raison. Et j'étais bien décidée à continuer d'être heureuse avec mon mari et mon fils.

Au fil des jours qui suivirent, je laissais peu à peu mes forces revenir. Ma mère me dorlotait, m'apportait des bols de lait dans lesquels elle délayait un jaune d'œuf. Je trouvais agréable de me laisser vivre, moi qui avais travaillé depuis mon plus jeune âge. Pauline me remplaçait momentanément à la ferme, pour traire les vaches et donner à manger aux bêtes. Je pouvais me reposer sans remords, et je le faisais. Je nourrissais mon enfant, je le regardais s'éveiller à la vie. Il avait les yeux clairs de Blaise, déjà vifs et intelligents. Il était le centre de notre existence.

L'abbé Lemaire vint le baptiser, un matin très tôt, alors qu'il faisait encore nuit. Il nota l'acte sur une feuille qu'il ajouterait, nous dit-il, à son « registre volant ». J'avais choisi Pauline pour marraine, et Germain était le parrain. Mon enfant fut appelé Bastien.

Et chaque soir, lorsque nous nous retrouvions tous les trois dans la chambre, c'était pour moi le meilleur moment de la journée. Serrés l'un contre l'autre, Blaise et moi nous écoutions la respiration ténue et régulière de notre fils endormi. Nous étions dans un monde à nous, fait de paix, d'amour et de tendresse. Ce qui se passait au-dehors, ailleurs, n'avait plus d'importance. Nous ne nous occupions que de nous-mêmes, nous délirions de bonheur.

TROISIÈME PARTIE

LA PEUR

1

Malgré notre désir de les ignorer, les événements s'imposaient à nous. La guerre continuait, les armées ennemies coalisées se rapprochaient de notre région. Au début du mois d'août, le duc d'York arriva jusqu'à Cambrai, qui fut cernée en grande partie. La ville reçut une sommation de capitulation ; le général Declaye, commandant en chef, répondit qu'il n'avait pas appris à se rendre, mais à se battre. La situation devenait inquiétante. Valenciennes, Condé, Landrecies étaient assiégées. La Convention de nouveau donna l'ordre de ne laisser qu'une cloche par église, et de descendre les autres afin de les envoyer à la fonderie de canons. Il fallait des armes, des hommes pour lutter contre nos ennemis : en plus des Autrichiens et des Prussiens, nous avions maintenant les Hollandais et les Anglais.

Une levée avait été ordonnée, en juillet, pour fournir à l'armée trente mille hommes de cavalerie. Dans notre village, cette fois encore, personne n'avait bougé. Pourtant, nous n'étions pas indifférents au sort de notre pays, et cette réaction n'était pas un signe de lâcheté. Simplement, le métier de soldat ne tentait pas des paysans ou des artisans paisibles qui, pour la plupart, ne savaient pas tenir un fusil. Ils ne se sentaient pas concernés.

Le mois d'août s'achevait, avec des journées ensoleillées et luxuriantes. La moisson se terminait. La douceur de l'air annonçait la fin de l'été ; déjà, les jours étaient plus courts, la chaleur moins intense. La campagne, indifférente à la folie des hommes, demeurait immuable et sereine.

Ce fut à cette époque que la Convention ordonna la levée en masse. Lorsque Pierre-Antoine nous lut le décret, selon lequel tous les célibataires de dix-huit à vingt-cinq ans devaient partir à la guerre, la consternation fut générale. Nombreux furent ceux qui s'affolèrent et essayèrent de protester :

— C'est obligatoire ?

— Et si on n'obéit pas ?

— Mais je ne suis pas volontaire !

Ma mère se rapprocha de François avec un air farouche.

— Je ne veux pas que mon fils s'en aille !

Pierre-Antoine fit taire les réflexions :

— Comprenez-moi bien, il ne s'agit pas, cette fois-ci, de se porter volontaire ou de tirer au sort. Tous les hommes de dix-huit à vingt-cinq ans non mariés ou veufs sans enfants devront se présenter devant un conseil de révision et seront enrôlés automatiquement. Il n'y aura pas d'exception. On ne pourra pas payer pour se faire remplacer, comme quand on a tiré un mauvais numéro.

— C'est ça l'égalité, cria Sylvain Busquet. La loi est la même pour tous, les riches comme les pauvres.

— Tu peux crâner, Sylvain, rétorqua François avec amertume. On voit bien que tu n'es pas concerné.

Je commençais à me rendre compte de ce que cette décision signifiait ; les jeunes gens de notre village allaient devoir partir. Parmi eux, Germain qui n'avait que vingt-trois ans, et mon frère François, qui n'aurait vingt-cinq ans que dans six mois. Je regardai Blaise et je pensai, égoïstement mais avec un intense soulagement, que lui me resterait.

— Et si on n'obéit pas ? répéta le jeune fils de Barthélemy, qui venait tout juste d'avoir dix-huit ans.

— Les gendarmes viendront te chercher.

— Ils ne me trouveront pas. Je me cacherai. Je m'en irai ailleurs. Je refuse d'aller à la guerre, pour tuer ou me faire tuer.

Barthélemy intervint, d'une voix mécontente :

— Mes trois fils ont entre dix-huit et vingt-cinq ans. S'ils partent tous, qui va m'aider à la ferme ? La Convention ne prévoit pas de remplaçants, que je sache. Ils savent bien réquisitionner nos récoltes, mais s'il ne reste personne pour semer et moissonner, il n'y aura même plus de récoltes !

Ma mère se tourna vers François.

— Mon garçon, tu vas devoir partir. Ce n'est pas possible...

Mon frère, l'air perdu, ne répondit pas. Germain vint près de lui, sourit à ma mère.

— Allons, ne vous inquiétez pas. Je le surveillerai. On nous demande de voler au secours de la patrie, eh bien, allons-y. Nous serons des héros, tout le monde sera fier de nous. N'est-ce pas, François ?

Il donna un coup de coude à mon frère. De caractère gai et optimiste, il réagissait à sa façon, avec enthousiasme et énergie. Il fronça les sourcils en jetant un coup d'œil au fils de Barthélemy qui, là-bas, discutait avec Sylvain et Pierre-Antoine :

— Nous ne sommes pas des lâches, nous, et si on a besoin de nous, nous répondrons présents.

Les autres furent beaucoup moins enthousiastes, mais durent s'incliner. Dans les jours qui suivirent, ma mère, affolée, prépara des provisions de route et des vêtements pour François. Je fis de même pour Germain. Il était l'un des plus ardents. Il remontait le moral de ceux qui, réticents, obéissaient à contrecœur.

— Nous verrons du pays, leur disait-il. Nous nous battrons comme des lions, et grâce à nous la guerre sera bientôt terminée. Nous serons acclamés partout, et nous reviendrons en vainqueurs.

Ils ne le croyaient qu'à moitié, mais s'efforçaient de sourire. Moi-même, je ne disais rien, pour ne pas refroidir l'optimisme de Germain. mais au fond de moi j'étais très inquiète. La plupart d'entre eux ne savaient pas tirer, et le plus jeune, le dernier fils de Barthélemy, n'était qu'un enfant effrayé. Germain avait réussi à le faire changer d'avis, et il ne parlait plus de s'enfuir. Mais lorsque je voyais son air malheureux, je ne pouvais m'empêcher d'avoir pitié de lui.

Un arrêté les convoqua à Douai, dans les premiers jours de septembre, ainsi que tous ceux de la région, pour y être groupés en compagnies de cent hommes, sous le commandement d'officiers de leur choix. Ils y recevraient une instruction militaire. Ils devaient emporter des vivres pour deux semaines environ, ainsi qu'une arme offensive : fusil, ou, à défaut, pique, lance, fourche.

Ils s'en allèrent un matin très tôt. Le tocsin nous avait tous rassemblés sur la place. C'était une aube brumeuse, mais le temps était doux. Nous entourions nos futurs soldats, leur faisant de nombreuses recommandations, les embrassant une dernière fois. Ils se laissaient faire, émus, inquiets, tristes de quitter le village et ceux qu'ils aimaient. Je vis le fils de Barthélemy qui, les lèvres tremblantes, s'efforçait de ne pas pleurer. Mon frère François vint vers moi.

— Adieu, ma petite sœur. Occupe-toi de notre mère pendant mon absence. Elle s'accroche à moi comme si j'allais ne jamais revenir.

Près de lui, ma mère, les yeux rouges, renifla lamentablement.

— Allons, dit mon père d'un ton bourru, ce sera vite terminé. Avec une armée aussi nombreuse, nous ne pourrons pas être vaincus.

— Et puis, reprit François, il vous reste Nicolas. Il fera double travail jusqu'à mon retour.

— Et moi aussi, je suis là ! s'exclama Jean-Marie. C'est parce que je ne suis pas assez grand, François, sinon j'irais avec toi.

— Nous nous débrouillerons, affirma Nicolas. La moisson est terminée, et pendant l'hiver ce sera calme. Tâche d'être revenu pour les semailles, au printemps.

Germain s'approcha, un sac sur l'épaule, tenant fièrement un vieux fusil.

— Mais oui, nous serons là au printemps, et même avant.

— Je l'espère, dit Justin d'une voix enrouée. Prends bien soin de toi, mon fils, et comporte-toi en bon soldat. Va, je suis fier de toi.

Il le prit par les épaules, le serra un instant contre lui. Blaise, à son tour, lui donna l'accolade avec fermeté et tendresse. Je sentis mes yeux se mettre à picoter. Je battis plusieurs fois des paupières. Germain me sourit.

— Au revoir, Mathilde. Tu vas me manquer, ainsi que nos fous rires, sans compter tes délicieuses tartes. Je penserai à toi.

— Et surtout, reviens, dis-je en ravalant mes larmes. Ne te fais pas tuer.

Il se pencha sur Bastien qui, au creux de mon bras, ouvrait des yeux étonnés.

— Aucun danger, j'ai bien trop envie de revoir mon filleul. Lui aussi, il va me manquer, ajouta-t-il sourdement.

Selon son habitude, il mit un index dans la menotte du bébé, qui s'empressa de le serrer. Une expression de tendresse et de nostalgie voila son regard.

— Au revoir, fiston. Je reviendrai avant que tu aies le temps de m'oublier.

L'instant du départ arrivait, et ce ne fut plus qu'embrassades, recommandations, promesses, parmi des sourires courageux que démentaient les larmes. Dans le matin humide ils s'en allèrent, se retournant pour nous saluer, nous tous qui, malheureux et impuissants, les regardions partir.

— Adieu !

— Au revoir ! On vous écrira !

— A bientôt !

Ma mère, près de moi, pleurait sans bruit. Mon père ne disait rien, mais je voyais sa pomme d'Adam monter et descendre sans cesse, signe d'un bouleversement intérieur intense. En ce moment dramatique, nous nous posions la même question : reviendraient-ils un jour ? Je retins un soupir ; après notre curé, c'étaient maintenant nos jeunes gens qui s'en allaient. Qu'allait devenir notre village ?

Depuis le mois de juin, à Paris, les Montagnards avaient remplacé les Girondins. Ils se montraient plus sévères, ayant pour objectif principal de traquer les ennemis de la révolution. Ils donnèrent l'ordre de créer des comités de surveillance dans chaque commune, afin de dénoncer les suspects. Les municipalités de nombreux villages furent jugées trop modérées. Ce fut le cas de la nôtre, et les représentants du district décidèrent que Pierre-Antoine ne serait plus maire. Depuis 1790, à chaque élection il avait été réélu ; nous appréciions tous son sens de la justice et sa probité. Mais, cette fois-ci, pour avoir une municipalité conforme à leurs désirs, les représentants la nommèrent eux-mêmes, et ils choisirent, bien entendu, les plus révolutionnaires des habitants. Ce fut ainsi que nous apprîmes, un matin, qu'Eloi était notre nouveau maire, et Sylvain Busquet notre procureur, chargé spécialement d'exercer un rôle de surveillance dans le village. Mon père ne faisait plus partie des notables. Il soupira :

— Ce n'est pas plus mal, après tout. Je préfère rester en dehors. Je ne pouvais que m'insurger contre la plupart des décrets. Maintenant, avec ceux qu'ils ont choisi, il ne risque pas d'y avoir des objections. Et c'est ce qu'ils veulent, pour pouvoir faire admettre n'importe quoi. Je crois que ça sera encore pire qu'avant.

Le nouveau conseil général s'empressa d'obéir aux décrets révolutionnaires que Pierre-Antoine avait choisi d'ignorer. L'un d'eux, au mois de mai précédent, avait ordonné d'enlever les calvaires placés aux carrefours et de les transférer dans les églises. Une recommandation avait été faite, également, de faire disparaître toutes les marques de féodalité subsistant sur le territoire des communes : couronnes, écussons, fleurs de lys, partout où il s'en trouvait. Le calvaire qui se trouvait à la sortie du village fut démonté et enfermé dans l'église. Cela nous révolta, il ne gênait personne. Il était entouré d'arbres et souvent, l'été, les plus vieux des habitants aimaient venir s'asseoir sur le banc placé devant ; moi-même, il m'était arrivé bien souvent de me reposer là, à l'ombre des grands arbres, après un travail harassant dans les champs brûlés par le soleil.

Le lendemain, la nouvelle municipalité décida de faire disparaître tous les signes de royauté. Je me rendais à l'épicerie lorsque, sur la place, un attroupement m'attira. Il se composait surtout de femmes, parmi lesquelles Joséphine parlait haut et fort. Je m'approchai.

— Pourquoi faire ça ? disait-elle. Pourquoi toucher à notre église ? Il ne suffit pas que notre curé soit parti, il faut maintenant démolir l'église ? A quoi cela t'avance-t-il, Sylvain ?

Sylvain Busquet, appuyé nonchalamment contre le portail, tourna la tête vers nous.

— D'abord, j'obéis aux ordres. Ensuite, je trouve qu'il est tout à fait normal d'enlever les signes de féodalité, puisque ce régime est définitivement supprimé. Il ne reviendra jamais. Il n'y a pas lieu de s'insurger, nous ne démolissons rien du tout.

— Et que fait Florent, dans l'église, alors ?

— Que fait-il donc ? demandai-je, intriguée.

— Va donc voir, me lança Joséphine avec colère. Je dis que c'est inadmissible.

Je lançai un coup d'œil interrogateur à Sylvain, qui se contenta de hausser les épaules. J'allai jusqu'au portail et m'avançai pour regarder dans l'église. Juché tout en haut d'une échelle, Florent, armé d'un marteau, frappait sur le grand christ en bois qui ornait le mur, dans le fond du chœur. Sans comprendre, je demandai :

— Mais... que fait-il ?

— Un sacrilège, s'exclama Joséphine qui m'avait suivie. Sylvain, arrête ça. Il va tout démolir.

Sylvain soupira. D'une voix lente, il se mit à parler comme s'il voulait convaincre des enfants attardés :

— Il ne va rien abîmer. Simplement, il enlève la couronne d'épines qui est sur la tête de ce christ.

— Il enlève la couronne d'épines ? répétai-je stupidement. Mais pourquoi ?

Joséphine eut un mouvement d'humeur :

— Tu ne devineras jamais la raison. Cette pauvre couronne est un signe de royauté ; il faut la faire disparaître, même si elle est faite d'épines.

Tout d'abord, cela me parut si ridicule que je n'y crus pas. Je regardai Sylvain.

— Est-ce vrai, Sylvain ?

D'un air mécontent, il haussa de nouveau les épaules.

— Bien sûr, c'est vrai. Et nous allons enlever aussi les fleurs de lys qui ornent les boiseries et les vitraux. Et vous tous, si vous avez des signes de ce genre chez vous, faites-les disparaître également. Plus rien ne doit subsister de ce régime détesté.

Je ne trouvai rien à répondre. Laissant Joséphine vitupérer de nouveau, je rentrai chez moi. A Blaise et à Justin, qui travaillaient dans l'atelier, je racontai ce que je venais de voir. Justin donna d'un air furieux quelques coups de marteau inutiles à un clou déjà bien enfoncé.

— Je me demande où vont s'arrêter leurs inventions, grommela-t-il. Et que faire ? Si on montre son désaccord, on se retrouvera bientôt sur la liste des suspects. Sylvain serait bien capable d'y inscrire sa pauvre mère... Ne m'a jamais inspiré confiance, ce garçon-là.

Il se remit à marteler son clou. Je fis un petit signe à Blaise et je m'esquivai. Depuis que Germain était parti, Justin restait sombre, taciturne, avec une mauvaise humeur qui n'était pas dans son caractère. Seul mon petit Bastien parvenait à le dérider. J'allai le voir. Il dormait paisiblement dans son berceau. Je le contemplai avec ravissement. Comme il était beau ! Avec Blaise et lui, je me sentais comblée. Pourquoi donc les autres essayaient-ils de gâcher mon bonheur, avec leur stupide révolution ?

Le nouveau conseil général de la commune décida qu'Alexandre ne continuerait pas à faire l'école, puisqu'il avait refusé de prêter le serment imposé. La salle où nous avions tous appris à lire et à écrire fut fermée, et Sylvain Busquet parcourut le village à la recherche d'un volontaire qui remplacerait Alexandre. Il fallait quelqu'un, assurait-il pompeusement, qui fût d'un civisme parfait, attaché à la révolution et au nouveau régime. Hippolyte, le fils aîné d'Eloi, se proposa. Satisfait, Sylvain Busquet envoya la candidature au district de Douai. En attendant la date fixée pour une prochaine réouverture, l'école resta fermée. Et je pensai à ce que m'avait dit ma sœur ; avec leur nouvel instituteur, qu'apprendraient donc les enfants de notre village ? Certainement, tout ce dont on nous rebattait les oreilles à présent, la haine de la royauté, de la religion, de la noblesse ; on leur répéterait que le roi avait été un tyran, que désormais les hommes étaient tous libres et égaux. Sans aucun doute le croiraient-ils, les enfants croient tout ce qu'on leur dit. Que donnerait un monde où les futurs citoyens seraient formés de cette façon ? Serait-il mieux que celui où nous avions vécu jusqu'ici ?

De nouveau, la crainte d'une disette revenait. La récolte avait été assez médiocre à cause d'un été trop sec. De plus, les réquisitions considérables imposées pour l'armée avaient raréfié grains et légumes. De leur côté, les assignats continuaient de perdre de leur valeur. On protestait, dans les villes, contre la vie chère. On parlait de façon inquiétante de pillages, d'émeutes. Afin d'éviter une montée des prix trop importante, la Convention décida d'établir, pour toutes les denrées de première nécessité, un maximum à ne pas dépasser. Les nouveaux prix devaient être calculés en prenant comme base ceux de 1790 augmentés d'un tiers. La réglementation était sévère : tout marchand qui vendrait au-delà du maximum serait puni d'une amende égale à dix fois la valeur de l'objet vendu, qui serait aussitôt confisqué au profit du dénonciateur. En cas de récidive, ce serait une peine de deux ans de détention.

Ce système eut peut-être l'avantage de satisfaire les acheteurs, mais mon père, lui, fut effondré :

— Mais ils veulent nous ruiner ! Le prix de 1790 plus un tiers ! Mes produits vont être vendus bien au-dessous de leur valeur. Vois, Mathilde, tu vas comprendre. Un exemple : en 1790, le quintal de froment valait six livres ; maintenant, il en vaut quatorze. Le nouveau prix sera donc celui de 1790, six livres, plus un tiers, ce qui reviendra à huit livres. Huit livres au lieu de quatorze ! Et c'est la même chose pour le blé, les pommes de terre, le beurre...

Joséphine, elle aussi, poussa les hauts cris. Elle avait dû afficher une liste des denrées vendues dans son épicerie, avec leur nouveau prix.

— Je ferais aussi bien de fermer mon magasin, répétait-elle avec colère à toutes ses clientes. S'il me faut vendre mes marchandises à des taux qui n'atteignent pas la moitié, et quelquefois le tiers de leur valeur réelle, à quoi bon ?

Beaucoup lui conseillaient de ne pas crier aussi fort son désaccord. Avec la loi contre les suspects et la création des comités de surveillance, il valait mieux se taire. Mais elle haussait les épaules avec irritation :

— Je n'ai jamais caché ce que je pensais, et ce n'est pas maintenant que je vais commencer. Surtout dans un cas comme celui-ci : tout le monde peut se rendre compte que je dis la vérité.

Même Sylvain Busquet, qui lui aussi devait vendre les produits de sa ferme, fut mécontent. Mais comme les autres il ne put qu'obéir.

Un jour d'octobre, je me rendis chez ma mère, ainsi que je le faisais souvent, avec Bastien. Le temps était doux et ensoleillé, les feuilles des arbres jonchaient le chemin et crissaient sous mes pas. Je traversai la cour de la ferme, ouvris la porte. Dans la grande salle, il n'y avait personne. Les hommes étaient aux champs, probablement, mais où était ma mère ? Je l'appelai. De la chambre, sa voix me parvint :

— C'est toi, Mathilde ? Entre.

J'allai la rejoindre. Penchée sur le lit, elle enveloppait des objets dans une serviette de toile. J'avançai, me penchai.

— Que faites-vous donc, mère ?

Elle écarta le tissu.

— Je vais dissimuler tout ça.

Je posai Bastien sur le lit ; il se mit à gazouiller en regardant le plafond. Inquiète, je fixai ma mère.

— Pourquoi donc ?

Elle prit les objets un à un.

— Regarde. Ceci, c'est une bourse de soie que m'avait donnée la comtesse, il y a bien longtemps ; des fleurs de lys y sont brodées. Interdit, n'est-ce pas ? Ça, c'est une miniature qui représente le roi et la reine. Interdit également. Et ça, ce sont des cuillères à café que nous a offertes le comte, lorsque nous nous sommes mariés ; on ne s'en sert jamais, elles sont si belles ! Mais il faut les faire disparaître, elles aussi. Vois, les armoiries sont gravées dessus.

Je me souvins des recommandations de Sylvain Busquet concernant les traces de féodalité. Je les avais trouvées ridicules et je les avais oubliées tout aussitôt.

— Pourquoi cacher ces choses ? Vous les avez toujours eues. Ce n'est pas un crime de les posséder.

Ma mère replia le linge, fit un nœud serré, se releva, soupira :

— Non, ce n'est pas un crime, et pourtant, c'en est devenu un. Avec cette révolution, de tels objets suffisent pour être taxé d'incivisme et d'aristocratie. Je ne tiens pas à me retrouver sur la liste des suspects. Rappelle-toi ce qu'a dit Marie-Henriette, au sujet de cette tournée d'arrestations qui a eu lieu à Douai en juin.

Oui, je me souvenais. Des gardes nationaux avaient parcouru

les rues, avec une liste de citoyens déclarés suspects. Ils les avaient emmenés au couvent des Ecossais, qui servait de prison. Parmi eux, il y avait Deroo, l'apothicaire, que je connaissais, et Desfontaines, l'épicier chez qui ma sœur se ravitaillait habituellement.

— Crois-moi, dit ma mère en prenant le paquet noué, si Justin a des objets de ce genre, fais-les disparaître aussi.

— Est-ce vraiment nécessaire ?

Elle me regarda bien en face.

— Je n'en sais rien, mais je me méfie. Ecoute ceci, et ne le répète à personne : ce matin, Victoire, la femme d'Eloi, est venue me voir. Nos mères étaient cousines, tu le sais. Bien que son mari approuve cette révolution, elle ne partage pas tout à fait ses idées. Elle a voulu me prévenir. Surtout, m'a-t-elle dit, dissimule toutes les marques de royauté que tu pourrais avoir chez toi. Elle n'a pas voulu m'expliquer la raison de sa recommandation. Mais elle a été si pressante qu'elle m'a inquiétée, c'est pourquoi je lui obéis. Eloi a dû lui confier quelque chose, même si elle ne veut pas l'avouer. Je me demande bien ce que c'est. En tout cas, Nicolas ira enterrer ceci derrière la grange, à la nuit.

Je repartis et je parlai à Blaise des conseils de ma mère. Justin grommela qu'il ne possédait rien qui pût être taxé d'aristocratie. Je pensai aux louis d'or que m'avait donnés le comte, à chacun de mes anniversaires, et que j'avais emmenés avec moi lorsque je m'étais mariée. Ils étaient toujours enfermés dans un mouchoir, et je les avais placés tout au fond de l'armoire de notre chambre. Etaient-ils à bannir, eux aussi, parce qu'ils portaient sur une de leurs faces le profil du roi ? Je posai la question.

— Peut-être bien, répondit Blaise en fronçant les sourcils. Par prudence, il vaut mieux les dissimuler. Donne-les-moi, je les enterrerai dans le jardin, sous le tilleul.

— C'est pénible, dis-je, furieuse. Nous voilà obligés de cacher ce qui est à nous, comme si nous étions des voleurs ! Si c'est ça la nouvelle liberté... Je me demande, moi aussi, ce qu'a voulu dire Victoire en donnant un tel conseil à ma mère.

Nous le sûmes bientôt. Deux jours plus tard, un événement

survint, qui acheva de détruire ce qu'avait été, depuis toujours, notre village.

Il était très tôt. J'étais venue, comme je continuais à le faire chaque matin, aider ma mère à traire les vaches. Nous avions fini, et nous sortions de l'étable avec nos seaux de lait mousseux, aidées par Jean-Marie, lorsque nous les entendîmes arriver. Des soldats, des gendarmes à cheval. Combien étaient-ils ? Dix, vingt peut-être. Ils avançaient sous la pluie qui tombait, se dirigeant vers le château qui les dominait de sa masse puissante. Et ces hommes avaient, dans leur marche lente et sûre, quelque chose d'inéluctable qui me fit frissonner. Ce fut alors que je vis, devant eux, les conduisant, Eloi et Sylvain Busquet.

— Que font-ils ? demanda ma mère avec angoisse.

Ils firent le tour pour aller se présenter devant l'entrée et, comme notre ferme était située à l'arrière, nous ne les vîmes plus. Ma mère me regarda, les yeux agrandis.

— C'est au comte qu'ils en veulent.

Mon père, mon frère Nicolas et Louis étaient venus nous rejoindre. Comme nous, ils avaient vu les hommes contourner le château, et comme nous ils s'interrogeaient. Mon père se gratta la tête.

— Si vous voulez mon avis, ils ne sont pas venus pour lui offrir des fleurs. Ne restons pas là. Allons déjeuner.

Avec les autres je rentrai dans la grande salle. Je pris ma cruche de lait habituelle, mais je n'osai pas m'en aller tout de suite. J'avais peur de me trouver face à ces soldats. Debout près de la porte, j'attendais, guettant leur départ, pendant que les autres, assis à la table, mangeaient leurs tartines qu'ils trempaient dans de grands bols de lait chaud.

— Assieds-toi, Mathilde, dit ma mère. Veux-tu un peu de pain ?

Je secouai la tête.

— Non, merci. Je déjeunerai avec Blaise et Justin. Je crois bien que je vais partir. On ne voit plus rien et...

La voix me manqua. Des soldats envahissaient la cour. Je reculai dans la pièce. Affolée, je bégayai :

— Les soldats ! Les voilà !

Ma mère porta une main à ses lèvres, comme pour étouffer

un cri. Jean-Marie se leva brusquement. Mon père dit, d'une voix calme :

— Allons, n'ayez pas peur. Nous n'avons rien à nous reprocher. Ne bougez pas. Continuez à manger.

Jean-Marie se rassit, ma mère se pencha sur le feu. Je m'approchai de la table et posai la cruche qui, dans mes mains, tremblait. Des coups retentirent, une voix cria :

— Au nom de la loi, ouvrez !

Mon père se leva et se dirigea posément vers la porte qu'il ouvrit toute grande :

— Entrez donc, ce n'est pas fermé.

Ils pénétrèrent dans la pièce. Ils étaient cinq. L'un d'eux, un sergent, déclara :

— Nous devons fouiller partout, pour nous assurer de votre civisme. Etiez-vous attachés à votre maître ? Attention, ceux qui aiment les aristocrates sont de mauvais citoyens ! Nous venons de les arrêter, lui et son fils. Nous allons les conduire à Douai. La prison, c'est tout ce qu'ils méritent.

Il se mit à rire, et les soldats l'imitèrent servilement. Je les regardai avec un mélange de peur et de mépris. Je vis mon père serrer les poings, mais il ne dit rien.

— Allons, faisons notre travail, reprit le sergent en ouvrant la porte de la chambre de mes parents. Venez, vous autres ! ordonna-t-il à ses hommes.

Ma mère fit un pas vers eux, les poings aux hanches.

— Un instant ! Puisque vous êtes là pour fouiller, et qu'on ne peut que vous laisser faire, agissez au moins sans rien abîmer. Je peux vous le dire tout de suite, vous ne trouverez rien. Nous sommes d'honnêtes citoyens, et c'est bien malheureux de se voir traités de cette façon. C'est une honte !

Interdits, les soldats s'immobilisèrent. Mon père intervint :

— Voyons, Rose, calme-toi. Et vous, citoyens, excusez ma femme, elle se met facilement en colère. Il est vrai que nous ne comprenons pas votre intervention, puisque nous n'avons rien à nous reprocher. Mais enfin, faites ce que vous avez à faire. Je vous demande simplement de respecter nos pauvres biens.

Ils perquisitionnèrent. Ils vidèrent le contenu des armoires, arrachèrent les draps des lits, retournèrent les matelas. Ils laissèrent tout en désordre, mais n'abîmèrent rien. Puis ils sortirent, se penchèrent sur le puits, entrèrent dans la grange, qu'ils fouillèrent également, puis dans l'étable et dans la porcherie, où des grognements furieux les accueillirent. Enfin, ils revinrent nous saluer alors que, sur le seuil de la porte, nous les regardions sans cacher notre mécontentement.

— Rien à signaler, citoyens. Continuez à vous bien conduire. La nation a besoin de bons citoyens comme vous. Nous traquons sans pitié les traîtres, les aristocrates et les renégats. Vous pouvez nous remercier, nous vous débarrassons de votre maître, qui si longtemps vous a écrasés de taxes et de travail. C'est fini, maintenant, vous allez être libres.

Ils traversèrent la cour, s'en allèrent. Je poussai un soupir de soulagement.

— Tout compte fait, dit mon père, ça ne s'est pas trop mal passé.

— Nous devons une fière chandelle à Victoire, murmura ma mère. Je comprends maintenant pourquoi elle m'a prévenue. Sans doute savait-elle ce qui se préparait.

— Regardez ! cria Jean-Marie. Ils emmènent M. le comte, et aussi M. Adrien.

Je levai les yeux. Sur la route qui menait vers le centre du village, je vis les autres soldats et, au milieu d'eux, les mains liées, attachés l'un à l'autre comme des criminels, le comte et Adrien. Une corde les rattachait aux gendarmes qui, à cheval, les précédaient. Le comte marchait la tête basse, le dos courbé, en traînant les pieds comme un très vieil homme. Adrien, près de lui, gardait son allure fière et désinvolte. Je savais maintenant que ce n'était qu'une attitude. Il n'avait rien fait, et des gendarmes l'emmenaient en prison.

— Vous avez vu ? Ça, c'est ma revanche, et quelle revanche !

La voix victorieuse de Sylvain Busquet me fit tressaillir. Debout à l'entrée de la cour, il regardait le cortège s'éloigner, un sourire de triomphe aux lèvres.

— Je suis vengé, mes amis. Jamais je n'aurais imaginé l'être de cette façon ! Et mon père l'est aussi. Si seulement il pouvait voir ça ! Le comte emmené par des gendarmes ! Cette image efface l'autre, que je n'ai jamais pu oublier depuis mon enfance. Ah ! Avouez, quand même, que cette révolution a du bon.

Il se tourna vers nous, rayonnant. Mon père hocha la tête d'un air de doute.

— Vois-tu, Sylvain, ce que je te reproche, c'est d'en faire une affaire personnelle. Le comte n'est pas coupable. C'est son père qui avait envoyé le tien aux galères.

— Pour moi, c'est la même chose. Vous ne pouvez pas comprendre, Jean-Baptiste. Je me sens libéré.

— Alors, ça, c'est ton œuvre, et celle d'Eloi ?

Sylvain redressa farouchement la tête.

— Nous n'avons fait qu'appliquer la loi, celle que Merlin a fait adopter, et qui ordonne l'arrestation des suspects. C'est tout.

— Et pourquoi sont-ils suspects, eux ? demanda mon frère Nicolas.

Sylvain le considéra avec pitié.

— Voyons, Nicolas, ne pose pas une question aussi stupide. D'abord, ce sont des aristocrates. De plus, leurs femme et sœur sont émigrées. Ils entretiennent avec elles une correspondance suivie. Cela seul suffit amplement. Comprenez que cette arrestation vous sera bénéfique, à vous aussi.

— En tout cas, dit ma mère d'une voix acerbe, ce que je n'ai pas apprécié, c'est qu'ils sont venus fouiller ici.

— Ils avaient des ordres. Ils ont fouillé le château de fond en comble, ils ont fait la même chose pour la ferme qui en dépendait.

Ma mère eut une moue incrédule.

— Raconte ça à d'autres, pas à moi. J'espère, Sylvain, que cette décision ne venait pas de toi.

— Je vous assure que non. Jamais je ne vous dénoncerais, je vous considère comme des amis et je vous connais depuis toujours. Mais ce que je déplore chez vous, comme chez la plupart des gens du village, c'est votre attachement à un système révolu et détesté, votre manque d'enthousiasme devant un changement aussi extraordinaire. Car, avouez-le, c'est formidable, ça !

D'un geste large, il montra les soldats et les gendarmes qui, sur la route, là-bas, s'éloignaient en emmenant leurs deux prisonniers. Mon père de nouveau secoua la tête.

— Je ne sais pas. Tu vois, Sylvain, ça me ferait plutôt peur.

Sylvain eut un éclat de rire ironique.

— Peur ? Allons donc ! Et de quoi ? C'est ridicule ! Je vous le dis, moi : c'est formidable !

Riant toujours, il s'en alla d'une démarche joyeuse. Pendant tout ce temps, j'étais restée muette, le cœur lourd. Je pouvais comprendre Sylvain, et son désir de revanche enfin assouvi. Mais je partageais l'avis de mon père, et je ressentais, en revoyant Adrien suivre les gendarmes, une tristesse confuse et inavouée qui me donnait envie de pleurer.

2

Dans le village, les avis furent partagés, mais la réaction générale fut une consternation mêlée de peur. Comment un ordre nouveau pourrait-il être établi dans notre village privé de prêtre et de seigneur, avec la guerre, de surcroît, et les ennemis dans la région ? Des camps de soldats français s'étaient installés un peu partout. Cambrai était toujours en état de siège, les ponts étaient détruits, l'inondation s'étendait autour des remparts. L'armée autrichienne cernait tout le côté sud. Les habitants des faubourgs avaient dû quitter leur logis inondé et se réfugier dans la ville, où ils s'étaient installés dans les couvents et les maisons des émigrés, après avoir entassé leurs récoltes dans les églises.

Une fois, j'allai avec ma mère et mon frère Nicolas, tenter de porter un peu de ravitaillement à ma tante Séraphine. La porte de Selles ne s'ouvrait que toutes les deux heures, et la surveillance était sévère. Des officiers municipaux et des membres de la Société populaire nous fouillèrent, examinèrent nos passeports, ouvrirent le panier que ma mère transportait. Ils virent le pain, le beurre, les légumes. Ils inspectèrent le tout soigneusement. L'un d'eux demanda :

— A qui est destiné ceci ?

— A ma sœur, répondit brièvement ma mère. Nous allons lui rendre visite.

L'homme repoussa le panier.

— Désolé, citoyenne. Les ordres sont formels, il est interdit d'apporter de la nourriture.

Ma mère s'indigna :

— Mais enfin, pourquoi ? Je vous dis que c'est pour ma sœur. J'ai bien le droit de...

— Inutile d'insister. La défense est la même pour tout le monde.

Ma mère ouvrit la bouche pour répliquer, lorsqu'un membre du club s'approcha, arborant une superbe cocarde tricolore :

— Qu'y a-t-il ? demanda-t-il à l'officier. Ces personnes sont-elles suspectes ?

J'eus un court instant de panique ; j'échangeai avec ma mère un regard affolé. Nicolas répondit calmement :

— Nous ne sommes pas suspects, nous sommes de bons citoyens. Mon frère se bat pour la patrie, et nous venons simplement rendre visite à des parents.

— J'ai confisqué le ravitaillement qu'ils apportaient, expliqua l'officier.

— Tu as bien fait, dit l'autre. — Il se tourna vers nous. — Vous pouvez entrer, mais soyez là dans deux heures, à la prochaine ouverture.

Ma mère voulut protester, mais mon frère l'entraîna. Elle dut laisser là son panier, et ne cessa de maugréer. Dans les rues, il n'y avait que très peu de gens. Un silence lourd régnait, fait de tristesse et de peur. Ma tante Séraphine nous accueillit avec chaleur. Elle avait maigri, ainsi que Gabrielle. Des larmes lui vinrent aux yeux lorsque ma mère parla des aliments confisqués.

— Ils s'en emparent pour eux-mêmes, probablement. Ces Jacobins sont odieux. Il paraît qu'ils prennent leur part sur les provisions prévues pour l'armée. Après ça, on s'étonnera que nos soldats souffrent de la faim ! Tout est de plus en plus cher, le pain surtout. Et ces ennemis, prêts à nous assiéger... Ils ont envahi Valenciennes, et le bruit court qu'ils se sont rendus coupables de cruautés horribles. Nous avons peur, nous ne dormons plus. La municipalité prévoit la défense de la ville, mais la sortie qui a été tentée le mois dernier a été un désastre. Nos soldats ont été attaqués à Avesnes-le-

Sec par la cavalerie ennemie, ils ont été décimés, tués, blessés, faits prisonniers. Nous avons faim, nous osons à peine sortir. C'est tout juste si on reconnaît notre ville ; et que dire de ces hussards noirs qui la sillonnent, avec leur tête de mort sur leur coiffure ? Ils sont si peu disciplinés que beaucoup d'habitants se sont plaints de leurs méfaits. De toute façon, on ne respecte plus rien.

» Savez-vous ce qui s'est produit récemment ? Afin de récupérer du plomb pour faire des balles, la municipalité a fait exhumer les cercueils de plomb qui se trouvaient dans les caveaux des églises. Il paraît que les ossements ont été traînés dans les rues, et les restes de Fénelon ont échappé de justesse à cet acte de vandalisme. C'est effrayant, quand on voit comment agissent ceux qui se disent révolutionnaires. Ces églises vendues, pillées ; celle de Sainte-Croix, où Gabrielle a fait sa première communion, a été achetée par un cordonnier qui l'a démolie, elle est maintenant en ruine. Elle est devenue le rendez-vous des soldats et des filles de joie la nuit. N'est-ce pas une honte ? Dans la journée, ce sont les gamins qui s'y rendent, pour jouer à l'aristocrate et au patriote, et se battre à coups de pierre. Ou bien, ils remplissent leurs poches de ces pierres et s'amusent à briser les vitres des autres églises. Bien entendu, on ne leur dit rien.

» Et ce Comité de salut public qui vient d'être créé, chargé de recevoir les plaintes et les dénonciations ! Déjà, plusieurs habitants ont été arrêtés, d'autres ont été expulsés avec l'ordre de se rendre à vingt lieues des frontières, d'autres encore sont maintenus sous surveillance. Je n'ose pas le dire parce que je serais traitée de suspecte, mais à vous je peux l'avouer : c'était mieux avant. Au moins, nous n'avions pas ce désordre, cette désorganisation. Les Jacobins ne cessent de répéter qu'il faut de la patience, qu'une révolution ne se fait pas en un jour. Peut-être, mais moi je trouve que ça va de mal en pis.

Nous la laissions parler, déverser sa rancœur, exprimer son indignation. Pour la dérider, je lui racontai les progrès de Bastien. Ma mère donna des nouvelles du village, expliqua ce qui s'était produit depuis que nous avions une nouvelle municipalité, relata l'arrestation du comte et de son fils. Ma tante répliqua qu'elle n'était pas étonnée, et affirma que nous devions nous attendre à des calamités encore plus grandes. Elle semblait si convaincue que je ressentais, en la quittant, une crainte devant les jours à venir. Cette sensation dura jusqu'à notre retour au village. Là, enfin, elle disparut : je retrouvai Blaise et Bastien, et j'oubliai tout ce qui n'était pas nous.

Pourtant, de temps à autre, les paroles de ma tante me revenaient à l'esprit, et je m'inquiétais. N'avait-elle pas raison ? Après les prêtres, les nobles, les émigrés, on s'en prenait aux « suspects ». N'importe qui pouvait l'être, s'il montrait tant soit peu son désaccord. Il était alors accusé de « propos inciviques », d'« attitude contre-révolutionnaire », et arrêté. Les dénonciations étaient également à craindre. Si quelqu'un était dénoncé, à tort ou à raison, il se retrouvait en prison. Cette méthode, encouragée par les Jacobins, prit bientôt une ampleur terrible.

Dans notre village, la vie continuait cahin-caha. En apprenant l'exécution de la reine, qui avait eu lieu le 16 octobre, nous fûmes à peine surpris. Une sorte de fatalisme nous faisait accepter cet événement comme la suite logique des précédents ; il semblait maintenant qu'ils ne s'arrêteraient plus. Et puis, disaient certains, la reine était bien plus coupable que le roi, c'était elle qui, par sa vie de plaisir, par ses folles dépenses, avait mené le pays à la ruine ; elle avait été punie, ce n'était que justice. J'écoutais ces réflexions sans répondre. Sans doute y avait-il en elles un fond de vérité, mais un châtiment aussi dur était-il nécessaire ?

Bientôt, un nouveau décret arriva ; pour illustrer cette égalité qui dorénavant régnerait entre les citoyens, tout le monde devait se tutoyer.

— Eh bien, constata Ignace en riant, dans notre village l'égalité règne depuis longtemps ; nous nous tutoyons tous.

Ce n'était pas tout à fait vrai. Les jeunes ne tutoyaient pas les plus âgés, ni leurs parents. Ainsi, Sylvain Busquet lui-même vouvoyait mon père, et moi j'agissais de même avec Justin. Je me voyais dans l'impossibilité d'obéir à ce décret, et je l'avouai à mon beau-père :

— Je ne peux pas vous tutoyer, père Justin. Je trouve que ce serait de ma part un manque de respect.

Il approuva :

— Continue donc à faire comme avant, ma fille. De toute façon, c'est entre nous.

L'égalité fut établie, de même, entre enfants d'une même famille. Une loi décida que le droit d'aînesse serait supprimé ; les biens seraient partagés de façon identique entre les héritiers. Justin ne cacha pas sa satisfaction :

— Ça, au moins, c'est bien ! Je me souviens de l'avoir demandé, à l'époque où nous avons rédigé le cahier de doléances, il y a maintenant quatre ans. Si toutes leurs décisions étaient aussi valables, on les approuverait sans restriction.

Seulement, à côté de ces mesures satisfaisantes, il y avait les autres, celles que nous ne pouvions ni comprendre ni admettre, qui nous enlevaient notre curé, notre seigneur pourtant rendu inoffensif, et qui envoyaient nos jeunes gens aux armées.

Le château demeurait désert. Polycarpe, le jardinier, avait été promu gardien et en conservait les clefs. Les autres serviteurs étaient retournés chez eux. Rosalie, que j'allai voir, se lamenta longuement :

— Vois, Mathilde, si ce n'est pas malheureux ! Ce château devenu inutile... J'ai remis de l'ordre, les soldats avaient tout démoli en perquisitionnant. Pour le moment, je reste là, je n'ai nulle part où aller. Il n'y a plus que Polycarpe et moi, mais ce n'est que provisoire. Qu'allons-nous devenir, et que va devenir ce château abandonné ? Pauvre M. le comte ! Quand je pense qu'il ne voulait pas le quitter. Ils ont bien su l'obliger. Je n'oublierai jamais le jour où je les ai vus partir, lui et M. Adrien, j'en ai pleuré toute la journée. Je suis inquiète. Et dans le village, ce n'est pas mieux. Notre brave Pierre-Antoine n'est plus maire, ce sont Eloi et Sylvain Busquet qui font la loi. Ce n'est pas ça qui va améliorer la situation.

Je ne parvins pas à la réconforter. En réponse à mes observations, elle secoua la tête avec découragement. Lorsque je m'en allai, je vis Polycarpe qui bêchait un des nombreux massifs qui ornaient la cour. Je le saluai. Il posa son louchet, cracha dans ses mains.

— Je me demande si ça sert encore à quelque chose, ce que je fais là, mais je ne sais faire que ça ; jardinier, c'est mon métier. Il va falloir que je trouve une autre place, sans aucun doute. Mais où ? C'était M. le comte qui me payait, mais maintenant qu'il n'est plus là... Quant à savoir s'il reviendra un jour, je n'y crois pas, hélas !

Je remarquais que, petit à petit, en plus du mécontentement, un pessimisme mêlé de peur se faisait jour. Alors je me repliais sur mon petit monde, qui m'apportait la stabilité qui manquait ailleurs : l'amour de Blaise, les rires et les gazouillements de Bastien. Il avait bientôt quatre mois, s'éveillait à la vie, avec une nature paisible et heureuse. Il nous reconnaissait parfaitement, adorait tirer les moustaches de Justin, tendait ses petites mains vers nous. Blaise en était fou. Souvent, il le prenait, le levait très haut et le tenait ainsi au-dessus de lui, au bout de ses bras tendus ; l'enfant gloussait de ravissement. En de tels instants, j'avais conscience de mon bonheur. C'était cela, me répétais-je, le plus important, et non pas ce qui se passait ailleurs et qui ne me concernait pas.

Mais comment faire abstraction des événements, lorsque la présence de Germain et de François nous manquait, lorsque je m'efforçais de rassurer ma mère ou Justin alors que je partageais leur inquiétude quant au sort des soldats dont nous étions sans nouvelles, lorsque je voyais le presbytère vide, l'église fermée, le château déserté ?

La nouvelle municipalité, qui approuvait les idées anticléricales de la révolution, fit savoir que le territoire du village était dorénavant interdit à l'abbé Lemaire ; s'il osait encore venir faire une messe, il serait aussitôt arrêté. Nous fûmes tous indignés, mais Eloi, et surtout Sylvain Busquet, restèrent inébranlables. Dans une semblable histoire, affirmèrent-ils, c'étaient nous qui étions en tort, pas eux. Ils obéissaient aux lois, et nous ferions bien d'en faire autant si nous voulions éviter des représailles.

— Des menaces, maintenant ? grommela Joséphine. Mais ça ne se passera pas comme ça ! Si l'abbé Lemaire ne peut plus venir à nous, eh bien, nous irons à lui.

Par Ambroise, elle réussit à connaître les jours où il se

rendait dans d'autres villages pour dire la messe, baptiser les nouveau-nés, confesser les habitants, donner quelques instructions de catéchisme aux enfants. Lorsque ce n'était pas loin de chez nous, nous y allions ensemble, en cachette. C'était souvent très tôt, bien avant l'aube, vers quatre ou cinq heures du matin. La messe avait lieu dans une grange, qu'il fallait prévoir vaste ; nous étions parfois plusieurs centaines à y assister. L'abbé Lemaire nous recevait avec un large sourire :

— Combien je suis heureux de vous voir si nombreux ! Grâce à vous, je m'aperçois que la religion n'est pas morte.

Il disait la messe avec ferveur, et nous priions tous avec lui, dans une grange souvent glaciale, à la lueur des torches et des bougies. Je regardais ce jeune prêtre qui nous avait mariés, Blaise et moi, qui avait baptisé notre enfant, et je l'admirais. J'entendais, autour de moi, des conversations.

— Il va où on l'appelle, au mépris du danger, racontait une femme. Il ne craint pas pour sa vie ; elle appartient à Dieu, dit-il. C'est pour ceux qui le logent, qui lui donnent l'hospitalité le temps d'une nuit, qu'il a peur ; une peine de six ans de fers est prévue pour les personnes qui cachent des prêtres réfractaires.

— C'est vrai, disait une autre, mais comment ne pas l'aider, alors qu'il fait tant pour nous ? Il prépare les enfants à leur première communion, porte les derniers sacrements aux mourants, se dépense sans mesurer sa peine. La dernière fois qu'il a confessé mon fils Joseph — c'était en pleine nuit —, il n'avait pratiquement pas dormi depuis deux jours. Il devait faire un effort pour garder les yeux ouverts. « Si je m'endors en vous confessant, a-t-il dit à Joseph, réveillez-moi aussitôt. » Eh bien, pendant la confession, il est tombé cinq fois sur Joseph ! Il n'en pouvait plus. On a eu pitié de lui, on l'a forcé à prendre un peu de repos. Il refusait encore, affirmant que trop de gens l'attendaient et qu'il ne pouvait pas les décevoir. Voilà un homme admirable ! Et s'il y en a qui sont capables de le dénoncer, eh bien, je préfère ne pas dire ce que je pense d'eux !

Nous repartions de ces messes le cœur réchauffé, après avoir remercié l'abbé Lemaire pour le bien qu'il nous faisait. Nous gardions soigneusement le secret, et je n'ai jamais su si Eloi et Sylvain ont ignoré nos déplacements clandestins, ou si, au contraire, ils ont laissé faire, tant que cela ne se passait pas sur le territoire de leur commune.

Bientôt, le culte autorisé et pratiqué par les prêtres constitutionnels fut, lui aussi, supprimé. En novembre, la Convention décida la fermeture de toutes les églises. Les curés qui restaient — ceux qui avaient prêté serment — furent mis en demeure de cesser leurs fonctions. L'ordre fut donné d'enlever les vases sacrés et tous les objets servant au culte.

La municipalité de notre village s'empressa d'obéir. Ils dressèrent l'inventaire des richesses de l'église, ciboires, calices, ostensoir, croix de procession en argent, ainsi que les ornements sacerdotaux, et firent transporter le tout à Douai. A ceux qui s'indignaient, comme Joséphine, Sylvain Busquet répondait que la nation avait besoin de tout le métal disponible pour la fabrication des armes ; il était donc normal de prendre ces objets devenus inutiles.

Dans un excès de zèle superflu, ils décidèrent de faire disparaître les signes d'une religion définitivement supprimée. Ils enlevèrent les statues des saints et le grand christ qui ornait le chœur. Sylvain emmena toutes celles qui étaient en bois pour les casser à coups de hache et en faire du bois de chauffage. Le jour où ils dépouillèrent ainsi l'église, nous étions sur la place et nous protestions contre cette profanation qui nous indignait.

— Mais laissez-les là ! criait Joséphine, outrée. Ces statues ne font de mal à personne !

— Peut-être, ricana Sylvain Busquet, mais elles ne servent à rien non plus. Moi, je suis d'avis qu'il faut tout enlever. Il ne doit plus rester aucune trace de ce fanatisme ridicule. Je l'ai toujours dit, ce n'étaient que des stupidités, et pour ma part je n'y ai jamais cru. Je ne suis pas fâché de voir disparaître tout ça.

Je me rappelai ce jour d'hiver où, dans l'église, la veille de Noël, Sylvain m'avait avoué que pour lui Dieu n'existait pas, puisqu'il avait permis la condamnation de son père aux galères. Je le regardai emmener les statues avec un air de jubilation victorieux. De ce Dieu auquel il n'avait jamais pardonné, il se vengeait aussi.

— Ah non, celle-là, tu ne la détruiras pas ! dit Joséphine en se précipitant.

Elle arracha des mains de Sylvain la statue de l'enfant Jésus et l'emporta. Elle nous avoua par la suite l'avoir enveloppée de paille et cachée dans un endroit sûr. Ce fut, grâce à elle, la seule statue préservée ; elle regagna sa place après les années de tourmente, lorsque enfin l'ordre fut revenu. Les autres furent brûlées ou brisées. Sylvain Busquet se servit même des débris de l'une d'elles pour consolider les marches de sa cave.

— C'est une honte, fulmina ma mère. Comment Marie peut-elle laisser son fils agir ainsi ? Il devient fou, ma parole ! Il sera puni, c'est moi qui le dis.

Je partageai cet avis, car une superstition se mêlait à nos croyances. Toute mauvaise action recevait un châtiment, surtout si elle concernait des reliques sacrées qui demandaient respect et adoration. Mais, que nous le voulions ou non, la religion était abolie, et notre église, dépouillée, aux murs entièrement nus, fut définitivement fermée.

Lors d'une de leurs délibérations, le conseil général décida que, puisque dorénavant le presbytère ne serait plus jamais habité, il servirait de maison commune, en remplacement de l'arrière-salle du cabaret d'Ignace. Avec un serrement de cœur, nous dûmes accepter que le logement de notre curé se transformât en mairie.

— Il est vrai que c'est une honte ! approuva ma sœur quand nous lui fîmes le récit de ces changements. Ici, à Douai, les églises Saint-Pierre, Saint-Jacques et Saint-Amé ont été mises sous scellés. Et puis, une fois que les métaux précieux ont été récupérés pour la fonte, le mobilier a été vendu aux enchères : les prie-Dieu, les chapelles, les confessionnaux, les buffets d'orgues. Ce qui n'a pas été vendu a été détruit. J'ai entendu dire que des officiers municipaux, des perruquiers, des fripiers, se sont ainsi meublés à peu de frais. C'est une nouvelle mode ; les prêtres peuvent se marier, et le règne de Dieu est aboli. Il faut détruire les signes de la religion comme ceux de la royauté. Les statues, les crucifix, les ornements d'église, les peintures, les manuscrits, tout a été brûlé dans un feu de joie, pendant que la musique de la garde nationale jouait *La Marseillaise* et le *Ça ira*. Je n'ai pas pu aller voir une infamie pareille !

Elle se laissa tomber sur une chaise, montra ses enfants qui, plus loin, jouaient.

— Et eux, que vont-ils devenir maintenant ? Ils ont été élevés dans la religion catholique et elle est interdite. A l'école, on leur dit que c'était une pratique absurde, immorale, que les prêtres étaient des imposteurs, et que les seuls cultes reconnus sont la vertu, la raison, la liberté et l'égalité. Ces enfants ne savent plus que croire, et je les comprends. Heureusement, il y a l'abbé Ganil. Il a été vicaire ici, à Notre-Dame. Comme d'autres prêtres courageux, il a décidé de ne pas émigrer, et vit chez ses parents qui sont *neutiers* [1] rue des Fripiers. Il s'est aménagé une cachette dans le grenier, et il va partout où il est demandé, pour baptiser les enfants, consacrer les mariages, entendre les confessions, administrer les mourants.

— Comme l'abbé Lemaire, dis-je, ces prêtres risquent leur vie pour défendre la religion et aider leur prochain.

— Jusqu'ici, il a réussi à échapper aux révolutionnaires qui le traquent. Il faut dire qu'il arbore à chaque fois un déguisement différent : un jour il est ouvrier maçon, un autre jour couvreur, brasseur, ou encore jardinier... Il enseigne également le catéchisme aux enfants, et grâce à lui Philippe va pouvoir faire sa première communion. Heureusement qu'il est là pour leur faire comprendre que les valeurs établies par l'Eglise depuis des siècles ne doivent pas être supprimées simplement parce qu'une poignée d'hommes en a décidé ainsi. De quel droit, d'ailleurs ? Ils détruisent tout. Après avoir transformé Notre-Dame en écurie, ils ont installé le marché aux grains à Saint-Jacques. Et l'église Saint-Pierre, l'avez-vous vue ?

Nous fîmes un geste de dénégation. Ma sœur reprit, avec un ricanement amer et douloureux :

— Elle est devenue « Temple de la raison ». Ils ont supprimé l'inscription du portail, et ils ont installé, au centre, un terre-plein, bien haut, au niveau des chapiteaux des

---

1. On appelait neutiers des marchands qui vendaient des habits déjà confectionnés et entièrement neufs.

colonnes. Ils ont mis des escaliers pour y accéder. Ils ont dressé un autel sur lequel ils ont placé une statue de la liberté, avec des voiles, des drapeaux. C'est la sainte Montagne, paraît-il. Je trouve ça tout à fait ridicule, mais bien sûr, je n'ose pas le dire. Il y a encore eu des arrestations récemment. Figurez-vous que l'avant-garde de l'armée révolutionnaire, avec Dufraisse, est venue annoncer qu'elle allait anéantir les aristocrates. Il y avait des chasseurs à cheval, un bataillon d'infanterie et un régiment de hussards de la mort, sinistres avec cette tête de mort sur leur bonnet. Ils se sont promenés dans les rues, précédés d'une guillotine montée sur roues, pour montrer le châtiment qui attendait les aristocrates et les suspects.

— Tu n'as pas à avoir peur, dis-je pour la rassurer. Tu n'as rien à te reprocher.

Elle me considéra d'un air incertain.

— Sait-on jamais ? Si quelqu'un s'avise de me dénoncer, simplement parce que je ne lui plais pas, je vais me retrouver en prison. C'est très facile, maintenant, de dénoncer. Les Jacobins ont fait savoir qu'ils ont placé, dans la salle où ils se réunissent, une boîte qu'ils appellent « bouche de fer ». Elle est destinée à recevoir les avis des citoyens, et surtout les dénonciations. Qu'ils soient signés ou non n'a pas d'importance. On n'ose plus s'arrêter dans les rues pour parler à quelqu'un, on se méfie de tout le monde, on a presque une attitude de coupable, tellement on a peur. Alors, moi je dis qu'il est temps qu'elle se termine, cette révolution, car je me demande où elle va nous mener.

La petite Marie-Josèphe vint vers sa mère, grimpa sur ses genoux. Ma sœur l'embrassa en soupirant.

— Elle est trop jeune pour se rendre compte, elle n'a que cinq ans. Mais son frère et sa sœur, eux, se posent des questions, déchirés entre ce que je leur ai appris et ce qu'on leur dit à cette nouvelle école républicaine. Même le rôle de parents devient difficile. Toi, Mathilde, tu ne connais pas encore ça, Bastien n'est qu'un bébé. Mais si ça continue, tu comprendras ce que je veux dire.

Ses paroles m'inquiétèrent. Mon Bastien, si pur, si innocent, si tendre, qu'allait-il devenir, dans ce monde de plus en plus dur, où l'on encourageait la délation, où l'on menaçait les honnêtes citoyens ?

Tout ce qui avait trait à la religion était banni. Ainsi, le calendrier lui-même fut proscrit, car nous le devions au pape Grégoire XIII. A sa place, un calendrier républicain fut instauré, annulant complètement le précédent et inaugurant une ère nouvelle. Tout d'abord nous n'y comprîmes rien. L'année civile commençait, dorénavant, le 22 septembre à minuit. Cette date était, d'une part, celle de la proclamation de la république, et, d'autre part, l'équinoxe d'automne, époque où le jour et la nuit étaient d'égale longueur. Une année comprenait douze mois de trente jours, complétée par cinq jours restants baptisés « sans-culottides ». Les mois, eux, portaient des noms poétiques. Pour l'automne : vendémiaire, brumaire, frimaire ; pour l'hiver : nivôse, pluviôse, ventôse, pour le printemps : germinal, floréal, prairial ; et pour l'été : messidor, thermidor, fructidor. Ces noms poétiques étaient dus à Fabre d'Eglantine, l'auteur de la chanson *Il pleut bergère*. Chacun des mois se divisait en trois décades, et les jours s'appelaient, dans l'ordre : primidi, duodi, tridi, quartidi, et ainsi de suite jusqu'à décadi.

Il n'y avait donc plus de dimanches, seuls les décadis étaient jours de repos. Ils devaient être annoncés dans chaque commune dès le lever du soleil par le son de cloche. Les citoyens étaient invités, ces jours-là, à arborer un drapeau tricolore sur la façade de leur maison, et à se rendre au moins une fois autour de l'arbre de la liberté pour y chanter l'hymne des Marseillais et autres chants patriotiques.

Lorsque Eloi nous lut le décret, un silence abasourdi suivit.

— Ah ben, ça alors, c'est la meilleure ! s'exclama Ignace en se grattant l'oreille. Si quelqu'un a compris, qu'il m'explique !

Nous étions tous dans le même cas. Eloi, aidé de Sylvain Busquet, essaya de donner des éclaircissements. Mais je le voyais souvent consulter son papier, et il faillit même s'embrouiller dans ses explications. Ceux qui savaient lire se groupaient devant le presbytère devenu maison commune, autour de la grille où était affiché le décret, et répétaient, au milieu des exclamations et des questions, ce qu'avait dit Eloi. Peu à peu, les esprits commencèrent à assimiler et à réagir :

— Alors, il faudra travailler le dimanche ? demanda mon père.

— Oui, dit Eloi. Ce sont les décadis qui seront jours de repos, les 10, 20 et 30 de chaque mois.

— Ouais, grogna Ignace, ça ne fait pas mon affaire. Trois décadis au lieu de quatre dimanches par mois, j'y perds au change, et mon cabaret aussi.

— Travailler le dimanche, on n'a jamais vu ça, reprit mon père. Je ne l'ai jamais fait, et je ne vois pas pourquoi je le ferais maintenant, simplement pour plaire à ces messieurs de la Convention. Pourquoi veulent-ils bousculer toutes nos habitudes ?

Sylvain Busquet déclara fièrement :

— Ce sont des habitudes liées à l'Ancien Régime et établies par l'Eglise. Il faut les faire disparaître. Nous devons construire un monde neuf, où rien de tout cela ne subsistera. Bien sûr, ça demande un effort d'adaptation, mais ça en vaut la peine, croyez-moi.

— Et ces mois qui ont changé de nom ? s'écria Ambroise. On ne va plus s'y retrouver.

— C'est vrai, approuva Barthélemy. Ou alors, devons-nous tout réapprendre, comme lorsque nous étions enfants ?

— C'est idiot ! Pour qui nous prend-on ?

— Moi, je le dis franchement, déclara Ignace d'une voix forte. Ils m'emmerdent, avec leur révolution !

— Tais-toi, Ignace, conseilla Justin. Pense-le si tu veux, mais ne le dis pas trop fort.

— Vous êtes des attardés, cria Sylvain Busquet, en colère. Vous ne comprenez rien !

— Parce que toi, bien entendu, ricana Ignace, tu comprends, et tu approuves ?

Ils se mirent à se disputer. Blaise, près de moi, soupira :

— C'est toujours la même chose ; à chacun de ces décrets, il y a des discussions à n'en plus finir. Mais le résultat ne change pas : d'accord ou pas, nous sommes bien forcés d'obéir. Et si nous ne le faisons pas, ils savent nous y obliger. Ce sera cette fois-ci comme les autres.

Mais les habitudes étaient si bien ancrées qu'il fut très dur de se plier à ce nouveau calendrier. Certains firent un effort.

D'autres, parmi lesquels mon père, se comportèrent résolument comme par le passé. Ainsi, nous voyions une partie du village ne rien faire le dimanche et puis, lors du décadi, c'était l'autre partie qui se reposait pendant que les premiers travaillaient. Cela donnait l'impression d'une complète désorganisation. De plus, nous ne parvenions pas à nous habituer aux nouveaux noms des jours et des mois. Par exemple, le 24 novembre 1793 devenait le 4 frimaire de l'an II. Et il ne s'appelait plus dimanche, mais quartidi. Cela ne voulait rien dire pour nous ; nous nous sentions complètement perdus.

Au début du mois de décembre — ou plutôt en frimaire, ainsi qu'il fallait dire maintenant —, mon père revint de Douai avec une lettre de mon frère François. Chaque fois qu'il allait au marché, il passait au bureau de poste pour voir s'il n'y avait pas de courrier. Ce jour-là, un message était arrivé, qui constitua un véritable événement. Mon père le rapporta, le lut, nous le fit lire. Germain avait ajouté quelques mots, mais c'était surtout François qui racontait.

La lettre avait été écrite le mois précédent, et envoyée de Beaumont, où Jourdan, qui remplaçait Dumouriez, avait installé son quartier général. Germain et lui allaient bien, disait François, mais le village leur manquait. Ils étaient en bonne santé, malgré les conditions déplorables dans lesquelles ils bivouaquaient, dans la boue, sous des branches d'arbres car ils manquaient de tentes. Ils étaient mal protégés de la pluie et de la neige qui tombait déjà, ils avaient froid, mais ils ne se plaignaient pas. Pourtant, certains de leurs camarades n'avaient plus de chaussures, et devaient envelopper leurs pieds avec du foin qu'ils entouraient de chiffons ; leurs vêtements eux-mêmes partaient en lambeaux. Et c'était la même chose pour les officiers, dont on ne distinguait le grade que par des épaulettes de laine orange ; eux aussi manquaient d'un uniforme décent. Les généraux, ajoutait-il, ne cessaient de réclamer, surtout des vêtements, mais ils ne recevaient que de la poudre et des projectiles. A cause des réquisitions incessantes, du cours forcé des assignats et du maximum établi sur toutes les denrées, les fermiers et les marchands cachaient ce qu'ils possédaient encore.

« Je comprends maintenant, écrivait François, la raison des réquisitions qu'on nous imposait et contre lesquelles je pestais, moi aussi. Mais je vous assure qu'elles sont plus que nécessaires, à nous qui manquons de tout. Il paraît que les cordonniers vont être obligés de remettre à leur municipalité cinq paires de souliers par décade ; au moins, nos compagnons qui marchent pieds nus dans la boue glacée auront de quoi se chausser. »

Il terminait en nous affirmant que l'entente était bonne, l'esprit de camaraderie excellent, et que tout serait bientôt terminé. Encore une ou deux victoires comme celle de Wattignies, et l'ennemi serait repoussé. Alors Germain et lui ne tarderaient pas à revenir, en héros, dans notre village.

Germain avait joint quelques lignes. Avec son caractère enjoué et optimiste, il parlait lui aussi d'un prochain retour, qui lui permettrait enfin de goûter de nouveau à mes tartes, bien meilleures que le pain de munition qu'on leur donnait. Il nous embrassait tous, et plus particulièrement son filleul qui, assurait-il, lui manquait encore plus que les tartes. Il lui tardait de venir le retrouver.

Je lus la lettre, les larmes aux yeux. Justin, à mes côtés, renifla, s'essuya le nez du dos de la main. Blaise murmura, avec un sourire mélancolique :

— Brave Germain, je le reconnais bien là, courageux à travers toutes les épreuves.

Je ne pus m'empêcher de m'interroger sur ces soldats que l'on laissait, d'après François, pieds nus, vêtus de guenilles, sans même une tente pour les protéger du froid et de la pluie, alors qu'ils défendaient notre pays. Cette lettre nous fit découvrir une situation que nous étions loin de soupçonner. Que faisaient donc les dirigeants, ceux qui avaient obligé nos jeunes gens à aller se battre ? A notre indignation venait se mêler l'inquiétude.

— Mon pauvre François, gémissait ma mère. Dormir ainsi dehors, alors qu'il fait si froid ! Il va tomber malade.

Nous leur répondîmes. Il nous fallut trois jours pour écrire notre longue missive, à laquelle toute la famille voulut participer. Mon père et Justin, puisant dans leurs économies, joignirent trente livres en assignats. Nous leur parlions des changements survenus dans notre commune depuis leur départ, et surtout, nous leur disions notre tendresse et notre impatience à les voir revenir.

Leur lettre fit le tour du village, soulevant partout les mêmes réactions. Les fils de Barthélemy, eux aussi, avaient écrit, et leurs dires étaient identiques à ceux de mon frère. Alors nous plaignions nos pauvres soldats, nous les admirions, et nous vitupérions contre ce nouveau régime qui n'était même pas capable, après avoir déclaré la guerre, de prendre soin de son armée.

Il fallait, disaient les révolutionnaires, faire disparaître les signes du fanatisme et de la superstition, et les remplacer par les emblèmes sacrés de la liberté et de l'égalité. Nous reçûmes l'ordre de détruire tout ce qui pouvait rappeler la religion, images saintes, statuettes, livres d'heures, et même l'alphabet qui nous avait permis d'apprendre à lire et qui s'appelait *La Croix de Jésus*. Tout cela était déclaré contre-révolutionnaire.

Dans le village, certains obéirent et brûlèrent ce qu'ils possédaient, mais ils ne furent qu'une minorité. Les autres, malgré leur indignation, durent néanmoins s'incliner devant la menace d'être dénoncés comme mauvais citoyens, donc suspects. Comme pour les louis d'or du comte, je fis un paquet que Blaise enterra dans le jardin. Ma mère se résigna à m'imiter ; les larmes aux yeux, elle décrocha le crucifix qui, depuis toujours, avait orné le mur de la grande salle, au-dessus de la cheminée.

— Que Dieu me pardonne s'Il me voit agir ainsi, soupira-t-elle.

Elle regarda la trace plus claire en forme de croix.

— Cette pièce me semble nue, maintenant, et j'ai mauvaise conscience. Mais avec ce comité de surveillance, il faut se méfier. Je ne tiens pas à me retrouver en prison.

Même les noms des saints devaient être supprimés. Dans le nouveau calendrier, ils étaient remplacés par des noms de légumes, comme rhubarbe ou échalote, ou d'instruments agricoles comme faucille ou râteau. Les rues des villes, également, changèrent d'appellation. Ainsi, à Douai, la rue de Bellain où habitait ma sœur devint rue de la Révolution ;

la rue du Clocher-Saint-Pierre devint la grande rue du Temple ; la rue de la Mairie fut dénommée rue de la Commune, et ainsi de suite pour toutes les autres. Il y avait eu, nous rapporta ma sœur, une marche triomphale en présence de trois représentants du peuple, pour fêter les nouveaux noms révolutionnaires.

— Et en plus, nous dit-elle, certains veulent faire du zèle. Casimir a appris d'un collègue qu'un capitaine nommé Leduc est allé à l'état civil déclarer qu'il désirait maintenant s'appeler Lefranc, parce qu'il ne veut plus porter un nom qui rappelle l'Ancien Régime et la noblesse, et il a été félicité. Ça, au moins, c'est un bon citoyen ! S'il faut maintenant changer de nom...

Dans notre village, le conseil général de la commune décida de rebaptiser certaines rues, surtout si elles avaient un rapport avec la religion. Nous apprîmes donc, un matin, que la rue du Calvaire s'appellerait désormais rue de la Liberté ; la rue de l'Eglise, rue de l'Egalité ; et la place, qui n'avait jamais porté de nom particulier, serait la place de la Nation.

Ignace résuma, une fois encore, l'avis général en haussant les épaules :

— On ne s'y retrouve déjà plus dans les jours, et voilà maintenant qu'on ne va plus s'y reconnaître dans nos rues. Notre pauvre village... Ils vont y constater du changement, quand ils reviendront, nos soldats !

Lorsque arriva Noël, nous n'eûmes même plus le droit de le fêter en famille. C'était une fête religieuse, donc interdite ; de plus, selon le nouveau calendrier, ce jour-là était un quintidi, donc un jour de travail ordinaire. Ma mère fit néanmoins des *quignoles*, déclarant avec humeur qu'il était quand même permis de faire des pâtisseries n'importe quand. Et nous eûmes, dans la nuit, une messe faite par l'abbé Lemaire, dans un village assez éloigné de chez nous. Malgré la distance, nous fûmes nombreux à nous y rendre. Alors que nous revenions dans la nuit glaciale, ma mère constata avec découragement :

— C'est pire chaque année. L'an dernier, nous avions au moins eu la messe dans notre village. Que se passera-t-il si l'abbé Lemaire est arrêté ? Là, nous n'aurons vraiment plus rien.

Blaise avait passé un bras autour de mes épaules et je marchais en silence, serrée contre lui. Depuis qu'il m'avait épousée, il était si heureux qu'il essayait, comme moi, de ne pas donner trop d'importance aux événements qui bouleversaient notre existence. Sa nature placide l'aidait.

— Pourquoi se révolter contre ce qu'on ne peut changer ? disait-il. C'est inutile. Autant s'en accommoder le mieux possible, même si ce n'est pas facile.

A cause de son tempérament plutôt combatif, ma mère ne pouvait admettre un tel raisonnement. Moi, je le trouvais sage sans pourtant parvenir à le suivre. De plus en plus, je m'inquiétais devant ce monde où les plus anciennes traditions étaient supprimées les unes après les autres.

Justin était resté à la maison, avec notre petit Bastien. Lorsque je rentrai, j'allai à son berceau, le regardai dormir un long moment. Je ne pus m'empêcher de penser, le cœur lourd, que le premier Noël de mon enfant était bien triste. Je me demandai s'il en connaîtrait d'autres, tels que je les avais connus, ou bien si, au contraire, il ne saurait jamais ce qu'était cette jolie fête.

Au début du mois de janvier 1794 — nivôse de l'an II —, Eloi annonça l'ouverture d'une école primaire qui, conformément au décret voté par la Convention, serait gratuite et obligatoire. Hippolyte, le fils aîné d'Eloi, nanti des attestations de civisme nécessaires, avait reçu l'autorisation du district. C'était lui qui, dorénavant, instruirait nos enfants. Il devrait, chaque décadi, rendre compte à la municipalité du travail qu'il effectuerait. La fréquentation scolaire était exigée de tous ; les parents devaient y envoyer leurs enfants avant l'âge de huit ans, et au moins pendant trois années consécutives. Ceux qui ne le feraient pas se trouvaient menacés du tribunal de police correctionnel. Là, il y eut des objections.

— Doucement, Eloi ! cria Mathurin. Si j'ai besoin de mes enfants, ils resteront à la maison pour m'aider.

— Au moment de la moisson, ajouta Florent, ils iront aux champs comme nous.

D'autres encore protestèrent dans le même sens. Finalement, un compromis fut établi : l'après-midi les parents pourraient garder les enfants qui seraient plus utiles chez eux. Les habitudes établies ne pouvaient être balayées du jour au lendemain.

3

La Convention avait décidé la création, dans chaque commune, d'un agent national, qui représenterait l'autorité gouvernementale auprès de la municipalité. Après délibération du conseil général, ce fut Sylvain Busquet qui fut nommé. Il continuerait à exercer son rôle de surveillance sur les citoyens du village, et enverrait chaque décade un rapport au directoire du district. Beaucoup murmurèrent contre cette nomination.

— Il va falloir se méfier de lui, dit Justin. J'ai l'impression qu'il n'hésitera pas à dénoncer ceux qu'il considérera comme suspects.

D'autres, plus nombreux, assuraient que Sylvain nous connaissait depuis toujours, et qu'il ne ferait rien contre nous. J'étais de cet avis. Je pensais, comme l'abbé Souliez, que Sylvain voulait paraître plus dur qu'il ne l'était en réalité. Pourtant, sa façon d'agir et de piétiner toutes les valeurs de notre enfance m'inquiétait.

Nous avions appris que le Comité de salut public avait envoyé en mission dans les départements du Nord et du Pas-de-Calais un représentant du peuple nommé Joseph Le Bon, muni de pouvoirs illimités. Il s'était occupé de transformer le tribunal criminel du département en un tribunal révolutionnaire. Installé à Arras depuis le 1er novembre, il y faisait régner une véritable terreur. Les arrestations étaient si nombreuses que les abbayes et les couvents, transformés en prisons, étaient bondés. Il traquait sans pitié les prêtres, les aristocrates, les parents d'émigrés et les ennemis de la révolution. Cette dernière appellation était très large, puisque ceux qui ne respectaient pas le décadi, par exemple, la méritaient ; ou même simplement ceux qui restaient attachés à la religion, comme nous l'étions presque tous.

Les arrêtés de ce nouveau représentant arrivaient jusqu'à nous. Il était obligatoire de porter la cocarde tricolore sous peine d'emprisonnement ; tout le monde devait se coiffer d'un bonnet rouge ; les bonnets d'une autre couleur étaient interdits. Et notre peur était si grande que, lorsque nous allions à Douai, nous obéissions à ces décrets pour ne pas être traités de contre-révolutionnaires ou de suspects.

Au début du mois de février — en pluviôse, plus exactement, mais nous gardions les anciennes dates, auxquelles nous nous accrochions pour savoir où nous en étions —, le froid sec et les gelées firent place à une pluie persistante, avec des brouillards malsains. Nombreux furent les malades. Justin, mon beau-père, eut un rhume qui dégénéra en bronchite. Il toussait à s'en déchirer la gorge, et je le soignai avec des cataplasmes et des ventouses. Il guérit, mais resta longtemps faible et abattu. Le souci qu'il se faisait pour Germain n'améliorait pas son état. Nous n'avions plus de nouvelles depuis la lettre reçue en décembre. Il nous manquait, et avec lui sa gentillesse, ses rires, son enthousiasme. En souriant à mon enfant, Justin disait :

— Comme il change ! Germain ne le reconnaîtra pas, lorsqu'il reviendra.

Et je sentais, dans le ton de ses paroles, le sous-entendu qu'il avait soin de taire : s'il revient un jour...

Dans cette grisaille du temps comme des événements, mon bébé était notre rayon de soleil. Il avait bientôt six mois, quelques dents, les yeux clairs de Blaise, et un caractère heureux. Il ne pleurait presque jamais. Je venais de le sevrer, et le nourrissais maintenant avec le lait des vaches de mon père. Il l'avait accepté comme il acceptait tout, avec placidité et bonne humeur. Souvent, Blaise, selon son habitude, le prenait dans ses larges mains et le levait très haut, à bout de bras. L'enfant, alors, riait aux éclats. Et moi, je les regardais, le cœur heureux.

Un après-midi où le temps s'était éclairci, j'allai à Douai voir ma sœur qui était, m'avait dit ma mère, très enrhumée. Je laissai Bastien endormi à la garde de Justin, qui ne travaillait pas encore beaucoup. J'embrassai Blaise et partis d'un bon pas. Je m'étais munie d'un panier dans lequel ma mère avait placé du lait, du beurre, des pommes de terre, et des pâtisseries qu'elle avait faites pour les enfants.

Je trouvai ma sœur pâle et languissante. Son rhume se terminait, mais l'avait laissée sans forces. La petite Marie-Josèphe, installée à la table, étalait les cartes d'un jeu devant elle. Les deux autres enfants étaient à l'école.

— Ce ravitaillement sera le bienvenu, dit ma sœur en sortant les denrées du panier. Tu ne peux pas savoir la chance que tu as d'être restée au village, au moins, vous ne risquez pas d'avoir faim. Ici, en ville, les troubles ont recommencé ; récemment, au marché de légumes, des femmes ont pillé un approvisionnement de pommes de terre mises en vente.

Elle plaça les pâtisseries dans une assiette :

— Comme les enfants vont être contents ! Regarde, Marie-Josèphe, veux-tu un gâteau ?

La petite fille leva vers sa mère des yeux ternes, se passa une main sur le front :

— Non, merci, je n'ai pas faim.

— Voilà ce qu'elle me répond depuis deux jours, constata ma sœur, les sourcils froncés. Elle mange à peine, se plaint d'avoir mal à la tête et d'être toujours fatiguée.

Je regardai Marie-Josèphe avec attention. Elle avait les yeux battus, les paupières rouges. Je tâtai son front.

— Il est chaud. As-tu mal, mon enfant ?

— Oui, là, dit-elle en montrant sa tête.

Avec inquiétude, ma sœur soupira :

— Elle n'a pas une nature à se plaindre. Je me demande si elle ne va pas être malade. Il y a de nombreux cas de fièvre en ce moment.

J'observai la petite fille qui s'appliquait à disposer les cartes les unes sur les autres. Ses gestes étaient lents, ses yeux papillotaient souvent. De nouveau, elle passa une main lasse sur son front.

— Elle a peut-être tout simplement attrapé ton rhume, dis-je à ma sœur d'un ton rassurant. Comme elle n'a que cinq ans, il risque d'être plus violent pour elle que pour toi.

Ma sœur haussa les épaules avec incertitude. Elle rangea les provisions, me parla de son mari, de ses autres enfants, me donna les dernières nouvelles.

— Nous n'avons plus le droit de nous promener dans les rues sans une carte de sûreté, qu'il faut porter de manière visible. En y ajoutant, bien entendu, la cocarde tricolore, et aussi le bonnet rouge. De quoi vont-ils encore nous affubler, si ça continue ? Et il y a toujours cette pancarte, dehors, sur laquelle figurent les habitants de la maison. Le beffroi aussi se retrouve avec une bannière tricolore. L'as-tu vue ?

— Non, je n'ai pas fait attention.

— Même Philippe doit porter une cocarde, maintenant, pour aller à l'école. Ce n'est pas facile pour lui non plus. Il est assez grand pour comprendre, et se pose des questions. Son maître lui dit qu'il faut approuver la révolution et bannir tout ce qu'elle a supprimé, à commencer par la religion. Mais moi, je veux qu'il fasse sa première communion, et il suit des cours de catéchisme avec l'abbé Ganil. Je recommande à Philippe de ne pas en parler. Cela lui apprend à dissimuler, mais comment faire autrement ? Il comprend bien que c'est défendu, et m'a demandé l'autre jour pourquoi il devait le faire quand même. Que puis-je répondre, sans critiquer cette révolution qu'on lui vante sans cesse à l'école ? Cet enfant est partagé entre deux avis contraires, et il est trop jeune pour comprendre lequel est le bon. Casimir, bien souvent, discute avec lui et répond à ses questions. Mais je me demande...

Nous faisant tressaillir, un cri l'arrêta :

— Je saigne !

La petite Marie-Josèphe, les mains plaquées sur son nez, nous regardait d'un air affolé. Entre ses doigts, se répandant sur son menton, tombant goutte à goutte sur la table, un sang rouge vif s'écoulait. Ma sœur se leva d'un bond, courut à sa fille.

— Encore ! s'écria-t-elle. Ça fait la troisième fois depuis ce matin ! Mathilde, donne-moi la clef.

Je pris, dans la serrure, la grosse clef noire. Ma sœur la glissa dans le cou de l'enfant, entre la chemise et la peau. Puis elle lui renversa la tête en arrière.

— Reste ainsi sans bouger. Ça va passer.

Elle mouilla un mouchoir, essuya les traces de sang, tout en observant sa fille d'un œil inquiet.

— Moi aussi, je saignais souvent du nez lorsque j'étais

enfant, tu te souviens, Mathilde ? Combien de fois notre mère a-t-elle dû me mettre une clef dans le dos, pour faire cesser l'hémorragie ! Mais quand même, trois fois de suite...

La fillette, la tête renversée sur le dossier de sa chaise, restait immobile, attendant sagement la fin du saignement. Ma sœur la tenait contre elle, lui tamponnant le nez avec le mouchoir.

— Je crois qu'il n'y a plus rien. Redresse-toi doucement, Marie-Josèphe.

L'enfant obéit, se tâtant le nez avec précaution. Rien ne se produisit ; le sang s'était arrêté.

— Tu m'as fait peur, dit ma sœur en l'embrassant. Vois, Mathilde, comme elle est pâle maintenant !

— Cela l'affaiblit. Tu ferais peut-être mieux de la coucher.

— Oui, son front est brûlant. Viens au lit, mon petit.

La petite fille se laissa déshabiller et coucher sans résistance. La tête sur l'oreiller, elle ferma les yeux d'un air épuisé.

— Viens, chuchota ma sœur. Laissons-la dormir.

L'enfant, déjà, s'assoupissait.

— Je vais m'en aller, dis-je. Bastien va être réveillé.

Ma sœur me sourit.

— Il est adorable, ton bébé, Mathilde. Es-tu heureuse, avec Blaise ?

— Oui, très heureuse, dis-je sans hésiter. Le seul point noir, c'est cette révolution.

Ma sœur acquiesça, l'air sombre.

Je l'embrassai et partis. Je fis le trajet du retour rapidement, par les chemins que je connaissais bien. Le vent m'envoyait dans le visage de grandes bourrasques humides. Je respirais profondément l'odeur de terre et d'herbe mouillées. Lorsque j'arrivai chez nous, le soir tombait déjà. Bastien me tendit ses petits bras en souriant, et je le pris contre moi avec joie. Il était tiède et doux. Je pensai avec soulagement qu'il jouissait d'une bonne santé et n'était jamais malade.

Quelques jours passèrent. J'avoue que je ne m'inquiétais pas pour Marie-Josèphe, persuadée qu'il s'agissait d'un simple rhume. Aussi fus-je désagréablement surprise lorsque ma mère, la semaine suivante, en revenant du marché, vint me voir :

— Je suis passée chez Marie-Henriette. La petite ne va pas mieux. Elle est couchée et elle a beaucoup de fièvre. Elle réagit à peine quand on lui parle. Marie-Henriette ne sait plus que faire pour la soigner. Elle l'enveloppe de linges froids, mais la température ne baisse pas.

Je revis le petit visage souffrant de Marie-Josèphe, et mon cœur s'emplit de pitié et de crainte. Des trois enfants de ma sœur, c'était elle que je préférais. Elle était douce, gentille, obéissante ; je la qualifiais souvent de petit ange.

— J'irai la voir demain, dis-je. Marie-Henriette va-t-elle faire venir le médecin ?

— Je crois qu'elle va s'y décider si demain la fièvre n'a pas baissé. Elle ne peut pas laisser sa fille dans cet état.

Blaise m'approuva lorsque je lui fis part de mon intention. Je partis tôt le matin et, comme l'autre fois, je fis la route rapidement. Je trouvai ma sœur en larmes et affolée. L'état de Marie-Josèphe avait encore empiré. Elle ne réagissait plus, n'entendait plus lorsqu'on lui parlait.

— Elle doit être très malade. Je suis folle d'inquiétude, Mathilde.

J'allai dans la chambre. Couchée dans son lit, immobile, le visage rouge, les cheveux moites collés sur son front, la petite fille était complètement prostrée. Je m'approchai d'elle, l'appelai. Elle n'eut pas un mouvement. Je levai vers ma sœur des yeux anxieux :

— Il faut savoir ce qu'elle a, et comment la soigner. Veux-tu que j'aille chercher le médecin ?

— Il va venir. Casimir est passé chez lui en allant à son travail.

— En attendant, donne-moi des linges et une cruche d'eau fraîche. Je vais lui faire des compresses froides.

— Je l'ai déjà fait, mais ça ne sert à rien. La fièvre ne baisse pas.

— Il faut continuer quand même.

Sans interruption, je plaçai des linges mouillés sur le front de l'enfant inconsciente. La température était si forte qu'en très peu de temps la compresse devenait chaude à son tour. Alors je recommençais avec une autre, puis une autre, puis une autre encore. Mais il n'y avait aucune amélioration, et j'avais l'impression d'agir inutilement. Néanmoins, je continuai jusqu'à l'arrivée du médecin.

C'était un homme assez âgé, au visage intelligent, aux gestes doux, à l'air las. Il se pencha sur Marie-Josèphe, tâta son front, lui ouvrit la bouche, observa avec attention sa langue, fronça les sourcils. Il repoussa les couvertures, releva la chemise de nuit. Il hocha la tête en découvrant, sur le ventre de l'enfant, de petites taches roses. Du doigt, il appuya sur l'une d'elles. Elle s'effaça un instant, puis réapparut. Il palpa longuement l'abdomen, se redressa en soupirant, regarda ma sœur qui suivait ses gestes avec inquiétude.

— Il y a en ce moment, depuis un bon mois, une épidémie de fièvre putride et pétéchiale [1]. Votre fille en est atteinte. Elle en présente tous les symptômes, il n'y a aucun doute.

D'une voix étranglée qui ressemblait à un coassement, ma sœur demanda :

— Est-ce grave ?

Le médecin soupira une nouvelle fois :

— Je ne veux pas vous mentir. Oui, c'est grave, mais si vous la soignez bien, elle a toutes les chances de guérir. Continuez les enveloppements froids. Essayez de la faire boire beaucoup, de l'eau, du lait bouilli. Je vais vous donner de la racine d'ipéca et de l'écorce de quinquina. Une diarrhée abondante peut se déclarer, mais ne vous affolez pas, dans le cas de cette maladie c'est normal. Après plusieurs jours, ça doit se calmer, et s'il n'y a pas de complications la fièvre doit baisser. Il faudra alors la réalimenter très lentement. Mais je repasserai demain, et les autres jours.

Il donna deux flacons de poudre, ferma sa trousse, sortit de la chambre. Ma sœur le reconduisit jusqu'à la porte, puis revint. Elle regarda son enfant avec un mélange d'angoisse et de soulagement :

— Cette épidémie... C'est vrai que beaucoup de gens l'ont attrapée, déjà. Il paraît que c'est à cause de l'humidité.

Elle se mordit les lèvres, se retenant pour ne pas pleurer. J'allai à elle, l'entourai de mon bras :

---

1. Cette épidémie, qui sévit à Douai de décembre 1793 à avril 1794, était en fait la fièvre typhoïde.

— Nous t'apporterons du lait frais chaque matin. Les jours de marché, notre mère viendra. Les autres jours, ce sera moi.

Je restai jusqu'au retour de Casimir et des deux autres enfants, qui revinrent pour le repas de midi. Puis je m'en allai, pour m'occuper de mes hommes qui m'attendaient.

Une nouvelle organisation s'instaura. A tour de rôle avec ma mère, un jour sur deux, je me rendais à Douai. J'apportais du lait, de l'infusion d'orge perlé, je mettais de l'ordre et je préparais le repas pendant que ma sœur ne quittait pas le chevet de son enfant. La température semblait toujours aussi élevée, mais il y avait malgré tout des accalmies, pendant lesquelles Marie-Josèphe reprenait conscience. Mais c'était pour se plaindre de maux de tête, de maux de ventre. Elle maigrissait d'une façon spectaculaire ; ses petites mains diaphanes et ses membres grêles faisaient pitié. Parfois, elle gémissait, le visage en sueur, les traits crispés. Une diarrhée fétide et de couleur ocre survint après plusieurs jours, comme l'avait prévu le médecin. Il conseilla à ma sœur de jeter les linges souillés, et de se désinfecter soigneusement les mains après chaque nettoyage. Il lui recommanda également d'éloigner les deux autres enfants de la petite malade, pour éviter les risques de contagion.

Un matin, Marie-Josèphe me reconnut, me sourit faiblement. Mais la fièvre ne baissait pas, et le médecin montrait un visage soucieux. Il me prit à part pour me confier qu'il craignait des complications. Il se produisait parfois des hémorragies intestinales, et dans ce cas, assurait-il sombrement, on ne pouvait rien faire. Je ne répétai pas ces paroles à ma sœur. Je préférai croire, comme elle, qu'à force de soins la petite fille guérirait.

Un jour de la semaine suivante, je partis avec du ravitaillement pour Casimir et les deux aînés. Ma mère m'avait donné une poule, qu'elle avait vidée et plumée. Le médecin avait dit que, peut-être, outre le temps humide et malsain, l'épidémie était due au manque de viande et de volaille. Ma sœur s'épuisait à soigner son enfant, au risque de tomber malade à son tour. Elle avait un visage tiré par l'angoisse et l'insomnie, des yeux hagards, un comportement de somnambule. C'était ma mère et moi qui, chacune à notre tour, préparions les repas et faisions le travail à sa place.

Ce matin-là, un pâle soleil brillait entre les nuages gris. Je marchai d'un pas rapide, pressée d'arriver. J'avais tant envie d'apprendre qu'enfin l'amélioration espérée s'était produite ! Dans la rue de Bellain, qui s'appelait maintenant rue de la Révolution, une voix d'homme cria, derrière moi :

— Hé, citoyenne ! Où cours-tu si vite ?

Je fis encore quelques pas avant de me rendre compte que cette exclamation s'adressait à moi. Je ne m'habituais pas à cette nouvelle façon de tutoyer tout le monde, y compris les inconnus. Je m'arrêtai. Un de ceux que ma sœur appelait Jacobins s'approchait d'un air à la fois goguenard et soupçonneux. Il portait une carmagnole, la nouvelle tenue révolutionnaire qui remplaçait l'habit, et un bonnet rouge affublé d'une énorme cocarde tricolore. Il se pencha vers moi :

— Pourquoi es-tu si pressée ? Seuls ceux qui n'ont pas la conscience tranquille courent de cette façon ! Ton allure me semble bizarre. Où vas-tu ?

Il me retardait inutilement et je bouillais d'impatience, mais en même temps j'avais peur. Je ne le connaissais pas. S'il faisait partie du comité de surveillance, et s'il lui prenait la fantaisie de m'arrêter, que pourrais-je faire ? J'essayai de me calmer et je décidai d'expliquer la situation :

— Ecoutez... euh, écoute, citoyen...

Il plissa les yeux, me regarda avec l'air d'un chat qui va saisir une souris.

— Hé là ! Qu'est-ce que j'entends ? Un langage d'aristocrate ? On oublie de tutoyer les honnêtes gens ? Tu me parais de plus en plus suspecte. Je vois bien ta cocarde tricolore, mais où est ta carte de sûreté ? Ne sais-tu pas qu'il est obligatoire d'en avoir une ?

Une angoisse sourde montait, me mettait une sueur froide aux tempes. D'une voix blanche, je dis :

— Je... je n'habite pas Douai. Je viens voir ma sœur et...

D'un geste, il m'arrêta :

— Ne te fatigue pas. Tu vas venir avec moi, nous allons vérifier ça.

Je regardai autour de moi avec une véritable panique. S'impatientant, l'homme me saisit par le bras :

— Allez, viens donc !

En un éclair, je me vis arrêtée, emprisonnée, accusée... et puis ? J'eus un sanglot de terreur. L'esprit bloqué, j'entendis, sans la comprendre, une voix qui disait :

— Allons, laisse-la, Denis. Tu vois des ennemis de la révolution partout. Arrête les vrais, d'accord, mais pas elle. C'est ma belle-sœur.

Mon beau-frère venait vers nous, et je chancelai de soulagement. L'homme regarda Casimir, me regarda, répéta :

— Ta belle-sœur ?

— Oui, la sœur de ma femme. Elle vient l'aider à soigner ma petite Marie-Josèphe, tu sais bien, qui est malade.

Le dénommé Denis eut le bon goût de paraître embarrassé. Il me lâcha, recula d'un pas :

— C'est donc pour ça que tu étais si pressée ! Tu ne pouvais pas le dire, non ?

Je tremblais rétrospectivement. Je bégayai lamentablement :

— Je... j'ai essayé mais vous... euh... tu ne m'as pas écoutée.

Il se tourna vers Casimir :

— Avec son langage, je l'avais prise pour une aristocrate.

— Elle n'en est pas une, affirma Casimir. Simplement, elle n'est pas encore habituée à cette façon de parler. Il faut laisser aux gens le temps de s'adapter aux nouvelles réformes. Toi, Denis, tu soupçonnes trop, et sans discernement.

— Je fais mon travail, maugréa l'homme. Bon, eh bien, à plus tard. Tu as de la chance, citoyenne. Si tu veux un conseil, tâche d'apprendre à tutoyer tout le monde le plus vite possible.

Il s'éloigna à grands pas. Je regardai mon beau-frère avec un faible sourire :

— Merci, Casimir. Je ne sais pas ce qui serait arrivé sans toi. Il voulait m'emmener.

— Je le connais, il n'est pas méchant. Mais il veut s'acquitter au mieux de sa tâche, qui est de traquer les suspects. Et pour lui, est suspect celui qui n'applique pas à la lettre les décrets de la Convention. — Il fit quelques pas. — Je dois aller travailler, je suis déjà en retard. C'est à cause de Marie-Josèphe ; son état m'a alarmé.

J'eus un cri :

— Elle va plus mal ?

— Pendant la nuit, elle s'est plainte de coliques en pleurant bruyamment. Tout à l'heure, elle a vomi l'infusion que lui a donnée Marie-Henriette. Le médecin doit passer dans la matinée.

Il me regarda avec angoisse et s'en alla. Mal remise de la frayeur que je venais d'éprouver, inquiète pour la petite fille malade, je me dirigeai vers le domicile de ma sœur.

Elle était au chevet de l'enfant, lui bassinant le front avec un linge mouillé. Elle leva vers moi un regard plein de désarroi :

— Pourvu que le médecin ne tarde pas trop ! Je ne sais pas ce qu'elle a. Cette nuit, elle n'avait presque plus de température et je me réjouissais déjà. Mais peu de temps après elle s'est mise à pleurer en disant qu'elle avait mal au ventre. Et maintenant, la fièvre est revenue. Tâte son front, il est brûlant.

La petite fille était rouge et paraissait souffrir beaucoup. Yeux clos, sourcils froncés, elle ne semblait pas avoir conscience de notre présence. Ma sœur l'observait avec un regard déchirant, où se mêlaient amour et désespoir. Elle eut une plainte sourde :

— Mathilde... Je suis inquiète. Jamais elle n'a été comme ça. Elle rejette même l'eau que je lui donne à boire.

Je m'efforcai de chasser l'anxiété qui, peu à peu, me gagnait. Je me secouai, dis avec une conviction que je n'éprouvais pas :

— Ce n'est qu'une crise, peut-être salutaire. Tu devrais prendre un peu de repos pendant que je suis là. Tu n'en peux plus.

Elle eut un geste pathétique vers son enfant :

— Je le sais bien, mais je n'arrive pas à m'éloigner d'elle. C'est idiot, Mathilde, mais j'ai l'impression que, si je m'éloigne, la maladie va en profiter pour s'aggraver.

Ses lèvres tremblèrent. Je m'approchai d'elle, lui pris la compresse qu'elle avait entre les mains :

— Laisse-moi te remplacer quelques instants. Ce que tu fais là, je peux le faire. Va te reposer, et ne crains rien. Je vais bien la soigner. Elle m'est très chère aussi, tu sais.

Ma sœur eut un pauvre sourire :

— Oui, je l'ai déjà remarqué. Il me semble même que tu la préfères à Philippe et Angélique. — Elle repoussa avec lassitude les cheveux qui tombaient sur son front. — Je crois que tu as raison, je vais aller m'allonger un peu sur mon lit. Mais surtout appelle-moi s'il y a quoi que ce soit.

Je promis. Elle sortit, d'une démarche lourde de fatigue. J'entendis, dans la pièce voisine, le lit grincer alors qu'elle se couchait. Je pris des linges, que je trempai dans l'eau froide, en enveloppai la tête de la fillette. Elle haletait, se plaignait en se tenant le ventre à deux mains. Avec douceur, j'essayai de l'appeler :

— Marie-Josèphe...

Elle ne réagit pas. Sans interruption, je mis des compresses froides, constatant avec tristesse que la fièvre ne baissait pas. Elle semblait même augmenter. Une heure passa ainsi, peut-être deux. J'attendais avec une impatience grandissante l'arrivée du médecin.

Ma sœur revint, les paupières gonflées de sommeil. Elle s'approcha de Marie-Josèphe qui, inerte, ne bougeait plus, ne gémissait plus. Seuls son petit visage crispé et sa respiration haletante traduisaient sa souffrance.

— Que peut-on faire, Mathilde ? Je deviens folle...

— Le médecin ne va pas tarder. Il nous le dira certainement.

Sans répondre, elle s'assit près du lit, observa son enfant avec passion. La petite fille eut-elle conscience de ce regard qui l'appelait ? Elle ouvrit les yeux. Ils exprimaient un mélange de lassitude et d'étonnement. Ils se posèrent sur sa mère. Elle tendit une main, voulut parler, n'y parvint pas. Se faufilant à travers les nuages gris, un pâle rayon de soleil vint éclairer son visage amaigri, le rendant plus émouvant, plus fragile. Ma sœur se pencha, demanda avec tendresse :

— Ma petite fille, qu'y a-t-il ?

Le regard de l'enfant devint profond, intense et grave. Elle émit une sorte de petit soupir, ferma les yeux, inclina la tête et ne bougea plus. Une seconde s'écoula — une éternité. Puis ma sœur eut un hoquet, saisit sa fille, lui tapota les joues, la souleva, la secoua. Marie-Josèphe se laissait ballotter sans réagir, totalement inerte. En voyant son visage détendu et apaisé, je compris.

— Non ! hurla ma sœur. Oh non !

Elle reprit le petit corps contre elle, le serra désespérément, avec des sanglots rauques et déchirants. Inutile et impuissante, je les regardais, les yeux pleins de larmes.

— Ce n'est pas vrai, n'est-ce pas ? Mathilde, dis-moi que ce n'est pas vrai !

La gorge nouée, je ne pus répondre. Elle eut un sursaut de révolte, me cria avec violence :

— Mais fais quelque chose ! Ne reste pas là comme ça...

Sa voix mourut dans un râle. Elle se remit à pleurer bruyamment, le visage enfoui dans le corps de son enfant. Et sa douleur était si profonde, si primitive, que je n'osai pas aller vers elle. Hébétée, malheureuse, je restai immobile, attendant que cesse sa crise de larmes.

Ce fut ainsi que nous trouva le médecin. Ma sœur fixa sur lui des yeux égarés. Il lui prit doucement le corps de l'enfant, l'allongea sur le lit, palpa l'abdomen.

— C'est une hémorragie intestinale qui a dû se déclarer cette nuit, murmura-t-il. Il n'y avait rien à faire. Je suis désolé. C'est le genre de complication qui se produit parfois.

Lorsque Casimir rentra du travail, il me trouva en train de préparer un repas hâtif pour les aînés. Son regard m'interrogea avec inquiétude. Je n'osai pas répondre à sa question informulée, montrai la porte de la chambre. Son visage prit une expression qui me fit mal. Il s'en alla rejoindre ma sœur qui, abrutie de douleur, refusait de bouger et de quitter son enfant. Je le vis s'approcher à pas lents, je vis ses traits se décomposer, ses yeux s'emplir de larmes. D'un geste maladroit, il prit dans sa grande main d'homme la menotte inerte de l'enfant, dit tout bas, d'une voix enrouée de sanglots :

— Ma petite fille...

Ma sœur tourna vers lui un visage crucifié par la souffrance. Il la prit contre lui et je compris, en voyant ses épaules agitées de soubresauts, qu'il pleurait.

Je fermai la porte pour les laisser seuls. Philippe et Angélique revinrent de l'école. Je les fis manger, sans rien pouvoir avaler. Habitués à ne pas se rendre au chevet de leur petite sœur par crainte de la contagion, ils ne posèrent pas de question. Ils réclamèrent leur père, et je leur dis qu'il serait là ce soir. Je ne voulais pas leur apprendre la dramatique nouvelle, un peu par lâcheté, parce que je ne savais pas comment m'y prendre, et surtout parce que c'était le rôle de Casimir, qui le ferait certainement mieux que moi.

Ils repartirent à l'école. Casimir dut, les yeux rougis, se rendre à son travail. Ma sœur, prostrée, ne bougeait pas. La voix tremblante, j'essayai de la raisonner, l'exhortai à réagir, pour ses autres enfants qui avaient besoin d'elle. Mais j'eus l'impression que mes paroles ne l'atteignaient pas. Le regard vide et fixe, elle n'entendait que sa propre douleur.

Je fis la toilette de Marie-Josèphe. Alors que j'habillais son corps sans vie, ses membres mous, les larmes coulaient sur mon visage. La mort d'un enfant est quelque chose d'insupportable, et je plaignais ma sœur. J'eus le soin de jeter toute l'eau qui se trouvait dans la chambre et même dans les autres pièces. Une croyance voulait que l'âme du défunt se lave dans cette eau, et il fallait s'en débarrasser afin que les impuretés ne restent pas dans la maison. Mais je le fis en pensant que Marie-Josèphe était douce et innocente, et que l'eau ne devait pas être bien souillée.

Je n'osai pas laisser ma sœur seule. Elle restait immobile, étrangère à tout, dans une attitude figée que traversaient brutalement de violentes crises de larmes. J'attendis le retour de Casimir, qui revint plus tôt que de coutume. Il m'apprit qu'il était allé prévenir l'abbé Ganil, qui viendrait dans la soirée, en cachette, bénir l'enfant et lui donner les derniers sacrements. L'enterrement aurait lieu le lendemain. Je promis que nous serions tous présents, et je m'en allai afin de prévenir les miens du malheur qu'ils ignoraient encore.

Ma mère pleura. Mon père ne dit rien, mais son visage hâlé de paysan se creusa, devint d'un gris de cendre. Mon frère Nicolas eut des paroles de colère contre la méchanceté du sort, disant que parmi les épreuves qui nous frappaient, celle-ci était la pire de toutes. Blaise, sans un mot, m'ouvrit les bras et me prit contre lui. Le nez enfoui dans son épaule, je sanglotai de nouveau. Seuls les yeux bleus et le sourire de mon petit Bastien parvinrent à me consoler.

Le lendemain, nous suivîmes, jusqu'au cimetière Saint-

Pierre, le tombereau des morts que la municipalité, depuis la révolution, utilisait pour tous les défunts, riches ou pauvres. En larmes, ma sœur s'accrochait à son mari. La petite fille fut enterrée sans messe, sans prières et sans prêtre, victime elle aussi de cette révolution qui avait supprimé la religion.

A partir de ce jour-là, ma sœur ne fut plus tout à fait la même. Sur les conseils de Casimir, les deux aînés l'entouraient de tendresse. Ce furent eux, surtout, qui l'aidèrent à dominer ce mal qui parfois, me confiait-elle, lui donnait envie de hurler, comme une louve à qui l'on a pris son petit. Lorsque enfin elle fut parvenue à surmonter sa peine, une blessure demeura toujours, malgré tout, au fond de ses yeux. Quant à moi, cette dure épreuve m'avait tellement marquée que, certains soirs, j'éprouvais le besoin de me rassurer en serrant contre moi le corps chaud et vivant de mon petit Bastien.

4

La situation générale demeurait lamentable. La guerre s'éternisait, l'armée ennemie occupait toujours la région. Malgré la loi du maximum sur les prix, l'économie du pays stagnait dans un marasme prolongé. On entendait dire que le blé, de nouveau, allait manquer. Cette crainte s'ajoutait aux autres. S'y joignait encore la difficulté que nous éprouvions à vivre selon le calendrier républicain, avec les nouveaux mois et les décadis comme jours de repos. Nous avions bien du mal à nous y retrouver. Même Eloi et Sylvain Busquet, lorsqu'ils écrivaient leurs rapports, indiquaient la date en précisant, entre parenthèses, l'autre, celle de l'ancien calendrier, comme point de repère.

Chaque commune fut de nouveau appelée à participer à la défense du pays. Après avoir donné les cloches de l'église et différents métaux pour la fabrication d'armes et de balles, il fallait maintenant fournir de la poudre pour les explosifs. Nos côtes étaient bloquées à cause de la guerre avec l'Angleterre, et nous ne recevions plus le salpêtre qui venait des Indes. La

Convention ordonna à chaque ville, à chaque village, d'établir un atelier pour la fabrication du salpêtre, et de choisir un homme pour le diriger en employant plusieurs ouvriers. Le conseil général de notre commune nomma le second fils d'Eloi, qui faisait partie des notables, à ce poste, en lui allouant quatre-vingt-dix livres par mois. Il reçut l'ordre de se rendre à Douai pendant une décade dans un atelier, afin d'apprendre la méthode à suivre, et il revint avec un certificat du directeur. Tous les citoyens furent alors invités à lessiver le sol et les murs de leur cave pour fournir cette poudre nécessaire.

Cela, nous le fîmes sans protester. Il s'agissait de la défense de notre pays, et il était normal que chacun, dans la mesure de ses moyens, y participe. Mais ce qui nous indigna, ce fut le choix du bâtiment qui servirait d'atelier. Comme il fallait quelque chose de vaste, et qu'aucun local n'était disponible, notre municipalité décida d'utiliser l'église. Les protestations furent nombreuses. Joséphine, qui n'avait peur de rien, s'en prit à Sylvain Busquet :

— C'est un véritable sacrilège, Sylvain, tu devrais avoir honte. Fabriquer du salpêtre dans l'église, si notre pauvre curé voyait ça !

Sylvain eut un sourire ironique, un haussement d'épaules dédaigneux :

— C'est bien simple, pourtant ; la religion est finie, terminée, et l'église, maintenant, est un bâtiment comme un autre. De plus, elle est vide et ne sert à rien. Il est donc tout à fait logique et compréhensible d'y placer notre atelier.

Sans répondre, elle lui tourna le dos en fulminant, bouillant de rage impuissante. Ce que je ressentais surtout, moi, c'était de la tristesse ; je revoyais notre église avant, lors des messes de Noël, avec la lueur des bougies et la crèche soigneusement préparée, bruissante de notre présence, retentissante de nos cantiques. Maintenant, dépouillée de tous ses ornements, elle était vide, froide, hostile. Et nous dûmes accepter sa transformation en fabrique de salpêtre, où travaillèrent pendant un an le fils d'Eloi et les quelques ouvriers qu'il avait nommés.

Un jour de la fin de février — nous étions en ventôse —, j'accompagnai ma mère à Cambrai, avec la douloureuse mission d'apprendre à ma tante Séraphine la mort de Marie-Josèphe. Elle eut beaucoup de peine et, comme mon frère Nicolas, blâma l'injustice du sort.

— Vous voyez bien que sur tous les plans tout va de travers ! dit-elle avec un regard à la fois indigné et malheureux. Cette pauvre innocente qui meurt, alors que tous ces révolutionnaires, qui agissent de la pire façon, restent impunis ! Je me demande si Dieu lui-même ne nous a pas abandonnés. Comment peut-il supporter ça sans réagir, ses prêtres traqués, emprisonnés, ses églises bafouées, mutilées... L'abbé Férez l'avait prédit, il avait annoncé que les autels seraient renversés et les prêtres mis à mort. Comme il avait raison ! Ce sont des bandits qui règnent maintenant, en terrorisant les bons citoyens. Ici, à Cambrai, la municipalité a demandé à Robespierre un représentant du peuple plus efficace que Laurent, que nous avions jusqu'ici. Eh bien, savez-vous qui va être envoyé ? Joseph Le Bon, qui depuis plus de trois mois est à Arras ! Il est venu la semaine dernière annoncer son arrivée en floréal [1]. Il a fait un discours tout à fait menaçant, accusant Cambrai d'être une ville d'aristocrates, de prêtres et de fanatiques, et promettant de mettre bien vite tous ses habitants à la raison. J'ai l'impression que nous n'avons pas fini de trembler. Il paraît qu'il arrête les gens pour des peccadilles, pousse les citoyens à la dénonciation. Il a installé à Arras un tribunal révolutionnaire qui ne condamne qu'à mort. Avec cet homme dans nos murs, nous n'oserons même plus respirer.

— N'exagères-tu pas un peu, Séraphine ? demanda ma mère à moitié incrédule.

Ma tante hocha la tête avec conviction :

— Non, Rose. Je suis sûre de ce que je dis.

Elle avait raison, et nous n'allions pas tarder à nous en rendre compte.

Ma mère, à son tour, tomba malade. Déjà ébranlée par la mort de Marie-Josèphe, elle prit froid un jour de pluie, en revenant du marché sous une averse glaciale. Elle s'enrhuma, refusa de se soigner. Son état empira. Elle se mit à tousser,

---

1. Le mois de floréal allait du 20 avril au 19 mai.

la fièvre se déclara. Malgré ses protestations, mon père finit par appeler Pierre-Antoine. Il vint un matin où, brûlante de fièvre et parcourue de frissons, elle n'avait pu, malgré ses efforts, réussir à se lever. Elle avait, nous dit-il, une bronchite, plus grave que celle dont avait souffert Justin quelque temps auparavant. Pendant plusieurs jours, elle dut rester couchée, et il fallut s'organiser. Je demandai à Pauline de la remplacer pour son travail à la ferme, et je vins la soigner. J'appliquais les sinapismes prescrits par Pierre-Antoine, je lui faisais boire des infusions de thym que je sucrais avec du miel. Les quintes de toux m'alarmaient ; interminables, violentes, elles la déchiraient et l'épuisaient.

Après quelques jours, grâce aux soins, la fièvre tomba. Ma mère commença, très lentement, à aller mieux. Mais elle devait encore garder le lit ; dès qu'elle essayait de se lever, des vertiges la mettaient au bord de la syncope. Elle maugréait contre sa propre faiblesse, car il n'était pas dans sa nature de se laisser dorloter.

Un matin, lorsque j'arrivai, je vis le cheval dans la cour, attelé à la charrue. Mon père et Nicolas, avec Louis et Jean-Marie, s'en allaient aux champs. Le printemps approchait ; bientôt viendrait le temps des semailles. Mon frère François avait promis qu'alors il serait rentré, mais la guerre n'était pas terminée et semblait bien loin de l'être. Le souci que ma mère se faisait pour lui retardait sa guérison. J'allai m'occuper d'elle, lui mis encore un cataplasme, car la toux persistait. Elle but un bol de lait dans lequel j'avais fait fondre du miel, puis se laissa retomber, épuisée, sur l'oreiller. J'observai avec inquiétude son nez pincé, la sueur qui perlait sur son front :

— Reposez-vous. Essayez de dormir un peu. Je vais aller traire les vaches. Ensuite, je viendrai vous aider à vous lever.

Yeux clos, elle acquiesça. Je sortis sans faire de bruit. Dehors, dans l'aube grise et froide, je frissonnai. Je traversai la cour rapidement, poussai la porte de l'étable. La pièce était tiède et obscure. Les vaches tournèrent vers moi leur tête aux gros yeux inexpressifs. Je leur parlai en les appelant par leur prénom. Elles meuglèrent doucement ; elles me connaissaient bien. Pourtant, Je les trouvai plus agitées que de coutume ; elles battaient l'air de leur queue, raclaient le sol avec leurs sabots. Je compris bientôt pourquoi. Alors que, le seau à la main, je me dirigeais vers la Noiraude, une silhouette se détacha du coin le plus sombre et vint vers moi. L'effroi me fit reculer d'un pas. Je lâchai le seau qui roula avec fracas sur le sol.

— N'aie pas peur, Mathilde. C'est moi.

Il était différent du souvenir séduisant que je gardais de lui, mais je le reconnus tout de suite, avant même de le voir clairement. A cause de sa voix, de son attitude, et puis de mon cœur qui, contre toute raison, battait comme un fou.

— Monsieur Adrien ! Mais... Comment ?...

Face à moi, il s'arrêta. Il sourit, de son sourire d'autrefois où venait se greffer une amertume nouvelle :

— Il faut que je t'explique, Mathilde. J'ai besoin de ton aide. Mais avant toute chose, que se passe-t-il au château ? J'y suis allé cette nuit. Tout est fermé. Il n'y a plus personne.

Je soupirai tristement :

— Polycarpe est parti la semaine dernière. Il ne pouvait plus rester, puisque personne ne le payait. Rosalie, elle aussi, s'en est allée. Le patron de Casimir, mon beau-frère, lui a trouvé une place de cuisinière chez un notaire de Douai. Quant au château, c'est le nouveau maire, Eloi, qui a les clefs. A moins que ce ne soit Sylvain Busquet. Il est agent national maintenant, cela lui donne de l'importance.

Je parlais pour cacher mon trouble. Lui, debout devant moi, m'écoutait, appuyé contre le montant de bois. Inconsciemment, je le détaillais, notais les rides précoces sur son front, autour des ailes du nez, remarquais la lassitude de son regard, le pli découragé de sa bouche. Quelques cheveux gris, déjà, argentaient ses tempes. Pourtant, il était encore jeune ! Je fis un rapide calcul, constatai qu'il n'avait que trente ans. Il semblait beaucoup plus vieux. Il n'avait plus cet air désinvolte et frondeur qui faisait partie de son charme. Mais la gravité qui l'avait remplacé et qui se lisait dans ses yeux n'en était pas moins attachante.

— Puis-je prendre un peu de ton temps, Mathilde ? Il faut que je te raconte...

Cette nouvelle humilité, non plus, ne lui ressemblait pas. Lui qui, du haut de son cheval, levait sa cravache pour menacer Sylvain Busquet, en éclatant d'un rire ironique et méprisant... Je compris confusément que les circonstances qui l'avaient ainsi transformé lui avaient en même temps apporté souffrance et humiliation. Alors, sans un mot, j'attendis ses confidences.

— Te souviens-tu, Mathilde, du jour où nous avons été emmenés, mon père et moi ?

J'eus un hochement de tête désolé :

— Oui, dis-je, tout bas. Tout le monde, dans le village, l'a déploré. Nous ne voulions pas cela.

Il ne parut pas m'entendre. Le regard fixé sur le sol, il revivait un passé qui l'avait meurtri, et se parlait à lui-même, avec tristesse et amertume :

— Arrêtés comme des malfaiteurs. On nous a mis en prison, d'abord aux Annonciades, puis aux Ecossais, avant de nous transférer à la citadelle de Doullens, au mois de novembre. Les conditions de détention étaient affreuses. Jamais je n'aurais pu imaginer ça, la saleté, la promiscuité, le froid, l'humidité, la grossièreté des gardiens. Mon père n'y a pas résisté. Il est tombé malade, d'une mauvaise fièvre. Mal soigné, il est mort.

Il releva la tête et je lus dans ses yeux sa détresse. La gorge serrée, je me taisais.

— Oui, Mathilde, il est mort dans mes bras, une nuit. C'est à partir de ce moment que j'ai décidé de réagir. Je refusais de vivre plus longtemps cette existence avilissante. La semaine suivante, je me suis évadé.

— Evadé ? Comment avez-vous pu ?

— Un de mes compagnons de cellule, un charpentier, travaillait au nettoyage des souterrains. Il avait remarqué plusieurs portes de sortie qui donnaient dans les fossés extérieurs, fermées par un simple verrou. J'ai profité du renseignement, et je me suis enfui avec facilité. Depuis, j'erre, je me cache, je dors la nuit dans des granges ou à la belle étoile. Je sais ce que je risque si je suis repris, alors j'essaie de ne pas me faire repérer. Figure-toi qu'il m'est arrivé de voler pour me nourrir...

Il eut un rire douloureux, son ancien orgueil reparut un instant :

— Etre réduit à de telles extrémités, moi, un de Bryars ! Si mes ancêtres me voyaient !

Il haussa les épaules avec accablement, avec rancune, avec regret :

— Cette révolution a inversé les rôles. Vois, Mathilde, c'est moi maintenant qui ai besoin de toi, qui viens implorer ton aide. Je le fais parce que j'ai confiance en toi. Il faudrait que tu me procures des vêtements. Regarde les miens, ils sont crasseux, en lambeaux, et puis ils me trahissent, ce sont des vêtements d'aristocrate. Peut-être pourrais-tu me fournir quelques provisions également ? Je pensais les demander à Rosalie, mais comme elle n'est plus là...

Il m'observa, hésita, puis dit tout bas :

— Je vais te confier mon projet ; je compte aller rejoindre ma mère et ma sœur. Elles ne savent rien de ce qui nous est arrivé, elles ignorent la mort de mon père. Ne parle de ceci à personne, Mathilde, ne dis pas que tu m'as vu. Je vais vite repartir. Peux-tu me donner ce que je te demande ?

Je fis quelques pas, ouvris la porte :

— Ne bougez pas. Je reviens.

Avant de sortir, je jetai un coup d'œil dehors. La cour était déserte, le chemin également. Dans la maison, ma mère dormait. Je me rendis dans la chambre de mes frères. J'ouvris l'armoire, pris une culotte de drap qui appartenait à François, une chemise, un manteau de bouracan, des bas de laine. Après une hésitation, j'y joignis un bonnet rouge. Les vêtements dans les bras, je traversai la grande salle à pas de loup. Je pris, près de la cheminée, un seau rempli d'eau, une serviette de toile. J'agissais avec des gestes fébriles et impatients. Je retournai dans l'étable, tendis les vêtements à Adrien.

— Tenez. Je vous ai apporté de l'eau, si vous désirez vous laver. Je vous laisse changer de vêtements. Pendant ce temps, je vais vous préparer quelques provisions.

Il regarda l'eau avec gratitude :

— Quelle bonne idée, je me faisais l'effet d'un véritable vagabond. Tu es un ange, Mathilde.

Le cœur battant, je le laissai. Dans la maison, sans faire de bruit je coupai des tranches de pain, les beurrai, ajoutai du fromage, un morceau de lard, enveloppai le tout dans une serviette de lin. Je mis à chauffer du lait, que je versai dans un bol. Puis, chargée de mes victuailles, je repartis vers l'étable.

Adrien avait mis les vêtements de mon frère, et même le bonnet rouge révolutionnaire. Je faillis rire en le voyant dans cet accoutrement qui ne lui allait pas. Une expression d'amusement sur mes traits dut me trahir, car il dit, faussement grondeur :

— Tu te moques de moi, vilaine enfant ! Pourtant, ainsi vêtu, je passerai plus facilement inaperçu.

J'approuvai, lui tendis le bol de lait, qu'il se mit à boire avec reconnaissance.

— Enfin quelque chose de chaud ! Tu penses à tout, Mathilde.

Entre deux gorgées, il m'observait :

— Douce, tendre, prévoyante... et jolie, ce qui ne gâte rien. Tu as tout pour faire le bonheur d'un homme. Tu es heureuse, avec ton mari ?

Sa question me fit reprendre pied dans la réalité, me rappela l'existence de Blaise, de Bastien, que j'avais un instant oubliée.

— Oui, monsieur Adrien. J'ai un fils, savez-vous ?

Mon ton de fierté naïve le fit sourire. Il prit le paquet contenant les provisions, roula ses anciens vêtements sous son bras :

— Je ne vais pas te retenir davantage, Mathilde. Il faut que je parte.

Je fis un pas vers lui, soudain inquiète :

— Soyez prudent, monsieur Adrien. Ne voulez-vous pas me laisser vos vieux habits ? Je les brûlerai.

— Non, je ne veux pas te compromettre. Je m'en débarrasserai en les jetant dans un fossé. C'est déjà bien de m'avoir aidé. Merci, Mathilde.

— Ce n'est que peu de chose, et je l'ai fait avec joie. Prenez bien soin de vous, surtout. Et lorsque vous aurez retrouvé Mme la comtesse et Mlle Amélie, dites-leur que nous ne les oublions pas.

— Ce sera fait, Mathilde. Compte sur moi. — Une étincelle à la fois amusée et nostalgique brilla fugitivement dans ses yeux. — Ça me surprend de t'entendre me dire vous ! Je n'y suis plus habitué. Maintenant, tout le monde m'appelle citoyen et me tutoie. Fais attention, Mathilde, on va t'accuser d'aristocratie !

Je ne répondis pas, troublée par la douceur de son sourire. Il eut un léger soupir, se pencha vers moi. Il me prit le menton, me contempla longuement avec un regret mêlé de tendresse :

— Si les circonstances avaient été autres, qui sait ?... Tu me plaisais bien, Mathilde, je crois même que j'avais un petit faible pour toi... On me reprochait d'être insouciant, et c'est vrai que je l'étais. Mais j'ai mûri. Les épreuves que j'ai vécues ces derniers mois m'ont fait réfléchir. Quel sera mon avenir, maintenant ? Je n'en sais rien. Je n'ai plus de titre, plus de foyer, plus rien. Et je dois lutter pour ma vie. Toi, Mathilde, sois heureuse, et pense un peu à moi de temps en temps. Je ne t'oublierai pas. Adieu, et encore merci.

Il se pencha davantage, posa sur ma joue un baiser léger, et subitement je me retrouvai seule. Les vaches ruminaient paisiblement, mais la porte grande ouverte me disait qu'il était parti. Je courus à travers la cour, allai jusqu'à l'entrée. Sur le chemin qui menait aux champs, il s'éloignait. Je regardai sa silhouette que brouillaient mes larmes. Il se retourna, m'aperçut, ôta ce ridicule bonnet rouge qui le déguisait, et d'un geste de grand seigneur en balaya le sol en s'inclinant. Je souris à travers mes larmes. Fantasque, séduisant, troublant... et courageux. Je lui fis un petit signe d'adieu et, en essuyant mes yeux, je m'en allai vers les tâches qui m'attendaient.

Je me dépêchai de traire les vaches, l'esprit en ébullition. Je repensai à ce que m'avait raconté Adrien. Ainsi, son père était mort en prison ; quelle fin ignominieuse pour le seigneur de notre village ! Nul doute que Sylvain Busquet, s'il l'apprenait, ne s'en réjouît comme d'une victoire.

Je me pressais pour rattraper mon retard. Ensuite, j'allai lever ma mère, l'aider à s'habiller. En même temps, je m'interrogeais. Devais-je la mettre dans le secret, ou ne rien dire ? Mais ma mère ne tarderait pas à s'apercevoir qu'il manquait des vêtements et un peu de ravitaillement. D'un autre côté, pourquoi l'ennuyer avec ce souci supplémentaire, alors qu'elle se remettait à peine de sa maladie ? Je ne savais que faire. Ce fut elle qui me décida :

— Qu'y a-t-il, Mathilde ? Tu sembles nerveuse.

Je ne répondis pas, hésitant encore. Elle insista :

— N'essaie pas de nier. Je vois bien que tu me caches quelque chose. Ton expression me rappelle celle que tu avais dans ton enfance, quand tu faisais une bêtise et que tu n'osais pas l'avouer.

Alors je m'assis près d'elle et je racontai tout. Elle m'écouta sans m'interrompre, le visage attristé et inquiet. Lorsque j'eus fini, elle soupira :

— Notre comte est mort... Pauvre Adrien, il ne lui reste rien, en effet. J'espère que personne ne t'a vue, Mathilde ?

— Non, je ne crois pas. Aurais-je dû refuser de l'aider ? Je n'y ai même pas pensé.

— Non, tu as bien fait, à ta place, j'aurais agi de la même façon. Que cela reste uniquement entre nous, Mathilde. N'en parle à personne d'autre.

— Pas même à Blaise ?

— Je ne sais pas. C'est à toi de voir.

— Je peux lui faire confiance, si c'est ça que vous voulez dire. Et puis, je préférerais qu'il n'y ait pas de secret entre lui et moi.

Je lui en parlai le soir, lorsque nous fûmes couchés. Dans son berceau, Bastien dormait en faisant de petits bruits de succion. Et moi, allongée contre le grand corps chaud de mon mari, je racontai la scène du matin sans rien omettre. La proximité de Blaise faisait qu'elle me paraissait maintenant lointaine et irréelle. Avec sa bonté naturelle, il m'approuva, mais il me conseilla, comme ma mère, de ne pas le répéter. Tout contact avec des émigrés était considéré comme suspect, et aider un aristocrate à s'enfuir du pays était tout aussi dangereux que de cacher un prêtre réfractaire. Je décidai donc de ne plus jamais en parler, comme si la scène vécue le matin même n'avait pas existé.

Peu à peu, à mesure que les jours passèrent, son souvenir s'estompa lentement de mon esprit. Et je n'y pensais presque plus lorsque arriva cet événement qui, brutalement, vint bouleverser mon existence en y apportant la peur, l'horreur et le désespoir.

C'était un matin semblable à tous les autres. Je venais de me réveiller et, les yeux ouverts dans l'obscurité, blottie contre Blaise, j'écoutais le père et le fils, encore endormis, mêler leur respiration. Silencieuse et immobile, je goûtais le moment de paix et de douceur qui s'offrait à moi avant une nouvelle journée. Dehors, une lueur incertaine annonçait l'aube. De la chambre voisine me parvenaient les ronflements sonores de Justin. Je souris, passai une main sur la poitrine de Blaise. Il remua, prononça quelques mots que je ne compris pas, dans son sommeil se tourna vers moi. Je soupirai, quittai avec regret le refuge chaud et douillet du lit. Je me levai en frissonnant, pensant au travail qui m'attendait, allumer le feu, aller traire les vaches et rapporter le lait, préparer le déjeuner, faire manger Bastien, m'occuper de mes trois générations d'hommes. Je m'habillai rapidement.

Un doux roucoulement m'attira vers le berceau. Mon fils, les yeux grands ouverts, agitait les mains en gazouillant. Il me vit, eut un sourire charmant, me tendit les bras. Je le pris contre moi. C'était un beau bébé de huit mois, au corps tendre et ferme, au caractère vif et enjoué. Je l'embrassai, le chatouillai ; il éclata d'un rire cristallin. Blaise ouvrit les yeux, bâilla longuement :

— Que se passe-t-il donc ? A quoi jouez-vous, tous les deux ?

Je m'assis sur le lit. Bastien gigota pour m'échapper. Blaise le saisit dans ses grandes mains, le posa près de lui :

— Alors, mon grand garçon ? Comment vas-tu ?

Le petit émit un gloussement heureux. Ils se sourirent. Je les regardai, émue par le bonheur paisible qu'ils me donnaient. C'étaient ces moments privilégiés qui rendaient supportables les autres, ceux qui concernaient la guerre, la révolution, l'absence de Germain et de François, tous les bouleversements qui perturbaient notre vie.

La journée commença comme de coutume. Blaise et Justin, après avoir déjeuné, gagnèrent l'atelier. Je balayai la salle, surveillant du coin de l'œil Bastien qui jouait avec des bouts de bois, lorsque j'entendis des éclats de voix. J'écoutai. Blaise disait, sur un ton assuré :

— Vous devez vous tromper. Il ne peut s'agir de ma femme.

Mon cœur bondit, s'affola. Sans réfléchir, j'avançai, j'allai jusqu'au seuil de l'atelier. Deux gendarmes s'y trouvaient, qu'accompagnait un Sylvain Busquet blême et muet. Ils se tournèrent vers moi. Le plus âgé questionna :

— Mathilde Bassart, femme Desbourg, c'est toi, citoyenne ?

— Oui. Qu'y a-t-il ?

Ma voix résonnait, claire et étonnée. Je ne comprenais pas encore. L'autre gendarme, qui paraissait beaucoup moins aimable que son compagnon, répondit brièvement :

— Prépare-toi à nous suivre, citoyenne. Nous avons ordre de t'emmener à Douai.

J'éprouvai un tel saisissement que je restai stupide pendant plusieurs secondes. La respiration coupée, je les fixai avec incompréhension. Je parvins à émettre une sorte de coassement inaudible :

— Moi ? Mais pourquoi ?

— Tu dois bien le savoir, grogna le même gendarme. Allez, presse-toi.

Affolée, je me mis à trembler, je lançai un regard désespéré à Blaise. Il vint à moi, m'entoura de son bras, me parla avec douceur :

— Calme-toi. Nous allons nous expliquer. Je suis sûr qu'il s'agit d'une erreur. Sylvain, qu'est-ce que ça signifie ?

Le gendarme, qui commençait à montrer des signes d'impatience, dit avec humeur :

— Ce n'est pas une erreur. Citoyenne, si tu es bien Mathilde Bassart, tu es en état d'arrestation. Tu es accusée de manœuvres aristocrates et de crime contre la nation.

J'eus un sursaut de panique :

— Mais c'est faux ! Je n'ai rien fait ! Sylvain, dis-leur que je n'ai rien fait ! Tu le sais bien, toi !

Sylvain baissa les yeux pour me dérober son regard. Avec froideur, il déclara :

— Ce n'est pas l'avis de la personne qui t'a dénoncée. Tu as mal agi, Mathilde.

— Quelqu'un m'a dénoncée ? C'est impossible ! Qui que ce soit, il a menti ! Je suis innocente, il faut me croire !

Je criais ces protestations d'une voix aiguë qui n'était pas la mienne. Bouleversée, éperdue, je m'insurgeais sans comprendre. Subitement, dans la confusion qui emplissait mon esprit, une étincelle éclata : ce matin où j'avais aidé Adrien en lui fournissant vivres et vêtements... Avais-je été vue ? Qui pouvait me haïr suffisamment pour aller me dénoncer ? J'eus l'impression qu'un piège gigantesque se refermait sur moi. Que faire, sinon nier ?

— Prépare-toi, grommela le gendarme. Nous n'allons pas t'attendre toute la journée. Veux-tu que nous t'emmenions de force ?

Incapable d'en supporter davantage, je me mis à sangloter en m'accrochant à Blaise. Justin, atterré, ne disait rien. A travers mes larmes, j'aperçus Bastien qui, en rampant, était venu jusqu'à moi. Il entoura mes chevilles de ses petits bras, essaya de s'agripper, leva la tête vers moi. Je vis le regard du plus vieux gendarme s'emplir de pitié.

— Il faut obéir, citoyenne, dit-il avec bonté. Tu dois nous suivre. Si tu es innocente, ne crains rien, tu seras relâchée.

Justin se secoua, fit un pas en avant, les yeux étincelants de colère :

— Mais en attendant, vous allez la mettre en prison, simplement parce que quelqu'un a raconté des mensonges. C'est une honte ! Nous sommes de bons citoyens, nous avons toujours agi honnêtement. J'ai un fils qui est parti se battre pour défendre la patrie. Que vous faut-il de plus ?

Le gendarme étendit une main apaisante :

— Je te crois, citoyen. Mais, pour le moment, nous avons reçu un ordre et nous devons l'exécuter. Prépare-toi, citoyenne, conclut-il à mon adresse.

Je jetai un regard interrogateur à Sylvain. Il fit un bref signe d'acquiescement.

— Fais ce qu'il te dit, Mathilde.

Dans un état second, je tendis Bastien à Blaise, j'allai dans la chambre, préparai un ballot de linge. Justin prit l'enfant et Blaise vint me rejoindre. Secouée de sanglots irrépressibles, je me tournai vers lui. Dans son visage tiré, la meurtrissure de sa joue ressortait davantage. Jamais je ne l'avais autant aimé. Je me jetai dans ses bras. Il me serra avec force, avec passion, murmura, la bouche dans mes cheveux :

— Ce ne sera rien, Mathilde. Nous nous arrangerons pour prouver ton innocence. J'irai partout s'il le faut, mais j'y arriverai. Aie confiance. Et n'oublie pas que je t'aime.

Je relevai la tête, plongeai mes yeux dans les siens. Pendant un instant court, intense et poignant, plus rien n'exista que nous deux, et j'eus l'impression angoissante de perdre le bonheur que j'avais possédé jusque-là. Nous fûmes brutalement interrompus par le gendarme hargneux qui, par la porte ouverte, nous observait :

— Les effusions sont terminées ? dit-il avec une ironie qui me blessa. Viens, citoyenne, on s'en va.

Justin s'approcha, m'embrassa, glissa dans ma main quelques assignats. Je sentis sa moustache trembler contre ma joue. Bastien, dans ses bras, tendit ses mains vers moi. Ce fut plus que je n'en pouvais supporter. J'embrassai éperdument mon enfant, sanglotant sans retenue : et lui, effrayé par mon attitude, se mit à pleurer avec moi. Il me sembla que Justin bougonnait quelque chose d'une voix rauque, que Blaise me parlait avec amour, mais je n'entendis rien. J'eus vaguement conscience que l'on me séparait de mon fils, que l'on me poussait dehors. Devant la maison, deux chevaux attendaient. L'un des gendarmes prit une corde et en enroula mes poignets. Malgré le chagrin qui m'écrasait, j'eus un mouvement de révolte, reculai. Je ne voulais pas être ligotée comme une criminelle. Mais l'homme me retint, noua la corde d'un geste sec, l'attacha à la selle de son cheval, qu'il fit avancer. Obligée de suivre, je fis quelques pas. Blaise se mit à marcher près de moi, pour me donner du courage, et pour retarder le plus possible la séparation qui nous était imposée. Je me retins pour ne pas pleurer à nouveau.

— Où l'emmenez-vous, citoyens ? cria-t-il aux gendarmes dont je ne voyais que le dos large et hostile.

Le plus âgé se retourna :

— Nous avons ordre de la conduire à la prison des Ecossais, à Douai.

Toujours aussi hargneux, l'autre jeta par-dessus son épaule :

— Que fais-tu donc là, toi ? Tu n'as pas à venir avec nous. Allez ouste ! Rentre chez toi et laisse-nous faire notre travail en paix.

Il prit son sabre, fit un large moulinet. Effrayée, je dis d'une voix tremblante :

— Obéis, Blaise, laisse-moi. C'est encore pire.

Il me regarda avec détresse. Très vite, il s'approcha de moi, prit mon visage entre ses mains, m'embrassa avec une fureur désespérée. Il dut me lâcher, car la corde m'entraînait. Et il resta là, sur le bord du chemin, tandis que je me retournais pour le voir une dernière fois. J'eus une ultime recommandation :

— Prends bien soin de Bastien.

Il hocha la tête affirmativement, et au détour du chemin je ne le vis plus. Derrière mes guides à cheval, je dus traverser le village, et je sentis mes joues brûler de honte et d'humiliation. Je marchais en gardant mes yeux obstinément fixés sur le sol. Heureusement l'heure était matinale, il faisait froid, et les rues étaient désertes. Mais ceux qui, de leur maison, me voyaient passer ainsi enchaînée, que devaient-ils penser ? Après notre curé, après le comte et Adrien, c'était à mon tour maintenant. Comment était-ce possible ?

Une exclamation retentit subitement, se faisant l'écho de mes pensées :

— Mais ce n'est pas possible, Mathilde ! Que se passe-t-il ?

Joséphine sortait de son magasin, venait vers moi, les mains sur les hanches. Elle apostropha mes gardiens, se plaçant devant eux avec détermination :

— De quel droit l'emmenez-vous ? Elle n'a jamais rien fait pour ça, que je sache ! C'est la plus douce et la plus sage de nous toutes. Avez-vous perdu la raison ?

Le plus jeune des gendarmes la repoussa du plat de son sabre.

— Allons, laisse-nous. Cela ne te regarde pas.

Elle recula de mauvais gré, se tourna vers moi avec compassion :

— Si je peux t'aider, Mathilde, je le ferai. Je vais me renseigner. Compte sur moi.

Sa sollicitude me fit du bien. Je la vis repartir vers l'épicerie où, sur le seuil, Noémie m'observait. Un peu plus loin, venant vers nous, Marie Busquet trottinait sur le chemin. Elle s'écarta pour laisser passer les chevaux. En m'apercevant, son visage exprima une surprise presque comique. En silence, elle me suivit d'un regard consterné et abasourdi. J'eus envie de lui crier, avec rancune, d'aller interroger son fils. Quel rôle avait-il joué dans mon arrestation ? D'après lui, quelqu'un m'avait dénoncée. Savait-il de qui il s'agissait ?

Nous sortîmes du village. A l'horizon, dans un ciel strié d'or et de rose, le soleil se levait, chassant la brume qui s'attardait sur les champs et s'accrochait aux branches des arbres. Je pensai à ma mère, encore convalescente. Comment allait-elle réagir à ce nouveau coup du sort ? Le départ de son fils à l'armée, la mort de sa petite-fille, et maintenant sa fille en prison... Les épreuves se succédaient. S'arrêteraient-elles un jour ? Reviendrions-nous dans notre village, mon frère François et moi ?

Les gendarmes prirent la direction de Douai, empruntant des chemins de traverse. De temps en temps, nous croisions des paysans, ou bien des marchands nous dépassaient, se rendant au marché. Ils me lançaient un regard curieux, souvent apitoyé, quelquefois malveillant. Je finis par garder la tête continuellement baissée, pour ne plus les voir. La pensée qu'on pût me croire coupable me faisait mal.

Je mettais un pied devant l'autre, essayant de faire le vide dans mon esprit. J'apercevais, devant moi, les croupes larges des chevaux. J'entendais, dans un autre monde, le monde de liberté qui avait été le mien, des oiseaux gazouiller, des coqs chanter. Des maisons, bientôt, apparurent. Nous étions dans un village que je ne connaissais pas. Je ne tardai pas à comprendre que nous avions fait un détour pour procéder à une seconde arrestation.

Mes gardiens s'arrêtèrent sur la place, devant un bâtiment que je devinai être la maison commune. Ils entrèrent, palabrèrent un instant. Ils revinrent avec un jeune homme, coiffé d'un bonnet rouge qu'ornait une cocarde tricolore. Il me lança un regard peu amène. Tous trois traversèrent la place, prirent la rue située juste en face, frappèrent à l'une des premières maisons. Mon cœur se serra : ils allaient arrêter quelqu'un, provoquer un autre drame. Cela les laissait-il indifférents ?

Je regardai autour de moi. Tout était calme. Le soleil brillait à travers les branches des platanes. Quelques poules, sorties de la cour d'une ferme, venaient vers moi en picorant. Une femme passa, portant une cruche de lait. Elle m'observa avec curiosité. J'eus conscience de l'image que je devais offrir, prisonnière, ligotée, poussiéreuse... Je luttai contre le désir de me dissimuler entre les chevaux et le mur. Je pensai que je ne devais pas me conduire comme une coupable, puisque je n'avais rien fait. Alors je redressai fièrement la tête, essayant de paraître indifférente, regardant l'église qui, de l'autre côté de la place, avait dû certainement, elle aussi, être dépouillée.

Une autre femme vint rejoindre la première. Elles se mirent à chuchoter. Une troisième arriva, une quatrième. Puis un vieil homme, appuyé sur une canne, et plusieurs enfants. Du cabaret situé en face, d'autres hommes sortirent, s'approchèrent. Tous ces regards intrigués, indiscrets ou soupçonneux m'humiliaient. Je sentis mes joues brûler de honte.

C'est une femme qui, la première, a posé une question. Avec un mélange de méfiance et de pitié, elle dit :

— Qu'as-tu fait ? Pourquoi t'emmènent-ils ?

Les autres l'imitèrent aussitôt :

— D'où viens-tu ?

— Pourquoi as-tu été arrêtée ?

— Es-tu une aristocrate ?

— Moi, je trouve qu'elle en a bien l'air.

J'étais décidée à ne pas leur répondre, mais ils m'énervèrent. Je les fixai avec reproche, criai presque :

— Si je vous dis que je n'ai rien fait, vous ne me croirez pas. Et pourtant, c'est la vérité !

Ma voix s'affolait, dans un désir éperdu de les convaincre. Quelques ricanements me répondirent. L'une des femmes haussa les épaules d'un air incertain, se tourna vers sa voisine :

— Ils disent tous ça quand on les arrête. Mais peut-on les croire ?

L'un des hommes qui, placidement, fumait une longue pipe, remarqua :

— Peut-être dit-elle la vérité. Pourquoi pas ? Rappelez-vous Gaston, qui avait été arrêté à cause de cette histoire de faux assignats, il était innocent. Finalement, on l'a relâché.

Un autre approuva.

— C'est vrai. Par les temps qui courent, on met tout le monde en prison, innocents comme coupables. Comment s'y retrouver ? Moi je dis qu'il y a de l'abus. Cette jeune personne n'a pas la tête d'une criminelle.

Il me regarda avec une compassion et une bienveillance qui m'émurent. Une femme, plus loin, dit d'une voix aigre :

— Il ne faut pas toujours se fier aux apparences ! J'en sais quelque chose. Vous les hommes, vous êtes tous pareils. Dès que vous voyez un joli minois... peuh !

Elle renifla avec mépris. Un enfant, qui s'était mis à tourner autour des chevaux, releva la tête et me fit une grimace. Des larmes me vinrent aux yeux. Que pouvais-je faire, seule contre eux tous ?

— Que se passe-t-il, ici ? Circulez ! Allons, circulez !

Mes deux gardiens revenaient, et pour une fois je fus soulagée de les voir. Ils amenaient avec eux une femme d'une quarantaine d'années. Elle marchait visage fermé, lèvres serrées, dans une attitude de réprobation muette. Ils la placèrent à mes côtés. Avec la même corde qui enroulait mes poignets, ils lièrent les siens. Elle se laissa faire, non sans leur lancer un regard hargneux qu'ils ignorèrent. Ils attachèrent l'extrémité de la corde à la selle des chevaux, et nous partîmes.

Jusqu'à la sortie du village, les habitants que nous croisions l'apostrophèrent :

— Que se passe-t-il, Célestine ?

— Où vas-tu comme ça ?

— Que t'arrive-t-il ?

A tous, elle répondait avec colère :

— C'est à cause d'Honoré. Il a émigré, vous savez bien. Et c'est moi qu'on arrête, comme si j'en étais responsable ! Mais je n'y suis pour rien, je le leur ai dit !

Lorsque nous fûmes de nouveau dans la campagne, elle laissa éclater sa rancœur en un flot de paroles précipitées.

— Il paraît que j'ai été dénoncée, m'expliqua-t-elle. Par qui, je me le demande ! Et pourquoi ? Honoré, c'est mon frère. Il est parti en septembre dernier, avec sa femme et ses enfants. Il en avait marre des réquisitions, de cette révolution qu'il réprouvait à cause de ses excès, bien qu'au début il l'ait accueillie avec enthousiasme. Il voulait aussi soustraire ses fils à cet enrôlement obligatoire pour l'armée. Alors il a décidé de s'en aller. Il est arrivé aux Pays-Bas et il m'a écrit. Moi, je l'ai innocemment raconté dans le village. Je n'aurais jamais pensé que quelqu'un irait me dénoncer. Depuis quand est-ce interdit de recevoir des nouvelles de son frère ? — Elle fit un signe de tête en direction des gendarmes qui, devant nous, chevauchaient en silence. — Ils ont fouillé chez moi et ont trouvé la lettre qu'il m'a envoyée. J'aurais dû la cacher ou la détruire, mais je n'y ai pas pensé, tellement je n'avais pas conscience de mal faire. Il paraît qu'il y a eu une loi, selon laquelle les parents d'émigrés sont suspects.

Elle s'arrêta un instant, reprit son souffle. Avec un regard inquisiteur, elle demanda :

— Et toi ? Qu'as-tu fait ?

Une méfiance instinctive me fit répondre ce que j'avais décidé de dire, quoi qu'il arrive :

— Je ne sais pas. Sincèrement, je ne sais pas. J'ai été dénoncée, moi aussi, mais je n'ai rien fait. Je me contente de vivre tranquillement, entre mon mari et mon fils. Je me mêle le moins possible à tout ce qui concerne la révolution.

J'ignore si elle me crut. Elle baissa la tête, donna rageusement un coup de pied dans un caillou :

— En tout cas, nous voilà bien, maintenant ! On nous emmène en prison. Et après ? Va-t-on nous juger ? C'est qu'il y a de quoi avoir peur, avec leur guillotine ; on se retrouvera la tête tranchée avant d'avoir compris ce qui nous arrive !

— Oh non, dis-je, quand même pas !

Mais, alors même que je protestais, je me rappelai l'exécution, un an auparavant, de huit émigrés à Douai. Ce n'étaient pas, non plus, des criminels. C'étaient, si je me souvenais bien, un évêque et plusieurs officiers. Et j'avais entendu dire qu'à Arras, le tribunal révolutionnaire de Joseph Le Bon condamnait à mort presque tous les accusés. Jusqu'ici, je n'avais pensé qu'à l'injustice de mon arrestation, à la douleur d'être séparée de Blaise et de Bastien. Les propos de ma compagne d'infortune venaient de me faire entrevoir une réalité bien pire... Ce fut à ce moment que je commençai à avoir peur. Une peur insidieuse, tenace, qui s'installa dans un coin de mon esprit et ne le quitta plus.

5

Nous avons traversé Douai. Nous sommes passés rue de Bellain — ou plutôt rue de la Révolution — et j'ai levé les yeux vers les fenêtres du logement de ma sœur. Que penserait-elle, si elle me voyait passer ? Je n'osais pas regarder les gens que nous croisions. Ma timidité et mon humiliation, de nouveau, étaient les plus fortes. Ma compagne elle-même se taisait.

Devant le collège des Ecossais, qui avant la révolution servait de maison d'études à des jeunes gens de nationalité écossaise se destinant au sacerdoce, nos deux gardes s'arrêtèrent. Ils délièrent nos mains, nous poussèrent à l'intérieur, dans un couloir sombre et humide où je frissonnai. L'homme qui nous avait ouvert grommela :

— Encore de nouvelles prisonnières ? C'est que je n'ai plus de place, moi. Où vais-je les mettre ? Qu'ils viennent un peu, les administrateurs du district, ils verront l'état de ceux qu'ils m'envoient, entassés comme des bêtes sur de la paille pourrie. Je n'ai pas peur de le dire, c'est inadmissible. Je ne laisserais pas vivre mon chien dans des conditions pareilles.

Le plus jeune des gendarmes poussa un soupir impatienté :

— Tais-toi donc, citoyen Trochy, tu répètes toujours la même chose. Ces scélérats ne font que purger leur peine. Prends plutôt possession des deux pensionnaires que nous t'amenons.

Ledit Trochy prit un long cahier noir, dans lequel il inscrivit, avec application, nos nom, prénom, âge, adresse, ainsi que la date et l'heure de notre entrée. Je remarquai qu'il nous interrogeait sans acrimonie, et même avec une certaine bonté. Comme je lui répondais d'une voix tremblante, il leva les yeux vers moi. Son visage s'adoucit un peu :

— Qu'as-tu donc fait, toi, pour être ici ? Tu ne me sembles pas bien dangereuse.

Il referma son registre d'un coup sec :

— C'est ça que je leur reproche, arrêter tout le monde sans distinction, confondre les innocents et les criminels. Emprisonnons d'abord, vérifions après ! Oui, mais en attendant, les prisons débordent. Allons, venez avec moi.

Nous le suivîmes. Il nous fit monter un escalier, suivre un couloir. Il ouvrit une porte, y poussa ma compagne, en ouvrit une autre, me fit un signe :

— Allez, entre là.

Je pénétrai dans une cellule exiguë, et il referma la porte derrière moi. Je restai interdite un instant, regardant avec effroi autour de moi. Je comprenais subitement ce qu'il avait voulu dire. Allais-je vraiment devoir vivre dans cette pièce, comme les deux malheureuses que j'y voyais et qui m'observaient en silence ? Les murs nus suintaient d'humidité. Une fenêtre étroite, que barrait jusqu'à mi-hauteur une épaisse planche de chêne, dispensait une lumière terne et grise. Pas de meubles, pas même un lit. Sur le sol qui n'avait plus de plancher, de la paille servait de litière, comme pour des animaux. Un baquet d'aisances, placé dans un coin, répandait une odeur répugnante. L'une des deux détenues, qui me parut très âgée, s'approcha de moi en boitillant :

— Viens, mon enfant. Ne crains rien.

L'autre ricana :

— Notre palais ne te plaît-il pas ? J'avoue qu'il a de quoi surprendre au premier abord, mais tu t'y feras comme nous.

Encore ahurie, je posai mon ballot de linge par terre, me laissai tomber dessus. Je demandai avec horreur :

— Etes-vous ici depuis longtemps ?

Celle qui me faisait face, assise sur la paille, eut un geste vague :

— Je ne sais pas. J'avoue que je ne compte plus. Quelques semaines, ça c'est sûr, mais combien ?

Le fatalisme avec lequel elle considérait sa situation m'affola. Je bégayai :

— Mais... mais... je ne vais pas... ce n'est pas possible !

La plus âgée intervint :

— Allons, Victorine, cesse donc. Tu vois bien que tu l'effraies.

— Eh bien, qu'ai-je fait ? Je n'ai dit que la vérité. Il faut bien qu'elle sache ce qui l'attend.

La vieille femme ne répondit pas, s'assit sur un paquet de linge disposé dans un coin, me sourit :

— Faisons connaissance, d'abord. Qui es-tu ?

Je la regardai mieux. Petite, frêle, elle portait des vêtements riches et beaux, bien qu'ils fussent froissés et salis. La peau fripée et jaunâtre de son visage la faisait ressembler à une pomme toute ridée. Mais ses petits yeux noirs exprimaient une grande bonté, et l'intérêt bienveillant que j'y lus me donna envie de pleurer. J'ouvris la bouche pour répondre, la refermai sans pouvoir proférer un seul mot. Elle me tapota gentiment la main :

— Allons, remets-toi. Je comprends que cette situation te bouleverse. Si tu le préfères, nous allons te parler de nous d'abord, et tu nous raconteras ensuite. Tu le verras bientôt, les conversations sont le seul moyen de tuer le temps, et elles nous font prendre notre mal en patience. Surtout, elles nous permettent de ne pas penser au sort qui nous attend et dont nous parlons le moins possible. Bien que, pour ma part, je ne me fasse pas d'illusions. Je suis marquise, donc aristocrate, donc ennemie de la révolution. Mon défunt mari était lieutenant du roi. Ce sont des choses impardonnables de nos jours. De plus, mes filles sont émigrées, et j'entretenais avec elles une correspondance « suspecte ». Pour terminer, on a trouvé sur moi un « objet de fanatisme », une croix en or que mon mari m'avait offerte pour mes vingt ans, et qui ne m'avait jamais quittée. Alors...

Elle resta pensive quelques secondes, eut un sourire ironique et désabusé, reprit :

— Alors, vois-tu, je mérite plusieurs fois la mort. Pour moi, cela n'est rien. Je suis vieille, j'ai plus de quatre-vingts ans. Et puis, je crois bien que je préfère mourir plutôt que de continuer à vivre dans le monde actuel. Ce qui me rend triste, c'est de voir que l'on emprisonne des jeunes femmes comme vous deux, en pleine santé, pour des motifs ridicules, alors que bien souvent elles sont innocentes. N'est-ce pas, Victorine ?

L'autre haussa les épaules avec humeur :

— Moi, je suis accusée d'avoir distribué de faux assignats de cinquante sols. Les billets étaient en ma possession, d'accord, mais ce n'est pas moi qui les ai fabriqués. Impossible de faire admettre ça à ceux du comité révolutionnaire. Pourtant, c'est facile à comprendre ; je suis marchande, et un client a dû me payer avec ces assignats, sans qu'il soit forcément coupable lui non plus. Il y a beaucoup de faux billets qui, paraît-il, circulent tout le temps. On dit même qu'ils proviendraient de l'étranger. C'est leur faute aussi, à ceux de l'Assemblée ; ils n'avaient qu'à prévoir, et ne pas créer un papier-monnaie si facile à reproduire. De là viennent toutes ces contrefaçons. En tout cas, moi, je me retrouve en prison. — Elle eut un geste circulaire. — Admire dans quelles conditions, en plus ! Et comme je sais que la loi punit de mort les contrefaçons, je peux t'assurer que mes idées ne sont pas gaies. Aussi, qu'on ne me parle plus de révolution ! La liberté, qu'ils disent ! Ah oui, elle est jolie, leur liberté ; arrêter des innocents... C'est tout simplement révoltant !

La vieille marquise hocha la tête en soupirant, me considéra avec sympathie :

— Et toi, mon enfant ? Pourquoi es-tu ici ?

Sa question fut un baume pour l'humiliation cuisante que je ressentais depuis le matin. Elle n'avait pas dit « Qu'as-tu fait ? » mais « Pourquoi es-tu ici ? ». Et je décidai de continuer à affirmer que, justement, je n'avais rien fait. Je ne considérais pas comme un crime le fait d'avoir donné à Adrien quelques vêtements et quelques vivres. J'avais obéi à un réflexe de charité et d'entraide normal. Il ne me serait jamais venu à l'idée de refuser, et encore moins de le dénoncer. Ce fut d'une voix à la fois assurée et indignée que je répondis :

— Je ne sais pas. Ils sont venus m'arrêter ce matin, m'accusant d'aristocratie et de crime contre la nation. Je ne vois pas ce que j'ai pu faire pour mériter une telle inculpation. Mes parents sont des paysans, mon mari est charron. Tout ça n'a rien d'aristocrate ! Il paraît que j'ai été dénoncée au comité de surveillance. Par qui ? Pourquoi ? Je l'ignore. Celui qui m'a dénoncée a menti, et je trouve, moi aussi, inadmissible que l'on arrête quelqu'un sur de simples calomnies. Ne pourraient-ils vérifier avant ? Maintenant, me voilà ici, privée de mon petit Bastien...

Un sanglot brisa ma voix. De nouveau, la révolte et le

désespoir m'étouffèrent. Je me retins pour ne pas pleurer. Victorine m'observait avec une curiosité apitoyée. Avec tact, la vieille marquise parla d'autre chose :

— Eh bien, maintenant, nous allons t'expliquer comment nous passons nos journées ici. Tu as déjà vu en quoi consiste notre domaine. Nous sommes à l'étroit, et nous devons dormir sur cette paille. Ce ne serait encore rien si elle était propre, et changée souvent, mais tu verras vite que ce n'est pas le cas. Trochy, le concierge, fait ce qu'il peut, et réclame bien souvent pour nous auprès du district. Mais on lui répond que la paille est précieuse et rare, et nécessaire aux autres besoins de la république.

Victorine l'interrompit, avec ce ricanement que je commençais à connaître :

— Bien entendu, les prisonniers, qui sont les ennemis de la république, n'ont de la paille qu'en dernier recours, autant dire jamais. Et ce n'est pas tout ! L'eau qu'on nous donne est boueuse, beaucoup sont malades à cause de sa mauvaise qualité. Le médecin Foulon passe régulièrement et fait ce qu'il peut, mais ses recommandations ne sont pas suivies, et il n'y a rien pour nous soigner. Quant au pain, il est pratiquement immangeable. Et la soupe !... D'ailleurs, tu découvriras tout ça par toi-même. Nous avons une nourriture que, j'en suis sûre, ton père ne donnerait pas à ses cochons.

La marquise posa une main sur son bras, en un doux geste d'apaisement :

— Tout ce que tu dis est vrai, Victorine, mais tu n'arrangeras rien en maugréant sans cesse !

D'un mouvement hargneux, Victorine retira son bras, dit d'une voix rude :

— Ah, taisez-vous ! Comment pouvez-vous supporter ça, une couche de paille et des repas infects, après votre cuisine de riche et votre lit à baldaquin ? Je ne vous comprends pas. A votre place, je me plaindrais doublement.

— Et à quoi cela servirait-il, je te le demande ?

Je les écoutais sans rien dire, n'arrivant pas encore à m'intégrer à cet univers qu'instinctivement je refusais. J'admirais la marquise qui, malgré son âge, subissait une telle situation avec philosophie. Comme Victorine, une révolte me saisissait, qui rendait impossible toute acceptation.

Je dus apprendre à vivre au rythme de la prison, dans notre cellule confinée et nauséabonde. Je ne peux pas dire à quel point j'en ai souffert, moi qui, dès mon plus jeune âge, avais été habituée à l'immensité des champs, à l'odeur d'herbe et de grand vent. L'immobilité, aussi, était pénible. Serrées dans notre pièce étroite, nous pouvions à peine nous déplacer, et l'inaction me mettait des fourmillements dans les jambes. Nous ne sortions que deux fois par jour dans la cour, pour une courte promenade. J'en faisais lentement le tour, profitant des rayons d'un soleil printanier. La vieille marquise s'appuyait à mon bras. Une amitié était née entre nous. J'aimais sa sagesse, sa façon de raisonner, son état d'esprit attaché aux anciennes valeurs — comme la religion que maintenant l'on piétinait. Elle me racontait sa vie, je lui parlais de la mienne. Bien souvent, elle me consolait lors de mes moments de cafard, et sa présence m'aidait à accepter la dure transition entre la liberté et la réclusion.

Car, au début, ce fut très dur. Blaise et Bastien me manquaient d'une manière intolérable. La nuit, recroquevillée sur cette mauvaise paille, je pleurais d'un désir inassouvi, celui de serrer contre moi mon enfant. Nous n'avions pas de couverture pour nous protéger du froid, et je grelottais, complètement transie. Parfois, dans mon sommeil, je cherchais instinctivement le grand corps de Blaise, pour me blottir contre lui et me réchauffer. Je ne rencontrais que celui de ma vieille amie, et je reprenais brutalement conscience de la réalité. Alors, de nouveau, je pleurais.

Lors des premiers repas, que nous prenions dans le réfectoire de la prison, après celui des hommes, je ne mangeai rien. Victorine avait dit la vérité, l'eau était boueuse et saumâtre, la soupe grasse et infecte, le pain mauvais et dur. Le peu d'eau que je bus me donna des coliques qui me rendirent malade toute la nuit, et qui ajoutèrent à mon humiliation en me forçant à utiliser souvent le seau d'aisances placé dans la cellule.

Ce problème était pour moi une souffrance supplémentaire. La présence de mes compagnes me gênait horriblement. Je détournais la tête avec embarras lorsque l'une d'elles se posait sur le seau. Pourtant, comment faire autrement? Nous ne pouvions nous isoler, et, sauf pour les promenades et les repas, nous n'avions pas le droit de sortir. Au début, je me retenais jusqu'à l'extrême limite, ou encore j'attendais la nuit, afin qu'elles fussent endormies. Je me levais alors sans bruit, cherchais le seau à tâtons afin de pouvoir enfin m'y soulager. Puis, peu à peu, je réussis à m'y habituer. Nous avions établi un accord tacite : lorsque l'une de nous avait besoin, les deux autres tournaient le dos discrètement.

Ce baquet d'aisances avait un autre inconvénient : son odeur, qui finissait par emplir la petite pièce. Nous ne pouvions pas ouvrir notre fenêtre, à cause de la planche qui la barrait à mi-hauteur. Pour aérer notre cellule, lorsque nous sortions pour les promenades ou les repas, nous en laissions la porte grande ouverte. Cela renouvelait un peu l'air, mais lors de nos retours, dans la pièce de nouveau fermée, l'atmosphère redevenait vite irrespirable.

Alors, comme l'avait dit la marquise, nous essayions d'oublier notre triste condition en bavardant. Nous parlions de notre vie avant la prison, et, malgré les ennuis qu'y avait apportés la révolution, en comparaison de ce que nous connaissions maintenant elle nous paraissait heureuse et belle. Nous essayions de nous rassurer, aussi, sur notre sort ; mais nous n'y parvenions pas. La peur, parfois, nous tordait le ventre. Si nous étions reconnues coupables, que nous arriverait-il ? Serait-ce possible que nous fussions guillotinées comme des criminelles ? Victorine affirmait qu'à l'heure actuelle on guillotinait n'importe qui, les honnêtes gens comme les autres. Elle soutenait que si notre tête ne plaisait pas aux membres du tribunal, ils décideraient de la faire trancher. Et elle ricanait d'un air entendu. Ses propos me faisaient froid dans le dos.

La vieille marquise, elle, était beaucoup plus douce. Elle me réconfortait, et vivait dans une sérénité que j'enviais. Pour elle, une chose était sûre : elle serait condamnée à mort. Elle répétait que c'était aussi bien ; elle ne tenait pas à voir davantage l'effondrement de tout ce qui avait fait sa vie. Mais moi je m'insurgeais. Je ne voulais pas mourir, je voulais vivre, pour Blaise, et pour Bastien. Des sanglots amers me déchiraient, qui étaient l'expression de ma frustration et de ma révolte.

Quelques jours après mon arrivée, Trochy entra un matin dans notre cellule. Il portait un colis qu'il me tendit.

— Tiens, citoyenne, c'est pour toi. Ta mère vient de l'apporter. Il y a aussi une lettre.

Il mit le tout sur mes genoux, s'en alla avant que j'aie le temps de remercier. Ahurie, je regardais le paquet, sentant déferler en moi une grande joie. Je pris la lettre avec des mains tremblantes, mais ne pus la lire ; les larmes brouillaient ma vue. Je levai les yeux vers mes compagnes. La marquise me sourit avec indulgence. L'air intéressé, Victorine remarqua :

— Qu'y a-t-il dans ce colis ? Crois-tu que ce soit des vêtements, ou bien des vivres ?

— Ouvre-le, mon enfant, conseilla la marquise.

J'obéis. Avec émerveillement, je découvris du pain, du beurre, des tranches de lard fumé, des cuisses de poulet froid, et des petits gâteaux secs. Une bouffée de gratitude monta en moi, pour ma mère qui avait pensé à m'envoyer ces bonnes choses. Elle ne pouvait pas savoir à quel point elles étaient les bienvenues !

Victorine fit entendre un sifflement :

— Ça alors ! Tu en as de la chance !

Je repris la lettre, me mis à lire. Les lignes dansaient devant mes yeux, mais je parvins à déchiffrer l'essentiel. Ma mère me disait son indignation et sa tristesse, affirmait que mon père, Nicolas et Blaise se démenaient pour obtenir ma libération. Jean-Marie avait ajouté quelques mots. Même Louis, qui ne savait pas écrire, avait tracé une croix dans un coin. Au dos, Blaise avait noirci la page. Il s'inquiétait pour moi, disait que je lui manquais ainsi qu'à Bastien dont ma mère s'occupait avec dévouement. Il m'assurait de son amour, et espérait que mon retour parmi eux ne tarderait pas. Justin avait ajouté, tout en bas : « Courage, ma fille. Je t'embrasse. »

Lorsque j'eus fini de lire, je pleurais à chaudes larmes. La marquise m'attira contre elle.

— Allons, mon enfant, calme-toi. Ce ne sont pas de mauvaises nouvelles, au moins ?

Je secouai la tête tout en continuant de pleurer. Cette lettre avait ravivé en moi la douleur de la séparation. Ce qui m'avait le plus bouleversée, c'était de savoir que je manquais à

Bastien. Mon petit enfant, jusqu'à quel point souffrirait-il de mon absence ?

— Bon, alors, ces bonnes choses ? On ne va quand même pas se contenter de les regarder ? C'est qu'elles m'ont mis l'eau à la bouche, moi !

Je ne pus m'empêcher de sourire. Je relevai la tête. Victorine, penchée sur le colis, ouvrait des yeux brillants de convoitise. Je mis la précieuse lettre dans ma poche, me réservant le plaisir doux et amer de la relire par la suite.

Je partageai les victuailles avec mes compagnes. Quel régal ! Nous avions oublié le goût du bon pain, la délicieuse onctuosité du beurre, la saveur croustillante des petits biscuits. Malgré notre cellule sordide, ce repas inhabituel et délicieux prenait des allures de fête. Ce soir-là, je m'endormis un peu moins malheureuse.

Le surlendemain, un autre colis arriva, contenant à peu près les mêmes choses. Trochy m'apprit que ma mère, en venant au marché de Douai tous les deux jours, déposerait chaque fois, à la prison, un paquet pour moi, avec quelques mots de toute la famille. Il me donna également la permission d'écrire une lettre, qu'il lui remettrait dès que le comité de surveillance, selon l'usage, en aurait pris connaissance. Je le remerciai avec effusion.

— Il n'est pas méchant, constata la marquise après son départ. Il essaie dans la mesure de ses moyens d'adoucir notre sort. Mais il ne peut pas grand-chose, malheureusement.

Je ne répondis pas. J'échafaudais déjà dans ma tête les phrases de ma lettre. Parlerais-je de ma cellule, de la paille, des repas infects ? Pour ne pas les attrister, je décidai que non. A quoi bon me plaindre ? Cela ne changerait rien. Peut-être pourrais-je quand même demander à ma mère qu'elle-même, ou ma sœur, apporte une couverture ? Je poserais la question à Trochy.

Je me mis à vivre, dorénavant, pour le colis qui me parvenait toujours fidèlement. Les nouvelles qui y étaient jointes, accompagnées d'encouragements et de mots de tendresse, me soutenaient moralement et chassaient ma tristesse. Je les lisais et les relisais, souffrant d'être loin d'eux tous. Et la nourriture, aussi, faisait du bien. Je me sentais plus en forme, je ne souffrais plus de coliques. Mes compagnes, avec qui je partageais les provisions, m'en étaient profondément reconnaissantes. Une sincère amitié nous unissait, qui nous permettait de supporter plus aisément les conditions pénibles dans lesquelles nous vivions.

Deux semaines passèrent ainsi, longues, interminables, avec des alternatives d'espoir et de découragement. Au début de la troisième semaine, Trochy vint me chercher en début d'après-midi :

— Suis-moi, citoyenne. On te demande.

J'étais occupée à recoudre la jupe de la marquise, qui était déchirée. Petit à petit, grâce aux colis de ma mère et aux demandes que je lui faisais par l'intermédiaire du concierge, nous parvenions à avoir certaines choses utiles, comme une aiguille et du fil. Nous possédions maintenant une couverture que ma sœur avait apportée, suffisamment pour nous recouvrir toutes les trois lorsque nous étions couchées.

— On me demande ? Qui ça ?

— Allons, vite, presse-toi. C'est le juge de paix qui désire t'interroger.

Je me levai, le cœur battant de crainte. Le juge de paix ! Cela évoquait la justice, le tribunal, la condamnation. Une angoisse subite me prit à la gorge. La marquise arrangea mon bonnet, lissa inutilement mes vêtements chiffonnés.

— Courage, mon enfant, souffla-t-elle. Fais des réponses brèves. Moins tu en diras, mieux ce sera.

Je suivis Trochy dans le couloir, dans l'escalier. Je me décidai à l'interroger d'une voix que l'appréhension voilait :

— Je... euh... Que va-t-il se passer ?

Il vit mon affolement, se fit rassurant :

— Ne t'inquiète pas. C'est une opération de routine. Tous les prisonniers la subissent. On va t'interroger et ensuite le comité révolutionnaire décidera si tu peux être libérée.

— Et sinon ?

Il écarta les bras avec embarras :

— Sinon, tu seras renvoyée à Ranson, l'accusateur public du tribunal criminel du département, afin d'être jugée.

— Jugée... et condamnée ?

— Pas forcément. Tu peux aussi être acquittée. Les acquittements ne sont pas nombreux, mais il y en a. Si tu es innocente...

— Victorine prétend que bien des innocents se retrouvent avec la tête tranchée.

Nous étions arrivés devant une porte, près de laquelle veillait un garde national. Sans répondre, Trochy l'ouvrit, me fit entrer. Je fis quelques pas, m'arrêtai. Derrière une large table était assis un homme au visage sévère sillonné de rides et barré d'une énorme moustache. Il était coiffé d'un chapeau qu'ornait un volumineux panache bleu-blanc-rouge. Sans raison précise, il m'inspira une méfiance immédiate. Près de lui, un autre homme, plus jeune, taillait une plume d'un air las et indifférent. Crispée, je ne bougeai pas.

— Avance, citoyenne, dit le premier d'une voix caverneuse. Le comité révolutionnaire de cette commune m'a chargé de t'interroger. Donne-moi tes nom, prénom, âge, qualité et demeure.

Je répondis d'une voix étranglée par la peur. Le greffier écrivait chacune de mes réponses, et le crissement de la plume sur le papier agaçait mes nerfs tendus.

— Pourquoi es-tu détenue ? continua le juge.

Il avait posé cette question d'un ton froid, m'observant avec une expression de mépris hautain sous laquelle je me sentis insignifiante et stupide. Je serrai les poings, enfonçai mes ongles dans mes paumes, redressai la tête, dis avec effort :

— Je l'ignore.

Il me lança un regard glacial.

— Tu es accusée de manœuvres antipatriotiques et de relations avec les émigrés. As-tu aidé le ci-devant Adrien de Bryars à rejoindre les Pays-Bas autrichiens ?

Ainsi, c'était bien ça ! Qui avait pu me voir, et surtout me dénoncer ? J'avalai ma salive avec difficulté.

— Je ne comprends pas ce que vous voulez dire.

Il fronça les sourcils.

— Ton langage est celui d'une aristocrate. Ne sais-tu pas qu'entre patriotes on se tutoie ?

Avais-je encore oublié ce maudit tutoiement ? Je n'avais pas fait attention. Décidément, je ne parvenais pas à m'y habituer. Mes propos avaient-ils aggravé mon cas ? Je m'affolai. Mes paumes devinrent moites.

— As-tu eu des relations avec la famille de ce ci-devant depuis leur départ ?

— Non, pas du tout.

— N'as-tu pas reçu ni écrit de lettre ?

— Non.

— As-tu revu le citoyen Adrien de Bryars depuis son évasion de Doullens ?

— Non. J'ignorais même qu'il s'était évadé.

Je fis ce mensonge avec aplomb, persuadée de n'être pas en faute et révoltée devant l'injustice de cet interrogatoire. Le juge resta impassible.

— Savais-tu que sa mère et sa sœur allaient émigrer ?

— Non.

Il soupira, secoua la tête. Son plumet tricolore remua d'une manière ridicule.

— Qui nommes-tu pour ton défenseur ?

Prise de court, je ne sus que répondre. Je balbutiai :

— Je ne sais pas.

— La loi veut que tu en aies un. Dans ce cas, je le nommerai d'office. As-tu autre chose à déclarer ?

— Non.

Cette dernière réponse était à peine audible. Tout semblait s'effondrer autour de moi. Je venais de comprendre que, si l'on me donnait un défenseur, c'est qu'il y aurait un procès. Cela signifiait que je n'allais pas être libérée, mais au contraire, comme me l'avait expliqué Trochy, renvoyée devant le tribunal et jugée.

— Citoyen greffier, relis les réponses.

D'une voix monocorde, l'autre répéta tout ce que j'avais déjà dit. Lorsqu'il s'arrêta, le juge de nouveau me regarda :

— Persistes-tu dans tes déclarations ?

La gorge nouée, je hochai la tête affirmativement.

— Alors, si tu sais écrire, signe ici.

Je pris la plume que le greffier me tendait. Ma main tremblait si fort qu'en écrivant mon nom je fis une tache. Un souvenir passa dans mon esprit : la dernière fois que j'avais signé, c'était lors de mon mariage avec Blaise. Là aussi, j'avais fait une tache, tellement j'étais émue. Comme j'étais heureuse alors ! Tandis que maintenant... Une douleur aiguë me comprima la poitrine. J'essayai de refouler mes larmes, mais elles emplirent mes yeux, roulèrent sur mes joues. Je me retrouvai dans le couloir, et le garde national m'accompagna jusqu'à ma cellule. Pour la première fois, cette pièce malodorante et crasseuse, où m'attendaient mes deux compagnes, m'apparut comme un refuge. Là, j'étais à l'abri des nuées menaçantes qui s'amoncelaient à l'horizon et qui, je le pressentais, n'allaient pas tarder à se rapprocher.

La réalité dépassa nos prévisions les plus pessimistes. Un matin, après l'appel, un commissaire, une liste à la main, arriva alors que nous étions dans la cour. Ma vieille amie me serra le bras avec appréhension. Victorine s'exclama :

— Que veut-il, celui-ci ?

Après un regard circulaire, le commissaire déclara d'une voix forte :

— Par ordre du représentant du peuple Joseph Le Bon, les personnes dont les noms suivent, entachées d'aristocratie, doivent se rendre immédiatement à Arras afin d'y être jugées par le tribunal révolutionnaire.

Il se mit à lire lentement. Figée, je l'écoutais. Lorsque mon nom retentit dans le silence, je demeurai anéantie pendant quelques secondes, ne voyant et n'entendant plus rien. Une secousse me fit sortir de mon hébétude : Victorine me tapotait l'épaule en maugréant.

— Ah ben ça alors ! Ça alors ! Et toutes les deux encore ! Qu'est-ce que je vais devenir, moi ?

Je me secouai, essayai de comprendre. La marquise, appuyée à mon bras, soupira :

— Courage, mon enfant. Il nous faut obéir. Nous partagerons encore cette épreuve. Pour moi, j'espère qu'elle sera la dernière. Mais pour toi... Que Dieu nous protège !

Nous reçûmes l'ordre de préparer notre paquet. Lentement, je commençai à réaliser ; avec ma vieille amie, j'étais transférée à Arras, là où on jugeait les prisonniers, là où on les guillotinait. Comme dans un cauchemar, je rassemblai mes affaires. Pour la première fois depuis que je la connaissais,

Victorine pleurait. En reniflant, elle aidait la marquise à envelopper nos minces richesses.

— N'oubliez pas votre argent, surtout. Et la couverture, vous la prenez ?

Je fis un geste vague.

— Garde-la, dit la marquise. On ne nous permettra certainement pas de l'emmener.

Des gardes nationaux parcouraient les couloirs, tapant dans les portes. L'un d'eux nous interpella :

— Citoyennes, il faut y aller.

Je regardai Victorine avec impuissance. Elle me prit aux épaules, m'embrassa :

— Courage, murmura-t-elle, je penserai à toi.

Elle embrassa également la marquise. Je n'écoutai pas ses paroles de réconfort. Je me surprenais à l'envier, elle qui ne s'en allait pas, comme nous, vers un inconnu angoissant... Les larmes aux yeux, elle nous regarda partir, appuyées l'une sur l'autre, poussées par des gardes nationaux impatients ou indifférents.

Dehors, des dragons et des gendarmes attendaient, entourant deux charrettes attelées à des chevaux. On nous y fit monter, les femmes dans l'une, les hommes dans l'autre. Nous étions peut-être une quinzaine en tout, hagards, ahuris, avec la peur au fond des yeux. Ma vieille amie, que l'âge rendait malhabile, se hissa péniblement. Un jeune soldat l'aida d'une poussée, en l'apostrophant avec irrespect :

— Allez, la vieille ! Hop là !

Elle se retourna, l'air outré :

— Dites donc, vous pourriez au moins être poli ! De mon temps...

L'autre l'interrompit en ricanant :

— Ton temps, il est fini, terminé. C'est l'égalité maintenant. Ne sais-tu pas qu'il faut se tutoyer, en bons citoyens ?

— Et depuis quand l'égalité permet-elle l'impolitesse ?

Le soldat fit un mouvement d'humeur :

— Oh, ça va ! On n'a que faire de tes leçons de morale.

Un sergent s'approcha :

— Allons, pressons ! Baudry, tais-toi, cela suffit. Et tout le monde dans les charrettes, vite !

Je me retrouvai contre le fond, ma vieille amie bouillant d'indignation près de moi. Dans un coin de la voiture, deux sacs contenaient de l'avoine et du foin pour les chevaux.

— Tenez, asseyez-vous là, dis-je. Vous serez plus à l'aise. Le voyage jusqu'à Arras risque d'être long et inconfortable.

Elle obéit, encore furieuse. Je regardai autour de moi. Derrière la haie de gendarmes et de dragons qui formaient notre escorte, de nombreuses personnes s'étaient groupées pour nous voir partir. Un soldat, plus loin, les renseignait. Je vis sur leur visage la curiosité et la pitié.

Lorsque les charrettes s'ébranlèrent, je m'accrochai au rebord. Les grandes roues cahotaient sur les pavés inégaux, et nous étions ballottés de côté et d'autre. Nos autres compagnes se taisaient. Je comptai, nous étions six. Serions-nous toutes les six condamnées à mort ?

Lentement, nous traversions la ville. Les habitants nous regardaient passer sans rien dire ; beaucoup hochaient la tête avec tristesse. Ils n'étaient pas dupes, et savaient bien que les arrestations étaient trop souvent arbitraires. Deux hommes seulement, dans la rue Saint-Samson qui s'appelait maintenant rue de la Force, nous lancèrent des réflexions désagréables. Habillés en patriotes, avec un chapeau au large panache tricolore, ils s'esclaffèrent en nous voyant :

— Ha, ha ! Voilà du gibier de guillotine !

— A bas les traîtres !

Nos gardes restèrent impassibles. Je baissai la tête, de nouveau humiliée d'être prise pour une criminelle. Je regardais les rues familières, dans lesquelles bien souvent je m'étais promenée avec ma sœur. Y reviendrais-je un jour ?

Nous sortîmes de la ville par la porte d'Arras. Bientôt, ce fut la campagne, avec ses champs déjà ensemencés, ses arbres qui, à l'approche du printemps, commençaient a se poudrer de vert. Au loin, les toits d'un village apparaissaient, dominés par le clocher d'une église désormais inutile. Je respirai profondément, retrouvant avec bien-être l'odeur de terre et d'humus qui m'avait tant manqué en prison. Je levai les yeux, regardai le ciel. Il était gris et couvert. Mais, même ainsi, combien j'étais heureuse de le voir !

Nous avions peut-être parcouru une lieue lorsque notre

escorte nous donna la permission de descendre des charrettes et de marcher si nous le désirions. Presque tout le monde obéit ; les secousses étaient pénibles. J'avais envie, moi aussi, de remuer après l'immobilité forcée des jours de prison mais je ne voulus pas laisser seule ma vieille amie qui, assise sur les sacs, s'accrochait à moi, le visage blême. Depuis son éclat de colère, elle se taisait, et je pensai que ce voyage, dans un chariot inconfortable, la fatiguait beaucoup. Je retins un sourire amer en imaginant les réflexions qu'aurait faites Sylvain Busquet sur les carrosses que la marquise ne possédait plus.

Un peu avant le village que j'avais aperçu, une femme, sur la route, venait vers nous. Elle se mit sur le côté pour nous laisser passer. Je vis qu'elle tenait contre elle un bébé de l'âge de Bastien. Je le dévorai des yeux. Je ressentis une frustration si intense que je crus avoir mal. Je détournai mon regard, profondément malheureuse.

Bientôt, il se mit à pleuvoir. Une pluie fine, persistante, froide et tenace. Recroquevillée sur les sacs, la marquise éternua plusieurs fois. Je cherchai quelque chose pour la protéger. Mais il aurait fallu un parapluie, et je n'en avais pas. Les autres prisonniers marchaient derrière les charrettes, la tête baissée, l'air morne. De chaque côté de la route, devant et derrière nous, les soldats et les gendarmes restaient silencieux, la tête rentrée dans les épaules.

Lorsque la pluie cessa, nous étions tous complètement trempés. Il était presque midi, et notre convoi fit halte à l'entrée d'un village pour abreuver et nourrir les chevaux. Quelques gendarmes nous surveillèrent, pendant que le reste de l'escorte entrait dans une auberge pour se restaurer. Le sergent vint nous dire que, si nous pouvions payer, on nous apporterait de quoi manger. Ceux qui avaient de l'argent payèrent pour les autres, et nous pûmes faire un repas rapide composé de pain, de fromage et d'une épaisse soupe aux légumes. Combien il nous parut délicieux, après la nourriture de la prison ! Deux de nos gardiens, ensuite, conduisirent ceux qui le désiraient aux lieux de commodités de l'auberge. Je soutins ma vieille amie jusque-là, furieuse d'être surveillée même dans ces conditions. Mais nos gardiens furent discrets, et pas un d'entre eux ne fit preuve de méchanceté.

On nous rassembla dans les charrettes en attendant le départ, pendant que les soldats buvaient un dernier verre dans l'auberge. J'avais déjà remarqué que des habitants du village venaient de temps à autre jusqu'à nous pour nous observer. Comme mes compagnons d'infortune, j'essayais de les ignorer. Eux se contentaient de nous regarder avec insistance, puis passaient et s'en allaient. La présence des gendarmes les retenaient de nous interroger. Tout resta calme jusqu'à l'arrivée bruyante d'un groupe de patriotes, qui s'approchèrent avec des visages hilares et curieux. Un homme d'une trentaine d'années les précédait, qui criait :

— Venez, mes amis, venez donc voir ces traîtres à la patrie ! Ils sont la honte de notre nation, une insulte aux bons citoyens comme nous ! Regardez-les, ces futurs raccourcis !

Ils dédaignèrent la charrette des hommes, vinrent se grouper autour de la nôtre. Ils commencèrent à nous insulter grossièrement. Penchée sur ma vieille amie, je leur tournais le dos, essayant de ne pas entendre leurs injures. La marquise se mit à tousser, attirant l'attention du meneur, qui fit le tour de la charrette et se posta face à moi. Je baissai la tête, me crispant instinctivement.

— Et celle-là, qu'a-t-elle fait ? Encore une aristocrate ?

Il vint plus près, m'attrapa par les cheveux — j'avais ôté mon bonnet trempé — et tira brutalement ma tête en arrière. Je croisai ses petits yeux, sournois et méchants.

— Mais c'est qu'elle est jolie, la gueuse !

Je le regardai avec un tel mépris qu'il me lâcha et recula d'un pas, un instant décontenancé :

— Bigre ! Elle n'a pas l'air commode !

Il se reprit, haussa les épaules, bomba le torse, lança à mon adresse d'un ton à la fois haineux et moqueur :

— Mais ne t'inquiète pas, tu ne regarderas plus longtemps les bons citoyens du haut de ta grandeur. C'est moi qui te le dis, tu seras moins fière quand tu éternueras dans le sac [1] !

Des rires gras saluèrent sa plaisanterie. Je me détournai,

1. Eternuer dans le sac signifiait être guillotiné. On disait aussi : mettre la tête à la petite fenêtre, regarder par la petite lucarne, faire la bascule, demander l'heure au vasistas, jouer à la main chaude... et après janvier 1793, essuyer la cravate à Capet.

les larmes aux yeux. Une main tremblante se posa sur la mienne, une voix chevrotante murmura :

— Ne l'écoute pas, mon enfant. Ne fais pas attention.

L'homme se pencha sur la marquise, un rictus mauvais aux lèvres :

— Qu'est-ce donc que cette ruine ? La république n'a que faire de vestiges comme toi. A la guillotine, et vite !

— Allons, circulez. Circulez, vous dis-je !

Les gendarmes arrivaient, avec les dragons qui étaient sortis de l'auberge. Ils repoussaient nos tourmenteurs qui résistaient et grommelaient. Un des gendarmes sortit son sabre, et les hommes finirent par reculer de mauvaise grâce. Nos gardiens nous entourèrent, et ce fut avec soulagement que je les entendis donner l'ordre du départ.

Au fur et à mesure que nous approchions d'Arras, notre angoisse grandissait. Dans la charrette, nos autres compagnes bavardaient, et je les écoutais. Leurs propos étaient inquiétants.

— Avec le tribunal de Joseph Le Bon, nous n'avons aucune chance. Cet homme est un fou dangereux. Il n'est content que lorsque les jurés votent la mort.

— S'il est fou, il a de qui tenir. Il paraît que sa mère est à l'asile. Elle a perdu la raison quand elle a appris qu'il avait accepté de prêter le serment imposé aux prêtres.

— Pourquoi ? C'était un prêtre ?

— Mais oui ! Il était curé constitutionnel à Neuville-Vitasse, près d'Arras. Et il a été l'un des premiers prêtres à se marier. Il a épousé sa cousine qui, d'après ce qu'on m'a dit, n'est pas mieux que lui. Elle est responsable d'un grand nombre d'arrestations. Elle adore assister aux exécutions du haut du balcon de la Comédie, avec son mari et leurs amis, hélas semblables à eux. C'est un véritable spectacle, il y a des musiciens qui jouent le *Ça ira*. Une buvette a même été installée au pied de la guillotine pour les spectateurs.

— Ce n'est pas possible ! Ce n'est pas vrai !

— Mais si, c'est la vérité. J'ai des cousins qui habitent Arras, ils m'ont raconté ce qui se passe. Ils n'osent plus sortir de chez eux de peur d'être arrêtés. Et même ainsi, ils ne sont pas à l'abri, parce que Joseph Le Bon encourage les dénonciations. Il promet, à ceux qui dénoncent, les biens de leur victime.

— Mais il faut des preuves, quand même ?

— Des preuves, on peut toujours en trouver, à une époque où des paroles insignifiantes sont transformées en crime contre la nation. Ainsi, moi, savez-vous pourquoi on m'a arrêtée ? Parce que j'ai dit que les assignats étaient des loques sans valeur. Mes paroles ont été répétées au comité de surveillance, qui m'a dénoncée comme suspecte, m'accusant d'avoir tenu des propos inciviques et d'avoir cherché à discréditer les assignats. Avouez que c'est à la fois ridicule et révoltant. Je n'arrive pas à croire qu'ils me couperaient la tête pour une stupidité pareille !

Une jeune femme, qui jusque-là n'avait encore rien dit, approuva :

— Il est vrai que les motifs d'arrestation sont parfois bien innocents. Dans un village voisin du mien, quatre jeunes gens ont été arrêtés parce qu'ils avaient promené partout un âne, à l'oreille duquel ils avaient attaché une cocarde tricolore. Eh bien, ils ont été accusés de ridiculiser l'emblème national.

— Moi, dit une autre avec amertume, je trouve que c'est malheureux, ces histoires de dénonciations. Si on souhaite se débarrasser de quelqu'un que l'on n'aime pas, on court le dénoncer, et ça suffit. C'est ce qui s'est passé pour moi. On m'a accusée de ne pas avoir voulu assister à la messe du curé constitutionnel qui est venu remplacer le nôtre. Mais je ne suis pas la seule à avoir agi ainsi. Alors, pourquoi moi ?

Je ne pouvais m'empêcher de penser que ces pauvres femmes étaient bien peu coupables, moins que moi qui avais fait quelque chose de défendu en aidant Adrien. De plus, s'il avait fallu, dans notre village, arrêter ceux qui n'avaient pas assisté aux messes de l'abbé Daubère, tout le monde ou presque se serait retrouvé en prison. Et les propos d'Ignace et de Joséphine, qui ne mâchaient pas leurs mots, me paraissaient bien plus contre-révolutionnaires que ceux de ma pauvre voisine, qui avait seulement traité les assignats de loques. Je me rendais compte qu'elles étaient pratiquement innocentes, et pourtant elles allaient être jugées par un tribunal qui, disait-on, ne pardonnait pas. Alors, qu'adviendrait-il de moi ? Je compris avec une nouvelle lucidité que je risquais de perdre la vie, et une terreur animale m'envahit.

Notre arrivée à Arras ne fit rien pour chasser cette impression. Dans les rues, des hommes au visage brutal, habillés d'un pantalon et d'une carmagnole, des mégères affublées d'une énorme cocarde tricolore huèrent notre passage, nous montrant le poing et criant des obscénités. Je sentis mes joues brûler d'une rougeur faite de honte et d'indignation.

Il était tard. Un brouillard humide et pénétrant s'était levé. Notre escorte nous amena sur la place, où nous fîmes halte. Nous restions là, tremblant de froid et d'appréhension. A quelques pas de nous, sur un échafaud, la guillotine dressait sa charpente sinistre. Je regardai le couperet avec effroi. Dans le soir qui tombait, des lambeaux de brume s'y accrochaient et lui donnaient un aspect fantasmagorique et irréel. C'était un spectacle lugubre. Je frissonnai. Comme notre halte se prolongeait, un des prisonniers finit par interroger nos gardiens :

— Pourquoi restons-nous ici ? Qu'attend-on ?

Le sergent expliqua brièvement, d'un ton neutre :

— Ce sont les ordres.

Sur le moment, nous ne comprîmes pas. Par la suite, j'appris que les charrettes transportant des prisonniers devaient toujours passer à proximité de la guillotine, afin de leur montrer le sort qui les attendait. Le résultat était marquant, je puis l'assurer. Longtemps, j'ai revu ce sinistre couperet, il m'a donné d'horribles cauchemars, dans lesquels régulièrement il tombait sur mon cou, me faisant sursauter et hurler de terreur.

L'obscurité s'épaississait, les rues étaient désertes. Seuls quelques patriotes acharnés osaient se promener. De l'autre côté de la place, d'un cabaret illuminé nous parvenaient des éclats de voix et des rires. Transie par l'humidité, je m'appuyais au rebord de la charrette avec lassitude. Tout mon corps était douloureux des cahots de la route. La marquise, affalée sur les sacs, appuyée contre nos ballots de linge, paraissait mal en point. A la faible lueur des réverbères, je pus voir que son visage était livide. Elle semblait épuisée, et grelottait dans ses vêtements encore mouillés depuis l'averse du matin.

Enfin, les charrettes de nouveau s'ébranlèrent. Elles traversèrent des rues obscures, puis s'arrêtèrent. Nous étions devant le monastère des Dames de la Providence, que Joseph Le Bon avait transformé en prison pour les femmes accusées d'être suspectes. On nous fit descendre, on nous poussa dans un couloir sombre, puis dans une pièce où l'on nous enferma. C'était un réduit humide et malpropre, plongé dans une obscurité presque totale. Seule une petite lucarne, placée très haut, diffusait une vague lueur. Abruties de fatigue et de peur, nous attendions en silence. Les minutes s'étiraient, interminables. Dans un coin, la marquise s'était assise sur notre baluchon et fermait les yeux. Elle respirait avec difficulté, éternuait souvent. Je pensai que, dans ses vêtements trempés, elle avait dû s'enrhumer.

A la longue, comme la nuit s'avançait, je décidai de m'installer du mieux que je pouvais, afin de prendre un peu de repos. Mes compagnes m'imitèrent. Certaines s'allongèrent, mais je préférai rester assise, dos au mur, jambes repliées, la tête appuyée contre mes genoux. Je passai la nuit ainsi, dormant par intermittence, me réveillant souvent. Ma position inconfortable ankylosait mes membres. J'essayai de me coucher sur le dos, mais le sol dur et froid m'obligea à me relever. La marquise, près de moi, gémissait dans son sommeil. Je pensais à Blaise, à Bastien, à tous ceux que j'aimais. Ils me paraissaient très loin, dans un autre monde où je ne retournerais peut-être jamais. Que sauraient-ils de moi, maintenant ? Sans doute Trochy préviendrait-il ma mère, lorsqu'elle apporterait le prochain colis, mais pourraient-ils me joindre ? Aurions-nous le droit de nous écrire ? Sans lettres, la séparation serait encore plus insupportable. Je me torturai longtemps avec ces questions angoissantes, puis je finis par m'endormir.

Des bruits de voix, des exclamations me réveillèrent. J'ouvris les yeux, et aussitôt l'appréhension fondit sur moi. Mes compagnes, autour de moi, émergeaient de leur sommeil. Personne ne parlait. Avec peine, courbatues par notre mauvaise nuit, nous nous mettions debout, faisant face, instinctivement, à la porte.

Un commissaire entra. Sans nous regarder, il fit l'appel de nos noms, emmena la première d'entre nous. Elle ne revint pas. Plusieurs minutes après, il vint en appeler une autre, qui ne revint pas non plus. Nous nous regardions avec inquiétude, ne sachant que penser. Où les emmenait-il ? Etait-il possible que ce fût, déjà, au tribunal révolutionnaire, et de là à la guillotine ? La crainte me desséchait la gorge.

Le commissaire ouvrit de nouveau la porte, aboya mon nom. Mon estomac se tordit dans un spasme. En état second, je suivis l'homme qui me conduisit dans une autre pièce. Il y entra avec moi, s'écriant de sa voix forte :

— Voilà la suivante ! Au travail !

Deux officiers publics étaient là, et me regardèrent avec un sourire que je jugeai déplaisant. L'un d'eux émit un sifflement vulgaire :

— Fichtre ! Quand elles sont aussi agréables que celle-ci, ce n'est plus un travail, c'est un plaisir !

Il s'approcha, une étincelle lubrique dans le regard. Je crispai mes mains sur mon baluchon. A cet instant, une femme entra. Elle avait une allure de mégère, un visage aux traits empâtés, des yeux perçants et durs. Elle me toisa, ordonna d'un ton sans réplique :

— Déshabille-toi.

Je demeurai stupide, lançai un regard aux hommes qui, en ricanant, m'observaient. Me déshabiller, devant eux ? Avec violence, la mégère m'arracha mon baluchon :

— Obéis quand je te parle. Apprends tout de suite que c'est moi la directrice, ici, et que je sais mater les fortes têtes. Commence par enlever tes vêtements. — Comme je ne bougeais toujours pas, elle s'impatienta. — Allons, vite ! Veux-tu que je te les enlève moi-même ?

— Je peux t'aider, citoyenne, proposa l'un des hommes avec un rire grossier.

Je répondis par un regard de dégoût. Les mains tremblantes, je commençai de déboutonner mon corsage. La femme, pendant ce temps, avait ouvert mon ballot de linge, qu'elle inspectait pièce par pièce. Lorsque j'ôtai ma jupe, elle en vida les poches, s'empara des assignats qui me restaient.

— Confisqué, tout ça. Ordre du représentant du peuple. Ne laisser aucune somme aux détenus, et, comme linge, le strict nécessaire.

Elle se tourna vers moi.

— Enlève ton jupon et tes bas.

Eperdue de honte, j'obéis. Elle me les prit, en fouilla toutes les coutures. En chemise, j'attendais. Les deux hommes s'approchèrent. Le premier m'emprisonna les mains derrière le dos, tandis que l'autre se mettait à me palper partout. J'eus un violent sursaut, me tordis pour leur échapper.

— Hé là ! Reste tranquille ! Il faut que je regarde dans les moindres recoins. Tu serais bien capable d'y avoir fourré des papiers !

Immobilisée par son camarade qui, derrière moi, me pressait contre lui, je dus subir ses attouchements odieux. Je me mordis les lèvres, sentant monter des larmes d'humiliation et de rage impuissante. La directrice s'en aperçut, me dit avec ironie :

— Ne sois donc pas si bégueule ! Tiens, rhabille-toi.

Elle me lança mes vêtements, que je m'empressai de remettre, les yeux baissés. Ma chair brutalisée brûlait. Je me retenais pour ne pas fondre en larmes.

— Je garde tout le reste. Ici, tu n'en auras pas besoin. Cela te sera remis si tu es libérée. Sinon, ce sera pour la nation. Viens maintenant, suis-moi.

Elle me fit monter des escaliers, m'emmena le long de couloirs étroits.

— Tu le verras, ici c'est autre chose qu'à Douai. Pas de faiblesse envers les ennemis de la révolution. Autant que tu le saches tout de suite, les personnes suspectes comme toi n'ont pas le droit d'écrire ni de recevoir de lettres. Même chose pour les colis. C'est la république qui vous nourrit, et elle est encore bien bonne de s'occuper de scélérats comme vous. Heureusement, la guillotine est là pour y mettre fin ! Ah, ah, ah !

Atterrée, je suivais l'horrible matrone en silence. Ainsi, comme je l'avais craint, je n'aurais plus de nouvelles des miens. Je courbai les épaules, accablée.

— Tiens, entre là. Défense de sortir, sauf pour les promenades. Défense aussi de communiquer avec les détenues des autres chambres. A la moindre désobéissance, c'est le cachot.

Sur ces paroles menaçantes, elle ouvrit une porte. Je pénétrai dans une petite pièce si encombrée de lits que je trébuchai contre l'un d'eux. En même temps, l'odeur me prit à la gorge, la même que dans notre cellule aux Ecossais, faite de sueur, d'urine et d'excréments. Tout allait donc recommencer !

— Voici une nouvelle pensionnaire ! Bienvenue parmi nous, mon enfant, quoique je préférerais de beaucoup t'accueillir dans d'autres conditions.

Assises sur l'un des lits, quatre femmes me regardaient. A leurs vêtements, je compris qu'elles étaient religieuses. La plus âgée, qui venait de parler, se leva, vint à moi. J'aimai immédiatement la bonté de son sourire et le bleu de son regard, dont la candeur me rappela celui de l'abbé Souliez.

— Je suis sœur Madeleine, et voici mes trois compagnes, Jeanne, Marie et Thérèse. Nous sommes filles de la Charité d'Arras, une maison fondée jadis par saint Vincent de Paul, et malheureusement fermée par la révolution. Nous avons refusé le serment prescrit aux ecclésiastiques, c'est pourquoi nous sommes ici. Viens, mon enfant, prends place près de nous.

Après la scène que je venais de subir, la sollicitude et la gentillesse avec laquelle elles m'accueillirent me touchèrent profondément. Avec gratitude, je leur adressai un pauvre sourire tremblant. Je m'assis face à elles, sur l'un des lits. En même temps, je regardais autour de moi. Toute la surface de la pièce était occupée par des lits de camp en bois, placés face à face, trois d'un côté et trois de l'autre, et si rapprochés qu'on pouvait à peine passer entre eux. La seule source de lumière était une lucarne à la vitre épaisse et sale, qu'il était défendu d'ouvrir, ainsi que me l'apprirent mes nouvelles compagnes.

— Le régime ici est dur, et seule la force de la prière nous permet de résister. Les femmes qui dirigent cet établissement sont — Dieu leur pardonne — inaccessibles à la pitié.

Je frissonnai en repensant aux petits yeux méchants et aux menaces de celle qui m'avait conduite jusqu'ici.

— J'ai vu la directrice, en effet.

Sœur Madeleine hocha la tête :

— C'est la femme Lemaire, une veuve qui tenait à Arras une petite boutique. Elle a été choisie pour son attachement à la révolution. Il y a aussi Catherine Allard, la sous-directrice, qui ne vaut guère mieux. Joseph Le Bon les a nommées et a toute confiance en elles. Il les appelle ses toupies. Elles respectent à la lettre le règlement, qui est draconien.

— Je sais, elle m'a fait part des interdictions. A Douai, j'avais au moins des nouvelles de ma famille. Ici, je n'aurai plus rien.

Sœur Thérèse vit ma tristesse. Elle posa une main douce sur la mienne :

— Tu prieras avec nous. Nous demanderons à Dieu de te rendre à ceux que tu as dû quitter. Est-ce un mari, des enfants ?

Elles me considéraient avec un intérêt si amical que je racontai tout. Mise en confiance, je parlai d'Adrien, des vêtements et des vivres que je lui avais fournis. Sœur Madeleine m'approuva :

— Si tu es coupable aux yeux du régime actuel, tu ne l'es pas aux yeux de Dieu, puisque tu as aidé ton prochain. Prends patience, mon enfant. Un jour viendra où tu retrouveras ceux que tu aimes.

Je pris ces paroles pour un simple encouragement, et, malgré mon désir de les croire, je restai sceptique. Pourtant, la calme certitude de sœur Madeleine me rassura.

— Dans la journée, nous prions beaucoup, et nous bavardons. Nous organiserons cela avec toi, si tu le veux. Chacune de nous doit égayer la conversation, en évitant tout sujet de tristesse, en essayant de trouver des motifs de confiance, en rappelant des souvenirs heureux ou amusants. Tu verras comme cela fait du bien.

J'acquiesçai. Déjà, je subissais leur influence, j'admirais la sérénité avec laquelle elles acceptaient leur sort. Elles me parlèrent des deux femmes qui avaient partagé leur cellule plusieurs jours et qui venaient d'être transférées à la prison des Baudets. Cette prison, m'expliquèrent-elles, était considérée comme l'antichambre de la guillotine ; on n'en sortait que pour aller au tribunal.

— Tu prendras l'un des lits vacants. Je suppose que l'autre ne tardera pas à être occupé, lui non plus. Les arrestations sont si nombreuses qu'il n'y a plus de place.

Comme en réponse à cette constatation, la porte s'ouvrit, et la redoutable directrice poussa dans la chambre ma vieille amie la marquise. La pauvre femme trébucha, comme je l'avais fait, contre le premier des six lits. Elle chancela, faillit tomber. Je la retins, l'aidai à s'asseoir. Elle s'agrippa à moi, regarda autour d'elle avec des yeux brillants de fièvre. Avec un geste de grande dame, elle salua les religieuses :

— Bonjour, mes sœurs. Veuillez excuser mon intrusion subite et forcée, mais je...

Une quinte de toux l'interrompit. Deux taches rouges marquèrent ses pommettes. Elle s'excusa avec un sourire navré :

— Je suis désolée. J'ai dû prendre froid, je me suis enrhumée. — Elle me regarda. — Ainsi donc, nous nous retrouvons, ma jeune amie. Présente-moi à nos nouvelles compagnes, veux-tu ?

Je donnai le nom des sœurs, qui l'interrogèrent avec la sollicitude qu'elles avaient déjà eue envers moi. La journée se passa en conversations, coupées par le repas qu'on nous apporta, composé de haricots figés et d'un mauvais pain noir que mon estomac eut bien du mal à accepter. Il y eut aussi la promenade dans le jardin. Alors que nous en faisions le tour, je remarquai qu'un bâtiment se dressait de l'autre côté ; de nombreuses têtes se montraient aux fenêtres, nous regardant avec avidité.

— C'est l'Hôtel-Dieu, expliqua sœur Madeleine. C'est là que sont enfermés les hommes suspects. Certains cherchent à voir leur femme, ou leur fille, qui sont emprisonnées ici et dont ils sont sans nouvelles. Combien est dure la séparation, dans ces conditions !

Ce soir-là, exténuée, je me couchai après une longue prière faite avec les sœurs. Lorsque je fus dans mon lit, sœur Madeleine vint à moi, se pencha et, tendrement, m'embrassa sur le front.

— Dors bien, mon enfant, et que Dieu te protège.

Son geste me bouleversa. Il me rappela ces soirs de mon enfance, où ma mère venait me souhaiter une bonne nuit alors que, pelotonnée sous les couvertures, je dormais déjà à moitié. Profondément émue, à mon tour j'embrassai cette femme qui avait l'âge d'être ma grand-mère et qui, d'instinct, dans sa grande bonté, trouvait les mots qui réconfortaient.

Recroquevillée sur le lit dur et étroit, si court qu'il m'était impossible de m'allonger, je fermai les yeux sur mes larmes. Pour la première fois depuis mon arrestation, je m'endormis le cœur un peu moins lourd.

6

Le lendemain, la marquise était si malade qu'elle ne put se lever. Dévorée de fièvre, elle toussait sans discontinuer, et de ses mains comprimait le côté gauche de sa poitrine en se plaignant :

— J'ai mal, là...

Je ne savais que faire pour la soulager. Je trempai un mouchoir dans la cruche d'eau que l'on nous donnait, en humectai son front. Les sœurs, près de moi, priaient.

— Cette toux est mauvaise, dit sœur Madeleine. Il faudrait la faire cesser, et faire tomber la fièvre. Je connais une recette que nous avons souvent expérimentée à la maison de la Charité, lorsque nous soignions les pauvres et les malades. Mais il me faudrait les plantes nécessaires pour préparer les tisanes. Et, malheureusement, je doute fort de pouvoir les obtenir.

— Mais n'y a-t-il pas un médecin, ou une infirmerie où elle pourrait être soignée ?

Sœur Jeanne fit une moue :

— Il vaut mieux qu'elle reste ici. L'infirmerie, je l'ai vue. C'est une pièce pleine de courants d'air, avec une cheminée si petite qu'elle ne sert à rien. Et il y a tellement de malades que les lits ne sont pas suffisants. Ce qui fait que la plupart sont couchés à même le sol, sur la terre humide. En plus, ils sont si mal soignés que leur état ne peut que s'aggraver. Non, gardons-la ici, et faisons de notre mieux.

Mais notre mieux était loin d'être suffisant. Nous ne pouvions que mettre des compresses froides ne possédant rien d'autre qui pût soulager notre amie. Par moments, elle sommeillait. Lorsqu'elle reprenait conscience, pliée en deux par les quintes de toux, elle haletait en s'accrochant à moi. Je restais près d'elle, je l'aidais à se lever lorsqu'elle demandait à aller au seau d'aisance placé dans un coin de la pièce et que les sœurs isolaient, dans la journée, à l'aide d'un drap tendu. Je la reconduisais ensuite jusqu'à son lit, sur lequel elle se laissait tomber avec épuisement. Elle ne mangea rien, fut incapable de descendre pour la promenade. Sœur Madeleine se décida à avertir la directrice lorsqu'elle l'aperçut dans le jardin. Elle se dirigea vers elle et exposa sa requête. De loin, je vis l'affreuse mégère secouer la tête avec énergie et répondre furieusement quelque chose.

— Elle ne veut rien savoir, nous apprit tristement sœur Madeleine. Elle refuse de fournir ce qu'il faut pour la soigner. Nous ne pouvons plus que prier. Dieu seul peut la sauver, maintenant.

Mais les prières furent inutiles. Toute la nuit, la marquise toussa, et le lendemain son état avait empiré. Lorsque la directrice passa pour ouvrir les portes, sœur Madeleine, une fois encore, essaya de la fléchir :

— Regarde-la, aie pitié. Elle est vraiment malade. Ne peux-tu faire quelque chose pour elle ?

Les petits yeux durs se posèrent sur la vieille femme brûlante de fièvre :

— Cette aristocrate ? C'est de la mauvaise graine, ça résiste à tout. Si tu savais ce qui l'attend, tu ne prendrais pas tant de soin de sa santé. Ah, ah ah !

Avec un rire déplaisant, elle referma la porte. Je tremblais d'indignation, outrée devant une telle méchanceté.

— C'est honteux, grondai-je. Comment peut-elle agir ainsi ?

Sœur Madeleine appuya une main sur mon épaule, dans une pression apaisante :

— Ne laisse pas de mauvais sentiments emplir ton cœur. Essaie de ne pas lui en vouloir. Rappelle-toi que Notre Seigneur Jésus-Christ a dit : « Père, pardonne-leur, car ils ne savent pas ce qu'ils font. »

Je la regardai avec désarroi :

— Je ne peux pas raisonner de cette façon ; si notre pauvre amie meurt, elle en sera responsable !

— Alors, elle en rendra compte à Dieu.

— Mais elle, criai-je en montrant la marquise à moitié inconsciente, que va-t-elle devenir ?

Sœur Madeleine traça un signe de croix sur le front qu'un linge mouillé tentait de rafraîchir.

— Elle est dans la main de Dieu, comme nous tous.

Ses paroles étaient les mêmes que celle de l'abbé Souliez, lorsqu'il avait accepté d'être expulsé de son presbytère. Mais moi, je m'insurgeais avec violence.

Pourtant, je ne pus rien faire. Une nuit passa, puis une autre journée, à la fin de laquelle la marquise elle-même comprit qu'elle allait mourir. Vers le soir, elle ouvrit les yeux et déclara calmement, comme une évidence :

— Voilà, le moment est venu. Adieu, mes sœurs. Priez pour moi. Et toi, mon enfant, ne sois pas triste. Je suis soulagée de quitter ce monde. Et je préfère mourir ainsi plutôt que d'être guillotinée. Je ne l'ai jamais dit, mais cette terrible machine me faisait peur. Dieu est bon, qui me permet d'y échapper.

Indignée et malheureuse, je la regardais. Malgré la fièvre qui colorait ses joues, son visage exprimait une profonde sérénité. Les sœurs l'entourèrent, se mirent à prier, afin de l'aider dans ses derniers instants, de lui donner le secours d'une religion qui continuait à vivre malgré l'acharnement mis à la détruire. Seule, à l'écart, je retenais mes pleurs. Pauvre vieille femme, coupable uniquement d'être née noble et riche... Pourtant, elle avait fait le bien autour d'elle, soulagé bien des misères. Elle m'avait raconté que, hiver comme été, elle allait visiter les pauvres et les malades, leur portant du linge, des vêtements, de la nourriture. Elle n'avait été emprisonnée qu'en février, lorsque Joseph Le Bon avait ordonné l'arrestation de tous les nobles encore en liberté. Et maintenant, elle allait mourir, dans une geôle sordide, loin de ses filles émigrées en Autriche...

Elle s'éteignit doucement pendant la nuit. Couchée près d'elle, je pris subitement conscience d'un silence insolite, et je me rendis compte qu'elle ne respirait plus. J'ouvris les yeux. Dans la pénombre, je vis que sœur Madeleine, assise sur son lit, priait tout bas en égrenant son chapelet. Je me levai, pleine de révolte et de chagrin. Sœur Madeleine chuchota :

— Elle est heureuse maintenant, auprès de Notre Seigneur qui l'a accueillie dans Son royaume.

Les autres sœurs vinrent près de nous et ce fut une longue veillée qui dura jusqu'à l'aube, tout occupée de prières. Lorsque la directrice ouvrit la porte de la cellule, il fallut bien lui apprendre le décès. La femme accueillit la nouvelle avec indifférence, jeta sur la marquise un regard dédaigneux :

— Ainsi, elle est morte. Bah, après tout, c'était le sort qui l'attendait.

Deux hommes vinrent la chercher, l'emmenèrent sans ménagement, cognant le frêle vieux corps aux parois de l'étroite cellule. Où allait-on l'enterrer, et dans quelles conditions ? Je me le demandai.

Toute la journée, je demeurai triste, malheureuse, perdue. Ma vieille amie me manquait. Les sœurs prièrent beaucoup. Elles puisaient là leur courage et leur force. Entraînée par leur exemple, j'essayais de les imiter. Mais je ne possédais pas leur foi immense et inconditionnelle, et il m'était dur de tout accepter avec résignation, d'offrir mes souffrances à Dieu, ainsi qu'elles le disaient. Ma jeunesse se révoltait, et le souvenir de Blaise, de Bastien, m'empêchait de raisonner comme elles, qui feraient volontiers le sacrifice de leur vie si Dieu l'avait décidé ainsi.

Cette nuit-là, je fis un cauchemar. Je voyais devant moi la guillotine, et je levais les yeux vers elle avec effroi. Je savais que j'allais avoir la tête tranchée. J'attendais, éperdue et terrorisée. Puis je me trouvais sur l'échafaud, autour duquel une foule grondante hurlait : « A mort ! A mort ! » A quelques pas de moi, la marquise gisait, sans vie. Alors, parmi les visages menaçants, j'aperçus Sylvain Busquet. Il me cria, avec une hargne mauvaise que je ne compris pas, en me montrant la marquise immobile : « Tu n'auras pas sa chance. Elle a échappé à la guillotine, mais toi, tu n'y échapperas pas. » Effondrée, je pensai : « Pas Sylvain, oh non, pas lui ! » et je me réveillai. Je fus heureuse et soulagée de revoir la cellule et, dans l'obscurité, les silhouettes endormies des sœurs qui reposaient calmement. Mais mon rêve m'avait laissé une impression d'horreur, qui mit longtemps à se dissiper. Il fut le premier de nombreux autres, qui tous me rappelaient le sort affreux qui sans aucun doute m'attendait.

Dans la journée, une nouvelle prisonnière fut introduite dans notre cellule. C'était une jeune fille à l'air timide, qui arriva en pleurs. L'horrible directrice claqua la porte derrière elle en la traitant de bégueule et de mijaurée. Sœur Madeleine, immédiatement, se leva, accueillit la pauvre enfant avec tendresse, lui prodiguant des paroles de consolation. Lorsque les sanglots s'espacèrent, nous pûmes comprendre, à travers ses explications décousues, qu'elle avait été interrogée par deux commissaires, puis déshabillée et soumise à la fouille. La patience et la douceur de sœur Madeleine finirent par l'aider à se calmer. Peu à peu, elle se confia. Elle se nommait Dorothée Vannier, était servante chez un important cultivateur des environs. Son maître avait émigré ; des hommes étaient venus perquisitionner, et elle avait été arrêtée. Agée de dix-huit ans, dotée d'un esprit simple, elle ne connaissait rien à la politique et ne comprenait pas pourquoi elle se retrouvait en prison. Je l'observai avec pitié. Combien étions-nous ainsi, à craindre pour notre vie, et pourtant innocentes ?

Les jours s'écoulaient, lents, pénibles, lourds d'anxiété. Chaque matin, l'huissier du tribunal révolutionnaire venait à la prison, une liste à la main. On appelait celles qui y étaient inscrites. Immobilisées par l'appréhension, nous écoutions la directrice passer dans les couloirs, ouvrir les portes des cellules, crier des noms. Pendant ces moments angoissants, les sœurs égrenaient leur chapelet. Dorothée et moi, serrées l'une contre l'autre, osions à peine respirer. J'entendais les pas des malheureuses qu'on emmenait, je souffrais pour elles. Nous savions qu'elles s'en allaient pour être jugées, et bien souvent guillotinées. La directrice, elle aussi, le savait, et sa nature mauvaise s'en réjouissait. Combien de fois l'ai-je entendue dire, ces jours-là, en parlant des prochaines exécutions : « Ah, ah ! Aujourd'hui encore, je crache du sang ! » Son ricanement sinistre demeurait longtemps dans nos oreilles.

Lorsque les prisonnières étaient guillotinées, elle s'emparait de leurs biens, confisqués en faveur de la nation. Comme elle ajoutait à ses nombreux défauts la vénalité, elle acceptait parfois, en se faisant grassement payer, que des parents apportent des provisions aux détenues. Dès qu'elle apprenait que ces malheureuses avaient été condamnées à mort, elle faisait main basse sur le vin et les liqueurs que certaines avaient reçus. Et, avec les commissaires affectés à la prison, elle buvait et faisait la fête toute la nuit.

Je me souviens d'une fois, en particulier, où il y avait eu, le même jour, vingt condamnations dont dix-sept femmes de notre prison. Directrice et sous-directrice, avec les commissaires et les employés de la prison, s'enivrèrent et parcoururent les couloirs en braillant des chansons révolutionnaires. Vers deux heures du matin, réveillées en sursaut, assises sur nos lits, nous nous regardions avec crainte, n'osant pas bouger. Ils donnaient des grands coups dans les portes en criant d'un ton haineux :

— Sales aristocrates !

— Gibier de guillotine !

La voix perçante de la directrice venait y ajouter des menaces :

— Après celles de ce matin, bientôt ce sera votre tour ! Vous y passerez toutes, je vous dis, toutes !

Je sursautai violemment lorsque, de l'autre côté de la porte, une bouteille s'écrasa avec force contre le bois. Ils en lancèrent plusieurs autres contre les murs en s'esclaffant. Je mis mes mains sur mes oreilles, essayant de ne plus entendre leur vacarme infernal. Mais cela ne servait à rien. Les sœurs, selon leur habitude, priaient. Je voyais, dans la pénombre, le visage de sœur Madeleine levé vers le ciel avec ferveur. Dehors, une voix sévère couvrit les autres :

— Arrêtez maintenant, cela suffit. Il y a des malades que vous empêchez de dormir.

Celui qui venait de parler ainsi se fit huer.

— On ne va quand même pas se gêner pour ces aristocrates !

— Bientôt, ils auront tout le temps de dormir.

Et le chahut recommença. Il dura jusqu'à ce que, fatigués de leurs propres excès, ils s'en allassent enfin. Encore tremblantes, nous pûmes nous recoucher. Mais je restai longtemps éveillée, écoutant avec inquiétude s'ils ne revenaient pas.

Ces scènes se renouvelèrent de temps à autre, principalement les jours de décadi. Elles ajoutèrent une nouvelle souffrance à nos privations physiques, à l'anxiété où nous étions de notre sort, et à la douleur d'être sans nouvelles de ceux que nous aimions. Ce fut à cause d'elles que mon état nerveux, lentement, commença de se détériorer.

Le départ des sœurs me porta un coup supplémentaire. Un matin du mois d'avril, on vint les chercher pour un interrogatoire devant le comité de surveillance, suite à une dénonciation du citoyen Mury, le nouveau directeur de la maison de la Charité. Il affirmait avoir trouvé dans un réduit, cachés sous de la paille, des journaux appartenant aux sœurs, respirant « le plus odieux fanatisme et le royalisme le plus effréné, tendant à exciter à la révolte et allumer la guerre civile dans le département ».

L'accusation, répondirent les sœurs, était fausse. Elles firent valoir aux deux membres du comité qui les interrogèrent qu'elles étaient trop pauvres pour acheter des journaux, préférant dépenser le peu d'argent qu'elles possédaient à aider les malheureux qui étaient dans le besoin. Elles ne furent pas crues. Leur transfert fut ordonné pour la prison des Baudets et, le lendemain matin, la directrice vint les chercher.

Avec calme, avec résignation, fidèles à leur résolution d'accepter avec patience les plus grandes persécutions, elles prirent leur chapelet et dignement se levèrent. Elles nous embrassèrent, Dorothée et moi, avec affection, ignorant les moqueries et les réflexions méchantes de la directrice qui, sur le seuil, les observait d'un air narquois. Je ne parvenais pas à réaliser qu'elles allaient partir. Que deviendrais-je sans elles ? Elles étaient pour moi un réel soutien, un réconfort de tous les instants. Je levai vers sœur Madeleine un regard éperdu. D'un geste rassurant, avec une grande douceur elle traça un signe de croix sur mon front :

— Ne t'inquiète pas, mon enfant. Garde confiance. Tu ne mourras pas, tu retrouveras ceux que tu aimes et qui t'attendent. Bientôt, tout ceci sera terminé. Le sang cessera de couler, les autels se relèveront glorieux. Toutes les quatre, nous serons heureuses d'offrir notre vie à Dieu dans ce seul but.

Je ravalai mes larmes, l'écoutant à peine. Elles s'en allèrent, poussées avec brutalité par la directrice qui s'impatientait. La porte claqua. Je me retrouvai seule avec Dorothée qui sanglotait. La cellule parut subitement vide, froide, sans vie. Et moi, je me sentis malheureuse, vulnérable, sans protection.

Elles me manquèrent terriblement, surtout sœur Madeleine. Après leur départ, il n'y eut plus personne pour remonter mon moral défaillant, me prodiguer des encouragements, apaiser mes angoisses. La compagnie de Dorothée, bien au contraire, ne pouvait que m'attrister. La pauvre enfant passait son temps à gémir et à pleurer. Incapable de l'aider, je subissais ses lamentations sans pouvoir réagir.

Quatre autres prisonnières vinrent occuper la cellule et partager nos tourments. L'une d'elles avait été arrêtée parce qu'elle n'avait pas respecté le décadi en travaillant ce jour-là. La seconde, qui se prénommait Agathe, avait écrit à son frère une lettre dans laquelle elle dénonçait le régime de terreur actuel, se plaignant de la disette qui ne cessait de s'accroître alors que Joseph Le Bon et tous ceux qui l'entouraient faisaient bombance tous les soirs. Elle avait été emmenée à l'Abbatiale, puis à la Providence, et son frère était emprisonné à l'Hôtel-Dieu. Les deux dernières, Louise et sa sœur cadette Béatrice, avaient été accusées d'espionnage pour l'ennemi, alors qu'elles revenaient d'un voyage à Valenciennes toujours occupée par les Autrichiens.

Agathe était la plus violente. Elle vitupérait avec ardeur contre la révolution, faisait montre d'une humeur exécrable, se considérait victime d'une monstrueuse injustice car, affirmait-elle, sa lettre ne faisait que refléter la triste réalité. Elle ne supportait rien, ni la promiscuité, ni l'étroitesse de notre prison, ni la nourriture mauvaise et insuffisante, ni le règlement auquel nous devions nous soumettre. Elle fulminait sans cesse, nous rendant la vie impossible. Où étaient les calmes conversations des sœurs, leurs silencieuses prières, leur courage jamais en défaut ?

Un matin, pendant la promenade, cette éternelle révoltée se glissa dans les couloirs, monta jusqu'aux greniers, dont les fenêtres faisaient face à celles de l'Hôtel-Dieu. De là, elle espérait apercevoir son frère. Elle savait que c'était interdit, mais n'en avait cure. Elle y fut surprise par l'une des gardiennes, amenée à la directrice qui, pour la punir, l'enferma toute une nuit au cachot. Lorsqu'elle revint le lendemain matin, elle était hagarde, échevelée, livide. Elle s'assit sur son lit en tremblant.

— C'était affreux, gémit-elle en se prenant la tête dans les mains. Une nuit entière dans des conditions pareilles, il y a de quoi perdre la raison. Ce réduit infect, sans air, grouillant de vermine et d'araignées... J'ai une peur panique des araignées, je... Ah, quelle horreur ! En plus, il y avait un cadavre, quelqu'un qui est mort hier et qu'on avait enfermé là en attendant de l'enterrer... Quelle nuit horrible ! Et tout ça parce que j'ai voulu voir mon frère ! Ce n'est pas un crime, quand même !

Elle se mit à sangloter. Nous la regardions sans oser la réconforter, car habituellement, dès que nous tentions un geste vers elle, elle nous rabrouait sans ménagement. Malgré tout, elle me fit pitié. Ce fut la seule fois où je la vis blessée et vaincue. Bien vite, elle reprit son attitude violente et belliqueuse avec, au fond des yeux, un éclat dur qui n'y était pas auparavant. Mais elle ne transgressa plus les interdits.

Quant à moi, je m'engluais de plus en plus dans un découragement insurmontable. Entre les pleurs de Dorothée, les crises de colère d'Agathe, les chuchotements de Louise et de Béatrice qui ne s'occupaient que d'elles-mêmes, et la claustration qui devenait une véritable souffrance, je me sentais devenir folle. Les journées étaient interminables, épuisantes, à la limite du supportable. Venait s'y ajouter, chaque matin, l'appel de celles qui devaient se présenter devant le tribunal. Parfois, uniquement pour se repaître de notre angoisse, la directrice ouvrait la porte de notre cellule, consultait sa liste. Notre cœur cessait de battre, nous la fixions avec une terreur qui devait se lire dans nos regards. Elle nous observait avec un sourire horrible et sardonique. Puis elle examinait de nouveau sa feuille de papier, finissait par déclarer :

— Eh bien non, je ne vois pas vos noms aujourd'hui. Mais ce sera pour une autre fois, ça, je peux vous l'assurer !

Elle s'en allait, et son rire odieux planait dans la petite pièce. Son départ me laissait à chaque fois anéantie, la sueur au front, le cœur battant à grands coups sourds. Au fil des jours, je devenais la proie d'une nervosité insidieuse qui sapait ma résistance. Ma santé, mon équilibre me fuyaient. Moi qui avais toujours été pondérée, stable, je ne me reconnaissais plus. Je sursautais dès que j'entendais des claquements de portes, des appels, des bruits de voix. J'avais parfois des instants de panique incontrôlable, qui me donnaient envie de pleurer, de hurler, de fuir. L'insomnie occupait mes nuits, me gardait tendue, haletante, contractée. Lorsque, pour quelques instants, je m'endormais, le même cauchemar fondait sur moi, et je me réveillais alors que le couperet de la guillotine me frappait le cou. Je me dressais sur ma couche, affolée, et je recevais les injures d'Agathe qui dormait près de moi et que mes cris avaient tirée du sommeil.

Alors, je me recroquevillais et laissais couler mes larmes. Seule sur ce lit inconfortable, j'appelais de toutes mes forces Blaise, et son grand corps tendre et doux, et son regard de source vive, et la façon à la fois timide et passionnée dont il m'aimait. Je me disais que, peut-être, je ne le reverrais plus, ni lui ni Bastien, et le désespoir m'annihilait.

Un matin, au cours de ces jours de détresse, nous parvinrent subitement, venant de l'extérieur, des sonneries de clairons, des battements de tambours, des cris, des bruits de pas qui martelaient les couloirs. Je me dressai sur mon lit, tout de suite inquiète. Dorothée pressa ses mains l'une contre l'autre, prête à pleurer. Agathe jeta avec colère :

— Que se passe-t-il encore ? Ils ne savent que faire pour nous empoisonner l'existence !

Notre porte s'ouvrit à toute volée. Une voix hurla :

— Dehors tout le monde, et vite !

Ahurie, je me retrouvai dans le couloir avec les autres. De toutes les cellules, les prisonnières sortaient, se regardaient sans comprendre. Effarées, bousculées par des soldats armés de baïonnettes, nous fûmes entraînées au rez-de-chaussée. Devant le portail, alignés en une double rangée, des chasseurs et des gardes nationaux attendaient. L'un des chefs vint vers nous, fit l'appel des prisonnières. Une à une, elles s'avançaicnt. Bientôt, moi aussi je fus parmi elles, m'interrogeant avec effroi. Où allait-on nous emmener ?

Un ordre fut donné, et nous nous mîmes en route. Sur notre passage, le long des rues, des badauds s'approchaient, des poings se tendaient, des menaces retentissaient. Je suivais mes compagnes en silence, n'osant pas penser, sentant une panique animale me tordre le ventre. Je m'appliquais à ne pas lever les yeux, craignant par-dessus tout d'apercevoir la guillotine vers laquelle, peut-être, on nous menait. Quelques prisonnières, plus courageuses ou plus curieuses, interrogeaient les gardes qui nous encadraient, essayaient de connaître notre destination. Bientôt, un renseignement courut de bouche à oreille : le club de la Société populaire. C'était là que nous allions.

Nous y fûmes très vite. On nous fit entrer dans une grande salle, où l'on nous enferma. Appuyée contre le mur, avec Dorothée qui s'accrochait à moi, j'attendais, tremblante et éperdue. A intervalles réguliers, la porte s'ouvrait, un garde jetait un nom, et celle qui était ainsi appelée sortait, le visage crispé de peur. Lorsque j'entendis le mien, mon esprit se bloqua, tout se confondit dans une sorte de brume obscure. Sans avoir conscience de bouger, obéissant à une volonté qui n'était pas la mienne, je sentis que je me détachais de Dorothée, que j'avançais vers la porte. Derrière le gardien, je pénétrai dans une grande salle bruyante. J'eus l'impression qu'une foule d'hommes la remplissait, et avec égarement je regardai autour de moi. Je vis, au centre de la pièce, une sorte d'échafaudage sur lequel trônait un immense fauteuil, à une hauteur d'environ dix pieds. A côté, assis devant une table, des hommes présidaient. Tout autour, remplissant la salle, d'autres attendaient en bavardant. Ils étaient vêtus, pour la plupart, de pantalons et de carmagnoles, de gilets ouverts sur leur poitrine sale et velue, de bonnets rouges posés sur des cheveux hirsutes et gras. Quant à ceux qui occupaient la table, ils affichaient une allure qui se voulait altière, posant sur moi des yeux effrontés. Ils étaient coiffés de chapeaux qu'ornaient de grands plumets tricolores, et que surmontait parfois, d'une manière grotesque, l'inévitable bonnet rouge. Au centre, l'un d'eux me fixait avec une intensité féroce. Je ne tardai pas à comprendre que j'étais face à Joseph Le Bon.

Je ne pus m'empêcher de le détailler. Il était pâle et maigre, et d'une jeunesse qui me surprit. Il ne devait pas avoir plus de trente ans. Ses abondants cheveux en désordre étaient réunis sur la nuque en une énorme queue. Il avait posé devant lui son chapeau et jouait avec l'imposant panache fixé par une cocarde tricolore. Contrairement à ses acolytes, il était habillé avec recherche, et sa chemise éclatait de blancheur. Sous les sourcils très marqués, les yeux surtout me frappèrent : brillants, nerveux, ils avaient un regard inquisiteur, perçant, sauvage. Mal à l'aise, je détournai la tête.

L'homme qui m'avait amenée me poussa sans ménagement :

— Vas-y, citoyenne, grimpe là-haut.

— Là-haut ? Moi ?

Ahurie, je ne bougeai pas. Il m'attrapa par le bras, pendant qu'un autre me saisissait de l'autre côté. Ils me firent grimper les quelques marches qui conduisaient au sommet de l'échafaudage, me hissèrent dans le fauteuil, et me laissèrent là, point de mire de toute la salle. Je me cramponnai au siège, morte de honte. Des réflexions fusaient de partout, certaines obscènes, d'autres sarcastiques, la plupart menaçantes. Je me forçai à ne pas les écouter, mais elles frappaient mes oreilles avec violence ; je ne pouvais pas leur échapper. Lorsque Joseph Le Bon prit la parole, elles cessèrent, mais un murmure continua de gronder sourdement.

D'une voix forte, le représentant du peuple demanda mon nom, mon âge, la cause de mon arrestation, précisant que si j'étais innocente on me libérerait sans tarder. Je n'eus ni le temps ni le loisir de répondre. Un de ses acolytes le fit pour moi, lisant un papier qu'il avait sous les yeux, répétant ce que m'avait dit le juge à Douai : j'étais accusée de relations avec les émigrés, d'aristocratie, de crime contre la nation.

Des sifflements, des huées s'élevèrent. J'entendis plusieurs fois les cris « A mort ! », « A la guillotine ! ». Sous les sarcasmes, j'essayai désespérément de faire face. Je m'obligeai à regarder ces hommes qui hurlaient des insultes, des grossièretés, des menaces. C'était, à travers le brouillard où je les distinguais, une mer de visages hilares, grimaçants, animés d'une joie mauvaise. J'étais sans défense face à une meute déchaînée. Je baissai les yeux pour ne plus les voir, mais je continuais à les entendre. Je ne pus m'empêcher de penser à cette pauvre fille que j'avais vue un jour, sur la grand-place de Douai, exposée au carcan pour avoir volé un mouchoir brodé. Je l'avais plainte, et je m'étais dit, alors, qu'en ne faisant rien de mal je ne connaîtrais jamais une telle situation. Je m'étais trompée. Je vivais une scène semblable, pire même, car se profilait à l'horizon le spectre de la guillotine. Et pourtant, je me jugeais innocente. C'était si injuste que, subitement, à ma peur, à mon humiliation, vint se mêler une indignation brûlante qui chassa ma honte et me fit relever la tête.

— A la prison ! ordonna Joseph Le Bon.

Je le toisai. Il soutint mon regard avec arrogance. Deux hommes me firent descendre, me firent sortir de la salle, pendant que les autres s'agitaient et criaient leur satisfaction. Vaincue, je me laissai mener sans résistance. Je tremblais d'une fureur et d'une haine que je n'avais jamais éprouvées.

Cette scène pénible aggrava le déséquilibre dont je souffrais. Dorothée, elle aussi, en restait marquée. De retour dans la cellule, elle avait passé des heures à sangloter, répétant sans cesse qu'un des hommes, assis près de Le Bon, lui avait dit, en la détaillant d'une manière lubrique : « Tu es bonne à baiser, toi ! Si tu es d'accord, je te ferai sortir. Sinon, je te ferai mettre à la petite fenêtre. » Cela ne me surprenait pas. J'avais entendu, moi aussi, leurs obscénités, mais pas un ne m'avait fait une proposition aussi odieuse. La pauvre fille hoquetait, pleine d'horreur, sanglotait sur mon épaule :

— Je ne veux pas, Mathilde, il est trop affreux. Mais je ne veux pas non plus être guillotinée !...

Péniblement, nous étions arrivées au mois de mai — floréal, au si joli nom. Le printemps était éclatant, glorieux, splendide, mais nous pouvions à peine nous en apercevoir. Nous constations, pourtant, que les arbres du jardin de la prison étaient en fleurs, remplis de chants d'oiseaux, que le soleil brillait dans un ciel d'un bleu intense et soutenu. Cela rendait notre confinement plus douloureux. Je supportais de plus en plus difficilement le manque d'air, l'immobilité forcée, notre étroite cellule à l'atmosphère viciée, et la présence de mes cinq compagnes. La mauvaise nourriture, le pain noir que mon estomac ne supportait pas, n'arrangeaient rien. De plus, je perdais l'espoir de revoir un jour les miens. Je m'enfonçais dans une dépression accablante. Je demeurais des journées entières sur mon lit, complètement prostrée. Et pourtant, j'avais sans cesse les nerfs à fleur de peau.

Vers la fin du mois, un matin la directrice ouvrit la porte, son inévitable liste à la main. Nous connaissions sa comédie habituelle, et notre peur à la longue s'émoussait. Pourtant, cette fois, elle brandit son papier, balaya la cellule d'un regard circulaire, et annonça avec une satisfaction qu'elle ne cherchait pas à cacher :

— Citoyenne Vannier.

Dorothée se leva, la bouche ouverte, les yeux agrandis, le visage empreint d'une véritable terreur.

— Non, non... bégaya-t-elle d'une voix implorante.

Consternées, nous nous taisions. Elle s'accrocha à moi en sanglotant :

— Mathilde, fais quelque chose ! Je ne veux pas ! Je ne veux pas y aller ! Ils vont me guillotiner !

Elle regarda la directrice qui, les poings sur les hanches, observait la scène, un mauvais sourire aux lèvres. Dans son affolement, elle se mit à la supplier :

— Je t'en prie, citoyenne, je t'en prie... laisse-moi ici.

La mégère fit un pas dans la pièce, attrapa la pauvre enfant par l'épaule :

— Dehors ! Au tribunal, et plus vite que ça !

Elle la poussa dans le couloir avec une telle violence que Dorothée, perdant l'équilibre, alla se cogner le front contre le mur d'en face. Etourdie, elle chancela un instant, puis se mit à pleurer. J'eus envie d'aller vers elle, d'essayer de la rassurer : peut-être ne serait-elle pas condamnée à mort. C'était son maître qui avait émigré, pas elle, elle n'était pas responsable. Mais la directrice, déjà, fermait la porte. Avant de la claquer avec sa brutalité coutumière, elle prit le temps de nous lancer :

— Bientôt, ce sera votre tour. Il viendra très vite maintenant, car le représentant du peuple s'est installé à Cambrai. Il y a créé un second tribunal. C'est que celui d'Arras ne suffit plus à la tâche. Ainsi, nous pourrons guillotiner deux fois plus de traîtres !

Durant un long moment, personne ne parla. Le départ de notre amie d'abord, cette nouvelle ensuite, nous avaient anéanties. Toute la journée, une crainte pesante nous paralysa. Chacune de nous voyait, dans le regard des autres, le reflet de sa propre peur.

Des convois partaient, presque chaque jour, pour transférer à Cambrai de nombreux prisonniers d'Arras. Le surlendemain du départ de Dorothée, ce fut moi qu'on appela. La directrice m'annonça, comme s'il s'agissait d'une bonne nouvelle, que je figurais sur une liste de plusieurs personnes que Joseph Le Bon avait réclamées. Une charrette nous attendait afin de nous mener rapidement à Cambrai, où nous serions jugées et, assura-t-elle en s'esclaffant, guillotinées.

Je vécus de nouveau le voyage éreintant, avec cinq autres détenues, secouées dans une mauvaise charrette. Les gendarmes pressaient les chevaux, et l'allure était vive. Ils s'arrêtèrent à peine pour se restaurer, firent boire les bêtes, reprirent immédiatement la route. Une de nos compagnes nous affirma qu'ils craignaient une nouvelle évasion. Elle avait su que la semaine précédente, lors d'une halte dans un village, un prisonnier avait réussi à prendre la fuite et à se cacher dans les blés. La municipalité, avertie, avait fait sonner le tocsin. Aussitôt, volontaires et gardes nationaux avaient fouillé les environs et retrouvé le fuyard. Depuis, les voyages se faisaient avec la plus grande rapidité.

Appuyée contre le dur rebord de la charrette, je me laissais ballotter avec indifférence. Je voyais à peine la campagne qui se parait de vert tendre, dans laquelle des arbres en fleurs mettaient d'immenses bouquets blancs. Je ne sentais pas la caresse du soleil sur mon visage, sur mes mains. Sa clarté m'éblouissait, me blessait les yeux. Une invincible torpeur plombait mes membres, rendait ma tête pesante et douloureuse. Un dégoût me prenait de cette vie qui m'épuisait sans autre perspective qu'un jugement qui, sûrement, serait la mort.

A la fin de l'après-midi, notre convoi pénétra dans Cambrai par la porte Cantimpré. Alors qu'il parcourait les rues, se dirigeant vers le centre, des femmes sortirent des maisons, des hommes nous insultèrent. L'un d'eux s'approcha de la charrette, avec hargne lança un crachat qui vint s'écraser sur le bois, tout près de ma main. Je me détournai, saturée de cette violence, de ce mépris gratuits, de ces scènes toujours renouvelées.

Sur la grand-place, la guillotine se dressait, terrifiante. Je vis l'échafaud, et l'échelle qui y menait ; je vis les deux énormes poutres de bois avec, tout en haut, l'affreux couperet qui en occupait toute la largeur ; je vis, le long de la plate-forme, une mare de sang qui s'agglutinait. Des jeunes gens, presque des enfants, armés de piques et coiffés d'un bonnet rouge, semblaient monter la garde près de plusieurs tentes décorées d'un drapeau où je pus lire : « Espoir de la patrie ». Ils nous aperçurent et de loin nous injurièrent, avec une férocité inquiétante pour leur jeune âge.

L'affreuse machine à trancher les têtes avait réveillé la terreur qui restait tapie dans un coin de mon esprit, et un tremblement incoercible me parcourait. Je serrais le bord de la charrette avec tant de force que mes articulations me faisaient mal. Je reconnaissais les rues que bien souvent j'avais parcourues lorsque je venais rendre visite à ma tante, au temps où j'étais libre et heureuse. Maintenant, c'était terminé. Je venais de voir le couperet qui, je n'en doutais plus, mettrait bientôt fin à ma vie, me séparant à jamais de Blaise, de Bastien. Des larmes brûlèrent mes yeux.

Nos gardes s'arrêtèrent devant un bâtiment austère. C'était le couvent des Bénédictines anglaises, dont les occupantes avaient été expulsées, et qui servait maintenant, lui aussi, de prison. Il était, disait-on, l'antichambre de la guillotine. Avec un fatalisme mêlé d'un étrange détachement, je pensai qu'il serait ma dernière demeure.

Les gardes nous firent descendre. Exténuée, à bout de forces, je chancelai. La porte de la prison s'ouvrit, plusieurs hommes en sortirent. Coiffés d'un chapeau à grand panache tricolore, armés d'énormes sabres traînants, ils nous regardèrent avec insolence. L'un d'eux, vêtu d'un habit jaune et d'un pantalon de nankin, vint jusqu'à nous en sautillant d'un air jovial.

— Voici du nouveau gibier pour la Sainte Guillotine ! s'exclama-t-il. C'est très bien !

Un de ses compagnons l'écarta :

— Laisse-moi voir ça, Rémy, ordonna-t-il.

Il s'approcha. De petite taille, il paraissait pourtant menaçant. Il posa sur nous des yeux mauvais. Il prit son sabre, le leva d'un air furieux au-dessus de nos têtes :

— Foutus aristocrates ! grommela-t-il. Je vais leur apprendre, moi...

La suite se perdit dans un grognement indistinct. Pendant ce temps, un troisième observait tour à tour chacune d'entre nous, allant de l'une à l'autre avec des contorsions et des grimaces ridicules. Lorsqu'il fut devant moi, je soutins son regard avec dédain. Il haussa les épaules, un sourire moqueur aux lèvres, fit une pirouette, s'éloigna. Je me demandai avec stupeur qui pouvait être ce personnage à l'allure de pitre. Je ne devais pas tarder à apprendre qu'il se nommait Caubrières. Il était accusateur public au tribunal, et je devais bientôt me retrouver face à lui.

Un autre homme sortit à ce moment, invectivant quelqu'un qui était resté à l'intérieur de la prison. Je le reconnus tout de suite. Ce regard fou, cette arrogance, ce port de tête plein d'orgueil et d'insolence... Joseph Le Bon.

— Je ne veux pas de ça, criait-il avec colère. Pour qui me prennent-ils ? Ils se trompent s'ils croient me soudoyer avec quelques volailles. Vends-les donc, tu distribueras l'argent aux pauvres.

Il refit un pas vers l'intérieur, répondit à une question que je n'entendis pas, hocha la tête avec vigueur :

— C'est ça, c'est tout à fait ça. De toute façon, ces scélérats n'ont besoin de rien. Ils ne tarderont pas à éternuer dans le sac, eux aussi. A plus tard, citoyen. Salut et fraternité.

A grands pas, il passa près de nous. Pendant une fraction de seconde, son regard m'effleura. Je frissonnai. Les autres le suivirent. Pétrifiées, nous ne disions rien. Les gardes eux-mêmes semblaient désagréablement impressionnés. Silencieusement, ils nous firent entrer.

Je pensais à Joseph Le Bon, à ses paroles qui résonnaient encore dans mes oreilles, et je ne pouvais m'empêcher de m'interroger : qu'était donc cet homme, que l'on disait assoiffé de sang, traquant impitoyablement les suspects, responsable d'arrestations et d'exécutions sans nombre, et pourtant assez intègre pour ne pas se laisser circonvenir, et assez pitoyable pour penser aux pauvres ?

A l'intérieur, un geôlier inscrivit nos noms sur un registre. Un autre gardien, tout en protestant contre le manque de place, m'emmena au dernier étage, dans un réduit minuscule, dont le toit en pente m'obligea à me pencher lorsque j'y pénétrai. Il referma la porte, et je me retrouvai seule.

Je détaillai d'un œil froid mon nouveau logement. Une couche de paille en occupait presque toute la place. Il y avait encore un seau d'aisances et une cruche d'eau. La lucarne n'avait plus de vitre, ce qui avait au moins l'avantage d'aérer la pièce. Mais s'il se mettait à pleuvoir, pensai-je, je serais trempée.

La fatigue m'abrutissait. J'avais soif. Je bus un peu d'eau, mais elle avait un goût si infect que je faillis la recracher. Brisée, anéantie, je me recroquevillai sur la rude couche de paille, sentant encore dans tout mon corps les cahots de la route, revoyant sans cesse l'immense charpente de la guillotine et la mare de sang au pied de l'échafaud. Je finis par m'endormir, d'un sommeil peuplé de cauchemars.

Je fus malade. L'eau que j'avais bue me donna d'atroces coliques. Pliée en deux, les mains crispées sur le ventre, je gémissais de douleur. Seule dans ce petit réduit, sans aide, sans soins, je crus bien cette nuit-là que j'allais mourir. Lorsque le jour se leva, j'allai un peu mieux, mais je me sentais vidée, à bout de forces.

Cela acheva de détruire ma santé déjà chancelante. Si je n'ai pas laissé là ma vie, je le dois d'abord au médecin Delloye, qui courageusement avait décidé de secourir les détenus malades. Comme il n'y avait, dans la prison, aucun remède, il m'apporta lui-même une poudre qu'il me fit avaler et qui calma mes maux de ventre. Je le dois aussi à Mme Leroy, une femme de Cambrai qui avait été arrêtée sous prétexte qu'elle s'était réjouie des revers essuyés par la garnison, en faisant ce jour-là de la musique. Avec énergie, elle se démenait, envoyait des missives au conseil général de la commune, au district, afin de dénoncer l'état lamentable des prisonniers. Après avoir reçu comme réponse qu'il était « inutile de donner à manger à des gens qui allaient être guillotinés », elle finit néanmoins par obtenir satisfaction. De la soupe fut apportée à la prison aux heures des repas, et c'était elle-même qui la distribuait. C'est grâce à ses bols de soupe, à ses encouragements et à sa douceur, que j'ai pu résister.

— Ne buvez plus de cette eau, me conseilla-t-elle. Je vais essayer d'obtenir celle du puits qui se trouve dans le jardin. Je sais qu'elle est saine. Mais ce ne sera pas facile. Les gardiens n'ont pas le droit d'y puiser. Ils m'ont dit qu'André, l'huissier du tribunal chargé de la surveillance des prisons, en a fait enlever la corde. Cela tout simplement pour nous forcer à prendre l'eau de la cour, qui est fétide parce que les latrines dégorgent. Ce fait aussi, je l'ai dénoncé dans mes lettres. Mais ces bandits ont tous les pouvoirs, hélas !

Ses visites étaient mes seuls moments de réconfort. Le reste du temps, je demeurais assise ou couchée, inerte, apathique, lasse d'une existence qui ne m'apportait que souffrances. Une immense fatigue paralysait mon esprit, allant même jusqu'à endormir ma peur. Les jours s'écoulaient dans un engourdissement monotone. J'essayais de les compter, de marquer chacun d'eux d'un trait sur le mur, comme je l'avais fait dans les prisons précédentes. Mais certains matins je l'oubliais, et je ne savais plus où j'en étais. Je finissais par perdre la notion du temps.

Je m'apercevais que je devenais d'une maigreur effrayante. Cela m'indifférait. Je n'avais plus le courage, non plus, lors des promenades dans la cour, de me débarbouiller avec l'eau du puits. Je me prenais à raisonner comme nos gardiens, faisant mienne leur réflexion : à quoi bon, puisque j'allais être guillotinée... Toute résistance, tout espoir m'avait abandonnée.

Une nuit, des cris, des vociférations, des bruits de pas dans les couloirs me tirèrent de la torpeur où je m'enlisais. Ma porte s'ouvrit. Un garde national muni d'une torche me donna l'ordre de sortir. Hébétée, j'obéis. Dans l'escalier, d'autres gardes poussaient devant eux des prisonniers ahuris et ensommeillés. Bientôt, nous fûmes tous dans la cour, où l'on nous rangea en longues files. Un homme alors s'avança, et je reconnus celui qui, lors de mon arrivée à la prison, nous avait traitées de « foutues aristocrates » en nous menaçant de son sabre. Quelqu'un, derrière moi, murmura :

— C'est André qui recommence comme l'autre fois ! Pauvres de nous !

Levant la tête pour tenter de hausser sa petite taille, il passait les rangs en revue, le sabre à la main. Ses yeux luisants de méchanceté détaillaient chacun des prisonniers ; parfois, il s'arrêtait devant l'un d'eux, l'interrogeait, notait son nom sur un papier qu'il sortait de la poche de son habit. Des femmes éclataient en sanglots, quelques-unes le suppliaient. Il les regardait avec un sourire sarcastique, savourant sa puissance et sa supériorité. Debout dans la fraîcheur de la nuit, l'esprit vide, je vacillais d'épuisement. Cette scène prenait des allures de cauchemar.

Soudain, il fut devant moi. Il brandit son sabre, le fit tournoyer autour de ma tête, s'exclama :

— Ah, ah ! Et toi, comment te nommes-tu ?

Je répondis d'une voix blanche, détimbrée, qui ne m'appartenait pas. Il vint plus près, m'observa sous le nez. Sur un ton de confidence, il susurra :

— Tu me plais bien. Si tu veux échapper au vasistas [1], tu n'as qu'un mot à dire. Je te baise cette nuit, et demain je te fais libérer.

Il m'envoyait dans le visage une haleine épaisse qui sentait l'alcool. Sur le moment, je n'eus même pas la force de m'indigner. Je n'éprouvai qu'un profond dégoût. Je reculai avec une répulsion dont il fut conscient, et qu'il considéra comme une offense. Son regard se fit dur, cruel. D'une voix basse et haineuse, il lança :

— Ah, tu fais la fière ! Eh bien, puisque tu veux jouer à l'aristocrate, je vais t'aider. Je t'inscris sur ma liste, afin qu'on vienne te chercher pour le tribunal sans tarder. Tu penseras à moi, quand tu regarderas par la petite lucarne !

Il s'éloigna en s'esclaffant bruyamment. Pétrifiée, je restai immobile, laissant ses paroles se créer insidieusement un chemin jusqu'à mon esprit. Le tribunal... Au fond de moi, un sursaut de peur s'agita, et pendant un court instant une intense détresse m'étouffa ; ainsi, je ne reverrais pas Blaise, ni mon adorable petit Bastien... Mais lentement, un nouveau sentiment

1. La guillotine. On l'appelait aussi le rasoir national, la planche à assignats, la chatière, le raccourcisseur national...

submergea tous les autres, une sorte de lâche soulagement à l'idée que, bientôt, tout ceci serait terminé.

Joseph Le Bon avait installé le tribunal révolutionnaire dans les locaux du grand séminaire. Les séances avaient lieu au premier étage, dans une vaste pièce rectangulaire. Lorsque j'entrai dans cette immense salle longue de quatre-vingts pieds[1], j'eus un recul. Des cris féroces retentissaient :

— Les voilà !

— A mort !

— A la guillotine !

De chaque côté de la salle, défendus par des rangées de soldats, des gradins s'étageaient. Je les regardai à peine, mais il me sembla qu'ils étaient remplis de monde. J'eus la vision rapide de visages curieux, avides, qui s'agitaient avec impatience. Nos gardes nous poussèrent. Forcée de suivre les autres, j'empruntai une sorte de couloir qui longeait le mur, passai devant les gradins sans lever les yeux, refusant d'écouter les réflexions grossières qui cherchaient à nous avilir. Je dus gravir un escalier étroit et escarpé comme une échelle, et je me retrouvai, avec les autres prisonniers, sur une estrade d'où nous dominions toute la salle et d'où, surtout, nous étions visibles par tout le monde. Une autre estrade, qu'occupaient des tables et des sièges vides, lui faisait face. J'enregistrais tout cela froidement, avec une étrange sensation de dédoublement, comme si j'avais été une autre. Je ne pensais même pas qu'il ne me restait que quelques heures à vivre, ce dont pourtant je ne doutais pas ; les condamnés étaient guillotinés le jour du jugement, au plus tard le lendemain.

Autour de moi, les autres prévenus attendaient, certains avec un calme résigné, d'autres avec une peur qui hantait leur regard. Il y avait trois hommes obstinément silencieux, une femme qui priait tout bas, deux autres qui chuchotaient entre elles, la plus vieille s'efforçant visiblement de réconforter la plus jeune qui, les larmes aux yeux, semblait prête à s'effondrer.

---

1. Environ vingt-cinq mètres.

Un mouvement se fit dans la foule, toutes les têtes se tournèrent vers la porte. Les membres du tribunal arrivaient. Chemise décolletée, tenue débraillée, ils affichaient une allure pleine de prétention. Quelques-uns nous balayèrent d'un regard dédaigneux, conscients de leur pouvoir : n'avaient-ils pas droit de vie et de mort sur nous ? Je reconnus André, dont les yeux sournois et lubriques se posèrent sur moi, me déshabillèrent, me jaugèrent ; je me sentis salie comme par quelque chose de gluant. Il vint vers l'estrade, monta l'échelle nous fit face. En consultant sa liste, il appela nos noms, afin de vérifier si nous étions tous présents. Il hocha la tête avec satisfaction, adressa à la jeune femme qui pleurait un sourire sardonique :

— Inutile de te mettre dans des états pareils, ce sera vite terminé. Les procès sont rapides maintenant. Il y a eu un décret, voici quelques jours, qui supprime l'audition des témoins et des défenseurs officieux [1]. Ce qui fait qu'on peut condamner beaucoup plus facilement !

En se frottant les mains avec contentement, il s'en alla rejoindre ses complices qui, sur l'autre estrade, s'installaient confortablement devant les tables chargées de carafes de limonade. Je me sentis la gorge sèche, et j'éprouvai le désir puéril d'en boire un verre.

Ils étaient tous là maintenant : les juges, le greffier, les jurés, et même, accroupis dans un coin, le bourreau et ses aides qui, par leur présence, rappelaient quelle serait l'issue du procès. Trois personnages, pourtant, entrèrent encore : un homme à l'allure altière, la main posée sur un sabre qu'il avait à la ceinture et qui traînait par terre, une femme rousse aux traits empâtés, et un autre homme qui tournait autour

1. La loi Le Chapelier (14 et 17 juin 1791) avait supprimé les corporations. L'ordre des avocats n'existait plus, et la défense était assurée par des avoués et des défenseurs officieux — recrutés le plus souvent parmi les anciens magistrats, procureurs et avocats. Ces défenseurs eux-mêmes furent supprimés par la loi du 22 prairial an II (10 juin 1794). C'est à cette loi que fait allusion André. Le tribunal pouvait donc condamner sans instruction, sans défenseur et sans témoins. Joseph Le Bon s'empressa d'appliquer cette loi à Cambrai dès les procès du 25 prairial.

d'eux en roulant des yeux et en faisant d'affreuses grimaces qui se voulaient amusantes. Penché sur la femme, il lui parlait avec de grands gestes, et elle riait à gorge déployée, d'un rire appuyé et vulgaire.

— Joseph Le Bon et sa femme vont assister au procès, dit celle qui, près de moi, ne cessait de prier. Pas un de nous s'en sortira vivant.

Je ne répondis pas. Ces paroles ne faisaient que confirmer l'opinion que j'avais déjà. Ma compagne reprit d'une voix sourde :

— Regarde-la. Elle est heureuse de venir ici. Pour elle, c'est un spectacle. J'ai entendu dire que, lorsque les jurés hésitent à condamner quelqu'un, elle leur fait un signe, comme ça — elle se passa transversalement la main sur le cou — alors ils votent la peine de mort. Et tu as vu ? Elle a amené ses amies, les « tricoteuses ».

Quelques femmes, en effet, la suivaient, un tricot à la main. Avec Joseph Le Bon, elles prirent place en face des jurés. Alors, le président du tribunal ordonna à André d'appeler le premier accusé.

Un homme s'avança. Ils l'interrogèrent. Je crus comprendre qu'il avait déclaré que « les décrets de la Convention étaient tout juste bons à se torcher le cul », et que là était la cause de son arrestation. Ils lui demandèrent s'il persistait dans ses déclarations. Je détournai les yeux, indignée par cette parodie qu'ils jouaient avec un grand sérieux. Dans ce cas, pensai-je, Ignace aussi méritait la guillotine, car bien souvent il avait fait des réflexions de ce genre. Envoyer un homme à la mort pour ces simples paroles était à la fois atroce et ridicule. Une lassitude invincible de nouveau m'envahit.

Dans les gradins, la foule écoutait. Je laissai mes yeux errer sur les visages, sans but précis. Et soudain, mon cœur bondit, cogna ma poitrine avec tant de violence que je faillis crier. Là, en face, assis au dernier rang, tout contre le mur... non, je ne rêvais pas ! Je battis des paupières plusieurs fois, regardais à nouveau. C'était bien eux : Blaise, ma mère, ma tante Séraphine. Depuis combien de temps étaient-ils là ? Blaise et ses yeux clairs de source vive, posés sur moi à travers toute la salle, et dans lesquels je retrouvais l'amour qui m'avait tant manqué pendant ces semaines de prison. Ce fut comme un torrent qui, subitement, jaillissait en moi, chassant le découragement, la résignation, l'acceptation d'un sort qui me paraissait inévitable. Je me redressai. J'avais eu tort de me laisser abattre. La vue de Blaise réveillait mon envie de vivre, de retrouver Bastien, d'être heureuse encore de longues années avec eux. Mais... ces hommes du tribunal, le permettraient-ils ? Instinctivement, je joignis les mains, essayai de prier. Comme un écho, j'entendis la voix de sœur Madeleine qui assurait : « Ne crains rien, tu ne mourras pas... » Puisse-t-elle avoir raison, pensai-je, avec ferveur.

A partir de ce moment, je ne vis plus rien. Je ne cessai de regarder Blaise et, mes yeux dans les siens, je tentai d'y puiser l'énergie qui me manquait. J'avais envie de courir à lui, de me blottir dans ses bras et d'y rester, enfin à l'abri. Ma mère me faisait des signes que je ne comprenais pas. Sur son visage tendu et inquiet, je lisais une immense tendresse, qui me réchauffa le cœur. J'avais été confrontée à tant de malveillance, ces derniers temps, qu'il m'était doux de me sentir de nouveau aimée.

Je n'écoutais plus ce qui se passait autour de moi. Lorsque André appela mon nom, il dut crier une seconde fois. Je sursautai. Derrière moi, quelqu'un me poussa. Après un dernier regard éperdu à Blaise, je m'avançai. Je n'avais pas peur ; la présence de Blaise dans la salle me soutenait. Et pourtant, je tremblais. Je savais que j'étais là pour défendre ma vie, mais trois mois d'emprisonnement, de privations, de mauvais traitements, d'anxiété et de souffrance m'avaient vaincue. Et je restai immobile, face à eux, avec la sensation de vivre un de ces cauchemars dans lesquels, étrangement, on ne peut ni parler ni bouger.

Pourtant, je répondis à leurs questions. Le président Daillet m'interrogea. Il le fit sans hostilité, d'un ton froid et posé. Les yeux fixés sur lui, je m'appliquais à ne pas tourner la tête, afin de ne pas voir Joseph Le Bon et sa femme, que je sentais attentifs à mes paroles. Je réussis à répliquer posément, bandant les forces qui me restaient pour cette épreuve que je savais décisive.

— Citoyenne, dit Daillet, tu es accusée d'aristocratie et de complot contre la nation. Tu as aidé le ci-devant Adrien de Bryars à gagner la frontière dans le but d'émigrer. Qu'as-tu à répondre ?

Je serrai les poings, relevai la tête, m'efforçai de parler avec assurance, sans oublier le tutoiement de rigueur :

— Pardonne-moi, citoyen président, mais je n'ai pas fait ce que tu viens de dire. Je n'ai pas pu aider ce ci-devant, puisque je ne l'ai pas revu depuis son arrestation.

— Pourtant, la personne qui t'a dénoncée affirme t'avoir vue alors que, en cachette, tu lui fournissais des vivres et des vêtements, et peut-être de l'argent.

Je parvins à faire passer dans ma voix l'indignation voulue :

— Cette personne ment. Tu sais comme moi, citoyen président, que certains n'hésitent pas à accuser n'importe qui de n'importe quoi. Mais je fais confiance au tribunal, je sais qu'il rend justice aux innocents.

C'était comme si quelqu'un me dictait mes réponses. Je parlais sans crainte, espérant trouver les mots justes pour les convaincre. Je devais reconnaître qu'ils m'écoutaient avec une attention qui me surprenait et qui m'encourageait.

— Nous aurions tendance à te croire, citoyenne ; tes propos ont été confirmés par le ci-devant de Bryars. Il a été arrêté par des soldats français alors qu'il allait franchir la frontière, et nous l'avons interrogé. Il a affirmé ne pas t'avoir revue. De plus, la personne qui t'a dénoncée a émigré entre-temps, ce qui prouve qu'elle n'est pas digne de confiance. Quant à cet aristocrate, il a été jugé, et a éternué dans le sac avant-hier.

Il me scruta avec intensité, guettant ma réaction. Je me raidis, tâchai de paraître indifférente, malgré la bouffée d'horreur que je sentais monter. Adrien, repris, jugé, guillotiné ! La même image me revint : sur son grand cheval noir, il riait d'un rire victorieux, insolent, sûr de lui... Et pourtant, avant d'aller à la mort, il m'avait innocentée. J'eus envers lui une pensée de gratitude.

Caubrière se leva et fit son métier d'accusateur public. Luttant contre un vertige grandissant, j'écoutai ses paroles, sûre de l'entendre demander la mort. Pourtant, il ne le fit pas. Il assura même que, dans un cas comme le mien, il n'y avait aucune preuve, et qu'un tribunal digne de ce nom ne pouvait condamner sans preuve. J'éprouvais une profonde stupeur. Allaient-ils m'acquitter ? Etait-ce possible ? En moi, un espoir se levait timide et tremblant, que j'essayais de repousser ; s'il se révélait faux, ce serait encore plus dur d'y avoir cru. Revenue sur l'estrade, je tentai de faire le vide dans mon esprit, de ne plus penser à mon sort. Maintenant, je ne pouvais plus rien changer, je n'avais plus qu'à attendre. Je m'appliquai à écouter l'interrogatoire des autres prévenus.

C'était le tour d'un des trois hommes. Debout face à eux, il ouvrait et refermait les mains avec impuissance. J'entendis l'accusation de Caubrière :

— ... d'avoir colporté des écrits contre-révolutionnaires et fanatiques, d'avoir insulté le curé constitutionnel, d'avoir fait tous ses efforts pour entraver la marche de la révolution, d'avoir correspondu avec des émigrés, d'avoir cherché à propager des sentiments anticiviques... Par ses propos et ses actes, le citoyen Farreau mérite la peine de mort.

Comme pour se venger de la modération dont il avait usé envers moi, il s'attaquait au dénommé Farreau avec virulence, jetant ses mots d'un ton mordant et agressif. L'accusé, la tête penchée, les épaules courbées, ne cherchait même pas à se défendre devant ce flot de paroles. Son attitude de vaincu était si douloureuse que je détournai la tête, cherchant, de l'autre côté de la salle, le regard de Blaise. Penché sur ma mère qui lui parlait, il l'écoutait en faisant des signes d'assentiment. Je voyais les cicatrices sur sa joue brûlée, et j'éprouvai l'envie de les caresser du bout des doigts.

Tous les prisonniers avaient été entendus, et le jury passa dans la pièce voisine pour délibérer. Il fallut attendre. Les minutes s'étiraient avec une lenteur insupportable, et chacune d'elles augmentait l'angoisse que nous ressentions. Les yeux fixés sur la porte au-delà de laquelle des hommes jouaient avec ma vie, l'esprit obnubilé par la peur, je n'étais même plus capable de penser. Lorsqu'ils furent de retour dans la salle, je les observai avec crainte.

Ils se réinstallèrent. Machinalement, je notai, sans les enregistrer, certains détails qui ne me revinrent que par la suite : Mme Le Bon, qui riait en parlant à son mari ; Caubrière, qui observait son papier avec un rictus satisfait ; et André, près de la porte, les bras croisés, une mauvaise lueur de joie dans ses petits yeux de fouine.

Ils nous appelèrent dans le même ordre que précédemment. Pour le premier des hommes, le verdict tomba : condamné à avoir la tête tranchée. J'ouvris la bouche sur un cri d'horreur silencieux. Dans la salle, des applaudissements éclatèrent, des cris d'enthousiasme, des exclamations :

— A mort ! A la guillotine !

J'entendis Caubrière énoncer avec satisfaction :

— Encore un tyran en moins. Vive la république ! cria-t-il.

— Vive la république ! répéta la foule.

Je n'osai pas me tourner vers les gradins. Je vis, face aux jurés, les tricoteuses rire et s'agiter avec un contentement féroce. Je les regardai avec une stupéfaction mêlée d'effroi ; comment la perspective de la mort d'un homme pouvait-elle les réjouir ?

La même scène se reproduisit pour les deux accusées suivantes, la mère et la fille. Cette dernière s'effondra en pleurs ; ce fut l'autre qui la soutint, le visage déchiré. Et, autour d'elles, les cris d'approbation, les hurlements de joie, où se mêlaient, parfois, des insultes et des réflexions grossières. C'était horrible.

Puis ce fut à moi. Je lançai un regard désespéré à Blaise, que je vis tendu vers moi. Je réussis à faire quelques pas. Un bruissement emplissait ma tête, des taches noires dansaient devant mes yeux, j'éprouvais une immense difficulté à respirer. Je vis les visages des jurés s'estomper, devenir flous. Je luttai pour ne pas m'évanouir.

— Citoyen Jouy, à toi la parole.

Au moment d'entendre les mots qui allaient m'apprendre si, oui ou non, je pourrais continuer à vivre, j'eus un étourdissement. Quelques bribes de phrases arrivèrent péniblement jusqu'à mon esprit :

— ... accusée d'avoir aidé un aristocrate à émigrer... je n'en suis pas convaincu.

Je pris une profonde inspiration. J'eus conscience de fixer sur eux des yeux égarés. A travers le bourdonnement de mes oreilles, j'entendis la voix du président qui s'adressait à moi tandis que, près de lui, le greffier écrivait. Que disait-il ?

— ... En conséquence, le tribunal déclare l'accusée non coupable et ordonne qu'elle soit libérée sur-le-champ.

Je ne réagis pas tout de suite. Pendant plusieurs secondes, je demeurai immobile. Autour de moi, la salle murmurait. Une sorte de grondement étouffé et mécontent. Pas d'applaudissements, pas de menaces de mort. Paradoxalement, ce fut cette absence de cris qui m'aida à comprendre. Acquittée, j'étais acquittée ! Je n'allais pas être guillotinée ! J'allais être libérée ! Un éblouissement me fit chanceler.

— Viens par ici, citoyenne.

J'avais l'impression de marcher dans du coton en suivant André, que dans mon euphorie je trouvai moins antipathique. A la porte, il me confia à deux gendarmes :

— Conduisez-la à la prison. On lui rendra ses affaires. Ensuite, elle sera libre.

Sans un regard en arrière, je sortis de la salle. Encadrée par les gendarmes, je descendis l'escalier, me retrouvai dans la cour. Eblouie par le soleil, je clignai des yeux. Je me sentais étrange, une sorte d'ivresse rendait ma tête légère. Une excitation, une joie oubliées depuis longtemps me soulevaient.

A la porte, Blaise, ma mère, ma tante attendaient. Un élan irrésistible me jeta dans les bras de Blaise, qui me serrèrent aussitôt étroitement. Je m'accrochai à ses épaules, et ce fut comme si un tourbillon m'emportait. Je relevai la tête, vis scintiller des étoiles dans ses yeux. Je demandai doucement :

— Et Bastien ? Il va bien ?

— Oui, affirma ma mère, j'ai pris soin de lui. Mais je crois que tu lui as manqué.

Elle m'embrassa, me regarda avec tendresse :

— Comme tu as maigri, ma pauvre enfant, et comme tu es pâle ! Nous allons te dorloter, maintenant que tu nous es rendue. Tu retrouveras vite tes couleurs.

J'eus conscience de mon état lamentable, baissai les yeux, considérai mes vêtements chiffonnés et informes.

— Allons chez moi, dit ma tante. Tu pourras te laver et te changer.

J'acquiesçai avec gratitude. Je me sentais sale, avilie, souillée. Ces derniers jours, je n'avais même plus eu le courage de prendre soin de mon aspect.

— Nous devons nous rendre à la prison, déclara l'un des gendarmes. Après, citoyenne, tu pourras retourner chez toi.

Les rues étaient animées. En arrivant sur la place, je vis que c'était le jour du marché. Des gens allaient et venaient, affairés, sans paraître se préoccuper de la guillotine qui, toujours aussi menaçante, attendait ses futures proies. Autour de l'échafaud, les jeunes gens que j'avais aperçus lors de mon arrivée, armés de piques, portant leur étendard « espoir de la patrie », montaient la garde. Je levai les yeux vers le couperet, ne pus réprimer un frisson.

— Tu as de la chance, citoyenne, me dit le gendarme. Il n'est pas courant d'être acquitté. Ceux qui étaient avec toi, et qui ont été condamnés, seront guillotinés tout à l'heure.

Je serrai plus fort le bras de Blaise. Parviendrais-je un jour à oublier ?...

A la prison, le geôlier me rendit mon linge et mon argent. Lui aussi eut les mêmes mots :

— Ce n'est pas tous les jours que je libère un prisonnier. Il m'arrive bien plus souvent de faire ce signe devant leur nom. Regarde, citoyenne.

Il me montra, sur la page précédente, tracé devant chacun des noms, un rond barré d'un trait horizontal.

— Cela signifie qu'ils ont tous fait la bascule. Toi, on peut dire que tu as de la chance.

Moi-même, je n'y croyais pas encore. Lorsque je sortis et que la lourde porte de la prison se referma derrière moi avec un bruit mat, à ce moment-là seulement je compris qu'enfin c'était terminé. Je pouvais recommencer à vivre.

7

La première chose que je fis, chez ma tante, fut de me laver. Elle versa de l'eau chaude dans un grand chaudron à lessive, me donna du savon, des serviettes, et me laissa seule dans le réduit qui servait de cabinet de toilette. Je me déshabillai entièrement, rejetant avec dégoût mes vêtements sales, imprégnés de l'odeur fétide de la prison. Avec volupté, j'entrai dans l'eau, me savonnai, lavai et peignai mes longs cheveux emmêlés, dans lesquels je retrouvai des brins de paille flétris. Je me séchai, mis les vêtements propres que ma tante m'avait préparés. Je soupirai de bien-être. Je me regardai dans le miroir, et j'eus de la peine à me reconnaître dans ce visage aux joues creuses, aux yeux agrandis. Comme j'étais pâle, en effet ! Je pinçai mes pommettes pour les faire rougir.

— Ah, tu ressembles un peu plus à toi-même, dit ma mère en me voyant réapparaître. Ce matin, quand je t'ai vue arriver dans cette grande salle, j'en aurais pleuré. J'ai pensé : mon Dieu, qu'ont-ils fait de ma fille ?

Je m'assis, encore étourdie de retrouver les lieux, les gestes d'une vie que je croyais perdue. Ma mère me tendit une épaisse tartine beurrée :

— Mange. Tu as besoin de reprendre du poids.

J'obéis sans me faire prier, tout en demandant :

— Racontez-moi. Comment étiez-vous là, tous les trois ? Comment avez-vous su ?

Ma cousine Gabrielle, qui me regardait avec un mélange d'admiration et de pitié, s'interposa :

— Raconte d'abord, toi, Mathilde. Comment était-ce ?

J'hésitai un instant. Par où commencer ? Tout se bousculait dans mon esprit. Je revoyais, pêle-mêle, la scène de la nuit avec André devant nous, les faces grimaçantes des hommes qui m'entouraient lors de l'épisode du fauteuil, la jubilation horrible de la veuve Lemaire quand elle annonçait : « Aujourd'hui, je crache le sang », et, face à tant de laideur, le doux visage de sœur Madeleine qui me bénissait avec tendresse en affirmant : « Rassure-toi, tu ne mourras pas »...

— Laisse-la, Gabrielle, dit ma tante. Peut-être n'a-t-elle pas envie d'en parler.

Je fis un geste de dénégation. Au contraire, ce serait une façon de me libérer de ces souvenirs qui, je le craignais, me hanteraient encore longtemps. Alors je racontai tout, depuis le jour de mon arrestation. Et, au fur et à mesure que j'avançais dans mon récit, je voyais sur leur visage l'effroi, l'horreur, la consternation. Lorsque je m'arrêtai, Blaise posa une main sur la mienne, en un signe muet de réconfort et d'apaisement. Je vis l'immense amour de son regard, et je sus que grâce à lui je pourrais oublier.

Ma tante poussa un long soupir, avec indignation constata :

— Cette révolution, qui au début n'était dirigée que contre les nobles et les prêtres, voyez maintenant comment elle traite les enfants du peuple ! Elle s'en prend aux honnêtes gens, et elle a pour chefs des bandits. Ce Joseph Le Bon, comment le définir autrement ? Il terrorise toute la ville. Et sa femme ! Leur distraction préférée est d'assister aux exécutions. Ils obligent ceux qui habitent autour de la place à sortir de chez eux, pour applaudir lorsque « tombent les abricots », selon une expression de Mme Le Bon. Et malheur à ceux qui montrent leur désaccord ! Personne ne l'oserait, d'ailleurs. Bien nombreux sont ceux qui se taisent, laissant ces fauves faire la loi.

— Pourtant, dis-je en frissonnant à ce souvenir, ce matin, dans la salle, tous ces gens qui criaient « A mort ! » et qui se réjouissaient à chaque condamnation...

— Ça, ce sont les claqueurs à gages de Joseph Le Bon. On les appelle les fainéants à vingt-deux sous. C'est la somme qu'ils reçoivent chaque jour pour assister aux séances du tribunal. Ils sont payés pour crier et réclamer la mort de leurs concitoyens.

— Est-ce possible ? interrogea ma mère avec incrédulité.

— Mais oui ! C'est un des membres du club qui l'a dit à Aimé en se faisant coiffer. Oh, rien ne nous surprend plus, mais nous ne pouvons rien dire, trop contents encore quand on ne nous traite pas de suspects. Il faut se méfier de tout le monde, sans exception. Ce Joseph Le Bon et sa femme emploient des jeunes garçons comme espions, qui leur rapportent tout ce qui se passe. Certains vont jusqu'à menacer leurs parents de les dénoncer s'ils désapprouvent tel ou tel événement, et les traitent de « sales aristocrates ».

Un autre souvenir me revint en mémoire :

— Et ces jeunes gens que j'ai vus près de la guillotine, avec un drapeau « espoir de la patrie », que faisaient-ils là ?

Ma tante leva les yeux au ciel :

— Là, ce n'est pas mieux. C'est le bataillon de Barra, en honneur à ce jeune Vendéen qui est mort assassiné en criant

« Vive la république ! » Tous les garçons de treize à dix-sept ans ont été « invités » à en faire partie. Un jeune cousin d'Aimé a dû s'enrôler, contre son gré, mais comment refuser ? Une telle invitation équivaut à un ordre, et si on n'y répond pas, on est un mauvais citoyen, donc suspect, donc guillotinable. On oblige ces enfants à assister aux exécutions, afin de les habituer à voir couler « le sang impur des aristocrates » !

— Quels aristocrates ? constatai-je amèrement. En prison, à part la vieille marquise, je n'en ai pas vu un seul.

— Je le sais bien, et ces garçons le savent aussi. Le plus désolant, c'est que certains deviennent durs et féroces, répondant ainsi aux vœux de Joseph Le Bon et de son entourage. Ils ont la garde de la guillotine, la nuit, et s'amusent à guillotiner des chats. Et on les appelle « espoir de la patrie », quelle ironie !

— Moi aussi, dit Gabrielle d'une voix tremblante, j'ai reçu une invitation et j'ai dû obéir.

— Ah oui, parlons-en ! s'exclama ma tante avec humeur. C'était pour une de leurs fêtes ; à chaque décadi, il y a une fête, avec des chars, des défilés, des chants patriotiques. Gabrielle a dû accepter de monter sur un char, près d'un soldat blessé qui représentait les défenseurs de la patrie et qui n'a pas cessé, tout au long du trajet, de lui faire des réflexions obscènes. Pauvre enfant ! Elle est descendue de là en larmes, jurant qu'elle n'accepterait plus une telle épreuve.

Gabrielle, qui n'avait pas encore quinze ans, rougit à la fois de colère et de honte :

— C'était horrible. Je crois que, s'il fallait recommencer, je préférerais encore la prison.

— Oh non, ne dis pas ça !

J'avais crié, sans pouvoir me retenir. Ma cousine eut un sourire d'excuse :

— Pardonne-moi, Mathilde, mais c'était tellement affreux !

— Ça ne peut pas l'être autant que la prison. Là aussi, tu recevrais des réflexions obscènes, tu serais même déshabillée et fouillée comme je l'ai été, et, je t'assure, c'est bien pire...

Ebranlée, Gabrielle hésita :

— Oui... oui, tu as sans doute raison.

— Et il y a eu aussi cette soirée au théâtre, reprit ma

tante. On n'a pas pu y échapper. Des cartes sont envoyées à tour de rôle à tous les citoyens, sans exception. Cela leur est facile, avec cette pancarte qu'ils nous obligent à mettre à la porte, où sont écrits nos noms ; nous n'avons pas osé refuser. Heureusement, nous avons pris la précaution de ne pas mettre de beaux vêtements, une voisine nous avait prévenus. Invitée la semaine précédente, elle s'était habillée avec recherche, pensant faire bon effet. Joseph Le Bon se tenait près du contrôle et l'a renvoyée. « Quelle est cette tenue d'aristocrate ? lui a-t-il dit. Ici, nous ne voulons que des patriotes. »

— Eux-mêmes montrent l'exemple, dis-je en songeant à leur tenue débraillée.

— Si encore ce n'était que cela ! renchérit ma tante. Mais ce Joseph Le Bon est un fou, nous l'avons bien vu ce soir-là. Pendant le spectacle, il est subitement venu sur scène, parmi les acteurs, avec ses pistolets et son grand sabre qui traînait jusqu'à terre. Il s'est avancé et a apostrophé quelques femmes qui occupaient le devant d'une loge, en les insultant avec des mots que je n'oserais pas répéter. « Ces muscadines, criait-il, n'ont même pas eu l'honnêteté de se lever pour moi quand je suis venu dans leur loge. Jadis, quand il se présentait un roi dans un spectacle, tout le monde se levait. Et ne suis-je pas plus qu'un roi, moi, Joseph Le Bon, représentant du peuple ? » Il avait tiré son grand sabre, faisait des bonds et des sauts en écumant de rage. Les comédiens n'osaient plus bouger. Nous-mêmes, nous n'en menions pas large. Une vieille femme, assise près de moi, faillit se trouver mal. Il s'en est allé mais, à la fin de la séance, il est revenu pour chanter un hymne patriotique que nous avons dû tous reprendre en chœur. Nous sommes rentrés en tremblant encore. C'est un fou, vous dis-je, et dangereux en plus. Qu'allons-nous devenir, avec lui dans notre ville ?

Oppressée par ce récit, j'éprouvai un sourd malaise. Je ressentis le désir pressant de me retrouver dans notre petit village, loin de ce Joseph Le Bon terrifiant. Comme s'il avait compris, Blaise se leva :

— Nous allons partir maintenant. Mathilde doit avoir envie de revoir notre Bastien.

J'embrassai ma tante, ma cousine, et mon oncle Aimé qui

était monté un instant entre deux clients. Il me regardait avec compassion et répétait :

— Eh bien, ma fille... ma pauvre fille...

Je fus incapable de leur promettre de revenir bientôt, comme je le faisais auparavant. J'avais besoin d'oublier, et je savais que les rues de Cambrai me rappelleraient longtemps les moments angoissants que j'avais vécus.

Blaise amena la carriole, qu'il avait remisée dans la cour. Je grimpai sur le banc de bois, d'un ton de prière chuchotai :

— S'il te plaît, ne passe pas par la place.

Il eut un regard plein de compréhension et de tendresse.

— Je sais, dit-il simplement.

Ma mère s'installa près de moi, et nous partîmes. Blaise évita soigneusement la place mais, alors que nous arrivions à proximité, je ne pus m'empêcher d'entendre les roulements de tambour, les vociférations de la foule, et les nombreuses acclamations :

— Vive la république !

— Mort aux tyrans !

Je devinai trop bien ce que cela signifiait, et je refusai de penser à mes compagnons de ce matin. Le sort terrible qu'ils connaissaient maintenant, j'avais bien cru le partager moi aussi.

Je ne fus rassurée que lorsque nous fûmes sortis de la ville, après avoir franchi la porte de Selles. Alors seulement, j'eus l'impression que quelque chose en moi se dénouait. Je relevai la tête, regardai le ciel, remarquai les envolées gracieuses des hirondelles, contemplai les champs, me rendant compte combien tout cela m'avait manqué. Je fermai les yeux, offris mon visage au soleil. Je constatai avec un étonnement émerveillé :

— J'ose à peine y croire, j'ai l'impression de rêver. Je m'étais résignée à mourir, j'étais tellement sûre que je serais guillotinée. Je n'arrive pas encore à comprendre comment ils m'ont acquittée.

Ma mère échangea avec Blaise un regard complice.

— Nous en avons une petite idée, nous. N'est-ce pas, Blaise ?

Pour toute réponse, il sourit. Intriguée, je demandai :

— Qu'est-ce que cela signifie ?

Ma mère me serra le bras avec affection :

— Dès ton arrestation, nous avons essayé de t'aider. Nous nous sommes heurtés à bien des obstacles, mais Sylvain nous a aidés.

J'eus un cri de surprise :

— Sylvain ?... Mais... pourtant...

— Oui, je sais, soupira ma mère, il a sa responsabilité dans ce qui t'est arrivé. Mais il a bien regretté son zèle, et il a multiplié les démarches pour obtenir ta libération. Ce qui nous faisait peur, surtout, c'était que tu serais jugée par le tribunal de Joseph Le Bon. Il a une réputation tellement horrible !

— Sur le conseil de Sylvain, dit Blaise, je suis allé le voir.

Je ne pus réprimer un sursaut :

— Voir qui ? Joseph Le Bon ?

Il me sourit de nouveau, les yeux emplis d'une immense tendresse :

— Lui-même, oui.

Je demeurai muette. Blaise eut une expression amusée :

— Ne prends pas cet air stupéfait. Je suis allé le trouver lorsque nous avons appris que tu étais transférée à Cambrai. Par Aimé, nous savions certaines choses, et notamment que beaucoup de gens s'adressaient à lui pour demander la libération de prisonniers arrêtés injustement. Cela avait fini par le lasser, à tel point qu'il ait fait mettre, au-dessus de sa porte, une pancarte avec une inscription : « Ceux qui entreront ici pour solliciter l'élargissement des détenus n'en sortiront que pour être mis en arrestation. »

Je retrouvai ma voix :

— Oh, Blaise ! Et malgré cela, tu...

Il garda les rênes dans une seule main, passa son bras libre autour de mes épaules, avec amour me serra contre lui :

— Oui, malgré cela. Comment te décrire ce qu'a été ma vie, sans toi, sans nouvelles, en imaginant dans quelles conditions tu devais vivre ? C'était un véritable supplice, Mathilde. Il fallait que je tente tout ce qui était en mon pouvoir pour te faire revenir.

— Et comment Joseph Le Bon a-t-il réagi ?

— D'abord, à mon grand étonnement il m'a fait entrer dans son bureau. « Viens-tu pour dénoncer quelqu'un ? » a-t-il demandé. Comme je répondais non, il s'est mis en colère. « Pourquoi viens-tu, alors ? » J'ai dit que c'était pour lui signaler une arrestation injuste, et le prier d'élargir une personne innocente, incarcérée à la prison des Anglaises. Il est devenu encore plus furieux, m'a attrapé le bras, l'a secoué en criant : « Elargir ! Tu oses me demander d'élargir quelqu'un ! Sache que je n'élargis pas, je raccourcis ! Et tu vas y passer, toi aussi. N'as-tu pas lu ceci ? » Il me montrait, dans le vestibule, le placard avec la terrible inscription.

— Blaise, tu risquais de te faire arrêter !

— A cet instant-là, je l'ai cru, en effet. Je voulais parler, mais il ne m'écoutait pas. Je ne savais plus que faire. C'est alors qu'une femme est entrée dans le bureau. Elle tenait dans les bras un enfant de l'âge de Bastien, une petite fille. Leur apparition a suffi à calmer Joseph Le Bon. « Que veux-tu, Mimie ? » a-t-il demandé. La femme n'a pas répondu. Elle me détaillait avec insolence et curiosité. Alors, je n'ai plus hésité. Je me suis adressé à Joseph Le Bon qui — si je ne l'avais pas vu, je ne le croirais pas — souriait avec tendresse à son enfant. « Vois, citoyen, lui ai-je dit, si ta femme était arrêtée injustement et si tu te retrouvais seul avec ton enfant, tu essaierais de la sauver. Eh bien, c'est ce que je fais, et tu ne peux pas m'en vouloir. » Je crois que mon raisonnement a réussi à l'ébranler. Il m'a laissé exposer les faits, et m'a promis de faire une enquête à ton sujet. Ce serait finalement le tribunal qui jugerait car, a-t-il déclaré avec importance, « si nous traquons impitoyablement les ennemis de la révolution, nous ne sommes pourtant pas des assassins, et nous nous efforçons de ne pas guillotiner des innocents ». Je l'ai remercié, et je suis reparti avec cette promesse. Mais, alors que je sortais, j'ai entendu sa femme lui dire : « Joseph, tu es trop bon. Tu vas encore te laisser avoir. Qui est-il, celui-là, avec son affreux visage brûlé ? »

— Quelle horrible femme ! En prison, j'ai entendu de nombreux racontars à son sujet. C'est elle qui, bien souvent, envoie les gens à la guillotine.

— Elle est responsable de beaucoup d'arrestations, dit ma

mère. Séraphine raconte qu'elle se promène dans les rues, au bras de son mari, et lui signale les femmes qui ne lui plaisent pas : « Regarde celle-là, elle a une mine d'aristocrate. » Et Le Bon l'approuve : « Oui, Mimie, tu as raison. Je vais arranger ça. »

— Alors, reprit Blaise, quand j'ai entendu ses paroles, j'ai pris peur. J'ai pensé qu'elle allait influencer défavorablement son mari, et que ma visite avait été inutile. Pire, elle obtiendrait l'effet contraire.

— C'est pourquoi, continua ma mère, après avoir bien réfléchi, je suis allée la voir.

De nouveau, j'eus un mouvement de surprise. Je me tournai vers ma mère, vis son regard déterminé, ne pus m'empêcher de sourire :

— Oh, mère... vous êtes terrible ! Qu'avez-vous fait, exactement ?

— Eh bien... Séraphine m'a rapporté ce qu'on dit de Mme Le Bon : elle a beaucoup de pouvoir, elle est cupide et intéressée. Par exemple, elle accapare les bijoux des victimes, qu'elle porte lors des exécutions. Alors — pardonne-moi, Mathilde —, je lui ai offert les boucles d'oreilles en or que t'avait données Amélie avant d'émigrer. Je sais bien que ce cadeau t'appartenait, mais je n'avais rien d'autre à lui donner. Nous ne sommes pas riches ; quant aux louis d'or que tu possèdes, j'ai eu peur qu'ils ne soient taxés d'aristocratie. Et puis, c'est la même chose, ils sont à toi. Mais il s'agissait de ta vie, et pour nous elle est bien plus précieuse qu'un bijou.

Emue, je lui serrai la main.

— Vous avez très bien fait, approuvai-je d'une voix enrouée. Quand Amélie m'a donné ces pendants d'oreilles, elle n'a jamais pensé qu'un jour ils me sauveraient la vie. Qu'a-t-elle dit, cette Mme Le Bon ?

— Je me suis présentée chez elle en lui expliquant que, comme elle, j'étais une mère, et je lui demandais de m'aider à sauver mon enfant, qui était innocente. « Je sais, ai-je dit, que ton mari est intègre, et qu'il ne te donne pas l'argent dont tu as besoin pour ta toilette. Si je peux t'aider, en échange de l'immense service que je te demande, permets-moi de t'offrir ceci. » En voyant les boucles d'oreilles, ses yeux se sont mis à briller. Elle a tendu la main, les a prises, les a essayées tout de suite. « Je te remercie, citoyenne. Je parlerai à Joseph. Si, comme tu le dis, ta fille est innocente, elle sera libérée. » Eh bien, quoi qu'on puisse dire, elle a tenu parole, n'est-ce pas ?

— C'était sans doute pour ça, dis-je pensivement, qu'elle était au procès avec son mari. Et moi qui croyais, au contraire...

Dans un élan de tendresse, j'embrassai ma mère, puis Blaise :

— Merci ! Merci à vous deux. Si je suis ici, c'est à vous que je le dois !

— Et surtout, dit Blaise, je voulais retrouver ma femme, et rendre sa maman à Bastien. Il va être heureux de te revoir. Vois, ajouta-t-il, nous y sommes presque.

Au-delà des arbres, les premiers toits de chaume apparaissaient. Une impatience soudain me mettait des picotements dans les mains, et instinctivement je me tendais vers l'avant. Comme j'avais hâte d'arriver !

— Que s'est-il passé au village en mon absence ? demandai-je. Tout le monde va bien ?

Ma mère hocha la tête.

— Oui, tout le monde va bien. Surtout, ils attendent ton retour. Je n'ai pas encore eu le temps de te dire, Nicolas et Pauline ont prévu de se marier. Il y a longtemps qu'elle l'aime, paraît-il, et je n'avais rien vu.

— Nicolas et Pauline ! dis-je avec une joie sincère. Comme elle doit être heureuse ! J'avais deviné, moi, qu'elle était amoureuse de lui. Mais je ne savais pas si Nicolas...

— Elle est beaucoup venue pendant ton absence. Elle te remplaçait pour traire les vaches le matin. Nicolas a dû être sensible à sa présence douce, silencieuse et efficace. Et puis, aussi, nous avons eu une autre lettre de François.

— François ! Que dit-il ? Et Germain ?

— C'est une lettre très courte. Ils disent juste qu'ils se portent bien. Ils sont maintenant sous les ordres du général Pichegru, qui a remplacé Jourdan à la tête de l'armée du Nord. Leur lettre date du mois de mars — le 6 germinal. Depuis, nous ne savons rien de plus.

Lentement, nous approchions. Je revoyais avec émotion

les premières maisons, le moulin sur la colline, le clocher de l'église.

— Qu'y a-t-il, en haut du clocher ?

Blaise leva la tête, répondit avec un haussement d'épaules :

— La croix a été enlevée. A la place, il y a un bonnet de la liberté peint aux trois couleurs.

— La même chose a été faite à Douai, ajouta ma mère. On continue à faire disparaître tout ce qui a rapport à la religion. Et en parlant de religion, Casimir a appris que notre curé était emprisonné au couvent Sainte-Catherine-de-Sienne, à Douai, avec d'autres prêtres réfractaires et âgés. Nous y sommes allés pour essayer de le voir, ou, tout au moins, lui apporter quelques vivres, mais il était trop tard. Le gardien nous a annoncé qu'il était mort et enterré.

— Mort, notre curé ! Mort en prison !

— Sans doute d'une maladie due aux mauvais traitements et aux privations, constata ma mère avec rancune. Lui si bon ! Il ne méritait pas de finir ainsi.

Avec tristesse, je revoyais le vieil homme aux cheveux blancs, debout à l'arrière du chariot, lorsqu'il avait quitté notre village pour ne plus y revenir. J'eus envie de pleurer.

— Quant à Sylvain Busquet, reprit Blaise, il a l'intention d'acheter le château. Il dit que c'est sa revanche.

— Acheter le château ! Mais... comment ?...

— Le comte est mort, son fils a été guillotiné. La comtesse et Amélie sont émigrées. Confisqués, leurs biens sont déclarés biens nationaux. S'ils sont mis en vente, ils ne coûteront pas cher, et Sylvain a déjà annoncé à tout le monde que le château serait pour lui.

Ma mère s'agita :

— Peut-être pourrons-nous devenir propriétaires de notre ferme, Mathilde. Elle fait partie des biens, elle aussi. Si le prix n'est pas trop élevé, nous l'achèterons. Elle sera à nous. Tu te rends compte, Mathilde ? Enfin, nous posséderons notre maison !

Blaise eut un sourire mi-triste, mi-ironique.

— C'est un des avantages de la révolution. Comme dit Sylvain, elle apporte des changements favorables même si elle guillotine la plupart des gens.

Je posai enfin la question que je retenais inconsciemment :

— Est-ce Sylvain qui m'a dénoncée ?

Ma mère baissa la tête :

— Non, ce n'est pas lui, dit-elle d'une voix sourde. Enfin, pas entièrement. La vraie coupable, c'est Noémie, qui est allée te dénoncer au comité de surveillance.

Noémie ! Pas un instant je n'avais pensé à elle. J'eus la vision du regard venimeux que, parfois, elle me lançait, et que j'avais toujours ignoré. « Prends garde, m'avait dit Pauline, elle est jalouse et cherche à te faire du mal. » Je ne l'avais pas crue ; j'avais eu tort.

— Comment a-t-elle pu ?... balbutiai-je, blessée par une telle méchanceté.

— Je n'ai jamais vu Ignace aussi furieux, déclara ma mère. Il a battu Noémie si fort que Joséphine a pensé qu'il allait la tuer. Ensuite il l'a enfermée dans sa chambre pendant des jours, en lui interdisant de sortir. Joséphine, effondrée, passait son temps à pleurer. Et tout le monde, dans le village, était outré.

Un souvenir me revint :

— Mais, au tribunal, le président m'a dit : « La personne qui t'a dénoncée a émigré. »

Ma mère eut un long soupir :

— Ils sont partis, peut-être un mois après ton arrestation. D'abord, je crois qu'ils avaient honte, ensuite, Ignace commençait à prendre peur pour lui. Il avait bien souvent tenu des propos contre-révolutionnaires, et il craignait d'être dénoncé à son tour. Joséphine, de son côté, se plaignait que son magasin ne marchait plus, depuis la loi du maximum. Pour finir, ils ont été volés plusieurs fois.

— Volés ? dis-je avec surprise.

— Oui, ça n'était jamais arrivé auparavant. La première fois, on ne leur a pris que des marchandises, du sucre, du tabac, du vin. Ignace a un instant soupçonné Romain, le marchand d'allumettes qui vient de Raimbeaucourt et qui passe régulièrement. Cette nuit-là, il lui avait offert l'hospitalité. Mais, outre que ces marchands sont réputés pour leur conduite irréprochable, il y avait un trou dans le mur du jardin, et dans la paroi de la cave. Donc le voleur venait de l'extérieur.

— On ne l'a pas retrouvé ?

— Non, on n'a jamais su qui il était. Est-ce quelqu'un du village ? Est-ce, au contraire, un vagabond ? Ce serait plus probable. Il y en a de plus en plus, et ce sont quelquefois de véritables brigands. Deux autres vols ont suivi ; la seconde fois, c'était des pièces de tissu, et ensuite, de l'argent — des écus que Joséphine gardait précieusement dans un pot en terre. De plus, depuis la vilaine conduite de Noémie, tout le monde les regardait de travers. Certains, même, ne se gênaient pas pour les menacer de la prison et de la guillotine. Alors ils ont décidé de s'en aller. Un matin, on a vu leur maison fermée et ils n'étaient plus là. Ils étaient partis pendant la nuit.

Combien de changements, durant mon absence ! Pourtant, alors que nous arrivions à l'entrée du village, je regardais autour de moi. Tout était semblable. Je retrouvais les rues bordées d'arbres et de fossés profonds, les maisons basses au toit de chaume, l'église toujours transformée en atelier de salpêtre, et, là-bas, à l'écart, dominant tout, le château fermé et inhabité, tout ce que j'avais bien cru ne jamais revoir... Une profonde émotion nouait ma gorge.

L'accueil qui me fut fait me donna l'impression d'être l'héroïne d'une fête. Les premiers habitants qui m'aperçurent crièrent aux autres :

— Mathilde est là ! Elle est revenue ! Venez, c'est Mathilde !

Ce fut une véritable ruée. Tout le monde sortait des maisons. Des hommes, des femmes, des enfants. Ils entouraient la charrette, avec une expression où se mêlaient joie et curiosité. Ils m'interpellaient, me posaient des questions, s'exclamaient :

— Comme elle a maigri !

— As-tu beaucoup souffert, Mathilde ?

— Ça fait plaisir de te revoir !

Les larmes aux yeux, je ne pouvais pas répondre. Je voyais, pêle-mêle, les visages de ceux que je connaissais depuis toujours. A un moment, je remarquai, derrière eux, à la porte de sa ferme, Sylvain Busquet qui me regardait. Nos yeux se croisèrent. Il détourna la tête avec gêne. Je n'y fis pas davantage attention ; nous arrivions chez nous. Mon père, mon frère Nicolas, Louis et Jean-Marie s'avançaient. Le petit garçon tenait un bouquet de fleurs qu'il m'offrit. Mon père vint tout près, me reçut contre lui alors que je descendais de la carriole. Je le sentis trembler :

— Mathilde... dit-il tout bas. Ma petite...

Il renifla, retint ses larmes. Nicolas m'embrassa avec une fraternelle affection, Louis murmura :

— Je suis bien content, Mathilde, bien content...

— Moi aussi, tu sais, Mathilde ! claironna Jean-Marie qui tournait autour de nous.

Etourdie, heureuse, je leur souriais. Je vis arriver Justin. Avec un regard lumineux, il me caressa le visage de ses mains :

— Mathilde, mon enfant... Enfin ! Comme tu nous as manqué !

Lorsque la boule qui m'obstruait la gorge me permit de parler, je demandai :

— Et Bastien ? Où est-il ?

— Dans la chambre, me dit Justin. Il fait sa sieste.

Rien n'aurait pu me retenir. Je bondis, j'entrai dans la maison, je courus en traversant la grande salle, et je m'arrêtai enfin dans la chambre, haletante. Dans le berceau, mon enfant dormait. Je le contemplai passionnément. Comme il était beau ! En trois mois il avait grandi, grossi ; ses cheveux étaient plus longs et bouclaient sur sa nuque. Au rythme de sa respiration, ses cils tremblaient. Une moue gonflait sa lèvre, et dans son sommeil il souriait. Mon cœur fondit.

Un long moment passa ainsi puis, sous mon regard, il se réveilla. Il ne fut pas surpris de me voir penchée sur lui. Il me considéra longuement, les yeux graves, l'air interrogateur. Puis, d'un seul coup, son visage s'illumina. Il poussa un petit cri joyeux, tenta de se redresser, me tendit les mains. Alors je le pris contre moi et le serrai à l'étouffer. Je le couvris de baisers, lui murmurai des paroles d'amour et de tendresse. Et dans mes bras, tout en m'écoutant, il roucoulait de ravissement.

Je repris lentement des forces. Pendant les premiers jours qui suivirent mon retour, je me laissai vivre. Je ne quittais pas mon enfant, comme pour compenser ces longues semaines où nous avions été séparés. Je profitais du soleil, sur le banc du jardin, avec Bastien sur mes genoux ou à mes pieds. Je sentais, petit à petit, s'éloigner cette lassitude, ce dégoût de vivre qui, en prison, avaient fini par me rendre indifférente à tout. Les progrès de Bastien m'étaient un continuel émerveillement. Il avait bientôt un an et commençait à se tenir sur ses petites jambes, d'une manière malhabile qui m'attendrissait. Grâce à lui, grâce aussi à l'amour patient et calme de Blaise, je retrouvai peu à peu mon équilibre.

A Justin aussi, j'avais tout raconté, mais, depuis, je ne voulais plus en parler. Les gens du village, parfois, m'interrogeaient ; j'éludais leurs questions. Je ne parvenais pas à supporter leur sympathie apitoyée derrière laquelle je décelais une curiosité qui me blessait.

— Laissez-la, conseillait Blaise, elle préfère oublier.

Alors ils interrogeaient ma mère, qui leur racontait ce qu'elle savait. Ils répétaient ses propos à d'autres, et leurs paroles me revenaient déformées. Je m'indignais, au bord des larmes : ne pouvaient-ils me laisser tranquille ? J'avais encore, parfois, les nerfs à vif. Il m'arrivait de me demander si je finirais par guérir complètement.

Pauline vint me voir. Elle me parla de Nicolas, qu'elle allait épouser bientôt. Son enthousiasme, son impatience me firent sourire.

— Je suis heureuse, Mathilde ! Cela faisait des années que j'attendais, et c'était si long... Je t'ai enviée, lorsque tu as épousé Blaise. Maintenant, ça va être mon tour. Je vais vivre avec Nicolas, nous occuperons ton ancienne chambre. Tes parents sont ravis. Mes bras seront utiles à la ferme, disent-ils, et il est vrai que le travail ne me fait pas peur. Ils sont soulagés depuis que tu es revenue, ils ont eu si peur de te perdre ! C'est François, maintenant, qui les inquiète. Où est-il ? Que devient-il ? Avec ces combats qui ont lieu sans cesse, comment ne pas craindre pour sa vie ?

Et pour celle de Germain, pensais-je souvent. Mon jeune beau-frère me manquait. Je me disais qu'avec lui j'aurais retrouvé plus vite ma joie de vivre. Je me souvenais de ses taquineries, de notre complicité, de nos fous rires, et une nostalgie me venait de ces bouffées de jeunesse que sa présence mettait dans la maison.

Ma mère, après un voyage à Cambrai, m'apporta des

nouvelles. La guillotine avait été démontée, en vue des fêtes du 14 juillet ; de plus, le Comité de salut public avait décidé de supprimer les tribunaux révolutionnaires de Cambrai et d'Arras. D'après un discours de Joseph Le Bon au Temple de la raison, les traîtres seraient dorénavant jugés à Paris, et la guillotine ne fonctionnerait plus que dans la capitale.

— Il n'y a plus eu d'exécution depuis le 26 juin, annonça ma mère. Ce jour-là, on a guillotiné quatre sœurs de la Charité d'Arras, et beaucoup de gens ont été révoltés en les voyant dans la charrette qui les menait à la mort. La plus âgée des sœurs, m'a dit Séraphine, ne cessait de bénir la foule et de répéter : « Ne craignez rien, nous serons les dernières victimes. Demain, la persécution aura cessé. »

Je n'eus pas un instant de doute : sœur Madeleine ! C'était elle, j'en étais persuadée. Elle qui m'avait dit, tant de fois : « Tu ne mourras pas, tu retrouveras les tiens... » Ainsi, elle avait été guillotinée, avec ses compagnes ! Ses paroles, sa douceur, son courage, me revinrent en mémoire, et je versai des larmes amères.

Un jour où je me sentis mieux, j'allai rendre visite à ma sœur, à Douai. Je retrouvai la petite ville avec plaisir, essayant de ne pas penser à ce jour où je l'avais traversée entre deux gendarmes, les mains liées comme une criminelle. Alors que j'arrivais rue de la Révolution, je vis venir vers moi, en courant, ma nièce Angélique :

— Tante Mathilde ! Venez voir ce qu'ils font ! Il faut les arrêter !

Elle tremblait et semblait prête à pleurer. Elle me prit la main, m'entraîna rapidement. Dans une encoignure de porte, deux garçons d'environ douze ans nous tournaient le dos. Penchés sur un objet que je ne voyais pas, ils étaient si occupés qu'ils ne m'entendirent pas arriver.

— Regardez ce qu'ils font, souffla Angélique. C'est affreux !

Je m'approchai. L'un des garçons était Philippe, le fils de ma sœur. Il observait, fasciné, les gestes de son compagnon qui, visiblement, s'appliquait à une entreprise délicate. Je regardai mieux, ne pus réprimer un sursaut d'horreur. L'enfant tenait, dans ses mains, une petite guillotine en bois, réplique exacte de celle que j'avais vue à Cambrai, et qui me donnait encore des cauchemars. Il essayait d'y placer une souris vivante. La pauvre bête, terrorisée, couinait désespérément. Il parvint à la fixer, fit basculer la petite planche, d'un coup sec abattit le couperet. Tranchée net, la tête se détacha du corps et tomba sur le sol, tandis que le sang giclait. Je ne pus me retenir. Horrifiée, je criai :

— N'avez-vous pas d'autres jeux ? C'est honteux, ce que vous faites là !

Les deux garçons relevèrent la tête. Philippe parut confus, mais l'autre haussa les épaules avec une grossièreté qui me donna envie de le gifler, et s'en alla calmement. Je m'en pris à Philippe :

— Comment peux-tu fréquenter un tel garnement ?

Angélique bégaya :

— C'est Martin, il passe son temps à guillotiner des souris et des oiseaux.

Je regardai Philippe avec sévérité :

— Qui est ce Martin ?

Il baissa la tête :

— C'est un garçon qui va à l'école avec moi. Son père est pour la révolution, il lui a acheté ce jouet. Il m'a dit : « Viens, nous allons jouer aux patriotes. » Mais je ne savais pas ce qu'il allait faire, je vous l'assure, tante Mathilde.

En voyant sa pâleur, je le crus. Je le savais sensible, et je le soupçonnais de n'avoir pas apprécié cette scène. Moi-même, je me sentais mal à l'aise, et en même temps outrée. Des enfants qui guillotinaient des animaux, en attendant de faire comme leurs pères, pouvoir guillotiner les gens. C'était atroce.

Je tançai vertement Philippe, je lui enjoignis de ne pas recommencer. Lorsque j'arrivai chez ma sœur, je tremblais encore. Je ne pus m'empêcher de lui raconter l'incident. Elle ne parut pas surprise. Elle soupira :

— Je sais bien, c'est la nouvelle mode. La plupart des enfants s'amusent à ce jeu-là, maintenant. La guillotine est partout : en jouet, en bijou, en ornement. Un collègue de Casimir en a fait graver une sur sa tabatière. Les gens sont fous, Mathilde, ils ne se rendent pas compte.

Je commençais lentement à me remettre :

— Je n'aurais peut-être pas dû être aussi violente avec Philippe, mais je n'ai pas réfléchi. Quand je vois cet affreux couperet, ça me rappelle que j'ai bien cru, à un certain moment...

Je m'arrêtai, ravalai un sanglot. Ma sœur me regarda avec sollicitude :

— Je comprends, Mathilde. Moi-même, je suis passée sur la place, un jour où il y avait une exécution. Je n'oublierai jamais... ces cris de la foule, et la tête dégoulinante de sang, que le bourreau promenait par les cheveux aux quatre coins de l'échafaud, en criant « Vive la république. » Je ne peux pas comprendre comment certains supportent ça, ils paraissent même y prendre plaisir...

— Peut-être allons-nous être libérés de ce genre de spectacle. Il paraît qu'il n'y aura plus qu'une seule guillotine à Paris.

— Ce sera toujours ça, dit ma sœur en frissonnant. Mais y aura-t-il moins d'arrestations ? Tant que Joseph Le Bon sera dans la région... Et ils organisent des fêtes, fête de l'Etre Suprême, fête du 14 juillet, et nous recevons des invitations, et nous devons y aller, et applaudir, et chanter, et crier « Vive la liberté ! », comme si nous étions heureux et satisfaits. Quelle comédie ! Personne n'oserait refuser, de peur de paraître suspect. Vois-tu, Mathilde, je me demande de plus en plus où tout cela va nous mener.

Moi, je ne me le demandais plus. J'étais bien trop heureuse d'être rentrée chez moi, après avoir craint pour ma propre existence. Alors je me contentais de vivre sans plus me poser de question.

L'été passait lentement. La chaleur devint accablante. Mon père fulminait contre la sécheresse qui, disait-il, ne valait rien pour la prochaine récolte. Le souvenir de mes semaines de prison peu à peu s'estompait. Entre Blaise et Bastien, avec l'affection paternelle de Justin, de nouveau je m'épanouissais.

Subitement, le cours des événements changea. Le 9 thermidor — 27 juillet 1794 — Robespierre, victime d'une coalition, succomba. Il fut guillotiné le lendemain. Le 2 août,

Joseph Le Bon, à son tour, fut arrêté. On disait que, dès la mort de Robespierre, il avait quitté immédiatement Cambrai et s'était rendu à Paris, où il avait été incarcéré au Luxembourg. Sa femme, affolée, s'était réfugiée avec leur enfant chez sa mère, à Saint-Pol. Je ressentis une satisfaction que je ne cachai pas ; ainsi, le bourreau connaissait maintenant le sort de ses victimes. Après avoir tant joué avec la vie des autres, il allait craindre pour la sienne. Ce n'était que justice.

Chacun donnait son avis : Joseph Le Bon hors d'état de nuire, la guillotine enlevée, peut-être la Terreur allait-elle s'éloigner ? Ceux qui avaient un parent ou un ami en prison se reprenaient à espérer. Et puis, peut-être pourrions-nous, dorénavant, vivre sans la peur continuelle de mal agir, de déplaire, sans la hantise d'être dénoncé, d'être arrêté, sans le besoin de se méfier de tout le monde. Une décision de la Convention vint appuyer cet espoir : les fameux comités de surveillance n'étaient maintenus que dans les chefs-lieux de district et les villes de plus de huit mille habitants. Dans des villages comme le nôtre, ils n'existaient plus. Ce fut, pour tous, un réel soulagement ; nous eûmes l'impression de respirer plus aisément.

Un autre espoir se fit jour. La guerre, peut-être, allait se terminer. Les soldats ennemis avaient été repoussés. Les victoires de Tourcoing et de Fleurus avaient amené l'évacuation d'Orchies, Le Cateau, Saint-Amand. Lorsque arriva le 1er septembre, les villes de Condé, Valenciennes, Landrecies, Le Quesnoy, avaient été reprises par les Français[1]. Notre région, enfin, était libérée. Mes parents, Justin, et tous ceux du village qui avaient un fils aux armées se posaient la question : allaient-ils revenir, maintenant ?...

La guillotine fut démontée à Douai. Les prisons, peu à peu, ouvrirent leurs portes, et beaucoup de détenus arrêtés arbitrairement furent élargis. Mais ce fut tout. La répression concernant les prêtres resta toujours aussi sévère. Notre église, qui ne servait plus d'atelier de salpêtre, puisque la guerre

---

1. C'est à cette occasion que fut inaugurée la première ligne télégraphique Paris-Lille, qui apporta à la Convention l'annonce de ces victoires.

s'éloignait, fut de nouveau fermée. Et les jours passèrent sans voir le retour de nos jeunes gens.

A l'automne, les biens du comte de Bryars furent mis en vente. Comme l'avait dit Sylvain Busquet, il acheta le château. Propriétaire de cette imposante construction qui, pendant tant d'années, avait représenté le symbole de sa haine, il laissait éclater sa satisfaction. A ceux qui, comme sa mère, risquaient une observation, disant qu'il s'encombrait d'une bâtisse qui ne lui servait à rien, il répondait :

— Vous ne pouvez pas comprendre. C'est ma revanche, la dernière, la plus belle, telle que je n'aurais jamais osé l'espérer. Chaque soir, après ma journée de travail, je vais m'y promener, je parcours chaque pièce, l'une après l'autre. Je me dis que tout ça est à moi, moi le fils de l'homme qu'ils ont envoyé aux galères — et à la mort. Et je suis heureux.

Quant à mon père, il put acquérir, à un prix abordable, la ferme ainsi que les terres qui en dépendaient. Lors de la vente, personne ne vint faire monter les enchères ; tout le monde dans le village savait combien il était désireux d'être enfin propriétaire de la maison où il avait toujours vécu. Ce jour-là, lui aussi rayonnait. Et ce n'était pas un plaisir basé sur une revanche enfin assouvie, c'était une joie nouvelle, pure, sincère. Il me montra les papiers avec une fierté d'enfant :

— Vois, Mathilde, c'est écrit là : maintenant, la ferme m'appartient, et les champs. Je ne dois plus rien à personne, tout est à moi.

Ma mère sourit un peu tristement :

— Au moins, en dépit de toutes nos épreuves, nous aurons obtenu ça. Mais est-ce que ça compense tout le reste ?

— Hé ! reprit mon père. On aurait très bien pu ne rien avoir du tout. C'est important, ça : nous avons un toit qui est à nous, et la sécurité. Nous sommes libres, nous ne dépendons plus du bon vouloir d'un maître qui pouvait nous mettre dehors s'il en avait envie. Il faut admettre quand même que, là-bas à Paris, malgré leurs erreurs, ils font un effort pour établir plus de justice et d'égalité entre les citoyens.

Ma mère s'insurgea :

— Et ta fille qui a failli être guillotinée ? Et ton fils à la guerre ? Tu l'oublies, peut-être ?

Mon père baissa la tête, sa joie un instant gâchée :

— Non, je ne l'oublie pas. Mais c'est terminé, ça. Tout va aller mieux, maintenant.

Cette affirmation s'avéra trop optimiste. La récolte fut mauvaise. De plus, l'inflation s'aggrava brutalement, provoquée surtout par la circulation des faux assignats contre lesquels le tribunal révolutionnaire avait été si sévère. De plus, au début de l'hiver, un décret supprima le maximum des prix, ce qui entraîna immédiatement la hausse de toutes les marchandises. Ma sœur se plaignait : à Douai, à cause du manque de subsistances, les habitants n'avaient droit qu'à une livre de pain par jour. Le grain manquait sur les marchés. Les désordres y devenaient quotidiens. Des femmes pillaient les approvisionnements de pommes de terre, et de nouveau la force armée fut nécessaire pour maintenir l'ordre.

Des réquisitions furent ordonnées dans les villages. Il fallut fournir, à plusieurs reprises, des rasières de blé, que des chasseurs à cheval emmenaient à Douai. Ces convois eux-mêmes étaient quelquefois pillés. L'un d'eux fut arrêté, un jour, par un groupe d'environ vingt femmes, qui déchargèrent les sacs de blé et s'en emparèrent, malgré la présence des deux chasseurs qui, sabre au clair, tentèrent de les en empêcher. A Douai, nous racontait ma sœur, les rues la nuit n'étaient pas sûres ; brigands et voleurs cherchaient à s'accaparer le bien d'autrui. Faute d'huile, la municipalité ne pouvait pas éclairer la ville. Les actes de malveillance devinrent si nombreux que cinq guetteurs furent placés en haut du beffroi, annonçant aux habitants leur surveillance au moyen d'une trompe qu'ils faisaient sonner, au lieu du carillon de la demi-heure, le jour comme la nuit.

L'incertitude revenait. On craignait de nouvelles émeutes. Je me souvenais de celles auxquelles j'avais été mêlée : à Cambrai, avec ma mère, en mai 1789 ; à Douai, avec ma sœur, en mars 1791, lorsque nous avions assisté, impuissantes, à la pendaison de ce pauvre Derbaix, victime d'une foule en furie. Je ne me sentais plus capable de supporter de nouveau une telle violence. Le fragile équilibre que j'avais réussi à retrouver, depuis ma sortie de prison, était trop précaire. J'avais besoin de calme, de sécurité. Je ne sortais plus de notre petit village, et même là, je ne m'intéressais plus à ce qui s'y passait. Je me calfeutrais chez moi, Je vivais en vase clos, avec mon mari et mon enfant. Pour le moment, cela me convenait parfaitement.

Cet état d'esprit fit que je n'assistai pas, cette année-là, à la messe de Noël clandestine. L'abbé Lemaire n'était plus dans la région. Il avait décidé d'émigrer lorsque Joseph Le Bon s'était installé à Cambrai, afin de ne pas compromettre davantage ceux qui le cachaient ; il savait que, pour lui, ils risquaient la mort. Ce fut l'abbé Dubrulle qui fit la messe dans un village éloigné. Un autre de ces prêtres qui, comme l'abbé Lemaire, en se cachant continuellement, allaient partout où on les demandait, pour secourir les malades et baptiser les nouveau-nés.

Mes parents s'y rendirent, ainsi que Nicolas et Pauline. En prévision de leur futur mariage, ils voulaient demander à l'abbé Dubrulle de faire pour eux une messe et de les bénir, afin d'être unis religieusement. Pour ma part, je demeurai chez moi, avec Blaise et Bastien, et Justin qui, enrhumé et fiévreux, ne tenait pas à affronter le froid. En regardant Bastien dormir je me posais la question que, déjà, je m'étais posée l'année précédente : que seraient les noëls de mon enfant ? Des messes faites en cachette, où l'on se rendait furtivement ? Ou bien rien du tout, puisque dans le nouveau calendrier, cette fête n'existait plus ? J'en parlai à Blaise qui, selon son habitude, me conseilla de ne pas me torturer l'esprit avec un état de choses devant lequel j'étais impuissante. Mais je ne parvins pas à l'écouter. Je ne pouvais pas m'empêcher de m'inquiéter. D'autant plus que mon fils devenait un vrai petit homme. Il marchait, commençait à parler. Blaise l'élevait avec sévérité et amour. Justin l'adorait. Il existait entre eux une entente complice et tendre. Souvent, le grand-père prenait son petit-fils sur ses genoux, et, avec un air mystérieux, lui racontait une histoire ou une légende. L'enfant, un doigt dans la bouche, écoutait avec de grands yeux attentifs et graves. Pendant ce temps, j'allais et venais dans la pièce, préparais le repas, tout en les observant avec affection. Je demandais :

— Croyez-vous qu'il comprend ce que vous lui dites, père Justin ?

Justin se tournait vers moi, offusqué :

— Mais bien sûr qu'il comprend ! Regarde comme il écoute.

Je souriais à mon fils ; immobile, il se laissait bercer par le son de la voix rude qui, pour lui, se faisait douce. Il contemplait, fasciné, la moustache de Justin qui tremblait et bougeait au gré de ses paroles. Je me disais que là était, plutôt, l'objet de son attention. Parfois, il ne pouvait résister, tendait sa petite main, tirait les poils gris et rêches. Justin sursautait :

— Attends un peu, coquin ! grondait-il.

Il renversait l'enfant sur son bras, le chatouillait. Le petit riait aux éclats, d'un rire cristallin, pur, et heureux. Je croisais le regard de Blaise, et une onde de tendresse nous unissait. A ces moments-là, je savais que le passé encore douloureux finirait par s'estomper complètement.

8

Au printemps 1795, mon frère Nicolas épousa Pauline. Le matin très tôt, l'abbé Dubrulle vint les bénir en secret. Il nota sur un registre, dont il gardait précieusement les pages, la date ainsi que les noms des époux et ceux des témoins. Puis, après le mariage à la maison commune, le repas de noces se fit chez mes parents. On but, on chanta, on dansa, malgré l'absence de François et de Germain. Nous savions que, tôt ou tard, ils reviendraient. Puisque maintenant il n'était plus nécessaire de défendre la patrie contre l'envahisseur, sans doute seraient-ils bientôt libérés. Lors du repas, ma mère me dit, en me montrant les nouveaux époux :

— François sera surpris de retrouver une belle-sœur à son retour.

J'approuvai en souriant. De plus en plus, j'avais hâte de voir revenir mon jeune frère, ainsi que Germain qui, me disais-je parfois, ne reconnaîtrait plus son petit filleul.

Mais la réalité, hélas, ne fut pas conforme à nos désirs. Un jour du mois d'avril, ma mère vint me trouver, fort agitée :

— Ecoute-moi, Mathilde. D'abord, assieds-toi. Cette nouvelle est tellement... Si je m'attendais... J'en suis encore toute retournée !

D'un geste spasmodique, elle pressait ses mains sur sa poitrine. Inquiète, je me laissai tomber sur le banc, tout en l'interrogeant du regard. Blaise apparut :

— Que se passe-t-il ?

Ma mère respira un grand coup :

— C'est François. Eloi vient de venir nous avertir. François a été blessé et vient d'être transféré à l'hôpital militaire de l'Humanité, à Douai.

— François... dis-je d'une voix étranglée. Est-ce grave ?

— On ne sait pas, justement. Eloi a reçu un avis, mais il n'y a aucun détail. Depuis quand est-il blessé ? On l'ignore.

Justin sortit de l'atelier, vint vers nous d'un pas lourd, suivi de Bastien :

— J'ai entendu, dit-il. Ainsi, c'est François... Germain ?

Ma mère leva vers lui des yeux torturés :

— Je n'en sais rien. Eloi n'a pas parlé de lui. Je pense que, s'il y avait quelque chose, il serait venu vous le dire.

Elle sourit distraitement à Bastien, qui tirait sur sa jupe pour grimper sur ses genoux.

— Il faut aller le voir, savoir ce qu'il a. C'est atroce d'être ainsi dans l'ignorance. Accompagne-moi demain, Mathilde. Au moins, nous serons fixées.

J'acceptai. Toute la soirée se passa en conjectures ; les blessures de François étaient-elles graves ? Allait-il pouvoir rentrer chez nous ? Ou bien, après avoir été soigné, serait-il renvoyé à l'armée ? Nous ne savions que penser. Quant à Germain, que devenait-il ? Peut-être François pourrait-il nous renseigner ? Si toutefois, il avait toute sa connaissance et était capable de parler.

Le lendemain, je confiai Bastien à Blaise et Justin, puis je partis avec ma mère. Autant crispées l'une que l'autre, nous marchions en silence et rapidement, insensibles au soleil printanier qui jouait gaiement dans les arbres. Nous avions peur mais, malgré tout, nous préférions savoir.

L'hôpital militaire se trouvait près de l'Hôtel-Dieu. Au concierge, ma mère expliqua d'une voix rauque le but de notre visite. L'homme se gratta l'oreille, consulta une longue liste, hocha la tête :

— Je vois. Venez avec moi.

Nous le suivîmes. Il nous fit monter un escalier. Au premier étage, dans le couloir, un autre homme venait vers nous, une pile de linges dans les bras. Notre guide l'appela :

— Ursule, conduis ces deux citoyennes à Bassart François.

L'autre acquiesça d'un air entendu :

— C'est le nouveau qui vient d'arriver. Il est ici.

Il ouvrit une porte, nous fit entrer. Dès le seuil, la puanteur me suffoqua. Elle me rappela celle de la prison, ce mélange d'urine, de sueur et d'excréments, avec en plus l'odeur fade et écœurante du sang. Je vis, dans les lits, des malades, des blessés couchés sous une couverture, avec des bandages souillés, des visages hagards, des yeux caverneux. Certains semblaient sans connaissance ; d'autres râlaient ; deux ou trois gémissaient d'une manière ininterrompue et insupportable. Comme insensible à cette horreur, l'infirmier traversait la salle sans un regard pour tous ces malheureux. Derrière lui, avec ma mère, je marchais comme dans un cauchemar. J'essayais de ne plus poser mes yeux sur eux, choquée par leur aspect, emplie à la fois de répulsion et de pitié.

L'homme s'arrêta devant un lit, tout au bout de la salle.

— Voilà, c'est ici. Ne le fatiguez pas trop, il est encore faible.

Je ne vis qu'un corps recouvert d'un drap, une tête aux yeux clos qu'un pansement entourait. Ma mère chuchota :

— Est-il ?... Qu'a-t-il exactement ?

L'infirmier fit, de la main, un geste d'ignorance et d'indifférence :

— Il a été blessé à la tête et au bras. Si vous désirez plus de détails, il faut voir le médecin.

Sur ces mots, il nous laissa. Je n'osai pas bouger. Je regardai le blessé couché dans le lit, et j'essayai de reconnaître mon frère dans cet homme maigre, aux joues creuses et mal rasées, aux lèvres décolorées. Ma mère, à petits pas tremblants, s'approcha, se pencha sur lui. Il dormait, ou peut-être était-il inconscient ? Elle se pencha davantage, posa une main sur son épaule, la secoua doucement :

— François, appela-t-elle tout bas. François, mon petit...

Pendant un long moment, rien ne se produisit. Ma mère répéta son appel. Alors, le blessé poussa un profond soupir, ouvrit les yeux. A cet instant seulement, je le reconnus. C'était bien mon frère, mais si changé, si vieilli, que je crus voir mon père. Son regard, que j'avais toujours connu pétillant de gaieté, était terne, sans vie, sans expression. Il s'anima un peu, néanmoins, en voyant ma mère. Une étincelle y brilla très fugitivement, s'éteignit aussitôt.

— Mère, dit-il dans un souffle.

Il ferma les yeux de nouveau, comme épuisé. Je vis, sous ses paupières, sourdre des larmes, qui coulèrent et se perdirent dans les pansements qui entouraient son front. Ma mère s'agenouilla, prit une de ses mains entre les siennes :

— Je suis là, mon petit. Tout va aller bien maintenant. Tu vas pouvoir rentrer chez nous. Mathilde est là aussi. Viens plus près, Mathilde.

J'approchai, lui pris l'autre main. Je ne voyais plus le reste de la salle, je n'entendais plus les râles des blessés, je ne m'occupais plus que de lui, mon frère que je retrouvais. Le voir ainsi allongé, inerte, brisé, m'était une véritable souffrance. Des souvenirs d'enfance se bousculaient dans ma mémoire : François courant avec moi dans les champs, après la moisson ; François qui trônait tout en haut du char, sur les gerbes de blé ; François qui m'entraînait dans des rondes folles autour des javelles ; François qui, toujours, avait été pour moi un compagnon de jeux de tous les instants. Je retins mes larmes.

— Mathilde, dit-il très bas.

Et j'eus l'impression qu'un faible sourire renaissait sur son visage.

Nous sommes restées un long moment près de lui. Apaisé, il s'était endormi. Je le regardais avec tristesse, je voyais la peau tirée sur les os, le teint blafard, le nez pincé, les rides autour de la bouche. Comme il a dû souffrir ! pensai-je. Et je m'insurgeais contre cette révolution qui nous avait meurtris tous les deux, en nous envoyant, lui à la guerre, moi en prison. Je serrai davantage sa main dans la mienne. Il lui faudrait, à lui aussi, essayer d'oublier. Je l'aiderais. Nous étions vivants, c'était ça le plus important.

De retour dans le village, nous fûmes assaillis de questions. Tout le monde demanda des nouvelles. Ceux qui avaient leur fils aux armées essayèrent de savoir si, peut-être, François avait parlé de lui. Nous dûmes expliquer que notre pauvre François semblait bien mal en point, et qu'il n'avait prononcé que quelques mots.

Ma mère y retourna le lendemain et les jours suivants, accompagnée soit de mon père, soit de Nicolas ou de ma sœur.

— François va mieux, nous annonça-t-elle, il nous a parlé. Après sa blessure, il est resté longtemps inconscient et, lorsqu'il a repris connaissance, il ne savait plus qui il était. La mémoire lui est revenue lentement, par à-coups. Il a été soigné de longs mois dans un hôpital des Pays-Bas avant d'être envoyé à Douai. Le médecin, que nous avons vu, dit qu'il a reçu une balle à la tempe, une autre au bras. Il souffre encore de maux de tête et de vertiges. De plus, il ne peut plus se servir de son bras complètement ; la balle a atteint l'articulation. Cela, au moins, l'empêchera d'être de nouveau soldat. Ils vont nous le rendre. Je suis soulagée de savoir qu'il ne retournera pas à cette maudite guerre.

— Et Germain ? demandait Justin. A-t-il parlé de Germain ?

— Non. Je l'interrogerai demain.

— J'irai avec vous, dis-je. Je veux le voir.

Je retrouvai, le lendemain, la même puanteur suffocante, la même vision cauchemardesque de corps brisés, de blessés geignants. Je revis mon frère, et je pus constater qu'en effet il allait mieux. Ses yeux n'étaient plus vides, son visage semblait moins tendu, et un léger sourire flotta sur ses lèvres lorsqu'il nous vit arriver.

— Vous voilà ! Je suis bien content. Bonjour, Mathilde.

Le pansement autour de sa tête avait été enlevé. Je regardai, fascinée, la cicatrice violacée qui courait le long de la tempe, entourée de chair boursouflée et rosâtre. Mon frère y porta la main :

— Il paraît qu'elle s'atténuera avec le temps. Le médecin dit que j'ai de la chance d'avoir survécu à une telle blessure. Mais j'ai encore des maux de tête épouvantables. Et je n'entends plus rien de l'oreille droite.

— Mais tu es là, dit ma mère, et bientôt tu seras parmi

nous. Je vais demander au médecin s'il peut te laisser sortir. Tu seras mieux à la maison qu'ici, ajouta-t-elle en promenant autour d'elle un regard de dégoût, mieux soigné et mieux nourri, surtout.

Il était vrai que la disette qui sévissait toujours à Douai atteignait même les malades des hôpitaux, malgré les réclamations incessantes des médecins. C'est pourquoi celui-ci ne fit aucune difficulté lorsque ma mère lui posa la question.

— Il peut sortir demain, à condition de le garder sous surveillance médicale chez vous.

— Pierre-Antoine est très capable. Il fera ça très bien.

— Je vais rédiger un certificat attestant son invalidité, due à sa surdité, à ses vertiges, et à son bras presque paralysé. Il sera congédié de l'armée, cela ne fait aucun doute.

Je répétai ces paroles à mon frère. Il ferma les yeux, soupira avec lassitude :

— C'est aussi bien, je ne serais pas capable d'y retourner. Surtout maintenant, et sans Germain... C'était lui qui me soutenait.

Une fêlure dans sa voix m'avertit. Prise d'un pressentiment, je demandai fébrilement :

— Que veux-tu dire ? Germain... ?

Il ouvrit les yeux. Nos regards se croisèrent. Il détourna le sien très vite — trop vite.

— Parle, dit ma mère. A-t-il été blessé, lui aussi ?

Une expression de souffrance crispa le visage de François. D'une voix sourde, il avoua :

— C'est pire, bien pire... Ça fait si longtemps que je garde ça en moi... C'est arrivé l'année dernière, le jour où nous avons repris Ypres. A quel prix ! Je revis toujours cette scène, le canon qui tonnait, les coups de feu, l'odeur de la poudre, les hommes qui se battaient. Germain, qui avançait près de moi, est tombé d'un seul coup. Je n'ai pas compris tout de suite. Lorsque je l'ai vu, couché sur le dos, les yeux grands ouverts fixant le ciel, j'ai crié son nom, je me suis agenouillé, je l'ai appelé, secoué. Il ne bougeait plus. Il était mort, je le savais mais je ne voulais pas l'admettre. Je suis resté là, avec la bataille qui faisait rage autour de moi, jusqu'au moment où j'ai eu l'impression que quelqu'un me frappait à la tempe, et ma tête a explosé. Je me suis réveillé à l'hôpital, parmi d'autres blessés, et pendant des semaines je ne me suis souvenu de rien. Puis, petit à petit, ma mémoire s'est remise à fonctionner, et avec elle le chagrin insupportable de savoir que je ne reverrais jamais Germain, mon ami Germain, qui était devenu pour moi un frère.

Je sentais les larmes emplir mes yeux, couler sur mes joues. Ainsi, il ne reviendrait pas. Adieu, notre complicité, nos fous rires, nos taquineries... Quelque chose de pesant, dans ma poitrine, rendit soudain ma respiration difficile.

Ce poids ne me quitta pas. Il était encore là lorsque je rentrai, et même la vue de mon petit Bastien, qui courait vers moi pour m'accueillir, ne parvint pas à le chasser. Blaise m'observa de ses yeux clairs, s'aperçut tout de suite que quelque chose n'allait pas. Une ombre passa sur son visage :

— François ? demanda-t-il. Il va plus mal ?

Je secouai la tête. Comment le lui annoncer ? A la façon dont je le regardais, il comprit :

— Germain ?

A Blaise, je pouvais en parler. Mais pas à Justin, pas encore. Je jetai un coup d'œil vers l'atelier.

— Il n'est pas là, dit Blaise. Il est allé chez Barthélemy, lui rendre la brouette qu'il a réparée. Tu peux me dire...

Je m'assis, serrant Bastien contre moi. D'une voix étranglée, j'avouai ce que je savais.

— Germain a été tué, le jour où François a reçu ses blessures. Il nous a raconté, aujourd'hui...

Je me tus, incapable de continuer. Blaise devint très pâle. Le sang se retira de son visage, rendant plus visible la trace des brûlures.

— Mon frère... souffla-t-il, dans une plainte sourde.

J'allai à lui, posai ma tête contre son épaule, en un geste de consolation muette. Bastien, intrigué, s'accrochait à ma jupe, essayant d'attirer mon attention. La porte de l'atelier claqua. Blaise eut un long soupir malheureux :

— Le voilà. Il va falloir le lui dire.

— Je préfère que ce soit toi, déclarai-je faiblement. Moi, je ne saurais pas.

Il redressa la tête. Avec une expression à la fois torturée

et résolue, il se dirigea vers l'atelier. Je pris Bastien par la main et, lâchement, je décidai d'aller chercher des œufs chez ma mère.

Avec Pauline, elle préparait la chambre de mon frère, refaisait le lit, mettait des draps propres, balayait le sol. Elle s'interrompit un instant, essoufflée :

— Demain, il sera ici, Mathilde ! J'irai le chercher, avec Nicolas. Comme je vais le dorloter, mon grand garçon ! Avec moi, il retrouvera vite ses forces !

Son excitation chassa un peu le chagrin qui m'oppressait. Je bavardai un instant avec elle, passai un chiffon sur l'armoire, pendant que Pauline jouait avec Bastien. Puis je repris le chemin de ma maison. Dès l'entrée, j'interrogeai Blaise du regard. A voix basse, il avoua :

— Je viens de lui apprendre, Mathilde. Il n'a pas proféré une parole. Simplement, il m'a demandé de le laisser seul. Va le voir, toi. Je suis inquiet.

— Reste là, dis-je à Bastien.

Avec précaution, j'ouvris la porte de l'atelier, cherchant mon beau-père. Le soir tombait et, dans la pénombre, tout d'abord je ne le vis pas. Puis je l'aperçus, assis sur une pile de jantes entassées sur le sol. Je m'approchai doucement. Effondré, le dos courbé, la tête sur la poitrine, il ne bougeait pas. Il semblait si abîmé dans sa douleur que je me demandai s'il m'avait entendue. Je m'arrêtai près de lui, posai sur son épaule une main tremblante :

— Père Justin... chuchotai-je.

Plusieurs secondes s'écoulèrent sans qu'il fît un mouvement. Puis, avec effort, il se redressa, leva vers moi un visage ravagé, où la souffrance creusait des rides profondes :

— Mathilde... dit-il d'une voix pitoyable.

— Je sais, père Justin.

Il baissa de nouveau la tête, observa longuement ses mains, posées sur ses genoux dans une attitude d'abandon et de défaite.

— J'espérais toujours qu'il reviendrait, murmura-t-il. Cette pensée m'aidait à vivre. Je me disais qu'il ne pouvait pas mourir, lui si gai, si enthousiaste, si optimiste. Et puis, tu vois... Je n'arrive pas à le croire. Si encore je l'avais vu...

Mais là, je garde de lui l'image du jeune homme qui s'en allait en promettant de revenir bientôt, et pour moi il est toujours vivant.

Immobile, je le laissais parler. Je devinais que c'était sa façon de raconter sa peine, pour lui qui voulait cacher ses larmes.

— Et pourtant il est mort, continua-t-il d'un ton étonné. Comment cela est-il possible ? Avec Blaise, je n'avais que lui. Je les ai élevés seul, tous les deux, depuis la mort de ma femme, et j'ai fait de mon mieux. Mais ce n'était pas pour voir l'un d'eux partir avant moi. L'homme n'est pas fait pour survivre à ses enfants. C'est très dur, Mathilde, trop dur. C'est insupportable.

Je l'écoutais se plaindre doucement, et je ne savais pas comment le consoler. Du coin de l'œil, je vis la porte de l'atelier s'entrouvrir, la petite frimousse de Bastien apparaître. Je lui souris et lui fis signe d'avancer. Il trottina jusqu'à nous, avec un instinct sûr se planta devant Justin, repoussa les vieilles mains inertes, grimpa sur les genoux ainsi libérés :

— Pé-père, bégaya-t-il de sa voix cristalline.

Il allongea une petite main, qu'il passa en une caresse malhabile le long des joues. Justin eut un semblant de sourire. Il se leva pesamment, avec mon fils dans les bras :

— Oui, mon petit. Je viens, je suis là.

Il sortit de l'atelier en traînant les pieds comme un très vieil homme. Il serrait contre lui Bastien qui babillait et lui tirait les cheveux. Je compris que le petit, sans le chercher, pourrait adoucir sa peine. Et je décidai, sagement, de laisser agir mon fils.

Dans son innocence, il y parvint. Il passait de longs moments auprès de son grand-père, le tirait par la main, s'agrippait à ses jambes, l'obligeait à jouer avec lui, désireux de garder l'entente complice qui les unissait. Et Justin, pour un instant, chassait son chagrin et répondait à l'appel de l'enfant.

Ce fut lui qui l'empêcha de sombrer dans l'apathie et le désespoir. Peu à peu, avec Blaise, avec moi, Justin se mit à parler, racontant des souvenirs qui, tous, concernaient Germain. Et ces souvenirs le faisaient revivre, nous donnaient l'illusion douce-amère que, malgré tout, il était encore parmi nous.

Mon frère François rentra chez mes parents et se rétablit lentement. J'allais souvent le voir, ou bien c'était lui qui venait me tenir compagnie et jouer avec Bastien. Lorsqu'il était là, Justin l'interrogeait sur tout ce qu'il avait fait avec Germain, jusqu'au jour fatidique où la mort avait frappé. Et François racontait : les marches dans la boue, les bivouacs sous la tente — lorsqu'il y en avait —, la faim, le froid, mais, par-dessus tout, la camaraderie et l'amitié. Germain ne le quittait jamais, et jusqu'au bout il avait gardé son optimisme et répété qu'ils reviendraient au village.

Au fur et à mesure qu'il retrouvait ses forces, mon frère s'impatientait. Lorsqu'il voyait mon père partir aux champs, avec Nicolas, Louis et Jean-Marie, il lui venait l'envie de les accompagner. Mais le soleil lui donnait des maux de tête et des vertiges, et l'idée d'être devenu un bon à rien, comme il le disait, l'affolait.

— Refais-toi une santé d'abord, conseillait mon père. Nous nous sommes privés de toi tout ce temps, nous pouvons bien patienter encore un peu.

Mon frère regardait son bras avec désespoir :

— Il ne fonctionne plus, constatait-il sombrement. Je ne pourrai plus faucher.

— Eh bien, tu feras autre chose, rétorquait mon père. Ce n'est pas le travail qui manque.

François ne disait rien, mais je comprenais, à son regard douloureux, combien il était inquiet. Il avait changé. Son insouciance, sa gaieté avaient disparu. Il était maintenant renfermé, taciturne, avec parfois des absences qui l'isolaient de nous. Ma mère en parlait à Pierre-Antoine, qui répondait invariablement :

— Il faut laisser faire le temps. Petit à petit, les séquelles de sa blessure s'estomperont.

Et, de toutes nos forces, nous nous accrochions à ces paroles d'espoir.

Après l'exagération des mois précédents, une détente se faisait. Des émigrés commençaient à réapparaître, des citoyens se promenaient sans cocarde, des bruits couraient sur la suppression prochaine du calendrier républicain. Les rues de

Douai reprirent leur ancien nom. Des prêtres âgés ou infirmes, jusque-là emprisonnés, furent autorisés à rentrer chez eux. Je pensai que, s'il n'était pas mort au cours de sa détention, notre curé aurait pu revenir parmi nous. Une loi déclara que tous les cultes étaient de nouveau autorisés. A Douai, la pyramide élevée dans l'église Saint-Pierre en l'honneur de l'Etre Suprême fut démolie, et les églises Saint-Pierre et Saint-Jacques furent rouvertes au culte constitutionnel. La religion, timidement, semblait revenir.

Une autre loi supprima les appellations « livres » et « louis », et créa une unité monétaire : le franc. De même, les anciennes mesures n'existèrent plus : la Convention avait décidé l'adoption du système métrique et décimal. Ce qui, une fois de plus, amena des protestations.

— Je n'ai encore rien compris à leur calendrier, dit mon père, et maintenant il faudrait que je me fasse à leurs nouvelles mesures. Pourquoi ne pas garder celles que nous avons ? Elles sont très bien, et puis nous y sommes habitués.

— Il faudrait tout réapprendre, ajoutait Justin, comme si nous étions des enfants. Moi, je suis trop vieux pour ça. Ce sera pour Bastien.

Pourtant, à la longue, il fallut bien constater que ces nouvelles mesures nous simplifiaient la vie. Les achats, par exemple, se firent partout avec la même monnaie, alors qu'auparavant, d'un village à l'autre, les prix étaient différents selon qu'ils étaient fixés en sols, en patars, en deniers, en florins... Cela nous évitait des changements parfois compliqués.

Souvent, je m'inquiétais en pensant à l'instruction qui serait donnée à mon enfant. Une loi avait supprimé l'école obligatoire, mais une autre avait décidé qu'il y aurait un instituteur pour mille habitants. Nanti de son certificat de civisme, le fils d'Eloi fut autorisé à continuer ses fonctions. Son enseignement, basé sur les vertus républicaines, la liberté, l'égalité, faisait abstraction de la morale et de la religion. Je ne voulais pas que Bastien fût élevé en athée. J'avais bien l'intention, grâce à l'abbé Dubrulle, de lui faire connaître la religion qui avait toujours été la mienne.

En attendant la prochaine récolte, le blé manquait toujours.

Les villes et les villages occupés par les Autrichiens et libérés l'automne précédent avaient beaucoup souffert. Certains avaient été incendiés, les fontaines détruites, les eaux corrompues ; les abords des villes avaient été inondés, les arbres rasés ; partout où les ennemis avaient séjourné, les terres n'avaient pas été ensemencées, et il n'y avait pas eu de récolte. Le pain se faisait rare. A Douai, au lieu d'une livre par jour, les citoyens en étaient réduits à trois quarts de livre. A Cambrai, nous racontait ma tante, les habitants faisaient la queue aux portes des boulangeries, leur numéro d'ordre et leur carte de civisme à la main, pour recevoir un mauvais pain de son. Des émeutes se produisaient. Des femmes envahirent même l'hôtel de ville, réclamant du blé, exigeant d'obtenir satisfaction.

Le désordre grandissait. Des vagabonds parcouraient les campagnes, assaillaient les voyageurs, se comportant comme les coureurs de grand chemin dont me parlait mon père dans mon enfance. Des échos nous parvenaient, qui nous terrorisaient : il était question de « chauffeurs », de brigands qui s'attaquaient de préférence à des fermes isolées, et brûlaient les pieds de leurs propriétaires afin de leur faire dire où ils cachaient leur argent. A la peur que nous éprouvions se mêlaient lassitude et découragement : alors que nous étions débarrassés de la guillotine, de la guerre, c'était une autre calamité qui, maintenant, nous menaçait.

— Nous ne craignons rien, disait mon père pour nous rassurer. Toutes nos maisons sont groupées. Ils ne s'attaqueront pas à notre village.

Pourtant, le drame survint, brutal et imprévu, par un lumineux matin d'été. Je m'étais réveillée dès l'aube et, pendant que Bastien dormait encore, j'avais décidé d'aller cueillir de l'herbe pour nos lapins. C'étaient cinq lapereaux tout jeunes, que nous avait donnés mon père, et que nous élevions à la grande joie de Bastien. Je pris un sac de toile, une faucille, et je m'en allai d'un bon pas.

Je marchai longtemps, le long des sentiers que je connaissais bien. L'herbe haute se balançait, les champs frémissaient sous la brise, les peupliers chuchotaient. Je laissais la nature exercer sur moi son effet bienfaisant. J'aimais ces aurores nacrées, irisées par la lumière blonde du soleil levant, imprégnées de l'odeur puissante de la terre encore humide de rosée, bruissantes de pépiements, d'ailes et de chants d'oiseaux. J'en profitais davantage encore depuis que j'en avais été privée. J'ouvris mon sac, je m'agenouillai et je commençai à couper les herbes qui garnissaient les talus. Sous ma faucille, des grillons s'enfuyaient, apeurés. Le soleil chauffait ma nuque et mon dos. Je me sentais bien.

Lorsque mon sac fut plein, je repris le chemin du village. Je fus surprise de voir à quel point j'en étais éloignée. J'avais marché sans me rendre compte de la distance parcourue. Je pensai que Bastien serait peut-être réveillé, qu'il fallait que j'aille chercher le lait et que je prépare le déjeuner. Je pressai le pas.

D'un bosquet, un merle s'envola. Je le suivis des yeux. Ce fut à ce moment-là que tout arriva, si subitement que je ne compris pas, tout d'abord, ce qui se passait. Je fus happée, saisie par-derrière, immobilisée brutalement. Je lâchai mon sac et ma faucille. Je tournai la tête, et je les vis. La peur me coupa la respiration.

Ils étaient effrayants. Deux hommes, vêtus de guenilles, le visage mangé de barbe, les yeux fous, l'expression féroce. J'essayai de me débattre. Je leur donnai des coups de genou, des coups de pied, je me tordis, je tentai de libérer mes bras des poignes qui les enserraient. Ce fut en vain.

— Tiens-la bien, dit l'un d'eux à son compagnon.

Il me palpa de ses grosses mains sales. Je lui crachai au visage.

— La garce ! cria-t-il, furieux. Et en plus, elle n'a rien sur elle. Alors que nous mourons de faim !

— Elle peut nous contenter d'une autre façon, dit le second avec un ricanement déplaisant. Qu'en penses-tu ?

Le premier m'observa du haut en bas, et une étincelle lubrique s'alluma dans son regard :

— Hé oui ! Pourquoi pas ? Viens par ici, ma petite.

Horrifiée, je me débattis de plus belle. Ils resserrèrent leur prise, et leur odeur âcre, faite de sueur et de crasse, me prit à la gorge. Je détournai la tête avec répulsion. Une scène semblable me revint à l'esprit : les deux soldats qui, un jour, dans le village, m'avaient arrêtée en exigeant un baiser. Mais cette fois-ci, c'était pis, encore plus odieux que ce que j'avais subi en prison lorsque j'avais été fouillée. Malgré ma résistance, ils m'entraînaient sous le couvert des arbres. Je savais ce qu'ils allaient me faire, et tout mon être se révulsait. Et peut-être, après, me tueraient-ils ? Je me mis à hurler.

— Tais-toi, charogne ! grogna l'un des deux hommes.

De sa main sale, il voulut me bâillonner. De toutes mes forces, je le mordis. Il retira sa main en jurant, me donna un coup violent sur la pommette. Je hurlai de nouveau.

— Après tout, crie si ça te chante ! Il n'y a personne. On ne risque pas de t'entendre.

Il coinça mes bras derrière mon dos et me maintint solidement. L'autre s'approcha de moi avec un sourire horrible qui dévoilait des chicots noirâtres. D'un geste sec, il déchira mon fichu. Immobilisée, incapable de me défendre, je continuais à hurler.

— Tais-toi donc, à la fin ! dit-il d'un ton menaçant.

Comme je ne lui obéissais pas, d'un revers de main il me frappa durement sur la bouche. J'eus l'impression que mes lèvres éclataient, sentis le sang couler. La douleur me mit les larmes aux yeux.

— Ah, enfin un peu de silence ! Je n'aime pas faire ça en ayant les oreilles cassées.

Il prit mes seins à pleines mains, à travers ma chemise les pétrit brutalement. J'eus un violent recul qui ne fit que me rapprocher de celui qui, dans mon dos, me maintenait ; avec un ricanement obscène, il en profita pour se frotter contre moi.

C'était insupportable. La bouche meurtrie, prêtre à m'effondrer, dans un dernier sursaut je me démenai furieusement, criai de nouveau.

— Blaise, Blaise ! Au secours !

Il y eut un bruit de course, un froissement de feuilles. Des branches s'écartèrent, et Sylvain Busquet apparut, une houe sur l'épaule. Un regard lui suffit pour comprendre.

— Mathilde ! s'exclama-t-il. J'arrive !

Devant moi, le brigand qui s'apprêtait à arracher ma chemise se retourna. Sylvain s'avança vers lui, brandit sa houe, la laissa retomber en visant la tête. L'homme fit un pas de côté pour l'esquiver. La lame lui frappa l'épaule, et il poussa un grognement furieux. Il voulut s'élancer mais Sylvain, de nouveau, leva son arme. Alors il se mit à tourner, en grondant comme un fauve. Puis, d'un seul coup, il plongea, ceinturant Sylvain qui perdit l'équilibre et tomba à la renverse.

Ils se mirent à se battre sauvagement. Statufiée d'horreur, je les regardais. Le bandit cognait sur Sylvain avec rage, et je sentais les coups résonner dans mon corps. Sylvain, pourtant, parvint à reprendre le dessus, roula sur son adversaire, le terrassa. A son tour, il se mit à le marteler de coups de poing.

Je pris subitement conscience que l'autre, derrière moi, m'avait lâchée. J'en compris immédiatement la raison. Avec un rictus hideux, il s'approchait des deux combattants à pas de loup. Il tenait dans la main un long couteau et fixait le dos de Sylvain. Je le vis trop tard. Je me précipitai, voulus l'arrêter, criai :

— Sylvain, attention !

Tout se passa très vite. L'homme me repoussa, abattit son bras et planta son arme dans le dos offert, entre les deux omoplates. Sans un bruit, Sylvain s'affaissa. Le bandit le repoussa, releva son compagnon qui, abruti de coups, titubait. Avec impatience, il l'entraîna :

— Vite, filons. Il ne va pas faire bon par ici pour nous.

Ils disparurent, et je demeurai seule sous les arbres, seule avec Sylvain qui, dans l'herbe, ne bougeait plus. Avec l'étrange sensation d'être hors de cette scène atroce, je m'approchai avec précaution, me penchai. Il avait roulé sur le dos et gisait les yeux fermés. Je m'agenouillai doucement, posai une main sur sa poitrine. Son cœur battait. Je poussai un soupir de soulagement.

— Sylvain, appelai-je d'une voix tremblante. Sylvain...

Ses cils remuèrent, mais ce fut tout. Je ne savais que faire. En état de choc, je n'étais pas capable de prendre une décision. J'écartai les cheveux qui tombaient sur mon front et, près de Sylvain allongé, j'attendis.

Après un long moment, il ouvrit les yeux. Son regard étonné se posa sur moi :

— Mathilde, dit-il. Que... ?

Une crispation de douleur l'arrêta. Il voulut se lever, n'y parvint pas.

— Ne bouge pas, Sylvain. Tu es blessé. L'un des bandits t'a enfoncé un couteau dans le dos. Je vais aller chercher de l'aide et prévenir Pierre-Antoine.

— Mais non, je peux marcher. Aide-moi à me mettre debout.

Il prit appui sur moi pour se redresser, mais l'effort le fit haleter. Une écume rosâtre emplit sa bouche, coula sur son menton. Il se laissa retomber sur le dos, ferma les yeux, épuisé.

— Tu vois bien, insistai-je. Il est plus sage que tu restes ici. Je te promets de revenir vite. On te ramènera au village et on te soignera.

Il fit un imperceptible signe d'assentiment. Désorientée, j'attendis un peu, inquiète de le voir aussi faible. A tâtons, il chercha ma main, la serra dans la sienne :

— Le salaud, murmura-t-il. Il m'a eu.

— C'est à cause de moi, dis-je avec désespoir. C'est parce que tu es venu à mon secours.

Il rouvrit les yeux, les posa sur moi, déclara avec conviction :

— Je ne le regrette pas.

Frappée par son ton sérieux, je demeurai muette. Il continua pensivement :

— Non, je ne le regrette pas. J'ai ainsi racheté ma faute. J'ai été coupable envers toi, Mathilde. Lorsque Noémie est allée te dénoncer au comité de surveillance, je n'ai pas essayé de te défendre. Au contraire, c'est moi qui ai envoyé le rapport à Douai.

Il se tut, essoufflé. Je demandai, et dans ma voix se mêlaient incompréhension et reproche :

— Sylvain, comment as-tu pu faire ça ?

— Je ne sais pas. Adrien de Bryars était impliqué dans l'affaire, et je crois que c'était, d'abord, à cause de lui. Dès qu'il s'agit de cette famille, je vois rouge. Et puis, je n'ai pas pu supporter que toi, tu agisses ainsi vis-à-vis de lui.

— Mais pourquoi, Sylvain ? Pourquoi ?

Il me regarda longuement, eut un sourire plein d'amertume :

— Après tout, je peux bien te le dire... Ça n'a plus d'importance maintenant. Vois-tu, Mathilde, je t'aimais, et je ne...

Je l'interrompis dans un cri :

— Tu m'aimais ?

— Ne sois pas si surprise. Oui, je t'aimais depuis longtemps, mais je ne le comprenais pas. J'ai commencé à comprendre lorsque tu t'es mariée ; j'étais jaloux, j'en voulais à Blaise. Et puis, là, quand Noémie nous a raconté... Adrien que tu as aidé... Je me suis souvenu qu'il te tournait autour, autrefois... Ce jour où je l'ai arrêté, alors qu'il t'emmenait sur son cheval, tu te rappelles ? Tout ça m'est revenu d'un coup. Là aussi, j'étais jaloux, mais je ne m'en rendais pas compte.

Il s'interrompit, la respiration oppressée. Emue par sa confession, je ne savais que dire. Il reprit, sur un ton suppliant :

— Dis-moi que tu me pardonnes. Je n'ai compris la portée de cet acte qu'après, lorsque tu étais en prison et que l'on craignait pour ta vie. J'ai été soulagé lorsque je t'ai vue revenir. Soulagé et honteux. Dis-moi que tu me pardonnes, Mathilde.

— Ton intervention mérite bien ça, tu ne crois pas ? Sans toi, ils...

Ma voix s'enroua. Sylvain s'agita, grommela :

— Les lâches ! S'attaquer ainsi à toi ! Si seulement...

Une quinte de toux le secoua ; de nouveau une mousse sanglante apparut sur ses lèvres. Je pris peur :

— Ne parle plus, Sylvain, et ne bouge surtout pas. Je cours jusqu'au village.

Les yeux clos, il ne répondit pas. Sa respiration n'était plus qu'un râle, auquel se mêlait une sorte de gargouillement horrible. L'aspect de son visage m'effraya ; le teint était devenu gris, le nez se pinçait, le sang qui maculait sa bouche et son menton lui donnait un aspect sinistre. Je bondis jusqu'au chemin, courus à perdre haleine vers le village, affolée et malheureuse. Je me tordais les pieds dans les nombreuses ornières, un point de côté brûlait ma poitrine, les larmes m'aveuglaient. Je ne voyais plus la campagne autour de moi, je n'entendais plus les chants des oiseaux, je ne sentais plus la chaleur du soleil. Je frissonnais, j'étais glacée.

A l'entrée du village, je me heurtai à mon frère François. Lorsqu'il eut enfin compris mes explications incohérentes, il prit tout en main, me renvoya chez moi, alla chercher mon père et Nicolas, chargea Pauline de prévenir Pierre-Antoine. Dans mon désarroi, je ne pus m'empêcher d'admirer son esprit de décision.

— A la guerre, j'en ai vu d'autres, Mathilde. Laisse-nous faire, nous allons le chercher. Toi, va demander à Blaise un verre d'alcool. Tu es livide.

Je rentrai chez moi, je racontai tout à Blaise qui me serra très fort contre lui. D'une voix rauque, il dit :

— Tu lui dois une fière chandelle, Mathilde.

— Oui, je sais. S'il n'avait pas été là...

Je me mis à trembler. Blaise me frictionna le dos avec énergie, me fit boire de l'alcool. La chaleur qui se répandit dans mes veines me détendit.

— Je vais chez Sylvain, dis-je au bout d'un moment. Je veux savoir si sa blessure n'est pas trop grave. Et demander à Marie si je peux l'aider.

Pauvre Marie ! Ratatinée devant cette nouvelle épreuve, elle observait avec désespoir son fils qu'on venait de lui ramener. Pierre-Antoine, penché sur lui, finissait de le panser. Il se releva :

— Je ne sais pas s'il s'en remettra. La lame a atteint un poumon. J'ai peur que...

Il vit le regard douloureux et suppliant de Marie Busquet et se tut. La petite femme, courageusement, s'installa auprès de son fils.

— Laissez-moi, pria-t-elle tout bas. Laissez-moi seule avec lui. Je saurai bien le sauver, moi.

Mais elle ne put rien faire. Dans la nuit, la fièvre se déclara. Le lendemain, Sylvain ne reconnaissait plus personne. Il haletait sur son lit, se tenait la poitrine à deux mains, gémissait :

— Je brûle... Je brûle !

L'un après l'autre, les habitants du village allaient le voir et repartaient, conscients de ne pas pouvoir l'aider. Les commentaires étaient nombreux. Tout le monde admirait le courage dont il avait fait preuve face aux brigands. Quelques femmes, pourtant, sous-entendirent que ses souffrances n'étaient que le châtiment de ses mauvaises actions. N'avait-il pas, entre autres, brûlé les statues de bois de l'église ? Tôt ou tard, la vengeance devait arriver. J'entendis ces propos, et je faillis les réfuter. Puis je laissai dire. A quoi bon ? Etaient-ils vrais, étaient-ils faux ? Pour moi, Sylvain s'était racheté en me sauvant.

Il mourut le lendemain, alors que le soleil se couchait. Marie Busquet avait envoyé un de ses valets chercher l'abbé Dubrulle qui vint, en cachette, donner les derniers sacrements. L'enterrement se fit le jour suivant, sans messe et sans prières, mais Sylvain n'en aurait pas voulu. Je me souvenais de cette veille de Noël où, dans l'église, alors que je préparais la crèche, il m'avait avoué ne plus croire en Dieu.

Privé de son plus ardent patriote, le village s'engourdit davantage. Marie Busquet demeura seule, avec ses valets, pour faire marcher sa ferme. La dignité de son chagrin forçait l'admiration de tous. J'allai souvent la voir avec Bastien, pour tenter de l'égayer un peu. Dans sa bonté, elle ne me rendait pas responsable du drame, même indirectement. Elle me racontait Sylvain tel qu'il avait été, me parlait du petit garçon qui aimait son père, de l'enfant révolté, de l'adolescent avide de vengeance, de l'homme enfin satisfait d'avoir atteint son but :

— Et tout ça pour quoi, Mathilde ? Pourrais-tu me le dire ? La vie est absurde.

Elle hochait la tête avec désolation, et je ne me sentais pas le courage de la contredire.

L'attaque des brigands avait réveillé le sentiment d'insécurité qui couvait en moi depuis mon séjour en prison. De nouveau, j'avais des cauchemars. Je réveillais Blaise par mes cris, par mes mouvements désordonnés. Avec patience, il me calmait, m'assurait que ce n'était rien, que ces mauvais rêves finiraient par disparaître tout à fait. Tranquillisée, je me rendormais contre lui. Et deux ou trois nuits plus tard, tout recommençait.

Je pensais souvent, aussi, à Sylvain, et à son aveu. Il m'aimait, avait-il dit. C'étaient les dernières paroles qu'il m'avait adressées. Je ne croyais pas qu'il eût menti. Mais je ne pouvais m'empêcher d'éprouver une sorte d'étonnement ; Sylvain le farouche, Sylvain le révolutionnaire... Comment aurais-je pu deviner son secret ? Ainsi, il n'y avait pas que de la haine en lui. D'ailleurs, il avait donné sa vie pour me sauver. N'était-ce pas une preuve d'amour ?

La moisson avait commencé. Mon père, heureux, répétait à qui voulait l'entendre que, maintenant, tout ce qu'il récoltait était pour lui, puisqu'il s'agissait de ses propres terres. Justin, depuis la mort de Germain, ne vivait que pour Bastien, qui était pour tous un véritable rayon de soleil. Quant à Pauline, son bonheur, depuis qu'elle était la femme de Nicolas, faisait plaisir à voir. Elle s'acquittait de toutes ses tâches en fredonnant, et bien souvent remontait le moral de mon frère François qui se désolait à cause de sa surdité et de son bras paralysé.

Au mois de septembre, nous apprîmes que le procès de Joseph Le Bon venait enfin de s'ouvrir à Amiens. Pendant plus d'un an avaient été recueillies les dépositions de tous ceux qui désiraient se faire entendre : gardiens de prison, victimes, parents de guillotinés. Quatre-vingt-quatorze témoins se rendirent dans la salle du Bailliage où se déroulait le procès, pour charger l'homme dont ils avaient eu à souffrir. Il fallut vingt audiences, à l'issue desquelles le tribunal vota la peine de mort.

L'exécution eut lieu le 16 octobre 1795, sur la place du Marché, à Amiens, devant une foule immense. De toute la région, les gens étaient venus assister à la fin de l'homme qui, pendant de longs mois, les avait terrorisés. La place était noire de monde, les curieux se pressaient aux fenêtres et jusque sur les toits. Ma tante nous raconta qu'une de ses amies, dont le mari avait été guillotiné à Cambrai, et qui se retrouvait veuve avec neuf enfants, n'aurait voulu pour rien au monde manquer ce spectacle.

— Il paraît qu'il était ivre, nous dit-elle, il avait bu une pinte d'eau-de-vie avant de se rendre à l'échafaud. Ma pauvre amie dit que, lorsqu'elle a vu la tête de ce monstre bondir jusque sur le pavé, elle s'est sentie vengée. Il y avait, près d'elle, un homme qui pleurait. « Cette mort vous fait-elle donc de la peine ? » a-t-elle demandé. « Ce n'est pas pour cela que je pleure, lui fut-il répondu, c'est parce que je pense aux dix-sept membres de ma famille qu'il a fait exécuter. »

Dix-sept personnes pour une seule famille ! Lorsque les aides du bourreau ont emmené le cadavre, la foule a suivi jusqu'au cimetière. Là, des gens se sont mis à lancer des pierres sur la tombe en criant des insultes. Mais ce n'est pas ça qui fera revenir ces pauvres victimes qui ont été guillotinées à tort et à travers.

— Non, bien sûr, dis-je. Mais je comprends leur réaction.

Oui, je la comprenais. C'était le seul moyen qu'ils avaient pour se libérer enfin de leur haine, de leur rancune. Dans leur cas, j'aurais éprouvé des sentiments encore plus meurtriers. Ce Joseph Le Bon n'avait que ce qu'il méritait. Je le revoyais, prétentieux, arrogant, avec son regard fou... Et ceux qui l'entouraient, qu'étaient-ils devenus ? Caubrière, Rémy, André et les autres, comme ces directrices de la Providence, à Arras, tout aussi cruelles. Ceux-là aussi méritaient d'être punis. Pourquoi échapperaient-ils à un juste châtiment ?

La plupart, après avoir été arrêtés, avaient été libérés. Ils étaient revenus à Cambrai. Ils en furent chassés par les habitants, leurs maisons furent envahies et mises à sac. On y retrouva un grand nombre d'objets volés aux émigrés et aux guillotinés. A Arras, certains s'enfuirent ; le peuple coupa les oreilles à ceux qui étaient restés, afin de leur faire porter, toute la vie, le signe de leur infamie. De telles nouvelles éveillaient en nous une profonde satisfaction ; enfin, ils payaient leurs crimes. Justice était faite.

La femme de Le Bon, Elisabeth, avait été emprisonnée à la Providence avec sa fille Pauline, peu de temps après l'arrestation de son mari. Elle avait donné naissance, en prison, à un fils que Le Bon ne vit jamais. Le 17 octobre, lendemain de l'exécution, elle fut libérée et s'en alla, avec ses deux enfants, chez sa mère à Saint-Pol. On n'entendit plus jamais parler d'elle.

Mes cauchemars s'espaçaient. L'amour de Blaise, son équilibre, la gaieté de Bastien m'aidaient beaucoup. Toutefois, je n'osais plus m'aventurer seule hors du village. Des brigands infestaient toujours la région.

Un matin d'automne, Pauline vint m'annoncer qu'elle attendait un enfant. Dans ses yeux, une clarté rayonnait :

— Je suis heureuse, Mathilde !

Je lui souris :

— Je suis contente pour toi. D'autant plus que, moi aussi...

— C'est vrai ? Un petit frère ou une petite sœur pour Bastien ?

— Je crois bien, oui. Il est temps, tu ne crois pas ? Il a déjà deux ans.

— Nos bébés naîtront à la même époque. Ils grandiront ensemble.

Nous échangeâmes un regard complice. Pour la première fois depuis longtemps, je me sentais en paix avec moi-même. La pensée de donner un autre enfant à Blaise m'était douce.

La semaine suivante, ma sœur me fit le même aveu.

— Un autre enfant, toi aussi ?

— C'est moi qui l'ai voulu, Mathilde. Je ressentais un tel vide depuis que Marie-Josèphe n'est plus là... Je sais bien que cet enfant ne la remplacera pas, mais je le désire, j'ai tant d'amour à lui donner...

Je l'embrassai tendrement, affirmai que je la comprenais. Par sa présence, ce petit être arriverait sans doute à chasser les ombres qui, par instant, obscurcissaient encore son regard. Elle ne disait jamais rien, mais je voyais bien qu'elle n'oubliait pas, et qu'elle portait en elle une blessure toujours vive.

Mon père ne cacha pas sa joie :

— Ça alors ! Je vais être grand-père trois fois en même temps ! L'auriez-vous fait exprès ?

Justin, lorsque je lui appris la nouvelle, dit d'une voix sourde :

— C'est bien, Mathilde. La vie continue, bien que Germain ne soit plus là. Il faut que ce soit ainsi. Mais il aurait été si content, lui qui aimait tant Bastien !

Parfois, le soir, lorsque nous étions tous ensemble, je m'interrogeais avec espoir ; pourrions-nous de nouveau avoir une vie normale, être heureux ? La tourmente semblait passée. Peu à peu, les églises se rouvraient. Je me disais que, peut-être, la religion reviendrait. Je rêvais de notre village de nouveau vivant, avec ses fêtes au son des cloches. Etait-ce trop demander ?

Épilogue

1803

Il fallut attendre encore de longues années. La répression contre les signes de royauté continuait, à tel point que des patriotes acharnés piétinaient, sur les marchés, les bouquets de lys que des jeunes filles vendaient. Il y eut, en 1797, une nouvelle Terreur, dirigée contre les prêtres et les émigrés. Il fut interdit aux émigrés de rentrer en France sous peine de mort, interdit également d'y rester ; ils durent quitter le pays dans les quinze jours. Quant à ceux qui se trouvaient en prison, ils furent condamnés à la déportation. Les prêtres insermentés, infirmes ou âgés, qui avaient été libérés, furent de nouveau arrêtés et enfermés aux Ecossais, à Douai.

En même temps, fut instauré un culte décadaire ; ces jours-là, il était défendu de travailler. Les marchés étaient interdits, les écoles et les boutiques fermées. En revanche, les maisons devaient arborer le drapeau tricolore.

Dans notre village, de nouveau beaucoup protestèrent. Ce fut pis encore lorsque, en septembre 1798, le Directoire établit la conscription pour les jeunes gens de vingt à vingt-trois ans :

— Non seulement les premiers, depuis 1793, ne sont toujours pas revenus alors qu'on nous avait promis qu'ils ne seraient pas longtemps partis, mais maintenant on veut nous en prendre d'autres !

Mon père constata, mi-triste, mi-soulagé :

— Cette fois-ci, nous ne sommes plus concernés. La dernière fois nous a amplement suffi !

Pourtant, l'année suivante, Jean-Marie dut partir. Il nous écrit de temps à autre, mais les mois passent et il ne revient pas. Je pense souvent à lui avec nostalgie : Jean-Marie, le petit garçon qui m'offrait des fleurs des champs... C'est Philibert, le jeune frère de Pauline que Blaise sauva jadis de la noyade, qui le remplace à la ferme.

Il y a eu, à cette époque, beaucoup d'insoumis, qui refusèrent le tirage au sort et se cachèrent pour y échapper, allant même jusqu'à la frontière. Des colonnes mobiles de gendarmes parcouraient villes et villages, essayant de retrouver les conscrits rebelles, arrêtant tout individu suspect ou voyageant sans passeport. Nous les craignions beaucoup.

Pendant des années, les chauffeurs de pieds ont continué leurs crimes. Certains furent arrêtés et guillotinés en chemise rouge, pour vols et meurtres, à Douai. Parmi ceux-là, y avait-il les assassins de Sylvain ? Je ne l'ai jamais su.

Il y eut tant de brigandage qu'il était devenu infiniment dangereux de sortir dès que le soir tombait. A Douai, dans chaque rue, des habitants organisaient à tour de rôle des patrouilles pendant la nuit. L'affaire du courrier de Lyon, en 1796, mit en émoi toute la région. La diligence qui faisait le service entre Paris et Lyon fut attaquée avant Melun, les neuf millions de livres qu'elle transportait pillées ; le postillon et le courrier furent sauvagement assassinés. Un Douaisien, Joseph Lesurques, fut impliqué dans l'affaire et accusé de complicité. Jusqu'au bout, il protesta de son innocence. Mais il fut condamné à mort et guillotiné. Le vrai coupable, arrêté par la suite, confirma ses déclarations. Pour la majeure partie des habitants de Douai, Lesurques a été victime d'une erreur judiciaire.

Le 9 novembre 1799 — par le coup d'Etat du 18 brumaire —, Napoléon Bonaparte fut proclamé premier consul. A partir de là, peu à peu, tout changea, tout se rétablit. Les portes des prisons s'ouvrirent pour les victimes de la persécution religieuse. La signature du Concordat, en juillet 1801, rendit les prêtres à leurs églises, permettant ainsi « un retour aux principes d'ordre, de justice et de vraie liberté ».

Le 27 avril 1802, le maire de Douai fit publier la loi sur le rétablissement du culte, et le 30 mai, l'évêque de Cambrai, Mgr de Belmas, officia à Saint-Pierre — la seule église qui, avec Notre-Dame, était encore debout ; les autres étaient tombées sous les pioches des démolisseurs. Ma sœur me raconta que les gens, heureux de retrouver leur religion, s'y étaient rendus en foule.

— Nous le devons à Bonaparte, me dit-elle. Béni soit-il !

Je n'aurais jamais pensé ça, autrefois, lorsqu'il m'arrivait de le croiser. Il a habité pas loin de chez nous, dans la rue du Clocher-Saint-Pierre. Il était alors lieutenant d'artillerie. On peut dire qu'il a fait son chemin depuis !

Ainsi, tout est rentré dans l'ordre, malgré les ruines, les souvenirs douloureux, les vides causés par les absents qui ne reviendront plus. Meurtris mais pleins d'espoir, nous nous redressons. Mes parents ont la satisfaction d'être enfin propriétaires de leur ferme et de leurs champs, qu'ils exploitent avec mes deux frères. François, malgré son bras paralysé et les maux de tête dont il souffre périodiquement, a repris goût à la vie et se montre dur à l'ouvrage. Louis est toujours là. Mais il devient vieux et ne fait plus que les petits travaux. La ferme retentit sans cesse de cris et de rires, car Nicolas et Pauline ont déjà quatre enfants, deux filles et deux garçons.

L'aînée de leurs filles a le même âge que mon second fils, prénommé Germain. A la même époque est née également Madeleine, le dernier enfant de ma sœur, que les plus grands adorent et gâtent outrageusement.

Après mes deux garçons, j'ai eu une fille, moi aussi, dont Blaise est fou. « Comme elle te ressemble ! me dit-il souvent. J'ai l'impression de te revoir lorsque tu étais petite ! » Tous ces enfants ont pu être baptisés grâce aux prêtres qui, toujours cachés, n'ont cessé de nous offrir leurs services : l'abbé Ganil, l'abbé Dubrulle, l'abbé Lemaire revenu d'exil en 1795, malgré le risque encouru. Nous n'oublierons jamais ce que nous leur devons.

Justin, mon beau-père, finit paisiblement sa vie parmi nous. Agé maintenant, il ne travaille plus beaucoup. C'est Bastien qui, déjà, le remplace auprès de Blaise. A dix ans, mon fils aîné tient à se comporter en homme. Comme son père, il est calme et doux. Je suis fière de lui.

Je suis heureuse avec eux tous. Sous des dehors réservés, Blaise possède des trésors de bonté, de patience, d'indulgence. Je n'ai jamais regretté de l'avoir épousé. Une profonde tendresse nous lie l'un à l'autre, un amour fort, paisible et sûr.

Pourtant, de temps à autre, il m'arrive encore de me réveiller subitement, la nuit. Alors je repense à ces jours sombres, à ces semaines passées en prison, à tous ces innocents qui ont laissé leur vie... Je retrouve, pour un instant, mes anciennes frayeurs. Instinctivement, je me rapproche de Blaise ; dans son sommeil, il tend le bras, m'attire à lui. Je me blottis contre son grand corps rassurant, et les fantômes s'éloignent.

Dans le village, le cabaret sur la place est de nouveau ouvert, ainsi que l'épicerie ; Ignace et Joséphine sont revenus. Sans Noémie, ce dont je me suis sentie soulagée. Il m'aurait été pénible de la revoir.

— Elle est restée là-bas, m'a expliqué Ignace. Ça n'a pas été facile pour nous, surtout au début. Nous n'avions rien pour vivre. Moi, j'ai travaillé dans une taverne, et Noémie a réussi à se faire engager comme servante chez un notaire, un vieux garçon tatillon. Quand il lui a demandé de l'épouser, elle n'a pas hésité. Je crois surtout qu'elle craignait de revenir ici, où tout le monde savait qu'elle avait mal agi en te dénonçant, Mathilde. Elle a regretté son acte et, pour elle, je te demande pardon.

J'ai assuré ce brave homme que je ne lui en voulais pas. Tout n'est-il pas terminé, maintenant ? Il a hoché la tête avec sévérité.

— Quand même ! Si tu avais été guillotinée...

Nous n'en parlons plus, nous essayons de l'oublier. Marie Busquet, de son côté, attend le retour de la comtesse et d'Amélie. Elle garde les clefs du château, qu'elle leur remettra.

— Pour moi, il leur appartient toujours, répète-t-elle. Je ne ferai que leur rendre leur bien. Pourquoi m'encombrer de ce grand bâtiment ?

Un nouveau savetier est venu s'installer dans la maison voisine, longtemps fermée. Sa femme est mon amie, nos enfants jouent ensemble. Pendant l'hiver, nous nous retrouvons tous pour les veillées, chez mes parents, chez eux ou chez nous, à tour de rôle. Le charme ancien renaît, la vie continue. Est-elle plus belle, ainsi que nous le promettait Sylvain ? Mes parents ont une sécurité qu'ils n'avaient pas auparavant, c'est vrai, et nous nous sentons plus libres. Peut-être est-ce réellement le début d'un monde nouveau ? L'avenir nous le dira.

Aujourd'hui dimanche, c'est jour de repos. Le respect du

décadi est terminé. Le calendrier républicain est toujours en vigueur[1], mais nous l'ignorons résolument. A vrai dire, le crois qu'il ne sert plus que pour les actes administratifs. Tous, nous sommes revenus aux anciens jours avec soulagement.

La matinée s'avance, et un son de cloche arrive jusqu'à nous, joyeux et grave. La seule cloche que nous a laissée la révolution nous annonce l'heure de la messe. Enfin, notre église est rouverte. Elle a été nettoyée et remise à neuf ; sur le toit du clocher, la croix a été replacée. Un nouveau curé est arrivé l'an dernier, jeune et plein de zèle, comme s'il voulait, par son énergie, faire revivre davantage la religion longtemps brimée. Personne ne résiste à cet appel qui, pendant de longues années, nous a manqué. Comme autrefois, tous les habitants se hâtent vers la place. Précédée de mes deux garçons et de Justin, je prends le bras de Blaise et, tenant ma petite fille par la main, moi aussi je me dirige vers l'église dont les vitraux brillent gaiement dans le soleil.

---

1. Il sera supprimé définitivement par Napoléon le 9 septembre 1805 (décret du 22 fructidor an XIII) qui rétablit le calendrier grégorien à partir du 1er janvier 1806.

Index des personnages qui ont réellement existé et qui jouent un rôle dans ce roman

DERBAIX, Jean-Pierre. — Né le 2 avril 1753. Avocat, imprimeur à Douai, rue des Ecoles, *Au missel d'or*, et capitaine de la garde nationale. Il fut pendu par une foule en furie à la lanterne du Dauphin, sur la grand-place de Douai, le 15 mars 1791. Il avait trente-huit ans.

DOMIS, Noël. — Surnommé « le beau Noël ». Ouvrier tapissier à Cambrai. Paresseux et beau parleur, il incitait les ouvriers à la révolte. Lors de l'émeute du 15 mars 1789 à Cambrai, il fut arrêté, puis délivré par ses camarades. Voulant s'enfuir de la ville le lendemain, il se noya accidentellement dans les fossés qui entouraient les remparts.

DUBRULLE, Antoine (abbé). — Né à Rouvroy en 1755. Prêtre réfractaire, ancien curé d'Eterpigny, près de Vitry-en-Artois. Après un court séjour à Tournai, il revint exercer secrètement son ministère dans la région de Douai. Mort à Vitry le 3 février 1803, à l'âge de quarante-huit ans.

FÉREZ, Antoine-Joseph (abbé). — Né en 1724 à Cambrai. Nommé curé de Sainte-Croix en Juin 1761. L'émeute qui y eut lieu en 1791 est authentique. Refuse de prêter serment et prend le chemin de l'exil le 22 mai 1791. Revient à Cambrai en 1801. Meurt le 22 mai 1802, à l'âge de soixante-dix-huit ans.

GANIL, Pierre-Joseph (abbé). — Né à Douai le 10 octobre 1751, rue des Fripiers. Nommé vicaire de la paroisse Notre-Dame. Ne quitte pas Douai pendant les années révolutionnaires, y assure secrètement le culte, en se cachant sans cesse. Après le Concordat, est de nouveau attaché à la paroisse Notre-Dame. En 1825, il accepte la place d'aumônier à l'hôpital général, où il décède le 26 septembre 1842, âgé de quatre-vingt-onze ans.

LE BON, Guislain-François-Joseph. — Né à Arras, le 25 septembre 1765. Elève chez les oratoriens, pensionnaire à Juilly, professeur de rhétorique à Beaune. Accepte de prêter serment, est nommé successivement curé constitutionnel du Vernoi, près de Beaune, puis de Neuville-Vitasse, près d'Arras. Epouse sa cousine Elisabeth Régniez à Saint-Pol le 5 novembre 1792. Appelé à siéger à la Convention, il est envoyé dans le Nord avec les « pleins pouvoirs ». Pendant huit mois, à Arras d'abord, où il arrive le 30 octobre 1793, puis à Cambrai, où il s'installe le 5 mai 1794, il fait régner une véritable terreur. Arrêté à Paris le 2 août 1794, il est emprisonné, jugé à Amiens et guillotiné le 16 octobre 1795, à l'âge de trente ans.

Tout ce qui concerne Joseph Le Bon dans ce roman — depuis l'épisode du « redoutable fauteuil » jusqu'aux pierres qui furent lancées sur sa tombe, en passant par les membres du tribunal qu'il appelait ses « bougres à poil » et sa femme Elisabeth qu'il appelait « Mimie » — est rigoureusement historique.

LEMAIRE, Albert (abbé). — Né le 28 mai 1765 à Fontaine-au-Pire près de Cambrai. Après des études au collège de Cambrai, se fait ordonner prêtre par l'archevêque de Cambrai retiré à l'abbaye de Saint-Ghislain près de Mons, en juin 1791. Prêtre réfractaire, exerce le culte caché. Prend le chemin de l'exil en juin 1794, revient en France début 1795, où il se cache de nouveau. Deviendra, après le Concordat, vicaire de Saint-Géry à Cambrai. Meurt le 20 février 1821 à cinquante-six ans, doyen de Solesmes. Une épitaphe, au mur de l'église de Solesmes, en fait mention.

MILORD, Amand-Fidèle Lefebvre. — Se distingue, avec Caroline Beaumé, lors de l'émeute qui a lieu à Cambrai en mars 1789. Arrêté et enfermé à la prison de la Force, il s'évade le 24 juillet de la même année, avec sa complice Caroline, à la faveur d'une nouvelle émeute qui a forcé les portes de la prison. Cambrai les retrouvera dans ses murs lors du séjour de Joseph Le Bon.

NICOLLON, Louis-François-Joseph. — Négociant en grain à Douai. Assailli lors de l'affaire des goulottes, battu et traîné en prison, il fut arraché à sa cellule le lendemain et pendu à la lanterne du Dauphin le 17 mars 1791. Il était âgé de cinquante-deux ans.

Les gardiens de prison, TROCHY à Douai, la veuve LEMAIRE à Arras — dont l'expression favorite, les jours d'exécution, était « Je crache le sang » — ainsi que le médecin DELLOYE et Mme LEROY à Cambrai, ont également existé. De même, les quatre sœurs de la Charité d'Arras : Madeleine FONTAINE, soixante et onze ans, Jeanne GÉRARD, quarante et un ans ; Marie LANEL, quarante-huit ans, Thérèse FANTOU, quarante-six ans, ont été guillotinées le 26 juin 1794. Comme l'annonçait sœur Madeleine dans la charrette qui les menait à l'échafaud, elles furent les dernières victimes de Joseph Le Bon à Cambrai.

En revanche, Mathilde, l'héroïne, ses parents, ses amis et les habitants du village sont des personnages imaginaires.

Il n'existe aucune preuve formelle du séjour de Napoléon Bonaparte dans la ville de Douai, alors qu'il était lieutenant d'artillerie. Le seul témoignage en est le récit de certains historiens douaisiens, assez précis pour être crédible. Selon leurs dires, Bonaparte logea au 28 de la rue du Clocher-Saint-Pierre. Néanmoins la question reste très controversée. L'éminent historien André Castelot, que j'ai interrogé à ce sujet, m'a affirmé que, si Napoléon Bonaparte a pu éventuellement passer quelque temps à Douai, son régiment d'artillerie, par contre, n'y fut jamais caserné. Selon Mlle Métayer, archiviste municipal, lors du séjour de Napoléon dans cette ville, son régiment était, semble-t-il, en congé.

Achevé d'imprimer en octobre 1997
dans les ateliers de Normandie Roto Impression s.a.
61250 Lonrai
N° d'impression : 972166
Dépôt légal : octobre 1997

Imprimé en France